Coleção LESTE

Fiódor Dostoiévski

O IDIOTA
Romance em quatro partes

Tradução, posfácio e notas
Paulo Bezerra

Desenhos
Oswaldo Goeldi

Nova edição revista pelo tradutor

editora 34

EDITORA 34

Editora 34 Ltda.
Rua Hungria, 592 Jardim Europa CEP 01455-000
São Paulo - SP Brasil Tel/Fax (11) 3811-6777 www.editora34.com.br

Copyright © Editora 34 Ltda., 2002
Tradução © Paulo Bezerra, 2002

A FOTOCÓPIA DE QUALQUER FOLHA DESTE LIVRO É ILEGAL E CONFIGURA UMA
APROPRIAÇÃO INDEVIDA DOS DIREITOS INTELECTUAIS E PATRIMONIAIS DO AUTOR.

Os desenhos de Oswaldo Goeldi aqui reproduzidos foram realizados em 1949
para a edição de *O idiota*, da Livraria José Olympio Editora, Rio de Janeiro.
A Editora 34 agradece à Atrium Promoções Ltda., proprietária do Acervo José Olympio.

Edição conforme o Acordo Ortográfico da Língua Portuguesa.

Título original:
Idiót

Imagem da capa:
Detalhe de desenho de Oswaldo Goeldi
(autorizada sua reprodução pela Associação Artística Cultural
Oswaldo Goeldi - www.oswaldogoeldi.com.br)

Capa, projeto gráfico e editoração eletrônica:
Bracher & Malta Produção Gráfica

Revisão:
Alexandre Barbosa de Souza

1ª Edição - 2002 (1 Reimpressão), 2ª Edição - 2003 (4 Reimpressões),
3ª Edição - 2010 (2 Reimpressões), 4ª Edição - 2015 (2 Reimpressões),
5ª Edição - 2020 (3ª Reimpressão - 2025)

Catalogação na Fonte do Departamento Nacional do Livro
(Fundação Biblioteca Nacional, RJ, Brasil)

	Dostoiévski, Fiódor, 1821-1881
D724i	O idiota / Fiódor Dostoiévski; tradução de Paulo Bezerra; desenhos de Oswaldo Goeldi. — São Paulo: Editora 34, 2020 (5ª Edição). 712 p. (Coleção LESTE)

Tradução de: Idiót

ISBN 978-65-5525-026-8

1. Ficção russa. I. Bezerra, Paulo. II. Goeldi,
Oswaldo, 1895-1961. III. Título. IV. Série.

CDD - 891.73

O IDIOTA
Romance em quatro partes

Primeira parte	9
Segunda parte..	205
Terceira parte	363
Quarta parte	517
Lista das principais personagens	689
Posfácio do tradutor	691

O IDIOTA

As notas do tradutor fecham com (N. do T.). As outras são de L. D. Opulskaia, G. F. Kogan, A. L. Grigóriev e G. M. Fridlénder, que prepararam os textos para a edição russa e escreveram as notas, e estão assinaladas como (N. da E.).

Traduzido do original russo *Pólnoie sobránie sotchnienii v tridtzatí tomákh — Khudójestviennie proizviedeniya* (Obras completas em 30 tomos — Obras de ficção) de Dostoiévski, tomo VIII, Leningrado, Naúka, 1973.

PRIMEIRA PARTE

I

Em fins de novembro, clima morno,[1] por volta de nove horas da manhã o trem da estrada de ferro Petersburgo-Varsóvia se aproximava de Petersburgo a todo vapor. A neblina era tanta que a muito custo alvoreceu; a dez passos à direita e à esquerda da estrada era difícil enxergar qualquer coisa das janelas do vagão. Entre os passageiros havia também gente retornando do exterior; no entanto, os compartimentos mais lotados eram os de terceira classe, ocupados por gente miúda e de negócios, de lugares não muito distantes. Como costuma acontecer, todos estavam cansados, com uns olhos que a noite tornara pesados, todos com muito frio, em todos os rostos havia uma palidez amarelenta da cor da neblina.

Em um dos vagões de terceira classe, ao pé da janela, desde o alvorecer viram-se frente a frente dois passageiros — ambos jovens, ambos quase sem bagagem, ambos vestidos sem elegância, ambos de semblantes bastante formosos e ambos com vontade de finalmente começar a conversar. Se ambos soubessem um sobre o outro o que os fazia dignos de nota particularmente nesse instante, iriam, é claro, surpreender-se com o fato de que o acaso os havia colocado frente a frente e de modo tão estranho em um vagão de terceira classe do trem da rota Petersburgo-Varsóvia. Um deles era de estatura mediana, de uns vinte e sete anos, cabelos encaracolados e quase pretos, olhos castanhos miúdos porém incandescentes. Tinha o nariz grosso e achatado, o rosto de maçãs salientes; os lábios finos formavam a todo instante um sorriso descarado, zombeteiro e até mesmo mau; mas a fronte era alta e bem constituída e embelezava a parte inferior do rosto, de formato abrutalhado. Distinguia-se particularmente nesse rosto uma palidez mortiça, que dava a toda a fisionomia do jovem um aspecto macilento, apesar da compleição bem robusta, e ao mesmo tempo algo apaixonado, que chegava ao sofrimento e não se harmonizava com o sorriso insolente e grosseiro nem

---

[1] A expressão "clima morno" é, no caso, tradução do russo *óttiepiel*, que significa degelo, mas também clima morno já dentro do inverno, com derretimento da neve e do gelo. Como na Rússia o degelo acontece entre março e abril e estamos em novembro, significa que nevou, a temperatura subiu além de zero grau e a neve está derretendo. (N. do T.)

com o olhar agudo, cheio de si. Ele estava agasalhado, de sobrecasaca preta de pele de cordeiro, forrada e folgada, e não sentira frio durante a noite, ao passo que seu vizinho era forçado a suportar nas costas congeladas toda a doçura da úmida noite russa de novembro e para a qual, pelo visto, não estivera preparado. Ele vestia uma capa bastante folgada e grossa, sem mangas e com um enorme capuz, tal qual as que usam os viageiros no inverno em algum lugar no estrangeiro, na Suíça ou, por exemplo, no norte da Itália, sem levar em conta, é claro, trajetos da estrada como o de Eidkunen a Petersburgo. No entanto, o que servia e satisfazia plenamente na Itália não se mostrava de todo adequado na Rússia. O dono da capa com capuz era um jovem também de uns vinte e seis ou vinte e sete anos, estatura um pouco acima da mediana, muito louro, de cabelos bastos, faces cavadas e uma barbicha maciazinha, eriçadinha, quase inteiramente clara. Os olhos eram graúdos, azuis e perscrutadores; tinha no olhar algo de sereno mas pesado, algo cheio daquela expressão estranha pela qual alguns percebem epilepsia no indivíduo à primeira vista. Por outro lado, o jovem tinha o rosto agradável, delicado e seco porém insípido, e agora chegando até a azul de frio. Balançava em suas mãos uma trouxinha de fular velho e desbotado, que, parece, era toda a sua bagagem. Calçava uns sapatos de sola grossa com polainas, tudo de feitio russo. O vizinho de cabelos negros e sobrecasaca forrada observou tudo isso, em parte por falta do que fazer, e por fim perguntou com aquele risinho indelicado no qual às vezes se manifesta com tanta sem-cerimônia e desdém a satisfação humana diante dos fracassos do próximo:

— Está frio?

E deu de ombros.

— Muito — respondeu o vizinho com suma disposição —, e observe que isso ainda está morno. Como seria se estivesse abaixo de zero? E nem pensei que em nosso país estivesse tão frio. Estou desacostumado.

— Está vindo do exterior?

— Sim, da Suíça.

— Uau! O senhor, hein!...

O de cabelo preto assobiou e deu uma gargalhada.

Começou a conversa. Era admirável a disposição que o jovem louro de capa suíça revelava para responder a todas as perguntas do seu vizinho moreno, e sem qualquer desconfiança do absoluto desdém, da inconveniência e da futilidade de outras perguntas. Ao responder ele declarava, entre outras coisas, que realmente não vinha à Rússia há muito tempo, há quatro anos e uns quebrados, que havia sido enviado ao exterior para tratamento de saúde, por causa de uma estranha doença nervosa, coisa como epilepsia ou dança de São Vito, uns tremores e convulsões. Ao ouvi-lo, o moreno riu várias vezes; riu particularmente quando à pergunta "E então, o curaram?" — o louro respondeu "não, não curaram".

— Ih!! Vai ver que esbanjou dinheiro nisso aí, e nós aqui acreditando neles — observou o moreno em tom cáustico.

— É a pura verdade! — interferiu na conversa um senhor sentado ao lado e malvestido, uma espécie de funcionário público calejado na burocracia, de uns quarenta anos, compleição forte, nariz vermelho e rosto coberto de cravos. — É a pura verdade, só fazem se apropriar de graça de todas as potencialidades russas.

— Oh, como o senhor se engana no meu caso — emendou o paciente suíço com voz baixa e conciliadora —, é claro que eu não posso discutir porque não conheço todos os casos, mas o meu médico ainda me deu dinheiro para esta viagem do último que lhe restava e lá me manteve quase dois anos à sua custa.

— E por que isso, não havia quem pagasse? — perguntou o moreno.

— É que o senhor Pávlischev, que custeava minha estadia lá, morreu faz dois anos; por isso eu escrevi à generala Iepántchina, daqui, minha parenta distante, mas não recebi resposta. Foi com esse fim que vim para cá.

— E para onde está vindo?

— Isto é, onde vou me hospedar?... Pois ainda não sei... é...

— Ainda não decidiu?

E os dois ouvintes tornaram a gargalhar.

— E vai ver que nessa trouxinha está toda a essência do senhor, não? — perguntou o moreno.

— Estou disposto a apostar que é verdade — secundou com ar extremamente satisfeito o funcionário de nariz vermelho —, e que não há outra bagagem nos vagões bagageiros, embora pobreza não seja defeito, o que mais uma vez não se pode deixar de observar.

Verificou-se que isso também era verdade: o jovem louro o confessou imediatamente e com uma pressa incomum.

— Mesmo assim a sua trouxinha tem certa importância — continuou o funcionário, depois que se fartaram de gargalhar (é digno de nota que o próprio dono da trouxinha também começou a rir olhando para eles, o que os deixou mais alegres) —, embora se possa apostar que nela não há embrulhos estrangeiros dourados com napoleões de ouro, fredericos de ouro, e também *aráptchiks* holandeses,[2] o que se pode concluir quanto mais não se-

---

[2] Moedas de ouro: a francesa napoleão de ouro valia vinte francos; a prussiana frede-

ja pelas polainas que revestem os seus sapatos estrangeiros, no entanto... se se acrescenta à sua trouxinha uma pretensa parenta como, por exemplo, a generala Iepántchina, então sua trouxinha ganha alguma outra importância, naturalmente só no caso em que a generala Iepántchina venha mesmo a ser sua parenta e se o senhor não estiver enganado, por distração... o que é muito, muito próprio de uma pessoa, bem, ao menos... por excesso de imaginação.

— Oh, o senhor tornou a adivinhar — secundou o jovem louro —, porque realmente eu quase me enganei, ou seja, ela quase não é minha parenta; inclusive a tal ponto que eu, palavra, não fiquei nem um pouco surpreso com o fato de que não me responderam. Eu esperava isso mesmo.

— Gastou dinheiro à toa com o franqueamento[3] da carta. Hum... Pelo menos o senhor é crédulo e sincero, e isso é louvável! Hum... conheço a generala Iepántchina, propriamente porque é pessoa amplamente conhecida;[4] sim, e também conhecia o falecido senhor Pávlischev, que custeava sua estadia na Suíça, se é que era mesmo Nikolai Andrêievitch Pávlischev, porque eram dois primos. O outro continua até hoje na Crimeia, e Nikolai Andrêievitch era homem respeitado, relacionado, e chegou a ter quatro mil almas...[5]

— Exatamente, ele se chamava Nikolai Andrêievitch Pávlischev — ao responder, o jovem examinou com olhar fixo e perscrutador o senhor sabe-tudo.

Esses senhores sabe-tudo às vezes são encontrados, até com bastante frequência, em certo segmento social. Sabem tudo, toda a intranquila curiosidade da sua inteligência e a sua capacidade tendem irresistivelmente para uma direção, é claro que pela ausência de interesses e concepções de vida mais importantes, como diria um pensador de hoje.

Aliás, por "sabem tudo" deve-se subentender um campo bastante limitado: onde serve fulano de tal, quais os seus conhecidos, quais são as suas posses, onde foi governador, com quem é casado, de quanto foi o dote que

---

rico de ouro valia cinco táleres de prata; a *aráptchik* (negrinho) era uma variedade da moeda de ouro russa no valor de três rublos (a chamada moeda de ouro holandesa, pela aparência, lembrava os antigos ducados holandeses e era cunhada em Petersburgo). (N. da E.)

[3] Dostoiévski russifica o verbo italiano *francare*, que significa pagar antecipado pelo envio e entrega de uma carta. (N. da E.)

[4] No *Livro universal dos endereços de São Petersburgo*, Goppe e Cornfeld, 1867-1868, p. 168, consta que nesse período moravam na capital quatro chefes militares de sobrenome Iepántchin. O *Dicionário enciclopédico* da Brockhaus-Efron registrava a linhagem antiga dos Iepántchin e seus representantes contemporâneos de Dostoiévski. (N. da E.)

[5] Na Rússia, os camponeses servos eram chamados de "almas". (N. do T.)

recebeu pela mulher, quem são seus primos de primeiro grau, e de segundo etc. etc., tudo coisa desse gênero. Em sua maioria, esses sabichões andam com os cotovelos esfarrapados e recebem vencimentos em torno de dezessete rublos por mês. As pessoas, de quem eles conhecem todos os segredos, naturalmente nem imaginam que interesses os guiam, mas, por outro lado, muitas delas se sentem positivamente confortadas com esse conhecimento, que se equipara a toda uma ciência, ganham autoestima e até a suprema satisfação espiritual. E a ciência ainda é sedutora. Eu conheci cientistas, literatos, poetas, políticos que nessa mesma ciência estavam chegando e haviam chegado à suprema conciliação e aos seus objetivos, e inclusive tinham feito carreira decididamente apenas nessa ciência. Enquanto continuava toda essa conversa, o jovem moreno bocejava, olhava alheio pela janela e esperava impaciente o fim da viagem. Estava um tanto distraído, bastante distraído mesmo, quase inquieto, chegou até a ficar meio estranho; vez por outra ouvia sem ouvir, olhava sem olhar, ria e por vezes não sabia nem entendia de que estava rindo.

— Permita-me, com quem tenho a honra... — o senhor moreno de repente se dirigiu ao jovem louro da trouxinha.

— Príncipe Liev Nikoláievitch Míchkin — respondeu o outro com plena e imediata prontidão.

— Príncipe Míchkin? Liev Nikoláievitch? Não conheço. De sorte que nem cheguei a ouvir falar — respondeu meditabundo o funcionário —, ou seja, não estou me referindo ao nome, o nome é histórico, pode-se e deve-se encontrá-lo na *História*[6] de Karamzin, estou falando da pessoa, aliás já não se encontram mais príncipes Míchkins em parte alguma, até os rumores já silenciaram.

— Oh, pudera! — respondeu no mesmo instante o príncipe. — Hoje já não existem príncipes Míchkins, além de mim; acho que sou o último. E quanto aos meus pais e avós, eles eram até *odnodvórts*.[7] Aliás meu pai era alferes do exército, um *junker*.[8] Agora, eu só não sei de que jeito a generala Iepántchina também veio a ser descendente dos príncipes Míchkins e também a última em seu gênero...

---

[6] Trata-se da *História do Estado russo* de N. M. Karamzin (1766-1826). (N. do T.)

[7] Termo do direito feudal russo, que significa mais ou menos "gente do mesmo paço", "da mesma corte" etc. A nota a esta edição esclarece: "*Odnodvórtsi* (no direito feudal russo) era uma das categorias de camponeses do Estado, que possuíam pequenos lotes de terra e tinham o direito de possuir servos". (N. do T.)

[8] Aluno de escola militar na Rússia anterior a 1917. (N. do T.)

— Eh-eh-eh! A última em seu gênero! Ih-ih! Que expressão o senhor usou — o funcionário deu uma risadinha.

O moreno também deu um risinho. O louro se admirou um pouco de ter empregado esse jogo de palavras, aliás, bastante ruim.

— E imagine que eu disse isso absolutamente sem pensar — esclareceu finalmente, tomado de surpresa.

— Ora, compreende-se, compreende-se — fez coro o funcionário com ar alegre.

— E ciências, príncipe, o senhor também estudou lá, com o professor? — perguntou subitamente o moreno.

— Sim... estudei...

— E eu, veja só, nunca estudei nada.

— Mas eu também, só estudei alguma coisa — acrescentou o príncipe, quase chegando a desculpar-se. — Por causa de minha doença, acharam impossível eu enfrentar um estudo sistemático.

— Conhece os Rogójin? — perguntou rapidamente o moreno.

— Não, não conheço, absolutamente. É que na Rússia eu conheço muito pouca gente. O senhor é um Rogójin?

— Sim, eu sou um Rogójin, Parfen.

— Parfen? Não será daqueles mesmos Rogójin... — fez menção de começar o funcionário com uma imponência redobrada.

— Sim, daqueles, daqueles mesmos — interrompeu-o com rapidez e impaciência descortês o moreno, que, aliás, não se dirigira uma única vez ao funcionário dos cravos e desde o início falara apenas com o príncipe.

— Sim... mas como é isso? — o funcionário pasmou de surpresa e por pouco não arregalou os olhos, e no mesmo instante todo o seu rosto foi ganhando um quê de venerabundo e servil, até de assustado. — Tem parte com o próprio Semeon Parfiénovitch Rogójin, o hereditário cidadão honorário que morreu há um mês e deixou um capital de dois milhões e meio?

— E como foi que tu ficaste sabendo que ele deixou dois milhões e meio de capital líquido? — interrompeu-o o moreno, sem se dignar a olhar para o funcionário nem desta vez. — Vejam só! — piscou o olho para o príncipe apontando o outro. — Que vantagem eles veem nisso para virem logo rastejando como lacaios? É verdade que meu pai morreu, e um mês depois estou indo de Pskov para casa quase sem botas. Nem o miserável do meu irmão, nem minha mãe me mandaram a notícia nem dinheiro — nada! Como se tratassem com um cachorro! Passei o mês todo em Pskov acamado de febre.

— Mas agora vai receber de uma só vez um milhãozinho e uns quebrados, e isso pelo menos, oh Deus! — ergueu os braços o funcionário.

— O que foi que deu nele, faça o favor de me dizer! — Rogójin tornou a fazer um sinal de cabeça na direção dele, com um jeito irritado e raivoso. — Só que não vou te dar nenhum copeque, nem que plantes bananeira à minha frente.

— E vou andar, vou andar.

— Vejam só! Mas acontece que não vou dar, não vou dar, nem que fiques a semana inteira dançando!

— E não dê! Eu bem que mereço; não dê! Mas vou dançar. Vou largar mulher, filhos pequenos, e ficar dançando à tua frente. Rastejando, rastejando!

— Fu, não amoles! — cuspiu o moreno. — Cinco semanas atrás eu estava assim, como o senhor — dirigiu-se ao príncipe —, fugindo de trouxinha na mão da casa dos meus para a casa de uma tia em Pskov; lá acabei caindo de cama com febre, e ele morreu na minha ausência. De um ataque de apoplexia. Que descanse em paz o falecido, mas naquela ocasião ele por pouco não me matou! Não sei se acredita, príncipe, mas eu juro! Não tivesse eu me escafedido na hora e ele teria me matado mesmo.

— O senhor fez alguma coisa para deixá-lo zangado? — perguntou o príncipe, examinando com uma curiosidade especial o milionário de sobrecasaca. No entanto, mesmo que pudesse haver algo propriamente digno de nota no milhão propriamente dito e no recebimento da herança, mais uma outra coisa deixou o príncipe admirado e interessado; demais, por algum motivo o próprio Rogójin tomou o príncipe por seu interlocutor, embora sua necessidade de interlocução parecesse mais mecânica que moral; de um certo modo, mais por distração que por candura; por inquietação, por nervosismo, apenas com o fito de olhar para alguém e soltar a língua a respeito de alguma coisa. Parecia que ele continuava quente, pelo menos com febre. Quanto ao funcionário, este se pendurara em Rogójin, não se atrevia a suspirar, captava e pesava cada palavra como se procurasse um brilhante.

— Que ele ficou zangado, ficou, sim, e pode até ter tido por quê — respondeu Rogójin —, no entanto quem mais me azucrinou foi meu irmão. De minha mãe não há o que dizer, é uma mulher velha, vive lendo *Tcheti-Minei*,[9]

---

[9] Coletâneas mensais de literatura russa antiga de ilustração espiritual, nas quais se incluíam histórias das vidas de santos da Igreja ortodoxa, sermões, informações sobre festas etc., muito difundidas em toda a Rússia por narradores populares. O próprio Dostoiévski a elas se referiu no *Diário de um escritor* de julho-agosto de 1877: "Eu mesmo ouvi essas histórias na infância antes de aprender a ler. Ouvi-as mais tarde até de bandidos na prisão. Para o povo russo, essas histórias (...) contêm, por assim dizer, qualquer coisa de penitente e purificador". (N. da E.)

sentada ao lado de velhas, e o que meu irmão Sienka[10] decide tem de ser cumprido. Por que ele não me fez o comunicado naquela ocasião? Dá para entender! É verdade, naquela ocasião eu estava sem memória. Também me enviaram um telegrama, pelo que dizem. Mas o telegrama achou de cair nas mãos da minha tia. Ela já vem arrastando sua viuvez há trinta anos, e vive da manhã à noite sempre ao lado de alienados. Se é monja ou não, não se sabe, ou mais que isso. Tomou um susto com o telegrama e, sem o deslacrar, levou-o para a delegacia de polícia, onde o telegrama dorme até hoje. Só que Kóniev, Vassíli Vassílitch, veio em socorro, copiou todo o texto. Da camada de brocado que cobria o caixão do meu pai meu irmão tirou as borlas de ouro vazadas no meio da noite: "Dizem que valem um dinheirão". Ora, só por isso ele pode ir parar na Sibéria, se eu quiser, porque aquilo foi um sacrilégio. Ei, tu aí, espantalho! — dirigiu-se ao funcionário. — O que é que diz a lei: é sacrilégio?

— É sacrilégio! Sacrilégio! — secundou imediatamente o funcionário.
— Isso dá Sibéria?
— Dá Sibéria, dá Sibéria! Dá Sibéria imediatamente!
— Eles continuam pensando que ainda estou doente — continuou Rogójin a dizer ao príncipe —, mas eu, sem dizer uma só palavra, tomei o trem às escondidas, ainda adoentado, e pra lá estou indo: abre os portões, maninho Semeon Semeónitch! Ele indispôs meu pai contra mim, estou sabendo. Mas que eu realmente irritei meu pai através de Nastácia Filíppovna, isso lá é verdade. Nisso estou só. Foram artes do demônio.
— Através de Nastácia Filíppovna? — pronunciou servilmente o funcionário, como se refletisse alguma coisa.
— Só que tu não a conheces! — gritou com ele Rogójin, sem paciência.
— Mas acontece que conheço! — respondeu o funcionário com ar triunfal.
— Mais essa! E grande coisa Nastácia Filíppovna! E que verme descarado és tu, fica sabendo! Pois é, eu bem sabia que algum verme desse tamanho aí logo iria grudar! — continuou falando para o príncipe.
— Pois eu talvez a conheça! — continuou importunando o funcionário.
— Liébediev conhece! O senhor, excelência, se permite me censurar, mas, e se eu provar? Acontece que ela é a própria Nastácia Filíppovna, através de quem o vosso pai quis lhe dar uma lição com um bordão de viburno, mas

---

[10] Diminutivo ou tratamento íntimo do nome Semeon, assim como Semeónitch o é de Semeónovitch. (N. do T.)

Nastácia Filíppovna é uma Barachkova, por assim dizer, é inclusive uma grã--senhora de casta e também princesa, em seu gênero, e se dá com um tal de Totski, com Afanássi Ivánovitch, exclusivamente com um senhor de terras e grande capitalista, membro de companhias e sociedades, que por essa razão mantém grande amizade com o general Iepántchin...

— Ora vejam só do que estás a par! — enfim Rogójin ficou de fato surpreso. — Arre, diabos que o carreguem, não é que ele conhece mesmo!

— Está a par de tudo! Liébediev está a par de tudo! Eu, excelência, viajei dois meses com Alieksachka[11] Likhatchov, e também depois da morte do pai, e conheço todos, isto é, todos os cantos e recantos, e chegou-se a um ponto em que não se dá um passo sem Liébediev. Atualmente ele serve no departamento de dívidas, mas naquele período tive oportunidade de conhecer Armans, Coraglio, a princesa Pátskaia e Nastácia Filíppovna, aliás tive oportunidade de conhecer muita coisa mais.

— Nastácia Filíppovna? Por acaso ela e Likhatchov... — Rogójin olhou enfurecido para ele, seus lábios até empalideceram e tremeram.

— N-nada disso! N-n-nada! Nada mesmo! — apercebeu-se o funcionário e apressou-se. — Não, por dinheiro nenhum Likhatchov conseguiria conquistá-la. Não, não é como Armans. Aí Totski é o único. E ele fica à noite em seu próprio camarote no teatro Bolchói ou no Francês.[12] Pouco importa o que os oficiais possam dizer, eles nada podem provar: "Ora vejam: aí está, a tal de Nastácia Filíppovna", e só; quanto ao mais, nada! Porque não há nada.

— Tudo isso é verdade — confirmou Rogójin com ar sombrio e carregando o cenho —, Zaliójev também me contou na ocasião. Então, príncipe, há três anos eu corria pela avenida Niévski metido numa *bekecha*[13] de meu pai, eis que a vejo saindo de uma loja e tomando uma carruagem. Fui fulminado ali mesmo. Encontro Zaliójev, ele não me serve como companhia, anda como um caixeiro saído do barbeiro, lornhão no olho, e nós já havíamos aprontado na casa do meu pai de botas alcatroadas e calças tremulando. Essa aí, diz ele, não é para o teu bico, ela, diz ele, é uma princesa, e se chama Nastácia Filíppovna, de sobrenome Barachkova, e vive com Totski, mas agora Totski não sabe como se livrar dela porque já atingiu a idade verdadeira,

---

[11] Variação do nome Aleksandr. (N. do T.)

[12] O teatro Bolchói [não confundir com o de Moscou (N. do T.)] ficava na Praça do Teatro, no lugar do atual Conservatório Estatal de Petersburgo; uma trupe dramática francesa dava espetáculos no Teatro Mikháilovski, hoje Mali Teatro de Ópera. (N. da E.)

[13] Casaco masculino de corte antigo, franzido na cintura. (N. do T.)

isto é, cinquenta e cinco anos, e quer casar com a beldade das beldades de Petersburgo. Então ele me faz crer: hoje mesmo poderás ver Nastácia Filíppovna no teatro Bolchói, assistindo ao balé, que ela estará em sua frisa. Agora tente você, morando na casa do meu pai, ir ao balé — vai ser uma represália só, ele o mata! Eu, porém, saí de fininho, dei uma chegadinha no teatro e tornei a ver Nastácia Filíppovna; passei toda aquela noite sem pregar os olhos. De manhã o falecido me dá duas notas bancárias a cinco por cento, cada uma no valor de cinco mil, vai, diz ele, vende, leva sete mil e quinhentos ao escritório dos Andriêiev, faz o pagamento, e sem ir a nenhum lugar traz o troco dos dez mil para mim; vou ficar te esperando. Vendi as notas, recebi o dinheiro, não fui ao escritório dos Andriêiev mas, sem desviar a atenção, tomei o rumo da loja inglesa, escolhi um par inteiro de pingentes, com um brilhante em cada um, assim, quase do tamanho de uma noz, ainda fiquei devendo quatrocentos rublos, disse o nome, eles me deram crédito. Com os pingentes na mão fui à casa de Zaliójev: conversa vai, conversa vem, vamos, meu caro, à casa de Nastácia Filíppovna. E fomos. O que eu tinha debaixo dos pés, à minha frente e dos lados naquele momento — não sei de nada e não me lembro. Entramos direto na sala dela, ela mesma veio nos receber. Eu, isto é, não me identifiquei, não disse que era eu mesmo; mas "de Parfen, dir-se-ia, Rogójin — fala Zaliójev — uma lembrança do encontro de ontem para a senhora; tenha a bondade de aceitar". Ela abriu, deu uma olhada, um risinho: "Agradeça, diz ela, ao seu amigo, o senhor Rogójin, por sua amável atenção" — despediu-se e se foi. Pois bem, por que não morri naquele instante? Ora, se fui para lá é porque pensava assim: "Seja como for, vivo eu não volto!". No entanto, o pior de tudo é que tive a impressão de que o finório do Zaliójev foi quem levou a melhor em tudo. Eu sou de baixa estatura, estou vestido como um lacaio, estou postado, calado, não tiro os olhos dela porque estou acanhado, enquanto ele é todo moda, de cabelo empastado e frisado, rosto corado, de gravata xadrez — e se espalha tanto, faz tanto rapapé que ela certamente o toma como se fosse eu! "Bem, digo depois que a gente saiu, agora tu nem te atrevas a pensar, estás entendendo!" Ele ri: "E agora como é que vais prestar conta a Semeon Porfiénitch?". Na verdade, eu quis me atirar n'água antes de entrar em casa, mas pensei: "Ora, tanto faz" — e voltei para casa como um execrado.

— Sim senhor! Oh, ah! — crispou-se o funcionário, e até sentiu um arrepio. — Ora, não só por dez mil, mas até por dez rublos o falecido despachava um para o outro mundo — e fez sinal para o príncipe. O príncipe examinava Rogójin com curiosidade; nesse momento o outro parecia ainda mais pálido.

— "Despachava"! — pegou a deixa Rogójin. — O que é que tu sabes? — No mesmo instante — continuou falando para o príncipe — ficou sabendo de tudo, e ainda por cima Zaliójev saiu dando com a língua nos dentes com todo mundo que encontrava. Meu pai me pegou, trancou-me no andar de cima, e me fez uma hora de sermão. "Eu, diz ele, estou apenas te preparando de antemão, mas à noite ainda venho te dizer adeus." O que achas que aconteceu? O grisalho foi à casa de Nastácia Filíppovna, curvou-se diante dela até o chão, implorou e chorou; ela lhe trouxe a caixa, lançou-lhe: "Toma, barba velha, aí estão teus brincos, agora eles têm para mim um valor dez vezes maior que o preço pago, já que Parfen os conseguiu debaixo de tanta ameaça. Faz uma reverência, diz ela, e agradece a Parfen Semeónitch". Bem, enquanto isso, com o consentimento de minha mãe, consegui vinte rublos com Seriojka Protúchin e fui de carro a Pskov, e cheguei com febre; lá umas velhas se puseram a ler em voz alta o calendário eclesiástico, mas eu, bêbado, saí depois pelos botecos gastando os últimos centavos, passei a noite toda estirado na rua sem sentidos, e amanheci com febre, e enquanto isso os cachorros me roeram. A muito custo acordei.

— Pois então, então Nastácia Filíppovna agora vai cantar na nossa mão! — o funcionário dava risadinhas esfregando as mãos. — Agora, meu senhor, que importam os pingentes! Agora vamos premiá-la com tais pingentes...

— Importam, que se tu ainda disseres uma palavra, uma palavra que seja sobre Nastácia Filíppovna, juro por Deus que vou te passar o chicote, de graça por teres viajado com Likhatchov — gritou Rogójin, agarrando-o pelo braço com força.

— Se vais me açoitar, então não vais me rejeitar! Fustiga! Açoitado ficarei marcado... Bem, mas chegamos!

De fato, estava entrando na estação. Embora Rogójin tivesse dito que havia viajado às escondidas, várias pessoas já o aguardavam. Gritavam e agitavam os chapéus de pele para ele.

— Vejam só, até Zaliójev está aqui! — resmungou Rogójin, olhando para eles com um sorriso triunfal e até meio raivoso. E de repente voltou-se para o príncipe. — Príncipe, não sei por que gostei de ti.[14] Talvez por havê-lo encontrado num momento como esse, mas acontece que também encontrei esse aí (fez sinal apontando para Liébediev) e não gostei dele. Vem me visitar, príncipe. Nós vamos tirar essas tuas polainazinhas, vou pôr em ti um casaco de pele de marta de primeiríssima, um colete branco ou o que tu qui-

---

[14] Aqui Rogójin muda o tratamento "senhor" para "tu". (N. do T.)

seres, abarrotar teus bolsos de dinheiro, e... vamos ver Nastácia Filíppovna! Virás ou não?

— Ouça, príncipe Liev Nikoláievitch! — secundou Liébediev com ar imponente e triunfal. — Ai, não deixe escapar! Ai, não deixe escapar!...

O príncipe Míchkin levantou-se, estendeu cortesmente a mão a Rogójin e lhe disse em tom amável:

— Irei com o maior prazer e lhe agradeço muito por ter gostado de mim. Pode ser até que hoje mesmo eu apareça, se tiver tempo. Porque, digo-lhe francamente, gostei muito do senhor, particularmente quando contou a história dos pingentes com brilhantes. Já havia gostado até mesmo antes dos pingentes, embora o senhor tenha um rosto lúgubre. Eu também lhe agradeço pela roupa que me prometeu e pelo casaco de pele, porque dentro em breve vou realmente precisar de roupa e de um casaco de pele. Quanto a dinheiro, neste momento quase não tenho um só copeque.

— Vais ter dinheiro também, à noite, apareça.

— Vai ter, vai ter — secundou o funcionário —, ao anoitecer, ainda antes de amanhecer o dia vai ter!

— E quanto ao sexo feminino, príncipe, és um grande apreciador? Dize antes!

— Eu, n-n-não! É que eu... Talvez o senhor não saiba, mas por causa de minha doença congênita nunca conheci mulher.

— Bem, sendo assim — exclamou Rogójin —, tu, príncipe, tu és um *iuródiv*,[15] e Deus ama pessoas assim como tu.

— E Deus ama senhores assim — secundou o funcionário.

— E quanto a ti, escrevinhador, segue-me — disse Rogójin a Liébediev, e todos saíram do vagão.

Liébediev acabou conseguindo o que queria. Logo a barulhenta tropa afastou-se na direção da avenida Voznessiênski. O príncipe precisava dobrar para a Litiêinaia. Estava úmido e molhado; o príncipe pediu informações aos passantes — até o fim do caminho que teria de fazer dava umas três verstas,[16] e ele resolveu contratar um carregador.

---

[15] Misto de bobo, mendigo alienado, vidente. (N. do T.)

[16] Antiga medida russa equivalente a 1,067 km. (N. do T.)

II

O general Iepántchin morava em prédio próprio, um pouco ao lado da Litiêinaia, mais para a Igreja da Transfiguração. Além desse prédio (magnífico), do qual alugava cinco sextos, o general Iepántchin ainda possuía um prédio imenso na rua Sadóvaia, o qual também lhe propiciava uma renda excepcional. Além desses dois prédios, ele possuía uma propriedade rural muito lucrativa e importante bem próximo a Petersburgo; ainda possuía uma fábrica qualquer no distrito de Petersburgo. Em passado remoto, o general Iepántchin participou do *ótkup*.[17] Atualmente participa e tem voz muito significativa em algumas sólidas sociedades anônimas. Tinha fama de ser homem de muito dinheiro, grandes ocupações e relações importantes. Em alguns lugares ele conseguira tornar-se absolutamente indispensável, aliás, no seu posto também. Por outro lado, sabia-se ainda que Ivan Fiódorovitch Iepántchin era homem sem instrução e filho de soldado; este dado, sem dúvida, só podia ser uma honra para ele, no entanto o general, mesmo sendo um homem inteligente, também não estava livre de pequenas fraquezas muito perdoáveis, mas também não gostava de certas insinuações. Contudo, estava fora de dúvida que era um homem inteligente e habilidoso. Por exemplo, tinha por sistema não se expor, obnubilar-se onde o achasse preciso, e muitos o apreciavam justamente pela simplicidade, justamente pelo fato de que ele sempre conhecia o seu lugar. Entretanto, se todos esses juízes soubessem o que às vezes se passava na alma de Ivan Fiódorovitch, que conhecia tão bem o seu lugar! E embora ele fosse realmente um homem prático, muito experiente nos assuntos do dia a dia e tivesse algumas aptidões muito notáveis, ainda assim gostava de aparecer mais como executor de ideias alheias do que agindo por sua própria inteligência, mais como homem "leal sem ser bajulador"[18] e — para onde é que não caminha o século! — até mesmo como

---

[17] Venda, a pessoa privada, do direito a cobrar de monopólio estatal e da população impostos ou rendas pertencentes ao Estado, o que levou ao enriquecimento dos beneficiados e à ruína da população. (N. da E.)

[18] Alusão à divisa: "Leal sem bajulação", do brasão de A. A. Araktchêiev (1769-1834), conferido a ele por Pável I. (N. da E.)

russo e cordial. Neste sentido, chegaram até a contar algumas piadas engraçadas a seu respeito; mas o general nunca desanimava, nem mesmo diante das piadas mais engraçadas; ainda por cima tinha sorte até no baralho, e apostava alto demais e até de modo deliberado; além de não procurar esconder esse seu pequeno e aparente fraco pelas cartinhas, que lhe era tão essencial e em muitos casos útil, ainda o expunha. Era de sociedade mesclada, quando nada "de mandachuvas", está entendido. Mas tudo ainda estava por vir, o tempo esperava, o tempo esperava tudo, e tudo deveria vir com o tempo e por sua vez. Demais, pela idade o general Iepántchin ainda estava, como se diz, na plenitude das forças, ou seja, cinquenta e seis anos e nem um a mais, o que, em todo caso, constitui uma idade vicejante, a idade na qual começa de verdade a *autêntica* vida. A saúde, a cor do rosto, os dentes fortes embora pretos, a compleição atarracada, encorpada, a expressão do rosto, preocupada pela manhã no serviço e alegre à noite à mesa do carteado ou em casa de sua Alteza — tudo contribuía para os sucessos presentes e futuros e atapetava de rosas a vida de sua excelência.

O general tinha uma família próspera. É verdade que ali nem tudo eram rosas, mas em compensação havia muitas coisas nas quais há tempos vinham se concentrando com seriedade e afeto as principais esperanças e objetivos de sua excelência. Ademais, que objetivo na vida pode ser mais importante e mais sagrado que os objetivos dos pais? A que se fixar a não ser à família? A família do general era composta da esposa e de três filhas adultas. O general havia casado fazia muito tempo, ainda quando era apenas tenente, com uma moça quase da sua idade, sem beleza, nem instrução, pela qual recebera de dote só cinquenta almas — se bem que estas foram a base de sua posterior fortuna. Mais tarde, porém, o general nunca se queixou de ter casado cedo, nunca tratou seu casamento como um enlevo da mocidade imprevidente, respeitava a esposa e às vezes a temia a tal ponto que até a amava. A generala era da estirpe principesca dos Míchkin, uma estirpe que, mesmo não sendo brilhante, era muito antiga, e por causa da sua origem nutria um grande respeito por si mesma. Alguém entre as pessoas influentes daquela época, um daqueles protetores para quem, aliás, não custa nada proteger, aceitou interessar-se pelo casamento da jovem princesa. Ele abriu o portão a um jovem oficial e o empurrou para a entrada, porém o outro não precisava de um empurrão mas tão somente de um olhar — não seria em vão! Com poucas exceções, o casal viveu em harmonia todo o tempo do seu longo jubileu. Ainda em sua idade muito jovem, a generala soube encontrar, como princesa nata e a última da estirpe, e talvez por qualidades pessoais, algumas protetoras muito elevadas. Mais tarde, com a riqueza e a importância funcional do seu esposo, ela começou até a adaptar-se um pouco a esse círculo superior.

Nesses últimos anos cresceram e amadureceram as três filhas do general — Alieksandra, Adelaida e Aglaia. É verdade que todas as três eram apenas Iepántchin, mas pelo lado da mãe tinham linhagem principesca, com dote grande, com um pai que alimentava a pretensão futura a um cargo talvez até muito alto e, o que também importava bastante, todas as três eram admiravelmente bonitas, sem excluir Alieksandra, a mais velha, que já completara vinte e cinco anos. A do meio tinha vinte e três anos, e a caçula, Aglaia, acabava de completar vinte. Essa caçula era até de uma beleza plena, e começava a chamar grande atenção na sociedade. Mas isso também ainda não era tudo: todas as três se distinguiam pela ilustração, a inteligência e o talento. Sabia-se que elas se gostavam magnificamente e uma apoiava a outra. Mencionava-se inclusive que estariam sacrificando as mais velhas em favor do ídolo geral da casa — a caçula. Na sociedade elas não só não gostavam de se expor como ainda eram excessivamente modestas. Ninguém podia acusá-las de presunção e arrogância, e no entanto sabia-se que eram orgulhosas e compreendiam o valor que tinham. A mais velha era música, a do meio, pintora magnífica; mas isso não foi do conhecimento de quase ninguém durante muitos anos, só se revelou bem recentemente e ainda assim por acaso.[19] Numa palavra, elas eram objeto de elogios excessivamente numerosos. Mas também havia referências malevolentes. Falava-se com horror de quantos livros elas haviam lido. De casar-se não tinham pressa; embora por um determinado círculo da sociedade nutrissem apreço, ainda assim este não era muito. Isso era ainda mais notável porque todos conheciam a tendência, o caráter, os objetivos e desejos dos pais delas.

Já se aproximava das onze horas quando o príncipe tocou a sineta do apartamento do general. O general morava no segundo andar e ocupava uma habitação na medida do possível modesta, embora proporcional à sua importância. Um criado de libré abriu a porta ao príncipe, que teve de gastar muito tempo dando explicações a esse homem que desde o início olhara desconfiado para ele e a trouxinha. Por fim, depois da informação reiterada e precisa de que ele era realmente o príncipe Míchkin e que precisava sem falta ver o general para tratar de um assunto indispensável, o homem perplexo o acompanhou a uma pequena antessala ao lado, em frente à sala de recepções, junto ao gabinete, e o passou de suas mãos às de outro homem, que

---

[19] Face a essa nota do narrador, que sugere a modéstia de Adelaida, é interessante observar que esse nome (do grego Αδελαϊδα) significa apagada, sem destaque. (N. da E.)

dava plantão naquela sala de recepções pelas manhãs e informava o general sobre as visitas. Esse outro homem estava de fraque, tinha mais de quarenta anos e uma fisionomia preocupada, era um criado que servia no gabinete e levava as informações à sua excelência, daí porque conhecia seu próprio valor.

— Aguarde na sala de recepções, mas a trouxinha deixe aqui — pronunciou ele, sentando-se sem pressa e com ar imponente em sua poltrona e olhando com uma admiração severa para o príncipe, que se acomodara ali mesmo ao lado dele numa cadeira, com sua trouxinha nas mãos.

— Se me permite — disse o príncipe —, seria melhor eu esperar aqui com o senhor, porque lá eu ficaria sozinho.

— Na antessala o senhor não vai ficar porque é visita, ou seja, hóspede. Quer ver o próprio general?

Pelo visto, o criado não podia aceitar a ideia de franquear a entrada a semelhante visita e mais uma vez ousara lhe perguntar.

— Sim, tenho um assunto... — ia começando o príncipe.

— Eu não estou perguntando ao senhor qual é o assunto — minha função é apenas informar da sua presença. E sem secretário, como eu disse, não vou informar sobre a sua presença.

A desconfiança desse homem parecia aumentar cada vez mais; o príncipe destoava excessivamente da categoria dos frequentadores diários, e embora o general tivesse de receber com bastante frequência, quase diariamente, em um determinado horário, às vezes até visitantes muito diferentes, sobretudo para tratar de *negócios*, o criado ainda assim estava em grande dúvida, apesar de estar acostumado e ter instruções bastante amplas; a mediação do secretário era indispensável para que a comunicação fosse feita.

— Bem, o senhor veio mesmo... do estrangeiro? — perguntou ele por fim como que involuntariamente — e desconcertou-se; talvez quisesse perguntar: "Mas o senhor é mesmo o príncipe Míchkin?".

— Sim, acabei de sair do trem. Parece-me que o senhor quis perguntar: sou eu mesmo o príncipe Míchkin? Mas não perguntou por polidez.

— Hum... — mugiu surpreso o criado.

— Eu lhe asseguro que não lhe menti e o senhor não vai se responsabilizar por mim. E quanto a eu estar com esta aparência e esta trouxinha, não há nada de surpreendente: as circunstâncias em que ora me encontro não têm graça.

— Hum. Veja, não é isso que eu temo. Sou obrigado a informar, e o secretário virá recebê-lo, a não ser que o senhor... O problema é que tem esse a não ser. O senhor não vai ao general pedir por questão de pobreza, posso me atrever a saber?

— Oh, não, pode estar absolutamente certo disso. Meu assunto é outro.

— Queira me desculpar, mas é que fiz a pergunta observando a sua aparência. Aguarde o secretário; neste momento o próprio general está tratando com um coronel, mas depois virá um secretário... sociável.

— Então, se eu tivesse de esperar muito, eu lhe pediria: será que não daria para eu fumar em algum lugar por aqui? Tenho cachimbo e fumo.

— Fu-mar? — o criado lançou-lhe um olhar com uma perplexidade desdenhosa, como se ainda não acreditasse nos próprios ouvidos. — Fumar? Não, aqui o senhor não pode fumar, e além do mais é até uma vergonha para o senhor ter uma coisa dessas no pensamento. Ih... esquisito!

— Oh, eu não pedi para fumar nesta sala; ora, eu sei; eu sairia para algum lugar que o senhor indicasse, porque estou acostumado, e já faz umas três horas que não fumo. De resto, seja como o senhor quiser; sabe, existe um provérbio: cada terra com seus costumes...

— Então, como é que eu devo informar sobre o senhor? — murmurou quase involuntariamente o criado. — Pra começo de conversa, o senhor não pode permanecer aqui e deve esperar na sala de recepções, porque o senhor está no rol dos visitantes, ou seja, é um hóspede, e vão cobrar de mim... Agora me diga; será que o senhor pretende morar conosco? — acrescentou ele, mais uma vez olhando de esguelha para a trouxinha do príncipe, que pelo visto não o deixava em paz.

— Não, não estou pensando. Ainda que me convidem, nem assim eu fico. Eu vim apenas para travar conhecimento, e nada mais.

— Como? Travar conhecimento? — perguntou o criado com uma desconfiança triplicada. — Como foi que o senhor disse primeiro que era para tratar de um assunto?!

— Oh, quase que não! Ou seja, se a gente for puxar, é claro que somos parentes, mas tão distantes que nem dá para considerá-lo de verdade. Uma vez eu escrevi do exterior uma carta à generala, mas ela não me respondeu. Ainda assim considerei necessário estabelecer relações após o meu regresso. Estou lhe explicando tudo isso agora para que o senhor não duvide, porque estou vendo que o senhor continua preocupado: informe que é o príncipe Míchkin, e então a causa da minha visita ficará visível no próprio informe. Se me receberem, tudo bem, se não me receberem, talvez também esteja tudo muito bem. Só que, parece, não podem deixar de receber: a generala, é claro, gostará de ver o mais antigo e único representante da sua linhagem, e ela tem muito apreço por sua estirpe, como ouvi com precisão a seu respeito.

Pareceria que a conversa do príncipe era a mais simples; no entanto, quanto mais simples ela era mais absurda ia se tornando nesse momento, e o experiente criado não podia deixar de notar que se algo que fica bastante bem a um homem em conversa com outro homem já não fica nada bem a um visitante em conversa com um *homem* como ele. E como *os homens* são bem mais inteligentes do que os seus senhores costumam pensar a respeito deles, o criado meteu na cabeça que ali havia duas coisas: ou o príncipe era algum devasso e ali comparecera forçosamente a fim de pedir por causa de sua pobreza, ou o príncipe era simplesmente um bobo e sem ambição, porque um príncipe inteligente e ambicioso não estaria sentado numa sala de recepções e conversando com um criado sobre os seus problemas, logo, não teria ele de se responsabilizar pelo príncipe em qualquer um dos casos?

— Mas ainda assim eu lhe pediria que o senhor fosse para a sala de recepções — observou em tom na medida do possível persistente.

— Pois bem, se eu ficasse esperando lá, o senhor acabaria não informando nada sobre a minha presença — riu com alegria o príncipe —, e ainda por cima passaria pelo incômodo de ficar olhando para a minha capa e a minha trouxinha. Mas agora o senhor bem que podia não esperar pelo secretário e ir pessoalmente anunciar a minha presença.

— Sem o secretário eu não posso informar sobre um visitante como o senhor, e além do mais, há pouco o próprio deu ordem especial para não ser incomodado por nada nesse mundo enquanto o coronel estiver lá, mas Gavrila Ardaliónovitch entra sem se anunciar.

— Ele é funcionário?

— Gavrila Ardaliónovitch? Não. Ele trabalha na Companhia por iniciativa própria. Ponha a trouxinha pelo menos aqui.

— Eu já estava pensando nisso; se me permite. Sabe, vou tirar também a capa, não?

— Claro, não vai entrar lá de capa.

O príncipe se levantou, tirou apressadamente a capa e ficou em um paletó bastante bom e de costura habilidosa, ainda que surrado. Uma corrente de aço corria sobre o colete. Na corrente, um relógio de prata de Genebra.

Embora o príncipe fosse um bobo — o criado já o havia decidido —, ainda assim o criado do general finalmente achou que era uma inconveniência continuar conversando em nome próprio com o visitante, apesar de, por algum motivo, o príncipe lhe agradar, de certo ponto de vista, é claro. Contudo, de outro ponto de vista o visitante despertava nele uma indignação evidente e grosseira.

— E a generala, quando recebe? — perguntou o príncipe, tornando a sentar-se no lugar de antes.

— Isso já não é assunto meu. Os dois recebem em separado, dependendo da pessoa. A modista pode entrar até mesmo às onze. Gavrila Ardaliónovitch também é recebido antes dos outros, até para o desjejum de manhã cedo.

— Aqui nessas salas é mais quente que no estrangeiro durante o inverno — observou o príncipe —, mas em compensação, nas ruas de lá o clima é mais quente que o nosso, no entanto dentro de casa, no inverno, um russo que não esteja acostumado não aguenta.

— Não tem calefação?

— Tem, mas até a construção dos prédios é diferente, ou seja, os fornos e as janelas.

— Hum! E o senhor, ficou muito tempo por lá?

— Sim, quatro anos. Se bem que passei o tempo todo no mesmo lugar, no campo.

— Desacostumou-se daqui?

— Isso também é verdade. Acredite, fico admirado de mim mesmo por não ter me esquecido de falar russo. Repare, estou aqui conversando com o senhor e pensando: "Vejam só, eu falo bem". Talvez seja por isso que eu falo tanto. Palavra, desde ontem tenho vontade de falar russo sem parar.

— Hum! Eh! Morou antes em Petersburgo? (Por mais que o criado resistisse, era impossível não manter uma conversa tão polida e cortês.)

— Em Petersburgo? Quase nada, só estive de passagem. Antes eu não conhecia nada aqui, mas agora se ouve falar de tanta coisa nova, que dizem que quem conhecia antes agora terá de conhecer tudo de novo. Por aqui andam falando muito sobre os tribunais.[20]

— Hum!... Os tribunais. Ah, os tribunais, verdade que é sobre os tribunais. E lá, como é, os tribunais são mais justos ou não?

— Não sei. Sobre os nossos ouvi falar de muita coisa boa. Veja, outra vez não há pena de morte em nosso país.[21]

---

[20] Alusão à reforma do judiciário russo realizada em 1864, que foi objeto da atenção constante de Dostoiévski, já referida em *Crime e castigo*. (N. do T.)

[21] A pena de morte na Rússia foi abolida por um ucasse da imperatriz Ielisavieta Pietróvna em 1753-1754, mas no império de Catarina II foi reintroduzida como pena capital por crimes de alta traição, militares e outros. Em abril de 1863 foram abolidos apenas os castigos à base do chicote e da chibata, que eram de fato uma variedade da pena de morte. Em 1860, em face do crescimento das lutas contra o tsarismo, a pena de morte foi aplicada com especial frequência. Um pouco antes da viagem de Dostoiévski ao exterior, em 3 de setembro de 1863, Karakózov foi enforcado publicamente em Petersburgo. Assim, as afirmações de que "não há pena de morte" na Rússia e de que Míchkin só a teria visto no exterior

O idiota

— E lá, executam?

— Sim. Eu vi isso na França. Em Lyon. Schneider me levou consigo para lá.

— Enforcam?[22]

— Não, na França continuam cortando a cabeça.

— Então, eles gritam?

— Qual! É num abrir e fechar de olhos. Colocam o homem na posição, cai uma coisa assim como um facão largo, comandado por uma máquina, ela se chama guilhotina, é pesada, potente... A cabeça pula fora de um jeito que não dá tempo de piscar um olho. Os preparativos são penosos. Quando anunciam a sentença, equipam o mecanismo, amarram o condenado, levam-no ao patíbulo, e aí é o horror! Corre gente para assistir, até mulheres, embora lá não gostem de que as mulheres assistam.

— Não é assunto para elas.

— É claro! É claro! Ver tamanho suplício!... O criminoso era um homem inteligente, destemido, forte, já entrado em anos, Legrot era seu sobrenome. Pois bem, como estou lhe contando, acredite o senhor ou não, quando subiu ao patíbulo começou a chorar, branco como uma folha de papel. Pode uma coisa dessas? Por acaso não é um horror? E quem é que chora de pavor? Eu nem pensava que pudesse chorar de pavor quem não é criança, um homem que nunca havia chorado, um homem de quarenta e cinco anos. O que acontece com a alma nesse instante, a que convulsões ela é levada? É uma profanação da alma e nada mais! Está escrito: "Não matarás", então porque ele matou vão matá-lo também? Não, isso não pode. Pois bem, já faz um mês que assisti àquilo, mas até agora é como se estivesse diante dos meus olhos. Já sonhei umas cinco vezes.

O príncipe ficou até inspirado ao falar, um leve rubor correu-lhe pelo rosto pálido, embora sua voz continuasse baixa. O criado o observava com um interesse participativo, de tal forma que, parece, não queria despregar-se do fio da conversa; é possível que também fosse um homem de imaginação e ensaiasse pensar.

— Ainda bem que o sofrimento é pouco[23] — observou ele — depois que cortam a cabeça.

---

foram uma saída de Dostoiévski para proteger da intervenção da censura as partes do romance em que Míchkin discute a pena de morte. (N. da E.)

[22] Na França, os criminosos comuns eram executados publicamente até fins do século XIX (a pena de morte por crimes políticos foi abolida em 1848). (N. da E.)

[23] Aí Dostoiévski tem em vista a novela de Victor Hugo, *O último dia de um conde-*

— Sabe de uma coisa? — secundou o príncipe com ardor. — Essa mesma observação que o senhor fez todo mundo faz, e a máquina, a guilhotina, foi inventada com esse fim. Mas naquela ocasião me ocorreu uma ideia: e se isso for ainda pior? O senhor acha isso engraçado, isso lhe parece um horror, e no entanto sob um certo tipo de imaginação até um pensamento como esse pode vir à cabeça. Reflita, por exemplo, se há tortura; neste caso há sofrimento e ferimentos, suplício físico e, portanto, tudo isso desvia do sofrimento moral, de tal forma que você só se atormenta com os ferimentos, até a hora da morte. E todavia a dor principal, a mais forte, pode não estar nos ferimentos e sim, veja, em você saber, com certeza, que dentro de uma hora, depois dentro de dez minutos, depois dentro de meio minuto, depois agora, neste instante — a alma irá voar do corpo, que você não vai mais ser uma pessoa, e que isso já é certeza; e o principal é essa *certeza*. Eis que você põe a cabeça debaixo da própria lâmina e a ouve deslizar sobre sua cabeça, pois esse quarto de segundo é o mais terrível de tudo. O senhor sabe que isso não é fantasia minha, que muitas pessoas disseram isso? Eu acredito tanto nisso que lhe digo francamente qual é minha opinião. Matar por matar é um castigo desproporcionalmente maior que o próprio crime. A morte por sentença é desproporcionalmente mais terrível que a morte cometida por bandidos. Aquele que os bandidos matam, que é esfaqueado à noite, em um bosque, ou de um jeito qualquer, ainda espera sem falta que se salvará, até o último instante. Há exemplos de que uma pessoa está com a garganta cortada, mas ainda tem esperança, ou foge, ou pede ajuda. Mas, no caso de que estou falando, essa última esperança, com a qual é dez vezes mais fácil morrer, é abolida *com certeza*; aqui existe a sentença, e na certeza de que não se vai fugir a ela, reside todo o terrível suplício, e mais forte do que esse suplício não existe nada no mundo. Traga um soldado, coloque-o diante de um canhão em uma batalha e atire nele, ele ainda vai continuar tendo esperança, mas leia para esse mesmo soldado uma sentença *como certeza*, e ele vai enlouquecer[24] ou começar a chorar. Quem disse que a natureza humana é capaz

---

nado à morte (1829), objeto de seu interesse (como vemos em *Crime e castigo* e *A dócil*). Hugo escreve: "Em tudo isso, só veem a queda vertical de uma faca triangular e talvez pensem que para o condenado não existe nada antes, nada depois... São triunfantes de poder matar sem fazer quase o corpo sofrer. Cuidado! Não é exatamente disso que está se tratando! O que é a dor física perto da dor moral?..." [adaptado da tradução brasileira de Annie Paulette Maria Cambè, Rio de Janeiro, Clássicos Econômicos Newton, 1995, p. 91]. (N. da E.)

[24] As mesmas ideias estão presentes em *O último dia de um condenado à morte*, principalmente no final do capítulo VII: "Será que realmente não é possível, que terei que mor-

de suportar isso sem enlouquecer? Para quê esse ultraje hediondo, desnecessário, inútil? Pode ser que exista um homem a quem leram uma sentença, deixaram que sofresse, e depois disseram: "Vai embora, foste perdoado". Pois bem, esse homem talvez conseguisse contar.[25] Até Cristo[26] falou desse tormento e desse pavor. Não, não se pode fazer isso com o homem!

O criado, ainda que não conseguisse exprimir tudo isso como o príncipe, compreendeu, não tudo, é claro, mas o principal, o que se via até por seu rosto enternecido.

— Se o senhor está mesmo com tanta vontade de fumar — pronunciou ele —, isso, acho, é possível, desde que seja o mais depressa. Porque de repente podem chamar e o senhor não está. Veja aquela porta ali debaixo da escadinha. Entre por ela, à direita fica um quartinho: lá pode fumar, mas abra o postigo, porque isso está fora do regulamento...

Mas o príncipe não teve tempo de sair para fumar. De repente entrou pela antessala um jovem com papéis nas mãos. O criado começou a lhe tirar o casaco de pele. O jovem olhou de esguelha para o príncipe.

— Este, Gavrila Ardaliónitch[27] — começou o criado em tom confidencial e quase familiar —, anunciou que é o príncipe Míchkin e parente da senhora, veio de trem do estrangeiro, com uma trouxinha nas mãos, só...

O príncipe não ouviu o resto, porque o criado começou a cochichar. Gavrila Ardaliónovitch ouvia com atenção e olhava para o príncipe com grande curiosidade, por fim deixou de escutar e com ar impaciente chegou-se a ele.

— O senhor é o príncipe Míchkin? — perguntou ele de um modo extremamente amável e cortês. Era um jovem muito bonito, também de uns vinte e sete anos, um louro esbelto, de estatura mediana, barbicha à Napo-

---

rer amanhã, hoje talvez, que é assim mesmo? Oh, Deus! Que horrível ideia, de rachar a cabeça na parede da cela!" [adaptado da referida tradução brasileira]. (N. da E.)

[25] Aí Dostoiévski fala sobretudo de si mesmo e de outros integrantes do círculo de Pietrachevski, a quem foi comunicada a comutação da pena de morte só depois da leitura da sentença e da preparação dos mesmos para o fuzilamento. Ele contou isso em carta de 22 de dezembro de 1849 ao irmão. Lendo os jornais o escritor provavelmente soube que a "execução" dos pietrachevskianos não fora um caso isolado. (N. da E.)

[26] Tem-se em vista a cena de Jesus no jardim de Getsêmani: "Então lhes disse: A minha alma está profundamente triste até à morte... Adiantando-se um pouco, prostrou-se sobre o seu rosto, orando e dizendo: Meu pai, se possível, passe de mim este cálice! Todavia não seja como eu quero, e, sim, como tu queres" (Mateus, 26, 38-9). (N. da E.)

[27] Variação mais ou menos íntima do sobrenome Ardaliónovitch. (N. do T.)

leão,[28] rosto inteligente e muito bonito. Só o sorriso dele, a despeito de toda a amabilidade que transmitia, tinha um quê de refinado demais; aí os dentes apareciam algo exageradamente perolados e iguais; o olhar, apesar de toda a jovialidade e a aparente bonomia, tinha qualquer coisa de excessivamente fixo e perscrutador.

"Ele, é de crer, quando está só tem esse mesmo olhar, e vai ver, nunca ri" — conjecturou o príncipe.

O príncipe explicou, às pressas, tudo o que pôde, quase o mesmo que já explicara ao criado e ainda antes a Rogójin. Enquanto isso, Gavrila Ardaliónovitch parecia lembrar-se de alguma coisa.

— Não foi o senhor — perguntou ele — que há coisa de um ano ou até menos se dignou a enviar uma carta, parece que da Suíça, a Ielisavieta Prokófievna?

— Exatamente.

— Então aqui sabem do senhor e certamente se lembram. Veio falar com sua excelência? Neste instante vou anunciar... Agora ele vai estar livre. Só que o senhor... ao senhor caberia aguardar por ora na sala de recepções... Por que ele está aqui? — perguntou severamente ao criado.

— Eu falei, ele mesmo não quis...

Nesse momento a porta do gabinete subitamente se abriu e um militar saiu de lá com uma pasta na mão, falando alto e fazendo suas despedidas.

— Tu estás aí, Gánia? — gritou uma voz do gabinete. — Faz favor, vem até aqui!

Gavrila Ardaliónovitch fez um sinal de cabeça para o príncipe e entrou às pressas no gabinete.

Uns dois minutos depois a porta voltou a abrir-se e ouviu-se a voz sonora e amistosa de Gavrila Ardaliónovitch.

— Príncipe, tenha a bondade!

---

[28] Era uma barbicha assim que Napoleão III usava. (N. da E.)

III

O general Ivan Fiódorovitch Iepántchin estava em pé no centro do seu gabinete e olhava com extrema curiosidade para o príncipe que entrava, até deu dois passos em direção a ele. O príncipe aproximou-se e apresentou-se.

— Então — disse o general —, em que posso servi-lo?

— Assunto inadiável eu nunca tenho; meu objetivo era simplesmente conhecê-lo. Não gostaria de incomodá-lo, uma vez que não conheço a sua agenda nem as suas ordens... Mas é que acabei de sair do trem... de chegar da Suíça...

O general quase deu um risinho, no entanto refletiu e parou; depois tornou a refletir, franziu o cenho, examinou mais uma vez seu visitante da cabeça aos pés, em seguida lhe indicou rapidamente uma cadeira, sentou-se ele mesmo meio de lado e virou-se para o príncipe numa expectativa impaciente. Gánia estava em pé em um canto do gabinete, ao lado da secretária, mexendo em uns papéis.

— Para visitas com fins de travar conhecimento eu tenho pouco tempo — disse o general —, mas como o senhor, é claro, tem o seu objetivo, neste caso...

— Eu bem que tinha pressentido — interrompeu o príncipe — que o senhor veria forçosamente em minha visita algum objetivo especial. No entanto, juro, a não ser o prazer de conhecê-lo não tenho nenhum objetivo particular.

— É claro que para mim também é um prazer extraordinário, mas nem tudo são entretenimentos, e, o senhor sabe, às vezes acontecem coisas... Além do mais, até agora não estou conseguindo perceber o que há de comum entre nós... por assim dizer, a causa...

— Causa não existe, isso é indiscutível, e comum entre nós há pouca coisa, é claro. Porque se eu sou o príncipe Míchkin e sua esposa é da nossa estirpe, isso, está entendido, ainda não é causa. Isto eu compreendo muito bem. Mas, não obstante, é só nisso que consiste todo o meu motivo. Faz uns quatro anos e tanto que não venho à Rússia; e demais, de que jeito eu saí: quase sem regular bem! Na ocasião eu não conhecia nada, e agora ainda menos. Estou precisando de gente boa; veja, estou até com um problema e não sei onde me meter. Ainda em Berlim eu pensei: "Eles são quase meus parentes, vou começar por eles; pode ser que venhamos a servir uns aos outros, eles a mim, eu a eles — se eles forem gente boa". E eu ouvi dizer que os senhores são uma gente boa.

— Fico muito grato — admirou-se o general —, permita-me perguntar: onde está hospedado?

— Eu ainda não me hospedei em lugar nenhum.

— Então veio direto do trem me procurar? E... com a bagagem?

— Sim, mas toda a minha bagagem é uma pequena trouxinha com roupa branca e só; eu costumo levá-la na mão. Até à noitinha terei tempo de arranjar um quarto.

— Então o senhor ainda tem a intenção de arranjar um quarto?

— Ah, sim, é claro.

— A julgar pelas suas palavras, quase pensei que o senhor tivesse mesmo vindo direto para a minha casa.

— Isso poderia acontecer, mas não sem que o senhor me convidasse. Eu mesmo, confesso, não ficaria nem que fosse convidado, não que exista algum motivo, mas assim... por uma questão de caráter.

— Bem, então isso até vem a propósito, porque eu não o convidei e nem convido. Permita-me mais uma coisa, príncipe, para que tudo fique esclarecido de uma vez: já que nós dois acabamos de concluir que entre nós não pode haver sequer uma palavra sobre parentesco — embora para mim fosse, certamente, muito lisonjeiro —, então...

— Então é eu me levantar e sair? — soergueu-se o príncipe, rindo de um jeito até alegre, apesar de toda a visível dificuldade de sua situação. — Veja, general, palavra que mesmo sem eu conhecer na prática coisíssima nenhuma nem dos costumes daqui, nem de como aqui se vive, ainda assim eu achava justamente que entre nós ia acontecer sem falta exatamente o que está acontecendo agora. Que fazer, vai ver que a coisa tinha de dar nisso mesmo... Além do mais, nem me responderam à minha carta naquela ocasião... Bem, adeus e desculpe o incômodo.

Nesse instante havia tanta doçura no olhar do príncipe, seu sorriso estava tão isento de qualquer matiz, por ínfimo que fosse, de antipatia oculta, que o general parou de súbito e meio repentinamente olhou de outro jeito para o seu visitante; toda a mudança do olhar se deu em um abrir e fechar de olhos.

— Sabe, príncipe — disse ele com uma voz de todo diferente —, todavia eu não o conheço, e Ielisavieta Prokófievna possivelmente pode querer ver alguém do mesmo sobrenome... Aguarde, se desejar, caso tenha tempo.

— Oh, eu tenho tempo; o meu tempo é inteiramente meu (e no mesmo instante o príncipe pôs na mesa o seu chapéu macio de abas redondas). Eu, confesso, estava mesmo contando que Ielisavieta Prokófievna talvez se lembrasse de que eu lhe havia escrito. Há pouco, quando eu estava lá fora à espera do senhor, seu criado desconfiou de que eu tivesse vindo para cá pedir por causa de minha pobreza; isso eu percebi, mas o senhor deve ter instruções rigorosas a esse respeito; no entanto, palavra, não vim por isso mas apenas para fazer amizade com as pessoas, palavra. Só que acho que o incomodei um pouco, e isso me preocupa.

— Veja só, príncipe — disse o general com um sorriso alegre —, se o senhor for mesmo o que parece, acho que será até agradável travar conhecimento com o senhor; só que, veja, eu sou um homem ocupado, e agora mesmo vou tornar a me sentar para examinar e assinar umas coisas, depois vou despachar com sua Alteza o príncipe, logo após o serviço, de sorte que, mesmo que eu fique feliz com a companhia das pessoas... isto é, boas... no entanto... Aliás, estou tão convencido de que o senhor tem uma educação magnífica, de que... No entanto, quantos anos o senhor tem, príncipe?

— Vinte e seis.

— Ah! Eu pensava que fosse bem menos.

— É verdade, dizem que o meu rosto aparenta menos idade do que tenho. Mas logo vou entender e aprender a não atrapalhá-lo, porque eu mesmo detesto atrapalhar... Enfim, tenho a impressão de que somos pessoas muito diferentes na aparência... pelas muitas circunstâncias de que, entre nós, talvez possa haver muitos pontos em comum, no entanto, sabe, eu mesmo não acredito nessa última ideia, porque com muita frequência apenas parece que não há pontos em comum, no entanto eles existem muito... é por causa da indolência humana que as pessoas se classificam umas às outras a olho e não conseguem chegar a nada... Mas, pensando bem, eu talvez tenha começado de um jeito chato, não? É como se o senhor...

— Duas palavras: o senhor tem ao menos alguns bens? Ou, talvez, tem a intenção de assumir alguma ocupação? Desculpe o meu jeito...

— Ora, eu aprecio muito e compreendo a sua pergunta. Por enquanto eu não tenho quaisquer bens e nenhuma ocupação também por enquanto, mas bem que precisaria. Quanto ao dinheiro, o que eu tinha até agora era alheio, me foi dado por Schneider, meu professor, com quem eu estava me tratando e estudando na Suíça, e me deu a quantia certa para a viagem, de sorte que agora, por exemplo, tudo o que me resta são alguns copeques. É verdade que tenho uma questão, e preciso de um conselho, porém...

— Diga-me, de que o senhor pretende viver por ora e quais eram as suas intenções? — interrompeu o general.

— Gostaria de trabalhar com alguma coisa.

— Ah, sim, o senhor é um filósofo; mas, pensando bem... o senhor se acha com talento, com aptidões, ao menos algumas, isto é, daquelas que dão o pão de cada dia? Desculpe mais uma vez...

— Oh, não precisa se desculpar. Não, acho que não tenho nem talento, nem aptidões especiais; é até o contrário, porque sou um homem doente e não estudei corretamente. Quanto ao pão, parece-me...

O general tornou a interromper e tornou a interrogar. O príncipe voltou a contar tudo o que já havia contado. Verificou-se que o general ouvira falar do falecido Pávlischev e até o conhecera pessoalmente. Por que Pávlischev se interessara por sua educação o próprio príncipe não conseguiu explicar — pensando bem, pode ter sido por causa da velha amizade com o falecido pai dele. O príncipe ficara sem os pais ainda criancinha, vivera a vida toda e crescera pelas aldeias, uma vez que sua saúde exigia o ar do campo. Pávlischev o confiou a umas fazendeiras velhas, parentas suas; a princípio contrataram para ele uma preceptora, depois um preceptor; ele, aliás, anunciou que, mesmo se lembrando de tudo, ainda assim pouco conseguia explicar satisfatoriamente porque não se dava conta de muita coisa. As frequentes crises de sua doença fizeram dele um idiota quase completo (foi "idiota" mesmo que o príncipe disse). Por último, contou que Pávlischev se encontrara certa vez em Berlim com o professor Schneider, suíço, que se dedica precisamente a essas doenças, possui um estabelecimento na Suíça, no cantão de Wallis, trata por seu método especial com água fria, ginástica, trata de idiotice e de loucura, ao mesmo tempo leciona e se dedica em geral ao desenvolvimento intelectual; que Pávlischev o havia enviado para tratar-se com ele na Suíça uns cinco anos antes, e o próprio havia morrido há dois anos, de repente, sem deixar deliberações; que Schneider o sustentara e tratara dele por mais dois anos; que ele não o havia curado mas o ajudara muito e que, por fim, pela própria vontade dele e em função de uma circunstância surgida, agora o enviava para a Rússia.

O general ficou muito admirado.

— E o senhor não tem ninguém, terminantemente ninguém na Rússia? — perguntou ele.

— Hoje ninguém, mas tenho esperança... de mais a mais, recebi uma carta...

— Ao menos — interrompeu o general sem ter ouvido sobre a carta —, o senhor aprendeu alguma coisa, e sua doença não o impede de ocupar um emprego qualquer, por exemplo, um emprego fácil em algum serviço?

— Oh, certamente não impede. E quanto ao emprego, eu até o desejaria muito, porque eu mesmo preciso ver de que sou capaz. Estudei durante todos os quatro anos e de modo permanente, ainda que de forma não inteiramente regular, mas assim, assim, pelo sistema especial dele, e nesse período consegui ler muitos livros russos.

— Livros russos? Então sabe ler e consegue escrever corretamente?

— Oh, muito.

— Ótimo; e a letra?

— A letra é magnífica. Eis aí onde, é de crer, eu tenho talento; nisso eu sou simplesmente um calígrafo. Deixe que eu escreva agora mesmo alguma coisa para teste — disse o príncipe com entusiasmo.

— Faça esse obséquio. E isso é até preciso... Estou gostando dessa sua disposição, príncipe, o senhor, palavra, é muito gentil.

— O senhor tem uns artigos para escrita tão magníficos, e quanto lápis, quanta pena, que papel encorpado, esplêndido... E que excelente gabinete! Veja essa paisagem, eu a conheço; é uma paisagem da Suíça. Estou certo de que o pintor pintou ao natural, e estou seguro de que já vi esse lugar: fica no cantão de Uri...

— É muito possível, embora isso tenha sido comprado aqui. Gánia, dê papel ao príncipe; aqui tem penas e papel, olhe, fique nessa mesinha, por favor. O que é isso? — dirigiu-se o general a Gánia, que nesse ínterim tirou da pasta e lhe entregou uma fotografia em formato grande. — Bah! Nastácia Filíppovna! Foi ela mesma, ela mesma que te mandou, em pessoa? — perguntou animadamente e com grande curiosidade a Gánia.

— Deu-me agora mesmo, quando estive lá para felicitá-la. Eu já vinha pedindo há muito tempo. Não sei se não terá sido uma insinuação da parte dela por eu mesmo ter chegado lá de mãos abanando, sem presente, em um dia como esse — acrescentou Gánia, rindo de um jeito desagradável.

— Isso, não — interrompeu convicto o general —, e veja só que maneira de pensar essa tua! Iria lá ela insinuar... e além do mais não é nem um pouco interesseira. De mais a mais, com que tu irias presenteá-la: porque aí precisarias de milhares de rublos! Por acaso irias lhe dar um retrato? A propósito, ela ainda não te pediu um retrato?

— Não, ainda não pediu; talvez nunca peça. O senhor, Ivan Fiódorovitch, está lembrado, é claro, da noite de hoje, não? Porque o senhor é dos expressamente convidados.

— Estou, estou lembrado, é claro, e vou comparecer. Pudera, o dia do aniversário, vinte e cinco anos! Hum!... Sabes, Gánia, vou te fazer uma revelação, que jeito, prepara-te. Ela prometeu a Afanassi Ivánovitch e a mim que hoje à noite, em sua casa, dará a última palavra: ser ou não ser! Portanto, abre o olho, vê lá.

Gánia ficou subitamente confuso, a ponto de até empalidecer um pouco.

— Ela disse isso com certeza? — perguntou ele, e sua voz pareceu tremer.

— Anteontem deu a palavra. Nós dois importunamos tanto que acabamos por forçá-la. Só que pediu para não te dizer por enquanto.

O general examinava Gánia fixamente; pelo visto não estava gostando do seu embaraço.

— Lembre-se, Ivan Fiódorovitch — disse Gánia de modo inquieto e vacilante —, de que ela me deu plena liberdade de decidir enquanto ela mesma não resolver a questão, e mesmo depois disso minha palavra ainda continuará comigo...

— Então será que tu... então será que tu... — o general ficou subitamente assustado.

— Eu não fiz nada.

— Ora, o que estás querendo fazer conosco?

— Acontece que eu não desisto. Pode ser que eu não tenha me expressado direito...

— Pudera tu desistires! — pronunciou com despeito o general, sem desejar sequer conter o despeito. — A questão aí, meu caro, não está no fato de que tu *não* abres mão, mas em tua disposição, no prazer, na alegria com que irás receber as palavras dela... Como andam as coisas em tua casa?

— Que importa a minha casa? Em casa tudo está conforme a minha vontade, só meu pai, como sempre, continua com as suas bobagens, mas ele já virou mesmo um completo bagunceiro; eu já nem falo mais com ele, no entanto o mantenho sob meu cerco, e se não fosse minha mãe já lhe teria mostrado a porta da rua. Minha mãe não para de chorar, é claro; minha irmã fica furiosa, por fim eu disse francamente a eles que sou dono do meu destino e desejo que em casa me... obedeçam. Pelo menos minha irmã destacou tudo isso com todas as letras perante minha mãe.

— Mas eu, meu caro, continuo sem atinar — observou o general com ar meditativo, levantando um pouco os ombros e abrindo de leve os braços. — Nina Alieksándrovna, quando andou por aqui há poucos dias, estás lembrado? Também estava cheia de queixumes e não me toques; "o que a senhora tem?" — pergunto. Quer dizer que para elas isso seria uma *desonra*. Que desonra pode haver aí, dá licença de perguntar? Quem pode censurar Nastácia Filíppovna por alguma coisa ou apontar algo contra ela? Será porque ela andou com Totski? Só que isso é uma grande besteira, sobretudo em

O idiota 41

certas circunstâncias! "O senhor, diz ela, não vai permitir o acesso dela às suas filhas, vai?" Que coisa! Ora essa! Ai, ai, ai, Nina Alieksándrovna! Como não entender isso, como não entender isso...

— E a sua situação? — sugeriu Gánia ao embaraçado general. — Ela entende; não fique zangado com ela. Aliás, na mesma ocasião eu passei um sabão nelas para que não metam o bedelho em assuntos alheios. E mesmo assim, a única coisa que está segurando a situação lá em casa é o fato de que a última palavra ainda não foi dita, mas a tempestade vai desabar. Se hoje for dita a última palavra, então tudo se revelará.

O príncipe ouvia toda essa conversa sentado em um canto, ocupado com o seu teste de caligrafia. Terminou, foi à escrivaninha e entregou a folha de papel.

— Então esta é Nastácia Filíppovna? — proferiu ele, depois de lançar ao retrato um olhar atento e curioso. — É surpreendentemente bela! — acrescentou no mesmo instante, com entusiasmo. No retrato havia uma mulher de uma beleza realmente incomum. Havia sido fotografada em um vestido de seda preta, de um feitio sumamente simples e gracioso; cabelos pelo visto de cor tirante a um ruivo escuro, arrumados à moda caseira, com simplicidade; olhos escuros, fundos, fronte pensativa; rosto de expressão apaixonada e com um quê de arrogante. Era de rosto um pouco magro, talvez até pálida... Gánia e o general olharam surpresos para o príncipe.

— Como, Nastácia Filíppovna? Por acaso o senhor também já conhece Nastácia Filíppovna? — perguntou o general.

— Sim; faz apenas um dia que estou na Rússia, mas já conheço essa beldade — respondeu o príncipe, e no mesmo instante narrou o seu encontro com Rogójin e transmitiu toda a história contada por ele.

— Ainda mais essa novidade! — tornou a inquietar-se o general, que ouvira a história com extrema atenção e lançou a Gánia um olhar escrutador.

— É provável que só tenha contado indecência — resmungou Gánia também um tanto perturbado —, o filhote do comerciante vive farreando. Já ouvi falar alguma coisa a respeito dele.

— E eu também ouvi, meu caro — secundou o general. — Naquela ocasião, depois dos brincos, Nastácia Filíppovna repetiu toda a anedota. Só que agora a história já é outra. Agora é possível que realmente esteja em jogo um milhão e... paixão, uma paixão indecente, admitamos, mas ainda assim cheira a paixão, e olhe que se sabe do que esses senhores são capazes em estado de total embriaguez!... Hum!... Não terão feito piada com alguém? — concluiu pensativo o general.

— O senhor está com receio desse um milhão? — sorriu largo Gánia.

— E tu evidentemente não!?

— O que o senhor achou daquele homem, príncipe — Gánia se dirigiu subitamente a ele —, é alguém sério ou apenas um desordeiro? Qual é sua opinião pessoal?

Em Gánia havia qualquer coisa de especial quando ele fez essa pergunta. Era como se alguma ideia nova e especial lhe iluminasse o cérebro e brilhasse nos olhos. O general, que estava sincera e candidamente preocupado, também olhou de esguelha para o príncipe, mas como quem não espera muito de sua resposta.

— Não sei como lhe dizer — respondeu o príncipe —, eu apenas achei que havia nele muita paixão, e até mesmo alguma paixão doentia. Além do mais, ele mesmo ainda parecia inteiramente enfermo. É muito possível que já nos seus primeiros dias em Petersburgo ele volte a adoecer, principalmente se cair na farra.

— Foi isso? Foi isso que o senhor achou? — agarrou-se o general a essa ideia.

— Sim, achei.

— E, não obstante, anedotas desse tipo podem ter acontecido não só há alguns dias mas inclusive anteontem, hoje mesmo pode acontecer alguma coisa — riu Gánia para o general.

— Hum!... É claro... É possível, e então tudo vai ser do jeito que ela decidir — disse o general.

— Mas o senhor sabe como às vezes ela é.

— Ou seja, como é ela? — tornou a exclamar o general, que chegara à suprema perturbação. — Escuta, Gánia, talvez hoje seja o caso de tu não a contrariares muito e procura, sabes como é, ser... numa palavra, ser agradável... Hum!... Por que estás torcendo a boca desse jeito? Escuta, Gavrila Ardaliónitch, a propósito, vem até muito a propósito te dizer isso agora: por que nós vamos nos bater? Tu entendes que no tocante ao meu proveito próprio, que está aqui à vista, eu já estou garantido há muito tempo; de uma forma ou de outra vou resolver a coisa de acordo com o meu proveito. Totski tomou uma decisão inabalável, logo, eu também estou absolutamente seguro. É por isso que se neste momento eu desejo alguma coisa é unicamente o teu proveito. Julga tu mesmo; será que não confias em mim? Ademais és uma pessoa... uma pessoa... em suma, uma pessoa inteligente, e eu contava contigo... mas nesse caso isso, isso... isso...

— Isso é o mais importante — completou Gánia, mais uma vez ajudando o embaraçado general e torcendo os lábios com um sorriso ultravenenoso, que ele já não queria esconder. Fitava diretamente os olhos do general com seu olhar inflamado, como se até quisesse que o outro lesse em seu olhar todo o seu pensamento. O general enrubesceu e teve um acesso de cólera.

— Pois é, a inteligência é o mais importante! — fez coro o general, olhando com severidade para Gánia. — Mas também és uma pessoa engraçada, Gavrila Ardaliónitch![29] Ora, como estou observando, tu estás deveras contente com esse comerciantezinho como uma saída para ti. Só que justo neste caso seria necessário usar a inteligência desde o início; justo aí é necessário entender e... e agir de ambas as partes de forma honesta e franca, se não... prevenir de antemão para evitar comprometer os outros, ainda mais porque houve bastante tempo para isso e esse tempo ainda continua bastante (o general ergueu as sobrancelhas num gesto significativo), mesmo considerando que só restam algumas horas... Entendeste? Entendeste? Tu realmente queres ou não queres? Se não queres, diz, tem a bondade. Ninguém o[30] está segurando, Gavrila Ardaliónitch, ninguém o está arrastando à força para uma armadilha, se é que o senhor está vendo nisso uma armadilha.

— Eu quero — Gánia proferiu a meia-voz mas com firmeza, baixou a vista e fez um silêncio lúgubre.

O general ficou satisfeito. Excitara-se, mas já se via que estava arrependido, que havia ido longe. Voltou-se de repente para o príncipe, e pelo seu rosto pareceu passar o pensamento inquietante de que o príncipe estava ali e ouvira tudo. Mas a tranquilidade lhe veio num ai: com um simples olhar para o príncipe podia ficar plenamente tranquilo.

— Vejam só! — exclamou o general olhando para o modelo de caligrafia apresentado pelo príncipe. — Isso é que é modelo de caligrafia! E de uma caligrafia rara! Olha só, Gánia, que talento!

Em uma grossa folha de *vélin*,[31] o príncipe havia escrito em caracteres russos medievais a frase:

"O humilde igúmeno Pafnuti subscreveu."[32]

— Esta aqui — esclareceu o príncipe com supremo prazer e inspiração — é a própria assinatura do igúmeno Pafnuti a partir de uma cópia do sé-

---

[29] Variação íntima do sobrenome Ardaliónovitch. (N. do T.)

[30] O general mistura os pronomes de segunda e terceira pessoa do singular. (N. do T.)

[31] Pergaminho de couro de bezerro (em francês). (N. do T.)

[32] Igúmeno é o superior do convento. Pafnuti foi o fundador da ermida superior no rio Viga, no século XIV. (N. da E.)

culo XIV. Eles, todos esses nossos velhos igúmenos e metropolitanos, tinham uma letra magnífica, e com que gosto às vezes se assinavam, com que empenho! Será possível que o senhor não tenha ao menos uma edição de Pogódin, general?[33] Além disso, veja o que eu escrevi com outros caracteres: são caracteres franceses do século passado, redondos e maiúsculos, umas letras diferentes que até se escreviam de maneira diferente, caracteres grosseiros, caracteres dos escrivães públicos, copiados de modelos (eu tinha um deles) — convenha o senhor que não são desprovidos de mérito. Observe esse *a* e esse *d* arredondados. Eu transferi o caráter francês para as letras russas, o que é muito difícil, mas deu certo. Veja mais esses caracteres belos e originais, veja esta frase: "O zelo vence tudo".[34] É letra russa, letra de escrivão, ou, se quiser, de escrivão militar. É assim que se lavra papel oficial endereçado a uma pessoa importante, também com caracteres redondos, magníficos, em *negrito*, em negro, mas com um gosto notável. Um calígrafo não permitiria esses traços de pena, ou melhor, essas tentativas de lavrar nossa própria assinatura com traços de pena, por exemplo, esses semirrabiscos inacabados — observe —, só que no conjunto, veja, isso forma um caráter e, palavra, aqui aparece toda a alma da escrituração militar: a gente tem vontade de soltar-se, o talento pede passagem, mas a gola militar está fortemente presa a um gancho, a disciplina aparece até na caligrafia, uma maravilha! Não faz muito um modelo desse tipo me impressionou, eu o encontrei por acaso, e ademais onde? Na Suíça! Bem, veja, estes aqui são caracteres simples, comuns e os mais genuinamente ingleses: a graça não poderia ir além, aqui tudo é beleza, miçanga, pérola; é o consumado; mas veja também esta variação, e novamente francesa, eu a copiei de um caixeiro-viajante[35] francês: são os mesmos caracteres ingleses, porém a linha em negrito está um pinguinho mais escura e mais espessa que os caracteres ingleses, e de repente a proporção de luz foi até violada, observe também: o oval foi modificado, está um pinguinho mais arredondado, e para completar permitiu-se um traço de pe-

---

[33] Tem-se em vista o álbum "Modelos de escrita russo-eslava antiga", cadernos 1-2, editado por M. P. Pogódin (Moscou, 1840-1841), no qual estão representados 44 modelos de caracteres de manuscritos (do século IX ao XVIII). (N. da E.)

[34] Essas palavras foram impressas por ordem de Nicolau I, em 1838, em uma medalha em homenagem ao conde P. A. Klainmichel (1793-1869) depois da reconstrução do Palácio de Inverno por ele dirigida. No contexto do episódio acima, a sentença serve para caracterizar o general Iepántchin e ilustra a perspicácia de Míchkin (observe-se, a propósito, que Klainmichel era general de campo). (N. da E.)

[35] No original, Dostoiévski usa o termo *commis voyageur* russificado. (N. do T.)

na, e traço de pena é coisa sumamente perigosa! O traço de pena exige um gosto fora do comum; mas se dá certo, se a gente acha a proporção, então esses caracteres não se comparam a nada, e de tal forma que a gente pode até se apaixonar por eles.

— Vejam só! Em que pormenores o senhor entra — ria o general —, e o senhor, meu caro, não é simplesmente um calígrafo, o senhor, meu caro, é um artista, não é, Gánia?

— É admirável — disse Gánia —, e inclusive feito com a consciência do próprio destino — acrescentou com um riso de galhofa.

— Ria, ria, mas acontece que nisso aqui há uma carreira — disse o general. — O senhor sabe, príncipe, para que personalidade nós agora vamos lhe dar papéis para escrever? De saída, o senhor pode francamente embolsar trinta e cinco rublos por mês. No entanto já são uma e meia — concluiu ele, olhando para o relógio —, vamos ao que interessa, príncipe, porque preciso apressar-me, e hoje nós dois talvez não nos vejamos mais. Sente-se por um instante; eu já lhe expliquei que não estou em condição de recebê-lo com muita frequência; no entanto desejo sinceramente lhe dar um pinguinho de ajuda, um pinguinho mesmo, isto é, na forma do indispensável, depois já será como o senhor quiser. Vou procurar um empreguinho na chancelaria para o senhor, não é uma coisa tensa mas exige esmero. Agora, quanto ao mais: na casa, isto é, na família de Gavrila Ardaliónitch Ívolguin, este meu jovem amigo aqui que quero que o senhor conheça, a mãezinha e a irmãzinha desocuparam dois ou três quartos mobiliados e os estão alugando a inquilinos portadores de referências excelentes, com cama e mesa. Estou certo de que minhas referências Nina Alieksándrovna aceitará. Para o senhor, príncipe, isso é até mais que um tesouro, primeiro porque o senhor não estará só, mas, por assim dizer, no seio de uma família, e, em meu ponto de vista, não deve logo aos primeiros passos ficar só em uma capital como Petersburgo. Nina Alieksándrovna, a mãezinha, e Varvara Ardaliónovna, a irmãzinha de Gavrila Ardaliónitch, são damas de minha extrema consideração. Nina Alieksándrovna é esposa de Ardalion Alieksándrovitch, general reformado, meu ex-colega no início do serviço, mas com quem certas circunstâncias me levaram a interromper as relações, o que, por outro lado, não me impede de lhe ter consideração, de certo ponto de vista. Toda essa explicação, príncipe, é para que o senhor compreenda que, por assim dizer, eu o estou recomendando pessoalmente, portanto, com isso respondo de certo modo pelo senhor. O preço do aluguel é o mais módico e, espero, seus vencimentos logo serão de todo suficientes para isso. É verdade que uma pessoa precisa também de um dinheirinho, pelo menos algum, mas não se zangue, príncipe, se eu lhe observar que seria melhor o senhor evitar esse bolsinho ou qualquer dinheiro no bolso. Estou falando isso pela opinião que tenho sobre o senhor. Mas como neste momento sua carteira está completamente vazia, para começar permita que eu lhe ofereça esses vinte e cinco rublos. É claro que haveremos de nos entender, e se o senhor for a pessoa tão sincera e afetuosa que parece ser, então entre nós não poderá haver dificuldades. Se estou tão interessado no senhor é porque tenho até um certo objetivo em relação ao senhor; posteriormente saberá de tudo. Como vê, estou sendo totalmente simples com o senhor; espero, Gánia, que não tenhas nada contra hospedar o príncipe em seu apartamento, não é?

— Oh, ao contrário! Mamãe também vai ter um grande prazer... — confirmou Gánia em tom polido e atencioso.

— No apartamento de vocês parece que só tem mais um quarto alugado. Aquele, como se chama, Fierd... Fier...

— Fierdischenko.

— Pois é; não gosto desse seu Fierdischenko: um palhaço sebento. Não compreendo por que Nastácia Filíppovna o incentiva tanto. E ele é parente dela de verdade?

— Oh, não, é tudo brincadeira! Não tem nem cheiro de parente.

— Então o diabo que o carregue! Como é, príncipe, está satisfeito ou não?

— E lhe sou grato, general, o senhor agiu comigo como um homem de extrema bondade, ainda mais porque eu nem cheguei a pedir; não estou dizendo isso por orgulho; eu realmente não sabia onde encostar a cabeça. É verdade que há pouco Rogójin me convidou para sua casa.

— Rogójin? Ah, não; eu o aconselharia como pai ou, se preferir, como amigo a esquecer o senhor Rogójin. E ainda o aconselharia a agarrar-se à família em que vier ingressar.

— Se o senhor é tão bondoso — articulou o príncipe —, eu estou com essa questão aqui. Fui notificado...

— Não, desculpe — interrompeu o general —, agora não disponho de mais nem um minuto. Neste instante vou falar sobre o senhor com Lisavieta[36] Prokófievna: se ela quiser recebê-lo agora mesmo (e neste aspecto vou me empenhar para recomendá-lo), eu o aconselho a aproveitar a ocasião e cair no agrado dela, porque Lisavieta Prokófievna pode lhe vir a ser muito útil; vocês têm o mesmo sobrenome. Se ela não quiser, não se ofenda, deixe para uma outra ocasião. Quanto a ti, Gánia, dá uma olhada nestas con-

---

[36] Variação íntima do nome Ielisavieta. (N. do T.)

tas, há pouco eu e Fiedossiêiev quebramos a cabeça. Seria bom não esquecer de incluí-las...

O general saiu, e o príncipe acabou não conseguindo falar do seu problema, depois de tentar esboçá-lo quase pela quarta vez. Gánia acendeu um cigarro e ofereceu outro ao príncipe; este o aceitou mas não entabulou conversa para não atrapalhar, e ficou a observar o gabinete; no entanto, Gánia mal olhou para a folha de papel com os números indicada pelo general. Estava alheio; o sorriso, o olhar, e o ar contemplativo de Gánia ficaram ainda mais pesados na visão do príncipe, quando os dois ficaram a sós. De repente ele se chegou ao príncipe, que no momento estava debruçado sobre o retrato de Nastácia Filíppovna e o examinava.

— Então, príncipe, esta mulher o agrada? — perguntou-lhe subitamente, lançando sobre ele um olhar penetrante. Era mesmo como se estivesse com alguma intenção extraordinária.

— É um rosto admirável! — respondeu o príncipe. — E estou certo de que seu destino não é dos comuns. O rosto é alegre, e não obstante ela sofreu terrivelmente, não? É o que dizem os olhos, veja esses dois ossinhos, esses dois pontos sob os olhos no começo das faces. É um rosto altivo, terrivelmente altivo, só que eu não sei se ela é bondosa ou não. Ah, mas se fosse! Tudo estaria salvo.

— E o *senhor* se casaria como uma mulher dessas? — continuou Gánia, sem desviar dele o olhar inflamado.

— Eu não posso me casar com ninguém, não tenho saúde — disse o príncipe.

— E Rogójin, casaria? O que o senhor acha?

— Ora se casaria, acho que amanhã mesmo; casaria, e uma semana depois possivelmente a degolaria.

Mal o príncipe pronunciou essas palavras, Gánia estremeceu de tal forma que o príncipe por pouco não deu um grito.

— O que o senhor tem? — pronunciou ele, agarrando-lhe as mãos.

— Alteza! Sua excelência pede que vá à outra excelência — anunciou um criado que apareceu à porta. O príncipe o seguiu.

IV

Todas as três donzelas Iepántchin eram senhorinhas saudáveis, vicejantes, altas e de ombros surpreendentes, busto imenso, braços fortes quase como os de um homem e, é claro, por terem força e saúde, às vezes gostavam de comer bem, o que não tinham a menor vontade de esconder. A generala Lisavieta Prokófievna, sua mãezinha, às vezes se referia à sinceridade do apetite delas, mas, como outras opiniões suas, apesar de toda a aparente respeitabilidade com que as filhas as acolhiam, no fundo já haviam perdido a autoridade inicial e indiscutível entre elas, e inclusive a tal ponto que o conclave das três donzelas, uma vez solidário, começava a prevalecer a três por dois; a própria generala, por uma questão de amor-próprio, achava mais adequado não discutir e ceder. É verdade que muito amiúde o gênio se rebelava e não se sujeitava às decisões prudentes; a cada ano Lisavieta Prokófievna ia se tornando mais e mais cheia de caprichos e impaciente, até meio excêntrica, no entanto como, apesar de tudo, continuava tendo à mão um marido muito obediente e extravagante, o excedente e acumulado costumava desabar na cabeça dele, após o quê a harmonia tornava a restaurar-se na família e tudo continuava de uma forma que não precisava ser melhor.

Aliás a própria generala não perdia o apetite e, de hábito, às doze e meia participava com as filhas do abundante desjejum, quase parecido a um almoço. Contudo, as senhorinhas tomavam a xícara de café antes, às dez horas em ponto, ainda na cama, no momento em que despertavam. Elas acabaram gostando disso e estabeleceram o hábito de uma vez por todas. Às doze e meia punha-se a mesa numa pequena sala de jantar, perto dos aposentos da mãe, e para participar desse desjejum familiar e íntimo às vezes aparecia o próprio general, se o tempo o permitia. Além de chá, café, queijo, mel, manteiga, filhós especiais, os favoritos da própria generala, almôndegas etc., ainda se servia um caldo de galinha forte e quente. Naquela manhã em que começou a nossa história, toda a família estava reunida na sala de jantar à espera do general, que prometera aparecer por volta das doze e meia. Se ele atrasasse ao menos um minuto, mandariam chamá-lo no mesmo instante; mas ele apareceu pontualmente. Ao chegar-se à esposa para lhe beijar a mãozinha, desta feita ele notou no rosto dela algo demasiado especial. E mesmo que ontem ele tivesse pressentido que era isso mesmo que iria acontecer hoje por causa de uma "anedota" (como por hábito ele mesmo se expressava) e houvesse adormecido preocupado com isso, ainda assim agora voltava a temer. As filhas se aproximaram para beijá-lo; embora não estivessem zangadas com ele, mesmo assim também havia nisso qualquer coisa de especial. É verdade que, por certas circunstâncias, o general se tornara excessivamente suspeito; mas como era um pai e esposo experiente e esperto, no mesmo instante tomou as suas medidas.

Talvez não prejudiquemos muito a nossa história se aqui nos detivermos e recorrermos a alguns esclarecimentos para levantar de forma direta e mais precisa as relações e circunstâncias em que encontramos a família do general Iepántchin no início do nosso relato. Já dissemos há pouco que o próprio general, embora não fosse um homem muito instruído, mas, ao contrário, "um autodidata", como ele dizia de si mesmo, ainda assim era, não obstante, um marido experiente e um pai esperto. A propósito, adotara o sistema de não apressar as filhas em seus casamentos, isto é, não "lhes azucrinar a alma" nem importuná-las demais com a angústia do seu amor paterno relacionada à felicidade delas, como a três por dois acontece involuntária e naturalmente nas famílias mais inteligentes, em que se juntam filhas adultas. Ele inclusive chegara ao ponto de inclinar Lisavieta Prokófievna para o seu sistema, embora a coisa fosse muitíssimo difícil — e difícil porque também antinatural; contudo, os argumentos do general eram muito significativos, baseavam-se em fatos palpáveis. Demais, as noivas, entregues inteiramente à sua vontade e às suas decisões, enfim seriam naturalmente forçadas a criar juízo e então a coisa pegaria fogo porque elas mesmas poriam mãos à obra com vontade, deixando de lado os caprichos e o excesso de exigência; aos pais caberia apenas ser mais vigilantes e observar do modo mais imperceptível que pudessem para que não acontecesse alguma escolha estranha ou desvio antinatural, e depois, tendo achado o momento adequado, ajudar de uma penada com todas as forças e encaminhar a questão com toda a influência de que desfrutavam. Por último, já havia o fato de que a cada ano, por exemplo, cresciam em progressão geométrica a fortuna e a importância social deles; por conseguinte, quanto mais o tempo passava mais as filhas saíam ganhando, inclusive como noivas. No entanto, entre todos esses fatos irresistíveis manifestou-se ainda mais um fato; a filha mais velha, Alieksandra, súbito e quase inteiramente de surpresa (como isso sempre acontece) completou vinte e cinco anos. Quase ao mesmo tempo, Afanassi Ivánovitch Totski, homem de sociedade, detentor de altos contatos e de uma riqueza incomum, tornou a manifestar seu antigo desejo de casar-se. Era um homem de uns cinquenta e cinco anos, índole elegante, gosto extraordinariamente refinado. Ele queria fazer um bom casamento; era um extraordinário apreciador da beleza. Uma vez que de certo tempo para cá vinha mantendo uma amizade excepcional com o general Iepántchin, reforçada em particular pela participação mútua em alguns empreendimentos financeiros, comunicou-lhe, por assim dizer, pedindo conselho amigo e orientação: não seria viável a suposição de seu casamento com uma das filhas dele? No curso tranquilo e maravilhoso da vida familiar do general Iepántchin deu-se uma evidente reviravolta.

Como já foi dito, a beldade indiscutível da família era a caçula Aglaia. No entanto, até o próprio Totski, homem de um egoísmo excessivo, compreendeu que não era aí que devia fazer a sua procura e que Aglaia não lhe estava predestinada. Era possível que o amor um tanto cego e a amizade ardente demais das três irmãs tivessem exagerado o caso, todavia entre elas o destino de Aglaia estava fadado, da forma mais sincera, a ser não só um destino como um possível ideal de paraíso terrestre. O futuro marido de Aglaia deveria ser detentor de todas as perfeições e êxitos, já sem falar de riqueza. As irmãs inclusive deliberaram entre si, e sem mais palavras, sobre a possibilidade, caso fosse necessário, de se sacrificarem em prol de Aglaia: destinou-se a Aglaia um dote colossal, fora do comum. Os pais tomaram conhecimento desse acordo das duas irmãs mais velhas e por isso, quando Totski lhe pediu conselho, entre eles quase não houve dúvida de que uma das irmãs mais velhas certamente não se negaria a coroar-lhes as vontades, ainda mais porque Afanassi Ivánovitch não poderia encontrar embaraço na questão do dote. Já à proposta de Totski o próprio general deu no mesmo instante um apreço excessivamente alto, valendo-se do seu peculiar conhecimento da vida. Uma vez que, por alguns motivos especiais, o próprio Totski observava por enquanto extrema cautela em seus passos e até então estava apenas sondando o terreno, os pais também apresentaram às filhas umas suposições que só na aparência ainda eram as mais distantes. Em resposta ouviram delas a declaração — que mesmo ainda não sendo inteiramente definida ao menos tranquilizava — de que Alieksandra, a mais velha, talvez nem recusasse a proposta. Embora de caráter firme, era entretanto uma moça boa, sensata e sumamente acomodatícia; podia casar-se com Totski até de bom grado, e se desse a palavra iria cumpri-la honestamente. Não gostava de suntuosidade, não só não ameaçava com preocupações e mudanças bruscas como ainda era até capaz de deleitar-se com a vida e torná-la serena. Era muito bonita, embora não espetaculosa. O que poderia haver de melhor para Totski?

E entretanto o assunto ainda continuava em ritmo de sondagem. Entre Totski e o general fora decidido mútua e amigavelmente evitar por ora qualquer passo formal e irreversível. Inclusive os pais ainda continuavam sem falar com as filhas de modo inteiramente aberto; começava uma espécie de dissonância: sabe lá por quê, a generala Iepántchina, mãe da família, ia ficando descontente, e isso era muito importante. Aí havia uma circunstância que tudo atrapalhava, um caso intrincado e embaraçoso, que podia pôr tudo a perder de modo irreversível.

Esse "caso" intrincado e embaraçoso (como se exprimia o próprio Totski) havia começado fazia já muito tempo, coisa de uns dezoito anos antes. Ao lado de uma das mais ricas fazendas de Afanassi Ivánovitch, em uma das províncias centrais, um pequeno e paupérrimo proprietário rural vivia na penúria. Era um homem notabilizado por seus fracassos contínuos e anedóticos — um tal de Filipp Alieksándrovitch Barachkov, um oficial da reserva, de boa família nobre, e neste sentido até mais genuíno que Totski. Todo endividado e penhorado, ele, depois de trabalhos de forçado, quase de mujique, por fim havia conseguido dar um jeito de pôr satisfatoriamente em ordem sua pequena propriedade. Ao mínimo êxito ele ficava numa animação fora do comum. Animado e radiante de esperanças, ausentou-se durante alguns dias para a sua cidade provincial a fim de avistar-se e, se possível, chegar a um acordo definitivo com um de seus principais credores. No terceiro dia que ali estava, apareceu-lhe na cidade seu administrador, que chegava da aldeota a cavalo, com as faces queimadas e a barba chamuscada, e lhe comunicou que a "propriedade" fora consumida por um incêndio na véspera, em pleno meio-dia, e que "a esposa também foi devorada pelo fogo mas as crianças saíram ilesas".[37] Nem Barachkov, calejado pelas "equimoses da fortuna", conseguiu suportar essa surpresa; enlouqueceu e um mês depois morreu de febre. A fazenda consumida pelo fogo, com seus mujiques espalhados

---

[37] Em parte esse episódio trágico remonta de fato a um acontecimento verídico que Dostoiévski vivenciou profundamente na infância. No primeiro capítulo do *Diário de um escritor*, edição de abril de 1876, o autor narra que no terceiro dia da Semana da Páscoa, quando a família Dostoiévski estava tomando chá, a porta se abriu e à entrada apareceu o servo Grigori Vassíliev, "que acabava de chegar da aldeia". "Na ausência dos senhores até o incumbiam de administrar a aldeia, e eis que, em vez do 'administrador', sempre vestido de sobrecasaca alemã e de aparência grave, aparecia um homem num *zipum* (tipo cafetã) velho e *lápot* [sandália de entrecasca de árvore, casca de bétula ou barbante, usada sob os pés envoltos por um pedaço de pano e amarrada à perna (N. do T.)].

— O que é isso? — gritou o pai assustado. — Vejam, o que é isso?

— A propriedade foi devorada pelo fogo! — pronunciou Grigori com voz grossa...

Verificou-se que toda a propriedade havia sido consumida, virado cinzas, as isbás, o celeiro, o curral e até as sementes para o plantio, uma parte do gado e o mujique Arkhip. Apavorados, todos imaginaram que era a ruína total." (N. da E.)

pelo mundo, foi vendida como pagamento das dívidas; Afanassi Ivánovitch Totski, movido por sua magnanimidade, assumiu o sustento e a educação das duas menininhas, de seis e sete anos, de Barachkov. Elas passaram a ser educadas juntamente com os filhos do administrador de Afanassi Ivánovitch, um funcionário público aposentado e pai de muitos filhos, e ademais alemão. Logo restou apenas uma das menininhas, Nástia,[38] porque a caçula morreu de coqueluche; o próprio Totski, morando no estrangeiro, logo esqueceu completamente as duas. Certa vez, uns cinco anos depois, estando de passagem, Afanassi Ivánovitch resolveu dar uma chegada à sua fazenda, e de repente notou em sua casa, na família do seu alemão, uma criança fascinante, menina de uns doze anos, viva, amável, inteligente, que prometia uma beleza incomum; nisso Afanassi Ivánovitch era um perito infalível. Desta vez ele passou apenas alguns dias na fazenda, mas teve tempo para tomar as providências; a educação da menina sofreu uma mudança considerável. Foi contratada uma preceptora de respeito e idosa, com experiência em educação superior de donzelas, suíça, instruída, que, além do francês, lecionava ainda diferentes ciências. Ela se instalou em uma casa da aldeia, e a educação da pequena Nastácia ganhou dimensões extraordinárias. Exatamente quatro anos depois essa educação terminou; a preceptora foi embora, e Nástia recebeu a visita de uma grã-senhora, também proprietária rural e vizinha de fazenda do senhor Totski, mas já em outra província, distante, que levou Nástia consigo por instruções e plenos poderes recebidos de Afanassi Ivánovitch. Nessa pequena fazenda havia também uma casa de madeira que, embora pequena, acabara de ser reconstruída; estava montada com particular elegância, e a aldeola, como se fosse de propósito, chamava-se Aldeola das Delícias. A fazendeira levou Nástia direto para essa casinha tranquila, e uma vez que ela mesma, viúva sem filhos, morava a apenas uma versta, instalou-se pessoalmente com Nástia. Apareceram à volta de Nástia uma velha governanta e uma criada de quarto jovem, experiente. Na casa apareceram instrumentos musicais, uma graciosa biblioteca para mocinhas, quadros, estampas, lápis, pincéis, tintas, uma *levrette*[39] admirável e, duas semanas depois, o próprio Afanassi Ivánovitch... Desde então, ele se tomou de certo modo de um amor particular por essa sua erma aldeola da estepe, passava todo verão lá, hospedava-se por dois e até três meses, e assim se passou um tempo bastante longo, uns quatro anos, tranquilo e feliz, com gosto e graça.

---

[38] Diminutivo e tratamento íntimo do nome Nastácia. (N. do T.)

[39] Do francês: cadela da raça dos galgos. (N. da E.)

Certa vez — aí pelo início do inverno, uns quatro meses depois de uma das vindas de verão de Afanassi Ivánovitch à Aldeola das Delícias, desta feita por apenas duas semanas —, correu um boato, ou melhor, chegou a Nastácia Filíppovna o boato de que Afanassi Ivánovitch estava para casar com uma beldade de Petersburgo, rica, nobre — em suma, havia encontrado um partido sólido e brilhante. Verificou-se depois que esse boato não era verdadeiro em todos os seus detalhes: na ocasião o casamento era apenas um projeto e tudo ainda estava muito vago, mas ainda assim uma reviravolta extraordinária aconteceu desde então no destino de Nastácia Filíppovna. Eis que ela revelou uma firmeza incomum e o mais inesperado caráter. Sem pensar duas vezes, largou sua casinha da aldeola e apareceu subitamente em Petersburgo, direto na casa de Totski, inteiramente só. Ele ficou surpreso, quis articular uma conversa; mas súbito, quase à primeira palavra, verificou que era necessário mudar completamente o estilo, o diapasão da voz, os antigos temas das conversas agradáveis e elegantes até então empregados com tanto êxito, mudar a lógica — tudo, tudo, tudo! À sua frente estava sentada uma mulher em tudo diferente, nada parecida com aquela que ele até então conhecera e acabara de deixar em julho na Aldeola das Delícias.

Em primeiro lugar, verificou-se que essa nova mulher tinha um conhecimento e uma compreensão extraordinariamente grandes, tão grandes que era de causar profunda surpresa onde ela conseguira adquirir tais informações, elaborar em sua cabeça conceitos tão precisos. (Será que teria sido de sua biblioteca de donzela?) Além do mais, até no campo jurídico tinha uma compreensão grande demais e era dotada de um conhecimento positivo, se não da sociedade, ao menos de como certos assuntos transcorrem na sociedade; em segundo lugar, não era, absolutamente, aquele caráter de antes, ou seja, não era aquela coisa tímida, aquela vagueza de colégio interno, às vezes encantadora por sua vivacidade original e ingenuidade, às vezes triste e contemplativa, surpresa, desconfiada, chorosa e intranquila.

Não: ali, diante dele, gargalhava e espicaçava-o com o mais venenoso sarcasmo um ser incomum e surpreendente, que lhe declarava na cara que em seu coração nunca nutrira por ele nada além do mais profundo desprezo, desprezo que chegava à náusea, que começara logo após a primeira surpresa. Essa nova mulher declarava que lhe seria indiferente, no pleno sentido da palavra, se ele se casasse imediatamente com quem quer que fosse, mas que tinha vindo para impedir-lhe esse casamento, e impedir não por raiva, unicamente porque assim ela queria e, por conseguinte, assim deveria ser — "bem, ainda que seja só para eu rir de ti à vontade, porque agora até eu finalmente estou querendo rir".

Ao menos foi assim que ela se expressou; é possível que não tenha exprimido tudo o que trazia na mente. Contudo, enquanto a nova Nastácia Filíppovna dava gargalhadas e expunha tudo isso, Afanassi Ivánovitch ponderava de si para si essa questão e na medida do possível punha em ordem os seus pensamentos um tanto destroçados. Essa ponderação não durou pouco; ele levou quase duas semanas aprofundando-a e tomando a decisão definitiva; mas em duas semanas essa decisão estava tomada. É que àquela altura Afanassi Ivánovitch estava com aproximadamente cinquenta anos, e ele era um homem de reputação sumamente sólida e estabelecido. Sua colocação no mundo e na sociedade se dera há muito e muito tempo nos mais sólidos fundamentos. Mais que tudo no mundo, ele amava e apreciava a si, a sua tranquilidade e conforto, como cabia a um homem decente ao extremo. Não se podia admitir a mínima violação, o mínimo abalo naquilo que durante a vida inteira foi se estabelecendo e tomara essa forma tão maravilhosa. Por outro lado, a experiência e a visão profunda das coisas sugeriram a Totski, com muita brevidade e uma certeza extraordinária, que agora ele estava diante de um ser absolutamente fora do comum, precisamente daquele ser que não só ameaça, mas sem falta cumpre e, o principal, não se detém terminantemente diante de ninguém, ainda mais porque não aprecia decididamente nada no mundo, de sorte que nem seduzi-lo é possível. Pelo visto, aí havia algo diferente, pressupunha-se algum desarranjo da alma e do coração — algo como uma indignação romântica sabe Deus com quem e por quê, como um insaciável sentimento de desprezo totalmente fora da medida —, em suma, algo extremamente ridículo e inadmissível numa sociedade decente, o mais puro castigo divino para qualquer homem de bem que com ele se depare. Naturalmente, tendo a riqueza e as relações de Totski, logo se podia fazer alguma maldade pequena e de todo inocente para se livrar da complicação. Por outro lado, era evidente que a própria Nastácia Filíppovna quase nada podia fazer de prejudicial, ainda que fosse, por exemplo, em termos jurídicos; nem um escândalo considerável ela podia armar, porque sempre se podia coibi-la com muita facilidade. Mas tudo isso só no caso de Nastácia Filíppovna resolver agir como todos em geral costumam agir em casos semelhantes, sem pular de modo excessivamente excêntrico para fora da medida. Mas foi aí que Totski precisou da certeza de sua visão: ele soube adivinhar que a própria Nastácia Filíppovna tinha plena compreensão de como era inofensiva em termos jurídicos, no entanto tinha uma coisa assaz distinta em mente e... nos olhos radiantes. Sem apreço por nada, e menos ainda por si mesma (era preciso muita inteligência e perspicácia para adivinhar nesse instante que há muito tempo ela já deixara de ter apreço por si mesma e para que ele, um cético e cínico mundano, acreditasse seriamente nesse sentimento), Nastácia Filíppovna estava em condição de arruinar a si mesma, de modo irreversível e revoltante, pagando com a Sibéria e trabalhos forçados, contanto que ultrajasse o homem por quem nutria uma aversão tão desumana. Afanassi Ivánovitch nunca escondia que era um tanto covarde, ou melhor, extremamente conservador. Se soubesse, por exemplo, que iriam matá-lo na hora do casamento ou aconteceria algo dessa natureza, indecente ao extremo, ridículo e desagradável na sociedade, ele, evidentemente, teria medo, não tanto de que o matassem ou ferissem a ponto de tirar sangue ou de que lhe cuspissem publicamente na cara etc. etc., mas de que isso acontecesse com ele dessa forma tão antinatural e desagradável. Pois era precisamente isso que Nastácia Filíppovna profetizava, embora ainda calasse sobre o assunto; ele sabia que ela o compreendia ao máximo e o havia estudado e, consequentemente, sabia com que golpeá-lo. E como o casamento ainda estava apenas na intenção, Afanassi Ivánovitch resignou-se e cedeu a Nastácia Filíppovna.

Mais um motivo contribuiu para a sua decisão: era difícil imaginar o quanto o rosto dessa nova Nastácia Filíppovna era diferente do da anterior. Antes ela era apenas uma mocinha muito bonitinha, mas agora... Por muito tempo Totski não pôde se perdoar por ter passado quatro anos olhando para ela sem enxergá-la. É verdade que também importa muito o momento em que a reviravolta ocorre de súbito e internamente de ambas as partes. Aliás, ele forçava a memória tentando se lembrar antes dos momentos em que pensamentos estranhos às vezes lhe ocorriam quando fitava, por exemplo, aqueles olhos: era como se pressentisse neles uma escuridão profunda e misteriosa. Aquele olhar fitava como quem propõe um enigma. Nos últimos dois anos ele se surpreendia frequentemente com a mudança da cor do rosto de Nastácia Filíppovna; ela ia ficando terrivelmente pálida e — estranho — até mais bonita por isso. Totski, que, como todos os *gentlemen* que levaram a vida na farra, a princípio via com desprezo como lhe saíra barata essa criatura sem vida, ultimamente passara a duvidar um pouco de seu ponto de vista. Em todo caso, ainda na primavera passada havia decidido arranjar brevemente para Nastácia Filíppovna um casamento excelente e rendoso com algum senhor sensato e decente, que servisse em outra província. (Oh, como agora Nastácia Filíppovna ria disso de modo terrível e maldoso!) Agora, porém, Afanassi Ivánovitch, fascinado com a novidade, pensou até que poderia tornar a explorar essa mulher. Resolveu instalar Nastácia Filíppovna em Petersburgo e cercá-la de um luxuoso conforto. Já que não era de uma forma, que fosse de outra: Nastácia Filíppovna poderia vestir-se com elegância e até ostentar vaidade em certo círculo. Afanassi Ivánovitch tinha grande apreço por sua própria fama nesse campo.

Já se haviam passado cinco anos de vida em Petersburgo e, é claro, nesse período muita coisa se definira. A situação de Afanassi Ivánovitch estava pouco confortável; o pior de tudo era que ele, tendo se acovardado uma vez, depois não encontrou meio de acalmar-se. Tinha medo — e nem ele mesmo sabia de quê —, simplesmente tinha medo de Nastácia Filíppovna. Em certa época, nos dois primeiros anos, ele andou desconfiando de que a própria Nastácia Filíppovna queria casar-se com ele, mas ela calava por uma vaidade fora do comum e esperava com persistência que ele lhe fizesse a proposta. A pretensão seria estranha; Afanassi Ivánovitch franzia o cenho e ficava matutando. Para sua grande (assim é o coração do ser humano!) e um tanto desagradável surpresa, súbito um acaso o convenceu de que, mesmo se ele fizesse a proposta, esta não seria aceita. Durante muito tempo ele não compreendeu isso. Só lhe parecia possível a única explicação de que o orgulho "de uma mulher ofendida e fantástica" já chegava a tal frenesi que para ela seria mais agradável manifestar de uma vez o seu desprezo na recusa do que definir para sempre a sua situação e atingir uma grandeza inatingível. O pior de tudo era que Nastácia Filíppovna já obtivera uma vantagem assustadoramente grande. Ela tampouco se deixava levar pelo interesse, ainda que fosse muito grande, e embora tivesse aceitado o conforto que lhe ofereceram, vivia com muita modéstia e quase nada havia juntado nesses cinco anos. Afanassi Ivánovitch arriscou um recurso muito hábil com o fim de quebrar as suas correntes: passou a seduzi-la de forma imperceptível e hábil por meio de uma ajuda engenhosa, de várias tentações das mais ideais; mas ideais personificados: príncipes, hussardos, secretários de embaixadas, poetas, romancistas e até socialistas — nada produziu qualquer impressão em Nastácia Filíppovna, como se ela tivesse uma pedra em vez de coração e os sentimentos houvessem secado e se extinguido de uma vez por todas. Seus conhecidos eram poucos: dava-se sempre com uns funcionários pobres e ridículos, conhecia duas atrizes quaisquer, umas certas velhas, gostava muito da família numerosa de um mestre respeitável, e nessa família gostavam muito dela e a recebiam com prazer. À noite, visitavam-na como bastante frequência umas cinco ou seis pessoas conhecidas, não mais. Totski aparecia com muita frequência e pontualidade. Ultimamente, não foi sem dificuldade que o general Iepántchin conheceu Nastácia Filíppovna. Ao mesmo tempo, com absoluta facilidade e sem qualquer trabalho travou conhecimento com ela um jovem funcionário de sobrenome Fierdischenko, palhaço sebento muito indecente, beberrão com pretensão de jovialidade. Era conhecida de um homem jovem e estranho, de sobrenome Ptítzin, modesto, esmerado e polido, que saíra da miséria e se tornara agiota. Por último, era conhecida também de Gavrila Ardaliónovitch... A coisa terminou de tal modo que em torno de Nastácia Filíppovna criou-se uma estranha fama: todos sabiam da sua beleza, e só; ninguém podia gabar-se de nada, ninguém podia contar nada. Essa reputação, a instrução dela, suas maneiras elegantes, seu senso de humor — tudo isso firmou definitivamente Afanassi Ivánovitch em um certo plano. É aí que começa o momento a partir do qual o próprio general Iepántchin assume nessa história uma participação muito ativa e extraordinária.

Quando Totski a ele se dirigiu com tanta amabilidade pedindo um conselho amigável a respeito de uma das suas filhas, no mesmo instante e da forma mais decente lhe fez confissões as mais completas e francas. Revelou que já decidira não se deter mais diante *de quaisquer* meios para conseguir sua liberdade; que não ficaria tranquilo mesmo se Nastácia Filíppovna, por iniciativa própria, lhe anunciasse que doravante o deixaria totalmente em paz; que para ele não bastavam as palavras, que precisava das mais plenas garantias. Conversaram e resolveram agir de comum acordo. A princípio deliberaram experimentar os meios mais brandos e tocar, por assim dizer, apenas as "cordas mais nobres do coração". Os dois foram à casa de Nastácia Filíppovna, e Totski começou indo direto ao assunto, declarando-lhe que sua situação era um horror e insuportável; ele culpou a si próprio por tudo; disse francamente que não podia arrepender-se da atitude que no começo tivera com ela porque era um voluptuoso inveterado e não tinha poder sobre si mesmo, mas que agora queria casar-se e que todo o destino desse casamento sumamente mundano e decente estava nas mãos dela; numa palavra, disse que esperava tudo do nobre coração dela. Depois começou a falar o general Iepántchin, na qualidade de pai, e falou de modo razoável, evitou o tom comovente, mencionou apenas que reconhecia perfeitamente o direito dela de decidir o destino de Afanassi Ivánovitch, gabou-se habilmente de sua própria humildade, fez parecer que o destino da sua filha, e talvez até das duas outras filhas, dependia agora da decisão dela. À pergunta de Nastácia Filíppovna: "O que precisamente queriam dela?", Totski confessou com a franqueza absolutamente manifesta de antes que já estivera tão assustado cinco anos antes, que também agora não conseguiria ficar tranquilo enquanto ela mesma, Nastácia Filíppovna, não se casasse com alguém. Ato contínuo acrescentou que esse pedido, é claro, seria absurdo de sua parte se para tanto ele não tivesse alguns fundamentos. Observara muito bem e soubera positivamente que um jovem, de muito boa linhagem, que morava com uma família das mais dignas, chamado Gavrila Ardaliónovitch Ívolguin, que ela conhecia e recebia em sua casa, há muito já a amava com toda a força da paixão e, evidentemente, daria metade da vida pela única esperança de ganhar a simpatia dela. Gavrila Ardaliónovitch havia feito essa confissão a ele, Afanassi Ivánovitch, e há muito tempo, amigavelmente, movido por seu puro coração de jovem, e que há tempos isso já era do conhecimento de Ivan Fiódorovitch, que cumulava o jovem de benefícios. Por último, se ele, Afanassi Ivánovitch, não estivesse enganado, o amor do jovem já era do conhecimento da própria Nastácia Filíppovna há muito tempo e que ele até tivera a impressão de que ela via esse amor de modo condescendente. É claro que ele tinha mais dificuldade de tocar nesse assunto que todos os demais. Mas se Nastácia Filíppovna quisesse admitir nele, Totski, além de egoísmo e do desejo de construir o próprio destino, ao menos um pouco de desejo do bem igualmente para ela, iria compreender que há muito tempo vinha sendo estranho e até difícil para ele ver a solidão dela: que aí havia apenas uma escuridão vaga, uma completa descrença na renovação da vida, que poderia renascer tão bela no amor e na família e assim ganhar um novo objetivo; que aí a morte das capacidades, talvez até brilhantes, o deleite voluntário com o próprio tédio, em suma, até certo romantismo não eram dignos nem do bom senso nem do coração nobre de Nastácia Filíppovna. Voltando a repetir que lhe era mais difícil que aos demais tocar no assunto, ele concluiu que não podia renunciar à esperança de que Nastácia Filíppovna não lhe respondesse com o desprezo se ele exprimisse o seu desejo sincero de assegurar o destino dela no futuro e lhe oferecesse a quantia de setenta e cinco mil rublos. A título de esclarecimento ele acrescentou que, de qualquer modo, essa quantia já estava destinada a ela no testamento dele; numa palavra, que aí não havia nenhuma recompensa... e que, enfim, por que não admitir e não perdoar nele o desejo humano de pelo menos aliviar de algum modo a sua consciência e etc. etc., tudo o que se costuma dizer em semelhantes situações sobre esse tema. Afanassi Ivánovitch falou de modo longo e eloquente, ajuntando, por assim dizer, de passagem a informação muito curiosa de que estava fazendo alusão a esses setenta e cinco mil rublos pela primeira vez e que antes nem o próprio Ivan Fiódorovitch, que estava sentado ali ao lado, sabia a respeito deles; numa palavra, *ninguém* sabia.

A resposta de Nastácia Filíppovna deixou os dois maravilhados.

Nela, além de não se notar a mínima manifestação da antiga zombaria, da antiga hostilidade e do ódio, da antiga gargalhada, a cuja simples lembrança até hoje Totski sentia um calafrio, ela, ao contrário, ainda era como se estivesse contente por enfim poder conversar com alguém de modo franco e amistoso. Ela confessou que, pessoalmente, há tempos estava querendo pedir um conselho amigo, coisa que só o orgulho vinha impedindo, mas agora, quando o gelo havia sido quebrado, não poderia ter acontecido nada melhor. Primeiro com um sorriso triste, mas depois rindo com alegria e até com vivacidade, confessou que, em todo caso, a tempestade de antes não poderia acontecer; que já fazia muito tempo que mudara parcialmente a sua visão das coisas e que, mesmo não tendo mudado no coração, ainda assim era forçada a admitir muita coisa sob o aspecto de fatos consumados; que o que estava feito, estava feito, que o que havia passado, havia passado, de sorte que até lhe parecia estranho que Afanassi Ivánovitch ainda continuasse tão assustado. Nesse momento ela se dirigiu a Ivan Fiódorovitch e com ar do mais profundo respeito declarou que há muito tempo já ouvira falar muita coisa sobre as filhas dele e há muito tempo já se acostumara a estimá-las profunda e sinceramente. A simples ideia de que pudesse ser útil a elas ao menos em alguma coisa seria, parece, uma felicidade e um orgulho para ela. É verdade que agora a coisa andava difícil e enfadonha para ela, muito enfadonha; Afanassi Ivánovitch tinha adivinhado os seus sonhos; ela gostaria de renascer, ao menos no amor, na família, depois de tomar consciência de um novo objetivo; mas que não podia dizer quase nada a respeito de Gavrila Ardaliónovitch. Verdade, parecia que ele a amava; ela sentia que também podia chegar a amá-lo se conseguisse acreditar na firmeza da afeição dele; mas ele era muito jovem, restava saber se era também sincero; aí a decisão era difícil. Por outro lado, o que mais a agradava era o fato de ele ter emprego, de trabalhar e manter sozinho toda a família. Ouvira dizer que ele era um homem cheio de energia, altivo, desejoso de fazer carreira, de abrir seu caminho. Ouvira dizer que Nina Alieksándrovna Ívolguina, mãe de Gavrila Ardaliónovitch, era uma mulher excelente e respeitável em último grau; que Varvara Ardaliónovna, irmã dele, era uma moça muito admirável e cheia de energia; a seu respeito ouvira muito de Ptítzin. Ouvira dizer que eles suportavam com ânimo a própria desgraça; gostaria muito de conhecê-los, mas ainda restava saber: eles a receberiam cordialmente na família? No geral, ela nada tinha a dizer contra a possibilidade desse casamento, mas ainda precisava pensar demais no assunto; gostaria que não a apressassem. Quanto aos setenta e cinco mil, foi à toa que Afanassi Ivánovitch encontrou tanta dificuldade de tocar nesse assunto. Ela mesma compreendia o valor do dinheiro e, é claro, iria aceitá-lo. Ela agradecia a Afanassi Ivánovitch por sua delicadeza, pelo fato de ele não ter tocado no assunto nem com o general, não só com Gavrila Ardaliónovitch, mas, não obstante, por que não levar de antemão o conhecimento do assunto também a ele? Ela não tinha nenhum motivo para se envergonhar desse dinheiro ao entrar para a família dele. Em todo caso, ela não tinha a intenção de pedir perdão por coisa nenhuma, e queria que soubessem disto. Ela não se casaria com Gavrila Ardaliónovitch enquanto não estivesse convencida de que não havia nele nem na família dele qualquer ideia oculta a esse respeito. Em todo caso, ela não se considerava culpada de coisa nenhuma, e seria melhor que Gavrila Ardaliónovitch soubesse com que recursos ela se mantivera todos esses cinco anos em Petersburgo, quais eram as suas relações com Afanassi Ivánovitch e se ela havia acumulado muitos bens. Por último, se ela agora estava mesmo aceitando um capital, não o fazia, em absoluto, como pagamento pela desonra de sua virgindade, da qual ela não tinha culpa, mas simplesmente como recompensa pelo destino destroçado.

Por fim, ela até se exaltou e se irritou tanto ao expor tudo isso (o que, aliás, saiu muito natural) que o general Iepántchin ficou muito contente e deu o assunto por encerrado; no entanto, Totski, uma vez assustado, continuava sem acreditar inteiramente e por muito tempo ainda temeu que houvesse ali uma serpente sob flores.[40] Mas as negociações haviam começado; o ponto em que se baseava toda a manobra dos dois amigos, isto é, a possibilidade do casamento de Nastácia Filíppovna com Gánia, pouco a pouco foi se elucidando e se justificando, de tal modo que às vezes até Totski começava a acreditar na possibilidade do êxito. Enquanto isso, Nastácia Filíppovna se explicou com Gánia: as palavras ditas foram muito poucas, como se a pudicícia dela sofresse com isso. Ela admitia, não obstante, que lhe autorizava esse amor, mas declarava em tom persistente que não desejava se deixar constranger de maneira nenhuma; que até o casamento (se esse casamento viesse a acontecer) ela se reservava o direito de dizer "não" inclusive no último momento; concedia também a Gánia exatamente o mesmo direito. Gánia logo soube positivamente, por um prestimoso acaso, que a má vontade de toda a sua família com esse casamento e pessoalmente com Nastácia Filíppovna, má vontade essa que se revelara nas cenas domésticas, já era do conhecimento pessoal de Nastácia Filíppovna nos maiores detalhes; ela mesma não tinha tocado nesse assunto com ele, embora ele o esperasse a cada dia. Por outro lado, ainda era possível contar muita coisa a partir de todas essas histórias e circunstâncias reveladas por ensejo desse noivado e das conversações; mas nós acabamos pondo o carro diante dos bois, ainda mais por-

---

[40] Totski cita indiretamente palavras de Julieta em *Romeu e Julieta*, de Shakespeare. Na tradução brasileira de F. C. de Almeida Cunha Medeiros e Oscar Mendes, ato III, cena II, Julieta diz: "Oh! coração de serpente, oculto debaixo de um semblante de flores" (Shakespeare, *Tragédias*, São Paulo, Victor Civita, 1978, vol. 1, p. 69). (N. do T.)

que algumas das circunstâncias ainda apareciam sob a forma de boatos excessivamente vagos. Por exemplo, parecia que Totski soubera de alguma fonte que Nastácia Filíppovna havia entabulado certas relações vagas e secretas com as moças Iepántchin — boato absolutamente inverossímil. Por outro lado, ele acreditava involuntariamente em outro boato e o temia como um pesadelo: soube de fonte segura que Nastácia Filíppovna estaria sabendo com o máximo grau de certeza que Gánia só estava se casando por dinheiro, que Gánia tinha uma alma negra, cobiçosa, intolerante, invejosa e de um egoísmo infinito, desproporcional ao que quer que fosse; que Gánia, ainda que de fato procurasse loucamente dobrar antes Nastácia Filíppovna, quando os dois amigos resolveram explorar em proveito próprio essa paixão, que começava de ambas as partes, e comprar Gánia vendendo-lhe Nastácia Filíppovna como legítima esposa, ele passara a odiá-la como quem odeia o próprio pesadelo. Era como se em sua alma houvessem convergido loucamente a paixão e o ódio, e ele, depois de angustiantes vacilações, acabasse aceitando casar-se com essa "mulher indecente", jurando porém do fundo da alma vingar-se amargamente dela por isso e "atormentá-la" depois, como ele mesmo teria se expressado. Tudo isso parecia ser do conhecimento de Nastácia Filíppovna, que às escondidas preparava alguma coisa. Totski já se acovardara a tal ponto que até a Iepántchin deixara de comunicar as suas preocupações; contudo, havia momentos em que ele, homem fraco, decididamente se reanimava e renascia de espírito: por exemplo, ficou excessivamente animado quando Nastácia Filíppovna enfim deu aos dois amigos a palavra de que à noite, no dia do seu aniversário, diria a última palavra. Por outro lado, o boato mais estranho e mais verossímil, que se referia à pessoa do respeitável Ivan Fiódorovitch, infelizmente se revelava cada vez mais verdadeiro.

À primeira vista, aí tudo parecia o mais perfeito disparate. Era difícil acreditar que Ivan Fiódorovitch, em seus avançados e respeitáveis anos, com toda a sua magnífica inteligência e seu conhecimento positivo da vida etc. etc. tivesse sido seduzido pela própria Nastácia Filíppovna — e de um jeito tal e a tal ponto que esse capricho era quase parecido com paixão. É inclusive difícil imaginar em quê ele depositava esperança; talvez até na colaboração do próprio Gánia. Totski suspeitou pelo menos de alguma coisa dessa índole, suspeitou da existência de quase um acordo secreto baseado na sinceridade mútua entre o general e Gánia. Aliás, é sabido que o homem envolvido em extremo por uma paixão, sobretudo se já está entrado em anos, fica totalmente cego e disposto a suspeitar de esperança onde ela absolutamente inexiste; além disso, perde a razão e age como uma criança tola, mesmo sendo um poço de sabedoria. Sabia-se que o general havia preparado em nome próprio para o aniversário de Nastácia Filíppovna um presente de pérolas admiráveis, que custavam uma quantia imensa, e estava muito interessado nesse presente mesmo sabendo que Nastácia Filíppovna não era uma mulher interesseira. Na véspera do aniversário de Nastácia Filíppovna ele parecia febricitante, embora dissimulasse com habilidade. Foi justo o rumor sobre essas pérolas que chegou aos ouvidos da generala Iepántchina. É bem verdade que, desde muitos tempos, Ielisavieta Prokófievna vinha experimentando a leviandade do seu esposo, chegara até a acostumar-se a ela; no entanto, era impossível deixar passar semelhante oportunidade: o boato com as pérolas a interessava excepcionalmente. O general se deu conta a tempo; ainda na véspera haviam sido pronunciadas algumas palavrinhas; ele pressentia um esclarecimento capital e o temia. Eis por que naquela manhã, de onde começa a nossa história, ele estava sem a menor vontade de tomar o desjejum no seio da família. Ainda antes da chegada do príncipe ele decidira pretextar negócios e evitá-lo. Para o general, evitar às vezes significava simplesmente fugir. Pelo menos nesse dia, e sobretudo na noite de hoje, ele queria ganhar sem obstáculos. E de repente o príncipe veio tão a propósito. "Foi como se Deus o tivesse enviado!" — pensou consigo o general ao entrar no local onde estava sua esposa.

V

A generala era ciosa da sua origem. Como não teria se sentido ao ouvir, de forma direta e sem ter sido prevenida, que esse príncipe Míchkin, o último da sua própria estirpe, não passava de um deplorável idiota e quase miserável e que recebia esmola por sua pobreza. O general repisou o assunto visando precisamente ao efeito para interessá-la de vez e desviar o rumo da conversa.

Em casos extremos, a generala costumava arregalar demasiadamente os olhos e, jogando o corpo um pouco para trás, olhava de um modo vago à sua frente sem dizer uma só palavra. Era uma mulher graúda, da mesma idade do marido, cabelos escuros, muito grisalhos mas ainda bastos, nariz um tanto arrebitado, secarrona, de faces amarelas cavadas e lábios finos e caídos. A testa era alta porém estreita; os olhos castanhos e bastante graúdos tinham às vezes a expressão mais inesperada. Outrora era seu fraco acreditar que tinha um olhar inusitadamente impressionante; essa convicção permaneceu inapagável.

— Receber? Você está dizendo para recebê-lo, agora, neste momento? — e a generala esbugalhou com todas as forças os olhos para Ivan Fiódorovitch, que se agitava diante dela.

— Ah, quanto a isso tu não precisas de nenhuma cerimônia, se achares por bem vê-lo, minha amiga — apressou-se em explicar o general. — Ele é uma criança completa e inclusive daquelas que dão pena; tem uns ataques de uma doença qualquer; acaba de chegar da Suíça, veio direto do trem para cá, veste-se de uma maneira estranha, de um jeito alemão, e para completar não tem um copeque no bolso; por pouco não chora. Eu lhe dei vinte e cinco rublos e quero arranjar para ele um lugar de escriba no escritório. Quanto a vós, *mesdames*,[41] peço que o sirvam, porque ele parece estar com fome...

— Você me surpreende — continuava a generala como antes —, está com fome e tem ataques! Que ataques?

---

[41] Assim está no original russo. (N. do T.)

— Ah, eles não se repetem com muita frequência, e além disso ele é quase uma criança, mas é instruído. A vocês, *mesdames*, eu pediria que o examinassem, seja como for seria bom saber de que ele é capaz.

— E-xa-mi-nar? Arrastou a generala e com a mais profunda surpresa voltou a arregalar os olhos das filhas para o marido e vice-versa.

— Ah, minha amiga, não atribuas esse sentido! Se bem que seja lá como queiras; eu queria lhe dispensar atenções e trazê-lo para cá, porque isso é quase uma boa ação.

— Trazer para cá? Da Suíça?!

— Aí a Suíça não atrapalha; aliás, repito, como quiseres. Estou fazendo isso, em primeiro lugar, porque é da mesma família que a tua e talvez até teu parente, em segundo, ele não sabe onde deitar a cabeça. Cheguei até a pensar que seria um pouco interessante para ti, uma vez que, seja como for, é da nossa família.

— É claro, *maman*,[42] se a gente pode tratá-lo sem cerimônia; e ainda por cima ele acaba de chegar e está com vontade de comer, por que não lhe dar de comer se ele não sabe onde se meter? — disse Alieksandra, a filha mais velha.

— E para completar ele é uma criança completa, dá até para brincar de cabra-cega com ele.

— Brincar de cabra-cega? De que jeito?

— Ah, *maman*, pare de representar, por favor — interrompeu Aglaia com enfado.

Adelaida, a filha do meio, risonha, não se conteve e deu uma gargalhada.

— Mande chamá-lo, *papa*,[43] *maman* deixa. — resolveu Aglaia. O general acionou a campainha e ordenou que chamassem o príncipe.

— Contanto que se prenda obrigatoriamente um guardanapo no pescoço dele quando ele sentar-se à mesa — decidiu a generala —, mandem chamar Fiódor ou até mesmo Mavra... para ficar atrás dele e observá-lo enquanto ele come. Ele pelo menos fica calmo durante os ataques? Será que não faz gestos?

— Ao contrário, ele é até muito bem-educado e tem maneiras magníficas. Às vezes é um pouco simplório demais... Vejam, aí está ele em pessoa! Bem, eu o recomendo, é o último príncipe Míchkin da estirpe, da mesma fa-

---

[42] Afrancesado no original. (N. do T.)

[43] Afrancesado no original. (N. do T.)

mília, talvez até parente, recebam-no, cubram-no de atenções. Agora estão indo tomar o desjejum, príncipe, tenha a honra... De minha parte peço desculpas, estou atrasado, estou com pressa...

— Sabe-se aonde o senhor vai com essa pressa — proferiu com imponência a generala.

— Estou com pressa, com pressa, minha amiga, estou atrasado! E vocês, *mesdames*, mostrem a ele os seus álbuns; que ele ponha uma rubrica; que calígrafo, uma raridade! É um talento; ele me fez uma rubrica em caligrafia antiga: "O igúmeno Pafnuti subscreveu...". Bem, até logo!

— Pafnuti? Igúmeno? Espere um pouco, aonde você vai e que Pafnuti é esse? — bradou a generala com um aborrecimento persistente e quase alarmada atrás do marido que saía correndo.

— Sim, sim, minha amiga, foi um igúmeno que existiu na Antiguidade... Vou à casa do conde, está à minha espera há muito tempo e, o mais importante, foi ele mesmo que marcou... Príncipe, até logo!

O general se afastou a passos rápidos.

— Sei que conde é esse! — pronunciou rispidamente Ielisavieta Prokófievna, e irritada desviou o olhar para o príncipe. — Isto é! — começou ela, fazendo esforço para relembrar com nojo e aborrecida. — Bem, de que estávamos falando? Ah, sim, então, que igúmeno é esse?

— *Maman* — ia começando Alieksandra, mas Aglaia chegou até a bater com os pés.

— Não me atrapalhe, Alieksandra Ivánovna — escandiu a generala —, eu também quero saber. Príncipe, sente-se aqui, nesta poltrona, de frente, não, aqui, de frente para o sol, fique mais perto da claridade para que eu possa vê-lo. Então, que igúmeno é esse?

— É o igúmeno Pafnuti, do século XIV — começou o príncipe —, ele dirigiu uma ermida no Volga, hoje nossa província de Kostroma. Era famoso por sua vida santa, foi a Ordá, ajudou a organizar as coisas por lá e se assinava com uma rubrica, eu mesmo vi uma cópia dessa assinatura. Gostei da letra e a decorei. Quando há pouco o general quis ver como eu escrevo para me arranjar um emprego, eu escrevi algumas frases com caracteres iguais, e entre elas "O igúmeno Pafnuti subscreveu", com a própria letra do igúmeno Pafnuti. O general gostou muito e foi isso que ele lembrou agora há pouco.

— Aglaia — disse a generala —, lembra-te: Pafnuti, ou melhor, escreve, senão eu vou me esquecer como sempre. Aliás, como eu pensava, será mais interessante. Onde está essa assinatura?

— Acho que ficou no gabinete do general, em cima da mesa.

— Vou mandar buscá-la agora mesmo.

— Ora, é melhor eu escrevê-la outra vez, se lhe aprouver.

— É claro, *maman* — disse Alieksandra —, mas agora é melhor desjejuar; estamos com fome.

— Isso mesmo — decidiu a generala. — Vamos, príncipe; o senhor está com muita vontade de comer?

— Sim, agora me deu vontade e lhe sou muito, muito grato.

— É muito bom que o senhor seja cortês, e estou observando que o senhor não tem nada desse... excêntrico como o apresentaram. Vamos. Sente-se aqui, à minha frente — dava as ordens ela, acomodando o príncipe quando chegaram à sala de jantar —, quero olhar para o senhor. Alieksandra, Adelaida, sirvam o príncipe. Não é verdade que ele não tem nada desse... doente? Talvez o guardanapo nem seja preciso... Príncipe, prendiam guardanapo no seu pescoço durante as refeições?

— Antes, quando eu tinha sete anos, parece que prendiam, mas hoje eu mesmo costumo pôr o guardanapo sobre os joelhos durante as refeições.

— É assim que se faz. E os ataques?

— Os ataques? — o príncipe ficou um pouco surpreso. — Atualmente os ataques são muito raros. Aliás, nem sei; dizem que o clima daqui pode me ser prejudicial.

— Ele fala bem — observou para as filhas a generala e continuou fazendo sinal com a cabeça a cada palavra do príncipe —, eu nem esperava. Então, eram tudo bobagens e inverdade; como costuma acontecer. Coma, príncipe, e conte-nos: onde o senhor nasceu, onde foi educado? Quero saber de tudo; o senhor me interessa sobremaneira.

O príncipe agradeceu e, comendo com grande apetite, passou a contar de novo tudo o que já tivera de falar reiteradamente nessa manhã. A generala ia ficando cada vez mais e mais satisfeita. As moças também ouviam com bastante atenção. O assunto da parentela os aproximava; verificou-se que o príncipe conhecia bastante bem a sua linhagem; todavia, por mais que ligassem os fios, entre ele e a generala não se verificou quase nenhum parentesco. Entre os avós era possível descobrir um parentesco distante. Essa matéria seca agradava sobremaneira à generala, que, a despeito de toda a sua vontade, quase nunca conseguia falar da sua linhagem, de sorte que ela se levantou da mesa em excitado estado de espírito.

— Vamos todos para nossa sala de reuniões — disse ela —, lá servirão café. Nós temos um salão comum — dirigiu-se ao príncipe, conduzindo-o —, simplesmente é a minha pequena sala de visitas, onde, quando estamos sozinhos, nos reunimos e cada um cuida dos seus afazeres: Alieksandra, esta minha filha mais velha, toca piano ou lê, ou costura; Adelaida pinta paisagens e retratos (e não consegue terminar nada), Aglaia fica sentada sem fazer nada. Eu também sou uma desajeitada: não consigo fazer nada. Bem, cá estamos; sente-se aqui, príncipe, perto da lareira, e conte. Eu quero saber como o senhor conta alguma coisa. Quero ficar plenamente convencida, e quando me encontrar com a princesa Bielokónskaia, a velha, vou contar tudo a seu respeito. Eu quero que o senhor também interesse a todas elas. Bem, fale.

— *Maman*, desse jeito é muito estranho narrar — observou Adelaida, que a essa altura havia ajeitado o seu cavalete, pegado os pincéis, as tintas e se preparava para copiar de uma estampa uma paisagem há muito tempo iniciada. Alieksandra e Aglaia se sentaram juntas em um pequeno sofá e, braços cruzados, preparavam-se para ouvir a conversa. O príncipe notou que de todos os lados havia uma atenção especial voltada para ele.

— Eu não contaria nada se me ordenassem desse jeito — observou Aglaia.

— Por quê? O que há de estranho nisso? Por que ele não iria contar? Tem língua. Quero conhecer a habilidade dele para falar. Bem, sobre alguma coisa. Conte-nos se gostou da Suíça, qual foi a sua primeira impressão. Vocês vão ver, ele vai começar agora e começar magnificamente.

— A impressão foi forte... — esboçou começar o príncipe.

— Vejam, vejam — secundou a impaciente Lisavieta Prokófievna dirigindo-se às filhas —, acabou começando.

— Ao menos deixe-o falar, *maman* — interrompeu-a Alieksandra. — Esse príncipe talvez seja um grande finório e não um idiota — cochichou para Aglaia.

— Certamente é isso, faz tempo que estou vendo — respondeu Aglaia. — É uma vileza da parte dele representar esse papel. Será que está querendo tirar proveito?

— A primeira impressão foi muito forte — repetiu o príncipe. — Quando me conduziam da Rússia através de várias cidades alemãs, eu ficava só olhando em silêncio, e me lembro de que não fazia nenhum tipo de pergunta. Isto aconteceu depois de uma série de ataques fortes e angustiantes de minha doença, e se a doença se intensificava e os ataques se repetiam várias vezes seguidamente, eu sempre caía em total embotamento, perdia completamente a memória, e mesmo com a razão funcionando havia uma espécie de interrupção no fluxo lógico do pensamento. Eu não conseguia concatenar mais de duas ou três ideias de modo coerente. Acho que era assim. Quando, porém, os ataques passavam, eu ficava novamente sadio e forte como agora. Lembro-me: minha tristeza era insuportável; dava-me até vontade de chorar; eu sempre me surpreendia e ficava intranquilo: exercia uma influência terrível sobre mim o fato de que tudo era *estranho*; isso eu compreendi. O estranho arrasava comigo. Lembro-me, eu despertei totalmente dessas trevas ao anoitecer, em Basel, ao entrar na Suíça, e fui despertado pelo rincho de um asno em um mercado da cidade. O asno me deixou impressionadíssimo e sabe-se lá por que gostei extraordinariamente dele, e ao mesmo tempo tudo pareceu iluminar-se de repente em minha cabeça.

— Um asno? Isso é estranho — observou a generala. — Mas, pensando bem, não há nada de estranho, alguma de nós ainda vai se apaixonar por um asno — observou, olhando com ar irado para as moças que riam. — Isso já aconteceu na mitologia.[44] Continue, príncipe.

— Desde então gosto imensamente dos asnos. É até uma espécie de simpatia que nutro por eles. Passei a fazer perguntas sobre eles antes de tudo porque eu nunca os havia visto e no mesmo instante verifiquei que se trata do mais útil dos animais, trabalhador, forte, paciente, barato, resistente; e através desse asno gostei subitamente de toda a Suíça, de sorte que toda a tristeza anterior passou por completo.

— Tudo isso é muito estranho, mas pode deixar de lado a história do asno; passemos a outro tema. De que tu não paras de rir, Aglaia? E tu, Adelaida? O príncipe falou magnificamente sobre o asno. Ele mesmo o viu, e tu, o que tens visto? Não estiveste no exterior?

— Eu vi um asno, mamãe — disse Adelaida.

— Eu até o ouvi — secundou Aglaia. Todas as três voltaram a rir. O príncipe riu com elas.

— Isso é muito feio da parte de vocês — observou a generala. — Queira desculpá-las, príncipe, elas são boas. Estou sempre a repreendê-las, mas eu as amo. São cabeças de vento, levianas, loucas.

— Por que isso? — riu o príncipe. — No lugar delas eu não perderia essa oportunidade. Mesmo assim eu sou a favor do asno: o asno é um sujeito bom e útil.

— E o senhor é bom, príncipe? Estou perguntando por curiosidade — perguntou a generala.

Todos voltaram a rir.

— Mais uma vez esse maldito asno se meteu; eu nem estava pensando nele! — exclamou a generala. — Por favor, príncipe, acredite-me, não fiz nenhuma...

— Insinuação? Oh, acredito, sem dúvida!

E o príncipe ria sem parar.

---

[44] Alusão ao enredo da obra de Apuleio, *O asno de ouro*. (N. da E.)

— É muito bom que o senhor esteja rindo. O senhor é um jovem boníssimo — disse a generala.

— Às vezes não sou bom — respondeu o príncipe.

— Mas eu sou boa — emendou inesperadamente a generala —, e, se quiser, eu sou sempre boa, e esse é o meu único defeito, porque não se deve ser sempre bom... Me enfureço com muita frequência, por exemplo, com elas, sobretudo com Ivan Fiódorovitch, mas o que é detestável é que sou sempre mais bondosa quando estou com raiva. Há pouco, antes da sua chegada, eu me zanguei e imaginei que não entendo e não consigo entender nada. Isso acontece comigo; pareço uma criança. Aglaia me deu uma lição; eu te agradeço, Aglaia. Aliás tudo é absurdo. Eu ainda não sou tão tola quanto pareço e como as minhas filhas querem imaginar. Eu tenho caráter e não sou muito acanhada. Ademais, estou falando sem raiva. Vem cá, Aglaia, me dá um beijo, vamos... Chega de denguices — observou ela quando Aglaia a beijou com sentimento nos lábios e na mão. — Prossiga, príncipe. Talvez se lembre de alguma coisa mais interessante do que o asno.

— Mais uma vez não consigo entender como se pode narrar de forma tão direta — tornou a observar Adelaida —, eu não me arranjaria de maneira nenhuma.

— Mas o príncipe se arranjará porque ele é excepcionalmente inteligente e pelo menos dez vezes mais inteligente do que tu, talvez até vinte. Espero que tu o percebas depois disso. Prove isso a elas, príncipe; prossiga. O asno pode finalmente ser deixado de lado. O que é que o senhor viu no exterior além de asno?

— Aliás, a história do asno também foi inteligente — observou Alieksandra —, o príncipe contou de modo muito interessante um caso de sua doença e como passou a gostar de tudo através de um impulso de fora. Eu sempre achei interessante como as pessoas enlouquecem e retornam à sanidade. Sobretudo se isso acontece de repente.

— Porventura não é verdade? Porventura não é verdade? — exclamou a generala. — Vejo que às vezes tu também és inteligente; bem, mas chega de rir — o senhor, parece, parou na natureza suíça, príncipe, então!

— Nós chegamos a Lucerna, fui conduzido através de um lago. Senti o quanto ele era bonito, mas no mesmo instante me foi terrivelmente difícil — disse o príncipe.

— Por quê? — perguntou Alieksandra.

— Não compreendo. Para mim sempre é penoso e inquietante olhar para uma natureza daquela pela primeira vez; é bonito, inquietante; aliás, tudo isso ainda estava na doença.

— Ah, não, eu gostaria muito de ver — disse Adelaida. — E não faço ideia de quando iremos ao exterior. Por exemplo, há dois anos não consigo encontrar um tema para um quadro:

O Oriente e o Sul há muito foram descritos![45]

Arranje-me um tema para um quadro, príncipe.
— Eu não entendo nada disso. Acho que é olhar e pintar.
— Não sei olhar.
— Por que vocês estão falando por enigmas? Não entendo nada! — interrompeu a generala. — Que história é essa de não sei olhar? Tem olhos, é só olhar. Não sabes olhar aqui, então não vais aprender no exterior... O melhor é contar como o senhor mesmo viu as coisas, príncipe.
— Isso vai ser melhor — acrescentou Adelaida. — Porque o príncipe aprendeu a olhar no exterior.
— Não sei; lá eu apenas recuperei a saúde; não sei se aprendi a olhar. Aliás, eu fui muito feliz quase o tempo todo.
— Feliz? O senhor consegue ser feliz? — exclamou Aglaia. — Então como é que o senhor diz que não aprendeu a olhar? Ainda vai nos ensinar.
— Ensine, por favor — riu Adelaida.
— Eu não posso ensinar nada — riu o príncipe. — Passei quase o tempo todo no exterior em uma aldeia suíça; raramente ia a algum lugar próximo; o que é que eu vou ensinar às senhoras? A princípio eu apenas não sentia tédio; logo comecei a recuperar-me; depois cada dia se tornou caro para mim, e quanto mais o tempo passava mais caro ia ficando, de sorte que passei a notar isso. Deitava-me para dormir muito satisfeito e me levantava mais feliz ainda. É bastante difícil dizer por que tudo isso acontecia.
— Quer dizer então que o senhor não queria ir a lugar nenhum, que nunca o convidavam a lugar nenhum? — perguntou Alieksandra.
— No começo, desde o começo me convidavam, mas eu caía em grande desassossego. Pensava sempre como iria viver; queria experimentar o meu destino, ficava desassossegado, sobretudo em alguns momentos. As senhoras sabem que esses momentos existem, especialmente quando estamos sós. Lá havia uma cachoeira, pequena, caía do alto de uma montanha e em um fio muito fino, de forma quase perpendicular — era branca, ruidosa, espu-

---

[45] Citação imprecisa do poema de Mikhail Liérmontov, "Jornalista, leitor e escritor" (1840), onde se lê: "Sobre o que escrever? O leste e o sul/ Foram há muito descritos, decantados...". (N. da E.)

mante; caía do alto, e parecia muito baixa, ficava a meia versta mas parecia que estávamos a cinquenta metros dela. Eu gostava de ouvir o seu ruído à noite; era nesses instantes que vez por outra eu experimentava uma grande intranquilidade. Às vezes isso acontecia ao meio-dia, quando eu ia a uma montanha, ficava sozinho no meio da montanha, cercado de pinheiros, velhos, grandes, resinosos; no alto de um rochedo havia um castelo medieval, ruínas; nossa aldeota ficava longe, lá embaixo, mal se avistava; sol claro, céu azul, um silêncio de meter medo. E aí, acontecia, alguma coisa chamava para algum lugar, e sempre me parecia que se eu seguisse sempre em frente, andasse muito e muito tempo e fosse além de uma linha, por exemplo, daquela linha onde o céu e a terra se encontram, ali estaria todo o enigma e no mesmo instante veria uma nova vida, cem vezes mais intensa e mais ruidosa do que a nossa vida aqui; eu estava sempre sonhando com uma cidade grande, como Nápoles, tudo nela eram palácios, ruído, estrondos, vida... O que eu não sonhava! Mas depois me pareceu que até na prisão pode-se encontrar uma vida imensa.[46]

— Este último pensamento eu já li na minha *Antologia* quando tinha doze anos — disse Aglaia.

— Tudo isso é filosofia — observou Adelaida —, o senhor é um filósofo e veio para nos ensinar.

— A senhorita talvez esteja certa — sorriu o príncipe —, e vai ver que eu sou mesmo um filósofo e, quem sabe, pode ser até que saiba ensinar a pensar... Isso é possível; palavra, é possível.

— E a sua filosofia é exatamente igual à de Evlâmpia Nikolavna — tornou a secundar Aglaia —, é viúva de um funcionário público, que nos visita, uma espécie de comensal. Seu único fito na vida é um baixo custo de vida; quer apenas que a vida seja mais barata, só fala de copeques e, observe, ela tem dinheiro, é uma finória. É exatamente assim a sua imensa vida na prisão, e talvez até seus quatro anos de felicidade no campo, pela qual o senhor traiu a sua cidade de Nápoles e, parece, com vantagem, mesmo que tenha sido uma vantagem barata.

— Quanto à vida na prisão ainda se pode até discordar — disse o príncipe —, eu ouvi a história de um homem que passou uns doze anos na prisão; era um dos doentes, paciente do meu professor. Ele dava ataques, às vezes estava inquieto, chorava e uma vez até tentou se matar. A vida dele na prisão era muito triste, isso eu lhes posso assegurar, mas não era uma vida

---

[46] Os motivos dessa afirmação remontam consideravelmente a *O prisioneiro de Chillon* (1816), de Byron. (N. da E.)

barata. Todas as suas relações eram com uma aranha e com uma arvorezinha que nasceu debaixo da janela... Mas é melhor que eu lhes conte sobre um outro encontro que tive no ano passado com um homem. Aí houve uma circunstância muito estranha — estranha propriamente pelo fato de que um caso como esse é muito raro. Uma vez esse homem foi condenado com outros ao patíbulo e foi lida para ele a sentença de morte por fuzilamento por crime político. Uns vinte minutos depois foi lido também o indulto e designado outro grau de punição; mas, não obstante, no intervalo entre as duas sentenças, vinte minutos ou ao menos quinze, ele passou na indiscutível convicção de que alguns minutos depois morreria de repente. Eu tinha uma imensa vontade de ouvi-lo, quando vez por outra ele recordava as suas impressões daquele momento e várias vezes me pus a interrogá-lo. Ele se lembrava de tudo com uma nitidez incomum e dizia que nunca iria esquecer nada daqueles instantes. A uns vinte passos da forca, em torno da qual se aglomeravam populares e soldados, haviam sido fincados três postes, uma vez que eram vários os criminosos. Os três primeiros foram levados aos postes, amarrados, vestidos com vestes mortuárias (longos casacões brancos) e fizeram cair-lhes sobre os olhos os barretes brancos para que eles não vissem os fuzis; em seguida puseram diante de cada poste um pelotão de alguns soldados. Meu conhecido era o oitavo da fila, logo, teria de marchar para os postes na terceira fileira. O sacerdote correu a cruz sobre todos eles. Restavam não mais que cinco minutos de vida. Ele dizia que esses cinco minutos lhe pareceram uma eternidade, uma imensa riqueza; parecia-lhe que nesses cinco minutos ele estava vivendo várias vidas, que nesse momento não tinha nada que ficar pensando no último instante, de sorte que ele ainda tomou diferentes deliberações; calculou o tempo para se despedir dos companheiros, e nisso gastou uns dois minutos, depois deixou mais dois minutos para pensar pela última vez em si mesmo, e depois para olhar em volta pela última vez. Ele se lembrava muito bem de que havia tomado precisamente essas três deliberações, e foi justamente assim que calculou. Estava morrendo aos vinte e sete anos,[47] sadio e forte. Quando se despedia dos companheiros, lembrou-se de que havia feito a um deles uma pergunta muito estranha e estava até muito interessado na resposta. Depois que se despediu dos companheiros, restaram aqueles dois minutos que ele havia reservado para *pensar em si*; sabia de antemão em que iria pensar: queria porque queria fazer a ideia mais breve e nítida de como aquilo estava acontecendo: no momento

---

[47] Dostoiévski estava com vinte e oito anos quando foi condenado à pena de morte em 1849 por sua participação no círculo de Pietrachevski. (N. da E.)

ele comia e vivia, mas dentro de três minutos já seria um *nada*, alguém ou algo — então, quem? Onde? Tudo isso ele pensava resolver nesses dois minutos! Por perto havia uma igreja e sua cúpula dourada brilhava sob o sol claro. Ele se lembrava de que havia olhado com uma terrível persistência para essa cúpula e para os raios que ela irradiava; não conseguia despregar-se dos raios: parecia-lhe que esses raios eram a sua nova natureza, que dentro de três minutos ele se fundiria a eles de alguma maneira... O desconhecido e a repulsa causada por esse novo, que estava prestes a acontecer, eram terríveis; mas ele dizia que naquele momento não havia nada mais difícil para ele do que um pensamento contínuo: "E se eu não morrer! E se eu fizer a vida retornar — que eternidade! E tudo isso seria meu! E então eu transformaria cada minuto em todo um século, nada perderia, calcularia cada minuto para que nada perdesse gratuitamente!". Ele dizia que esse pensamento acabou se transformando em tamanha raiva dentro dele que teve vontade de que o fuzilassem o mais rápido possível.

Súbito o príncipe calou; todos esperavam que ele continuasse e tirasse uma conclusão.

— O senhor terminou? — perguntou Aglaia.

— O quê? Terminei — disse o príncipe, saindo de uma meditação momentânea.

— Então por que o senhor contou sobre isso?

— Por contar... Lembrei-me... A título de conversa.

— O senhor é muito fragmentário — observou Alieksandra —, príncipe, o senhor certamente quis concluir que nenhum instante pode ser avaliado em centavos, e às vezes cinco minutos valem mais do que um tesouro. Tudo isso é lisonjeiro, mas permita, entretanto, saber como esse seu amigo, que lhe contou tamanhas paixões... ora, mudaram a sentença dele, logo, deram-lhe essa "vida infinita". Então, o que depois ele fez dessa riqueza? Viveu cada minuto "calculando"?

— Oh, não, ele mesmo me contou — eu já lhe havia perguntado sobre isso —, não foi nada desse jeito que ele viveu, e perdeu muitos e muitos minutos.

— Então quer dizer, e aí está uma experiência, quer dizer que não se pode viver de verdade "fazendo cálculo". Por algum motivo não se pode mesmo.

— Sim, por algum motivo não se pode mesmo — repetiu o príncipe —, eu mesmo achava isso... Ainda assim não acredito muito...

— Isto é, o senhor pensa que pode viver de um modo mais inteligente que todos? — perguntou Aglaia.

— Sim, às vezes eu cheguei a pensar nisso.

— E ainda pensa?

— E... penso — respondeu o príncipe, continuando a olhar para Aglaia com um sorriso sereno e até tímido; mas no mesmo instante voltou a sorrir e olhou para ela de um jeito alegre.

— Modesto! — disse Aglaia quase irritada.

— E como as senhoras, apesar de tudo, são valentes, estão rindo, mas a mim mesmo tudo isso impressionou muito no relato dele, de sorte que depois eu sonhei com tudo aquilo, sonhei precisamente com aqueles cinco minutos...

Mais uma vez ele correu o olhar por suas ouvintes com ar escrutador e sério.

— As senhoritas não estão zangadas comigo por alguma coisa? — perguntou subitamente, como quem está perturbado, mas, não obstante, olhando direto nos olhos de todas elas.

— Por quê? — exclamaram todas as três moças, surpresas.

— Porque é como se eu estivesse sempre ensinando...

Todas caíram na risada.

— Se se zangaram então não fiquem zangadas — disse ele —, pois eu mesmo sei que vivi menos do que os outros e entendo a vida menos do que os outros. Pode ser que às vezes eu fale de forma muito estranha...

E ficou terminantemente confuso.

— Já que diz que foi feliz, logo, não viveu menos e sim mais; por que então se curva e se desculpa? — perguntou Aglaia de modo severo e importuno. — E por favor não se preocupe se está nos ensinando, nisso não há nenhum triunfo de sua parte. Com seu quietismo[48] pode-se passar cem anos enchendo a vida de felicidade. Tanto faz mostrar ao senhor a execução de uma pena de morte quanto um dedinho, porque o senhor irá tirar tanto de um quanto do outro um pensamento igualmente lisonjeiro e ainda ficará satisfeito. Desse jeito dá para viver.

— Por que tu estás sempre raivosa, não entendo — secundou a generala, que há muito observava os rostos dos falantes —, e também não consigo entender do que estão falando. Que dedinho é esse e que absurdo é esse?

---

[48] "Quietismo" aqui significa atitude cheia de tranquilidade, passiva e contemplativa diante da vida. No *Diário de um escritor* (1876), Dostoiévski escreve: "o nosso liberalismo, pareceria, pertence à categoria dos liberalismos quietos; quietos e aquietados, o que, a meu ver, é muito detestável, porque, parece, é com o liberalismo que o quietismo menos se harmoniza". (N. da E.)

O príncipe fala maravilhosamente, apenas de um modo um pouco triste. Por que tu o desencorajas? Ele começou rindo, mas agora está totalmente desanimado.

— Não é nada, *maman*. Mas é uma pena, príncipe, que o senhor não tenha visto a execução, eu iria lhe perguntar uma coisa.

— Eu assisti a uma execução — respondeu o príncipe.

— Assistiu? — exclamou Aglaia. — Eu devia ter adivinhado! Isso coroa toda a questão. Se assistiu, como é que o senhor diz que viveu sempre de maneira feliz? Então, eu não lhe disse a verdade?

— Porventura fazem execuções na sua aldeia? — perguntou Adelaida.

— Em Lyon eu assisti a uma, quando fui da Suíça para lá, meu professor me levou consigo. Fui chegando e vendo.

— Então, o senhor gostou muito? Há muito de edificante? De útil? — perguntou Aglaia.

— Eu não gostei nada daquilo, e depois adoeci um pouco, mas confesso que fiquei olhando como se estivesse plantado, não conseguia desviar a vista.

— Eu também não conseguiria desviar a vista — disse Aglaia.

— Lá não gostam nem um pouco quando as mulheres vão assistir, até nos jornais escrevem depois sobre essas mulheres.

— Então, já que acham que isso não é assunto para mulheres, estão querendo dizer (logo, justificar) que é assunto para homem. Parabéns pela lógica. E o senhor, é claro, também pensa do mesmo modo?

— Fale de uma execução — interrompeu Adelaida.

— Neste momento não gostaria nem um pouco... — o príncipe atrapalhou-se e ficou meio sombrio.

— O senhor parece que tem pena de nos contar — alfinetou Aglaia.

— Não, é porque há pouco falei dessa mesma execução.

— Para quem falou?

— Para o vosso criado quando eu estava aguardando...

— Para que criado? — ouviram-se vozes de todos os lados.

— Aquele que fica sentado na antessala, aquele grisalho, de rosto avermelhado; fiquei aguardando na antessala a ocasião de entrar no gabinete de Ivan Fiódorovitch.

— É estranho — observou a generala.

— O príncipe é um democrata — cortou Aglaia —, mas se contou para Alieksiêi já não pode nos negar.

— Quero ouvir sem falta — repetiu Adelaida.

— Há pouco eu realmente — o príncipe se dirigiu a ela mais uma vez

Fiódor Dostoiévski

ganhando um pouco de inspiração (ele, parece, se inspirava de forma muito rápida e crédula) —, eu realmente estava com um pensamento quando a senhora me pediu um assunto para o seu quadro, quando me pediu um assunto: pintar o rosto de um condenado um minuto antes do golpe da guilhotina, quando ele ainda está no patíbulo, antes de se deitar no cepo.

— Como o rosto? Apenas o rosto? — perguntou Adelaida. — Vai ser um assunto estranho, e que quadro vai ser esse?

— Não sei, por quê? — insistia com ardor o príncipe. — Há pouco tempo eu vi um quadro desse tipo em Basel.[49] Estou com muita vontade de contar para as senhoritas... Um dia eu vou contar... Fiquei muito impressionado.

— Sobre o quadro de Basel o senhor irá contar sem falta mais tarde — disse Adelaida —, mas agora quero que me interprete o quadro dessa execução. Pode transmitir da mesma maneira como o senhor imagina? Como pintar esse rosto? Assim, só o rosto? Como é esse rosto?

— Um rosto a exatamente um minuto da morte — começou o príncipe com plena disposição, deixando-se levar pela lembrança e, ao que se via, no mesmo instante esqueceu tudo o mais —, no mesmo instante em que ele sobe pela escadinha e acaba de pisar o patíbulo. Nesse instante ele olhou na minha direção; eu olhei para o rosto dele e compreendi tudo... Por outro lado, como é que eu vou contar isso! Eu gostaria demais, gostaria demais que a senhorita ou alguém pintasse isso! Seria melhor que fosse a senhorita! Na mesma ocasião pensei que o quadro seria útil. Sabem, aqui se precisa fazer uma ideia do que houve antes, de tudo, de tudo. Ele estava na cadeia e esperava a execução pelo menos dentro de uma semana; como que contava com as formalidades de praxe, esperava que o papel ainda fosse para algum lugar e só uma semana depois acontecesse. Mas nisso a coisa foi abreviada por um acaso qualquer. Às cinco horas da manhã ele estava dormindo. Isso foi no final de outubro; às cinco horas ainda estava frio e escuro. Entrou o chefe da carceragem, em silêncio, acompanhado do carcereiro, e tocou cuidadosamente no ombro dele; ele soergueu-se, apoiou-se sobre os cotovelos — está vendo luz: "O que é isso?" — "Entre as nove e as dez horas é a execução". Movido pelo sono ele não acreditou, quis contestar argumentando que o papel sairia dentro de uma semana, mas quando despertou inteiramente desistiu de contestar e calou-se — foi assim que contaram —, depois disse: "Mesmo assim é duro tão de repente..." — e tornou a calar-se, e agora

---

[49] Tudo indica que Dostoiévski tem em vista o quadro de Hans Fries, *A decapitação de João Batista* (1514), que representa o rosto de João Batista no momento em que a espada foi levantada sobre ele. (N. da E.)

já não queria mais falar. Aí se gastam umas três a quatro horas naquelas coisas conhecidas: o padre, o desjejum, no qual lhe serviram vinho, café e carne de gado (ora, isso é ou não é um deboche?[50] Porque, pensem bem, como isso é cruel, mas, por outro lado, juro que essas pessoas inocentes fazem isso de todo coração e estão certas de que é um ato de amor ao ser humano), depois a toalete (as senhoras sabem o que é a toalete de um criminoso?), e por último o levam pela cidade na direção do patíbulo... Eu acho que enquanto conduzem o condenado, este acha que ainda resta uma vida infinita para viver. Acho que a caminho ele pensava: "Ainda falta muito, ainda restam três ruas para viver; esta aqui eu estou atravessando, depois ainda resta aquela, depois aquela outra onde existe uma padaria à direita... ainda chegaremos à padaria!". Gente ao redor, gritos, barulho, dez mil caras, dez mil olhos — tudo isso é preciso suportar,[51] mas o principal é a ideia: "Veja, eles são dez mil e ninguém os executa, mas a mim vão executar!". Pois bem, tudo isso de antemão. Uma escadinha leva ao patíbulo; aí ele começa de repente a chorar diante da escadinha, e ele era um homem forte e corajoso, dizem que era um grande malfeitor. Ao lado dele havia um padre inseparável, que viajara com ele na carroça, falando sem parar — é pouco provável que ele o escutasse: começa a ouvir, mas da terceira palavra em diante já não entende nada. É assim que deve ter acontecido. Por fim, começou a subir a escadinha; nisso lhe amarraram as pernas e por isso ele caminhava a passos miúdos. O sacerdote o deixava beijar a cruz. Abaixo da calvície era muito pálido, e quando subiu e se posicionou no patíbulo, de repente ficou branco como um papel, exatamente como um papel branco de escrever. Certamente as pernas fraquejaram e endureceram, e ele sentiu enjoo — era como se lhe apertassem a garganta, como se fizessem cócegas — as senhoras sentiram isso algum dia quando tiveram um medo ou passaram por instantes muito terríveis nos quais toda a razão permanece, mas já não tem nenhuma força? Acho que, por exemplo, se a morte é inevitável, a casa está caindo em cima

---

[50] Veja-se sobre a comida perante a execução no capítulo XX de *O último dia de um condenado à morte* (citado da tradução de Annie Paulette Maria Cambè, Rio de Janeiro, Clássicos Econômicos Newton, 1995, p. 78. [N. do T.]): "Acabam de me trazer comida; pensaram que eu devia precisar. Uma mesa delicada e sofisticada, um frango, parece, e outras coisas ainda. Tentei comer; mas à primeira garfada, caiu tudo da minha boca, tudo pareceu-me tão amargo e fétido". (N. da E.)

[51] Veja-se na obra citada de Victor Hugo: "Todas aquelas vozes, todas aquelas cabeças nas janelas, nas portas, nas grades das lojas, nos postes das lanternas... aquela estrada pavimentada e cercada por cabeças humanas... Estava ébrio, estúpido, insensato. É coisa insuportável o peso de tantos olhares em cima de você". (N. da E.)

da gente, nesse instante a gente experimenta de súbito uma terrível vontade de comer, fechar os olhos e ficar esperando — haja o que houver!... Pois bem, no instante em que começou essa fraqueza o sacerdote, num gesto apressado e calado, encostou a cruz aos lábios dele, uma cruzinha pequena, de prata, de quatro pontas — ele a encostava com frequência, a cada minuto. E mal a cruz lhe tocou os lábios, ele abriu os olhos e por alguns segundos pareceu animar-se, e as pernas se moveram. Ele beijou avidamente a cruz, precipitou-se para beijá-la, como quem tem pressa de não esquecer de levar alguma coisa de reserva, para alguma eventualidade, mas é pouco provável que nesse instante ele tivesse consciência de algo religioso. E assim aconteceu até o momento em que foi levado ao cepo... É estranho que nesses últimos segundos as pessoas raramente desmaiem! Ao contrário, a cabeça vive intensamente e trabalha, pelo visto com força, com força, com força como uma máquina em ação; imagino que assim martelam diferentes ideias, ideias inacabadas e talvez até engraçadas e estranhas como essas: "Veja aquele ali que está olhando — ele tem uma verruga na testa, e olhe só, o botão inferior do carrasco está enferrujado"...[52] Mas, por outro lado, a pessoa sabe tudo e se lembra de tudo; existe um ponto que não se pode esquecer de maneira nenhuma e no qual não se pode perder os sentidos, e tudo gira em torno dele, desse ponto. E pensar que isso vai até o último quarto de segundo, quando a cabeça já está sobre o cadafalso, e aguarda, e... *sabe*, e de repente escuta o ferro arranhando no alto! Isso você ouve forçosamente! Eu, se estivesse deitado, ouviria e escutaria isso de propósito! Aí talvez haja apenas um décimo de instante, mas a gente escuta infalivelmente! Imagine que até hoje ainda discutem que a cabeça, quando voa, isto é, numa fração de segundo, talvez saiba que voou — é essa a concepção! E se forem cinco segundos!... Desenhe o patíbulo de tal forma que se possa ver com clareza e de perto apenas o último degrau; o criminoso pôs o pé nele: a cabeça, o rosto está pálido como um papel, o padre lhe estende a cruz, o outro espicha avidamente seus lábios roxos e fica a olhar, e — *está a par de tudo*. A cruz e a cabeça — eis o quadro, o rosto do sacerdote, do carrasco, os seus dois auxiliares e algumas cabeças e olhos lá embaixo — tudo isso pode ser desenhado como que em terceiro plano, na penumbra, como acessório... Aí está o quadro.

O príncipe calou-se e olhou para todas.

---

[52] Pensamento análogo encontramos em *Crime e castigo*. Ele reflete a experiência trágica do escritor condenado ao fuzilamento por sua participação no círculo de Pietrachevski, e é uma variação do verdadeiro motivo do capítulo XLVIII de O *último dia de um condenado à morte*. (N. da E.)

— Isso, claro, não parece quietismo — proferiu Alieksandra de si para si.

— Bem, agora conte como esteve apaixonado — disse Adelaida.

O príncipe olhou surpreso para ela.

— Escute — Adelaida parecia apressada —, o senhor ainda tem de falar sobre o quadro de Basel, mas agora eu quero ouvir como esteve apaixonado; não negue, o senhor esteve apaixonado. Além do mais, quando começar a contar deixe a filosofia de lado.

— Assim que o senhor terminar de contar, deve envergonhar-se imediatamente do que contou — observou de repente Aglaia. — Por que isso?

— Afinal, isso é uma tolice — cortou a generala, olhando indignada para Aglaia.

— Não é inteligente — corroborou Alieksandra.

— Não acredite nela, príncipe — dirigiu-se a ele a generala —, ela está fazendo isso de propósito por raiva de alguma coisa; não foi educada de forma tão tola, absolutamente; não pense que elas estão a importuná-lo dessa maneira por algum motivo. Certamente tramaram alguma coisa, mas já estão gostando do senhor. Conheço as caras delas.

— Eu também conheço as caras delas — disse o príncipe acentuando particularmente as suas palavras.

— Como assim? — perguntou Adelaida com curiosidade.

— O que é que o senhor sabe das nossas caras? — perguntaram curiosas as outras duas.

Mas o príncipe calava e estava sério; todas esperavam a sua resposta.

— Depois eu lhes digo — disse ele em tom baixo e sério.

— Decididamente o senhor está querendo nos interessar — gritou Aglaia —, e quanta solenidade!

— Então, está bem — tornou a apressar-se Adelaida —, se o senhor é tão perito em caras, então certamente esteve apaixonado; quer dizer que eu adivinhei. Vamos, conte.

— Eu não estive apaixonado — respondeu o príncipe em tom igualmente baixo e sério —, eu... fui feliz de outra maneira.

— Como assim, com quê?

— Está bem, eu vou lhes contar — pronunciou o príncipe como que em profunda reflexão.

VI

— Pois bem — começou o príncipe —, todas as senhoras estão olhando para mim com tamanha curiosidade que é só eu não as satisfazer e provavelmente ficarão zangadas comigo. Não, eu estou brincando — acrescentou depressa com um sorriso. — Lá... lá havia apenas crianças, e o tempo todo eu estava lá com as crianças, apenas com as crianças. Eram crianças daquela aldeia, toda a tropa que estudava na escola. Não é que eu ensinasse a elas; oh, não, para isso havia lá um mestre-escola, Julie Tibot; eu talvez até ensinasse a elas, mas eu estava mais com elas, e todos os meus quatro anos se passaram assim. Eu não precisava de mais nada. Eu falava tudo com elas, não escondia nada delas. Seus pais e familiares ficaram zangados comigo porque, no fim das contas, as crianças não podiam passar sem mim e estavam sempre aglomeradas a meu redor, e o mestre-escola acabou virando o meu primeiro inimigo por causa das crianças. Até Schneider me envergonhava. De que eles tinham tanto medo? Pode-se dizer tudo a uma criança — tudo;[53] sempre me deixou perplexo a ideia de como os grandes conhecem mal as crianças, os pais e as mães conhecem mal até os seus próprios filhos. Não se deve esconder nada das crianças sob o pretexto de que são pequenas e ainda é cedo para tomarem conhecimento. Que ideia triste e infeliz! E como as próprias crianças reparam direitinho que os pais acham que elas são pequenas demais e não entendem nada, ao passo que elas compreendem tudo.[54]

---

[53] Dostoiévski externava constantemente essa ideia em conversas privadas e a repetia a seus filhos. (N. da E.)

[54] Dostoiévski desenvolveu esse pensamento mais tarde no *Diário de um escritor* (1876, maio, capítulo II, parágrafo 1). Referindo-se à "profundidade terrível, incrível da compreensão" com que a criança "de repente assimila — sem que se saiba de que modo — outras ideias que, pareceria, eram-lhe totalmente inacessíveis", ele escreve: "Uma criança de cinco, seis anos às vezes sabe a respeito de Deus ou do bem e do mal coisas tão surpreendentes e de uma profundidade tão inesperada que você conclui involuntariamente que a natureza dotou essa crianças de certos recursos de aquisição de conhecimentos que nós não só desconhecemos, mas, com base na pedagogia, deveríamos quase refutar... ela possivelmente sabe sobre Deus tanto quanto você e talvez bem mais que você sobre o bem e o mal, sobre o que é vergonhoso ou lisonjeiro". (N. da E.)

Os grandes não sabem que até nos assuntos mais difíceis a criança pode dar uma sugestão sumamente importante. Oh, Deus, quando olha para você esse passarinho lindo, crédulo e feliz, você sente vergonha de enganá-lo! Eu as chamo de passarinhos porque no mundo não existe nada melhor que um passarinho. Aliás, todos na aldeia ficaram mais zangados comigo por um incidente... Mas Tibot simplesmente tinha inveja de mim; a princípio ele não parava de balançar a cabeça e de surpreender-se ao ver como as crianças entendiam tudo o que eu falava e quase nada do que ele falava, e depois passou a zombar de mim quando eu lhe disse que nós dois não ensinávamos nada a elas e que elas ainda iriam nos ensinar.[55] E como ele pôde ter inveja de mim e me caluniar quando ele mesmo vivia ao lado das crianças! Por intermédio das crianças cura-se a alma... Lá havia um doente no estabelecimento de Schneider, um homem muito infeliz. Era uma infelicidade tão terrível que dificilmente pode haver outra igual. Ele havia sido enviado a tratamento de loucura; a meu ver não era louco, apenas sofria terrivelmente — era essa toda a sua doença. Se as senhoras soubessem o que as nossas crianças acabaram representando para ele... Mas sobre esse doente eu lhes conto depois; vou contar agora como tudo isso começou. A princípio as crianças não gostaram de mim. Eu era muito grande, eu sempre fui desajeitado; eu sei que sou pateta... finalmente havia o fato de eu ser estrangeiro. De início as crianças riam de mim, depois até pedra passaram a me atirar quando viram que eu havia beijado Marie. Eu a beijei apenas uma vez... Não, não riam — o príncipe se apressou em deter as risotas das suas ouvintes —, aí não havia nada de amor. Se as senhoras soubessem que criatura infeliz era aquela, as senhoras mesmas sentiriam muita pena dela como eu senti. Ela era da nossa aldeia. A mãe era uma velha velha,[56] e a casinhola delas, totalmente vetusta, de duas janelas, tinha uma das janelas isolada por um tabique com permissão do chefe da aldeia; dessa janela permitiam que ela vendesse cadarços, linha, tabaco, sabão, tudo a preço de centavo, e disso ela comia. Era doente, tinha as pernas inchadas de tal forma que estava sempre sentada no mesmo lugar. Marie era sua filha, de uns vinte anos, fraca e magrinha; estava tuberculosa há muito tempo mas continuava de casa em casa fazendo trabalho

---

[55] Dostoiévski escreveu no *Diário de um escritor*, de fevereiro de 1876: "não devemos ser arrogantes com as crianças, somos piores que elas. E se lhes ensinamos alguma coisa a fim de torná-las melhores, elas também nos ensinam muito e também nos tornam melhores já com o simples contato com elas. Elas humanizam a nossa alma com seu simples aparecimento entre nós". (N. da E.)

[56] Tal qual no original, *stáraia starúkha*. (N. do T.)

pesado como diarista — lavava assoalhos, roupa branca, varria os pátios, recolhia o gado. Um *commis*[57] francês que passava por lá a seduziu e a levou consigo, mas uma semana depois a largou na estrada sozinha e se foi em silêncio. Ela voltou para casa mendigando, toda suja, toda desgrenhada, com os sapatos em frangalhos; andou uma semana inteira a pé, dormindo no campo, e pegou uma gripe muito forte; os pés estavam feridos, as mãos inchadas, gretadas. Aliás, antes ela já não era bonita; tinha só os olhos serenos, bondosos, inocentes. Era calada ao extremo. Certa vez, ainda antes desse ocorrido, estava trabalhando e de repente começou a cantar, e eu me lembro de que todos ficaram admirados e passaram a rir: "Marie está cantando! Como? Marie começou a cantar!" — e ela ficou terrivelmente confusa e depois calou-se para sempre. Naquela época ainda a afagavam, mas quando ela voltou doente e destroçada, não houve em ninguém qualquer compaixão por ela! Como eles são cruéis com essas coisas! Como são duras as noções que eles têm dessas coisas! A mãe foi a primeira a recebê-la com raiva e desprezo: "Agora tu estás desonrada!". Ela foi a primeira que a expôs à vergonha: quando, na aldeia, ouviram falar que Marie tinha retornado, todos correram para vê-la, e quase toda a aldeia correu para a casinhola da velha: velhos, crianças, mulheres, moças, todos, todos numa multidão muito apressada, ávida. Marie estava deitada no chão, aos pés da velha, faminta, em frangalhos e chorando. Quando todos irromperam, ela se cobriu com os cabelos desgrenhados e assim ficou de cabeça para baixo colada ao chão. Todos ao redor olhavam para ela como se olha para um réptil; os velhos a censuravam e insultavam, os jovens chegavam até a rir, as mulheres a insultavam, censuravam, olhavam com um desprezo de quem olha para uma aranha. A mãe permitiu tudo isso, estava ali sentada ao lado, balançando a cabeça e aprovando. Naquela época a mãe já estava muito doente e quase morrendo; dois meses depois ela realmente morreu; sabia que estava morrendo mas ainda assim nem pensou em fazer as pazes com a filha até a morte, nem chegava a falar com ela uma só palavra, obrigava-a a dormir no paiol de feno, inclusive quase não a alimentava. Ela precisava de pôr frequentemente seus pés doentes na água morna; todos os dias Marie lhe lavava os pés e tomava conta dela; ela recebia todos esses serviços calada e não lhe dizia uma só palavra de carinho. Marie suportou tudo e, quando depois eu a conheci, observei que ela mesma aprovava tudo aquilo, e se considerava a si mesma o último dos répteis. Quando a mãe caiu definitivamente de cama, as velhas da aldeia pas-

---

[57] "Amanuense", em francês no original. (N. do T.)

saram a tomar conta dela, uma de cada vez, como lá é praxe. Então deixaram totalmente de alimentar Marie. Enquanto isso todos a perseguiam na aldeia e nem trabalho queriam lhe dar como faziam antes. Todos cuspiam literalmente nela, e até os homens deixaram de considerá-la mulher, diziam-lhe toda sorte de indecências. Às vezes, muito raramente, quando os beberrões enchiam a cara aos domingos, para se divertir lançavam migalhas para ela, assim, direto no chão; Marie as apanhava em silêncio. A essa altura, ela já começara a escarrar sangue. Por último, os seus farrapos se transformaram completamente em molambos, e de tal forma que dava vergonha aparecer na aldeia; desde que voltara ela andava descalça. Foi então que, particularmente as crianças, todo o batalhão — quarenta e poucos alunos da escola —, passaram a provocá-la e até a atirar porcarias nela. Ela pediu a um pastor para limpar as suas vacas, mas o pastor a escorraçou. Depois, por conta própria, sem permissão, ela passou a sair com o rebanho da casa o dia inteiro. Uma vez que ela trazia muita vantagem para o pastor e ele percebeu isso, deixou de escorraçá-la e às vezes lhe dava até os restos da sua refeição, queijo e pão. Ele considerava isso uma grande caridade de sua parte. Quando, porém, a mãe morreu, o pastor não sentiu acanhamento de infamá-la na igreja perante todos os presentes. Marie estava em pé ao lado do caixão do jeito que havia chegado, desgrenhada e chorando. Apareceu muita gente para vê-la chorar e acompanhar o caixão; então o pastor — ele ainda era jovem e toda a sua ambição era tornar-se um grande pregador — dirigiu-se a todos e apontou para Marie. "Eis a causa da morte dessa respeitável mulher" (e não era verdade, porque a outra já estava doente há dois anos), "aí está ela diante dos senhores sem coragem de fitá-los porque para ela aponta o dedo de Deus; ei-la descalça e desgrenhada — exemplo para aqueles que perdem a virtude! Quem é ela? É a filha dela!", e continuou batendo na mesma tecla. Imaginem que quase todos gostaram dessa baixeza, porém... aí se deu uma coisa extraordinária; aí interferiram as crianças, porque a essa altura todas as crianças já estavam do meu lado e passaram a gostar de Marie. Ouçam o que aconteceu. Deu-me vontade de fazer alguma coisa para Marie; era muito necessário dar dinheiro a ela, mas lá eu nunca tive um copeque. Eu tinha um pequeno alfinete de brilhante, eu o vendi a um revendedor: ele andava de aldeia em aldeia negociando com roupa velha. Ele me deu oito francos, mas o alfinete valia seguramente quarenta. Tentei por muito tempo encontrar Marie sozinha; finalmente nós nos encontramos além da aldeia, no sopé da montanha, em uma senda lateral que dava para a montanha, atrás de uma árvore. Nessa ocasião eu lhe dei oito francos e disse para ela conservá-los porque eu já não teria mais dinheiro, depois lhe dei um beijo e lhe disse para não pensar que eu tivesse alguma má intenção e que a estava beijando não porque estivesse apaixonado por ela, mas porque tinha muita pena dela e desde o início não a considerava culpada de coisa nenhuma, apenas a achava infeliz. Tive muita vontade de consolá-la naquele instante e lhe assegurar que ela não devia se considerar tão baixa diante de todos, mas parece que ela não entendeu. Agora eu o percebo, embora ela tenha passado todo o tempo quase calada e postada à minha frente com os olhos embotados e uma terrível vergonha. Quando eu terminei, ela me beijou a mão e no mesmo instante eu lhe tomei a mão e quis beijá-la mas ela a puxou rapidamente. Súbito as crianças olharam para nós, toda uma multidão; depois fiquei sabendo que elas vinham me espionando há muito tempo. Começaram a assobiar, a bater palmas e a rir, e Marie precipitou-se a correr. Eu ia querendo falar, mas as crianças passaram a me atirar pedras.[58] No mesmo dia todos estavam sabendo, toda a aldeia; tudo desabou mais uma vez sobre Marie: passaram a gostar ainda menos dela. Ouvi dizer até que quiseram julgá-la e condená-la, mas, graças a Deus, a coisa acabou passando; em compensação, as crianças começaram a não lhe dar passagem, provocavam-na mais do que antes, jogavam porcaria nela, acossavam-na, ela fugia com seu peito fraco, sufocada, e elas atrás gritando, insultando. Uma vez eu até me lancei para brigar com elas. Depois passei a conversar com elas; conversava cada dia, quando podia. Às vezes elas paravam e ouviam, mesmo que ainda insultassem. Contei a elas o quanto Marie era infeliz; logo elas deixaram de insultá-la e passaram a afastar-se em silêncio. Pouco a pouco passamos a conversar e eu nada escondia delas; contava-lhes tudo. Elas ouviam com muita curiosidade e logo começaram a ter pena de Marie. Algumas passaram a saudá-la carinhosamente quando a encontravam; lá é hábito as pessoas fazerem reverência e dizerem "Bom dia" quando se encontram, sejam conhecidas ou não. Imagino como Marie ficou surpresa. Uma vez, duas menininhas arranjaram comida e levaram para ela, entregaram-lhe, vieram me procurar e me contaram. Disseram que Marie havia chorado e que elas agora gostavam muito dela. Logo todas as crianças passaram a gostar dela e, ao mesmo tempo, a gostar de repente também de mim. Passaram a me procurar frequentemente e sempre pediam que eu lhes contasse histórias; acho que eu

---

[58] Esses motivos recorrentes remontam aos evangelhos. No seu exemplar pessoal do Novo Testamento, Dostoiévski marcava quase sempre as passagens referentes às perseguições de Cristo pelos fariseus, de como eles tentaram apedrejá-lo porque sua palavra não "se enquadrava". Assim, ele marcou com NB no Evangelho de João, 8, 37; assinalou ainda em 10, 31 e 15, 18-20. (N. da E.)

narrava bem, porque elas gostavam muito de me ouvir. Posteriormente eu estudava e lia só para contar depois a elas, e durante todos os três anos posteriores eu contei histórias a elas. Quando, mais tarde, todos me acusaram — inclusive Schneider —, perguntando por que eu conversava com elas como se conversa com gente grande e não escondia nada delas, eu lhes respondi que era uma vergonha mentir para crianças, que elas já sabiam mesmo de tudo, por mais que se escondesse delas a realidade, elas acabariam tomando conhecimento, e ademais de forma indecente, ao passo que de minha parte ficavam sabendo das coisas de modo não indecente. Bastava apenas que cada um se lembrasse de que já havia sido criança. Eles não estavam de acordo... Eu beijei Marie ainda duas semanas antes da morte da mãe; quando o pastor fez aquele sermão, todas as crianças já estavam do meu lado. No mesmo instante eu contei a elas e interpretei a atitude do pastor; todas ficaram com raiva dele e algumas a tal ponto que até lhe atiraram pedras e lhe quebraram os óculos. Eu as detive porque isso já era mal; no entanto, no mesmo instante todos ficaram sabendo na aldeia e foi aí que começaram a me acusar de que eu havia estragado as crianças. Depois todos souberam que as crianças gostavam de Marie e ficaram terrivelmente assustados; no entanto Marie já estava feliz. Proibiram as crianças até de encontrar-se com ela, mas elas fugiam às escondidas para o rebanho dela, bastante longe, quase a meia versta da aldeia; umas levavam guloseimas para ela, outras apenas a procuravam para abraçá-la, beijá-la e dizer: "*Je vous aime, Marie!*"[59] — e depois voltar correndo num abrir e fechar de olhos. Marie por pouco não enlouquecia de tamanha e instantânea felicidade; ela nem chegara a sonhar com tal coisa; ficava acanhada e alegre e, o mais importante, as crianças queriam, principalmente as meninas, correr para ela e lhe dizer que gostavam muito dela e falavam muito a seu respeito. Elas lhe contaram que eu lhes havia contado tudo e que agora gostavam e tinham pena dela, e assim seria sempre. Depois correram para mim e com suas carinhas alegres e azafamadas me transmitiram que acabavam de ver Marie e que Marie me mandava uma reverência. Às noitinhas eu ia à cachoeira; lá havia um lugar completamente fechado do lado da aldeia e rodeado de álamos; para lá elas corriam às tardinhas para a minha companhia, algumas até às escondidas. Parece-me que encontravam uma imensa satisfação em meu amor por Marie, e foi nessa única coisa que eu as enganei durante toda a minha vida lá. Eu não as dissuadi de que não amava Marie, isto é, de que não estava apaixonado por

---

[59] "Eu vos amo, Marie!", em francês no original. (N. do T.)

ela, de que sentia apenas muita compaixão por ela; tudo me fez ver que elas queriam mais que fosse assim, da maneira como elas mesmas haviam imaginado e decidido entre si, por isso calavam e fingiam que haviam adivinhado. A que ponto aqueles pequenos corações eram delicados e ternos: aliás, elas achavam impossível que o seu bom Leon[60] gostasse tanto de Marie, pois Marie andava muito malvestida e descalça. Imaginem que elas lhe arranjaram sapatos, meias, roupa branca e até um vestido qualquer; que jeito elas deram eu não entendo; todo o bando trabalhou. Quando eu as interroguei, elas apenas riram alegremente, enquanto as meninas batiam palminhas e me davam beijos. Às vezes eu também ia às escondidas me encontrar com Marie. Ela já estava muito doente e mal andava; por fim, deixou inteiramente de servir ao pastor, mas ainda assim saía com o gado todas as manhãs. Sentava-se ao lado; lá, ao pé de um rochedo escarpado, quase reto, havia uma saliência; ela se sentava bem no canto, escondida de todos, sobre a pedra, e passava o dia inteiro sentada quase sem se mover, do amanhecer à hora em que o rebanho começava a voltar. Ela já estava tão fraca por causa da tísica que passava a maior parte do tempo sentada, de olhos fechados, com a cabeça encostada na rocha, cochilando, respirando com dificuldade; o rosto estava magro como o de um esqueleto, o suor brotava na testa e nas têmporas. Era assim que eu sempre a encontrava. Eu dava uma passada de um minuto por lá e também não queria ser visto. Mal eu aparecia, Marie estremecia imediatamente, abria os olhos e se precipitava a me beijar as mãos. Eu já não as retirava mais porque para ela isso era uma felicidade; enquanto eu permanecia sentado, ela tremia e chorava sem parar; é verdade que algumas vezes ela ensaiou falar, mas era difícil até compreendê-la. Ela ficava como louca, em terrível agitação e êxtase. Às vezes as crianças me acompanhavam. Nessas ocasiões costumavam ficar perto e passavam a nos proteger contra algo ou contra alguém, e para elas isto era extraordinariamente agradável. Quando nós saíamos Marie tornava a ficar só, imóvel como antes, de olhos fechados e cabeça encostada na rocha; talvez sonhasse com alguma coisa. Certa vez ela já não pôde sair de manhã para acompanhar o rebanho e permaneceu em sua casa vazia. As crianças souberam no mesmo instante e quase todas foram visitá-la nesse dia. Ela estava deitada em sua cama sozinha, sozinha. Durante dois dias só as crianças cuidaram dela, corriam para lá e se alternavam, mas depois que na aldeia ficaram sabendo que Marie já estava de fato morrendo, as velhas de lá passaram a visitá-la, a fazer plantão. Na aldeia, pare-

---

[60] Forma afrancesada do nome russo Liev. (N. do T.)

ce, tiveram pena de Marie, pelo menos já não detinham nem repreendiam as crianças como antes. Marie esteve o tempo todo dormitando, seu sono era intranquilo: tossia que era um horror. As velhas escorraçavam as crianças, mas estas corriam até a janela, às vezes apenas por um instante só para dizer: "*Bonjour, notre bonne Marie*".[61] E ela, mal as via ou ouvia, cobria-se de ânimo e no mesmo instante, sem dar ouvido às velhas, soerguia-se sobre os cotovelos, fazia sinal de cabeça para elas, agradecia. Elas continuavam a lhe trazer guloseimas, mas ela quase não comia. Graças às crianças, eu lhes asseguro, ela morreu quase feliz. Graças a elas, ela esqueceu sua pobreza negra, recebeu delas uma espécie de perdão porque até o fim se considerou uma grande criminosa. Como passarinhos, elas batiam suas asinhas à janela dela e gritavam todas as manhãs: "*Nous t'aimons, Marie*".[62] Logo depois ela morreu. Eu achava que ela iria viver bem mais. Na véspera de sua morte, ao pôr do sol, fui à casa dela; parece que ela me reconheceu, e eu lhe apertei a mão pela última vez; como sua mão estava seca! E na manhã seguinte aparecem de repente e me dizem que Marie tinha morrido. Aí não foi possível segurar as crianças: elas encheram todo o caixão dela de flores e puseram na cabeça uma coroa. Na igreja o pastor já não denegriu a morta, e aliás havia muito pouca gente no enterro, apareceram apenas algumas pessoas a título de curiosidade; mas quando chegou a hora de levar o caixão, as crianças se precipitaram todas de uma vez para levá-lo elas mesmas. Uma vez que elas mesmas não podiam levá-lo, ajudaram-nas, todas correram atrás do caixão e todas choraram. Desde então o túmulo de Marie foi constantemente reverenciado pelas crianças: cada ano elas o cobriam de flores, plantavam rosas ao seu redor. Mas desde aquele enterro começou contra mim a perseguição de toda a aldeia por causa das crianças. Os principais instigadores foram o pastor e o mestre-escola. As crianças foram peremptoriamente proibidas de se encontrar comigo, e Schneider chegou até a se incumbir de observar isto. Mas mesmo assim nós continuamos a nos ver, trocando explicações de longe por sinais. Elas me pulverizaram com os seus bilhetinhos. Posteriormente tudo isso foi posto em ordem, e então a coisa correu muito bem: aquela perseguição me levou até a me aproximar mais das crianças. No último ano eu quase cheguei até a me reconciliar com Tibot e com o pastor. Mas Schneider me disse muita coisa e discutiu comigo a respeito do meu prejudicial "sistema" com as crianças. Que sistema era o meu? Por fim, Schneider me exter-

---

[61] "Bom dia, nossa boa Marie", em francês no original. (N. do T.)

[62] "Nós te amamos, Marie". (N. do T.)

nou um pensamento muito estranho — isso já foi bem perto da minha partida —; ele me disse que se havia convencido inteiramente de que eu mesmo sou uma criança perfeita, isto é, plenamente criança, que apenas pelo tamanho e pelo rosto eu me pareço com um adulto mas que pelo desenvolvimento, a alma, o caráter e talvez até a inteligência eu não sou um adulto e assim o serei mesmo que viva até os sessenta anos. Eu ri muito: é claro que ele não tem razão, porque, que criança sou eu? No entanto existe aí apenas uma verdade; eu realmente não gosto de estar com adultos, com pessoas, com grandes — isso eu notei faz tempo —, não gosto porque não sei. O que quer que eles conversem comigo, por mais bondosos que sejam comigo, mesmo assim a companhia deles é sempre pesada para mim sabe-se lá por quê, e eu fico terrivelmente feliz quando posso sair o mais rápido para a companhia dos companheiros, e meus companheiros sempre foram as crianças, não porque eu sempre fui uma criança e sim porque as crianças sempre me atraíram. Quando, ainda no começo da minha estada na aldeia — naquele tempo em que eu saía para curtir sozinho a melancolia nas montanhas —, quando eu, perambulando sozinho, passei a encontrar às vezes todo aquele bando, sobretudo ao meio-dia, quando saíam da escola, aos gritos, às gargalhadas, com suas brincadeiras, súbito toda a minha alma começava a querer ficar com elas. Não sei, mas eu passei a experimentar uma sensação extraordinariamente forte e feliz a cada encontro com aquelas crianças. Eu parava e ria de felicidade, olhando para suas perninhas curtas, que se deslocavam com rapidez e corriam sem parar, olhava para meninos e meninas correndo juntos, para o seu riso e as suas lágrimas (porque muitos já tinham conseguido brigar, acabado de chorar, tornar a fazer as pazes e a brincar enquanto corriam da escola para casa), e então eu esquecia toda a melancolia. Depois, durante todos aqueles três anos, eu nem conseguiria entender como e por que as pessoas experimentam melancolia. Todo o meu destino foi entregue a elas. Eu nunca contava com deixar a aldeia, e nem me vinha à mente que algum dia eu viesse para cá, para a Rússia. Eu achava que ia ficar sempre por lá, mas acabei vendo que Schneider já não podia me manter, e aí a coisa sofreu uma reviravolta tão importante, parece, que o próprio Schneider me apressou para partir e arcou com minha vinda até aqui. Eu fico olhando para ver o que está acontecendo e pedir sugestão a alguém. Talvez o meu destino venha a mudar inteiramente, mas não é disso que se trata e isso não é o principal. O principal é que já mudou toda a minha vida. Lá eu deixei muita coisa, coisa demais. Tudo desapareceu. No trem eu fiquei a pensar: "Agora estou indo para companhia das pessoas; pode ser que eu não saiba de nada, mas começou uma nova vida". Deliberei fazer o meu trabalho com honradez e firmeza.[63] Entre as pessoas talvez seja difícil e aborrecido para mim. Decidi ser gentil e franco com elas na primeira oportunidade; porque ninguém vai exigir mais de mim. Talvez aqui também me achem uma criança — que achem! Também me acham idiota sabe-se lá por quê, eu realmente estive tão doente naquela época que parecia mesmo um idiota; mas que idiota sou agora, quando eu mesmo compreendo que me consideram um idiota? Entro em algum lugar e penso: "Pois bem, me consideram idiota, mas apesar de tudo eu sou inteligente e eles nem adivinham...". Essa ideia me ocorre com frequência. Quando em Berlim recebi de lá algumas cartinhas que elas mesmas conseguiram me escrever, só então compreendi como as amava. É muito duro receber a primeira carta! Como se sentiam tristes ao se despedirem de mim! Um mês antes já haviam começado a despedida: *"Leon s'en va, Leon s'en va pour toujours!"*.[64] Todas as tardinhas nós continuávamos a nos reunir ao lado da cachoeira e sempre falávamos da despedida. Às vezes a coisa era tão alegre como antes; só quando se despediam pela noite, elas passaram a me abraçar com uma força e um ardor que não havia antes. Umas corriam para mim às escondidas das outras, uma a uma, para me abraçar e me beijar a sós, não na presença de todos. Quando eu já havia tomado a direção da estrada, todas elas, toda a turma me acompanhou até a estação. A estação ferroviária ficava a aproximadamente uma versta da nossa aldeia. Elas se contiveram para não chorar, mas muitas não se aguentaram e choraram alto, sobretudo as meninas. Apressávamos o passo para não chegarmos atrasados, mas de repente uma delas se desgarrava da turma e se lançava para mim no meio da estrada, enlaçando-me com os seus bracinhos pequenos e me beijando, parando toda a multidão só para isso; e nós, mesmo com pressa, parávamos e esperávamos até que elas se despedissem. Quando me sentei no vagão e o trem se mexeu, todas elas me gritaram "Urra!" e permaneceram muito tempo no mesmo lugar enquanto o trem não desapareceu. Eu também fiquei olhando... Ouçam, quando há pouco entrei aqui e olhei para os seus amáveis rostos — atualmente eu me fixo muito nos rostos — e ouvi as suas primeiras palavras, desde aquele instante senti leveza na alma pela primeira vez. Há pouco já cheguei a pensar que talvez eu seja de fato um felizardo: porque eu sei que a gente não encontra logo as pessoas de quem

---

[63] Motivo evangélico transformado. Em seu exemplar pessoal do Novo Testamento, Dostoiévski assinalou (no texto do Evangelho de João) a passagem em que Cristo está profundamente compenetrado de sua missão. O escritor ressalta, por exemplo, João, 8, 28, e 9, 4 (assinalados com NB) e inúmeras repetições de ideias semelhantes. (N. da E.)

[64] "Leon está partindo, Leon parte para sempre!", em francês no original. (N. do T.)

a gente passa a gostar imediatamente, mas eu as encontrei tão logo desci do vagão. Sei muito bem que todos sentem vergonha de falar dos seus sentimentos, mas eu estou aqui falando e não sinto vergonha na sua presença. Eu sou insociável, e é possível que fique muito tempo sem visitá-las. Só peço que não façam má ideia disso: eu não disse que não as aprecio, e também não pensem que me ofendi com alguma coisa. As senhoritas me perguntaram sobre os seus rostos e o que eu notei neles. Vou lhes dizer com grande prazer. A senhorita, Adelaida Ivánovna, tem um rosto feliz, é o mais simpático dos três. Além de a senhorita ser muito bonita, a gente olha para a senhorita e diz: "O rosto dela é como o de uma irmã boa". A senhorita se chega sem malícia e alegre, mas o coração sabe descobrir cedo. É isso que eu acho do seu rosto. A senhorita, Alieksandra Ivánovna, também tem um rosto belo e muito amável, mas talvez haja na senhorita alguma tristeza secreta; sua alma é, sem dúvida, boníssima, mas a senhorita não é alegre. Seu rosto tem algum matiz especial, parecido ao da madona de Holbein na galeria de Dresden.[65] É isso o que eu acho do seu rosto; sou um bom adivinhador? A senhorita mesma me acha adivinhador. Quanto ao seu rosto, Lisavieta Prokófievna — dirigiu-se de repente à generala —, quanto ao seu rosto, eu não só acho, eu simplesmente estou certo de que a senhora é uma criança completa, em tudo, em tudo, em tudo o que há de bom e em tudo o que há de mal, apesar de a senhora estar com essa idade. A senhora não vai se zangar por eu estar dizendo isso, vai? A senhora sabe quem eu tomo por criança, não sabe? E não pensem que foi por simplicidade que eu falei com tanta franqueza dos seus rostos; oh, não, de jeito nenhum! Talvez eu tenha tido cá a minha ideia.

---

[65] Trata-se do quadro de Hans Holbein, o jovem (1497-1543), *Madona na família do burgomestre Jacob Meyer* (1525-26). Dostoiévski viu uma cópia desse quadro na galeria de Dresden em 1867. (N. da E.)

VII

Quando o príncipe calou-se todas olharam para ele com ar alegre, até Aglaia, mas particularmente Lisavieta Prokófievna.

— Isso sim é que é exame! — exclamou ela. — Então, minhas caras senhoras, acharam que iriam protegê-lo como um coitadinho, mas foi ele quem quase se dignou a escolhê-las, e ainda por cima com a ressalva de que só vai aparecer de quando em quando. Aqui estamos nós com cara de bobas, e eu estou feliz; no entanto quem mais ficará com essa cara vai ser Ivan Fiódorovitch. Bravo, príncipe, há pouco me ordenaram examiná-lo. Quanto ao que o senhor disse sobre o meu rosto, tudo é absolutamente verdadeiro; eu sou uma criança e sei disso. Já antes do senhor eu sabia disso, e o senhor traduziu precisamente em uma palavra o meu pensamento. Considero o seu caráter absolutamente semelhante ao meu e estou muito feliz. Somos como duas gotas d'água. Só que o senhor é homem e eu sou mulher e nunca estive na Suíça; eis toda a diferença.

— Não se precipite, *maman* — exclamou Aglaia —, o príncipe diz que em todas as suas revelações teve uma ideia especial e não falou à toa.

— Sim, sim — sorriram as outras.

— Não galhofem, queridas, é possível que ele ainda seja mais astuto do que vocês três juntas. Vocês verão. Só que o senhor, príncipe, não disse nada sobre Aglaia? Aglaia está esperando e eu também.

— Neste momento eu não posso dizer nada; direi depois.

— Por quê? Parece que ela é digna de nota, não?

— Oh, sim, digna de nota; a senhorita é extraordinariamente bela, Aglaia Ivánovna. A senhorita é tão bela que dá até medo de olhá-la.

— E só? E as qualidades? — insistia a generala.

— É difícil julgar a beleza; eu ainda não estou preparado. A beleza é um enigma.[66]

---

[66] Essas palavras foram desenvolvidas em *Os irmãos Karamázov*, nas famosas palavras de Mítia: "A beleza não é só uma coisa terrível, é também misteriosa. Aí lutam Deus e o diabo, mas o campo de batalha é o coração dos homens". (N. da E.)

— Isto quer dizer que o senhor decifrou o enigma de Aglaia — disse Adelaida —, decifra, Aglaia! E ela é bonita, príncipe, bonita?

— Excepcionalmente! — respondeu o príncipe com ardor, e olhou admirado para Aglaia. — É quase como Nastácia Filíppovna, embora o rosto seja de todo diferente!...

Todas se entreolharam surpresas.

— Como que-e-e-m? — arrastou a generala. — Como Nastácia Filíppovna? Onde o senhor viu Nastácia Filíppovna? Que Nastácia Filíppovna?

— Há pouco Gavrila Ardaliónovitch mostrou o retrato a Ivan Fiódorovitch.

— Como, ele trouxe o retrato para Ivan Fiódorovitch?

— Para mostrar. Hoje, Nastácia Filíppovna deu seu retrato de presente a Gavrila Ardaliónovitch, e ele o trouxe para mostrá-lo.

— Eu quero vê-lo — levantou-se de um salto a generala. — Onde está esse retrato? Se ela o presenteou, deve estar com ele, e ele, evidentemente, ainda está no gabinete. Ele sempre vem trabalhar às quartas-feiras e nunca sai antes das quatro. Mandem chamar agora mesmo Gavrila Ardaliónovitch! Não, eu não morro de vontade de vê-lo. Príncipe, meu caro, faça-me a gentileza de ir ao gabinete, pegue o retrato com ele e o traga aqui. Diga que é para dar uma olhada. Por favor.

— Ele é bom, mas é simplório demais! — disse Adelaida, quando o príncipe saiu.

— É, ele é demais mesmo — reiterou Alieksandra —, é até um pouco ridículo.

Tanto uma quanto a outra pareceram não concluir o pensamento.

— A propósito, ele se saiu bem ao descrever os nossos rostos — disse Aglaia —, lisonjeou a todas, até a *maman*.

— Sem ironia, por favor! — exclamou a generala. — Não foi ele que lisonjeou, eu é que estou lisonjeada.

— Tu achas que ele saiu pela tangente? — perguntou Adelaida.

— Acho que ele não é tão simplório.

— Ora, começou! — zangou-se a generala. — Acho que vocês são ainda mais ridículas. É simplório, é simplório, mas é ladino, no sentido mais nobre, evidentemente. Absolutamente como eu.

"É claro que eu fiz mal deixando transparecer sobre o retrato — imaginava de si para si o príncipe, ao atravessar o gabinete e sentindo certo peso na consciência — entretanto... pode ser até que eu tenha feito bem ao deixar escapar..." Começava a insinuar-se na cabeça dele uma ideia estranha, aliás ainda não inteiramente clara.

Gavrila Ardaliónovitch ainda estava no gabinete e imerso em seus papéis. Pelo visto realmente não recebia à toa os vencimentos da sociedade acionária. Ficou terrivelmente perturbado quando o príncipe perguntou pelo retrato e contou de que maneira elas ficaram sabendo do retrato.

— Eh-eh-eh! Por que o senhor foi dar com a língua nos dentes! — bradou ele com um despeito raivoso. — O senhor não sabe de nada! Idiota! — resmungou consigo.

— A culpa é minha, falei absolutamente sem pensar; é que veio a calhar. Eu disse que Aglaia é quase tão bonita quanto Nastácia Filíppovna.

Gánia pediu que ele contasse em maiores detalhes; o príncipe contou. Gánia tornou a olhar para ele com ar de deboche.

— Quer dizer que Nastácia Filíppovna acabou em suas mãos... — resmungou ele mas mudou de ideia antes de terminar.

Ele estava visivelmente perturbado. O príncipe lembrou sobre o retrato.

— Escute, príncipe — disse subitamente Gánia, como se uma ideia repentina o houvesse iluminado —, eu tenho um imenso pedido para lhe fazer... mas, palavra, não sei...

Perturbou-se e não concluiu. Estava para tomar alguma decisão e parecia lutar consigo mesmo. O príncipe esperava em silêncio. Gánia tornou a examiná-lo com um olhar perscrutador e fixo.

— Príncipe — recomeçou ele —, lá existe agora contra mim... por uma circunstância absolutamente estranha... e ridícula... da qual eu não tenho culpa... bem, numa palavra, isso não vem ao caso — lá parece que andam um pouco zangadas comigo, de sorte que por algum tempo não desejo entrar lá sem ser chamado. Preciso demais falar com Aglaia Ivánovna agora. Por via das dúvidas, escrevi algumas palavras (nas mãos dele apareceu um pequeno papel dobrado) e não sei como entregar-lhe. O senhor porventura não aceitaria entregá-lo a Aglaia Ivánovna agora, mas só a Aglaia Ivánovna, de forma que ninguém visse, entende? Nem Deus sabe que segredo é esse, nada demais... porém... o senhor o entregaria?

— Eu não acho isso lá muito agradável — respondeu o príncipe.

— Ah, príncipe, para mim é de extrema necessidade! — pediu Gánia. — Pode ser que ela responda... acredite, só em um caso extremo, só no caso mais extremo eu poderia me dirigir... por quem vou enviá-la?... É muito importante... de extrema importância para mim...

Gánia temia terrivelmente que o príncipe não aceitasse, e o olhou nos olhos com uma súplica covarde.

— Está bem, entrego.

Fiódor Dostoiévski

— Só que ninguém pode perceber — implorou o satisfeito Gánia —, e mais, príncipe, posso contar com sua palavra de honra, sim?

— Não vou mostrá-lo a ninguém — disse o príncipe.

— O bilhete não está fechado, porém... — quase deixou escapar o excessivamente agitado Gánia, mas se deteve acanhado.

— Oh, eu não vou ler — respondeu o príncipe com absoluta simplicidade, apanhou o retrato e saiu do gabinete. Depois de ficar só, Gánia levou as mãos à cabeça.

— Uma palavra dela e eu... e eu talvez rompa mesmo!...

Ele já não conseguiu voltar para os seus papéis por causa da inquietação e da espera e ficou a andar de um canto a outro do gabinete.

O príncipe caminhava meditabundo; estava desagradavelmente surpreso com a incumbência, surpreendia-o desagradavelmente também a ideia do bilhete de Gánia para Aglaia. Mas, sem que atravessasse duas salas antes do salão, parou de repente como quem se lembra de alguma coisa, olhou ao redor, foi até a janela mais perto da claridade e ficou a observar o retrato de Nastácia Filíppovna.

Era como se quisesse decifrar algo que se ocultava naquele rosto que há pouco o impressionara. A impressão anterior quase não o deixara e agora ele se apressava como se quisesse verificar de novo mais alguma coisa. Esse rosto, incomum pela beleza e por alguma outra coisa, agora o impressionava ainda mais. Era como se nesse rosto houvesse uma altivez sem fim e um desprezo, quase ódio, e ao mesmo tempo algo crédulo, algo surpreendentemente simplório; esses dois contrastes pareciam excitar até uma certa compaixão quando se olhava para aqueles traços. Aquela beleza estonteante era até mesmo insuportável, era a beleza de um rosto pálido, de faces levemente caídas e olhos de fogo; estranha beleza! O príncipe ficou olhando cerca de um minuto, súbito se deu conta, olhou ao redor, chegou apressadamente o retrato aos lábios e o beijou. Quando um minuto depois entrou no salão seu rosto estava absolutamente tranquilo.

Contudo, mal ele entrou na sala de jantar (uma sala a mais antes do salão), quase esbarrou em Aglaia que saía. Ela estava só.

— Gavrila Ardaliónovitch me pediu para lhe entregar — disse o príncipe, entregando-lhe o bilhete.

Aglaia parou, pegou o bilhete e olhou para o príncipe de modo um tanto estranho. Em seu olhar não havia o mínimo acanhamento, revelando apenas certa surpresa que, pelo que parecia, só dizia respeito ao príncipe. Era como se, com seu olhar, Aglaia exigisse que ele prestasse contas — de que maneira ele aparecia nessa história junto com Gánia? —, e exigia com serenidade e ar altaneiro. Ficaram dois ou três segundos cara a cara; por último em seu rosto apareceu qualquer coisa de engraçado; ela sorriu levemente e seguiu adiante.

A generala ficou algum tempo calada e com um certo matiz de desprezo examinando o retrato de Nastácia Filíppovna, que ela mantinha diante dos olhos com o braço estendido, afastando-o da vista de modo excessivo e espetaculoso.

— É, é bonita — proferiu finalmente —, até muito. Eu a vi duas vezes, só que de longe. Então o senhor aprecia esse tipo de beleza? — dirigiu-se de repente ao príncipe.

— Sim... esse tipo... — respondeu o príncipe com certo esforço.

— Ou seja, precisamente esse tipo?

— Precisamente esse tipo.

— Por quê?

— Nesse rosto... há muito sofrimento... — proferiu o príncipe como que involuntariamente, como se falasse de si para si e não estivesse respondendo a uma pergunta.

— Aliás, pode ser que o senhor esteja delirando — decidiu a generala e com um gesto arrogante afastou de si o retrato, pondo-o na mesa.

Alieksandra o apanhou, Adelaida chegou-se a ela, e as duas ficaram a examiná-lo. Nesse instante Aglaia tornou a voltar para o salão.

— Isso é que é força! — exclamou subitamente Adelaida, olhando avidamente para o retrato por cima dos ombros da irmã.

— Onde? Que força? — perguntou bruscamente Lisavieta Prokófievna.

— Uma beleza como essa é força — disse entusiasticamente Adelaida —, com uma beleza assim pode-se pôr o mundo de ponta-cabeça!

Ela se afastou meditativa para o seu cavalete. Aglaia olhou para o retrato apenas de passagem, franziu o cenho, esticou o lábio inferior, afastou-se e sentou-se à parte, com os braços cruzados.

A generala tocou o sininho.

— Chame Gavrila Ardaliónovitch aqui, ele está no gabinete — ordenou ela ao criado que entrava.

— *Maman*! — exclamou Alieksandra em tom significativo.

— Eu quero dizer duas palavras a ele, e basta! — cortou rapidamente a generala, atalhando a objeção. Pelo visto estava irritada. — Como o senhor está vendo, príncipe, aqui agora é só segredos. Só segredos! É praxe, é algum tipo de etiqueta, uma bobagem. E isso num assunto como esse, no qual se exige mais franqueza, mais clareza, mais honestidade. Começam os casamentos, e esses casamentos não me agradam...

— *Maman*, o que a senhora está dizendo? — Alieksandra tornava a se apressar em detê-la.

— O que é que tu tens, minha querida filha? Porventura tu mesma estás gostando? — Assim o príncipe vê como somos amigas. Ao menos eu dele. Deus, evidentemente, procura as pessoas boas, porque das más e caprichosas ele não precisa; principalmente das caprichosas, que hoje resolvem uma coisa e amanhã falam de outra. Estás entendendo, Alieksandra Ivánovna? Eles dizem que o príncipe é um excêntrico mas eu sei distinguir. Porque o coração é o que importa, o resto é bobagem. A inteligência também é necessária, é claro... Talvez a inteligência seja até o mais importante. Não ria, Aglaia, eu não caio em contradição. Uma imbecil de coração e sem inteligência é uma imbecil igualmente infeliz como a imbecil que tem inteligência e não tem coração; nós duas somos infelizes, nós duas também sofremos.

— Porque a senhora é mesmo tão infeliz, *maman*? — não se conteve Adelaida, a única que de todo o grupo não havia perdido o estado de espírito alegre.

— Em primeiro lugar, por causa das minhas sábias filhas — cortou a generala —, e uma vez que isso só já basta, não há razão para falar do resto. Já houve loquacidade demais. Vejamos como vocês duas (não estou incluindo Aglaia), com sua inteligência e loquacidade, vão se sair e se você, minha muito estimada Alieksandra Ivánovna, vai ser feliz com seu respeitado senhor?... Ah!... — exclamou ela ao ver Gánia entrando. — Aí vem vindo mais um matrimônio. Bom dia! — respondeu à reverência de Gánia sem convidá-lo a sentar-se. — O senhor está contraindo matrimônio?

— Matrimônio?... Como?... Que matrimônio?... — balbuciou Gavrila Ardaliónovitch aturdido. Estava terrivelmente perturbado.

— O senhor está se casando? — pergunto eu, se essa expressão lhe agrada mais.

— N-não... eu... n-não... — mentiu Gavrila Ardaliónovitch, e o rubor da vergonha banhou-lhe o rosto. Olhou furtivamente para Aglaia, que estava sentada à parte, e rápido desviou o olhar. Aglaia o fitava de um jeito frio, fixo e tranquilo, sem desviar o olhar e observando a sua perturbação.

— Não? O senhor disse "não"? — Lisavieta Prokófievna estava sendo persistente e implacável em seu interrogatório. — Basta, vou me lembrar de que hoje, quarta-feira, pela manhã, o senhor respondeu "não" à minha pergunta. Que dia é hoje, quarta?

— Parece que é quarta, *maman*! — respondeu Adelaida.

— Nunca sabe os dias. Que data é a de hoje?

— Vinte e sete — respondeu Gánia.

— Vinte e sete? Isso é bom segundo certos cálculos. Adeus, parece que o senhor tem muito o que fazer, e já está na minha hora de trocar de roupa e sair; leve o seu retrato. Transmita minha saudação à coitada da Nina Alieksándrovna. Até logo, príncipe, meu caro! Apareça com mais frequência, agora eu vou ver a velha Bielokónskaia de propósito para falar a teu[67] respeito. E ouça, meu querido: eu acredito que foi precisamente para mim que Deus o trouxe da Suíça a Petersburgo. Pode ser que o senhor tenha também outros afazeres, mas o principal será para mim. Foi assim mesmo que Deus calculou. Até logo, minhas queridas. Alieksandra, minha cara, venha ao meu quarto.

A generala saiu. Gánia, abatido, perdido, furioso, pegou o retrato de cima da mesa e com um sorriso torto dirigiu-se ao príncipe:

— Príncipe, estou indo para casa. Se o senhor não mudou de intenção de morar conosco, eu o conduzirei, senão o senhor não vai saber o endereço.

— Espere, príncipe — disse Aglaia, levantando-se de repente de sua poltrona —, o senhor ainda vai assinar o meu álbum. Meu pai disse que o senhor é calígrafo. Vou trazê-lo agora mesmo...

E saiu.

— Até logo, príncipe, eu estou de saída — disse Adelaida.

Ela apertou fortemente a mão do príncipe, sorriu para ele de modo amistoso e carinhoso, e saiu. Não olhou para Gánia.

— Foi o senhor — começou Gánia a ranger os dentes, investindo subitamente contra o príncipe mal todas elas haviam saído —, foi o senhor que deu com a língua nos dentes para elas dizendo que eu ia me casar! — resmungou ele em um rápido semicochicho, com a cara raivosa e os olhos brilhando de fúria. — O senhor é um tagarela sem-vergonha.

— Eu lhe asseguro que o senhor está enganado — respondeu o príncipe em tom amistoso e tranquilo —, e eu nem sabia que o senhor estava para casar.

— O senhor ouviu há pouco de Ivan Fiódorovitch que hoje à noite tudo irá se decidir na casa de Nastácia Filíppovna e foi isso que o senhor transmitiu! O senhor mente! Como é que iria saber? Com os diabos, quem iria contar a ela senão o senhor? Porventura a velha não me fez uma insinuação?

— É melhor que o senhor saiba quem transmitiu se lhe parece que lhe fizeram insinuação, eu não disse uma palavra a esse respeito.

---

[67] Lisavieta Prokófievna mistura os pronomes de tratamento ao empregar esse "tu" íntimo na conversa com o príncipe. (N. do T.)

— Entregou o bilhete? E a resposta? — interrompeu Gánia ardendo de impaciência. No entanto, nesse mesmo instante Aglaia estava de volta e o príncipe não teve tempo de responder nada.

— Aqui está, príncipe — disse Aglaia, pondo em uma mesinha o seu álbum —, escolha uma página e me escreva alguma coisa. Aqui está a pena, ela ainda é nova. Não importa que seja de aço? Ouvi dizer que os calígrafos não escrevem com pena de aço.

Ao conversar com o príncipe, era como se ela não notasse que Gánia estava ao lado. Mas enquanto o príncipe ajeitava a pena, procurava a página e se preparava, Gánia se chegou à lareira onde estava Aglaia, nesse instante em pé à direita do príncipe, e com uma voz trêmula e entrecortada pronunciou para ela quase que ao pé do ouvido:

— Uma palavra, apenas uma palavra da senhora e eu estarei salvo.

O príncipe se voltou rapidamente e olhou para os dois. O rosto de Gánia estampava um verdadeiro desespero; parecia que ele havia pronunciado essas palavras sem pensar, às pressas. Aglaia olhou para ele alguns segundos com a mesma surpresa tranquila com que há pouco olhara para o príncipe e, parecia, essa sua surpresa tranquila, essa perplexidade como que produzida pela total incompreensão do que lhe estavam dizendo, nesse momento foi mais terrível para Gánia do que o mais forte desprezo.

— O que é que eu devo escrever? — perguntou o príncipe.

— Vou ditar agora mesmo para o senhor — disse Aglaia, voltando-se para ele. — Está pronto? Escreva: "Eu não participo de leilão". Agora escreva o dia e o mês. Mostre-me.

O príncipe lhe entregou o álbum.

— Magnífico! O senhor assinou admiravelmente; sua caligrafia é maravilhosa. Grata! Até logo, príncipe... Espere — acrescentou como se tivesse se lembrado de repente de alguma coisa —, vamos comigo, quero lhe dar alguma coisa de presente.

O príncipe a seguiu; no entanto, ao entrar na sala de jantar Aglaia parou.

— Leia isto — disse ela, passando-lhe o bilhete de Gánia.

O príncipe pegou o bilhete e olhou para Aglaia perplexo.

— Veja, sei que o senhor não o leu e não pode ser confidente desse homem. Leia, eu quero que o senhor leia.

Era evidente que o bilhete havia sido escrito às pressas:

"Hoje se decidirá o meu destino, a senhora sabe de que maneira. Hoje eu devo dar minha palavra de modo irreversível. Não tenho qualquer direito à sua participação, não me atrevo a ter quaisquer esperanças; mas certa vez a senhora deixou escapar uma palavra, apenas uma palavra, e essa palavra iluminou toda a noite negra da minha vida, tornou-se um farol para mim. Diga agora mais uma palavra como aquela e me salvará da morte! Diga-me apenas: *rompa com tudo*, e eu romperei hoje mesmo. Oh, o que lhe custa dizer isso! Nessa palavra eu peço apenas um indício da sua participação e da sua compaixão por mim — e só, *só*! E nada mais, *nada*! Eu não me atrevo a imaginar qualquer esperança porque não sou digno dela. Mas depois da sua palavra eu tornarei a assumir minha pobreza e passarei a suportar com alegria a minha condição desesperada. Eu aceitarei a luta, me alegrarei por ela, renascerei nela com novas forças!

Mande-me essa palavra de compaixão (*apenas* de compaixão, eu lhe juro)! Não se zangue com o atrevimento de um desesperado, de alguém que está se afogando por ter ousado empreender o último esforço para se livrar da morte.

G. I."

— Esse homem me assegura — disse rispidamente Aglaia, quando o príncipe terminou a leitura — que a palavra "rompa tudo" não me compromete e não me ofende em nada, e ele mesmo, como o senhor está vendo, me dá garantia por escrito com esse mesmo bilhete. Observe com que ingenuidade ele se apressou em salientar algumas palavrinhas e como o seu pensamento secreto se insinua de forma grosseira. Aliás ele sabe que se rompesse com tudo, mas ele mesmo, sozinho, sem esperar a minha palavra e inclusive sem falar disso, sem nutrir qualquer esperança por mim, eu mudaria de sentimento em relação a ele e pode ser que viesse a me tornar sua amiga. Isso ele sabe ao certo! Mas a alma dele é suja: ele sabe e não ousa; ele sabe e mesmo assim pede garantias. Não está em condição de se decidir sem provas. Quer que eu lhe dê esperança em troca de cem mil. Quanto à palavra anterior de que ele fala no bilhete e a qual teria iluminado a sua vida, ele mente descaradamente. Eu simplesmente tive pena dele uma vez. Mas ele é impertinente e sem-vergonha: ocorreu-lhe imediatamente naquela ocasião a ideia da eventual esperança; isso eu compreendi no mesmo instante. Desde então ele passou a me assediar; está me assediando também agora. Mas basta; pegue o bilhete e o entregue de volta agora mesmo, tão logo saia da nossa casa, naturalmente não antes.

— O que vou lhe dizer em resposta?

— Nada, naturalmente. É a melhor resposta. Sim, o senhor então está querendo morar na casa dele?

— Há pouco o próprio Ivan Fiódorovitch me recomendou — disse o príncipe.

— Então, cuidado com ele, eu o estou prevenindo; agora ele não vai perdoá-lo pelo fato do senhor lhe devolver o bilhete.

Aglaia apertou levemente a mão do príncipe e saiu. Estava com o rosto sério e carregado, nem chegou a sorrir quando se despediu do príncipe com um sinal de cabeça.

— Agora eu vou só pegar a minha trouxinha — disse o príncipe a Gánia — e sairemos.

Gánia batia com o pé, impaciente. Seu rosto estava até mais sombrio de fúria. Por fim os dois saíram à rua, o príncipe com sua trouxinha na mão.

— E a resposta? A resposta? — investiu Gánia contra ele. — O que ela lhe disse? O senhor lhe entregou a carta?

O príncipe lhe entregou o bilhete em silêncio. Gánia ficou petrificado.

— Como? O meu bilhete! — gritou ele. — Nem chegou a entregá-lo! Oh, eu deveria ter adivinhado! Oh, mal-mal-di-to... Entende-se por que há pouco ela não compreendeu nada! E como, como o senhor não entregou, oh, mal-mal-di-to?...

— Desculpe, foi o contrário, há pouco consegui entregar a ela o seu bilhete, no mesmo instante em que o senhor me entregou, e exatamente como o senhor pediu. Ele tornou a aparecer comigo porque Aglaia Ivánovna acabou de me devolver.

— Quando? Quando?

— Assim que eu terminei de escrever no álbum e ela me convidou para acompanhá-la. (O senhor ouviu?) Nós dois entramos na sala de jantar, ela me entregou o bilhete, me fez ler e mandou que lhe devolvesse.

— Le-e-e-r? — gritou Gánia, quase que a plenos pulmões. — Ler! O senhor leu?

E mais uma vez ele ficou petrificado no meio da calçada, mas tão perplexo que chegou a ficar boquiaberto.

— Sim, acabei de ler.

— E ela mesma, ela mesma lhe deu para ler? Ela mesma?

— Ela mesma, e acredite que eu não o iria ler sem que ela me pedisse.

Gánia ficou por volta de um minuto calado e com esforços angustiantes interpretava alguma coisa, mas de repente exclamou:

— Não pode ser! Ela não podia mandá-lo ler. O senhor está mentindo! O senhor mesmo o leu!

— Eu estou dizendo a verdade — respondeu o príncipe com tom anterior e absolutamente imperturbável — e acredite: lamento muito que isso produza no senhor uma impressão tão desagradável.

— Mas, infeliz, ela disse pelo menos alguma coisa nesse instante? Ela respondeu alguma coisa?

— Sim, é claro.

— Então fale, fale, oh, diabos!...

E duas vezes Gánia bateu com o pé direito, metido numa galocha, contra a calçada.

— Mal eu terminei de ler, ela me disse que o senhor a está assediando; que o senhor gostaria de comprometê-la de modo a ganhar dela uma esperança, para, com base nessa esperança, romper com a outra esperança sem prejuízo dos cem mil. Disse que se o senhor tivesse feito isso, sem negociar com ela, tivesse rompido tudo por iniciativa própria, sem lhe pedir garantia de antemão, ela talvez viesse a ser sua amiga. Eis tudo, parece. Sim, e tem mais; quando eu lhe perguntei, já depois de receber de volta o bilhete, qual era a sua resposta, ela me disse que sem resposta seria a melhor resposta — parece que foi assim; desculpe se eu esqueci a expressão precisa dela que transmito da forma como o entendi.

Uma raiva desmedida apossou-se de Gánia, e a fúria irrompeu sem qualquer controle.

— Ah! Então é assim! — rangeu os dentes. — Quer dizer que está jogando o meu bilhete pela janela! Ah! Ela não participa de leilão, então participo eu. E veremos! Eu ainda me reservo muito... veremos!... Vou torcer o pepino!...

Ele se retorcia, estava pálido, espumava; ameaçava dar socos. Assim caminharam alguns passos. Não fazia qualquer cerimônia diante do príncipe, como se estivesse sozinho em seu próprio quarto, porque o considerava um zé-ninguém. Mas de repente atinou alguma coisa e voltou a si.

— Mas de que jeito — dirigiu-se de repente ao príncipe —, de que jeito o senhor (um idiota! — acrescentou de si para si) ganhou tamanha confiança duas horas depois do primeiro encontro? De que jeito?

Entre todos os tormentos dele faltava a inveja. De repente ela o mordeu em pleno coração.

— Isso eu já não consigo lhe explicar — respondeu o príncipe.

Gánia olhou com raiva para ele:

— Não terá sido a própria confiança que ela o chamou para lhe dar de presente na sala de jantar? Ora, ela não estava querendo lhe dar um presente?

— Não entendo de outra forma senão assim.

— Sim, mas por quê, diabos que o carreguem! O que é que o senhor fez lá de tão especial? Por que caiu no agrado delas? Escute — estava agitado a não poder mais (nesse instante tudo dentro dele estava meio desconexo e fervia em desordem, de tal forma que não conseguia juntar as ideias) —, escute, porventura o senhor não pode ao menos dar um jeito de se lembrar e atinar em ordem o que precisamente disse lá, todas as palavras, desde o início? Não notou alguma coisa, não se lembra de alguma coisa?

— Oh, de muita coisa — respondeu o príncipe —, desde o início, desde que eu entrei e as conheci começamos a falar da Suíça.

— Ora, ao diabo com a Suíça!

— Depois falamos da pena de morte...

— Da pena de morte?

— Sim; por um motivo... Depois eu contei a elas como havia vivido três anos lá, e uma história que aconteceu com uma moradora pobre da aldeia...

— Ora, ao diabo com a moradora pobre! Continue! — Gánia explodia de impaciência.

— Depois falei de como Schneider tinha me dado sua opinião a respeito do meu caráter e me forçou...

— Que se dane seu Schneider, estou me lixando para suas opiniões! Continue!

— Continuando, levado por um motivo, passei a falar das pessoas, isto é, das expressões dos rostos, e disse que Aglaia Ivánovna é quase tão bonita quanto Nastácia Filíppovna. E foi aí que deixei escapar sobre o retrato...

— No entanto o senhor não contou, o senhor não contou o que acabara de ouvir pouco tempo antes no gabinete? Não? Não?

— Eu lhe repito que não.

— De onde então, diabos... Bah!... Aglaia teria mostrado o bilhete à velha?

— Quanto a isso eu posso lhe dar plena garantia de que não mostrou. Em nenhum momento eu saí de lá; além do mais, ela não teve tempo.

— Sim, mas pode ser que o senhor não tenha percebido alguma coisa... Oh! idiota, mal-di-to — exclamou ele totalmente fora de si — e não é capaz de narrar nada!

Uma vez que começou a xingar e não encontrou resistência, Gánia foi pouco a pouco perdendo qualquer comedimento, como sempre acontece com gente assim. Mais um pouco e talvez ele começasse a vomitar insultos, a tal ponto chegara a sua fúria. Entretanto, foi precisamente essa fúria que o deixou cego; senão há muito tempo teria atentado para o fato de que esse "idiota", que ele estava espezinhando tanto, às vezes era capaz de compreender tudo imediatamente e nas sutilezas e transmitir de maneira extremamente satisfatória. Mas súbito aconteceu algo inesperado.

— Eu devo observar ao senhor, Gavrila Ardaliónovitch — disse subitamente o príncipe —, que antes eu realmente era uma pessoa tão sem saúde que de fato era quase um idiota; mas hoje estou restabelecido há muito tempo e por isso acho um tanto desagradável quando me chamam de idiota na cara. Embora eu possa desculpá-lo, levando em conta os seus fracassos, no entanto o senhor, movido por seu despeito, chegou até a me insultar duas vezes. Disso eu não gosto nem um pouco, particularmente dessa maneira, de repente, como o senhor está fazendo; e já que neste momento estamos em um cruzamento, talvez seja melhor que nos separemos: o senhor toma a direita no rumo de sua casa, e eu a esquerda. Eu tenho vinte e cinco rublos e seguramente encontrarei algum *hôtel garni*.[68]

Gánia ficou terrivelmente confuso e até corou de vergonha.

— Desculpe, príncipe — exclamou com ardor, trocando de repente o tom insultuoso por uma extrema amabilidade —, por Deus, desculpe! O senhor está vendo a minha desgraça. O senhor ainda não sabe de quase nada, e se soubesse de tudo certamente me desculparia um pouco; embora, é claro, eu seja indesculpável...

— Oh, não preciso de tão grandes desculpas — apressou-se em responder o príncipe. — Eu de fato compreendo que o senhor está em grandes dificuldades e por isso me insultou. Mas vamos para a sua casa. É com prazer que eu...

"Não, agora é impossível largá-lo — pensou consigo Gánia, olhando furiosamente para o príncipe enquanto caminhava —, esse finório arrancou de mim tudo e depois tirou a máscara de repente... Isto significa alguma coisa. Mas nós veremos! Tudo irá resolver-se, tudo, tudo! Hoje mesmo!"

Os dois já estavam diante da casa.

---

[68] "Quarto mobiliado", em francês no original. (N. do T.)

VIII

O apartamento de Gánia ficava no terceiro andar, aonde se chegava por uma escada muito limpa, clara e ampla, e tinha seis a sete cômodos pequenos e grandes, aliás dos mais comuns, e ainda assim não inteiramente ao alcance do bolso de um funcionário pai de família mesmo com ordenado de dois mil rublos anuais. Contudo ele se destinava à manutenção de inquilinos com mesa e criadagem, e fora ocupado por Gánia e sua família não mais de dois meses antes, para a maior contrariedade do próprio Gánia, por insistência e a pedido de Nina Alieksándrovna e Varvara Ardaliónovna, que, por sua vez, desejavam ser úteis e aumentar um pouco que fosse os rendimentos da família. Gánia fechava a cara e dizia que manter inquilinos era uma indecência; depois disso passou a sentir um quê de vergonha na sociedade em que costumava aparecer como um jovem com algum brilho e futuro. Todas essas concessões ao destino e todo esse aperto deplorável — tudo isso eram feridas profundas em sua alma. De certo tempo para cá, ele passara a irritar-se por qualquer bobagem de modo desmedido e desproporcional, e se também agora concordava temporariamente em ceder, era apenas porque decidira mudar e refazer tudo isso o quanto antes. Por outro lado, essa mesma mudança, a própria saída em que se havia detido não era tarefa pequena — era uma tarefa cuja solução imediata ameaçava ser a mais embaraçosa e aflitiva de tudo o que houvera.

O apartamento era separado por um corredor, que começava imediatamente na antessala. Por um lado do corredor ficavam os três quartos destinados a aluguel a inquilinos "especialmente recomendados"; além disso, do mesmo lado do corredor, bem no fim, ao lado da cozinha, ficava um quarto cômodo, um quartinho, o mais apertado de todos, no qual estava instalado o próprio general reformado Ívolguin, o pai da família, que dormia em um sofá largo mas era forçado a andar no apartamento e sair dele pela cozinha e pela entrada de serviço. Nesse mesmo quartinho também estava instalado Kólia, colegial de treze anos e irmão de Gavrila Ardaliónovitch; a ele também cabia apertar-se ali, estudar, dormir em outro sofazinho muito velho, estreito e curto, sobre lençol furado e, principalmente, andar e *observar* o pai, que podia cada vez menos dispensar cuidados. Destinaram ao príncipe o quarto do meio entre os três; no primeiro à direita morava Fierdischenko, o terceiro à esquerda ainda estava vazio. Mas Gánia levou o príncipe primeiro para a metade familiar. Esta metade era constituída de uma sala, que quando necessário era transformada em sala de jantar, de uma sala de visitas, que, aliás, só era sala de visitas pela manhã porque à tarde se transformava no gabinete e no dormitório de Gánia e, por último, de um terceiro cômodo, apertado e sempre trancado: era o dormitório de Nina Alieksándrovna e Varvara Ardaliónovna. Numa palavra, tudo nesse apartamento era apertado e acanhado; Gánia se limitava a ranger os dentes de si para si; embora fosse e quisesse ser respeitoso com a mãe, poder-se-ia perceber aos primeiros indícios que ele era um grande déspota na família.

Nina Alieksándrovna não estava sozinha na sala de visitas, tinha a seu lado Varvara Ardaliónovna; as duas faziam crochê e conversavam com a visita Ivan Pietróvitch Ptítzin. Nina Alieksándrovna aparentava uns cinquenta anos, tinha o rosto magro, macilento, e fortes olheiras. Era de aspecto doentio e um tanto triste, mas de rosto e olhar bastante agradáveis; às primeiras palavras manifestava-se um caráter sério e pleno de dignidade autêntica. Apesar da aparência triste, nela se pressentia firmeza e até espírito de decisão. Estava vestida com extrema modéstia, de roupa escura e inteiramente como uma velha, mas os modos, a conversa e todo o jeito denunciavam uma mulher que frequentara uma sociedade melhor.

Varvara Ardaliónovna era moça de uns vinte e três anos, estatura mediana, bem magricela, um rosto que não se podia dizer que fosse lá muito bonito, mas detinha o segredo de se fazer gostar sem ser bonita e atrair a ponto de provocar paixão. Era muito parecida com a mãe, inclusive estava vestida quase do mesmo jeito, por total falta de vontade de arrumar-se. De quando em quando o olhar dos seus olhos castanhos podia ser muito alegre e carinhoso, se mais amiúde não estivesse sério e pensativo, às vezes até demais, particularmente nos últimos tempos. Viam-se firmeza e espírito de decisão em seu rosto, no entanto se pressentia que essa firmeza podia ser até mais enérgica e mais cheia de iniciativa que a da mãe. Varvara Ardaliónovna era bastante irascível, e às vezes o irmão chegava até a temer essa irascibilidade. Esta era temida até por Ivan Pietróvitch Ptítzin, a visita que ali estava. Ele era um homem ainda bastante jovem, de uns trinta anos, vestido com modéstia porém com elegância, de maneiras agradáveis mas de certo modo sérias demais. A barbicha castanho-escura[69] indicava nele um homem

---

[69] Por um decreto de 2 de abril de 1837, publicado por Nicolau I, proibia-se que os funcionários de repartições civis usassem barba e bigode. (N. da E.)

estranho ao serviço burocrático. Sabia conversar de modo inteligente e interessante, porém o mais das vezes era calado. Em linhas gerais, deixava uma impressão agradável. Via-se que não era indiferente para com Varvara Ardaliónovna, e ele não escondia os seus sentimentos. Varvara Ardaliónovna tratava-o de maneira amistosa, mas a algumas perguntas dele ainda tardava em responder e inclusive não gostava delas; por outro lado, Ptítzin nem de longe estava desanimado. Nina Alieksándrovna era carinhosa com ele, e ultimamente passara até a confiar-lhe muita coisa. Sabia-se, aliás, que ele vivia especialmente de rendas, emprestando dinheiro a juros de curto prazo sob garantias mais ou menos certas. Era amicíssimo de Gánia.

Diante da recomendação minuciosa porém entrecortada de Gánia (que cumprimentou a mãe muito secamente, não dirigiu nenhum cumprimento à irmã e no mesmo instante levou Ptítzin do cômodo sabe-se lá para onde), Nina Alieksándrovna disse ao príncipe algumas palavras carinhosas e mandou Kólia, que apareceu à porta, levá-lo para o quarto do meio. Kólia era um rapazinho de rosto alegre e bastante amável, maneiras crédulas e simples.

— Onde está sua bagagem? — perguntou, introduzindo o príncipe no quarto.

— Tenho uma trouxinha; deixei-a na antessala.

— Vou trazer agora mesmo para o senhor. Toda a nossa criadagem são a cozinheira e Matriona, de sorte que eu também ajudo. Vária[70] toma conta de tudo e se zanga. Gánia disse que o senhor chegou hoje da Suíça, verdade?

— É, sim.

— E na Suíça é bom?

— Muito.

— Tem montanhas?

— Tem.

— Agora mesmo vou trazer suas trouxas.

Entrou Varvara Ardaliónovna.

— Matriona vai fazer a sua cama num instante. O senhor tem mala?

— Não, uma trouxinha. Seu irmão foi buscá-la; está na antessala.

— Lá não há nenhuma trouxinha, a não ser esta trouxinhazinha; onde o senhor a pôs? — perguntou Kólia, tornando ao quarto.

— Sim, fora esta não há mesmo nenhuma — informou o príncipe, recebendo sua trouxinha.

— Ah, bom! Eu já estava pensando se porventura Fierdischenko não a teria surrupiado.

---

[70] Diminutivo e tratamento afetuoso de Varvara. (N. do T.)

— Não diga tolices — disse severamente Vária, que falava muito secamente também com o príncipe, mantendo apenas o tom polido.

— *Chère Babette*, pode até me tratar com mais ternura, porque eu não sou Ptítzin.

— Ainda se pode te açoitar, Kólia, de tão bobo que ainda és. O senhor pode se dirigir a Matriona para tudo o que precisar; o almoço é às quatro e meia. Pode almoçar conosco, pode almoçar em seu quarto, como o senhor quiser. Vamos, Kólia, não o incomode.

— Vamos, gênio resoluto!

Ao saírem, esbarraram em Gánia.

— Papai está em casa? — perguntou Gánia a Kólia, e diante da resposta afirmativa segredou-lhe algo ao pé do ouvido.

Kólia fez sinal com a cabeça e seguiu Varvara Ardaliónovna.

— Duas palavras, príncipe, eu tinha até me esquecido de lhe falar além daqueles... assuntos. Tenho um pedido: faça-me o favor — se isso não lhe causar grande esforço —, não tagarele aqui sobre o que acabou de acontecer entre mim e Aglaia, nem *lá* sobre o que o senhor vai encontrar aqui; porque aqui também há bastante coisa revoltante. Aliás, com os diabos... Pelo menos hoje se contenha.

— Eu lhe asseguro que tagarelei muito menos do que o senhor pensa — disse o príncipe com certa irritação com as reprimendas de Gánia. Era visível que as relações entre eles iam piorando cada vez mais.

— Pois é, hoje eu aguentei de mais por sua causa. Numa palavra, eu o desculpo.

— Observe ainda, Gavrila Ardaliónovitch; o que há pouco me tolhia e por que eu não podia mencionar o retrato? Ora, o senhor não me pediu.

— Arre, que quarto detestável — observou Gánia, ao redor com desdém —, é escuro e as janelas dão para o pátio. Em todos os sentidos o senhor nos veio fora de hora... Pois é, mas isso não é comigo; não sou responsável pelo apartamento.

Ptítzin deu uma espiada e chamou Gánia; este largou apressadamente o príncipe e saiu, apesar de ainda querer dizer alguma coisa, mas pelo visto hesitava, como se tivesse vergonha de começar; e até amaldiçoou o quarto, de modo igualmente desconcertado.

Mal o príncipe acabou de lavar-se e ajeitar minimamente a sua toalete, a porta tornou a abrir-se e uma nova figura espiou.

Era um senhor de uns trinta anos, baixa estatura, espadaúdo e uma cabeça enorme, coberta por cabelos encaracolados e meio ruivos. Tinha o rosto carnudo e corado, lábios grossos, nariz largo e achatado, olhos pequenos, inchados e zombeteiros, como se piscassem sem parar. No conjunto, tudo parecia bastante insolente.

A princípio abriu a porta exatamente o quanto precisava para enfiar a cabeça. A cabeça enfiada lançou um olhar de cinco segundos pelo quarto; depois a porta começou a se abrir lentamente, toda a figura destacou-se no limiar, mas o visitante ainda não entrou, continuou da entrada a examinar o príncipe, apertando os olhos. Por fim fechou a porta atrás de si, aproximou-se, sentou-se numa cadeira, segurou forte o príncipe pelo braço e o sentou no sofá ao seu lado.

— Fierdischenko — pronunciou ele, examinando o príncipe no rosto de modo fixo e interrogativo.

— E então? — respondeu o príncipe quase desatando a rir.

— Inquilino — tornou a pronunciar Fierdischenko, e continuou a olhar fixo.

— Está querendo me conhecer?

— E-eh! — pronunciou o visitante, eriçando os cabelos e suspirando, e pôs-se a olhar para o canto oposto. — O senhor tem dinheiro?

— Um pouco.

— Exatamente quanto?

— Vinte e cinco rublos.

— Mostre aqui.

O príncipe tirou do bolso do colete a nota de vinte e cinco rublos e entregou-a a Fierdischenko. Este a abriu, deu uma olhada, depois a revirou, em seguida olhou-a na claridade.

— Bastante estranho — pronunciou ele como que refletindo —, por que ela iria empardecer? Essas notas de vinte e cinco rublos às vezes empardecem terrivelmente, enquanto outras, ao contrário, ficam totalmente desbotadas. Tome-a.

O príncipe pegou sua nota de volta. Fierdischenko levantou-se.

— Vim preveni-lo: em primeiro lugar, não me empreste dinheiro, porque forçosamente eu vou pedir.

— Está bem.

— O senhor tem a intenção de pagar aqui?

— Tenho.

— Mas eu não tenho; obrigado. Eu moro aqui à sua direita, primeira porta, já viu? Procure não aparecer com muita frequência no meu quarto; eu o procurarei, não se preocupe. Já viu o general?

— Não.

— E nem ouviu falar dele?

— É claro que não.

— Pois vai acabar vendo e ouvindo; além do mais, ele tem me pedido até dinheiro emprestado! *Avis au lecteur*.[71] Adeus. Porventura se pode viver com o sobrenome Fierdischenko? Hein?

— Por que não?

— Adeus.

E ele caminhou para a saída. Depois o príncipe soube que esse senhor tinha assumido uma espécie de obrigação de deixar todos maravilhados com sua originalidade e sua alegria, mas de certo modo a coisa nunca dava certo para ele. Em alguns ele produzia inclusive uma impressão desagradável, pelo que ficava sinceramente aflito, mas ainda assim não abandonava o objetivo. À saída conseguiu melhorar de algum modo o seu hábito, depois de esbarrar em um senhor que entrava; tendo deixado esse visitante novo e desconhecido do príncipe entrar no quarto, ele olhou e piscou várias vezes por trás dele, prevenindo o príncipe, e todavia acabou saindo sobranceiro.

O novo senhor era alto, de uns cinquenta e cinco anos ou até mais, bastante corpulento, com um rosto carnudo, de um vermelho rúbido e obeso, envolto por suíças bastas e grisalhas, de bigode, olhos grandes bem esbugalhados. A figura seria bastante garbosa se nela não houvesse algo decadente, surrado e até manchado. Vestia sem cerimônia uma sobrecasaca bem velhinha, com os punhos quase puídos; a camisa branca também estava sebenta. Perto dele sentia-se um leve cheiro de vodka; mas as maneiras eram espetaculosas, um tanto estudadas e demonstravam um desejo cioso e visível de impressionar pela dignidade. O senhor se aproximou do príncipe sem pressa, com um sorriso amistoso, segurou-lhe em silêncio a mão e, mantendo-a entre as suas, ficou algum tempo a olhar fixo para o rosto dele como quem está reconhecendo traços conhecidos.

— É ele! É ele! — proferiu em tom baixo porém solene. — E vivo! Estou ouvindo repetirem um nome conhecido e caro e me lembrei do passado irreversível. Príncipe Míchkin?

— Exatamente.

— General Ívolguin, reformado e infeliz. Seu nome e patronímico, permite que pergunte?

— Liev Nikoláievitch.

— Pois é, pois é! Filho do meu amigo, pode-se dizer, colega de infância, Nikolai Pietróvitch?

— Meu pai se chamava Nikolai Lvóvitch.

---

[71] "Para o seu conhecimento", em francês no original. (N. do T.)

— Lvóvitch — corrigiu-se o general, mas sem pressa e com absoluta certeza, como se não tivesse esquecido nada mas apenas cometido um equívoco involuntário. Sentou-se e, também pegando o príncipe pelo braço, sentou-o a seu lado. — Eu o carreguei no colo.

— Foi mesmo? — perguntou o príncipe. — Já faz vinte anos que meu pai morreu.

— Sim; vinte anos; vinte anos e três meses. Estudamos juntos; eu ingressei direto na carreira militar...

— Meu pai também estudou na escola militar, era alferes no regimento Vassilkov.

— No regimento de Bielomir. A transferência aconteceu quase na véspera da morte. Eu estava lá e o abençoei pela eternidade. E sua mãe...

O general parou como que movido por uma lembrança triste.

— Ela também morreu meio ano depois de gripe — disse o príncipe.

— Não foi de gripe. Não foi de gripe, acredite no velho. Eu estava lá e a enterrei. Ela morreu de tristeza por causa do seu príncipe e não de gripe. Sim, eu me lembro também da princesa! A mocidade! Por causa dela eu e o príncipe, amigos de infância, por pouco não nos tornamos assassinos mútuos.

O príncipe começou a ouvir com certa desconfiança.

— Eu estava loucamente apaixonado por sua mãe, ainda quando ela era noiva — noiva do meu amigo. O príncipe notou e ficou aturdido.[72] Aparece em minha casa pela manhã, depois das seis, me acorda. Visto-me surpreso; silêncio de ambas as partes; compreendi tudo. Ele tira do bolso duas pistolas. Entre nós, um lenço. Sem testemunhas. Para quê testemunhas quando dentro de cinco minutos iríamos mandar um ao outro para a eternidade? Carregamos, esticamos o lenço, postamo-nos, apontamos mutuamente as pistolas para os corações e ficamos a olhar um para o outro no rosto. De repente, lágrimas em tempestade dos olhos de ambos, as mãos tremem. Dos dois, dos dois e ao mesmo tempo! Bem, aí naturalmente vieram os abraços e a luta mútua da magnanimidade. O príncipe grita: é tua, eu grito: é tua! Numa palavra... O senhor vem para cá... morar conosco?

— Sim, por algum tempo, talvez — proferiu o príncipe como se gaguejasse um pouco.

— Príncipe, mamãe está pedindo que o senhor vá ter com ela — disse Kólia aparecendo da porta. O príncipe ia se levantando para sair mas o general pôs-lhe a mão direita no ombro e fez um sinal amistoso para que voltasse ao sofá.

---

[72] No original, Dostoiévski usa uma russificação do termo francês *frapper*. (N. do T.)

— Como verdadeiro amigo do seu pai, quero preveni-lo — disse o general —, eu, como o senhor mesmo está vendo, eu sofri, por uma catástrofe trágica; mas sem julgamento! Nina Alieksándrovna é uma mulher rara. Varvara Ardaliónovna, minha filha, é uma filha rara. Por força das circunstâncias mantemos este apartamento — foi uma queda inaudita! Para mim, a quem estava reservado ser general-ajudante!... Mas pelo senhor nós estaremos sempre contentes. A propósito, está havendo uma tragédia em minha casa!

O príncipe olhava com ar interrogativo e grande curiosidade.

— Está em andamento um casamento, um casamento raro. Um casamento de uma mulher ambígua com um jovem que poderia vir a ser *kamerjunker*.[73] Essa mulher vai ser trazida para a casa em que moram minha filha e minha mulher! Mas enquanto eu respirar ela não entrará aqui! Eu me deito na soleira e ela que passe por cima de mim!... Atualmente quase não falo com Gánia, evito até me encontrar com ele. Eu o previno; já que vai morar conosco, de um ou de outro modo acabará sendo testemunha. Mas o senhor é filho do meu amigo e eu estou no direito de esperar...

— Príncipe, faça-me a gentileza de vir à minha presença na sala de visitas — chamou Nina Alieksándrovna, que já viera ela própria à porta.

— Imagine, minha amiga! Eu carreguei o príncipe em meus braços.

Nina Alieksándrovna olhou para o general com ar repreensivo e com ar escrutador para o príncipe, mas não disse palavra. O príncipe a seguiu; contudo, mal chegaram à sala de visitas e se sentaram e Nina Alieksándrovna começou a informar algo de modo muito apressado e a meia-voz ao príncipe, o general apareceu de repente na sala de visitas. Nina Alieksándrovna calou-se no ato, e com visível irritação inclinou-se sobre o seu tricô. É bem possível que o general tenha percebido essa irritação, mas continuou no mais excelente dos estados de ânimo.

— Filho do meu amigo! — exclamou ele dirigindo-se a Nina Alieksándrovna, e de forma bastante inesperada. — Há muito tempo eu havia desistido até de imaginar. Então, minha amiga, porventura não te lembras do falecido Nikolai Lvóvitch? Tu ainda o encontraste... em Tvier?

— Não me lembro de Nikolai Lvóvitch. É vosso pai? — perguntou ela ao príncipe.

— Meu pai; mas parece que ele não morreu em Tvier mas em Elisavietgrad — observou timidamente o príncipe ao general. — Eu ouvi de Pávlischev...

---

[73] Título cortesão inferior na Rússia tsarista e em algumas monarquias. (N. do T.)

— Em Tvier — confirmou o general —, bem antes da morte houve a transferência para Tvier, inclusive se deu antes da evolução da doença. O senhor ainda era criança demais e não poderia se lembrar nem da transferência nem da viagem; Pávlischev poderia ter se equivocado, embora fosse um homem magnificentíssimo.

— O senhor conheceu Pávlischev também?

— Era um homem raro, mas eu testemunhei pessoalmente. Eu o abençoei no leito de morte.

— Mas acontece que meu pai morreu sob julgamento — tornou a observar o príncipe —, embora eu nunca tenha conseguido saber por que precisamente; ele morreu em um hospital militar.

— Oh, isso foi em função do caso do soldado Kolpakov, e não há dúvida de que o príncipe acabaria absolvido.

— Mesmo? O senhor sabe com certeza? — perguntou o príncipe com uma curiosidade especial.

— Pudera! — exclamou o general. — O julgamento foi suspenso sem ter decidido nada. Um caso impossível! Um caso, pode-se dizer, até misterioso: morre o capitão tenente Lariónov, comandante da companhia; o príncipe é nomeado provisoriamente para a sua função; está bem. O soldado Kolpakov comete um roubo — furta material de sapataria de um colega — e gasta o dinheiro na bebida; está bem. Príncipe — e observe que isso aconteceu na presença do sargento-ajudante e de um cabo —, ele casca Kolpakov e o ameaça com chicotadas. Muito bem! Kolpakov vai para o quartel, deita-se numa tarimba e quinze minutos depois morre. Magnífico, mas foi um caso inesperado, quase impossível. De uma forma ou de outra acabam enterrando Kolpakov; o príncipe faz um relatório e em seguida Kolpakov é excluído das listas. Poderia acontecer coisa melhor? No entanto exatamente meio ano depois, em uma vistoria realizada por uma brigada, Kolpakov aparece na terceira companhia do Segundo Batalhão de Infantaria de Novozemliansk,[74] na mesma brigada e na mesma divisão como se nada tivesse acontecido.

— Como? — gritou o príncipe fora de si de tão surpreso.

— Não foi assim, isso é um equívoco! — dirigiu-se subitamente a ele Nina Alieksándrovna, que o fitava quase com angústia. *Mon mari se trompe*.[75]

---

[74] O caráter fantástico da história narrada é salientado pelo fato de que o nome do regimento foi tomado de empréstimo ao drama de Aleksandr Serguiêievitch Griboiêdov (1795-1829), *A desgraça de ter espírito*. (N. da E.)

[75] "Meu marido está enganado", em francês no original. (N. do T.)

— Entretanto, minha amiga, é fácil dizer *se trompe*, mas procure você mesma resolver um caso como esse! Todos ficaram num beco sem saída. Eu seria o primeiro a dizer *qu'on se trompe*.[76] Por sorte, porém, eu fui testemunha e participei pessoalmente da comissão. Todas as acareações mostraram que era o mesmo, absolutamente o mesmo soldado Kolpakov, que meio ano antes havia sido enterrado com a parada de praxe e o toque de tambores. É um caso efetivamente raro, quase impossível, concordo, no entanto...

— Papai, a mesa está posta para o seu almoço — anunciou Varvara Ardaliónovna, entrando no quarto.

— Ah, isto é uma maravilha, é magnífico! Eu estou com tanta fome... Mas, pode-se dizer, é um caso até psicológico...

— A sopa vai esfriar — disse Vária com impaciência.

— Já vou indo, já vou indo — balbuciou o general, saindo do quarto. — E a despeito de todos os atestados... — ouviu-se ainda no corredor.

— O senhor deve desculpar muita coisa a Ardalion Alieksándrovitch —, aliás, ele incomoda muito pouco; até almoça só. Convenha o senhor mesmo que todo mundo tem os seus defeitos e as suas... peculiaridades, uns talvez até mais do que aqueles para quem se costuma apontar o dedo. Sobre uma coisa quero lhe pedir muito: se de alguma forma o meu marido falar com o senhor a respeito do pagamento do aluguel, diga-lhe que o senhor já me pagou. Isto é, o que for pago a Ardalion Alieksándrovitch de qualquer modo seria creditado ao senhor, mas eu lhe peço unicamente por uma questão de cuidado... O que está acontecendo, Vária?

Vária retornou ao quarto e em silêncio entregou à mãe o retrato de Nastácia Filíppovna. Nina Alieksándrovna estremeceu e, primeiro como que assustada mas depois com uma sensação amarga e deprimente, ficou a examiná-lo durante algum tempo, por fim olhou interrogativa para Vária.

— Hoje ele o recebeu de presente dela mesma — disse Vária —, e à noite tudo se resolverá entre eles.

— Hoje à noite! — repetiu a meia-voz Nina Alieksándrovna com um quê de desespero. — O que se pode fazer? Aí não haverá mais quaisquer dúvidas e tampouco restarão esperanças: com o retrato ela anunciou tudo... E então, foi ele mesmo que te mostrou? — acrescentou ela admirada.

— A senhora sabe que já faz um mês inteiro que nós quase não trocamos uma palavra. Ptítzin me contou tudo, e o retrato já estava largado no chão, lá junto à mesa; eu o apanhei.

— Príncipe — súbito Nina Alieksándrovna dirigiu-se a ele —, eu que-

---

[76] "Que estão enganados", em francês no original. (N. do T.)

ria lhe perguntar (e foi precisamente para isto que pedi que viesse aqui); o senhor conhece o meu filho há muito tempo? Ele parece ter dito que o senhor só hoje chegou de algum lugar.

O príncipe deu uma breve explicação a seu respeito, omitindo mais da metade. Nina Alieksándrovna e Vária o ouviram.

— Quando eu lhe pergunto sobre Gavrila Ardaliónovitch não estou lhe interrogando nada — observou Nina Alieksándrovna —, o senhor não deve enganar-se a esse respeito. Se existe alguma coisa que ele mesmo pode me confessar eu não quero ficar sabendo à revelia dele. Eu estou lhe perguntando propriamente, porque há pouco, na sua presença e depois que o senhor saiu, respondeu assim à minha pergunta sobre o senhor: "Ele está sabendo de tudo e não há razão para cerimônias!...". O que isto significa? Isto é, eu gostaria de saber em que medida...

Eis que entraram Gánia e Ptítzin; Nina Alieksándrovna calou-se imediatamente. O príncipe permaneceu na cadeira ao lado dela e Vária afastou-se para o lado; o retrato de Nastácia Filíppovna estava no lugar mais visível, na mesa de trabalho de Nina Alieksándrovna, bem à frente dela. Ao vê-lo, Gánia amarrou a cara, tirou-o da mesa com irritação e atirou sobre a sua escrivaninha, que ficava no outro canto do cômodo.

— É hoje, Gánia? — perguntou de repente Nina Alieksándrovna.

— Hoje o quê? — Gánia esboçou animar-se e súbito investiu contra o príncipe. — Ah, estou entendendo, até aqui o senhor!... Ora, o que é isso, o que afinal o senhor tem, alguma doença? Não pode se conter? Pois entenda finalmente, sua alteza...

— Neste caso a culpa é minha, Gánia, e de ninguém mais — interrompeu Ptítzin.

Gánia olhou interrogativo para ele.

— Olha, Gánia, isso é melhor, ainda mais porque, de um lado, a coisa está terminada — resmungou Ptítzin e, afastando-se para um lado, sentou-se junto à mesa, tirou um papel qualquer do bolso, escrito a lápis, e pôs-se a examiná-lo atentamente. Gánia estava sombrio e esperava com intranquilidade a cena doméstica. Nem lhe passava pela cabeça desculpar-se diante do príncipe.

— Se tudo está terminado então Ivan Pietróvitch naturalmente está certo — disse Nina Alieksándrovna —, por favor, Gánia, não feche a cara e nem se irrite, eu não vou interrogar nada que tu mesmo não queiras dizer, e te asseguro que estou plenamente resignada, faça o favor de não se preocupar.

Ela pronunciou isso sem parar o trabalho e, parecia, efetivamente tranquila. Gánia estava surpreso, mas calava por precaução e olhava para a mãe esperando que ela fosse mais clara. As cenas domésticas lhe custaram caro demais. Nina Alieksándrovna observou essa precaução e acrescentou com um sorriso amargo:

— Tu continuas duvidando e sem acreditar em mim; não te preocupes, não haverá nem lágrimas nem pedidos como antes, pelo menos da minha parte. Todo o meu desejo é que tu sejas feliz, e tu sabes disso; estou resignada diante do destino mas o meu coração estará sempre contigo, permaneçamos juntos ou nos separemos. É evidente que eu só respondo por mim; tu não podes exigir o mesmo de tua irmã...

— Ah, ela de novo! — exclamou Gánia, olhando com ar zombeteiro e com ódio para a irmã. — Mãezinha! Eu lhe juro mais uma vez sobre aquilo a respeito do que já lhe dei a palavra: ninguém jamais ousará lhe faltar com o respeito enquanto eu estiver aqui, enquanto eu estiver vivo. Qualquer que seja o assunto eu insisto no mais pleno respeito pela senhora, independentemente de quem venha a cruzar a nossa porta!

Gánia ficou tão satisfeito que olhou para a mãe quase com ar de reconciliação, quase com ternura.

— Eu não temia nada por mim, Gánia, tu sabes; não era comigo que eu estava me preocupando e me angustiando todo esse tempo. Dizem que hoje tudo entre vocês estará terminado, certo? O que estará terminado?

— Hoje à noite ela prometeu anunciar em sua casa: aceita ou não — respondeu Gánia.

— Durante quase três semanas nós evitamos tocar nesse assunto, e foi melhor assim. Agora, quando tudo já está terminado, eu me permito apenas uma pergunta: de que modo ela pôde te dar o aceite e até te presentear seu retrato quando tu não a amas? Porventura tu enganaste a... tão... tão...

— Experiente, ora, não é isso?

— Eu não quis usar essa expressão. Será que tu conseguiste enganá-la a tal ponto?

Nessa pergunta ouviu-se de repente uma irritabilidade fora do comum. Gánia, em pé, pensou coisa de um minuto e, sem esconder a zombaria, pronunciou:

— A senhora se deixou levar, mãezinha, e mais uma vez não se conteve, e é assim que entre nós tudo sempre começou e se inflamou. A senhora disse: não haverá indagações nem reprovações, mas elas já começaram! É melhor deixarmos para lá, palavra, é melhor deixarmos; pelo menos a senhora teve uma intenção... Eu nunca e nem por nada vou deixá-la; outro no mínimo fugiria de uma irmã como essa — veja como está olhando para mim! Vamos terminar aqui. Eu já ia ficando tão contente... e como é que a senhora sabe que eu estou enganando Nastácia Filíppovna? E quanto à Vária, seja como ela quiser, e chega. Bem, agora basta definitivamente!

Gánia ia se inflamando a cada palavra e andava à toa pelo quarto. Essas conversas logo se transformavam no ponto frágil de todos os membros da família.

— Eu disse que se ela entrar aqui eu saio, e também mantenho a minha palavra — disse Vária.

— Por teimosia — gritou Gánia. — Por teimosia nem te casas! Por que estás bufando contra mim? Estou me lixando, Varvara Ardaliónovna; se lhe aprouver, pode realizar a sua intenção agora mesmo. Estou saturado de você. Como? O senhor enfim resolveu nos deixar, príncipe? — bradou ele para o príncipe, ao ver que este havia se levantado.

Na voz de Gánia já se sentia aquele grau de irritação no qual a própria pessoa fica quase contente por essa irritação, entrega-se a ela sem qualquer contenção e quase com um prazer crescente, não importa aonde isso possa levar. O príncipe ia se voltando da saída para responder alguma coisa, mas, vendo pela expressão doentia do rosto do seu ofensor que ali só faltava aquela gota que faz transbordar o vaso, deu meia-volta e saiu em silêncio. Alguns minutos depois ele ouviu, pelos ecos que chegavam da sala de visitas, que na sua ausência a conversa se tornara ainda mais barulhenta e franca.

Ele atravessou a sala em direção à antessala, a fim de chegar ao corredor, e daí ao seu quarto. Ao passar ao lado da porta de entrada que dava para a escada, ouviu e notou que do outro lado da porta alguém fazia todos os esforços tentando tocar a sineta; mas pelo visto havia nela alguma coisa danificada: ela apenas estremecia levemente, mas não tinha som. O príncipe puxou o ferrolho, abriu a porta e — recuou maravilhado, chegando até a estremecer por inteiro: à sua frente estava Nastácia Filíppovna. Ele a reconheceu de pronto pelo retrato. Os olhos dela chamejaram numa explosão de irritação quando ela o viu; ela passou rápido para a antessala, empurrando-o do caminho com o ombro, e disse colérica, arrancando o casaco de pele:

— Se tem preguiça de consertar a sineta devia estar pelo menos na antessala quando batem. Vejam, agora deixou o casaco cair, bobalhão.

O casaco realmente estava no chão; sem esperar que o príncipe lhe tirasse das costas, ela mesma o lançou nos braços dele sem olhar, por trás, mas o príncipe não conseguiu segurá-lo.

— Tu precisas ser posto na rua. Vai, me anuncia!

O príncipe quis dizer alguma coisa mas estava tão perdido que nada conseguiu pronunciar, e foi para a sala de visitas levando o casaco que apanhara do chão.

— Vejam só, agora está indo com o casaco! Por que estás levando o casaco? Quá-quá-quá! Ora, tu és louco?

O príncipe voltou-se e olhou para ela como uma estátua; quando ela desatou a rir ele também deu um risinho, mas ainda não conseguiu mexer a língua. No primeiro instante em que lhe abriu a porta ele estava pálido, agora um rubor lhe banhava o rosto.

— Ora, que idiota é esse? — gritou indignada Nastácia Filíppovna, caminhando em direção a ele. — Ora, para onde estás indo? Quem vais anunciar?

— Nastácia Filíppovna — balbuciou o príncipe.

— Como é que me conheces? — perguntou-lhe rapidamente. — Eu nunca te vi! Vai, anuncia... Que gritos são esses?

— Estão se insultando — respondeu o príncipe, e foi para a sala de visitas.

Ele entrou num momento bastante decisivo: Nina Alieksándrovna já estava pronta para esquecer absolutamente tudo, a dizer que "havia se resignado a tudo"; ela, aliás, defendia Vária. Ao lado de Vária estava também Ptítzin, que já largara o seu papel escrito a lápis. A própria Vária não estava intimidada, e aliás não era de engolir desaforo; entretanto as grosserias do irmão se tornavam mais descorteses e insuportáveis a cada palavra. Em tais casos, ela costumava parar de falar e ficava apenas a olhar o irmão calada, com ar zombeteiro, sem desviar dele os olhos. Essa manobra, ela mesma o sabia, era capaz de tirá-lo do sério. Nesse mesmo instante o príncipe entrou na sala e anunciou:

— Nastácia Filíppovna!

IX

Reinou o silêncio geral: todos olharam para o príncipe como que sem entendê-lo — sem querer entender. Gánia pasmou de susto.

A chegada de Nastácia Filíppovna, sobretudo nesse momento, era para todos a surpresa mais estranha e embaraçosa. Já bastava o fato de que Nastácia Filíppovna aparecia pela primeira vez; até então se comportara com tamanho desdém, que nas conversas com Gánia não exprimira sequer o desejo de conhecer os seus familiares, e nos últimos dias nem fizera qualquer menção a eles, como se nem existissem no mundo. Mesmo em parte satisfeito por ver afastada aquela conversa tão complicada para ele, ainda assim em seu coração ele considerou esse desdém uma falha dela. De qualquer maneira, antes esperava que ela zombasse e dissesse palavras ferinas em relação à sua família, mas não que lhe fizesse uma visita; sabia ao certo que ela estava a par de tudo o que acontecia na casa dele com respeito ao seu noivado e que opinião seus pais tinham dela. A visita dela, *agora*, depois do presente do retrato e no dia do seu aniversário, no dia em que ela prometia decidir o destino dele, quase significava essa mesma decisão.

A perplexidade com que todos olhavam para o príncipe não durou muito: Nastácia Filíppovna apareceu em pessoa à porta da sala de visitas e mais uma vez empurrou levemente o príncipe ao entrar na sala.

— Finalmente consegui entrar... por que vocês amarram a sineta? — pronunciou ela em tom alegre, estendendo a mão a Gánia, que se precipitara ao seu encontro — por que estão com essas caras tão abatidas? Apresente-me, por favor...

Totalmente desnorteado, Gánia a apresentou primeiro a Vária, e ambas as mulheres, antes de estender a mão uma à outra, trocaram estranhos olhares. Nastácia Filíppovna, aliás, ria e simulava alegria; mas Vária não queria simular e lhe dirigia um olhar sombrio e fixo; em seu rosto não aparecia nem sombra de riso, o que já se exigia por simples polidez. Gánia estava petrificado; já não havia o que suplicar nem tempo, e lançou a Vária um olhar tão ameaçador que pela força desse olhar ela compreendeu o que esse instante significava para o irmão. Aí, parece, ela resolveu ceder a ele e sorriu levemente para Nastácia Filíppovna. (Na família todos ainda se amavam demais.) Quem deu algum jeito na situação foi Nina Alieksándrovna, a qual Gánia, após desconcertar-se definitivamente, apresentou depois da irmã e inclusive conduziu primeiro a Nastácia Filíppovna. No entanto, mal Nina Alieksándrovna teve tempo de esboçar o seu "prazer especial", Nastácia Filíppovna, sem ouvi-la até o fim, dirigiu-se rapidamente a Gánia e, sentando-se (ainda sem ser convidada) num pequeno sofá em um canto ao pé da janela, bradou:

— Onde está o seu gabinete? E... os inquilinos? Sim, porque vocês não mantêm inquilinos?

Gánia ficou vermelhíssimo e gaguejou alguma resposta, mas Nastácia Filíppovna acrescentou no mesmo instante:

— Onde iriam manter inquilinos? Você nem gabinete tem. E isso é vantajoso? — dirigiu-se de repente a Nina Alieksándrovna.

— É um tanto trabalhoso — ia respondendo a outra —, naturalmente deve ser vantajoso. Aliás, nós acabamos de...

No entanto Nastácia Filíppovna mais uma vez não a ouviu: olhava para Gánia, ria e exclamava para ele:

— Que cara é essa? Oh, meu Deus, que cara é essa?

Logo depois desse riso, o rosto de Gánia estava de fato muito deformado: seu pasmo, seu desconcerto cômico e covarde de repente o deixou; mas ele ficou extremamente pálido; os lábios se torceram em convulsão; fitava fixamente o rosto de sua visita com um olhar mau, sem desviá-lo, e ela continuava a rir.

Ali havia mais um observador, que também ainda não se livrara de seu quase emudecimento à vista de Nastácia Filíppovna, mas embora ele continuasse parado "como um poste" na posição anterior, à porta da sala de visitas, todavia conseguiu notar a palidez e a mudança funesta no rosto de Gánia. Esse observador era o príncipe. Súbito, quase assustado, ele avançou maquinalmente.

— Beba um pouco de água — sussurrou a Gánia. — E não fique olhando assim...

Via-se que ele pronunciara isso sem nenhum cálculo, sem nenhuma intenção especial, fez por fazê-lo, ao primeiro impulso; mas as suas palavras produziram um efeito excepcional. Parecia que toda a raiva de Gánia desabava subitamente sobre o príncipe: ele o agarrou pelos ombros e o fitou em silêncio, com ar vingativo e cheio de ódio, como se estivesse sem forças para falar. Houve uma inquietação geral: Nina Alieksándrovna chegou até a dar um gritinho, Ptítzin deu um passo adiante intranquilo, Kólia e Fierdischenko, que apareceram à porta, pararam admirados, e só Vária continua-

va como antes a olhar de esguelha mas observando atentamente. Não se sentara, estava em pé a um lado, ao lado da mãe, de braços cruzados sobre o peito.

Mas quase em seguida Gánia se apercebeu do seu gesto, e gargalhou nervoso. Recobrara-se inteiramente.

— Ora essa, príncipe, o senhor por acaso é médico? — gritou ele da maneira mais alegre e cândida possível. — Até me assustou; Nastácia Filíppovna, posso apresentar-lhe, este é o sujeito mais precioso, embora eu o tenha conhecido apenas na manhã de hoje.

Nastácia Filíppovna olhava atônita para o príncipe.

— Príncipe? Ele é príncipe? Imagine, ainda há pouco, na antessala, eu o tomei por um criado e mandei que viesse aqui anunciar a minha presença! Quá-quá-quá!

— Nenhuma tragédia, nenhuma tragédia! — emendou Fierdischenko, chegando-se às pressas e alegrando-se por terem começado a rir. — Nenhuma tragédia: *se non è vero...*[77]

— Pois bem, príncipe, por pouco eu não o destratei. Desculpe, por favor; Fierdischenko, o que está fazendo aqui e a estas horas? Eu pensava que pelo menos o senhor eu não encontrasse. Quem? Que príncipe? Míchkin — tornou a perguntar ela a Gánia, que, não obstante ainda estar segurando o príncipe pelos ombros, conseguiu apresentá-lo a ela.

— Nosso inquilino — repetiu Gánia.

Era evidente que estavam apresentando o príncipe como algo raro (e que servia a todos como uma saída da falsa situação), por pouco não o esfregavam em Nastácia Filíppovna; o príncipe chegou até a ouvir claramente a palavra "idiota" sussurrada às suas costas, parece que por Fierdischenko, quando esclarecia Nastácia Filíppovna.

— Por que o senhor não me dissuadiu naquele momento, quando eu tão horrivelmente... me equivoquei a seu respeito — continuou Nastácia Filíppovna, examinando o príncipe da cabeça aos pés com a maior sem-cerimônia; ela esperava com impaciência a resposta, como se tivesse plena convicção de que esta sairia forçosamente tão tola que seria impossível deixar de rir.

— Fiquei admirado ao vê-la tão de repente... — balbuciou o príncipe.

— E como o senhor soube que era eu? Onde me viu antes? O que está

---

[77] Início da expressão proverbial italiana "*se non è vero, è ben trovato*", isto é, se não é verdade, foi bem pensado. (N. da E.)

realmente acontecendo? É como se eu o tivesse visto em algum lugar. E permita-me perguntar: por que ainda agora o senhor estava plantado, estupefato no mesmo lugar? O que há em mim de tão estupefaciente?

— Ora, ora! — continuou Fierdischenko com seus trejeitos. — Ora, ora! Meu Deus! Quanta coisa eu poderia dizer em resposta a essa pergunta! Ora só... Depois, príncipe, tu és um desajeitado!

— Sim, mas eu também responderia no seu lugar — riu o príncipe para Fierdischenko. — Há pouco seu retrato me deixou muito impressionado — continuou ele para Nastácia Filíppovna —, depois falei a seu respeito na casa dos Iepántchin... e de manhã cedo, ainda antes de chegar a Petersburgo, na estrada de ferro, Parfen Rogójin me falou muita coisa a seu respeito... No mesmo instante em que lhe abri a porta eu também estava pensando na senhora, e súbito a senhora apareceu.

— E como reconheceu que era eu?

— Pelo retrato e...

— E que mais?

— Ainda porque era assim mesmo que eu a imaginava... É como se eu também a tivesse visto em algum lugar.

— Onde? Onde?

— É como se eu tivesse visto os seus olhos em algum lugar... mas isto não pode ser... estou falando por falar... nunca havia estado aqui. Talvez em sonho...

— Ora essa, príncipe! — exclamou Fierdischenko. — Não, pego de volta o meu *se non è vero*. Pensando bem... pensando bem... ele está dizendo tudo isso por ingenuidade! — acrescentou com pena.

O príncipe pronunciou as suas poucas frases com uma voz intranquila, interrompendo-se e frequentemente tomando fôlego. Tudo nele traduzia uma inquietação excepcional. Nastácia Filíppovna olhava para ele com curiosidade mas já sem rir. Nesse mesmo instante fez-se ouvir subitamente uma nova voz por trás da aglomeração humana, a qual abrira caminho para o príncipe e Nastácia Filíppovna, por assim dizer, afastou a aglomeração e a dividiu em duas partes. Diante de Nastácia Filíppovna estava o próprio pai da família, o general Ívolguin. Estava de fraque e de peitilho limpo; tinha os bigodes pintados...

Isso Gánia já não podia suportar.

Egoísta e vaidoso a ponto de ter mania, hipocondria; que depois de procurar durante todos esses dois meses ao menos algum ponto em que pudesse apoiar-se com mais decoro e se apresentar de um modo mais decente; de sentir que ainda era um novato no caminho escolhido e talvez não aguentasse; de, por desespero, enfim resolver em sua casa, onde era um déspota, chegar ao total descaramento mas sem ousar fazê-lo na presença de Nastácia Filíppovna, que até o último instante o havia desconcertado e triunfara impiedosamente sobre ele, o "miserável insuportável", expressão da própria Nastácia Filíppovna e da qual ele já estava a par; de jurar com todos os juramentos devolver-lhe dolorosamente tudo isso mais tarde e ao mesmo tempo sonhando feito criança com equilibrar as despesas na sua casa e conciliar todos os opostos — agora ele devia esgotar mais esse terrível cálice e, o principal, num momento como esse! Mais uma coisa imprevista, porém coube a ele o suplício mais terrível para um homem vaidoso — o tormento do rubor por seus familiares, em sua própria casa. "Ora, será que enfim vale a pena essa recompensa!" — passou nesse instante pela cabeça de Gánia.

Nesse mesmo instante aconteceu aquilo que durante esses dois meses lhe aparecera apenas nos sonhos noturnos, em forma de pesadelo, gelava-o de horror e queimava-o de vergonha: deu-se finalmente o encontro, em família, do seu pai com Nastácia Filíppovna. Às vezes, provocando e irritando a si mesmo, ele experimentava imaginar o general durante a cerimônia de casamento, mas nunca fora capaz de concluir o quadro angustiante e logo o abandonava. Talvez ele exagerasse desmedidamente a desgraça; mas é isso que sempre acontece com as pessoas vaidosas. Nesses dois meses ele tivera tempo de refletir e resolver-se e deu para si mesmo a palavra de que despediria a qualquer custo o pai para algum lugar, ainda que fosse temporariamente, e sumiria com ele, se fosse possível, até de Petersburgo, concordasse a mãe com isso ou não. Dez minutos antes, quando Nastácia Filíppovna entrou, ele ficara tão impressionado, tão atônito, que esquecera por completo a possibilidade de aparecimento de Ardalion Alieksándrovitch em cena, e não tomou quaisquer providências. Agora o general estava ali, diante de todos, e ademais em traje solene, de fraque, e justo no mesmo instante em que Nastácia Filíppovna "procurava apenas uma oportunidade para cobrir a ele e todos os seus familiares de zombarias". (Disso ele estava convencido.) E, de fato, que outro significado teria a sua visita nesse momento? Viera travar amizade com sua mãe e a irmã ou ofendê-las na própria casa delas? Entretanto, a julgar pela maneira como as duas partes estavam dispostas, já não podia haver dúvida: a mãe e a irmã estavam sentadas à parte como se lhes tivessem cuspido na cara, enquanto Nastácia Filíppovna havia até esquecido, parece, que se encontrava na mesma sala com elas... E se ela se comportava dessa maneira, então, é claro, tinha o seu objetivo!

Fierdischenko segurou o general e o conduziu.

— Ardalion Alieksándrovitch Ívolguin — pronunciou o general inclinando-se e sorrindo —, um velho soldado infeliz e pai de uma família feliz pela esperança de incluir no seu seio tão encantadora...

Não concluiu; rápido, Fierdischenko pôs uma cadeira atrás dele e o general, um tanto fraco das pernas nesse momento que se seguia ao almoço, despencou, ou melhor, caiu sobre a cadeira, se bem que isto não o desconcertou. Sentou-se bem diante de Nastácia Filíppovna, e com um trejeito agradável levou de modo lento e espetaculoso os dedinhos dela aos lábios. Em geral era bastante difícil deixar o general desconcertado. Afora algum desleixo, sua aparência ainda era bastante decente, coisa que ele sabia muito bem. Antes tivera a oportunidade de frequentar sociedade muito boa, da qual fora excluído de vez há apenas dois ou três anos. A partir desse período ele passou a entregar-se em demasia e sem contenção a algumas das suas fraquezas; no entanto as maneiras hábeis e agradáveis haviam permanecido até hoje. Pelo visto, Nastácia Filíppovna estava satisfeitíssima com o aparecimento de Ardalion Alieksándrovitch, de quem, é claro, sabia de ouvir falar.

— Eu ouvi dizer que o meu filho... — ia começando Ardalion Alieksándrovitch.

— Sim, o seu filho! O senhor também é bom, paizinho! Por que o senhor nunca é visto em minha casa? O que é isso, o senhor se esconde ou é o seu filho que o esconde? O senhor pode vir à minha casa sem comprometer ninguém.

— Os filhos do século XIX e os seus pais... — ia começando outra vez o general.

— Nastácia Filíppovna! Por favor, deixe Ardalion Alieksándrovitch sair por um minuto, estão procurando por ele — disse em voz alta Nina Alieksándrovna.

— Deixá-lo sair! Perdão, eu ouvira falar tanto, há tanto tempo desejava conhecê-lo! E que assuntos tem ele? Não é reformado? O senhor não vai me deixar, não vai sair, não é general?

— Eu lhe dou minha palavra de que ele mesmo irá à sua casa, mas neste momento ele precisa de repouso.

— Ardalion Alieksándrovitch, estão dizendo que o senhor precisa de repouso! — exclamou Nastácia Filíppovna, fazendo uma careta de insatisfação e nojo, como uma bobinha fútil de quem tiraram o brinquedo. Por sua vez, o general procurava tornar ainda mais estúpida a sua situação.

— Minha amiga! Minha amiga! — pronunciou em tom de censura, dirigindo-se com ar solene à sua mulher e pondo a mão no coração.

— A senhora não vai sair daqui, mãezinha? — perguntou Vária em voz alta.

O idiota 129

— Não, Vária, vou ficar até o fim.

Nastácia Filíppovna não podia deixar de ter ouvido a pergunta e a resposta, no entanto era como se por causa disso a sua alegria aumentasse ainda mais. No mesmo instante ela tornou a cobrir o general de perguntas, e cinco minutos depois o general se encontrava no estado mais solene e abusava da oratória ante o riso ruidoso dos presentes.

Kólia puxou o príncipe pela aba do casaco.

— Ao menos o senhor dê um jeito de tirá-lo daqui! Será que não pode? Por favor! — e as lágrimas de indignação chegavam a arder nos olhos do pobre menino. — Oh, maldito Gánia! — acrescentou de si para si.

— Eu realmente tinha uma grande relação de amizade com Ivan Fiódorovitch Iepántchin — derramava-se o general, respondendo às perguntas de Nastácia Filíppovna. — Eu, ele e o falecido príncipe Liev Nikoláievitch Míchkin, cujo filho eu abracei hoje depois de vinte anos de separação, nós três éramos inseparáveis, por assim dizer, uma cavalgada: Athos, Porthos e Aramis.[78] Mas, infelizmente, um está na sepultura, vencido pela calúnia e por uma bala, e o outro está à sua frente e ainda lutando contra as calúnias e as balas...

— Contra as balas! — exclamou Nastácia Filíppovna.

— Elas estão aqui no meu peito, e as recebi em Kars,[79] e quando o clima está ruim eu as sinto. Em todos os sentidos vivo como um filósofo, ando, passeio, jogo damas em meu café como um burguês distante dos afazeres e leio o *Indépendance*.[80] Mas a relação com o nosso Porthos, Iepántchin, foi definitivamente cortada depois da história relacionada com o totó três anos atrás na estrada de ferro.

— Totó! O que é isso? — perguntou Nastácia Filíppovna com especial curiosidade. — Com o totó? Perdão, e ainda por cima na estrada de ferro!... — era como se ela forçasse a memória.

— Oh, é uma história tola, nem vale a pena repeti-la: foi por causa de

---

[78] O general Ívolguin se equipara a si e aos seus amigos aos três mosqueteiros de Alexandre Dumas. Ívolguin se considera o mais nobre e mais heroico dos mosqueteiros, Athos; Iepántchin é Porthos, isto é o mais grosseiro, vaidoso e amante da bebedeira e desordeiro; Míchkin é Aramis, isto é, o jovem valoroso e refinado, que posteriormente troca a capa de mosqueteiro pela batina. (N. da E.)

[79] Cidade no nordeste da Turquia. Durante a guerra da Crimeia (1853-1856), essa fortaleza foi alvo de muitos meses de cerco das tropas russas. (N. da E.)

[80] Tem-se em vista o jornal *Indépendance Belge*, publicado em Bruxelas de 1830 a 1837. (N. da E.)

mistress Smidt, governanta da princesa Bielokónskaia, mas... não vale a pena repeti-la.

— Ora, conte sem falta! — exclamou alegremente Nastácia Filíppovna.

— Eu também não a ouvi! — observou Fierdischenko. *C'est du nouveau.*[81]

— Ardalion Alieksándrovitch! — ouviu-se mais uma vez a voz suplicante de Nina Alieksándrovna.

— Paizinho, estão procurando pelo senhor! — disse Kólia.

— É uma história tola, e de duas palavras — começou o general com fatuidade. — Coisa de quase dois anos atrás! Haviam acabado de inaugurar a nova estrada de ferro -skaia, eu (e já em traje civil) tratando de umas questões importantíssimas para mim e relacionadas com a entrega do meu serviço, comprei uma passagem e fui para a primeira classe: entrei, sentei-me, comecei a fumar. Isto é, continuei a fumar, porque tinha acendido o charuto antes. Estou sozinho no vagão. Fumar não é proibido mas também não é permitido; ou seja, é semipermitido, como de costume; e isso dependendo da pessoa. A janela está aberta. De repente, bem antes do apito, instalam-se duas damas com um totó, bem à minha frente; chegaram atrasadas; uma estava vestida da forma mais elegante, de azul-claro; a outra, mais simples, metida em um vestido de seda preto desbotado. Eu sou bem-apessoado, elas olham com desdém, falam inglês. Eu, é claro, não ligo; continuo fumando. Isto é, eu quis refletir, mas, não obstante, continuo fumando porque a janela está aberta, e fumando para fora da janela. O totó está no colo da senhora de azul-claro, é pequeno, cabe na minha mão, preto, patinhas brancas, até uma raridade. Coleira de prata com uns dizeres. Eu não ligo. Observo apenas que as damas, parece, estão zangadas com o charuto, é claro. Uma aponta para mim o lornhão, de osso de tartaruga. Mais uma vez não ligo: porque não falam nada mesmo! Se dissessem alguma coisa, se avisassem, se pedissem, porque para isso existe enfim a linguagem humana! No entanto, calam... De repente — e isso sem aviso, sem o mínimo, estou lhe dizendo, isto é, sem o mais mínimo, todavia como se tivesse ficado totalmente louca —, a de azul-claro me arranca da mão o charuto e o joga pela janela. O trem voa, fico olhando como louco. Uma mulher selvagem; selvagem mulher, movida totalmente por seu estado selvagem; mas, por outro lado, é uma mulher alentada, corpulenta, gorda, alta, loura, corada (até demais), os olhos brilham na minha direção, e eu, sem dizer uma palavra e com uma gentileza incomum, com a mais perfeita gentileza, a gentileza mais refinada, por assim di-

---

[81] "Isso é algo novo", em francês no original. (N. do T.)

zer, aproximo dois dedos do totó, pego-o delicadamente pela nuca e o arremesso janela afora atrás do charuto! Ele apenas dá um ganido! O trem continua voando...

— O senhor é um monstro! — gritou Nastácia Filíppovna, gargalhando e batendo palmas como uma menininha.

— Bravo, bravo! — gritou Fierdischenko. Saiu um risinho até de Ptítzin, para quem era desagradabilíssimo o aparecimento do general; até Kólia desatou a rir e também gritou: "Bravo!".

— E eu estou certo, estou certo, três vezes certo! — continuou com ardor o triunfante general. — Porque se no trem charuto está proibido, cachorro três vezes mais ainda.

— Bravo, paizinho! — gritou Kólia em êxtase. — Ótimo! Eu o teria feito sem falta, sem falta mesmo!

— E a senhora? — interrogava impaciente Nastácia Filíppovna.

— Ela? Pois bem, aí é que está toda a contrariedade — continuou o general, agora de cenho franzido —, sem dizer uma palavra e sem o mínimo, como se diz, aviso, deu-me uma bofetada na cara! Mulher selvagem; absolutamente por causa da condição selvagem!

— E o senhor?

O general baixou a vista, ergueu os cílios, os ombros, apertou os lábios, abriu os braços, calou um pouco e de repente pronunciou:

— Mudei de lugar!

— E doeu? Doeu?

— Juro que não doeu! Saiu um escândalo, mas não doeu! Eu apenas me esquivei uma vez, apenas por me esquivar. Mas foi aí que Satanás se meteu: a de azul-claro era inglesa, governanta ou até uma amiga qualquer da casa da princesa Bielokónskaia, e a de vestido preto era a mais velha das princesas Bielokónskaia, uma solteirona de uns trinta e cinco anos. E sabe-se que relações a generala Iepántchina mantém com a casa dos Bielokónski. Todas as princesas desmaiam, lágrimas, luto pela favorita totó, ganido das seis princesas, ganido da inglesa — o fim do mundo! Bem, é claro que eu fui protestar meu arrependimento, pedi desculpas, escrevi uma carta, não a receberam, nem a mim nem à minha carta, e fiquei na discórdia com os Iepántchin, fui excluído, posto para fora.

— Mas, perdão, como é que pode? — súbito perguntou Nastácia Filíppovna. — Há uns cinco ou seis dias eu li no *Indépendance* — eu também leio o *Indépendance* — exatamente a mesma história. Sim, decididamente a mesma história, aconteceu em uma das ferrovias do Prireu, em um vagão, entre um francês e uma inglesa: o charuto foi lançado fora do mesmo jeito como foi o totó arremessado pela janela, por fim, terminou exatamente da mesma maneira como a sua história. Até o vestido era azul-claro!

O general ficou todo vermelho, Kólia também corou e apertou a cabeça com as mãos; Ptítzin depressa lhe deu as costas. Só Fierdischenko era o único que gargalhava como antes. De Gánia nem precisa falar: esteve o tempo todo em pé, suportando um suplício mudo e insuportável.

— Mas eu lhe asseguro — balbuciava o general — que comigo aconteceu exatamente a mesma coisa...

— O papai teve de fato uma contrariedade com *mistress* Smidt, governante dos Bielokónski — exclamou Kólia —, eu me lembro.

— Como! Tim-tim por tim-tim? A mesma história em dois extremos da Europa, e tim-tim por tim-tim a mesma em todos os detalhes, até o do vestido azul-claro! — insistia impiedosamente Nastácia Filíppovna. — Vou lhe mandar o *Indépendance Belge*!

— No entanto, observe — continuava insistindo o general — que comigo aconteceu dois anos antes...

— Ah, só se foi isso!

Nastácia Filíppovna ria às gargalhadas como num ataque de histeria.

— Paizinho, eu lhe peço que saia para duas palavras — pronunciou Gánia com uma voz trêmula e agoniada, agarrando maquinalmente o pai pelo ombro. Em seu olhar fervia um ódio infinito.

Nesse mesmo instante ouviu-se uma batida estrondosa da sineta na entrada. Uma pancada como essa podia arrebentar a sineta. Anunciava-se uma visita insólita. Kólia correu para abrir.

X

Súbito a antessala ficou barulhenta e movimentada demais; do salão parecia que várias pessoas haviam entrado e continuavam a entrar do pátio. Várias vozes falavam e gritavam ao mesmo tempo; falavam e gritavam também na escada, para a qual a porta da antessala não se fechara, como já foi dito. Era uma visita estranhíssima. Todos se entreolharam; Gánia precipitou-se para a sala, mas na sala já haviam entrado vários homens.

— E aí está ele, o Judas! — gritou uma voz que o príncipe conhecia. — Salve, Gánia, seu patife!

— É ele mesmo! — emendou outra voz.

O príncipe não podia duvidar: uma voz era de Rogójin, a outra, de Liébediev.

Gánia estava em pé junto à porta do salão como que embotado e olhando calado, sem impedir que uns dez ou doze homens entrassem um após outro atrás de Parfen Rogójin. A turma era extremamente variada e se distinguia não só pela variedade mas também pela desfaçatez. Alguns entraram do mesmo jeito como estavam na rua, de sobretudos e casacos de pele. Aliás não havia gente totalmente bêbada; em compensação, todos pareciam muitíssimo alegres. Todos pareciam precisar uns dos outros para entrar; nenhum tinha coragem em particular e era como se todos se estimulassem uns aos outros. Até Rogójin entrou com cautela à frente do bando, mas tinha alguma intenção e aparentava uma preocupação sinistra e irritada. Os outros formavam apenas o coro ou, melhor dizendo, o bando de apoio. Além de Liébediev, estava também o crespo Zaliójev, que largara o casaco na antessala e entrara de modo dispersivo e fazendo brincadeiras, assim como uns dois ou três senhores iguais a ele, pelo visto filhos de comerciantes. Havia um tipo qualquer de casaco semimilitar; outro homem baixo e demasiado gordo, que ria sem parar; um senhor imenso, de uns doze *verchoks*,[82] também excepcionalmente gordo, sinistro demais e calado e, pelo visto, fortemente seguro dos seus punhos. Havia um estudante de medicina; havia um polaquinho sabu-

---

[82] Antes da introdução do sistema métrico na Rússia, em 1881, a altura dos adultos era dada pelo número de *verchoks* acima de dois *archins*. Um *archin* equivalia a 71,12 cm, um *verchok*, a 4,45 cm. Esse "senhor" tinha quase dois metros de altura. (N. do T.)

jo. Da escada duas damas olhavam para a antessala, mas não ousavam entrar; Kólia bateu a porta na cara delas e trancou com um gancho.

— Salve, Gánia, seu patife! Então, não esperava Parfen Rogójin? — repetiu Rogójin, chegando ao salão e parando à entrada diante de Gánia. Mas nesse instante divisou Nastácia Filíppovna, bem à sua frente. Pelo visto nem lhe passava pela ideia encontrá-la ali, porque o fato de vê-la produziu nele uma impressão fora do comum; empalideceu de tal forma que até os lábios ficaram azulados. — Então é verdade! — pronunciou baixinho e como que de si para si, com ar inteiramente desconcertado. — É o fim!... Bem... Agora tu vais responder a mim! — rangeu de súbito os dentes olhando com uma raiva bestial para Gánia... Arre... puxa!...

Ele estava até sufocado, inclusive pronunciava as palavras com dificuldade. Caminhou maquinalmente para a sala de visitas, mas, ao cruzar a porta, viu de chofre Nina Alieksándrovna e Vária e parou um tanto atrapalhado, apesar de toda a sua agitação. Atrás dele entrou Liébediev, que como uma sombra não desgrudava dele e estava embriagadíssimo, depois entrou o estudante, depois o senhor dos punhos, Zaliójev, que fazia reverências à direita e à esquerda e, por último, abriu caminho o gorducho moreno. A presença das damas ainda continha a todos eles e, pelo visto, era um forte obstáculo, é claro que só antes do *começo*, do primeiro pretexto para gritar e *começar*... Aí dama nenhuma iria atrapalhá-los.

— Como? Até tu por aqui, príncipe? — pronunciou Rogójin com ar distraído, em parte surpreso por encontrar o príncipe. — Ainda de polainas, eh-eh! — suspirou ele, já esquecido do príncipe e transferindo o olhar mais uma vez para Nastácia Filíppovna, sempre caminhando e arrastando-se para ela como para um ímã.

Nastácia Filíppovna também olhava para os visitantes com uma curiosidade intranquila.

Gánia enfim voltou a si.

— Com licença, afinal, o que é que significa isso? — começou a falar alto, examinando com severidade os recém-chegados e dirigindo-se predominantemente a Rogójin. — Parece que os senhores estão em uma estrebaria, aqui estão minha mãe e minha irmã...

— Estamos vendo que são sua mãe e sua irmã — resmungou Rogójin entre dentes.

— Vê-se que são a mãe e a irmã — emendou Liébediev por uma questão de *contenance*.[83]

---

[83] Termo francês aqui empregado com sentido de gravidade. (N. da E.)

O senhor dos punhos, provavelmente supondo que chegara a hora, começou a rosnar alguma coisa.

— Mas, não obstante! — súbito levantou-se a voz de Gánia num tom um tanto desmedido, como uma explosão. — Em primeiro lugar, peço que todos saiam daqui para a sala, e depois permitam saber...

— Vejam só, não está reconhecendo — resmungou com raiva Rogójin sem se mexer do lugar —, não reconheceu Rogójin?

— Suponhamos que tenhamos nos encontrado em algum lugar, entretanto...

— Vejam só, nos encontrado em algum lugar! Ora, faz apenas três meses que eu perdi para ti duzentos rublos do meu pai, e o velho morreu por não ter conseguido descobrir; tu me atraíste para lá e Knif me trapaceou. Não estás reconhecendo? Ptítzin mesmo é testemunha! E, ademais, é só eu te mostrar três rublos, é só tirá-los agora do bolso, e tu sairás de quatro atrás deles até a ilha de São Basílio[84] — é assim que tu és! Assim é a tua alma! Também agora estou aqui para te comprar todo por dinheiro, não repares por eu ter entrado metido nessas botas, eu tenho dinheiro, meu irmão, muito, eu te compro todo, com tudo o que tens vivo... se quiser compro vocês todos! Compro tudo! — exaltava-se Rogójin e como que ia ficando cada vez mais e mais embriagado. — Eh-eh! — gritou ele. — Nastácia Filíppovna! Não me escorrace, diga uma palavrinha: está se casando com ele ou não?

Rogójin fez a sua pergunta como alguém desconcertado, como se a fizesse a algum deus, mas com a ousadia de um condenado à morte que nada mais tem a perder. Ficou esperando a resposta em uma angústia mortal.

Nastácia Filíppovna o mediu com um olhar zombeteiro e arrogante, mas olhou para Vária e Nina Alieksándrovna, olhou para Gánia e num átimo mudou de tom.

— De maneira nenhuma, o que se passa com você? E a título de quê resolveu me perguntar? — respondeu em tom baixo e sério e como se experimentasse alguma surpresa.

— Não? Não!! — exclamou Rogójin, a ponto de cair em delírio de tanta alegria. — Então não mesmo? Mas eles me disseram... Ah! Bem!... Nastácia Filíppovna! Eles estão dizendo que você deu a palavra a Gánia! É com ele mesmo? Ora, isso lá é possível? (É o que eu digo a eles todos!) Ora, eu o compro inteirinho por apenas cem rublos, dou mil a ele, bem, digamos três, para que ceda, e assim na véspera do casamento ele foge e deixa a noiva to-

---

[84] Vassílievskii Óstrov, região de Petersburgo. (N. do T.)

da comigo. Vê, Ganka,[85] seu patife! Tu poderias pegar os três mil! Aqui estão, vê! Eu vim para cá para que tu me passes o recibo; eu disse: vou comprar — e compro!

— Fora daqui, tu estás bêbado! — gritou Gánia, que ia ficando alternadamente vermelho e pálido. A esse seu grito ouviu-se de súbito uma repentina explosão de várias vozes: há tempo toda a turma de Rogójin já esperava o primeiro desafio. Liébediev sussurrou algo ao ouvido de Rogójin com um empenho excepcional.

— É verdade, é um burocrata! — respondeu Rogójin. — É verdade, é uma alma de beberrão! Sim, senhor, em quê a coisa foi dar! Nastácia Filíppovna! — gritou ele, fitando-a como meio louco, com timidez e subitamente criando ânimo a ponto de tornar-se insolente. — Aqui estão dezoito mil! — e atirou sobre uma mesinha diante dela um maço de papel branco enrolado por cordões cruzados. — Aí está! E... vai ter ainda mais!

Ele não se atrevia a dizer até o fim o que estava querendo.

— Veja lá! — sussurrou-lhe mais uma vez Liébediev com um ar assustadíssimo; poder-se-ia adivinhar que ele se assustava com a enormidade da quantia e sugeria que o outro tentasse com outra incomparavelmente inferior.

— Não, nesse assunto, meu irmão, tu és um imbecil, não sabes onde te meteste... sim, vê-se que eu também sou um imbecil junto contigo! — Rogójin apercebeu-se e num átimo estremeceu sob o olhar cintilante de Nastácia Filíppovna. — Eh-eh, desafinei, te dei ouvidos — acrescentou ele em profundo arrependimento.

Olhando para o rosto abatido de Rogójin, Nastácia Filíppovna subitamente desatou a rir.

— Dezoito mil, para mim? Ora, é agora mesmo que o mujique dirá a que veio! — acrescentou de súbito com uma sem-cerimônia insolente e levantou-se do sofá como se pretendesse sair. Gánia observava toda a cena com o coração na mão.

— Então quarenta mil, quarenta e não dezoito! — gritou Rogójin. — Vanka[86] Ptítzin e Biskup prometeram trazer quarenta mil até as sete horas. Quarenta mil! Ponho tudo na mesa.

A cena estava saindo com extrema indecência, mas Nastácia Filíppovna continuava rindo e não saía, como se realmente tivesse a intenção de pro-

---

[85] Tratamento íntimo de Gánia. (N. do T.)

[86] Tratamento íntimo de Ivan. (N. do T.)

longá-la. Nina Alieksándrovna e Vária também haviam se levantado de seus lugares e aguardavam assustadas e caladas até onde aquilo iria chegar; os olhos de Vária brilhavam, mas sobre Nina Alieksándrovna tudo surtia um efeito mórbido; ela tremia e parecia querer desmaiar a qualquer momento.

— Já que é assim — cem! Hoje mesmo eu trago cem mil! Ptítzin, quebra o galho, vais encher a mão nessa negociata!

— Tu enlouqueceste! — sussurrou de repente Ptítzin, chegando-se depressa a ele e agarrando-o pelo braço. — Tu estás bêbado, vão mandar chamar o guarda. Onde estás?

— Está mentindo de tão bêbado — pronunciou Nastácia Filíppovna como se o provocasse.

— Ora, não estou mentindo, o dinheiro vai aparecer! Até o anoitecer vai aparecer. Ptítzin, quebra o galho, alma de juros, cobra o quanto quiseres, mas me consegue cem mil até o anoitecer; vou provar que não sou de regatear! — num átimo Rogójin ficou em êxtase de tão inspirado.

— Mas, não obstante, o que é isso? — exclamou em tom ameaçador e repentino Ardalion Alieksándrovitch, zangado, aproximando-se de Rogójin. O inesperado desatino do velho até então calado deu-lhe um aspecto muito cômico. Ouviu-se o riso.

— De onde saiu isso? — desatou a rir Rogójin. — Vamos lá, velhote, vais encher a cara.

— Isso já é uma baixeza! — gritou Kólia, chorando inteiramente de vergonha e desgosto.

— Será que entre os senhores não vai aparecer ninguém para botar essa sem-vergonhice para fora daqui! — gritou inesperadamente Vária, tremendo toda de ira.

— É a mim que estão chamando de sem-vergonha! — revidou Nastácia Filíppovna com uma alegria desdenhosa. — E eu, como uma imbecil, vim aqui convidá-los para uma festa em minha casa! Veja como a sua irmãzinha me trata, Gavrila Ardaliónovitch!

Diante do desatino da irmã, Gánia ficou algum tempo postado como alguém atingido por um raio; mas ao ver que desta vez Nastácia Filíppovna estava realmente se retirando, lançou-se como um possesso para Vária e a agarrou com fúria pelo braço.

— O que tu fizeste! — gritou olhando para ela, como se desejasse transformá-la em cinza no mesmo lugar. Estava definitivamente desconcertado e atinava mal no que fazia.

— O que eu fiz? Para onde me arrastas? Não estás querendo que eu peça desculpas a ela por ter vindo ofender a tua mãe e desmoralizar a tua casa, criatura vil? — gritou mais uma vez Vária, triunfante e olhando para o irmão com um desafio.

Durante alguns instantes os dois permaneceram frente a frente, encarando-se. Gánia ainda continuava segurando a mão dela na sua. Vária deu um puxão, outro, com toda a força, mas não se conteve e de repente, fora de si, cuspiu na cara do irmão.

— Isso sim é uma moça! — gritou Nastácia Filíppovna. — Bravo, Ptítzin, meus parabéns!

Turvou-se a vista de Gánia, e ele, completamente perdido, ergueu o braço para a irmã. O soco iria atingi-la infalivelmente no rosto. Súbito, porém, outra mão segurou a de Gánia no ar.

Entre ele e a irmã estava o príncipe.

— Basta, chega! — pronunciou ele em tom insistente, mas também tremendo por completo, como alguém atingido por uma fortíssima comoção.

— Ora, não me digas que tu vais me atravessar eternamente o caminho! — berrou Gánia, largou a mão de Vária e, no último acesso de fúria, com a mão livre deu uma bofetada com toda a força no príncipe.

— Ai! — Kólia ergueu os braços. — Ai, meu Deus!

Partiram exclamações de todos os lados. O príncipe empalideceu. Fitou Gánia direto nos olhos com um olhar estranho e exprobratório; seus lábios tremiam e tentavam à força pronunciar alguma coisa; torcia-os um riso estranho e absolutamente impróprio.

— Bem, vamos que isso tenha acontecido comigo... mas com ela... não vou deixar!... — disse ele enfim; mas de repente não se conteve, largou Gánia, cobriu o rosto com as mãos, afastou-se para um canto, ficou de rosto para a parede e com voz entrecortada pronunciou:

— Oh, como o senhor vai se envergonhar do seu ato!

Gánia realmente estava postado como alguém aniquilado. Kólia correu para abraçar e beijar o príncipe; atrás dele aglomeraram-se Rogójin, Vária, Ptítzin, Nina Alieksándrovna, todos, até o velho Ardalion Alieksándrovitch.

— Não foi nada, não foi nada! — balbuciava o príncipe para todos os lados, com o mesmo riso impróprio.

— E vais te arrepender! — gritou Rogójin. — Vais te envergonhar, Ganka, por teres ofendido semelhante... ovelha (não conseguiu arranjar outra palavra)! Príncipe, alma minha, larga-os, lixa-te para eles, vamos comigo! Verás como Rogójin gosta!

Nastácia Filíppovna também estava estupefata com a atitude de Gánia e a resposta do príncipe. Seu rosto habitualmente pálido e pensativo, sempre em tanta desarmonia com o riso como que afetado de ainda há pouco, agora estava visivelmente perturbado com um novo sentimento; não obstante, mesmo assim era como se ela não quisesse manifestá-lo e a zombaria parecia forçar em permanecer em seu rosto.

— Palavra, em algum lugar eu vi o rosto dele! — pronunciou ela subitamente e já a sério, tornando a lembrar-se num átimo da sua pergunta que há pouco fizera.

— E a senhora não se envergonha! Porventura é esse tipo que ainda há pouco fez parecer? E pode ser uma coisa dessa? — exclamou súbito o príncipe com um profundo e afetuoso reproche.

Nastácia Filíppovna ficou surpresa, deu um risinho, mas como se escondesse alguma coisa por trás do sorriso, olhou para Gánia, meio perturbada, e saiu do salão. Contudo, antes de chegar à antessala, voltou subitamente, chegou-se rápido a Nina Alieksándrovna, segurou-lhe a mão e levou-a aos lábios.

— Eu realmente não sou esse tipo, ele adivinhou — sussurrou em tom rápido, caloroso, repentinamente toda inflamada e ruborizada e, dando meia-volta, saiu desta vez tão rápido que ninguém conseguiu entender por que havia voltado. Viram apenas que sussurrara algo a Nina Alieksándrovna e, parece, beijou-lhe a mão. Mas Vária viu e ouviu tudo e, surpresa, ficou a acompanhá-la com o olhar.

Gánia voltou a si e precipitou-se a acompanhar Nastácia Filíppovna, mas esta já havia saído. Ele a alcançou na escada.

— Não me acompanhe! — gritou ela para ele. — Até logo, até à noite! Sem falta irá ouvir!

Ele voltou perturbado, pensativo; um enigma pesado alojou-se em sua alma, mais pesado que antes. Parecia ver também o príncipe... Estava tão esquecido que mal notou toda a turba de Rogójin passando ao lado e até o imprensando contra a porta, saindo às pressas do apartamento atrás de Rogójin. Todos falavam alto, a viva voz, comentando algo. O próprio Rogójin ia com Ptítzin e repetia insistentemente algo importante e, pelo visto, inadiável.

— Perdeu, Ganka! — gritou ele ao passar ao lado.

Gánia os acompanhou inquieto com o olhar.

XI

O príncipe saiu do salão e fechou-se no seu quarto. Kólia correu no mesmo instante para o consolar. Agora o pobre menino parecia não conseguir mais deixá-lo em paz.

— O senhor fez bem em ter saído — disse ele —, lá o rebuliço vai ficar ainda pior do que há pouco, e é assim todo dia aqui em casa, e tudo por causa dessa Nastácia Filíppovna.

— Aí se avolumaram, vieram à tona muitas coisas diferentes, Kólia — observou o príncipe.

— Sim, se avolumaram mesmo. A nosso respeito nem é preciso falar. Nós mesmos somos culpados de tudo. Mas eu tenho um amigo grande que é mais infeliz ainda. Quer, eu o apresento?

— Quero muito. É seu companheiro?

— Sim, é quase como um companheiro. Depois eu lhe esclareço tudo isso... E Nastácia Filíppovna é bonita, o que o senhor acha? Até hoje eu não a tinha visto nenhuma vez, mas tentava com unhas e dentes. Ela simplesmente me ofuscou. Eu perdoaria tudo a Ganka se ele estivesse fazendo isso por amor; mas ele recebe dinheiro, esse é o mal!

— É, eu não gosto muito do seu irmão.

— Também pudera! O senhor, depois... Sabe de uma coisa, eu não consigo suportar essas opiniões diferentes. Algum louco ou imbecil, ou malvado com aspecto de louco, dá um murro numa pessoa, e aí o homem fica desonrado para o resto da vida e não pode lavar essa marca senão com sangue ou se lhe pedem perdão de joelhos. Para mim isso é absurdo e despotismo. Com base nisso, Liérmontov escreveu seu drama *O baile de máscaras*, e a meu ver é uma bobagem por isso. Ou seja, eu estou querendo dizer que não é natural. Mas acontece que ele o escreveu ainda menino.[87]

— Gostei muito da sua irmã.

— Como Varka cuspiu nas fuças de Ganka! Ela é corajosa! Já o senhor acabou não cuspindo e estou seguro de que não foi por falta de coragem.

---

[87] Liérmontov escreveu *O baile de máscaras* em 1835, aos 21 anos de idade. Kólia Ívolguin tem em vista a ofensa causada ao príncipe Zviózditch por Arbiénin. (N. da E.)

Mas ela mesma já está aí; fala-se no diabo e ele aparece. Eu sabia que ela viria; ela é decente, embora tenha defeitos.

— E tu não tens nada que estar fazendo aqui. — Vária investiu antes de tudo contra ele. — Vai ter com o papai. Ele o está importunando muito, príncipe?

— De jeito nenhum, ao contrário.

— Ora, lá vem a mais velha, começou! É isso que é detestável nela. A propósito, eu achava que meu pai iria na certa com Rogójin. Agora parece que está arrependido. Vou ver o que ele realmente tem — acrescentou Kólia ao sair.

— Graças a Deus, eu levei mamãe e a pus na cama, e nada recomeçou. Gánia está confuso e muito meditativo. Aliás tem motivo para isso. Que lição!... Eu vim lhe agradecer mais uma vez príncipe, e perguntar: até hoje o senhor não tinha conhecido Nastácia Filíppovna?

— Não, não conhecia!

— Por que razão o senhor lhe diz na cara que ela "não é esse tipo"? E parece que adivinhou. Verificou-se que realmente ela talvez não seja dessas. Aliás, eu não a compreendo! É claro que ela estava a fim de ofender, isso é claro. Já antes eu tinha ouvido falar muita coisa estranha a respeito dela. Mas se ela veio para nos convidar, como então começou a tratar mal minha mãe? Ptítzin a conhece muito bem, e diz que até há pouco não conseguira decifrá-la. E Rogójin? Não se pode conversar daquela maneira se você se respeita em sua casa... Mamãe também está muito preocupada com o senhor.

— Não é nada! — disse o príncipe e abanou a mão.

— E como Nastácia Filíppovna lhe obedeceu...

— Obedeceu em quê?

— O senhor disse que era uma vergonha para ela e de repente ela mudou por completo. O senhor tem influência sobre ela, príncipe — acrescentou Vária, dando um leve sorriso.

A porta se abriu e entrou Gánia de modo absolutamente inesperado.

Ele nem sequer vacilou ao ver Vária; ficou algum tempo no umbral e de repente chegou-se com firmeza ao príncipe.

— Príncipe, eu cometi uma baixeza, desculpe-me, meu caro — disse num átimo com uma emoção intensa. Os traços no seu rosto traduziam um sofrimento intenso. O príncipe olhava para ele admirado e não respondeu logo. — Vamos, desculpe, vamos, desculpe! — insistia impacientemente Gánia. — Bem, se quiser eu beijo a sua mão!

O príncipe estava estupefato e calado, abraçou Gánia com os dois braços. Os dois se beijaram sinceramente.

— De maneira nenhuma, de maneira nenhuma eu pensava que o senhor fosse assim! — disse finalmente o príncipe, retomando o fôlego com dificuldade. — Eu pensava que o senhor... não fosse capaz.

— De assumir a culpa?... E de onde eu fui tirar ainda há pouco que o senhor é um idiota! O senhor percebe o que os outros nunca irão perceber. Dá para conversar com o senhor, mas é melhor não falar!

— Eis diante de quem o senhor ainda vai assumir a culpa — disse o príncipe, apontando para Vária.

— Não, aí já são todos meus inimigos. Esteja certo, príncipe, de que houve muitas tentativas; nesta casa não se perdoa com sinceridade! — deixou escapar Gánia no calor da conversa, e desviou-se de Vária para o lado.

— Não, eu perdoo — disse súbito Vária.

— E tu vais à casa de Nastácia Filíppovna à noite?

— Vou se tu me ordenares, só que é melhor que tu mesmo julgues: existe ao menos alguma possibilidade de eu ir lá depois de tudo?

— Ora, ela não é o que dizem. Ela, como tu vês, fica lançando enigmas! Com truques! — e Gánia disparou numa risada com raiva.

— Eu mesma não sei se ela não é o que dizem e que está armando alguns truques, e que truques? E vê mais, Gánia, por quem ela te toma? Vamos que tenha beijado a mão da mamãe. Vamos que esteja armando alguns truques, mas de qualquer forma ela riu mesmo foi de ti! Isso não vale setenta e cinco mil, juro, meu irmão! Tu ainda és capaz de ter sentimentos nobres, é por isso que eu estou te dizendo. Vê lá, não vá! Vê se te proteges! Isso não pode terminar bem.

Depois de dizer isso toda tomada de agitação, Vária saiu rapidamente do quarto...

— Como vê, estão sempre batendo na mesma tecla! — disse Gánia rindo. — Porventura eles pensam que eu mesmo não sei disso? Ora, eu sei bem mais do que eles.

Ao dizer isso, Gánia sentou-se no sofá, pelo visto desejando continuar a visita.

— Se o senhor mesmo sabe — perguntou o príncipe de modo bastante tímido —, então como foi que o senhor escolheu esse suplício sabendo que ela realmente não vale setenta e cinco mil?

— Não é disto que eu estou falando — balbuciou Gánia —, e aliás diga-me o que o senhor acha, eu quero saber precisamente a sua opinião: esse "suplício" vale setenta e cinco mil ou não vale?

— A meu ver não vale.

— Bem, disso já se sabe. E casar assim é uma vergonha?

— Uma grande vergonha.

— Pois fique sabendo que eu vou me casar e agora já forçosamente. Ainda há pouco eu vacilava, mas agora não mais! Não diga nada! Eu sei o que o senhor está querendo dizer...

— Não quero falar do que o senhor está pensando, mas o que muito me admira é a sua extraordinária convicção...

— De quê? Que convicção?

— De que Nastácia Filíppovna irá sem falta casar-se com o senhor e de que tudo isso já está resolvido; em segundo lugar, mesmo que ela se case, de que os setenta e cinco mil vão cair direto no bolso do senhor. Aliás eu, é claro, desconheço muita coisa dessa história.

Gánia fez um forte movimento na direção do príncipe.

— É claro que o senhor não sabe de tudo — disse ele —, e por que então eu iria arcar com todo esse fardo?

— Parece-me que isso acontece a torto e a direito: os homens casam por dinheiro, mas o dinheiro é da mulher.

— N-não, entre nós isso não vai acontecer... Aqui... aqui existem umas circunstâncias... — balbuciou Gánia numa meditação inquieta. — E quanto à resposta, desta já não há dúvida — acrescentou depressa. — Com base em quê o senhor conclui que ela vai me dizer não?

— Eu não sei de nada além do que presenciei; veja o que Varvara Ardaliónovna acabou de dizer...

— Eh! Eles são assim, já não sabem o que dizer. E de Rogójin ela riu, pode estar certo, isso eu notei. Isso estava visível. Ainda há pouco eu estava com medo mas agora estou percebendo. Ou não terá sido a maneira pela qual ela se comportou com minha mãe, com meu pai e com Vária?

— E com o senhor.

— Talvez; mas aí existe a velha vingança feminina, e nada mais. Ela é uma mulher terrivelmente irritadiça, cheia de cismas e egoísta. Como se a função ludibriasse o funcionário! Ela quis mostrar-se e exibir todo o seu desprezo por eles... bem, e por mim; isso é verdade, não nego... Mas ainda assim vai casar comigo. O senhor não desconfia de que ardis o egoísmo humano é capaz: veja, ela me considera um patife pelo fato de que eu estou me casando com ela, amante de outro, tão francamente por dinheiro, mas não sabe que outro a enganaria de modo ainda mais abjeto: passaria a cortejá-la e começaria a despejar sobre ela coisas liberais e progressistas e ainda por cima a puxar por diferentes questões femininas, de sorte que nas mãos dele ela passaria pelo fundo de uma agulha como uma linha. Ele convenceria a imbecil egoísta (e com tanta facilidade!) de que "a estava tomando por esposa unicamente por nobreza de coração e por causa dos infortúnios dela", mas ainda assim ele se casaria por dinheiro. Eu não agrado aqui porque não quero usar de subterfúgios; mas seria preciso. E o que ela própria faz? Não é o mesmo? Então, por que depois de tudo isso ela me despreza e ainda fica armando jogadas? Porque eu mesmo não me entrego e mostro altivez. Bem, mas veremos!

— Porventura o senhor a amou antes disso?

— Amei no início. Bem, mas chega... há mulheres que servem apenas para amantes e para nada mais. Não digo que ela tenha sido minha amante. Se ela quiser viver em paz eu também vou viver em paz; se vier com revoltas eu a deixo no mesmo instante, mas o dinheiro eu levo comigo. Não quero ser ridículo; antes de mais nada, não quero ser ridículo.

— Não paro de achar — observou cautelosamente o príncipe — que Nastácia Filíppovna é inteligente. Por que ela, pressentindo semelhante martírio, iria cair numa cilada? Ora, poderia casar-se com outro. É isso que me surpreende.

— Mas é aí que está o cálculo! Aí o senhor não reconhece tudo, tudo, príncipe... e além disso... ela ainda está convencida de que eu a amo loucamente, isso eu lhe juro, e sabe de uma coisa, desconfio fortemente de que ela também me ama, isto é, a seu modo, o senhor conhece o ditado: bato em quem amo! Ela vai passar a vida inteira me achando um valete de ouros[88] (sim, é disso que ela talvez precise) e ainda assim vai amar a seu modo; ela está se preparando para isso, é esse o seu caráter. Ela é a mulher russa ao extremo, isso eu lhe digo; mas estou preparando a minha surpresa para ela. A cena de minutos atrás com Vária não aconteceu à toa, mas ela é proveitosa para mim: agora ela viu e se convenceu da minha amizade e de que por ela eu romperei com todas as relações. Quer dizer que nós também não somos imbecis, pode estar certo. Aliás, o senhor não vá pensar que eu sou um tremendo tagarela, não é? Eu, meu caro príncipe, posso estar agindo realmente errado ao lhe fazer confidências. Mas foi justo por ser o senhor o primeiro homem nobre que me apareceu que eu investi contra o senhor, ou seja, não tome "investi" como trocadilho. O senhor não está zangado pelo que aconteceu há pouco, não é? Talvez seja a primeira vez que eu esteja falando de coração em dois anos inteiros. Aqui é raríssimo encontrar gente honesta; não há ninguém mais honesto que Ptítzin. Então, parece que o senhor es-

---

[88] Valete de ouros é uma expressão pejorativa, tradução literal do francês antigo *valet de carreau* (trapaceiro, patife, velhaco, nulidade, indivíduo obscuro), que se conservou na língua francesa até hoje e na russa até o século XIX. (N. da E.)

tá rindo ou não? Os patifes gostam de pessoas honestas, o senhor não sabia? Mas eu... Pensando bem, em quê eu sou patife, pode me dizer conscientemente? Por que eles todos a seguem me chamando de patife? E sabe, depois deles e dela eu mesmo me chamo de patife! Pois bem, o que é abjeto é abjeto!

— Agora eu nunca mais vou considerá-lo um patife — disse o príncipe —, ainda há pouco eu já o considerava totalmente um malfeitor, e de repente o senhor me alegrou muito — eis uma lição: não julgue se não tem experiência. Agora eu vejo que não se pode considerá-lo não só um malfeitor como também um homem demasiado estragado. Para mim o senhor é apenas uma pessoa das mais comuns que pode existir, apenas muito fraca e nem um pouco original.

Gánia deu consigo um risinho cáustico, mas ficou calado. O príncipe notou que a sua opinião não lhe havia agradado, ficou confuso e também calou-se.

— Meu pai lhe pediu dinheiro? — perguntou subitamente Gánia.

— Não.

— Se pedir não dê. Ele foi um homem decente, eu me lembro. Tinha acesso às pessoas boas. E como se acabam rápido todas essas velhas pessoas decentes! Apenas as circunstâncias mudaram levemente, e não resta mais nada do que havia antes, como se a pólvora tivesse evaporado. Antes ele não mentia dessa maneira, eu lhe asseguro: antes ele era apenas um homem entusiasmado demais, e veja em quê isso acabou dando! É claro que a culpa é do vinho. O senhor sabe que ele tem uma amante? Agora ele não é mais apenas um mentiroso inocente. Não consigo entender a longa paciência da minha mãe. Ele lhe contou sobre o cerco de Kars? Ou de como um cavalo cinzento de troica começou a falar? Pois bem, ele chegou a esse ponto.

E súbito Gánia disparou uma risada.

— Por que o senhor está olhando desse jeito para mim? — perguntou ao príncipe.

— Eu estou admirado de como o senhor disparou a rir tão sinceramente. O senhor, palavra, ainda tem um riso infantil. Ainda há pouco o senhor entrou aqui para fazer as pazes — "Se quiser eu beijo a sua mão" —, as crianças é que fariam as pazes desse jeito. Então o senhor ainda é capaz de tais palavras e gestos. E de repente o senhor começa a dar toda uma aula sobre essas trevas e esses setenta e cinco mil rublos. Palavra, de certo modo tudo isso é absurdo e impossível.

— O que o senhor está querendo concluir daí?

— Que o senhor não estaria agindo de modo excessivamente leviano,

O idiota

não seria o caso de fazer uma sondagem prévia? É possível que Varvara Ardaliónovna tenha dito a verdade.

— E a moral! Que eu ainda sou um garoto eu mesmo sei — interrompeu calorosamente Gánia — e ainda mais pelo fato de que estou levando essa conversa com o senhor. Príncipe, não estou entrando nessas trevas por cálculo — continuou ele de língua solta como um jovem atingido no seu amor-próprio —, por interesse na certa eu cometeria o erro porque de cabeça e caráter ainda não sou forte. Estou indo por paixão, por envolvimento, porque eu tenho um objetivo capital. O senhor, por exemplo, pensa que recebo os setenta e cinco mil e no mesmo instante compro uma carruagem. Não, eu passarei a usar uma velha sobrecasaca de três anos até deixá-la surrada e largarei todos os meus conhecidos de clube. Entre nós há poucas pessoas parcimoniosas, embora todas elas sejam usurárias, mas eu quero ser parcimonioso. Aqui o importante é levar a coisa até o fim — toda a tarefa! Ptítzin dormiu na rua durante dezessete anos, vendia canivetes e começou com copeques; hoje ele tem um capital de sessenta mil, e só depois dessa ginástica! Pois é toda essa ginástica que eu vou saltar e começar diretamente do capital; dentro de quinze anos dirão: "Aí está Ívolguin, rei judeu". O senhor me diz que eu não sou um homem original. Observe, meu querido príncipe, que não existe nada de mais ofensivo para um homem de nossa época e de nossa tribo do que dizer a ele que ele não é original, é fraco de caráter, não tem grandes talentos e é um homem comum. O senhor não se dignou sequer a me considerar um bom patife, e, saiba, há pouco eu quis devorá-lo por isso! O senhor me ofendeu mais do que Iepántchin, que me considera (e sem mais conversas, sem seduções, na simplicidade da alma, observe isto) capaz de lhe vender a esposa! Isso, meu caro, há muito vem me deixando louco, e eu quero o dinheiro. Uma vez com dinheiro, saiba que serei um homem original no supremo grau da palavra. O dinheiro é mais abjeto e odioso porque ele dá até talento. E continuará dando até a consumação do mundo. O senhor dirá que tudo isso é infantil ou, talvez, poesia — e daí, assim eu ficarei mais alegre e a coisa acabará sendo feita apesar de tudo. Vou até o fim e segurando firme. *Rira bien qui rira le dernier!*[89] Por que Iepántchin me ofende desse jeito? Será por raiva? Nunca. Simplesmente porque sou insignificante demais. Sim, mas e então... Mas, não obstante, basta, está na hora. Kólia já mostrou o nariz duas vezes: ele o está chamando para almoçar. Mas eu estou fora. De vez em quando darei uma chegada ao seu quarto. Aqui o senhor não vai viver mal; agora o senhor vai ser aceito diretamente como

---

[89] "Ri melhor quem ri por último", em francês no original. (N. do T.)

um de casa. Veja lá, não decepcione. Acho que nós dois ou seremos amigos ou inimigos. O que o senhor acha, príncipe, se eu lhe tivesse beijado a mão ainda há pouco (como me expressei sinceramente), mais tarde eu me tornaria seu inimigo por isso?

— Forçosamente, só que não para sempre, depois o senhor não se conteria e desculparia — resolveu o príncipe depois de pensar e rindo.

— Eh-eh! É, com o senhor eu preciso de cautela. O diabo sabe, até por aqui o senhor andou espalhando veneno. E quem sabe se o senhor não é mesmo um inimigo meu? Aliás, quá-quá-quá! Eu até me esqueci de perguntar: é verdade o que me pareceu, que o senhor gosta demais de Nastácia Filíppovna, hein?

— Sim... gosto.

— Está apaixonado?

— N-não.

— Mas ficou todo vermelho e está sofrendo. Bem, deixe pra lá, deixe pra lá, não vou ficar rindo; até logo. Mas sabe, ela é uma mulher benemerente — o senhor pode acreditar nisso? Acha que ela vive com aquele, com Totski? Ni-ni! E já faz tempo. E notou que ela é desajeitadíssima e há pouco ficou atrapalhada em alguns momentos? Palavra. Pois é esse tipo de gente que gosta de dominar. Bem, adeus!

Gánietchka[90] saiu muito mais descontraído do que entrou e em bom estado de ânimo. O príncipe ficou cerca de dez minutos imóvel e pensando.

Kólia tornou a enfiar a cabeça pela porta.

— Eu não quero almoçar, Kólia; não faz muito tomei um bom desjejum na casa dos Iepántchin.

Kólia cruzou a porta inteiramente e entregou um bilhete ao príncipe. Era do general, dobrado e lacrado. Pelo rosto de Kólia via-se como lhe era difícil entregá-lo. O príncipe leu, levantou-se e pegou o chapéu.

— Fica a dois passos — atrapalhou-se Kólia. — Agora ele está lá sentado ao lado de uma garrafa. E como ele conseguiu crédito lá eu não posso entender. Príncipe, meu caro, por favor não diga depois aqui em casa que eu lhe entreguei o bilhete! Mil vezes jurei não entregar esses bilhetes, mas lamento; só peço que não faça cerimônia com ele: lhe dê um trocado qualquer e fim de papo.

— Kólia, eu mesmo estava com uma ideia; preciso ver o seu pai... Por um motivo... Vamos indo...

---

[90] Mais uma variação íntima do tratamento de Gavrila. (N. do T.)

XII

Kólia conduziu o príncipe ali por perto, até a rua Litiêinaia, a um café-bilhar, no térreo com entrada pela rua. Ali, à direita, em um canto, em um cômodo particular, como visitante antigo e habitual, estava instalado Ardalion Alieksándrovitch, diante de uma garrafa sobre uma mesinha, e de fato com o *Indépendance Belge* nas mãos. Esperava o príncipe; mal o avistou, largou imediatamente o jornal e começou uma calorosa e prolixa explicação da qual, aliás, o príncipe não entendeu quase nada porque o general já estava quase de pileque.

— Uma nota de dez rublos eu não tenho — interrompeu o príncipe —, mas eis uma de vinte e cinco, troque e me dê quinze, porque eu mesmo fico sem nada.

— Oh, sem dúvida; e esteja certo de que este é o momento...

— Além disso, eu tenho um pedido a lhe fazer, general. O senhor nunca esteve em casa de Nastácia Filíppovna?

— Eu? Eu não estive? O senhor está me perguntando isso? Várias vezes, meu caro, várias vezes! — gritou o general num acesso de ironia autossuficiente e triunfal. — Mas eu mesmo acabei desistindo porque não quero estimular uma união indecente. O senhor mesmo viu, o senhor testemunhou nessa manhã: eu fiz tudo o que um pai pode fazer — mas o pai é obediente e condescendente: agora, entra em cena um outro tipo de pai, e então veremos: o velho e emérito guerreiro supera a intriga ou a camélia desavergonhada entrará para uma nobilíssima família?

— Eu queria pedir precisamente se o senhor, como conhecido, não poderia me introduzir hoje à noite em casa de Nastácia Filíppovna? Eu preciso disso sem falta hoje mesmo à noite; tenho um assunto; mas não tenho a menor ideia de como entrar lá. Fui apresentado há pouco tempo, mas apesar de tudo não fui convidado: lá haverá hoje uma noite de gala. Eu, aliás, estou disposto a passar por cima de algumas normas de bom-tom, e vamos que até riam de mim, contanto que eu entre de alguma maneira.

— E o senhor se encaixou perfeitamente, perfeitamente na minha ideia, meu jovem amigo — exclamou o general em êxtase —, eu não o chamei por essa bobagem! — continuou ele, aliás agarrando o dinheiro e direcionando-o para o bolso. — Eu o chamei para convidá-lo como companheiro a uma marcha à casa de Nastácia Filíppovna ou, melhor dizendo, a uma marcha contra Nastácia Filíppovna. O general Ívolguin e o príncipe Míchkin! O que ela irá achar disso! Já eu, usando o disfarce da amabilidade no dia do aniversário, exporei finalmente a minha vontade — de modo indireto, não direto, mas será como que direto. Então, o próprio Gánia verá como deve se comportar: é o pai que merece ir... por assim dizer... e etc. ou... Bem, haja o que houver! Sua ideia é sumamente fértil. Às nove horas rumaremos para lá, ainda temos tempo.

— Onde ela mora?

— Longe daqui: ao lado do teatro Bolchói, edifício Mitovtzovoi, quase na praça, numa sobreloja... Na casa dela não vai haver uma grande reunião, não importa se é aniversário, e os convidados vão sair cedo...

Já havia anoitecido há muito tempo e o príncipe ainda permanecia ali sentado, ouvindo e esperando o general, que havia começado a contar um número infinito de anedotas e sem terminar nenhuma delas. Com a chegada do príncipe, ele pediu uma nova garrafa e só uma hora depois a esvaziou, depois pediu outra, esvaziou também esta. É de supor que nesse ínterim o general tenha conseguido contar quase toda a sua história. O príncipe levantou-se e disse que não podia mais esperar. O general bebeu as últimas gotas da garrafa, levantou-se e saiu do recinto, pisando com pouca firmeza. O príncipe estava desesperado. Não conseguia entender como havia sido tão tolamente crédulo. No fundo ele nunca era crédulo; contava com o general para dar um jeito de entrar na casa de Nastácia Filíppovna, mesmo que houvesse algum escândalo, mas não contava com um escândalo extraordinário: o general estava totalmente bêbado, tomado da mais forte eloquência, e falava sem parar, com sentimento, com lágrimas na alma. Falava sem parar que graças a um mau comportamento de todos os membros da sua família tudo havia desmoronado e que enfim chegara a hora de impor um limite a isso. Os dois chegaram finalmente a Litiêinaia. O degelo ainda continuava; um vento desalentado, morno, fétido, assobiava pelas ruas, as carruagens estalavam na lama, os garanhões e éguas riscavam sonoramente as calçadas com seus cascos. Os transeuntes erravam pelas calçadas numa aglomeração desalentada e molhada. Aqui e ali davam com bêbados.

— O senhor está vendo aquelas sobrelojas iluminadas — disse o general —, é aqui que continuam a morar os meus camaradas, mas eu, eu, quem mais mereceu e mais sofreu entre eles, eu, eu estou aqui errando a pé rumo ao teatro Bolchói para o apartamento de uma mulher suspeita! Um homem que tem trinta balas no peito... o senhor não acredita? Entretanto, Pirogóv[91] foi o único a telegrafar a Paris por mim e a abandonar temporariamente a Sebastópol assediada, enquanto Nelaton, médico parisiense, conseguiu um salvo-conduto em nome da ciência e veio a Sebastópol me examinar. A mais alta chefia conhece esta história: "Esse é o mesmo Ívolguin que tem trinta balas!...". É assim que falam. Está vendo esse prédio, príncipe? Aqui, na sobreloja, mora um velho camarada, o general Sokolóvitch, com sua nobilíssima e numerosíssima família. Veja aquele prédio e mais três na Niévski e dois na Morskaia — aqui mora o ciclo atual das minhas amizades, isto é, de meus conhecimentos pessoais. Nina Alieksándrovna resignou-se às circunstâncias há muito tempo. Eu ainda continuo a me lembrar... e, por assim dizer, a gozar do lazer em um círculo instruído da sociedade dos antigos camaradas e meus subordinados, que até hoje me adoram. Esse general Sokolóvitch (e faz um tempinho, aliás, que não o visito e não vejo Anna Fiódorovna)... Sabe, querido príncipe, quando você mesmo não recebe acaba de certo modo deixando de ser recebido pelos outros. Por outro lado... hum... o senhor parece que não acredita... Aliás, por que não introduzir o filho do meu melhor amigo e companheiro de infância nessa encantadora casa familiar? O general Ívolguin e o príncipe Míchkin! O senhor verá uma moça encantadora, aliás não uma, nem duas, mas até três, o adorno da capital e da sociedade: beleza, instrução, orientação... a questão feminina, poemas — tudo isso coadunou-se numa mistura feliz e variada, sem contar, quando nada, oitenta mil rublos de dote, dinheiro puro, de cada uma, o que nunca atrapalha, nem a despeito de quaisquer questões feministas e sociais... Numa palavra, eu sou obrigado, sem falta, sem falta a introduzi-lo. O general Ívolguin e o príncipe Míchkin.

— Agora? Neste momento? Mas o senhor esqueceu — esboçou o príncipe.

— Não esqueci nada, nada, vamos! Aqui, por essa magnífica escada. Estou surpreso por não haver porteiro. No entanto... festa, e o porteiro se ausentou. Ainda não botaram esse beberrão no olho da rua. Esse Sokolóvitch deve a mim, unicamente a mim e a mais ninguém toda a felicidade de sua vida e do seu serviço, porém... chegamos.

O príncipe já não objetava contra a visita e seguia obedientemente o

---

[91] Aqui o general faz uma interpretação fantástica de um caso real: o grande cirurgião russo N. I. Pirogóv (1810-1881), que durante a defesa de Sebastópol dirigiu uma organização de ajuda aos feridos, foi a Petersburgo no dia 1º de julho de 1855, indignado com o permanente descaso do comando militar pelas questões do serviço médico. (N. da E.)

general a fim de não irritá-lo, na firme esperança de que o general Sokolóvitch e toda a sua família evaporassem pouco a pouco como uma miragem e se revelassem inexistentes, de sorte que os dois desceriam tranquilamente a escada de volta. Entretanto, para o seu horror, começou a perder essa esperança: o general o conduziu pela escada como uma pessoa que realmente tinha conhecidos ali e a cada instante narrava detalhes biográficos e topográficos cheios de exatidão matemática. Por último, quando já estavam chegando à sobreloja, pararam à direita, à porta de um rico apartamento, e o general pegou a alça da sineta, o príncipe resolveu fugir em definitivo; no entanto uma estranha circunstância o deteve por um instante.

— O senhor está enganado, general — disse ele —, na porta está escrito Kulakov, mas o senhor está chamando Sokolóvitch.

— Kulakov... Kulakov não prova nada. O apartamento é de Sokolóvitch e eu estou chamando Sokolóvitch; estou me lixando para Kulakov... Veja, estão abrindo.

A porta realmente se abriu. Apareceu o criado e informou: "Os senhores não estão em casa".

— Que pena, que pena, como se fosse de propósito! — repetiu várias vezes Ardalion Alieksándrovitch com a mais profunda lástima. — Informe, meu caro, que o general Ívolguin e o príncipe Míchkin gostariam de protestar a sua própria estima e a mais extraordinária, a extraordinária lástima...

Nesse instante apareceu na porta aberta mais uma pessoa, pelo visto a administradora da casa, talvez até a governanta, dama de uns quarenta anos, vestida de escuro. Aproximou-se com curiosidade e desconfiança ao ouvir os nomes do general Ívolguin e do príncipe Míchkin.

— Mária Alieksándrovna não está em casa — pronunciou ela, examinando particularmente o general —, saiu com a senhorinha Alieksandra Mikháilovna, foram à casa da avó.

— E Alieksandra Mikháilovna está com ela, meu Deus, que azar! Imagine, senhora, que sempre me dá esse azar! Peço imensamente que transmita a minha saudação a Alieksandra Mikháilovna, para que não esqueça... numa palavra, transmita a ela o meu mais caloroso desejo daquilo que ela mesma desejaria em quádruplo, à noite, ao som de uma balada de Chopin; ela vai se lembrar... meus votos afetuosos! General Ívolguin e príncipe Míchkin!

— Não esquecerei — fez reverência a dama, que se tornara mais crédula.

Ao descerem escada abaixo o general, ainda tomado pelo calor, continuou a lamentar por não os terem encontrado e o príncipe ter sido privado de tão encantador encontro.

— Sabe, meu filho, eu sou um pouco poeta de alma, o senhor já notou? Aliás... aliás, parece que nós fomos bem ao lugar certo — concluiu num átimo de modo totalmente inesperado —, acabo de me lembrar de que Sokolóvitch mora em outro prédio e parece até que neste momento está em Moscou. É verdade, me enganei um pouco, mas isso... não é nada.

— Eu gostaria de saber apenas alguma coisa — observou em desalento o príncipe —, eu devo deixar de contar totalmente com o senhor e ir sozinho para lá?

— Parar? Deixar de contar? Sozinho? Mas a título de quê, quando isso representa para mim o mais capital dos empreendimentos, do qual tanto depende o destino de toda a minha família? Meu jovem amigo, o senhor conhece mal Ívolguin. "Ívolguin" quer dizer "muralha": confie em Ívolguin como em uma muralha, era assim que já diziam no esquadrão onde eu comecei a minha carreira. Enquanto caminhamos para lá preciso apenas dar uma chegadinha de um minuto em uma casa onde descansa o meu bem, isso há vários anos, depois de alarmes e provações.

— O senhor quer ir em casa?

— Não! Eu quero... ver a capitã Tierêntieva, viúva do capitão Tierêntiev, um ex-subordinado meu... e até amigo... Aqui, com a capitã, eu renasço de espírito e para cá trago as minhas amarguras cotidianas e familiares... E uma vez que justo hoje eu estou carregando um grande fardo moral, então eu...

— Acho que eu já havia feito uma terrível tolice — murmurou o príncipe — por ter incomodado o senhor. Além do mais, o senhor agora... adeus!

— Mas eu não posso, eu não posso deixar que se vá, meu jovem amigo! — exclamou o general. — A viúva, mãe de família, tira do coração as cordas que deixam eco em todo o meu ser. A visita a ela é de cinco minutos, nessa casa eu não faço cerimônias, aqui eu quase moro, vou me lavar, fazer a minha toalete necessária e então tomaremos uma carruagem em direção ao teatro Bolchói. Esteja certo de que eu preciso do senhor para a noite toda... É aqui neste prédio e nós acabamos de chegar... Ora, Kólia, tu já estás aqui? O quê, Marfa Borísovna está em casa ou tu mesmo acabaste de chegar?

— Oh, não — respondeu Kólia, que dera de cara com eles à entrada —, estou aqui faz muito tempo, vim com Hippolit, ele piorou, esteve acamado hoje pela manhã. Eu desci para ir comprar um baralho. Marfa Borísovna está esperando pelo senhor. Só que, paizinho, oh, como o senhor está!... — E Kólia concluiu olhando fixamente para o andar e a postura do general. — Bem, vamos andando!

O encontro com Kólia motivou o príncipe a acompanhar o general também à casa de Marfa Borísovna, mas apenas por um minuto. O príncipe precisava de Kólia; em todo caso resolveu abandonar o general e não podia se perdoar por ter achado de depositar esperança nele. Demoraram a subir, iam ao quarto andar e pela escada de serviço.

— O senhor está querendo apresentar o príncipe? — perguntou Kólia.

— Sim, meu amigo, apresentá-lo: o general Ívolguin e o príncipe Míchkin, mas o quê... como... Marfa Borísovna...

— Sabe de uma coisa, paizinho, seria melhor que o senhor não fosse! Ela vai devorá-lo! Há três dias o senhor não mostra o nariz e ela está esperando por dinheiro. Por que o senhor lhe prometeu dinheiro? O senhor é sempre assim! Agora trate de se virar.

No quarto andar os dois pararam diante de uma porta bem baixa. Pelo visto o general estava receoso e empurrou o príncipe à frente.

— Quanto a mim fico aqui — proferiu o general —, quero fazer uma surpresa...

Kólia entrou primeiro. Uma dama, besuntadíssima de talco e ruge, de sapato e cabelos enrolados em trança, de uns quarenta anos, olhou pela porta e a surpresa do general inesperadamente deu em nada. Mal a dama o avistou foi logo gritando:

— Aí está ele, um homem vil e escarnecedor, e meu coração estava tão esperançoso!

— Vamos entrando, isso é assim — resmungou o general para o príncipe ainda rindo com ar inocente.

Mas a coisa não era assim. Mal os dois entraram por uma antessala escura e baixa rumo a uma salinha estreita, mobiliada por meia dúzia de cadeiras de vime e duas mesinhas de jogo, a anfitriã passou a acompanhá-los com a voz chorosa estudada e habitual:

— E não te envergonhas, não te envergonhas, bárbaro e tirano da minha família, bárbaro e monstro! Roubou-me por completo, sugou-me a seiva e ainda não está contente! Até quando eu vou te suportar, homem desavergonhado e sem honra!

— Marfa Borísovna, Marfa Borísovna! Este... é o príncipe Míchkin. O general Ívolguin e o príncipe Míchkin — balbuciava o general trêmulo e desconcertado.

— O senhor acredita — súbito a capitã se dirigiu ao príncipe —, o senhor acredita que este homem desavergonhado não poupou meus filhos órfãos! Roubou tudo, furtou tudo, vendeu e empenhou tudo, não deixou nada. O que eu vou fazer com as tuas duas cartas com pedidos de empréstimo, homem astuto e sem consciência? Responde, velhaco, responde-me, coração insaciável: com quê, com quê eu vou alimentar minhas criancinhas órfãs? Vejam, aparece bêbado e não se segura nas pernas... O que fiz para provocar a ira do senhor Deus, velhaco funesto e indecente, responde?

Mas o general não estava para isso.

— Marfa Borísovna, aqui estão vinte e cinco rublos... Tudo o que eu posso por ajuda do nobilíssimo amigo. Príncipe! Eu cometi um erro cruel! Assim é... a vida... mas agora... desculpe, eu sou fraco — continuou o general em pé no meio da sala e fazendo reverência para todos os lados — eu sou um fraco, desculpe! Liénotchka![92] Um travesseiro... querida!

Liénotchka, uma menininha de oito anos, correu imediatamente atrás de um travesseiro e o trouxe para colocá-lo em um sofá de lona esfarrapado e duro. O general sentou-se nele com a intenção de dizer ainda muita coisa, mas tão logo tocou o sofá inclinou-se de chofre para um lado, virou-se na direção da parede e caiu no sono dos justos. Marfa Borísovna mostrou com cerimônia e amargor uma cadeira ao príncipe junto à mesa de jogo, ela mesma sentou-se em frente, apoiou na mão direita o rosto e começou a suspirar calada, olhando para o príncipe. Três criancinhas pequenas, duas menininhas e um menino, dos quais Liénotchka era mais velha, chegaram-se à mesa, todos os três puseram as mãozinhas sobre ela e todos os três também passaram a olhar fixamente para o príncipe. Kólia apareceu vindo de outro cômodo.

— Estou muito contente por tê-lo encontrado aqui, Kólia — dirigiu-se a ele o príncipe —, será que você não pode me ajudar? Preciso sem falta ir à casa de Nastácia Filíppovna. Pedi a Ardalion Alieksándrovitch, mas ele está dormindo como você vê. Acompanhe-me, porque eu não conheço as ruas nem o caminho. O endereço, aliás, eu tenho: fica ao lado do teatro Bolchói, edifício Mitovtzovoi.

— Nastácia Filíppovna? Ora, ela nunca morou perto do teatro Bolchói, e meu pai nunca esteve em casa de Nastácia Filíppovna, se quer saber; é estranho que o senhor tenha esperado alguma coisa dele. Ela mora perto da rua Vladímirskaia, ao lado da Piat Uglov, bem mais perto daqui. O senhor quer ir agora? Neste momento são nove e meia. Permita-me que eu o conduza.

O príncipe e Kólia saíram imediatamente. Infelizmente! O príncipe não tinha com que pegar um coche, tinha mesmo de ir a pé.

---

[92] Diminutivo do nome Ielena (N. do T.)

— Eu gostaria de apresentá-lo a Hippolit — disse Kólia —, ele é o filho mais velho dessa capitã e estava em outro quarto; é doente e passou todo o dia de hoje acamado. Mas ele é estranho; é terrivelmente melindroso, e acho que vai sentir vergonha do senhor porque nós chegamos numa hora dessas... Apesar de tudo, não fico tão envergonhado quanto ele porque o pai é meu e a mãe é dele, mas mesmo assim existe uma diferença, porque em casos desse tipo não há desonra para o sexo masculino. Mas, pensando bem, isso pode ser um preconceito por causa do predomínio dos sexos nesse caso. Hippolit é um rapazinho ótimo, no entanto é escravo de outros preconceitos.

— Você está dizendo que ele sofre de tísica?

— Sim, parece, o melhor seria morrer logo. No lugar dele eu desejaria sem falta morrer. Ele tem pena dos irmãos e irmãs, esses pequerruchos aí. Se fosse possível, se nós tivéssemos dinheiro, nós dois alugaríamos um apartamento particular e largaríamos as nossas famílias. Esse é o nosso sonho. Sabe, quando eu contei a ele sobre o seu incidente, ele ficou até vermelho e disse que quem se permite levar uma bofetada e não desafia para um duelo é um canalha. Aliás, ele está terrivelmente irritado e eu já desisti de discutir com ele. Pois bem, quer dizer então que Nastácia Filíppovna o convidou imediatamente naquele mesmo instante à sua casa?

— Acontece que não.

— Então, como é que o senhor vai para lá? — exclamou Kólia e até parou no meio da calçada. — E... com essa roupa? Lá está havendo uma noite de gala.

— De fato, juro que não sei como vou entrar. Se receberem, tudo bem, se não, significará que a coisa deu em nada. E quanto à roupa, o que fazer?

— E o senhor tem um assunto? Ou está indo lá apenas por ir, *pour passer le temps*[93] em uma "sociedade nobre"?

— Não, eu propriamente... isto é, vou tratar de um assunto... para mim é difícil exprimi-lo, no entanto...

— Ora, quanto ao assunto, seja como o senhor achar melhor, porque para mim o importante é que o senhor não está simplesmente pedindo para ser convidado para a festa, para a sociedade encantadora das camélias, dos generais e agiotas. Se fosse assim, desculpe, príncipe, eu riria do senhor e passaria a desprezá-lo. Aqui existe pouquíssima gente honesta, de tal forma que não há ninguém para se respeitar. Involuntariamente a gente olha de cima, mas elas não param de exigir respeito; Vária é a primeira. E o senhor já no-

---

[93] "Para passar o tempo", em francês no original. (N. do T.)

tou, príncipe, que no nosso século todos são aventureiros! E precisamente aqui, na Rússia, na nossa amável pátria. E como tudo isso acabou assim, eu não entendo. A coisa parecia tão sólida, mas agora? Todos dizem isso e em toda parte se escreve a respeito. Denunciam. Em nosso país não se para de denunciar. Os pais são os primeiros a voltar atrás e se envergonham de sua moral antiga. Veja o que aconteceu em Moscou, onde um pai convenceu o filho a não ceder *diante de nada* para conseguir dinheiro; é sabido porque foi publicado. Olhe para o meu general. O que é que foi feito dele? Mas, por outro lado, saiba que eu acho que o meu general é um homem honesto; juro, é assim! Tudo isso se deve à desordem e ao vinho. Juro que é assim! Dá até pena; eu só tenho medo de falar porque todos riem; mas juro que dá pena. Mas o que têm eles, os inteligentes? São todos agiotas, todos, sem nenhuma exceção! Hippolit justifica o ágio, diz que isso é necessário, que é um abalo econômico, uns tais de fluxos e refluxos, o diabo que entenda. Eu fico terrivelmente irritado com ele, mas ele está enraivecido. Imagine que a mãe dele, a capitã, recebe dinheiro do general e empresta a ele mesmo a juros de retorno imediato; é horrivelmente vergonhoso! Sabe que a minha mãe, isto é, a minha mãezinha Nina Aliieksándrovna, a generala, ajuda a Hippolit com dinheiro, vestuário e roupa branca e ajuda de todas as maneiras, em parte ajuda até as crianças através de Hippolit, porque elas estão abandonadas. E Vária também.

— Veja só, você diz que não há gente honesta e forte e que todos são apenas agiotas; mas eis que apareceram pessoas fortes, sua mãe e Vária. Porventura ajudar neste caso e em tais circunstâncias não é um traço de força moral?

— Vária faz isso por amor-próprio, por ostentação para não ficar atrasada em relação à nossa mãe; bem, a mãe realmente... eu estimo. É, eu estimo e justifico. Até Hippolit sente, e ele está quase inteiramente exasperado. A princípio ele ria e chamava de baixeza isso que a minha mãe faz; mas agora vez por outra ele percebe. Hum! É isso que o senhor chama de força? Isso eu estou observando. Gánia não sabe disso, senão o chamaria de complacência.

— Mas Gánia não sabe? Parece que Gánia ainda não sabe de muita coisa — deixou escapar o pensativo príncipe.

— Sabe de uma coisa, príncipe? Eu gosto muito do senhor. Seu incidente de há pouco não me sai da cabeça.

— E eu também gosto muito de você, Kólia.

— Escute, como o senhor pensa em viver aqui? Dentro em breve eu vou arranjar uma ocupação e vou ganhar alguma coisa, então, vamos morar juntos, o senhor, Hippolit, todos os três juntos, aluguemos um apartamento; e então vamos receber o general.

— Com o maior prazer. Bem, mas veremos. Neste momento eu estou muito desolado. O quê? Já chegamos? Neste prédio... que entrada magnífica! Bem, Kólia, não sei em que isso vai dar.

O príncipe estava em pé como alguém desconcertado.

— Amanhã você me contará! Não se faça muito de tímido. Que Deus lhe dê sucesso, porque eu mesmo estou com as suas convicções em tudo! Adeus. Vou voltar para lá mesmo e contar a Hippolit. E quanto a recebê-lo, nisto não há dúvida, o senhor não precisa temer! Ela é muito original. Por esta escada, no primeiro andar, o porteiro indicará!

XIII

O príncipe estava muito preocupado ao entrar e procurava animar-se por todos os meios: "o pior — pensava ele — será se não me deixarem entrar ou pensarem alguma coisa má a meu respeito ou, talvez, ou talvez me recebam e fiquem a rir na minha cara... É, não há de ser nada!". E realmente isso ainda não assustava muito; mas havia uma pergunta: "O que ele iria fazer ali e por que estava vindo?" — para esta pergunta ele decididamente não encontrava uma resposta tranquilizadora. Se fosse até possível de algum modo, aproveitando a oportunidade, dizer a Nastácia Filíppovna: "Não se case com este homem e não arruíne a si mesma, ele não a ama mas ama o vosso dinheiro, ele mesmo me disse isto, e também me disse Aglaia Iepántchina, mas eu vim para lhe contar" — dificilmente isto seria correto em todos os sentidos. Aparecia ainda mais uma questão não resolvida, e tão capital que o príncipe temia até pensar nela, não podia e nem ousava sequer admiti-la, formulá-la dessa maneira, não sabia, corava e tremia pelo simples fato de pensar nela. Mas, a despeito de todas essas inquietações e dúvidas, no fim das contas ele ainda assim perguntou por Nastácia Filíppovna.

Nastácia Filíppovna ocupava um apartamento individual não muito grande, mas mobiliado de modo realmente magnífico. Nesses cinco anos de sua vida em Petersburgo houve uma época, no início, em que Afanassi Ivánovitch não regateava muito para ela; naquele período ele ainda contava com o amor dela e pensava em seduzi-la, principalmente com conforto e luxo, sabendo com que facilidade se inoculam os hábitos do luxo e com que dificuldade depois se renuncia a eles quando o luxo vai se transformando pouco a pouco em necessidade. Neste caso Totski continuava fiel às velhas e boas lendas sem mudar nada nelas, respeitando sem limites toda a força invencível dos influxos sensuais. Nastácia Filíppovna não abria mão do luxo, até gostava dele, mas até isso parecia demasiadamente estranho — não se entregava de maneira nenhuma ao luxo, como se sempre pudesse passar até sem ele; várias vezes procurou até fazer declarações a esse respeito, o que impressionou desagradavelmente Totski. Por outro lado, em Nastácia Filíppovna havia muita coisa que impressionava (mais tarde até a ponto de provocar desprezo) desagradavelmente Afanassi Ivánovitch. Já sem falar da deselegância da espécie de gente que às vezes ela aproximava de si, portanto, tendia a esse tipo de aproximação, nela se manifestavam ainda algumas inclinações absolutamente estranhas: revelava-se alguma mistura bárbara de dois gostos, a capacidade de possuir e satisfazer-se com coisas e meios cuja existência parecia nem ser admissível a uma pessoa evoluída com decência e finura. De fato, Nastácia Filíppovna manifestara de súbito um desconhecimento encantador e elegante, por exemplo, de que as camponesas não podiam usar roupa branca de cambraia do tipo que ela usava, e parece que Afanassi Ivánovitch ficava demasiado satisfeito com isso. Para esses resultados ainda tendia inicialmente toda a educação recebida por Nastácia Filíppovna segundo o programa de Totski, que nesse gênero era um homem muito entendido; mas, infelizmente, os resultados se mostraram estranhos. Contudo, apesar disso, ainda assim houve e permanecia algo em Nastácia Filíppovna que às vezes deixava até o próprio Afanassi Ivánovitch estupefato pela originalidade incomum e envolvente, por uma certa força, e vez por outra o lisonjeava até agora quando já haviam desmoronado todos os seus antigos cálculos em relação a Nastácia Filíppovna.

O príncipe foi recebido por uma moça (a criadagem de Nastácia Filíppovna era permanentemente feminina) e, para sua surpresa, ela ouviu o seu pedido de anunciar a sua presença sem qualquer perplexidade. Nem as suas botas sujas, nem o seu chapéu de abas largas, nem a capa sem mangas, nem o aspecto atrapalhado produziram nela a mínima hesitação. Ela tirou dele a capa, convidou a esperar na antessala e no mesmo instante saiu para anunciar a sua presença.

A sociedade que se reunia em casa de Nastácia Filíppovna era constituída dos seus convidados mais comuns e mais frequentes. Havia inclusive bem menos gente em comparação com as reuniões anuais anteriores. Estavam presentes, em primeiro lugar e entre os principais, Afanassi Ivánovitch Totski e Ivan Fiódorovitch Iépantchin; ambos estavam amáveis, mas ambos também com uma certa intranquilidade dissimulada pela expectativa maldisfarçada do prometido anúncio a respeito de Gánia. Além deles, é claro, estava também Gánia — também muito sombrio, muito meditativo e até quase inteiramente "descortês", isolado, na maior parte do tempo, distante e calado. Ele não ousou trazer Vária, mas Nastácia Filíppovna tampouco implorou a presença dela; em compensação, mal cumprimentou Gánia, lembrou-lhe da cena recente com o príncipe. O general, que ainda não ouvira falar disso, passou a interessar-se. Então Gánia lhe contou tudo de modo seco, contido mas absolutamente franco, tudo o que acabara de acontecer e de como ele procurara o príncipe para pedir desculpas. Ao fazê-lo, ele externou calorosamente a opinião de que haviam chamado o príncipe de idiota de maneira muito estranha e sabe Deus por quê, que sua opinião sobre o príncipe era em tudo o contrário e que, é claro, se tratava de um homem que não dava ponto sem nó. Nastácia Filíppovna ouviu essa opinião com muita atenção e observou Gánia com curiosidade, mas a conversa passou no mesmo instante para Rogójin, que tivera participação tão capital na história daquela manhã e que também passou a interessar Afanassi Ivánovitch e Ivan Fiódorovitch com extrema curiosidade. Informações especiais sobre Rogójin puderam ser comunicadas por Ptítzin, que quase até as nove horas da noite se batera por resolver assuntos dele. Rogójin insistia por todos os meios para que ele conseguisse hoje mesmo cem mil rublos. "Ele, é verdade, estava bêbado — observou aí Ptítzin —, no entanto cem mil, por mais difícil que isso seja, ele acha que vão lhe conseguir, só não sei se hoje e se tudo; mas tem muita gente trabalhando, Kinder, Triepálov, Biskup; paga os juros que pedirem, é claro que por estar bêbado e por experimentar a primeira alegria..." — concluiu Ptítzin. Todas essas notícias foram recebidas com um interesse em parte sombrio; Nastácia Filíppovna calava, pelo visto sem querer manifestar-se; Gánia também. O general Iepántchin estava em si preocupado e quase mais que todos: as pérolas que ele exibira ainda pela manhã foram recebidas com uma amabilidade excessivamente fria e até com um risinho especial. De todos os presentes, só Fierdischenko estava em um estado de espírito alegríssimo e festivo e dava altas risadas às vezes sem que se soubesse o motivo, e ainda só porque impunha a si mesmo o papel de bufão. O próprio Afanassi Ivánovitch, um reputado contador de casos, fino e elegante, e que nos primeiros tempos costumava dirigir a conversa em festas semelhantes, estava visivelmente abatido e até com uma perturbação que não era própria dele. Os outros convidados, que, aliás, não eram numerosos (um deplorável velhote professor, convidado sabe Deus para quê, um homem desconhecido e muito jovem, muitíssimo tímido e o tempo todo calado, uma dama animada de uns quarenta anos, atriz, e uma belíssima dama jovem, vestida com extraordinária riqueza e requinte e inusualmente calada), não só não podiam animar especialmente a conversa como, vez por outra, nem mesmo sabiam o que conversar.

Assim, o aparecimento do príncipe veio até a calhar. O anúncio de sua presença provocou perplexidade e alguns sorrisos estranhos, em particular quando, pelo jeito surpreso de Nastácia Filíppovna, ficaram sabendo que ela não havia pensado em convidá-lo de modo algum. Mas depois da surpresa Nastácia Filíppovna manifestou de repente tanta satisfação que a maioria logo se preparou para receber o involuntário hóspede com riso e alegria.

— Isso, admitamos, aconteceu graças à ingenuidade dele — concluiu Ivan Fiódorovitch Iepántchin — e, em todo caso, estimular semelhantes inclinações é bastante perigoso, mas neste momento, palavra, não faz mal que ele tenha resolvido aparecer mesmo de uma maneira tão original: pode ser que nos divirta, pelo menos até onde posso julgar.

— Ainda mais porque ele mesmo insistiu! — concluiu de pronto Fierdischenko.

— E o que é que isso tem a ver? — perguntou secamente o general, que odiava Fierdischenko.

— Tem a ver que ele vai ter de pagar pela entrada — esclareceu o outro.

— Bem, mas apesar de tudo o príncipe Míchkin não é Fierdischenko — não se conteve o general, que até então não conseguia aceitar a ideia de estar com Fierdischenko na mesma companhia e em pé de igualdade.

— Ei, general, poupe Fierdischenko — respondeu o outro dando uma risota. — Ora, eu estou aqui com direitos especiais.

— Que direitos especiais são esses?

— Da outra vez eu tive a honra de esclarecer em detalhes isto à sociedade; para vossa excelência, torno a repetir. Queira ver, vossa excelência: todos são espirituosos mas eu não sou espirituoso. Como recompensa eu solicitei a permissão de falar a verdade, uma vez que todos sabem que só dizem a verdade aqueles que não são espirituosos. Além do mais, eu sou um homem muito vingativo, e também porque não sou espirituoso. Suporto resignadamente toda e qualquer ofensa, mas até o primeiro fracasso do ofensor; ao primeiro fracasso eu logo lembro a ele e logo me vingo de alguma coisa, dou coices, como a mim se referiu Ivan Pietróvitch Ptítzin que, é claro, nunca mente para ninguém. Vossa excelência conhece a fábula de Krilóv *O leão e o asno*? Pois bem, é o que nós dois somos, e ela foi escrita sobre nós.

— O senhor parece que mais uma vez está abusando da mentira, Fierdischenko — encolerizou-se o general.

— De onde o senhor tirou essa, excelência? — secundou Fierdischenko, que contava justamente em poder secundar e irritar ainda mais. — Vossa excelência não se preocupe, eu conheço o meu lugar: se eu disse que nós dois somos o Leão e o Asno da fábula de Krilóv, eu, é claro, assumo o papel do Asno e vossa excelência o do Leão, como está na fábula de Krilóv:

O poderoso Leão, temor das matas,
perdeu as forças por velhice.

E eu, excelência, sou o Asno.[94]

— Com isto eu estou de acordo — deixou escapar imprudentemente o general.

Tudo isso, é claro, foi destacado de modo grosseiro e premeditado, mas era praxe que Fierdischenko se permitia fazer o papel de bufão.

— É, é só para isso que me mantêm e me deixam entrar aqui — exclamou uma vez Fierdischenko —, justo para que eu fale desse jeito. Vamos, é mesmo possível receber um tipo como eu? Porque eu mesmo compreendo isso. Convenhamos, é possível colocar a mim, um tal de Fierdischenko, ao lado de um *gentleman* tão refinado como Afanassi Ivánovitch? Involuntariamente resta apenas uma interpretação: colocam-me ao lado dele porque é até impossível imaginar tal coisa.

Mesmo que isso fosse grosseiro, ainda assim era também mordaz, às vezes até muito e, parece, agradava a Nastácia Filíppovna. Àqueles que quisessem frequentar sua casa restava resolver suportar Fierdischenko. Talvez ele tenha adivinhado a plena verdade ao supor que haviam começado a recebê-lo porque desde a primeira vez sua presença tornou-se impossível para Totski. Gánia, por sua vez, aguentara dele toda uma infinidade de tormentos, e neste sentido Fierdischenko sabia ser muito útil a Nastácia Filíppovna.

— O príncipe vai começar cantando uma romança da moda — concluiu Fierdischenko, esperando o que Nastácia Filíppovna iria dizer.

— Não acho, Fierdischenko, e por favor não se exalte — observou secamente ela.

— Ah! Se ele está sob proteção especial então me abrando também e...

Mas Nastácia Filíppovna levantou-se sem acabar de ouvir e foi pessoalmente receber o príncipe.

— Eu lamentei — disse ela aparecendo subitamente diante do príncipe — que há pouco, por precipitação, eu me esqueci de convidá-lo à minha casa, e estou muito feliz pelo fato de o senhor mesmo me dar agora a oportunidade de agradecer-lhe e elogiá-lo por sua decisão.

Ao dizer isso, ela tinha o olhar fixo no príncipe, fazendo esforço para interpretar ao menos minimamente a atitude dele.

O príncipe talvez respondesse alguma coisa às palavras amáveis dela, mas estava de tal forma ofuscado e atônito a tal ponto que não pôde sequer pronunciar uma palavra. Nastácia Filíppovna percebeu isto com satisfação.

---

[94] Citação imprecisa da fábula de Krilóv, *O leão envelhecido* (1825), onde se lê: "Chegado à velhice, perdeu a força...". O gracejo malévolo de Fierdischenko lembra a estrofe final: "Tudo é mais fácil que suportar a ofensa vinda de um Asno". (N. da E.)

Nessa noite ela estava vestida na plenitude do requinte e produzia uma impressão inusitada. Ela o segurou pelo braço e o conduziu aos convidados. Ante a entrada da sala de visitas o príncipe parou de súbito e com uma agitação incomum lhe sussurrou apressadamente:

— Tudo na senhora é perfeição... até a magreza e a palidez... não se deseja imaginá-la de outra forma... Eu estava com muita vontade de vir para cá... eu... desculpe...

— Não peça desculpas — sorriu Nastácia Filíppovna —, com isto o senhor desfaz toda a estranheza e originalidade. É verdade, portanto, que dizem que o senhor é um homem estranho. E então o senhor me toma pela perfeição, é?

— É, sim.

— Embora o senhor seja um mestre em adivinhar, ainda assim está enganado. Hoje mesmo hei de lembrar isto ao senhor...

Ela apresentou o príncipe aos convidados, de cuja maioria ele já era conhecido. Totski pronunciou no mesmo instante uma amabilidade qualquer. Todos ficaram como que um tanto animados, todos começaram a falar ao mesmo tempo e a rir. Nastácia Filíppovna sentou o príncipe a seu lado.

— Mas, não obstante, o que é que há de surpreendente no aparecimento do príncipe? — bradou mais alto que todos Fierdischenko. — A coisa é clara, a coisa fala por si mesma!

— A coisa é clara demais e fala demais por si mesma — secundou de súbito o calado Gánia. — Eu observei o príncipe quase sem parar durante o dia de hoje, desde o instante em que ele olhou pela primeira vez para o retrato de Nastácia Filíppovna na mesa de Ivan Fiódorovitch. Eu me lembro muito bem de que ainda há pouco pensei nisso, do que agora estou absolutamente convencido, de que o próprio príncipe me confessou de passagem.

Gánia proferiu toda essa frase com ar extremamente sério, sem qualquer brincadeira, até sombrio, o que lhe pareceu um tanto estranho.

— Eu não lhe fiz confissões — respondeu o príncipe tomado de rubor —, eu apenas respondi a uma pergunta sua.

— Bravo, bravo! — gritou Fierdischenko. — Pelo menos é sincero; e finório, e sincero!

Todos riram alto.

— Mas não precisa gritar, Fierdischenko — observou-lhe com asco Ptítzin a meia-voz.

— Príncipe, eu não esperava tais proezas da sua parte — proferiu Ivan Fiódorovitch. — Será que o senhor sabe a quem isso vai servir? E eu que o considerava um filósofo! E aí me vem o senhor de mansinho!

— E a julgar pelo fato de que o príncipe corou por causa de uma brincadeira ingênua, como uma donzela jovem e inocente, eu concluo que ele, como jovem nobre, nutre em seu coração as mais elogiosas intenções — disse de modo súbito e absolutamente inesperado, ou melhor, resmungou o professor septuagenário, velhote, banguela e até então sempre calado, de quem ninguém podia esperar que sequer esboçasse falar nessa noite. Todos desataram a rir ainda mais. O velhote, na certa imaginando que estavam rindo do seu gracejo, pôs-se a rir ainda mais olhando para todos, e ademais caiu numa tosse cruel, de tal forma que Nastácia Filíppovna, que não se sabe por que gostava extremamente de todos os velhotes semelhantes, velhotas e estranhões, pôs-se no mesmo instante a acariciá-lo, a beijá-lo e ordenou que lhe servissem ainda mais chá. À criada que entrava ela pediu uma manta com a qual se enrolou e ordenou que acrescentassem mais lenha à lareira. À pergunta a respeito das horas a criada respondeu que já eram dez e meia.

— Senhores, não desejam tomar champanhe? — súbito convidou Nastácia Filíppovna. — Eu o tenho preparado. Talvez os senhores fiquem mais alegres. Por favor, não façam cerimônia.

A proposta de beber e particularmente com expressões tão ingênuas pareceu muito estranho que partisse de Nastácia Filíppovna. Todos conheciam a excepcional solenidade das suas festas anteriores. Em linhas gerais a festa ficou mais alegre porém não como de costume. Entretanto, não recusaram o vinho, em primeiro lugar o próprio general, em segundo a animada senhora, o velhote, Fierdischenko, e todos os acompanharam. Totski também pegou a sua taça, na esperança de harmonizar o novo tom que se inaugurava, dando-lhe, na medida do possível, o caráter de uma encantadora brincadeira. Só Gánia não bebia nada. Nas estranhas extravagâncias, às vezes muito acentuadas e rápidas de Nastácia Filíppovna, que também pegou o vinho e anunciou que hoje à noite beberia três taças, em seu riso histérico e indefinido, que subitamente se alternava com um ar pensativo e até lúgubre, era mesmo difícil entender alguma coisa. Uns suspeitavam de que ela estivesse com febre; por fim passaram a observar que ela também parecia esperar alguma coisa, que amiúde olhava para o relógio, que ia ficando impaciente, distraída.

— A senhora não parece que está com um pouco de febre? — perguntou a animada grã-senhora.

— Estou até com muita e não pouca, para isso me enrolei na mantilha — respondeu Nastácia Filíppovna, que realmente estava pálida e parecia sentir de quando em quando um forte tremor.

Todos ficaram inquietos e agitados.

— Não seria o caso de todos nós deixarmos a anfitriã em paz? — manifestou-se Totski, olhando para Ivan Fiódorovitch.

— De maneira nenhuma, senhores! Eu peço exatamente que todos os senhores se sentem. Vossa presença é especialmente indispensável para mim hoje — anunciou de súbito Nastácia Filíppovna em tom persistente e significativo. E uma vez que quase todos os presentes sabiam que essa noite estava destinada a uma decisão muito importante, essas palavras pareceram ponderadíssimas. O general e Totski voltaram a trocar olhares, Gánia mexeu-se convulsivamente.

— Seria bom jogar algum *petit jeu*[95] — disse a animada grã-senhora.

— Eu conheço um *petit jeu* excelente e novo — secundou Fierdischenko —, pelo menos um daqueles que aconteceu uma única vez no mundo e ainda assim não deu certo.

— O que é? — perguntou a animada grã-senhora.

— Uma vez nos reunimos numa turma, e bebemos pra valer, verdade, e de repente alguém propôs que cada um de nós, sem se levantar da mesa, contasse alguma coisa sobre si mesmo em voz alta, mas uma daquelas coisas que a própria pessoa, por sincera consciência, considerava o mais tolo de todos os seus atos tolos em toda a sua vida; mas contanto que fosse de maneira sincera e, sobretudo, que fosse mesmo sincera, sem mentira!

— É uma ideia estranha — disse o general.

— Ora, quanto mais estranha melhor, excelência.

— É uma ideia ridícula — disse Totski —, aliás dá para entender: é uma fanfarrice de uma espécie particular.

— Talvez seja disso que se precise, Afanassi Ivánovitch.

— Só que desse jeito você vai chorar e não rir, com esse *petit jeau* — observou a animada grã-senhora.

— É uma coisa absolutamente impossível e absurda — opinou Ptítzin.

— E conseguiram? — perguntou Nastácia Filíppovna.

— Acontece que não, a coisa saiu péssima, cada um realmente contou alguma coisa, muitos a verdade, e imagine que alguns até com prazer narraram e depois cada um ficou com vergonha; não aguentaram! No geral, aliás, foi alegre, isto é, a seu modo.

— Palavra que isso seria bom! — observou Nastácia Filíppovna, tomando-se de um súbito ânimo. — Palavra, seria bom experimentar, senhores! Realmente os senhores não estão alegres. Se cada um de nós concordasse em contar alguma coisa... desse gênero... evidentemente estando de acordo, com

---

[95] "Jogo de salão", em francês no original. (N. do T.)

toda a vontade, hein? Será que aguentaremos? Pelo menos seria o máximo de original...

— É uma ideia genial! — secundou Fierdischenko. — Aliás excluem-se as senhoras, os homens começam; a coisa se organiza por sorteio, como daquela vez! Forçosamente, forçosamente! Quem não tiver a mínima disposição naturalmente não contará, mas precisaria ter uma especial falta de amabilidade! Vamos, senhores, ponham as suas sortes aqui no meu chapéu, o príncipe vai tirá-las. A tarefa é a mais simples; contar o mais tolo dos atos de toda sua vida — isso é facílimo, senhores! Os senhores verão! Se acontecer de alguém esquecer, eu me lembrarei no mesmo instante!

A ideia não agradou a ninguém. Uns franziam o cenho, outros riam maliciosamente. Alguns objetavam mas não muito, por exemplo, Ivan Fiódorovitch, que não desejava contrariar Nastácia Filíppovna e observou que essa ideia estranha a atraía. Nastácia Filíppovna era sempre irrefreável nos seus desejos e implacável se resolvia enunciá-los, ainda que fossem os desejos mais caprichosos e até mais inúteis para ela. E agora ela estava como que tomada de histeria, agitava-se, ria convulsivamente, com acessos, sobretudo diante das objeções do inquieto Totski. Seus olhos escuros cintilavam, duas manchas vermelhas apareceram nas suas faces pálidas. O matiz desanimado e enojado das fisionomias de alguns dos presentes talvez lhe instigasse ainda mais o desejo zombeteiro; era possível que ela estivesse gostando precisamente do cinismo e da crueldade da ideia. Alguns estavam até convencidos de que ela estava aí com algum cálculo especial. Por outro lado, passaram a concordar: quando nada, era curioso, e para muitos até bem atraente. Fierdischenko se agitava mais que todos.

— E se houver alguma coisa que não possa ser contada... na presença das damas — observou timidamente o jovem calado.

— Então o senhor não conte isso; como se houvesse poucos atos já deploráveis em si — respondeu Fierdischenko. — Ai, esses jovens!

— Só que eu não sei qual dos meus atos é o mais tolo — concluiu a animada senhora.

— As damas estão excluídas da obrigação de contar — repetiu Fierdischenko —, mas apenas excluídas. Admite-se a própria inspiração com gratidão. Já os homens, se se negarem demais, estão excluídos.

— Sim, mas como demonstrar aí que eu não estou mentindo? — perguntou Gánia. — E se eu mentir, então toda a ideia do jogo perde o sentido. E quem não vai mentir? Qualquer um irá forçosamente mentir.

— Ora, já é em si atraente como uma pessoa irá mentir. Tu mesmo, Gániechka, não tens maiores temores de mentir, porque o mais detestável ato que praticaste já é do conhecimento de todos. Sim, senhores, pensem apenas — exclamou de repente Fierdischenko tomado de estranho entusiasmo —, pensem apenas com que olhos iremos olhar uns para os outros, por exemplo amanhã, depois dessas histórias!

— Ora, porventura isso é possível? Não me diga que isso é realmente sério, Nastácia Filíppovna! — perguntou Totski com altivez.

— Quem tem medo de lobo não entra na floresta! — observou com um risinho Nastácia Filíppovna.

— Mas com licença, senhor Fierdischenko: por acaso é possível fazer disso um *petit jeu*? — continuou Totski cada vez mais e mais inquieto. — Eu lhe asseguro que nunca se consegue fazer essas coisas; o senhor mesmo afirma que mais uma vez não conseguiu.

— Como não consegui? Da última vez contei como roubara três rublos; assim mesmo, peguei e contei!

— Admitamos. Mas acontece que não era possível que o senhor contasse de tal modo que a coisa ficasse parecendo verdade e acreditassem no senhor. E Gavrila Ardaliónovitch teve toda razão ao observar que é só se ouvir um quezinho mínimo de falsidade e todo o pensamento vai por água abaixo. É verdade que aqui ela só seria viável por acaso, diante de uma vontade jactanciosa especial de tom demasiado mau, inconcebível e totalmente indecorosa.

— Mas que homem requintado é o senhor, Afanassi Ivánovitch, até eu estou surpreso! — bradou Fierdischenko. — Imaginem, senhores, que ao observar que eu não poderia contar sobre meu roubo de tal modo que a coisa saísse parecendo verdade, Afanassi Ivánovitch insinua com o maior requinte que eu de fato não poderia ter roubado (porque contar isso em voz alta é indecente), embora lá com seus botões talvez esteja totalmente convicto de que Fierdischenko bem que poderia roubar. Mas mãos à obra, senhores, mãos à obra, porque as sortes estão reunidas, e o senhor, Afanassi Ivánovitch, também jogou a sua; logo, ninguém vai desistir! Príncipe, tire a sua.

O príncipe meteu a mão no chapéu em silêncio e tirou a primeira sorte, Fierdischenko a segunda, Ptítzin a terceira, o general a quarta, Afanassi Ivánovitch a quinta, Gánia a sexta, etc. As senhoras não puseram suas sortes no chapéu.

— Oh, Deus, que infelicidade! — bradou Fierdischenko. — E eu que pensava que a primeira sorte sairia para o príncipe Míchkin e a segunda para o general. Mas graças a Deus pelo menos Ivan Pietróvitch ficou atrás de mim e serei recompensado. Bem, senhores, eu evidentemente sou obrigado a dar um exemplo nobre, porém o que mais lamento neste instante é ser tão desprezível e não me destacar em nada; até minha classe funcional é a mais insignificante; no entanto, o que há de interessante no fato de Fierdischenko ter cometido um ato indecente? Ora, qual foi o meu ato mais detestável? Aqui há um *embarras de richesse*.[96] Será que terei de recontar o mesmo roubo para convencer Afanassi Ivánovitch de que se pode roubar sem ser ladrão?

— Senhor Fierdischenko, o senhor já está me convencendo de que realmente é possível sentir um prazer extasiante contando seus atos obscenos, mesmo que não se tenha perguntado por eles... Mas, pensando bem... Desculpe, senhor Fierdischenko.

— Comece, Fierdischenko, o senhor fala pelos cotovelos e nunca conclui! — declarou Nastácia Filíppovna em tom irritado e impaciente.

Todos observaram que depois do seu recente ataque de riso ela logo se tornara até sombria, enojada e irascível; ainda assim se mantinha deliberada e despoticamente em seu capricho impossível. Afanassi Ivánovitch sofria horrores. Atormentava-o também Ivan Fiódorovitch: estava sentado ao lado de um champanhe como se nada estivesse acontecendo e talvez, quem sabe, até pretendesse narrar alguma coisa por sua vez.

---

[96] Expressão francesa com o sentido de "confusão gerada pelo excesso". (N. do T.)

XIV

— Não sou espirituoso, Nastácia Filíppovna, por isso falo pelos cotovelos! — exclamava Fierdischenko, começando seu relato. — Fosse eu espirituoso como Afanassi Ivánovitch ou Ivan Pietróvitch, e hoje eu ficaria sentado e calado, como Afanassi Ivánovitch ou Ivan Pietróvitch. Príncipe, permita-me que lhe pergunte: estou sempre achando que no mundo existem muito mais ladrões do que não ladrões, e que não existe sequer o mais inteligente dos homens que pelo menos uma vez na vida não tenha roubado alguma coisa. Essa é uma ideia minha, de onde, aliás, não concluo de maneira nenhuma que todos sejam ladrões a torto e a direito, embora, juro, às vezes eu tenha uma imensa vontade de concluir assim. O que é que o senhor acha?

— Arre, como o senhor narra de maneira tola — interveio Dária Aliekseievna. — E que absurdo, não é possível que todos roubem alguma coisa; eu nunca roubei nada.

— A senhora nunca roubou nada, Dária Aliekseievna; no entanto, o que dirá o príncipe, que acabou de corar por inteiro?

— Acho que o senhor está dizendo a verdade, só que exagera muito — disse o príncipe, que realmente havia corado por alguma coisa.

— E o senhor mesmo, príncipe, nunca roubou?

— Arre! Como isso é ridículo! Contenha-se, senhor Fierdischenko — interveio o general.

— Pura e simplesmente, uma vez que tocou no assunto, ficou também vergonhoso narrar, e o senhor quer arrastar o príncipe, ainda bem que ele não responde — ressaltou Dária Aliekseievna.

— Fierdischenko, ou narre ou se cale e cuide só de si mesmo. O senhor esgota qualquer paciência — pronunciou de forma ríspida e irritada Nastácia Filíppovna.

— Já, já, Nastácia Filíppovna; todavia se o príncipe mesmo confessou, porque eu insisto que é o mesmo que ele tivesse confessado, então o que diria, por exemplo, alguém mais (sem mencionar ninguém) se algum dia quisesse dizer a verdade? No que me diz respeito, senhores, não há nada mais para continuar narrando: é muito simples, é tolo, é detestável. Mas eu lhes asseguro que não sou ladrão; roubei sem saber como. Isso foi há três anos na *datcha*[97] de Semeon Ivánovitch Ischenko, num domingo. Havia convidados almoçando com ele. Depois do almoço os homens permaneceram para tomar vinho. Ocorreu-me pedir a Mária Semeónovna, filha dele, senhorinha, para tocar alguma coisa no piano. Passo pelo cômodo do canto, vejo três rublos em cima da escrivaninha de Mária Ivánovna, uma nota verde: ela a havia tirado para pagar alguma coisa da casa. No cômodo não havia ninguenzinho. Peguei a nota e a pus no bolso, para quê não sei. O que me deu na telha não entendo. Apenas voltei o mais depressa e me sentei à mesa. Fiquei um tempão sentado e esperando numa inquietação bastante forte, jogando conversa fora, contando piada, rindo; depois sentei-me ao lado dos senhores. Meia hora depois, aproximadamente, deram pela falta e começaram a perguntar às criadas. Desconfiaram da criada Dária. Eu exprimi uma curiosidade incomum e minha simpatia e me lembro inclusive de que quando Dária ficou totalmente atrapalhada, passei a persuadi-la a que assumisse a culpa, apostando a cabeça na bondade de Mária Ivánovna, e isso em voz alta, na presença de todos. Todos olhavam enquanto eu experimentava uma satisfação incomum justamente pelo que estava pregando, mas a nota estava no meu bolso. Na mesma noite eu bebi aqueles três rublos em um restaurante. Entrei e pedi uma garrafa de Lafite;[98] antes eu nunca havia pedido daquele modo uma garrafa, sem nada, deu-me vontade de gastar o mais depressa possível. Não senti maiores remorsos naquele momento e nem depois. Outra vez eu seguramente não tornaria a repetir; acreditem ou não, seja como lhes aprouver, eu não me interesso. Aí está tudo.

— Só que, é claro, esse não foi o pior dos seus atos — disse enojada Dária Aliekseievna.

— Este é um caso psicológico e não um ato — observou Afanassi Ivánovitch.

— E a criada? — perguntou Nastácia Filíppovna sem esconder o mais enojado asco.

— No dia seguinte puseram a criada no olho da rua, é claro. É uma casa severa.

— E o senhor permitiu?

— Que maravilha! Porventura eu teria de ir lá e me acusar? — gargalhou Fierdischenko, aliás admirado em parte pela impressão demasiadamente desagradável que o seu relato estava provocando.

---

[97] Na Rússia, designa a casa de campo ou veraneio. (N. do T.)

[98] Château Lafite, vinho tinto francês produzido nas proximidades de Bordeaux. (N. da E.)

— Que coisa suja! — exclamou Nastácia Filíppovna.

— Bah! A senhora quer ouvir de uma pessoa o seu ato mais detestável e nisso exige brilho! Os atos mais detestáveis são sempre muito sujos, isso nós vamos ouvir agora de Ivan Pietróvitch; e pouco importa que ele brilhe na aparência e queira bancar o benemérito, porque possui carruagem própria. Grande coisa ter carruagem própria... E por que meios...

Em suma, não houve como Fierdischenko se conter e de repente ele se tomou de raiva, a ponto de esquecer a si mesmo, e passou da medida; até seu rosto ficou todo torcido. Por mais estranho que pareça, era muito possível que ele esperasse um êxito totalmente distinto do seu relato. Esses "tropeços" de mau tom e essa "fanfarrice de um tipo especial", como se exprimiu Totski, aconteciam com muita frequência com Fierdischenko e estavam nada de acordo com o seu caráter.

Nastácia Filíppovna chegou até a estremecer de fúria e olhou fixamente para Fierdischenko; este acovardou-se no mesmo instante e calou-se a ponto de gelar de susto: tinha ido longe demais.

— Não será o caso de acabar de vez com isso? — perguntou com ar tentador Afanassi Ivánovitch.

— É a minha vez, mas eu me reservo a minha vantagem e não vou contar nada — disse em tom resoluto Ptítzin.

— O senhor não deseja?

— Não posso, Nastácia Filíppovna; aliás acho esse *petit jeu* impossível.

— General, parece que a vez é sua — dirigiu-se a ele Nastácia Filíppovna —, se o senhor também se recusar tudo que vier depois estará comprometido e para mim será uma lástima, porque eu contava com relatar em conclusão um ato "de minha própria vida" mas queria fazê-lo somente depois do senhor e de Afanassi Ivánovitch, porque o senhor deve me estimular — concluiu ela sorrindo.

— Oh, se a senhora também promete — exclamou o general com ardor —, então estou disposto a narrar agora mesmo até toda a minha vida para a senhora; mas confesso que ao esperar a minha vez eu já havia preparado a minha anedota...

— Só pela simples aparência de sua excelência já se pode concluir com que especial satisfação literária ele elaborou a sua anedotazinha — atreveu-se a observar Fierdischenko ainda acanhado, sorrindo com ar venenoso.

Nastácia Filíppovna olhou de relance para o general e também riu consigo. Via-se, porém, que o aborrecimento e a irritabilidade cresciam nela com uma intensidade cada vez mais forte. Afanassi Ivánovitch ficou duplamente assustado ao ouvir sobre a promessa do relato.

— Senhores, como qualquer outro, a mim ocorreu cometer atos não inteiramente elegantes em minha vida — começou o general —, no entanto o mais estranho é que eu mesmo considero a anedota breve que estou contando como a mais detestável anedota de toda a minha vida. Por outro lado, isso se deu quase que há trinta e cinco anos; no entanto ao memorizar nunca consegui me livrar de alguma impressão, que, por assim dizer, arranha o coração. Aliás, é uma coisa tolíssima: na época eu acabara de ser promovido a sargento-mor e estava começando a fazer carreira no exército. Bem, sabe-se como é um sargento-mor: sangue, água fervente, mas as economias são de centavos. Na época arranjei um ordenança, o Nikífor, que se preocupava terrivelmente com a minha economia, juntava, costurava, areava e lavava, e em toda parte roubava tudo o que podia com a única finalidade de multiplicar os bens domésticos; era o homem mais verdadeiro e mais honesto. Eu, é claro, era severo porém justo. Aconteceu que passamos algum tempo acantonados numa cidadezinha. Designaram-me em um subúrbio uma habitação na casa da mulher de um alferes da reserva e ainda por cima viúva. Tinha uns oitenta anos ou pelo menos se aproximava disso, era uma velhota. A casinha dela era decrépita, uma porcaria, de madeira, e ela não tinha nem criada de tão pobre que era. No entanto, e isso é o principal, ela se distinguia pelo fato de que outrora tivera uma família numerosíssima e parentes; mas durante a vida dela uns haviam morrido, outros andavam espalhados, terceiros tinham esquecido a velha e ela mesma havia enterrado o marido há uns quarenta e cinco anos. Alguns anos antes havia morado com ela uma sobrinha, corcunda e má, dizem que era como uma bruxa, e uma vez chegou até a morder um dedo da velha, mas até essa morreu, de sorte que a velha já estava há uns três anos sozinhazinha. A casa dela para mim era um tédio, e ela era tão vazia que dela nada era possível arrancar. Por fim ela me roubou um galo. Até hoje esse assunto é obscuro, mas além dela não havia quem o fizesse. Por causa do galo nós brigamos, e a valer, mas acontece que fui transferido para outro apartamento em um subúrbio oposto ao meu primeiro pedido, na casa de um comerciante pai de uma família numerosíssima, de barba longa como ainda me lembro. Eu me mudei com alegria ao lado de Nikífor, deixando a velha indignada. Passam-se uns três dias, volto de um treinamento, Nikífor informa que "foi em vão que sua excelência largou a nossa sopeira na senhoria anterior porque não há em que ferver a sopa". Eu, é claro, fiquei estupefato: "Como, de que modo a nossa sopeira ficou com a senhoria?". O surpreso Nikífor continua a informar que quando estávamos de mudança nossa senhoria não lhe devolveu a sopeira pelo fato de que eu teria lhe quebrado o próprio vaso, então ela retinha a nossa panela pelo vaso, e que eu teria feito essa proposta a ela. Essa baixeza da parte dela, é claro, me tirou dos últimos limites; o sangue ferveu, pulou, voou. Vou à casa da velha, por assim dizer, já fora de mim; olho, está sentada no depósito de feno sozinhazinha, em um canto, como quem adormeceu ao calor do sol, apoiando o rosto na mão. No mesmo instante, sabem como é, despejei em cima dela uma tempestade inteira e falei de tal modo que ela era "isso e aquilo, e aquilo outro!" e, como sabem, como se diz em russo. Só que olho e alguma coisa me parece estranha: está sentada, com a cara fixada em mim, os olhos esbugalhados, não diz uma palavra, e é estranho como me olha, como se estivesse balançando. Finalmente eu serenei, fiquei a examinar, a perguntar, mas nenhuma palavra em resposta. Parei indeciso; as moscas zunem, o sol está se pondo, silêncio; totalmente desconcertado, enfim me retiro. Ainda não cheguei em casa fui chamado à presença do major, depois tive de dar uma chegada à companhia, de sorte que só voltei para casa à noite. Primeira palavra de Nikífor: "Sabe, sua excelência, a nossa senhoria morreu". — "Quando?" — "Hoje ao anoitecer, hora e meia atrás". Isto quer dizer que naquele exato momento em que eu a xingava ela estava era morrendo. Isso me deixou tão estupefato que, eu vos digo, eu mal me dei conta. Fiquei pensativo, e inclusive sonhei com ela à noite. Eu, é claro, não tenho superstições, mas três dias depois fui à igreja assistir ao enterro. Não é por nada, mas é que às vezes a gente imagina coisas e não se sente bem. O mais importante é isso, como então eu decidi? Em primeiro lugar a mulher, por assim dizer, é um ser humano, como se diz em nossos dias, humano, viveu muito, muito, e por fim cansou de viver. Outrora teve filhos, marido, família, parentes, tudo isso a seu redor, por assim dizer, fervendo, todos esses, por assim dizer, sorrisos, e de repente — não dá mais, tudo entra pelo cano, ela ficou só, como... uma mosca qualquer, carregando nos ombros a maldição do século. E eis que finalmente Deus levou tudo ao fim. Em um pôr do sol de uma serena tardinha de verão, também a minha velha bate asas — claro que aí não sem uma ideia moralizante; e eis que nesse mesmo instante, em vez da lágrima, por assim dizer, de despedida, o sargento-mor jovem, desesperado, tomado de espanto, a acompanha da superfície da terra com os tradicionais e desmedidos desaforos russos por causa da sopeira desaparecida! Não há dúvida de que eu sou culpado, e embora há muitíssimo tempo eu veja o meu ato como estranho, pela distância dos anos e pela mudança da minha própria natureza, ainda assim continuo a lamentar. De sorte que, repito, acho até estranho, ainda mais porque, se é que eu sou culpado, não o sou de modo absoluto: por que ela achou de morrer justo naquele momento? Naturalmente existe aí apenas uma justificação: em certa medida, a atitude foi psicológica, mas ainda assim eu não consegui ficar em paz enquanto não assumi, há uns quinze anos e como permanentes, duas velhotas de um hospício para velhos, e por conta própria, com a finalidade de suavizar para elas os últimos anos de vida com uma manutenção decente. Penso transformar isso em coisa permanente, deixando capital em testamento. Bem, isso é tudo. Repito que eu talvez tenha cometido deslizes em vida, mas conscientemente considero este aqui o mais detestável ato de toda a minha vida.

— E em vez de narrar o ato mais detestável, vossa excelência narrou um dos atos bons de sua vida; engazopou Fierdischenko! — concluiu Fierdischenko.

— Em realidade, general, eu nem imaginava que, apesar de tudo, o senhor tivesse um bom coração; até lamento — pronunciou com displicência Nastácia Filíppovna.

— Lamenta? Por quê? — perguntou o general com um riso gentil e não foi sem fatuidade que tomou um gole de champanhe.

No entanto chegou a vez de Afanassi Ivánovitch, que também havia se preparado. Todos previram que ele não se recusaria, tal como Ivan Pietróvitch, e por alguns motivos aguardavam o seu relato com uma curiosidade especial e ao mesmo tempo olhavam para Nastácia Filíppovna. Com uma altivez incomum, perfeitamente adequada à sua aparência garbosa, começou Afanassi Ivánovitch com uma voz baixa, cordial, "um dos seus relatos encantadores" (a propósito: ele era um homem destacado, grave, alto, um pouco calvo, um pouco grisalho e bastante obeso, de faces suaves, coradas e um tanto flácidas, e dentes postiços. Vestia-se com folga e elegância e usava uma camisa admirável. Dava vontade de olhar para as suas mãos gordas, brancas. No dedo indicador da mão direita usava um caro anel de brilhante). Durante todo o seu relato, Nastácia Filíppovna examinava fixamente a renda do babado da sua manga e a apalpava com dois dedos da mão esquerda, de tal forma que nenhuma vez fitou o narrador.

— O que mais facilita a minha tarefa — começou Afanassi Ivánovitch — é a obrigação forçosa de não contar senão o mais detestável ato de toda a minha vida. Neste caso, é claro, não pode haver vacilações: a consciência e a memória do coração me ditam de imediato o que precisamente devo contar. Reconheço com amargor que entre todos os inúmeros atos talvez levianos e... estouvados da minha vida existe um cuja impressão chegou a sedimentar-se de modo duro até demais em minha memória. Isso aconteceu a aproximadamente vinte anos; na ocasião fui ao campo visitar Platon Ordíntziev. Ele acabava de ser escolhido decano da nobreza e viajara com a jovem esposa a fim de passar as festas de inverno. Justamente nessa ocasião houve o aniversário de nascimento de Anfissa Aliekseievna e foram marcados dois bailes. Naquela época estava muito em moda e acabara de fazer sucesso na sociedade o magnífico romance de Dumas Filho *A dama das camélias*, poema que, a meu ver, não está fadado nem a morrer nem a envelhecer. Na província todas as damas estavam enlevadas, chegando ao êxtase, pelo menos aquelas que o haviam lido. O encanto da narração, a originalidade da construção da personagem central, aquele mundo atraente, representado em minúcias e, por fim, todas aquelas minúcias encantadoras espalhadas pelo livro (a respeito, por exemplo, das circunstâncias do uso de buquês de camélias brancas e rosas alternadamente),[99] numa palavra, todos aqueles detalhes maravilhosos, e tudo junto, produziram quase uma comoção. As flores das camélias estavam inusitadamente na moda. Todos exigiam camélias, e todos as procuravam. Eu vos pergunto: é possível conseguir muitas camélias em um distrito, quando todas são requisitadas para bailes, embora os bailes fossem poucos? Piétia Vorkhovskói, coitado, suspirava então por Anfissa Aliekseievna. Palavra, não sei se houve alguma coisa entre eles, ou seja, estou querendo dizer, poderia haver nele ao menos alguma gota de esperança séria? O coitado fazia loucuras tentando conseguir camélias para a noite do baile em homenagem a Anfissa Aliekseievna. A condessa Sótskaia, de Petersburgo, hóspede da mulher do governador, e Sófia Biespálova, como se soube, viriam na certa com buquês, e brancos. Anfissa Aliekseievna queria vermelhos, visando a um efeito especial. O coitado do Platon por pouco não foi escorraçado; sabe-se como é, marido; garantiu que iria conseguir o buquê, e o que aconteceu? Na véspera, Catierina Alieksándrovna Mitischieva, terrível concorrente de Anfissa Aliekseievna em tudo, que vivia às turras com ela, se antecipara. É claro que houve histeria, desmaio. Platon sumiu. Compreende-se que se naquele momento interessante Piétia arranjasse um buquê em algum lugar, sua causa poderia avançar fortemente; nesses casos, a gratidão da mulher é infinita. Ele se vira como um desvairado; mas a coisa é impossível e aí não houve jeito. De repente deparo com ele, já às onze da noite, na véspera do dia do aniversário e da festa, em casa de Mária Pietrovna Zubkóvaia, vizinha de Ordíntziev. Ele resplandece. "O que tu tens?" — "Achei! Eureka!" — "Ora, meu irmão, tu me conheces! Onde? Como?" — "Em Ekchaisk (lá existe uma cidadezinha com esse nome, a apenas vinte vertsas, e não é nos-

---

[99] A heroína do romance de Alexandre Dumas Filho, *A dama das camélias*, Marguerite Gautier, aparecia nos passeios levando buquês de camélias brancas em alguns dias, e de camélias vermelhas em outros. Depois da morte da heroína, seu amado cuidou para que as camélias brancas e vermelhas se alternassem na mesma ordem em seu túmulo. (N. da E.)

so distrito), lá existe um comerciante chamado Triepálov, barbudo e rico, vive com a mulher velha e em vez de filhos têm apenas canários. Os dois se tomaram de paixão pelas flores, ele tem camélias." — "Desculpe, mas isso não é certo, no entanto, como não há de ceder?" — "Eu me ajoelho e vou me arrastar aos seus pés até que ceda, sem isso não arredo pé!" — "Quando partes?" — "Amanhã assim que começar a clarear, às cinco horas." — "Então vá com Deus!". Pois é, e assim eu, sabem, estava feliz por ele; volto para a casa de Ordíntziev; por fim, já depois de uma hora, e eu na mesma, sabe como é, parecendo ver coisas. Já estava me preparando para me deitar, e de repente me veio a ideia mais original! Vou imediatamente à cozinha, acordo o cocheiro Saveli, lhe dou quinze rublos, "me arranje cavalos em meia hora!". Meia hora depois, é claro, o coche estava à porta; disseram-me que Anfissa Aliekseievna estava com enxaqueca, com febre e delirando — tomo o coche e parto. Entre as quatro e as cinco já estava em Ekchaisk, numa pousada; esperei até o amanhecer, e só até o amanhecer; depois das seis estava com Triepálov. "Conversa pra lá, conversa pra cá, tem camélias? Paizinho, meu caro, ajuda, salva-me, fico de joelhos!" Vejo o velho, alto, grisalho, severo — um velho horrível. "De... de... jeito nenhum! Não adianta!" E eu *bumba* aos pés dele! Estatelei-me literalmente! "O que é isso, meu caro, o que tens, paizinho?" — até assustou-se. "Ora, aqui se trata de uma vida humana!" — grito para ele. "Então pegue, já que é assim, e vá com Deus." Arranquei ali mesmo camélias vermelhas! Maravilha, um encanto, uma pequena estufa inteira. O velho suspira. Tiro do bolso uma nota de cem rublos. "Não, não, o senhor, meu caro, não vai querer me ofender dessa maneira." — "Já que é assim, meu caro, faça um bem com esses cem rublos e dê ao hospital daqui para melhorar a manutenção e a comida." — "Isso, meu caro, diz ele, é outra coisa, é um ato bom, nobre, cheio de misericórdia; vou dar por sua saúde." E, sabem, gostei daquele velho russo, por assim dizer, um russo puro, ele era um rei *souche*.[100] Enlevado pela sorte, tomei imediatamente o caminho de volta; retornamos por um contorno para não dar de cara com Piétia. Mal cheguei fui logo enviando o buquê para ser entregue na hora que Anfissa Aliekseievna acordasse. Os senhores podem imaginar o êxtase, a gratidão, as lágrimas de gratidão! Platon, ainda ontem morto e mortificado, chora aos prantos no meu peito. Infelizmente! Todos os homens são assim desde a invenção... do casamento legítimo! Não me atrevo a acrescentar nada, mas os empenhos do pobre do Piétia só fizeram desmoronar definitivamente com esse episódio. A princípio eu pensei que ele fosse me esfaquear tão logo fi-

---

[100] "Dos quatro costados", em francês no original. (N. do T.)

casse sabendo, até me preparei para o encontro, mas aconteceu algo em que nem eu iria acreditar: desmaiou, ao anoitecer está delirando e amanheceu o dia com febre; chora aos prantos como uma criança, está com convulsões. Um mês depois, mal acabou de recuperar-se, foi para o Cáucaso; a coisa redundou num verdadeiro romance. Ele acabou sendo morto na Crimeia.[101] Ainda na época seu irmão Stiepan Vorkhovskói comandava um regimento, destacava-se. Confesso que até muitos anos depois o remorso ainda me atormentava: para quê, por que eu o prejudiquei daquela maneira? Se pelo menos eu estivesse apaixonado naquela época! No entanto, eu fiz uma simples travessura, por um simples namorico e nada mais. E se eu não o tivesse passado para trás com aquele buquê, vai ver que o homem estaria vivendo até hoje, feliz e gozando de sucesso, e não lhe teria dado na telha expor-se às balas turcas.

Afanassi Ivánovitch calou-se com a mesma altivez grave com que começara o relato. Observaram que Nastácia Filíppovna ficou com um brilho meio especial nos olhos e seus lábios até estremeceram quando Afanassi Ivánovitch terminou. Todos olharam curiosos para os dois.

— Engazoparam Fierdischenko! Pois é, engazoparam! Não, vejam só como acabaram engazopando! — gritava com voz lamurienta Fierdischenko, compreendendo que podia e devia encaixar uma palavrinha.

— E quem mandou não entender do assunto? Então aprenda com as pessoas inteligentes! — cortou-lhe com ar quase triunfal Dária Aliekseievna (amiga antiga e fiel e cúmplice de Totski).

— O senhor tem razão, Afanassi Ivánovitch, o *petit jeu* é chato demais e precisamos terminá-lo o mais depressa — disse com displicência Nastácia Filíppovna —, contarei o que eu mesma havia prometido e vamos todos jogar baralho.

— Mas primeiro a anedota prometida! — aprovou com ardor o general.

— Príncipe — Nastácia Filíppovna dirigiu-se a ele brusca e inesperadamente —, aqui estão meus velhos amigos, o general e Afanassi Ivánovitch, todos eles querem me casar. Diga o que o senhor acha: eu devo me casar ou não? Eu farei como o senhor disser.

Afanassi Ivánovitch empalideceu, o general ficou petrificado; todos arregalaram os olhos e esticaram o pescoço. Gánia gelou em seu canto.

---

[101] Tem-se em vista a guerra da Crimeia (1853-1856), acontecimento lembrado mais de uma vez no romance. (N. da E.)

— Com... com quem? — perguntou o príncipe com uma voz entrecortada.

— Com Gavrila Ardaliónovitch Ívolguin — continuou Nastácia Filíppovna na forma brusca, firme e precisa de antes.

Passaram-se alguns segundos de silêncio; o príncipe parecia esforçar-se e não conseguia proferir uma palavra, como se um peso terrível lhe pressionasse o peito.

— N-não... Não case! — sussurrou ele finalmente e tomou fôlego com dificuldade.

— Assim será! Gavrila Ardaliónovitch — ela se dirigiu a ele de forma imperiosa e como que triunfal —, o senhor ouviu como decidiu o príncipe? Pois bem, essa é também a minha resposta.

— Nastácia Filíppovna! — pronunciou com voz trêmula Afanassi Ivánovitch.

— Nastácia Filíppovna! — pronunciou o general com voz persuasiva mas alarmada.

Todos se mexeram e ficaram inquietos.

— O que é isso, senhores? — continuou ela olhando para os convidados como se estivesse surpresa. — Por que os senhores ficaram tão agitados? E que caras são essas de todos os senhores!

— Mas... lembre-se, Nastácia Filíppovna — balbuciou Totski gaguejando —, a senhora fez a promessa... perfeitamente voluntária, e poderia em parte poupar... eu tenho dificuldade e... é claro, estou desconcertado, no entanto... numa palavra, agora, neste momento e na presença... em público, e tudo isso tão... terminar assim o *petit jeu* é coisa séria, uma questão de honra e do coração... da qual depende...

— Eu não o compreendo, Afanassi Ivánovitch; o senhor realmente perdeu por completo o fio... Em primeiro lugar, o que quer dizer "em público"? Porventura o senhor não está em uma sociedade íntima e magnífica? E por que o *petit jeu*? Eu realmente queria contar a minha anedota, pois bem, eu peguei e contei; por acaso não é boa? E por que o senhor diz que "não é sério"? Porventura isso não é sério? Os senhores ouviram, eu disse ao príncipe: "farei como o senhor disser"; se ele tivesse dito *sim* imediatamente eu teria concordado, mas ele disse *não* e eu me recusei. Aqui a minha vida estava toda por um fio; o que pode haver de mais sério?

— Mas o príncipe, por que o príncipe está nisso? E afinal o que é o príncipe? — balbuciou o general já quase sem forças para conter a sua indignação contra essa autoridade tão ofensiva do príncipe.

— Para mim o príncipe é alguém em quem acreditei como pessoa verdadeiramente fiel pela primeira vez em toda a minha vida. Ele acreditou em mim ao primeiro olhar, e eu acredito nele.

— A mim me resta apenas agradecer a Nastácia Filíppovna pela extrema delicadeza com que ela... agiu comigo — disse enfim o pálido Gânia, com a voz trêmula e os lábios torcidos —, é, evidentemente, era isso que deveria acontecer... Mas... o príncipe... O príncipe neste caso!

— Está querendo meter a mão nos setenta e cinco mil rublos, é isso? — interrompeu de pronto Nastácia Filíppovna. — Foi isto que o senhor quis dizer? Não se negue a reconhecer, foi isso mesmo que o senhor quis dizer! Afanassi Ivánovitch, eu tinha me esquecido de acrescentar: o senhor pegue esses setenta e cinco mil de volta e fique sabendo que eu o libero de graça. Basta! O senhor também precisa respirar! Nove anos e três meses! Amanhã, vida nova, mas hoje, no dia do meu aniversário, eu ajo a meu modo, pela primeira vez em toda a vida! General, pegue as suas pérolas de volta, dê de presente à sua esposa, aqui estão; a partir de amanhã eu saio inteiramente deste apartamento e não haverá mais festas, senhores!

Dito isto ela se levantou subitamente como se quisesse sair.

— Nastácia Filíppovna! Nastácia Filíppovna! — ouviu-se de todos os lados. Todos ficaram inquietos, todos se levantaram de seus lugares; todos a rodearam, todos ouviam preocupados aquelas palavras intempestivas, febris e delirantes; todos percebiam uma certa desordem, ninguém conseguia atinar, ninguém conseguia entender nada. Nesse instante ouviu-se de repente uma batida sonora e forte da sineta, tal qual se ouvira não fazia muito no apartamento de Gánietchka.

— Ah, ah, ah! Eis aí o desfecho! Até que enfim! Onze e meia! — exclamava Nastácia Filíppovna. — Peço que se sentem, senhores, isto é o desfecho!

Ao dizer isto ela mesma se sentou. Um riso estranho tremia em seus lábios. Estava sentada calada, numa expectativa febril, e olhando para a porta.

— Rogójin e os cem mil, não há dúvida — proferiu consigo mesmo Ptítzin.

XV

A criada Cátia[102] entrou assustadíssima.

— Sabe Deus o que está acontecendo, Nastácia Filíppovna, uns dez homens irromperam, e todos embriagados, querendo entrar aqui, dizem que é Rogójin e que a senhora mesma sabe.

— É verdade, Cátia, faça-os entrar todos imediatamente.

— Será que... todos mesmo, Nastácia Filíppovna? Eles são totalmente repugnantes. Um horror!

— Todos, faça entrar todos, Cátia, não tenhas medo, todos, absolutamente todos, senão vão acabar entrando sem a tua permissão. Vê que barulho estão fazendo, exatamente como de manhã. Senhores, será que se sentirão ofendidos — dirigiu-se ela aos convidados — por eu receber semelhante turma na vossa presença? Lamento muito e peço desculpa, mas é preciso, e eu gostaria muito, muito que os senhores concordassem em ser minhas testemunhas nesse desfecho, embora, pensando bem, façam como vos aprouver...

Os presentes continuaram a surpreender-se, a pasmar e a se entreolharem, mas ficou claríssimo que tudo aquilo havia sido calculado e organizado de antemão, e que agora ninguém iria tirar Nastácia Filíppovna do rumo — embora ela, é claro, tivesse enlouquecido. Uma curiosidade torturava em extremo a todos, se bem que não havia ninguém que pudesse temer muito. Damas havia apenas duas: Dária Alieksêievna, a senhora disposta que tinha visto de tudo e era difícil desconcertar, e a desconhecida bela porém calada. Mas dificilmente a desconhecida calada podia compreender o que quer que fosse: era uma alemã recém-chegada, que não sabia nada da língua russa; além do mais, parecia tão tola quanto bela. Ela estava ali de novo, e já se tornara praxe convidá-la para festas famosas, em trajes magníficos, penteada como para uma exposição, e fazê-la sentar-se como um quadro magnífico para embelezar a festa — da mesma forma como alguns conseguem emprestado com os conhecidos para suas festas, e por uma vez, um quadro, um

---

[102] Diminutivo de Iecatierina. (N. do T.)

vaso, uma estátua ou uma tela. Quanto aos homens, Ptítzin, era amigo de Rogójin, Fierdischenko era o próprio peixe n'água. Gánietchka continuava sem conseguir voltar a si, mas experimentava, ainda que apenas de forma vaga e incontida, a necessidade de permanecer até o fim em seu pelourinho; o velhote professor, que mal atinava no que estava acontecendo, por pouco não chorou e tremia literalmente de medo ao notar uma inquietação incomum ao redor e em Nastácia Filíppovna, a quem adorava como sua neta; no entanto, ele antes morreria do que a abandonaria num momento desses. Quanto a Afanassi Ivánovitch, ele, é claro, não poderia comprometer-se em tais aventuras; no entanto, estava interessado demais no caso, embora este tivesse tomado um rumo tão louco; além do mais, Nastácia Filíppovna deixara escapar a seu respeito duas ou três palavrinhas após as quais ninguém poderia sair de maneira nenhuma sem elucidar em definitivo a questão. Ele resolvera ficar até o fim, calar-se completamente e permanecer apenas como observador, o que, é claro, exigia a sua dignidade. Só o general Iepántchin, que antes disso acabara de ser ofendido com a devolução tão sem-cerimônia e ridícula do seu presente, agora podia, é claro, sentir-se ainda mais ofendido por todas essas inusitadas excentricidades ou, por exemplo, com o aparecimento de Rogójin; demais, um homem como ele já condescendera ao extremo, resolvendo sentar-se ao lado de Ptítzin e Fierdischenko; entretanto, o que a força da paixão conseguia fazer podia enfim ser vencido pelo sentimento da obrigação, pelo sentimento do dever, da classe e da importância e em geral pelo respeito por si mesmo, de forma que a presença de Rogójin, com sua turma, diante de sua excelência, era no mínimo inconcebível.

— Ah, general — interrompeu-o no mesmo instante Nastácia Filíppovna, mal ele se dirigia a ela com uma solicitação —, eu tinha até esquecido! Mas esteja certo de que a seu respeito eu previ. Se o senhor estiver se sentindo muito ofendido, eu não insisto e não o retenho, embora eu gostasse muito de ter precisamente o senhor em minha casa neste momento. Seja como for, eu lhe agradeço muito por tê-lo conhecido e pela atenção lisonjeira, mas se o senhor estiver temendo...

— Perdão, Nastácia Filíppovna — exclamou o general num acesso de generosidade cavalheiresca —, com quem a senhora está falando? Ora, por simples fidelidade eu agora permaneço a seu lado, e se, por exemplo, houver algum perigo... Além do mais, confesso, estou curiosíssimo. Eu quis me referir apenas ao fato de que eles pudessem estragar os tapetes e, talvez, quebrar alguma coisa... e, ademais, acho que não devia recebê-los de modo algum, Nastácia Filíppovna!

— É o próprio Rogójin! — proclamou Fierdischenko.

— O que acha, Afanassi Ivánovitch — conseguiu o general segredar-lhe às pressas —, não terá ela enlouquecido? Isto é, sem alegoria, mas no verdadeiro sentido médico, hein?

— Eu lhe dizia que ela sempre teve essa inclinação — sussurrou-lhe maliciosamente em resposta Afanassi Ivánovitch.

— E ainda por cima febril...

A turma de Rogójin tinha quase a mesma composição que tivera naquela manhã; acrescentaram-se apenas um velhote devasso, outrora redator de algum jornaleco vagabundo e denuncista e sobre quem corria a piada segundo a qual ele havia empenhado e bebido seus dentes de ouro, e mais um alferes da reserva, competidor decidido e concorrente no ofício e na função do senhor dos punhos da manhã e totalmente desconhecido de todos os integrantes da turma de Rogójin, mas apanhado na rua, no lado ensolarado da avenida Niévski, onde ele parava os transeuntes e com o estilo de Marlinski[103] pedia auxílio sob o astucioso pretexto de que, "outrora", ele mesmo dava quinze rublos a cada um dos seus pedintes. No mesmo instante, ambos os concorrentes passaram a tratar-se com hostilidade. O senhor dos punhos, depois que o "pedinte" foi aceito na turma, considerou-se até ofendido e, calado por natureza, apenas se limitava a rugir às vezes como um urso e a olhar com profundo desprezo para as bajulações que lhe dirigia o "pedinte", que se revelou um homem de sociedade e político desejoso de cair nas graças dele. Pela aparência, o alferes prometia pegar "no assunto" com mais astúcia e engenho que com força, e além do mais era mais baixo do que o senhor dos punhos. De forma delicada, sem entrar em nítida discussão mas se vangloriando ao extremo, várias vezes ele já havia insinuado as vantagens do boxe inglês, numa palavra, revelara-se o mais puro ocidentalista.[104] Ante a palavra "boxe", o senhor dos punhos limitava-se a sorrir com desdém e ofendido e, por sua vez, não concedia ao competidor uma nítida discussão, mostrando às vezes, em silêncio, como que por descuido, ou melhor, exibindo uma coisa absolutamente nacional — um punho enorme, fibroso, nodoso, coberto por uma penugem ruiva, e para todos ficava claro que, se aquela

---

[103] Pseudônimo do escritor decabrista A. A. Biestújev (1797-1837). O crítico Bielínski classificou seu estilo de "tenso, elevado e apaixonado". A observação irônica de Dostoiévski lembra a antiga popularidade de Marlinski precisamente no meio militar, ao qual pertenciam muitas das suas personagens. (N. da E.)

[104] Ironia do autor com os partidários do desenvolvimento da Rússia pela via ocidental. (N. do T.)

coisa profundamente nacional descesse sem errar sobre um objeto, aí não sobraria nadinha.

Como pela manhã, mais uma vez não havia entre eles pessoas "caindo de bêbadas", e isso graças ao empenho do próprio Rogójin, que durante todo o dia tivera em mente sua visita a Nastácia Filíppovna. Ele próprio conseguira ficar quase inteiramente sóbrio, mas por pouco não ficou atônito com todas aquelas impressões que experimentou nesse dia repugnante e sem similar em toda a sua vida. Uma única coisa ele teve sempre em vista, na memória e no coração, em cada minuto, em cada instante. Para essa coisa *única* ele passara todo o tempo, das cinco da tarde às onze da noite, numa angústia sem fim e alarmado, andando com os Kinder e os Biskup, que também por pouco não enlouqueceram virando-se como desvairados para lhe satisfazer as necessidades. E, não obstante, ainda assim conseguiram arranjar em moeda corrente os cem mil aos quais Nastácia Filíppovna aludira de passagem, de maneira galhofenta e absolutamente vaga, e pagaram juros sobre os quais o próprio Biskup conversava envergonhado com Kinder não em voz alta, mas apenas aos cochichos.

Como o fizera da outra vez, Rogójin entrou à frente de todos, os demais vinham atrás, e ele, embora imbuído da plena consciência da sua superioridade, ainda assim um tanto amedrontado. O principal, e sabe Deus por quê, é que eles estavam mais acovardados com Nastácia Filíppovna. Uns deles até pensavam que iriam "lançar escada abaixo" a todos eles imediatamente. Entre os que assim pensavam estava, aliás, também Zaliójev, o almofadinha e vencedor de corações. Mas outros, e em especial o senhor dos punhos, ainda que não o fizessem em voz alta mas no coração, tratavam Nastácia Filíppovna com o mais profundo desprezo e até com ódio e foram para a casa dela como quem vai montar um cerco. No entanto, a magnífica arrumação dos primeiros cômodos, os objetos que eles nunca haviam visto e dos quais nunca ouviram falar, os móveis raros, os quadros, uma imensa estátua de Vênus — tudo isso produziu neles uma impressão irresistível de respeito e quase que de medo. Isso, é claro, não impediu que todos eles, pouco a pouco e com uma curiosidade descarada, apesar do medo, se acotovelassem atrás de Rogójin a caminho do salão; mas quando o senhor dos punhos, o "pedinte" e alguns outros notaram entre os convidados o general Iepántchin, no primeiro instante se sentiram de tal modo desencorajados que começaram inclusive a retirar-se pouco a pouco para o outro cômodo. Só Liébediev era dos mais animados e convictos e entrou quase ao lado de Rogójin, compreendendo o que em realidade significa um milhão e quatrocentos mil rublos em dinheiro puro e cem mil agora, neste momento, nas mãos. É preciso, por outro lado, observar que todos eles, sem excluir nem o perito Liébediev, confundiam-se um pouco no conhecimento dos limites e das fronteiras do seu poderio e se de fato agora tudo lhes era mesmo permitido ou não. Em alguns momentos Liébediev estava até disposto a jurar que era, mas em outros sentia a intranquila necessidade de lembrar a si mesmo, por via das dúvidas, alguns artiguinhos, e predominantemente aqueles estimulantes e tranquilizantes do código de leis.

No próprio Rogójin o salão de Nastácia Filíppovna produziu uma impressão oposta à produzida em todos os seus companheiros. Mal se levantou o reposteiro e ele avistou Nastácia Filíppovna, todo o resto deixou de existir para ele, como naquela manhã, até de forma mais poderosa do que pela manhã. Ele empalideceu e parou por um instante; poder-se-ia adivinhar que seu coração batia de forma terrível. Ficou alguns segundos a olhar tímida e perdidamente para Nastácia Filíppovna, sem desviar os olhos. Súbito, como se tivesse perdido toda a razão e quase cambaleando, chegou-se à mesa; ao caminhar tropeçou na cadeira de Ptítzin e pisou com suas botas sujas a barra de renda do magnífico vestido azul da bela alemã calada; não se desculpou e nem notou. Ao chegar à mesa, depositou nela um estranho objeto, com o qual entrara no salão segurando com as duas mãos à sua frente. Era um grande pacote de papel, de três *verchoks* de altura e uns quatro *verchoks* de comprimento, enrolado solidamente com folhas do *Birjevie Viedomosti*[105] e amarrado com força de todos os lados e duas vezes em cruz com cordões, como aqueles com que se costumam amarrar pães de açúcar. Depois sentou-se, não disse uma palavra e baixou as mãos, como se esperasse a sua sentença. O terno era exatamente o da manhã, exceto o cachecol de seda totalmente novo envolvendo o pescoço, verde claro com um imenso alfinete de brilhante em forma de besouro, e um maciço anel de brilhante em um dedo sujo da mão direita. Liébediev parou a uns três passos da mesa; os demais, como já foi dito, foram aos poucos se juntando no salão. Cátia e Pacha, governantas de Nastácia Filíppovna, também acorreram para olhar por trás do reposteiro levantado, fitando-os com profunda surpresa e medo.

— O que é isto? — perguntou Nastácia Filíppovna, examinando Rogójin de modo fixo e curioso e apontando o "objeto" com os olhos.

— Os cem mil! — respondeu o outro quase murmurando.

— Ah, manteve mesmo a palavra, vejam só. Sente-se, por favor, aqui, nesta cadeira; depois eu lhe digo alguma coisa. Quem o acompanha? Toda

---

[105] *Diário da Bolsa*, jornal moscovita. (N. do T.)

a turma de há pouco? Pois bem, então que entrem e se sentem; pode ser ali naquele sofá, veja, e ali há mais um. Ali há duas poltronas... O que há com eles, não estão querendo?

De fato, alguns estavam positivamente desconcertados, haviam se retirado e se sentado em outro cômodo à espera, mas uns permaneceram e se espalharam depois do convite, só que longe da mesa, mais pelos cantos, uns ainda querendo ficar um pouco ofuscados, outros achando que quanto mais longe melhor e ganhando ânimo rapidamente de modo meio antinatural. Rogójin também se sentou na cadeira que lhe foi indicada, mas permaneceu pouco tempo sentado. Logo se levantou e não tornou a sentar-se. Pouco a pouco foi distinguindo e examinando os presentes. Ao avistar Gánia, deu um sorriso venenoso e sussurrou de si para si: "Olha só!". Para o general e Afanassi Ivánovitch ele olhou sem embaraço e até sem maiores curiosidades. Mas quando notou o príncipe ao lado de Nastácia Filíppovna ficou muito tempo sem conseguir desviar dele os olhos, extremamente admirado e como que sem condição de entender esse encontro. Poder-se-ia desconfiar de que ele ficara uns minutos em verdadeiro delírio. Além de todas as comoções desse dia, ele passara toda a noite anterior no trem e já estava há quase dois dias e noites sem dormir.

— Senhores, isto aqui são cem mil — disse Nastácia Filíppovna, dirigindo-se a todos com um desafio impaciente e febril —, estão aqui neste pacote sujo. Não faz muito ele gritava como um louco que me traria à noite cem mil e eu fiquei o tempo todo a esperá-lo. Era que estava me comprando: começou com dezoito mil, depois galopou de repente para quarenta, e depois para esses cem mil aqui. Manteve, pois, a palavra! Arre, como está pálido!... Isso aconteceu há pouco tempo em casa de Gánietchka: eu fui fazer uma visita à mãe dele, à minha futura família, e lá a irmã dele me gritou na cara: será que ninguém vai botar essa sem-vergonha para fora daqui!? — E cuspiu na cara de Gánietchka, seu irmão. É uma moça de caráter!

— Nastácia Filíppovna! — pronunciou o general em tom exprobratório. Ele começava a interpretar um pouco a coisa a seu modo.

— O quê, general? Não é decente, é isso? Mas chega de ostentação! É que eu estava no teatro Francês, numa frisa, como uma benemérita inocente, moradora de sobreloja, e, arisca, evitava todos aqueles que andavam atrás de mim há cinco anos e olhava como uma inocente altiva; pois bem, agora me bateu toda essa doidice! Vejam, diante dos senhores, ele chegou e pôs na mesa cem mil, depois de cinco anos de inocência, certamente as troicas deles já estão lá à minha espera. Me avaliaram em cem mil! Gánietchka, estou vendo que até agora estás zangado comigo? Ora, não me digas que tu querias me levar para a tua família. A mim, que sou de Rogójin! O príncipe não disse isso há pouco tempo?

— Eu não disse que a senhora é de Rogójin, a senhora não é de Rogójin! — pronunciou o príncipe com voz trêmula.

— Nastácia Filíppovna, basta, minha cara, basta, minha pombinha — de repente não se conteve Dária Aliekseievna —, já que para ti ficou tão difícil a presença deles, então olha para eles! Será possível que estás querendo acompanhar esses tipos, ainda que seja por cem mil! Verdade, cem mil é qualquer coisa! Mas pega estes cem mil e o põe porta afora, é assim que se deve agir com eles! Ah, se eu estivesse no teu lugar eu pegaria todos eles... e realmente!

Dária Aliekseievna ficou até tomada de ira. Era uma mulher bondosa e muito impressionável.

— Não te zangues, Dária Aliekseievna — sorriu-lhe Nastácia Filíppovna —, eu não falei com ele zangada. Por acaso eu o censurei? Eu francamente não consigo entender como aquela imbecil achou que eu quisesse entrar para uma família honesta. Vi a mãe dele, beijei-lhe a mão. E quanto ao fato de que eu zombei em tua casa, Gánietchka, é que eu mesma queria de propósito ver, pela última vez, até onde tu és capaz de ir. Bem, tu me viste, palavra. Eu esperava por muito, menos por isso! Será mesmo possível que tu poderias casar comigo, sabendo que aquele ali estava me dando um colar de pérolas de presente quase na véspera do teu casamento e que eu o estava aceitando? E quanto a Rogójin? Ora, em tua casa, na presença de tua mãe e de tua irmã, ele mercadejou comigo, e depois disso tu ainda assim vieste aqui noivar e por pouco não trouxeste a irmã? Sim, porventura Rogójin não disse a verdade, ao afirmar que por três rublos tu irias à ilha de São Basílio rastejando?

— E rastejará — pronunciou súbito Rogójin em voz baixa mas com ar de quem tem a maior convicção.

— Ainda se morresses de fome, mas acontece que tu recebes bons vencimentos, dizem! Além da vergonha, ainda por cima querias levar para casa uma mulher odiada! (Sim, porque tu me odeias, e eu sei disso!) Não, agora eu acredito que um tipo assim mata por dinheiro! Porque tamanha sede apoderou-se deles todos, estão se despedaçando de tal forma por dinheiro que parecem tontos. Ele mesmo é uma criança, mas já está fazendo das tripas coração para chegar a agiota! Ou então enrola seda no cabo da navalha, reforça-a, chega sorrateiramente pelas costas e degola um amigo como se degola um carneiro, conforme li recentemente. Vamos, tu és um desavergonhado! Eu sou uma desavergonhada, mas tu és pior ainda. Já nem falo daquele senhor do buquê...

— Será a senhora, será a senhora, Nastácia Filíppovna! — ergueu os braços o general com verdadeiro pesar —, a senhora tão delicada, dotada de pensamentos tão finos, e vejam! Que linguagem! Que estilo!

— Eu agora estou embriagada, general — riu de súbito Nastácia Filíppovna —, estou com vontade de farrear! Hoje é o meu dia, meu dia da escala,[106] meu dia bissexto, eu o aguardava há muito tempo. Dária Aliekseievna, estás vendo aquele senhor do buquê, aquele *monsieur aux camélias*,[107] aquele que está ali sentado e rindo de nós...

— Eu não estou rindo, Nastácia Filíppovna, estou apenas ouvindo com a maior atenção — revidou Totski com altivez.

— Pois bem, por que eu o atormentei cinco anos inteiros e não o liberei de mim? Terá merecido isso!? Ele simplesmente é tal qual deve ser... Ainda vai me considerar culpada perante si; pois me deu educação, me sustentou como uma condessa, e dinheiro, quanto dinheiro se gastou, ainda lá andou procurando um marido honesto para mim, e aqui, Gánietchka; vê lá o que podes achar: durante esses cinco anos não vivi com ele, mas aceitei dinheiro, e achando que tinha direito! Vê só, eu perdi completamente o tino! Tu me dizes para eu pegar os cem mil e tocá-lo porta afora, porque isso é abominável. É verdade que é abominável... Eu podia ter me casado há muito tempo, e não que fosse com Gánietchka, pois isso também seria muito abominável. E por que razão perdi meus cinco anos nessa raiva!? Não sei se acreditas ou não, mas há uns quatro anos vez por outra eu pensava: por que é mesmo que eu não me caso com o meu Afanassi Ivánovitch? Naquela época eu pensava nisso de raiva; sabe-se lá o que então me passava pela cabeça; olha, eu o teria obrigado, teria mesmo! Ele próprio cansou de pedir, acreditas? É verdade que ele mentia, porque é muito sequioso e não consegue se conter. Mas graças a Deus eu pensei depois: será que ele merece tamanha raiva? E então ele me deu subitamente tamanho asco que se ele mesmo quisesse casar eu não teria aceitado. E passei inteiros cinco anos me gabando sem parar! Não, o melhor é ir para a rua, que é o meu lugar! Ou cair na farra com Rogójin, ou amanhã mesmo ir trabalhar de lavadeira! Porque em cima de mim não há nada de meu; vou embora, largo tudo com ele, deixo até o último trapo, e sem ele, quem vai me querer, pergunta por exemplo a Gánia; será que ele vai querer? É, nem Fierdischenko iria querer...

---

[106] Dia da escala, *tábielnii dién*. Havia na Rússia uma festa de tipo especial, que se repetia esporadicamente. Na Rússia anterior a 1917 havia uma escala com a enumeração dos diferentes festejos e estabelecia a sua hierarquia. (N. da E.)

[107] "Senhor das camélias", em francês no original. (N. do T.)

— Fierdischenko talvez não queira, Nastácia Filíppovna, eu sou um homem franco — interrompeu Fierdischenko —, mas em compensação o príncipe quer! A senhora fica aí chorando, mas olhe para o príncipe! Faz tempo que eu o observo...

Nastácia Filíppovna virou-se curiosa para o príncipe.

— É verdade? — perguntou.

— Verdade — murmurou o príncipe.

— E quer como eu sou, sem nada!?

— Quero, Nastácia Filíppovna...

— Está aí uma nova anedota! — murmurou o general. — Era de se esperar.

Com um olhar aflito, severo e penetrante o príncipe fitava o rosto de Nastácia Filíppovna, que continuava a examiná-lo.

— Eis mais esse que me aparece! — disse de repente a Dária Alieksêievna. — Só que ele é realmente de bom coração, eu o conheço. Encontrei um benfeitor! Aliás, dele se pode dizer, é verdade, que... *não bate*. De que vais viver, se estás tão apaixonado que queres a mulher que pertence a Rogójin para casar contigo, com um príncipe?...

— Eu a quero honesta, Nastácia Filíppovna, e não pertencente a Rogójin — disse o príncipe.

— Sou eu mesma a honesta?

— A senhora.

— Ora, isso aí... é coisa de romance! Príncipe, meu caro, isso são velhas maluquices, só que o mundo de hoje ficou mais inteligente, e tudo isso é absurdo! E além disso, como é que irias te casar, quando tu mesmo ainda precisas de uma babá?

O príncipe se levantou e com voz trêmula e tímida, mas ao mesmo tempo com o aspecto de um homem profundamente convicto, pronunciou:

— Eu não sei de nada, Nastácia Filíppovna, eu não vi nada, a senhora tem razão, mas eu... eu considero que é a senhora que me dará a honra e não eu à senhora. Eu não sou nada, já a senhora sofreu e saiu de um grande inferno, e pura, e isso é muito. De que se envergonha e por que quer ir-se com Rogójin? Isso é febre... A senhora devolveu ao senhor Totski setenta mil rublos e diz que vai abandonar tudo o que existe aqui; ninguém aqui presente faria tal coisa. Eu, Nastácia Filíppovna, a... a amo. E morrerei pela senhora, Nastácia Filíppovna. Não permito que ninguém diga uma palavra contra a senhora... Se formos pobres, eu vou trabalhar, Nastácia Filíppovna...

A essas últimas palavras ouviu-se a risadinha de Fierdischenko, de Liébediev, e até o general deu uma espécie de grasnado para si com grande insatisfação. Ptítzin e Totski não podiam deixar de sorrir, mas se contiveram. Os demais simplesmente pasmaram de surpresa.

— ... Mas nós talvez não venhamos a ser pobres e sim muito ricos, Nastácia Filíppovna — continuou o príncipe com a mesma voz tímida. — Se bem que eu ainda não sei ao certo, e lamento que até este momento, depois de um dia inteiro, eu não tenha me inteirado de nada, mas na Suíça eu recebi uma carta do senhor Salázkin, enviada de Moscou, e ele me faz saber que eu estaria para receber uma herança muito grande. Veja esta carta...

O príncipe realmente tirou uma carta do bolso.

— Mas será que ele não está delirando? — murmurou o general. — Um verdadeiro manicômio!

Por um instante seguiu-se certo silêncio.

— Príncipe, o senhor, parece, disse que a carta lhe foi endereçada por Salázkin? — perguntou Ptítzin. — Ele é um homem muito conhecido no seu meio; é um famosíssimo solicitador de causas, e se ele realmente o faz saber, então pode acreditar plenamente. Por sorte eu conheço a letra, porque há pouco tempo tive uma causa... Se o senhor me deixar dar uma olhada, é possível que eu possa lhe dizer alguma coisa.

Com a mão trêmula e calado, o príncipe lhe estendeu a carta.

— Ora, o que é isso, o que é isso? — notou o general, olhando meio louco para todos. — Mas será mesmo uma herança?

Todos fixaram as vistas em Ptítzin, que lia a carta. A curiosidade geral ganhou um impulso novo e extraordinário. Fierdischenko não conseguia permanecer sentado; Rogójin olhava perplexo e numa terrível inquietação deslocava o olhar ora para o príncipe, ora para Ptítzin. Dária Aliekêievna parecia pisar em brasas de expectativa. Nem Liébediev se conteve, saiu do seu canto e, curvando-se, pôs-se a espiar a carta por cima dos ombros de Ptítzin, com o aspecto de um homem que teme ganhar um soco por isso.

XVI

— É questão segura — anunciou finalmente Ptítzin, dobrando a carta e entregando-a ao príncipe. — O senhor vai receber, sem qualquer trabalho, por testamento inquestionável de vossa tia, um capital extraordinariamente volumoso.

Todos tornaram a ficar boquiabertos.

Ptítzin explicou, dirigindo-se preferencialmente a Ivan Fiódorovitch, que cinco meses antes havia morrido uma tia do príncipe, que ele jamais conhecera pessoalmente, irmã mais velha da mãe dele e filha do comerciante moscovita Papúchin, membro da terceira guilda, que morrera pobre e arruinado. Mas o irmão mais velho desse Papúchin, também falecido há pouco tempo, era um comerciante rico e famoso; um ano antes havia perdido seus dois únicos filhos quase no mesmo mês. Isso o atingiu de tal forma que logo em seguida o próprio velho adoeceu e morreu. Era viúvo, sem um único herdeiro além da tia do príncipe, sobrinha consanguínea de Papúchin, mulher muito pobre que morava de favores em casa de estranhos. No momento em que recebia a herança essa tia já estava quase morrendo de hidropisia, mas passou imediatamente a procurar o príncipe, incumbiu Salázkin de fazê-lo e teve tempo de lavrar o testamento. Pelo visto nem o príncipe nem o médico que cuidava dele na Suíça quiseram aguardar a notificação oficial ou passar atestado, e o príncipe, de posse da carta de Salázkin, resolveu agir pessoalmente...

— Eu só posso lhe dizer — concluiu Ptítzin, dirigindo-se ao príncipe — que tudo isso deve ser inquestionável e verdadeiro, e o senhor pode considerar como dinheiro limpo no bolso tudo o que escreve Salázkin sobre a indiscutibilidade e a legitimidade da sua causa. Meus parabéns, príncipe! É possível que o senhor também receba coisa de um milhão e meio ou talvez até mais. Papúchin era um comerciante muito rico.

— Vejam só, o último do clã dos Míchkin! — começou a berrar Fierdischenko.

— E não faz muito eu lhe emprestei vinte e cinco rublos, coitado, quá-quá-quá! Fantasmagoria e nada mais! — pronunciou o general, quase aturdido de surpresa. — Eia, parabéns, parabéns! — e, levantando-se do lugar, chegou-se ao príncipe para abraçá-lo. Depois dele os outros também começaram a levantar-se e igualmente caminharam para o príncipe. Até os que estavam escondidos atrás do reposteiro começaram a aparecer no salão. Houve um murmúrio vago, exclamações, fizeram-se ouvir até exigências de champanhe; tudo virou acotovelamento, azáfama. Por um instante faltou pouco para que esquecessem Nastácia Filíppovna e que, apesar de tudo, ela era a dona da sua festa. Mas pouco a pouco e ao mesmo tempo, ocorreu a quase todos que o príncipe acabara de fazer-lhe uma proposta de casamento. A coisa, portanto, se afigurava três vezes ainda mais louca e inusitada que antes. Profundamente admirado, Totski dava de ombros; ele era quase o único que permanecia sentado, todo o resto da multidão se apinhava desordenadamente em volta da mesa. Depois todos afirmaram que foi a partir desse momento que Nastácia Filíppovna endoideceu. Ela continuou sentada, e durante certo tempo observou todos com um olhar estranho e surpreso, como se não estivesse entendendo e fizesse esforços para atinar. Em seguida se dirigiu ao príncipe e, de cenho ameaçadoramente franzido, ficou a examiná-lo com um olhar fixo; mas isso foi por um instante; pode ser que de pronto lhe tenha parecido que tudo aquilo era uma brincadeira, uma galhofa; no entanto, o aspecto do príncipe a dissuadiu no mesmo instante. Ela ficou pensativa, tornou a sorrir, como se não atinasse com clareza...

— Quer dizer então que eu sou mesmo uma princesa! — murmurou ela de si para si como quem zomba e, olhando involuntariamente para Dária Aliekseievna, começou a rir. — Um desfecho inesperado... eu... não esperava que fosse assim... Ora, senhores, por que continuam em pé, façam o favor de sentar-se, de parabenizar a mim e ao príncipe! Parece que alguém pediu champanhe; Fierdischenko, vai buscar, dá as ordens. Cátia, Pacha — num átimo ela avistou as suas moças à porta —, venham até aqui, eu vou me casar, ouviram? Com o príncipe, ele tem um milhão e meio, ele é o príncipe Míchkin e quer casar comigo!

— Sim, boa sorte, minha cara, já era tempo! Nada de deixar escapar! — gritou Dária Aliekseievna, profundamente comovida com o ocorrido.

— Vamos, príncipe, senta-te a meu lado — continuou Nastácia Filíppovna —, assim, e olha, estão trazendo o vinho; deem-nos os parabéns, senhores!

— Hurra! — gritou uma infinidade de vozes. Muitos se apinharam em torno do vinho, inclusive eram quase todos da turba de Rogójin. E mesmo que eles gritassem e estivessem dispostos a gritar, a despeito de toda a estranheza das circunstâncias e do ambiente, muitos deles sentiram que a decoração estava mudando. Outros estavam embaraçados e aguardavam desconfiados. Mas muitos cochichavam entre si que o assunto era o mais corriqueiro, com quem os príncipes não se casam! Até com ciganas dos acampamentos. O próprio Rogójin estava em pé e olhava, contraindo o rosto num sorriso imóvel, atônito.

— Príncipe, meu caro, reconsidere! — murmurou-lhe horrorizado o general, chegando-se de um lado e puxando o príncipe pela manga do paletó.

Nastácia Filíppovna notou e soltou uma gargalhada.

— Não, general! Agora eu mesma sou uma princesa, o senhor ouviu — o príncipe não vai permitir que me ofendam. Afanassi Ivánovitch, o senhor também me dê os parabéns; doravante eu vou me sentar ao lado de sua esposa em toda parte; o que o senhor acha, é vantajoso ter um marido assim? Um milhão e meio, e ainda príncipe, e, dizem, ainda por cima idiota, o que pode haver de melhor? Só agora começa a vida de verdade! Chegou atrasado, Rogójin! Leve seu pacote, eu estou me casando com o príncipe e eu mesma sou mais rica do que tu!

Mas Rogójin compreendeu de que se tratava. Um sofrimento inexprimível estampou-se em seu rosto. Ele ergueu os braços, e um gemido lhe escapou do peito.

— Renuncia! — gritou ele ao príncipe.

Ao redor caíram na risada.

— Renunciar para ti, é? — secundou triunfante Dária Aliekseîevna. — Vejam só, despejou o dinheiro na mesa, mujique! O príncipe vai casar-se com ela, e tu apareceste aqui para armar escândalo!

— Eu também caso! Caso agora, neste instante! Dou tudo!...

— Vejam só, um bêbado saído do boteco, precisas é ser escorraçado! — repetiu Dária Aliekseîevna com indignação.

O riso foi ainda maior.

— Príncipe — Nastácia Filíppovna dirigiu-se a ele —, vê como um mujique está negociando tua noiva.

— Ele está bêbado — disse o príncipe. — Ele a ama muito.

— E mais tarde não sentirás vergonha pelo fato de que tua noiva por pouco não foi embora com Rogójin?

— É que a senhora estava febricitante; agora a senhora também está com febre, delirando.

— E não vais te envergonhar quando mais tarde te disserem que tua mulher foi manteúda de Totski?

— Não, não vou me envergonhar... A senhora não viveu com Totski por vontade própria.

— E nunca irá me recriminar por isso?

— Não recriminarei.

— Vê lá, não garantas por toda a vida!

— Nastácia Filíppovna — disse o príncipe em voz baixa e como que compadecido —, há pouco eu lhe disse que tomo como uma honra a sua concordância e que é a senhora que me dá a honra e não eu à senhora. A senhora riu dessas palavras e ao redor, eu ouvi, também riram. É possível que eu tenha me expressado de modo muito ridículo e também tenha sido ridículo, no entanto sempre me pareceu o tempo todo que eu... compreendo em que consiste a honra e estou certo de que disse a verdade. Agora mesmo a senhora estava querendo se desgraçar, de forma irreversível, porque depois a senhora nunca iria se perdoar por isso: mas a senhora não tem culpa de nada. Não é possível que sua vida já esteja completamente arruinada. Que importa que Rogójin tenha vindo procurá-la e Gavrila Ardaliónovitch quis enganá-la? Por que a senhora lembra isso a cada instante? Poucas pessoas seriam capazes de fazer o que a senhora fez, isso eu lhe repito, e quanto ao fato de que a senhora queria ir embora com Rogójin, a senhora decidiu numa crise de doença. Neste momento a senhora também está em crise, e seria melhor que fosse para a cama. Amanhã mesmo a senhora iria trabalhar de lavadeira e não ficaria com Rogójin. A senhora é altiva, Nastácia Filíppovna, mas talvez já seja tão infeliz que realmente se considere culpada. A senhora precisa muito de cuidados, Nastácia Filíppovna. Eu vou cuidar da senhora. Não faz muito, vi o seu retrato, e foi como se tivesse reconhecido um rosto conhecido. No mesmo instante tive a impressão de que a senhora parecia me chamar... Eu... eu vou respeitá-la a vida inteira, Nastácia Filíppovna — concluiu de súbito o príncipe, como se num átimo recobrasse os sentidos, corando e compreendendo o tipo de pessoas diante de quem falava.

Ptítzin chegou até a baixar a cabeça e ficar olhando para o chão de vergonha. Totski pensou consigo: "É um idiota, mas sabe que a lisonja é a melhor maneira de chegar ao objetivo; uma índole!". O príncipe também notou que de um canto brilhava o olhar de Gánia, que parecia querer transformá-lo em cinza.

— Eis como age um homem bom! — proclamou Dária Aliekseievna enternecida.

— É um homem instruído, porém liquidado! — murmurou o general a meia-voz.

Totski pegou o chapéu e dispôs-se a levantar-se a fim de sair às furtadelas. Ele e o general se entreolharam com o fito de saírem juntos.

— Obrigada, príncipe, até hoje ninguém ainda havia falado comigo dessa maneira — pronunciou Nastácia Filíppovna —, sempre mercadejaram comigo, mas casar nenhum homem decente se propôs. Ouviu, Afanassi Ivánitch?[108] O que o senhor achou de tudo o que o príncipe disse? Porque é quase indecente... Rogójin! Aguarda para sair. Ademais não vais sair, estou vendo. Pode ser que eu ainda vá contigo. Para onde queres me levar?

— Para Iecateringof[109] — informou Lébiediev de um canto, enquanto Rogójin apenas estremecia e arregalava os olhos como se não acreditasse. Estava completamente embotado, como se tivesse recebido uma terrível pancada na cabeça.

— Mas o que é isso, o que é isso, minha cara! Foi tomada de um verdadeiro ataque; enlouqueceste? — precipitou-se assustada Dária Alieksêievna.

— E tu estavas mesmo achando? — levantou-se de um salto do sofá e gargalhando Nastácia Filíppovna. — Arruinar uma criança como essa? Isso é coisa para o Afanassi Ivánitch daqueles tempos: é ele quem gosta de crianças. Vamos partir, Rogójin! Prepara o teu pacote! Não importa que queiras casar-te, mesmo assim vai me dando o dinheiro. Pode ser até que eu nem me case contigo. Pensavas que, uma vez que querias casar-te, o pacote ficaria contigo? Lorotas! Eu mesma sou uma sem-vergonha! Eu fui amante de Totski... príncipe! Agora precisas é de Aglaia Iepántchina e não de Nastácia Filíppovna — senão Fierdischenko vai ficar apontando com o dedo. Tu não temes, mas eu vou temer te arruinar, e além do mais irias me censurar depois. E quanto a tu proclamares que eu te daria a honra, isso Totski sabe. E quanto a Aglaia Iepántchina, tu, Gánia, a deixaste escapar; sabias? Se não mercadejasses com ela, ela se casaria sem falta contigo. É assim que vocês todos são: ou se dão com mulheres desonradas, ou com mulheres honradas — só há uma escolha! Senão acabas forçosamente te atrapalhando... Vejam só, o general está olhando, de boca aberta...

— Isso é uma Sodoma, uma Sodoma! — repetia o general, sacudindo os ombros. Também se levantara do sofá; todos estavam novamente em pé. Nastácia Filíppovna parecia delirar.

— Será possível? — gemeu o príncipe com pesar.

— E tu pensavas que não? É possível que eu seja altiva, é dispensável dizer que sou uma sem-vergonha! Há pouco tu me chamaste de perfeição; boa perfeição, que de pura fanfarrice pisoteou um milhão e um principado e está indo para uma favela. Vamos, de que esposa te sirvo depois disso? Afanassi Ivánitch, veja só, eu joguei mesmo um milhão pela janela! O que achas,

---

[108] Forma sincopada e mais ou menos íntima do patronímico Ivánovitch. (N. do T.)

[109] Iecateringof (em homenagem a Catarina I) era um parque com um palácio no sudeste de Petersburgo e um local de diversões públicas. (N. da E.)

que me casando com Gánia e por causa dos seus setenta e cinco mil eu estaria achando que ia para a felicidade? Os setenta e cinco mil, podes ficar com eles, Afanassi Ivánitch (não chegou nem aos cem, Rogójin te sobrepujou!); quanto a Gánietchka, eu mesma vou consolá-lo, tive uma ideia. Agora eu quero farra, eu sou da rua mesmo. Passei dez anos numa prisão, agora é a vez da minha felicidade! O que estás esperando, Rogójin? Anda, vamos!

— Vamos! — berrou Rogójin, quase tomado de frenesi de tanta alegria. — Ei... vocês... ao redor... vinho! Oh!...

— Abasteçam de vinho, eu quero beber. E música, vai ter?

— Vai, vai! Não te aproximes! — berrou Rogójin tomado de furor, ao ver que Dária Aliekseîevna se aproximava de Nastácia Filíppovna. — É minha! É tudo meu! A rainha! É o fim!

Ele estava sufocado de contentamento; andava em volta de Nastácia Filíppovna e gritava com todos: "Não te aproximes!". Toda a turma já se aglomerava no salão. Uns bebiam, outros gritavam e gargalhavam, todos estavam no mais excitado e descontraído estado de espírito. Fierdischenko ensaiava juntar-se a eles. O general e Totski tornaram a fazer um movimento para esgueirar-se. Gánia também estava de chapéu na mão, mas em pé, calado, e ainda era como se não conseguisse despregar-se do quadro que se formava à sua frente.

— Não te aproximes! — gritava Rogójin.

— Ora por que estás gritando!? — ria dele Nastácia Filíppovna às gargalhadas. — Eu ainda sou a dona de minha casa; se me der na telha eu te boto pra fora aos empurrões. Eu ainda não peguei dinheiro de ti, vê, ali está ele; traze-me aqui, todo o pacote! Nesse pacote tem cem mil? Arre, que miséria! O que tens, Dária Aliekseîevna? Não me digas que eu devia arruiná-lo? (Ela apontou para o príncipe.) Como é que ele iria casar-se? Ele mesmo ainda precisa de uma babá; vê só o general, este é que vai ser sua babá — vê só como o bajula! Olha, príncipe, tua noiva pegou o dinheiro porque ela é uma devassa, e tu ainda a querias para esposa! Ora, por que estás chorando? Será de amargura? Mas tu rias, acho que devias rir — continuava Nastácia Filíppovna, em cujas faces brilharam duas graúdas lágrimas. — Crê no tempo — tudo passará! É melhor caíres em si agora do que depois... Vamos, por que vocês não param de chorar? — vejam, até Cátia está chorando! O que tens, Cátia, minha querida? Vou deixar muito para ti e Pacha, já dispus sobre isso, mas agora adeus! Eu te obriguei, moça honesta, a cuidar de uma devassa... Assim é melhor, príncipe, palavra que é melhor, depois irias me desprezar e nós não seríamos felizes! Não jures, não acredito! Ademais, que tolice isso seria!... Não, o melhor é nos despedirmos às boas, porque senão, eu mesma sou uma sonhadora, não haveria nenhuma vantagem! Porventura eu mesma não sonhei contigo? Tu tens razão, sonhava há muito tempo, ainda na aldeia dele, morei cinco anos na total solidão; acontecia de pensar, pensar, sonhar, sonhar — e era sempre um como tu que eu imaginava, bondoso, honesto, bom e tão tolinho que de repente chegaria e diria: "A senhora não tem culpa, Nastácia Filíppovna, e eu a adoro!". É, é isso, acontecia de eu cair no devaneio, era de enlouquecer... E então aparecia aquele ali: passava uns dois meses por ano, me desonrava, me magoava, me excitava, me depravava, e ia embora — mil vezes eu quis me atirar na represa, mas era vil, me faltou ânimo, no entanto agora... Rogójin, estás pronto?

— Pronto! Não te aproximes!

— Pronto! — ouviram-se várias vozes.

— As troicas estão aguardando com os chocalhinhos!

Nastácia Filíppovna agarrou o pacote com as mãos.

— Gánia, tive uma ideia: quero te recompensar, porque, a troco de quê irias perder tudo? Rogójin, ele se arrastará até a ilha de São Basílio por três rublos?

— Se arrastará!

— Pois bem, Gánia, então me escuta, quero olhar para a tua alma pela última vez; tu mesmo passaste três meses inteiros me atormentando; agora é a minha vez. Estás vendo este pacote, nele há cem mil rublos! Agora mesmo vou lançá-lo na lareira, no fogo, na presença de todos aqui, todos são testemunhas! Assim que o fogo pegar no pacote todo, enfia-te na lareira, só que sem luvas, de mãos nuas, mangas arregaçadas, e tira o pacote do fogo! Tu o tiras — será teu, todos os cem mil serão teus! Vais queimar uma coisinha de nada dos dedos — só que são cem mil, pensa! Não vais demorar a tirá-lo! Enquanto isso, vou ficar me deliciando com tua alma, vendo como tu te metes no fogo atrás do meu dinheiro. Todos são testemunhas de que o pacote será teu! Se não te meteres lá, então ele vai virar cinza; não deixarei ninguém se aproximar. Fora! Todos fora! O dinheiro é meu! Eu o peguei por uma noite com Rogójin. O dinheiro não é meu, Rogójin?

— Teu, meu bem! Teu, rainha!

— Pois bem, sendo assim todos fora, o que me der na telha é o que vou fazer! Ninguém me atrapalhe! Fierdischenko, ajeite o fogo.

— Nastácia Filíppovna, as mãos não se levantam! — respondeu atônito Fierdischenko.

— Ora, vejam só! — gritou Nastácia Filíppovna, pegou as tenazes da lareira, afastou dois tições e, mal o fogo se espalhou, lançou nele o pacote.

Ouviu-se um grito ao redor; muitos até se benzeram.

— Enlouqueceu, enlouqueceu! — gritaram ao redor.
— Não... não... será o caso de nós a amarrarmos? — cochichou o general a Ptítzin — ou enviá-la... Porque não está mesmo louca, mesmo louca? Louca?
— N-não, talvez isso não seja loucura completa — cochichou um Ptítzin pálido como um lenço e trêmulo, sem forças para desviar o olhar do pacote em chamas.
— Não é louca? Não é louca? — o general importunava Totski.
— Eu lhe disse que ela é uma mulher *pitoresca* — murmurou Afanássi Ivánovitch, também meio pálido.
— Só que são cem mil!...
— Meu Deus, meu Deus! — ouvia-se ao redor. Todos se aglomeraram em torno da lareira, todos se espichavam para olhar, todos soltavam exclamações... Alguns até treparam em cadeiras a fim de olhar por cima das cabeças. Dária Alieksêievna pulara fora para outro cômodo e, apavorada, cochichava alguma coisa com Cátia e Pacha. A beldade alemã saiu correndo.
— Mãezinha! Rainha! Onipotente! — berrou Liébediev, arrastando-se de joelhos diante de Nastácia Filíppovna e estendendo a mão para a lareira. — Cem mil! Cem mil! Eu mesmo vi, empacotaram na minha presença! Mãezinha! Benevolente! Ordene-me que entre na lareira, e eu me enfio todo, meto toda a minha cabeça grisalha no fogo!... Tenho uma mulher doente, sem pernas, treze filhos — todos órfãos, enterrei meu pai na semana passada, todo mundo passando fome, Nastácia Filíppovna!! — e depois de berrar fez menção de arrastar-se para a lareira.
— Fora! — gritou Nastácia Filípppovna, afastando-o aos empurrões. — Todos abram caminho! Gánia, que fazes aí em pé? Não tenhas vergonha! Sobe na lareira! É a tua felicidade!
Mas Gánia já havia suportado demais nesse dia e nessa noite, e para essa última e inesperada experiência não estava preparado. A multidão abriu duas alas diante dele, e ele ficou olho no olho com Nastácia Filíppovna, a três passos de distância dela. Ela estava postada ao pé da lareira e aguardava, sem tirar dele o olhar incandescente e fixo. Gánia, de fraque, chapéu na mão e luvas, estava em pé diante dela, calado e humilde, de braços cruzados e olhando para o fogo. Um sorriso de louco lhe corria pelo rosto pálido como um lenço. É verdade que não conseguia desviar a vista do fogo, do pacote em chamas; mas, parecia, algo novo lhe entrara na alma; era como se ele tivesse jurado suportar uma tortura; não se movia do lugar; alguns instantes depois ficou claro para todos que ele não iria atrás do pacote, não queria ir.

— Ei, vão virar cinza, e te deixar envergonhado — gritava-lhe Nastácia Filíppovna —, olha que depois vais te enforcar, eu não estou brincando.

O fogo, que se inflamara inicialmente entre dois tições que acabavam de queimar, primeiro ensaiou apagar-se quando o pacote lhe caiu em cima e o calcou. No entanto uma pequena chama azul ainda se aferrava de baixo para cima, no canto do tiçãozinho que ficava por baixo. Por fim uma lingueta de fogo fina e comprida lambeu também o pacote, o fogo agarrou-se e espalhou-se de baixo para cima pelos cantos do papel, e de repente todo o pacote inflamou-se na lareira, e uma chama viva irrompeu no alto. Todos soltaram um ah!

— Mãezinha! — outra vez berrava Liébediev num ímpeto para frente, mas Rogójin tornou a arrastá-lo e o afastou com um empurrão.

O próprio Rogójin se convertera num olhar estático. Não conseguia desgrudar o olhar de Nastácia Filíppovna, inebriava-se, estava no sétimo céu.

— Eis aí como age uma rainha! — repetia a todo instante, dirigindo-se a quem quer que aparecesse ao lado. — Eis como se age à nossa maneira! — gritava ele fora de si. — Vamos, senhores vigaristas, quem de vós faria uma coisa dessas, hein?

O príncipe observava triste e calado.

— Eu o tiro com os dentes por apenas um mil! — fez menção de sugerir Fierdischenko.

— Com os dentes até eu conseguiria! — rangeu o senhor dos punhos por trás de todos num acesso de decidido desespero. — Di-diabos que o carreguem, está queimando, vai virar tudo cinzas! — gritou ele ao ver a chama.

— Está queimando, queimando! — gritaram todos a uma só voz, quase todos também num ímpeto em direção à lareira.

— Gánia, não te faças de rogado, estou te dizendo pela última vez!

— Trepa! — berrou Fierdischenko precipitando-se para Gánia num decidido furor e segurando-o pelo punho. — Trepa lá, fanfarrãozinho! Vai virar cinzas! Ô, ma-m-maldito!

Gánia o afastou com um forte empurrão, deu meia-volta e tomou o rumo da porta; mas antes de dar dois passos cambaleou e desabou no chão.

— Desmaiou! — gritaram ao redor.

— Mãezinha, vai virar cinzas! — berrou Liébediev.

— Virar cinzas à toa — berraram de todos os lados.

— Cátia, Pacha, água para ele, álcool! — gritou Nastácia Filíppovna, agarrou as tenazes da lareira e arrancou o pacote.

Quase toda a superfície do papel havia queimado e virado cinzas, mas logo se viu que o interior estava intacto. Três folhas de papel de jornal cobriam o pacote e o dinheiro estava inteiro. Todos deram um suspiro de alívio.

— Apenas um milzinho à toa se estragou, porque o resto está inteiro — proferiu Liébediev enternecido.

— É tudo dele! O pacote todo é dele! Ouviram, senhores!? — proclamou Nastácia Filíppovna, pondo o pacote ao lado de Gánia. — É que ele não foi atrás, aguentou firme! Quer dizer que o amor-próprio é ainda mais forte do que a sede de dinheiro. Não há de ser nada, vai voltar a si! Senão degolaria um, é possível... Vejam, já está voltando a si. General, Ivan Pietróvitch, Dária Aliekseievna, Cátia, Pacha, Rogójin, ouviram? O pacote é dele, é de Gánia. Eu lhe dou em posse plena, como recompensa... bem, seja lá o que for! Digam a ele. Que o pacote fique ao seu lado... Rogójin, marcha! Adeus, príncipe, pela primeira vez eu vi um homem! Adeus, Afanassi Ivánovitch, *merci*!

Toda a turba de Rogójin passou voando com algazarra, estrépitos e gritos pelos cômodos atrás de Rogójin e Nastácia Filíppovna na direção da saída. Na sala as moças entregaram o casaco de pele a ela: a cozinheira Marfa chegou correndo da cozinha. Nastácia Filíppovna cobriu todas de beijos.

— Mãezinha, mas será mesmo que vai nos deixar para sempre? E para onde a senhora vai? E ainda no dia do aniversário, num dia como esse! — perguntavam as chorosas moças, beijando as mãos dela.

— Vou para a rua, Cátia, tu ouviste, lá é que é o meu lugar, ou então vou trabalhar de lavadeira! Chega de Afanassi Ivánovitch! Façam-lhe uma reverência em meu nome e não guardem rancor de mim...

O príncipe lançou-se precipitadamente para a entrada, onde todos já tomavam assentos em três troicas com chocalhinhos. O general conseguiu alcançá-lo ainda na escada.

— Perdão, príncipe, reconsidera! — dizia ele, segurando-o pelo braço. — Deixa-a! Estás vendo o que ela é! Eu te falo como um pai...

O príncipe olhou para ele, mas, sem dizer uma palavra, desvencilhou-se e correu para baixo.

Na entrada, de onde as troicas acabavam de partir em disparada, o general viu que o príncipe tomava a primeira carruagem e gritava que seguisse para Iecateringof atrás das troicas. Em seguida chegou o trotador cinzento do general e o levou para casa com novas esperanças e cálculos, e com as pérolas de há pouco, que apesar de tudo o general não se esqueceu de levar consigo. Entre os cálculos passou-lhe umas duas vezes pela mente a imagem sedutora de Nastácia Filíppovna; o general deu um suspiro:

— Lamento! Lamento sinceramente! Uma mulher perdida! Uma mulher louca!... Bem, agora não é de Nastácia Filíppovna que o príncipe precisa...

Nesse mesmo gênero, algumas palavras moralizantes e de despedida foram ditas por dois outros interlocutores e convidados de Nastácia Filíppovna, que resolveram dar uma pequena caminhada.

— Sabe, Afanassi Ivánovitch, como se diz, entre os japoneses acontece coisa desse gênero — dizia Ivan Pietróvitch Ptítzin —, lá parece que o ofendido vai ao ofensor e lhe diz: "Tu me ofendeste, por isso eu vim fazer haraquiri diante dos teus olhos", após essas palavras realmente faz haraquiri diante do ofensor e sente, vai ver, uma extraordinária satisfação, como se de fato tivesse se vingado. Há índoles estranhas nesse mundo, Afanassi Ivánovitch!

— E o senhor acha que neste caso houve coisa do gênero — respondeu com um sorriso Afanassi Ivánovitch —, hum! Não obstante, o senhor foi espirituoso... e fez uma magnífica comparação. Mas, apesar disso, amabilíssimo Ivan Pietróvitch, o senhor mesmo viu que eu fiz tudo o que pude; não posso fazer acima do possível, convenha o senhor! Mas convenha ainda, não obstante, que nessa mulher há méritos capitais... traços brilhantes. Há pouco eu quis até gritar para ela, se tal coisa eu me permitisse naquela Sodoma, que ela mesma é a minha melhor justificação das suas acusações. Bem, quem vez por outra não ficava fascinado por aquela mulher a ponto de esquecer a razão e... tudo? Veja esse mujique, Rogójin, lhe trouxe cem mil rublos! Admitamos que tudo o que acabou de acontecer lá é efêmero, romântico, indecente, mas em compensação é pitoresco, em compensação é original, convenha o senhor. Deus, em que poderia dar aquela índole e com aquela beleza! Contudo, a despeito de todos os esforços, da educação até — está tudo perdido! Um diamante não lapidado — eu disse isso várias vezes...

E Afanassi Ivánovitch suspirou fundo.

SEGUNDA PARTE

I

Uns dois dias depois da estranha aventura na festa de Nastácia Filíppovna, com que terminamos a primeira parte da nossa narração, o príncipe Míchkin apressou-se em viajar a Moscou para tratar do recebimento da sua inesperada herança. Diziam então que poderia haver outras causas para tamanha pressa da sua partida; mas a esse respeito, assim como a respeito das aventuras do príncipe em Moscou e, de um modo geral, diante da continuidade da sua ausência de Petersburgo, podemos dar informações bastante irrisórias. O príncipe esteve ausente exatos seis meses, e mesmo aqueles que tinham alguns motivos para se interessar por seu destino conseguiram saber pouquíssima coisa sobre ele durante esse período. É verdade que a outras pessoas chegaram certos boatos, ainda que também muito raros, mas em sua maior parte estranhos e quase sempre contraditórios entre si. Onde houve mais interesse pelo príncipe, é claro, foi em casa dos Iepántchin, de quem ele sequer teve tempo de se despedir. Aliás, o general encontrou-se com ele naquele período e inclusive umas duas ou três vezes; os dois conversaram sobre coisa séria. No entanto, se o próprio Iepántchin havia se encontrado com o príncipe, não levou isso ao conhecimento de sua família. Ademais, no primeiro momento, isto é, quase durante todo o mês após a partida do príncipe, não se costumou falar a seu respeito em casa dos Iepántchin. Só a generala Lisavieta Prokófievna declarou logo nos primeiros dias "que havia se enganado cruelmente com o príncipe". Depois, passados uns dois ou três dias, acrescentou, já sem mencionar o príncipe mas de maneira definida, que "o traço mais importante de sua vida era enganar-se constantemente com as pessoas". Por fim, já passados uns dez dias, concluiu em forma de sentença e irritada com as filhas por alguma coisa: "Basta de equívocos! Estes já não se repetirão". Não se pode deixar de observar que na casa deles perdurou por tempo bastante longo uma certa sensação desagradável. Havia qualquer coisa de pesado, de tenso, de reticente, de rixoso; todos andavam de cara fechada. O general vivia dia e noite ocupado, azafamado com os seus assuntos; raramente o haviam visto mais ocupado e ativo, particularmente no serviço. Os familiares mal conseguiam avistá-lo. Quanto às moças Iepántchin, é claro que não haviam proferido nada em voz alta. É possível que a sós consigo mesmas tenham falado pouquíssimo. Eram moças orgulhosas, altivas, e às vezes até acanhadas entre si, mas, por outro lado, elas se entendiam umas às outras não só à primeira palavra mas até ao primeiro olhar, de sorte que vez por outra nem havia por que falarem muito.

Se um observador de fora ali aparecesse só poderia concluir uma coisa: que, a julgar por todos os dados acima referidos, ainda que poucos, o príncipe, apesar de tudo, conseguira deixar uma impressão especial em casa dos Iepántchin, embora tivesse aparecido ali apenas uma vez e ademais de forma fugidia. Talvez fosse uma impressão de simples curiosidade, que poderia ser explicada por algumas aventuras excêntricas do príncipe. De qualquer maneira a impressão permaneceu.

Pouco a pouco até os boatos que se espalharam pela cidade acabaram sendo encobertos pelo manto do desconhecido. É verdade que se falava de algum principezinho e tolinho (ninguém conseguia pronunciar o nome com certeza), que de repente recebera uma herança imensa e se casara com uma viageira francesa, famosa atriz de cancã no Château-des-Fleurs em Paris. Outros, porém, afirmavam que quem tinha recebido a herança era um general, e quem se casara com a viageira francesa e famosa atriz de cancã havia sido um comerciante russo, dono de uma riqueza fabulosa, que em seu casamento, por mera fanfarrice e por estar bêbado, queimara com vela exatamente setecentos mil em bilhetes do último prêmio da loteria. Mas todos esses boatos logo cessaram, para o que muito contribuíram as circunstâncias. Por exemplo, toda a turma de Rogójin, da qual muitos poderiam contar alguma coisa, partira com todo o seu cortejo para Moscou com o próprio Rogójin à frente e quase exatamente uma semana depois da terrível orgia na estação ferroviária de Iecateringof, onde estivera também Nastácia Filíppovna. Alguém, que interessa a muito poucos, ficou sabendo, através de certos boatos, que logo no dia seguinte ao ocorrido em Iecateringof Nastácia Filíppovna tinha fugido, desaparecido, e que finalmente alguém havia descoberto que ela tomara o rumo de Moscou; de sorte que passaram a descobrir uma certa coincidência com esse boato na partida de Rogójin para Moscou.

Também correram boatos específicos a respeito de Gavrila Ardaliónovitch Ívolguin, que igualmente era bem conhecido no seu círculo. Mas com ele deu-se um fato que de imediato logo esfriou e mais tarde destruiu por completo todos esses maus relatos a seu respeito: ele era muito doente e não podia aparecer não só em parte alguma da sociedade como inclusive no serviço. Depois de cerca de um mês adoentado ele enfim se recuperou, mas desistiu de vez do trabalho na sociedade acionária, e o seu lugar foi ocupado por outro. Também não apareceu uma única vez na casa do general Iepántchin, de sorte que um outro funcionário passou a servir o general. Os inimigos de Gavrila Ardaliónovitch poderiam supor que ele estivesse de tal modo perturbado e confuso com tudo o que lhe havia acontecido que andava até com vergonha de sair à rua; mas ele estava de fato com alguma doença: chegava até a cair em hipocondria, em melancolia, estava irascível. No mesmo inverno, Varvara Ardaliónovna casou-se com Ptítzin; todos os que os conheciam atribuíram esse casamento diretamente à circunstância de que Gánia não queria voltar às suas ocupações e não só deixara de sustentar a família como ainda passara ele mesmo a necessitar de ajuda e quase de alguém que cuidasse dele.

Observemos entre parênteses que nem em casa dos Iepántchin chegavam sequer a mencionar o nome de Gavrila Ardaliónovitch — como se esse homem não tivesse existido no mundo, não só na casa deles. Mas, por outro lado, todos lá ficaram sabendo (e até de forma muito imediata) de uma circunstância muito admirável que o envolvia, isto é: naquela mesma noite fatídica para ele, depois da aventura desagradável em casa de Nastácia Filíppovna, Gánia não foi dormir após retornar para casa mas ficou à espera do regresso do príncipe com uma impaciência febril. O príncipe, que partira para Iecateringof, voltou de lá entre as cinco e as seis da manhã. Na ocasião Gánia entrou em seu quarto e pôs na mesa à frente dele o pacote chamuscado de dinheiro, que Nastácia Filíppovna lhe presenteara quando ele estava desmaiado. Ele pedia insistentemente ao príncipe que na primeira oportunidade devolvesse o presente a Nastácia Filíppovna. Quando Gánia entrou no quarto do príncipe estava com um ânimo hostil e quase desesperado; entretanto, entre ele e o príncipe teriam sido ditas tais palavras, depois das quais Gánia permaneceu duas horas no quarto do príncipe e o tempo todo em um pranto amarguradíssimo. Os dois se despediram em um clima amistoso.

Essa notícia, que chegou a todos os Iepántchin, era de uma exatidão absoluta, como mais tarde se confirmou. Claro, era estranho que notícias dessa natureza pudessem correr com tanta rapidez e chegar ao conhecimento de alguém; todo o ocorrido em casa de Nastácia Filíppovna, por exemplo, chegou ao conhecimento da casa dos Iepántchin quase no dia seguinte e inclusive em detalhes bastante precisos. Quanto às notícias a respeito de Gavrila Ardaliónovitch, poder-se-ia supor que elas tivessem sido levadas aos Iepántchin por Varvara Ardaliónovna, que dera um jeito de, num átimo, aparecer na presença das moças Iepántchin e delas logo se tornar muito íntima, o que deixou Lisavieta Prokófievna excepcionalmente admirada. No entanto, mesmo entrando sabe-se lá por que em relações tão íntimas com as moças Iepántchin, Varvara Ardaliónovna na certa não iria falar com elas sobre o irmão. Também era uma mulher bastante orgulhosa, a seu modo, apesar de ter arranjado amizade numa casa de onde o seu irmão quase havia sido expulso. Antes de mais nada, mesmo conhecendo as moças Iepántchin, avistava-se com elas raramente. Aliás, agora ela quase não aparecia na sala de visitas e entrava pela porta dos fundos como quem dava uma chegada. Lisavieta Prokófievna nunca gostara dela, nem antes e nem agora, embora estimasse muito Nina Alieksándrovna, a mãezinha de Varvara Ardaliónovna. Surpreendia-se, zangava-se, atribuía a amizade com Vária aos caprichos e sede de poder das suas filhas, que "não sabem mais o que inventar para ficar contra ela", mas, apesar de tudo, Varvara Ardaliónovna continuava a visitá-las inclusive depois de casada.

Contudo, transcorrera cerca de um mês após a partida do príncipe, e a generala Iepántchina recebeu uma carta da velha princesa Bielokónskaia, que umas duas semanas antes viajara a Moscou para visitar a filha mais velha casada, e essa carta surtiu um visível efeito sobre ela. Embora sem informar nada da carta nem às filhas nem a Ivan Fiódorovitch, por muitos indícios passou-se a perceber na família que ela andava de certa forma numa excitação particular, até alvoroçada. Passou até a falar de modo sobremaneira estranho com as filhas, e sempre a respeito de assuntos fora do comum; pelo visto queria dizer algo, mas algum motivo a continha. No dia em que recebeu a carta esteve carinhosa com todos, chegou até a beijar Aglaia e Adelaida, penitenciou-se perante elas por alguma coisa, mas por que mesmo elas não conseguiram entender. Passou a uma súbita condescendência até com Ivan Fiódorovitch, que vinha mantendo um mês inteiro em desgraça. É claro que já no dia seguinte ficou zangadíssima com seu sentimentalismo da véspera, e ainda antes do almoço conseguiu tornar a brigar com todos, mas até o anoitecer o horizonte serenou. Durante uma semana inteira ela continuou em um estado de espírito bastante sereno, algo que há muito não acontecia.

No entanto, uma semana depois ela recebeu mais uma carta de Bielokónskaia, e desta vez a generala resolveu pronunciar-se. Anunciou solenemente que a "velha Bielokónskaia" (nunca chamava a princesa de outra forma quando falava nela na ausência) lhe estava transmitindo notícias muito consoladoras sobre aquele... "esquisitão, bem, sobre o príncipe!". A velha o procurara em Moscou, tomara informações sobre ele, soubera de uma coisa muito boa; o príncipe enfim aparecera em pessoa na casa dela e lhe deixara uma impressão quase extraordinária. "Via-se daí que ela o convidava quase todos os dias a visitá-la pelas manhãs, de uma a duas horas, que ele ia à sua casa todos os dias e não estava farto" — concluía a generala, acrescentando que "através da velha" o príncipe estava sendo recebido em duas ou três casas boas. "É bom que ele não está ficando pregado na cadeira e nem se acanha feito um bobo." As moças, a quem tudo isso havia sido comunicado, observaram no mesmo instante que a mãe lhes havia escondido muita coisa da carta. Talvez elas tivessem se inteirado disso através de Varvara Ardaliónovna, que podia saber e, é claro, sabia de tudo o que sabia Ptítzin sobre o príncipe e sua permanência em Moscou. E Ptítzin poderia estar sabendo até mais do que os outros. Entretanto ele era um homem caladíssimo quando se tratava de negócios, mas Vária ele naturalmente informava sobre isso. Por esse motivo a generala logo passou a gostar ainda menos de Varvara Ardaliónovna.

Mas fosse como fosse o gelo estava quebrado, e de repente verificou-se que era possível falar alto sobre o príncipe. Além disso, tornaram a revelar-se mais uma vez aquela impressão inusitada e o interesse grande e desmedido que o príncipe despertara em casa dos Iepántchin e lá deixara após sua partida. A generala ficou até admirada com a impressão produzida sobre as suas filhas pelas notícias chegadas de Moscou. Mas as filhas também ficaram admiradas com a mãe, que lhes declarara com tanta solenidade que "o traço principal de minha vida é o equívoco permanente com as pessoas" e ao mesmo tempo entregara o príncipe aos cuidados da "poderosa" velha Bielokónskaia em Moscou, tendo, é claro, de solicitar a sua atenção por Cristo e por Deus, porque em certos casos a "velha" era adepta da vida sedentária.

Contudo, mal o gelo foi quebrado e soprou uma nova brisa, o general também se apressou em falar. Viu-se que ele também estava sumamente interessado. Por outro lado, tocou apenas no "aspecto comercial do assunto". Resultou que, em interesse do príncipe, ele havia incumbido dois senhores muito confiáveis e influentes em Moscou para observá-lo, em particular o seu orientador Salázkin. Tudo o que se dizia sobre a herança, "por assim dizer, sobre o fato da herança" resultou verdadeiro, mas, no fim das contas, a própria herança não era tão significativa como passaram a divulgar. Metade da fortuna estava complicada; apareceram dívidas, apareceram uns tais pretendentes, e o príncipe, a despeito de todas as orientações, comportou-se da forma mais distante da prática. "É claro, Deus o tenha": agora, quando o "gelo do silêncio" foi quebrado, o general estava contente por poder tocar nesse tema "com toda a sinceridade" da alma, porque "embora o rapaz seja um pouco *gira*", esse gira acaba lhe caindo bem. Por outro lado, aí ele acabou fazendo uma bobagem: apareceram, por exemplo, credores do falecido comerciante apoiados em documentos discutíveis, insignificantes, e apareceram outros depois de terem farejado o príncipe e sem quaisquer documentos — e o que aconteceu? O príncipe satisfez a quase todos, apesar das recomendações dos amigos, para os quais essa gentinha e todos esses tais credores não tinham quaisquer direitos; e satisfez unicamente porque de fato se verificou que algumas dessas pessoas realmente haviam sofrido.

A generala opinava sobre o assunto dizendo que Bielokónskaia lhe escrevia coisas semelhantes e que "isso é uma tolice, uma grande tolice; idiota não tem cura" — acrescentou rispidamente, mas pelo seu rosto via-se como estava contente pelos atos desse "idiota". Para concluir, o general observou que sua esposa estava tendo em relação ao príncipe uma participação como se tratasse com um filho legítimo e que ela passara a acarinhar Aglaia de modo um tanto excessivo; ao ver isso, Ivan Fiódorovitch adotou por algum tempo uma postura bastante prática.

Mais uma vez, porém, toda essa sensação agradável durou pouco. Passaram-se apenas duas semanas e algo tornou a mudar de modo repentino, a generala fechou a cara e o general, dando várias vezes de ombros, voltou a sujeitar-se ao "gelo do silêncio". Acontece que duas semanas antes ele recebeu uma notícia, embora breve e por isso não inteiramente clara mas em compensação verdadeira, de que Nastácia Filíppovna, que de início desaparecera em Moscou, fora depois encontrada na própria Moscou por Rogójin, depois sumira em algum lugar e mais uma vez fora encontrada por ele, deu-lhe enfim a palavra quase certa de casar-se com ele. E eis que, apenas duas semanas depois, ele recebeu de sua excelência a súbita notícia de que Nastácia Filíppovna fugira pela terceira vez, quase na hora do casamento, e desta feita desaparecera em alguma província e, enquanto isso, sumira de Moscou também o príncipe Míchkin, deixando todos os seus assuntos a cargo de Salázkin, "sumiu com ela ou simplesmente lançou-se atrás dela — não se sabe, mas aí existe alguma coisa" —, concluiu o general. Lisavieta Prokófievna recebeu, também por sua vez, algumas informações desagradáveis. No fim das contas, dois meses depois que o príncipe partiu de Petersburgo quase todos os boatos a seu respeito cessaram de vez, enquanto na casa dos Iepántchin "o gelo do silêncio" já não pôde ser quebrado por ninguém. Por outro lado, Varvara Ardaliónovna continuou a visitar as moças, apesar de tudo.

Para terminar com todos esses casos e notícias, acrescentemos ainda o fato de que até a chegada da primavera houve muitas reviravoltas na casa dos Iepántchin, de forma que seria difícil não esquecer o príncipe, que, aliás, não dava sinal de vida e talvez nem o quisesse. Durante o inverno, pouco a pouco foram resolvendo enfim viajar ao exterior no verão, isto é, Lisavieta Prokófievna com as filhas; o general, é claro, não podia perder tempo com "uma distração fútil". A decisão se deu por insistência excepcional e persistente das moças, que estavam totalmente convencidas de que não queriam levá-las ao exterior porque os pais tinham a preocupação permanente de casá-las e estavam procurando noivos. Pode ser também que os pais tivessem afinal se convencido de que era possível arranjar noivos também no exterior e que a viagem durante o verão não só não podia atrapalhar nada como, talvez, ainda "pudesse propiciá-lo". Aqui é oportuno lembrar que o antigo projeto de casamento de Afanassi Ivánovitch Totski com a mais velha das Iepántchin não deu absolutamente em nada nem ele fez qualquer proposta formal! De certo modo isso aconteceu por si mesmo, sem maiores conversas ou qualquer luta familiar. Desde a partida do príncipe, tudo cessou de ambas as partes num abrir e fechar de olhos. Pois foi essa circunstância que, em parte, veio a ser uma das causas daquele difícil estado de ânimo na família Iepántchin, embora na ocasião a generala tivesse dito que agora estava contente em "cruzar os dois braços". O general, ainda que estivesse em desgraça e sentisse que a culpa era sua, ainda assim ficou muito tempo amuado; lamentava por Afanassi Ivánovitch: "Uma fortuna tão grande e um homem tão esperto!". Pouco tempo depois o general ficou sabendo que Afanassi Ivánovitch fora cativado por uma francesa viageira da alta sociedade, marquesa e legitimista,[1] que o casamento iria realizar-se e Afanassi Ivánovitch seria levado para Paris, e depois para um lugar qualquer na Bretanha. "Bem, com a francesa vai quebrar a cara!", decidiu o general.

Enquanto isso, as Iepántchin se preparavam para viajar no verão. E de repente deu-se um fato que mais uma vez mudou tudo de um novo modo e a viagem tornou a ser adiada para a maior alegria do general e da generala. Em Petersburgo apareceu um príncipe, vindo de Moscou, o príncipe Sch.; homem, aliás conhecido, e conhecido de um ponto de vista bastante bom. Era uma daquelas pessoas, ou até pode-se dizer um daqueles homens de ação dos últimos tempos, honestos, modestos, que desejam sincera e conscientemente o útil, estão sempre trabalhando e se distinguem pela qualidade rara e feliz de sempre encontrar o que fazer. Sem se expor, evitando o furor e a vaniloquência dos partidos, sem se colocar entre os pioneiros, o príncipe, não obstante, compreendia, e com bastante embasamento, muito do que vinha acontecendo nos últimos tempos. Primeiro ele serviu, depois passou a tomar parte na atividade do *ziémstvo*.[2] Além disso, era um correspondente

---

[1] Na França do século XIX, legitimistas eram os partidários dos Bourbon, destronados em 1792 pela Revolução Francesa e em 1830 pela Revolução de julho. (N. da E.)

[2] Órgão público de autogestão local na Rússia anterior a 1917. Dirigido pela nobreza, o *ziémstvo* cuidava principalmente da urbanização de províncias e distritos: consertos de

útil de várias revistas das sociedades científicas russas. De comum acordo com um técnico seu conhecido, ele contribuiu com conhecimentos e pesquisas reunidos para uma orientação mais segura de uma das mais importantes estradas de ferro projetadas. Tinha uns trinta e cinco anos. Era um homem "da mais alta sociedade" e, além disso, dono de uma fortuna "boa, séria, indiscutível", como se referiu o general, que em função de um negócio muito sério teve oportunidade de conhecer o príncipe na casa do conde, seu chefe. O príncipe, movido por alguma curiosidade especial, nunca evitava travar conhecimento com russos "de ação". Aconteceu que o príncipe veio a conhecer também a família do general. Adelaida Ivánovna, a irmã do meio, deixou nele uma impressão bastante forte. Na primavera o príncipe declarou-se. Adelaida gostou muito dele, ele agradou também a Lisavieta Prokófievna. O general estava muito contente. A viagem, é natural, foi adiada. Marcou-se o casamento para a primavera.

Aliás, a viagem poderia realizar-se tanto em meados quanto em fins do verão, ainda que fosse sob a forma de um passeio de um mês ou dois, para que Lisavieta Prokófievna e as duas filhas que com ela ficaram pudessem desfazer a tristeza causada pela partida de Adelaida. No entanto, houve mais uma novidade: já no final da primavera (o casamento de Adelaida foi retardado um pouco e transferido para meados do verão), o príncipe Sch. introduziu na casa dos Iepántchin um dos seus parentes distantes, aliás bem conhecido dele. Era um tal de Ievguiêni Pávlovitch R., homem ainda jovem, de uns vinte e oito anos, ajudante de campo,[3] belo como uma pintura, "de família nobre", homem espirituoso, brilhante, "novo", "de instrução excepcional e dono de uma fortuna sem quaisquer precedentes". Quanto a esse último ponto o general era bastante cauteloso. Ele procurou informar-se: "De fato, verificava-se algo dessa ordem, embora, por outro lado, fosse necessário conferir". Esse ajudante de campo de Moscou, jovem e "de futuro", foi fortemente enaltecido pela referência que a velha Bielokónskaia enviou de Moscou. Ele tinha apenas uma fama um tanto delicada: algumas relações de, como afirmavam, "vitórias" sobre alguns corações infelizes. Depois de ver Aglaia, ele se tomou de uma assiduidade inusitada na casa dos Iepántchin. É verdade que ainda não se dissera nada, nem se havia feito nenhuma espécie de insinuação, mas ainda assim os pais acharam que nesse verão não

---

estradas, desenvolvimento da agricultura, do comércio e da indústria, incremento da educação etc. (N. da E.)

[3] Oficial ajudante do monarca. (N. da E.)

tinham nada que pensar em viagem ao exterior. É possível que a própria Aglaia fosse de outra opinião.

Isso aconteceu já quase no momento da segunda aparição do nosso herói na cena da nossa história. A essa altura, a julgar pelas opiniões, em Petersburgo já haviam conseguido esquecer completamente o pobre príncipe Míchkin. Se nesse momento ele aparecesse de repente entre as pessoas que o conheciam, seria como se tivesse caído do céu. E mesmo assim informaremos mais um fato e com isso daremos por encerrada a nossa introdução.

Depois da partida do príncipe, Kólia Ívolguin inicialmente continuou a sua vida de antes, isto é, indo ao colégio, visitando o amigo Hippolit, cuidando do general e ajudando Vária nos afazeres domésticos, ou seja, fazendo as vezes de moço de recados dela. Entretanto os inquilinos desapareceram rapidamente: Fierdischenko se foi para algum lugar três dias depois da aventura em casa de Nastácia Filíppovna e logo sumiu, de sorte que não restou um único rumor sobre ele; diziam que andava bebendo em algum lugar mas isso não se confirmou. O príncipe viajou para Moscou; o assunto inquilinos foi encerrado. Posteriormente, quando Vária casou-se, Nina Alieksándrovna e Gánia se mudaram com ela para a casa de Ptítzin, no regimento Ismáilovski;[4] quanto ao general Ívolguin, quase ao mesmo tempo lhe aconteceu uma coisa inteiramente imprevisível: foi encarcerado na delegacia de dívidas. Sua amiga, a capitã, o encaminhou para lá com base em documentos que ele lhe entregou em diferentes momentos no valor de dois mil rublos. Ele achou tudo isso uma surpresa absoluta, e o pobre general foi "decididamente uma vítima da confiança imoderada na dignidade do coração humano, falando em linhas gerais". Assumindo o hábito tranquilizador de assinar cartas de crédito e promissórias, ele não supunha sequer que algum dia essas assinaturas pudessem surtir algum efeito, e achava sempre que era *assim mesmo* que devia ser. Verificou-se que não era assim. "Depois disso, vá você acreditar nos homens, vá procurar uma confiança nobre!" — exclamava ele amargurado, sentado ao lado dos novos amigos na Casa Tarássov, diante de uma garrafa de vinho e contando uma anedota sobre o cerco de Kars e o soldado que ressuscitou. Aliás, começou a viver uma excelente vida nova. Ptítzin e Vária diziam que esse era o seu verdadeiro lugar; Gánia confirmava isso plenamente. Só a pobre Nina Alieksándrovna chorava amargamente às

---

[4] Assim era chamado em Petersburgo o bairro em que ficavam as unidades da guarda imperial do Regimento de Ismáilovski. Dostoiévski morou de março de 1860 a setembro de 1861 na terceira companhia desse regimento. (N. da E.)

escondidas (o que até surpreendia os familiares) e, sempre adoentada, tão logo podia precipitava-se a visitar o marido no regimento Ismáilovski.

Mas desde o "incidente com o general", como se expressava Kólia, e em geral desde o casamento da irmã, Kólia quase se desgarrara deles e chegara a tal ponto que nos últimos tempos era até raro aparecer em casa para dormir com a família. Segundo os boatos, ele havia feito uma série de novas amizades e, além disso, ficara demasiado conhecido na delegacia de dívidas. Em casa, Nina Alieksándrovna não conseguia passar sem ele; agora já não o incomodavam nem por curiosidade. Vária, que antes era tão rigorosa com ele, agora não o submetia a nenhum interrogatório a respeito de suas peregrinações; Gánia, para a grande surpresa dos de casa, apesar de toda a sua hipocondria, falava com ele e às vezes até concordava de maneira absolutamente amistosa, o que nunca acontecera antes, uma vez que aos vinte e sete anos Gánia naturalmente não dava ao irmão de quinze o mínimo de atenção amistosa, tratava-o com grosseria, exigia de todos de casa só severidade com ele e amiúde ameaçava "pegá-lo pelas orelhas", o que tirava Kólia "dos últimos limites da tolerância humana". Poder-se-ia pensar que agora Kólia era vez por outra até indispensável a Gánia. Ficou muito surpreso ao saber que Gánia havia devolvido o dinheiro; por isso estava disposto a perdoar muita coisa do irmão.

Haviam transcorrido uns três meses desde a partida do príncipe, e na família dos Ívolguin ouviram falar que Kólia havia travado um súbito conhecimento com os Iepántchin e estava sendo muito bem recebido pelas moças. Vária logo ficou sabendo; Kólia, aliás, travou esse conhecimento não através de Vária mas "por si mesmo". Pouco a pouco foram gostando dele na casa dos Iepántchin. A princípio a generala andou muito insatisfeita com ele, mas logo passou a mimá-lo "pela franqueza e porque ele não bajulava". Que Kólia não bajulava era coisa perfeitamente justa, ele conseguiu colocar-se perante eles numa posição de absoluta igualdade e independência, embora às vezes lesse para a generala livros e jornais — mas ele sempre fora prestimoso. Umas duas vezes foi cruel ao discutir com Lisavieta Prokófievna, declarou-lhe que ela era uma déspota e que seus pés não pisariam mais em sua casa. Na primeira vez a discussão foi provocada pela "questão feminina", na segunda, pela questão de saber qual seria a melhor estação do ano para pegar tentilhões. Por mais inverossímil que fosse, no terceiro dia depois da discussão a generala lhe mandou um bilhete por um criado pedindo que aparecesse sem falta; Kólia não se fez de rogado e no mesmo instante apareceu. Só Aglaia lhe tinha permanente antipatia e o tratava de cima. E justo a ela ele estava destinado a surpreender em parte. Uma vez — isso aconteceu na

Semana Santa —, aproveitando-se do momento em que estavam a sós, Kólia lhe entregou uma carta, dizendo apenas que recebera a ordem de entregar a ela. Aglaia olhou com ar ameaçador para aquele "meninote presunçoso", mas Kólia não ficou esperando pela resposta e saiu. Ela abriu a carta e leu:

> "Houve um momento em que você me honrou com a sua confidência. É possível que agora tenha me esquecido inteiramente. Como foi acontecer que eu estou lhe escrevendo? Não sei; no entanto senti um desejo incontido de lhe dar notícias minhas, e precisamente a você. Quantas vezes todas as três me foram muito necessárias, mas das três eu via apenas a você. Preciso de você, preciso muito. Não tenho por que lhe escrever a meu respeito, não tenho nada a contar. E nem eu queria isso; eu desejaria muitíssimo que você fosse feliz. Você é feliz? Pois era apenas isso que eu queria lhe dizer.
>
> Seu irmão, príncipe L. Míchkin"

Ao ler essa carta breve e bastante inepta, Aglaia ficou subitamente toda corada e pensativa. Para nós seria difícil transmitir o fluxo dos seus pensamentos. Entre outras coisas, ela se perguntou: "Mostrar ou não mostrar a alguém?". Sentia um quê de vergonha. De resto, acabou lançando a carta em uma pequena mesa com um riso zombeteiro e estranho. No dia seguinte, tornou a tirar a carta de lá e colocá-la em um grosso livro encadernado e com uma lombada forte (assim ela sempre procedia com os seus papéis para depois encontrá-los quando necessitasse). E só uma semana depois ela conseguiu observar que livro era esse. Era *Dom Quixote de La Mancha*, e Aglaia deu uma imensa gargalhada sem saber por quê.

Não se sabia igualmente se ela havia mostrado a alguma das irmãs sua nova aquisição.

No entanto, quando ela ainda estava lendo a carta teve uma súbita ideia: será possível que o príncipe escolheu esse meninote presunçoso e fanfarrão como seu correspondente, e talvez até seu único correspondente aqui? Mesmo com o ar de um desdém incomum, ainda assim ela pegou Kólia para interrogatório. Mas o "menino", sempre melindroso, desta vez não deu a mínima atenção ao desdém: explicou de um modo bastante lacônico e seco a Aglaia que, embora tivesse dado ao príncipe o seu endereço permanente para qualquer eventualidade bem na hora em que ele partia de Petersburgo e aproveitado o ensejo para lhe oferecer os seus serviços, aquela era a primeira missão que havia recebido dele e a primeira carta que dele recebia, e como prova de suas palavras ainda mostrou uma carta recebida por ele mesmo. Aglaia não se envergonhou e a leu. Na carta a Kólia estava escrito:

"Meu querido Kólia, tenha a bondade de entregar a Aglaia Ivánovna esta carta lacrada. Desejo saúde.

Deste que gosta de ti, príncipe L. Míchkin"

— Seja como for, é ridículo confiar num pimpolho como esse —, pronunciou ofendida Aglaia, entregando o bilhete a Kólia, e passou ao lado dele com ar de desprezo.

Isso Kólia já não pôde suportar: como se fosse de propósito, pedira a Gánia e, sem explicar a razão, pôs o cachecol verde dele novinho em folha. Ficou tremendamente ofendido.

II

Era junho em seus primeiros dias e o tempo em Petersburgo já estava excepcionalmente bom há uma semana inteira. Os Iepántchin tinham uma *datcha* própria e rica em Pávlovsk.[5] Súbito Lisavieta Prokófievna ficou alvoroçada e se pôs de pé; não passaram nem dois dias nessa azáfama, e viajaram.

No dia seguinte ou dois dias após a partida dos Iepántchin, o príncipe Liev Nikoláievitch Míchkin chegou de Moscou no trem da manhã. Ninguém o recebeu na estação ferroviária; no entanto, ao descer do trem teve a impressão de ver de repente um olhar estranho e cálido dos dois olhos de alguém na multidão que rodeava os passageiros do trem. Depois de olhar com mais atenção ele já não distinguiu mais nada. É claro que apenas tivera a sensação; mas ficou uma impressão desagradável. Além do mais, o príncipe já vinha triste, meditativo e parecia preocupado com alguma coisa.

O cocheiro o conduziu a um hotel perto da rua Litiêinaia. Era um hotel bem ruinzinho. O príncipe ocupou dois pequenos quartos, escuros e mal mobiliados, lavou-se, vestiu-se, nada perguntou e saiu apressadamente como se temesse perder tempo ou não encontrar alguém em casa.

Se neste momento alguma das pessoas que meio ano antes o haviam conhecido em Petersburgo, em sua primeira chegada, o visse agora, talvez até concluísse que sua aparência havia mudado para bem melhor. Mas era pouco provável que fosse assim. Apenas no vestiário houvera mudança total: toda a roupa era outra, feita em Moscou e por um bom alfaiate; mas na roupa havia uma falha: seu corte era excessivamente da moda (como sempre fazem os alfaiates conscienciosos mas sem grande talento), e ademais costurada para um homem que não tinha o menor interesse por isso, de sorte que algum adepto exagerado do riso, se observasse atentamente o príncipe, talvez encontrasse motivo para rir. Ora, o que é que não faz rir?

---

[5] Pávlovsk é um lugar aprazível, um centro de casas de campo situado em um arrabalde de Petersburgo. A partir de meados do século XIX, tornou-se o lugar preferido dos petersburgueses, atraindo gente de média e alta condição social e intelectuais. Óssip Mandelstam imortalizou o lugar em sua extraordinária obra O *rumor do tempo* (edição brasileira: São Paulo, Editora 34, 2000, tradução do original russo de Paulo Bezerra). (N. do T.)

O príncipe pegou uma carruagem e tomou a direção da Pieski.[6] Em uma das ruas natalinas ele logo encontrou uma pequena casa de madeira. Para sua surpresa, essa casa era de aparência bonita, limpinha, arrumada com grande ordem, com uma pequena paliçada coberta de flores. As janelas, que davam para a rua, estavam abertas e de lá se ouvia uma voz aguda e ininterrupta, quase um grito, como se alguém lesse ou proferisse em voz alta um discurso; a voz era interrompida de raro em raro pelo riso de várias vozes sonoras. O príncipe entrou no pátio, subiu para um pequeno terraço e perguntou pelo senhor Liébediev.

— Ali está ele — respondeu a cozinheira, que abriu a porta com as mangas arregaçadas até os cotovelos e apontando o dedo para a "sala de visitas".

Nessa sala de visitas, de paredes cobertas por um papel azul-escuro e arrumada com limpeza e algumas pretensões, isto é, com uma mesa redonda e um sofá, um relógio de bronze sob um quebra-luz, um espelho estreito no vão entre duas janelas e um lustre pequeno e antiquíssimo com contas de vidro que descia do teto em uma corrente de bronze, pois bem, no centro da sala estava o próprio senhor Liébediev, de costas para o príncipe que entrava, de colete mas sem a roupa de cima, em traje de verão, e perorava amargamente sobre um tema qualquer batendo no peito. Tinha como ouvintes um menino de uns quinze anos, rosto bastante alegre e nada tolo e um livro na mão, uma moça jovem de uns vinte anos, de luto fechado e com uma criança de colo nos braços, uma menininha de treze anos, também de luto, que ria muito e nisso escancarava a boca e, por último, um ouvinte demasiado estranho, deitado no sofá, rapazote de uns vinte anos, bastante bonito, amorenado, cabelos longos e bastos, graúdos olhos negros e pequenas pretensões a suíças e a uma barbicha. Esse ouvinte, parece, interrompia constantemente e contestava o orador Liébediev; disso, provavelmente, ria o público restante.

— Lukian Timofiêitch,[7] ô Lukian Timofiêitch! Veja só! Vamos, vem cá!... Vai, o diabo que o carregue!

E a cozinheira saiu largando de mão e zangada, a tal ponto que estava toda vermelha.

---

[6] Território do atual bairro de Smolienski, contíguo à avenida Suvórov. Essa parte da cidade èra habitada por gente de condição média e pobres de diferentes camadas e classes: comerciantes, funcionários públicos, artesãos, cocheiros etc. Anna Grigórievna, segunda mulher de Dostoiévski, aí morava antes de casar-se com o romancista. As ruas natalinas receberam essa denominação por causa da Igreja da Natividade construída nas imediações no século XVIII. (N. da E.)

[7] Tratamento íntimo do patronímico Timofiêievitch. (N. do T.)

Liébediev olhou para trás e, ao ver o príncipe, ficou algum tempo como alguém fulminado por um raio, depois se lançou para ele com um sorriso servil, mas à porta pareceu perplexo, pronunciando, ademais:

— Al-al-alteza, príncipe!

Súbito, porém, como se ainda estivesse sem forças para bater continência, deu meia-volta e sem mais nem menos lançou-se inicialmente para a menina de luto, que segurava a criança nos braços, de sorte que ela chegou até a recuar de surpresa, mas no mesmo instante a deixou e investiu para a menina de treze anos, que aparecia no limiar da porta do quarto seguinte e continuava a sorrir com os resquícios do riso recente. Esta não conteve um grito e no mesmo instante disparou na direção da cozinha; Liébediev chegou até a bater os pés atrás dela para meter mais medo, mas ao deparar-se com o olhar do príncipe, que o fitava perturbado, pronunciou para explicar-se:

— Para... impor respeito, eh-eh-eh!

— Tudo isso é inútil... — ia começando o príncipe.

— Num instante, num instante, num instante... como um raio...

Liébediev desapareceu rapidamente da sala. O príncipe olhou admirado para a menina, o menino e o que estava deitado no sofá: todos estavam rindo. O príncipe também começou a rir.

— Foi vestir o fraque — disse o menino.

— Como tudo isso é enfadonho — esboçou o príncipe —, e eu pensando... diga, ele...

— Está bêbado, é o que o senhor está pensando? — bradou a voz do sofá. — Nem um tiquinho! Pode ser que tenha tomado uns três ou quatro cálices, bem, vai ver que uns cinco, mas o que é que tem isso? É disciplina.

O príncipe ia se voltando para a voz do sofá, mas a menina começou a falar, e com o ar mais franco no rosto gracioso disse:

— De manhã ele nunca bebe muito; se o senhor veio procurá-lo para tratar de algum assunto, que o faça agora mesmo. Esta é a hora. Só à noite, quando volta, é que está embriagado; e, além do mais, agora ele passa a noite chorando e lendo alto as Sagradas Escrituras para nós, porque a nossa mãe morreu faz cinco semanas.

— Ele saiu correndo porque certamente teria dificuldade de lhe responder — pôs-se a rir o jovem no sofá. — Aposto que ele já está engazopando o senhor e neste exato momento está pensando melhor o assunto.

— Há apenas cinco semanas! — secundou Liébediev voltando de fraque, piscando os olhos e tirando do bolso um lenço para enxugar as lágrimas. — Estão órfãos!

— Ora, por que o senhor apareceu todo esmolambado? — perguntou a menina. — Porque ali mesmo, atrás da porta, o senhor tem uma sobrecasaca novinha em folha, será que não a viu?

— Cala a boca, libélula! — gritou com ela Liébediev. — Ora essa! — ele quis bater os pés para ela. Mas desta vez ela apenas riu.

— Por que o senhor quer me assustar? Eu não sou Tânia, não vou correr. Mas desse jeito o senhor vai acabar acordando Liúbotchka,[8] e ainda provocando convulsões... com esses gritos!

— Não-não-não! Cruzes, cruzes... — Liébediev ficou de súbito muito assustado e correu para uma criança que dormia no colo da filha, benzeu-a várias vezes com ar assustado. — Deus, protege, conserva! É minha própria criança de colo, minha filha Liubóv — dirigiu-se ele ao príncipe — e nasceu do mais legítimo casamento com minha recém-falecida Ielena, minha mulher que morreu de parto. E essa tampinha é minha filha Vera, de luto... E esse, esse, oh, esse...

— O que foi, perdeu a voz? — gritou o jovem. — Ora, continua, sem trapalhada.

— Vossa Alteza! — exclamou de repente Liébediev com um certo ímpeto. — O senhor teve oportunidade de ler nos jornais a respeito do assassinato da família Jemárin?

— Li — disse o príncipe com certa surpresa.

— Pois bem, veja ali o verdadeiro assassino da família Jemárin,[9] é o próprio!

— O que é que o senhor está dizendo? — disse o príncipe.

— Isto é, estou falando por alegoria, o futuro segundo assassino da segunda futura família Jemárin, se isso vier a acontecer. Além do mais, está até se preparando...

Todos caíram no riso. Ocorreu ao príncipe que Liébediev talvez estivesse realmente com não me toques e nove horas só porque, pressentindo suas perguntas, não saberia como responder a elas e estava ganhando tempo.

— É um rebelde! Está preparando conspirações! — gritava Liébediev, como se já não tivesse mais forças para se conter. — Ora, posso eu, tenho eu o direito de considerar esse maldizente, esse, pode-se dizer, depravado e monstro como meu sobrinho, como o filho único de minha irmã Anícia, falecida?

---

[8] Diminutivo do nome próprio Liubóv, "amor". (N. do T.)

[9] Trata-se do assassinato de seis familiares do comerciante Jemárin, cometido nos primeiros dias de março de 1868 pelo estudante nobre Vitold Gorski, de dezoito anos, de nacionalidade polonesa. (N. do T.)

— Ora, para com isso, beberrão! Acredita, príncipe, que agora ele inventou de bancar o advogado, anda atrás de querelas jurídicas; meteu-se com eloquência e agora vive a falar em casa com as crianças em estilo elevado. Cinco dias atrás falou para juízes de paz. E quem se meteu a defender: não a velha que lhe veio pedir, implorar, pois o canalha do usurário lhe tinha roubado quinhentos rublos, tinha metido no bolso toda a fortuna dela, mas sim o usurário, um Zaidler qualquer, *jid*,[10] só porque este lhe prometeu cinquenta rublos...

— Cinquenta rublos, se eu ganhar, e só cinco, se eu perder — explicou de repente Liébediev com voz inteiramente distinta daquela de há pouco, e de um jeito como se nunca tivesse gritado.

— Só que acabou cometendo um equívoco, é claro, não estamos na velha ordem, é claro, lá só riram dele. Mas ele ficou terrivelmente satisfeito consigo mesmo; lembrem-se, senhores juízes imparciais, diz ele, que um triste velhote, sem pernas, que vive do trabalho honesto, é privado do último pedaço de pão; lembrem-se das sábias palavras do legislador: "Que reine a benevolência nos tribunais".[11] E acredite: todas as manhãs ele repete para nós esse mesmo discurso, tim-tim por tim-tim, como o pronunciou lá; hoje já foram cinco vezes; gosta tanto que ainda agorinha mesmo, antes da sua chegada, ele o estava lendo. Deleita-se consigo mesmo. E ainda se dispõe a defender alguém. O senhor, parece, é o príncipe Míchkin? Sobre o senhor, Kólia me disse que até hoje ainda não encontrou no mundo uma pessoa mais inteligente que o senhor...

— Não mesmo! Não mesmo! E no mundo não existe ninguém mais inteligente! — secundou de pronto Liébediev.

— Bem, aí admitamos que ele se enganou. Um gosta do senhor, outro o bajula; mas eu não tenho a menor intenção de bajulá-lo, que fique o senhor sabendo. O senhor não é uma pessoa sem senso: pois bem, julgue a mim e a ele. Então, queres que o príncipe seja o nosso árbitro? — perguntou ele ao tio. — Estou até contente, príncipe, pelo senhor ter aparecido.

— Quero! — disse decidido Liébediev e olhou involuntariamente para o público que voltava a aproximar-se.

---

[10] Apelido depreciativo de judeu. (N. do T.)

[11] Citação incorreta do manifesto de Alexandre II, de 19 de março de 1856: "Sobre o fim da guerra". Acerca do futuro da Rússia, que acabava de assinar um tratado de paz com a Turquia, afirma o manifesto: "que se consolide e se aperfeiçoe seu bem-estar; que nos seus tribunais reinem a verdade e a clemência...". (N. da E.)

— Ora, o que é que está acontecendo aqui? — proferiu o príncipe franzindo o cenho.

Ele estava mesmo com dor de cabeça, e além do mais ia se convencendo cada vez mais de que Liébediev o engazopava e se sentia contente por ver que o assunto se protelava.

— Exposição do assunto. Eu sou sobrinho dele, nisso ele não mentiu, embora esteja mentindo sempre. Eu não terminei o curso mas quero terminá-lo, insisto no meu ponto de vista porque tenho caráter. Enquanto isso, para sobreviver tenho um emprego na estrada de ferro pelo qual recebo vinte e cinco rublos. Além disso, confesso que ele já me ajudou umas duas ou três vezes. Eu tinha vinte rublos e os perdi no jogo. Bem, acredite príncipe, eu sou tão infame, tão baixo, que os perdi no jogo...

— É um miserável, um miserável a quem não se deveria nem pagar! — exclamou Liébediev.

— Sim, sou um miserável, mas a quem deviam pagar — continuou o jovem. — E quanto a ele ser um miserável eu mesmo testemunho, e não só porque ele te espancou. Príncipe, trata-se de um oficial desaprovado, um tenente da reserva da antiga turma de Rogójin, e professor de boxe. Agora todos eles andam vagabundeando depois que Rogójin os escorraçou. Mas o pior de tudo é que eu sabia a respeito dele que ele é um miserável, um canalha e ladrão, e ainda assim me sentei para jogar com ele e que, depois de perder o último rublo (nós jogávamos o bastão),[12] pensei comigo mesmo: perco, vou procurar o tio Lukian, inclino-me diante dele — ele não vai me negar. Ora, isso é uma baixeza, veja como isso é uma baixeza. Isso já é uma canalhice consciente!

— Isso é mesmo, uma canalhice consciente! — repetiu Liébediev.

— Sim, mas não cante vitória, espere um pouco — gritou ofendido o sobrinho —, ele está até contente. Apareci diante dele, príncipe, aqui, e confessei tudo; eu agi com decência, não poupei a mim mesmo; xinguei a mim mesmo diante dele como pude, todos aqui são testemunhas. Para ocupar esse emprego na estrada de ferro preciso ao menos me suprir de fardamento de alguma maneira, porque estou todo em frangalhos. Veja as minhas botas! Senão será impossível me apresentar no emprego, e se não me apresentar no prazo marcado o lugar será ocupado por outro, e eu mais uma vez estarei na linha do equador e então terei de procurar outro emprego. Neste momento estou pedindo a ele apenas quinze rublos, e prometo nunca mais voltar a pedir, e ainda por cima nos três primeiros meses eu lhe pagarei toda a dívida

---

[12] Jogo de cartas. (N. do T.)

até o último copeque. Vou manter a palavra. Sou capaz de passar meses a fio a pão e *kvas*,[13] porque eu tenho caráter. Em três meses receberei setenta e cinco rublos. Com os anteriores eu ficarei devendo a ele apenas trinta e cinco rublos, logo, terei com que pagar. Bem, ele pode determinar os juros que quiser, aos diabos! Por acaso ele não me conhece? Pergunte a ele, príncipe: quando ele me ajudou antes eu paguei, não? Por que agora ele não quer? Ficou furioso porque eu paguei ao tenente; não existe outra causa! É assim que é esse homem — nem para si nem para os outros.

— E não se retira! — gritou Liébediev. — Deitou-se aí e não sai.

— Mas eu te disse isso. Não saio enquanto não me emprestares. De que é que o senhor está rindo, príncipe? Parece que acha que eu não estou certo?

— Eu não estou rindo, mas a meu ver o senhor realmente está um pouco errado — respondeu o príncipe a contragosto.

— Ora, então diga logo que eu estou totalmente errado, não tergiverse; o que quer dizer "um pouco"?

— Se quiser, então, totalmente errado.

— Se eu quero! Ridículo! Porventura o senhor acha que eu mesmo não sei que agir assim é delicado, que o dinheiro é dele, a vontade é dele, e é uma violência de minha parte. Mas o senhor, príncipe... não conhece a vida. Se a gente não ensina a ele a coisa não dá em nada. Precisamos ensinar a ele. Porque, veja, eu tenho a consciência limpa; conscientemente eu não darei prejuízo a ele, e vou devolver o dinheiro com juros. Ele também recebeu uma satisfação moral: viu a minha humilhação. O que mais quer? Para que vai servir se não traz proveito para ninguém? Ora, o que ele mesmo está fazendo? Pergunte o que ele faz com as outras pessoas e como engazopa as pessoas? De que jeito ele adquiriu esta casa? Pois eu dou meu pescoço à faca se ele já não tiver engazopado o senhor e já não pensou como continuar a engazopá-lo! O senhor está rindo, não acredita, não é?

— Parece-me que isso tudo não é inteiramente adequado à sua causa — observou o príncipe.

— Eu já estou deitado aqui há três dias, e o que não vi! — exclamou o jovem, sem ouvir. — Imagine que ele está desconfiado desse anjo, dessa menina, agora órfã, minha prima legítima, toda noite procura amigos íntimos no quarto dela! A mim ele também se chega devagarinho, e fica procurando coisas embaixo do sofá. Pirou de tanto cismar; vê ladrão em todos os cantos. Passa a noite inteira levantando-se a cada instante aos saltos, ora examinando as janelas para ver se estão bem fechadas, ora experimentando a

---

[13] Refresco fermentado de pão de centeio. (N. do T.)

porta, olhando para dentro do forno, e assim faz umas sete vezes durante a noite. Está sendo julgado por vigarice, mas ele mesmo se levanta umas três vezes durante a noite para rezar, aqui mesmo na sala, ajoelhado, o beberrão fica meia hora batendo a testa no chão, e por quem não reza, o que não pranteia? Reza pela paz da alma da Condessa du Barry,[14] ouvi com meus próprios ouvidos; Kólia também ouviu: está completamente pirado!

— Está vendo, está ouvindo como me ridiculariza, príncipe! — bradou Liébediev ruborizado e realmente fora de si. — O senhor talvez não saiba que eu sou mesmo um beberrão e depravado, assaltante e malfeitor, mas eu só sirvo porque botei cueiros nesse engraçadinho ainda recém-nascido, dei banho na tina, em casa de Anícia, minha irmã miserável e viúva, eu, igualmente miserável, passei noites a fio, sem pregar olho, cuidando dos dois, doentes, roubando lenha do zelador no pátio, cantando cantigas de ninar para ele, estalando os dedos, de barriga vazia, e assim o ninei, e agora ele ri de mim! Além do mais, por acaso é da tua conta que eu realmente tenha rezado pela paz da alma da Condessa du Barry e algum dia até me benzi a testa? Príncipe, há quatro dias eu li pela primeira vez na vida a biografia dela no léxico. Além do mais, por acaso tu sabes quem foi ela, du Barry? Fala, sabes ou não?

— Então tu és o único a saber? — murmurou o jovem em tom de galhofa, mas de modo involuntário.

— Ela foi a condessa que, depois de superar uma ignomínia, administrou junto com a rainha e a quem uma grande imperatriz, em sua carta escrita de próprio punho, se referiu como *ma cousine*.[15] O cardeal, núncio[16]

---

[14] Condessa du Barry, Marie-Jeanne Bécu (1743-1793), favorita de Luís XV, guilhotinada por sentença do tribunal revolucionário em 8 de dezembro de 1793. A biografia de Du Barry, mencionada por Liébediev, foi publicada no *Léxico enciclopédico* de Pluchard (São Petersburgo, 1841). Sobre as circunstâncias da execução, que deixaram Liébediev estupefato, diz esse texto: "Já no patíbulo, ela rogava sem cessar por clemência, soluçava... implorava em altos brados a compaixão do povo". Mais tarde, no *Diário de um escritor* ("Vlas") de 1873, Dostoiévski retoma as últimas palavras de Du Barry diante da morte, explicando seu apelo ao carrasco como tentativa de abstrair ao menos por um instante o pavor da morte "que crescia progressivamente", de achar um "alívio, uma saída para a alma sofredora... Ela iria sofrer vinte vezes mais nesse minuto concedido, caso lho concedessem, e ainda assim gritava e suplicava por ele". (N. da E.)

[15] "Minha prima" ou "amiga íntima", em francês no original. (N. do T.)

[16] Em *Mémoires de madame la Comtesse du Barry*, a autora escreve que o cardeal e núncio papal La Rouche Emon assistiam ao seu despertar e, fazendo as vezes de suas criadas de quarto, ajudavam-na a sair da cama e ficavam à sua volta, esperando para lhe passar

do Papa, na *lever du roi*[17] (tu sabes o que era a *lever du roi*?) se ofereceu pessoalmente para calçar as meias de seda dela nas perninhas nuas, e ainda por cima achava isso uma honra — e isso uma pessoa de tão elevada e preclara posição! Tu conheces isso? Pela cara estou vendo que não conheces! E de que jeito ela morreu, sabes? Responde, se sabes!

— Sai daqui! Estás me importunando.

— Ela morreu depois de tão grande honra; o carrasco Samson arrasta para a guilhotina tão importante ex-soberana, inocente, para divertimento das *poissardes*[18] parisienses, e ela, tomada de pavor, não entende o que lhe está acontecendo. Vê que ele a inclina pelo pescoço debaixo da guilhotina e a empurra a pontapés — alguém ri ao redor — e ela começa a gritar: "*Encore un moment, monsieur le bourreau, encore un moment!*", isto é: "Um minuto, senhor carrasco, só mais um minuto!". Pois bem, nesse minutinho talvez Deus a perdoasse, porque não é possível imaginar nada além de semelhante *misère*[19] com a alma humana. Tu sabes o que significa a palavra *misère*? Pois bem, ele é a própria *misère*. Por causa desse grito da condessa, desse um minutinho, mal acabei de ler foi como se meu coração tivesse sido agarrado por tenazes. Agora, verme, não é da tua conta que eu, ao me deitar à noite para dormir, tenha resolvido rezar por ela, por essa grande pecadora. Sim, talvez eu tenha resolvido rezar por ela porque desde que o mundo é mundo certamente nunca houve quem se benzesse por ela e nem sequer tivesse pensado nisso. Vamos que ela se sinta bem no outro mundo ao perceber que encontrou um pecador igual a ela, que pelo menos uma vez na face da terra tenha rezado por ela. De que estás rindo? Não acreditas, ateu. E como é que sabes? E ainda por cima se enganou se me andou espreitando: eu não rezei apenas pela Condessa du Barry; eu rezei assim: "Senhor, concede paz à alma da grande pecadora, a Condessa du Barry, e de todos os que lhe são semelhantes", e isso já é algo bem diferente; porque grandes pecadoras há muitas semelhantes, e modelos de mudança da fortuna, e daqueles que suportaram, que hoje estão por lá consumidos de ansiedade, gemendo, e esperando; aliás rezei também por ti, por indivíduos como tu, semelhantes a ti, descarados e ofensores, e se tu resolveste espreitar como eu rezo...

---

o penhoar ou o calçado. O mesmo fato, mais próximo da versão de Liébediev, aparece no capítulo VI de *Os miseráveis*, de Victor Hugo. (N. da E.)

[17] Cerimônia real do vestir-se ao amanhecer. (N. da E.)

[18] Vendedoras de peixe ou barraqueiras. (N. do T.)

[19] Liébediev ressalta a pluralidade de sentidos da palavra francesa *misère*, que significa miséria, penúria, desgraça, infelicidade, calamidade. (N. da E.)

— Ora, basta, chega, reza por quem quiseres, o diabo que te carregue, chega de ralhar! — interrompeu com despeito o sobrinho. — Aqui ele é o sabichão, o senhor não sabia, príncipe? — acrescentou com um riso meio desajeitado. — Agora ele vive sempre lendo esses livrinhos diferentes e memórias.

— Apesar de tudo, seu tio... não é um homem sem coração — observou involuntariamente o príncipe. Ele tomou uma ojeriza muito grande a esse jovem.

— E o senhor acha de cobri-lo de elogios dessa maneira, e aqui!

— Veja, ele já está com a mão no coração, a boca escancarada, ficou logo num deleite só. Não é um homem sem coração, talvez, mas um velhaco, isso é que é o mal; e ainda por cima um beberrão, está todo desaparafusado como qualquer beberrão que passou anos enchendo a cara, e é por isso que tudo nele range. Ama os filhos, suponhamos, estimava minha falecida tia... Também gosta até de mim, porque no testamento, juro, me deixou uma parte...

— Não vou deixar na-nadinha! — gritou ensandecido Liébediev.

— Escute, Liébediev — disse com firmeza o príncipe, virando-se de costas para o jovem —, eu sei por experiência que o senhor é um homem de ação quando quer... Neste momento eu estou com muito pouco tempo, e se o senhor... perdão, eu esqueci, como é seu patronímico?

— Ti-Ti-Timofiêi.

— E?

— Lukiánovitch.

Todos os que estavam na sala tornaram a cair na risada.

— Mentiu! — gritou o sobrinho. — Nisso também mentiu! Príncipe, o nome dele não é Timofiêi Lukiánovitch coisa nenhuma, mas Lukian Timofiêievitch! Agora me diga, por que mentiste? Para ti Lukian ou Timofiêi não são a mesma coisa, e que isto vai adiantar ao príncipe? Ora, ele mente única e exclusivamente por hábito, eu lhe asseguro!

— Porventura é verdade? — perguntou o príncipe com impaciência.

— Lukian Timofiêievitch, realmente — concordou e atrapalhou-se Liébediev, mais uma vez baixando a vista e mais uma vez pondo a mão no coração.

— Sim, mas para quê isso, oh, meu Deus!

— É por autodepreciação — sussurrou Liébediev, baixando a cabeça cada vez mais resignado.

— Ora, que autodepreciação que nada! Ah, se eu soubesse onde encontrar Kólia agora! — disse o príncipe, e deu meia-volta para sair.

— Eu lhe digo onde está Kólia — tornou a oferecer-se o jovem.

— De jeito nenhum! — lançou-se e agitou-se Liébediev precipitadamente.

— Kólia dormiu aqui, mas pela manhã saiu para procurar o seu general, que o senhor, príncipe, resgatou da "delegacia" sabe Deus para quê. O general prometeu pernoitar ainda ontem aqui, mas não apareceu. O mais provável é que tenha pernoitado no hotel Viessí,[20] que não fica longe daqui. Logo, Kólia está por lá ou em Pávlovsk com os Iepántchin. Ele andava com dinheiro e ontem mesmo queria ir para lá. Portanto, quer dizer que está no Viessí ou em Pávlovsk.

— Em Pávlovsk, em Pávlovsk!... Mas nós vamos ali, vamos ali, ali no jardim... tomar um cafezinho...

E Liébediev arrastou o príncipe pelo braço. Os dois saíram da sala, atravessaram o pátio e passaram por uma cancela. Ali realmente havia um jardim pequenininho e muito bonitinho, no qual, graças ao bom tempo, todas as árvores já estavam cobertas de folhas. Liébediev acomodou o príncipe em um banco de madeira verde, a uma mesa verde presa ao chão, e sentou-se defronte a ele. Um minuto depois o café realmente apareceu. O príncipe não recusou. Liébediev continuou a olhá-lo servil e avidamente nos olhos.

— Eu nem sabia que o senhor possuía esse negócio — disse o príncipe com ar de quem está pensando em algo bem diferente.

— Ór-órfãos — ia começando timidamente Liébediev, mas parou: o príncipe olhava à sua frente, distraído, e, é claro, tinha esquecido o seu assunto. Passou-se mais cerca de um minuto; Liébediev espiava e esperava.

— E então? — disse o príncipe como quem acorda. — Ah, sim! O senhor mesmo sabe, Liébediev, qual é o nosso assunto: vim para cá a propósito da sua carta. Fale.

Liébediev ficou perturbado, quis dizer alguma coisa mas apenas gaguejou: não conseguiu articular nada. O príncipe esperou e deu um sorriso triste.

— Acho que eu o compreendo muito bem, Lukian Timofiêievitch: o senhor certamente não esperava por mim. O senhor achava que eu não sairia do meu ermo ao seu primeiro aviso e me escreveu para ficar de consciência limpa. Mas eu estou aqui. Ora, basta, não me engane. Basta de servir a dois senhores. Rogójin já está aqui há três semanas, eu estou a par de tudo.

---

[20] "Balança", em russo. Seria também o nome de uma revista mensal de literatura e crítica, publicada em Moscou de 1904 a 1909. (N. do T.)

O senhor conseguiu vendê-la a ele, como daquela outra vez, ou não? Diga a verdade.

— O próprio monstro soube, o próprio.

— Não o insulte; ele, é claro, agiu mal com o senhor...

— Ele me espancou, me espancou! — replicou Liébediev com um ardor terrificante. — E açulou um cão contra mim em Moscou, por uma rua inteira, uma cadela galga. Uma cadela terribilíssima.

— O senhor me toma como uma criança, Liébediev. Diga-me, ela agora o deixou a sério em Moscou?

— A sério, a sério, outra vez na hora do casamento. Ele já estava contando os minutos, mas ela correu para cá, para Petersburgo, direto para minha casa: "Salva-me, Lukian, e não diz nada ao príncipe...". Príncipe, ela tem mais medo ainda do senhor do que dele, e aqui está a sabedoria! E Liébediev levou maliciosamente o dedo à testa.

— Mas agora o senhor os pôs novamente em contato?

— Príncipe, alteza das altezas, como eu podia... como eu podia não permitir?

— Ora, basta, eu mesmo vou me inteirar. Diga-me apenas uma coisa: onde ela está agora? Com ele?

— Oh, não! De jeito nenhum! Ela ainda responde por si mesma. Eu, diz ela, sou livre e, saiba, príncipe, se mantém firme nesse ponto, eu, diz ela, ainda sou absolutamente livre! Ainda continua em Petersburgo, na casa da cunhada, como eu lhe escrevi.

— E agora está lá?

— Lá, se não estiver em Pávlovsk, por causa do bom tempo, estará na *datcha* de Dária Alieksêievna. Eu, diz ela, sou absolutamente livre; ainda ontem vangloriou-se muito de sua liberdade diante de Nikolai Ardaliónovitch. Mau sinal!

E Liébediev deu um sorriso largo.

— Kólia a visita com frequência?

— Ele é leviano, é incompreensível e não faz segredo.

— Faz tempo que o senhor esteve lá?

— Tenho ido todos os dias, todos os dias.

— Quer dizer que ontem também?

— N-não; estive há quatro dias.

— Que pena que o senhor esteja um pouco bêbado, Liébediev! Senão eu iria lhe fazer umas perguntas.

— Nem-nem-nem, nem um tiquinho!

Liébediev fez-se todo ouvidos.

— Como o senhor a deixou?
— Buscando...
— Buscando?
— Parece que está sempre procurando alguma coisa, parece que perdeu alguma coisa. Até a ideia do casamento iminente a deixou com asco e ela a ouve como uma ofensa. *Nele* mesmo pensa como quem pensa em coisas imprestáveis e nada mais, isto é, mais com medo e horror, proíbe até que se toque no assunto, e os dois só se encontram quando é necessário... e ele sente isso demasiadamente! Mas é inevitável! Ela anda intranquila, zombeteira, ambígua, agressiva.
— Ambígua e agressiva?
— Agressiva; porque por pouco não me agarrou pelos cabelos só por uma conversa. Anda a passar descomposturas com base no Apocalipse.
— Como assim? — tornou a perguntar o príncipe, pensando se não teria ouvido mal.
— Através da leitura do Apocalipse. É uma dama de imaginação intranquila, eh-eh! E ainda por cima eu observei que tem uma queda excessiva por temas sérios, ainda que sejam estranhos. Gosta, gosta, e chega até a considerar um respeito especial por si mesma a abordagem desses temas. É. Eu sou forte na interpretação do Apocalipse, e já o venho interpretando há quinze anos. Ela concordou comigo de que estamos diante do terceiro cavalo, preto, e o seu cavaleiro tem uma balança na mão,[21] uma vez que no nosso século tudo se baseia em medida e em tratado, e todas as pessoas não fazem outra coisa senão procurar os seus direitos: "Uma medida de trigo por um denário; três medidas de cevada por um denário"...[22] E ainda tem um espírito livre, e um coração puro, e um corpo saudável, e quer preservar todos os dons conferidos por Deus. No entanto, não vai conservá-los com base no mesmo direito, pois depois vem um cavalo amarelo e o seu cavaleiro, sendo este chamado Morte: e o inferno o estava seguindo...[23] É disso que falamos quando nos vemos, e isso teve uma forte influência.
— O senhor acredita nisso? — perguntou o príncipe, fixando em Liébediev um olhar estranho.

---

[21] Cf. Apocalipse, 6, 5. Tradução adaptada segundo *A Bíblia Sagrada* traduzida para o português por João Ferreira de Almeida e publicada pela Sociedade Bíblica do Brasil, edição revista e atualizada, 1993. (N. do T.)

[22] Apocalipse, 6, 5. (N. do T.)

[23] Apocalipse, 6, 7. (N. do T.)

— Acredito e interpreto. Porque sou pobre e nu,[24] e um átomo no torvelinho dos homens. E quem vai reverenciar Liébediev? Qualquer um usa de requintes com ele e qualquer um por pouco não o trata a pontapés. Aqui, na interpretação dessas coisas, sou igual a um grão-senhor. Porque tenho inteligência! E um grão-senhor tremeu diante de mim... na sua poltrona, tateando a inteligência. Sua alta excelência Nil Aliekseievitch, há três anos, antes da Semana Santa, tinha ouvido falar — naquele momento eu ainda servia no departamento dele — e exigiu deliberadamente, através de Piotr Zakháritch, que eu fosse do plantão ao seu gabinete e perguntou, quando estávamos a sós: "Será verdade que o senhor é o professor do anticristo?". E eu não titubeei: "Sou, digo eu", e expus, e representei, e não aliviei o pavor, mas ainda o intensifiquei mentalmente desenrolando um pergaminho alegórico e mostrei os números. Ele deu uma risota, mas diante dos números e das semelhanças pôs-se a tremer, pediu para fechar o livro, para ir embora, determinou que eu fosse recompensado até a Semana Santa e na Semana de Tomé[25] entregou a alma a Deus.

— O que o senhor está dizendo, Liébediev?

— Como a coisa é. Caiu da caleche depois do almoço... bateu com a têmpora em um frade de pedra e como uma criancinha, como uma criancinha findou-se ali mesmo. Setenta e três anos pelo registro; coradinho, grisalhinho, todo borrifado de perfume, estava sempre, estava sempre rindo, como uma criança. Lembro-me das palavras de Piotr Zakháritch na ocasião: "Tu profetizaste isso", diz ele.

O príncipe começou a levantar-se. Liébediev admirou-se e ficou até preocupado ao ver o príncipe já se levantando.

— O senhor ficou muito indiferente, eh-eh! — ousou observar com ar servil.

— Palavra, não estou me sentindo bem, estou com a cabeça pesada, vai ver que foi da viagem — respondeu o príncipe com o semblante carregado.

— O senhor precisaria ir para uma *datcha* — observou timidamente Liébediev.

O príncipe estava em pé, pensativo.

— Eu mesmo passei três dias esperando, com toda a família na *datcha*, para preservar o pimpolho recém-nascido, e enquanto isso ir arrumando as coisas aqui nesta casinha. E também fui para Pávlovsk.

---

[24] Apocalipse, 3, 17. (N. do T.)

[25] Pelo calendário ortodoxo, chama-se Semana de Tomé a semana subsequente à da Páscoa, em homenagem à aparição de Cristo ao apóstolo Tomé. (N. da E.)

— E o senhor também vai para Pávlovsk? — perguntou de repente o príncipe. — O que está acontecendo, aqui parece que todo mundo está indo para Pávlovsk? E o senhor, como diz, tem sua *datcha* lá?

— Nem todos vão para Pávlovsk. Ivan Pietróvitch Ptítzin me cedeu uma de suas *datchas*, que lhe custou barato. Lá é bom, é sublime, é verde, é barato, é de bom-tom, é musical, e é por isso que todos vão para Pávlovsk. Eu, aliás, fiquei numa casinha dos fundos, e a *datcha* propriamente dita...

— Cedeu?

— N-n-não. Não... não inteiramente.

— Ceda-me — propôs de estalo o príncipe.

Parece que era justamente para isto que Liébediev vinha conduzindo a conversa. Três minutos antes essa ideia lhe passara pela cabeça. Por outro lado, não precisava mais de inquilino; já havia um pretendente para a *datcha* e este lhe havia comunicado que talvez viesse a alugá-la. E Liébediev sabia que era uma afirmativa, não "talvez", mas "provavelmente". Mas agora lhe vinha súbito à cabeça a ideia, segundo os seus cálculos muito fértil, de ceder a *datcha* ao príncipe, valendo-se de que o provável inquilino havia se expressado de modo indefinido. "Todo um conflito e toda uma nova reviravolta da questão" apresentaram-se de repente à imaginação dele. Aceitou a proposta do príncipe quase que com entusiasmo, de sorte que chegou a dispensar a pergunta acerca do preço, feita abertamente por ele, com um gesto de mão.

— Bem, seja como o senhor quiser; eu darei um jeito; não vai ter prejuízo.

Os dois já estavam saindo do jardim.

— Eu lhe... eu lhe... se o senhor quisesse, eu lhe poderia informar alguma coisa muito interessante, respeitabilíssimo príncipe, além do mais é um assunto que tem a ver — balbuciou Liébediev torcendo-se de alegria ao lado do príncipe.

O príncipe deteve-se.

— Dária Aliekseievna também tem uma *datcha* em Pávlovsk.

— E daí?

— Uma conhecida pessoa é amiga dela e, pelo visto, tem a intenção de visitá-la com frequência em Pávlovsk. Com um objetivo.

— É mesmo?

— Aglaia Ivánovna...

— Ora, basta, Liébediev! — interrompeu o príncipe com uma sensação um tanto desagradável, como se tivessem tocado no seu ponto fraco. — Tudo isso... não é assim, diga-me apenas: quando vai se mudar? Para mim quanto antes melhor, porque estou em um hotel...

Conversando, os dois saíram do jardim e sem entrar nos quartos atravessaram o pátio e chegaram à cancela.

— Ora, o que poderia haver de melhor — pensou enfim Liébediev —, mude-se diretamente do hotel para a minha casa, hoje mesmo, e depois de amanhã iremos juntos para Pávlovsk.

— Vou ver — disse o príncipe pensativo e atravessou o portão.

Liébediev ficou a observá-lo. Ficara impressionado com a repentina distração do príncipe. Ao sair, ele se esqueceu até de dizer "adeus", nem sequer fez sinal com a cabeça, o que era incompatível com a polidez e a atenção do príncipe que Liébediev conhecia.

III

Já caminhava para as doze horas. O príncipe sabia que dos Iepántchin agora só poderia encontrar na cidade o general, no serviço, e ainda assim pouco provável. Ele pensou que o general talvez ainda o pegasse e o levasse imediatamente para Pávlovsk, mas antes disso ele gostaria muito de fazer uma visita. Correndo o risco de chegar atrasado na casa dos Iepántchin e adiar a ida à Pávlovsk para o dia seguinte, o príncipe resolveu ir procurar o prédio no qual sentia tanta vontade de entrar.

Aliás, para ele essa visita era em certo sentido arriscada. Estava embaraçado e vacilante. Quanto ao prédio, sabia que ficava na rua Gorókhovaia, perto da Sadóvaia, e resolveu ir para lá na esperança de que, chegando ao lugar, enfim tomaria a decisão definitiva.

Ao chegar ao cruzamento da Gorókhovaia com a Sadóvaia, ele mesmo ficou surpreso com a sua inquietação inusual; não esperava que o coração fosse bater com tamanha dor. Um prédio, provavelmente por sua fisionomia particular, ainda de longe passou a chamar a sua atenção, e depois o príncipe se lembraria de que havia dito de si para si: "Na certa é esse prédio mesmo". Ele se aproximava com uma curiosidade incomum para verificar a sua hipótese; sentia que por algum motivo lhe seria particularmente desagradável se ele adivinhasse. Era um prédio grande, sombrio, de três andares, sem qualquer arquitetura, de uma cor verde suja. Alguns prédios dessa natureza, aliás poucos, construídos no final do século passado, mantiveram-se inteiros justamente nessas ruas de Petersburgo (onde tudo muda com tanta rapidez) quase sem mudança. Foram construídos com solidez, paredes grossas e janelas de formato raríssimo; no andar térreo às vezes elas tinham grades. A maior parte do térreo era ocupada por uma loja de câmbio. O eunuco[26] que ali trabalhava ocupava a parte superior. Tanto por fora quanto por dentro

---

[26] Em fins do século XVIII, o camponês Kondrati Sielivánov fundou na província de Orlov a seita dos eunucos, que pregava a luta contra a carne através da castração. A seita atraía muitos ricos, principalmente comerciantes. Impossibilitados de gozar dos prazeres da carne, os eunucos transformavam a cobiça no principal móvel de suas vidas. A maioria dos eunucos que moravam nas cidades era constituída de cambistas de moedas, negociantes de prata ou artesãos que trabalhavam com ouro e prata. (N. da E.)

tudo era meio inóspito e seco, tudo parecia dissimulado e escondido, e seria difícil dizer de onde vinha essa impressão baseado apenas na fisionomia do prédio. As combinações arquitetônicas das linhas têm, evidentemente, o seu mistério. Nesses prédios moram quase exclusivamente comerciantes. Ao chegar aos portões e olhar para o letreiro, o príncipe leu: "Prédio dos herdeiros do honrado cidadão Rogójin".

Já sem vacilar, ele abriu uma porta de vidro, que bateu com força às suas costas, e começou a subir ao segundo andar pela escada principal. A escada era escura, de pedra, de construção grosseira, e as paredes pintadas de vermelho. Ele sabia que Rogójin, a mãe e um irmão ocupavam ali todo o segundo andar daquele prédio enfadonho. O homem que abriu a porta para o príncipe o acompanhou sem antes informar, e isso demorou; eles atravessaram também uma sala pomposa, paredes "cobertas de mármore", piso de parquete de carvalho e móveis dos anos vinte, grosseiros e pesados, passaram também por pequenos quartos, fazendo contornos e zigue-zagues, subindo dois, três degraus e descendo um número igual, e por último bateram em uma porta. O próprio Parfen Semeónitch abriu a porta; ao ver o príncipe, ficou tão pálido e petrificado que durante algum tempo pareceu uma estátua de pedra, olhando com seu olhar imóvel e assustado e torcendo a boca em um sorriso extremamente atônito — como se na visita do príncipe ele visse algo impossível e quase maravilhoso. O príncipe, embora esperasse algo dessa natureza, nem chegou a admirar-se.

— Parfen, talvez eu tenha chegado fora de propósito, sendo assim eu vou embora — enfim disse o príncipe, perturbado.

— A propósito! A propósito! — afinal apercebeu-se Parfen. — Faz favor, entra! — Eles se tratavam por *tu*. Em Moscou se encontravam com frequência e demoradamente, em seus encontros houve até alguns instantes demasiado memoráveis que ficaram marcados nos corações de ambos. Agora fazia pouco mais de meses que não se encontravam.

A palidez e uma convulsão como que ínfima e de passagem, ainda não haviam abandonado o rosto de Rogójin. Embora tivesse convidado o hóspede, ainda assim a sua perturbação incomum continuava. Enquanto conduzia o príncipe às poltronas e o fazia sentar-se a uma mesa, o outro virou-se por acaso para ele e parou sob a impressão demasiado estranha e pesada do olhar dele. Algo pareceu traspassar o príncipe e ao mesmo tempo o fez lembrar de alguma coisa — recente, penosa, funesta. Sem se sentar e postado imóvel, ele ficou algum tempo olhando Rogójin direto nos olhos; estes como que brilharam com mais intensidade no primeiro instante. Por fim Rogójin deu um riso, mas meio desconcertado e confuso.

— Por que me fitas assim? — balbuciou ele. — Senta-te!

O príncipe sentou-se.

— Parfen — disse ele —, dize-me francamente, sabias ou não que eu vinha hoje a Petersburgo?

— Que tu virias eu pensava e, como estás vendo, não me enganei — acrescentou ele com um riso mordaz —, mas como é que eu iria saber que tu virias hoje?

Uma impetuosidade meio brusca e a estranha irritabilidade da pergunta, contida na resposta, deixaram o príncipe ainda mais perplexo.

— Mesmo que soubesses que seria *hoje*, por que então ficas tão irritado? — pronunciou baixinho o príncipe, perturbado.

— Ora, por que perguntas?

— Ainda há pouco, ao descer do trem, avistei um par de olhos absolutamente iguais a esses com que acabaste de me olhar por trás.

— Ora essa! De quem eram então esses olhos? — resmungou Rogójin irritado. O príncipe teve a impressão de que ele havia estremecido.

— Não sei; na multidão até me parece que tive a impressão de vê-los; eu começo a ter sempre a impressão de ver algo. Eu, meu irmão Parfen, me sinto quase do mesmo jeito que cinco anos atrás quando ainda começavam os meus ataques.

— Então, tu podes mesmo ter tido a impressão; não sei... — resmungou Parfen.

O sorriso afetuoso em seu rosto não combinava com ele nesse instante, como se nesse sorriso algo se rompesse e como se Parfen não tivesse nenhuma força para restaurá-lo por mais que tentasse.

— Então, vais de novo ao estrangeiro? — acrescentou ele de súbito. — Estás lembrado de como no vagão, no outono, eu vinha de Pskov para cá e tu... vestido numa capa, estás lembrado, e de sapatos?

E num átimo Rogójin desatou a rir, desta feita por uma franca maldade, como se estivesse satisfeito por tê-la ao menos externado de algum jeito.

— Tu te mudaste para cá em definitivo? — perguntou o príncipe, examinando o gabinete.

— Sim, estou em minha casa. Onde haveria de estar?

— Há tempo não nos víamos. Ouvi tais coisas a teu respeito, como se não fosse de ti que falavam.

— Grande coisa o que podem dizer — observou secamente Rogójin.

— No entanto tu dissolveste toda a turma; tu mesmo estás acomodado na casa paterna, sem fazer travessuras. Então está bem. O prédio é teu ou de todos vocês?

— O prédio é de minha mãe. Daqui se chega ao apartamento dela pelo corredor.

— E onde mora o teu irmão?

— Meu irmão Semeon Semeónitch mora na casa dos fundos.

— Tem família?

— É viúvo. Por que te interessas por isso?

O príncipe olhou para ele e não respondeu; súbito ficou pensativo e parece que não ouviu a pergunta. Rogójin não insistiu e ficou esperando. Calaram.

— Quando me aproximava daqui, a cem passos adivinhei que era o teu prédio — disse o príncipe.

— Por que isso?

— Desconheço inteiramente. Teu prédio tem a fisionomia de toda a tua família e de toda a vida dos Rogójin, mas se perguntares o motivo dessa conclusão não serei capaz de responder nada. É um delírio, evidentemente. Chego até a temer que isso me preocupe tanto. Antes nem me passava pela cabeça que tu morasses em um prédio como esse, mas tão logo o avistei pensei no mesmo instante: "Ora, é exatamente um prédio assim que deve ser o dele!".

— Ora só! — Rogójin deu um risinho vago, sem entender inteiramente o pensamento vago do príncipe. — Esse prédio foi construído ainda por meu avô — observou ele. — Nele moravam apenas eunucos, os Khudiakov, e agora alugam de nós.

— Aqui é uma escuridão. Estás vivendo no escuro — disse o príncipe, examinando o gabinete.

Era um cômodo grande, alto, escuro, mobiliado com móveis de toda espécie — na maior parte grandes mesas de trabalho, uma secretária, armários de livros de negócios e certas garrafas. Um sofá de marroquim largo, vermelho, pelo visto servia de cama para Rogójin. Na mesa, diante da qual Rogójin o havia sentado, o príncipe notou dois ou três livros; um deles, a *História* de Soloviov,[27] estava aberto e marcado. Nas paredes havia alguns quadros a óleo em pálidas molduras douradas, escuros, cobertos de fuligem, nos quais era muito difícil entender alguma coisa. Um retrato de corpo inteiro chamou a atenção do príncipe: representava um homem de uns cin-

---

[27] A *História da Rússia desde tempos remotos* de S. M. Soloviov (1820-1879) começou a ser editada em 1852. Até 1867 já haviam sido publicados dezessete volumes. Na biblioteca de Dostoiévski foi encontrado o volume 1. (N. da E.)

quenta anos, de sobrecasaca de corte alemão mas de abas longas, com duas medalhas no pescoço, uma barbicha grisalha muito rala e curta, um rosto enrugado e amarelo e um olhar suspeito, dissimulado e triste.

— Este não será o teu pai? — perguntou o príncipe.

— O próprio — respondeu Rogójin com uma risota desagradável, como se se preparasse para alguma brincadeira imediata e sem-cerimônia a respeito do seu falecido pai.

— Mas ele não era partidário dos velhos ritos ortodoxos?

— Não, e a igreja, isso é verdade, dizia que a velha fé era mais verdadeira. Também respeitava muito os eunucos. Isso aqui era o gabinete dele. Por que perguntaste sobre a velha fé?

— O teu casamento vai ser aqui?

— Aqui — respondeu Rogójin, por pouco não estremecendo por causa da pergunta inesperada.

— E vai ser para breve?

— Tu mesmo não sabes que não depende de mim?

— Parfen, não sou teu inimigo e não tenho a menor intenção de te atrapalhar. Estou te repetindo isto agora da mesma forma como o declarei antes, certa vez, quase nessa mesma hora. Quando teu casamento estava se realizando em Moscou eu não te atrapalhei, tu sabes. Pela primeira vez *ela* se precipitou para mim, quase na hora do casamento, pedindo que eu a "salvasse" de ti. Estou te repetindo as próprias palavras dela. Depois ela fugiu também de mim, e tu mais uma vez a encontraste e a levaste para o altar, e eis que andam dizendo que ela tornou a fugir de ti para cá. Não é verdade? Foi disto que Liébediev me pôs a par, e por isso estou aqui. E quanto ao fato de que aqui as coisas estão novamente dando certo entre vocês, só ontem fiquei sabendo no trem e pela primeira vez de um dos teus amigos, de Zaliójov, se queres saber. Eu vinha para cá com uma intenção: eu queria finalmente convencê-*la* a partir para o estrangeiro, para cuidar da saúde; ela anda muito perturbada tanto de corpo quanto de alma, particularmente da cabeça, e acho que precisa de grandes cuidados. Eu mesmo não queria acompanhá-la ao exterior, e tinha em vista arranjar tudo isto sem minha participação. Estou te falando a pura verdade. Se é verdade absoluta que as coisas estão novamente dando certo entre vocês, não vou aparecer perante ela e também nunca mais virei te procurar. Tu mesmo sabes que eu não te engano porque sempre fui franco contigo. Nunca escondi de ti os meus pensamentos sobre isso e sempre disse que se ela ficar a teu lado será a perdição inevitável *dela*. E tua perdição também... talvez ainda mais do que a dela. Se vocês tornassem a se separar eu ficaria muito satisfeito; no entanto não tenho a intenção de estragar teus planos nem de atrapalhá-los. Fica tranquilo e não desconfia de mim. E tu mesmo sabes se um dia fui teu adversário *de verdade*, até mesmo quando ela fugiu para mim. Agora mesmo estás rindo; eu sei de que estás rindo. Sim, lá nós vivíamos separados e em diferentes cidades e tu sabes disso *com certeza*. Ora, antes eu mesmo te expliquei que "não *a* amo por amor mas por compaixão". Acho que estou definindo isto com precisão. Na ocasião tu disseste que havias compreendido essas minhas palavras; é verdade? Compreendeste? Vê só com que ódio estás olhando para mim! Eu vim aqui para te acalmar porque tu me és caro. Eu gosto muito de ti, Parfen. Agora vou embora e nunca mais voltarei. Adeus.

O príncipe se levantou.

— Fica um pouco comigo — disse em voz baixa Parfen sem se levantar e inclinando a cabeça sobre a mão direita —, faz tempo que eu não te vejo.

O príncipe sentou-se. Os dois tornaram a calar.

— Liev Nikoláievitch, quando não estás diante de mim no mesmo instante sinto raiva de ti. Nesses três meses que fiquei sem te ver passei cada minuto com raiva de ti, juro. De tal forma que eu te pegaria e envenenaria com alguma coisa! É isso. Agora não faz nem um quarto de hora que estás comigo e toda a minha raiva já passou, e mais uma vez tu me és uma pessoa querida. Fica um pouco comigo...

— Quando estou contigo tu acreditas em mim, mas quando não estou no mesmo instante deixas de acreditar e mais uma vez começas a desconfiar. Tu saíste a teu pai! — respondeu o príncipe com um risinho amistoso e procurando esconder o sentimento.

— Eu acredito na tua voz quando estou sentado a teu lado. É que eu compreendo que não se pode igualar nós dois, a mim e a ti...

— Por que acrescentaste isto? E mais uma vez ficaste irritado — disse o príncipe admirado com Rogójin.

— É, meu irmão, neste caso não perguntam a nossa opinião — respondeu o outro —, a coisa aqui foi decidida sem nós. Porque nós também amamos em separado, em tudo existe diferença — continuou ele baixinho depois de uma pausa. — Tu, por exemplo, dizes que a amas por compaixão. Em mim não existe nenhum tipo de compaixão por ela. Além disso ela me odeia acima de tudo. Agora ando sonhando com ela todas as noites: e sempre com outro rindo de mim. É assim que ela é, meu irmão. Vai se casar comigo mas se esqueceu de pensar em mim, como se trocasse de sapato. Acredita, fiquei cinco dias sem vê-la porque não me atrevo a ir procurá-la; pergunta: "Para que apareceste?". Ela não me tem exposto a pouco vexame!

— Como exposto a vexame? O que estás dizendo?

— É como se não soubesse! Vê só, ela fugiu contigo "na hora do casamento", tu mesmo acabaste de dizer.

— Mas tu mesmo não acreditas que...

— Porventura ela não me expôs a vexame em Moscou com o oficial, com o Zemtiújnikov? Sei ao certo que me vexou e já depois de ela mesma ter marcado a data do casamento.

— Não pode ser! — exclamou o príncipe.

— Sei com certeza — reiterou Rogójin convicto. — Por que, ela não faz o tipo? Ora, meu irmão, é dispensável dizer que ela faz o tipo. Isso é apenas um absurdo. Contigo ela não será do tipo, e talvez fique horrorizada com tal coisa, mas comigo ela é justamente do tipo. Ora, é assim mesmo. Ela olha para mim como se olha para a última porcaria. Com o Keller, aquele oficial que lutou boxe, ela inventou uma coisa a meu respeito só para rir, estou sabendo de fonte limpa... Ora, tu ainda não sabes o que ela fez comigo em Moscou! Mas dinheiro, quanto dinheiro eu transferi para ela...

— Sim... Como é que agora vais te casar!... Como é que vai ser depois! — perguntou o príncipe horrorizado.

Rogójin olhou para o príncipe de um jeito pesado e terrível e nada respondeu.

— Agora já é o quinto dia que não vou à casa dela. — continuou ele depois de um minuto de pausa. — Estou sempre com medo de que me escorracem. "Eu, diz ela, ainda sou senhora de mim mesma; se der vontade eu mesma te ponho para fora, eu mesma vou para o estrangeiro." (Foi ela quem me disse isso, que vai para o estrangeiro — observou ele como que entre parênteses e olhando o príncipe nos olhos de um modo um tanto especial.) Outra vez, verdade, apenas ameaça; por algum motivo tudo em mim é ridículo para ela. Outras vezes fica realmente de cara fechada, emburrada, não diz palavra; pois é disso que eu tenho medo. Há poucos dias pensei: passarei a não vir de mãos abanando — pois apenas a fiz rir, mas depois caiu em fúria. Deu de presente à governanta Kátka um xale meu de tal qualidade que mesmo se antes ela tivesse vivido no luxo talvez não houvesse visto outro igual. Não posso nem tocar no assunto referente à data do casamento. Que noivo é esse que tem simplesmente medo de aparecer diante da noiva? Fico aqui sentado, e quando não aguento, passo às escondidas, às furtadelas na rua ao lado da casa dela ou me escondo na esquina. Há pouco quase fiquei até o dia clarear de plantão perto do portão da casa dela — naquele momento pareceu-me ver alguma coisa. E ela, fica sabendo, olhou pelo postigo: "O que farias comigo, diz ela, se descobrisses traição?". Não me contive e disse: "Tu mesma sabes".

— Sabe o quê?

— Como é que eu vou saber! — riu furiosamente Rogójin. — Em Moscou eu não consegui surpreendê-la com ninguém, ainda que passasse muito tempo a espreitá-la. Em um daqueles dias eu a peguei e disse: "Tu vais casar comigo, vais entrar para uma família honrada, sabes quem és agora? Tu, digo eu, és daquele tipo!".

— Tu lhe disseste isto?

— Disse.

— E então?

— "Agora, diz ela, talvez eu não te queira nem para meu criado quanto mais para ser tua esposa." — "Mas eu, digo, desse jeito não saio e fim de papo!" — "Então, diz ela, vou chamar Keller agora mesmo, dizer a ele para te jogar porta afora." Então me lancei sobre ela e a espanquei até deixá-la com equimoses.

— Não é possível! — exclamou o príncipe.

— Estou dizendo: aconteceu — confirmou Rogójin em voz baixa, com os olhos brilhando —, fiquei um dia e meio sem dormir nada vezes nada, sem comer, sem beber, sem pôr os pés fora do quarto, ajoelhado diante dela: "Eu morro, digo, não saio enquanto não me perdoares, se mandares me pôr para fora vou me afogar; por que agora iria ficar sem ti?". Ela passou aquele dia inteiro como uma louca, ora chorando, ora querendo me matar com uma faca, ora me xingando. Chamou Zaliójov, Keller e Zemtiújnikov e todos os outros, e ficou apontando para mim, expondo-me ao vexame. "Senhores, hoje vamos todos juntos ao teatro, que ele fique aí, já que não quer sair e eu não estou presa para ele. Na minha ausência, Parfen Semeónitch, vão lhe servir chá, pelo visto você hoje está com fome." Voltou do teatro sozinha: "Eles, diz ela, são uns medrosos e patifes, têm medo de você e ficam me assustando: ele não vai sair assim, dizem, pode ser que te degole. Mas você pode ver que estou indo para o quarto, nem vou fechar a porta: é assim que tenho medo de você! Para que você saiba e veja isso! Tomou chá?" — "Não, digo eu, nem vou tomar." — "Pra mim tanto faz, só que isso não combina com você." Dito e feito, não fechou a porta do quarto. De manhã saiu, rindo: "Você enlouqueceu? — pergunta. — Porque desse jeito vai morrer de fome!" — "Perdoe, digo eu." — "Não quero perdoar, não me caso com você, está dito. Será que você passou a noite inteira sentado nessa poltrona, e não dormiu?" — "Não, digo, não dormi." — "Que inteligência! E mais uma vez não vai tomar chá nem almoçar?" — "Disse que não vou — perdoe!" — "Oh, como isso nada tem a ver com você, diz ela, se ao menos soubesse como lhe cai mal. Não me diga que lhe deu na telha me assustar?

Ai, que grande desgraça para mim vê-lo aí faminto; que susto você me deu!" Zangou-se, mas por pouco tempo, e voltou a implicar comigo. E naquele momento fiquei surpreso ao ver que não havia nela nenhum rancor. Mas ela guarda rancor, por muito tempo guarda rancor dos outros! E então me veio à mente que ela me tem em tão baixa conta que nem consegue guardar grande rancor de mim. E isso é verdade. "Você sabe, pergunta ela, o que é o papa de Roma?" — "Ouvi falar, respondo." — "Você, Parfen Semeónitch, não estudou nada de história universal", diz ela. — "Não estudei nada, digo eu." — "Então, diz ela, vou lhe dar para ler: houve uma vez um papa[28] que se zangou com um imperador, e este passou três dias sem beber, sem comer, descalço, ajoelhado na frente do palácio dele enquanto ele não o perdoou; o que você acha, passando aqueles três dias de joelhos, o tal imperador repensou as coisas de si para si e fez promessas?... Bem, espere, diz ela, eu mesma vou ler essa história pra você!" Levantou-se de um salto e foi buscar o livro. "São versos", diz, e passou a ler para mim em versos como o tal imperador, durante aqueles três dias, adjurou que se vingaria daquele papa. "Será que você não gostou, Parfen Semeónitch?" — "Tudo isso que você leu, é verdade, digo eu". — "Sim, você mesmo está dizendo que é verdade, então você também pode fazer uma promessa: 'ela se casa comigo, e então eu acerto as contas, zombo dela!'" — "Não sei, digo eu, pode até ser que eu pense assim." — "Como não sabe?" — "Isso mesmo, digo eu, não sei, não é esse tipo de coisas que estou pensando neste momento." — "E em que você anda pensando?" — "Pois bem, você se levanta do lugar, passa a meu lado, e eu fico olhando para você e seguindo-a; seu vestido faz frufru, e meu coração desmaia, mas você sai do quarto, e eu me lembro de cada palavrinha sua, da voz, e do que você disse; durante essa noite eu não pensei em nada disso, fiquei o tempo todo ouvindo como você respirava dormindo e vi você se me-

---

[28] Referência ao poema de Heinrich Heine, "Heinrich" (1843). O tema é um dos episódios da guerra de Henrique IV da Alemanha (1050-1106) contra o papa Gregório VII (1020-1106), que tentou subordinar o poder mundano ao trono do papa. Em 1076 Gregório VII conseguiu depor o imperador, que não queria reconhecer o poder supremo do papa. Compreendendo a falta de saída da sua situação, Henrique IV conseguiu chegar a muito custo ao castelo de Canossa, onde estava o papa. Depois de três dias de penitência e negociações humilhantes, ele obteve o perdão. Posteriormente, o imperador se vingou cruelmente do papa: em 1085 ocupou Roma e depôs Gregório VII do poder, entregando a Clemente III o trono do papa. Segundo um estudioso, o sentido geral do relato de Dostoiévski é claro até sem a referência a Heine, mas os sonhos de Henrique IV com o machado "com que matará a serpente dos seus tormentos", machado esse associado à faca de Rogójin, intensificam a magnífica cena com algumas linhas psicológicas. (N. da E.)

xer umas duas vezes..." — "É, vai ver que você — ela caiu na risada — não pensou em como me espancou, não pensa nisso e não se lembra, não é?" — "Talvez pense, digo eu, não sei." — "E se eu não perdoar nem me casar com você?" — "Eu já disse que me afogo." — "Talvez você ainda cometa um assassinato antes disso..." Disse e caiu em meditação. Depois zangou-se e saiu. Uma hora depois me aparece muito soturna. "Eu, diz ela, vou me casar com você, Parfen Semeónitch, mas não por medo de você, de qualquer forma vou me desgraçar mesmo. Por acaso haveria melhor jeito? Sente-se, diz ela, agora vão lhe servir o almoço. E se eu me casar com você serei uma esposa fiel, quanto a isso não tenha dúvida nem se preocupe." Depois ficou algum tempo calada e disse: "Seja como for você não é um lacaio; antes eu pensava que você fosse o que se chama de lacaio perfeito". Aí marcou o casamento, e uma semana depois saiu de minha casa para a de Liébediev e fugiu para cá. Mal cheguei, ela foi dizendo: "Eu não o rejeito inteiramente; apenas quero esperar mais um pouco, o quanto eu achar necessário, porque ainda continuo senhora de mim mesma. Espere você também, se quiser". Eis como estão as coisas entre nós neste momento... O que tu achas disso tudo, Liev Nikoláievitch?

— E tu mesmo, o que achas? — perguntou o príncipe, olhando triste para Rogójin.

— E por acaso eu penso? — deixou escapar o outro. Ele quis acrescentar mais alguma coisa porém calou numa tristeza irremediável.

O príncipe se levantou e novamente quis sair.

— Seja como for, não vou te atrapalhar — pronunciou em voz baixa, quase meditando, como se respondesse a algum pensamento próprio interior e secreto.

— Sabes o que te digo? — animou-se subitamente Rogójin, e seus olhos brilharam. — Não entendo, como tu a cedes para mim dessa maneira? Ou a deixaste de amar completamente? Antes, apesar de tudo, tu vivias com saudade; eu mesmo vi. Então por que cargas-d'água correste agora para cá quebrando a cabeça? Por compaixão? (E seu rosto crispou-se numa caçoada raivosa.) Eh-eh!

— Achas que estou te enganando? — perguntou o príncipe.

— Não, eu acredito em ti, só que nisso não estou entendendo nada. O mais provável é que tua compaixão seja ainda maior que o meu amor!

No rosto dele esboçou-se alguma coisa maldosa, que desejava manifestar-se forçosamente agora.

— Pois bem, não consegues distinguir entre o teu amor e a raiva — sorriu o príncipe —, mas se ele passar pode ser uma desgraça ainda maior. Eu, meu caro Parfen, já te disse isso...

— Que a esfaqueio?

O príncipe estremeceu.

— Haverás de odiá-la por esse amor de hoje, por todo esse sofrimento que ora aceitas. O mais estranho para mim é ela casar-se mais uma vez contigo. Ao ouvir isso ontem mal pude acreditar, e me senti muito mal. Porque ela já te rejeitou duas vezes e fugiu na hora do casamento, portanto, existe mesmo um pressentimento!... Então, o que ela está vendo agora em ti? Porventura será teu dinheiro? Isso é um absurdo. E vai ver ainda que já esbanjaste muito o dinheiro. Será que é só para arranjar marido? Mas neste caso ela poderia arranjar alguém além de ti. Qualquer um é melhor do que tu, porque pode ser que realmente venhas a matá-la, e hoje ela talvez compreenda demais isso. Por que a amas com tanta força? Verdade, só se isso... Ouvi dizer que há um tipo de gente que procura justamente um amor assim... só...

O príncipe parou e ficou pensativo.

— O que é isso, outra vez rindo do retrato de meu pai? — perguntou Rogójin, que observava com excepcional atenção qualquer mudança, qualquer traço fugidio no rosto do príncipe.

— De quê eu ri? É que me ocorreu que, se não tivesse havido essa desgraça contigo, não houvesse acontecido esse amor, pode ser que viesses a ser tal qual teu pai, e ademais muito em breve. Irias te enclausurar sozinho e em silêncio nesta casa com a mulher, obediente e muda, falando raro e com severidade, sem confiar numa única pessoa, aliás sem precisar absolutamente disso, e limitando-se a amealhar dinheiro no silêncio e na penumbra. E quando viesses a elogiar livros estes seriam muito, muito velhos, e te interessarias pelos da antiga seita do sinal da cruz com dois dedos, e ainda assim pela antiguidade...[29]

— Vai caçoando. Ela disse exatamente a mesma coisa há poucos dias quando também examinava esse retrato! É estranho que agora vocês estejam tão afinados em tudo...

— E por acaso ela já esteve aqui? — perguntou curioso o príncipe.

— Esteve. Olhou longamente para o retrato, interrogou sobre o falecido. "Você seria exatamente assim — deu finalmente um risinho para mim

---

[29] Trata-se da tendência para pessoas à antiga: estas não reconheciam as alterações (baseadas nos manuscritos gregos antigos e eslavos) que vinham sendo introduzidas nos livros da Igreja desde o primeiro quartel do século XVI e de modo particularmente ativo no período do patriarca Nikon (1652-1658). Foi este que, no dia 23 de abril de 1656, no concílio dos bispos ortodoxos russos, proclamou a maldição da prática do sinal da cruz com dois dedos e introduziu o sinal com três. (N. da E.)

—, você, Parfen Semeónitch, tem paixões fortes, diz ela, paixões com as quais iria voando para a Sibéria, para um campo de trabalhos forçados se também não tivesse inteligência, porque você tem uma grande inteligência, diz ela" (foi assim que disse, acreditas ou não? Foi a primeira vez que ouvi dela essa palavra!). "Você logo deixaria esse mimo exagerado. E como é uma pessoa sem nenhuma instrução, passaria a juntar dinheiro e, como o pai, enferrujaria nesta casa com seus eunucos; vai ver até que acabaria aderindo à crença deles, e se tomaria de tamanho amor por seu dinheiro que iria juntar não dois, mas talvez dez milhões, e morreria de fome em cima dos seus sacos de dinheiro, porque em você tudo é paixão, você converte tudo em paixão." Foi assim que ela falou, quase exatamente por essas palavras. Antes nunca havia falado comigo desse jeito! Porque comigo ela só fala absurdos ou caçoa; mas nesse caso começou rindo, e depois ficou muito soturna; pôs-se a examinar esta casa toda e parecia temer alguma coisa. "Vou mudar isso tudo, digo eu, vou reformar, e talvez compre até outra casa antes do casamento." — "Na-nadinha vai ser mudado aqui, diz ela, é assim que vamos viver. Quero viver ao lado da tua mãe, diz ela, quando me tornar tua mulher." Levei-a à minha mãe — ela a tratou com um respeito como se fosse filha dela. Desde antes, e lá se vão dois anos, é como se minha mãe não estivesse em seu juízo perfeito (está doente), com a morte de meu pai ficou igualzinha a uma criança, calada: não se sustenta mais nas pernas, e de onde está se limita a fazer reverências a todos que vê; acho que se não lhe derem de comer ela fica três dias sem notar. Peguei a mão direita de minha mãe, ajeitei-a: "Abençoe, mãezinha, digo eu, ela vai se casar comigo"; então ela pegou a mão de minha mãe, beijou-a com sentimento, "sua mãe, diz ela, na certa passou por grandes infortúnios". E então viu este livro em minha casa: "Que andas fazendo, lendo a *História russa*?" (Ela mesma me disse certa vez em Moscou: "Você devia se humanizar ao menos com alguma coisa, devia pelo menos ler a *História russa* de Soloviov, porque você não sabe de nada.") "Você está agindo bem, disse ela, faça isso mesmo, leia. Eu mesma vou fazer pra você uma listinha dos livros que você deve ler com prioridade; quer ou não?" Antes, antes ela nunca tinha falado assim comigo, de maneira que até fiquei admirado; foi a primeira vez que respirei como gente.

— Isso me deixa muito contente, Parfen — disse o príncipe com um sentimento sincero —, muito contente. Quem sabe, vai ver que Deus unirá vocês dois.

— Isso nunca vai acontecer! — exclamou Rogójin com ardor.

— Escuta, Parfen, se tu a amas tanto, será possível que não queres merecer o respeito dela? E, se queres, então será possível que não tenhas esperança? Pois bem, eu disse há pouco que acho um problema estranho: por que ela vai se casar contigo? Embora eu não possa resolvê-lo, ainda assim não tenho dúvida de que aí deve haver uma causa suficiente, racional. Ela está convencida do teu amor; mas certamente também está convencida de alguns méritos teus. Porque não pode ser outra coisa! O que acabas de dizer confirma isso. Tu mesmo dizes que ela descobriu a possibilidade de falar contigo em uma linguagem inteiramente diferente daquela com que te tratava antes e falava. Tu és cheio de cismas e ciumento, e por isso exageraste tudo o que havias notado de mau. Só que ela, é claro, não pensa tão mal a teu respeito como dizes. Senão significaria que ela, casando contigo, estaria se atirando num rio ou na ponta de uma faca. Por acaso isso é possível? Quem se atira conscientemente num rio ou na ponta de uma faca?

Parfen ouviu com um risinho amargo as ardentes palavras do príncipe. Sua convicção, parecia, já estava inabalavelmente posta.

— No rio ou na ponta da faca! — proferiu finalmente o outro. — Eh-eh! Se está se casando comigo é porque na certa espera uma faca comigo! Vamos, príncipe, será que até hoje tu realmente não te deste conta do que consiste aí toda a coisa?

— Não estou te entendendo.

— Bem, pode ser que realmente não estejas entendendo, eh-eh! Dizem mesmo que tu és... *tantã*. Ela ama outro — é isso que deves entender! Exatamente como agora eu a amo ela ama outro agora. E sabes quem é esse outro? *Tu*! O quê? Será que não sabias?

— Eu!

— Tu. Ela passou a te amar desde aquele momento, desde o dia do aniversário dela. Só que ela acha impossível casar contigo, porque vai acabar te cobrindo de vergonha e arruinando todo o teu destino. "Sabe-se quem sou eu", diz ela. Ela afirma isso até hoje. Ela mesma me disse tudo isso na cara. Tem medo de te cobrir de vergonha e te arruinar, já comigo não vê problema, pode casar —, é assim que ela me considera, isso tu também deves observar!

— E como é que ela fugiu de ti para mim, e... de mim...

— E de ti para mim! Eh-eh! Ora, que importa o que de repente lhe dá na telha?! Agora ela anda toda febricitante. Ora me grita: "Estou me casando contigo como quem se atira num rio. Depressa com o casamento!". Ela mesma apressa, marca a data, mas a hora começa a se aproximar e ela fica assustada, ou começa a pensar noutras coisas — sabe Deus o quê, porque tu mesmo viste: chora, ri, debate-se em febre. O que há de esquisito no fato de ela ter fugido de ti? Ela fugiu de ti naquele momento porque ela mesma se deu conta da força com que te ama. Ela não aguentou ficar na tua casa. Há pouco disseste que eu a procurei em Moscou; não é verdade — ela mesma fugiu de ti para mim. "Marque a data, diz ela, estou pronta! Traga o champanhe! Vamos ver as ciganas!..." — grita! É, não fosse eu e há muito tempo ela já teria se atirado no rio; estou dizendo a verdade. Não se atira porque eu talvez seja mais terrível que a água. É por pirraça que vai se casar comigo... se está se casando, digo com certeza que é *por pirraça*.

— Mas como é que tu... como é que tu!... — bradou o príncipe, e não concluiu. Olhava horrorizado para Rogójin.

— Por que não concluis? — acrescentou o outro, ofendido. — Queres saber, digo que neste instante estás matutando com teus botões: "E agora, de que jeito ela vai casar com ele? Como permitir que ela faça isso?". Sabe-se que pensas...

— Não foi com esse fim que vim para cá, Parfen, estou te dizendo, não era isso que eu tinha em mente...

— É possível que não tenha sido com esse fim e que não o tivesses em mente, e só agora o passaste a tê-lo com certeza, eh-eh! Mas basta! Por que investes dessa maneira? Será possível que realmente não sabias? Tu me deixas admirado!

— Tudo isso é ciúme, Parfen, tudo isso é uma doença, tu exageraste desmedidamente tudo isso... — murmurou o príncipe com extrema inquietação. — Por que isso?

— Deixa disso — falou Parfen, e rápido arrancou da mão do príncipe uma tesoura que o outro pegara em cima da mesa, ao lado do livro, e tornou a colocá-la onde estava antes.

— É como se eu estivesse sabendo ao viajar a Petersburgo, é como se estivesse pressentindo... — continuou o príncipe. — Eu não queria vir para cá! Queria esquecer tudo isso aqui, arrancar e mandar para longe do coração! Bem, adeus... Mas o que é que tu tens?

Ao falar, o príncipe tornou a pegar por distração a mesma tesoura em cima da mesa, e mais uma vez Rogójin a arrancou das mãos e a lançou em cima da mesa. Era uma tesoura de formato bastante simples, com cabo de chifre de veado, sem graça, e uma lâmina com a largura correspondente de uns três *verchoks* e meio.

Notando que o príncipe prestava atenção ao fato de lhe haverem arrancado essa tesoura das mãos por duas vezes, Rogójin a agarrou com um aborrecimento maldoso, colocou-a dentro do livro e atirou o livro sobre outra mesa.

— São folhas que cortas com ela? — perguntou o príncipe, mas um

O idiota

tanto distraidamente, como se ainda estivesse sob a pressão de uma forte meditação.

— Sim, as folhas.

— Mas isso não é um podão?

— Sim, é um podão. Porventura não se pode cortar as folhas?

— Mas ele é... novinho em folha.

— E o que é que tem ele ser novo? Por acaso eu agora não posso comprar uma tesoura nova? — gritou finalmente Rogójin com certo furor, irritando-se a cada palavra.

O príncipe estremeceu e olhou fixamente para Rogójin.

— Nós dois, hein! — riu de súbito o príncipe, voltando inteiramente a si. — Desculpe, meu caro, quando minha cabeça está muito pesada como agora, e essa doença... eu fico totalmente, totalmente distraído e ridículo. Não era nada disso que eu queria perguntar... não me lembro o quê. Adeus.

— Não é por aí — disse Rogójin.

— Eu tinha esquecido!

— Por aqui, vamos por aqui, eu mostro.

IV

Eles passaram pelos mesmos cômodos por onde o príncipe já havia passado; Rogójin um pouco adiante, seguido do príncipe. Entraram em uma grande sala. Ali havia vários quadros na parede, todos retratos de bispos ortodoxos e paisagens, nos quais nada se conseguia distinguir. Sobre a porta que dava para o cômodo seguinte havia um quadro bastante estranho pela forma, de aproximadamente um metro e oitenta de comprimento e não mais de vinte e sete centímetros de altura. Um representava o Salvador recém-retirado da cruz. O príncipe olhou de relance para ele, como quem se lembra de alguma coisa, mas sem parar, queria passar em direção à porta. Estava sentindo um clima muito pesado e queria sair o mais depressa possível daquela casa. No entanto Rogójin parou subitamente diante do quadro.

— Veja todos esses quadros aqui — disse ele —, todos foram rematados em leilões a um rublo ou dois pelo meu falecido pai, ele gostava disso. Um conhecedor os examinou todos aqui: porcaria, diz ele, mas este aqui — esse quadro acima da porta, também rematado por dois rublos —, diz ele, não é uma porcaria. Apareceu um e disse a meu pai que daria por ele trezentos e cinquenta rublos, mas Saviéliev, Ivan Dmítritch, um comerciante, grande apreciador, esse chegou a oferecer quatrocentos rublos, e na semana passada chegou a oferecer quinhentos ao meu irmão Semeon Semeónitch. Eu o reservei para mim.

— Sim, mas isso... isso é uma cópia de Hans Holbein — disse o príncipe depois de observar o quadro —, embora eu não seja um grande conhecedor, parece-me uma cópia excelente. Eu vi esse quadro no exterior e não consigo esquecê-lo. Ora... o que é que tu tens...

Rogójin largou repentinamente o quadro e continuou seguindo em frente. É claro que a distração e o especial estado estranhamente irritadiço, que tão súbito se notou em Rogójin, poderia, talvez, explicar esse arrebatamento; mas ainda assim para o príncipe foi como que uma maravilha a interrupção tão súbita de uma conversa que ele mesmo não começara e à qual Rogójin sequer lhe respondera.

— Então, Liev Nikoláitchik,[30] há muito tempo eu queria te perguntar:

---

[30] Variação do patronímico Nikoláievitch. (N. do T.)

tu acreditas ou não em Deus? — Rogójin retomou de repente a conversa depois de dar alguns passos.

— Que estranho esse teu jeito de perguntar e... olhar!! — observou involuntariamente o príncipe.

— É que eu gosto de olhar para esse quadro — murmurou Rogójin depois de uma pausa, como se tivesse esquecido mais uma vez a sua pergunta.

— Para esse quadro! — exclamou num átimo o príncipe, sob a impressão de um ideia repentina. — Para esse quadro! Ora, por causa desse quadro outra pessoa ainda pode perder a fé.

— Vai acabar perdendo mesmo — reiterou de forma súbita e inesperada Rogójin. Os dois já haviam chegado à porta de saída.

— Como? — parou bruscamente o príncipe. — O que é que estás dizendo? Eu estava quase brincando mas tu falas com tanta seriedade! E por que me perguntaste se acredito ou não em Deus?

— Não foi por nada. Antes eu já estava querendo perguntar. É que hoje muitos não acreditam. E não será verdade (tu moraste no estrangeiro) — uma pessoa me disse, de porre — que entre nós pela Rússia afora há mais gente que não acredita em Deus do que em todos os outros países? "Nós, diz ele, estamos melhores nesse ponto do que eles porque fomos além deles..."

Rogójin deu um risinho cáustico. Depois de externar a sua pergunta ele abriu repentinamente a porta e, segurando a maçaneta, ficou esperando que o príncipe saísse. O príncipe ficou admirado, mas saiu. O outro saiu atrás dele para o vestíbulo da escada e encostou a porta atrás de si. Os dois ficaram cara a cara com tal aspecto que pareciam ter esquecido de onde haviam chegado e o que deveriam fazer agora.

— Então, adeus — disse o príncipe estendendo a mão.

— Adeus — falou Rogójin, apertando com força mas de modo absolutamente maquinal a mão a ele estendida.

O príncipe desceu um degrau e olhou para trás.

— E quanto à fé — começou ele sorrindo (pelo visto não queria deixar Rogójin na expectativa), e, além disso, ganhando ânimo sob a impressão de uma súbita lembrança —, quanto à fé, na semana passada eu tive quatro diferentes encontros em dois dias. Pela manhã eu viajei por uma nova estrada de ferro e durante quatro horas conversei apenas com S.[31] no vagão, ali mesmo nos conhecemos. Antes eu já ouvira falar muita coisa a respeito dele, e entre outras coisas que era ateu. Ele é um homem realmente muito sábio e

---

[31] É possível que se trate de N. A. Spiéchniev (1821-1882), pensador materialista, ex-integrante do círculo de Pietrachevski, como o próprio Dostoiévski. (N. da E.)

eu fiquei contente porque ia conversar com um sábio de verdade. Além do mais ele é educadíssimo, de sorte que conversou comigo exatamente como se conversa com um igual em conhecimentos e compreensão. Em Deus ele não acredita. Só uma coisa me surpreendeu: era como se ele nunca estivesse falando desse assunto, em nenhum momento, o que me surpreendeu justamente porque, até então, por mais que eu encontrasse pessoas descrentes e por mais que lesse livros dessa natureza, eu tinha sempre a impressão de que tanto o que falavam quanto o que escreviam nos livros nada tinha a ver com esse assunto, ainda que, na aparência, passassem a impressão de estar falando disso. Isso eu lhe disse naquele mesmo instante, mas pelo jeito não fui claro ou não soube me expressar, porque ele não entendeu nada... À noite eu me hospedei no hotel do distrito para pernoitar, e lá acabava de haver um assassinato na noite anterior, de sorte que todos estavam falando do assunto quando cheguei. Dois camponeses, já entrados em anos, sem estarem bêbados, velhos conhecidos, amigos, tomaram chá e quiseram deitar-se juntos para dormir no mesmo cubículo. Mas um observara no outro, nos últimos dois dias, um relógio de prata em um cordão amarelo com miçangas, maciço, que pelo visto ele não vira nele antes. Esse homem não era ladrão, era até honesto, e pelo tipo camponês de vida, não era nada pobre. Mas gostou tanto do tal relógio e ficou tão atraído por ele que acabou não se contendo: pegou uma faca e, quando o amigo deu as costas, chegou-se cautelosamente por trás, posicionou-se, ergueu os olhos para o céu, benzeu-se, proferiu consigo uma reza amarga: "Senhor, perdoa por Cristo!" — e degolou o amigo de um só golpe, como se degola um carneiro, e arrancou-lhe o relógio.

Rogójin rolou de rir. Gargalhava como se estivesse com algum ataque. Era até estranho olhar para o riso dele depois daquele recente estado lúgubre.

— É disso que eu gosto! Não, isso é que é o melhor de tudo! — gritava ele convulsivamente, quase sufocando-se. — Um não acredita absolutamente em Deus, e o outro acredita tanto que degola pessoas rezando... Não, isso, meu irmão príncipe, não se inventa! Quá-quá-quá! Não, isso é o melhor de tudo!...

— De manhã eu saí para dar umas voltas pela cidade — continuou o príncipe mal Rogójin parou, embora o riso ainda vibrasse em convulsões e em forma de ataque em seus lábios —, vejo um soldado bêbado cambaleando pela calçada de madeira, todo desgrenhado. Chega-se a mim: "Senhor, compra esta cruz de prata, dou por apenas dois rublos; é de prata!!". Vejo nas mãos dele uma cruz, pelo visto ele acabara de tirar do pescoço, com uma fita azul fortemente gasta, só que uma cruz de chumbo de verdade, dava para perceber à primeira vista, de tamanho grande, de oito pontas, desenho bizantino completo. Tirei dois rublos do bolso e lhe dei e pus a cruz imediatamente em meu pescoço — pelo rosto dele via-se como estava satisfeito por ter engazopado o tolo de um grão-senhor, e no mesmo instante saiu para torrar a sua cruz na bebida, isso já sem nenhuma dúvida. Eu, meu caro, estava então sob a mais forte das impressões de tudo o que havia desabado sobre mim na Rússia; antes eu absolutamente não a compreendia, como se tivesse crescido mudo, e nesses cinco anos que passei no estrangeiro eu me lembrava dela de um jeito meio fantástico. Pois bem, estou andando e pensando: não, ainda vou esperar que esse judas seja condenado. Deus sabe o que há nesses corações bêbados e fracos. Uma hora depois, ao retornar para o hotel, esbarrei numa mulher que trazia uma criança no colo. A mulher ainda era jovem, a criança tinha umas seis semanas. A criança lhe sorriu e, pela observação dela, pela primeira vez desde o seu nascimento. Vejo de repente ela se benzer com devoção, com muita devoção. "Que está te acontecendo, jovenzinha? — perguntei". (É que naquela época eu perguntava tudo.) "É porque, diz ela, do mesmo jeito que a mãe sente alegria quando recebe o primeiro sorriso do seu recém-nascido, Deus sente essa mesma alegria sempre que vê do céu um pecador se posicionando de todo coração para orar diante Dele." Foi uma mulher que me disse isso, quase com as mesmas palavras, e expressou esse pensamento tão profundo, tão sutil e verdadeiramente religioso, esse pensamento em que toda a essência do Cristianismo foi expressa de uma vez, isto é, todo o conceito de Deus como nosso pai querido e da alegria de Deus com o homem como a alegria do pai com o seu filho querido — a ideia central de Cristo![32] Uma mulher simples! É verdade que mãe... e vai ver até que ela talvez fosse a mulher daquele mesmo soldado. Escuta, Parfen, há pouco me fizeste uma pergunta e eis a minha resposta: a essência do sentimento religioso não se enquadra em nenhum juízo, em nenhum ato ou crime ou nenhum ateísmo; aí há qualquer coisa diferente e que vai ser sempre diferente. Aí há qualquer coisa sobre a qual irão escorregar eternamente os ateísmos e da qual irão sempre dizer *coisas diferentes*. No entanto, o principal é que a gente percebe isso com mais clareza e antes de tudo no coração russo, eis a minha conclusão! É uma das minhas primeiras convicções que eu extraio da nossa Rússia. Existe o que fazer, Parfen! Existe o que fazer no nosso mundo russo, acredita-me! Lembra-te de como houve tempo em Moscou em que nós nos dávamos bem e conversávamos... agora eu não estava com nenhuma vontade de voltar aqui! E não pensava, absolutamente não

---

[32] Evangelho de Lucas, 15, 7: "Digo-te que assim haverá maior júbilo no céu por um pecador que se arrepende, do que por noventa e nove justos que não necessitam de arrependimento". (N. da E.)

pensava em me encontrar contigo!... Bem, mas qual!... Adeus, até logo! Que Deus não te abandone!

Ele deu meia-volta e desceu a escada.

— Liev Nikoláievitch! — gritou de cima Parfen, quando o príncipe chegou ao primeiro lanço da escada. — Aquela cruz, que compraste ao soldado está contigo?

— Sim, está comigo!

E o príncipe tornou a parar.

— Mostra-me aqui.

Mais uma nova estranheza! Ele pensou, subiu e lhe mostrou a cruz sem tirá-la do pescoço.

— Cede-ma — disse Rogójin.

— Para quê? Porventura tu...

O príncipe não estava querendo separar-se dessa cruz.

— Vou usá-la e tirar a minha para ti, usa tu.

— Estás querendo trocar de cruzes? Perdão, Parfen, sendo assim estou feliz; confraternizemo-nos!

O príncipe tirou sua cruz de chumbo, Parfen, a sua de ouro, e as trocaram. Parfen calava. O príncipe notou com uma surpresa penosa que a desconfiança anterior, o riso anterior amargo e quase zombeteiro era como se ainda continuasse no rosto do seu irmão confraternizado, pelo menos aparecia fortemente por instantes. Em silêncio, Rogójin enfim segurou a mão do príncipe e ficou algum tempo parado, como se vacilasse; por fim puxou-o de repente para si, proferindo com uma voz que mal se ouvia: "Vamos". Os dois atravessaram o vestíbulo da escada do primeiro andar e tocaram a sineta em uma porta oposta àquela por onde haviam entrado. Logo abriram a porta. Uma mulher bem velhinha, toda encurvada e de negro, envolta por um lenço, fez uma reverência profunda e silenciosa a Rogójin; este lhe perguntou algo às pressas e, sem esperar a resposta, conduziu o príncipe adiante através dos cômodos. Tornaram a passar por quartos escuros, de uma limpeza inusual e fria, mobiliados de modo frio e severo por móveis antigos com capas brancas e limpas. Sem dizer nada, Rogójin introduziu o príncipe direto em um pequeno quarto, parecido com uma sala de visitas, dividido por um tabique de compensado lustroso de mogno, com duas janelas laterais, atrás do qual provavelmente ficava o quarto de dormir. No canto da sala de visitas, junto ao forno, numa poltrona, estava sentada uma velha pequena; não é que parecesse muito velha, tinha até um rosto redondo bastante saudável e agradável, mas já estava inteiramente grisalha e (poder-se-ia concluir à primeira vista) mergulhada na infância absoluta. Trajava um vestido de lã preto, com um lenço negro e grande ao pescoço, com uma touca branca limpa com fitas negras. Tinha as pernas apoiadas em um banco. A seu lado havia outra velhota limpinha, mais velha que ela, também de luto e também de touca branca, pelo jeito alguma comensal que tricotava uma meia em silêncio. Pelo visto, as duas estavam sempre caladas. Ao ver Rogójin e o príncipe, a primeira velha sorriu para eles e inclinou carinhosamente a cabeça várias vezes em sinal de satisfação.

— Mãezinha — disse Rogójin beijando-lhe a mão —, este é o meu grande amigo, o príncipe Liev Nikoláievitch Míchkin; nós dois trocamos as cruzes; numa época ele foi como meu irmão carnal em Moscou, fez muito por mim. Dê-lhe a sua bênção, mãezinha, como se tu estivesses dando a bênção a um filho querido. Espere, velhota, assim, deixe que eu te ajeito a mão...

Mas a velha, antes que Parfen conseguisse agir, levantou o braço direito, ergueu os três dedos da mão e três vezes benzeu o príncipe. E benzeu o príncipe com devoção. Em seguida, mais uma vez lhe fez um sinal com a cabeça de forma carinhosa e terna.

— Bem, vamos indo, Liev Nikoláievitch — disse Parfen —, foi só para isto que eu te trouxe aqui...

Quando os dois retornaram à escada, ele acrescentou: — Veja só, ela não entende nada do que dizem e não entendeu nada das minhas palavras, mas te abençoou; quer dizer que ela mesma o quis... Bem, adeus, está na minha hora e na tua.

E ele abriu a sua porta.

— Ora, deixe-me pelo menos te dar um abraço de despedida, homem estranho!! — exclamou o príncipe, olhando para ele com uma censura carinhosa e querendo abraçá-lo. Mas Parfen, mal acabou de levantar os braços, deixou-os cair no mesmo instante. Não se decidia; virou-se para não fitar o príncipe. Não queria abraçá-lo.

— Não tenhas medo! Embora eu tenha ficado com a tua cruz não vou te degolar por causa de um relógio! — murmurou desarticuladamente, logo rindo de um modo meio estranho. Mas num átimo todo o seu rosto transfigurou-se: ele ficou pálido ao extremo, seus lábios tremeram, os olhos ficaram em fogo. Levantou os braços, abraçou o príncipe com força e pronunciou sufocado:

— Então fica com ela, se assim for o destino! É tua! Eu a cedo!... Lembra-te de Rogójin!

E, largando o príncipe sem olhar para ele, entrou apressado em sua casa e bateu a porta às suas costas.

V

Já era tarde, quase duas e meia, e o príncipe não encontrou Iepántchin em casa. Depois de deixar um cartão, resolveu dar uma chegada ao hotel Viessí e perguntar por Kólia; caso este não estivesse, ele lhe deixaria um bilhete. No Viessí lhe disseram que Nikolai Ardaliónovitch "saiu ainda pela manhã, mas ao sair avisou que, se por acaso alguém perguntasse por ele, era para dizer que *ele* talvez voltasse aí pelas três horas. Se, porém, até as três e meia ele não aparecesse, significava que havia tomado o trem para Pávlovsk, para a *datcha* da generala Iepántchina, logo, iria jantar lá". O príncipe sentou-se para esperar e aproveitou para pedir que lhe servissem o almoço.

Kólia não apareceu por volta das três e meia e nem das quatro. O príncipe saiu e tomou maquinalmente a direção que a vista indicava. No início do verão às vezes faz dias encantadores em Petersburgo — claros, mornos, serenos. Como que de propósito, aquele dia era um desses tais dias raros. O príncipe perambulou algum tempo a esmo. Conhecia mal a cidade. Às vezes parava nos cruzamentos das ruas diante de outros edifícios, nas praças, nas pontes; em certo momento entrou em uma padaria para descansar. Vez por outra olhava atentamente para os transeuntes com grande curiosidade; contudo, o mais das vezes não notava nem os transeuntes nem aonde exatamente estava indo. Experimentava uma tensão angustiante e intranquila e ao mesmo tempo sentia uma necessidade inusual de estar só. Queria estar só e entregar-se a essa tensão sofredora com total passividade, sem procurar a mínima saída. Com asco negava-se a resolver a pergunta que desabara sobre sua alma e seu coração. "E daí, por acaso eu tenho culpa de tudo isso?" — balbuciava de si para si, quase sem ter consciência das suas palavras.

Por volta das seis estava na plataforma da estrada de ferro do Tsárskoie Sieló. A solidão logo se lhe tornou insuportável; um novo ímpeto lhe abrangeu com ardor o coração, e num abrir e fechar de olhos uma luz clara iluminou a escuridão em que sua alma amargava a angústia. Comprou uma passagem para Pávlovsk e, tomado de impaciência, apressou-se em partir; entretanto, uma coisa evidentemente já o perseguia, e era a realidade e não a fantasia, como talvez ele se inclinasse a achar. Quase já tomando assento no trem, de repente jogou no chão o bilhete que acabara de comprar e voltou da estação perturbado e pensativo. Algum tempo depois, na rua, foi como se de estalo lhe viesse à lembrança, como se num átimo compreendesse alguma coisa muito estranha, alguma coisa que há muito tempo o vinha incomodando. Súbito viu-se surpreendido conscientemente em uma ocupação que já vinha se prolongando há muito tempo, mas que ele continuava sem perceber até aquele instante: eis que há várias horas, ainda no Viessí, parece até que antes do Viessí, ele começara quase num átimo, como que a procurar alguma coisa a seu redor. E esquecia, por muito tempo, por meia hora, súbito tornava a olhar e a procurar ao redor com intranquilidade.

Entretanto, mal se viu nesse movimento doentio, que até então era inteiramente inconsciente e há tanto tempo já se apossara dele, outra lembrança deslizou subitamente em sua cabeça e o interessou sobremaneira: veio-lhe à mente que, no instante em que notara que andava sempre procurando alguma coisa ao redor, estava na calçada à janela de uma venda e observava com grande curiosidade a mercadoria exposta naquela janela. Agora lhe dera vontade de verificar sem falta: se estivera agorinha mesmo, talvez há apenas cinco minutos, diante da janela dessa venda, ou se não tivera essa impressão, se não teria confundido algo. Existiria de fato a tal venda e a tal mercadoria? É que hoje ele estava mesmo se sentindo em um estado de ânimo particularmente doentio, quase naquele mesmo em que estivera antes de começarem os seus ataques da antiga doença. Ele sabia que nesse tempo de crise ficava numa distração fora do comum e com frequência até confundia os objetos e as pessoas se olhasse para eles sem uma atenção particular, intensa. Porém havia ainda uma causa especial, que o levava, sabe-se lá por que, a querer muito verificar se estivera diante daquela venda: entre as coisas que estavam expostas na janela da venda havia uma que ele observara e chegara até a avaliar em sessenta copeques de prata, lembrou-se disso apesar de toda distração e inquietação. Portanto, se a tal venda existisse e o objeto estivesse de fato exposto entre as mercadorias, então ele teria parado especialmente por tal objeto. Logo, esse objeto continha um interesse tão forte para ele que lhe atraíra a atenção até mesmo no momento em que ele estivera em tão penosa perturbação quando acabava de deixar a estação ferroviária. Ele caminhava, olhando quase angustiado para a direita, e seu coração batia movido por uma impaciência intranquila. Mas eis a tal venda, enfim a encontrou! Já está a quinze passos dela quando pensa em voltar. Eis o tal objeto de sessenta copeques; "é claro, sessenta copeques, não vale mais!" — confirmou e caiu no riso. Mas ele caiu em um riso histérico; sentiu-se muito mal. Agora se lembrava com nitidez de que precisamente ali, diante daquela janela, ele havia se voltado de repente, tal qual o fizera ainda há pouco, quando captara sobre si o olhar de Rogójin. Convencido de que não se enganara (do que, aliás, estava absolutamente seguro antes da verificação), ele largou a venda e se foi o mais depressa dali. Precisou ponderar tudo depressa, sem falta; agora estava claro que na estação não tivera impressão, que sem dúvida lhe havia acontecido algo real e na certa vinculado a toda essa intranquilidade de antes. No entanto, uma invencível repulsa interior tornou a sobrepujar: ele não quis pensar nada, não se pôs a pensar nada; começou a refletir sobre coisa inteiramente diversa.

Entre outras coisas, pôs-se a meditar como em seu estado epiléptico, quase no limiar do próprio ataque (se é que o próprio ataque acontecera na realidade), chegara a um grau em que subitamente, em meio à tristeza, à escuridão da alma, à pressão, seu cérebro pareceu inflamar-se por instantes e todas as suas forças vitais retesaram-se ao mesmo tempo com um ímpeto incomum. A sensação de vida, de autoconsciência quase decuplicou nesses instantes que tiveram a duração de um relâmpago. A mente, o coração foram iluminados por uma luz extraordinária; todas as inquietações, todas as suas dúvidas, todas as aflições pareceram apaziguadas de uma vez, redundaram em alguma paz superior, plena de uma alegria serena, harmoniosa, e de esperança, plena de razão e de causa definitiva. Mas esses momentos, esses lampejos ainda eram apenas um pressentimento daquele segundo definitivo (nunca mais que um segundo) após o qual começava o próprio ataque. Esse segundo, é claro, era insuportável. Refletindo mais tarde sobre esse instante, já em estado sadio, ele dizia amiúde de si para si: que todos esses raios e relâmpagos da suprema autossensação e autoconsciência e, portanto, da "suprema existência" não passam de uma doença, de perturbação do estado normal e, sendo assim, nada têm de suprema existência, devendo, ao contrário, ser incluídos na mais baixa existência. E, não obstante, ainda assim ele acabou chegando a uma conclusão extremamente paradoxal: "Qual é o problema de ser isso uma doença?" — decidiu por fim. — "Qual é o problema se essa tensão é anormal, se o próprio resultado, se o minuto da sensação lembrada e examinada já em estado sadio vem a ser o cúmulo da harmonia, da beleza, dá uma sensação inaudita e até então inesperada de plenitude, de medida, de conciliação e de fusão extasiada e reverente com a mais suprema síntese da vida?". Essas expressões obscuras lhe pareciam muito compreensíveis, ainda que excessivamente fracas. De que isso era realmente "beleza e súplica", de que isso era de fato "a suprema síntese da vida" ele não podia nem duvidar, e aliás não podia nem admitir dúvidas. É que não foram algumas visões que naquele momento lhe apareceram em sonho, como provocadas por haxixe, por ópio ou vinho, que humilham a razão e deformam a alma, visões anormais e inexistentes. Sobre isso ele podia julgar com bom senso ao término do estado doentio. Esses instantes eram mesmo apenas só uma intensificação extraordinária da autoconsciência — caso fosse necessário exprimir esse estado por uma palavra —, da autoconsciência e ao mesmo tempo da autossensação do imediato no mais alto grau. Se naquele segundo, isto é, no mais derradeiro momento de consciência perante o ataque ele arranjasse tempo para dizer com clareza e consciência a si mesmo: "Sim, por esse instante pode-se dar toda uma vida!" — então, é claro, esse momento em si valia toda uma vida. Aliás ele não defendia a parte dialética da sua conclusão: o embotamento, a escuridão da alma, o idiotismo se apresentavam diante dele como uma nítida consequência desses "minutos supremos". A sério, é claro, ele não se meteria a discutir. Na conclusão, isto é, na sua avaliação desse instante, havia sem dúvida um erro, mas a realidade da sensação o embaraçava um pouco, apesar de tudo. O que fazer mesmo com a realidade? Note-se que isso mesmo já acontecia, note-se que ele mesmo já conseguira dizer para si mesmo, naquele mesmo segundo, que esse segundo, por uma felicidade infinda que ele sentia plenamente, talvez pudesse valer mesmo toda uma vida. "Nesse momento — como ele dissera certa vez a Rogójin, em Moscou, nos momentos em que então estavam juntos —, nesse momento me fica de certo modo compreensível a expressão insólita: *não haverá mais tempo*.[33] Provavelmente — acrescentou ele, sorrindo — trata-se daquele mesmo segundo em que não houve tempo de derramar-se o vaso emborcado com a água do epiléptico Maomé que, não obstante, no último segundo conseguiu contemplar todas as habitações de Alá." Sim, em Moscou ele conseguira se entender frequentemente com Rogójin e falar não só desse assunto. "Há pouco Rogójin disse que naquela época eu era o seu irmão; ele disse isso pela primeira vez hoje" — pensou o príncipe de si para si.

Ele pensou nisso sentado em um banco, debaixo de uma árvore, no Jardim de Verão. Eram quase sete horas. O jardim estava deserto; por um instante alguma coisa escura empanou o sol poente. Estava abafado; parecia um prenúncio distante de tempestade. Era uma espécie de atrativo no atual estado contemplativo em que ele andava. As lembranças e a inteligência o prendiam a cada objeto externo, e isso lhe agradava; sentia uma vontade constante de esquecer algo, o presente, o essencial, mas, ao lançar o primeiro olhar ao redor, logo voltou a reconhecer o seu pensamento soturno, pensamento do qual tanto queria se livrar. Quis lembrar-se de que ainda há pouco conver-

---

[33] Dostoiévski cita o Apocalipse de João, 10, 6. (N. da E.)

sara com um criado na taberna durante o almoço sobre um assassinato recente e estranho demais, que fizera ruído e provocara conversas. No entanto, mal se lembrou disso, algo especial tornou a lhe acontecer subitamente.

Um desejo extraordinário e irresistível, quase uma sedução, entorpeceu de chofre toda a sua vontade. Levantou-se do banco e saiu do jardim direto para o Lado Petersburgo.[34] Um pouco antes, na margem do Nievá, pediu a algum transeunte que lhe mostrasse o Lado Petersburgo através do Nievá. Mostraram-lhe, mas ele não foi logo para lá. Demais, em todo caso, não tinha que ir para lá hoje; ele sabia disso. Tinha o endereço há muito tempo; poderia facilmente encontrar a casa da parenta de Liébediev; mas sabia quase com certeza que não a encontraria em casa. "Sem dúvida foi para Pávlovsk, do contrário Kólia teria deixado alguma coisa no Viessí conforme o combinado". Portanto, se ele estava indo agora não era para vê-la, é claro. Outra curiosidade lúgubre e angustiante o seduzia. Uma ideia nova e repentina lhe veio à mente...

No entanto, já lhe bastava até demais estar a caminho e saber para onde ia: um minuto depois já se encontrava novamente a caminho, quase sem notar por onde. No mesmo instante achou por demais asqueroso e quase impossível continuar considerando "a sua ideia repentina". Com uma atenção angustiante e tensa, examinava tudo o que lhe caía à vista, olhava para o céu, para o Nievá. Quis conversar com uma criancinha que encontrou. Talvez o seu estado epiléptico se intensificasse cada vez mais. A tempestade parecia de fato avançar, ainda que lentamente. Já começava uma trovoada distante. Ia ficando muito abafado...

Agora, o sobrinho de Liébediev, que ele há pouco havia visto, sabe-se lá por que não lhe saía da lembrança, como às vezes não sai da lembrança um motivo musical obsessivo que leva às raias da estupidez com sua saturação. O estranho é que a lembrança dele vinha sempre associada ao assassino que Liébediev mencionara ao lhe apresentar o sobrinho. Sobre esse assassino ele havia lido não fazia muito. Muito havia lido e ouvido sobre tais coisas desde que partira para a Rússia; acompanhava com persistência todos esses acontecimentos. Há pouco, na conversa com o criado, interessara-se até demais justo por esse assassinato dos Jemárin. O criado concordara com ele, disso ele se lembrara. Lembrava-se também do criado; era um rapazinho nada tolo, bem-apessoado e cauteloso, mas "pensando bem, só Deus sabe como ele é. Nessa nova terra é difícil decifrar novas pessoas". Ademais, co-

---

[34] Um subúrbio de São Petersburgo. (N. do T.)

meçava a acreditar apaixonadamente na alma russa. Concluíra muita, muita coisa que lhe era novíssima nesses últimos seis meses, coisa imprevisível, inaudita e surpreendente! Mas a alma alheia é escuridão, e a alma russa também é escuridão; para muitos é escuridão. Pois bem, por muito tempo se dera bem com Rogójin, foram íntimos, se deram como "irmãos" — será que ele conhece Rogójin? Mas, pensando bem, que caos às vezes acontece nessas coisas, que confusão, que coisa hedionda! E, não obstante, que espinhento mais abominável e autossuficiente esse sobrinho de Liébediev que ele conhecera há pouco! Mas o que deu em mim (continuava o príncipe mergulhado em devaneios), por acaso ele matou aquelas criaturas, aquelas seis pessoas? É como se eu estivesse confundindo... como isso é estranho! Estou com uma espécie de tontura... mas que rostinho simpático, que rostinho amável o da filha mais velha de Liébediev, aquela que estava em pé com a criança no colo, que expressão inocente, quase infantil, e que sorriso quase infantil! Estranho, quase havia esquecido aquele rosto e agora só se lembrava dele. Liébediev, que sapateara atrás delas, provavelmente adora a todas. Porém o que é mais certo do que tudo, como dois mais dois, é que Liébediev adora também o sobrinho!

Pensando bem, o que teria dado nele para julgá-los de maneira tão definitiva, ele, que apareceu hoje, por que acha de proferir semelhantes sentenças? Vejam, hoje Liébediev lhe apresentou um problema: será que ele esperava que Liébediev agisse assim? Será que ele conhecera esse Liébediev antes? Liébediev e du Barry — meu Deus! Bem, se Rogójin viera matar, pelo menos não matará de um jeito tão desordenado. Esse caos não irá acontecer. Pelo desenho foi encomendada uma arma e seis pessoas postas em completo delírio![35] Porventura o instrumento de Rogójin foi encomendado com base em desenho... ele tem... entretanto... porventura está decidido que Rogójin vai matar?! — estremeceu de repente o príncipe. "Não será um crime, não será uma baixeza de minha parte levantar semelhante hipótese de maneira tão francamente cínica!?" — bradou ele, e num átimo o rubor da vergonha lhe banhou o rosto. Ele estava pasmo, como que plantado. Lembrou-se de chofre da estação de Pávlovsk e da estação Nikoláievskaia,[36] onde estivera

---

[35] Alusão ao assassinato dos Jemárin. Antes do crime, Gorski, o assassino, foi a um ferreiro consertar a pistola e encomendou uma arma com um desenho especial, para espancamento, formada por um cabo curto de madeira com uma bola de metal presa a uma correia ou corrente em uma das pontas e na outra um laço para ser preso ao braço. Ele alegou que precisava do utensílio para a prática de ginástica. (N. da E.)

[36] Atual estação Moscóvskaia. (N. da E.)

há pouco, e da pergunta feita francamente a Rogójin sobre os *olhos*, e da cruz de Rogójin que agora estava em seu pescoço, e da bênção da mãe dele, à qual ele mesmo o havia conduzido, e do último abraço convulso, da última abjuração que Rogójin acabara de fazer, na escada — e depois de tudo isso surpreender a si mesmo procurando continuamente alguma coisa a seu redor, e aquela venda, e aquele objeto... que vileza essa! E depois de tudo isso ele indo agora à procura do "objetivo especial", com sua especial "ideia repentina"! O desespero e o sofrimento se apoderaram de toda a sua alma. O príncipe teve vontade de guinar imediatamente para casa, para o hotel; mas parou um minuto depois, pensou melhor e retomou o caminho de antes.

Sim, ele já está no Lado Petersburgo, e perto da casa; porque agora não está indo para lá com a finalidade anterior, com a "ideia especial!". Como isso pôde acontecer? Sim, sua doença está voltando, não há dúvida; talvez hoje sofra inevitavelmente um ataque. Através do ataque toda essa escuridão, através do ataque também a "ideia"! Agora a escuridão está desfeita, o demônio foi expulso, não há dúvidas, a alegria está em seu coração! E — faz tanto tempo que ele não *a* vê, ele precisa vê-la, e... sim, agora ele desejaria encontrar Rogójin, ele o tomaria pelas mãos e caminhariam juntos... Seu coração é puro; por acaso ele é adversário para Rogójin? Amanhã mesmo ele irá e dirá a Rogójin que a viu; ora, veio voando para cá, como disse há pouco Rogójin, unicamente para vê-la! Talvez ele a encontre, porque na certa ela está em Pávlovsk!

É, é preciso que agora tudo isso seja colocado com clareza, para que todos leiam com clareza um no outro, para que não haja essas abjurações sombrias e estranhas, como um pouco antes aconteceu com Rogójin, e que tudo isso se dê livremente e... às claras. Porventura Rogójin não é capaz de ser claro? Ele diz que a ama de outro jeito, que nele não há compaixão, não há "nenhuma compaixão dessa natureza". É verdade, acrescentou ele depois: "tua compaixão talvez seja ainda maior que o meu amor" — mas ele está caluniando a si mesmo. Hum, Rogójin atrás de um livro — porventura isso já não é "compaixão", não é o começo da "compaixão"? Por acaso a simples presença desse livro não demonstra que ele tem plena consciência de suas relações *com ela*? E aquela história que ele contou há pouco? Não, isso é mais profundo que apenas uma simples paixão. E porventura o rosto dela só inspira paixão? Além do mais, aquele rosto pode inspirar paixão até agora? Ele só infunde sofrimento, ele se apossa da alma inteira, ele... e uma lembrança cruciante e torturante percorreu de repente o coração do príncipe.

Sim, é torturante. Ele se lembrou de que ainda um pouco antes ficara angustiado quando pela primeira vez passou a observar nela sinais de loucura. Naquele instante ele caiu em quase desespero. E como pôde deixá-la no momento em que ela fugia dele para Rogójin? Era a ele que cabia correr atrás dela e não ficar esperando notícias. Entretanto... será que até hoje Rogójin não notou loucura nela? Hum... Rogójin vê em tudo outras causas, causas ardentes! E que ciúme louco! O que ele quis dizer com a sua hipótese recente? (Súbito o príncipe corou e alguma coisa pareceu estremecer em seu coração.)

De resto, por que teria de lembrar-se disso? Aí é loucura de ambas as partes. E ele, o príncipe, amar loucamente essa mulher é quase inconcebível, seria quase uma crueldade, uma desumanidade. Sim, sim! Não, Rogójin calunia a si mesmo; ele tem um coração imenso, tanto pode sofrer como ter compaixão. Quando vier a saber de toda a verdade e quando se convencer do quanto é digno de pena esse ser prejudicado, meio louco — porventura ele não irá perdoá-la por tudo o que houve antes, por todos os seus sofrimentos? Porventura não se tornará seu servo, seu irmão, seu amigo, sua providência? A compaixão irá compreender e ensinar ao próprio Rogójin. A compaixão é a lei mais importante e talvez a única da existência de toda a humanidade. Oh, como ele é imperdoavelmente e desonestamente culpado diante de Rogójin! Não, não é a "alma russa que é escuridão" mas é ele que tem a escuridão na alma, se foi capaz de imaginar tamanho horror. Depois de algumas palavras ardentes e afetuosas ditas em Moscou, Rogójin já o chama de meu irmão, mas ele... Ora, isso é doença e delírio! Tudo isso irá resolver-se! Esse homem deve sofrer intensamente. Ele diz que "gosto de olhar para esse quadro"; não gosta mas quer dizer que sente necessidade. Rogójin não é só uma alma apaixonada; apesar de tudo, é um guerreiro: quer reaver pela força a sua fé perdida. Agora ela lhe é necessária a ponto de fazê-lo sofrer! É! Acreditar em alguma coisa! Acreditar em alguém! E mesmo assim, como é estranho aquele quadro de Holbein... E veja essa rua! Veja, aquela ali deve ser a casa, e é mesmo, a nº 16, "a casa da secretária de colégio Filíssova". É aqui! O príncipe tocou a sineta e perguntou por Nastácia Filíppovna.

A própria dona da casa lhe respondeu que Nastácia Filíppovna fora para a casa de Dária Alieksêievna em Pávlovsk ainda pela manhã "e pode ser até que fique alguns dias por lá". Filíssova era uma mulher baixinha, de olhos penetrantes e rosto anguloso, de uns quarenta anos, olhar maldoso e fixo. Quando ela perguntou pelo nome — parecendo querer dar à pergunta um matiz de mistério — o príncipe não quis logo responder; mas voltou no mesmo instante e insistiu que ela anunciasse o seu nome a Nastácia Filíppovna. Filíssova ouviu essa insistência com uma atenção redobrada e um ar extraordinariamente secreto, com o qual pelo visto queria declarar "não se preocupe, eu compreendi". Era evidente que o nome do príncipe deixara nela uma fortíssima impressão. O príncipe olhou distraído para ela, deu meia-volta e retornou para o seu hotel. Mas não saiu com aquele aspecto com que tocara a sineta de Filíssova. Sofreu mais uma vez, parece que por um instante, uma mudança incomum; os joelhos tremiam e um sorriso vago e perdido corria em seus lábios lívidos: súbito sua "ideia repentina" se confirmou e se justificou — e mais uma vez ele acreditou no seu demônio!

Mas terá ela se confirmado? Mas terá ela se justificado? Por que novamente esse tremor, esse suor frio, essa escuridão e esse frio na alma? Teria sido porque ele tornara a ver *aqueles olhos*? Ora, ele saíra do Jardim de Verão com a única finalidade de encontrá-los. Era nisso que consistia a sua "ideia repentina". Ele persistia no desejo de avistar aqueles "olhos de um pouco antes" para se convencer de uma vez por todas que iria encontrá-los sem falta *lá*, naquela casa. Era o seu desejo convulsivo, então, por que agora estava tão esmagado e tão estupefato por realmente acabar de vê-los? Como se não esperasse! Ora, eram *aqueles mesmos* olhos (e agora já não havia nenhuma dúvida de que eram *aqueles mesmos!*) que haviam brilhado para ele pela manhã, no meio da multidão, quando ele descia do trem na estrada de ferro Nikoláievskaia; eram os mesmos (absolutamente os mesmos!) cujo olhar depois ele havia captado para sempre, por trás dos seus ombros, sentado na cadeira em casa de Rogójin. Ainda há pouco Rogójin havia abjurado: perguntara com um sorriso torcido, gelificante: "De quem então eram aqueles olhos?". Ainda há pouco, na estação da estrada de Tsárskoie Sieló — quando se sentou no vagão a fim de ir visitar Aglaia e de repente tornou a ver aqueles olhos, já pela terceira vez naquele dia — o príncipe teve uma terrível vontade de ir à casa de Rogójin e *lhe* dizer "de quem eram aqueles olhos"! Mas saiu da estação correndo e só se deu conta já diante da venda do fazedor de facas, no mesmo instante em que estava ali parado e avaliava em sessenta copeques um objeto com cabo de chifre de veado. Um demônio estranho e terrível se afeiçoara definitivamente a ele e já não queria deixá-lo. Esse demônio lhe cochichou no Jardim de Verão, quando ele estava lá sentado, esquecido, debaixo de uma tília, que se Rogójin precisasse tanto segui-lo desde o amanhecer e agarrá-lo a cada passo, então, sabendo que ele estava indo a Pávlovsk (o que, é claro, já era uma notícia fatídica para Rogójin), iria sem falta *para lá*, para aquela casa no Lado Petersburgo, e ficaria sem falta a espreitar a ele, o príncipe, que pela manhã lhe dera a palavra de honra de que "não iria vê-la" e que "não fora para isso que viera a Petersburgo". Eis que o príncipe se precipita convulsivamente para aquela casa, e qual é o problema de ele encontrar mesmo Rogójin lá? Ele viu apenas um homem infeliz, cujo estado d'alma é tenebroso mas muito compreensível. Agora esse homem infeliz nem sequer se esconde. Sim, um pouco antes Rogójin recuou sabe-se lá por que e mentiu, mas na estação ferroviária quase não se escondeu. Era mais provável que ele, o príncipe, e não Rogójin, se escondesse. Agora, porém, ele estava ali perto da casa, do outro lado da rua, a uns quinze passos quase em frente, na calçada oposta, de braços cruzados e esperando. Ali ele estava inteiramente às vistas, e parecia querer de propósito estar às vistas. Estava ali como um acusador e um juiz e não como... E não como quem?

E por que ele, o príncipe, não foi até ele agora mas se desviou como se nada tivesse notado, embora os seus olhares se tivessem cruzado. (Sim, os olhos deles se cruzaram! E os dois se entreolharam.) Ora, um pouco antes ele mesmo não quis pegá-lo pelo braço e ir junto com ele para *lá*? Ora, não foi ele mesmo que desejou procurá-lo amanhã e dizer-lhe que estivera na casa dela? Ora, ele mesmo não renegara o seu demônio quando ia para lá, no meio do caminho, quando de chofre a alegria lhe encheu a alma? Ou havia realmente alguma coisa em Rogójin, isto é, em toda a imagem desse homem *projetada hoje*, em todo o conjunto das suas palavras, dos seus movimentos, dos seus atos, dos seus olhares, que poderia justificar os terríveis pressentimentos do príncipe e os cochichos revoltantes do seu demônio? Alguma coisa que se deixasse ver por si mesma mas que é difícil analisar e narrar, que é impossível justificar mediante causas suficientes mas que, não obstante, apesar de toda essa dificuldade e essa impossibilidade, produz uma impressão integral e irrefutável que se transforma involuntariamente na mais completa convicção?

Convicção de quê (oh, como atormentava o príncipe a monstruosidade, a "humilhação" dessa convicção, "desse vil pressentimento", e como ele se acusava a si mesmo!)? "Então diga, se se atreve, de quê? — não parava ele de dizer para si mesmo com reproche e desafio —, formule, atreva-se a exprimir todo o seu pensamento, de forma clara, precisa, sem vacilações! Oh, eu sou um desonesto! — repetia ele com indignação e rubor no rosto. — De agora em diante, com que olhos vou passar a vida inteira olhando para esse homem! Oh, que dia! Oh, Deus, que pesadelo!"

No final dessa viagem longa e angustiante do Lado Petersburgo, houve um instante em que uma vontade irresistível se apossou repentinamente do príncipe — ir nesse instante até Rogójin, esperá-lo, abraçá-lo com vergonha, com lágrimas nos olhos, dizer tudo a ele e terminar tudo de uma vez. Mas ele já estava diante do seu hotel... Como ainda agora desagradavam esse hotel, esses corredores, esse prédio todo, seu apartamento o desagradara desde a primeira vista; naquele dia, várias vezes ele se lembrou, com uma aversão particular, de que precisava voltar para lá... "Ora, o que está acontecendo comigo, estou feito mulher doente, acreditando hoje em qualquer pressentimento!?" — pensou com um sorriso irritado, parando junto à entrada. Um afluxo novo e insuportável de vergonha, de quase desespero o prendia ao lugar, em plena entrada. Parou por um instante. Às vezes isso acontece com as pessoas: umas lembranças repentinas e insuportáveis, sobretudo conjugadas com vergonha, costumam paralisar uma pessoa por um instante no lugar. "É, eu sou um homem sem coração e um covarde!" — repetiu ele com ar sombrio e moveu-se com ímpeto para seguir adiante, mas... tornou a parar.

Naqueles portões, já em si escuros, estava muito escuro no momento: a nuvem da tempestade que se avizinhava devorara a claridade da tarde, e no mesmo instante em que o príncipe se aproximava do prédio a nuvem rasgou-se de repente e desabou a chuva. Enquanto ele se movia impetuosamente do lugar depois de uma parada instantânea, viu-se bem debaixo dos portões, em plena entrada da rua. Súbito avistou um homem no fundo da entrada, na penumbra, bem junto ao acesso à escada. Era como se esse homem estivesse esperando algo, no entanto saiu voando e desapareceu. O príncipe não conseguiu distingui-lo com nitidez e, é claro, de maneira nenhuma podia dizer com certeza: quem era ele? Ademais, muita gente podia passar por ali; ali ficava o hotel, e pessoas iam e vinham num corre-corre incessante pelos corredores. Mas num átimo ele sentiu a mais plena e irrefutável convicção de que conhecia esse homem e que sem dúvida era Rogójin. Um instante depois o príncipe se precipitou atrás dele pela escada. Seu coração parou. "Agora tudo vai se decidir!" — disse ele de si para si com uma estranha convicção.

A escada, para onde o príncipe correu, dava para os corredores do primeiro e do segundo andar, onde ficavam os apartamentos do hotel. Essa escada, como em todos os prédios de construção antiga, era de pedra, escura, estreita e serpenteava ao lado de uma grossa coluna de pedra. No primeiro flanco da escada havia uma cavidade na coluna, à semelhança de um nicho, que não tinha mais de um passo de largura e meio de profundidade. O homem, não obstante, poderia acomodar-se ali. Por mais escuro que estivesse, mesmo assim, ao chegar ao lanço, o príncipe distinguiu no mesmo instante que ali, naquele nicho, havia uma pessoa escondida sabe-se lá por quê. O príncipe teve uma súbita vontade de passar ao lado sem olhar para a direita. Já havia dado um passo, mas não se conteve e virou-se.

Os dois olhos de antes, *os mesmos*, súbito se cruzaram com o olhar dele. O homem que se escondia no nicho também já conseguira recuar um passo dali. Em um segundo os dois estavam cara a cara, quase encostados. Súbito o príncipe o agarrou pelos ombros e o virou para trás, no sentido da escada, mais próximo da claridade: queria ver seu rosto com mais nitidez.

Os olhos de Rogójin brilharam e um riso furioso lhe deformou o rosto. Sua mão direita ergueu-se e alguma coisa brilhou dentro dela; o príncipe não pensou em detê-la. Lembrava-se apenas de que parecia haver gritado:

— Parfen, não acredito!...

Depois foi como se alguma coisa se escancarasse subitamente diante dele: uma *luz interior* inusitada lhe iluminou a alma. Esse instante durou talvez meio segundo; mas ele, não obstante, lembrava-se com clareza inconsciente do início, do primeiríssimo som do seu terrível grito, que irrompeu de seu peito por si mesmo e por força nenhuma ele seria capaz de conter. Depois sua consciência se apagou por um instante e veio a plena escuridão.

Teve um ataque de epilepsia, que há muito tempo o havia abandonado. Sabe-se que os ataques de epilepsia, a própria *epilepsia*, passam num instante. Nesse momento o rosto e particularmente o olhar sofre uma deformação instantânea e extraordinária. As convulsões e os tremores dominam todo o corpo e todos os traços do rosto. Um gemido terrível, inimaginável e sem semelhança desprende-se do peito; nesse lamento é como se desaparecesse de chofre tudo o que é humano, e é absolutamente impossível, ou pelo menos muito difícil, a um observador imaginar e admitir que esse grito venha do mesmo homem. Imagina-se inclusive que quem está gritando seria um outro qualquer, situado dentro desse homem. Pelo menos é assim que muitas pessoas explicam a sua impressão, em muitas pessoas a visão do homem tomado de ataque epiléptico provoca um horror decidido e insuportável, que traz em si até algo místico. Cabe supor que essa impressão de um pavor instantâneo, acompanhado de todas as demais impressões terríveis desse instante, de repente deixaram Rogójin entorpecido no lugar e assim salvaram o príncipe de um inevitável golpe da faca que contra ele se erguera. Depois, ainda sem ter tido tempo de adivinhar o ataque e ao ver que o príncipe recuara cambaleando e súbito caíra de costas, escada abaixo, batendo a nuca com toda força no degrau de pedra, Rogójin precipitou-se escada abaixo num abrir e fechar de olhos, contornou o homem estirado e quase sem sentidos saiu correndo do hotel.

Por causa das convulsões, da pancada e dos tremores, o corpo do doente rolou até o fim da escada pelos degraus que não eram mais de quinze. Em breve, não mais que cinco minutos depois, perceberam o homem estirado e juntou-se uma multidão. Toda uma poça de sangue ao lado da cabeça infundia perplexidade: o próprio homem teria se machucado ou "houvera algum pecado". Logo, porém, alguns distinguiram a epilepsia; um dos hóspedes reconheceu no príncipe um hóspede recente. A confusão se resolveu finalmente de modo bastante feliz graças a uma circunstância feliz.

Kólia Ívolguin, que prometera estar no Viessí por volta das quatro e em vez disso viajara para Pávlovsk, por uma razão repentina recusara-se a "lanchar" com a generala Iepántchina, voltara a Petersburgo e se apressara a ir ao Viessí, aonde chegara por volta das sete da noite. Ao saber por um bilhete que lhe haviam deixado que o príncipe estava na cidade, precipitou-se a vê-lo no endereço comunicado no bilhete. Ao saber no hotel que o príncipe havia saído, ele desceu para o bufê e ali ficou esperando, tomando chá e ouvindo órgão. Ao escutar por acaso a conversa sobre o ataque que alguém tivera, correu para o lugar, movido por um pressentimento certeiro, e reconheceu o príncipe. No mesmo instante foram tomadas as providências cabíveis. Levaram o príncipe para o seu apartamento; embora ele tivesse voltado a si, demorou muito para recobrar a plena consciência. O médico, que havia sido chamado para examinar a cabeça rachada, aplicou uma solução medicamentosa e anunciou que não havia o mínimo perigo por causa da queda. Quando, uma hora depois, o príncipe começou a compreender bastante bem o ambiente, Kólia o transferiu numa carruagem do hospital para a casa de Liébediev. Este recebeu o doente com ardor e reverências incomuns. Por causa dele acelerou a transferência para a *datcha*: três dias depois todos já estavam em Pávlovsk.

VI

A *datcha* de Liébediev era pequena porém confortável e até bonita. A parte destinada a aluguel estava especialmente decorada. Junto à entrada da rua para os cômodos havia no terraço, bastante amplo, vários pés de pomeranze, limão e jasmim em grandes jardineiras de madeira verde que, segundo Liébediev, criavam um ar mais sedutor. Ele havia adquirido várias dessas árvores junto com a *datcha* e ficara tão fascinado com o efeito que elas produziam no terraço que, graças ao acaso, resolvera arrematar em um leilão todo um sortimento das mesmas árvores em jardineiras. Quando, enfim, todas as árvores foram transportadas para a *datcha* e dispostas, no mesmo dia Liébediev desceu correndo os degraus do terraço várias vezes para a rua e de lá se deliciou com a sua propriedade, sempre acrescentando mentalmente uma quantia que supunha cobrar do seu futuro inquilino da *datcha*. A *datcha* agradou muito ao príncipe debilitado, angustiado e de corpo quebrado. Aliás, no dia da partida para Pávlovsk, isto é, no terceiro dia após o ataque, o príncipe já estava com a aparência de um homem quase sadio, embora em seu interior ainda não se sentisse recuperado. Estava contente com todos os que via a seu redor nesses três dias, contente com Kólia que quase não se afastava dele, contente com toda a família de Liébediev (sem o sobrinho, que desaparecera), e contente com o próprio Liébediev; recebeu até com prazer o general Ívolguin, que já o visitara na cidade. No próprio dia da mudança, que acontecera já ao cair da tarde, a seu redor reuniu-se um número bastante grande de visitantes no terraço: o primeiro a chegar foi Gánia, que o príncipe mal reconheceu — tanto ele mudara e emagrecera durante todo aquele tempo. Depois apareceram Vária e Ptítzin, igualmente veranistas em Pávlovsk. O general Ívolguin estava quase permanentemente na casa de Liébediev, parece até que se mudara junto com ele. Liébediev procurava impedir que ele fosse ter com o príncipe e o mantinha a seu lado; tratava-o de forma amistosa; pelo visto já se conheciam há muito tempo. O príncipe notou que, durante todos esses três dias, os dois entabulavam entre si conversas muito longas, não raro gritavam e discutiam, parece que até sobre temas científicos, o que, pelo visto, dava prazer a Liébediev. Poder-se-ia pensar que ele até precisasse do general. No entanto, as mesmas precauções que tinha com o príncipe Liébediev passou a ter também com sua família desde a mudança para a *datcha*: sob o pretexto de não incomodar o príncipe, ele não deixava ninguém ir ao seu quarto, batia com os pés, investia e corria atrás das filhas, sem excluir nem Vera com a criança, à primeira suspeita de que elas fossem para o terraço onde estava o príncipe, apesar de todos os pedidos do príncipe para não escorraçar ninguém.

— Em primeiro lugar, não haverá nenhum respeito se deixá-las soltas; em segundo, para elas é até indecente... — enfim explicou ele a uma pergunta direta do príncipe.

— Mas por quê? — inquiriu o príncipe. — Palavra, com todas essas observações e essa vigilância o senhor apenas me atormenta. Sozinho eu sinto tédio, já lhe disse isso várias vezes, e o senhor me aborrece ainda mais com esse agitar constante de braços e esse andar na ponta dos pés.

O príncipe insinuou que, embora Liébediev escorraçasse todos os de casa a pretexto de assegurar a tranquilidade indispensável ao doente, não obstante vinha pessoalmente nesses três dias ao quarto do príncipe quase a cada instante, e primeiro sempre abria a porta, enfiava a cabeça, olhava ao redor do quarto, como se quisesse certificar-se se estaria o príncipe ali ou se haveria fugido, e depois, já na ponta dos pés, sorrateiramente, chegava-se a uma poltrona, de forma que vez por outra até assustava por descuido o seu inquilino. Perguntava sem cessar se o príncipe não precisaria de alguma coisa, e quando finalmente o príncipe passou a lhe observar para que ele o deixasse em paz, ele dava meia-volta obediente e calado, tomava o caminho da porta de saída na ponta dos pés, e enquanto caminhava agitava os braços como quem dá a conhecer que viera só por vir, que não diria uma palavra, e ei-lo já fora, e não voltaria, mas, não obstante, cinco minutos ou ao menos um quarto de hora depois tornava a aparecer. Kólia, que tinha livre acesso ao príncipe, com isso despertava em Liébediev a mais profunda amargura e até mesmo uma indignação ofendida. Kólia notou que Liébediev estava há meia hora junto à porta e escutando o que ele conversava com o príncipe, o que, é claro, levou ao conhecimento do príncipe.

— O senhor é como se tivesse se apossado de mim, mantendo-me debaixo de sete chaves — protestava o príncipe —, pelo menos na *datcha* eu quero que seja diferente, e fique certo de que irei receber quem eu quiser e sair para onde eu quiser.

— Sem a mínima dúvida — agitava os braços Liébediev.

O príncipe o observou da cabeça aos pés.

— Então, Lukian Timofiêievitch, trouxe para cá o seu pequeno armário que estava pendurado na parede acima da cabeceira da cama?

— Não, não trouxe.

— Não me diga que o deixou lá?

— Era impossível trazê-lo, teria de arrancá-lo da parede... é forte, forte.

— Sim, mas será que aqui tem outro exatamente igual?

— Até melhor, até melhor, foi com este fim que comprei a *datcha*.

— Ah! Quem foi que o senhor impediu de entrar aqui há pouco? Uma hora atrás.

— Foi... foi o general. Eu de fato não o deixei entrar, e ele não tem o que fazer aqui. Eu, príncipe, estimo profundamente esse homem; é... um grande homem; o senhor não acredita? Pois bem, verá, e mesmo assim... o melhor, suma alteza, é o senhor não o receber em seu quarto.

— E por que isso, permite lhe perguntar? Por que, Liébediev, o senhor está agora na ponta dos pés, e sempre se chega desse jeito a mim como se desejasse que eu lhe cochichasse um segredo ao ouvido?

— Sou vil, sou vil, eu percebo — respondeu inesperadamente Liébediev, batendo com sentimento no peito —, para o senhor, o general não será demasiado hospitaleiro?

— Demasiado hospitaleiro?

— Hospitaleiro. Em primeiro lugar, ele já está disposto a morar comigo; vá lá, é cheio de arroubos, logo vai se fazer de parente. Várias vezes nós dois já nos consideramos da mesma parentela e verificou-se que o somos. O senhor também é primo dele por parte de mãe, ainda ontem ele me explicou isso. Se o senhor é primo, logo, nós dois, suma alteza, somos parentes. Isso não é nada, é uma pequena fraqueza, mas agora mesmo me assegurou que durante toda a vida, do momento em que recebeu a patente de sargento-mor até o dia onze de junho do ano passado, à mesa dele nunca se sentaram menos de duzentas pessoas por dia. Por fim chegaram ao ponto em que nem mais se levantavam, de sorte que almoçavam, jantavam, tomavam chá quinze horas por dia durante trinta anos consecutivos sem o mínimo intervalo, mal dando tempo de trocar as toalhas. Um se levantava, saía, outro entrava, e nos feriados e dias do tsar o número de presentes chegava a trezentas pessoas. No dia em que a Rússia fez um milênio[37] setecentas pessoas estiveram em sua casa. Ora, isso é um horror; notícias desse tipo são um péssimo sinal; dá até pavor receber hospitaleiros desse tipo em nossa casa, e eu pensei: para nós dois, não será demais um hospitaleiro assim?

— Mas, pelo que parece, o senhor não tem relações muito boas com ele?

---

[37] O milênio da Rússia foi comemorado no dia 8 de setembro de 1862. (N. da E.)

— Eu encaro a coisa de modo fraterno como brincadeira; vamos que sejamos parentes: o que isso me dá? — Mais honra. Nele eu distingo um homem magnificentíssimo, inclusive entre as tais duzentas pessoas e o milênio da Rússia. Falo sinceramente. O senhor, príncipe, acabou de falar de segredos, ou seja, como se eu me chegasse ao senhor desejando contar um segredo, mas, como se fosse de propósito, existe mesmo um segredo: uma pessoa conhecida acabou de fazer saber que gostaria muito de ter um encontro secreto com o senhor.

— Por que secreto? De maneira nenhuma. Eu mesmo irei à casa dela, até hoje mesmo.

— De maneira nenhuma, de maneira nenhuma — agitou os braços Liébediev —, e não é isso que ela teme, pense o senhor o que pensar. Aliás, todo santo dia o monstro vem indagar sobre a sua saúde, o senhor está sabendo?

— O senhor o chama de monstro com muita frequência, acho isso muito suspeito.

— Não pode haver nenhuma suspeita, nenhuma — apressou-se Liébediev em desviar a conversa —, eu quis apenas explicar que a pessoa conhecida não é ele e teme coisa bem diferente, bem diferente.

— Ora, o que é isso, fale logo — interrogou o príncipe com impaciência, olhando para as misteriosas afetações de Liébediev.

— É nisso que está o segredo.

E Liébediev deu um risinho.

— O segredo de quem?

— O vosso segredo. Suma alteza, o senhor mesmo me proibiu de falar dela na sua presença... — murmurou Liébediev e, deliciado por ter levado a curiosidade do seu ouvinte a uma impaciência doentia, concluiu num átimo: — Aglaia Ivánovna tem medo.

O príncipe franziu o cenho e por um instante calou.

— Juro, Liébediev, que largo a sua *datcha* — disse ele de repente. — Onde estão Gavrila Ardaliánovitch e Ptítzin? Em sua casa? O senhor também os atraiu para cá.

— Estão vindo, estão vindo. E até o general está vindo atrás deles. Vou abrir todas as portas e chamar todas, todas as minhas filhas agora, agora mesmo — murmurou assustado Liébediev, agitando os braços e lançando-se de uma porta a outra.

Nesse instante Kólia apareceu no terraço, vindo da rua, e anunciou que atrás dele vinham em visita Lisavieta Prokófievna e as três filhas.

— Deixo os Ptítzin e Gavrila Ardaliónovitch entrarem ou não? Deixo o general entrar ou não? — Liébediev se levantou de um salto, surpreso com a notícia.

— E por que não? Deixe que entrem todos os que quiserem! Eu lhe asseguro, Liébediev, que o senhor não entendeu direito alguma coisa nas minhas relações desde o início; o senhor comete um constante erro. Eu não tenho o menor motivo para me esconder de quem quer que seja — riu o príncipe.

Olhando para ele, até Liébediev achou-se no direito de rir. Pelo visto, apesar de toda a extraordinária inquietação Liébediev também estava muitíssimo satisfeito.

A notícia comunicada por Kólia era justa; ele se antecipou aos Iepántchin em apenas alguns passos para anunciá-los, de sorte que os visitantes súbito apareceram de ambos os lados: do terraço as Iepántchin, dos cômodos os Ptítzin, Gánia e o general Ívolguin.

Só agora os Iepántchin tomavam conhecimento da doença do príncipe por intermédio de Kólia, e de que ele estava em Pávlovsk; até então a generala estava em uma pesada perplexidade. Ainda anteontem o general entregara à família o cartão do príncipe; esse cartão suscitou em Lisavieta Prokófievna a certeza indubitável de que o próprio príncipe tinha ido a Pávlovsk para visitá-las logo após o envio do cartão. Foi inútil as moças lhe assegurarem que uma pessoa, que não escrevia há meio ano, agora talvez não estivesse nem de longe com tanta pressa de aparecer, e era até possível que já tivesse muitos afazeres em Petersburgo — como iriam saber o que ele andava fazendo? A generala ficou zangadíssima com essas observações e estava disposta a apostar que o príncipe apareceria ao menos no dia seguinte, ainda "que fosse tarde". No dia seguinte ela passou a manhã inteira esperando; esperou para o almoço, esperou para o anoitecer, e quando já estava totalmente escuro Lisavieta Prokófievna zangou-se com tudo e brigou com todos, é claro que sem fazer uma única menção ao príncipe nos motivos da briga. Nenhuma palavra fora mencionada sobre ele nem nesse terceiro dia. Quando Aglaia deixou escapar inadvertidamente, na hora do almoço, que *maman* estava zangada porque o príncipe não aparecia, ao que o general logo observou que "ele não tem culpa disso", Lisavieta Prokófievna levantou-se e saiu da mesa tomada de cólera. Por fim Kólia apareceu ao anoitecer, trazendo todas as notícias de que estava a par e descrevendo todos os incidentes ocorridos com o príncipe. Como resultado, Lisavieta Prokófievna triunfou, mas, em todo caso, sobrou muito para Kólia: "Ele fica dias inteiros girando no lugar, não há jeito de desatolar, devia pelo menos ter feito saber, já que não teve a ideia de aparecer". Kólia quis zangar-se no mesmo instante por causa da palavra "desatolar", mas adiou isso para outra vez, e se a própria palavra não tivesse sido tão ofensiva, talvez até a desculpasse inteiramente, de tanto que havia gostado da inquietação e da preocupação de Lisavieta Prokófievna quando soube da doença do príncipe. Ela insistiu demoradamente na necessidade de enviar de imediato um mensageiro especial a Petersburgo para mobilizar alguma sumidade médica de primeira grandeza e fazê-la vir voando no primeiro trem. Mas as filhas a dissuadiram; elas, aliás, não quiseram se afastar da mãe quando esta se aprontou num instante para visitar o doente.

— Ele está no leito de morte — dizia agitada Lisavieta Prokófievna — e nós vamos ficar aqui ainda observando as cerimônias? Ele é ou não é amigo da nossa casa?

— Sim, mas se meter sem ser chamado não fica bem — quis observar Aglaia.

— Sendo assim não vás, estarás até agindo bem: Ievguiêni Pávlovitch vai chegar e não haverá ninguém para recebê-lo.

Depois dessas palavras Aglaia, é claro, logo acompanhou a todas, o que, aliás, já estava com a intenção de fazer. O príncipe Sch., que estava sentado com Adelaida, a pedido desta concordou imediatamente em acompanhar as damas. Ainda antes, no início do seu conhecimento com os Iepántchin, ficara interessadíssimo ao ouvir falar do príncipe por intermédio delas. Resultou que ele o conhecia, que os dois se haviam conhecido não fazia muito e umas duas semanas antes haviam morado em uma mesma cidadezinha. Isso acontecera uns três meses antes. O príncipe Sch. chegara até a contar muita coisa sobre o príncipe e, em linhas gerais, referia-se a ele em tom muito simpático, de sorte que agora ia ao encontro do velho conhecido com uma sincera satisfação. Desta vez o general Ivan Fiódorovitch não estava em casa. Ievguiêni Pávlovitch ainda não havia chegado.

Da *datcha* de Liébediev à dos Iepántchin não dava mais do que trezentos passos. A primeira impressão desagradável que Lisavieta Prokófievna teve em casa do príncipe foi a de encontrar em volta dele um grupo inteiro de visitas, já sem falar de que nesse grupo havia umas duas ou três pessoas por quem ela nutria um terrível ódio; a segunda foi a surpresa de ver um jovem de aparência absolutamente sadia, vestido com elegância e rindo, que lhe veio ao encontro, em vez daquele que ela esperava encontrar moribundo no leito de morte. Ela chegou até a parar perplexa, para a extrema satisfação de Kólia, que, é claro, ainda antes que ela saísse da sua *datcha* podia perfeitamente ter explicado que ninguém estava mesmo morrendo e que não havia nenhum leito de morte, mas não explicara, pressentindo maliciosamente a futura ira cômica da generala quando ela, segundo ele calculava, ficaria forçosamente zangada por encontrar o príncipe, seu amigo sincero, com saúde. Kólia foi inclusive tão indelicado que chegou a emitir em voz alta a sua suposição com o fito de provocar a sério Lisavieta Prokófievna, com quem a todo instante trocava ditos ferinos, e às vezes com muita maldade, apesar da amizade que os ligava.

— Espere, meu caro, não tenha pressa, não estrague o seu triunfo! — respondeu Lisavieta Prokófievna, sentando-se em uma poltrona que o príncipe lhe oferecia.

Liébediev, Ptítzin, o general Ívolguin correram a oferecer cadeiras às moças. O general ofereceu a cadeira a Aglaia. Liébediev pôs a cadeira para o príncipe Sch., conseguindo inclusive representar uma deferência incomum inclinando-se até a cintura. Vária, como de hábito, cumprimentou as senhorinhas com êxtase e murmúrio.

— É verdade, príncipe, que eu pensava encontrá-lo quase acamado, de tanto que exagerei por medo, e não vou mentir por nada, acabei de sentir um terrível aborrecimento ao contemplar o seu rosto feliz, mas lhe juro que foi apenas um instante enquanto não conseguia refletir. Tão logo reflito sempre ajo e falo de um modo mais inteligente; eu acho que tu também. Para falar a verdade, se eu tivesse um filho meu é possível que ficasse menos feliz com a recuperação dele do que com a tua; se tu não me acreditas nisto então será uma vergonha para ti e não para mim. Mas esse rapazinho mau se permite fazer comigo brincadeiras ainda piores. Parece que tu o proteges; portanto, eu te previno que em uma bela manhã, podes crer, eu me negarei a continuar tendo o prazer de usufruir da honra de conhecê-lo.

— Que culpa tenho eu? — bradou Kólia. — E por mais que eu lhe assegurasse que o príncipe já estava quase bom a senhora não quis acreditar, porque lhe era muito mais interessante imaginá-lo no leito de morte.

— Vais ficar muito tempo por aqui? — perguntou Lisavieta Prokófievna ao príncipe.

— O verão inteiro, e pode ser que até mais.

— Mas tu és só? Não és casado?

— Não, não sou casado — sorriu o príncipe da ingenuidade da alfinetada.

— Não há de que sorrir; isso acontece. Estou falando da *datcha*: por que não se mudou para nossa casa? Temos uma casa inteira vazia nos fundos, bem, faça como quiser. Estás alugando dele? Desse? — acrescentou ela a meia-voz, fazendo sinal para Liébediev. — Por que ele não para com essa afetação?

Nesse instante Vera saiu do quarto para o terraço, como de hábito, com a criança no colo. Liébediev, que se contorcia ao lado das cadeiras e decididamente não sabia onde se meter mas que não tinha a mínima vontade de sair, de repente investiu contra Vera, agitou as mãos para ela, escorraçando-a do terraço e inclusive esquecendo-se de bater com os pés.

— Ele é louco? — perguntou de repente a generala.

— Não, ele...

— Um beberrão, talvez? Tua turma não é bonita — cortou ela, apanhando com o olhar os outros hóspedes —, a propósito, que moça encantadora! Quem é ela?

— É Vera Lukiánovna, filha desse Liébediev.

— Ah!... Muito encantadora. Quero conhecê-la.

Mas Liébediev, que tinha ouvido os elogios de Lisavieta Prokófievna, já arrastava a filha para apresentá-la.

— São órfãs, órfãs! — derretia-se ele, aproximando-se. Essa criança, que está nos braços dela é uma órfã, irmã dela, minha filha Liubov, e nascida do casamento legitimíssimo, filha da recém-falecida Ielena, minha esposa que morreu há seis semanas de parto pela vontade de Deus... é... faz as vezes da mãe, embora seja apenas irmã e não mais que irmã... não mais, não mais...

— Mas tu, meu caro, não passas de um imbecil, desculpa-me. Vamos, basta, tu mesmo compreendes, eu acho — cortou de chofre Lisavieta Prokófievna em extrema indignação

— Verdade verdadeira! — Liébediev fez uma reverência profunda e respeitosíssima.

— Escute, senhor Liébediev, é verdade o que dizem a seu respeito, que o senhor interpreta o Apocalipse? — perguntou Aglaia.

— Verdade verdadeira! Há quinze anos.

— Ouvi falar a seu respeito. Os jornais escreveram a seu respeito, parece, não é?

— Não, foi sobre outro interpretador, sobre outro, e esse morreu, mas eu fiquei no lugar dele — disse Liébediev sem caber em si de alegria.

— Faça-me o obséquio de um dia desses interpretá-lo para mim, como vizinho. Eu não entendo nada do Apocalipse.

— Não posso deixar de preveni-la, Aglaia Ivánovna, de que da parte dele é só charlatanismo, acredite — meteu-se rápido e de chofre na conversa o general Ívolguin, que parecia esperar morto de impaciência e queria por todas as forças arranjar um jeito de entrar na conversa; sentara-se ao lado de Aglaia Ivánovna —, é claro, a *datcha* tem os seus direitos — continuou ele — e as suas satisfações, e além disso o procedimento desse intruso incomum para a interpretação do Apocalipse é uma fantasia como outra qualquer, e uma fantasia até admirável pela inteligência... mas eu... A senhora, parece, está olhando para mim com surpresa? General Ívolguin, tenho a honra de apresentar-me. Eu a carreguei no colo, Aglaia Ivánovna.

— Muito prazer. Eu conheço Varvara Ardaliónovna e Nina Alieksándrovna — murmurou Aglaia, contendo-se com todas as forças para não desatar a rir.

Lisavieta Prokófievna inflamou-se. Alguma coisa há muito acumulada em sua alma de repente pediu vazão. Ela não conseguia suportar o general Ívolguin, que um dia conhecera, só que fazia muito tempo.

— Mentes, meu caro, como é teu costume, tu nunca a carregaste no colo — cortou ela tomada de indignação.

— A senhora esqueceu, *maman*, juro, ele me carregou em Tvier — súbito confirmou Aglaia. — Naquela época nós morávamos em Tvier. Na época eu tinha uns seis anos, e me lembro. Ele fez para mim um arco e uma flecha e me ensinou a atirar, e eu matei um pombo. Está lembrado de que nós dois matamos um pombo?

— Naquele momento ele me trouxe um capacete de papelão e uma espada de madeira, eu me lembro! — gritou Adelaida.

— E eu também me lembro — confirmou Alieksandra. — Vocês ainda chegaram a brigar por causa do pombo ferido e foram colocadas de castigo em um canto; Adelaida ficou em pé de capacete e espada.

O general, ao anunciar a Aglaia que a havia carregado no colo, disse isso *de maneira* a iniciar uma conversa, unicamente porque ele quase sempre começava assim sua conversa com as pessoas jovens se achasse necessário travar conhecimento com elas. Mas desta vez aconteceu, como de propósito, que ele disse a verdade e, como de propósito, ele havia esquecido essa verdade. De sorte que quando Aglaia de repente confirmou, agora, que ela e ele haviam matado um pombo, a memória dele iluminou-se de uma vez e ele mesmo se lembrou de tudo até os últimos detalhes, como raramente as pessoas de idade se lembram de alguma coisa acontecida em um passado distante. É difícil transmitir o que nessa lembrança pôde influenciar tão fortemente o pobre e, de hábito, um tanto embriagado general; mas num átimo ele foi tomado de uma emoção fora do comum.

— Eu me lembro, eu me lembro de tudo! — exclamou ele. — Na ocasião eu era capitão-tenente. Você era tão miudinha, uma gracinha. Nina Alieksándrovna... Gánia... Estive em sua casa... fui recebido. Ivan Fiódorovitch...

— E veja só a que ponto chegaste hoje! — secundou a generala. — Quer dizer que, apesar de tudo, não torrou na bebida os seus sentimentos nobres, já que isso surtiu tanto efeito! Mas atormentou a mulher. Em vez de orientar os filhos, tu foste preso na delegacia de dívidas. Sai, meu caro, daqui, vai a algum lugar, a algum canto lá fora e chora, recorda a tua antiga pureza, pode ser até que Deus te perdoe. Vai, vai, estou te falando a sério. Não existe nada melhor para corrigir-se que recordar o passado com arrependimento.

Mas não é o caso de ficar repisando o que falavam a sério: o general, como todos os beberrões contumazes, era muito sensível e, como todos os beberrões excessivamente decaídos, suportava com dificuldade as lembranças de um passado feliz. Ele se levantou e tomou humildemente a direção da porta, de tal forma que no mesmo instante Lisavieta Prokófievna sentiu pena dele.

— Ardalion Alieksándritch,[38] meu caro! — gritou-lhe às costas. — Pare por um instante; todos nós somos pecadores; quando sentires que a consciência te condena menos, vem à minha casa, vamos nos sentar, conversar sobre o passado. Eu mesma talvez ainda seja cinquenta vezes mais pecadora do que tu; mas agora adeus, vai, nada tens a fazer aqui... — súbito ela temeu que ele voltasse.

— Por enquanto você não devia ir atrás dele — o príncipe deteve Kólia, que já ia correndo atrás do pai. — Senão dentro de cinco minutos ele vai ficar agastado e todo esse minuto será estragado.

— Verdade, não toque nele; daqui a meia hora vá vê-lo — decidiu Lisavieta Prokófievna.

— Eis o que significa dizer a verdade pelo menos uma vez na vida, comoveu até às lágrimas! — atreveu-se a inserir Liébediev.

— Ora, e tu também, meu caro, deves ser dos bons, se for verdade o que ouvi dizer — chamou-o incontinenti à ordem Lisavieta Prokófievna.

A posição recíproca de todos os presentes reunidos na casa do príncipe foi se definindo pouco a pouco. O príncipe, certamente, estava em condição de avaliar e avaliou todo o grau de simpatia que a generala e suas filhas nutriam por ele, é claro, comunicou sinceramente a elas que ele mesmo, já antes dessa visita, tinha a intenção de ir hoje sem falta à casa delas, apesar da doença e do adiantado da hora. Lisavieta Prokófievna respondeu, olhando para os presentes, que agora mesmo ele poderia cumprir essa vontade. Ptítzin, homem cortês e sumamente apaziguador, logo se levantou e retirou-se para a casa dos fundos de Liébediev, desejando muito levar consigo o próprio Liébediev. Este prometeu ir logo; enquanto isso, Vária soltara a língua em sua conversa com as moças e permaneceu. Ela e Gánia estavam muito

---

[38] Forma íntima do patronímico Alieksándrovitch. (N. do T.)

contentes com a saída do general; o próprio Gánia logo se retirou atrás de Ptítzin. Nos poucos minutos que permaneceu no terraço na presença das Iepántchin comportou-se com modéstia, com dignidade, e não se acanhou nem um pouco com os olhares austeros de Lisavieta Prokófievna, que o medira duas vezes com os olhos da cabeça aos pés. Quem o conhecesse antes realmente poderia pensar que ele havia mudado bastante. Isso agradou muito a Aglaia.

— Gente, esse que saiu não era Gavrila Ardaliónovitch? — perguntou ela de súbito, como às vezes gostava de fazer, em voz alta, bruscamente, interrompendo com a pergunta a conversa das outras e sem se dirigir pessoalmente a ninguém.

— Era ele — respondeu o príncipe.

— Mal o reconheci. Ele mudou muito e... para bem melhor.

— Fico muito contente por ele — disse o príncipe.

— Ele andou muito doente — acrescentou Vária com uma condolência alegre.

— Em que foi que ele mudou para melhor? — perguntou Lisavieta Prokófievna com uma perplexidade irada e quase tomada de susto. — De onde vocês tiraram isso? Não há nada de melhor. O que é mesmo que te pareceu melhor?

— Melhor do que "um cavaleiro pobre" nada existe! — pronunciou repentinamente Kólia, que o tempo todo permanecera ao lado da cadeira de Lisavieta Prokófievna.

— Eu também penso assim — disse o príncipe Sch. e deu uma risada.

— Eu sou exatamente da mesma opinião — disse Adelaida com um ar triunfal.

— Que "cavaleiro pobre" é esse? — perguntou atônita a generala, olhando desgostosa para todos os presentes, mas ao ver que Aglaia ficara inflamada acrescentou com raiva: — Um absurdo qualquer! Que "cavaleiro pobre" é esse?

— Por acaso é a primeira vez que esse menino, favorito da senhora, deturpa as palavras dos outros? — respondeu Aglaia com uma indignação arrogante.

Em cada extravagância irada de Aglaia (e ela ficava irada com muita frequência), quase sempre, a despeito de toda a visível seriedade e da implacabilidade, ainda aparecia qualquer coisa de infantil, de impacientemente colegial que mal se ocultava, e, vendo-a assim, às vezes era impossível a gente não rir, aliás para a extrema irritação de Aglaia, que não compreendia por que riam e "como podem, como se atrevem a rir". Agora riam as irmãs, o príncipe Sch., e sorriu até o próprio príncipe Liev Nikoláievitch, que também corou sabe-se lá por quê. Kólia gargalhava e triunfava. Aglaia ficou deveras zangada e duas vezes mais bonita. Caíam-lhe bem demais esse embaraço e a irritação consigo mesma que aí se seguia por causa desse embaraço.

— Ele deturpou um pouco as suas palavras — acrescentou ela.

— Eu estou me baseando na própria exclamação da senhora! — bradou Kólia. — Há um mês a senhora examinava *Dom Quixote* e proferiu essas palavras de que não existe nada melhor que um "cavaleiro pobre". Não sei a quem a senhora se referia naquele momento: se a Dom Quixote ou a Ievguiêni Pávlovitch, ou ainda a outra pessoa, mas se referiu apenas a um alguém, e a conversa foi longa...

— Estou vendo que tu te permites coisas demais, meu querido, com as tuas suposições — deteve-o irritada Lisavieta Prokófievna.

— Ora, por acaso eu sou o único? — não se calava Kólia. — Naquele momento todos estavam falando e estão falando agora; veja o príncipe Sch., e Adelaida Ivánovna, todos declararam que são a favor do "cavaleiro pobre", logo, o tal "cavaleiro pobre" existe, sem dúvida existe, e acho que se não fosse Adelaida Ivánovna todos nós já saberíamos há muito tempo quem é esse "cavaleiro pobre".

— Sou eu quem leva a culpa — riu Adelaida.

— A senhora não quis pintar o retrato — eis a sua culpa! Naquele momento Aglaia Ivánovna lhe pediu que pintasse o retrato do "cavaleiro pobre" e narrou inclusive todo o enredo do quadro, que ela mesma havia criado, está lembrada do enredo? A senhora não quis...

— Sim, mas como eu iria pintar, quem? Vê-se pelo enredo que esse "cavaleiro pobre",

> *A máscara de aço do rosto*
> *P'ra ninguém jamais tirou.*

Que rosto poderia sair daí? Desenhar o quê: uma máscara de ferro? Um anônimo?

— Não estou entendendo nada, que história é essa de máscara? — irritou-se a generala, que começava a compreender muito com seus botões quem se subentendia pelo nome (e provavelmente há muito tempo convencionado) de "cavaleiro pobre". Mas o que a fez explodir em particular foi o fato de que o príncipe Liev Nikoláievitch também ficou embaraçado e por fim totalmente confuso como um menino de dez anos. — Olha só, essa bobagem vai acabar ou não? Vão ou não vão me explicar bem explicado esse "cavaleiro pobre"? Haverá aí algum segredo tão terrível que não se pode sequer abordá-lo?

Mas todos só continuaram a rir.

— Existe pura e simplesmente um estranho poema russo — interveio enfim o príncipe Sch., pelo visto desejando abafar e desviar o mais depressa a conversa — sobre um "cavaleiro pobre", um trecho sem começo e nem fim. Certa vez, um mês atrás, todos riram juntos depois do almoço e procuraram, como de costume, um enredo para o futuro quadro de Adelaida Ivánovna. A senhora sabe que há muito tempo o objetivo geral da família vem sendo encontrar um enredo para um quadro de Adelaida Ivánovna. Foi aí que atacaram o "cavaleiro pobre", não me lembro quem começou...

— Foi Aglaia Ivánovna! — gritou Kólia.

— Talvez eu concorde, só que não me lembro — continuou o príncipe Sch. — Uns riram desse enredo, outros proclamaram que não pode haver nada superior, mas que para representar o "cavaleiro pobre" se precisava pelo menos de um rosto; passaram a escolher os rostos de todos os conhecidos, nenhum serviu, e foi nisso que a coisa ficou; eis tudo; não entendo por que Nikolai Ardaliónovitch teve a ideia de lembrar tudo isso e tirar conclusão. O que antes era engraçado e vinha a calhar agora é totalmente desinteressante.

— Pelo que se subentende alguma nova bobagem, mordaz e ofensiva — cortou Lisavieta Prokófievna.

— Não há nenhuma bobagem, senão o mais profundo respeito — pronunciou de modo súbito, inteiramente inesperado e com uma voz importante e séria Aglaia, que conseguira corrigir-se por completo e reprimir seu embaraço anterior. Além do mais, olhando para ela poder-se-ia pensar, por alguns indícios, que agora ela mesma estava contente, que a brincadeira ia cada vez mais e mais longe, e que toda essa mudança se dera nela precisamente no instante em que o embaraço do príncipe aumentava de modo demasiado visível e cada vez mais e atingira um grau extraordinário.

— Gargalham feito desatinados e de repente me aparece o mais profundo respeito! São uns loucos! Respeito por quê? Diz já, por que esse tal mais profundo respeito te saiu tão subitamente da boca, sem quê nem para quê?

— É o mais profundo respeito — continuou Aglaia com a mesma seriedade e imponência, respondendo à pergunta quase raivosa da mãe —, porque naqueles versos está diretamente representado um homem capaz de ter um ideal, e em segundo lugar, uma vez que se propôs o ideal, foi capaz de acreditar nele e, tendo acreditado, de lhe dedicar cegamente toda a vida. Isso nem sempre acontece no nosso século. Ali, naqueles versos, não se diz em que mesmo consistia o ideal do "cavaleiro pobre", mas pelo visto tratava-se de alguma imagem radiante, da "imagem de uma beleza pura",[39] e o cavaleiro apaixonado, em vez do cachecol, chegou até a prender um rosário no pescoço. É verdade que lá ainda existe algum lema, obscuro, reticente, as letras A.N.B., que estavam gravadas no broquel dele...

— A.N.D. — corrigiu Kólia.

— Mas eu estou dizendo A.N.B. e é assim que quero dizer — interrompeu irritada Aglaia —, seja como for, uma coisa é clara: para esse "cavaleiro pobre" já não fazia diferença quem fosse a sua dama e o que ela tivesse feito. Bastava o fato de que ele a escolhera e acreditara na sua "beleza pura" e depois se curvara diante dela para todo o sempre; o mérito está em que, se depois ela viesse a ser até mesmo uma ladra, ainda assim ele deveria acreditar nela e quebrar lança por sua beleza pura. Por isso, parece, quis juntar em uma imagem extraordinária todo o imenso conceito de amor cavalheiresco platônico da Idade Média de algum cavalheiro puro e elevado; é claro que tudo isso é um ideal. No "cavaleiro pobre", porém, esse sentimento já atingiu o último grau, o ascetismo; é preciso reconhecer que a capacidade para semelhante sentimento sugere muito e que tais sentimentos deixam sua marca profunda e, por um lado, digna de muito louvor, já sem falar de Dom Quixote. O "cavaleiro pobre" é o mesmo Dom Quixote, só que sério e não cômico. A princípio eu não compreendia e ria, mas agora amo o "cavaleiro pobre" e, principalmente, respeito as suas façanhas.

Assim concluiu Aglaia; olhando para ela, seria até difícil alguém acreditar se estava falando sério ou rindo.

— Vamos, ele é um imbecil qualquer, e suas façanhas também! — resolveu a generala. — Quanto a ti, minha cara, enganaste além da medida, deste uma verdadeira aula; a meu ver, até imprestável de tua parte. Em todo caso, é uma coisa inadmissível. Que versos? Declama, verdade, tu sabes! Quero conhecer sem falta esses versos. Em toda a minha vida nunca suportei poesia, parece que estava pressentindo. Por Deus, príncipe, procura suportar, pelo visto nós dois temos de suportar juntos — dirigiu-se ela ao príncipe Liev Nikoláievitch. Estava muito agastada.

O príncipe Liev Nikoláievitch quis dizer alguma coisa mas nada conseguiu proferir por causa do embaraço que continuava. Só Aglaia, que tanto se permitira nessa "aula", não estava nem um pouco confusa, parecia até alegre. Levantou-se no mesmo instante, com a mesma seriedade e a impo-

---

[39] Alusão ao poema de Aleksandr Púchkin (1799-1837) dedicado a A. P. Kern. (N. da E.)

nência de antes, e com um aspecto de quem parecia ter-se preparado de antemão para isso e esperava apenas o convite, foi ao centro do terraço e se pôs de frente para o príncipe, que continuava sentado na sua poltrona. Todos ficaram olhando para ela com alguma surpresa, e quase todos, o príncipe Sch., as irmãs, a mãe, olhavam com um sentimento desagradável para essa nova travessura em andamento, que quando nada já havia ido um pouco longe. No entanto, via-se que Aglaia gostava precisamente de toda essa afetação com que começava a cerimônia de declamação do poema. Lisavieta Prokófievna por pouco não a tocou para fora, mas no mesmo instante em que Aglaia começava a declamar a famosa balada, dois novos visitantes entraram no terraço falando alto. Era o general Ivan Fiódorovitch Iepántchin seguido de um jovem. Houve uma pequena inquietação.

VII

O jovem que acompanhava o general tinha uns vinte e oito anos, era alto, esbelto de um rosto belo e inteligente, olhos negros e graúdos e um olhar brilhante, cheio de espírito e galhofa. Aglaia nem chegou a olhar para ele, continuou a declamar uns versos e a olhar com afetação apenas para o príncipe e só a ele se dirigindo. Para o príncipe ficou claro que ela fazia tudo isso com alguma intenção particular. Mas ao menos os novos visitantes consertaram um pouco a situação embaraçosa dele. Ao vê-los, ele soergueu-se, fez gentilmente de longe um sinal de cabeça para o general, dando a entender que não interrompesse a declamação, e ele mesmo conseguiu retirar-se para trás da poltrona, onde, apoiado com a mão esquerda no encosto, continuou a ouvir a balada numa posição já, por assim dizer, mais cômoda e não tão "cômica" como aquela em que estivera sentado na poltrona. Por sua vez, Lisavieta Prokófievna fez aos recém-chegados um gesto imperioso com a mão para que eles parassem. Enquanto isso, o príncipe se interessava em demasiado por seu novo visitante, que acompanhava o general; adivinhou nitidamente nele Ievguiêni Pávlovitch Radomski, sobre quem muito já ouvira falar e em quem pensara mais de uma vez. A única coisa que o confundia era a roupa de civil; ouvira falar que Ievguiêni Pávlovitch era militar. Um sorriso de galhofa percorria os lábios do novo visitante durante toda a declamação do poema, como se ele já tivesse ouvido falar alguma coisa a respeito do "cavaleiro pobre".

"Pode ser que ele mesmo tenha inventado" — pensou o príncipe de si para si.

Com Aglaia, porém, a coisa era bem diferente. Toda a afetação inicial e a grandiloquência com que começara a declamar ela mascarava com tamanha seriedade e tamanha penetração no espírito e no sentido da obra poética, pronunciava com tamanho sentido cada palavra dos versos, proferia-os com uma simplicidade tão superior que no final da declamação não só atraiu a atenção geral como ainda, com a transmissão do espírito elevado da balada, como que justificou em parte a impotência intensa e artificial com que fora ao centro do terraço com ar tão triunfal. Agora, poder-se-ia ver nessa imponência a infinitude e, talvez, até a ingenuidade do seu respeito por aqui-

lo que assumira transmitir. Seus olhos brilhavam, e a convulsão mal percebida da inspiração e do êxtase lhe percorreu o belo rosto umas duas vezes.
    Ela declamou:

> *Houve um pobre cavaleiro*
> *Natural e taciturno,*
> *De alma audaz e verdadeiro,*
> *De ar pálido e soturno.*
>
> *Ele tinha uma visão,*
> *Inconcebível à mente —,*
> *E cravou-se em seu coração*
> *Uma impressão fundamente.*
>
> *De alma em chamas, entrementes,*
> *Não olhou para mulheres,*
> *Foi à morte renitente*
> *Sem falar com nenhuma delas.*
>
> *O cachecol no pescoço*
> *Por um rosário trocou*
> *A máscara de aço do rosto*
> *P'ra ninguém jamais tirou.*
>
> *Cheio de um puro amor,*
> *A um sonho doce fiel,*
> *A.M.D. ele gravou*
> *Com seu sangue em seu broquel.*
>
> *Enquanto pelos penhascos,*
> *Dos desertos palestinos,*
> *Nomes das damas bradavam,*
> *Na batalha os paladinos,*
>
> *Lumen Coelum, Sancta Rosa!*
> *Feroz, zeloso exclamava,*
> *Qual um raio sua ameaça*
> *O muçulmano acertava.*

Longe ao castelo tornando,
Dura reclusão viveu,
Sempre mudo, e tristonho
Como louco ele morreu.[40]

Rememorando depois todo esse instante, o príncipe ficava horas em excessivo embaraço, atormentado com uma questão que para ele não estava resolvida: como era possível juntar um sentimento tão verdadeiro e belo com uma zombaria tão evidente e maldosa? De que era zombaria ele não tinha nem dúvida; isso ele compreendera com clareza e para tanto tinha motivos: durante a declamação Aglaia se permitiu substituir as iniciais A.M.D. pelas iniciais N.F.B. De que ele não se equivocara nem ouvira mal ele não podia duvidar (mais tarde isso ficou demonstrado). Em todo caso, a extravagância de Aglaia — evidentemente, uma brincadeira ainda que demasiado forte e leviana — fora premeditada. Do "cavaleiro pobre" todos haviam falado (e "rido") ainda um mês antes. Entretanto, por mais que o príncipe forçasse mais tarde a memória, verificava-se que Aglaia pronunciara aquelas iniciais não só sem nenhum ar de brincadeira, ou qualquer riso, ou mesmo sem qualquer realce dessas letras com o fito de lhe revelar mais o sentido oculto, como, ao contrário, fizera-o com uma seriedade tão inalterada, com uma simplicidade tão ingênua e inocente que se poderia pensar que as iniciais estivessem mesmo na balada e assim houvessem sido impressas no livro. Alguma coisa grave e desagradável como que feria o príncipe. Lisavieta Prokófievna, é claro, não entendeu e não notou nem a substituição das letras nem a insinuação. O general Ivan Fiódorovitch compreendeu apenas que estavam declamando versos. Entre os outros ouvintes muitos compreenderam e se surpreenderam com a ousadia da extravagância e a intenção, mas permaneceram calados e procuraram não aparentar. Mas Ievguiêni Pávlovitch (o príncipe estava até disposto a apostar) não só compreendeu como procurou mostrar que havia compreendido: deu um sorriso por demais zombeteiro.

— Mas que maravilha! — exclamou a generala num verdadeiro êxtase mal terminou a declamação. — De quem é este poema!?

---

[40] Esta é uma versão incompleta do poema de Púchkin, a única a que Dostoiévski teve acesso em vida. Uma versão integral o leitor pode encontrar em *A dama de espadas: prosa e poemas*, de Púchkin, com tradução de Boris Schnaiderman e Nelson Ascher (São Paulo, Editora 34, 1999). As iniciais citadas no poema correspondem a *Ave Mater Dei*, mas Dostoiévski cria várias outras com sentido cifrado (A.N.B., A.N.D. e N.F.B.). (N. do T.)

— De Púchkin, *maman*, não nos envergonhe, isso é uma vergonha! — exclamou Adelaida.

— Na companhia de vocês a gente ainda fica até mais imbecil! — respondeu amargamente Lisavieta Prokófievna. — Vergonha! Assim que a gente chegar em casa vocês me passem esse poema do Púchkin!

— Aliás, parece que nós não temos nada de Púchkin em casa.

— Desde tempos imemoriais — acrescentou Alieksandra —, há uns dois volumes gastos rolando por lá.

— Mandar com urgência comprar na cidade, Fiódor ou Alieksiêi, no primeiro trem — melhor Alieksiêi. Aglaia, vem cá! Me dá um beijo, tu declamaste maravilhosamente, mas se tu declamaste com sinceridade — acrescentou quase murmurando — tenho pena de ti; se tu declamaste para zombar dele eu não aprovo os teus sentimentos, portanto, o melhor mesmo seria que não tivesses declamado. Estás entendendo? Vai, senhorinha, ainda terei de conversar contigo, e já estamos demorando demais aqui.

Enquanto isso o príncipe cumprimentava o general Ivan Fiódorovitch, e o general lhe apresentava Ievguiêni Pávlovitch Radomski.

— Eu o apanhei a caminho, ele acaba de chegar de trem; soube que eu vinha para cá e que todos os nossos estavam aqui...

— Sabia que o senhor também estava aqui — interrompeu Ievguiêni Pávlovitch —, e como há muito tempo supunha procurar sem falta não só conhecê-lo mas ganhar também a sua amizade, então não quis perder tempo. O senhor anda sem saúde? Acabei de saber...

— Cheio de saúde e muito feliz em conhecê-lo, ouvi falar muito a seu respeito e até conversei sobre o senhor com o príncipe Sch. — respondeu Liev Nikoláievitch, estendendo-lhe a mão.

As cortesias mútuas foram manifestadas, os dois se apertaram as mãos e se olharam fixamente nos olhos. Num átimo, a conversa se fez geral. O príncipe observou (agora ele observava tudo com rapidez e avidez, e talvez até o que nem havia acontecido) que o traje civil de Ievguiêni Pávlovitch provocara uma admiração forte, geral e incomum, a tal ponto que as demais impressões até foram esquecidas e apagadas temporariamente. Poder-se-ia pensar que nessa mudança de traje havia algo importante. Adelaida e Alieksandra interrogavam Ievguiêni Pávlovitch com perplexidade. O príncipe Sch., seu parente, o fez até com grande inquietação; o general falava quase agitado. Só Aglaia olhou cerca de um minuto de um modo curioso, mas com absoluta tranquilidade para Ievguiêni Pávlovitch, como se quisesse apenas comparar se lhe caía melhor o traje militar ou civil, mas um minuto depois deu as costas e não olhou mais para ele. Lisavieta Prokófievna também não quis perguntar nada, embora fosse possível que também estivesse um tanto preocupada. O príncipe teve a impressão de que Ievguiêni Pávlovitch não parecia estar nas graças dela.

— Ele me deixou pasmo! — afirmava Ivan Fiódorovitch respondendo a todas as perguntas. — Eu não quis acreditar quando ainda há pouco o encontrei em Petersburgo. E por que tão de repente, é essa a questão? O primeiro que ele mesmo fez foi gritar que não é preciso quebrar as cadeiras.[41]

Pelas conversas que se levantaram verificou-se que Ievguiêni Pávlovitch já anunciara essa baixa há muito e muito tempo; mas sempre falava com tamanha falta de seriedade que não dava nem para acreditar nele. Ademais, ele sempre falava de coisas sérias com um ar tão brincalhão que não havia como entendê-lo, sobretudo se ele queria não ser entendido.

— Ora, eu estou na reserva temporariamente, por alguns meses, o máximo por um ano! — ria Radomski.

— Mas não há nenhuma necessidade, pelo menos até onde estou a par das suas atividades — continuava inflamado o general.

— E as fazendas, é para percorrer? O senhor mesmo aconselhou; além do mais, quero ir ao estrangeiro...

Aliás, logo mudaram de assunto; mas a excessiva intranquilidade, que teimava em persistir, segundo observação do príncipe, saía da medida apesar de tudo, e ali certamente havia qualquer coisa de especial.

— Quer dizer então que o "cavaleiro pobre" está de novo em cena? — esboçou perguntar Ievguiêni Pávlovitch, aproximando-se de Aglaia.

Para surpresa do príncipe, ela o olhou perplexa e interrogativa, como se quisesse lhe fazer saber que entre eles não se poderia nem falar de "cavaleiro pobre" e que ela sequer estava entendendo a pergunta.

— Mas é tarde, agora é tarde para mandar alguém à cidade comprar Púchkin! — discutia Kólia com Lisavieta Prokófievna, totalmente esgotado. — Eu lhe digo três mil vezes: é tarde.

— É, realmente é tarde para mandar alguém para a cidade agora — interveio também aí Ievguiêni Pávlovitch, deixando depressa Aglaia —, eu acho que até as lojas em Petersburgo estão fechadas, já passa das oito — repetiu ele, tirando o relógio.

— Esperamos tanto, não aproveitamos, dá para aguentar até amanhã — interveio Adelaida.

---

[41] Essas palavras remontam ao primeiro ato da comédia *O inspetor geral*, de Gógol (1809-1852), onde o governador da cidade diz: "É claro que Alexandre Magno foi um herói, mas para quê quebrar cadeiras?". (N. da E.)

— Além do mais não fica bem — acrescentou Kólia — gente da alta sociedade se interessar muito por literatura. Perguntem a Ievguiêni Pávlovitch. É muito mais decente um cabriolé amarelo com rodas vermelhas.

— Outra vez tirando coisas de livros, Kólia — observou Adelaida.

— Aliás ele não consegue falar de outra maneira a não ser tirando de livros — secundou Ievguiêni Pávlovitch —, ele se exprime por frases inteiras tiradas de resenhas críticas. Há muito tempo venho tendo o prazer de conhecer a conversa de Nikolai Ardaliónovitch, mas desta vez ele não está falando através de livro. Nikolai Ardaliónovitch está aludindo nitidamente ao meu cabriolé amarelo com rodas vermelhas. Só que eu já o troquei, você está atrasado.

O príncipe prestava atenção ao que dizia Radomski... Achava que o outro se comportava magnificamente, com modéstia, alegre, e gostou em particular de vê-lo conversar com absoluta igualdade e de forma amistosa com Kólia, que implicava com ele.

— O que é isso? — perguntou Lisavieta Prokófievna a Vera, filha de Liébediev, que estava à sua frente com alguns livros nas mãos, de formato grande, magnificamente encadernados e quase novos.

— É Púchkin — disse Vera. O nosso Púchkin. Meu pai mandou que eu trouxesse para a senhora.

— Como assim? Como é que pode? — surpreendeu-se Lisavieta Prokófievna.

— Não é presente, não é presente! Eu não me atreveria! — brotou Liébediev de trás dos ombros da filha. — Por seu próprio preço. Esse é o nosso próprio Púchkin, da família, edição de Ánnienkov,[42] que agora não se consegue encontrar — por seu próprio preço. Eu lhe ofereço com reverência, desejando vender e com isso saciar a nobre impaciência dos mais nobres sentimentos literários de vossa excelência.

— Já que estás vendendo, obrigada. Não vais sair perdendo, podes estar certo; só que faz o favor de largar esses trejeitos, meu caro. Ouvi falar a teu respeito, dizem que tu és uma pessoa sumamente lida, algum dia falaremos disso; e tu mesmo vais levá-lo à minha casa?

— Com reverência e... respeito! — desmanchava-se Liébediev em trejeitos, com uma satisfação fora do comum, arrancando os livros das mãos da filha.

---

[42] Pável Vassílievitch Ánnienkov (1813-1887), crítico literário e memorialista russo, foi o responsável, entre 1855 e 1857, pela primeira edição das obras de Púchkin em sete volumes. (N. do T.)

— Vê se não o perdes quando fores levá-lo para minha casa, podes até dispensar o respeito, mas com uma condição — acrescentou ela, observando-o fixamente —, só te permitirei chegar até a porta, hoje não tenho a intenção de receber-te. Podes mandar a tua filha Vera até mesmo agora, gostei muito dela.

— Por que o senhor não diz nada daquelas pessoas? — Vera se dirigiu intranquila ao pai. — Porque, já que é assim, elas mesmas vão acabar entrando: já estão fazendo barulho. Liev Nikoláievitch — ela se dirigiu ao príncipe, que já havia apanhado o seu gorro de pele —, faz muito tempo que umas pessoas vieram vê-lo, quatro homens, estão esperando lá em casa e xingando, mas meu pai não deixou que viessem para cá.

— Que visitantes são esses? — perguntou o príncipe.

— Dizem que vêm tratar de negócios, só que eles são um tipo de gente que se não deixarem entrar agora são capazes de ficar parados no caminho. O melhor é deixá-los entrar, Liev Nikoláievitch, e depois mandá-los embora. Gavrila Ardaliónovitch e Ptítzin estão tentando convencê-los, mas eles não obedecem.

— O filho de Pávlischev! O filho de Pávlischev! Não vale a pena, não vale a pena! — agitava os braços Liébediev. — Não vale a pena nem ouvi-los; não é nem decente, suma alteza príncipe, preocupar-se por causa deles. É isso. Eles não merecem...

— O filho de Pávlischev! Meu Deus! — exclamou o príncipe com extremo embaraço. — Eu sei... mas acontece que eu... eu incumbi Gavrila Ardaliónovitch do caso dele. Gavrila Ardaliónovitch acabou de me dizer...

Mas Gavrila Ardaliónovitch já saíra dos cômodos para a varanda; Ptítzin vinha atrás dele. No cômodo vizinho ouviu-se um barulho e a voz alta do general Ívolguin, como se quisesse abafar várias vozes. Kólia correu no mesmo instante na direção do barulho.

— Isso é muito interessante! — observou em voz alta Ievguiêni Pávlovitch.

"Quer dizer que estão sabendo do caso!" — pensou o príncipe.

— Que filho de Pávlischev? E... qual pode ser o filho de Pávlischev? — perguntou perplexo o general Ivan Fiódorovitch, olhando com curiosidade para todos os rostos e observando surpreso que só ele desconhecia essa nova história. De fato, a excitação e a expectativa eram gerais. Para o príncipe foi uma profunda surpresa que esse seu assunto estritamente pessoal já tivesse suscitado tão forte interesse em todos ali.

— Será muito bom se agora mesmo você encerrar *pessoalmente* esse caso — disse Aglaia, chegando-se ao príncipe com uma seriedade especial — e permitir que todos nós sejamos as suas testemunhas. Estão querendo difamá-lo, príncipe, você precisa absolver solenemente a si mesmo, e de antemão estou muitíssimo feliz por você.

— Eu também quero que essa monstruosa pretensão termine — bradou a generala —, dá um jeitinho neles, príncipe, não os poupe! Já me encheram os ouvidos com esse caso e gastei muito nervo por ti. Além do mais, será curioso ver. Manda chamá-los, enquanto isso ficaremos aqui sentadas. Aglaia pensou bem. O senhor ouviu falar alguma coisa a esse respeito, príncipe? — perguntou ela ao príncipe Sch.

— É claro que ouvi, em sua casa mesmo. Mas eu desejo particularmente olhar para esses jovens — respondeu o príncipe Sch.

— Esses é que serão os tais niilistas?

— Não, não é que eles sejam niilistas — deu um passo adiante Liébediev, que por pouco não tremia de inquietação —, são outros tipos, especiais, meu sobrinho me disse que eles foram além dos niilistas. É inútil o senhor pensar em desconcertá-los com o vosso testemunho, excelência; eles não se deixam desconcertar. Os niilistas, apesar de tudo, às vezes são uma gente entendida, até científica, mas esses foram além porque antes de mais nada são homens de ação. Eles são, propriamente falando, uma certa consequência do niilismo, não por via direta, mas indireta, e por terem ouvido falar, e não se revelam em algum artiguinho de revista mas diretamente na ação; não se trata da insensatez, por exemplo, de algum Púchkin[43] qualquer, e nem, por exemplo, da necessidade da desintegração da Rússia em partes;[44] não, agora já se considera francamente que é um direito de alguém que deseje muito alguma coisa não se deter diante de quaisquer obstáculos, mesmo que para isto tenha de liquidar oito pessoas. No entanto, príncipe, apesar de tudo eu não o aconselharia...

Mas o príncipe já estava saindo para abrir a porta aos visitantes.

— O senhor está caluniando, Liébediev — pronunciou ele sorrindo —, seu sobrinho o deixou muito amargurado. Não acredite nele, Lisavieta Prokófievna. Eu lhe asseguro que os Gorski e os Danílov são apenas acasos e estes só... estão equivocados... Eu só não gostaria que fosse aqui, perante to-

---

[43] As expressões mais nítidas da interpretação "niilista" de Púchkin na década de 1860 foram as leituras de A. Záitzev e D. I. Píssariev. Dostoiévski teve ativa participação na discussão da herança de Púchkin. (N. da E.)

[44] Referência a uma das ideias proclamadas por P. G. Zaitchniévski em *A jovem Rússia* (1862). (N. da E.)

dos. Desculpe, Lisavieta Prokófievna, eles vão entrar, eu vou mostrá-los e depois os conduzo para fora. Por favor, senhores!

Preocupava-o antes outra ideia que o angustiava. Estava com essa impressão: não teria alguém armado essa questão agora, justo nesse momento e nessa hora, de antemão, justamente para essas testemunhas e, talvez, visando à sua esperada desonra e não ao triunfo? Mas ele estava demasiado triste por sua "cisma monstruosa e maldosa". Ele morreria, parece, se alguém soubesse que estava com esse pensamento na cabeça, e nesse instante, logo que entraram os novos visitantes, estava sinceramente disposto a se considerar o último dos últimos no sentido moral entre todos os que estavam a seu redor.

Entraram cinco homens, quatro novos visitantes e o quinto atrás deles era o general Ívolguin, excitado, inquieto e no mais forte acesso de eloquência. "Este está sem dúvida do meu lado!" — pensou com um sorriso o príncipe. Kólia apareceu ao lado de todos: falava excitado com Hippolit, que estava entre os visitantes; Hippolit ouvia e ria.

O príncipe sentou os visitantes em diferentes lugares. Eram todos uma gente tão jovenzinha, tão menor de idade, que dava para admirar-se do acaso e de toda a cerimônia que ele proporcionava. Ivan Fiódorovitch Iepántchin, por exemplo, que nada sabia e nem compreendia dessa "nova causa", estava até indignado ao olhar para semelhante juventude e certamente protestaria caso não o detivesse o ardor — para ele estranho — da sua esposa pelos interesses particulares do príncipe. Ele, aliás, permaneceu em parte por curiosidade, em parte por bondade do coração, inclusive na esperança de ajudar e, para qualquer eventualidade, ser útil como autoridade; no entanto, a mesura que lhe fez de longe o general Ívolguin ao entrar o pôs de novo indignado; fechou a cara e decidiu ficar obstinadamente calado.

Entre os visitantes jovenzinhos, um, aliás, tinha uns trinta anos, era um "tenente da reserva da turma de Rogójin, lutador de boxe, que dava aulas aos solicitantes a quinze rublos". Percebia-se que ele acompanhava os demais para impor respeito, na qualidade de amigo sincero e para prestar apoio em caso de necessidade. Entre os demais, o primeiro lugar e o papel principal cabiam ao que se destacava com o nome de "filho de Pávlischev", embora ele fosse apresentado como Antip Burdovski. Era um jovem vestido de um jeito pobre e relaxado, metido numa sobrecasaca com mangas que de tão sebentas tinham brilho de espelho, num colete engordurado, desabotoado até o alto, numa camisa de um branco que desaparecera, num cachecol de seda preto engordurado ao máximo e torcido feito corda, as mãos sujas, um rosto que era só espinhas, branco e, se é lícita a expressão, com um olhar de um descaramento nunca visto. Não era de estatura baixa, era magro, de uns vinte e dois anos. Seu rosto não expressava a mínima ironia nem a mínima reflexão; expressava, ao contrário, um enlevo completo e obtuso com o próprio direito e, ao mesmo tempo, algo que chegava a uma estranha e constante necessidade de estar e sentir-se sempre ofendido. Falava com inquietação, com pressa e atropelando as palavras, como se não as pronunciasse inteiramente, como se fosse um tartamudo ou até um estrangeiro, embora, diga-se de passagem, tivesse uma plena origem russa.

Acompanhava-os, em primeiro lugar, o sobrinho de Liébediev conhecido dos leitores, em segundo, Hippolit. Hippolit era um rapaz muito jovem, de uns dezessete anos, talvez até dezoito, e tinha uma expressão inteligente mas sempre irritada no rosto em que a doença deixara marcas horríveis. Era magro como um esqueleto, de uma palidez amarela, os olhos brilhavam e duas manchas vermelhas ardiam nas faces. Tossia sem cessar; cada palavra, quase todo respiro era acompanhado de um ronco. Via-se a tísica em um grau muito avançado. Parecia que não lhe restavam mais de duas ou três semanas de vida. Estava muito cansado e foi o primeiro a arriar numa cadeira. Os outros ficaram um tanto cerimoniosos e quase envergonhados ao entrarem, no entanto olhavam com imponência e, pelo visto, temiam algum resvalo na dignidade, o que estava em estranha desarmonia com a sua reputação de serem contra todas as insignificâncias inúteis da sociedade, todos os preconceitos e quase tudo no mundo, com exceção dos próprios interesses.

— Antip Burdovski — anunciou com pressa e tartamudeando o "filho de Pávlischev".

— Vladímir Doktorenko — apresentou-se o sobrinho de Liébediev de forma nítida, clara e até com um quê de vaidade por ser Doktorenko.

— Keller! — proferiu o tenente da reserva.

— Hippolit Tierêntiev — ganiu inesperadamente o último com voz estridente.

Por fim todos se sentaram em fila nas cadeiras diante do príncipe, todos se apresentaram, imediatamente fecharam a cara e, para ganhar ânimo, trocaram seus bonés de mão, todos se prepararam para falar e todos, não obstante, calaram, aguardando alguma coisa com ar provocante, no qual se lia: "Não, meu caro, estás enganado, não vais nos engazopar!". Sentia-se que bastava alguém pronunciar uma primeira palavra para começar e todos eles começariam imediatamente a falar ao mesmo tempo, interrompendo e atropelando-se uns aos outros.

VIII

— Senhores, eu nunca esperaria da sua parte — começou o príncipe —, eu mesmo estive doente até o dia de hoje mas o seu caso (dirigiu-se a Antip Burdovski), mas o seu caso eu já confiei há um mês a Gavrila Ardaliónovitch Ívolguin, o que levei ao vosso conhecimento naquela mesma ocasião. Aliás, não estou me afastando da minha própria explicação, apenas, convenham os senhores, num momento como este... eu proponho que se vá a um outro cômodo, se não for para demorar... Aqui estão os meus amigos, e acreditem...

— Amigos... até onde for preciso, porém, não obstante, permita — interrompeu o sobrinho de Liébediev, de chofre e em um tom bastante sentencioso, embora com a voz ainda não muito alta —, permita que nós também declaremos que o senhor poderia ter agido conosco com mais cortesia, sem nos fazer passar duas horas aguardando no recinto dos criados...

— E, é claro, e eu... esse é o modo principesco! E isso... o senhor, quer dizer, general! Eu não sou seu criado! E eu, eu... — balbuciou repentinamente Antip Burdovski numa inquietação incomum, com os lábios trêmulos, a voz trêmula e irritadíssima, soltando respingos de saliva da boca como se tivesse rachado ou estourado por completo, mas foi tomado de uma pressa tão repentina que não se conseguia entender nada de cada dez palavras que dizia.

— Esse foi um modo principesco! — vociferou Hippolit com voz esganiçada de cana rachada.

— Se isso fosse comigo — rosnou o boxeador —, ou seja, se isso se referisse diretamente a mim, como um homem decente no lugar de Burdovski eu... eu...

— Senhores, eu soube há apenas um minuto que estavam aqui, juro — tornou a repetir o príncipe.

— Príncipe, não temos medo dos seus amigos, sejam lá quem forem, porque nós estamos no nosso direito — tornou a declarar o sobrinho de Liébediev.

— Entretanto, permita perguntar — tornou a ganir Hippolit, só que em tom já extremamente acalorado —, que direito tinha o senhor de pôr o caso Burdovski a julgamento dos seus amigos? Sim, porque pode ser que não queiramos o julgamento dos seus amigos; é compreensível demais o que pode significar um julgamento dos seus amigos!...

— Contudo, senhor Burdovski, se os senhores não quiserem falar aqui — enfim conseguiu inserir o príncipe, profundamente surpreso com esse início —, estou lhes dizendo, vamos agora mesmo para um outro cômodo, porque, repito, acabei de ficar sabendo sobre os senhores...

— Mas o senhor não tem o direito, não tem o direito, não tem o direito!... Os seus amigos... Vejam só!... — súbito tornou a berrar Burdovski, olhando ao redor assustado e temeroso e excitando-se ainda mais do que antes, desconfiado e esquivando-se. — O senhor não tem o direito! — e dito isto, parou de modo brusco, como se tivesse cortado a conversa e, esbugalhando em silêncio os olhos míopes extremamente saltados, marcados por veias vermelhas e grossas, fixou-se interrogador no príncipe, inclinando-se de corpo inteiro sobre ele. Desta vez o príncipe ficou tão surpreso que se calou e também fixou nele os olhos esbugalhados e sem dizer uma palavra.

— Liev Nikoláievitch! — chamou-o de súbito Lisavieta Prokófievna. — Lê isto aqui, agora mesmo, refere-se diretamente ao teu assunto.

Ela lhe estendeu um jornal diário de linha humorística[45] e apontou um dedo para o artigo. Liébediev, quando os visitantes estavam apenas entrando, correu por um lado na direção de Lisavieta Prokófievna, em cujas graças procurava cair, e sem dizer palavra tirou de um bolso lateral esse jornal, pô-lo bem diante dos olhos dela, indicando uma coluna destacada. O que Lisavieta Prokófievna já conseguira ler deixara-a estupefata e inquieta ao extremo.

— Ainda assim, não seria melhor não ler em voz alta? — balbuciou o príncipe muito embaraçado. — Eu o leria sozinho... depois...

— É melhor que tu mesmo o leias, lê agora, alto, alto! — Lisavieta Prokófievna dirigiu-se a Kólia, que arrancou impacientemente o jornal das mãos do príncipe, que mal conseguira tocá-lo. — Lê para todos em voz alta, para que cada um ouça.

Lisavieta Prokófievna era uma senhora irascível e apaixonada, de sorte que, sem pensar duas vezes, de repente e de um só golpe levantava vez por outra todas as âncoras e se lançava em mar aberto sem perguntar pelo tempo. Ivan Fiódorovitch mexeu-se inquieto. Mas enquanto todos paravam involuntariamente, tomados de perplexidade, Kólia abriu o jornal e começou

---

[45] Alusão ao jornal *Iskrá* (A Centelha), editado em Petersburgo por V. S. Kurotchkin e pelo caricaturista N. A. Stiepánov. (N. da E.)

a ler em voz alta a passagem que lhe indicou Liébediev, que acabava de levantar-se de um salto.

> "Proletários e rebentos, trata-se de um episódio
> dos assaltos diários e de todos os dias!
> Progresso! Reforma! Justiça!

Coisas estranhas vêm acontecendo na nossa chamada santa Rússia, no nosso século das reformas e das iniciativas das companhias, século da nacionalidade e de centenas de milhões levados cada ano para o exterior, século do incentivo à indústria e à paralisia das mãos operárias! etc. etc. não se consegue enumerar tudo, senhores, e por isso vamos direto ao assunto. Houve um estranho incidente com um dos rebentos da nossa passada nobreza da terra (*de profundis!*),[46] aliás, um daqueles rebentos que os avós já haviam perdido definitivamente na roleta, os pais foram forçados a servir como cadetes e tenentes e como de costume morreram sendo julgados por algum deslize ingênuo no crime de peculato, e cujos filhos, à semelhança do herói da nossa história, ou nascem idiotas ou acabam até metidos com assuntos criminais, pelo que, aliás, os tribunais de júri sempre os absolvem na forma de sermões e correções; ou, por último, terminam lançando uma daquelas anedotas que deixam o público admirado e envergonham o nosso tempo já em si bastante ignominioso. O nosso rebento, meio ano atrás, calçando polainas estrangeiras e tremendo de frio num casaquinho sem forro nenhum, voltou no inverno para a Rússia, da Suíça, onde estava em tratamento de idiotice (*sic!*). Precisamos reconhecer que, apesar de tudo, foi bafejado pela sorte, de tal forma que ele, já sem falar da sua interessante doença, e da qual estava se tratando na Suíça (veja se pode alguém se tratar de idiotice, o senhor imagina isso?!!), poderia ter demonstrado sua fidelidade ao provérbio russo: a sorte chega para uma certa categoria de gente! Julguem os senhores mesmos: ainda criança de colo após a morte do pai, segundo dizem, um tenente que morreu sendo julgado pelo

---

[46] No manuscrito do romance, datado de 9 de abril de 1867, aparece a nota em caligrafia "Clamava das profundezas", relacionada à expressão latina traduzida. Na passagem acima, relacionada com a nobreza fundiária, *de profundis* significa aproximadamente "a ela o reino de Deus". (N. da E.)

súbito desaparecimento de todo o dinheiro da companhia, que perdeu no carteado, e, talvez, pelos excessos cometidos ao castigar um subordinado a vara (velhos tempos, lembrem-se, senhores!), o nosso barão foi levado por bondade para ser educado por um fazendeiro muito rico. Esse fazendeiro russo — chamemo-lo ao menos de P. —, naquela antiga idade de ouro possuía quatro mil almas[47] servas (almas servas! Compreendem essa expressão, senhores? Eu não compreendo. Preciso consultar o dicionário: 'a lenda é fresca mas é difícil acreditar'),[48] era, pelo visto, era um daqueles mandriões e parasitas russos que passaram a sua vida ociosa no estrangeiro, o verão em estações de águas, o inverno no Château-des-Fleurs em Paris, onde deixaram somas incalculáveis. Poder-se-ia dizer positivamente que pelo menos um terço do *obrok*[49] de toda a anterior riqueza servil era recebido pelo mantenedor do Château-des-Fleurs de Paris (aquilo sim é que era homem feliz!). Seja como for, o fato é que o leviano P. educou o fidalguinho órfão à moda principesca, contratando para ele preceptores e preceptoras (sem dúvidas, bonitinhas) que, aliás, ele mesmo trouxe de Paris. Mas o último dos rebentos nobres foi um idiota. As preceptoras do Château-des-Fleurs não ajudaram e até os vinte anos o nosso rebento não aprendeu sequer a falar língua nenhuma, sem excluir a russa. Esta última, aliás, é desculpável. Por fim, passou pela cabeça feudal russa de P. a fantasia de que a um idiota era possível ensinar inteligência na Suíça — fantasia, aliás, lógica: o parasita e senhor de terras, naturalmente, pôde imaginar que por dinheiro era possível até comprar inteligência no mercado, ainda mais na Suíça. Ele passou cinco anos em tratamento na Suíça com um professor famoso, e milhares de rublos foram gastos: o idiota naturalmente não se tornou inteligente, mas dizem que acabou parecendo gente, é claro que a muito custo. Eis que P. morre de repente. Testamento, é claro, não deixa nenhum, as coisas, como de costume, estão em desordem, aparece um monte de herdeiros ávidos, e que já não têm mais nada a ver com o último dos rebentos

---

[47] Era assim que se chamavam os camponeses servos na Rússia, donde o título do romance de Gógol, *Almas mortas*. (N. do T.)

[48] Citação da comédia de Griboiêdov, *A desgraça de ter espírito*. (N. da E.)

[49] Tributo pago aos latifundiários pelos camponeses da gleba. (N. do T.)

do clã tratado por caridade do idiotismo familiar na Suíça. Mesmo sendo idiota, ainda assim o rebento tenta engazopar seu professor e, pelo que dizem, conseguiu se tratar de graça com ele durante dois anos, ocultando-lhe a morte do seu benfeitor. Mas o próprio professor era um charlatão dos bons; finalmente assustado com a falta de dinheiro, e mais ainda com o apetite do seu parasita de vinte e cinco anos, ele o calçou com suas velhas polainas, deu-lhe de presente o seu surrado capote e o enviou por caridade, na terceira classe de um trem, *nach Russland*[50] — para longe da Suíça. Poderia parecer que a sorte tivesse virado o traseiro para o nosso herói. O problema não estava aí: a fortuna, que mata de fome províncias inteiras, derrama todos os seus dons de uma vez sobre um aristocrata, como em *A nuvem* de Krilóv, que passou célere sobre um campo seco e desabou sobre o oceano. Quase no mesmo instante em que ele está chegando da Suíça morre em Moscou um dos parentes de sua mãe (evidentemente, um comerciante), um velho solteirão sem filhos, comerciante, barbudo e cismático, e deixa vários milhões de herança, indiscutível, redonda, genuína, em espécie — e (ah, se fosse conosco, leitores!) e tudo ao nosso rebento, tudo para esse nosso barão que se tratava de idiotice na Suíça! Só que aqui a música já começou a tocar diferente. Em torno do nosso barão de polainas, que andava arrastando a asa para uma concubina bela e famosa, reuniu-se de repente toda uma multidão de amigos e camaradas, apareceram até parentes, e mais ainda multidões inteiras de moças nobres, ávidas e sequiosas por um casamento legítimo, e que haveria de melhor: aristocrata, milionário, idiota — todas as qualidades de uma vez, nem com uma lanterna se conseguiria achar um marido assim, e por encomenda não dá para fazer!..."

— Isso... isso eu já não estou conseguindo entender! — exclamou Ivan Fiódorovitch no mais alto grau de indignação.

— Pare, Kólia! — bradou o príncipe com uma voz suplicante. Ouviram-se exclamações de todos os lados.

— Lê! Lê, custe o que custar! — cortou Lisavieta Prokófievna, pelo visto contendo-se com um esforço extremo. — Príncipe! Se pararem de ler nós dois vamos brigar.

---

[50] "Para a Rússia", em alemão no original. (N. do T.)

Sem nada a fazer, Kólia, exaltado, vermelho, nervoso, emocionado continuou a ler:

"Mas enquanto o nosso milionário precoce estava, por assim dizer, no empíreo, deu-se um fato absolutamente estranho. Numa bela manhã aparece em sua casa um visitante, de rosto tranquilo e severo, de fala amistosa mas decente e justa, vestido com modéstia e decência, com um visível matiz progressista no pensamento, e em duas palavras explica a causa da sua visita: é um advogado famoso; um jovem o incumbiu de uma causa; está ali em nome dele. Este jovem não é nem mais nem menos que filho do falecido P., embora tenha outro nome. O voluptuoso P., que em sua juventude seduzira uma criada, moça honrada e pobre porém de educação europeia (naturalmente ajuntaram-se direitos de barão do antigo estado servil) e percebendo a inevitável porém imediata consequência da sua relação, casou-a às pressas com um homem do trabalho e até servidor, de caráter nobre, que há muito tempo amava a tal moça. A princípio ele ajudou os recém-casados, mas logo a sua ajuda foi recusada em decorrência do caráter nobre do marido. Passou-se algum tempo e P. foi pouco a pouco conseguindo esquecer tanto a moça quanto o filho que pôs no mundo, e depois, como se sabe, morreu sem deixar disposições. Enquanto isso, o seu filho, que já nascera com a mãe vivendo um casamento legítimo mas crescera com outro sobrenome e inteiramente perfilhado graças ao caráter nobre do marido de sua mãe, o qual entrementes morrera, ficara exclusivamente com os seus únicos recursos e a mãe doente, sofrendo, e sem pernas em uma província distante; ele mesmo ganhava dinheiro na capital com seu trabalho nobre de cada dia, dando aula a filhos de comerciantes e assim se mantendo inicialmente no colégio e depois como ouvinte de aulas úteis, tendo em vista o objetivo futuro. Mas será muito os dez copeques que os comerciantes russos pagam por aula, e ainda por cima com a mãe doente, sem pernas, que, por fim, com sua morte em uma província distante, em quase nada aliviou a vida dele? Agora vem a pergunta: por uma questão de justiça, como deveria decidir o nosso rebento? O senhor, leitor, naturalmente pensa que ele disse para si mesmo: 'Durante toda a minha vida eu usufruí de todas as dádivas de P.; para custear minha educação, pagar preceptoras e o tratamento da idiotice foram enviados dezenas de milhares de rublos à Suíça; e agora eu estou de posse de milhões, enquanto esse nobre caráter que é o filho de P., que não tem nenhuma culpa pelos atos do seu pai leviano que o esqueceu, está se matando de dar aulas. Tudo o que me foi destinado devia por justiça ter sido destinado a ele. Essas quantias imensas, gastas comigo, na realidade não me pertencem. Foi apenas um erro cego da fortuna; elas cabiam ao filho de P. Era com ele que deviam ter sido gastas e não comigo — produto de um capricho fantástico do leviano e distraído P. Se eu fosse bem decente, delicado, justo, eu deveria dar ao filho dele metade de toda a minha herança; mas como eu sou acima de tudo um homem calculista e compreendo bem demais que essa questão não é jurídica, não vou dar metade dos meus milhões. Mas pelo menos será vil e vergonhoso demais (o rebento se esqueceu de que isso não seria nem prudente) de minha parte se eu não devolver agora ao filho de P. aqueles dez mil que foram gastos por seu pai no tratamento da minha idiotice. Isso é apenas uma questão de consciência e justiça! Porque o que seria de mim se P. não houvesse assumido a minha educação e em meu lugar tivesse se preocupado com o filho?'

Mas não, senhores! Os nossos rebentos não raciocinam assim. Por mais que lhe mostrasse o advogado do jovem, que assumira a causa dele unicamente por amizade e quase contra a vontade dele, quase à força, por mais que o advogado lhe expusesse os deveres da honra, da decência, da justiça e até do simples interesse, o educando da Suíça permaneceu inflexível; mas e daí? Tudo isso ainda não seria nada, mas eis o que já é realmente imperdoável e nenhuma doença interessante poderia desculpar: esse milionário, que acabara de sair das polainas do seu professor,[51] não foi capaz sequer de compreender que o que o nobre caráter daquele jovem, que se matava de dar aulas, lhe pedia não era favor nem recompensa mas o seu direito e o que lhe era devido, ainda que não juridicamente, e que ele sequer pedia nada, os amigos é que estavam batalhando por ele. Com ar majestoso e embevecido com a possibilidade adquirida de esmagar impunemente as pessoas com os seus milhões, o nosso rebento tira do bolso uma nota de cinquenta rublos e a envia para o jovem decente como uma esmola

---

[51] Assim como Dostoiévski "saiu" de *O capote*, de Gógol. Veja-se a nota ao epigrama da próxima página. (N. do T.)

descarada. Não acreditam, senhores? Estão indignados, sentem-se ofendidos, deixam escapar um grito de indignação; mas ele fez isso, apesar de tudo! É claro que o dinheiro lhe foi imediatamente devolvido, por assim dizer, lançado de volta na cara. De alguma maneira resta resolver este caso! Ele não é jurídico, resta apenas lhe dar publicidade! Transmitiremos esse incidente ao público, garantindo a sua autenticidade. Dizem que um dos nossos humoristas mais famosos reagiu a isto com um epigrama admirável, digno de figurar entre as resenhas dos nossos costumes não só das províncias como também da capital:

De Schneider, Liova o capote
Cinco anos representou
Na lenga-lenga de sempre
O tempo ele matou.

De apertadas polainas voltando,
Um milhão de herança embolsou,
A Deus vive em russo orando,
Mas os estudantes roubou."[52]

Quando Kólia terminou, entregou imediatamente o jornal ao príncipe e, sem dizer palavra, precipitou-se para um canto, ali afundou e cobriu o rosto com as mãos. Sentia uma vergonha insuportável, e sua impressionabilidade infantil, ainda não habituada à sujeira, estava indignada até acima da medida. Parecia-lhe que acontecera algo singular, que destruíra tudo de uma só

---

[52] Segundo as notas da edição russa de *O idiota*, esses versos são paródia de um trecho do conto infantil em versos "O presunçoso Fédia", que Saltikov-Schedrin transformou em epigrama contra Dostoiévski e publicou no nº 9 da revista *Svistók* (O Apito) em 1863. Note-se que Fédia é diminutivo de Fiódor, nome de Dostoiévski. É famosa a afirmação de Dostoiévski — "todos nós saímos", i.e, descendemos, "de *O capote* de Gógol". Ora, em 1842 Gógol publica *O capote*; em 1847, isto é, cinco anos depois (ou seja, o tempo que Liova, ou Liev, passou representando o capote de Schneider), Dostoiévski lança *Gente pobre*, romance cuja personagem central Makar Diévuchkin fica furioso ao se sentir identificado com Akaki Akákievitch, protagonista de *O capote*. É fato sabido que *Gente pobre* é uma retomada de *O capote*, evidentemente com a marca da ruptura bem própria de Dostoiévski com a forma gogoliana de representar. Vejamos o texto original que Schedrin transformou em epigrama: "Fédia a Deus não orava não,/ Bem, até nisso ele era o máximo!/ Mandrião, sempre mandrião.../ E deu o seu passo em falso!.../ De Gógol outrora, negligente/ *O capote* representou —,/ Na lenga-lenga de sempre/ O tempo ele matou". (N. do T.)

vez, e que por pouco ele mesmo não era a causa, ainda que fosse só por ter lido aquilo em voz alta.

Mas, pelo que parecia, todos sentiam algo semelhante.

As moças estavam muito sem jeito e envergonhadas. Lisavieta Prokófievna continha uma ira extraordinária e também é possível que estivesse amargamente arrependida por haver tomado a iniciativa; agora calava. Com o príncipe acontecia o mesmo que frequentemente acontece em tais casos a pessoas tímidas demais: estava de tal forma envergonhado com aquela atitude alheia, estava tão envergonhado por seus hóspedes que no primeiro instante temeu até olhar para eles. Ptítzin, Vária, Gánia, até Liébediev — todos pareciam um tanto embaraçados. O mais estranho era que Hippolit e o "filho de Pávlischev" também pareciam surpresos com alguma coisa; o sobrinho de Liébediev também estava visivelmente insatisfeito. Só o boxeador estava absolutamente tranquilo, torcendo o bigode, com ar imponente e vista um pouco baixa, movido não por embaraço mas, ao contrário, pela aparência de uma modéstia nobre e por um triunfo demasiado notório. Tudo fazia ver que o artigo era demais do seu agrado.

— O diabo sabe o que é isso — rosnou a meia-voz Ivan Fiódorovitch —, como se cinquenta criados tivessem se reunido para inventar e juntos inventaram isso.

— Mas per-permita perguntar, meu caro senhor, como ousa ofender com semelhantes suposições? — declarou Hippolit e tremeu todo.

— Isso, isso, isso para um homem decente... convenha o senhor mesmo, general, se é um homem decente, isso já é uma ofensa! — rosnou o boxeador, que algo deixara subitamente encrespado e torcia o bigode com um tique nos ombros e no resto do corpo.

— Em primeiro lugar, para o senhor eu não sou "meu caro senhor" e, em segundo, não estou disposto a lhe dar nenhuma explicação — respondeu com rispidez Ivan Fiódorovitch exaltadíssimo, levantou-se e, sem dizer palavra, afastou-se para a saída da varanda e ficou no último degrau de costas para o público, na maior indignação com Lisavieta Prokófievna, que nem agora pensava em se mexer do lugar.

— Senhores, senhores, permitam-me enfim falar, senhores — exclamou o príncipe aborrecido e agitado — e por favor, falemos de uma forma que possamos compreender uns aos outros. Senhores, eu nada tenho a dizer a respeito do artigo, senhores, só que tudo isso, tudo que aí está escrito é uma inverdade; por isso eu digo que os senhores mesmos sabem disso; é até uma vergonha. De maneira que fico terminantemente surpreso se algum dos senhores escreveu isso.

— Até este instante eu nada sabia a respeito desse artigo — declarou Hippolit —, eu não aprovo esse artigo.

— Eu, embora soubesse que ele havia sido escrito, entretanto... eu também não aconselharia publicá-lo porque é cedo — acrescentou o sobrinho de Liébediev.

— Eu sabia, mas eu tenho o direito... eu... — balbuciou o "filho de Pávlischev".

— Como! O senhor mesmo inventou isso? — perguntou o príncipe, olhando com curiosidade para Burdovski. — Ora, isso não é possível!

— Entretanto, pode-se nem reconhecer o seu direito a essas pretensões — interveio o sobrinho de Liébediev.

— Mas apenas me surpreendeu que o senhor Burdovski tivesse conseguido... porém... eu quero dizer que se os senhores já deram publicidade a esse caso, então por que ainda há pouco ficaram tão ofendidos quando eu toquei nesse assunto na presença dos meus amigos?

— Até que enfim! — resmungou indignada Lisavieta Prokófievna.

— E o senhor, príncipe, se permitiu inclusive esquecer — deslizou de repente entre as cadeiras um Liébediev incontido e quase febricitante —, se permitiu esquecer que só a sua boa vontade e a inigualável bondade do seu coração permitiram que o senhor os recebesse e os ouvisse e eles não têm para isto nenhum direito de exigir tal coisa, ainda mais porque o senhor já delegou este caso a Gavrila Ardaliónovitch, e só o fez por sua extraordinária bondade, e agora, suma alteza, permanecendo entre os seus amigos escolhidos, o senhor não pode sacrificar semelhante companhia a esses senhores e poderia, por assim dizer, fazê-los acompanhar até a porta da saída, de sorte que eu, como dono da casa, teria até o supremo prazer...

— Absolutamente justo! — trovejou de repente do fundo do cômodo o general Ívolguin.

— Basta, Liébediev, basta, basta! — ia começando o príncipe, mas toda uma explosão de indignação lhe abafou as palavras.

— Não, desculpe, príncipe, desculpe, agora isso já não basta! — gritava quase mais alto que todos o sobrinho de Liébediev. — Agora é preciso colocar a questão com clareza e firmeza porque pelo visto não a estão entendendo. Aqui interferiram umas chicanices jurídicas, e com base nessas chicanices estão ameaçando nos botar porta afora! Príncipe, será que o senhor está nos considerando tão imbecis a ponto de nós mesmos não compreendermos como o nosso caso não é jurídico e que se ele for analisado juridicamente nós não teremos o direito de exigir por lei um único rublo do senhor? Mas nós entendemos precisamente que se aí não existe direito jurídico, em compensação existe direito humano, natural, o direito do bom senso e da voz da razão, e admitamos que esse nosso direito não está escrito em nenhum código humano podre, mas um homem decente e honesto, que é o mesmo que um homem de bom senso, tem a obrigação de permanecer decente e honesto até mesmo naqueles itens que não estão escritos nos códigos. Nós entramos aqui sem temer que nos pusessem porta afora (como o senhor acabou de ameaçar) pelo simples fato de que *não estamos pedindo mas exigindo*, e pela inconveniência da visita em uma hora tão avançada (embora não tenhamos chegado tão tarde, e foi o senhor que nos fez permanecer no recinto dos criados) viemos para cá sem nada temer, digo eu, porque supusemos no senhor um homem deveras de bom senso, isto é, um homem dotado de honra e consciência. Sim, é verdade, não entramos com humildade, não entramos como os seus comensais e bajuladores, mas de cabeça erguida como homens livres, e não com pedido mas com uma exigência livre e altiva (está ouvindo, não com pedido mas com exigência, meta isso na cabeça!). É com dignidade e franqueza que colocamos diante do senhor a pergunta: o senhor se reconhece com razão no caso Burdovski ou não? Reconhece o senhor que foi beneficiado e talvez até salvo da morte por Pávlischev? Se reconhece (o que é evidente), tem a intenção ou acha justo, por uma questão de consciência, por sua vez tendo recebido milhões, de recompensar o filho necessitado de Pávlischev, embora ele tivesse o sobrenome Burdovski? Sim ou não? Se *sim*, isto é, por outras palavras, se existe no senhor aquilo que em suas palavras se chama honra e consciência e que nós definimos com mais precisão como bom senso, então nos atenda e o caso estará encerrado. Atenda-nos sem pedidos e sem agradecimentos de nossa parte, não os espere de nós, porque o senhor não estará fazendo por nós mas pela justiça. Se, porém, o senhor não quiser nos atender, ou seja, se responder *não*, então sairemos daqui agora mesmo e o assunto estará encerrado; foi dito ao senhor, na cara, diante de todas as suas testemunhas, que o senhor é um homem de inteligência grosseira e pouco desenvolvido; que não ousa e nem tem direito àquilo que se chama um homem dotado de honra e consciência, que o senhor está querendo comprar esse direito barato demais. Eu concluí. Coloquei uma pergunta. Agora nos ponha porta afora, se é que se atreve. O senhor pode fazê-lo, tem força para isso. Mas lembre-se de que, seja como for, nós exigimos e não pedimos. Exigimos e não pedimos!...

O sobrinho de Liébediev parou, muito exaltado.

— Exigimos, exigimos, exigimos e não pedimos!... — gaguejou Burdovski e ficou vermelho como um camarão.

Depois das palavras do sobrinho de Liébediev houve um movimento geral e levantou-se até um murmúrio, embora em toda a sociedade todos evitassem visivelmente intervir no assunto, talvez com exceção apenas de Liébediev, que parecia febril. (Coisa estranha: Liébediev, que estava evidentemente a favor do príncipe, agora parecia experimentar uma certa satisfação de orgulho familiar depois do discurso do seu sobrinho; pelo menos olhava para toda a plateia com um certo ar de satisfação.)

— Eu sou de opinião — começou o príncipe com voz bastante baixa —, eu sou de opinião que o senhor, Doktorenko, está certíssimo em metade de tudo o que acabou de dizer, estou inclusive de acordo que está certo em até bem mais da metade, e eu concordaria inteiramente com o senhor se não houvesse uma omissão em suas palavras. O que o senhor omitiu mesmo não estou em condição de lhe exprimir com exatidão, mas, para ser plenamente justo, em suas palavras falta, é claro, alguma coisa. Entretanto, é melhor abordarmos o caso, senhores, e digam-me para que publicaram esse artigo? Porque aí não há uma palavra que não seja calúnia: de maneira que os senhores, acho eu, cometeram uma vilania.

— Com licença!...

— Meu caro senhor!...

— Isso... isso... isso... — ouviu-se de imediato da parte dos visitantes inquietos.

— Quanto ao artigo — replicou Hippolit com voz esganiçada —, quanto a esse artigo, eu já lhe disse que eu e os outros não o aprovamos! Quem o escreveu foi ele (apontou com o dedo para o boxeador sentado ao lado), escreveu de forma indecente, concordo, escreveu de forma inculta e com estilo no qual escrevem pessoas assim como ele, um reformado. Ele é tolo e, além do mais, ardiloso, concordo, isso eu lhe digo todos os dias na cara, mas seja como for ele estava com metade do seu direito: a publicidade é um direito legítimo de qualquer um, logo, de Burdovski também. Que ele mesmo responda pelos seus absurdos. E quanto ao protesto que eu fiz ainda há pouco em nome de todos por causa da presença dos vossos amigos, considero necessário lhe explicar, meu caro senhor, que eu protestei unicamente para proclamar o nosso direito, mas no fundo o que queremos mesmo é que haja testemunhas, e antes de entrarmos aqui todos nós quatro havíamos concordado com isso. Sejam quem forem as suas testemunhas, até mesmo seus amigos, uma vez que elas não podem deixar de concordar com o direito de Burdovski (porque ele, evidentemente, é matemático), então ainda é até melhor que essas testemunhas sejam seus amigos; a verdade aparecerá de forma ainda mais evidente.

— É verdade, foi isso mesmo que nós consentimos — confirmou o sobrinho de Liébediev.

— Então, por que ainda agora, desde as primeiras palavras, os senhores levantaram tamanha gritaria e fizeram tanto barulho se os senhores mesmos queriam tal coisa! — admirou-se o príncipe.

— E quanto ao artigo, príncipe — interveio o boxeador, morto de vontade de colocar sua palavrinha e cheio de um ânimo agradável (pode-se desconfiar de que a presença de damas exerceu um efeito visível e forte nele) —, quanto ao artigo, reconheço que eu sou realmente o autor, embora o meu amigo doente, a quem costumo perdoar por causa de sua fraqueza, tenha acabado de criticá-lo. No entanto, eu o compus e o publiquei na revista de um amigo sincero, em forma de correspondência. Só os versos não são de fato meus e realmente pertencem à pena de um humorista famoso. Eu apenas o li para Burdovski, e ainda assim não todo, e no mesmo instante recebi dele o de acordo para publicá-lo, mas convenha o senhor que eu poderia publicá-lo até mesmo sem esse consentimento. A transparência é um direito universal, nobre e benéfico. Espero que o senhor mesmo, príncipe, seja tão progressista que não vai negar isso...

— Não vou negar nada, mas convenha que o seu artigo...

— É ríspido, está querendo dizer? Mas acontece que aí, por assim dizer, existe um proveito para a sociedade, convenha o senhor mesmo e, por fim, seria possível alguém deixar passar um caso provocante? Menos ainda os interessados, mas o proveito para a sociedade está em primeiro lugar. Quanto a algumas imprecisões, hipérboles, por assim dizer, convenha o senhor mesmo que em primeiro lugar a iniciativa é importante, que em primeiro lugar estão o objetivo e a intenção; o que importa é o exemplo benéfico, deixemos para depois os casos particulares e, por último, aqui há uma questão de estilo, por assim dizer, é um objetivo humorístico e, enfim — todos escrevem assim, convenha o senhor mesmo! Quá-quá!

— Mas se trata de um caminho absolutamente falso! Eu lhes asseguro, senhores — exclamou o príncipe —, os senhores publicaram o artigo na suposição de que eu não iria concordar de maneira nenhuma em atender ao senhor Burdovski e, por conseguinte, quiseram com isso me intimidar e se vingar de alguma forma. Mas como é que os senhores poderiam saber: talvez eu tenha resolvido atender o senhor Burdovski. Declaro francamente aos senhores, na presença de todos aqui, que vou atendê-lo...

— Até que enfim uma palavra inteligente e nobre de um homem inteligente e nobre! — proclamou o boxeador.

— Meu Deus! — deixou escapar Lisavieta Prokófievna.

— Isso é insuportável! — resmungou o general.

— Com licença, senhores, com licença, eu vou expor o caso — implorava o príncipe —, há cinco semanas apareceu em minha presença, em Z., Tchebarov,[53] o vosso representante e solicitante, senhor Burdovski. O senhor o descreveu de forma muito lisonjeira, senhor Keller, em seu artigo — súbito o príncipe se dirigiu sorrindo ao boxeador —, mas eu não gostei nem um pouco dele. Apenas compreendi de saída que toda a questão principal está nesse Tchebarov, que ele talvez o tenha insuflado, senhor Burdovski, aproveitando-se da sua ingenuidade, a começar isso tudo, para ser franco.

— O senhor não tem esse direito... eu... não sou ingênuo... isso... — balbuciou inquieto Burdovski.

— O senhor não tem nenhum direito de fazer tais suposições — interveio o sobrinho de Liébediev em tom edificante.

— Isto é sumamente ofensivo — rosnou Hippolit. — A suposição é ofensiva, falsa e não vem ao caso!

— Desculpem, senhores, desculpem, senhores — penitenciou-se apressadamente o príncipe —, por favor, desculpem; eu disse isso porque pensei se não seria melhor que nós fôssemos absolutamente francos uns com os outros, mas seja como os senhores quiserem. Eu disse a Tchebarov que, como eu não estava em Petersburgo, iria logo encarregar um amigo para conduzir esse caso, e estou levando ao seu conhecimento, senhor Burdovski. Eu lhes digo francamente, senhores, que esse caso me pareceu a maior vigarice, precisamente porque nele Tchebarov está metido... Oh, não se ofendam, senhores! Pelo amor de Deus não se ofendam! — bradou assustado o príncipe, tornando a ver manifestação de ansiedade ofendida em Burdovski e inquietação e protesto nos seus amigos. — Se eu digo que considero este caso uma vigarice, isto não pode se referir pessoalmente aos senhores! Porque antes eu não conhecia nenhum dos senhores em pessoa, não sabia dos vossos sobrenomes; julguei apenas por Tchebarov; eu falo em linhas gerais, porque... se os senhores soubessem o quanto me enganaram terrivelmente desde que recebi a herança!

— Príncipe, o senhor é ingênuo demais — observou zombeteiro o sobrinho de Liébediev.

— E além disso o príncipe é também milionário! Com um coração tal-

---

[53] O protótipo de Tchebarov foi I. P. Botcharov, advogado do editor de livros F. T. Stielóvski, com quem Dostoiévski assinou em 1865 o famoso contrato em que se comprometia a entregar um romance (*Um jogador*) em 26 dias, sob pena de perder, por nove anos, os direitos sobre toda a sua obra até então escrita, incluindo-se *Crime e castigo*. (N. da E.)

vez até mesmo bom e simplório como o seu, ainda assim o senhor evidentemente não conseguirá livrar-se da lei geral — proclamou Hippolit.

— É possível, é muito possível, senhores — apressava-se o príncipe —, embora eu não compreenda de que lei geral o senhor está falando; mas eu prossigo, peço apenas que não se ofendam à toa; juro que não tenho o menor desejo de ofendê-los. Realmente, senhores, o que é isso? Não se pode dizer uma única palavra com sinceridade que os senhores logo ficam ofendidos! Entretanto, em primeiro lugar, fiquei por demais surpreso com o fato de que existe um "filho de Pávlischev", e existe numa situação tão horrível como me explicou Tchebarov. Pávlischev é meu benfeitor e amigo do meu pai. (Ah, por que, senhor Keller, o senhor escreveu tamanha inverdade em seu artigo sobre o meu pai? Não houve nenhum esbanjamento de quantia pertencente à companhia e nem quaisquer ofensas a subordinados — disto eu estou positivamente convencido — e como o senhor levantou a mão para escrever tamanha calúnia?) E quanto ao que o senhor escreveu sobre Pávlischev, isso é absolutamente inaceitável: o senhor chama esse homem ultradecente de voluptuoso e leviano com tanto atrevimento, de forma tão peremptória como se de fato estivesse dizendo a verdade, no entanto ele foi o homem mais puro que já existiu na face da terra! Foi inclusive um cientista notável; era correspondente de muitos homens respeitados na ciência e empregou muito dinheiro para ajudar a ciência. E quanto ao seu coração, quanto às suas boas ações, oh, é claro, os senhores escreveram com justiça que eu naquela época era quase um idiota e não conseguia compreender nada (embora, apesar de tudo, eu falasse russo e pudesse compreender), mas acontece que estou em condição de avaliar tudo que agora estou lembrando...

— Com licença — ganiu Hippolit —, isso não vai acabar sendo sensível demais? Nós não somos crianças. E o senhor quer ir direto ao assunto, já passa das nove, lembre-se disso.

— De acordo, de acordo, senhores — concordou depressa o príncipe —, depois da primeira desconfiança resolvi que eu podia estar enganado e que Pávlischev realmente pudesse ter um filho. Mas fiquei muitíssimo surpreso ao ver que esse filho está revelando com tamanha facilidade, isto é, quero dizer, está revelando de forma tão pública o segredo do seu nascimento e, sobretudo, difamando sua mãe. Porque já naquele momento Tchebarov tentou me intimidar com a publicidade...

— Que tolice! — gritou o sobrinho de Liébediev.

— O senhor não tem direito... não tem direito! — gritou Burdovski.

— O filho não responde por um ato depravado do pai, e a mãe não tem culpa — ganiu Hippolit com fervor.

— Ainda mais por isso pareceria necessário poupá-la... — pronunciou timidamente o príncipe.

— O senhor não é apenas ingênuo, príncipe, mas é ainda possível que tenha ido mais longe — deu um risinho maldoso o sobrinho de Liébediev.

— E que direito teve o senhor!... — ganiu Hippolit com a voz mais antinatural.

— Nenhum, nenhum! — interrompeu apressadamente o príncipe. — Nisso os senhores têm razão, confesso, mas foi involuntário, e naquela mesma ocasião eu disse a mim mesmo que os meus melhores sentimentos não devem influenciar o caso porque se eu mesmo já me reconheço obrigado a atender às reivindicações do senhor Burdovski, em nome dos meus sentimentos por Pávlischev, então eu devo atender em qualquer que seja o caso, ou seja, respeite eu ou não o senhor Burdovski. Senhores, eu só comecei a abordar essa questão porque, apesar de tudo, me pareceu antinatural que um filho revele tão publicamente o segredo de sua mãe... Em suma, eu me convenci principalmente disso porque o senhor Tchebarov deve ser um canalha e através do embuste industriou pessoalmente o senhor Burdovski a cometer semelhante vigarice.

— Ora, isso já é insuportável! — ouviu-se da parte dos seus visitantes, alguns dos quais até saltaram das cadeiras.

— Senhores! Eu decidi dessa maneira porque o coitado do senhor Burdovski deve ser um homem ingênuo, indefeso, de fácil sujeição a vigaristas, portanto, ainda mais por isso eu devia ajudá-lo como "filho de Pávlischev" — em primeiro lugar, contrapondo-me ao senhor Tchebarov, em segundo, com minha dedicação e minha amizade para orientá-lo, em terceiro, determinei que lhe dessem dez mil rublos, isto é, tudo o que, segundo os meus cálculos, o senhor Pávlischev pode ter gasto comigo...

— Como! Só dez mil! — gritou Hippolit.

— Bem, príncipe, o senhor é muito fraco em aritmética ou então muito forte, ainda que procure se fazer de simplório! — exclamou o sobrinho de Liébediev.

— Eu não concordo com os dez mil — disse Burdovski.

— Antip! Concorda! — sugeriu-lhe com um cochicho rápido e nítido o boxeador, que se inclinara por trás do encosto da cadeira de Hippolit. — Aceita, e depois veremos!

— E-escute, senhor Míchkin — ganiu Hippolit —, entenda que nós não somos uns imbecis, uns imbecis torpes, como provavelmente pensam a nosso respeito todos os seus visitantes e essas damas que riem de nós com tanta indignação, e sobretudo este senhor da alta sociedade (apontou para Iev-

O idiota 311

guiêni Pávlovitch) que eu, naturalmente, não tenho a honra de conhecer mas de quem, parece, já ouvi falar alguma coisa...

— Com licença, com licença, senhores, mais uma vez os senhores não me compreenderam! — dirigiu-se o príncipe a eles inquieto. — Em primeiro lugar o senhor, senhor Keller, definiu com extrema imprecisão a minha fortuna: eu não recebi milhão nenhum: é possível que eu tenha um oitavo ou um décimo daquilo que o senhor supõe que eu tenha; em segundo lugar, não gastei quaisquer dezenas de milhares na Suíça: Schneider recebia seiscentos rublos por ano, e ainda assim apenas nos três primeiros anos, e quanto a Pávlischev, nunca foi a Paris atrás de preceptoras bonitinhas; essa é mais uma calúnia. A meu ver, comigo foram gastos muito menos do que os dez mil, mas eu determinei dez mil, e convenham os senhores mesmos, que, fazendo justiça, de maneira nenhuma eu poderia propor ao senhor Burdovski mais do que isso, ainda que eu gostasse imensamente dele, e não poderia simplesmente por um sentimento de delicadeza, justo porque, ao lhe fazer justiça, eu não estava lhe mandando uma esmola. Não sei como não compreendem isso, senhores! Mas eu desejava recompensar tudo isso mais tarde com a minha amizade, com minha participação efetiva no destino do coitado do senhor Burdovski, evidentemente ludibriado, porque ele mesmo, sem esse ludíbrio, não poderia concordar com tamanha baixeza como, por exemplo, a publicação desse artigo de hoje do senhor Keller a respeito da mãe dele... Mas enfim o que é isso, os senhores estão de novo fora de si, senhores! Ora, desse jeito vamos acabar sem nos entender absolutamente uns aos outros! Porque acabou saindo como eu supunha! Agora estou convencido por meus próprios olhos de que a minha hipótese era justa — persuadia o exaltado príncipe, tentando acalmar a inquietação e sem perceber que estava apenas a aumentá-la.

— Como? Convenceu-se de quê? — Investiram contra ele quase em fúria.

— Vamos, com licença, em primeiro lugar, eu mesmo consegui discernir muito bem o senhor Burdovski, agora eu mesmo estou vendo quem ele é! É um homem ingênuo, mas que está sendo enganado por todos! É um homem indefeso... e é por isso que eu devo poupá-lo e, em segundo lugar, Gavrila Ardaliónovitch, a quem eu havia incumbido do caso e de quem há muito tempo não recebo notícias, uma vez que eu estava viajando e depois passei três dias doente em Petersburgo —, agora mesmo, há apenas uma hora, no nosso primeiro encontro me informou de repente que havia descoberto todas as intenções de Tchebarov, e que tem provas disso, e que Tchebarov é justo o que eu havia suposto. Senhores, eu mesmo sei que muitos me consideram idiota, e Tchebarov, pela reputação que eu tenho de dar dinheiro com facilidade, pensava que é muito fácil me tapear e contava justo com os meus sentimentos por Pávlischev. Mas o principal — escutem tudo, senhores, escutem tudo!! —, o principal é que agora se descobre de repente que o senhor Burdovski não é absolutamente filho de Pávlischev! Gavrila Ardaliónovitch acabou de me informar e assegura que obteve provas definitivas. Só quero ver o que os senhores vão achar, porque é impossível acreditar depois de todo o estrago que os senhores já fizeram! Ouçam bem: provas definitivas! Eu ainda não estou acreditando, eu mesmo não estou acreditando, eu lhes asseguro; eu ainda duvido, porque Gavrila Ardaliónovitch ainda não teve tempo de me informar de todos os detalhes, mas quanto ao fato de que Tchebarov é um canalha já não existe nenhuma dúvida! Ele engazopou tanto o coitado do senhor Burdovski quanto os senhores todos, senhores que aqui vieram decentemente apoiar o vosso amigo (uma vez que ele necessita mesmo de apoio, e eu compreendo isso!), ele engazopou todos os senhores e implicou todos os senhores em um caso de vigarice porque, na realidade, isso é uma rematada vigarice!

— Como vigarice!... Como não é "filho de Pávlischev"?... Como pode ser!... — ouviram-se exclamações. Toda a turma de Burdovski estava numa inexprimível perturbação.

— Sim, é claro que é uma vigarice! Porque se agora se verifica que o senhor Burdovski não é "filho de Pávlischev", então neste caso a reivindicação do senhor Burdovski vem a ser uma franca vigarice (isto é, se ele sabia a verdade, é claro!). Mas o problema está exatamente em que ele foi enganado, por isso eu insisto em absolvê-lo; é por isso que eu digo que ele é digno de pena, por sua ingenuidade, e não pode ficar sem apoio; porque senão ele também aparecerá como um vigarista nesse caso. Aliás eu mesmo estou convencido de que ele não compreende nada! Eu mesmo estive em situação semelhante antes de viajar para a Suíça, também balbuciava palavras desconexas — a gente quer exprimir-se e não consegue... Eu compreendo essas coisas; eu posso me compadecer muito porque sou quase assim também, posso falar! E, por último, ainda assim eu — apesar de já não existir "filho de Pávlischev" e isso é uma mistificação —, ainda assim eu não mudo a minha decisão e estou pronto a dar a recompensa dos dez mil em memória de Pávlischev. Sim, porque eu queria fazer chegar esses dez mil rublos ao senhor Burdovski, gastando-os com uma escola, em memória de Pávlischev, mas agora dá no mesmo gastar com a escola ou com o senhor Burdovski, porque o senhor Burdovski, se não é "filho de Pávlischev", mesmo assim é quase como um "filho de Pávlischev": porque ele mesmo foi tão maldosamente enganado; ele mesmo se considerava com sinceridade filho de Pávlischev! Vamos, senhores, ouçam Gavrila Ardaliónovitch, acabemos com isso, não se zanguem, não fiquem nervosos, sentem-se! Neste momento Gavrila Ardaliónovitch vai nos explicar tudo isso e, confesso, eu mesmo estou sumamente desejoso de conhecer todos os detalhes. Ele disse que foi até Pskov procurar vossa mãe, senhor Burdovski, que absolutamente não morreu como o senhor fez escrever no artigo! Sentem-se, senhores, sentem-se!

O príncipe sentou-se e conseguiu mais uma vez fazer sentar-se a turma do senhor Burdovski, que pulara dos seus lugares. Nos últimos dez ou vinte minutos ele havia falado de forma acalorada, em voz alta, atropelando as palavras com uma velocidade impaciente, entusiasmado, procurando superar a todos, falar mais alto do que todos, e, é claro, depois teve de arrepender-se amargamente por algumas palavrinhas e orações que havia deixado escapar. Se não o tivessem deixado exaltado nem fora de si ele não teria se permitido proferir em voz alta, de forma patente e apressada, outras hipóteses e revelações dispensáveis. No entanto, mal ele se sentou em seu lugar um arrependimento ardente e doído lhe traspassou o coração. Além do fato de haver "ofendido" Burdovski, ao supor nele, de forma tão pública, uma doença da qual ele mesmo se tratara na Suíça —, além disso, o oferecimento dos dez mil rublos em lugar da escola fora feito, em sua opinião, de forma grosseira e descuidada como uma esmola, e precisamente pelo fato de que isso foi dito em público. "Eu devia ter esperado e feito a proposta amanhã a sós com ele — pensou de imediato o príncipe —, mas pelo visto agora não vou conseguir consertar! Sim, eu sou um idiota, um verdadeiro idiota!" — decidiu de si para si num acesso de vergonha e excepcional amargura.

Enquanto isso Gavrila Ardaliónovitch, que até então se mantivera à parte e calava obstinadamente, veio à frente a convite do príncipe, colocou-se a seu lado e passou a expor de forma tranquila e clara o relatório do caso de que o príncipe lhe havia incumbido. Todas as conversas cessaram num instante. Todos ouviam com extrema curiosidade, em particular toda a turma de Burdovski.

IX

— O senhor, é claro, não irá negar — começou Gavrila Ardaliónovitch, dirigindo-se a Burdovski que o ouvia com todas as forças e os olhos arregalados de surpresa para ele e, pelo visto, em intensa perturbação —, o senhor não irá e nem vai querer, é claro, negar a sério que nasceu exatamente dois anos após o casamento legítimo da vossa respeitável mãe com o secretário de colégio senhor Burdovski, vosso pai. A data do seu nascimento pode ser provada de fato com excessiva facilidade, de maneira que a deturpação desse fato no artigo do senhor Keller, ofensiva demais para o senhor e para a sua mãe, deve-se única e exclusivamente à brejeirice da própria fantasia do senhor Keller, que supunha reforçar com isso a evidência do seu direito e assim ajudar os seus interesses. O senhor Keller diz que leu previamente para o senhor o tal artigo, ainda que não todo... sem qualquer dúvida, ele não leu para o senhor até esta passagem...

— Realmente não li até aí — interrompeu o boxeador —, mas todos os fatos me foram comunicados por uma pessoa competente e eu...

— Desculpe, senhor Keller — deteve-o Gavrila Ardaliónovitch —, permita-me falar. Eu lhe asseguro que o caso chegará ao seu artigo no devido momento e então o senhor dará a sua explicação, mas agora é melhor que continuemos pela ordem. De forma absolutamente casual, com o auxílio de minha irmã Varvara Ardaliónovna Ptítizina, consegui de sua íntima amiga Vera Aliekseievna Zubkova, fazendeira e viúva, uma carta que o falecido Nikolai Andrêievitch Pávlischev escreveu para ela do exterior 24 anos atrás. Depois de me aproximar de Vera Aliekseievna, por indicação dela eu me dirigi ao coronel da reserva Timofiêi Fiódorovitch Viassóvkin, parente distante e outrora grande amigo do senhor Pávlischev. Através dele consegui obter mais duas cartas de Nikolai Andrêievitch, também escritas do exterior. Por essas três cartas, pelas datas e pelos fatos ali designados, fica demonstrado matematicamente, sem qualquer possibilidade de refutação e nem sequer de dúvida, que Nikolai Andrêievitch viajou na época para o estrangeiro (onde permaneceu por três anos consecutivos) exatamente um ano e meio antes do seu nascimento, senhor Burdovski. Como o senhor mesmo sabe, sua mãe nunca saiu da Rússia... Neste momento eu não vou ler estas cartas. Já é tarde; eu apenas declaro, em todo caso, um fato. Mas se o senhor quiser, senhor

Burdovski, marcar ainda que seja para amanhã de manhã um encontro comigo e trouxer as suas testemunhas (no número que o senhor quiser) e peritos para verificação de caligrafia, para mim não há nenhuma dúvida de que o senhor não poderá deixar de convencer-se da verdade evidente do fato por mim comunicado. Se assim for, naturalmente todo esse caso perde o sentido e cessa por si mesmo.

Mais uma vez houve um movimento geral e uma profunda agitação. O próprio Burdovski levantou-se súbito de sua cadeira.

— Sendo assim, eu mesmo fui enganado, enganado mas não por Tchebarov e sim há muito e muito tempo; não quero peritos, não quero encontros, eu acredito, eu renuncio... Não aceito os dez mil... adeus...

Ele pegou o boné e afastou a cadeira para se retirar.

— Se puder, senhor Burdovski — deteve-o Gavrila Ardaliónovitch de modo sereno e doce —, permaneça ao menos por mais cinco minutos. Sobre este caso vão ser revelados ainda alguns fatos de suma importância, sobretudo para o senhor, em todo caso bastante curiosos. A meu ver, o senhor não pode deixar de tomar conhecimento deles e talvez para o senhor mesmo venha a ser mais agradável se o caso vier a ser inteiramente esclarecido...

Burdovski sentou-se calado, de cabeça um pouco baixa e como que fortemente pensativo. Também sentou-se depois dele o sobrinho de Liébediev, que igualmente se levantara para acompanhá-lo; este pelo menos não havia perdido a cabeça e a ousadia, mas pelo visto estava preocupadíssimo. Hippolit estava sombrio, triste e como que muito surpreso. Aliás, nesse instante ele começou a tossir de modo tão forte que chegou até a manchar o lenço de sangue. O boxeador estava quase assustado.

— Ê, Antip! — bradou ele amargurado. — Eu não te disse na ocasião, anteontem, que talvez tu não fosses mesmo filho de Pávlischev! — Ouviu-se um riso contido, uns dois ou três riram mais alto que os outros.

— O fato que nesse instante lhe foi comunicado, senhor Keller — retomou Gavrila Ardaliónovitch — é muito precioso. Entretanto tenho pleno direito, com base nos dados mais precisos, de afirmar que mesmo o senhor Burdovski sabendo, evidentemente, e bem demais da época do seu nascimento, desconhecia por completo a circunstância dessa estada de Pávlischev no estrangeiro, onde passou a maior parte de sua vida, voltando à Rússia sempre por pequenos períodos. Além disso, esse próprio fato do então afastamento em si não é muito digno de nota para que possa ser lembrado vinte e tantos anos depois, mesmo por aqueles que conheciam Pávlischev de perto, já sem falar do senhor Burdovski, que naquela época ainda não havia nascido. É claro que tirar atestado agora seria impossível; no entanto devo confessar que os atestados que obtive me chegaram de maneira absolutamente casual e poderiam ser muito insuficientes; de sorte que, para o senhor Burdovski e até para Tchebarov, esses atestados seriam de fato quase impossíveis caso eles tivessem a ideia de consegui-los. Só que eles poderiam não ter essa ideia...

— Com licença, senhor Ívolguin — súbito Hippolit o interrompeu com ar irritado —, a troco de quê todo esse disparate (desculpe-me)? O assunto agora está esclarecido, concordamos em acreditar no fato principal, por que continuar com essa lenga-lenga dura e ofensiva? Será que o senhor está querendo vangloriar-se da habilidade das suas investigações, de mostrar para nós e para o príncipe que bom investigador o senhor é? Ou não estará o senhor interessado em proceder à desculpa e à absolvição de Burdovski pelo fato de que ele se meteu em um caso por desconhecimento? Mas isso é acintoso, meu caro senhor! Burdovski não precisa das suas justificações e desculpas, fique o senhor sabendo! Para ele é ofensivo, para ele já é duro, ele está numa situação desagradável, o senhor deveria adivinhar, compreender isso...

— Basta, senhor Tierêntiev, basta — conseguiu interrompê-lo Gavrila Ardaliónovitch —, fique calmo, não se irrite; o senhor parece muito doente! Eu sinto pelo senhor. Neste caso, se quiser, eu dou por encerrado, isto é, sou forçado a comunicar apenas brevemente os fatos que, segundo minha convicção, não seria supérfluo conhecer em toda a sua plenitude — acrescentou ele, ao perceber um movimento geral parecido com impaciência. — Desejo apenas informar, com provas, para o conhecimento de todos os interessados no caso, que a sua mãe, senhor Burdovski, gozava da simpatia e dos cuidados do senhor Pávlischev unicamente porque era irmã carnal da criada, a moça por quem Nikolai Andrêievitch Pávlischev esteve apaixonado em sua primeira juventude e a tal ponto que teria sem falta se casado com ela se ela não tivesse morrido de repente. Tenho provas de que esse fato familiar, absolutamente preciso e verdadeiro, é muito pouco conhecido e caiu no esquecimento. Continuando, eu poderia explicar como a sua mãe, ainda criança de dez anos, foi assumida pelo senhor Pávlischev para ser educada no lugar da parenta, que a ela foi destinado um dote considerável e que todas essas preocupações geraram boatos extremamente inquietantes entre os inúmeros parentes de Pávlischev; pensavam até que ele iria casar-se com a sua pupila, mas acabou que ela se casou por vontade própria (e eu poderia demonstrar isto da forma mais precisa) com um funcionário distrital, o senhor Burdovski, aos vinte anos de idade. Neste caso eu reuni alguns fatos dos mais precisos para provar que o seu pai, o senhor Burdovski, não era um homem nada prático, depois de receber quinze mil rublos como dote de sua mãe abandonou o serviço, fundou empresas comerciais, foi enganado, perdeu o capital, não suportou a dor, passou a beber, o que o levou a adoecer e por fim a morrer prematuramente, oito anos depois do casamento com a sua mãe. Depois, segundo o próprio testemunho de sua mãe, ela caiu na miséria e teria ficado totalmente arruinada não fosse a ajuda permanente e generosa de Pávlischev, que lhe dava seiscentos rublos de auxílio por ano. Existem ainda inúmeras provas de que ele gostava muitíssimo do senhor quando ainda criança. Por essas provas, e mais uma vez segundo confirma sua mãe, verifica-se que ele gostou do senhor sobretudo porque na infância o senhor tinha um aspecto de gago, de aleijado, de uma criança triste, infeliz (e como descobri a partir de provas exatas, durante toda a vida Pávlischev teve uma inclinação particularmente terna por todos os oprimidos e ofendidos por natureza, sobretudo pelas crianças — fato, segundo estou convicto, importantíssimo para o seu caso). Por último, posso jactar-me das minhas investigações ultraprecisas sobre o fato principal de que este apego excepcional de Pávlischev pelo senhor (por cujo empenho o senhor foi para o colégio e estudou sob uma vigilância especial), acabou gerando, pouco a pouco, entre os parentes e familiares de Pávlischev, a ideia de que o senhor fosse filho dele e o seu pai apenas um marido enganado. Mas o principal é que essa ideia se consolidou até converter-se em convicção precisa e geral apenas no último ano de vida de Pávlischev, quando todos estavam com medo do testamento e quando os fatos primordiais foram esquecidos e os atestados tornados impossíveis. Não há dúvida de que essa ideia chegou também ao seu conhecimento, senhor Burdovski, e se apossou inteiramente do senhor. Sua mãe, que tive a honra de conhecer pessoalmente, mesmo sabendo de todos esses boatos, até hoje não sabe (eu também ocultei dela) que também o senhor, filho dela, estava fascinado por esses boatos. Sua respeitabilíssima mãe, senhor Burdovski, eu encontrei em Pskov doente e na mais extrema pobreza a que ela já chegou depois da morte de Pávlischev. Ela me informou, com lágrimas de agradecimento, que só graças ao senhor e a sua ajuda ela vive neste mundo; ela espera muito do senhor no futuro e acredita calorosamente nos seus futuros êxitos...

— Afinal, isto é inaceitável! — declarou de súbito o sobrinho de Liébediev em tom alto e impaciente. — Para quê todo esse romance?

— Isso é de uma indecência asquerosa! — mexeu-se asperamente Hippolit. Mas Burdovski não fez nenhuma observação e nem sequer se mexeu.

— Por quê? A troco de quê? — admirou-se com ar malicioso Gavrila Ardaliónovitch, preparando-se sarcasticamente para expor a sua conclusão.
— Em primeiro lugar, agora o senhor Burdovski pode estar plenamente con-

vencido de que o senhor Pávlischev gostava dele por magnanimidade e não como filho. Este fato precisava chegar sem falta ao conhecimento do senhor Burdovski, que há pouco confirmou e respaldou o senhor Keller depois da leitura do artigo. Estou falando isto porque o considero um homem decente, senhor Burdovski. Em segundo lugar, verifica-se que aí não houve nenhum roubo-vigarice nem por parte de Tchebarov; este é um ponto importante inclusive para mim porque o príncipe, exaltado, acabou de mencionar que eu também seria da mesma opinião a respeito do roubo-vigarice nesse caso infeliz. Ao contrário, havia aí a plena convicção de todas as partes, e embora Tchebarov talvez seja de fato um grande vigarista, neste caso ele não passa de rábula, de escrivão, de ardiloso. Ele esperava ganhar grandes quantias como advogado, e seu cálculo não era apenas sutil e de mestre como sumamente preciso: ele se baseou na facilidade com que o príncipe distribui dinheiro e no seu sentimento de respeito-gratidão pelo falecido Pávlischev; por último, baseou-se (o que é mais importante) nas conhecidas concepções cavalheirescas do príncipe a respeito do dever de honra e consciência. No que se refere propriamente ao senhor Burdovski, pode-se até dizer que ele, graças a algumas de suas convicções, foi tão industriado por Tchebarov e a turma que o cerca que começou o caso quase desprovido de interesse, mas quase como um serviço à verdade, ao progresso e à humanidade. Agora, depois dos fatos comunicados, fica consequentemente até claro para todos que o senhor Burdovski é um homem puro, apesar de todas as aparências, e doravante o príncipe fica mais seguro e mais à vontade que antes para lhe oferecer a sua colaboração amistosa e aquela ajuda efetiva a que se referiu há pouco ao falar das escolas e de Pávlischev.

— Pare, Gavrila Ardaliónovitch, pare! — bradou o príncipe verdadeiramente assustado, mas já era tarde.

— Eu disse, eu já disse três vezes — bradou irritado Burdovski — que não quero dinheiro! Eu não aceito... para quê... não quero... fora!...

E por pouco ele não saiu correndo da varanda. Mas o sobrinho de Liébediev o segurou pelo braço e lhe cochichou alguma coisa. Ele voltou rapidamente e, tirando do bolso um envelope de carta não lacrado e de formato grande, atirou-o sobre a mesa à frente do príncipe.

— Aí está o dinheiro!... O senhor não se atreveu... não se atreveu!... Dinheiro!...

— Os duzentos e cinquenta rublos que o senhor se atreveu a lhe enviar por Tchebarov como esmola — explicou Doktorenko.

— No artigo está escrito cinquenta! — gritou Kólia.

— A culpa é minha! — disse o príncipe aproximando-se de Burdovski

— Sou muito culpado diante do senhor, mas eu não lhe enviei como esmola, acredite. Agora eu também me sinto culpado... Há pouco eu fui culpado. (O príncipe estava muito perturbado, tinha um aspecto cansado e debilitado, e suas palavras saíam desconexas.) Eu falei de vigarice... mas não em relação ao senhor, eu me enganei. Eu disse que o senhor... é como eu, é doente. Mas o senhor não é como eu, o senhor... dá aulas, o senhor sustenta a mãe. Eu disse que o senhor havia abandonado sua mãe, mas o senhor a ama; ela mesma diz isso... E eu ouvi... Gavrila Ardaliónovitch não lhe havia dito tudo... Eu me desculpo. Eu me atrevi a lhe oferecer dez mil, peço desculpa, eu não devia ter feito isso daquela maneira, mas agora... é impossível porque o senhor me despreza...

— Mas isto aqui é um manicômio! — gritou Lisavieta Prokófievna.

— Claro, é um manicômio! — não se conteve e pronunciou rispidamente Aglaia, mas as suas palavras se perderam no barulho geral; todos já falavam alto, todos faziam julgamentos, uns discutiam, outros riam. Ivan Fiódorovitch Iepántchin estava no último grau de indignação e, com ar de dignidade ofendida, esperava por Lisavieta Prokófievna. O sobrinho de Liébediev colocou a última palavrinha:

— É, precisamos lhe fazer justiça, príncipe, apesar de tudo o senhor sabe se aproveitar da sua... bem, da doença (para me expressar de modo mais conveniente); o senhor soube oferecer sua amizade e o dinheiro de uma forma tão habilidosa que agora não é possível que um homem decente as aceite em nenhum caso. Isso ou é ingenuidade demais ou é astúcia demais... aliás, o senhor sabe melhor.

— Com licença, senhores — gritou Gavrila Ardaliónovitch, que enquanto isso abria o envelope com o dinheiro —, aqui não há duzentos e cinquenta rublos mas apenas cem. Estou fazendo isto, príncipe, para que não haja nenhuma dúvida.

— Deixe para lá, deixe para lá — o príncipe abanou a mão para Gavrila Ardaliónovitch.

— Não, nada de "deixar para lá"! — meteu-se no mesmo instante o sobrinho de Liébediev. — Esse seu "deixe para lá" é uma ofensa para nós, príncipe. Não nos escondemos, nós declaramos abertamente: aqui tem apenas cem rublos e não duzentos e cinquenta, e isso não é a mesma coisa...

— Não, não é a mesma coisa — conseguiu insinuar Gavrila Ardaliónovitch com ar de ingênua perplexidade.

— Não me interrompa; nós não somos esses imbecis que o senhor está pensando, senhor advogado — exclamou o sobrinho de Liébediev com uma irritação maldosa —, é claro que cem rublos não são duzentos e cinquenta

Fiódor Dostoiévski

rublos, e não é a mesma coisa mas é importante o princípio; aqui há uma iniciativa importante, e o fato de faltarem cento e cinquenta rublos é apenas uma particularidade. O importante é que Burdovski não aceita a sua esmola, Alteza, e que ele lhe atira na cara, e neste sentido tanto faz que sejam cem ou duzentos e cinquenta. Burdovski não aceitou os dez mil: o senhor viu; também não iria trazer os cem rublos se fosse desonesto! Esses cento e cinquenta rublos foram para os gastos de Tchebarov em suas idas à casa do príncipe. Ria antes da sua inabilidade, da sua incapacidade de conduzir o caso; o senhor já havia feito todos os esforços para nos tornar ridículos; mas não se atreva a dizer que somos desonestos. Esses cento e cinquenta rublos, meu caro senhor, nós todos juntos vamos pagar ao príncipe; vamos devolvê-los ainda que seja rublo por rublo e o devolveremos com juros. Burdovski é pobre, Burdovski não tem milhões, e Tchebarov vai apresentar a conta depois da viagem. Nós esperávamos ganhar... Quem no lugar dele agiria diferente?

— Como quem? — exclamou o príncipe Sch.

— Aqui eu vou acabar enlouquecendo! — gritou Lisavieta Prokófievna.

— Isso lembra — riu Ievguiêni Pávlovitch, que há muito estava em pé e observava — a defesa recente e famosa de um advogado, que apresentando como desculpa a pobreza do seu cliente que matara de uma só vez seis pessoas para roubá-las, de repente concluiu neste tom: "É natural, diz ele, que o meu cliente, movido pela pobreza, tenha tido a ideia de cometer esse assassinato de seis pessoas, mas, no lugar dele, quem não teria essa ideia?". Coisa desse gênero, só que muito engraçada.

— Basta! — proclamou de súbito Lisavieta Prokófievna, quase tremendo de ira. — É hora de acabar com esse galimatias!...

Ela estava na mais terrível excitação; atirou a cabeça para trás ameaçadoramente e com um desafio cheio de desdém, calor e impaciência correu os olhos brilhantes por todos os presentes, dificilmente distinguindo neste momento amigos e inimigos. Era aquele ponto de uma ira há muito contida mas que acaba explodindo, quando o motivo principal se torna o combate imediato, a necessidade imediata de lançar-se o mais depressa contra alguém. Os que conheciam Lisavieta Prokófievna pressentiram no ato que alguma coisa especial havia acontecido com ela. No dia seguinte, Ivan Fiódorovitch dizia ao príncipe Sch. que "isso acontece com ela, mas naquele grau de ontem raramente acontece, pelo menos uma vez em três anos, nunca antes! Nunca antes!" — acrescentou com clareza.

— Basta, Ivan Fiódorovitch! Deixe-me! — exclamou Lisavieta Prokófievna. — Por que está me oferecendo o braço agora? Até então não foste capaz de me tirar daqui; você é meu marido, o chefe da família; devia ter me tirado daqui, esta imbecil, pela orelha se eu não obedecesse e saísse. Devia ter se preocupado ao menos com as filhas! Agora encontraremos o caminho sem você, tem vergonha aí para um ano inteiro... Espere, eu ainda quero agradecer ao príncipe!... Obrigado, príncipe, pelos comes e bebes! E eu que me refestelei para ouvir os jovens... isso é uma baixeza, uma baixeza! É o caos, o horror, isso não se vê nem em sonho! Será que há muitos deles assim?... Cala-te, Aglaia! Cala-te, Alieksandra! Não é da sua conta!... Não fique girando em volta de mim, Ievguiêni Pávlovitch, estou farta de você!... Então, meu querido, tu ainda pedes desculpas a eles — retomou, dirigindo-se ao príncipe —, "a culpa é minha, por ter ousado oferecer um capital aos senhores"! E tu, fanfarrãozinho, de que te atreves a rir!? — investiu subitamente contra o sobrinho de Liébediev — "Nós, sabe como é, rejeitamos o capital, nós exigimos, não pedimos!". E como se eu não soubesse que amanhã mesmo este idiota vai novamente levar a sua amizade e oferecer a eles o capital! Não vais mesmo? Vais ou não?

— Vou — pronunciou o príncipe em voz baixa e resignado.

— Vocês ouviram! Pois é com isto que estás contando — tornou ela a voltar-se para Doktorenko —, porque agora é o mesmo que tu teres dinheiro no bolso, por isso estás aí fanfarronando com o fito de nos jogar poeira nos olhos... Não, meu caro, vão ter de procurar outros idiotas, eu os enxergo inteiramente... percebo todo o jogo de vocês!

— Lisavieta Prokófievna! — exclamou o príncipe.

— Vamos sair daqui, Lisavieta Prokófievna, já passa da hora, e vamos levar o príncipe conosco — pronunciou o príncipe Sch. da forma mais tranquila e sorridente.

As moças se mantinham à parte, quase assustadas, o general estava positivamente assustado; em geral todos estavam apreensivos. Alguns, em pé mas distantes, riam às furtadelas e cochichavam entre si; o rosto de Liébediev traduzia o último grau de êxtase.

— A senhora vai encontrar o horror e o caos em toda parte — pronunciou o sobrinho de Liébediev com imponência, mas preocupado.

— Mas não como esses! Não como esses dos senhores que acabei de ver, meu caro, não como esses! — replicou Lisavieta Prokófievna com alegria maldosa, como que em uma crise de histeria. — Ora, será que não me deixam? — gritou ela com as pessoas que procuravam convencê-la. — Veja só, Ievguiêni Pávlovitch, se até o senhor acabou de declarar que o próprio defensor declarou em um julgamento que não existe nada mais natural do que matar seis pessoas movido pela pobreza, então é o final dos tempos. Isso eu ainda não tinha ouvido falar. Agora tudo ficou esclarecido para mim!

Veja esse tartamudo, por acaso não degola um (ela apontou para Burdovski, que olhava para ela com extraordinária perplexidade)? Aposto que degola! Ele talvez não aceite o teu dinheiro, os dez mil, e não os aceite por uma questão de consciência, mas à noite ele aparece e te degola, e leva o dinheiro do cofre. Leva por consciência! Isso para ele não é uma desonra! É um "ímpeto de desespero nobre", é a "negação" ou sabe lá o diabo o quê... Arre! Tudo anda de ponta-cabeça, tudo às avessas. A moça está crescendo em casa, de repente no meio da rua pula para dentro de uma carruagem: "Mãezinha, há poucos dias eu me casei com um tal de Kárlitch ou Ivánitch, adeus!". Então, a seu ver, essa é a boa forma de agir? Naturalmente digna de respeito? A questão feminina? Esse menino (apontou para Kólia), até ele discutiu comigo alguns dias atrás dizendo que isso é a "questão feminina". A mãe pode até ser uma imbecil, mas ainda assim tu deves ser um homem com ela!... Por que entraram há pouco tempo de cabeça erguida? "Não ousem aproximar-se": estamos entrando. "Deem-nos todos os direitos, e quanto a ti não te atrevas a gaguejar diante de nós. Concede-nos todas as honras, mesmo aquelas que não existem, e quanto a ti, vamos tratá-lo pior que o último lacaio!" Procuram a verdade, insistem em seus direitos, mas o caluniaram com um artigo desonesto. "Nós exigimos e não pedimos, e o senhor não ouvirá nenhum agradecimento de nossa parte porque nós estamos agindo para satisfazer a nossa própria consciência!" Que moral: e já que não haverá nenhum agradecimento de tua parte, então o príncipe pode te responder que ele não sente nenhuma gratidão por Pávlischev, porque Pávlischev fazia o bem para satisfazer a própria consciência. Mas tu contaste apenas com essa gratidão dele para com Pávlischev: porque não foi de ti que ele pegou dinheiro emprestado, não é a ti que ele deve, então com quê tu contavas a não ser com gratidão? Como é que tu mesmo vais recusá-la? É uma loucura! Reconhecem a sociedade como bárbara e desumana porque ela difama uma moça seduzida. E se tu reconheces que a sociedade é desumana, então reconheces que essa sociedade causa dor a essa moça. E já que causa dor, então como tu mesmo expões essa moça nos jornais diante dessa mesma sociedade e exiges que isso não seja doloroso para ela? É uma loucura! Vaidosos! Não acreditam em Deus, não acreditam em Cristo! Mas acontece que os senhores estão de tal forma corroídos pela vaidade e pelo orgulho que vão acabar devorando uns aos outros, é isto que eu prevejo para os senhores. Isso não é uma bagunça, isso não é o caos, não é o horror? E depois disso este desavergonhado ainda vai se arrastar atrás deles para pedir desculpa! Será que entre os senhores existem muitos assim? Por que esse risinho? Porque eu me difamei com os senhores? Ora, já estou difamada, nada mais resta a fazer!...

E tu não me fiques aí com risotas, porcalhão! (Ela investiu subitamente contra Hippolit.) Mal consegues respirar, mas ficas pervertendo os outros. Tu me perverteste este menino (ela tornou a apontar para Kólia); ele não faz outra coisa a não ser delirar a teu respeito, dizendo que tu lhe ensinaste o ateísmo, que tu não acreditas em Deus, mas ainda se pode lhe dar umas vergastadas, meu caro senhor, arre com os senhores!!... Então, príncipe Liev Nikoláievitch, vais procurá-los amanhã? — perguntou ela outra vez ao príncipe, quase sufocada.

— Vou!

— Depois disso não quero mais saber de ti! — Ela ia dando uma rápida meia-volta para sair mas tornou a voltar subitamente. — E vais também procurar aquele ateu? — apontou para Hippolit. — Ora, por que estás rindo de mim!? — gritou de modo um tanto antinatural e investiu num átimo contra Hippolit por não suportar o seu risinho cáustico.

— Lisavieta Prokófievna! Lisavieta Prokófievna! Lisavieta Prokófievna! — ouviu-se ao mesmo tempo de todos os lados.

— *Maman*, isso é uma vergonha! — gritava alto Aglaia.

— Não se preocupe, Aglaia Ivánovna — respondeu tranquilo Hippolit, a quem Lisavieta Prokófievna, depois de correr para ele, agarrava pelo braço e sabe-se lá por que o segurava; ela estava postada diante dele e como que cravara nele seu olhar enfurecido —, não se preocupe, vossa *maman* vai perceber que não se deve investir contra um moribundo... Estou pronto para esclarecer por que eu estava rindo... Ficarei muito grato com a permissão...

Nisso ele começou a tossir terrivelmente e ficou um minuto inteiro sem conseguir aplacar a tosse.

— Vejam, já está morrendo mas continua discursando! — exclamou Lisavieta Prokófievna, largando o braço dele e olhando quase com horror como ele limpava o sangue dos lábios. — Por que te metes a falar!? Precisas simplesmente deitar-te!

— É o que vou fazer — respondeu Hippolit baixinho, roncando e quase murmurando —, tão logo volte para casa hoje vou me deitar imediatamente... daqui a duas semanas, como estou sabendo, vou morrer... Na semana passada o próprio B...n[54] anunciou... Se a senhora me permitir eu lhe direi duas palavras de despedida.

---

[54] Trata-se do famoso terapeuta russo S. P. Bótkin (1831-1889), já mencionado em *Crime e castigo*, com quem o próprio Dostoiévski se tratou e a quem fez referências muito elogiosas. (N. da E.)

— Tu estarás louco? É um absurdo! Precisas te tratar, que conversa que nada agora! Vai, vai, deita-te!... — gritou assustada Lisavieta Prokófievna.

— Vou me deitar e não me levantarei mais até morrer — sorriu Hippolit —, ontem eu já quis me deitar para não me levantar mais até morrer, mas resolvi adiar até depois de amanhã enquanto as pernas ainda me conduzirem... a fim de que hoje pudesse vir com elas para cá... só que estou muito cansado...

— Ora, senta-te, senta-te, por que estás em pé!? Aqui tens uma cadeira — lançou-se Lisavieta Prokófievna e colocou pessoalmente a cadeira para ele.

— Agradeço à senhora — continuou baixinho Hippolit — e a senhora se sente em frente e aí vamos conversar... vamos conversar sem falta, Lisavieta Prokófievna, agora sou eu que insisto nisso... — Tornou a sorrir para ela. — Penso que hoje eu estou pela última vez ao ar livre e entre as pessoas, pois daqui a duas semanas certamente eu estarei debaixo da terra. Então isto será uma espécie de despedida das pessoas e da natureza. Embora eu não seja muito sensível, mas imagino que estou muito contente de tudo isso ter acontecido aqui em Pávlovsk: pelo menos a gente olha para uma árvore com folhas.

— Mas que conversa é essa agora? — Lisavieta Prokófievna estava cada vez mais assustada. — Tu estás com febre. Há pouco ganias e berravas, mas agora mal consegues tomar fôlego, estás sufocado!

— Num instante eu descanso. Por que a senhora quer me negar o último desejo?... Sabe de uma coisa, há muito tempo eu sonhava com fazer amizade de algum modo com a senhora, Lisavieta Prokófievna; ouvi falar muito da senhora... de Kólia; ele é quase o único a não me deixar... A senhora é uma mulher original, excêntrica, eu mesmo acabei de ver... sabe, eu até gostei um pouco da senhora.

— Meu Deus, palavra que eu quase cheguei a te bater.

— A senhora foi contida por Aglaia Ivánovna; não estou enganado, não é? Essa não é a sua filha Aglaia Ivánovna? Ela é tão bonita que adivinhei à primeira vista que era ela, mesmo sem nunca a ter visto. Deixe-me pelo menos olhar para uma beldade pela última vez na vida — Hippolit sorriu com um sorriso um tanto desajeitado e torto —, veja, aqui está o príncipe, aqui está o seu esposo, e toda a sua companhia. Por que a senhora me nega o último desejo?

— Uma cadeira! — gritou Lisavieta Prokófievna, mas ela mesma a pegou e sentou-se diante de Hippolit. — Kólia — ordenou ela —, vai com ele imediatamente, acompanha-o, e amanhã eu mesma irei sem falta...

— Se a senhora me permitir eu pediria ao príncipe uma xícara de chá... estou muito cansado. Sabe, Lisavieta Prokófievna, parece que a senhora queria levar o príncipe para tomar chá em sua casa; fique aqui, passemos o tempo juntos, enquanto isso o príncipe certamente dará chá a todos nós. Desculpe por eu estar providenciando assim... É que eu a conheço, a senhora é boa, o príncipe também... nós todos somos gente boníssima a ponto de sermos cômicos...

O príncipe mexeu-se, Liébediev saiu precipitadamente do quarto, Vera correu atrás deles.

— E é verdade — decidiu de supetão a generala — só que fala mais baixo e não te entusiasmes. Tu me deixaste compadecida... Príncipe, tu não merecerias que eu ficasse para tomar chá contigo, mas já que é assim eu fico, mesmo que não peça desculpa a ninguém! A ninguém! É um absurdo!... Aliás, se eu te insultei, príncipe, então me desculpa, aliás, se quiseres. De resto eu não retenho ninguém — dirigiu-se de chofre com ar de uma ira incomum ao marido e às filhas, como se eles é que fossem terrivelmente culpados por alguma coisa diante dela — saberei chegar em casa sozinha...

Mas não permitiram que ela concluísse. Todos a cercaram solícitos. No mesmo instante o príncipe começou a pedir a todos que ficassem para tomar chá e se desculpou por até então não haver atinado nisto. Até o general estava tão gentil que balbuciou alguma coisa para tranquilizar e perguntou amavelmente a Lisavieta Prokófievna: o terraço não estaria, apesar de tudo, fresco para ela? Quase perguntou a Hippolit se ele estava há muito tempo na universidade, mas não perguntou. Súbito Ievguiêni Pávlovitch e o príncipe Sch. ficaram amabilíssimos e alegres, os rostos de Adelaida e Alieksandra, em meio à surpresa que persistia, exprimiam até satisfação, em suma, todos estavam visivelmente alegres por terem evitado uma crise com Lisavieta Prokófievna. Só Aglaia estava carrancuda e sentada à distância, calada. Todo o restante da sociedade permaneceu; ninguém queria sair, nem o general Ívolguin, a quem, aliás, Liébediev cochichou qualquer coisa de passagem, é provável que não inteiramente agradável, porque no mesmo instante o general sumiu para algum canto. O príncipe aproximou-se e convidou até Burdovski e sua turma, sem evitar ninguém. Eles murmuraram, com ar notório de que iriam esperar Hippolit, e no mesmo instante se afastaram para o canto mais distante do terraço onde todos voltaram a sentar-se numa fileira. Provavelmente o chá já estava pronto há muito tempo em casa de Liébediev para a família dele, porque apareceu de imediato. Soaram onze horas.

X

Hippolit molhou os lábios na xícara de chá que lhe servira Vera Liébedieva, pôs a xícara em uma mesinha e no mesmo instante, como se estivesse envergonhado, olhou ao redor quase embaraçado.

— Veja, Lisavieta Prokófievna, estas xícaras — apressou-se ele de um modo muito estranho —, estas xícaras de porcelana, e parece que de uma porcelana magnífica, estão sempre na casa de Liébediev em um guarda-roupa, cobertas por um vidro, fechadas, nunca servem nelas... como é de praxe, isto é parte do dote da mulher dele... É praxe entre eles... mas veja que ele serviu nelas, em honra da senhora, sem dúvida ficou tão contente...

Ele ainda quis acrescentar alguma coisa, mas não achou o quê.

— Está perturbado, era isso que eu esperava! — murmurou súbito Ievguiêni Pávlovitch ao ouvido do príncipe. — Isso é perigoso, não é? O mais exato sinal de que agora, de pirraça, ele vai armar alguma coisa excêntrica que talvez deixe Lisavieta Prokófievna inquieta.

O príncipe olhou interrogativo para ele.

— O senhor não teme o excêntrico? — acrescentou Ievguiêni Pávlovitch. — Eu também, e até desejo; eu, propriamente, quero apenas que a nossa querida Lisavieta Prokófievna seja castigada, e sem falta hoje, agora mesmo; sem isso nem quero sair daqui. O senhor parece que está com febre.

— Depois, não atrapalhe. Sim, eu não estou bem — respondeu o príncipe distraído e até de modo impaciente. Ele ouviu o seu nome, Hippolit estava falando dele.

— A senhora não acredita? — ria histericamente Hippolit. — É isso que deve acontecer, o príncipe vai acreditar logo de saída e não vai ficar nem um pouco surpreso.

— Estás ouvindo, príncipe! — voltou-se para ele Lisavieta Prokófievna. — Estás ouvindo?

Riam ao redor. Liébediev se projetara agitado para a frente e dava voltas diante da própria Lisavieta Prokófievna.

— Ele está dizendo que esse careteiro, o teu senhorio... corrigiu aquele senhor do artigo, aquele que há pouco leram a teu respeito.

O príncipe olhou admirado para Liébediev.

— Por que estás calado? — Lisavieta Prokófievna até lhe deu um chute.

— E daí? — murmurou o príncipe, continuando a observar Liébediev. — Já estou vendo que ele corrigiu.

— É verdade? — Lisavieta Prokófievna voltou-se rápido para Liébediev.

— Verdade verdadeira, excelência! — respondeu Liébediev com firmeza e sem vacilar, pondo a mão no coração.

— E é como se se vangloriasse! — por pouco ela não pulou da cadeira.

— Sou vil, vil! — murmurou Liébediev, começando a bater no peito e a baixar a cabeça cada vez mais.

— E que me importa que tu sejas vil! Ele acha que dizendo "vil" já se livra disso. E tu, príncipe, não te envergonhas de andar com essa gentinha? Torno a te perguntar. Nunca vou te perdoar!

— O príncipe me perdoará! — proferiu Liébediev convicto e enternecido.

— Unicamente por nobreza — começou a falar alto e sonoro Keller, que súbito acorrera, dirigindo-se diretamente a Lisavieta Prokófievna —, unicamente por nobreza, senhora, e para não denunciar o amigo comprometido, há pouco eu omiti as correções, mesmo tendo ele sugerido que fôssemos lançados escada abaixo como a senhora teve a oportunidade de ouvir. Para restabelecer a verdade, confesso que eu de fato recorri a ele, como se recorre a uma pessoa competente, por seis rublos, todavia não o fiz de maneira nenhuma por uma questão de estilo mas, no fundo, com o fim de esclarecer fatos que me eram desconhecidos em sua maior parte. Quanto às polainas, quanto ao apetite do professor suíço, quanto aos cinquenta rublos em vez de duzentos e cinquenta, numa palavra, todo esse grupamento, tudo isso pertence a ele, por seis rublos, mas o estilo ele não corrigiu.

— Devo observar — interrompeu Liébediev com uma impaciência febril e uma voz arrastada, diante do riso que se espalhava cada vez mais —, que eu corrigi apenas a primeira metade do artigo, e uma vez que na parte central nós não chegamos a um acordo e até brigamos por causa de uma ideia, a segunda metade eu não corrigi, de maneira que nada do que nela há de inculto (e há muito!) me pode ser atribuído…

— Vejam só com o que ele se preocupa! — bradou Lisavieta Prokófievna.

— Permita-me perguntar — dirigiu-se Ievguiêni Pávlovitch a Keller — quando corrigiram o artigo?

— Ontem pela manhã — informou Keller —, tivemos um encontro com a promessa dada sob palavra de honra de manter segredo de ambas as partes.

— Isso quando ele se arrastava à tua frente e te assegurava fidelidade!

Que gentinha! Não preciso do teu Púchkin, e que tua filha não apareça em minha casa.

Lisavieta Prokófievna fez menção de levantar-se, mas num átimo dirigiu-se irritada a Hippolit, que ria:

— Então, meu querido, resolveste me expor ao ridículo aqui!

— Deus me livre — sorriu torto Hippolit —, no entanto, o que mais me deixa pasmo é a sua extraordinária excentricidade, Lisavieta Prokófievna; confesso que eu introduzi de propósito o assunto Liébediev, sabia que efeito exerceria sobre a senhora, só sobre a senhora, porque o príncipe realmente vai perdoar e na certa já perdoou... pode ser até que tenha procurado uma desculpa na mente, porque é assim, não é príncipe?

Ele estava sufocado, a cada palavra crescia nele uma estranha agitação.

— Então?... — disse irada Lisavieta Prokófievna, surpresa com o tom dele. — Então?

— Sobre a senhora eu já ouvi muita coisa desse gênero... com grande alegria... aprendi demais a estimá-la — continuou Hippolit.

Ele dizia uma coisa, mas era como se quisesse dizer outra bem diferente com as mesmas palavras. Falava com matizes de zombaria e ao mesmo tempo se inquietava desproporcionalmente, olhava cismado ao redor, pelo visto confundia-se e atrapalhava-se a cada palavra, de sorte que tudo isso e mais a aparência tísica e o olhar estranho, com um brilho que parecia frenético, continuavam involuntariamente a atrair a atenção.

— Eu, sem conhecer a sociedade (e eu confesso isto), ficaria surpreso, aliás, completamente, vendo a senhora não só permanecer em pessoa na sociedade da nossa turma que entrou há pouco, indecente para a senhora, como ainda deixar essas... moças ouvirem um assunto escandaloso, embora elas já tenham lido tudo isso em romances. Eu, aliás, talvez não saiba... porque me atrapalho, mas, em todo caso, quem, a não ser a senhora, poderia ficar... a pedido de um menino (isso mesmo, um menino, mais uma vez eu confesso), passar uma noite com ele e tomar... parte em tudo e... para... sentir vergonha no dia seguinte... (pensando bem, concordo que não me expresso como devia), eu lisonjeio demais tudo isso e respeito profundamente, embora pela simples cara de sua excelência o seu esposo dê para notar como tudo isso é desagradável para ele... Quá-quá! — ele deu um risinho, todo atrapalhado, e de repente começou a tossir de tal maneira que ficou dois minutos sem poder continuar.

— Está até sufocado! — disse Lisavieta Prokófievna em tom frio e ríspido, examinando-o com uma severa curiosidade. — Bem, meu caro menino, basta de conversar contigo. Está na hora!

— Permita-me a mim também, meu caro senhor, lhe observar de minha parte — súbito Ivan Fiódorovitch começou a falar em tom irritado, depois de perder a última gota de paciência —, que minha esposa está aqui em casa do príncipe Liev Nikoláievitch, nosso amigo comum e vizinho, e que em todo caso não cabe ao senhor, meu jovem, julgar os atos de Lisavieta Prokófievna, assim como exprimir-se em voz alta e na minha cara sobre o que eu tenho escrito no rosto. É. E se minha mulher permaneceu aqui — continuou ele, cada vez mais e mais irritado a cada palavra que pronunciava — foi antes, meu senhor, por surpresa e pela curiosidade atual, compreensível a todos, de ver uns jovens estranhos. Eu mesmo permaneci, como paro às vezes na rua quando vejo algo que se pode olhar como... como... como...

— Para uma raridade — sugeriu Ievguiêni Pávlovitch.

— Magnífico e verdadeiro — alegrou-se sua excelência, um tanto atrapalhado com a comparação — precisamente como para uma raridade. Em todo caso, porém, o que mais me surpreende e mais me amargura, se é possível se expressar gramaticalmente assim, é que o senhor, meu jovem, não conseguiu nem compreender que Lisavieta Prokófievna permaneceu agora com o senhor porque o senhor está doente — se é que o senhor de fato está morrendo —, por assim dizer, por compaixão, por causa das vossas lastimáveis palavras, senhor, e que nenhuma sujeira e em nenhuma circunstância pode vincular-se ao nome dela, às suas qualidades e importância... Lisavieta Prokófievna! — concluiu o general vermelhíssimo — se quiser ir, então nos despeçamos do nosso bom príncipe e...

— Grato ao senhor pela lição, general — interrompeu Hippolit em tom sério e inesperado, olhando pensativo para ele.

— Vamos, *maman*, ou ainda vai ficar muito tempo aí?... — disse com impaciência e ira Aglaia, levantando-se da cadeira.

— Mais dois minutos, querido Ivan Fiódorovitch, se tu permites — Lisavieta Prokófievna voltou-se com dignidade para o esposo —, parece-me que ele está todo febril e simplesmente delirando; estou convencida pelos olhos dele; não podemos deixá-lo assim. Liev Nikoláievitch! Ele poderia pernoitar aqui para não ser levado hoje a Petersburgo? *Cher prince*,[55] está melancólico? — sabe-se lá por que ela se dirigiu de repente ao príncipe Sch. — Alieksandra, vem aqui, ajeita teu cabelo, minha amiga.

Ajeitou os cabelos dela, que não tinham por que serem ajeitados, e lhe deu um beijo; só por isso a havia chamado.

— Eu a considerei capaz de evoluir... — recomeçou a falar Hippolit

---

[55] "Querido príncipe", em francês no original. (N. do T.)

saindo de sua reflexão. — É! É isso que eu queria dizer — alegrou-se, como se num átimo tivesse se lembrado. — Vejam Burdovski, ele quer defender sinceramente sua mãe, não é verdade? Mas se verifica que ele a difama. Vejam o príncipe, quer ajudar Burdovski, propõe de todo coração a sua terna amizade e capital, e entre todos os senhores ele talvez seja o único que não sente ojeriza por ele, mas vejam que são eles dois que estão frente a frente como verdadeiros inimigos... Quá-quá-quá! Todos os senhores odeiam Burdovski porque o acham feio e se refere sem elegância à própria mãe, não é assim, assim, assim? É que os senhores todos amam demais a falsa beleza e a elegância das formas, é só a elas que defendem, não é verdade? (Há muito tempo eu desconfio de que é só a elas!) Pois bem, fiquem sabendo que nenhum dos senhores talvez tenha amado tanto a própria mãe quanto Burdovski! O senhor, príncipe, eu sei que mandou dinheiro às escondidas por Gánietchka para a mãe de Burdovski, mas eu aposto (quá-quá-quá — riu histericamente), eu aposto que agora o próprio Burdovski vai acusá-lo de indelicadeza de modos e de desrespeito à sua mãe, juro que vai ser assim, quá-quá-quá!

Nisso ele tornou a ficar sufocado e a tossir.

— Então, é tudo? Agora é tudo, disse tudo? Então agora vai dormir, tu estás com febre — interrompeu Lisavieta Prokófievna com impaciência, sem desviar dele o olhar preocupado. — Ah, meu Deus! Ele ainda está falando!

— O senhor parece que está rindo? Por que está sempre rindo de mim? Eu notei que o senhor está sempre rindo de mim, não é? — ele se dirigiu de chofre a Ievguiêni Pávlovitch com ar intranquilo e irritado; o outro realmente estava rindo.

— Eu apenas queria lhe perguntar, senhor... Hippolit... desculpe, esqueci o seu sobrenome.

— Senhor Tierêntiev — disse o príncipe.

— Sim, Tierêntiev, obrigado príncipe, o senhor disse há pouco mas eu havia esquecido... Eu queria perguntar, senhor Tierêntiev, se é verdade o que eu ouvi: que o senhor acha que lhe basta falar um quarto de hora com o povo ao pé da janela e no mesmo instante ele concordará com o senhor em tudo e o seguirá imediatamente?

— É muito possível que eu tenha dito... — respondeu Hippolit, como quem procura se lembrar de alguma coisa. — Disse mesmo! — acrescentou ele, recobrando ânimo e olhando firme para Ievguiêni Pávlovitch. — E daí?

— Absolutamente nada; eu queria apenas completar uma informação.

Ievguiêni Pávlovitch calou-se, mas Hippolit continuou a olhar para ele numa expectativa impaciente.

— Então, o senhor terá terminado? — dirigiu-se Lisavieta Prokófievna a Ievguiêni Pávlovitch. — Termine depressa, meu caro, porque já está na hora de ele dormir. Ou não vais conseguir? (Ela estava irritadíssima.)

— Talvez eu não me oponha muito a acrescentar — sorriu Ievguiêni Pávlovitch e continuou — que tudo o que ouvi dos seus companheiros, senhor Tierêntiev, e tudo o que o senhor acabou de expor, e com um talento indubitável, resume-se, a meu ver, na teoria do triunfo do direito acima de tudo e além de tudo, e inclusive com a exclusão de tudo o mais, e talvez até antes da investigação, e nisso é que consistiria o direito? É possível que eu esteja enganado?

— É claro que está enganado, eu nem consigo entendê-lo... que mais?

Em um canto também ouviu-se um descontentamento. O sobrinho de Liébediev murmurava algo a meia-voz.

— Bem, não tenho quase mais nada a dizer — continuou Ievguiêni Pávlovitch —, gostaria apenas de observar que desse caso pode-se pular diretamente para o direito à força, isto é, o direito ao punho único e à vontade pessoal, como, aliás, tem terminado com muita frequência no mundo. Proudhon ficou no direito à força.[56] Na guerra americana muitos dos mais avançados liberais se declararam a favor dos plantadores, no sentido de que os negros são negros, estão abaixo da tribo branca, por conseguinte, o direito à força está com os brancos...

— E então?

— Ou seja, então o senhor não nega o direito à força?

— Que mais?

— Os senhores são tão *conséquentes*;[57] eu gostaria apenas de observar que do direito à força ao direito dos tigres e dos crocodilos e até de Danílov e Gorski não há distância.

— Não sei; que mais?

Hippolit mal ouvia Ievguiêni Pávlovitch, a quem, se falava "então" e "que mais", parecia que era mais por um hábito antigo e assimilado de conversar e não por atenção e curiosidade.

— Não tenho mais nada... é tudo.

— Eu, a bem dizer, não estou zangado com o senhor — concluiu de cho-

---

[56] Referência ao livro de Proudhon, *La guerre et la paix* (1861), publicado em tradução russa em 1864, no qual o autor, segundo o crítico que resenhou a edição russa, considera que o direito à força, pelo qual se guiam muitas pessoas nas suas relações mútuas, torna-se igualmente guia nas relações entre os povos. (N. da E.)

[57] Emprego russificado do francês. (N. do T.)

fre Hippolit em um tom de todo inesperado e, muito improvável em plena consciência, estendeu a mão, até sorrindo. Ievguiêni Pávlovitch de início ficou surpreso, mas com o ar mais sério tocou a mão que lhe haviam estendido como se aceitasse uma desculpa.

— Não posso deixar de acrescentar — disse ele com o mesmo tom ambiguamente respeitoso — o meu agradecimento ao senhor pela atenção com que me permitiu falar, porque, segundo minhas inúmeras observações, o nosso liberal nunca está em condição de permitir que alguém tenha a sua própria convicção e logo deixe de responder ao seu oponente com insultos ou até com coisa pior...

— Nisso o senhor está absolutamente certo — observou o general Ivan Fiódorovitch e, cruzando as mãos nas costas, retirou-se com o ar mais entediado para a porta do terraço, onde bocejou de enfado.

— Bem, basta de tua parte, meu caro — anunciou súbito Lisavieta Prokófievna a Ievguiêni Pávlovitch —, os senhores me saturaram...

— Está na hora — Hippolit se levantou de repente, preocupado e quase que assustado, olhando perturbado ao redor — eu os retive; eu queria lhes dizer tudo... eu pensava que todos... pela última vez... era uma fantasia...

Via-se que ele tinha ímpetos de ânimo, saía subitamente de um delírio quase verdadeiro, por alguns instantes e com plena consciência forçava a memória e falava, o mais das vezes, por fragmentos que pareciam pensados e decorados há muito tempo, nas horas longas e aborrecidas da doença, na cama, na solidão, na insônia.

— Bem, adeus! — súbito pronunciou de forma brusca. — Acham que me é fácil lhes dizer adeus? Quá-quá! — deu um risinho triste com sua própria pergunta *desajeitada* e súbito, como se caísse em fúria por não encontrar meio de dizer o que queria, pronunciou alto e irritado: — Excelência! Tenho a honra de pedir que compareça ao meu enterro, se me conceder semelhante honra e... todos, todos, senhores, atrás do general!...

Ele tornou a rir; mas já era o riso do louco. Lisavieta Prokófievna caminhou assustada para ele e o agarrou pelo braço. Ele olhou para ela atentamente, com o mesmo riso, riso esse que já não continuava e era como se tivesse parado e congelado em seu rosto.

— A senhora sabe que eu vim para cá a fim de ver as árvores? Aquelas ali... (ele apontou para as árvores do parque), não é engraçado, hein? Pois aí não há nada de engraçado, há? — perguntou sério à Lisavieta Prokófievna e súbito ficou pensativo; um instante depois levantou a cabeça e por curiosidade ficou procurando com os olhos entre os presentes. Procurava Ievguiêni Pávlovitch, que estava bem perto, à direita, no mesmo lugar de antes —

mas ele já havia esquecido e o procurava em outro. — Ah, o senhor não foi embora! — Finalmente o encontrou. — Há pouco o senhor ria sem parar porque eu queria falar um quarto de hora ao pé da janela... Sabe que eu não tenho dezoito anos: passei tanto tempo deitado sobre esse travesseiro, tanto tempo olhando por essa janela e tanto tempo pensando... em todos... que... Morto não tem idade, o senhor sabe. Ainda na semana passada eu pensei nisso quando acordei no meio da noite... E sabe de que o senhor mais tem medo? O senhor tem medo da nossa sinceridade mais do que tudo, mesmo que nos despreze! Eu também pensei nisso à noite quando estava nesse travesseiro... a senhora pensa que ainda agora eu estava querendo rir da senhora, Lisavieta Prokófievna? Não, eu não ria da senhora, eu queria apenas elogiá-la... Kólia me disse que o príncipe a chamou de criança... isso é bom... Sim, é que eu... ainda queria...

Cobriu o rosto com as mãos e ficou pensativo.

— Olhe: quando ainda agora a senhora se despedia, eu pensei de repente: eis essas pessoas, nunca mais voltarei a vê-las, nunca mais! E as árvores também — haverá uma parede de tijolo, vermelha, da casa de Meierov... defronte da minha janela... bem, fale você de tudo isso a eles... tente dizer; eis uma beldade... mas tu estás morto, apresenta-te como morto, diz que "ao morto é permitido dizer tudo"... e que a princesa Mária Aliekseievna não vai dizer desaforos,[58] quá-quá!... Os senhores não estão rindo? — correu os olhos sobre todos ao redor, com ar descrente. — Quando estava com a cabeça no travesseiro muitas ideias me vieram à mente... sabem, eu me convenci de que a natureza é muito debochada... Há pouco a senhora disse que eu sou ateu, e sabe, isto é a natureza... por que estão rindo de novo? Os senhores são terrivelmente cruéis! — disse de repente com uma indignação triste, olhando para todos. — Eu não perverti Kólia — concluiu em um tom bem diferente, sério e convicto como se de repente também tivesse se lembrado desse assunto.

— Ninguém, ninguém aqui está rindo de ti, fica tranquilo! — Lisavieta Prokófievna estava quase torturada. — Amanhã virá um novo médico; o outro se enganou; mas te senta, não te seguras sobre as pernas! Estás delirando... Ah, o que fazer com ele agora!? — diligenciava ela, sentando-o na poltrona. Uma pequena lágrima brilhou em seu rosto.

Hippolit parou quase fulminado, levantou a mão, estendeu-a com medo e tocou a lágrima. Sorriu um sorriso de criança.

---

[58] Alusão ao monólogo final de Fómussov em *A desgraça de ter espírito*, de Griboiêdov: "Ah, meu Deus! O que irá dizer/ A princesa Mária Alieksêievna!". (N. da E.)

— Eu... eu a... — começou a falar com alegria — a senhora não sabe quanto eu a... ele sempre me falou com tal entusiasmo da senhora, aquele ali, Kólia... Eu gosto do entusiasmo dele. Eu não o perverti! Eu apenas o deixo... Eu queria deixar todos... todos... — mas eles nunca estavam, nunca estavam... Eu queria ser um homem de ação, eu tinha o direito... Oh, como eu queria muito! Agora eu não quero nada, não quero querer nada, eu me dei a palavra de já não querer nada; que procurem, que procurem a verdade sem mim! É, a natureza é debochada! Por que ela — retomou ele com fervor —, por que ela cria os melhores seres para depois debochar deles? Ela agiu de tal maneira que o único ser que na face da terra foi reconhecido como a perfeição... ela agiu de tal modo que, depois de mostrá-lo aos homens, destinou a ele mesmo dizer por que motivo se havia derramado tanto sangue, e que se tivesse sido derramado todo de uma só vez as pessoas teriam se afogado na certa! Oh, é bom que eu esteja morrendo! Talvez eu também viesse a dizer alguma mentira terrível, a natureza me levaria a isso!... Eu não perverti ninguém... Eu quero viver para a felicidade de todos os homens, para as descobertas e para anunciar a verdade...[59] Eu fitava pela janela o muro de Meyer e pensava apenas em poder falar um quarto de hora e convencer a todos, a todos, e eis que uma vez na vida eu me defronto... com os senhores, e não com quaisquer pessoas! E em que deu? Em nada! Deu em que os senhores me desprezam! Então não sou necessário, quer dizer, um imbecil, quer dizer que está na hora! E não consegui deixar nenhuma lembrança![60] Nenhum som, nenhum vestígio, nenhuma realização, não divulguei nenhuma convicção!... Não riam de um tolo! Esqueçam! Esqueçam tudo... esqueçam, por favor, não sejam tão cruéis! Saibam os senhores que se não tivesse apanhado a tísica eu mesmo teria me matado...

Parece que ele ainda quis dizer muita coisa mas não concluiu, lançou-se na poltrona, cobriu o rosto com as mãos e chorou como uma criancinha.

---

[59] Dostoiévski investiu Hippolit de um traço que, a partir de 1862, começara a atribuir aos "homens de ação" contemporâneos, sobretudo aos socialistas, particularmente a Pietrachevski, Tchernichevski e Dobroliúbov, isto é, a crença em que "em um quarto de hora" era possível "anunciar a verdade" e convencer dela a sociedade. O início desse discurso de Hippolit é ainda uma paráfrase das palavras de Bielínski sobre o autor de *Gente pobre*. Segundo lembrança do próprio Dostoiévski, Bielínski lhe disse por ocasião da publicação de *Gente pobre*: "O senhor descobriu a verdade e a anunciou como artista". (N. da E.)

[60] Essas palavras de Hippolit fazem eco aos motivos do poema "Dúmi" (cismares, reflexões etc.), de Liérmontov: "Qual legião sombria e logo esquecida/ Sobre o mundo passamos sem vestígio ou ruído,/ Sem lançarmos aos séculos uma ideia fértil,/ Nem o gênio de obra iniciada". (N. da E.)

— E agora, o que vamos fazer com ele? — exclamou Lisavieta Prokófievna, correu para ele, segurou-o pela cabeça e o apertou forte, bem forte contra o peito. Ele chorava convulsivamente. — Vamos-vamos-vamos! Vamos, não chora, chega, tu és um bom menino, Deus te perdoará por tua ignorância; vamos, basta, coragem... Além do mais, para ti isso é uma vergonha...

— Eu tenho — disse Hippolit, fazendo esforço para erguer a cabeça —, eu tenho um irmão e irmãs, crianças, pequenas, pobres, inocentes... *Ela* vai pervertê-los! A senhora é uma santa, a senhora... é uma criança — salve-os! Tire-os daquele... ela... é uma vergonha... Oh, ajude-os, ajude-os, Deus a recompensará cem vezes, por Deus, por Cristo!...

— Diga finalmente o que vamos fazer agora, Ivan Fiódorovitch! — gritou irritada Lisavieta Prokófievna. — Faça o favor de romper o seu majestoso silêncio! Se não resolver, saiba que eu mesma vou pernoitar aqui, você já me tiranizou demais debaixo de seu poder pessoal!

Lisavieta Prokófievna perguntava com entusiasmo e ira e aguardava resposta imediata. Em tais casos, porém, a maioria dos presentes, mesmo que sejam numerosos, responde com o silêncio, com uma curiosidade passiva, sem querer assumir nada e exprime os seus pensamentos já muito tempo depois. Entre os presentes havia também aqueles que estavam dispostos a permanecer ali ainda que fosse até o amanhecer, sem dizer uma palavra, como, por exemplo, Varvara Ardaliónovna, que passara a noite inteira sentada à distância, calada e ouvindo o tempo todo com uma curiosidade incomum, talvez com motivos para isso.

— Minha opinião, minha cara — exprimiu-se o general —, é que neste momento aqui se precisa, por assim dizer, antes uma enfermeira que da nossa inquietação, e, talvez, de um homem confiável e sensato para passar a noite. Em todo caso, é perguntar ao príncipe e... deixá-lo imediatamente em paz. Amanhã pode voltar a tomar parte.

— Agora são doze horas, vamos indo. Ele vai conosco ou fica com o senhor? — dirigiu-se Doktorenko ao príncipe em tom irritadiço e zangado.

— Se quiserem os senhores também podem ficar com ele — disse o príncipe — há lugar.

— Excelência — o senhor Keller correu inesperadamente e entusiasmado para o general —, se for preciso um homem satisfatório para a noite, estou disposto ao sacrifício pelo amigo... uma alma como essa! Para mim, há muito tempo ele é um grande, excelência! Eu, é claro, falhei na minha formação, mas quando ele critica diz pérolas, faz chover pérolas, excelência!...

O general voltou-se com desespero.

— Ficarei muito contente se ele ficar, é claro, para ele será difícil viajar — explicou o príncipe às perguntas irritadas de Lisavieta Prokófievna.

— Então, estás dormindo? Se não quiseres, meu caro, eu o transfiro para a minha casa! Meu Deus, ele mal se mantém sobre as pernas! Tu estás doente ou não?

Há pouco, quando Lisavieta Prokófievna não encontrara o príncipe no leito de morte, realmente havia exagerado muito o estado satisfatório de sua saúde, julgando pela aparência, mas a doença recente e as lembranças penosas que a acompanharam, o cansaço da noite cheia de afazeres, o caso do "filho de Pávlischev", e agora esse caso de Hippolit — tudo isso irritou a impressionabilidade doentia do príncipe, levando-a de fato a um estado quase febril. Além disso, agora seus olhos ainda traduziam outra preocupação, até um temor; ele olhava temeroso para Hippolit como se ainda esperasse alguma coisa dele.

Súbito Hippolit se levantou, com uma terrível palidez e uma vergonha horrenda que chegava ao desespero estampada no rosto deformado. Isso se manifestava predominantemente no olhar, que se fixava com ódio e temor nos presentes, e no risinho perdido, deformado, que se arrastava nos lábios trêmulos. Baixou de imediato a vista e arrastou-se cambaleando e ainda sorrindo na direção de Burdovski e Doktorenko, postados à saída da varanda: estava indo embora com eles.

— Pois bem, era isso que eu temia! — exclamou o príncipe. — Era o que tinha de acontecer!

Hippolit voltou-se rapidamente para ele com a mais enfurecida raiva e cada traço do seu rosto parecia tremer e falar.

— Então era isso que o senhor temia! "Era o que tinha de acontecer" na sua opinião? Pois saiba que se eu odeio alguém aqui — começou a berrar entre roncos, ganidos, salpicando saliva da boca (eu odeio todos vocês, todos!) — esse alguém é o senhor, o senhor, reles alma de jesuíta, melosa, idiota, milionário benemérito, é o senhor que eu mais odeio na face da terra! Eu o compreendi e o odiei há muito tempo, quando ainda ouvia falar do senhor, eu o odiei com todo o ódio da alma... Foi o senhor que acabou de pregar toda essa peça! Foi o senhor que me levou ao acesso! O senhor levou um moribundo à vergonha, o senhor, o senhor, o senhor é o culpado pela minha vil pusilanimidade! Eu o mataria se continuasse vivendo! Não preciso dos seus benefícios, não aceito nada de ninguém, está ouvindo, de ninguém! Eu estava delirando, e o senhor não se atreva a triunfar!... E eu amaldiçoo todos os senhores de uma vez por todas!

Nesse ponto ele ficou totalmente sufocado.

— Envergonhou-se de suas lágrimas! — murmurou Liébediev para Lisavieta Prokófievna. — "Era o que tinha de acontecer!" Veja só, príncipe! Ele o leu de cabo a rabo...

Mas Lisavieta Prokófievna não se dignou a olhar para ele. Estava em pé, altiva, reta, de cabeça erguida, e olhava para "essa gentinha" com uma curiosidade desdenhosa. Quando Hippolit terminou, o general quis dar de ombros; ela o examinava com ira da cabeça aos pés, como se lhe pedisse um relatório do seu gesto, e de imediato voltou-se para o príncipe.

— Eu lhe agradeço, príncipe, o amigo excêntrico da nossa casa, pela noite agradável que o senhor[61] brindou a todos nós. Vai ver que agora o seu coração está alegre pelo senhor ter conseguido nos atrelar às suas idiotices... Basta, querido amigo da casa, obrigado por finalmente nos ter permitido ao menos enxergá-lo direito!...

Ela passou a ajeitar com indignação a mantilha, aguardando que "aqueles" se pusessem a caminho. Nesse instante, para "aqueles" chegaram os carros dos cocheiros, que um quarto de hora antes Doktorenko havia mandado o filho de Liébediev, o colegial, buscar. Logo depois da esposa, o general inseriu sua palavrinha:

— Príncipe, eu realmente nem esperava... depois de tudo, depois das relações amistosas... e, por fim, Lisavieta Prokófievna...

— Mas como, como isso foi possível!? — exclamou Adelaida, chegando-se rápido ao príncipe e dando-lhe a mão.

O príncipe lhe sorriu com ar consternado. Súbito um murmúrio quente e breve como que lhe queimou a orelha.

— Se você não abandonar agora mesmo essa gente abominável, passarei toda a vida, toda a vida a odiar unicamente a você! — murmurou Aglaia; ela estava como que tomada de fúria, mas deu meia-volta antes que o príncipe conseguisse olhar para ela. Aliás, ele não tinha mais nada nem ninguém a abandonar: a essa altura já haviam dado um jeito de colocar o doente Hippolit numa sege e as carruagens deram partida.

— Então, isso ainda vai durar muito, Ivan Fiódorovitch? O que você acha? Eu ainda vou suportar por muito tempo esses meninos raivosos?

— Ora, minha cara, eu... eu, é claro que estou pronto e... o príncipe...

Ivan Fiódorovitch, não obstante, estendeu a mão ao príncipe, mas não conseguiu apertá-la e correu atrás de Lisavieta Prokófievna, que deixava o terraço com ruídos e fúria. Adelaida, seu noivo, e Alieksandra despediram-

---

[61] Lisavieta Prokófievna mistura vez por outra os pronomes de tratamento. (N. do T.)

-se do príncipe de forma sincera e carinhosa. Ievguiêni Pávlovitch estava entre eles e era o único alegre.

— A meu ver aconteceu! Só lamento que o senhor também, coitado, tenha sofrido — murmurou ele com o riso mais cândido.

Aglaia saiu sem se despedir.

Mas as aventuras dessa noite ainda não haviam terminado aí; Lisavieta Prokófievna teve de suportar mais um encontro bastante inesperado.

Ela nem tivera tempo de deixar a escada e tomar o caminho (que dava a volta ao redor do parque) quando de repente uma carruagem brilhante, uma caleche, atrelada a dois cavalos brancos, passou voando ao lado da *datcha* do príncipe. Na caleche havia duas magníficas grã-senhoras. No entanto, depois de adiantar-se uns dez passos, a carruagem parou de súbito; uma das damas olhou para trás, como se de repente discernisse algum conhecido indispensável.

— Ievguiêni Pávlovitch! Tu? — gritou de repente uma voz sonora, bela, que fez estremecer o príncipe e talvez alguém mais. — Oh, como estou contente por enfim te encontrar! Mandei um mensageiro especial à cidade te procurar; dois! Estão o dia inteiro te procurando!

Ievguiêni Pávlovitch estava parado nos degraus da escada como alguém atingido por um raio. Lisavieta Prokófievna também estava imóvel no lugar mas não apavorada e pasma como Ievguiêni Pávlovitch: ela olhava para a descarada com a mesma altivez e o mesmo desdém frio com que cinco minutos antes olhara para aquela "gentinha", e no mesmo instante transferiu o olhar fixo para Ievguiêni Pávlovitch.

— Novidade! — continuou a voz sonora. — Não precisas temer a promissória de Kupfiérov; Rogójin a resgatou por trinta, eu o convenci. Podes ficar tranquilo pelo menos durante mais três meses. Com Biskup e toda aquela canalha eu certamente chegarei a um acordo, por sermos conhecidos! De maneira que tudo está indo bem. Podes te alegrar. Até amanhã!

A carruagem deu partida e rápido sumiu.

— É uma louca! — gritou finalmente Ievguiêni Pávlovitch, vermelho de indignação e olhando perplexo ao redor. — Eu não faço a menor ideia do que ela estava falando! Que promissória? Quem é ela?

Lisavieta Prokófievna ainda permaneceu uns dois segundos olhando para ele; por fim, num gesto rápido e brusco, tomou a direção da sua *datcha* e todos a seguiram. Exatamente um minuto depois Ievguiêni Pávlovitch apareceu de volta no terraço do príncipe numa extraordinária inquietação.

— Príncipe, para falar a verdade, o senhor não sabe o que isso significa?

— Não sei de nada — respondeu o príncipe, ele mesmo em uma tensão extraordinária e doentia.
— Não?
— Não.
— E nem eu sei — sorriu subitamente Ievguiêni Pávlovitch. — Juro que não tive qualquer relação com essas promissórias, acredite numa palavra de honra!... O que o senhor tem, está desmaiando?
— Oh, não, não, eu lhe asseguro que não...

XI

Só três dias depois os Iepántchin abrandaram plenamente. O príncipe, mesmo tendo se acusado de muita coisa, por hábito, e com sinceridade esperasse o castigo, ainda assim alimentou desde o início em seu interior a plena convicção de que Lisavieta Prokófievna não poderia estar a sério zangada com ele e estava mais zangada consigo mesma. Desse modo, um período tão longo de hostilidade o colocou no mais sombrio impasse cerca de três dias depois. Outras circunstâncias também o colocaram, uma delas sobretudo. Durante todos os três dias esta cresceu progressivamente na cisma do príncipe (fazia algum tempo que o príncipe vinha se culpando por dois extremos: por sua excepcional credulidade "absurda e impertinente", e ao mesmo tempo por sua cisma "sombria, vil"). Em suma, no fim do terceiro dia a aventura da dama excêntrica, que de sua caleche conversara com Ievguiêni Pávlovitch, ganhou na mente do príncipe dimensões apavorantes e enigmáticas. A essência do enigma, além de outros aspectos da questão, resumia-se para o príncipe numa questão dorida: seria ele mesmo o culpado por essa nova "monstruosidade" ou apenas... Mas ele concluía: quem mais poderia ser? Quanto às iniciais N.F.B., a seu ver aí havia apenas uma travessura inocente, inclusive a mais infantil das travessuras, de sorte que matutar minimamente sobre isso seria uma vergonha e em um sentido até quase desonesto.

Por outro lado, já no primeiro dia depois da "noite revoltante", de cujas desordens ele fora "a causa" principal, o príncipe teve o prazer de receber pela manhã na sua casa o príncipe Sch. com Adelaida: "Os dois foram ali *principalmente* a fim de saber da sua saúde", entraram vindo de um passeio, os dois. Agora Adelaida observara no parque uma árvore, uma maravilhosa árvore velha, frondosa, com galhos longos e tortos, toda coberta de um verde fresco, com um oco e uma fenda; ela decidira pintá-la sem falta, sem falta! De maneira que, durante meia hora inteira de sua visita, falou apenas disso. O príncipe Sch. era amável e gentil, por hábito, fez perguntas ao príncipe sobre as coisas passadas, lembrou as circunstâncias em que se haviam conhecido, de maneira que quase nada foi dito sobre a noite anterior. Por fim Adelaida não se conteve e, com um risinho, confessou que os dois haviam ido ali *incognito*;[62] mas nisso as confissões terminaram, embora por esse *incognito* desse para perceber que os pais, ou seja, principalmente Lisavieta Prokófievna, estavam com uma indisposição particular. No entanto, nem sobre ela, nem sobre Aglaia, e nem mesmo sobre Ivan Fiódorovitch, Adelaida ou o príncipe Sch. disseram uma única palavra em sua visita. Ao voltarem para o passeio não convidaram o príncipe. Tampouco houve qualquer insinuação de convidá-lo à sua casa; a esse respeito Adelaida deixou inclusive escapar uma palavrinha muito sintomática: ao falar de um trabalho seu em aquarela, súbito ela teve muita vontade de mostrá-lo. "Como fazer isso mais depressa? Espere! Eu vou mandá-lo hoje ou por Kólia, se ele aparecer, ou amanhã eu mesma trago aqui, quando sair para passear com o príncipe" — concluiu finalmente a sua perplexidade, contente por ter conseguido resolver essa questão com tanta habilidade e comodidade para todos.

Por último, quase já ao despedir-se, foi como se o príncipe Sch. de repente se lembrasse:

— Ah, sim — perguntou ele —, será que o senhor, meu amável Liev Nikoláievitch, não sabe quem era aquela criatura que ontem gritou da carruagem para Ievguiêni Pávlovitch?

— Era Nastácia Filíppovna — disse o príncipe —, por acaso o senhor ainda não soube que era ela? Só não sei quem estava com ela.

— Soube, ouvi dizer! — replicou o príncipe Sch. — Mas o que significava aquele grito? Confesso que para mim é um enigma... para mim e para os outros.

O príncipe Sch. falava com uma surpresa extraordinária e visível.

— Ela falava de umas tais promissórias de Ievguiêni Pávlovitch — respondeu o príncipe com muita simplicidade — que chegaram de algum agiota até Rogójin, a pedido dela, e que Rogójin espera que Ievguiêni Pávlovitch salde!

— Eu ouvi, eu ouvi, meu caro príncipe, mas isso não poderia ser! Nesse caso Ievguiêni Pávlovitch não poderia ter promissória nenhuma! Num estado como esse... É verdade que ele já fez isso antes, por leviandade, eu até o socorri... Mas passar notas promissórias a um agiota numa condição como aquela e ficar se preocupando com elas é impossível. E ele também não pode ser tratado por *tu* e manter relações tão amigáveis com Nastácia Filíppovna — é aí que está a questão principal. Ele jura que não compreende na-

---

[62] Em latim no original. (N. do T.)

da e eu acredito nele. Mas acontece, meu amável príncipe, que eu queria lhe perguntar: o senhor não sabe de alguma coisa? Ou seja, não lhe teria chegado algum boato por algum milagre?

— Não, não sei de nada, eu lhe asseguro que não tive qualquer participação nisso.

— Ah, príncipe, como o senhor mudou! Hoje eu simplesmente não o estou reconhecendo. Porventura eu o poderia supor participante de uma coisa dessas?... É isso mesmo, o senhor hoje está perturbado.

Ele o abraçou e o beijou.

— Quer dizer, participante "em que" coisa? Não vejo nenhuma "coisa dessas".

— Não há dúvida, aquela criatura queria atrapalhar Ievguiêni Pávlovitch de alguma maneira e com alguma coisa, atribuindo-lhe aos olhos de testemunhas qualidades que ele não tem e nem pode ter — respondeu o príncipe Sch. em tom bastante seco.

O príncipe Liev Nikoláievitch ficou confuso mas, não obstante, continuou a olhar de modo fixo e interrogativo para o príncipe; porém o outro calou.

— Mas não foi simplesmente da promissória? Não teria sido tal qual ontem? — murmurou enfim o príncipe com certa impaciência.

— Sim, é o que eu estou lhe dizendo, julgue o senhor mesmo o que aí pode haver em comum entre Ievguiêni Pávlovitch e... ela, e ademais com Rogójin? Eu lhe repito, a fortuna é imensa, o que é do meu absoluto conhecimento; a outra fortuna, que ele espera de um tio. Simplesmente Nastácia Filíppovna...

Súbito o príncipe Sch. tornou a calar-se, pelo visto porque não queria continuar falando de Nastácia Filíppovna ao príncipe.

— Quer dizer que em todo caso ele a conhece? — perguntou súbito o príncipe Liev Nikoláievitch, depois de um minuto de pausa.

— Parece que é isso; ele é um leviano! De resto, porém, se houve esse conhecimento isso foi há muito tempo, ainda antes, ou seja, há uns dois ou três anos. Ele ainda era amigo de Totski. Hoje já não poderia haver nada semelhante, jamais poderiam tratar-se por *tu*! O senhor mesmo sabe que ela também nunca estava; não estava em lugar nenhum. Muitos ainda nem sabem que ela tornou a aparecer. Eu notei a carruagem há três dias, não mais.

— Uma carruagem magnífica... — disse Adelaida.

— Sim, a carruagem é magnífica.

Os dois se foram, aliás, na disposição mais amigável, mais fraterna, pode-se dizer, para com o príncipe Liev Nikoláievitch.

Para o nosso herói, essa visita trouxe em si algo até capital. Supúnhamos que ele mesmo desconfiasse de muita coisa desde a noite anterior (e talvez até antes), mas antes dessa visita não se decidia a justificar plenamente os seus temores. Agora, porém, ficava claro: o príncipe Sch., é óbvio, interpretava o acontecido de modo equivocado, mas apesar de tudo girava em torno da verdade, apesar de tudo compreendeu que nisso havia uma *intriga*. ("Pensando bem, é possível que ele entenda a coisa consigo mesmo de maneira absolutamente correta — pensou o príncipe — e apenas não esteja querendo manifestar-se e por isso a interpreta de forma equivocada.") O mais claro foi o fim com que os dois vieram aqui (e precisamente o príncipe Sch.) na esperança de alguns esclarecimentos; sendo assim, acho que ele participa diretamente da intriga. Além disso, se tudo isso é assim e é mesmo importante, então quer dizer que *ela* tem algum objetivo terrível, mas que objetivo? Um horror! "Entretanto, como detê-*la*? Não há qualquer possibilidade de detê-*la* quando ela está convencida do seu objetivo!" Isso o príncipe já sabia por experiência própria. "É louca. Louca."

Mas nessa manhã juntou-se um número excessivo de outras circunstâncias insolúveis, e tudo no mesmo instante, e tudo exigindo solução imediata, de maneira que o príncipe estava muito triste. Quem o distraiu um pouco foi Vera Liébedievna, que veio visitá-lo com Liúbotchka, e narrou longamente alguma coisa rindo. Depois dela veio também sua irmã, de boca aberta, depois dela o colegial, o filho de Liébediev, que assegurou que "a estrela Absinto"[63] do Apocalipse, que caiu na terra sobre as fontes das águas, é, segundo a interpretação do seu pai, uma rede de estrada de ferro que se espalhou pela Europa. O príncipe não acreditou que Liébediev fizesse tal interpretação, resolveu perguntar a ele na primeira oportunidade. De Vera Liébedievna o príncipe soube que Keller estava preso a eles desde o dia anterior e, segundo todos os indícios, durante muito tempo não desgrudaria deles porque havia encontrado sua turma e feito amizade com o general Ívolguin; entre outras coisas, ele anunciou que ficaria com eles unicamente para completar a sua educação. Em linhas gerais, a cada dia que passava o príncipe começava a gostar cada vez mais dos filhos de Liébediev. Kólia ficou o dia inteiro sem aparecer: havia ido a Petersburgo desde muito cedo. (Liébediev

---

[63] Segundo o Apocalipse de João, 8, 10-1, "O terceiro anjo tocou a trombeta, e caiu do céu sobre a terça parte dos rios e sobre as fontes das águas uma grande estrela, ardendo como tocha. O nome da estrela é Absinto; a terça parte das águas se tornou em absinto, e muitos dos homens morreram dessas águas, porque se tornaram amargosas". Eram próprias de Dostoiévski interpretações originais das imagens apocalípticas. (N. da E.)

também havia ido, mal o dia clareara, resolver algumas coisinhas.) Mas o príncipe aguardava com impaciência a visita de Gavrila Ardaliónovitch, que hoje mesmo deveria sem falta passar na casa dele.

Ele apareceu depois das sete da manhã, logo após o café. À primeira olhada para ele, o príncipe achou que pelo menos esse senhor deveria saber com precisão de todo o andamento das coisas — aliás, como não o saber tendo colaboradores como Varvara Ardaliónovna e seu esposo? Mas o príncipe tinha com Gánia umas relações um tanto particulares. Por exemplo, ele o havia incumbido do caso Burdovski e lhe pediu em particular por isso; mas, apesar dessa confiança e de algo que antes acontecera, entre ambos sempre havia alguns pontos sobre os quais os dois resolveram nada falar. Às vezes o príncipe achava que Gánia talvez desejasse, por sua parte, a sinceridade plena e amigável; agora, por exemplo, mal ele entrou, ao príncipe logo pareceu que Gánia estava sumamente convicto de que nesse instante chegara a hora de quebrar o gelo entre eles em todos os pontos. (Entretanto, Gavrila Ardaliónovitch estava com pressa; sua irmã o esperava em casa de Liébediev; os dois tinham algum assunto urgente.)

Mas se Gánia realmente esperava uma série de perguntas impacientes, informações involuntárias, expansões de amizade, ele, é claro, estava muito enganado. Em todos os vinte minutos de sua visita, o príncipe esteve até muito pensativo, quase distraído. Não poderia haver as tais perguntas esperadas ou, melhor dizendo, a pergunta principal, que Gánia esperava. E então o próprio Gánia resolveu falar com muito domínio de si. Discursou sem parar durante todos os vinte minutos, riu, levou o papo mais leve, mais amável e rápido, e todavia não tocou no principal.

Gánia contou, entre outras coisas, que Nastácia Filíppovna chegara há apenas quatro dias a Pávlovsk e já era objeto da atenção geral. Estava morando numa tal de Rua dos Marinheiros, em uma casinha pequena, desajeitada, de Dária Aliekseîevna, e sua carruagem era quase a primeira de Pávlovsk. A seu redor já se reunira toda uma legião de aventureiros velhos e jovens; às vezes a caleche era acompanhada por cavaleiros. Nastácia Filíppovna continuava muito exigente, só admitia em sua casa gente escolhida. E ainda assim formou-se todo um destacamento a seu redor, havia quem a defendesse em caso de necessidade. Um noivo formal, veranista, por causa dela já havia brigado com a noiva; um general velho quase havia amaldiçoado o filho. Ela levava frequentemente para passear a seu lado uma mocinha encantadora, que mal completara dezesseis anos, parenta distante de Dária Aliekseîevna; a mocinha cantava bem — de maneira que à noite a casinha delas chamava atenção. Nastácia Filíppovna, aliás, estava se comportando com extraordinária decência, vestindo-se sem pompa mas com um gosto excepcional, e todas as damas "lhe invejam o gosto, a beleza e a carruagem".

— O incidente excêntrico de ontem — deixou escapar Gánia — foi evidentemente premeditado e, claro, não deve ser levado em conta. Para azucriná-la por alguma coisa é preciso encontrar um propósito ou caluniar, o que, pensando bem, não vai demorar — concluiu Gánia, esperando que o príncipe perguntasse sem falta: "Por que o incidente de ontem fora premeditado? E por que não vai demorar?". Mas o príncipe não perguntou isso.

Quanto a Ievguiêni Pávlovitch, Gánia tornou a soltar a língua por conta própria, sem maiores interrogatórios, o que era muito estranho porque ele o introduziu na conversa sem qualquer motivo. Segundo Gavrila Ardaliónovitch, antes Ievguiêni Pávlovitch não conhecia Nastácia Filíppovna, agora ele a conhecia mas só um pouquinho, e isso porque uns quatro dias atrás alguém o apresentara a ela durante um passeio, e era pouco provável que tivesse estado em sua casa ao menos uma vez, e com outras pessoas. A história das promissórias também era possível (disso Gánia até tinha certeza); Ievguiêni Pávlovitch, é claro, tem uma fortuna grande, mas "algumas questões referentes à fazenda realmente se encontram em certa desordem". Nessa matéria curiosa Gánia cortou subitamente o assunto. Quanto ao desatino cometido na véspera por Nastácia Filíppovna, ele não disse uma única palavra além do que antes dissera de passagem. Por fim Varvara Ardaliónovna entrou procurando por Gánia, passou um minuto, anunciou (também sem ser solicitada) que Ievguiêni Pávlovitch passaria aquele dia ou talvez o seguinte em Petersburgo, que o marido dela (Ivan Pietróvitch Ptítzin) também estava em Petersburgo e quase também para tratar de negócios de Ievguiêni Pávlovitch, e que lá realmente acontecera algo. Ao sair, ela acrescentou que Lisavieta Prokófievna estava em um estado de ânimo infernal, porém o mais estranho é que Aglaia brigara com toda a família, não só com o pai e a mãe mas até com as duas irmãs e que "isso não é nada bom". Depois de comunicar como que de passagem a última notícia (de extraordinária importância para o príncipe), o irmão e a irmã se afastaram. Ganiétchka também não disse uma única palavra sobre o caso do "filho de Pávlischev", talvez por falsa modéstia, talvez "poupando o sentimento do príncipe", mas ainda assim o príncipe tornou a lhe agradecer pelo empenho no encerramento do caso.

O príncipe estava muito contente por enfim o terem deixado só; ele desceu do terraço, atravessou o caminho e entrou no parque; queria ponderar e decidir um passo a ser dado. Contudo, esse "passo" não era daqueles que se ponderam, mas justo daqueles que não se ponderam e simplesmente se decide por ele: súbito sentiu uma terrível vontade de largar tudo ali e voltar para o lugar de onde viera, para algum lugar mais distante, para os confins, partir agora mesmo inclusive sem se despedir de ninguém.[64] Pressentia que se permanecesse ali, ao menos por mais alguns dias, forçosamente afundaria nesse mundo de modo irreversível, e mais tarde esse mesmo mundo acabaria sendo o seu destino. Mas ele não meditou nem dez minutos e logo resolveu que "era impossível" fugir, que isso seria quase uma pusilanimidade, que tinha problemas pela frente e agora não tinha nenhum direito de fugir à sua solução ou ao menos de deixar de empreender todos os esforços para resolvê-los. Voltou para casa com esses pensamentos e é pouco provável que tenha passeado sequer quinze minutos. Nesse momento estava totalmente infeliz.

Liébediev ainda continuava fora de casa, de forma que ao entardecer Keller conseguiu entrar na casa do príncipe, sem estar embriagado mas com expansões e confissões. Declarou francamente que estava ali para contar ao príncipe toda a sua vida e para isso permanecera em Pávlovsk. Não havia a mínima possibilidade de botá-lo porta afora: não sairia por nada. Keller estava preparado para falar durante muito tempo e de forma muito incoerente, mas de súbito, quase depois das primeiras palavras, pulou para a conclusão e anunciou que a tal ponto havia perdido "qualquer espectro de moralidade" ("unicamente por descrença no Supremo") que até andava roubando. — "O senhor pode imaginar isso!".

— Ouça, Keller, no seu lugar o melhor que eu faria era não confessar isso sem maiores necessidades — esboçou o príncipe — mas, por outro lado, será que o senhor não estará se acusando de propósito?

— Eu conto unicamente ao senhor, e unicamente para ajudar o seu desenvolvimento! A mais ninguém; morro e levo para debaixo da savana o meu segredo! Mas, príncipe, se o senhor soubesse, se o senhor soubesse o quanto é difícil arranjar dinheiro na nossa época! Onde consegui-lo, dá licença de lhe perguntar? Só há uma resposta: traga ouro e diamantes e sob sua garantia nós emprestaremos, ou seja, logo o que eu não tenho, o senhor pode imaginar? Enfim me zanguei, e finquei pé. "E eu dando esmeraldas como garan-

---

[64] Essa passagem do romance, como outras associadas ao Evangelho de Mateus, não é apenas um paralelo original com o episódio de Jesus no jardim de Getsêmani como ainda uma variação da ideia da contraposição trágica de Cristo em relação ao mundo ao seu redor. No Evangelho de João, Dostoiévski assinalou com um NB o versículo 23 do capítulo 8, onde Cristo diz: "Vós sois cá de baixo, eu sou lá de cima; vós sois deste mundo, eu deste mundo não sou". (N. da E.)

tia, me empresta?" — "Com esmeraldas como garantia empresto". — "Então está ótimo, digo eu", pus o chapéu e saí; o diabo que os carregue, vocês são uns canalhas! Juro!

— Porventura o senhor tinha esmeraldas?

— Que esmeraldas? Oh, príncipe, que visão beatífica e ingênua, pode-se até dizer pastoril, que o senhor tem da vida.

Por fim o príncipe sentiu não propriamente pena mas um quê de escrúpulo. Até lhe ocorreu uma ideia: "Será que não dá para fazer alguma coisa desse homem através da boa influência de alguém?". Por algum motivo ele achava que sua própria influência era muito inútil — não por alguma autodepreciação, mas por uma visão particular das coisas. Pouco a pouco foi ficando à vontade na conversa, e a tal ponto que não queria interrompê-la. Com uma disposição incomum, Keller confessava coisas que era até impossível imaginar que se pudesse contá-las. Ao passar a cada detalhe da narração, ele assegurava positivamente que se arrependia e que por dentro estava "cheio de lágrimas", mas, enquanto isso, narrava de tal modo que parecia orgulhar-se da sua atitude, e ao mesmo tempo de forma às vezes tão engraçada que ele e o príncipe acabaram rindo às gargalhadas, que nem loucos.

— O principal é que no senhor há uma certa credulidade infantil e uma veracidade fora do comum — disse enfim o príncipe —, sabe que só com isso o senhor já está resgatando muita coisa?

— É nobre, nobre, cavalheirescamente nobre! — sustentou comovido Keller. — Mas sabe, príncipe, tudo isso é apenas devaneio e, por assim dizer, fanfarronice, porque na prática nunca acontece! E por que é assim? Não consigo entender.

— Não se desespere. Agora se pode dizer positivamente que o senhor me expôs todos os seus podres; ao menos me parece que doravante já não se pode mais acrescentar nada ao que o senhor contou, não é?

— Não se pode?! — exclamou Keller com ar de lamento. — Oh, príncipe, até que ponto o senhor ainda interpreta o homem, por assim dizer, à suíça!

— Não me diga que ainda se pode acrescentar? — disse o príncipe com uma tímida surpresa. — Então, Keller, o que o senhor esperava de mim, diga-me por favor, e o que veio fazer aqui com a sua confissão?

— Do senhor? O que esperava? Em primeiro lugar, só olhar para o seu jeito cândido já é agradável; é agradável estar com o senhor e conversar; eu pelo menos sei que estou diante da mais benemérita das pessoas, e em segundo... em segundo...

Ele titubeou.

— Talvez o senhor esteja querendo dinheiro emprestado, não é? — sugeriu o príncipe com muita seriedade e simplicidade, inclusive com um pouco de timidez.

Keller teve um estremecimento; encarou o príncipe com a surpresa de antes e bateu forte com o punho na mesa.

— Então é assim que o senhor faz um homem perder a tramontana! Ora, príncipe: um jeito tão simplório, tamanha ingenuidade que não se via nem na idade de ouro, e de repente penetra o homem de cabo a rabo como uma seta, com uma psicologia tão profunda na observação. Mas me permita, príncipe, isso exige um esclarecimento, porque eu... eu estou simplesmente desnorteado! É claro que ao fim e ao cabo o meu objetivo era pedir dinheiro emprestado, mas o senhor me perguntou sobre o dinheiro de um jeito como se não visse nisso nada de censurável, como se tudo isso devesse ser assim mesmo, não é?

— Sim... da sua parte era assim que devia ser.

— E o senhor não está indignado?

— Ora... com quê, então?

— Escute, príncipe, eu permaneci aqui desde a noite de ontem, em primeiro lugar por minha própria estima pelo arcebispo francês Bourdaloue[65] (passei até as três horas abrindo garrafas com Liébediev), em segundo, e isso é o principal (e juro por todas as cruzes que estou dizendo a verdade verdadeira!) fiquei porque, ao lhe fazer a minha confissão plena e de coração, eu queria, por assim dizer, contribuir para o próprio desenvolvimento; com essa ideia eu adormeci depois das três banhado em lágrimas. Não sei se o senhor está acreditando na mais decente das criaturas: no momento em que eu estava adormecendo, sinceramente cheio de lágrimas interiores e, por assim dizer, exteriores (porque enfim eu chorava aos prantos, e disso eu me lembro!) veio-me à mente uma ideia infernal: "Então, não seria o caso de eu acabar tomando dinheiro emprestado a ele depois de uma confissão?". Assim eu preparei a confissão, por assim dizer, como uma espécie de "*fenezerf*"[66] debaixo de lágrimas". Com o fito de aplainar o caminho com essas mesmas lágrimas e fazer com que o senhor, adocicado, me concedesse cento e cinquenta rublinhos. O senhor não acha isso uma baixeza?

---

[65] Louis Bourdaloue (1632-1704), jesuíta e um dos mais populares pregadores na época de Luís XIV. (N. da E.)

[66] Dostoiévski parodia o nome de pratos da cozinha francesa, deturpando o *fines herbes* francês, ervas aromáticas que servem como tempero. (N. da E.)

— Sim, mas na certa isso não é verdade, apenas uma coisa coincidiu com a outra. Duas ideias convergiram, isso acontece com muita frequência. Comigo, o tempo todo. Aliás, eu acho que isso não é bom, Keller, e saiba que é por isso que mais o censuro. É como se o senhor tivesse acabado de me falar de mim mesmo. Às vezes até me tem parecido — continuou o príncipe, em tom muito sério, verdadeiro e profundamente interessado — que todas as pessoas são assim, de modo que eu começaria a justificar a mim mesmo porque é dificílimo combater esses pensamentos *duplos*; eu experimentei. Sabe Deus como eles vêm e surgem. Mas eis que o senhor chama isso francamente de baixeza! Agora até eu começo outra vez a temer esses pensamentos. Em todo caso, não sou o seu juiz. Mas, apesar de tudo, acho que não se pode chamar francamente isso de baixeza, o que o senhor acha? O senhor apelou para a astúcia tentando conseguir dinheiro através de lágrimas, mas o senhor mesmo confessa que a sua confissão teve ainda outro fim, nobre, e não só o do dinheiro; e quanto ao dinheiro, o senhor precisa dele para farra, não é? Ora, depois de uma confissão como a que acabou de fazer, isso é naturalmente uma pusilanimidade. No entanto, como passar um minuto sem farra? Isso é impossível. O que fazer então? O melhor é deixar tudo por conta da própria consciência do senhor, o que acha?

O príncipe olhou para Keller com uma extraordinária curiosidade. Pelo visto a questão dos pensamentos duplos já o ocupava há tempo.

— Bem, por que depois disso ainda o chamam de idiota eu não entendo! — bradou Keller.

O príncipe corou levemente.

— O pregador Bourdaloue, esse não teria compaixão de um homem, mas o senhor teve compaixão de um homem e me julgou de forma humana! Para me punir e mostrar que eu estou comovido, não quero os cento e cinquenta rublos, dê-me apenas vinte e cinco e basta! Eis tudo de que preciso, pelo menos para duas semanas. Antes de duas semanas não vou aparecer para pedir dinheiro. Queria fazer um agrado a Agachka mas ela não merece isso. Oh, meu querido príncipe, que Deus o abençoe!

Enfim entrou Liébediev, que acabava de voltar e, ao ver uma nota de vinte e cinco rublos nas mãos de Keller, franziu o cenho. Mas Keller, vendo-se com dinheiro na mão, já se apressava em sair e imediatamente escafedeu-se. No mesmo instante Liébediev começou a falar mal dele.

— O senhor está sendo injusto, ele de fato se arrependeu sinceramente — observou por fim o príncipe.

— Mas o que ele disse no arrependimento! Tal qual eu fiz ontem: "vil, vil", só que eram apenas palavras!

— Então tudo aquilo foram apenas palavras? Mas eu teria pensado...

— Pois bem, só ao senhor, unicamente ao senhor eu declaro a verdade, porque o senhor penetra o homem: e sejam palavras, sejam atos, seja mentira, seja verdade — tudo em mim sai junto, e de maneira absolutamente sincera. Em mim, a verdade e o ato estão na confissão verdadeira, acredite ou não. Juro de cabeça baixa, mas as palavras e a mentira consistem em um pensamento diabólico (e sempre próprio), como se aí se decifrasse o homem, como se até através das lágrimas da confissão se saísse ganhando! Juro que é assim! A outra pessoa eu não diria — iria rir ou desdenhar; mas o senhor, príncipe, o senhor julga de maneira humana.

— Pois bem, isso é ponto por ponto o que ele acabou de me dizer — exclamou o príncipe —, e vocês dois parecem vangloriar-se! Os senhores até me surpreendem, só que ele foi mais sincero que o senhor, enquanto que o senhor converteu a coisa num ofício definitivo. Mas chega, não precisa franzir o cenho, Liébediev, e não fique botando a mão no coração. O senhor não tem nada para me dizer? Não iria entrar aqui à toa...

Liébediev fazia trejeitos e torcia-se.

— Passei o dia todo à sua espera para lhe fazer uma pergunta; responda logo a verdade pelo menos uma vez na vida: o senhor teve ao menos a mínima participação no episódio da carruagem de ontem ou não?

Liébediev voltou aos trejeitos, começou a dar umas risadinhas, esfregou as mãos, por fim até se desfez em espirros, mas ainda assim não se decidia a dizer alguma coisa.

— Estou vendo que participou.

— Mas indiretamente, só indiretamente! Estou dizendo a verdade verdadeira! A minha única participação foi fazer uma determinada criatura saber que em minha casa estava reunido um certo grupo e que algumas pessoas estariam presentes.

— Eu sei que o senhor mandou o seu filho *lá*, ele mesmo me disse há pouco; mas que intriga é essa!? — exclamou o príncipe impaciente.

— A intriga não é minha, não é minha — esquivava-se Liébediev —, aí estão metidos outros, outros, por assim dizer, é mais uma fantasia do que uma intriga.

— Mas o que está acontecendo, explique por Cristo. Será que não entende que isso me afeta diretamente? Por que estão denegrindo Ievguiêni Pávlovitch?

— Príncipe! Suma Alteza, príncipe! — voltou Liébediev aos trejeitos. — O senhor não permite que eu diga toda a verdade; eu já tinha começado a lhe falar a verdade; mais de uma vez; o senhor não permitiu continuar...

O príncipe fez uma pausa e pensou.

— Então está bem; diga a verdade — pronunciou com dificuldade, pelo visto depois de uma grande luta.

— Aglaia Ivánovna... — começou imediatamente Liébediev.

— Cale a boca, cale a boca! — gritou com fúria o príncipe, todo vermelho de indignação e talvez até de vergonha. — Isso não pode ser, tudo isso é absurdo! Tudo isso o senhor inventou ou é também um louco. E que nunca mais eu ouça isso do senhor!

Tarde da noite, já pelas onze horas, apareceu Kólia com um montão de notícias. Suas notícias eram de duplo gênero: de Petersburgo e de Pávlovsk. Contou as principais de Petersburgo (predominantemente sobre Hippolit e a história da véspera) com a finalidade de retomá-las depois, e passou com mais pressa a falar das de Pávlovsk. Voltara de Petersburgo fazia três horas e, antes de ir ao príncipe, fora diretamente à casa dos Iepántchin. "É um horror o que está acontecendo por lá!" É claro que em primeiro plano estava a carruagem, mas certamente havia acontecido mais alguma coisa, alguma coisa que ele e o príncipe desconheciam. "Eu, é claro, não me pus a espionar e não quis interrogar a ninguém; aliás, me receberam bem, tão bem que eu nem esperava, mas a seu respeito, nenhuma palavra!" O principal e mais interessante era que Aglaia acabara de brigar com todos por causa de Gánia. Não se sabia das circunstâncias do caso, sabia-se apenas que tinha sido por causa de Gánia (imagine isso!), e inclusive a briga tinha sido feia, logo, havia alguma coisa importante. O general chegara tarde, chegara de cara fechada, chegara com Ievguiêni Pávlovitch, que foi recebido magnificamente, e o próprio Ievguiêni Pávlovitch estava surpreendentemente alegre e amável. A notícia mais capital era a de que Lisavieta Prokófievna, sem qualquer barulho, chamara Varvara Ardaliónovna, que estava com as moças, e a expulsara de sua casa de uma vez por todas, aliás da forma mais respeitosa — "ele ouviu isso da própria Vária". Mas quando Vária saiu do quarto de Lisavieta Prokófievna e se despediu das moças, nem estas ficaram sabendo que lhe haviam proibido para sempre o acesso à casa e que ela estava se despedindo delas pela última vez.

— Mas Varvara Ardaliónovna não estava aqui às sete horas? — perguntou o príncipe surpreso.

— Mas a puseram porta afora depois das sete ou às oito. Lamento muito por Vária, lamento por Gánia... Os dois, não há dúvida, estão metidos em eternas intrigas, sem isso não conseguem viver. E eu nunca consegui saber o que eles tramam e nem quero saber. Eu lhe asseguro, meu caro, meu bom príncipe, que em Gánia existe um coração. Em muitos sentidos é um homem liquidado, é claro, mas em muitos sentidos existem nele uns traços que vale a pena procurar para descobrir, e eu nunca vou me perdoar por não o ter compreendido antes... Não sei se devo continuar na mesma depois da história com Vária. É verdade que desde o início eu me posicionei com absoluta independência e à parte, mas mesmo assim preciso meditar.

— É à toa que você está lamentando demais por seu irmão — observou o príncipe —, se a coisa chegou a esse ponto é porque Gavrila Ardaliónovitch é perigoso na visão de Lisavieta Prokófievna e, portanto, certas esperanças dele se confirmam.

— Como, que esperanças!? — bradou Kólia admirado. — O senhor não estará pensando que Aglaia... isso é impossível!

O príncipe fez uma pausa.

— O senhor é um cético terrível, príncipe — acrescentou Kólia uns dois minutos depois —, eu tenho observado que de certo tempo para cá o senhor está se tornando cético demais; começa a não acreditar em nada e a supor tudo... eu empreguei aqui a palavra "cético" corretamente?

— Acho que corretamente, embora, pensando bem, na certa eu mesmo não sei.

— Mas eu mesmo recuso a palavra "cético", encontrei uma nova explicação — bradou de chofre Kólia —, o senhor não é cético mas ciumento! Tem um ciúme dos infernos de Gánia com uma conhecida moça altiva!

Dito isto, Kólia se levantou de um salto e disparou uma risada como talvez nunca tivesse conseguido antes. Vendo que o príncipe ficara todo vermelho, Kólia gargalhou ainda mais; gostava muitíssimo da ideia de que o príncipe tinha ciúme de Aglaia, mas logo se calou ao perceber que o outro ficara sinceramente amargurado. Depois os dois conversaram com muita seriedade e preocupação, mais uma hora ou hora e meia.

No dia seguinte, o príncipe passou a manhã inteira em Petersburgo tratando de um caso inadiável. Ao retornar a Pávlovsk, já entre as quatro e as cinco da tarde, encontrou Ivan Fiódorovitch na estação ferroviária. Este o segurou rapidamente pelo braço, olhou ao redor como que assustado e arrastou consigo o príncipe para o vagão de primeira classe a fim de viajarem juntos. Ardia de vontade de conversar sobre algo importante.

— Em primeiro lugar, amável príncipe, não se zangue comigo, se houve alguma coisa de minha parte, esqueça. Ontem mesmo eu ainda teria ido à tua casa mas não sabia o que Lisavieta Prokófievna acharia... Minha casa... está simplesmente um inferno, pousou a esfinge do enigma e eu fico sem entender nada. E quanto a ti, acho que de todos és quem tem menos culpa, embora, é claro, muita coisa tenha passado por ti. Vê, príncipe, ser filantropo é agradável mas não muito. Talvez tu mesmo já tenhas provado o fruto. Eu mesmo gosto da bondade e respeito Lisavieta Prokófievna, porém...

O general ainda demorou muito nessa conversa mas as suas palavras eram surpreendentemente desconexas. Via-se que estava abalado e perturbado por alguma coisa que lhe era incompreensível ao extremo.

— Para mim não há dúvida de que nada tens a ver com isso — declarou ele enfim com mais clareza — mas fica algum tempo sem nos visitar, eu te peço de forma amistosa, até que os ventos mudem. Quanto a Ievguiêni Pávlovitch — exclamou ele com um fervor fora do comum —, tudo isso é uma calúnia sem sentido, a calúnia das calúnias! É uma maledicência, uma intriga, uma vontade de destruir tudo e nos levar a brigar. Vê, príncipe, estou te dizendo ao pé do ouvido: entre mim e Ievguiêni Pávlovitch ainda não foi dita uma única palavra, estás entendendo? Não estamos tolhidos por nada — mas essa palavra pode ser dita, e inclusive em breve, e pode ser até que muito em breve! E com o fito de prejudicar! Mas para quê, por quê, não compreendo! É uma mulher surpreendente, uma mulher excêntrica, tenho tanto medo dela que mal consigo dormir. E que carruagem, cavalos brancos, aquilo é chique, aquilo é justamente o que os franceses chamam de chique! Quem terá dado aquilo a ela? Juro que cometi um pecado, anteontem pensei que tivesse sido Ievguiêni Pávlovitch. Mas acontece que isso é impossível, e se é impossível, então qual é a finalidade dela querendo atrapalhar tudo aqui? É esta, é esta a questão! Para manter Ievguiêni Pávlovitch consigo? Mas eu te repito, e te juro pela cruz que ele não a conhece e que essas tais promissórias são uma invenção! E com que descaramento ela o tratou por *tu*, gritando de um canto a outro da rua! O mais puro complô! Está claro que é preciso rejeitá-lo com desprezo e duplicar a estima por Ievguiêni Pávlovitch. Foi isso o que eu disse a Lisavieta Prokófievna. Agora vou te expor o pensamento mais íntimo: estou firmemente convencido de que ela fez aquilo para se vingar pessoalmente de mim, pelo passado, como te lembras, embora eu nunca tenha sido culpado por nada diante dela. Coro só em pensar. Mas agora ela torna a aparecer, e eu pensava que tivesse sumido de uma vez. Onde anda esse Rogójin, podes me fazer o favor de dizer? Acho que há muito tempo *ela* já é a senhora Rogójin...

Em suma, o homem estava desnorteadíssimo. Durante toda a viagem falou sozinho, fez perguntas, ele mesmo as respondeu, apertou a mão do príncipe e pelo menos o convenceu de que nem lhe passava pela cabeça suspeitar dele por coisa nenhuma. Para o príncipe isso era importante. Ele terminou contando uma história de um tio consanguíneo de Ievguiêni Pávlovitch, chefe de alguma chancelaria em Petersburgo — "ocupa lugar de destaque, tem setenta anos, é *viveur*,[67] gastrônomo e de um modo geral um velhote do tipo pau para toda obra... Quá-quá! Fiquei sabendo que ele ouvira falar de coisas sobre Nastácia Filíppovna e até andou tentando chegar-se. Fui há pouco à casa dele; não está recebendo, não anda bem de saúde, mas é rico, rico, importante... que Deus lhe dê muitos anos de saúde, e esse também vai deixar tudo para Ievguiêni Pávlovitch... Sim, sim... mas ainda assim eu tenho medo! Não compreendo de quê... É como se houvesse alguma coisa no ar, como se fosse um morcego, a desgraça voando, e eu com medo, com medo!...".

E só três dias depois, como já escrevemos antes, houve a reconciliação formal dos Iepántchin com o príncipe Liev Nikoláievitch.

---

[67] Do francês: adepto de prazeres refinados, esbanjador. (N. do T.)

XII

Eram sete horas da noite; o príncipe se preparava para ir ao parque. De repente Lisavieta Prokófievna entrou sozinha no terraço.

— *Em primeiro lugar*, não te atrevas a pensar — começou ela — que vim aqui pedir desculpa. Absurdo! A culpa é toda tua!

O príncipe calava.

— Tens culpa ou não?

— Tanto quanto você. Aliás nem eu, nem você, nós dois não temos intencionalmente nenhuma culpa. Anteontem eu me considerava culpado, mas agora julgo que não.

— Então é isso! Está bem, escuta e senta-te porque não tenho a intenção de falar em pé.

Ambos se sentaram.

— *Em segundo lugar*: nenhuma palavra sobre aqueles meninos maldosos! Vou ficar e conversar contigo dez minutos. Vim aqui para me certificar (e tu estavas pensando sabe Deus o quê?). E se tu gaguejares ao menos uma palavra sobre aqueles meninos atrevidos, eu me levanto e saio e rompo definitivamente contigo.

— Está bem — respondeu o príncipe.

— Permita que te pergunte: tu enviaste, há dois meses ou dois meses e meio, por volta da Semana Santa, uma carta a Aglaia?

— Es-escrevi.

— Com que objetivo? O que havia na carta? Mostra-me a carta!

Os olhos de Lisavieta Prokófievna ardiam, ela quase tremia de impaciência.

— Eu não tenho a carta comigo — surpreendeu-se o príncipe e ficou terrivelmente intimidado —, se ela ainda estiver inteira estará com Aglaia Ivánovna.

— Sem rodeios! O que escreveste?

— Eu não estou fazendo rodeios e não tenho o que temer. Não vejo nenhum motivo que me impeça de escrever...

— Cala-te! Depois podes falar. O que havia na carta? Por que ficaste vermelho?

O príncipe refletiu.

— Eu não sei o que você tem em mente, Lisavieta Prokófievna. Vejo apenas que essa carta a está desagradando muito. Convenha que eu posso me recusar a responder a essa pergunta; mas, para lhe mostrar que não temo pela carta e não lamento pelo que escrevi, e de maneira alguma estou corando por ela (o príncipe ficou quase duas vezes mais vermelho), eu vou lhe recitar a carta porque acho que me lembro dela de cor.

Dito isto, o príncipe repetiu a carta quase que palavra por palavra como havia escrito.

— Que galimatias! A teu ver, o que esse absurdo pode significar? — perguntou com rispidez Lisavieta Prokófievna, depois de ouvir a carta com uma atenção fora do comum.

— Eu mesmo não o sei plenamente; sei apenas que o meu sentimento era sincero. Ali eu experimentava momentos de vida plena e esperanças extraordinárias.

— Que esperanças?

— É difícil explicar, só que não eram aquelas em que você talvez esteja pensando, eram esperanças... bem, numa palavra, esperanças de futuro e de alegria com o fato de que talvez *lá* eu não fosse um estranho, um estrangeiro. De repente gostei muito de estar em minha pátria. Em uma manhã de sol peguei subitamente da pena e escrevi uma carta para ela; por que para ela eu não sei. Às vezes a gente sente vontade de ter uma amiga ao lado; e, pelo visto, me deu vontade de ter uma amiga... — acrescentou o príncipe depois de uma pausa.

— Estarás apaixonado?

— N-não. Eu... escrevi como se escreve a uma irmã; e assinei irmão.

— Hum; de caso pensado; compreendo.

— Para mim é muito difícil lhe responder estas perguntas, Lisavieta Prokófievna.

— Sei que é difícil, e não tenho nada a ver com o fato de que te seja difícil. Ouve, responde a verdade como se estivesses diante de Deus: tu estás mentindo para mim ou não?

— Não estou mentindo.

— Dizes a verdade que não estás apaixonado?

— Parece que é absolutamente verdadeiro.

— Ora essa, "parece"! E a mandaste por um menino?

— Eu pedi a Nikolai Ardaliónovitch...

— Um menino! Um menino! — interrompeu com arrebatamento Lisavieta Prokófievna. — Não sei nem quero saber de que espécie é Nikolai Ardaliónovitch! Um menino!

— Nikolai Ardaliónovitch...

— Um menino, eu estou te dizendo!

— Não, não é um menino, mas Nikolai Ardaliónovitch — enfim respondeu o príncipe com firmeza, embora em tom bastante baixo.

— Vamos, está bem, meu caro, está bem! Vou levar isso à sua conta. Por um minuto ela superou a comoção e descansou.

— E o que significa "cavaleiro pobre"?

— Não sei de nada; isso não me diz respeito; foi uma brincadeira qualquer.

— É agradável saber de repente! Contudo, será que ela foi capaz de se interessar por ti? Ela mesma te chamou de "monstrinho" e "idiota".

— Você podia não ter me contado isso — observou o príncipe em tom de censura e quase murmurando.

— Não, não fiques zangado. É uma moça despótica, louca, mimada — se apaixona, e logo começa a destratar em voz alta e a zombar na cara; eu era assim mesmo. Só que, meu caro, não fiques triunfante, ela não é tua; não quero acreditar nisso, e ela nunca o será! Falo para que doravante tomes providências. Ouve, jura que não és casado com *aquela*.

— Lisavieta Prokófievna, o que é isso? Faça-me o favor! — o príncipe por pouco não se levantou de um salto, de surpresa.

— Ora, por pouco tu não te casaste, não foi?

— Por pouco não me casei — murmurou o príncipe e baixou a cabeça.

— Então, foi *por ela* que te apaixonaste, já que é assim? E agora estás aqui *por ela*? Por *aquela*?

— Eu não vim para me casar — respondeu o príncipe.

— Tu tens alguma coisa sagrada no mundo?

— Tenho.

— Jura que não é para te casar com *aquela*?

— Juro pelo que você quiser!

— Acredito; dá-me um beijo. Finalmente eu suspirei aliviada; mas fica sabendo: Aglaia não te ama, toma tuas providências, e ela não se casará contigo enquanto eu estiver viva! Ouviste?

— Ouvi.

O príncipe estava tão corado que não conseguia encarar Lisavieta Prokófievna.

— Mete na cabeça. Eu te esperei como a providência (tu não merecias!), durante as noites banhei meu travesseiro de lágrimas — não foi por ti, meu caro, não te preocupes, eu tenho uma outra mágoa, a minha, eterna e sempre a mesma. No entanto, por que te esperei com tanta impaciência? Eu ainda continuo a acreditar que Deus te enviou a mim como amigo e como irmão carnal. Eu não tenho a meu lado ninguém a não ser a velha Bielokónskaia, e até esta partiu, e ademais é tola como um carneiro, ficou assim por velhice. Agora me responde simplesmente *sim* ou *não*: tu sabes por que anteontem *ela* gritou da carruagem?

— Palavra de honra que não participei disso e nada sei!

— Basta, acredito! Agora eu também tenho outras ideias a respeito, mas ainda ontem pela manhã eu estava culpando Ievguiêni Pávlovitch por tudo. Desde anteontem até ontem de manhã. Agora, é claro, não posso deixar de concordar com eles. Fica evidente que riram dele como se ri de um imbecil por alguma coisa, por algum motivo, com algum fim (isso só já é suspeito! e não é de bom-tom!) —, mas Aglaia não vai se casar com ele, estou te dizendo! Vamos que ele seja um bom homem, mas isso não vai acontecer. Antes eu ainda vacilava, mas agora estou firmemente decidida: "Primeiro me ponha no caixão e me enterre, depois dê a filha em casamento", foi isso o que eu escandi hoje para Ivan Fiódorovitch. Estás vendo como confio em ti, estás vendo?

— Estou vendo e compreendo.

Lisavieta Prokófievna examinava de forma penetrante o príncipe; talvez quisesse muito saber que impressão provocava nele a notícia a respeito de Ievguiêni Pávlovitch.

— E sobre Gavrila Ívolguin, não sabes nada?

— Como assim... sei muita coisa.

— Sabes ou não que ele está em relações com Aglaia?

— Não sei em absoluto — surpreendeu-se e até estremeceu o príncipe —, como você está dizendo, Gavrila Ardaliónovitch em relações com Aglaia Ivánovna? É impossível!

— Faz muito pouco tempo. A irmã dele passou o inverno todo aplainando o caminho, trabalhou como uma ratazana.

— Não acredito — repetiu firmemente o príncipe depois de certa reflexão e inquietação. — Se isso estivesse acontecendo eu saberia com certeza.

— Vai ver que ele mesmo viria aqui e confessaria entre lágrimas com a cabeça no teu peito! Ai, como és simplório, como és simplório! Estão sempre te enganando como... como... e tu não te envergonhas de confiar nele? Será que não percebes que ele te ludibriou inteiramente?

— Eu sei bem que às vezes ele me engana — pronunciou sem querer o príncipe a meia-voz —, e ele sabe que eu sei disso... — acrescentou sem concluir.

— Sabes e confias! Era só o que faltava! Aliás da tua parte tinha de ser assim mesmo. O que ainda me surpreende? Meu Deus! Será que já existiu outro homem como esse? Arre! E sabes que esse Ganka ou essa Varka a puseram em contato com Nastácia Filíppovna?

— Quem?! — exclamou o príncipe.

— Aglaia.

— Não acredito! Isso é impossível! Com que fim?

Ele se levantou de um salto.

— E eu também não acredito, embora haja provas. É uma moça voluntariosa, uma moça fantasista, uma moça louca! Uma moça má, má, má! Irei afirmar por mil anos que é má. Agora todas elas estão assim, até a galinha molhada da Alieksandra, mas esta já saiu do meu controle. Eu também não acredito! Talvez porque não queira acreditar — acrescentou ela como se falasse de si para si. — Por que não apareceste mais? — súbito tornou a voltar-se para o príncipe. — Por que desde anteontem não apareces? — bradou ela mais uma vez com impaciência.

O príncipe quis contar os seus motivos, mas ela tornou a interrompê-lo.

— Todos te tratam como um imbecil e te enganam! Ontem foste à cidade; aposto que pediste mil vezes de joelhos para que recebessem aquele canalha!

— De jeito nenhum, nem pensei nisso. Nem sequer o vi, e além disso ele não é um canalha. Recebi uma carta dele.

— Mostra-me a carta.

O príncipe tirou da pasta uma carta e a entregou a Lisavieta Prokófievna. Ali estava escrito:

"Meu caro senhor, não tenho o mínimo direito de ter amor-próprio diante das pessoas. Segundo opinião delas, sou insignificante demais para isso. Mas isso aos olhos das pessoas e não aos seus. Estou convencido demais, meu caro senhor, de que o senhor talvez seja melhor que os outros. Não concordo com Doktorenko e divirjo dele nessa convicção. Do senhor eu nunca vou aceitar um copeque, mas o senhor ajudou minha mãe e por isso eu sou obrigado a lhe ser grato ainda que seja através da minha fraqueza. Seja como for, eu tenho a seu respeito outra opinião e achei necessário levá-la ao seu conhecimento. Por isso acho que entre nós não pode haver mais quaisquer relações.

Antip Burdovski

P.S.: A quantia que falta para os duzentos rublos lhe será paga seguramente no correr do tempo."

— Que coisa mais sem pé nem cabeça! — concluiu Lisavieta Prokófievna, lançando de volta a carta —, não valia a pena ter lido. Por que esse risinho?

— Convenha que você também achou agradável ler.

— Como? Esse galimatias corroído pela vaidade! Por acaso tu não percebes que todos eles enlouqueceram de orgulho e vaidade?

— Sim, mas mesmo assim ele assumiu a culpa, rompeu com Doktorenko, e quanto mais vaidoso ele se mostra tanto mais caro isto fica para a sua vaidade. Oh, que criancinha é você, Lisavieta Prokófievna.

— O que é isso, estás finalmente querendo que eu te bata no rosto?

— Não, não tenho em absoluto essa intenção. É porque você está contente pela carta e o esconde. Por que você se envergonha de seus sentimentos? Isso você faz com tudo.

— Não te atrevas a dar um passo na minha direção — levantou-se de um salto Lisavieta Prokófievna, pálida de raiva —, e que daqui para a frente nunca haja nem sombra de ti em minha casa!

— Mas daqui a três dias você mesma vai aparecer e me convidar... Ora, você não se envergonha? São os seus melhores sentimentos, por que se envergonha deles? Com isso você está apenas se martirizando.

— Eu morro mas não te convido nunca! Vou esquecer teu nome! Já esqueci!!

Saiu precipitadamente da casa do príncipe.

— Já me haviam mesmo proibido de ir à sua casa! — gritou o príncipe à saída dela.

— O quê-ê? Quem te proibiu?

Ela se voltou por um instante como se tivesse sido picada por uma agulha. O príncipe vacilou para responder; percebeu que o fizera sem querer mas tinha dado fortemente com a língua nos dentes.

— Quem te proibiu? — gritou em fúria Lisavieta Prokófievna.

— Aglaia Ivánovna está proibindo...

— Quando? Vamos, fa-la!!!

— Há pouco, pela manhã, mandou me dizer que eu não me atrevesse a aparecer por lá.

Lisavieta Prokófievna estava em pé como que petrificada, mas raciocinando.

— Mandou o quê? Mandou quem? O menino? Um recado de palavras? — tornou a exclamar.

— Recebi um bilhete — disse o príncipe.

— Onde, mostra! Agora!

O príncipe pensou por um instante, mas tirou do bolso do colete um pedacinho displicente de papel onde estava escrito:

"Príncipe Liev Nikoláievitch. Se, depois de tudo, você tem a intenção de me surpreender visitando a nossa *datcha*, fique certo de que não me encontrará entre os contentes.

Aglaia Iepántchina"

Lisavieta Prokófievna matutou por um minuto; depois se precipitou subitamente para o príncipe, agarrou-o pelo braço e o arrastou.

— Agora mesmo! Vai! Vai de propósito, neste instante! — bradou ela num acesso de agitação e impaciência fora do comum.

— Mas acontece que você está me sujeitando...

— A quê? Simplório e ingênuo! É como se não fosse nem homem! Bem, agora eu mesma vou ver, com meus próprios olhos...

— Ora, deixe-me pelo menos pegar o chapéu...

— Aqui está o teu mísero chapéu, vamos! Não foste capaz nem de escolher com gosto nem o molde!... Foi ela... foi ela depois do que acabou de acontecer... foi por causa da febre — balbuciava Lisavieta Prokófievna, arrastando o príncipe e sem largar por um instante o braço dele —, há pouco eu te defendi, disse em voz alta que tu eras imbecil porque não aparecias lá... senão ela não te teria escrito um bilhete tão estúpido! Um bilhete indecente para uma moça nobre, educada, inteligente, inteligente!... Hum — continuou ela —, é claro que o que causava mais despeito era que tu não aparecias, só que ela não contava que não se deve escrever daquele jeito para um idiota porque ele iria interpretar exatamente como foi interpretado. Por que estás escutando? — bradou ela ao se dar conta do que havia deixado escapar. — Ela precisa de um palhaço como tu, há muito não havia visto outro, é por isso que está te pedindo. E estou contente, contente porque agora ela vai te fazer de palhaço! Tu o mereces. E ela sabe, oh como sabe!...

TERCEIRA PARTE

I

A todo instante se queixam de que entre nós não há gente prática; de que políticos, por exemplo, há muitos; generais também há muitos; administradores vários hoje existem em profusão, e no número que se fizer necessário — mas gente prática, não. Pelo menos, todo mundo se queixa de que não há. Dizem até que em algumas estradas de ferro não há um empregado que preste; dizem ainda que não há nenhuma possibilidade de montar uma administração minimamente sofrível em alguma companhia de navios a vapor. Aqui se ouve dizer que em alguma ferrovia recém-inaugurada vagões se chocaram ou caíram numa ponte; ali, escrevem que um trem por pouco não hibernou no meio de um campo nevado: trafegaram nele algumas horas mas ficaram cinco dias encalhados na neve. Acolá contam que muitos milhares de arrobas de mercadoria estão apodrecendo há dois ou três meses em algum lugar, à espera de remessa, e noutro lugar dizem (aliás não dá nem para acreditar) que um administrador, ou seja, algum encarregado, em vez de enviar a mercadoria administrou um murro nos dentes de um caixeiro-viajante, que implicara com ele exigindo a remessa das suas mercadorias, e ainda justificou o seu ato administrativo dizendo que ficara um pouco "excitado". Parece que há tantas repartições no serviço público que dá até medo pensar; todo mundo foi servidor, todo mundo é servidor, todo mundo quer ser servidor — então, não pareceria que de uma matéria como essa não se conseguirá formar uma administração decente para uma companhia de navios a vapor?

A isto dá-se às vezes uma resposta extremamente simples — tão simples que não se pode nem acreditar em semelhante explicação. Dizem, é verdade, que entre nós todo mundo já foi ou é servidor, e isso já vem se arrastando há duzentos anos à melhor maneira alemã, dos ancestrais aos bisnetos —, mas os servidores são mesmo a gente menos prática, e a coisa chegou a tal ponto que até bem recentemente a distração e a insuficiência de conhecimento prático eram quase consideradas os maiores méritos e a melhor recomendação até mesmo entre os próprios servidores. Pensando bem, estamos falando à toa dos servidores, nós queríamos falar mesmo era de gente prática. Aí já não há dúvida de que, entre nós, o acanhamento e a mais completa falta de iniciativa própria eram constantemente consideradas — e até hoje ainda o são — o melhor e mais importante indício do homem prático. Mas por que culpar apenas a si mesmo, se se considera essa opinião uma acusação? A falta de originalidade existe em toda parte, em todo o mundo, desde que o mundo é mundo sempre foi considerada a primeira qualidade e a melhor recomendação do homem de ação, de ação e prático, e pelo menos noventa e nove de cada cem pessoas (ao menos mesmo) sempre sustentavam essas ideias e só uma em cada cem via sempre e continua a ver a coisa de modo diferente.

Os inventores e os gênios, no início da sua trajetória (e muito amiúde também no final), não eram vistos quase sempre pela sociedade senão como imbecis — essa era a observação mais rotineira, por todos conhecida demais. Se, por exemplo, ao longo de decênios todos levassem seu dinheiro a uma casa de penhor[1] e ali aplicassem bilhões a quatro por cento, então, é claro, quando a casa de penhor não mais existisse e todos tivessem de arcar com a própria iniciativa, a maior parte desses milhões[2] teria necessariamente de desaparecer na febre das ações e nas mãos dos vigaristas — e isso já se exigia até por uma questão de decência e de boa educação. Precisamente por uma questão de boa educação; se, entre nós, o acanhamento bem-educado e a falta decente de originalidade têm sido até hoje, segundo convicção geral, a qualidade inalienável do homem de ação e decente, então seria indecente e até imoral demais mudar de modo tão demasiadamente repentino. Que mãe, por exemplo, que ame com ternura o seu pimpolho não ficaria assustada e nem doente de medo se o filho ou a filha saísse um mínimo que fosse dos trilhos: "Não, é melhor que seja feliz e viva satisfeito até sem originalidade" — pensa qualquer mãe acalentando o seu pimpolho. E nossas aias, quando acalentam as crianças, desde tempos imemoriais vêm lendo e solfejando: "Vestido em ouro andarás, patente de general! Usarás".[3] Pois bem, até as nossas aias achavam a patente de general o máximo da felicidade russa e,

---

[1] Na Rússia anterior a 1917, a casa de penhor (*lombard*) era uma instituição de crédito que emprestava dinheiro sob penhor de bens móveis e imóveis e também recebia dinheiro para guarda, pagando juros fixos aos depositantes. (N. do T.)

[2] O narrador usa "bilhões" e "milhões" indistintamente. (N. do T.)

[3] "Vestindo ouro andarás..." era um motivo difundido nas canções de ninar, como o mostra o livro *Canções populares russas*, reunidas por P. V. Chein, no qual há esta muito próxima do texto de Dostoiévski: "Como general serás,/ Vestido em ouro andarás,/ As aias presentearás,/ Mães em gala manterás,/ Tanto às aias quanto às mães/ Ouro em presente darás". (N. da E.)

por conseguinte, era o mais popular ideal nacional de bela beatitude. De fato: depois de passar com mediocridade em um concurso e servir trinta e cinco anos, quem entre nós não seria capaz de se tornar general[4] e juntar uma certa quantia na casa de penhor? Assim, o homem russo, quase sem qualquer esforço, finalmente conquista o título de homem de ação e prático. No fundo, entre nós só um homem original, noutros termos, desassossegado, poderia não chegar a general. Talvez haja nisso algum malentendido; mas, em linhas gerais, isso parece correto e a nossa sociedade foi plenamente justa ao definir o seu ideal de homem prático. Todavia, assim acabamos falando demais; quisemos, propriamente, dizer algumas palavras de esclarecimento sobre a família Iepántchin, nossa conhecida. Essa gente, ou ao menos os membros mais ponderados dessa família, sofria com frequência de uma qualidade familiar quase comum, diametralmente oposta àquelas virtudes a que acabamos de nos referir. Sem compreender direito o fato (porque é difícil compreendê-lo), ainda assim, vez por outra, desconfiavam de que em sua família as coisas não andavam como nas demais. Todas viviam em harmonia, eles, em desarmonia; todos andavam nos trilhos — eles estavam sempre descarrilando. Todos coravam a cada instante até por serem bem-educados, eles, não. Lisavieta Prokófievna, é verdade, até se assustava em demasia, mas mesmo assim não revelava aquele acanhamento bem-educado da alta sociedade, do qual sentia saudade. Aliás, talvez só Lisavieta Prokófievna se inquietasse: as moças ainda eram jovens — embora uma gente muito perspicaz e irônica —, e o general, mesmo que penetrante (aos trancos e barrancos, aliás), nos casos complicados, dizia apenas "hum!" e acabava depositando todas as esperanças em Lisavieta Prokófievna. Logo, era sobre ela que recaía a responsabilidade. E não é, por exemplo, que essa família se distinguisse por alguma iniciativa própria ou descarrilasse por propensão consciente à originalidade, o que já seria de todo indecente. Oh, não! Nada disso acontecia de verdade, ou seja, não havia nenhum objetivo conscientemente colocado, mas ainda assim a coisa terminava de tal modo que a família Iepántchin, mesmo sendo muito respeitada, todavia não era lá bem do jeito que em linhas gerais todas as famílias devem ser respeitadas. Nos últimos tempos, Lisavieta Prokófievna passara a achar que a única culpada por tudo era ela e sua índole "infeliz", o que lhe aumentava os sofrimentos. A cada instante ela se recri-

---

[4] Os cargos na burocracia russa equivaliam a patentes militares. Por exemplo, um assessor de colégio, título civil de oitava classe, equivalia à patente de major, como acontece com o major Kovaliov em *O nariz*, de Gógol. Portanto, general não é necessariamente o militar, mas só os nobres chegavam a esse posto na escala burocrática. (N. do T.)

minava por ser "tola", uma "esquisitona indecente", e se torturava por sua cisma, estava sempre consternada, não encontrava saída nos mais comuns choques de coisas e a todo momento exagerava a desgraça.

Ainda no início da nossa história, lembramos que os Iepántchin gozavam de um respeito geral e real. Até o próprio general Ivan Fiódorovitch, homem de origem obscura, era recebido em toda parte de modo indiscutível e respeitoso. Ele merecia respeito ainda, em primeiro lugar, como um homem rico e "não o último" na categoria e, em segundo, como homem bastante decente embora limitado. Entretanto, um certo embotamento da inteligência parece ser uma qualidade quase indispensável, senão de todo e qualquer homem de ação, pelo menos de todo sério ganhador de dinheiro. Por último, o general tinha umas maneiras decentes, era modesto, sabia calar e ao mesmo tempo não deixar que lhe pisassem no pé — e não só pelo seu generalato mas também como homem honrado e decente. O mais importante é que ele era um homem que contava com uma forte proteção. Quanto a Lisavieta Prokófievna, ela, como já foi explicado, era de boa família, embora entre nós não se dê maiores atenções à família se aí faltam aquelas relações indispensáveis. Mas acabou resultando que ela tinha também essas relações; era respeitada e enfim gostaram dela umas pessoas tais que depois todos deveriam naturalmente estimá-la e recebê-la. Não há dúvida de que os seus tormentos familiares eram infundados, tinham para isso uma causa insignificante e chegavam a ser cômicos de tão exagerados; mas se alguém tem uma verruga no nariz ou na testa, acaba parecendo que todas as pessoas no mundo têm como única preocupação olhar para essa verruga, rir dela e por ela julgar a pessoa, mesmo que esta tenha descoberto a América. Tampouco há dúvida de que, na sociedade, Lisavieta Prokófievna era de fato considerada uma "esquisitona"; mas a estimavam indiscutivelmente; no fim das contas Lisavieta Prokófievna deixou até de acreditar que a estimavam — no que consistia toda a desgraça. Ao olhar para as filhas, ela se torturava com a suspeita de que algo sempre estava a prejudicar a carreira delas, de que o seu caráter era ridículo, indecente e insuportável — pelo que, é claro, acusava a todo instante as suas próprias filhas e Ivan Fiódorovitch e passava dias inteiros rompida com eles, ao mesmo tempo em que os amava com abnegação e quase paixão.

O que mais a atormentava era a desconfiança de que as suas filhas também viessem a ser "esquisitonas" tal qual ela, e que moças assim não existiam nem poderiam existir no mundo. "Os niilistas estão aumentando, e só!" — dizia consigo a cada instante. No último ano e, principalmente, bem nos últimos tempos esse pensamento triste passou a se consolidar mais e mais nela. "Em primeiro lugar, por que elas não se casam?" — perguntava-se a todo momento. "Para atormentar a mãe — é nisso que elas veem o objetivo da sua vida e isso, é claro, é verdade, porque tudo são essas ideias novas, tudo é essa maldita questão feminina! Porventura não deu na veneta de Aglaia cortar os seus magníficos cabelos meio ano atrás? (Meu Deus, nem eu tive cabelos iguais nos meus tempos!) E já estava com a tesoura na mão, e só implorando de joelhos consegui demovê-la!... Bem, isso, admitamos, ela fez de pirraça, para atormentar a mãe, porque é uma moça má, voluntariosa, mimada, mas o principal é que é má, má, má! E por acaso a gorda da Alieksandra não se meteu a segui-la e cortar as suas madeixas, e já de pirraça, não por capricho, mas de maneira sincera, como uma imbecil, que a mesma Aglaia convenceu dizendo que sem cabelos ela iria dormir com mais tranquilidade e a cabeça não iria doer? E quantos, quantos, quantos — já se vão aí cinco anos — namorados elas tiveram? E, verdade, eram pessoas boas, havia até pessoas maravilhosas! O que é que elas estão esperando, por que não se casam? Só para desgostar a mãe — não há nenhum outro motivo! Nenhum! Nenhum!"

Enfim o sol ia nascer também para o coração materno; ao menos uma filha, ao menos Adelaida finalmente estará com a vida arranjada. "Pelo menos uma vai sair de cima dos meus ombros" — dizia Lisavieta Prokófievna, quando tinha de se exprimir em voz alta (de si para si ela se exprimia de modo incomparavelmente mais terno). E como tudo isso se arranjou bem, e como foi decente; até na sociedade passaram a falar com respeito. Um homem famoso, um príncipe, dono de fortuna, um homem bom e ademais que caiu no seu agrado, o que, parece, o que se pode querer de melhor? Mas já antes ela temia menos por Adelaida do que pelas outras filhas, embora os seus pendores artísticos às vezes perturbassem muito o coração sempre duvidoso de Lisavieta Prokófievna. "Em compensação é de índole alegre e muito sensata — logo, é uma moça que não vai se perder", acabava por fim se conformando. Temia por Aglaia mais do que por todas as outras. A propósito, quanto à mais velha, Alieksandra, a própria Lisavieta Prokófievna não sabia como agir: temer ou não por ela? Ou lhe parecia que definitivamente "a moça não tem mais jeito"; vinte e cinco anos, então vai ficar solteirona. E "com uma beleza como essa?...". Lisavieta Prokófievna chegava até a chorar por ela durante as noites, ao passo que nessas mesmas noites Alieksandra Ivánovna dormia o mais tranquilo dos sonos. "Ora, o que será ela — niilista ou simplesmente imbecil?" Aliás, de que ela não era imbecil Lisavieta Prokófievna não tinha nenhuma dúvida: respeitava demais os juízos de Alieksandra Ivánovna e gostava de aconselhar-se com ela. Mas quanto ao fato de que era uma "galinha-morta", nisso não havia nenhuma dúvida: "Ela é tão sossegada que não acorda nem a sacudidelas! Aliás as 'galinhas-mortas' não são sossegadas — arre! Estou completamente desnorteada com elas!". Lisavieta Prokófievna alimentava uma inexplicável simpatia compassiva por Alieksandra Ivánovna, mais até do que por Aglaia, que era o seu ídolo. No entanto, as extravagâncias amargas (com que, principalmente, se manifestavam a sua preocupação de mãe e as suas simpatias), as implicações, os apelidos como "galinha-morta" apenas faziam Alieksandra rir. Às vezes chegava-se a tal ponto que as coisas mais insignificantes deixavam Lisavieta Prokófievna zangadíssima e fora de si. Alieksandra Ivánovna, por exemplo, gostava de dormir muito e costumava sonhar muito; mas os seus sonhos distinguiam-se constantemente por um vazio fora do comum e ingenuidade — de uma criança de sete anos; pois bem, até essa inocência dos sonhos passou a irritar a mãe sabe-se lá por quê. Uma vez Alieksandra Ivánovna sonhou com nove galinhas, e por isso houve uma briga formal dela com a mãe — por quê? — é difícil explicar. Uma vez, apenas uma vez ela conseguiu sonhar alguma coisa com aparência de originalidade — sonhou com um monge, sozinho, em algum quarto escuro, no qual ela tinha sempre medo de entrar. O sonho logo foi transmitido com solenidade a Lisavieta Prokófievna pelas duas irmãs que gargalhavam; mas a mãe tornou a zangar-se e chamou todas as três de idiotas. "Hum! Sossegada como uma imbecil e uma perfeita 'galinha-morta', não acorda nem a sacudidelas, mas é triste, às vezes parece triste! Com quê ela se aflige, com quê?" Às vezes ela fazia essa pergunta também a Ivan Fiódorovitch e, como era hábito seu, de maneira histérica, ameaçadora, aguardando a resposta imediata. Ivan Fiódorovitch fazia hum!, ficava carrancudo, dava de ombros e enfim resolvia, agitando os braços:

— Está precisando de um marido!

— Só que não queira Deus que seja um como você, Ivan Fiódoritch![5] — Lisavieta Prokófievna acabou explodindo como uma bomba —, que não seja um assim com os seus juízos e sentenças como você, Ivan Fiódoritch; que não seja um bruto casca-grossa como você, Ivan Fiódoritch.

Ivan Fiódorovitch logo ficava a salvo e Lisavieta Prokófievna se acalmava depois de sua *explosão*. É claro que até o anoitecer do mesmo dia era inevitável ela tornar-se extraordinariamente atenciosa, calma, carinhosa e respeitosa com Ivan Fiódorovitch, com o "seu bruto casca-grossa" Ivan Fiódorovitch, com o seu bondoso, amável, adorável Ivan Fiódorovitch, o que o

---

[5] Variação do patronímico Fiódorovitch. (N. do T.)

sabia perfeitamente o próprio Ivan Fiódorovitch e por isso nutria uma estima infinita por sua Lisavieta Prokófievna.

Mas o seu tormento principal e permanente era Aglaia.

"É exatamente, exatamente como eu, o meu retrato em todos os sentidos — dizia de si para si Lisavieta Prokófievna — voluntariosa, um demoninho detestável! Niilista, esquisitona, louca, má, má, má! Oh, Deus, como vai ser infeliz!"

No entanto, como já dissemos, o sol nascente atenuou e iluminou tudo por um instante. Na vida de Lisavieta Prokófievna, houve quase um mês no qual ela descansou totalmente de todas as preocupações. A pretexto do casamento iminente de Adelaida, na sociedade começou-se a falar também de Aglaia, e aí Aglaia se comportava em toda parte de modo tão magnífico, tão regular, tão inteligente, tão triunfal, um pouco altiva, mas é isso mesmo que combina com ela! Durante o mês inteiro esteve muito carinhosa, muito amigável com a mãe! ("É verdade que ainda é necessário examinar muito, muito esse Ievguiêni Pávlovitch, é preciso decifrá-lo, e ademais Aglaia não parece poupá-lo muito mais do que as outras.") Apesar de tudo, de repente ela se tornou uma moça tão maravilhosa — e como é bonita, meu Deus, como é bonita, está cada dia mais bonita! E eis...

E eis que acabou de aparecer esse principezinho detestável, esse idiotazinho porcaria, e tudo ficou mais uma vez em desordem, tudo em casa ficou de ponta-cabeça!

Mas, não obstante, o que aconteceu?

Para os outros na certa nada aconteceu. Mas Lisavieta Prokófievna se distinguia precisamente pelo fato de que, na combinação e na confusão das coisas mais comuns em meio à intranquilidade que sempre lhe era própria, sempre conseguia notar algo que a assustava a ponto de fazê-la adoecer do pavor mais cismático, mais inexplicável e, por conseguinte, mais angustiante. Qual não foi o seu estado quando agora, em meio a toda a barafunda de inquietações ridículas e infundadas, de chofre começou realmente a insinuar-se algo que de fato parecia importante, algo que parecia mesmo merecer preocupações, e dúvidas, e suspeitas.

"E como se atreveram, como se atreveram a me escrever essa maldita carta anônima sobre aquela *canalha*, dizendo que ela anda de relações com Aglaia?" — pensou Lisavieta Prokófievna durante todo o percurso enquanto arrastava o príncipe, e em casa, quando o fez sentar-se em volta de uma mesa redonda, junto à qual estava reunida toda a sua família. "Como se atreveram a pensar nisso? É, eu morreria de vergonha se acreditasse ao menos numa gota ou se mostrasse essa carta a Aglaia! Um deboche desse tipo conosco, com os Iepántchin! E tudo através de Ivan Fiódoritch, através de você, Ivan Fiódoritch? Ah, por que não nos mudamos para Ieláguin: ora, eu falei que era para Ieláguin! Talvez tenha sido Várika[6] que escreveu a carta, eu sei, ou pode ser... tudo, tudo por culpa de Ivan Fiódoritch! Foi com ele que aquela *canalha* armou aquela brincadeira em memória das antigas relações, para o expor ao ridículo, do mesmo jeito que antes ria dele como de um idiota, gargalhava, fazia-o de bobo quando ele ainda levava pérolas para ela... E todavia acabamos envolvidos, e todavia as suas filhas estão envolvidas, Ivan Fiódoritch, as moças, as senhorinhas, senhorinhas da melhor sociedade, moças em idade de casar; elas estavam lá, estavam lá em pé, ouviram tudo, também estão envolvidas na história dos meninos, pode regozijar-se, também estavam lá e ouviram! Não vou perdoar, não vou perdoar esse principezinho, nunca hei de perdoá-lo! E por que Aglaia está há três dias histérica, por que por um fio não rompeu com as irmãs, até com Alieksandra, de quem sempre beijou as mãos como se fosse mãe — a estimava tanto? Por que desde anteontem ela anda com enigmas? Por que de repente defendeu Gavrila Ívolguin? Por que ontem e hoje meteu-se a elogiar Gavrila Ívolguin e se desfez em prantos? Por que esse maldito cavaleiro pobre foi lembrado na carta anônima, quando ela não mostrou nem para as irmãs a carta do príncipe. E por que... com que fim, com que fim eu corri para ele como uma gata desvairada e eu mesma o arrastei para cá? Meu Deus, eu enlouqueci, o que acabei de fazer!? Falar com um jovem sobre os segredos de uma filha, e ainda... e ainda de segredos que por pouco não dizem respeito a ele mesmo! Meu Deus, ainda bem que ele é idiota e... e... amigo da casa! Mas por que será que Aglaia se apaixonou por semelhante deformidade!? Meu Deus, o que estou inventando! Arre! Nós somos originais... precisamos que nos exponham atrás de uma vidraça, eu em primeiro lugar, a dez copeques a entrada. Não vou perdoá-lo por isso, Ivan Fiódoritch, nunca hei de perdoá-lo! E por que ela não o está azucrinando agora? Prometeu azucrinar, então que azucrine! Vejam só, vejam só, está olhando para ele de olhos arregalados, calada, sem sair, em pé, mas não foi ela mesma que o mandou vir... Ele está ali sentado, todo pálido. E maldito, maldito esse tagarela do Ievguiêni Pávlitch,[7] sozinho envolveu a todos com a sua conversa! Vejam só, todo derramado, não deixa ninguém colocar uma palavra. Acabei de ficar sabendo de tudo, é só eu começar a falar..."

---

[6] Variação do nome Varvara. (N. do T.)

[7] Variação do patronímico Pávlovitch. (N. do T.)

O príncipe deveras estava sentado, levemente pálido, em volta de uma mesa redonda e ao mesmo tempo parecia tomado de extremo pavor e, por instantes, de um êxtase que ele mesmo não compreendia e lhe arrebatava a alma. Oh, como temia olhar para um lado, para o canto de onde dois conhecidos olhos negros se fixavam nele e ao mesmo tempo como morria de felicidade por estar novamente ali entre eles, de ouvir aquela voz conhecida depois daquilo que ela lhe havia escrito. "Meu Deus, agora ela vai dizer alguma coisa!" Ele mesmo ainda não havia proferido uma só palavra e ouvia tenso um Ievguiêni Pávlovitch "que se derramava" e raramente se encontrava em um estado de tamanha satisfação e excitação como agora nesta tarde. O príncipe o ouvia sem entender por muito tempo quase nenhuma palavra. Além de Ivan Fiódorovitch, que ainda não havia retornado de Petersburgo, todos estavam presentes. O príncipe Sch. também estava. Parece que se haviam reunido aguardando um pouco a hora do chá ou para ouvir música. A conversa que então se desenvolvia começara pelo visto antes da chegada do príncipe. Logo Kólia deslizou pelo terraço, aparecendo de chofre de algum lugar. "Então ele continua sendo recebido aqui como antes" — pensou consigo o príncipe.

A *datcha* dos Iepántchin era luxuosa como uma choupana suíça de gosto, cercada por todos os lados de flores e folhas. De todos os lados a rodeava um jardim florido pequeno, porém belo. Todos estavam no terraço como em casa do príncipe; só que o terraço era um pouco mais amplo e arrumado com mais elegância.

O tema da conversa que ali se desenvolvia não parecia agradar a todos; como se poderia adivinhar, a conversa fora iniciada por causa de uma discussão intolerável e, é claro, todos estavam querendo mudar de assunto, mas Ievguiêni Pávlovitch parecia insistir ainda mais e sem ligar para a impressão que causava; a chegada do príncipe pareceu deixá-lo mais motivado ainda. Lisavieta Prokófievna franzia o cenho, embora não entendesse tudo. Sentada à parte, quase em um canto, Aglaia não se retirava, ouvia e calava obstinadamente.

— Permita — objetava com ardor Ievguiêni Pávlovitch —, não estou falando nada contra o liberalismo. Liberalismo não é defeito; é uma pequena parte de um todo que sem ele se desintegra ou morre; o liberalismo tem tanto direito de existir quanto o conservantismo mais bem-comportado; contudo eu ataco o liberalismo russo e, reitero, que o ataco propriamente porque o liberal russo não é um liberal *russo* mas é um liberal *não russo*. Apresentem-me um liberal russo e no mesmo instante dou um beijo nele na vossa presença.

— Isso se ele quiser beijá-lo — disse Alieksandra Ivánovna, que estava numa excitação excepcional. Até suas faces estavam mais coradas que de costume.

"Vejam só — pensou consigo Lisavieta Prokófievna —, ora dorme e come, a gente não adivinha, ora se levanta de chofre e começa a falar de um jeito que a gente tem que ficar de queixo caído."

O príncipe observou de relance que Alieksandra Ivánovna parecia não gostar muito do que Ievguiêni Pávlovitch falava de modo excessivamente alegre, tratando de um tema sério como quem está excitado e ao mesmo tempo como quem está brincando.

— Eu acabava de afirmar, bem no momento em que o senhor estava chegando, príncipe — continua Ievguiêni Pávlovitch —, que até agora tem havido entre nós apenas duas camadas de liberais: a anterior, formada por senhores de terra (erradicada) e a seminarista.[8] E uma vez que ambas as castas acabaram se convertendo em castas perfeitas, em algo absolutamente separado da nação, e isso vem acontecendo tanto mais quanto o tempo passa, de geração a geração, então se verifica que tudo o que elas têm feito e continuam fazendo não tem nada de nacional...

— Como? Quer dizer que tudo o que foi feito é tudo não russo? — objetou o príncipe Sch.

— Não nacional; embora feito em russo, mas não nacional; nem os nossos liberais são russos, nem os nossos conservadores são russos, tudo... e podem estar certos de que a nação não reconhece nada do que foi feito pelos senhores de terra e pelos seminaristas, nem agora nem depois...

— Ora essa é boa! Como o senhor pode afirmar semelhante paradoxo, se é que está falando sério? Eu não posso admitir semelhantes extravagâncias a respeito do senhor de terras russo; o senhor mesmo é um senhor de terras russo — objetava com fervor o príncipe Sch.

— Sim, só que não estou falando do senhor de terras russo com esse sentido que o senhor está interpretando. É uma casta respeitável ao menos pelo simples fato de que eu pertenço a ela; principalmente agora, quando ela deixou de existir...

— Será que nem na literatura houve nada de nacional? — interrompeu Alieksandra Ivánovna.

— Em literatura eu não sou um mestre, mas a meu ver a literatura rus-

---

[8] O termo não parece claro, mas pelo sentido refere-se a ex-alunos de seminário, isto é, de colégio de ensino médio na Rússia anterior a 1917. (N. do T.)

sa é toda não russa, talvez com exceção apenas de Lomonóssov, Púchkin e Gógol.

— Em primeiro lugar, isso não é pouco e, em segundo lugar, um é oriundo do povo e os outros dois são senhores de terra — riu Adelaida.

— É isso mesmo, mas não cante vitória. Uma vez que de todos os escritores russos até agora apenas esses três conseguiram dizer a cada leitor algo efetivamente *seu*, próprio seu, não tomado de empréstimo a ninguém, dessa forma esses três se tornaram imediatamente nacionais. Quem dentre os russos disser, escrever ou fizer algo de seu, de *seu* inalienável e não assimilado, imediatamente se tornará nacional, ainda que fale mal o russo. Para mim isso é um axioma. Mas não foi de literatura que começamos a falar, começamos a falar dos socialistas, e foi por eles que a conversa começou; pois bem, eu afirmo que entre nós não há nenhum socialista russo; não há e nem houve, porque todos os nossos socialistas também são oriundos dos senhores de terra ou dos seminaristas. Todos os nossos socialistas rematados, proclamados, tanto os daqui quanto os estrangeiros, não passam de liberais oriundos da casta dos senhores de terra dos tempos do direito servil. De que estão rindo? Deem-me os livros deles, deem-me as doutrinas deles, as suas memórias e eu, sendo crítico literário, me ponho a lhes escrever uma crítica literária convincente na qual vou demonstrar, de forma clara como o dia, que cada página dos livros, brochuras e memórias deles foi escrita antes de tudo pelo antigo senhor de terras russo. A raiva, a indignação e a graça deles são de senhores de terra (inclusive anteriores a Fómussov!); seu êxtase, suas lágrimas talvez sejam êxtases verdadeiros, lágrimas verdadeiras, mas são de senhores de terra! De senhores de terra ou seminaristas... Vocês estão rindo de novo, e até o senhor está rindo, príncipe? Também não concorda?

Realmente todos estavam rindo, até o príncipe deu um risinho.

— Eu ainda não posso dizer de um modo tão franco que estou ou não de acordo — pronunciou o príncipe, parando subitamente de rir e estremecendo com ar de um aluno de escola surpreendido —, mas eu lhe asseguro que o estou ouvindo com uma satisfação extraordinária...

Ao dizer isso ele quase ficou sufocado, e uma gota de suor frio até lhe brotou da testa. Eram as primeiras palavras que pronunciava desde que se sentara ali. Quis tentar olhar ao redor mas não se atreveu; Ievguiêni Pávlovitch captou o seu gesto e sorriu.

— Senhores, vou lhes contar um fato — continuou ele no mesmo tom, isto é, aparentando um entusiasmo incomum e fervor e ao mesmo tempo a ponto de rir, talvez de suas próprias palavras —, um fato, uma observação cuja descoberta tenho até a honra de atribuir a mim mesmo e inclusive só a mim; pelo menos sobre isso ainda não foi dito ou escrito nada em parte alguma. Nesse fato se traduz toda a essência do liberalismo russo daquele gênero de que estou falando. Em primeiro lugar, se falarmos em linhas gerais, o que é mesmo o liberalismo senão um atentado (racional ou equivocado, isso já é outro assunto) contra a ordem vigente das coisas? Pois não é assim? Pois bem, meu fato consiste em que o liberalismo russo não é um atentado contra a ordem vigente das coisas, mas um atentado contra a própria essência das nossas coisas, contra as próprias coisas, e não apenas contra a ordem, não contra a ordem russa mas contra a própria Rússia. Meu liberal chegou a tal ponto que nega a própria Rússia, isto é, odeia e espanca a própria mãe. Cada fato russo infeliz e malsucedido suscita nele riso e quase êxtase. Ele odeia os costumes populares, a história russa, tudo. Se existe justificativa para ele, esta consiste apenas em que ele não compreende o que faz e toma o seu ódio à Rússia como o mais fértil liberalismo (oh, os senhores encontram frequentemente entre nós o liberal que é aplaudido pelos outros e que talvez, no fundo, seja o mais absurdo, o mais obtuso e perigoso conservador e ele mesmo não sabe disso!). Não faz tanto tempo, alguns liberais acharam de tomar esse ódio à Rússia quase que como o verdadeiro amor à pátria, e se vangloriavam de que viam melhor que os demais em que deve consistir esse amor; agora, porém, já se tornaram mais francos e passaram inclusive a se envergonhar da expressão "amor à pátria", chegam inclusive a expulsar e abolir o conceito como prejudicial e insignificante. Esse fato é verdadeiro, eu sou a favor dele e... e algum dia seria preciso dizer a verdade de modo pleno, simples e franco; mas esse fato, sendo ao mesmo tempo um fato que não aconteceu nunca e nem em lugar nenhum, em tempos imemoriais e em nenhum povo, então é um fato casual e talvez venha a passar, eu concordo. Em parte alguma pode haver um liberal que odeie a sua própria pátria. Como explicar tudo isso entre nós? Do mesmo modo que antes — pela circunstância de que o liberal russo ainda é um liberal não russo; nada mais, a meu ver.

— Eu interpreto tudo o que o senhor disse como uma brincadeira, Ievguiêni Pávlovitch — objetou seriamente o príncipe Sch.

— Eu não conheço todos os liberais e não me atrevo a julgá-los — disse Aliekasandra Ivánovna —, mas ouvi com indignação o seu pensamento: o senhor pegou um caso particular e o promoveu a regra geral, logo, difamou.

— Um caso particular? Ah! A palavra foi dita — secundou Ievguiêni Pávlitch. — Príncipe, o que o senhor acha, este é um caso particular ou não?

— Eu também devo dizer que conheço poucos e estive pouco com... os liberais — disse o príncipe —, mas acho que o senhor pode ter alguma razão e que esse liberalismo russo de que o senhor está falando tende efetivamente, em parte, a odiar a própria Rússia e não só a sua ordem das coisas. É claro que apenas em parte... É claro que de maneira nenhuma isso pode ser justo para todos...

    Ele se confundiu e não concluiu. Apesar de todo o seu nervosismo, estava sumamente interessado na conversa. O príncipe tinha um traço peculiar, que consistia na ingenuidade incomum da atenção com que ele sempre ouvia alguma coisa que o interessava e das respostas que dava quando a ele faziam perguntas a respeito. Em seu rosto e até na postura do seu corpo manifestava-se de certo modo essa ingenuidade, essa fé que não suspeitava nem de zombaria, nem de humor. Mas, embora Ievguiêni Pávlovitch há muito tempo não se dirigisse a ele senão com certa zombaria particular, agora, porém, diante da sua resposta, olhou-o com um quê de muito sério, como se dele não esperasse absolutamente semelhante resposta.

    — Pois bem... veja como o senhor, mas é estranho — disse ele —, o senhor, príncipe, me respondeu de verdade, a sério?

    — Por acaso o senhor não me perguntou a sério? — objetou ele admirado.

    Todos riram.

    — Pode acreditar nele — disse Adelaida —, Ievguiêni Pávlovitch sempre faz todos de bobo! Se o senhor soubesse o que às vezes ele conta com a maior seriedade!

    — A meu ver isso é uma conversa difícil, e nem devia ser iniciada de maneira nenhuma — observou rispidamente Alieksandra —, queríamos sair para passear...

    — E vamos, a tarde está um encanto! — bradou Ievguiêni Pávlitch. — Mas para lhes demonstrar que desta vez eu estava falando com absoluta seriedade e provar isso sobretudo ao príncipe (príncipe, o senhor me deixou interessadíssimo, e lhe juro que ainda não sou inteiramente uma pessoa tão vazia como forçosamente devo parecer — ainda que eu seja mesmo um homem vazio!) e... se me permitirem, senhores, eu ainda farei ao príncipe uma última pergunta, por pura curiosidade, e com ela encerro. Essa pergunta me veio à cabeça duas horas atrás como que de propósito (está vendo, príncipe, às vezes eu também penso coisas sérias); eu a resolvi, mas vejamos o que dirá o príncipe. Acabaram de falar em "caso particular". É uma palavrinha muito notável entre nós, com frequência a ouvimos. Há pouco tempo todos falaram e escreveram sobre aquele horroroso assassinato de seis pessoas por aquele... jovem e sobre o estranho discurso do defensor, no qual ele afirma que, diante do estado de pobreza do assassino, seria *natural* que lhe viesse à cabeça matar aquelas seis pessoas. Isso não é literal mas parece que o sentido foi esse ou coisa parecida. Minha opinião pessoal é que o defensor, ao declarar semelhante ideia, estava na mais plena convicção de que dizia a coisa mais liberal, mais humana e progressista que se pode dizer em nossa época. Então, o que o senhor acha: essa deturpação dos conceitos e das convicções, essa possibilidade de uma visão tão torcida e notável do caso, é um caso particular ou geral?

Todos desataram a rir.

— Particular: é claro que particular — riram Alieksandra e Adelaida.

— Permita-me lembrar mais uma vez, Ievguiêni Pávlovitch — acrescentou o príncipe Sch. —, que a tua brincadeira já está desgastada demais.

— O que o senhor acha, príncipe? — não terminou de ouvir Ievguiêni Pávlovitch, percebendo sobre si o olhar curioso e sério do príncipe Liev Nikoláievitch. — O que o senhor acha: esse é um caso particular ou geral? Confesso que imaginei essa pergunta para o senhor.

— Não, não é particular — pronunciou o príncipe em voz baixa porém firme.

— Não leve a mal, Liev Nikoláievitch — bradou o príncipe Sch. com certo enfado —, mas será que o senhor não percebe que ele está querendo pegá-lo? Ele está deveras rindo e disposto a fazer precisamente o senhor de bobo.

— Eu pensava que Ievguiêni Pávlovitch estivesse falando a sério — corou o príncipe e ficou com os olhos embotados.

— Meu amável príncipe — continuou o príncipe Sch. —, lembre-se do que nós dois conversamos certa vez, há uns três meses; nós dizíamos justamente que em nossos jovens tribunais, recém-inaugurados, já podíamos mencionar muitos defensores excelentes e talentosos! E quantas decisões sumamente notáveis dos nossos jurados? Como o senhor mesmo se alegrou e como eu mesmo me alegrei da sua alegria... Nós dissemos que podíamos nos orgulhar... Mas essa defesa inconveniente, esse argumento estranho, evidentemente é uma casualidade, uma entre milhares.

O príncipe Liev Nikoláievitch pensou, mas respondeu em tom mais convicto embora baixo e como que pronunciando timidamente:

— Eu apenas quis dizer que a deturpação de ideias e conceitos (como se exprimiu Ievguiêni Pávlitch) é muito frequente, é um caso muito mais geral que particular, infelizmente. E a tal ponto que se essa deturpação não fosse um caso tão geral, talvez nem houvesse crimes tão impossíveis quanto esses...

— Crimes impossíveis? Mas eu lhe asseguro que exatamente os mesmos crimes, e talvez ainda piores, também aconteciam antes, sempre houve, e não só entre nós mas em toda parte, e acho que vão se repetir ainda por muito tempo. A diferença é que em nosso país antes se divulgava menos, mas agora estão falando em voz alta e inclusive escrevendo sobre eles, daí a impressão de que esses crimes apareceram só agora. Eis em que consiste o seu equívoco, um equívoco sumamente ingênuo, príncipe, eu lhe asseguro — sorriu o príncipe Sch. com ar zombeteiro.

— Eu mesmo sei que antes também houve muitos crimes, e muito terríveis; ainda há pouco tempo eu visitei algumas prisões e tive a oportunidade de conhecer alguns criminosos e réus. Existem até criminosos mais terríveis do que esse, que mataram dez pessoas cada um e não se arrependem absolutamente. Mas vejam o que eu observei neste caso: que o assassino mais inveterado e impenitente ainda assim sabe que é um *criminoso*, isto é, por questão de consciência acha que agiu mal, ainda que não demonstre qualquer arrependimento. E assim é qualquer um deles; mas esses de que Ievguiêni Pávlitch estava falando não querem sequer se considerar criminosos e pensam consigo que tinham o direito e... até agiram bem, ou seja, é quase assim. É nisso que, a meu ver, há uma diferença terrível. E observem que todos são jovens, ou seja, estão justo naquela idade em que a pessoa é mais vulnerável e mais indefesa para se deixar levar pela deformação das ideias.

O príncipe Sch. já não ria e ouvia o príncipe tomado de perplexidade. Alieksandra Ivánovna, que há muito tempo queria fazer alguma observação, calou-se, como se alguma ideia especial a tivesse detido. Já Ievguiêni Pávlovitch olhava para o príncipe decididamente surpreso e desta vez já sem qualquer risota.

— E por que o senhor fica tão surpreso com ele, senhor meu — interveio inesperadamente Lisavieta Prokófievna —, será por que ele é mais tolo que o senhor e a seu ver não pode julgar?

— Não, eu não estou pensando nisso — disse Ievguiêni Pávlovitch —, mas apenas como o senhor, príncipe (desculpe a pergunta), se o senhor vê e observa a coisa desse modo, então como o senhor (desculpe mais uma vez) nesse estranho caso... esse que aconteceu há poucos dias... o de Burdovski, parece... como o senhor não notou a mesma deturpação das ideias e das convicções morais? Porque é exatamente a mesma coisa! Na ocasião me pareceu que o senhor não havia notado absolutamente.

— Veja uma coisa, meu caro — exaltou-se Lisavieta Prokófievna —, todos nós, aqui sentados, observamos e nos vangloriamos diante dele, mas eis uma carta que ele recebeu de um deles, do mais importante, do mais coberto de espinhas, estás lembrada Alieksandra? Na carta ele pede desculpas a ele, ainda que seja a seu modo, e informa que abandonou aquele companheiro que então o havia instigado — estás lembrada, Alieksandra? — e que agora acredita mais no príncipe. Bem, nós ainda não recebemos uma carta desse tipo, ainda que neste caso não precisemos aprender a levantar o nariz diante dele.

— E Hippolit também se mudou para cá, para nossa *datcha*! — bradou Kólia.

— Como!? Já está aqui? — inquietou-se o príncipe.

— Tão logo o senhor e Lisavieta Prokófievna saíram, ele apareceu; eu o trouxe!

— Bem, nisso eu aposto — exaltou-se de repente Lisavieta Prokófievna, esquecendo-se por completo de que acabara de elogiar o príncipe —, eu aposto que ele foi ontem vê-lo no sótão e lhe pediu perdão de joelhos para que esse tipo exasperado e ruim se dignasse a se mudar para cá. Foste lá ontem? Tu mesmo acabaste de confessar. Sim ou não? Ficaste ou não de joelhos?

— De maneira nenhuma — bradou Kólia —, mas foi justamente o contrário: ontem Hippolit pegou a mão do príncipe e a beijou duas vezes, eu mesmo vi, e nisso terminou todo o esclarecimento, além do que o príncipe simplesmente disse que na *datcha* seria melhor para ele e ele concordou no mesmo instante em se mudar assim que se sentisse melhor.

— Perdeu seu tempo, Kólia... — balbuciou o príncipe, levantando-se e pegando o chapéu —, por que você está contando, eu...

— Para onde vai? — deteve-o Lisavieta Prokófievna.

— Não se preocupe, príncipe — continuou o inflamado Kólia —, não vá lá e nem o incomode, ele adormeceu ainda a caminho; está muito contente; sabe, príncipe, acho que seria bem melhor que agora vocês não se encontrassem, é até melhor deixar para amanhã, senão ele vai ficar novamente desconcertado. Hoje de manhã ele disse que há meio ano não se sentia tão bem e tão forte, está até tossindo três vezes menos.

O príncipe observou que Aglaia se levantara subitamente do seu lugar e se chegara à mesa. Ele não se atrevia a olhar para ela, mas sentia com todo o seu ser que nesse instante ela olhava para ele e talvez o olhasse com ar ameaçador, que em seus olhos negros havia sem dúvida indignação e que o rosto estava em fogo.

— Já eu acho, Nikolai Ardaliónovitch, que você o trouxe à toa para cá, se é o mesmo rapazola tísico que naquela ocasião chorou e convidou para o seu enterro — observou Ievguiêni Pávlovitch —, ele falou com tanta eloquência sobre o muro da casa vizinha que na certa sentirá saudade daquele muro, pode estar certo.

— Disse a verdade: vai altercar, brigar contigo e ir embora depois, e acabou-se a história!

E Lisavieta Prokófievna puxou com dignidade para si a cesta com a sua costura, esquecendo-se de que todos se haviam levantado para sair a passeio.

— Quero lembrar que ele se vangloriou muito daquele muro — tornou a replicar Ievguiêni Pávlovitch —, sem aquele muro ele não terá como morrer com eloquência, e ele deseja muito morrer com eloquência.

— E daí? — murmurou o príncipe. — Se o senhor não quiser desculpá-lo ele morrerá mesmo sem a sua desculpa... Agora ele se mudou por causa das árvores.

— Oh, de minha parte eu lhe desculpo por tudo; pode lhe transmitir isto.

— Não é assim que isso deve ser entendido — respondeu o príncipe em tom baixo e como que involuntário, continuando a olhar para um ponto fixo no chão sem levantar a vista —, é preciso que o senhor também concorde em aceitar a desculpa dele.

— O que eu tenho a ver com isso? Qual é a minha culpa diante dele?

— Se não compreende, então... mas o senhor compreende; na ocasião ele quis... bendizer todos os senhores e de todos os senhores receber a bênção, eis tudo...

— Amável príncipe — replicou com certo temor e apressado o príncipe Sch., depois de trocar olhares com algum dos presentes —, não é fácil conseguir o paraíso na terra; e apesar de tudo o senhor conta um pouco com o paraíso; paraíso é coisa difícil, príncipe, bem mais difícil do que parece ao seu maravilhoso coração. É melhor que paremos com isso, senão todos nós poderemos ficar outra vez desconcertados e então...

— Vamos à música — pronunciou rispidamente Lisavieta Prokófievna, levantando-se zangada do seu lugar.

Todos a acompanharam.

II

O príncipe se chegou de súbito a Ievguiêni Pávlovitch.

— Ievguiêni Pávlitch — disse ele com um estranho fervor, segurando-o pelo braço —, esteja certo de que eu o considero o mais decente e melhor dos homens, a despeito de tudo; esteja certo disso...

Ievguiêni Pávlovitch até recuou um passo de surpresa. Por um instante se conteve de um insuportável acesso de riso; entretanto, observando mais de perto, notou que o príncipe estava meio fora dos eixos, pelo menos em um estado especial.

— Eu aposto, príncipe — bradou ele —, que o senhor não quis dizer nada disso, e é possível que de maneira alguma nem a mim... O que está sentindo? Não estará se sentindo mal?

— É possível, é muito possível, e o senhor observou com muita sutileza que é possível que eu não tenha querido falar ao senhor!

Dito isso, ele sorriu de um modo um tanto estranho e até engraçado, mas de repente, como se estivesse exaltado, exclamou:

— Não me lembre a minha atitude de anteontem! Senti muita vergonha nesses três dias... Eu sei que tenho culpa...

— Ora... ora, o que é que o senhor fez de tão terrível?

— Eu vejo que o senhor possivelmente se envergonha mais por mim que todos os outros, Ievguiêni Pávlovitch; o senhor cora, e isso é sinal de um coração magnífico. Vou me retirar agora, pode estar certo.

— O que foi que deu nele? Será assim que começam os seus ataques? — Lisavieta Prokófievna dirigiu-se assustada a Kólia.

— Não dê importância, Lisavieta Prokófievna, não estou tendo ataque; vou me retirar agora. Eu sei que eu... fui ofendido pela natureza. Passei vinte e quatro anos doente, do nascimento aos vinte e quatro anos. Interprete isso como de alguém doente também neste momento. Vou me retirar agora, agora, fique certa. Eu não estou corando — até porque seria estranho corar por causa disso, não é verdade? — mas em sociedade eu estou sobrando... Não estou dizendo isto por amor-próprio... Nesses três dias eu reconsiderei e decidi que devia colocá-la a par de tudo isso de forma sincera e decente no primeiro encontro. Há ideias, há ideias elevadas sobre as quais não devo começar a falar porque na certa farei todos rirem; o príncipe Sch. acabou de me lembrar isso mesmo... Eu não tenho modos convenientes, não tenho senso de medida; tenho palavras diferentes e não pensamentos correspondentes, e isso é uma humilhação para esses pensamentos. É por isso que não tenho o direito... e ademais sou cheio de cismas, eu... eu estou convencido de que nesta casa não poderão me ofender e gostam de mim mais do que eu mereço, mas sei (e sei com certeza) que, depois de vinte anos de doença, alguma coisa deveria restar, de maneira que é impossível que não riam de mim... às vezes... não é assim?

Era como se ele aguardasse resposta e decisão, olhando ao redor. Todos estavam numa perplexidade pesada por causa dessa extravagância inesperada, doentia e, pareceria, pelo menos, imotivada. Mas essa extravagância serviu de pretexto a um estranho episódio.

— Por que você está dizendo isto aqui? — bradou subitamente Aglaia. — Por que você está dizendo isto *a eles*? A eles! A eles!

Parecia que ela estava no último grau de indignação: seus olhos soltavam faíscas. O príncipe estava diante dela mudo, sem voz, e súbito empalideceu.

— Aqui não há uma única pessoa que mereça tais palavras! — estourou Aglaia. — Todos aqui, todos não valem o seu dedo mínimo, nem a sua inteligência, nem o seu coração! Você é o mais honesto de todos, o mais decente de todos, o melhor de todos, o mais bondoso de todos, o mais inteligente de todos! Aqui há pessoas indignas de abaixar-se e apanhar o lenço que você agora deixou cair... Por que se humilha e se coloca abaixo de todos? Por que se aniquila, por que não existe orgulho em você?

— Meu Deus, quem poderia imaginar! — ergueu os braços Lisavieta Prokófievna.

— O cavalheiro pobre! Hurra! — gritou embevecido Kólia.

— Cale a boca!... — Como podem me ofender aqui em sua casa? — súbito Aglaia investiu contra Lisavieta Prokófievna, já naquela situação interessante em que não se olha para nenhum limite e se ultrapassa qualquer obstáculo. — Por que todos, absolutamente todos me torturam? Por que eles, príncipe, durante esses três dias vêm implicando comigo por sua causa? Eu não vou me casar com você por nada nesse mundo! Saiba que por nada e nunca! Fique sabendo! Por acaso alguém pode casar com uma pessoa ridícula como você? Olhe-se agora no espelho, do jeito que você está neste momento!... Por que, por que ficam me provocando, dizendo que vou me casar com você? Você deve saber! Você também está no complô com eles!

— Ninguém jamais provocou! — murmurou assustada Adelaida. — Ninguém teve isso em mente, ninguém disse tal coisa! — bradou Alieksandra Ivánovna.

— Quem a provocou? Quando a provocaram? Quem podia lhe dizer isso? Ela estará delirando? — dirigia-se a todos Lisavieta Prokófievna, tremendo de ira.

— Todos me disseram, absolutamente todos, durante todos esses três dias! Nunca, nunca eu vou me casar com ele!

Depois de gritar isso, Aglaia ficou banhada de amargas lágrimas, cobriu o rosto com um lenço e caiu na cadeira.

— Mas ele ainda nem te pe...

— Eu não a pedi, Aglaia Ivánovna — deixou escapar repentinamente o príncipe.

— O quê-ê? — admirada, indignada, apavorada arrastou de chofre Lisavieta Prokófievna. — O que é is-sso?

Ela não acreditava nos próprios ouvidos.

— Eu quis dizer... eu quis dizer — pôs-se a tremer o príncipe —, eu quis apenas explicar a Aglaia Ivánovna... ter essa honra de explicar que eu não tinha qualquer intenção... de ter a honra de pedir a mão dela... nem nunca... disso eu não tenho nenhuma culpa, juro, nenhuma culpa, Aglaia Ivánovna! Eu nunca quis, e nunca me passou pela mente, nunca vou querer, você mesma o verá: pode estar certa! Alguma pessoa má andou me caluniando diante de você! Fique tranquila!

Ao falar isso ele se aproximava de Aglaia. Ela tirou o lenço com que cobria o rosto, olhou rapidamente para ele e para toda a sua figura assustada, compreendeu as suas palavras e súbito explodiu numa gargalhada na cara dele — numa gargalhada tão alegre e incontida, numa gargalhada tão engraçada e zombeteira que Adelaida foi a primeira a não se conter, sobretudo quando também olhou para o príncipe, precipitou-se para a irmã, abraçou-a e soltou uma gargalhada com o mesmo riso incontido e alegre de colegial como o da outra. Olhando para elas, até o príncipe de repente começou a sorrir e se pôs a repetir com uma expressão de alegria e felicidade:

— Bem, graças a Deus, graças a Deus!

Nesse ponto Alieksandra também não se conteve e desatou a rir de todo o coração. Parecia que o riso das três não tinha fim.

— Bem, são loucas! — murmurou Lisavieta Prokófievna. — Ora dão susto, ora...

Porém já ria também o príncipe Sch., ria também Ievguiêni Pávlovitch, Kólia ria sem parar, e o príncipe também ria olhando para todos.

— Vamos passear, vamos passear! — gritava Adelaida. — Todos juntos, e sem falta o príncipe conosco; nada de ir embora, o senhor é uma amável criatura! Que homem amável é ele, Aglaia! Não é verdade, *maman*? Além do mais, eu devo sem falta, sem falta lhe dar um beijo e um abraço pela... pela explicação que ele acabou de dar a Aglaia. *Maman*, querida, a senhora me permite dar um beijo nele? Aglaia! Permita-me dar um beijo no *teu* príncipe! — gritou a travessa e realmente correu para o príncipe e lhe deu um beijo na testa. Este lhe segurou as mãos, apertou-as com força, de modo que Adelaida por pouco não gritou, olhou para ela com uma alegria infinita e súbito ergueu a mão dela até os lábios e a beijou três vezes.

— Vamos andando! — chamou Aglaia. — Príncipe, você vai me conduzir. Pode ser, *maman*? Pode ser, permite ao noivo o que me foi negado? Porque você já me rejeitou para sempre, não é príncipe? Demais, não é assim, não é assim que se dá o braço a uma dama, será que você não sabe como se deve segurar uma dama pelo braço? É assim, vamos, nós dois vamos na frente de todos; quer ir na frente de todos, *tête-à-tête*?[9]

Ela falava sem parar, e ria o tempo todo em cascata.

— Graças a Deus! Graças a Deus! — afirmava Lisavieta Prokófievna, sem ela mesma saber de que se alegrava.

"É uma gente estranha demais!" — pensou o príncipe Sch., talvez pela centésima vez desde que travara conhecimento com elas, mas... gostava daquela gente estranha. Quanto ao príncipe, talvez não gostasse muito dele; o príncipe Sch. estava um tanto sombrio e como que preocupado quando todos saíram ao passeio.

Ievguiêni Pávlovitch parecia estar na mais alegre disposição, durante toda a caminhada até a estação gracejou com Alieksandra e Adelaida, que, com uma disposição já demasiada e particular, riam das suas brincadeiras, a tal ponto que ele começou a desconfiar levemente de que elas talvez não estivessem ouvindo nada do que ele dizia. Esse pensamento enfim o fez disparar de chofre numa gargalhada extraordinária e sincera, sem explicar a causa (assim era a sua índole!). As irmãs, que aliás estavam no estado de ânimo mais festivo, olhavam sem cessar para Aglaia e o príncipe adiante; via-se que a irmã caçula lhe havia proposto um grande enigma. O príncipe Sch. procurava a todo custo entabular uma conversa com Lisavieta Prokófievna sobre coisas à parte, talvez querendo distraí-la, e a deixava saturada ao extremo. Ela, que parecia estar com as ideias totalmente fragmentadas, respon-

---

[9] "A sós", em francês no original. (N. do T.)

dia-lhe sem propósito ou vez por outra não respondia nada. Entretanto, os enigmas de Aglaia Ivánovna ainda não haviam terminado naquela tarde. O último recaiu exclusivamente sobre o príncipe. Quando os dois se afastaram a uns cem passos da *datcha*, Aglaia disse ao seu cavaleiro silencioso com o murmúrio rápido e à queima-roupa:

— Olhe para a direita.

O príncipe olhou.

— Olhe com mais atenção. Está vendo aquele banco, no parque, ali onde estão aquelas três árvores grandes... o banco verde?

O príncipe respondeu que estava vendo.

— Gosta da localização? Pela manhã, por volta das sete horas, quando todos ainda estão dormindo, eu venho me sentar ali sozinha.

O príncipe murmurou que a localização era magnífica.

— Agora me deixe, eu não quero mais continuar de braço com você. Ou melhor, continue de braço comigo, mas não diga nenhuma palavra. Eu quero pensar a sós comigo...

Em todo caso, o aviso foi inútil: mesmo sem a ordem, o príncipe na certa não pronunciaria uma única palavra durante toda a caminhada. Seu coração bateu terrivelmente quando ele ouviu a referência ao banco. Um minuto depois mudou de ideia e expulsou envergonhado sua ideia absurda.

Nos dias comuns, como se sabe e pelo menos como todo mundo afirma, o público que comparece à estação Pávlovsk "é mais seleto" do que aos domingos e nos dias de festa, quando chega da cidade "toda espécie de gente". As toaletes não são de festa mas são elegantes. É agradável reunir-se para ouvir música. A orquestra talvez seja realmente a melhor de nossas orquestras de jardins, toca coisas novas. O decoro e a solenidade são extraordinários, apesar de um certo ar geral de familiaridade e até de intimidade. Os conhecidos, todos veranistas, se encontram para olhar uns para os outros. Muitos fazem isso com verdadeiro prazer e ali comparecem só para isso; mas há também aqueles que comparecem apenas para a música. Os escândalos são extraordinariamente raros, embora, não obstante, aconteçam inclusive em dias comuns. Mas sem isso é impossível passar.

Desta feita a tarde estava encantadora e havia bastante gente. Todos os lugares ao lado da orquestra estavam ocupados. O nosso grupo sentou-se em umas cadeiras meio à parte, bem ao lado da saída da estação à esquerda. A multidão, a música, animaram um pouco Lisavieta Prokófievna e distraíram as senhorinhas; elas conseguiram trocar olhares com algum conhecido e de longe fazer gentilmente sinal com a cabeça para alguém; tiveram tempo de observar os trajes, notar certas estranhezas, trocar ideias sobre eles, de rir com ar de galhofa. Ievguiêni Pávlovitch também fazia reverências muito frequentes. Alguém já havia prestado atenção em Aglaia e no príncipe, que ainda continuavam juntos. Logo alguns jovens conhecidos se chegaram à mãe e às senhorinhas; uns dois ou três ficaram para conversar; todos eram amigos de Ievguiêni Pávlovitch. Entre eles havia um oficial jovem e muito bonito, muito alegre, muito falante; ele se apressou em entabular conversa com Aglaia e fazia todos os esforços procurando atrair a atenção dela. Com ele Aglaia estava muito gentil e extremamente risonha. Ievguiêni Pávlovitch pediu permissão ao príncipe para apresentá-lo a esse seu amigo. O príncipe mal compreendeu o que queriam fazer com ele, mas a apresentação aconteceu, os dois trocaram reverências e se deram as mãos. O amigo de Ievguiêni Pávlovitch fez uma pergunta, mas parece que o príncipe não respondeu ou balbuciou consigo uma coisa tão estranha que o oficial olhou para ele de modo muito fixo, olhou depois para Ievguiêni Pávlovitch, compreendeu no mesmo instante com que fim o outro o havia apresentado, deu um risinho leve e tornou a dirigir-se a Aglaia. Só Ievguiêni Pávlovitch notou que Aglaia corou subitamente nesse momento.

    O príncipe sequer notava que os outros conversavam e diziam galanteios a Aglaia, por pouco não se esquecia por alguns instantes que ele também estava sentado ao lado dela. Às vezes lhe dava vontade de ir para algum lugar, sumir de vez dali, e gostaria até de um lugar sombrio, deserto, contanto que ficasse só com os seus pensamentos e que ninguém soubesse onde ele se encontrava. Ou queria ao menos estar em sua casa, no terraço, mas de tal forma que não houvesse ninguém, nem Liébeviev, nem as crianças; queria deixar-se cair no seu sofá, mergulhar o rosto no travesseiro e assim ficar deitado um dia, uma noite, mais um dia. Por instantes sonhava também com montanhas, e justo com um ponto conhecido nas montanhas, do qual sempre gostava de lembrar-se e aonde gostava de ir quando ainda morava lá, e olhar de lá para a aldeia lá embaixo, para a linha branca da cachoeira que se lobrigava lá embaixo, para as nuvens brancas, para o velho castelo abandonado. Oh, como ele gostaria de ir parar lá agora e ficar pensando em uma coisa — oh! só nisso a vida inteira — e isso bastaria para mil anos! E deixasse, deixasse que ali o esquecessem por completo. Oh, seria até necessário, até melhor se não o conhecessem absolutamente e que toda aquela visão fosse apenas coisa de um sonho. Demais, não daria no mesmo se fosse sonho ou realidade! Aqui e ali ele começava a fixar de súbito os olhos em Aglaia e ficava cinco minutos sem desviar o olhar do rosto dela; mas seu olhar era estranho demais: parecia que ele a olhava como se olha para um objeto a duas *verstas* de distância ou para o retrato dela, mas não para a própria.

— Por que você me olha desse jeito, príncipe? — perguntou ela de repente, interrompendo a conversa alegre e o riso com as pessoas em volta. — Eu tenho medo de você; sempre estou achando que está querendo estender a sua mão e tocar com um dedo o meu rosto para apalpá-lo. Não é verdade que ele olha assim, Ievguiêni Pávlovitch?

O príncipe ouviu, parece que surpreso, que estavam se dirigindo a ele, compreendeu, embora talvez não tivesse compreendido direito, não respondeu, mas vendo que ela e todos os outros riam, súbito abriu a boca e começou a rir. Ao redor o riso intensificou-se; o oficial, pelo visto um homem risonho, simplesmente rolava de rir. Súbito Aglaia murmurou irada consigo:

— Idiota!

— Meu Deus! Será que ela está chegando a esse ponto... será que está ficando inteiramente louca — rangeu consigo Lisavieta Prokófievna.

— Isso é uma brincadeira. É aquela mesma brincadeira com o "cavaleiro pobre" — enfim murmurou-lhe ao ouvido Alieksandra —, e nada mais! Mais uma vez ela está troçando dele a seu modo. Só que essa brincadeira foi longe demais; é preciso acabar com ela, *maman*! Há pouco ela se fazia de atriz, assustando-nos com sua travessura...

— Ainda bem que ela investiu contra esse idiota — cochichou com ela Lisavieta Prokófievna. Apesar de tudo, a observação da filha a deixou aliviada.

Não obstante, o príncipe escutou que o haviam chamado de idiota e estremeceu, mas não porque o haviam chamado de idiota. O "idiota" ele esqueceu no mesmo instante. Mas no meio da multidão, não longe de onde ele estava sentado, de algum ponto lateral — ele não teria nenhum meio de apontar com precisão em que lugar e em que ponto — insinuou-se um rosto, um rosto pálido, de cabelos negros encaracolados, com um sorriso e um olhar conhecidos, muito conhecidos — insinuou-se e sumiu. Era muito possível que ele apenas tivesse imaginado isso; de toda a visão ficaram-lhe na impressão um sorriso torto, uma elegante gravata verde clara no pescoço do senhor que ele lobrigara. Se esse senhor teria sumido na multidão ou deslizado para a estação era coisa que o príncipe não conseguia definir.

Um minuto depois, porém, ele começou a lançar de chofre olhares rápidos e intranquilos ao redor: aquela primeira visão poderia ser um prenúncio e uma antecipação de uma segunda visão. Deveria ser com certeza. Porventura ele teria esquecido o eventual encontro quando se dirigiam para a estação? É verdade que quando ele caminhava para a estação parece que não sabia em absoluto que estava indo para lá — tal era o seu estado. Se ele fosse capaz ou pudesse ser mais atencioso, ainda um quarto de hora antes poderia ter notado que Aglaia de raro em raro também parecia olhar intranquila e de relance ao redor, como se também procurasse alguma coisa. Agora, quando a sua preocupação se tornava muito mais notória, cresciam a inquietação e a preocupação de Aglaia, e mal ele olhava para trás ela também olhava quase no mesmo instante. A inquietação logo se resolveu.

Daquela mesma saída lateral da estação, perto da qual se haviam acomodado o príncipe e todo o grupo dos Iepántchin, de repente apareceu toda uma legião, pelo menos umas dez pessoas. À frente vinham três mulheres; duas eram admiravelmente bonitas, e não havia nada de estranho no fato de que tantos admiradores as seguissem. Mas tanto os admiradores quanto as mulheres eram algo especial, algo bem diferente do restante do público reunido para ouvir música. Quase todos os notaram de imediato, mas a maioria procurava fingir que não os via em absoluto, e só alguns jovens lhes sorriam, intercambiando a meia-voz alguma coisa. Ignorá-los era de todo impossível: eles revelavam de forma ostensiva a sua presença, falavam alto, riam. Poder-se-ia supor que entre eles havia até muitos embrigados, embora alguns se vestissem com elegância de dândis; mas havia também gente de aspecto muito estranho, em traje estranho, de rostos estranhamente afogueados; entre eles havia alguns militares; havia também gente não jovem; havia alguns em trajes confortáveis, em trajes folgados e de corte elegante, com anéis e abotoaduras, em magníficas perucas de uma cor negra tirante a azeviche, de suíças, com uma postura em parte galante, apesar da expressão meio enojada no rosto, mas que são evitados em sociedade como se evita a peste. Entre as nossas reuniões nos arredores da cidade, é claro, há aquelas que se distinguem por sua solenidade incomum e gozam de uma reputação particularmente boa; entretanto, a pessoa mais cautelosa não pode a cada instante estar protegida contra um tijolo que cai do prédio vizinho. Esse tijolo está prestes a cair agora até sobre o público cerimonioso, reunido para ouvir música.

Para ir da estação ao coreto onde ficava a orquestra era preciso descer três degraus. Ao pé desses mesmos degraus havia parado a tal legião; ninguém se atrevia a descê-lo, mas uma das mulheres avançou; só três da sua comitiva se atreveram a segui-la. Um era um homem de meia-idade de aparência bastante modesta, de bom aspecto em todos os sentidos, mas com aparência de um solteirão inveterado, isto é, daqueles que nunca conhecem ninguém e ninguém tampouco o conhece. O outro, que não largava a sua dama, era todo maltrapilho, no aspecto mais ambíguo. Ninguém mais acompanhava a excêntrica dama; entretanto, ao descer ela nem sequer olhou para trás, como se decididamente não se importasse se a acompanhavam ou não. Ria e continuava falando alto como antes; vestia-se com um gosto excepcional e riqueza, porém com um pouco mais de elegância do que devia. Passou diante da orquestra para o outro lado do coreto, onde a caleche de alguém esperava alguma pessoa à beira do caminho.

O príncipe já não *a* via há mais de três meses. Durante todos esses dias desde que chegara a Petersburgo tencionara visitá-la; entretanto, é possível que um pressentimento secreto o tivesse detido. Quando nada, de modo algum podia adivinhar a impressão que teria ao encontrá-la, e às vezes, tomado de pavor, procurava imaginá-la. Uma coisa lhe estava clara: o encontro seria difícil. Durante esses seis meses, várias vezes tentara memorizar aquela primeira sensação que produzira nele o rosto daquela mulher ainda quando a vira apenas no retrato; mas até na impressão causada pelo retrato, recordava ele, havia algo penoso demais. Aquele mês na província, quando ele a via quase todos os dias, surtiu sobre ele um efeito terrível, a tal ponto que vez por outra ele afugentava até a lembrança daquele encontro ainda recente. No próprio rosto daquela mulher sempre havia para ele qualquer coisa de aflitivo; conversando com Rogójin, o príncipe traduziu essa sensação como a sensação de uma compaixão infinita, e isso era verdade: desde o retrato, aquele rosto desencadeava no coração dele todo o sofrimento da compaixão; essa impressão de compaixão e até de sofrimento por aquele ser nunca lhe abandonara o coração, e não o abandonava agora também. Oh, não, estava até mais forte. Entretanto, o príncipe ficara insatisfeito com o que dissera a Rogójin; e só agora, nesse instante em que ela apareceu de súbito, ele compreendeu, talvez por uma sensação indireta, o que faltara em suas palavras ditas a Rogójin. Faltaram palavras capazes de exprimir o horror; sim, o horror! Agora, nesse instante, ele o percebeu perfeitamente; estava certo, plenamente convencido, por seus próprios motivos, de que aquela mulher era louca. Se, ele amando uma mulher mais do que tudo no mundo ou antegozando a possibilidade de tal amor, de repente a visse acorrentada, atrás de grades de ferro, recebendo pauladas do chefe da prisão — tal impressão seria um tanto semelhante àquela que agora experimentava o príncipe.

— O que você tem? — murmurou rápido Aglaia, examinando-o e puxando-o ingenuamente pelo braço.

Ele virou a cabeça para ela, olhou para ela, olhou para os seus olhos negros, que nesse instante brilhavam incompreensivelmente para ele, tentou dar um riso para ela mas, súbito, como se a esquecesse num instante, tornou a desviar os olhos para a direita e mais uma vez a seguir sua visão extraordinária. Nesse instante Nastácia Filíppovna passava ao lado das próprias cadeiras das senhorinhas. Ievguiêni Pávlovitch continuava contando alguma coisa pelo visto muito engraçada e interessante a Alieksandra Ivánovna, falava rápido e inspirado. O príncipe recordava que Aglaia súbito pronunciara com um meio murmúrio: "Que tipo...".

Uma palavra indefinida e reticente; ela se conteve num instante e nada mais acrescentou, mas isso já era suficiente. Nastácia Filíppovna, que passava como se não notasse ninguém em especial, súbito voltou-se para o lado delas e pareceu acabar de notar Ievguiêni Pávlovitch.

— Bah! Olhe ele aqui! — exclamou num átimo, parando. — Ora nenhum correio o localiza, ora está de propósito onde não se pode nem imaginar... E eu pensando que tu estivesses lá... na casa do tio!

Ievguiêni Pávlovitch ferveu, olhou furioso para Nastácia Filíppovna, porém lhe deu as costas o mais depressa.

— O quê?! Por acaso não me conheces? Ele ainda não sabe, imaginem! Suicidou-se com um tiro! Há pouco, hoje pela manhã, o teu tio suicidou-se com um tiro! Acabei de saber, faz duas horas que me disseram; mas metade da cidade já está sabendo; dizem que deu um desfalque de trezentos e cinquenta mil rublos no erário, outros falam em quinhentos. E eu ainda achava que ele ia te deixar uma herança; torrou tudo. Era um velhote depravado demais... Bem, adeus, *bonne chance*![10] Será que não vais até lá? A tempo pediste baixa, espertalhão! Mas é uma bobagem, tu sabias, sabias de antemão: talvez ontem já soubesses...

Embora na implicância descarada, no escancaro de um conhecimento e de uma intimidade que não havia, consistisse forçosamente um objetivo, e disso já não podia haver agora nenhuma dúvida, Ievguiêni Pávlovitch pensou primeiro em livrar-se de algum modo da ofensora e ignorá-la a qualquer custo. Mas as palavras de Nastácia Filíppovna o atingiram como um raio; ao ouvir sobre a morte do tio ele ficou branco como um lenço e voltou-se para a emissária. Nesse instante Lisavieta Prokófievna se levantou num gesto rápido, fez as filhas se levantarem atrás de si e quase saiu correndo dali. Só o príncipe Liev Nikoláievitch permaneceu um segundo no lugar como que indeciso, enquanto Ievguiêni Pávlovitch continuava ainda em pé, sem voltar a si. No entanto as Iepántchin não conseguiram se afastar vinte passos e já rebentava um terrível escândalo.

O oficial, que era grande amigo de Ievguiêni Pávlovitch e conversava com Aglaia, estava no limite da indignação.

— Este é um simples caso para chibata, do contrário não vais tirar van-

---

[10] "Desejo sucesso!", em francês no original. (N. do T.)

tagem com essa besta! — pronunciou ele quase em voz alta. (Parece que antes já era confidente de Ievguiêni Pávlovitch.)

Nastácia Filíppovna voltou-se num repente para ele. Seus olhos chamejaram; ela se precipitou para um jovem que estava em pé a dois passos dela e totalmente desconhecido, que segurava na mão uma pequena bengala trançada, arrancou-lhe da mão e com toda força deu uma bengalada em um lado do rosto do seu ofensor. Tudo isso aconteceu num abrir e fechar de olhos... O oficial, fora de si, investiu contra ela; ao lado de Nastácia Filíppovna já não havia ninguém de sua comitiva: o senhor bem-apessoado de meia-idade já conseguira escafeder-se totalmente, e o senhor alegre estava em pé ao lado e gargalhava a não mais poder. Um minuto depois, é claro, apareceria a polícia, e esse instante custaria amargamente a Nastácia Filíppovna se não chegasse a tempo uma ajuda inesperada; o príncipe, que também estava a dois passos, conseguiu agarrar por trás os braços do oficial. Ao puxar um braço, o oficial deu um forte empurrão no peito do príncipe; o príncipe voou uns três passos para trás e caiu em cima de uma cadeira. Mas já haviam aparecido mais dois defensores de Nastácia Filíppovna. Diante do oficial atacante estava o boxeador, autor do artigo já conhecido pelo leitor e membro da antiga legião de Rogójin.

— Keller! Tenente da reserva — apresentou-se ele com gabolice. — Se desejar um corpo a corpo, capitão, então, substituindo o sexo fraco, estou ao seu dispor; aqui houve todo um boxe inglês. — Não empurre, capitão; lamento a ofensa *sangrenta*, mas não posso permitir o direito do mais forte com uma mulher aos olhos do público. Se o senhor, como convém a um homem decentíssimo, desejar outra maneira, então, é claro, deve entender, capitão...

Mas o capitão já havia voltado a si e não mais o ouvia. Nesse instante Rogójin, que brotara de dentro da multidão, agarrou rápido Nastácia Filíppovna pelo braço e a levou consigo. Por sua vez, Rogójin parecia comovido em excesso, estava pálido e tremia. Ao retirar Nastácia Filíppovna, ainda assim conseguiu rir maldosamente na cara do oficial e, com ar triunfal de comerciante da Gostini Dvor,[11] proferiu:

— Irra! Vê só o que foi arranjar! As fuças estão sangrando! Irra!

Tendo voltado a si e percebido inteiramente com quem estava metido, o oficial se dirigiu com ar gentil (aliás, cobrindo a cara com um lenço) ao príncipe, que já se levantara da cadeira:

— É o príncipe Míchkin, que tive o prazer de conhecer?

---

[11] Famoso conjunto de lojas de artigos de luxo de Petersburgo. (N. do T.)

— Ela é louca! Maluca! Eu lhe asseguro! — respondeu o príncipe com voz trêmula, estendendo-lhe sabe-se lá por que a mão trêmula.

— É claro que eu não posso me vangloriar dessas informações; mas preciso saber o seu nome.

Fez sinal com a cabeça e afastou-se. A polícia apareceu exatamente cinco segundos depois que o último protagonista havia desaparecido. Aliás, o escândalo não durou mais de dois minutos. Alguns dos presentes se levantaram de suas cadeiras e foram embora, outros apenas trocaram de lugar; esses estavam muito contentes com o escândalo; aqueles passaram a falar intensamente e se mostraram interessados. Em suma, a coisa terminou como de costume. A orquestra voltou a tocar. O príncipe saiu atrás das Iepántchin. Se ele tivesse adivinhado ou olhado para a esquerda quando estava sentado na cadeira, depois de levar o empurrão, teria visto Aglaia a uns vinte passos dele, que parara com o intuito de assistir à cena do escândalo e não dava ouvidos aos chamados da mãe e das irmãs, que já se haviam afastado para longe. O príncipe Sch., que correra para ela, procurava convencê-la a ir embora o mais depressa. Ficou na lembrança de Lisavieta Prokófievna que Aglaia voltara para a companhia delas tão agitada que provavelmente não tinha ouvido os seus chamados. Entretanto, exatamente dois minutos depois, quando acabavam de entrar no parque, Aglaia pronunciou com sua voz indiferente, habitual e cheia de caprichos:

— Eu queria ver como a comédia ia terminar.

III

O incidente da estação abalou a mãe e as filhas quase pelo horror. Tomada de agitação e alarme, Lisavieta Prokófievna esteve literalmente a ponto de correr com as filhas todo o caminho entre a estação e a casa. Segundo seus pontos de vista e seus conceitos, nesse incidente aconteceu e revelou-se coisa demais, de sorte que em sua cabeça, apesar da desordem e do susto, já surgiram pensamentos definidos. Mas todos também compreendiam que havia acontecido algo especial e que, talvez ainda por sorte, começava a revelar-se algum mistério excepcional. Apesar das anteriores asseverações e explicações do príncipe Sch., Ievguiêni Pávlovitch "agora foi exposto às claras", desmascarado, descoberto e "revelado formalmente em suas relações com aquela canalha". Assim pensavam Lisavieta Prokófievna e até as suas duas filhas mais velhas. O proveito dessa conclusão foi o de que mais mistérios ainda haviam sido acumulados. As moças, mesmo que estivessem em parte indignadas consigo mesmas, com o susto já demasiado forte e com a fuga tão notória da mãe, durante o tumulto não ousaram incomodá-la com perguntas. Além disso, algum motivo lhes fazia parecer que sua irmãzinha, Aglaia Ivánovna, talvez soubesse mais coisas sobre esse assunto do que elas duas e a mãe. O príncipe Sch. também estava sombrio como uma noite e também muito pensativo. Lisavieta Prokófievna não trocara com ele uma única palavra no caminho de volta e ele, parece, não notou isso. Adelaida esboçou perguntar a ele: "De que tio acabaram de falar e o que aconteceu lá em Petersburgo?". Mas ele lhe murmurou em resposta, com a careta mais azeda, alguma coisa muito indefinida sobre certos atestados e que tudo, é claro, era um absurdo. "Nisso não há dúvida!" — respondeu Adelaida, e já não perguntou mais nada. Aglaia é que estava numa calma fora do comum e só no caminho de volta observou que corriam em excessiva velocidade. Uma vez ela olhou para trás e viu o príncipe tentando alcançá-las. Percebendo o esforço dele para alcançá-las, ela deu um sorriso de galhofa e já não olhou mais para trás.

Por fim, já quase chegando à *datcha*, encontraram Ivan Fiódorovitch, que ia ao encontro delas e acabara de voltar de Petersburgo. Logo, às primeiras palavras, quis saber de Ievguiêni Pávlovitch. Mas a esposa passou ameaçadoramente a seu lado, não respondeu e nem sequer olhou para ele. Pelos olhares das filhas e do príncipe Sch. ele adivinhou no mesmo instante que havia tempestade em casa. Entretanto, seu próprio rosto já refletia alguma preocupação fora do comum. No mesmo instante segurou pelo braço o príncipe Sch., parou-o à entrada da casa e trocou com ele algumas palavras quase cochichando. Quando depois os dois entraram no terraço e foram ter com Lisavieta Prokófievna, poder-se-ia pensar que tinham ouvido alguma notícia extraordinária. Pouco a pouco todos se reuniram na parte superior com Lisavieta Prokófievna, e enfim só o príncipe permaneceu no terraço. Estava sentado em um canto como se esperasse algo, mas, por outro lado, sem que ele mesmo soubesse para quê; vendo o vaivém na casa, nem lhe passava pela cabeça ir embora; parecia que havia esquecido todo o universo e estava disposto a ficar ali sentado nem que fosse dois anos consecutivos, independentemente de onde o fizessem sentar-se. Vez por outra ele ouvia de cima os ecos de uma conversa inquietante. Ele mesmo não conseguiria dizer quanto tempo permaneceu ali. Estava ficando tarde e escurecera inteiramente. Súbito Aglaia aparecera no terraço; parecia calma, embora um tanto pálida. Ao ver o príncipe, que "pelo visto não esperava" encontrar ali sentado em uma cadeira, em um canto, Aglaia sorriu como que perplexa.

— O que está fazendo aí? — e aproximou-se dele.

O príncipe murmurou alguma coisa, atrapalhou-se, e levantou-se de um salto; mas Aglaia sentou-se no mesmo instante a seu lado, e ele também se sentou. Súbito, mas de forma atenciosa, ela o examinou, depois olhou pela janela como se estivesse sem qualquer ideia, depois tornou a olhar para ele. "Talvez ela queira rir — pensou o príncipe —, mas não, porque senão ela riria."

— Talvez você esteja querendo chá, sendo assim vou mandar servir — disse ela depois de uma pausa.

— N-não... eu não quero...

— E como não saber disso! Ah, sim, escute: se alguém o desafiasse para um duelo, o que você faria? Ainda há pouco eu quis lhe perguntar.

— Mas... quem então... ninguém vai me provocar para um duelo.

— Mas se provocasse? Você ficaria muito assustado?

— Eu acho que eu teria muito... medo.

— Sério? Então é um covarde?

— N-não; talvez não. Covarde é aquele que tem medo e foge; mas quem tem medo e não foge ainda não é um covarde — sorriu o príncipe depois de meditar.

— E você não fugiria?

— Talvez eu não fugisse — e enfim começou a rir com as perguntas de Aglaia.

— Eu, embora seja mulher, por nada fugiria — observou ela em tom quase que ofensivo. — A propósito, você ri de mim e faz trejeitos como é seu hábito para se atribuir mais interesse; diga uma coisa: costumam atirar a vinte passos. Alguns até a dez. Quer dizer que isso significa ser morto ou ferido com certeza?

— Nos duelos isso deve acontecer raramente.

— Como raramente? Púchkin mesmo foi morto.

— Talvez tenha sido por acaso.

— Por acaso coisa nenhuma; houve um duelo de morte e o mataram.

— A bala acertou tão baixo que na certa Dantes[12] apontou para algum ponto mais alto, para o peito ou a cabeça; ninguém atira desse jeito, logo, o mais provável é que a bala tenha atingido Púchkin por acaso, já depois do tiro ter saído errado. Pessoas competentes me disseram isso.

— Mas um soldado, com quem conversei uma vez, me disse que, pelos estatutos, quando eles estão em ordem de tiro mandam deliberadamente que mirem na metade do homem; é assim que está escrito entre eles: "na metade do homem". Portanto, não é no peito nem na cabeça mas propositadamente na metade do homem que eles recebem ordem de atirar. Depois eu perguntei a um oficial e ele me disse que era assim mesmo e era o certo.

— O certo porque é de longa distância.

— E você sabe atirar?

— Eu nunca atirei.

— Não me diga que não sabe nem carregar uma pistola.

— Não sei. Ou seja, eu compreendo como isso se faz mas eu mesmo nunca carreguei.

— Então quer dizer que não sabe porque aí se precisa de prática! Então escute e decore: em primeiro lugar, compre uma boa pólvora de pistola, que não seja úmida (dizem que a pólvora não deve ser úmida, mas muito seca), de um tipo fino, peça esse tipo mesmo, e não daquela com que se atira de canhão. Dizem que se dá um jeito de fundir a própria bala. Você tem uma pistola?

— Não, e não preciso — riu de súbito o príncipe.

— Ah, que absurdo! Compre sem falta uma boa pistola francesa ou inglesa, dizem que são as melhores. Depois pegue um dedal de pólvora, pode ser dois dedais, e despeje. É melhor despejar mais. Soque com um feltro (di-

---

[12] George Dantes, assassino de Púchkin. (N. do T.)

zem que um feltro é indispensável, sei lá), isso se pode conseguir em algum lugar, tirando de algum colchão,[13] ou de uma porta, às vezes revestem portas com feltro. Depois de enfiar o feltro coloque a bala — está ouvindo, a bala depois, mas primeiro a pólvora, senão não dispara. De que está rindo? Eu quero que você treine tiro todos o dias, várias vezes, e que aprenda sem falta a acertar o alvo. Vai fazer?

O príncipe ria; Aglaia bateu com o pé irritada. Seu ar sério numa conversa como essa deixou o príncipe um tanto surpreso. Em parte ele sentia que deveria se inteirar de alguma coisa, perguntar alguma coisa — quando nada sobre algo mais sério do que carregar uma pistola. Mas tudo isso lhe voou da mente, exceto que ela estava sentada à sua frente e ele a fitava, e o que quer que ela falasse nesse momento era para ele quase tudo indiferente.

Por fim, o próprio Ivan Fiódorovitch subiu ao terraço; ia para algum lugar com um ar carregado, preocupado e decidido.

— Ah, Liev Nikoláitchik, é você... Para onde está indo? — perguntou ele, apesar de que Liev Nikoláievitch nem pensava em se mover do lugar. — Vamos comigo, eu vou dar uma palavrinha com você.

— Até logo — disse Aglaia e estendeu a mão ao príncipe.

O terraço já estava bastante escuro, nesse instante o príncipe não divisou com toda clareza o rosto dela. Um minuto depois, quando já saía da *datcha* com o general, ficou subitamente muito corado e apertou com força a mão direita.

Ocorreu que Ivan Fiódorovitch ia fazer o mesmo caminho dele; apesar da hora avançada, Ivan Fiódorovitch tinha pressa de conversar alguma coisa com alguém. Mas por enquanto entabulava uma súbita conversa com o príncipe, falando rápido, inquieto, de modo bastante desconexo, mencionando frequentemente a conversa com Lisavieta Prokófievna. Se nesse instante o príncipe conseguisse ser mais atento, talvez adivinhasse que Ivan Fiódorovitch queria, entre outras coisas, arrancar também algo dele, ou melhor, perguntar alguma coisa de forma direta e franca, mas não estava arranjando jeito de tocar no ponto principal. Para vergonha sua, o príncipe estava de tal forma distraído que no início não ouviu quase nada, e quando o general parou diante dele fazendo uma pergunta quente, ele foi forçado a lhe dizer que não estava entendendo nada.

O general deu de ombros.

— Vocês todos se tornaram pessoas um tanto estranhas, em todos os aspectos — retomou a conversa. — Eu lhe digo que não compreendo abso-

---

[13] Aglaia usa a palavra *tiufyak*, isto é, colchão de palha ou crina. (N. do T.)

lutamente as ideias e as inquietações de Lisavieta Prokófievna. Ela anda histérica, chora, diz que nos envergonharam e nos infamaram. Quem? Como? Com quem? Quando e por quê? Confesso que eu tenho culpa (isso eu confesso), muita culpa, mas as pretensões dessa... mulher destrambelhada (e ainda por cima de mau comportamento) podem, enfim, ser restringidas pela polícia, e hoje estou até com a intenção de conversar com alguém e prevenir. Tudo se pode fazer sem alarde, com doçura, até de forma carinhosa, lançando mão de conhecidos e sem nenhum escândalo. Concordo também que o futuro está repleto de acontecimentos e que muita coisa é inexplicável; aqui também existe intriga; mas se aqui não sabem de nada, lá mais uma vez não conseguem explicar nada; se aqui eu não escutei, você também não escutou, ele também não escutou, um quinto[14] também não escutou nada, então eu lhe pergunto, finalmente, quem ouviu? A seu ver, como explicar isso, além do fato de que esse caso é metade miragem, não existe, como, por exemplo, a luz da lua... ou outros fantasmas?

— *Ela* é louca — murmurou o príncipe, lembrando-se de súbito e com tristeza de tudo o que acabara de acontecer.

— Numa palavra, já que você tocou no assunto. Essa mesma ideia também me visitou em parte e eu dormi em paz. Mas estou vendo que neste caso estão pensando de forma mais correta e eu não acredito na loucura. É uma mulher absurda, suponhamos, mas é até sutil, além de não ser louca. A extravagância de hoje a respeito de Kapiton Aliekseitch o prova demais. Para ela é um caso de vigarice, ou seja, no mínimo jesuítico, que visa a fins especiais.

— Que Kapiton Aliekseitch?

— Ah, meu Deus, Liev Nikoláievitch, você não ouve nada.

— Eu comecei precisamente falando com você de Kapiton Aliekseitch; estou tão estupefato que até agora minhas mãos e meus pés tremem. Foi por isso que estive na cidade hoje. Kapiton Aliekseitch Radomski, o tio de Ievguiêni Pávlovitch...

— Então! — bradou o príncipe.

— Suicidou-se com um tiro na manhã de hoje, às sete horas. Era um velhote respeitado, de setenta anos, epicurista — e tal qual ela disse — deu desvio no erário, uma quantia enorme!

— De onde então ela...

— Soube? Quá-quá! É que ao redor dela já se formou todo um estado-

---

[14] Ivan Fiódorovitch pula o quarto ouvinte eventual. (N. do T.)

-maior, mal ela apareceu aqui. Você sabe que pessoas a visitam agora e procuram essa "honra de conhecê-la"? É natural que tenha conseguido ouvir alguma coisa recente dos visitantes, porque agora toda a Petersburgo já está sabendo e aqui metade de Pávlovsk ou já toda Pávlovsk. E que observação sutil dela sobre a farda, como me contaram, ou seja, a respeito de que Ievguiêni Pávlovitch conseguiu dar baixa a tempo! É uma insinuação diabólica! Não, isso não exprime loucura. Eu, é claro, me recuso a acreditar que Ievguiêni Pávlovitch pudesse saber de antemão sobre a catástrofe, isto é, que em tal dia, às sete horas da manhã, e assim por diante. Porém ele podia pressentir tudo isso. Mas eu, mas nós todos e o príncipe Sch. contávamos com que o outro ainda lhe deixasse uma herança! Que horror, que horror! Aliás procure compreender que eu não acuso Ievguiêni Pávlovitch de nada e estou me apressando a lhe explicar, mas mesmo assim, não obstante, é suspeito. O príncipe Sch. está estupefato. Tudo isso aconteceu de um modo um tanto estranho.

— Mas o que é que há de suspeito no comportamento de Ievguiêni Pávlovitch?

— Não há nada! Ele se comportou da maneira mais decente. Aliás eu não insinuei nada. Penso que a fortuna dele está inteira. Lisavieta Prokófievna, é claro, não quer nem ouvir falar... mas o importante é que todas essas catástrofes familiares, ou melhor, todas essas desavenças, a gente não sabe nem como denominá-las... Você, um amigo da família no sentido pleno, Liev Nikoláitchik, imagine, agora acontece, embora, pensando bem, não seja exato, que há mais de um mês Ievguiêni Pávlovitch já teria se declarado a Aglaia e recebido dela uma recusa formal.

— Não pode ser! — disse o príncipe com fervor.

— E por acaso você sabe de alguma coisa? Veja, está tremendo — agitou-se e admirou-se o general, parado no lugar como se estivesse plantado —, talvez eu lhe tenha deixado escapar à toa e de forma indecente, mas isso é porque você... você... pode-se dizer, é uma pessoa assim. Você sabe de alguma coisa especial, é possível?

— Eu não sei de nada... sobre Ievguiêni Pávlitch — murmurou o príncipe.

— E nem eu! A mim... a mim, meu caro, estão querendo decididamente meter debaixo da terra e sepultar, e aí não querem nem raciocinar que isso é duro para um homem e que não vou suportar isso. Agora mesmo houve uma cena que foi um horror! Estou lhe falando como a um filho querido. O principal é que Aglaia é como se estivesse rindo da mãe. Quanto ao fato de que ela parece ter dito não a Ievguiêni Pávlovitch há um mês e que entre os dois houve uma explicação bastante formal, essa notícia foi dada pelas irmãs, em forma de suposição, aliás, de uma suposição firme. Mas ela é uma criatura tão voluntariosa e fantasista que não dá nem para falar! Toda a generosidade, todas as brilhantes qualidades do coração e da mente — numa palavra, é um caráter demoníaco e ainda por cima cheio de fantasias. Acabou de rir da mãe na cara dela, de rir das irmãs, do príncipe Sch.; de mim então nem se fala, é raro quando não ri de mim, mas eu, fique sabendo, eu a amo, amo até pelo fato de que ela ri — e, parece, esse demoninho me ama particularmente por isso, ou seja, mais do que todos os outros, parece. Aposto que de você ela já andou rindo por alguma coisa. Há pouco encontrei vocês dois conversando depois da tempestade que acabara de acontecer lá em cima; ela estava sentada com você como se nada tivesse acontecido.

O príncipe corou terrivelmente e apertou a mão direita, mas ficou calado.

— Meu amável e bom Liev Nikoláievitch! — falou repentinamente o general com sentimento e fervor —, eu... e até a própria Lisavieta Prokófievna (que aliás voltou a censurá-lo e a mim também por sua causa, só não entendo o motivo), mesmo assim gostamos de você, gostamos e estimamos sinceramente, mesmo a despeito de tudo o que existe em todas as aparências. Mas convenha, meu querido amigo, convenha você mesmo que súbito enigma e que desgosto ouvir quando de chofre aquele demoninho de sangue frio (porque ela estava em pé diante da mãe com o ar do mais profundo desprezo por todas as nossas perguntas, principalmente pelas minhas, porque eu, com os diabos, fiz uma bobagem, achei de mostrar severidade uma vez que sou o chefe da família — bem, fiz uma bobagem), aquele demoninho de sangue frio pega e anuncia de chofre com um risinho que aquela "louca" (foi assim que ela se exprimiu, e para mim é estranho que ela esteja pensando a mesma coisa que você: "Por acaso vocês, diz ela, até hoje não conseguiram adivinhar"), que aquela louca "meteu na cabeça me casar a qualquer custo com o príncipe Liev Nikoláievitch, e por isso Ievguiêni Pávlovitch está sendo expulso da nossa casa"... foi só o que disse; não deu mais nenhuma outra explicação, fica lá às gargalhadas, e mal nós abrimos a boca ela bateu a porta e saiu. Depois me contaram sobre a recente *passage*[15] entre vocês dois... e... e... escute, amável príncipe, você não é um homem melindroso e é muito sensato, isso eu observei em você, entretanto... não se zangue: ju-

---

[15] Do francês *passage*, transcrito em russo com o sentido de incidente inesperado. (N. do T.)

ro que ela está rindo de você. Rindo como uma criança, e por isso não se zangue com ela, mas é assim mesmo. Não pense nada demais — ela simplesmente está fazendo de bobos você e nós todos, na falta do que fazer. Bem, adeus! Você conhece os nossos sentimentos? Os nossos sentimentos sinceros por você? Eles não vão mudar, nunca e em nenhuma circunstância... Entretanto... agora tenho de ir por aqui, até logo! É raro eu me sentir tão peixe fora d'água (não é assim que se diz?) como me sinto agora... Que formidável essa *datcha*!

Uma vez só no cruzamento, o príncipe olhou ao redor, atravessou rapidamente a rua, chegou-se perto da janela iluminada de uma *datcha*, desenrolou um papelote que segurava com força na mão direita durante toda a conversa com Ivan Fiódorovitch e leu, aproveitando um raio fraco da luz:

"Amanhã às sete da manhã estarei no parque no banco verde, e à sua espera. Resolvi falar com você sobre um assunto de suma importância, que lhe diz respeito diretamente.

P.S.: Espero que você não mostre esse bilhete a ninguém. Embora eu sinta vergonha de lhe escrever semelhante conselho, julguei que você o merece e escrevi — corando de vergonha por sua índole engraçada.

PP.SS.: É aquele mesmo banco verde que um pouco antes lhe mostrei. Você é acanhado! Fui forçada a escrever isso também."

O bilhete fora escrito às pressas e dobrado de qualquer jeito, o mais provável bem na hora em que Aglaia estava saindo para o terraço. Com um nervosismo inexprimível, que parecia susto, o príncipe tornou a apertar com força o papel e correu o mais depressa da janela, da claridade, como se fosse um ladrão assustado; mas com esse movimento esbarrou de súbito e em cheio em um senhor que apareceu bem às suas costas.

— Eu o estou seguindo, príncipe — pronunciou o senhor.

— É o senhor, Keller? — bradou surpreso o príncipe.

— Estou à sua procura, príncipe. Fiquei a esperá-lo junto à *datcha* dos Iepántchin, naturalmente não pude entrar. Eu o segui enquanto o senhor caminhava ao lado do general. Estou às suas ordens, príncipe, disponha de Keller. Estou disposto ao sacrifício e até a morrer, se for necessário.

— E... por quê?

— Bem, na certa vem um desafio por aí. Aquele tenente Molotzov, eu o conheço, isto é, não pessoalmente... ele não vai suportar a ofensa. Nós aqui, ou seja, eu mais Rogójin, ele, é claro, está inclinado a nos considerar canalhas, e pode ser até que a gente mereça —, assim, só resta o senhor para responder. Terá de pagar pelas garrafas,[16] príncipe! Ele andou pedindo informações sobre o senhor, eu ouvi, e na certa amanhã um amigo dele o visitará, ou talvez já o esteja esperando. Se der a honra de me escolher como secundante, pelo senhor estarei disposto até a botar o gorro vermelho;[17] era por isso que eu o estava procurando, príncipe.

— Então, até o senhor está falando de duelo! — o príncipe disparou uma súbita gargalhada para a grande surpresa de Keller. Era uma gargalhada formidável. Keller, que até então estivera de fato a ponto de pisar em brasas à espera de que fosse atendido em sua proposta para ser secundante, quase se ofendeu ao ver um riso tão alegre do príncipe.

— Príncipe, no entanto o senhor o agarrou há pouco pelos braços. Para uma pessoa decente é difícil suportar isso até em público.

— Mas ele me deu um empurrão no peito! — bradou o príncipe rindo. — Não há por que nos batermos! Eu lhe pedirei desculpa, eis tudo. Se for para lutarmos, então que venha a luta! Deixem que atire; eu até quero isso. Quá-quá! Agora eu já sei carregar uma pistola! Sabe que acabaram de me ensinar como carregar uma pistola!? O senhor sabe carregar uma pistola, Keller? Primeiro, precisa comprar a pólvora, de pistola, não úmida, e de granulação não tão graúda como pólvora de canhão; depois coloca primeiro a pólvora, tira um pedaço de feltro de alguma porta, e já depois enfia a bala, não a bala antes da pólvora porque não vai disparar. Está ouvindo, Keller: depois não vai disparar. Quá-quá! Por acaso isto não é uma razão magnificentíssima, amigo Keller? Ah, Keller, fique sabendo que agora vou lhe dar um abraço e um beijo. Quá-quá! Como foi que o senhor apareceu tão de repente diante dele? Apareça qualquer hora em minha casa, e o mais breve, para tomarmos um champanhe. Vamos todos nos embriagar! O senhor sabe que eu tenho doze garrafas de champanhe na adega de Liébediev? Ele me vendeu "por acaso" anteontem, já no dia seguinte ao que eu me mudei para a casa dele, e então comprei todas! Vou reunir todo o champanhe! E o senhor, vai dormir esta noite?

---

[16] Não se trata de expressão idiomática, está em sentido literal, mas, pelo modo arrevesado de Keller falar, pode ter o sentido de pagar com a mesma moeda. (N. do T.)

[17] Na Rússia os duelos estiveram proibidos até o ano de 1894, quando foram legitimados para oficiais. A legislação penal de 1845 previa penas severas por participação em duelo. O tenente Keller podia esperar o "gorro vermelho", isto é, a degradação a soldado. (N. da E.)

— Como toda noite, príncipe.

— Então, bons sonhos! Quá-quá!

O príncipe atravessou o caminho e sumiu no parque, deixando Keller pensativo e um tanto preocupado. Ele ainda não havia visto o príncipe em um estado tão estranho, e até então nem podia imaginá-lo.

"É febre, possivelmente, porque ele é um homem nervoso, e tudo isso surtiu efeito, mas, é claro, não vai se acovardar. São esses tipos que não se acovardam, palavra! — pensava consigo Keller. — Hum, champanhe! Sim senhor, uma notícia interessante: doze garrafas, uma dúzia; nada mal, uma boa guarnição. Aposto que Liébediev recebeu esse champanhe de alguém como penhor. Hum! No entanto ele, esse príncipe, é bastante amável; palavra, gosto de gente assim; mas não há tempo a perder e... se é para beber champanhe então esse é mesmo o momento..."

Era justo que o príncipe estivesse febricitante.

Ele caminhou longamente pelo parque escuro e enfim "encontrou-se" perambulando por uma aleia. Em sua consciência ficara a lembrança de que já passara por essa aleia, começando pelo banco terminando numa velha árvore, alta e destacada, a apenas uns cem passos, a uns trinta ou quarenta passos para a frente e para trás. Rememorar o que pensava ao menos nessa hora inteira que passara no parque ele não conseguiria de modo algum, ainda que o quisesse. Aliás, surpreendeu-se em um pensamento que o fez rolar subitamente de rir; mesmo que não houvesse de que rir, todavia sentia uma vontade contínua de rir. Imaginava que a hipótese do duelo podia ter brotado não só da cabeça de Keller e que, por conseguinte, a história de como se carregava uma pistola poderia não ser casual... "Ah! — parou de repente, iluminado por outra ideia — há pouco ela saiu ao terraço quando eu estava sentado no canto, e teve uma enorme surpresa ao me encontrar ali e — riu tanto... e falou do chá; mas acontece que naquele momento ela já estava com o bilhete na mão, logo, sabia sem dúvida que eu estava no terraço, senão, por que ficou surpresa? Quá-quá!"

Ele arrancou o bilhete do bolso e o beijou, mas parou no mesmo instante e ficou pensativo.

"Como isso é estranho! Como isso é estranho!" — proferiu um minuto depois, até com certa tristeza: nos instantes intensos em que experimentava uma sensação de alegria sempre ficava triste, ele mesmo não sabia por quê. Examinou atentamente ao redor e surpreendeu-se por estar ali. Sentia muito cansaço, foi a um banco e sentou-se. Ao redor reinava um silêncio extraordinário. A música já havia cessado na estação. No parque talvez já não houvesse mais ninguém; é claro, não era menos de meia-noite. A noite estava calma, morna, clara — uma noite de Petersburgo no início de junho, só que em um parque denso, sombroso, a aleia em que ele se encontrava já estava quase totalmente escura.

Se nesse instante alguém lhe dissesse que ele estava amando, e amando com um amor apaixonado, ele rejeitaria essa ideia surpreso e talvez até indignado. E se aí ainda acrescentassem que o bilhete de Aglaia era um bilhete de amor, a marcação de um encontro amoroso, ele morreria de vergonha dessa pessoa e talvez até a desafiasse para um duelo. Tudo isso era perfeitamente sincero, e ele não duvidou uma única vez e nem admitiu sequer a mínima ideia "ambígua" sobre a possibilidade do amor daquela moça por ele ou até sobre a possibilidade do seu amor por aquela moça. A possibilidade de amor por ele, "por uma pessoa como ele", ele consideraria um caso monstruoso. Parecia-lhe que isso era apenas uma travessura da parte dela, se é que aí havia mesmo alguma coisa; mas, de certo modo, ele era indiferente demais a travessuras propriamente ditas e as achava demasiado inseridas na ordem das coisas; ele mesmo estava ocupado e preocupado com algo bem diferente. Acreditou, de forma plena, nas palavras que o alarmado general deixara escapar há pouco sobre o fato de que ela estava rindo de todos, rindo dele, príncipe, em particular. Nisso ele não sentiu a mínima ofensa; achava que era assim que deveria ser. Para ele, tudo consistia principalmente em que amanhã ele tornaria a vê-la, de manhã cedo, estaria sentado ao lado dela no banco verde, ouvindo-a dizer como se carrega uma pistola, e olhando para ela. Não precisava de mais nada. Quanto ao que ela tencionava lhe dizer — e que assunto tão importante era aquele que se referia diretamente a ele — também lhe passaram pela cabeça uma ou duas vezes. Além disso, não duvidou um só minuto da existência real desse "assunto importante" para o qual o estavam chamando, mas agora quase não pensava em absoluto nesse assunto importante, a tal ponto que não sentia o mínimo estímulo para pensar nele.

O rangido de passos leves na areia da aleia o fizeram levantar a cabeça. Um homem, cujo rosto era difícil distinguir no escuro, chegou ao banco e sentou-se ao lado dele. O príncipe chegou-se depressa a ele, quase em cheio, e distinguiu o rosto pálido de Rogójin.

— Eu bem que sabia que andavas perambulando por aqui, por isso levei pouco tempo te procurando — murmurou Rogójin entre dentes.

Era a primeira vez que estavam juntos depois do encontro no corredor da taberna. Atônito com a súbita aparição de Rogójin, o príncipe ficou algum tempo sem conseguir concentrar-se, e uma sensação angustiante lhe renasceu no coração. Pelo visto Rogójin compreendia a impressão que causa-

va; mas, ainda que no começo se atrapalhasse, desse ares de falar com uma desenvoltura como que ensaiada, o príncipe logo achou que nele não havia nada de ensaiado e sequer nenhuma confusão maior: se havia alguma falta de jeito em seus gestos e conversa, isso era apenas na aparência; na alma esse homem não podia mudar.

— Como tu... me encontraste aqui? — perguntou o príncipe para falar alguma coisa.

— Ouvi de Keller (fui à tua casa), "teria ido para o parque"; bem, penso, então é isso mesmo.

— O que significa "é isso"? — o príncipe pegou inquieto a palavra que escapara.

Rogójin deu um riso, mas não deu explicação.

— Recebi tua carta, Liev Nikoláievitch; tu estás insistindo à toa... estás a fim!... Agora eu vim te procurar em nome *dela*: mandou que te chamasse obrigatoriamente; precisa muito de te dizer algo. Pediu que fosses hoje mesmo.

— Amanhã eu vou. Agora vou para casa; tu... vais para minha casa?

— Para quê? Eu já te disse tudo; adeus.

— Por acaso não vais dar uma chegada? — perguntou-lhe baixinho o príncipe.

— Tu és um homem esquisito, Liev Nikoláievitch, dá para a gente se admirar.

Rogójin deu um riso mordaz.

— Por quê? Por que estás com essa raiva de mim agora? — replicou o príncipe triste e com ardor. Porque agora tu mesmo sabes que tudo o que pensavas não é verdade. Mas eu, por outro lado, já achava mesmo que a tua raiva de mim não havia passado até agora, e sabes por quê? Porque tu atentaste contra mim, e é por isso que a tua raiva não passa. Eu te digo que guardo na lembrança um Parfen Rogójin com quem me confraternizei naquele dia trocando as cruzes; eu te escrevi isso na carta de ontem para que não te ocorresse nem pensar em todo esse delírio e não tocasses nesse assunto comigo. Por que te esquivas de mim? Por que estás me escondendo a mão? Eu te digo que tudo aquilo, que tudo o que então aconteceu eu considero apenas um delírio: agora te conheço de cor por todo aquele dia, como conheço a mim mesmo. O que eu imaginava não existia e nem podia existir. Por que a nossa raiva terá de existir?

— Que raiva tu podes ter!? — tornou a rir Rogójin em resposta ao discurso fervoroso e súbito do príncipe. Ele realmente estava em pé, esquivando-se do príncipe, a uns dois passos e escondendo as mãos. — Agora eu não vou mais ficar indo à tua casa, Liev Nikoláievitch — acrescentou ele de forma lenta e sentenciosa para concluir.

— A tal ponto me odeias, é isso?

— Eu não gosto de ti, Liev Nikoláievitch, então por que te visitar? Êh, príncipe, tu pareces uma criança qualquer, quis um brinquedo, então que o tragam agora mesmo custe o que custar, mas não entendes as coisas. Tu escreveste na carta exatamente do jeito que estás falando agora, porventura não estou acreditando em ti agora? Acredito em cada palavra tua e sei que tu nunca me enganaste e nem vais me enganar doravante; mas mesmo assim não gosto de ti. Tu dizes na carta que já esqueceste tudo e só te lembras do Rogójin irmão de cruz, e não daquele Rogójin que levantou a faca contra ti. Ora, como é que sabes dos meus sentimentos? (Rogójin tornou a dar um riso.) Sim, porque é possível que desde então eu não tenha me arrependido daquilo uma única vez, mas tu já me mandas o teu perdão fraterno. É possível que naquela noite eu já estivesse pensando em coisa bem diferente, mas sobre isso...

— Te esqueceste até de pensar! — secundou o príncipe. — Também pudera! Aposto que naquele dia vieste direto pela estrada de ferro aqui para Pávlovsk a fim de ouvir música, e tal como hoje ficaste a segui-la e a espreitá-la na multidão. Vê só que surpresa! Sim, estivesses tu naquela situação em que só eras capaz de pensar numa única coisa, talvez não tivesses nem levantado a faca contra mim. Naquele dia, desde a manhã eu já estava com esse pressentimento ao olhar para ti; sabes como estavas naquele dia? Tão logo trocamos as cruzes, talvez naquele instante essa ideia tenha começado a brotar em mim. Por que me levaste então à tua velha? Pensavas com aquilo deter a tua mão? Porque não é possível que tenhas pensado, tu apenas sentiste como eu... Naquele instante nós sentimos tudo numa palavra. Não tivesses então levantado a mão (que Deus desviou) contra mim, de que jeito eu estaria agora diante de ti? Porque, vê, de qualquer forma eu suspeitava daquilo em ti, uma falta nossa, em uma palavra! (Para com esses trejeitos! E por que estás rindo?) "Não me arrependi!" Ora, mesmo que o quisesses, talvez não conseguisses te arrepender porque ademais não gostas de mim. E mesmo que eu seja um anjo inocente diante de ti, tu não irás me suportar enquanto achares que ela ama não a ti, mas a mim. Pois isso é ciúme, portanto é isso. Só que durante essa semana, Parfen, eu estive pensando e te digo: sabes que agora ela talvez te ame mais do que a todos, e até que quanto mais a atormentares mais ela irá te amar? Isso ela não vai te dizer, mas é preciso saber perceber. Por que ela vai acabar se casando contigo apesar de tudo? Um dia ela dirá isso a ti mesmo. Algumas mulheres até querem que as amem assim, e ela é precisamente dessa índole! Mas tua índole e o teu amor devem deixá-la atônita! Tu sabias que uma mulher é capaz de atormentar um homem com crueldades e zombarias, e nenhuma vez sentir remorso porque ela irá sempre pensar consigo, olhando para ti: "Agora mesmo eu vou atormentá-lo até a morte, mas em compensação depois eu vou recuperá-lo com meu amor...".

Rogójin disparou numa risada ao ouvir o príncipe.

— Ora, príncipe, será que tu mesmo não terás esbarrado em uma mulher assim? Eu ouvi alguma coisa a teu respeito, será que é verdade?

— O que poderias ter ouvido? — estremeceu de chofre o príncipe e ficou numa perturbação excepcional.

Rogójin continuava rindo. Não era sem curiosidade e talvez sem prazer que ouvira o príncipe; a paixão alegre e fervorosa do príncipe o impressionou muito e o animou.

— Não é que eu tenha ouvido, mas agora eu mesmo estou vendo que é verdade — acrescentou ele —, ora, quando é que havias falado assim como falaste agora? Porque esse tipo de conversa é como se não partisse de ti. Não tivesse eu ouvido tal coisa nem teria vindo para cá; ainda mais para um parque, à meia-noite.

— Eu não estou absolutamente te entendendo, Parfen Semeónitch.

— Há muito tempo ela já me havia esclarecido a teu respeito, mas há pouco eu mesmo observei como tu estavas sentado com ela ouvindo música. Ela me jurou por Deus, ontem e hoje, que tu estás apaixonado como um gato por Aglaia Iepántchina. Para mim, príncipe, isso dá no mesmo, e além do mais não é da minha conta: se tu deixaste de amá-la, ela ainda não deixou de te amar. Tu mesmo sabes que ela está querendo te casar forçosamente com a outra, deu essa palavra, eh-eh! Diz ela para mim: "Sem isso eu não me caso contigo, eles na igreja, nós também na igreja". O que existe aí não consigo compreender e nunca compreendi: ou ela te ama ilimitadamente ou... se ama, então como quer te casar com outra? Diz ela: "Quero vê-lo feliz" — logo, quer dizer que ama.

— Eu te disse na carta que ela... não regula bem — disse o príncipe depois de ouvir angustiado Rogójin.

— Sabe Deus! És tu que talvez estejas enganado... Aliás, hoje, depois que eu a levei para ouvir música, ela marcou o dia: daqui a três semanas, e talvez até antes, diz ela, com certeza iremos nos casar; jurou, pegou uma imagem, beijou-a. Logo, príncipe, a coisa agora é contigo, eh-eh!

— Tudo isso é delírio! Isso que estás dizendo a meu respeito nunca vai acontecer, nunca! Amanhã eu vou à casa de vocês...

— Que louca é ela? — observou Rogójin. — Como é que ela está em sua razão para todos os outros e só para ti é louca? Como iria ela escrever cartas para lá? Se é louca, lá iriam perceber pelas cartas.

— Que cartas? — perguntou o príncipe assustado.

— Anda escrevendo para lá, para *aquela*, e ela lê. Tu não estás sabendo? Então vais ficar sabendo; na certa ela mesma te mostrará.

— Não dá para acreditar nisso! — bradou o príncipe.

— Êh! Tu, Liev Nikoláievitch, até onde estou vendo, é de crer que ainda não caminhaste muito por essa estrada, só estás começando. Espera um pouco: irás manter tua própria polícia, irás tu mesmo montar guarda dia e noite e ficar sabendo de cada passo dado lá, se é que...

— Para e não me fales disso nunca! — bradou o príncipe. — Escuta, Parfen, agora, andando aqui diante de ti, de repente comecei a rir, de quê não sei, só que houve um motivo; é que me lembrei de que amanhã, como que de propósito, é o dia do meu aniversário. Agora são quase doze horas. Vamos comigo, comemoremos o dia! Eu tenho vinho, a gente toma vinho, tu me desejas o que eu mesmo não sei desejar neste momento, precisamente tu me desejas, e eu também te desejo a tua plena felicidade. Não me devolvas a cruz! Porque tu não me devolveste a cruz no dia seguinte! Ela está em teu pescoço? No teu pescoço até agora?

— Está — pronunciou Rogójin.

— Então, vamos. Sem ti eu não quero comemorar a minha vida nova, porque a minha vida nova começou! Tu não sabes, Parfen, que a minha vida nova começou hoje?

— Agora eu mesmo estou vendo e eu mesmo sei que começou; é isso que vou informar *a ela*. Tu estás totalmente fora de ti, Liev Nikoláitch!

IV

Ao chegar à sua *datcha* com Rogójin, o príncipe observou com extraordinária surpresa que em seu terraço, vivamente iluminado, estava reunido um pessoal numeroso e barulhento. A turma alegre gargalhava, vozeava; parece até que discutia aos gritos; à primeira vista suspeitava-se de que estivessem passando o tempo do modo mais alegre. E de fato, ao chegar ao terraço ele viu que todos estavam bebendo, e bebendo champanhe e, parece, já fazia bastante tempo, de tal maneira que muitos dos banqueteadores já estavam tomados de uma animação bastante agradável. Todos os visitantes eram conhecidos do príncipe, mas o estranho é que haviam se reunido todos de uma vez, como se tivessem sido convidados, mas o príncipe não convidara ninguém e ele mesmo acabava de se lembrar do dia do seu aniversário.

— É de crer que tu anunciaste a alguém que irias oferecer champanhe, por isso vieram correndo — murmurou Rogójin, subindo ao terraço atrás do príncipe —, esse ponto nós conhecemos; é só dar um assobio para eles... — acrescentou quase com raiva, claro que recordando o seu passado recente.

Todos receberam o príncipe gritando e fazendo votos, rodearam-no. Alguns faziam muita algazarra, outros estavam bem mais calmos, porém todos se precipitaram para parabenizá-lo depois que ouviram falar do aniversário, e cada um aguardou a sua vez. A presença de algumas pessoas interessou o príncipe, por exemplo, Burdovski; no entanto, o mais surpreendente foi até Ievguiêni Pávlovitch aparecer de repente no meio dessa turma; o príncipe quase não quis acreditar em seus próprios olhos e por pouco não se assustou ao vê-lo.

Enquanto isso Liébediev, todo vermelho e quase em êxtase, acorreu com explicações; estava *num pileque* bastante forte. Por sua tagarelice, verificou-se que todos haviam se reunido de modo absolutamente natural e até involuntário. O primeiro a chegar ao anoitecer foi Hippolit, que, sentindo-se bem melhor, desejou aguardar o príncipe no terraço. Acomodou-se em um sofá; depois Liébediev foi ter com ele, em seguida toda a sua família, ou seja, o general Ívolguin e as filhas. Burdovski veio com Hippolit, acompanhando-o. Gánia e Ptítzin, parece, tinham entrado há pouco, quando passavam ao lado (o seu aparecimento coincidiu com o incidente na estação); depois apareceu Keller, anunciou o aniversário e exigiu champanhe. Ievguiêni Pávlovitch entrara há apenas meia hora. Até Kólia insistiu com toda força no champanhe para organizar a festa. Liébediev serviu com disposição o vinho.

— Mas é do meu estoque, é do meu estoque! — balbuciava ele para o príncipe. — Por minha própria conta, para enaltecer e parabenizar, e vai haver também comes e bebes, salgados, minha filha vai cuidar disso; porém, príncipe, se o senhor soubesse que tema está em discussão! Lembra-se das palavras de Hamlet: "Ser ou não ser?". Um tema atual, atual! As perguntas e as respostas... E o senhor Tierêntiev está no máximo grau... não quer dormir! De champanhe ele tomou apenas um gole, um gole, não vai fazer mal... Chegue-se, príncipe, e resolva! Todos estavam à sua espera, todos estavam apenas esperando a sua feliz inteligência...

O príncipe notou o olhar amável e carinhoso de Vera Liébedieva, que também procurava apressadamente abrir caminho entre a multidão em direção a ele. Foi a ela que ele deu a mão primeiro, contornando todos; ela ficou inflamada de satisfação e lhe desejou uma "vida feliz a partir *deste dia de hoje*". Em seguida, correu para a cozinha num abrir e fechar de olhos; lá preparava os salgados; mas já antes da chegada do príncipe — acabara de deixar os afazeres por um minuto — aparecera no terraço a fim de ouvir com todo o empenho as acaloradas discussões sobre as coisas mais abstratas e estranhas para ela, discussão que não cessava entre os visitantes tocados. Sua irmã caçula adormecera de boca escancarada no quarto seguinte, em cima de um baú, mas o menino, filho de Liébediev, estava ao lado de Kólia e Hippolit, e só o aspecto do seu rosto inspirado já mostrava que ele estava disposto a permanecer ali no mesmo lugar, deliciando-se e ouvindo ainda que fossem dez horas consecutivas.

— Eu esperava em especial o senhor e estou contentíssimo pelo senhor ter chegado tão feliz — pronunciou Hippolit, quando o príncipe foi logo apertar-lhe a mão depois de Vera.

— E como é que sabe que estou "tão feliz"?

— Pela cara se vê. Troque cumprimentos com os senhores e sente-se depressa aqui a nosso lado. Eu o esperava em especial — acrescentou ele, enfatizando significativamente o fato de que o estava aguardando. À observação do príncipe — não iria lhe fazer mal ficar até tão tarde sentado? — respondeu que ele mesmo estava surpreso consigo, que anteontem queria morrer mas nunca se sentira melhor do que nessa noite.

Burdovski se levantou de um salto e murmurou que estava ali "por estar...", "fazia companhia" a Hippolit e que também estava contente; disse que havia escrito "um absurdo na carta" e que agora estava "simplesmente alegre...". Não concluiu, apertou com força a mão do príncipe e sentou-se numa cadeira.

Depois de cumprimentar todos, o príncipe foi até Ievguiêni Pávlovitch. Este o segurou imediatamente pelo braço.

— Preciso de lhe dizer apenas duas palavras — murmurou —, e sobre uma circunstância importantíssima; afastemo-nos por um instante.

— Duas palavras — murmurou outra voz no outro ouvido, e outra mão o segurou pelo braço do outro lado. O príncipe notou admirado uma figura extremamente eriçada, avermelhada, que lhe piscava e sorria, na qual logo reconheceu Fierdischenko, que aparecera sabe Deus de onde.

— Lembra-se de Fierdischenko? — perguntou o outro.

— De onde o senhor apareceu? — bradou o príncipe.

— Ele está arrependido! — disse alto Keller, que se chegara correndo. — Estava escondido, não queria vir à sua casa, estava escondido em um canto, está arrependido, príncipe, ele se sente culpado.

— Mas de quê, de quê?

— Fui eu que o encontrei, príncipe, acabei de encontrá-lo e o trouxe; é um dos meus raros amigos; mas está arrependido.

— Estou muito contente, senhores; afastem-se, sentem-se aí com todos, eu volto num instante — livrou-se por fim o príncipe, apressando-se para falar com Ievguiêni Pávlovitch.

— Sua casa é divertida — observou o outro —, e foi com prazer que o aguardei por meia hora. Veja, amabilíssimo Liev Nikoláievitch, eu arranjei tudo com Kurmichov e vim aqui para tranquilizá-lo; o senhor não tem com que se preocupar, ele aceitou a coisa de modo muito, muito sensato, ainda mais porque, a meu ver, a culpa é mais dele.

— Com que Kurmichov?

— Aquele que o senhor agarrou pelos braços não faz muito... ele ficou tão enfurecido que queria mandar amanhã mesmo um enviado ao senhor pedindo explicações.

— Basta, que absurdo!

— É claro que é um absurdo e na certa em absurdos terminaria; mas em nosso país essa gente...

— O senhor não terá vindo tratar de mais alguma coisa, Ievguiêni Pávlovitch?

— Oh, é claro, ainda há alguma coisa — riu o outro.

— Amanhã, amável príncipe, assim que amanhecer vou tratar desse caso infeliz (bem, do meu tio) em Petersburgo; imagine: tudo isso é verdade e todos já sabiam, menos eu. Tudo isso me deixou tão atônito que não tive tempo de ir nem *lá* (à casa dos Iepántchin); amanhã talvez não possa porque estarei em Petersburgo, compreende? Talvez fique uns três dias sem aparecer por aqui — em suma, os meus negócios começaram a claudicar. Embora o assunto não seja de imensa importância, todavia julguei que preciso explicar algo ao senhor com a maior franqueza e sem perda de tempo, isto é, antes da partida. Agora vou ficar aqui e esperar, se o senhor ordenar, até que a turma saia; além do mais, não tenho mais onde me meter: ando tão nervoso que nem me deito para dormir. Por fim, embora seja uma vergonha e indecente perseguir uma pessoa de forma tão direta, mesmo assim eu lhe digo francamente: vim aqui procurar a sua amizade, meu amável príncipe; o senhor é um homem incomparabilíssimo, isto é, um homem que não mente a cada passo e talvez nunca minta, e eu preciso de um amigo conselheiro para um caso, porque agora estou terminantemente entre os infelizes...

Ele tornou a rir.

— Veja só o azar — o príncipe refletiu por um instante —, o senhor quer esperar que toda a turma se vá, mas Deus sabe quando isso vai acontecer. Talvez seja melhor nós dois irmos até o parque; eles esperam, palavra; eu me desculpo.

— De jeito nenhum, eu tenho meus motivos para que não desconfiem de que estamos em uma conversa extraordinária, com um objetivo; aqui há pessoas muito interessadas nas nossas relações — o senhor não sabe disso, príncipe? E será bem melhor se virem que mesmo assim estamos nas relações mais amistosas e não só em relações extraordinárias; o senhor entende? Dentro de duas horas eles irão embora; eu o ocuparei uns vinte minutos, bem, meia hora...

— Mas eu lhe peço a gentileza, por favor, estou contente demais mesmo sem essas explicações; eu lhe agradeço muito por suas boas palavras sobre as relações de amizade. Desculpe-me por eu estar distraído hoje; sabe, neste momento eu não consigo mesmo ser atencioso.

— Estou vendo, estou vendo — murmurou Ievguiêni Pávlovitch com um risinho leve. — Ele estava muito risonho nessa noite.

— O que o senhor está vendo? — agitou-se o príncipe.

— O senhor não desconfia, amável príncipe — continuou rindo Ievguiêni Pávlovitch, sem responder à pergunta direta —, o senhor não desconfia de que vim aqui simplesmente para engazopá-lo e de passagem arrancar alguma coisa do senhor?

— De que o senhor veio arrancar alguma coisa não há dúvida — enfim riu o príncipe —, e talvez tenha resolvido até me enganar um pouco. Mas, e daí, eu não o temo; além do mais, agora tudo dá no mesmo para mim, acredita? E... e... uma vez que estou sobretudo convencido de que, apesar de tudo, o senhor é um homem magnífico, então é possível que nós acabemos de fato nos tornando amigos. O senhor me agrada muito, Ievguiêni Pávlovitch, o senhor... o senhor é, a meu ver, um homem muito, muito decente!

— Bem, de qualquer maneira é uma coisa boa demais ter algum assunto com o senhor, seja ele qual for — concluiu Ievguiêni Pávlovitch —, vamos, quero beber uma taça pela sua saúde; estou muitíssimo contente por ter me juntado ao senhor. Ah! — parou de repente —, esse senhor Hippolit veio morar com o senhor?

— Sim!

— Mas não é agora que ele vai morrer, eu acho.

— E daí?

— Não é nada; passei meia hora com ele aqui...

Durante todo esse tempo Hippolit esperava o príncipe e olhava sem cessar para ele e Ievguiêni Pávlovitch enquanto os dois conversavam à parte. Ficou febrilmente animado quando os dois foram à mesa. Ele estava intranquilo e excitado; o suor lhe brotava da testa. Em seus olhos brilhantes, além de uma intranquilidade vaga e constante, estampava-se ainda uma impaciência indefinida; seu olhar se deslocava a esmo de um objeto a outro, de um rosto a outro. Embora até o momento ele tivesse grande participação na conversa geral e ruidosa, sua animação era apenas febril; estava desatento com a conversa propriamente dita; sua discussão era desconexa, risível e displicentemente paradoxal; ele não concluía o pensamento e largava o que há um minuto acabara de dizer com um fervor febril. O príncipe soube surpreso e amargurado que naquela noite lhe haviam permitido beber livremente duas taças cheias de champanhe, e que a taça provada situada diante dele já era a terceira. Mas isso ele só soube depois; no presente momento não estava muito observador.

— Sabe que eu estou muitíssimo contente por ser justo hoje o dia do seu nascimento? — bradou Hippolit.

— Por quê?

— O senhor vai ver; sente-se logo; em primeiro lugar, porque se reuniu toda essa sua... gente. Eu estava calculando mesmo que haveria gente; é a primeira vez na vida que acerto um cálculo! Mas é uma pena que eu não soubesse do seu aniversário, senão teria trazido um presente... Quá-quá! Sim, talvez eu tivesse trazido um presente! Falta muito para clarear?

— Não faltam nem duas horas para o dia clarear — observou Ptítzin, olhando para o relógio.

— Para que o amanhecer agora, quando até sem ele se pode ler no pátio? — observou alguém.

— Porque eu preciso ver uma nesga de sol. O que é que o senhor acha, príncipe, pode-se beber pela saúde do sol?

Hippolit perguntava de forma ríspida, olhando para todos sem cerimônia, como se comandasse, mas parece que ele mesmo não o notava.

— Bebamos, pois; só que o senhor precisa se acalmar, Hippolit, hein?

— O senhor só fala em dormir; príncipe, o senhor é a minha aia! Tão logo o sol der as caras e "ressoar" no céu (alguém disse isso em um poema: "Ressoa o sol no céu"?[18] Não tem sentido mas é bonito!) nós iremos dormir. Liébediev! O sol não é a fonte da vida? O que significa "fonte da vida"[19] no Apocalipse? O senhor ouviu falar de "estrela Absinto", príncipe?

— Eu ouvi dizer que Liébediev reconhece que essa "estrela Absinto" é uma rede de ferrovias espalhadas pela Europa.

— Não, com licença, assim não dá! — gritou Liébediev, pulando e agitando os braços, como se quisesse deter o riso geral que se iniciara. — Com licença! Com esses senhores... esses senhores todos — virou-se de chofre para o príncipe — porque isso, em determinados pontos, é o seguinte... — E sem cerimônia ele bateu duas vezes na mesa, o que fez aumentar ainda mais o riso.

Liébediev, embora estivesse em seu habitual estado "noturno", desta vez estava excitado demais e irritado com a longa discussão "científica" que antecedera, e nesses casos tratava os seus oponentes com um desdém infinito e franco ao extremo.

— Isso não é assim! Príncipe, meia hora atrás fizemos um acordo para que ninguém interrompesse; não gargalhasse enquanto o outro falasse; para que o deixassem falar livremente o que quisesse, e depois até os ateus, se quisessem, que fizessem objeções; nós colocamos o general como presidente,

---

[18] Alusão à abertura do "Prólogo no céu" do *Fausto*, onde se lê: "Ressoa o sol no canto alado/ Dos orbes no infinito espaço..." (J. W. Goethe, *Fausto I*, tradução de Jenny Klabin Segall, São Paulo, Editora 34, 2004, p. 49). (N. do T.)

[19] Referência ao simbolismo dos dois últimos capítulos do Apocalipse (21, 6; 22, 1; 22, 17). No capítulo 22, como na réplica de Hippolit Tierêntiev, as "fontes da vida", ou melhor, a água da vida e "a árvore da vida" são mencionadas ao lado das palavras sobre o sol (elas irão substituir o sol na vida futura): "Então já não haverá noite, nem precisam eles de luz do sol, porque o Senhor Deus brilhará sobre eles..." (versículo 5). Ao ler esse capítulo, o escritor destacou a menção às "fontes da vida" no seu final: "Aquele que tem sede, venha, e quem quiser receba de graça a água da vida" (Apocalipse, 22, 17). (N. da E.)

esse aqui! E o que está acontecendo? Assim se pode desnortear qualquer um, numa ideia superior, numa ideia profunda...

— Mas fale, fale: ninguém está desnorteando — ouviram-se vozes.

— Fale, mas não exagere.

— Que "estrela Absinto" é essa? — quis saber alguém.

— Não faço ideia — respondeu o general Ívolguin, ocupando com ar imponente seu recente lugar de presidente.

— Eu gosto surpreendentemente de todas essas discussões e instigações, príncipe, são científicas, é claro — murmurou entrementes Keller, mexendo-se com forte embevecimento e impaciência na cadeira. — Científicas e políticas — dirigiu-se súbito e de surpresa a Ievguiêni Pávlovitch, que estava sentado quase a seu lado. — Sabe, gosto demais de ler nos jornais sobre o parlamento inglês, isto é, não no sentido daquilo que discutem lá (sabe, eu não sou político), mas de como eles se explicam entre si, se comportam, por assim dizer, como políticos: "O nobre visconde, sentado em frente", "O nobre conde, que compartilha o meu pensamento", "Meu nobre oponente, que surpreendeu a Europa com a sua proposta", isto é, todas essas expressões, todo esse parlamentarismo de um povo livre — eis o que é sedutor para o irmão aqui! Fico fascinado, príncipe. Eu sempre fui artista no fundo da alma, eu lhe juro, Ievguiêni Pávlovitch.

— Então, a seu ver — exaltou-se em outro canto Gánia —, depois disso quer dizer que as estradas de ferro são malditas, que são a morte da humanidade, que são um flagelo que caiu sobre a terra para turvar as "fontes da vida"?[20]

Gavrila Ardaliónovitch estava particularmente excitado nessa noite, e num estado alegre, quase triunfal, como pareceu ao príncipe. Estava brincando com Liébediev, é claro, instigando-o, mas ele mesmo logo ficou excitado.

— Não são as estradas de ferro, não! — objetou Liébediev, que ao mesmo tempo ficava fora de si e experimentava um prazer excessivo. — As estradas de ferro propriamente ditas não vão turvar as fontes da vida, mas em seu conjunto tudo isso é maldito, tudo isso é o estado de espírito dos nossos

---

[20] Alusão ao castigo divino no Apocalipse, 9, 18; 9, 20. Ao ler o Novo Testamento, Dostoiévski sublinhou os versículos 6 e 7 do capítulo 11, onde é dito que Deus dá às "duas testemunhas" o seu "poder" de converter as águas "em sangue, bem como para ferir a terra com toda sorte de flagelos". À profecia dos sete flagelos são dedicados os capítulos 15 e 16, e deste Dostoiévski sublinhou o texto integral do versículo 4: "Derramou o terceiro a sua taça nos rios e nas fontes das águas, e se tornaram em sangue". (N. da E.)

últimos séculos, no seu âmbito geral, científico e prático, tudo isso pode ser efetivamente maldito.

— É maldito com certeza ou apenas pode parecer? Porque neste caso é importante — quis saber Ievguiêni Pávlovitch.

— Maldito, maldito, na certa maldito! — confirmou Liébediev com entusiasmo.

— Não se precipite, Liébediev, de manhã o senhor é bem mais bondoso — observou Ptítzin sorrindo.

— Mas em compensação à noite sou mais franco! À noite sou mais cordial e mais franco — voltou-se Liébediev para ele com fervor —, mais simples e definidor, mais honesto e respeitável, e mesmo que assim eu lhe exponha um lado meu, todavia não ligo; neste momento eu desafio todos os senhores ateus: com que os senhores vão salvar o mundo e onde descobriram o seu caminho normal — os senhores são homens de ciência, da indústria, das associações, de pagar salário e tudo o mais? Com quê? Com crédito? O que é o crédito? Aonde o crédito vai levá-los?

— Vejam só que curiosidade a sua! — observou Ievguiêni Pávlovitch.

— Na minha opinião, quem não se interessa por essas questões é um *chenapan*[21] da alta sociedade.

— Bem, pelo menos vai levar à solidariedade universal e ao equilíbrio de interesses — observou Ptítzin.

— E só, só! Sem aceitar nenhum fundamento moral além da satisfação do egoísmo individual e da necessidade material? A paz universal, a felicidade universal derivam da necessidade! Então, se me atrevo a perguntar, é assim que eu o compreendo, meu caro senhor?

— Sim, porque a necessidade universal de viver, de beber e comer, e, enfim, a mais plena convicção científica de que o senhor não irá satisfazer essa necessidade sem uma associação universal e nem a solidariedade dos interesses é, parece, um pensamento bastante forte para servir de ponto de apoio e "fonte da vida" para os futuros séculos da humanidade — observou Gánia já seriamente exaltado.

— Necessidade de beber e comer, isto é, apenas o sentimento da autopreservação...

— E por acaso é pouco só o sentimento da autopreservação? Porque o sentimento da autopreservação é a lei normal da humanidade...

— Quem lhe disse isso? — bradou subitamente Ievguiêni Pávlovitch. —

---

[21] "Desocupado", em francês no original. (N. do T.)

Essa lei é a verdade, mas é tão normal quanto a lei da destruição, e talvez da autodestruição. Porventura só na autopreservação está toda lei normal da humanidade?

— Ora veja! — exclamou Hippolit, voltando-se rápido para Ievguiêni Pávlovitch e observando-o com uma curiosidade feroz; mas ao ver que ele ria desatou também a rir, cutucou Kólia, que estava a seu lado, e tornou a lhe perguntar pelas horas, chegou até a puxar para si o relógio de prata de Kólia e a olhar com avidez para o ponteiro. Em seguida, como se tivesse esquecido tudo, estendeu-se no sofá, pôs as mãos atrás da cabeça e ficou a olhar para o teto; meio minuto depois já estava sentado à mesa, aprumado e ouvindo a tagarelice de Liébediev, que chegara ao último grau de excitação.

— É um pensamento astucioso e zombeteiro, um pensamento exprobratório! — secundou Liébediev com avidez o paradoxo de Ievguiêni Pávlovitch. — Um pensamento externado com o fim de incitar os adversários para a briga — mas um pensamento verdadeiro! Porque o senhor, galhofento mundano e cavaleiro (embora não desprovido de capacidade!), não sabe o quanto esse seu pensamento é profundo, é um pensamento verdadeiro! Sim. A lei da autodestruição e a lei da autopreservação estão igualmente fundidas na humanidade! O diabo domina igualmente a humanidade até o limite dos tempos,[22] o qual ainda desconhecemos. O senhor está rindo? O senhor não acredita no diabo? A descrença no diabo é uma ideia francesa, uma ideia leviana. O senhor sabe quem é o diabo? Sabe o nome dele? E sem saber sequer o nome dele, o senhor ri da sua forma, a exemplo de Voltaire, ri dos cascos, do rabo e dos chifres dele, que o senhor mesmo inventou; porque o espírito mau é um espírito grande e temível,[23] e sem os chifres e cascos que o senhor inventou. Mas a questão agora não está nele...!

— Como é que o senhor sabe que a questão agora não está nele? — exclamou súbito Hippolit e disparou numa risada como se estivesse tendo um acesso.

---

[22] Alusão ao motivo central do capítulo 12 do Apocalipse: "Ai da terra e do mar, pois o diabo desceu até vós, cheio de grande cólera, sabendo que pouco tempo lhe resta" (versículo 12). (N. da E.)

[23] Compare-se com o seguinte motivo do Apocalipse: "E foi expulso o grande dragão, a antiga serpente, que se chama diabo e Satanás, o sedutor de todo o mundo, sim, foi atirado para a terra..." (12, 9), e com as palavras do Grande Inquisidor em *Os irmãos Karamázov*: "o grande espírito conversou contigo no deserto...". Quanto à menção a Voltaire, cabe observar que Dostoiévski o leu especialmente quando estava concluindo o romance, no inverno de 1868-69. (N. da E.)

— É um pensamento astuto e insinuante! — secundou Liébediev. — Porém, mais uma vez a questão não está aí, a questão é saber se em nosso país não se debilitaram as "fontes da vida" com a intensificação...[24]

— Das estradas de ferro? — gritou Kólia.

— Não das vias férreas de comunicação, meu jovem adolescente porém apaixonado, mas de todo o sentido a que as estradas de ferro podem servir, por assim dizer, como um quadro, como uma expressão artística. São as sociedades humanas, dizem, que têm pressa, estrondeiam, martelam, correm céleres para a felicidade! "A sociedade humana está ficando demasiadamente barulhenta e industrial, nela há pouca paz de espírito" — queixa-se um pensador distanciado. "Suponhamos, mas o ruído das carroças que transportam comida para a humanidade faminta talvez seja melhor do que a paz de espírito" — responde-lhe em tom triunfal outro pensador, que viaja por todas as partes e dele se afasta com vaidade. Eu não acredito, torpe Liébediev, nas carroças que transportam comida para a humanidade! Porquanto as carroças que transportam comida para toda a humanidade, sem o fundamento moral do ato, podem excluir com o maior sangue frio uma parte considerável da humanidade do prazer com o transportado, o que já aconteceu...

— São as carroças que podem excluir com o maior sangue frio? — secundou alguém.

— O que já existiu — reiterou Liébediev, sem dar atenção à pergunta — já existiu Malthus,[25] amigo da humanidade. Mas, com a instabilidade dos

---

[24] Nas discussões políticas que aqui se desenvolvem é notória a polêmica entre ocidentalistas e eslavófilos, movimentos político-ideológicos que marcaram a sociedade russa ao longo do século XIX. Para os ocidentalistas, que defendiam a adoção pela Rússia das conquistas político-sociais e técnico-científicas do Ocidente, o atraso era uma vergonha, para os eslavófilos, que defendiam um caminho específico da Rússia sob a égide da Igreja ortodoxa, o progresso era uma desgraça. Dostoiévski foi fortemente influenciado por ambas as correntes e polemizou com elas em quase toda a sua obra. (N. do T.)

[25] Thomas Robert Malthus (1766-1834), sacerdote e economista inglês (*An Essay on the Principle of Population*), segundo quem a fome e a miséria são consequência inevitável da excessiva natalidade, uma vez que a população tende a crescer em progressão geométrica, enquanto os meios de sobrevivência, nas condições mais favoráveis, em progressão apenas aritmética. Por isso o excedente da população está condenado à morte, e todas as reformas sociais estão condenadas ao fracasso. Malthus exigia a revogação das leis que atenuavam a situação dos pobres por considerá-las manifestação de um falso humanismo. As concepções de Malthus foram duramente criticadas na Rússia por V. F. Odóievski e estão presentes no livro *Rússkie notchí* (Noites russas), de 1844. Os pontos de vista antimalthusianos de Odóievski são muito semelhantes aos de Liébediev. Em *Os demônios* Dostoiévski volta a polemizar com Malthus. (N. da E.)

fundamentos morais, esse amigo da humanidade é um antropófago da humanidade, sem falar da sua vaidade; porque vá você ofender a vaidade de algum desses inúmeros amigos da humanidade, e imediatamente ele estará disposto a incendiar os quatro extremos do mundo por uma pequena vingança — aliás exatamente como qualquer um de nós e, para ser justo, como eu, que sou o mais torpe de todos, porque eu talvez seja o primeiro a trazer a lenha e eu mesmo saia correndo de perto. Só que mais uma vez a questão não está aí!

— Mas afinal, está em quê?

— Estou farto!

— A questão está no seguinte incidente dos séculos passados, porque sinto necessidade de contar um incidente dos séculos passados. Em nossa época, em nossa pátria, que, espero, os senhores amem do mesmo jeito que eu, pois eu, de minha parte, estou disposto a derramar até a última gota do meu sangue...

— Adiante! Adiante!

— Em nossa pátria, assim como na Europa, surtos gerais de fome, que se espalham por todas as partes e são horríveis, têm visitado a humanidade, e atualmente não menos de uma vez a cada quartel de século, em um cálculo possível e até onde posso recordar, em outras palavras, uma vez a cada vinte e cinco anos. Não discuto essa cifra, mas é bastante rara comparativamente.

— Comparativamente a quê?

— Ao século XII e aos séculos contíguos de ambos os lados. Porque, como escrevem e afirmam os escritores, quando os surtos gerais de fome frequentaram a humanidade uma vez a cada dois anos ou pelo menos uma vez a cada três anos, então em semelhante estado de coisas o homem apelou até para a antropofagia, embora guardando segredo. Ao se aproximar da velhice, um desses parasitas anunciou por si só e sem qualquer coação que, durante sua vida longa e pobre, matou e comeu pessoalmente e no mais profundo segredo sessenta monges e vários recém-nascidos leigos — uns seis, não mais, ou seja, um número extraordinariamente pequeno se comparado ao número de membros do clero que ele comeu. Como se verificou, ele nunca tocou nos adultos leigos com esse fim.

— Isso é impossível! — exclamou o próprio presidente, o general, com uma voz quase ofendida. — Senhores, eu converso frequentemente e discuto com ele e sempre sobre esses pensamentos; no entanto, o mais frequente é ele expor tamanhos absurdos que até repugnam os ouvidos, mas sem um grão de verossimilhança!

— General! Lembremos o cerco de Kars e os senhores ficarão sabendo que o meu incidente é a verdade nua e crua. De minha parte, eu observo que quase toda a realidade, embora tenha as suas leis imutáveis, quase sempre é improvável e inverossímil. E inclusive quanto mais real ainda mais inverossímil.[26]

— Sim, mas porventura é possível comer sessenta monges? — riam ao redor.

— Mesmo que ele não os tenha comido de uma vez, o que é evidente, ainda assim é possível aos quinze ou dezesseis anos, o que já é absolutamente compreensível e natural...

— E natural?

— E natural! — retrucou Liébediev com uma obstinação pedante. — E além de tudo isso, um monge católico, por sua própria natureza, já é dócil e curioso, e é fácil demais atraí-lo para um bosque ou algum lugar isolado e lá proceder com ele segundo o que se afirmou acima — mas mesmo assim eu não discuto se o número de pessoas comidas foi extraordinário, até um excesso.

— Talvez isso seja mesmo verdade, senhores — observou num átimo o príncipe. Até então ele ouvia em silêncio os debatedores sem entrar na conversa; de quando em quando ria com toda a alma depois das explosões gerais de riso. Via-se que estava muitíssimo contente com toda aquela alegria, todo aquele barulho; até com o fato de que estavam bebendo muito. Talvez ele não dissesse nenhuma palavra durante toda a noite, mas resolveu subitamente entrar na conversa sabe-se lá por quê. Começou a falar com uma extraordinária seriedade, de modo que todos se voltaram de chofre para ele com curiosidade.

— Senhores, quero falar propriamente dos surtos de fome que outrora eram tão frequentes. Eu também ouvi falar sobre isso, embora eu conheça mal a história. Mas parece que era isso que tinha mesmo de acontecer. Quando fui às montanhas suíças, fiquei admiradíssimo com as ruínas dos velhos castelos da cavalaria, construídos nas encostas das montanhas, em rochedos abruptos e pelo menos a meia versta de uma altura íngreme (isto significa

---

[26] Liébediev enuncia uma das convicções mais radicais do próprio Dostoiévski. "Eu tenho uma visão própria, singular do real (em arte), e o que a maioria considera quase fantástico e excepcional, para mim é às vezes a própria essência do real. A meu ver, a rotina dos fenômenos e a visão estereotipada dos mesmos ainda não são realismo, mas até o oposto". Ver as cartas de 23 de dezembro de 1868 aos críticos N. N. Strákhov e A. N. Máikov. (N. da E.)

caminhar várias verstas através de sendas). Sabe-se o que é um castelo: uma verdadeira montanha de pedras. Um trabalho horrendo, impossível! E isso, é claro, foi construído por aquelas mesmas pessoas pobres, vassalas. Além disso, elas eram obrigadas a pagar toda sorte de tributos e a sustentar o clero. Onde iriam conseguir o próprio sustento e trabalhar a terra? Naquele tempo eram pouco numerosas, pelo visto, morriam horrores de fome, e não tinham, talvez, literalmente como se manter e suportar. Às vezes eu até pensava: como não se extinguiu aquela gente, e o que quer que lhe tenha acontecido, como conseguiu se manter de pé e suportar? Quanto ao fato de ter havido antropófagos, e talvez muitos, Liébediev tem indiscutível razão; só que eu não sei por que precisamente ele meteu os monges nessa história e o que está querendo dizer com isso?

— Certamente porque no século XII só se podiam comer monges, porque só os monges eram gordos — observou Gavrila Ardaliónovitch.

— Uma ideia magnificentíssima e sumamente verdadeira! — exclamou Liébediev. — Porque ele não chegou sequer a tocar nos leigos. Nem um só leigo entre os sessenta membros do clero, isso é uma ideia terrível, é uma ideia histórica, uma ideia estatística, enfim, de tais fatos é que alguém habilidoso restabelece a história; porque se conclui com uma precisão numérica que o clero vivia pelo menos sessenta vezes mais feliz e mais folgado que todo o restante da humanidade de então. E é possível que fosse pelo menos sessenta vezes mais gordo que todo o resto da humanidade...

— É um exagero, é um exagero, Liébediev! — riam ao redor às gargalhadas.

— Eu compreendo que se trata de um pensamento histórico, mas aonde o senhor está querendo chegar? — continuou a perguntar o príncipe (ele falava com tal seriedade e tal ausência de qualquer brincadeira e zombaria de Liébediev, de quem todos riam, que o seu tom, em meio ao tom geral de todo o grupo, tornava-se involuntariamente cômico; mais um pouco e começariam a rir dele também, todavia ele não percebia isso).

— Porventura o senhor não está vendo, príncipe, que ele é louco? — inclinou-se para ele Ievguiêni Pávlovitch. — Há pouco me disseram aqui que ele enlouqueceu na advocacia e pretende prestar exame de eloquência jurídica. Espero por uma excelente paródia.

— Estou conduzindo a uma imensa conclusão — trombeteou enquanto isso Liébediev. — Mas examinemos em primeiro lugar o estado psicológico e jurídico do criminoso. Vemos que o criminoso ou, por assim dizer, meu cliente, apesar de toda a impossibilidade de encontrar outro comestível, várias vezes em sua curiosa carreira revela o desejo de arrepender-se e afasta de si o clero. Vemos que isto é claro a partir dos fatos: menciona-se que, apesar de tudo, ele comeu mesmo cinco ou seis bebês, um número insignificante em termos comparativos mas notável em outro sentido. Vê-se que, atormentado por terríveis remorsos (pois o meu cliente é um homem religioso e consciencioso, o que eu vou demonstrar) e para atenuar, na medida do possível, a sua culpa, ele trocou seis vezes o alimento monástico pelo alimento leigo, em forma de prova. Quanto ao fato de ser em forma de prova, isso mais uma vez é indiscutível; porque se ele visasse apenas a uma variação gastronômica, o número seis seria insignificante demais: por que só seis e não trinta? (Eu pego metade por metade.) Mas se era apenas uma prova, em face apenas do desespero diante do pavor do sacrilégio e da ofensa ao eclesiástico, neste caso o número de seis se torna demasiado compreensível; porque seis provas, para satisfazer os remorsos, é mais do que suficiente, uma vez que as provas não podiam deixar de ser bem-sucedidas. E, em primeiro lugar, a meu ver, um bebê é pequeno demais, isto é, não é grande, de sorte que durante certo tempo seriam necessários três, cinco e mais vezes bebês leigos do que clérigos, de sorte que a culpa, se diminuía em um aspecto, no fim das contas aumentava em outro, não pela qualidade mas pela quantidade. Raciocinando assim, senhores, eu, é claro, desço ao coração do criminoso do século XII. Quanto a mim, homem do século XIX, eu talvez raciocinasse de modo diferente, o que levo ao conhecimento dos senhores, de modo que os senhores não têm por que ficar arreganhando os dentes para mim, e para o senhor, general, não é nada decente. Em segundo lugar, na minha opinião pessoal, um bebê não é apetitoso, talvez seja até doce demais e adocicado,[27] de modo que, sem atender a uma necessidade, só deixa remorsos. Agora a conclusão, o final, senhores, o final em que consiste a decifração de uma das mais grandiosas perguntas daquela e da nossa época! O criminoso termina denunciando a si mesmo ao clero e entregando-se nas mãos do governo. Pergunta-se: que tormentos o esperavam naquele tempo, que rodas, fogueiras e fogos? Quem o impeliu a ir denunciar-se? Por que não parar simplesmente na casa dos sessenta, mantendo o segredo até o último alento? Por que não largar simplesmente o clero para lá e viver arrependido como um ermitão? Por que, enfim, não ingressar ele mesmo na vida monástica? Aí está a decifração. Quer dizer que houve algo mais forte do que as fogueiras e o fogo e até mais que um hábito de vinte anos! Quer dizer que havia um pensamento mais forte do que todas as desgraças, más colheitas, torturas, lepra, maldições e toda sorte de inferno que a humanidade não suportaria sem um

---

[27] Liébediev abusa da redundância. (N. do T.)

pensamento que concatenasse, orientasse o coração e fertilizasse as fontes da vida! Mostrem-me os senhores algo semelhante a tal força em nosso século de vícios e estradas de ferro... isto é, é preciso dizer, em nosso século dos navios a vapor e das estradas de ferro, mas eu digo: em nosso século de vícios e estradas de ferro, porque eu sou um beberrão, porém justo! Mostrem-me uma ideia que ligue e agregue a atual sociedade humana ao menos com a metade daquela força que havia naqueles séculos. E atrevam-se a dizer, por fim, que não se debilitaram, que não se turvaram as fontes da vida sob essa "estrela", sob essa rede que prende os homens. E não me assustem com o vosso bem-estar, com as vossas riquezas, com a raridade da fome e a rapidez das vias de comunicação! Há mais riquezas porém menos força; não resta mais uma ideia agregadora; tudo amoleceu, tudo mofou e vai mofar! Todos, todos, todos nós mofaremos!... Mas basta, e a questão agora não é essa, mas a seguinte: não vai o nosso estimadíssimo príncipe ordenar que se preparem uns salgadinhos para as visitas?

Liébediev, que por pouco não levara alguns dos ouvintes à verdadeira indignação (cabe observar que durante todo esse tempo não pararam de abrir garrafas), com a inesperada conclusão do seu discurso a respeito dos salgadinhos conciliou de uma só vez todos os adversários. Ele mesmo chamava essa conclusão de "virada habilidosa de advogado para a questão". Mais uma vez levantou-se o riso alegre, as visitas se animaram; todos se levantaram da mesa para esticar as pernas e andar pelo terraço. Só Keller estava descontente com o discurso de Liébediev e numa extraordinária inquietação.

— Ataca o Iluminismo, prega as barbaridades do século XII, faz trejeitos, e sem qualquer inocência no coração: de que jeito ele mesmo conseguiu esta casa, dá licença de perguntar? — dizia ele em voz alta, parando todos e cada um.

— Eu vi um verdadeiro interpretador do Apocalipse — dizia o general em outro canto a outros ouvintes e, de passagem, a Ptítzin, que havia agarrado por um botão —, o falecido Grigori Semeónovitch Burmistrov: ele, por assim dizer, incendiava corações. Em primeiro lugar, punha os óculos, abria um grande livro velho de capa de couro preto, com aquela barba grisalha, duas medalhas ganhas pelo sacrifício. Começava com severidade e agudeza, diante dele inclinavam-se generais, as mulheres desmaiavam, bem, mas este conclui com salgadinhos! Não se assemelha a nada!

Ptítzin, que ouvia o general, ria como se pretendesse pegar o chapéu, mas era como se não resolvesse ou esquecesse sempre a sua intenção. Gánia, ainda antes que se levantassem da mesa, parou subitamente de beber e afastou a taça; em seu rosto estampou-se qualquer coisa de lúgubre. Quando se levantaram da mesa ele se chegou a Rogójin e sentou-se ao lado dele. Poder-se-ia pensar que os dois estivessem nas mais amistosas relações. Rogójin, que no início também fizera várias menções de levantar-se e sair às escondidas, agora estava ali sentado imóvel, de cabeça baixa, e como que também esquecido de que queria ir embora. Durante toda a noite não havia bebido uma gota de vinho e estava muito pensativo; só de raro em raro levantava os olhos e examinava todos e cada um. Agora dava para pensar que ele estivesse aguardando alguma coisa ali, extraordinariamente importante para ele, e por enquanto resolvera não sair.

O príncipe bebeu apenas duas ou três taças e estava só alegre. Soergueu-se da mesa e deu com o olhar de Ievguiêni Pávlovitch, lembrou-se da explicação que deveria haver entre os dois e sorriu amistosamente. Ievguiêni Pávlovitch lhe fez um sinal de cabeça e apontou para Hippolit, que nesse mesmo instante ele observava atentamente. Hippolit dormia estendido no sofá.

— Príncipe, por que esse menino se meteu aqui em sua casa? — disse de repente com tão evidente despeito e até com raiva que o príncipe ficou surpreso. — Aposto que tem coisa funesta em mente!

— Eu notei — disse o príncipe —, pareceu-me, pelo menos, que hoje ele está interessado demais no senhor, Ievguiêni Pávlovitch, é verdade?

— E acrescente: nas minhas próprias circunstâncias eu mesmo tenho de que ficar pensativo, de maneira que eu mesmo me admiro de não ter conseguido me livrar dessa fisionomia repugnante durante toda a noite!

— Ele tem um rosto bonito...

— Veja, veja, olhe! — gritou Ievguiêni Pávlovitch puxando o príncipe pelo braço. — Veja!...

O príncipe mais uma vez olhou surpreso para Ievguiêni Pávlovitch.

V

Ao término da dissertação de Liébediev, Hippolit, que havia adormecido subitamente no sofá, agora acordava de estalo, como se alguém o tivesse cutucado de um lado, estremeceu, soergueu-se, examinou ao redor e empalideceu; olhava em volta até um tanto assustado; mas seu rosto estampou um quase pavor quando ele recordou e compreendeu tudo.

— O que está havendo, eles estão saindo? Terminou? Terminou tudo? O sol saiu? — perguntava inquieto, agarrando o príncipe pelo braço. — Que horas são? Por Deus: que horas são? Eu dormi demais. Dormi muito? — acrescentou com um ar quase de desespero, como se o sono o tivesse feito perder alguma coisa da qual dependia, quando nada, todo o seu destino.

— O senhor dormiu uns sete ou oito minutos — respondeu Ievguiêni Pávlovitch.

Hippolit olhou avidamente para ele e ficou alguns instantes tentando atinar.

— Ah... só! Quer dizer que eu...

Tomou fôlego fundo e avidamente como quem se livra de um fardo excessivo. Enfim, adivinhou que nada havia "terminado", que o sol ainda não saíra, que as visitas se levantaram da mesa só para os salgados e que só terminara a tagarelice de Liébediev. Ele sorriu, e em seu rosto apareceu o corado da tísica sob a forma de duas manchas vivas.

— Quer dizer que o senhor contou até os minutos enquanto eu dormia, Ievguiêni Pávlovitch — disse ele em tom de gracejo —, o senhor não se desligou de mim durante a noite toda, eu notei... Ah! Rogójin! Acabei de vê-lo em sonho — murmurou ele para o príncipe, carregando o semblante e fazendo sinal para Rogójin, que estava sentado à mesa —, ah, sim — tornou a dar um salto repentino —, onde está o orador, onde está Liébediev? Quer dizer então que Liébediev terminou? De que ele estava falando? Príncipe, é verdade que o senhor disse uma vez que a "beleza" salvará o mundo? Senhores — gritou alto para todos —, o príncipe afirma que a beleza salvará o mundo! Mas eu afirmo que ele tem essas ideias jocosas porque atualmente está apaixonado. Senhores, o príncipe está apaixonado; quando ele entrou há pouco eu me convenci disso. Não core, príncipe, vou sentir pena do senhor.

Qual é a beleza que vai salvar o mundo? Kólia me contou isso... O senhor é um cristão cioso? Kólia afirma que o senhor mesmo se diz cristão.

O príncipe o examinou atentamente e não lhe respondeu.

— O senhor não me responde? Será que o senhor acha que eu gosto muito do senhor? — acrescentou súbito Hippolit, como se deixasse escapar.

— Não, não acho. Eu sei que o senhor não gosta de mim.

— Como? Inclusive depois de ontem? Ontem eu não fui sincero com o senhor?

— Ontem eu já sabia que o senhor não gosta de mim.

— Ou seja, é porque eu tenho inveja do senhor, inveja? O senhor sempre achou isso e continua achando, no entanto... mas por que estou lhe dizendo isso?

— O senhor não pode beber mais, Hippolit, não vou lhe permitir...

E o príncipe afastou dele a taça.

— E de fato... — concordou ele imediatamente, como se refletisse — talvez ainda digam... ora, com os diabos o que eles possam dizer! Não é verdade, não é verdade? Deixe que eles digam depois, não é, príncipe? E o que nós todos temos a ver com o que vier *depois*!... Aliás eu estou falando no meio do sonho. Que sonho horrível eu tive, só agora me lembrei... Eu não desejo ao senhor, príncipe, sonhos como aquele, embora eu talvez não goste mesmo do senhor. Pensando bem, se a gente não gosta de uma pessoa, por que vai desejar mal a ela, não é verdade? Que coisa eu estar sempre perguntando, sempre perguntando tudo! Dê-me a sua mão; vou apertá-la com força, assim... E no entanto o senhor me estendeu a mão. Quer dizer que sabe que eu vou apertá-la sinceramente?... Convenhamos, não vou mais beber. Que horas são? Aliás, não precisa responder, eu sei que horas são. Chegou a hora! Este é o momento. O que é aquilo, estão colocando salgadinhos ali no canto? Quer dizer que essa mesa está livre? Ótimo! Senhores, eu... no entanto, esses senhores todos nem dão ouvidos... Eu quero ler um artigo, príncipe; é claro que os salgadinhos são mais interessantes, porém...

Súbito, de maneira absolutamente inesperada, ele arrancou do seu bolso lateral superior um embrulho grande, do tamanho de um embrulho de escritório, lacrado com um grande lacre vermelho. Colocou na mesa à sua frente.

Essa surpresa produziu efeito no grupo não preparado para isso, ou melhor, *preparado* mas não para isso; Gánia moveu-se rápido em direção à mesa; Rogójin também, mas com um enfado rabugento, como se compreendesse de que se tratava. Liébediev, que estava perto, chegou-se com o olhar curioso e espiou para o embrulho procurando adivinhar de que se tratava.

— O que é isso aí? — perguntou o príncipe com inquietação.

— À primeira nesga de sol eu me deito, príncipe, foi o que eu disse; palavra de honra: o senhor verá! — exclamou Hippolit. — No entanto... no entanto... será que o senhor acha que eu não estou em condição de romper o lacre deste embrulho? — acrescentou ele, correndo as vistas ao redor, como se se dirigisse a todos indistintamente. O príncipe notou que ele tremia de corpo inteiro.

— Nenhum de nós está pensando isso — respondeu o príncipe por todos —, e por que o senhor acha que alguém tem essa ideia, e que... que ideia mais estranha essa sua de ler? O que é isso aí, Hippolit?

— O que é isso aí? O que tornou a acontecer com ele? — perguntaram ao redor. Todos se chegaram, alguns ainda mastigando; o embrulho com o lacre vermelho atraía a todos, como se fosse um ímã.

— Eu mesmo escrevi isso ontem, logo depois que lhe dei a palavra de que viria morar com o senhor, príncipe. Passei o dia de ontem todo escrevendo isso, depois à noite, e terminei hoje pela manhã; à noite, já de madrugada, tive um sonho...

— Não seria melhor amanhã? — interrompeu timidamente o príncipe.

— Amanhã "não haverá mais tempo"![28] — riu histericamente Hippolit. — Aliás, não precisa ficar preocupado, vou ler isso em quarenta minutos ou — em uma hora... Vê como todos estão interessados; todos se aproximaram; e todos estão olhando para o meu impresso, e não tivesse eu lacrado o embrulho com o artigo não haveria nenhum efeito! Quá-quá! Veja o que ele, o mistério, significa! Deslacrar ou não, senhores? — gritou ele rindo com seu riso estranho e os olhos cintilantes. — Segredo! Segredo! Lembra-se, príncipe, de quem proclamou "não haverá mais tempo"? Isso quem pronunciou foi o imenso e poderoso anjo do Apocalipse.

— O melhor é não ler! — exclamou de repente Ievguiêni Pávlovitch, mas com uma intranquilidade nele inesperada que a muitos pareceu estranha.

— Não leia! — gritou também o príncipe, pondo a mão sobre o embrulho.

— Que leitura, que nada? É hora dos salgadinhos — observou alguém.

— Artigo? Para uma revista? — quis saber outro.

— Não será enfadonho? — acrescentou um terceiro.

— Ora, o que é isso aí? — quiseram saber os demais. No entanto, o gesto assustado do príncipe pareceu assustar até o próprio Hippolit.

— Então... não ler? — murmurou ele ao príncipe de modo um tanto

---

[28] Apocalipse, 10, 6. (N. do T.)

preocupado, com um sorriso torcido nos lábios lívidos. — Não ler — murmurou ele, percorrendo com a vista todos os presentes, todos os olhos e rostos, como se outra vez se aferrasse a todos com a expansividade anterior, que parecia lançar-se com sofreguidão sobre todos —, o senhor... está com medo? — tornou a voltar-se para o príncipe.

— De quê? — perguntou o outro, mudando cada vez mais.

— Alguém tem duas moedas de dez copeques, vinte copeques? — levantou-se de um salto Hippolit, como se tivesse sido impulsionado. — Alguma moeda?

— Aqui está! — deu-lhe Liébediev no mesmo instante; passou pela cabeça dele que o doente Hippolit tivesse enlouquecido.

— Vera Lukiánovna! — convidou apressadamente Hippolit. — Pegue, lance na mesa: cara ou coroa? Se for cara, então é para ler!

Vera olhou assustada para a moeda, para Hippolit, depois para o pai e, meio desajeitada, de cabeça erguida como se estivesse convencida de que ela mesma não devia olhar para a moeda, lançou-a sobre a mesa. Deu cara.

— Ler! — sussurrou Hippolit, como que esmagado pela decisão do destino; não teria ficado mais pálido se lhe houvessem lido uma sentença de morte. — Pensando bem — estremeceu de chofre, fez uma pausa de meio minuto —, o que é isso? Será que acabei de tirar a sorte? — examinava todos ao redor com a mesma franqueza perseverante. — Ora, isto é um impressionante traço psicológico! — exclamou num átimo, dirigindo-se ao príncipe, sinceramente pasmo. — Isso... isso é um traço ininteligível, príncipe — reiterou ele, animando-se e como que voltando a si. — Escreva isto, príncipe, lembre-se, parece que o senhor pesquisa matérias sobre a pena de morte... Me disseram, quá-quá! Oh, Deus, que absurdez simplória! — sentou-se no sofá, apoiou na mesa ambos os cotovelos e pôs as mãos na cabeça. — Isso é até uma vergonha!... Mas com os diabos que seja uma vergonha — levantou quase de supetão a cabeça. — Senhores! Senhores eu vou abrir o embrulho — pronunciou ele com uma decisão instantânea —, eu... eu, aliás não obrigo que me ouçam!...

Com as mãos trêmulas de nervosismo ele deslacrou o embrulho, tirou de lá várias folhas de papel de carta, preenchidas com letra miúda, colocou-as diante de si e começou a arrumá-las.

— Para que isso? O que há de especial aí? O que é que vão ler? — murmuraram alguns com ar sombrio; outros calavam. Mas todos se sentaram e ficaram a observar com curiosidade. Talvez esperassem mesmo por alguma coisa fora do comum. Vera grudou na mesa do pai e por pouco não chorou de medo; Kólia também estava quase com o mesmo medo. Liébediev, já sentado, soergueu-se de chofre, agarrou as velas e chegou-se mais perto de Hippolit a fim de dar mais claridade para a leitura.

— Senhores, agora... agora os senhores verão de que se trata — acrescentou Hippolit com algum fim e de repente começou a ler: — "Uma explicação necessária"! Epígrafe "*Après moi le déluge*"...[29] Arre, com os diabos! — bradou ele como se tivesse se queimado. — Porventura eu pude colocar a sério uma epígrafe tão tola?... Ouçam, senhores!... Eu lhes asseguro que, no fim das contas, tudo isso talvez seja uma terrível bobagem! Aqui só algumas ideias minhas... se os senhores acharem que aqui... alguma coisa misteriosa ou... proibida... em suma...

— Leia sem prefácios — interrompeu Gánia.

— Manda! — acrescentou alguém.

— Está falando muito — insinuou-se Rogójin, que durante todo esse tempo estivera calado.

Súbito Hippolit olhou para ele e, quando seus olhares se cruzaram, Rogójin sentiu uma ofensa carregada de amargura e fel e pronunciou lentamente estas palavras estranhas:

— Não é assim que se deve trabalhar esse assunto, rapazinho, não é assim.

O que Rogójin quis dizer ninguém entendeu, é claro, mas as suas palavras produziram uma impressão bastante estranha em todos: uma ideia geral mexeu de leve com cada um dos presentes. Em Hippolit essas palavras deixaram uma impressão terrível: ele começou a tremer tanto que o príncipe fez menção de lhe estender a mão para apoiá-lo, e ele na certa teria gritado se a voz não lhe tivesse faltado de repente. Ficou um minuto inteiro sem conseguir pronunciar uma palavra, olhando fixo para Rogójin e respirando com dificuldade. Sufocado e fazendo um esforço extraordinário, enfim proferiu:

— Então foi o senhor... o senhor que esteve... o senhor?

— Esteve o quê? Eu o quê? — respondeu perplexo Rogójin, mas Hippolit, inflamado e subitamente quase tomado de fúria, gritou com rispidez e força:

— O senhor esteve em minha casa na semana passada, à noite, às duas horas, naquele dia em que eu estive na sua casa pela manhã, *foi o senhor*!! Confesse, não foi o senhor?

— Na semana passada, à noite? Ora, rapazinho, você não terá pirado e não estará mesmo maluco?

---

[29] "Depois de mim, o dilúvio", em francês no original. (N. do T.)

O "rapazinho" mais uma vez calou por volta de um minuto, com o indicador na testa e como que refletindo; mas em seu sorriso pálido, igualmente torcido de pavor, súbito esboçou-se um quê de astúcia, até de triunfo.

— Era o senhor! — ele repetiu por fim quase murmurando, mas com uma extraordinária convicção. — O *senhor* veio à minha casa, ficou sentado numa cadeira em silêncio, ao pé da janela, uma hora inteira; nas duas primeiras horas da madrugada; depois se levantou e saiu quando já passava das duas... era o senhor, o senhor! Por que estava me assustando? Por que aparecer para me atormentar? — Eu não entendo, mas era o senhor!

Súbito um ódio infinito passou de relance pelo olhar dele, apesar do tremor e do medo que ainda não haviam cessado.

— Agora, agora os senhores saberão de tudo isso, eu... eu... escutem...

Com uma pressa imensa, tornou a agarrar as suas folhas; elas escorregaram e se espalharam, ele fazia esforço para arrumá-las; elas vibravam em suas mãos trêmulas; ele demorou muito a controlar-se.

Até que enfim a leitura começou. A princípio, durante uns cinco minutos, o autor do inesperado *artigo* ainda continuava sufocado e lia de forma desconexa e desigual; mas depois sua voz firmou-se e ele passou a exprimir à perfeição o sentido do que estava lendo. Aqui e ali apenas uma tosse bastante forte o interrompia; do meio para o fim do artigo ele ficou fortemente rouco; um ânimo excepcional, que tomava conta dele mais e mais à medida que lia, no final chegou ao auge causando uma impressão doentia sobre os ouvintes. Eis todo o "artigo" dele.

"Minha explicação necessária
Après moi le déluge!

Ontem pela manhã o príncipe esteve em minha casa; aliás, me convenceu a me mudar para a sua *datcha*. Eu sabia mesmo que ele insistiria sem falta nisso, e estava certo de que deixaria escapar francamente que na *datcha* me seria 'mais fácil morrer entre pessoas e árvores', como ele se exprime. Só que hoje ele não disse *morrer* e sim 'será mais fácil viver', o que, não obstante, dá quase no mesmo para mim em minha situação. Eu lhe perguntei o que ele subentende por suas contínuas 'árvores' e por que ele me impõe essas 'árvores' — e com surpresa eu soube que naquela noite eu mesmo teria dito que viera a Pávlovsk olhar para as árvores pela última vez. Quando eu lhe observei que tanto fazia morrer debaixo de árvores ou olhando pela janela para os meus tijolos, e que por causa de duas semanas não havia por que tanta cerimônia, ele concordou imediatamente; mas o verde e o ar puro, segundo opinião dele, na certa produziriam em mim alguma mudança física, e minha inquietação e os *meus sonhos* mudariam e talvez viessem a ficar mais leves. Outra vez lhe observei entre risos que ele fala como um materialista. Ele me respondeu com o seu sorriso que sempre havia sido materialista. Como nunca mente, essas palavras significam alguma coisa. O sorriso dele é bonito; acabei de examiná-lo mais atentamente. Eu não sei se agora gosto ou não gosto dele; neste momento não tenho tempo para me ocupar com isso. Meu ódio de cinco meses por ele, é preciso observar, começou a se extinguir por completo no último mês. Quem sabe, é possível que eu tenha vindo a Pávlovsk sobretudo para vê-lo. No entanto... por que então eu deixei o meu quarto? Um condenado à morte não deve abandonar o seu canto; e se agora eu não tivesse tomado a decisão definitiva mas, ao contrário, resolvesse esperar até o último momento, então, é claro, não teria deixado meu quarto por nada nem aceitado a proposta de me mudar para a casa dele a fim de 'morrer' em Pávlovsk.

Preciso me apressar e terminar toda essa 'explicação' obrigatoriamente até amanhã. Logo, não terei tempo de reler e corrigir; deixarei para amanhã, quando for ler para o príncipe e duas ou três testemunhas que tenho a intenção de encontrar com ele. Como aqui não haverá uma palavra de mentira e tudo é só verdade final e solene, de antemão estou curioso para ver qual a impressão que ela vai produzir em mim mesmo na mesma hora e no mesmo instante em que eu começar a reler. Pensando bem, foi inútil eu escrever as palavras 'verdade final e solene'; por duas semanas já nem vale a pena mentir, porque não vale a pena viver duas semanas; essa é a melhor prova de que vou escrever só a verdade. (NB. Não esquecer o pensamento: será que não estarei louco nesse instante, ou seja, por instantes? Disseram-me afirmativamente que os tísicos de último grau às vezes enlouquecem temporariamente. Conferir isto amanhã durante a leitura pela impressão causada nos ouvintes. Resolver sem falta esta questão com plena precisão; do contrário não se poderá começar nada.)

Parece-me que acabei de escrever uma terrível bobagem; mas não há tempo para refazer, disse eu; além disso, eu me dou a palavra de não corrigir deliberadamente nenhuma linha nesse manuscrito, mesmo que eu perceba que estou me contradizendo a cada cinco linhas. Quero definir justamente amanhã durante a leitura se é correto o fluxo lógico do meu pensamento; se noto ou não os meus erros, e se, por conseguinte, é correto ou apenas um delírio tudo o que eu repensei neste quarto nesses seis meses.

Se dois meses atrás me viesse à cabeça, como agora, largar inteiramente o meu quarto e me despedir do muro de Meyer, estou certo de que para mim seria uma tristeza. Agora, porém, eu não sinto nada, ao passo que amanhã deixarei o quarto e o muro *para todo o sempre*! Portanto, a minha convicção de que por duas semanas já não vale a pena lamentar ou deixar-me levar por quaisquer sensações apoderou-se da minha natureza e agora já pode comandar todos os meus sentimentos. Mas será isso verdade? Será verdade que minha natureza agora foi vencida de forma absoluta? Se neste momento começassem a me torturar, na certa eu passaria a gritar e não diria que não vale a pena gritar e sentir dor porque restam apenas duas semanas para viver.

Mas será verdade que só me restam duas semanas de vida e não mais? Eu menti naquela ocasião em Pávlovsk: B...n não me disse nada e nunca tinha me visto; mas há uma semana trouxeram à minha presença o estudante Kissloródov;[30] por suas convicções ele é materialista, ateu e niilista, eis por que eu convidei logo a ele: precisava de uma pessoa que enfim me dissesse a verdade nua e crua, sem luvas de pelica nem cerimônia. Pois foi o que ele fez, e não só com disposição e sem cerimônia mas até com uma visível satisfação (o que, a meu ver, já foi demais). Ele disparou com toda franqueza que me restava cerca de um mês; talvez um pouco mais se as circunstâncias ajudassem; mas que era possível que eu morresse até bem antes. Segundo ele, eu também posso morrer de repente, até amanhã mesmo, por exemplo: fatos como esses têm acontecido, e não foi há mais tempo senão anteontem, em Kolomna,[31] que uma jovem senhora tísica, numa situação semelhante à minha, preparava-se para ir ao mercado comprar provisões mas

---

[30] De *kisloród*, oxigênio. O sobrenome tem sentido irônico: Dostoiévski alude a que, à semelhança de outros representantes da juventude niilista da época, quem tem esse sobrenome reconhece apenas o oxigênio em lugar da alma. (N. da E.)

[31] Bairro de Petersburgo, habitado predominantemente por pobres. (N. do T.)

de repente se sentiu mal, deitou-se no sofá, deu um suspiro e morreu. Tudo isso Kissloródov me comunicou até com certa elegância de insensibilidade e imprudência e ainda como se estivesse me dando a honra, isto é, me mostrando com sua atitude que me considerava um ser tão superior quanto ele mesmo, que tudo nega e para quem morrer, é claro, não custa nada. No fim das contas, mesmo assim esse fato está traçado: um mês e nada mais! Estou absolutamente certo de que nisso ele não se enganou.

Fiquei muito surpreso porque agora mesmo o príncipe adivinhou que eu estava tendo 'maus sonhos'; ele disse literalmente que em Pávlovsk 'meu desassossego e meus *sonhos*' iriam mudar. E por que os sonhos? Ele ou é médico ou realmente é de uma inteligência fora do comum e pode adivinhar muito. (Mas que no fim das contas é 'idiota' disso não há a menor dúvida.) Como de propósito, bem no momento em que ele estava entrando eu tive um sonho bem bom (aliás, daqueles que atualmente tenho às centenas). Eu adormeci — acho que uma hora antes da chegada dele — e vi que estava em um quarto (não no meu). O quarto era mais alto e maior que o meu, mais bem mobiliado, claro; armário, cômoda, sofá e minha cama, grande e larga e coberta por um cobertor de seda verde e acolchoado. Mas nesse quarto eu notei um animal terrível, um monstro. Era uma espécie de escorpião, mas não era escorpião, era mais nojento e muito mais horrendo e, parece, justamente porque esses bichos não existem na natureza, e porque ele me apareceu *de propósito*, e porque nisso existiria como que algum segredo. Eu o examinei muito bem: era marrom e cascudo, um bicho réptil, de uns quatro *verchoks* de comprimento, a cabeça com uns dois dedos de espessura que afinava gradualmente na direção do rabo, de maneira que a ponta do rabo não tinha mais do que um décimo de fração de *verchok*. Do peito, a um *verchok* da cabeça, saíam duas patas a quarenta e cinco graus, uma de cada lado, cada uma de dois *verchoks* de comprimento, de sorte que todo o bicho, visto de cima, parecia um tridente. Não examinei a cabeça mas vi dois bigodinhos, não longos, na forma de duas agulhas fortes, também marrons. Tinha dois bigodinhos iguais na ponta do rabo e na ponta de cada uma das patas, logo, oito bigodinhos ao todo. O bicho corria muito rápido pelo quarto, apoiando-se nas patas e no rabo, e quando corria o tronco e as patas serpenteavam com uma rapidez incomum, apesar da casca, e dava muito nojo olhar para aquilo. Eu estava com um terrível medo de que ele me picasse; ouvi dizer que era venenoso, no entanto eu me angustiava mais com o fato de saber: quem o teria enviado ao meu quarto, o que queriam fazer comigo e qual era o segredo daquilo? Ele se escondia debaixo da cômoda, debaixo do armário, arrastava-se para os cantos. Eu me sentei numa cadeira com as pernas encolhidas. Ele atravessou rapidamente todo o quarto de banda e sumiu em algum lugar perto da minha cadeira. Eu olhava ao redor tomado de pavor, porém como estava sentado com as pernas encolhidas, esperava que ele não subisse na cadeira. Súbito ouvi atrás de mim, quase junto à minha cabeça, algum sussurro crepitante; olhei para trás e vi que o bicho subia pela parede e já estava à altura da minha cabeça e tocava inclusive os meus cabelos com o rabo, que girava e serpenteava com uma rapidez extraordinária. Levantei-me de um salto, e o bicho desapareceu. Eu temia me deitar na cama para que ele não se metesse debaixo do travesseiro. No quarto entraram minha mãe e um conhecido qualquer seu. Meteram-se a agarrar o bicho, porém estavam mais tranquilos do que eu e nem sequer tinham medo. Mas eles não compreendiam nada. Súbito o réptil reapareceu se arrastando; desta vez se arrastava muito devagarinho e como se estivesse com alguma intenção especial, serpenteando lentamente, o que era ainda mais repugnante, e outra vez de banda pelo quarto, em direção à porta. Nisso minha mãe abriu a porta e gritou por Norma, a nossa cadela — uma enorme terra-nova, preta e peluda; havia morrido cinco anos antes. Ela se precipitou para dentro do quarto e postou-se sobre o réptil como se estivesse plantada. O réptil também parou, mas ainda serpenteando e dando estalos pelo chão com as pontas das patas e do rabo. Os animais não podem sentir medo místico, se não estou enganado; mas nesse instante me pareceu que no medo de Norma havia alguma coisa como que muito fora do comum, como que até quase mística, e ela, por conseguinte, também pressentia, como eu, que no animal havia algo fatídico e algum mistério. A cachorra recuou devagar diante do réptil, que se arrastava lenta e cuidadosamente contra ela; parece que queria lançar-se de repente contra ela e mordê-la. Porém, apesar de todo o susto, Norma olhava de um modo furiosíssimo, embora tremessem todos os seus membros. Súbito ela rangeu lentamente os seus terríveis dentes, abriu toda a imensa boca vermelha, pegou o réptil, tomou a posição apropriada, decidiu-se e de repente agarrou o bicho com os dentes. Pelo visto o réptil deu um arranco com o fim de soltar-se, de modo que Norma tornou a agarrá-lo, já no ar, e em dois tempos o aspirou com a boca, tudo no ar, como se o engolisse. A casca crepitou nos dentes dela; o rabo e as patas do animal, que saíram da boca, mexiam-se com uma terrível rapidez. Súbito Norma ganiu de dor: o réptil acabara conseguindo morder-lhe a língua. Com um ganido e um uivo ela abriu a boca de dor e eu vi que o réptil estraçalhado ainda se mexia atravessado na boca da cadela, lançando-lhe do seu tronco meio estraçalhado na língua uma grande quantidade de uma secreção branca, parecida com a secreção de uma barata preta esmagada... Nisso eu acordei e o príncipe entrou."

— Senhores — disse Hippolit, súbito se desligando da leitura e até quase envergonhado —, eu não reli, mas parece que realmente escrevi muita coisa supérflua. Esse sonho...

— Existe gente assim — apressou-se Gánia em intervir.

— Aí há um excesso de coisas pessoais, concordo, isto é, no fundo é sobre mim...

Ao dizer isso, Hippolit tinha um aspecto cansado e debilitado e enxugava o suor da testa com um lenço.

— Sim, você se interessa demais por si mesmo — chiou Liébediev.

— Senhores, eu nunca coajo, torno a repetir; quem não quiser ouvir pode retirar-se.

— Está pondo para fora... de casa alheia — rosnou Rogójin de modo que mal se ouvia.

— E que tal todos nós nos levantarmos de chofre e nos retirarmos? — proferiu de repente Fierdischenko, que, aliás, até então não se atrevera a falar alto.

Hippolit baixou subitamente os olhos e agarrou-se ao manuscrito; mas no mesmo instante tornou a levantar a cabeça e, com um brilho nos olhos e duas manchas vermelhas nas faces, pronunciou:

— O senhor não gosta nem um pouco de mim!

Ouviu-se o riso; aliás, a maioria não ria. Hippolit ficou vermelhíssimo.

— Hippolit — disse o príncipe —, feche o seu manuscrito e me dê, e o senhor mesmo vá deitar-se para dormir no meu quarto. Conversaremos antes de dormir e amanhã; mas contanto que nunca mais abra essas folhas. Quer?

— Porventura isso é possível? — Hippolit olhou para ele absolutamente surpreso. — Senhores! — tornou a gritar, tomando-se de um ânimo febril. — Foi um episódio tolo no qual eu não soube me comportar. Não vou mais interromper a leitura. Quem quiser ouvir que ouça...

Ele engoliu às pressas a água do copo, às pressas apoiou os cotovelos na mesa para se esconder dos olhares, e continuou obstinadamente com a leitura. O acanhamento, aliás, logo passou...

"A ideia de que (continuou lendo) não vale a pena viver algumas semanas passou a me dominar verdadeiramente, acho que há um mês, quando ainda me restavam quatro semanas de vida, mas só me dominou totalmente há três dias quando eu voltava daquela noite em Pávlovsk. O primeiro momento em que tive a convicção íntima e imediata dessa ideia aconteceu no terraço da casa do príncipe, justamente no instante em que me ocorreu fazer o último teste de vida, quis ver as pessoas e as árvores (vá lá que eu tenha dito isto), me exaltei, insisti no direito de Burdóvski, 'do meu próximo' e sonhei que eles de repente abrissem os braços, me recebessem em seus abraços, e me pedissem perdão por alguma coisa, e eu a eles; numa palavra, eu terminei como um imbecil rematado. Pois bem, foi naqueles mesmos instantes que tive o lampejo da 'última convicção'. Agora me surpreende como eu pude viver seis meses inteiros sem essa 'convicção'! Eu tinha certeza de que estava com tísica, e incurável; não me enganava e compreendia com clareza. Porém, quanto mais nítido eu o compreendia mais convulsivamente eu queria viver; eu me agarrava à vida e queria viver a qualquer custo. Concordo que naquele momento eu podia me enfurecer com a sorte obscura e surda, que decidira me esmagar como uma mosca e, é claro, sem saber por quê; no entanto, por que eu não terminei só com raiva? Por que eu realmente *comecei* a viver, sabendo que já não podia começar? Experimentei, sabendo que já não tinha por que experimentar? Enquanto isso, não conseguia sequer ler um livro e deixei de ler: para que ler, para que adquirir conhecimento por seis meses? Essa ideia me fez mais de uma vez largar o livro.

Sim, aquele muro de Meyer pode contar muita coisa! Eu escrevi muito nele. Não havia mancha naquele muro sujo que eu não tivesse decorado. Maldito muro! E mesmo assim ele é para mim mais caro do que todas as árvores de Pávlovsk, isto é, deveria ser o mais caro de todos, se agora tudo não fosse indiferente para mim.

Agora me esforço para recordar com que ávido interesse passei então a observar a vida *deles*; antes eu não tinha semelhante interesse. Às vezes eu aguardava Kólia com impaciência e praguejando, quando eu mesmo ficava tão doente que não podia sair do quarto. Eu descia de tal modo a todos os pormenores, me interessava por todos os boatos que, parece, tornei-me um bisbilhoteiro. Não compreendia, por exemplo, como essas pessoas, tendo tanta vida, não conseguiam tornar-se ricaças (aliás não o entendo até agora). Eu conhecia um pobre, sobre quem me contaram depois que havia morrido de fome, e me lembro de que isso me deixou fora de mim: se fosse possível reanimar aquele pobre acho que eu o executaria. Às vezes eu passava semanas inteiras me sentindo melhor e podendo sair à rua; mas a rua acabou por fim a me provocar tal enfraquecimento que eu passava dias inteiros trancado de propósito, embora pudesse sair como todo mundo. Eu não conseguia suportar aquela gente naquele corre-corre, naquela agitação, eternamente preocupada, lúgubre e alarmada, que passava a meu lado no vaivém pelas calçadas. Por que aquela eterna tristeza, aquele eterno alarme e agitação; aquela raiva lúgubre (porque essa gente é má, má, má!)? De quem é a culpa se eles são infelizes e não sabem viver, tendo sessenta anos pela frente? Por que Ziernítzin se permitiu morrer de fome tendo sessenta anos pela frente? E cada um mostra a sua cicatriz, as suas mãos operárias, toma-se de fúria e grita: 'Nós trabalhamos como bois de carga, nós trabalhamos, nós passamos fome como cachorros e somos pobres! Outros não trabalham, não labutam, e são ricos!' (O eterno estribilho!). Ao lado destes corre e se agita de sol a sol um infeliz velhote 'dos nobres', Ivan Fomitch Súrikov — mora no nosso prédio, no andar de cima —, anda eternamente com os cotovelos puídos, com os botões caídos, entregando encomendas a pessoas várias, cumprindo encargos de alguém, e ainda por cima da manhã à noite. Conversem com ele: 'Pobre, miserável e coitado, a mulher morreu, não havia com que comprar remédio, e no inverno uma criança morreu de frio; a filha mais velha virou concubina...' —, vive eternamente se queixando, eternamente chorando! Oh, em mim não havia nenhuma, nenhuma compaixão por esses imbecis, nem agora, nem antes — digo isso com orgulho! Por que ele mesmo não é um Rothschild? De quem é a culpa, de quem é a culpa por ele não ter milhões como Rothschild, por ele não ter uma montanha de imperiais de ouro e napoleões de ouro, uma montanha tão alta como aquela do teatro de feira do carnaval!? Se ele vive, então tudo está em seu poder!? De quem é a culpa se ele não compreende isso?

Oh, tudo agora é indiferente para mim, agora já não tenho mais tempo para raiva, mas naquele momento, naquele tempo, repito, eu roía literalmente o meu travesseiro pelas noites e rasgava de fúria[32] meu cobertor. Oh, como eu sonhava naqueles dias, como desejava, como desejava de propósito que súbito me pusessem na rua aos dezoito anos, malvestido, malcoberto, e me deixassem totalmente só, sem moradia, sem trabalho, sem um pedaço de pão, sem parentes, sem um único conhecido na imensa cidade, com fome, abatido (melhor ainda!) porém sadio, e então eu iria mostrar...

Mostrar o quê?

Oh, porventura os senhores supõem que eu não sei como já me havia humilhado com minha 'Explicação'? Ora, quem não me achará um sujeitinho que não conhece a vida, esquecendo que eu já não tenho dezoito anos; esquecendo que viver assim como eu vivi nesses seis meses já significa viver até criar cabelos grisalhos! Vá lá que riam e digam que tudo isso são contos da carochinha. Eu realmente contei para mim mesmo contos da carochinha. Com eles eu preenchi minhas noites inteiras a fio; neste momento eu relembro todos eles.

Mas será que tenho de recontá-los agora — agora que o tempo dos contos da carochinha já passou para mim? E para quem então! Ora, naquela época eu me vangloriava deles quando via nitidamente que me proibiam estudar até a gramática grega, e foi justo aí que me veio essa ideia: 'Morro sem chegar nem à sintaxe'

---

[32] Compare-se esta passagem com a ideia central do capítulo XXIV de *O último dia de um condenado à morte* de Victor Hugo [citamos a edição brasileira da Clássicos Econômicos Newton, tradução de Annie Paullette Maria Cambè, Rio de Janeiro, 1993, p. 74. (N. do T.)]: "Eu estava cheio de maus sentimentos (...) Sinto o meu coração cheio de raiva e de amargura. Acho que o bolso de fel estourou. A morte traz a maldade". Essa comparação se justifica ainda mais pelo fato de que Hippolit, em associação direta com a obra de Hugo, duas vezes se define como um "condenado à morte" e o tema da "condenação" atravessa toda a sua confissão. Em *O idiota* os motivos da raiva agônica são mais persistentes que em Hugo, determinando, segundo a intenção de Dostoiévski, um dos traços do caráter egocêntrico e "fraco" de Hippolit. (N. da E.)

— pensei logo à primeira página e joguei o livro debaixo da mesa. Ele continua lá até agora; proibi que Matriona o tirasse de lá.

Vamos que aquele em cujas mãos vier a cair a minha 'Explicação' e que tiver a paciência de a ler me considere louco ou até um colegial, o mais provável é que me considere um condenado à morte, que, naturalmente, passou a achar que todas as pessoas, exceto ele, desprezam ao extremo a vida, pegaram a mania de gastá-la de um modo barato demais, aproveitam-na com excessiva preguiça, com excessiva falta de consciência, logo, todas, sem exceção, são indignas dela! E daí? Eu declaro que meu leitor está enganado e que minha convicção independe totalmente da minha sentença de morte. Perguntem, perguntem só a todos eles sem exceção: como compreendem em que consiste a felicidade? Oh, podem estar certos de que Colombo foi feliz não no momento em que descobriu a América, mas quando a estava descobrindo; podem estar certos de que o momento mais elevado da felicidade foi, talvez, exatamente três dias antes do descobrimento do Novo Mundo, quando a tripulação rebelada, tomada de desespero, por pouco não mudou o curso do navio de volta para a Europa! Aí a questão não está no Novo Mundo, embora ele tenha se arruinado. Colombo morreu quase sem vê-lo e, no fundo, sem saber o que havia descoberto. A questão está na vida, apenas na vida — no seu descobrir-se, contínuo e eterno, e de maneira alguma na sua descoberta! Decerto! Eu desconfio de que tudo o que estou dizendo neste momento tem tanta semelhança com frases bem gerais que na certa irão me considerar um aluno de classe inferior, que apresenta sua composição sobre o 'pôr do sol', ou dirão que eu possivelmente quis exprimir alguma coisa, porém, apesar de toda a minha vontade, não consegui... 'desenvolver-me'. Mas, não obstante, eu acrescento que em qualquer pensamento genial ou no novo pensamento humano, ou simplesmente até em qualquer pensamento humano sério, que medra da cabeça de alguém, sempre resta algo que de maneira nenhuma se pode transmitir a outras pessoas, embora você tenha garatujado volumes inteiros e passado trinta e cinco anos interpretando o seu pensamento; sempre restará algo que de maneira alguma desejará sair do seu crânio e permanecerá com você para todo o sempre; e assim você acaba morrendo sem ter transmitido a ninguém talvez o mais importante da sua ideia. Todavia, se neste momento eu também não tiver conseguido transmitir tudo o que me atormentou durante esses seis meses, pelo menos vão compreender que, depois de atingir a minha 'última convicção' atual, eu possivelmente paguei caro por ela; pois bem, era isso que eu, visando a certos fins de meu conhecimento, achava necessário expor na minha 'Explicação'.

Mas, não obstante, eu continuo."

VI

"Não quero mentir: nesses seis meses a realidade agarrou até a mim e me envolveu de tal maneira que eu vinha esquecendo a minha sentença, ou melhor, não queria pensar nela e inclusive continuava fazendo minhas coisas. A propósito, falemos da minha situação de então. Quando eu, oito meses atrás, já estava muito doente, cortei todas as minhas relações e abandonei todos os meus ex-colegas. Como sempre fui uma pessoa sorumbática, os colegas facilmente me esqueceram; é claro que eles me esqueceriam até mesmo sem essa circunstância. Minha condição em casa, isto é, 'na família', também era de isolamento. Há uns cinco meses eu me fechei por dentro de uma vez por todas e me isolei totalmente dos cômodos da família. Obedeciam-me com frequência e ninguém se atrevia a entrar em meu quarto a não ser em uma determinada hora para arrumá-lo e me trazer comida. Minha mãe tremia diante das minhas ordens e não se atrevia sequer a chorar na minha frente quando, vez por outra, eu permitia que ela entrasse. Ela batia a todo instante nas crianças por minha causa, para que não fizessem barulho e não me incomodassem; ainda assim eu me queixava frequentemente dos gritos delas; pois vejam só, é possível que agora gostem de mim! Acho que eu também atormentei um bocado o 'fiel Kólia', como eu o chamava. Ultimamente ele também tem me atormentado: tudo isso era natural, as pessoas foram criadas mesmo para atormentarem umas às outras. Mas eu notei que ele suportava a minha irascibilidade como se antes tivesse dado a si mesmo a palavra de poupar o doente. É natural que isso me irritava; mas, parece, que lhe deu na telha imitar o príncipe na 'resignação cristã', o que já é um tanto ridículo. Esse rapazinho é jovem e cheio de fervor e, claro, imita tudo; contudo, às vezes me parece que já está na hora de ele viver da sua inteligência. Eu gosto muito dele. Atormentei também Súrikov, que vivia no andar acima do nosso e corria da manhã à noite cumprindo incumbências de alguém; eu lhe mostrava constantemente que ele mesmo era culpado de sua pobreza, de modo que acabou se assustando e deixando de me visitar. É um homem muito resignado, um ser resignadíssimo (NB. Dizem que a resignação é uma força terrível. Preciso me informar sobre isso com o príncipe, é uma expressão própria dele); mas quando, em março, eu subi ao quarto dele para ver como tinham, segundo palavras dele, 'matado de frio' uma criança, e sem querer dei uma risota sobre o cadáver do bebê dele, porque mais uma vez expliquei a Súrikov que 'ele mesmo era o culpado', os lábios desse sujeitinho tremeram no ato e ele me agarrou com uma das mãos pelo ombro, com a outra me mostrou a porta e pronunciou baixinho, isto é, quase com um murmúrio: 'Saia!'. Eu saí, e gostei muito, gostei, inclusive no próprio instante em que ele me conduziu para fora; mas depois as suas palavras, quando eu as relembrava, produziam por muito tempo em mim o efeito desagradável de alguma compaixão estranha e desdenhosa por ele, que de maneira nenhuma eu queria sentir. Até mesmo no momento daquela ofensa (porque mesmo assim eu sinto que o ofendi, ainda que não tivesse tal intenção), até mesmo naquele instante esse homem não conseguiu enfurecer-se! Seus lábios tremiam mas de maneira alguma era de raiva, eu juro: ele me agarrou pelo braço e proferiu o seu magnífico 'saia' decididamente sem zanga. Dignidade houve, até muita, inclusive que nem era do feitio dele (de sorte que, para falar a verdade, havia naquilo muito de cômico), mas raiva não havia. É possível que ele tenha simplesmente passado a me desprezar de repente. Desde então, em umas duas ou três vezes que o encontrei na escada, ele passou a tirar subitamente o chapéu diante de mim, o que antes nunca fizera, mas já não parava como antes e passava ao lado correndo, embaraçado. Se ele me desprezava, ainda assim o fazia a seu modo: 'desprezava *resignadamente*'. Talvez tirasse o chapéu apenas por medo, como era para o filho da sua credora, porque ele estava sempre devendo à minha mãe e não tinha nenhuma condição de livrar-se das dívidas. Isso é até o mais provável. Eu queria me explicar com ele, e sei ao certo que dez minutos depois ele estaria me pedindo desculpas; mas eu julguei que o melhor era deixá-lo em paz.

Naquele mesmo período, ou seja, próximo do momento em que Súrikov 'matou de frio' o filho, aí por meados de março, súbito eu me senti bem melhor sei lá por quê, e assim continuei umas duas semanas. Passei a sair de casa, mais amiúde no lusco-fusco.

Eu gostava do lusco-fusco de março, quando começava a fazer frio e acendiam os lampiões; às vezes caminhava para longe. Uma vez, na rua Chestilávotchnaia,[33] fui alcançado no escuro por alguém 'dos nobres', eu não o distingui direito; ele levava alguma coisa embrulhada em papel e vestia um casaquinho apertado e feio — leve, fora da estação. Quando ele emparelhou com o lampião, a uns dez passos de mim, notei que alguma coisa lhe havia caído do bolso. Eu me precipitei para apanhá-la — e foi na hora, porque já corria alguém de cafetã longo mas, ao ver que o objeto estava em minhas mãos, não passou a discutir, lançou um rápido olhar para as minhas mãos e deslizou ao largo. O objeto era uma carteira de dinheiro, grande, de marroquim, de formato antigo e abarrotada; mas algo me fez adivinhar à primeira vista que nela havia tudo menos dinheiro. O pedestre que a havia perdido já estava a uns quarenta passos à minha frente, e logo se perdeu de vista no meio da multidão. Corri e passei a gritar para ele; todavia, uma vez que além de 'ei!' eu não tinha o que gritar, ele não olhou para trás. Súbito guinou para a esquerda, na direção da entrada de um prédio. Quando cheguei à entrada, que estava muito escura, já não havia ninguém. O prédio era de um tamanho imenso, um daqueles gigantes que os vigaristas constroem para pequenos apartamentos; às vezes em alguns prédios assim há até cem apartamentos. Quando passei pela entrada, tive a impressão de que no canto direito e posterior do enorme prédio parecia andar uma pessoa, embora no escuro eu mal conseguisse divisá-la. Ao correr até o canto, vi uma saída para uma escada; a escada era estreita, sujíssima e sem nenhuma iluminação; mas ouvi que no alto o homem ainda corria escada acima, e eu me lancei pela escada esperando alcançá-lo enquanto não lhe abriam a porta. Foi o que aconteceu. Os degraus da escada eram bem curtos, seu número era infinito, de sorte que eu fiquei terrivelmente sufocado; no quinto andar abriram e tornaram a fechar uma porta, e eu atinei nisso ainda três lanços abaixo. Enquanto eu corria para lá, enquanto tomava fôlego no vestíbulo, enquanto procurava a sineta, passaram-se alguns minutos. Por fim, a porta me foi aberta por uma mulher, que soprava um samovar em uma cozinha minúscula; ela ouviu em silêncio as mi-

---

[33] Rua das seis lojinhas ou seis vendinhas. (N. do T.)

nhas perguntas, evidentemente não entendeu nada e calada me abriu a porta para o cômodo seguinte, também pequeno, baixíssimo, com um mobiliário ordinário e necessário e uma cama larga e enorme sob cortinas, na qual estava deitado 'Teriéntitch' (assim gritou a mulher), que me pareceu embriagado. Na mesa extinguia-se um toco de vela em uma lâmpada de ferro e havia uma garrafa quase pela metade. Teriéntitch baliu alguma coisa deitado e fez um sinal de mão para a porta seguinte, e a mulher saiu, de modo que não me restava senão fechar essa porta. Foi o que eu fiz e passei para o cômodo seguinte.

Era um quarto ainda mais apertado que o anterior, de maneira que eu não sabia sequer onde me virar; uma cama estreita, de solteiro, no canto, ocupava um espaço grande demais; o resto do mobiliário era de apenas três cadeiras simples, abarrotadas de toda sorte de tralhas, e mais uma cadeira de madeira de cozinha diante de um sofá encerado bem velhinho, de tal forma que entre a mesa e a cama quase não dava mais para passar. Na mesa ardia uma vela de sebo em um castiçal semelhante ao do outro quarto, na cama chorava uma criança minúscula, que tivesse talvez no máximo umas três semanas a julgar pelo grito; uma mulher doente e pálida, de aparência jovem, muito mal-arrumada, que talvez mal começasse a se levantar depois do parto, 'trocava a roupa da criança', isto é, tornava a enrolá-la; mas a criança não se aquietava e gritava à espera do peito cheio. No sofá dormia outra criança, uma menininha de uns três anos, coberta, parece, por uma manta. Em pé junto à mesa havia um senhor metido numa sobrecasaca muito surrada (já havia tirado o casaco de frio, que estava na cama) e desembrulhava um papel azul em que estavam embrulhadas umas duas libras de pão de centeio e dois pequenos salames. Além disso, havia na mesa uma chaleira com chá e nacos de pão preto. Por baixo da cama apareciam uma mala não fechada e duas trouxas com algum trapo.

Em suma, havia uma tremenda desordem. À primeira vista me pareceu que os dois — o senhor e a senhora — eram pessoas decentes porém levadas pela pobreza àquele estado humilhante em que a desordem acaba sobrepujando qualquer tentativa de lutar contra ela e até leva as pessoas à amarga necessidade de encontrar nessa mesma desordem, que aumenta a cada dia, alguma sensação de prazer amarga e como que mística.

Quando eu entrei, esse senhor, que também acabara de entrar na minha frente e desembrulhara os seus víveres, conversava rápida e calorosamente com a mulher sobre alguma coisa; mesmo ainda antes de terminar com as suas fraldas, ela já começava a chorar; pelo visto as notícias eram ruins, como de costume. O rosto desse senhor, que aparentava uns vinte e oito anos, era moreno e seco, guarnecido de suíças pretas, com um queixo brilhando de tão barbeado, me pareceu bem decente e até agradável; era tristonho, com um olhar tristonho, mas com um certo matiz doentio de altivez, de pessoa que se irritava com excessiva facilidade. Quando eu entrei houve uma cena estranha.

Há pessoas que encontram extremo prazer em sua suscetibilidade irascível, e principalmente quando nelas (o que sempre acontece muita depressa) ela chega ao último limite; nesse instante parece que para essas pessoas é até mais agradável ser humilhado do que não humilhado. Depois, esses irascíveis sempre se atormentam terrivelmente com o arrependimento, se são inteligentes, é claro, e são capazes de perceber que se exaltaram dez vezes mais do que deviam. O tal senhor ficou algum tempo a me olhar surpreso, a mulher tomada de susto, como se fosse uma terrível surpresa alguém poder entrar em sua casa; mas num átimo ele investiu contra mim quase que tomado de fúria; eu ainda não conseguira murmurar duas palavras e ele, particularmente ao notar que eu estava bem vestido, pareceu achar-se ofendidíssimo por eu ter ousado entrar em seu canto com tanta sem-cerimônia e ver todo o ambiente feio de que ele mesmo tanto se envergonhava. É claro que ele se contentava com o ensejo de descarregar ao menos em cima de alguém a sua raiva por todos os seus fracassos. Por um instante cheguei até a pensar que ele investisse para brigar; ficou pálido, como se estivesse com histeria feminina, e assustou terrivelmente a mulher.

— Como se atreveu a entrar dessa maneira!? Fora! — gritou ele, tremendo e mal conseguindo pronunciar as palavras, mas de súbito viu sua carteira em minhas mãos.

— Parece que o senhor deixou cair — disse eu da forma mais tranquila e seca possível. (Aliás, foi o que aconteceu.)

O outro estava postado à minha frente totalmente assustado e durante algum tempo pareceu não compreender nada; depois agarrou o seu bolso lateral, abriu a boca e cheio de pavor bateu com a mão na testa.

— Meu Deus! Onde o senhor a achou? De que jeito?

Expliquei com as palavras mais breves e, na medida do possível, ainda mais secas como havia apanhado a carteira, corrido e chamado por ele e como, enfim, adivinhando e quase tateando, corri atrás dele pela escada.

— Oh, Deus! — gritou ele, dirigindo-se à mulher. — Aqui estão todos os nossos documentos, meus últimos instrumentos, aqui está tudo... Oh, meu caro senhor, sabe o que fez por mim? Eu estaria perdido.

Enquanto isso agarrei a maçaneta da porta a fim de sair sem responder; mas eu estava sufocado, e de repente minha agitação rebentou num acesso de tosse tão forte que mal consegui me manter em pé. Eu vi como o senhor se precipitou para todos os lados tentando encontrar uma cadeira decente para mim, como agarrou enfim uma cadeira cheia de tralhas, jogou-as no chão e me ofereceu apressado a cadeira, sentando-me com cuidado. No entanto a minha tosse continuou e não cessou por mais três minutos. Quando me recobrei ele já estava sentado a meu lado em outra cadeira, da qual provavelmente também lançou as tralhas no chão, e me examinava fixamente.

— Parece que o senhor... sofre! — falou com aquele tom com que costumam falar os médicos quando se dirigem ao paciente. — Eu mesmo sou... médico (ele não disse doutor)[34] — e, dito isso, com a mão me mostrou o quarto sabe lá por que, como se protestasse contra o seu estado atual. — Estou vendo que o senhor...

— Estou com tísica — pronunciei da forma mais breve e me levantei.

Ele também se levantou imediatamente de um salto.

— Talvez o senhor esteja exagerando e... tomando as providências...

Ele estava muito desnorteado e parecia que ainda não conseguira voltar a si; a carteira aparecia em sua mão esquerda.

— Oh, não se preocupe — tornei a interrompê-lo, agarrando a maçaneta da porta —, na semana passada fui examinado por B...n (mais uma vez eu inseri aí B...n) e o meu caso está resolvido. Desculpe...

---

[34] É também hábito russo chamar o médico de "doutor". (N. do T.)

Fiz menção de mais uma vez abrir a porta e largar o meu doutor desnorteado, nobre e esmagado de vergonha, mas a maldita tosse achou de se apoderar de novo de mim. Nisso o meu doutor insistiu para que eu tornasse a me sentar e descansar; dirigiu-se à mulher e esta, sem deixar o lugar, pronunciou para mim algumas palavras de agradecimento e amistosas. Nisso ficou muito embaraçada, de tal forma que o rubor até apareceu em suas faces secas e de uma palidez amarela. Eu permaneci, mas com um ar que a cada instante mostrava que eu temia por demais constrangê-los (como estava acontecendo). A confissão do meu doutor finalmente o atormentou, eu o percebia.

— Se eu... — começou ele interrompendo-se e saltando a cada instante as palavras — eu lhe sou tão grato e tão culpado diante do senhor... eu... como o senhor está vendo... — tornou a mostrar o quarto — neste momento me encontro numa situação...

— Oh — disse eu —, nem precisa ver; sabe-se como são essas coisas; o senhor, pelo visto, perdeu o emprego, veio se explicar e tornar a procurar emprego, não foi?

— Como... o senhor soube? — perguntou surpreso.

— Logo se percebe — respondi eu involuntariamente com ar de gracejo. — Para cá muitos vêm das províncias cheios de esperanças, andam num corre-corre e assim vivem.

Súbito ele começou a falar com fervor, com os lábios trêmulos; começou a queixar-se, a contar e, confesso, me envolveu; passei quase uma hora sentado na casa dele. Ele me contou a sua história, aliás muito trivial. Era farmacêutico numa província, tinha um emprego público, mas aí começaram algumas intrigas nas quais envolveram até a mulher dele. Ele se fez de orgulhoso, exasperou-se; houve mudança na chefia da província em favor dos inimigos dele; fizeram a sua caveira, queixas contra ele; ele perdeu o emprego e com os últimos recursos veio a Petersburgo à procura de esclarecimentos; em Petersburgo, como se sabe, não lhe deram muito ouvido, depois o ouviram, depois responderam com uma recusa, depois acenaram com promessas, depois responderam com severidade, depois o mandaram escrever alguma coisa como esclarecimento, depois se recusaram a receber o que ele havia escrito, ordenaram que apresentasse um pedido — em suma, já estava no corre-corre há cinco meses, já havia comido tudo; os últimos trapos da mulher estavam empenhados, e nisso nasceu o filho e, e...

'hoje recebi a recusa conclusiva ao pedido que fiz, quase não tenho o que comer, não tenho nada, minha mulher deu à luz. Eu, eu...'.

Ele se levantou de um salto e virou-se. A mulher chorava em um canto, a criança voltou a choramingar. Tirei do bolso meu caderno de notas e comecei a escrever. Quando terminei, me levantei, ele estava em pé à minha frente, olhando com uma curiosidade assustadiça.

— Eu anotei o seu nome — disse-lhe —, bem, e tudo o mais: o lugar onde serviu, o nome do seu governador, as datas, os meses. Eu tenho um colega, ainda do tempo de escola, Bakhmútov, ele tem um tio chamado Piotr Matviêivitch Bakhmútov, conselheiro civil efetivo[35] e diretor...

— Piotr Matviêivitch Bakhmútov! — gritou meu médico quase tremendo. — Mas é dele mesmo que quase tudo depende!

De fato, na história do meu médico e no seu desfecho, para a qual eu contribuí involuntariamente, tudo coincidiu e se arranjou como se tivesse sido preparado de propósito para isso, decididamente como se fosse em romance. Eu disse àquela gente pobre que procurasse não depositar nenhuma esperança em mim, que eu mesmo era um colegial pobre (exagerei deliberadamente minha humilhação; há muito tempo havia terminado o curso e não era colegial) e que eles não tinham por que saber o meu nome, mas que naquele mesmo instante eu ia à ilha de São Basílio ter com o meu colega Bakhmútov, e como eu sabia com certeza que o tio dele era realmente conselheiro civil efetivo, solteirão e sem filhos, tinha verdadeira veneração pelo sobrinho e gostava demais dele, vendo nele o último ramo da sua família, então 'meu colega talvez possa fazer alguma coisa para os senhores e para mim, é claro junto ao tio...'.

— A mim só permitiriam me explicar com sua excelência! Eu queria apenas que me fosse concedida a honra de me explicar em palavras! — exclamou ele, tremendo como se estivesse com febre e com os olhos brilhando. Foi assim mesmo que ele disse: '*me fosse concedido*'. Repetindo mais uma vez que a coisa certamente daria em nada e tudo terminaria num absurdo, eu acrescentei que, se no dia seguinte eu não aparecesse na casa deles, queria isto dizer que o assunto estava encerrado e eles nada teriam a esperar. Eles

---

[35] Cargo civil de quarta classe. (N. da E.)

me acompanharam até a porta com reverências, quase não estavam regulando bem. Nunca esquecerei a expressão dos seus rostos. Peguei uma carruagem e fui imediatamente para a ilha de São Basílio.

Durante vários anos de colégio, vivi em permanente inimizade com esse Bakhmútov. Entre nós ele era considerado aristocrata, pelo menos eu assim o chamava: vestia-se magnificamente, ia ao colégio em seus cavalos, não fanfarronava o mínimo, era sempre um excelente colega, sempre extraordinariamente alegre e às vezes até muito espirituoso, embora não fosse nada profundo em inteligência, apesar de ser sempre o primeiro da turma; já eu, nunca fui primeiro em coisa nenhuma. Todos os colegas gostavam dele, só eu não. Durante todos aqueles anos ele se chegou a mim várias vezes; mas sempre me afastei com ar soturno e irascível. Agora já fazia coisa de um ano que eu não o via; ele estava na universidade. Quando, por volta das nove horas, eu entrei na casa dele (com grande cerimônia: informaram da minha presença), ele me recebeu primeiro com surpresa, até sem nenhum tom amistoso, mas logo ficou alegre e, olhando para mim, de repente desatou a rir.

— Ora, Tierêntiev, o que lhe deu na telha para me procurar? — bradou ele com a sua amável sem-cerimônia de sempre, às vezes descarada mas nunca ofensiva, da qual eu tanto gostava nele e pela qual tanto o odiava. — Mas o que é isso — bradou assustado —, você está muito doente!

A tosse tornou a me atormentar, caí na cadeira, mal conseguindo tomar fôlego.

— Não se preocupe, estou com tísica — disse eu —, tenho um pedido a lhe fazer.

Ele se sentou surpreso, e eu lhe expus imediatamente toda a história do doutor e expliquei que ele mesmo, exercendo uma influência extraordinária sobre o tio, poderia fazer alguma coisa.

— Vou fazer, vou fazer sem falta, e amanhã mesmo ataco meu tio; estou até contente, e você me contou tudo isso tão bem... No entanto, Tierêntiev, apesar de tudo, o que lhe deu na telha para me procurar?

— Nessa história muita coisa depende do seu tio, e ademais, Bakhmútov, nós sempre fomos inimigos, mas como você é um homem decente, achei que não iria faltar com um inimigo — acrescentei com ironia.

— Como Napoleão apelou para a Inglaterra![36] — gritou ele e deu uma gargalhada. — Vou fazer, vou fazer! Vou até agora mesmo, se for possível! — acrescentou apressado, vendo que eu me levantava sério e severo.

E, de fato, esse caso se arranjou entre nós da forma mais inesperada e melhor até do que precisava. Um mês e meio depois o nosso médico tornou a ganhar um emprego em outra província, recebeu promoção e inclusive ajuda. Desconfio até de que Bakhmútov, que deu para visitá-los intensamente (quando por causa disso deixei de propósito de visitá-los e recebia o doutor quase secamente quando corria para minha casa) — Bakhmútov, como eu suspeito, persuadiu o doutor até a receber empréstimo dele. Eu me encontrei com Bakhmútov umas duas vezes nestas seis semanas, nos encontramos pela terceira vez quando fomos nos despedir do doutor. As despedidas foram organizadas por Bakhmútov em sua própria casa, em forma de jantar com champanhe, no qual também esteve presente a mulher do doutor; aliás, ela saiu logo para ver o filho. Isso aconteceu no início de maio, a tarde estava clara, a imensa esfera do sol descia sobre a baía. Bakhmútov me acompanhou até em casa; passamos pela ponte de Nikolai; ambos havíamos bebido. Bakhmútov falava do seu êxtase, de que aquele assunto havia terminado tão bem, me agradeceu sei lá por quê, explicou como se sentia bem depois de ter praticado uma boa ação, assegurou que todo o mérito era meu e que agora era inútil que muitos estivessem ensinando e pregando que uma boa ação isolada não significava nada.[37] Eu também senti uma tremenda vontade de conversar.

---

[36] Depois da derrota em Waterloo e da segunda abdicação ao trono em 1815, Napoleão pretendia fugir para a América, mas o bloqueio do porto de Rochefort pela esquadra inglesa o forçou a fazer acordo com seus inimigos ingleses e acabou sendo enviado para a ilha de Santa Helena. (N. da E.)

[37] A questão da filantropia pessoal e social era amplamente debatida nas décadas de 1860 e 1870, e desse debate participou a revista *Vriêmia* (O Tempo) dos irmãos Dostoiévski. Têm relação direta com as afirmações de Hippolit as ideias de duas cartas enviadas a essa revista pelo crítico N. N. Strákhov com os títulos "Tempo difícil" e "Algo sobre autoridades", nas quais o autor, em coincidência com o pensamento de Hippolit, vê a filantropia como "efeito imediato da própria natureza humana"; considera que a filantropia autêntica é aquela que se pratica livremente e com participação individual, "porque só assim ela (...) irá satisfazer plenamente à ideia de moral". Segundo ele, a filantropia é ainda melhor quan-

— Quem atenta contra uma 'esmola' isolada — comecei — atenta contra a natureza do homem e despreza a sua dignidade pessoal. Mas a organização da 'esmola social' e a questão da liberdade individual são duas questões diferentes e uma não exclui a outra. O bem isolado sempre permanecerá porque é uma necessidade do indivíduo, uma necessidade viva da influência direta de um indivíduo sobre outro. Em Moscou morava um velhote, um 'general', isto é, um conselheiro civil efetivo, de nome alemão; passou a vida inteira andando de prisão em prisão e atrás de criminosos; e cada partida de galés em trânsito para a Sibéria sabia de antemão que o 'velhote general'[38] a visitaria no Monte dos Pardais.[39] Ele desempenhava a sua função com o máximo de seriedade e devoção; aparecia, passava em revista as fileiras de galés que o rodeavam, parava diante de cada um, interrogava cada um a respeito de suas necessidades, quase nunca pregava sermões a ninguém, chamava a todos de 'meus caros', dava dinheiro, enviava as coisas necessárias — panos para enrolar os pés, lonas, às vezes trazia livros para salvação da alma e os dava a cada um que soubesse ler, com a plena convicção de que iriam ler na viagem e o alfabetizado leria para o analfabeto. Raramente perguntava sobre o crime cometido, só escutava se o próprio criminoso começasse a falar. Colocava todos os criminosos em pé de igualdade, não fazia distinção. Falava com eles como irmãos, mas por fim eles mesmos passaram a considerá-lo um pai. Se notava alguma mulher degredada com uma criança no colo, aproximava-se, fazia carinho na criança, estalava os dedos para que ela risse. Assim agiu durante muitos anos, até a própria morte; a coisa chegou a um ponto em que o conheciam em toda a Rússia e em toda a Sibéria, isto é, to-

---

to mais próxima está da filantropia pessoal. Outro crítico, I. S. Aksákov, considera que a filantropia "manual" gera um "processo de sensações morais, vivenciado tanto por quem pratica quanto por quem recebe os donativos, *que são benéficas para ambos e purificam a alma*". Strákhov contrapõe às ideias dos economistas (Adam Smith, Stuart Mill e outros) — que segundo ele negam a utilidade da filantropia tanto individual quanto social — a doutrina "não econômica" do Evangelho, que "nunca separa, mas une as pessoas". No plano de Dostoiévski para o romance, essa mesma ideia, desenvolvida por Hippolit, era destinada inicialmente a Míchkin. (N. da E.)

[38] Trata-se F. P. Gaaz (1780-1853), médico-chefe dos hospitais das prisões moscovitas. (N. da E.)

[39] No original, *Vorobiêinnie Góri*; provavelmente o local de uma prisão. (N. do T.)

dos os criminosos. Uma pessoa que esteve na Sibéria me contou que testemunhara como os criminosos mais inveterados recordavam o general e, entre outras coisas, que o general, ao visitar as levas de prisioneiros, raramente podia dar mais de vinte copeques por irmão. É verdade que se lembravam dele não propriamente com fervor ou de algum jeito um tanto sério. Algum dos 'infelizes', que matara aí umas doze pessoas, que esfaqueara umas seis crianças unicamente por prazer[40] (dizem que esses tipos existiam), de repente, sem quê nem para quê, de uma hora para outra, e talvez até uma única vez em todos os vinte anos, de repente suspirava e dizia: 'O que será feito do velhote do general, ainda estará vivo?'. Nisso talvez até desse um risinho, e só. E como você vai saber que semente lhe terá lançado na alma para todo o sempre aquele 'velhote general', que ele não esqueceu em vinte anos? Como você vai saber, Bakhmútov, que importância terá essa iniciação de um indivíduo a outro nos destinos de um indivíduo iniciado?... Aí há toda uma vida e um número infinito de ramificações que ignoramos. O melhor jogador de xadrez, o mais arguto entre eles só pode calcular de antemão alguns lances; sobre um jogador francês, que tinha a capacidade de calcular dez lances de antemão, escreveram como se escreve sobre um prodígio. Aí quantos lances há e quantos desconhecemos? Abandonando sua família, abandonando sua 'esmola', sua boa ação em qualquer que seja a forma, você entrega uma parte de sua personalidade e assume uma parte de outra; vocês se familiarizam mutuamente um com o outro; um pouco mais de atenção e você já está recompensado pelo conhecimento, pelas descobertas mais inesperadas. Por fim você passará sem dúvida a considerar o seu assunto como ciência; ela abrange toda a sua vida e pode preencher toda a sua vida; por outro lado, todos os seus pensamentos, todas as sementes que você semeou, talvez até já esquecidas por você, irão encarnar-se e crescer; aquele que

---

[40] Veja-se em *Escritos da casa morta* (1860-62) as menções ao "terrível assassino" Sokolov, ao bandido Kámeniev, "famoso por seus crimes", e particularmente a Gázin, de quem contavam que "gostava de degolar sobretudo criancinhas, unicamente por prazer". Dostoiévski aplica pela primeira vez a palavra "infelizes" a criminosos neste livro. Mais tarde, em 1873, ele escreveu que a "denominação de infelicidade para o crime e infelizes para os criminosos" aplica-se a ideias "genuinamente russas", à ideia de "povo russo": "Não, o povo não nega o crime e sabe que o criminoso é culpado. O povo sabe apenas que ele também é culpado junto com cada criminoso". (N. da E.)

recebeu de você transmitirá a outro. E como você sabe que participação terá na futura solução dos destinos da humanidade? Se o conhecimento e uma vida inteira dedicada a esse trabalho o promoverem finalmente a um ponto em que você esteja em condição de lançar uma enorme semente, de deixar ao mundo como herança um pensamento enorme, então... E assim por diante, eu falei muito naquela ocasião.

— E pensar que lhe foi recusado viver! — exclamou Bakhmútov com um fervoroso reproche a alguém.

Nesse instante nós estávamos na ponte, com os cotovelos apoiados no parapeito, e olhávamos para o Nievá.

— Sabe o que me veio à cabeça? — disse eu, inclinando-me ainda mais sobre a balaustrada.

— Não me diga que foi atirar-se no rio? — bradou Bakhmútov quase assustado. Talvez ele me tenha lido no rosto o pensamento.

— Não, por enquanto tenho apenas um juízo, o seguinte: veja, agora só me restam uns dois ou três meses de vida, talvez quatro; mas, por exemplo, quando me restarem apenas dois meses e eu estiver com muita vontade de praticar alguma boa ação, que vai me exigir trabalho, corre-corre e afazeres, como acontece com o nosso doutor, aí deverei renunciar a esse caso, porque o tempo que me resta é insuficiente, e irei procurar outra 'boa ação', menor e dentro dos meus *recursos* (se é que venha a querer praticar boas ações). Convenha que isso é um pensamento engraçado!

O pobre Bakhmútov estava muito alarmado por minha causa. Acompanhou-me até a minha casa e esteve tão delicado que em nenhum momento meteu-se a consolar, e manteve-se quase sempre calado. Ao se despedir de mim, apertou a minha mão com força e me pediu permissão para me visitar. Eu lhe respondi que se ele viesse me visitar como 'consolador' (porque mesmo que ele estivesse calado ainda assim viria como consolador, e isso eu lhe expliquei), pois, por conseguinte, assim iria sempre me lembrar ainda mais da morte. Ele deu de ombros mas concordou comigo; nós nos despedimos com bastante cortesia, o que eu nem esperava.

Mas naquela tarde e naquela noite foi lançada a primeira semente da minha 'última convicção'. Eu me agarrei com avidez a essa ideia *nova*, com avidez eu a analisei em todas os seus meandros, em todos os seus aspectos, passei a noite inteira sem dormir, e quanto mais eu me aprofundava nela mais a assumia e mais me assustava. Por fim um terrível medo me atacou e não me deixou nos dias seguintes. Às vezes, pensando nesse meu medo permanente, eu logo gelava de um novo medo: porque a partir desse medo eu podia concluir que a minha 'última convicção' se sedimentara em mim com demasiada seriedade e fatalmente chegaria à sua solução. Mas me faltava firmeza para resolvê-la. Três semanas depois tudo estava terminado, a firmeza apareceu, só que por uma circunstância muito estranha.

Aqui nessa minha explicação eu destaco todos esses números e datas. Para mim, é claro, tudo dá no mesmo, mas *agora* (e possivelmente apenas neste instante) eu desejo que todos os que venham a julgar os meus atos possam ver com clareza de que cadeia lógica de conclusões saiu a minha 'última convicção'. Acabei de escrever que a minha firmeza definitiva, que me faltava para pôr em prática a minha 'última convicção', de maneira alguma me ocorreu, parece, por conclusão lógica mas por algum estranho impulso, por alguma estranha circunstância talvez desprovida de qualquer vínculo com o curso do assunto. Uns dez dias atrás Rogójin me apareceu em casa para tratar de um assunto seu, que aqui me é escusado referir. Antes eu nunca tinha visto Rogójin, mas ouvira falar muita coisa a seu respeito. Eu lhe dei todas as informações necessárias e ele logo saiu, e uma vez que ele havia me procurado apenas por aquelas informações, com isso o assunto entre nós dois teria terminado. Mas ele me interessou demais e passei todo aquele dia sob a influência de estranhos pensamentos, de maneira que eu mesmo resolvi procurá-lo no dia seguinte, fazer-lhe uma visita. Pelo visto Rogójin não ficou contente com minha visita e até insinuou 'delicadamente' que não havia nenhum motivo para continuarmos mantendo relação; mas ainda assim eu passei uma hora muito curiosa, como, é provável, ele também. Entre nós havia tal contraste que não poderia deixar de manifestar-se para ambos, particularmente para mim; eu era uma pessoa já com seus dias contados, ele, uma pessoa que vivia a vida mais plena, imediata, o instante presente, sem qualquer preocupação com as 'últimas' conclusões, com números ou coisa que o valha, sem referência com aquilo por que... por que... bem, ao menos com aquilo por que estava louco; que o senhor Rogójin me desculpe por essa expressão, quando nada se desculpa a um mau literato que não sabe exprimir o seu pensamento. Apesar de toda a sua descortesia, pareceu-me que ele é uma pessoa inteligente e pode compreender muita coisa, embora pouca coisa de fora lhe interesse. Eu não lhe aludi sobre a minha 'última convicção', mas algo me deu a impressão de que ao me ouvir ele a adivinhou. Calou, ele é terrivelmente calado. Ao sair, eu lhe aludi que apesar de toda a diferença e de sermos inteiramente antípodas — *les extrémités se touchent*[41] (eu interpretei em russo essa expressão para ele) —, pois bem, que talvez ele mesmo não estivesse nada tão distante da minha 'última convicção' como parecia. A isso ele me respondeu com uma careta muito lúgubre e azeda, levantou-se e procurou pessoalmente o meu quepe, dando a entender que eu mesmo estava saindo e pura e simplesmente me pôs para fora de sua casa sombria com ar de quem me acompanhava até a porta por cortesia. A casa dele me deixou perplexo; parece um cemitério, e ele parece que gosta, o que, aliás, é compreensível: a vida muito completa e medíocre que ele vive em si mesma é plena demais para precisar de clima.

Essa visita a Rogójin me deixou muito esgotado. Além disso, desde a manhã eu não me sentia bem; ao cair da noite estava muito fraco, me deitei na cama, de quando em quando sentia um forte calor e por instantes até delirei. Kólia esteve comigo até as onze. Todavia eu me lembro de tudo o que ele falou e de tudo o que conversamos. Mas quando meus olhos se fechavam por alguns instantes, sempre me aparecia Ivan Fomitch, com ar de quem tinha recebido milhões em dinheiro. Ele não sabia onde metê-los, quebrava a cabeça com esse problema, tremia de medo de que os roubassem e, por fim, parece que resolvia enterrá-los. Acabei por sugerir-lhe que, em vez de enterrar à toa tamanho monte de ouro no chão, ele pegasse aquilo e mandasse fundir um caixãozinho de ouro para uma criança 'congelada', e que para isso desenterrasse a criança. Súrikov pareceu receber essa minha galhofa com lágrimas de agradecimento, e no mesmo instante passou à execução do plano. Parece que eu larguei de mão e o deixei. Depois que despertei por completo, Kólia me assegurou que eu não havia dormido coisa nenhuma e que durante todo esse tempo estivera conversando

---

[41] "Os extremos se tocam", palavras do filósofo, sábio e escritor francês Blaise Pascal (1623-1662). Ver *Pensées sur la réligion et sur quelques autres sujets*, vol. II, Paris, 1854, p. 122. (N. da E.)

com ele sobre Súrikov. Fiquei alguns instantes em uma extraordinária nostalgia e perturbação, de sorte que Kólia foi embora intranquilo. Quando eu mesmo me levantei para fechar a porta à chave às costas dele, de repente me veio à lembrança o quadro que eu vira há pouco em casa de Rogójin, sobre a porta de umas das salas mais escuras. Ele mesmo me mostrou de passagem esse quadro; parece que passei uns cinco minutos diante dele. Ali não havia nada de bom em termos de arte; mas o quadro me deixou numa intranquilidade estranha.

O quadro era uma representação de Cristo recém-retirado da cruz. Acho que os pintores pegaram a mania de representar Cristo, seja na cruz, seja retirado da cruz, ainda com o matiz de uma beleza inusual no rosto; procuram conservar essa beleza nele até durante os mais terríveis suplícios. No quadro de Rogójin não há uma só palavra sobre a beleza; ali está, na forma plena, o corpo de um homem que, ainda antes de ser levado à cruz, sofreu infinitos suplícios, ferimentos, torturas e espancamento por parte da guarda, espancamento por parte do povo[42] quando carregava a cruz nas costas e caiu debaixo dela[43] e, por último, o suplício da cruz ao longo de seis horas[44] (pelo menos de acordo com os meus cálculos). Na verdade, é o rosto de um homem que *acaba de ser retirado da cruz*,[45] isto é, que conservou muita coisa viva, afetuosa; ainda não houvera tempo para enrijecer nada, de tal forma que no rosto do morto ainda aparecia o sofrimento, como se ele continuasse a senti-lo (o artista captou isso muito bem); mas, por outro lado, o rosto não foi minimamente poupado; ali está apenas a

---

[42] Ao falar dos suplícios de Cristo antes da crucificação, a personagem de Dostoiévski junta os testemunhos de todos os quatro Evangelhos. (N. da E.)

[43] Segundo os costumes, os condenados à crucificação deviam carregar a própria cruz. Mas no Evangelho de Mateus, 27, 32, na parte referente ao início da caminhada de Cristo rumo ao Gólgota, está escrito: "Ao saírem, encontraram um cireneu, chamado Simão, a quem obrigaram a carregar-lhe a cruz". Veja-se ainda o Evangelho de Marcos, 15, 21, e Lucas, 23, 26. No Evangelho de João, 19, 17, o próprio Cristo levou a cruz até o Gólgota. (N. da E.)

[44] É possível que essa observação de Hippolit seja uma polêmica velada com Renan, segundo quem Cristo morreu três horas depois de crucificado. Hippolit se baseia na comparação dos testemunhos do Novo Testamento. (N. da E.)

[45] Segundo o Novo Testamento, Cristo só foi retirado da cruz algumas horas depois de morto (cf. Mateus, 27, 57-60; Marcos, 15, 42-46). (N. da E.)

natureza, e em verdade assim deve ser o cadáver de um homem, seja lá quem for, depois de semelhantes suplícios. Eu sei que a Igreja cristã já estabeleceu desde os primeiro séculos que Cristo não sofreu de maneira figurada mas real e que, por conseguinte, o seu corpo na cruz foi subordinado à lei da natureza de forma plena e absoluta.[46] No quadro esse rosto está horrivelmente fraturado pelos golpes, inchado, com equimoses terríveis, inchadas e ensanguentadas, os olhos abertos, as pupilas esguelhadas; as escleróticas graúdas e abertas irradiam um brilho mortiço, vítreo. Todavia, coisa estranha; quando se olha para esse cadáver do homem supliciado, surge uma pergunta especial e curiosa: se esse cadáver fosse visto exatamente assim (e sem falta ele devia ser exatamente assim) por todos os seus discípulos, por seus principais e futuros apóstolos, pelas mulheres que o seguiam e estavam ao pé da cruz, por todos os que nele acreditavam e o adoravam, estes, ao olharem para esse cadáver, como poderiam acreditar que esse mártir iria ressuscitar? Aí vem involuntariamente a ideia de que, se a morte é tão terrível e as leis da natureza são tão fortes, então como superá-las? Como superá-las se agora elas não foram vencidas nem por aquele que em vida vencia até a natureza, a quem esta se subordinava, aquele que exclamou: *'Talita cumi'* — e a menina se levantou,[47] 'Lázaro, vem para fora' — e o morto não saiu? Quando se olha esse quadro, a natureza nos aparece com a visão de um monstro imenso, implacável e surdo ou, mais certo, é bem mais certo dizer, mesmo sendo também estranho — na forma de alguma máquina gigantesca de construção moderna, que de modo absurdo agarrou, moeu e sorveu, de forma abafada e insensível, um ser grandioso e inestimável — um ser que sozinho valia toda a natureza e todas as suas leis, toda a terra, que fora talvez criada unicamente para o aparecimento dele! É como se esse quadro exprimisse precisamente esse conceito de força obscura, insolente, absurda e eterna, à qual tudo está subordinado e é transmitido invo-

---

[46] Trata-se de refutação do docetismo, doutrina dos séculos II e III que afirma que Cristo seria apenas espírito, sem realidade corpórea. (N. da E.)

[47] As palavras *Talita cumi*, isto é, "Menina, eu te ordeno, levanta-te", foram ditas por Cristo à filha de Jairo (Mateus, 5, 41); sobre a ressurreição de Lázaro, cf. João, 11, 43-4. Ao primeiro desses episódios Dostoiévski recorreu em *Crime e castigo* e *Os irmãos Karamázov*. (N. da E.)

luntariamente a você. Aquelas pessoas que rodeavam o morto, das quais não há nenhuma no quadro,[48] devem ter experimentado uma terrível tristeza e perturbação naquela noite que lhes devorou de uma vez todas as suas esperanças e quase todas as crenças. Todas devem ter-se afastado no mais terrível pavor, ainda que cada uma levasse consigo um pensamento imenso, que delas nunca mais poderia ser arrancado. E se aquele mesmo mestre pudesse ver a sua imagem na véspera da execução, teria ele próprio subido à cruz daquele jeito e morrido do jeito que agora se vê? Essa pergunta também nos passa involuntariamente pela cabeça quando se olha para esse quadro.

Tudo isso lobriguei em fragmentos, é realmente possível que em meio a um delírio e outro, às vezes em imagens, uma hora e meia depois da saída de Kólia. Pode deixar-se entrever em imagem o que não tem imagem? Mas de quando em quando era como se me parecesse ver em alguma forma estranha e impossível aquela força infinita, aquele ser surdo, obscuro e mudo. Lembra-me que alguém parece que me conduziu pela mão, com uma vela na mão, mostrou-me uma tarântula imensa e repugnante, assegurou-me que ela era aquele mesmo ser obscuro, surdo e onipotente, e ria da minha indignação. Em meu quarto sempre se acende diante de uma imagem uma lamparina para a noite — uma luz opaca e ínfima, mas, não obstante, dá para divisar tudo e até para ler sob a luz da lamparina. Eu acho que já passava um pouco das doze; eu não preguei olho e estava deitado de olhos abertos; súbito a porta do meu quarto se abriu e entrou Rogójin.

Ele entrou, fechou a porta, olhou calado para mim e passou sem fazer ruído para a mesa no canto que fica quase debaixo da própria lamparina. Fiquei muito admirado e olhando na expectativa; Rogójin apoiou os cotovelos na mesinha e ficou a olhar para mim, calado. Assim se passaram uns dois ou três minutos, e eu me lembro de que esse silêncio me ofendeu muito e me deixou agastado. Por que ele não quer falar? Claro, achei estranho ele ter chegado tão tarde, mas me recordo que eu, sabe Deus, não estava lá muito admirado propriamente com isso. Até ao contrário: mesmo que pela manhã eu não lhe tivesse externado claramente o meu

---

[48] Cf. Mateus, 27, 54-62; Marcos, 15, 39-47; Lucas, 23, 47-56; e João, 19, 25-42. (N. da E.)

pensamento, eu sei que ele o compreendeu; e esse pensamento era de tal qualidade que dava pretexto para que ele viesse conversar mais uma vez, mesmo que fosse muito tarde. Pensei justamente que ele estivesse ali com tal intenção. Pela manhã havíamos nos separado de modo um tanto hostil, e me lembro até de que ele me olhou umas duas vezes de um jeito muito zombeteiro. Foi essa zombaria que acabei de ler no seu olhar, foi ela mesma que me ofendeu. De início eu não tive a menor dúvida de que era realmente o próprio Rogójin e não uma visão, e não um delírio. Não havia nem ideia disso.

Enquanto isso, ele continuava sentado e olhando para mim com o mesmo ar de galhofa. Virei-me raivosamente na cama, também me apoiei sobre os cotovelos em cima do travesseiro e decidi deliberadamente também calar, ainda que passássemos todo o tempo assim. Sabe-se lá por que eu queria forçosamente que ele começasse primeiro. Acho que se passaram nisso uns vinte minutos. Súbito me ocorreu uma ideia: e se não fosse mesmo Rogójin mas tão somente uma visão?

Nem durante a doença, nem antes eu jamais vira nenhum fantasma uma única vez; mas sempre me pareceu, ainda quando eu era menino, e até hoje me parece, ou seja, até recentemente, que se eu vir um fantasma ao menos uma vez eu caio morto no lugar, até mesmo eu não acreditando em nenhum fantasma. Mas quando me ocorreu a ideia de que não era Rogójin mas apenas um fantasma, lembro-me de que não tive o menor medo. E além do mais até fiquei zangado. É ainda mais estranho que a solução da pergunta — fantasma ou o próprio Rogójin — de certo modo não me ocupou nem me inquietou nem um pouco como, parece, devia; acho que na ocasião eu estava pensando em alguma outra coisa. Por exemplo, me ocupava bem mais a pergunta: por que Rogójin, que ainda há pouco estava de chambre e sapatos, agora está de fraque, colete branco e gravata branca? Também se esboçou uma ideia: se isso é um fantasma e eu não tenho medo dele, então por que não me levanto, não vou até ele e eu mesmo não tiro a coisa a limpo? Aliás, eu possivelmente não me atrevi e senti medo. Contudo, mal consegui pensar que estava com medo, foi como se o gelo tivesse percorrido todo o meu corpo; senti um frio na espinha, meus joelhos estremeceram. Nesse exato momento, como se adivinhasse que eu estava com medo, Rogójin declinou a mão na qual

estava apoiado, aprumou-se e ficou a abrir a boca, como quem se prepara para rir; olhava fixo para mim. A fúria se apoderou de mim de tal maneira que me deu vontade de me lançar decididamente sobre ele, mas como eu havia jurado que não seria o primeiro a falar, então permaneci na cama, ainda mais porque continuava indeciso se aquele era ou não o próprio Rogójin.

Não me lembro ao certo o quanto aquilo durou; também não me lembro ao certo se eu passava instantes esquecido ou não. Só que Rogójin finalmente se levantou, me examinou com a mesma lentidão e atenção de quando havia entrado, mas deixara de rir e foi à porta em silêncio e quase na ponta dos dedos, abriu-a, entrefechou-a e saiu. Não me levantei da cama; não me lembro de quanto tempo ainda permaneci deitado de olhos abertos e sempre pensando; sabe Deus em que eu pensava; também não me lembro de como caí na modorra. Na manhã seguinte eu acordei quando me bateram à porta, às dez horas. Lá em casa está combinado que se eu mesmo não abro a porta até as dez horas e não grito para que me sirvam o chá, a própria Matriona deve bater à minha porta. Quando lhe abri a porta uma ideia me veio de chofre à cabeça: de que jeito ele poderia ter entrado quando a porta estava fechada? Eu me informei e me convenci de que a Rogójin de verdade era impossível entrar, porque lá em casa mete-se a chave em todas as portas para a noite.

Foi esse incidente especial, que descrevi tão minuciosamente, a causa de minha decisão definitiva. Portanto, não foi a lógica nem a convicção lógica, mas a repulsa que contribuiu para a decisão definitiva. Não posso continuar em uma vida que assume formas tão estranhas e ofensivas para mim. Aquele fantasma me humilhou. Não estou em condição de me sujeitar a uma força obscura que assume a feição de tarântula. E só quando, já no crepúsculo, eu finalmente senti em mim o momento final de plena firmeza, passei a me sentir melhor. Era apenas o primeiro momento; por outros momentos eu fui a Pávlovsk, mas isto já está bastante explicado."

VII

"Eu tinha uma pequena pistola de bolso, eu a conseguira quando ainda era criança, naquela idade engraçada em que de repente se começa a gostar de histórias sobre duelos e ataques de salteadores, e de histórias em que eu também seria desafiado para um duelo e com que nobreza iria me postar diante de uma pistola. Há um mês fiz uma vistoria nela e a preparei. Na gaveta em que ela estava havia duas balas, e no cornimboque achei pólvora para carregar mais três. A pistola é uma porcaria, atira de lado e só alcança uns quinze passos de distância; mas pode, é claro, esmigalhar o crânio de um lado, se apontá-la em cheio para a têmpora.

Decidi morrer em Pávlovsk em um pôr do sol e entrando no parque para não incomodar ninguém na *datcha*. Minha 'Explicação' explicará suficientemente tudo à polícia. Os apreciadores de psicologia e aqueles que precisarem poderão concluir dela tudo o que lhes der na telha. Eu, porém, não gostaria que esse manuscrito fosse publicado. Peço ao príncipe conservar um exemplar consigo e entregar o outro a Aglaia Ivánovna Iepántchina. Esta é a minha vontade. Deixo em testamento o meu esqueleto à Academia de Medicina para proveito científico.

Não reconheço juízes acima de mim e sei que neste momento estou fora do alcance de qualquer poder jurídico. Bem recentemente me fez rir uma suposição: se de repente me desse na telha matar agora quem eu quisesse, mesmo que fossem umas dez pessoas de uma vez, ou fazer alguma coisa a mais terrível, daquelas que se consideram as mais terríveis na face da terra, quão embaraçosa seria a situação do tribunal diante de mim com as minhas duas ou três semanas de vida e tendo ele de abolir as torturas e suplícios? Eu morreria em conforto em seu hospital, no calor e com um médico atencioso, e talvez até com muito mais conforto e afeto que em minha casa. Não compreendo por que as pessoas em situação idêntica à minha não têm essa ideia na cabeça, ainda que seja por brincadeira. Aliás, pode ser até que tenha; gente alegre se encontra muita até entre nós.

Mas se eu não reconheço um juiz acima de mim, sei, porém, que me irão julgar quando eu já for um demandista surdo e mudo. Não quero partir sem deixar uma palavra de resposta, palavra livre e não forçada, não para me justificar — oh, não! Não tenho a quem e nem por que pedir desculpa — mas à toa, porque eu mesmo o quero.

Aí, em primeiro lugar, há uma ideia estranha: em nome de algum direito, em nome de algum motivo, quem teria a ideia de contestar agora o meu direito a essas duas ou três semanas do meu prazo? Que tribunal tem a ver com isso? Quem necessita mesmo que eu não só seja condenado mas ainda suporte bem educadamente a duração da pena? Será que alguém precisa realmente disso? A título de moralidade? Eu compreendo ainda que, se na flor da saúde e das forças eu atentei contra a minha vida, que 'poderia ser útil ao meu próximo' etc., a moralidade, seguindo a velha rotina, ainda poderia me censurar por eu ter disposto da minha vida sem pedir licença ou sabe ela mais o quê. Mas agora, agora, quando já me foi lida a duração da pena? Que moralidade ainda necessita, além da sua vida, do último estertor com que você entregará o último átomo da vida ouvindo as consolações do príncipe, que em suas demonstrações cristãs ainda chegará à ideia feliz de que, no fundo, ainda é até melhor você estar morrendo. (Cristãos assim como ele sempre chegam a essa ideia: é o seu cavalo favorito.) E o que ele estará querendo com as suas ridículas 'árvores de Pávlovsk'? Injetar deleite em minhas últimas horas de vida? Será que não entendem que quanto mais eu me deixar levar, quanto mais eu me entregar a esse último espectro de vida e de amor com que eles pretendem encobrir de mim o meu muro de Meyer e tudo o que nele está escrito com franqueza e candura, mais infeliz eles me fazem? De que me serve a vossa natureza, o vosso parque de Pávlovsk, as vossas alvoradas e os vossos crepúsculos, o vosso céu azul e as vossas caras todo-satisfeitas, quando todo esse banquete sem fim começou por considerar só a mim como supérfluo?[49] De que me serve toda essa beleza quando em cada minuto, em cada segundo eu devo e agora sou forçado a saber que até essa minúscula mosquinha ali, que está zunindo ao meu lado numa réstia de sol,

---

[49] Essas palavras de Hippolit lembram a famosa afirmação de Malthus sobre o pobre: "No grande banquete da vida não há lugar para ele". (N. da E.)

até ela participa de todo esse banquete e desse coro, conhece o seu lugar, ama-o e é feliz, enquanto eu sou um aborto e só por minha pusilanimidade eu não quis entender isso até hoje! Oh, eu sei como o príncipe e todos eles gostariam de me levar a um ponto em que eu, em vez de todos esses discursos 'desleais e raivosos', cantasse por educação e para triunfo da moralidade a estrofe famosa e clássica de Millevoye:[50]

Ah! Puissent voir longtemps votre beauté sacrée
Tant d'amis sourds à mes adieux?
Qu'ils meurent pleins de jours, que leur mort soit pleurée,
Qu'un ami leur ferme les yeux![51]

Mas crede, crede, gente ingênua, que até nessa estrofe bem-educada, nessa bênção acadêmica ao mundo em versos franceses há reunido tanto fel oculto, tanta raiva inconciliável, autodeliciada em rimas, que é possível que até o próprio poeta tenha dado um passo em falso, tomado essa raiva por lágrimas de enternecimento e assim morrido; descanse em paz! Sabem, existe um limite para a desonra na consciência da própria insignificância e fraqueza, além do qual o homem já não pode ir e a partir do qual começa a sentir em sua desonra um imenso prazer! Bem, é claro, a humildade é uma força imensa neste sentido, eu o admito — ainda que não seja no sentido em que a religião toma a humildade por força.

Religião! Eu admito a vida eterna e talvez a tenha admitido sempre. Vamos que a consciência seja inflamada pela vontade de uma força superior, que a consciência olhe para o mundo e diga: 'Eu existo' — e que de repente essa força superior lhe tenha prescrito destruir-se, porque lá isso é muito necessário para algo — e até sem explicação para quê —, que eu admito tudo isso, no entanto lá vem outra vez a eterna pergunta: neste caso, para que se

---

[50] Conforme estabeleceu Boris Tomachevski, essa estrofe não pertence a Charles Millevoye (1782-1816), mas a Nicolas Gilbert (1750-1780). Com um pequeno desvio do original, Dostoiévski cita a "Ode imitée de plusieurs psaumes" ("Ode em imitação de alguns salmos"). (N. da E.)

[51] "Oh, verão vossa beleza sagrada/ Os amigos surdos ao meu adeus?/ Morram, pois, com seus dias plenos, e tenham morte pranteada,/ Que um amigo feche os olhos seus." (N. do T.)

faz necessária minha resignação? Será que não podem simplesmente me devorar, sem exigir de mim o elogio àquele que me devorou? Será que lá alguém realmente irá ofender-se com o fato de que eu não quero esperar duas semanas? Não acredito nisso; e já é bem mais certo supor que aí simplesmente é necessária minha vida insignificante, vida de um átomo, para preencher alguma harmonia universal em seu conjunto, para algum mais e menos, para algum contraste etc. etc., exatamente como se precisa diariamente sacrificar a vida de uma infinidade de seres sem cuja morte o resto do mundo não pode permanecer de pé (embora caiba observar que essa não é uma ideia em si muito generosa). Vá lá que seja! Concordo que de outra maneira, isto é, sem uma devoração permanente de uns pelos outros seria absolutamente impossível construir o mundo; eu concordo até em admitir que não entendo nada dessa construção; mas, em compensação, eis o que eu sei ao certo: se uma vez me fizeram saber que 'eu existo', então que me importa se o mundo foi construído com erros e de que de outro modo ele não consegue permanecer de pé? Quem e por que irá me julgar depois disso? Como queiram, tudo isso é impossível e injusto.

Entretanto, a despeito de toda a minha vontade, nunca pude imaginar que não existe vida futura nem providência. Ou melhor, que tudo isso existe mas que nada entendemos da vida futura e das suas leis. Mas se é tão difícil e totalmente impossível compreender isso, então será que eu vou responder pelo fato de que não tive condição de compreender o inconcebível? Eles dizem, é verdade e, é claro, com eles o príncipe, que aí se precisa de obediência, que é necessário obedecer sem julgar, apenas por boa educação, e que por minha submissão eu serei recompensado sem falta no outro mundo. Nós humilhamos demasiadamente a providência, atribuindo-lhe os nossos conceitos, movidos pelo despeito de não podermos compreendê-la. Porém, se ademais é impossível compreendê-la, então, repito, também é difícil responder por aquilo que não é dado ao homem compreender. Sendo assim, de que jeito me irão julgar pelo fato de que eu não pude compreender a verdadeira vontade e as leis da providência? Não, o melhor é deixarmos para lá a religião.

Mas basta. Quando eu chegar a essas linhas, certamente o sol sairá e 'ressoará no céu', e se derramará a força imensa e inumerável sobre tudo o que está abaixo do sol. Tomara! Eu morrerei olhando diretamente para a fonte de força e vida e não vou querer essa vida! Se eu tivesse o poder de não nascer, certamente não aceitaria a existência nessas condições escarnecedoras. Mas ainda tenho o poder de morrer, ainda que eu entregue o que já foi composto. Não é grande o poder, tampouco é grande a rebeldia.

Uma última explicação: não estou morrendo de maneira alguma por estar sem condições de suportar essas três semanas; oh, eu teria forças, e se quisesse já ficaria bastante consolado com a simples consciência da ofensa que me foi causada; mas eu não sou poeta francês e dispenso tais consolações. Por fim, também as tentações: a natureza limitou a tal ponto minha atividade com as suas três semanas de sentença que o suicídio talvez seja a única coisa que eu ainda tenha tempo de começar e terminar por minha própria vontade. Então, será que eu quero mesmo aproveitar a última chance do *caso*? Às vezes o protesto também não é pouca coisa..."

A "Explicação" terminou; Hippolit finalmente parou.

Há nos casos extremos aquele último grau de franqueza cínica em que um homem nervoso, irritado e fora de si, já não teme mais nada e está disposto a enfrentar ainda que seja qualquer escândalo, está até contente com ele; investe contra as pessoas, tem aí um objetivo não claro porém firme de forçosamente um minuto depois voar de um campanário e assim resolver de uma vez todas as dúvidas se aí elas se manifestarem. Um indício desse estado costuma ser também o esgotamento das forças físicas que se aproxima. A tensão extraordinária, quase antinatural, que até então mantivera Hippolit, chegara a esse último grau. Por si mesmo, esse rapazola de dezoito anos, esgotado pela doença, parecia fraco como uma folhinha trêmula arrancada de uma árvore; contudo, mal ele teve tempo de abranger com o olhar os seus ouvintes — pela primeira vez ao longo de toda a última hora —, imediatamente a aversão mais presunçosa, mais desdenhosa e ofensiva manifestou-se em seu olhar e em seu sorriso. Ele apressou o seu desafio. Mas os ouvintes também estavam tomados de total indignação. Todos se levantaram de sua mesa fazendo barulho e irritados. O cansaço, o vinho e a tensão intensificavam a desordem e como que a sujeira das impressões, se é que se pode falar assim.

Súbito Hippolit se levantou da cadeira de um salto, como se o tivessem arrancado do lugar.

— O sol saiu! — gritou ele, vendo as copas brilhantes das árvores e mostrando-as ao príncipe como se fosse um milagre. — Saiu!

— E você pensava que ele não ia sair? — observou Fierdischenko.

— Outra vez calor escaldante para o dia inteiro — resmungou Gánia com um despeito displicente, segurando o chapéu nas mãos, espreguiçando-se e bocejando —, ora, parece que essa seca é para durar um mês!... Vamos ou não, Ptítzin?

Hippolit apurava o ouvido com uma surpresa que chegava à estupefação; súbito empalideceu terrivelmente e tremeu todo.

— O senhor ressalta de forma muito inábil sua indiferença com o fim de me ofender — dirigiu-se a Gánia, olhando-o fixamente —, o senhor é um patife.

— Bem, isso só o diabo sabe o que é, soltar-se dessa maneira! — gritou Fierdischenko. — Que fraqueza fenomenal!

— É simplesmente um imbecil — disse Gánia.

Hippolit se conteve um pouco.

— Eu compreendo, senhores — começou ele, tremendo como antes e tornando a interromper-se em cada palavra —, que eu poderia merecer a sua vingança pessoal, e... lamento que os tenha atormentado com esse delírio (apontou para o manuscrito), mas, pensando bem, lamento que não os tenha atormentado coisa nenhuma... (deu um sorriso tolo), atormentei, Ievguiêni Pávlovitch? — voltou-se repentinamente para ele. — Atormentei ou não? Fale!

— Foi um pouco prolixo, mas, pensando bem...

— Diga tudo! Não minta ao menos uma vez em sua vida! — tremia e ordenava Hippolit.

— Oh, para mim dá terminantemente no mesmo! Peço-lhe que faça o favor de me deixar em paz — Ievguiêni Pávlovitch deu as costas com nojo.

— Boa noite, príncipe — chegou-se Ptítzin a Míchkin.

— Ora, ele vai se suicidar com um tiro agora mesmo, o que vocês estão fazendo? Olhem para ele! — gritou Vera e precipitou-se assustadíssima para Hippolit e até o agarrou pelos braços. — Ele disse que ao nascer do sol se suicidaria, o que vocês estão fazendo?

— Não vai se suicidar! — murmuraram maliciosamente diversas vozes, entre elas Gánia.

— Senhores, protejam-se! — gritou Kólia, também agarrando Hippolit pelos braços. — Olhem só para ele! Príncipe! Príncipe, ora, o que é que os senhores estão fazendo?

Ao redor de Hippolit se aglomeraram Vera, Kólia, Keller e Burdovski: todos os quatro o agarraram pelos braços.

— Ele tem direito, direito!... — balbuciava Burdovski, aliás também completamente desconcertado.

— Com licença, príncipe, quais são as suas ordens? — Liébediev aproximou-se do príncipe, chegando ao desplante de tão bêbado e exasperado.

— Que ordens?

— Não; com licença; eu sou o anfitrião, embora não deseje lhe faltar com o respeito... Admitamos que o senhor também seja anfitrião, mas eu não quero que seja assim em minha própria casa... Assim.

— Não vai se suicidar; o menino está brincando! — gritou de repente o general Ívolguin com indignação e empáfia.

— Ora essa, general! — secundou Fierdischenko.

— Sei que não vai se suicidar, general, estimadíssimo general, mas ainda assim... pois eu sou o anfitrião.

— Escute, senhor Tierêntiev — disse de chofre Ptítzin, despedindo-se do príncipe e estendendo a mão a Hippolit —, parece que em seu caderno o senhor fala do seu esqueleto e o deixa para a academia, não é? O senhor está deixando em testamento o seu esqueleto, o próprio esqueleto, ou seja, os seus ossos?

— Sim, os meus ossos...

— Aí é que está. Senão a gente pode cometer um engano; dizem que já houve um caso semelhante.

— Por que mexe com ele? — bradou de repente o príncipe.

— Levaram-no às lágrimas — acrescentou Fierdischenko.

Mas Hippolit não estava nada chorando. Quis sair do lugar, mas os quatro que o cercavam o agarraram ao mesmo tempo pelos braços. Ouviu-se um riso.

— Ele conduziu mesmo a coisa para que o segurassem pelos braços; foi com esse fim que leu o caderno — observou Rogójin. — Adeus, príncipe. Puxa, quanto tempo sentado; os ossos estão doendo.

— Se o senhor realmente quisesse se matar, Tierêntiev — riu Ievguiêni Pávlovitch —, em seu lugar, depois desses cumprimentos, eu não me suicidaria só de pirraça.

— Estão morrendo de vontade de ver meu suicídio! — gritou-lhe Hippolit.

Falava como quem se lança sobre algo.

— Eles estão despeitados porque não verão.

— O senhor também acha que não verão?

— Eu não o instigo; eu, por exemplo, acho muito possível que o senhor se suicide. Mas, o principal, não se zangue... — protelou Ievguiêni Pávlovitch, arrastando as palavras com ar protetor.

— Só agora estou vendo que cometi um terrível erro lendo para eles este caderno! — pronunciou Hippolit olhando para Ievguiêni Pávlovitch de um jeito tão inesperadamente confidencial, como se pedisse a um amigo um conselho amigável.

— A situação é ridícula, porém... palavra, não sei o que lhe sugerir — respondeu-lhe sorrindo Ievguiêni Pávlovitch.

Hippolit olhava fixa e severamente para ele, sem desviar o olhar, e calava. Poder-se-ia pensar que por instantes ficava totalmente esquecido.

— Não, com licença, que maneiras são essas — proferiu Liébediev —, "eu me suicido, diz-se, no parque, para não incomodar ninguém"! Ele pensa que não vai incomodar ninguém, que descerá da escada e com três passos estará no jardim.

— Senhores... — esboçou o príncipe.

— Não, com licença, estimadíssimo príncipe — agarrou-se com fúria Liébediev —, como o senhor mesmo viu que isso não é brincadeira e pelo menos metade dos seus convidados é da mesma opinião, está certo de que agora, depois das palavras aqui pronunciadas, ele deve forçosamente se suicidar por uma questão de honra, eu sou o anfitrião e declaro diante de testemunhas que o convido a colaborar!

— O que preciso fazer, Liébediev? Eu estou disposto a colaborar com o senhor.

— Pois bem: em primeiro lugar, que agora mesmo ele entregue a pistola, da qual se vangloriou diante de nós, com todos os preparados. Se ele a entregar, então estarei de acordo em permitir que passe esta noite nesta casa em virtude do seu estado doentio, contanto que, evidentemente, fique sob a minha vigilância. Mas que amanhã parta sem falta para onde lhe convier; desculpe, príncipe! Se ele não entregar a arma, agora mesmo vou segurá-lo pelos braços, eu por um, o general pelo outro, e imediatamente mandarei avisar à polícia e então o caso passará à alçada da polícia. O senhor Fierdischenko irá procurar um conhecido.

Ouviu-se um ruído; Liébediev estava exaltado e já saía da medida; Fierdischenko se preparava para ir à polícia; Gánia insistia freneticamente em que ninguém iria se suicidar. Ievguiêni Pávlovitch calava.

— Príncipe, o senhor já voou algum dia de um campanário? — murmurou-lhe de repente Hippolit.

— N-não... — respondeu ingenuamente o príncipe.

— Não me digam que os senhores não pensaram que eu não havia previsto todo esse absurdo! — tornou a murmurar Hippolit, olhando para o príncipe com os olhos chamejantes, como se realmente esperasse a resposta dele. — Basta! — gritou de repente para todo o público. — Tenho mais culpa... mais culpa que todos! Liébediev, aqui está a chave (tirou do bolso um porta-níqueis e dele uma argola com três ou quatro pequenas chaves), esta aqui, a penúltima... Kólia lhe mostrará... Kólia! Onde está Kólia? — gritou ele, olhando para Kólia mas sem vê-lo — Sim... Ele lhe mostrará; há pouco ele arrumou a mochila junto comigo; mostre a ele, Kólia; no gabinete do príncipe, debaixo da mesa... está a minha mochila... Com essa chavinha, na parte debaixo, no baú... estão a minha pistola e o cornimboque com a pólvora. Ele mesmo a pôs lá faz pouco, senhor Liébediev, ele lhe mostrará; mas com a condição de que amanhã de manhã, quando eu for a Petersburgo, o senhor me devolverá minha pistola. Está ouvindo? Estou fazendo isto pelo príncipe; não pelo senhor.

— Desse jeito sim é melhor! — Liébediev agarrou a chave, deu um risinho mordaz, correu para o cômodo vizinho.

Kólia parou, quis fazer alguma observação mas Liébediev o arrastou consigo.

Hippolit olhava para os visitantes, que riam. O príncipe observou que ele estava batendo os dentes como em um calafrio dos mais fortes.

— Que canalhas são todos eles! — tornou a murmurar Hippolit em fúria para o príncipe. Quando falava com o príncipe, inclinava-se de corpo inteiro e cochichava.

— Deixe-os: o senhor está muito fraco...

— Num instante, num instante... agora eu vou.

Súbito deu um abraço no príncipe.

— Será que o senhor me acha louco? — Olhou para o príncipe com um sorriso estranho.

— Não, mas o senhor...

— Um instante, um instante, fique calado; não diga nada; fique em pé... quero olhar para os seus olhos... fique assim, quero olhar. Vou me despedir de um Homem.[52]

Ele ficou uns dez segundos olhando imóvel e calado para o príncipe, muito pálido, com as têmporas molhadas de suor e agarrando o príncipe pelo braço de um jeito um tanto estranho, como se temesse largá-lo.

— Hippolit, Hippolit, o que você tem? — bradou o príncipe.

— Um instante... basta... vou me deitar. Vou beber um gole pela saúde do sol... Estou com vontade, deixem-me!

Ele pegou rapidamente uma taça na mesa, arrancou do lugar e num

---

[52] Essa réplica de Hippolit tem sentido próximo das palavras de Pilatos sobre Cristo: "Eis o homem" (João, 19, 5). (N. da E.)

abrir e fechar de olhos chegou à saída do terraço. O príncipe quis correr atrás dele mas, como de propósito, nesse exato momento Ievguiêni Pávlovitch lhe estendeu a mão para se despedir. Transcorreu um segundo e de súbito ouviu-se um grito geral no terraço. Seguiu-se um minuto de extraordinária confusão.

Eis o que aconteceu:

Chegando à saída do terraço, Hippolit parou segurando a taça com a mão esquerda e enfiando a mão direita no bolso lateral direito do sobretudo. Mais tarde Keller afirmava que antes Hippolit já estava com essa mão no bolso direito, ainda quando falava com o príncipe e o agarrou com a mão esquerda pelo ombro e pela gola, e que essa mão direita no bolso, assegurava Keller, é que teria suscitado no outro a primeira suspeita. Fosse lá como fosse, o fato é que alguma preocupação o fez correr atrás de Hippolit. Mas ele não chegou a tempo. Viu apenas como de repente alguma coisa brilhou na mão direita de Hippolit e no mesmo instante a pequena pistola de bolso apareceu em cheio junto à têmpora dele. Keller precipitou-se a fim de agarrá-lo pelo braço mas no mesmo instante Hippolit apertou o gatilho. Ouviu-se o estalo brusco e seco do cão mas o tiro não saiu. Quando Keller agarrou Hippolit, este lhe caiu nos braços como se estivesse desmaiado, talvez realmente imaginando que já estivesse morto. A pistola já estava nas mãos de Keller. Agarraram Hippolit, puseram para ele uma cadeira, sentaram-no, e todos se aglomeraram ao redor, todos gritando, todos fazendo perguntas. Todos ouviram o estalo do cão e estavam vendo um homem vivo e nem sequer arranhado. O próprio Hippolit estava ali sentado, sem compreender o que acontecia e percorria todos ao redor com um olhar absurdo. Liébediev e Kólia chegaram correndo em um instante.

— Negou fogo? — perguntavam ao redor.

— Será que não estava descarregada? — conjecturavam outros.

— Carregada! — proclamou Keller, examinando a pistola — Mas...

— Será que negou fogo mesmo?

— Não havia nenhuma cápsula — anunciou Keller.

É difícil até narrar a cena lamentável que se seguiu. O susto inicial e geral começou depressa a ser substituído pelo riso; alguns até gargalhavam, vendo nisso um prazer maldoso. Hippolit chorava aos prantos como se estivesse histérico, estava desolado, precipitava-se para todos, até para Fierdischenko, agarrou-o com ambas as mãos e lhe jurou que havia esquecido, "esqueci inteiramente por acaso e não de propósito" de pôr cápsulas, que "as cápsulas estão todas aqui, no bolso do colete, umas dez" (ele as mostrou a todos ao redor), que não as pusera antes temendo um disparo acidental no bolso, que contara com que sempre teria tempo de colocá-las quando se fizesse necessário, e de repente havia esquecido. Ele corria para o príncipe, para Ievguiêni Pávlovitch, implorava a Keller para que este lhe devolvesse a pistola, que agora iria mostrar a todos que "a sua honra, a honra...", que agora ele estava "desonrado para sempre!...".

Por fim caiu realmente sem sentidos. Levaram-no para o gabinete do príncipe e Liébediev, que ficara totalmente sóbrio, mandou chamar imediatamente um médico e ele mesmo, com a filha e o filho, Burdovski e o general ficaram na cabeceira da cama do doente. Quando levaram o desmaiado Hippolit, Keller ficou no meio do cômodo e proclamou para que todos ouvissem, dividindo e escandindo cada palavra num entusiasmo categórico:

— Senhores, se alguém entre vós mais uma vez, em voz alta, na minha presença, duvidar de que a cápsula foi esquecida de propósito e ficar afirmando que o infeliz do jovem apenas desempenhava uma comédia, esse alguém entre vós terá de se haver comigo.

Mas ninguém lhe respondeu. Os visitantes enfim se foram em bando e às pressas. Ptítzin, Gánia e Rogójin saíram juntos.

O príncipe ficou muito surpreso porque Ievguiêni Pávlovitch mudara de intenção e estava saindo sem se explicar.

— Mas o senhor não queria conversar comigo depois que todos saíssem? — perguntou ele.

— Exatamente — disse Ievguiêni Pávlovitch, sentando-se de súbito numa cadeira e sentando o príncipe a seu lado —, mas agora mudei provisoriamente de intenção. Confesso que estou um tanto embaraçado, e aliás o senhor também. Estou com as ideias embaralhadas; além disso, o que quero explicar ao senhor é uma coisa importante demais para mim, e aliás para o senhor também. Veja, príncipe, ao menos uma vez na vida quero fazer uma coisa absolutamente honesta, ou seja, sem nenhuma segunda intenção, mas acho que agora, neste momento, não sou inteiramente capaz de fazer uma coisa absolutamente honesta, e talvez o senhor também... portanto... e... bem, depois a gente se explica. A coisa talvez saia ganhando em clareza, tanto para mim quanto para o senhor, se aguardarmos uns três dias que eu vou passar em Petersburgo.

Então ele tornou a levantar-se da cadeira, de modo que era até estranho por que havia se sentado. O príncipe também achou que Ievguiêni Pávlovitch estava descontente e irritado e parecia hostil, que no olhar dele havia algo bem diferente do que havia ainda há pouco.

— A propósito, agora o senhor vai ver o sofredor?
— Sim... estou com medo — proferiu o príncipe.

— Não tenha medo; vai viver, na certa, umas seis semanas e até mais, talvez até ainda se cure por aqui. O melhor seria o senhor tocá-lo daqui amanhã.

— É possível que eu realmente o tenha impelido pelo fato de que... não falei nada; ele pode ter pensado que eu também duvido de que não é capaz de suicidar-se? O que o senhor acha, Ievguiêni Pávlovitch?

— De jeito nenhum. O senhor é bom demais por ainda se preocupar. Eu já ouvira falar disso mas nunca presenciara ao natural como um homem se suicida de propósito para que o elogiem, ou de raiva porque não o elogiam por isso. O mais importante é que não acreditaria nessa sinceridade da franqueza. Mas mesmo assim toque-o daqui amanhã.

— O senhor acha que ele ainda vai se suicidar?

— Não, agora já não se suicida. Mas proteja-se contra esses nossos Lacenaires primitivos! Repito-lhe, o crime é um refúgio comum demais para essas nulidades medíocres, impacientes e sequiosas.

— Por acaso ele é um Lacenaire?[53]

— A essência é a mesma, embora talvez sejam diferentes os *ampluás*.[54] O senhor verá se esse senhor não será capaz de matar dez almas[55] propriamente por mera "brincadeira", tal qual ele mesmo nos leu ainda há pouco em sua "Explicação". Agora essas palavras dele não me deixarão dormir.

— Talvez o senhor esteja se preocupando demais.

— Príncipe, o senhor é surpreendente; o senhor não acredita que *agora* ele pode matar dez almas?

---

[53] Pierre-François Lacenaire (1800-1836), protagonista de um ruidoso processo criminal ocorrido em 1830 em Paris; o assassino se destacou por uma vaidade extrema e uma crueldade monstruosa. Depois de sua morte, foram editadas as suas "Notas" e "Conversas" (1836). A revista *Vriêmia* (O Tempo), em seu número 2 de 1861, pp. 1-50, publicou uma exposição do processo de Lacenaire com observações de Dostoiévski. O escritor mostrou interesse pelo caso quando escrevia *Crime e castigo*. O nome é mencionado ainda nos manuscritos de *O idiota* e *O adolescente*. Quando escrevia *Crime e castigo*, Dostoiévski lia avidamente e publicava em sua revista *Vriêmia* o noticiário sobre os processos criminais mais importantes na França. Quando essa revista publicou em seu número 2 de 1861 a história do crime de Lacenaire, ele escreveu, em nota a essa história, que casos como o de Lacenaire "são mais interessantes que toda sorte de romances, porque elucidam aspectos sombrios da alma humana que a arte não gosta de abordar, e se o aborda o faz só de passagem e em forma de episódio". (N. da E.)

[54] O termo francês *emplois*, aqui russificado, no uso russo pode designar um determinado círculo de papéis cênicos de um ator ou no sentido restrito francês de emprego, uso, destino etc. (N. do T.)

[55] Na Rússia, os servos eram chamados de "almas". (N. do T.)

— Temo lhe responder; tudo isso é muito estranho, no entanto...

— Bem, como quiser, como quiser! — concluiu em tom irritado Ievguiêni Pávlovitch. — Além do mais o senhor é um homem tão corajoso, só não me venha achar-se entre os dez.

— O mais provável é que ele não venha a matar ninguém — disse o príncipe, olhando pensativo para Ievguiêni Pávlovitch.

O outro riu maldosamente.

— Até logo, já está na hora! O senhor observou que ele destinou uma cópia de sua confissão a Aglaia Ivánovna?

— Sim, observei e... estou pensando nisso.

— Aí é que está, para a eventualidade das dez almas — tornou a rir Ievguiêni Pávlovitch e saiu.

Uma hora depois, já passando das três, o príncipe entrou no parque. Tentou adormecer em casa mas não conseguiu por causa das batidas fortes do coração. Aliás, em casa estava tudo em ordem e tranquilo na medida do possível; o doente adormecera e o médico, que viera para socorrê-lo, anunciara que não havia nenhum perigo maior. Liébediev, Kólia e Burdovski deitaram-se no quarto do doente para se alternarem no plantão. Portanto, não havia motivo para temor.

Entretanto a intranquilidade do príncipe crescia de minuto a minuto. Ele andava pelo parque olhando distraído ao redor e parou surpreso quando se aproximou da pista diante da estação e avistou uma série de bancos vazios e as estantes para a orquestra. Ficou admirado com o lugar e algo o fez achá-lo horrível. Tomou o caminho de volta e, seguindo direto por onde passara na véspera com as Iepántchin rumo à estação, chegou ao banco verde que lhe haviam designado para o encontro, sentou-se e súbito deu uma gargalhada, o que de imediato o deixou sumamente indignado. Sua angústia continuava; estava com vontade de ir a algum lugar... não sabia para onde. Numa árvore, acima dele, cantava um pássaro, e ele ficou a procurá-lo entre as folhas com a vista; súbito o pássaro levantou voo da árvore, e por alguma razão no mesmo instante veio-lhe à lembrança a "mosca" na "réstia quente do sol", sobre a qual Hippolit escrevera que até "ela conhece o seu lugar e é uma participante do coro geral, ao passo que ele é apenas um aborto". Essa frase o deixara estupefato ainda há pouco, agora ele a memorizava. Uma lembrança há muito esquecida mexeu-se dentro dele e súbito se esclareceu de uma vez.

Isso havia acontecido na Suíça, no primeiro ano do seu tratamento, até mesmo nos primeiros meses. Naquela época ele ainda era inteiramente como um idiota, não era capaz nem de falar direito, às vezes não conseguia entender o que estavam querendo dele. Uma vez subiu às montanhas em um claro dia de sol, e andou demoradamente com um pensamento angustiante que, todavia, nunca se materializou. Diante dele havia um céu brilhante, embaixo um lago, ao redor um horizonte claro a não acabar mais. Ficou muito tempo a olhar e atormentar-se. Agora recordava que havia estendido as mãos naquele azul-claro e sem fim e chorado. Atormentava-o o fato de que ele era totalmente estranho àquilo tudo. Que festim é esse, que grande e sempiterna festa é essa que não tem fim e que há muito o vem arrastando, sempre, desde a infância, e à qual ele não encontra meio de juntar-se. Toda manhã nasce esse mesmo sol claro; toda manhã há arco-íris na cachoeira; toda tarde a montanha nevada, a mais alta de lá, ao longe, nos confins do céu, arde em uma chama purpúrea; cada "pequena mosca, que zune a seu lado na réstia quente do sol é uma participante de todo esse coro: conhece o seu lugar, gosta dele e é feliz"; cada pé de relva cresce e é feliz! E tudo tem o seu caminho, e tudo conhece o seu caminho, sai cantando e chega cantando; só ele não sabe de nada, não compreende nada, nem as pessoas, nem os sons, é estranho a tudo e é um aborto. Oh, ele, é claro, não pôde falar naquele momento com essas palavras e externar a sua pergunta; atormentava-se de forma surda e muda; mas agora lhe parecia que dissera tudo isso e naquela ocasião, todas essas mesmas palavras, e que a respeito daquela "mosca" Hippolit falara com palavras dele mesmo, de suas palavras e lágrimas naquele momento. Ele estava certo disso e, sabe lá, seu coração batia movido por esse pensamento...

Caiu no sono no banco mas a sua inquietação continuou até em sonho. Bem antes de adormecer lembrou-se de que Hippolit iria matar dez pessoas e riu do absurdo da suposição. A seu lado fazia um silêncio maravilhoso, sereno, apenas com um farfalhar de folhas que parece provocar ainda mais silêncio e solidão ao redor. Teve muitos sonhos e todos sobressaltados, que o fizeram estremecer a cada instante. Por fim uma mulher veio ter com ele; ele a conhecia, e a conhecia a ponto de sofrer; ele sempre fora capaz de dizer seu nome e apontá-la mas — coisa estranha — agora era como se o rosto dela não tivesse nada daquele rosto que ele sempre conhecera, e era com angústia que ele se negava a reconhecer nela aquela mulher. Neste rosto havia tanto arrependimento e horror que, parecia, era uma assassina terrível e acabava de cometer um crime horrendo. Uma lágrima lhe tremia na face pálida; ela o chamou com um aceno de mão e pôs um dedo nos lábios como se o previnisse para que a acompanhasse em silêncio. O coração dele parou; por nada, por nada ele queria reconhecer nela a criminosa; mas ele sentia que agora mesmo ia acontecer alguma coisa terrível para toda a sua vida. Parecia que ela queria lhe mostrar alguma coisa, ali mesmo perto do parque. Ele se levantou a fim de segui-la, e de súbito ouviu-se a seu lado um riso radiante e fresco de alguém; súbito a mão de alguém se viu entre as mãos dele; ele agarrou essa mão, apertou-a com força e acordou. Aglaia estava à sua frente e ria alto.

VIII

Ela ria, mas estava também indignada.

— Dormindo! Você estava dormindo! — bradava com uma surpresa desdenhosa.

— É você! — balbuciou o príncipe sem ter inteiramente voltado a si e reconhecendo-a com surpresa. — Ah, sim! Era o encontro... e eu aqui dormindo.

— Eu vi.

— Ninguém me acordou a não ser você? Aqui não havia ninguém a não ser você? Eu achava que aqui havia... outra mulher...

— Aqui havia outra mulher?!

Por fim ele acabou de despertar.

— Foi apenas um sonho — murmurou ele pensativo —, estranho que num momento como esse venha um sonho daquele... sente-se.

Ele a segurou pela mão e a sentou no banco; sentou-se ele mesmo ao lado dela e ficou meditando. Aglaia não começava a conversa mas apenas examinava atentamente o seu interlocutor. Ele também olhava para ela, mas às vezes como se não a visse inteiramente à sua frente. Ela começou a corar.

— Ah, sim! — estremeceu o príncipe. — Hippolit deu um tiro na cabeça!

— Quando? Na sua casa? — perguntou ela mas sem grande surpresa. — Porque, ao que parece, ontem à noite ele ainda não estava vivo? Como você pôde dormir aqui depois de tudo isso? — exclamou ela tomada de um súbito ânimo.

— Mas é que ele não morreu, a pistola não disparou.

Por insistência de Aglaia o príncipe deveria contar imediatamente, e inclusive da forma mais detalhada, toda a história da noite passada. A cada instante ela o apressava na narração, mas ela mesma o interrompia incessantemente com perguntas e quase todas estranhas ao assunto. Por outro lado, ouvia com grande curiosidade sobre o que havia falado Ievguiêni Pávlovitch, e várias vezes até tornou a perguntar.

— Mas chega, preciso me apressar — concluiu ela depois de ouvir tudo —, nós dois só podemos ficar aqui uma hora, até às oito, porque às oito preciso sem falta estar em casa para que não saibam que estive aqui, mas vim aqui para tratar de um assunto; preciso lhe informar muita coisa. Só que agora você me deixou totalmente desnorteada. Quanto a Hippolit, eu acho que a pistola dele não tinha mesmo que disparar, isso é o que mais tem a ver com ele. Mas você está certo de que ele queria mesmo se matar e que naquilo não houve um embuste?

— Nenhum embuste.

— Isso é até mais provável. Ele escreveu para que você me trouxesse a confissão dele, não foi? Por que você não me trouxe?

— Acontece que ele não morreu. Vou pedir a ele.

— Traga-me sem falta e nada de pedir. Certamente isso será muito agradável para ele, porque é possível que ele tenha atirado em si mesmo com o único fim de que eu lesse depois a sua confissão. Por favor, por favor, peço que não ria das minhas palavras, Liev Nikoláievitch, porque é muito possível que seja isso mesmo.

— Eu não estou rindo porque eu mesmo estou certo de que em parte é muito possível que seja isso.

— Está certo? Não me diga que você também pensa assim? — súbito Aglaia ficou muitíssimo surpresa.

Ela perguntava rápido, falava rápido, mas era como se às vezes se atrapalhasse e frequentemente não concluía; a cada instante se apressava em prevenir contra alguma coisa; no geral estava numa inquietação fora do comum, e embora tivesse um olhar muito valente e um tanto desafiador, é possível que também sentisse um pouco de medo. Trajava um vestido do dia a dia, simples, que lhe caía muito bem. Estremecia com frequência, corava e se sentava na ponta do banco. A confirmação do príncipe de que Hippolit havia tentado o suicídio para que ela lesse a sua confissão deixou-a muito surpresa.

— É claro — explicou o príncipe —, ele queria que, além de você, todos nós o elogiássemos...

— Como elogiássemos?

— Isto é... como lhe dizer? É muito difícil dizer isso. Na certa, ele queria apenas que todos o rodeassem e lhe dissessem que gostavam muito dele e o respeitavam, e que todos lhe rogassem muito para que continuasse vivo. É muito possível que ele a tivesse mais do que todos em vista porque se lembrou de você num momento como aquele... se bem que possivelmente nem ele mesmo soubesse que a tinha em mente.

— Isso eu já não entendo absolutamente: tinha em mente mas não sabia que tinha em mente. Se bem que, parece que compreendo: sabe de uma coisa, eu mesma, ainda quando tinha treze anos, pensei umas trinta vezes em

O idiota 479

tomar veneno e escrever tudo isso em uma carta aos meus pais, e também pensei como iria ficar deitada no caixão e todos iriam chorar em cima do meu corpo, e iriam se culpar por terem sido tão cruéis comigo...[56] De que você está rindo outra vez — acrescentou ela depressa, franzindo o cenho —, você ainda pensa consigo alguma coisa quando está sonhando sozinho? Será que se imagina um marechal de campo[57] e que derrotou Napoleão?

— Pois palavra de honra que eu penso nisso, particularmente quando estou adormecendo — pôs-se a rir o príncipe —, só que não é Napoleão, mas tudo quanto é austríaco que eu derroto.

— Eu não estou com nenhuma vontade de brincar com você, Liev Nikoláievitch. Com Hippolit eu me encontrarei eu mesma; peço-lhe que o previna. Já de sua parte, eu acho tudo isso muito ruim porque é muito grosseiro ver e julgar assim a alma de um homem como você julga Hippolit. Você não tem ternura: só verdade, portanto, é injusto.

O príncipe ficou pensativo.

— Acho que você está sendo injusta comigo — disse ele —, porque eu não vejo nada de mal no fato de ele pensar assim, porque todos tendem a pensar assim; além disso, pode ser que ele nem mesmo pensasse mas apenas o quisesse... Ele quis ter um último encontro com as pessoas, merecer o respeito e o amor delas; ora, isso são sentimentos muito bons, só que por algum motivo a coisa não saiu como devia; aí houve a doença e algo mais! Além disso, tudo sempre sai bem para uns, enquanto para outros não sai nem um pouco parecido...

— É verdade, você acrescentou isso a seu próprio respeito? — observou Aglaia.

— Sim, sobre mim mesmo — respondeu o príncipe sem notar nenhuma maldade na pergunta.

— Só que, apesar de tudo, no seu lugar eu nunca iria adormecer; logo, você acaba dormindo aonde quer que vá; isso é muito mal da sua parte.

— Mas acontece que fiquei a noite inteira sem dormir, e depois andei, andei, estive na música...

---

[56] Essas palavras de Aglaia ecoam uma passagem do romance *Adolescência* ("Sonhos"), de Tolstói, que Dostoiévski apreciava. (N. da E.)

[57] Anna Grigórievna Dostoiévskaia, mulher do escritor, escreveu a respeito dessas palavras: "Fiódor Mikháilovitch tinha frequentemente sonhos inquietos: assassinatos, incêndios e, principalmente, batalhas sangrentas. Em sonho ele compunha mapas de combate e por algum motivo sempre derrotava os austríacos" (cf. Leonid Grossman, *Seminários sobre Dostoiévski*, Moscou/São Petersburgo, GIZ, 1922, p. 60). (N. da E.)

— Em que música?

— Lá onde tocaram ontem, e depois vim para cá, sentei-me, pensei, pensei e adormeci.

— Ah, então foi isso? Assim a coisa muda a seu favor... E por que foi à música?

— Não sei, a esmo...

— Está bem, está bem, depois; você está sempre me interrompendo, e o que é que eu tenho a ver que você tenha ido à música? E que mulher foi essa com quem você sonhou?

— Foi... com... você sonhou...

— Estou entendendo, entendendo muito. Por ela você sente muito... Como foi que ela lhe apareceu em sonho, de que jeito? Aliás eu não quero saber de nada — cortou de repente com enfado. — Não me interrompa...

Ela aguardou um pouco como se ganhasse coragem ou procurasse dissipar o enfado.

— Eis todo o assunto e por que eu o chamei: eu quero lhe propor que você seja meu amigo. Por que esse olhar fixo tão de repente em mim? — acrescentou ela quase irada.

Nesse instante o príncipe realmente olhava muito fixo para ela, notando que ela mais uma vez começava a corar intensamente. Em casos semelhantes, quanto mais ela corava parecia que mais se zangava consigo mesma por isso, o que se expressava visivelmente nos olhos flamejantes; de hábito, um minuto depois ela já transferia toda a sua ira para aquele com quem conversava, tivesse este culpa ou não, e começava a brigar com ele. Conhecendo e sentindo a própria ferocidade e o próprio acanhamento, ela costumava entrar pouco na conversa e era mais calada que as irmãs, às vezes até calada demais. Quando, porém, sobretudo em casos tão delicados, via-se forçada a entrar na conversa, começava com uma arrogância fora do comum, como se lançasse algum desafio. Ela sempre pressentia de antemão quando começava ou queria começar a corar.

— Pode ser que você não queira aceitar a proposta — olhou com arrogância para o príncipe.

— Oh, não, eu quero, só que isso não é completamente desnecessário... ou seja, de modo algum eu pensava ser necessário fazer semelhante proposta — atrapalhou-se o príncipe.

— E o que então você pensava? Por que eu o teria chamado aqui? O que é que você tem em mente? Aliás, você talvez me considere uma pequena imbecil como todos aqui em casa me consideram.

— Eu não sabia que a consideravam imbecil, eu... eu não a considero.

— Não considera? Muito inteligente da sua parte. Inteligente sobretudo como foi dito.

— A meu ver você talvez seja às vezes até muito inteligente — continuou o príncipe —, há pouco você disse uma palavra muito inteligente, disse a respeito da minha dúvida sobre Hippolit: "Aí só há verdade, é até injusto". Hei de me lembrar disso e repensar.

Súbito Aglaia corou de satisfação. Todas essas mudanças ocorriam nela de modo extremamente franco e com uma rapidez incomum. O príncipe também ficou contente e até desatou a rir de alegria olhando para ela.

— Escute — recomeçou ela —, eu o esperei muito para lhe dizer tudo isso, esperei desde aquele momento em que você me escreveu aquela carta de lá, e até antes... Metade você já ouviu de mim ontem: eu o considero o homem mais honrado e mais verdadeiro, o mais honrado e o mais verdadeiro de todos, e se dizem a seu respeito que você tem uma mente... ou seja, que às vezes você tem a mente doentia isso é injusto; eu decidi assim e discuti porque, embora você tenha mesmo a mente doentia (é claro, não fique zangado por isso, estou falando de um ponto de vista superior), mas em compensação a sua mente principal é melhor do que a de todos eles, é uma mente com a qual eles nem sequer sonharam, porque existem duas mentes: uma principal e uma não principal. Não é assim? Porque é assim, não é?

— Talvez seja assim mesmo — mal conseguiu pronunciar o príncipe; seu coração tremia e batia um horror.

— Eu já sabia que você iria compreender — continuou ela com imponência. — O príncipe Sch. e Ievguiêni Pávlitch nada entendem dessas duas mentes, Alieksandra também, mas imagine só: *maman* compreendeu.

— Você é muito parecida com Lisavieta Prokófievna.

— Como assim? Será possível? — admirou-se Aglaia.

— Juro que é.

— Eu lhe agradeço — disse ela depois de pensar —, fico muito contente por me parecer com *maman*. Pelo visto você a estima muito, não é? — acrescentou, sem notar em absoluto a ingenuidade da pergunta.

— Muito, muito, e estou contente por você ter compreendido isso de modo tão direto.

— E eu estou contente porque notei como às vezes riem... dela. Mas escute o principal: fiquei muito tempo pensando e enfim o escolhi. Eu não quero que em casa riam de mim, não quero que me considerem uma pequena imbecil; não quero que me provoquem... Eu compreendi tudo de imediato e disse um não categórico a Ievguiêni Pávlovitch, porque eu não quero que fiquem sempre me dando em casamento! Eu quero... eu quero... Bem, eu quero fugir de casa, e eu o escolhi para que você me ajude.

— Fugir de casa! — bradou o príncipe.

— Sim, sim, sim, fugir de casa! — bradou ela de súbito, inflamada por uma ira fora do comum. — Eu não quero, eu não quero que lá em casa vivam eternamente me fazendo corar. Não quero corar nem diante deles, nem do príncipe Sch., nem de Ievguiêni Pávlovitch, nem diante de ninguém, e por isso eu o escolhi. Com você eu quero falar de tudo, de tudo e até do mais importante quando me der vontade; por sua vez, você não deve esconder nada de mim. Ao menos com uma pessoa eu quero falar de tudo como se falasse comigo mesma. De repente eles deram para falar que eu vivo à sua espera e que eu o amo. Isso aconteceu ainda antes da sua chegada, e eu não mostrei a carta a eles; mas agora todos já andam dizendo. Eu quero ser corajosa e não ter medo de nada. Não quero ir aos bailes deles, eu quero ser útil. Eu já estava querendo fugir faz tempo. Já faz vinte anos que eu moro com eles, e estão sempre querendo me casar. Aos quatorze anos eu já pensava em fugir, embora fosse uma imbecil. Agora eu já tenho tudo calculado e o esperava a fim de interrogar sobre o estrangeiro. Eu nunca vi nenhuma catedral gótica, quero ir a Roma, quero olhar todos os gabinetes dos cientistas,[58] quero estudar em Paris; passei todo o último ano me preparando e estudando e li muitos livros; li todos os livros proibidos. Alieksandra e Adelaida leem todos os livros, elas podem mas a mim não dão, há uma vigilância sobre mim. Não quero brigar com minhas irmãs, mas há muito tempo eu já avisei ao meu pai e à minha mãe que quero mudar inteiramente a minha condição social. Eu decidi me dedicar à educação, e eu contava com você porque você dizia que gostava de crianças. Podemos nós dois nos dedicarmos juntos à educação, ainda que não seja agora, mas no futuro? Nós dois juntos seremos úteis; eu não quero ser a filha do general... E diga uma coisa, você é um homem muito sábio?

— Oh, de jeito nenhum.

— É uma pena, porque eu achava... como é que eu achava isso? Mesmo assim você vai me orientar, porque eu o escolhi.

— Isso é um absurdo, Aglaia Ivánovna.

— Eu quero, eu quero fugir de casa! — gritou ela e os seus olhos tornaram a brilhar. — Se você não concordar então eu me caso com Gavrila

---

[58] Uma visitante ciosa de gabinetes de cientistas era Anna Grigórievna Dostoiévskaia. (N. da E.)

Ardaliónovitch. Eu não quero que em casa me considerem uma mulher vil e me acusem sabe Deus de quê.

— Você estará de juízo perfeito? — o príncipe por pouco não se levantou de um salto. — De que a acusam, quem a acusa?

— Todos lá em casa, minha mãe, minhas irmãs, meu pai, o príncipe Sch., até o seu abominável Kólia. Se não dizem francamente, pelo menos assim pensam. Eu disse isso na cara de todos eles, inclusive da minha mãe e do meu pai. *Maman* passou o dia inteiro doente; e no dia seguinte Alieksandra e papai me disseram que eu mesma não compreendo que estou com lorotas e que palavras digo. Mas aí eu cortei francamente a palavra deles, disse que já compreendo tudo, todas as palavras, que já não sou pequena, que há dois anos eu li de propósito dois romances de Paul de Kock,[59] para ficar sabendo de tudo. Mal ouviu, *maman* por pouco não desmaiou.

Um estranho pensamento passou de relance pela cabeça do príncipe. Ele olhou fixamente para Aglaia e sorriu.

Nem chegava a acreditar que tivesse à frente aquela mesma moça alta, que outrora lera para ele com tanta altivez e firmeza a carta de Gavrila Ardaliónovitch. Ele não conseguia compreender como numa beldade tão presunçosa, severa, pudesse haver uma criança como aquela, que talvez até *agora* realmente não compreendesse *todas as palavras*.

— Você morou sempre em casa, Aglaia Ivánovna? — perguntou ele. — Estou querendo dizer, você nunca foi a alguma escola, nunca estudou em um instituto?

— Nunca fui a lugar nenhum, jamais; fiquei sempre em casa, arrolhada como se estivesse numa garrafa, e da garrafa vou sair direto para me casar; por que você está rindo de novo? Eu noto que você também parece rir de mim e está do lado deles — acrescentou ela, carregando ameaçadoramente o semblante —, não me zangue, eu já nem sei o que se passa comigo... Estou convencida de que você veio para cá na plena certeza de que eu estou apaixonada por você e o convidei para um encontro — cortou ela em tom irritado.

— Ontem eu realmente temi isso — deixou escapar o príncipe com ar cândido (ele estava muito embaraçado) —, mas hoje estou convencido de que você...

---

[59] Sabe-se que, para Dostoiévski, as obras de Paul de Kock (1793-1871) eram modelos de literatura eivada de humor e graciosidade, e atraíam o público leitor com sua frivolidade. (N. da E.)

— Como!? — bradou Aglaia, e seu lábio inferior subitamente tremeu. — Você temia que eu... você se atreveu a pensar que eu... meu Deus! Você desconfiou, talvez, de que eu o tivesse chamado para cá a fim de atraí-lo para a rede e de que depois fôssemos surpreendidos aqui e o forçassem a se casar comigo...

— Aglaia Ivánovna! Como você não se envergonha? Como uma ideia tão suja pôde brotar no seu coração puro, inocente? Aposto que você mesma não acredita numa única palavra sua e... você mesma não sabe o que está dizendo!

Aglaia, sentada, baixava tenazmente os olhos, como se ela mesma estivesse assustada com o que dissera.

— Não tenho nenhuma vergonha — murmurou ela —, como é que você sabe que meu coração é inocente? Como se atreveu a me mandar aquela carta de amor?

— Carta de amor? Minha carta é de amor!? É uma carta ultrarrespeitosa, aquela carta brotou do meu coração no momento mais difícil da minha vida! Naquele momento eu me lembrava de você como de algum brilho,[60] eu...

— Vamos, está bem, está bem — súbito interrompeu ela, já, porém, em um tom bem outro mas inteiramente arrependida e quase que assustada, chegou até a inclinar-se para ele ainda procurando não o olhar de frente, quis tocar-lhe o ombro para lhe pedir de modo ainda mais convincente que não se zangasse —, está bem — acrescentou envergonhadíssima —, eu percebo que usei uma expressão muito tola. Eu fiz a esmo... a fim de experimentá-lo. Interprete como se isso não tivesse sido dito. Se eu o ofendi, peço desculpa. Por favor, não me olhe de frente, vire-se. Você disse que aquela era uma ideia muito suja: eu o disse de propósito para alfinetá-lo. Às vezes eu mesma tenho medo do que quero dizer e de repente pego e digo. Você acabou de dizer que escreveu aquela carta no momento mais difícil da sua vida... Eu sei que momento foi aquele — disse baixinho, olhando mais uma vez para o chão.

— Oh, se você pudesse saber de tudo!

— Eu sei de tudo! — bradou ela com nova inquietação. — Naquele momento você estava morando há um mês inteiro nos mesmos cômodos com aquela mulher detestável, com a qual havia fugido...

---

[60] O próprio nome de Aglaia (do grego Αγλαία) significa a brilhante, a resplandecente. O motivo da luz, da "nova aurora", da "nova vida" acompanha constantemente a personagem. (N. da E.)

Ela já não corava, mas empalidecia ao dizer isso, e de repente se levantou como se perdesse o controle, todavia logo reconsiderou, sentou-se; seu lábio ainda continuou a tremer por muito tempo. O silêncio ainda durou cerca de um minuto. O príncipe ficou muitíssimo perplexo com o inesperado da extravagância e não sabia a que atribuí-la.

— Eu não sinto nenhum amor por você — disse ela de chofre, como se cortasse o assunto.

O príncipe não respondeu; tornara a calar cerca de um minuto.

— Eu amo Gavrila Ardaliónovitch... — pronunciou atropelando as palavras, porém mal dava para ouvir e ela baixou ainda mais a cabeça.

— Isso não é verdade — proferiu o príncipe também quase murmurando.

— Quer dizer, então, que eu estou mentindo? É verdade; eu dei a palavra a ele anteontem, neste mesmo banco.

O príncipe levou um susto e por um instante ficou pensativo.

— Isto não é verdade — repetiu com decisão —, você inventou tudo isso.

— Admiravelmente gentil. Fique sabendo que ele se corrigiu; ele me ama mais do que a própria vida. Queimou a mão diante dos meus olhos com o único fito de provar que me ama mais do que a própria vida.

— Queimou a mão?

— Sim, a própria mão. Acredite ou não, para mim dá no mesmo.

O príncipe tornou a calar. Nas palavras de Aglaia não havia brincadeira; ela estava zangada.

— Então, se isso aconteceu aqui ele trouxe uma vela para cá? Eu não consigo pensar outra coisa...

— Sim... uma vela. O que há de inverossímil nisso?

— Inteira ou num castiçal?

— Isso mesmo... não... meia vela... um toco... uma vela inteira — seja como for pode ir parando!... E se você quiser, trouxe também fósforos. Acendeu a vela e ficou meia hora inteira com o dedo na chama; por acaso isso não pode acontecer?

— Eu o vi ontem; está com os dedos sadios.

Súbito Aglaia desatou a rir tal qual uma criança.

— Sabe por que eu acabei de mentir? — virou-se de chofre para o príncipe com a mais infantil das credulidades e com o riso ainda vibrando nos lábios. — Porque quando a gente mente, ou seja, coloca com astúcia alguma coisa que não é inteiramente comum, alguma coisa excêntrica, bem, você sabe, alguma coisa que acontece com excessiva raridade ou nunca acontece, aí a mentira se torna muito mais verossímil.[61] Isso eu já observei. Eu só me saí mal porque não soube...

Eis que ela torna a franzir o cenho como se reconsiderasse.

— Se naquela ocasião — dirigiu-se ao príncipe, olhando para ele com seriedade e até com tristeza —, se na ocasião eu declamei para você o "cavaleiro pobre" e mesmo que assim quisesse... elogiá-lo por uma coisa, todavia também quis estigmatizá-lo ao mesmo tempo por seu comportamento e lhe mostrar que eu sei de tudo...

— Você é muito injusta comigo... com aquela infeliz a quem você acabou de se referir de modo tão horrível, Aglaia.

— É porque eu sei de tudo, de tudo, que me exprimi dessa maneira! Eu sei que meio ano atrás, diante de todos os presentes, você propôs sua mão a ela. Não me interrompa, está vendo que eu falo sem comentar. Logo após ela fugiu com Rogójin; depois você morou com ela numa aldeia qualquer ou na cidade, e ela o deixou para alguém (Aglaia corou terrivelmente). Depois ela tornou a voltar para Rogójin, que a ama como um... como um louco. Depois você, que é um homem muito inteligente, veio correndo para cá atrás dela, tão logo soube que ela já havia retornado a Petersburgo. Ontem à noite você se precipitou na defesa dela e agora acabou de sonhar com ela... Veja que eu sei de tudo; por que não foi por ela, não foi por ela que você veio para cá?

— Sim, por ela — respondeu baixinho o príncipe, baixando a cabeça triste e pensativo e sem desconfiar de como Aglaia olhava para ele com o olhar chamejante —, por ela apenas para ficar sabendo... Eu não acredito na felicidade dela com Rogójin, embora... em suma, não sei o que eu poderia fazer por ela aqui, e como ajudá-la, mas vim.

Ele estremeceu e olhou para Aglaia; esta o ouvia com ódio.

— Se veio sem saber por quê, então você a ama muito — pronunciou ela finalmente.

---

[61] Uma ideia muito semelhante a essa Dostoiévski externou em *Diário de um escritor* (1877, setembro, capítulo II, parágrafo 1). Aí o capítulo denominado "A mentira se salva pela mentira" é dedicado a Dom Quixote, e as reflexões sobre este foram muito importantes para a história da criação de *O idiota*. Dostoiévski escreve que Dom Quixote, "que acreditara no mais fantástico dos sonhos que pode ser apenas imaginado", inventa "para a salvação da verdade outro sonho, só que já duas, três vezes mais fantástico que o primeiro, mais grosseiro e mais absurdo... Portanto, o realismo está satisfeito, *a verdade está salva*, e já se pode acreditar sem dúvidas no primeiro sonho, no principal, e tudo mais uma vez unicamente graças ao segundo sonho, já bem mais absurdo, inventado apenas para salvar o realismo do primeiro". (N. da E.)

— Não — respondeu o príncipe — não, não a amo. Oh, se você soubesse com que horror eu recordo o tempo que passei com ela!

Ao pronunciar essas palavras, um tremor chegou até a lhe percorrer o corpo.

— Diga tudo — disse Aglaia.

— Aqui não há nada demais que você não possa ouvir. Por que precisamente a você eu queria contar tudo isso, só a você, só a você, eu não sei; talvez porque eu realmente a amasse muito. Aquela mulher infeliz está profundamente convencida de que é o ser mais decaído, o ser mais depravado de todos na face da terra. Oh, não a difame, não atire pedra. Ela já se martirizou demais com a consciência da sua desonra imerecida! E que culpa ela tem, meu Deus!? Oh, a todo instante ela grita, tomada de fúria, que não reconhece a sua culpa, que é uma vítima das pessoas, vítima de um depravado e canalha; entretanto, seja lá o que ela lhe diga, fique sabendo que ela é a primeira a não acreditar em si mesma e, de plena consciência, acredita, ao contrário, que ela... que ela mesma é culpada. Quando eu tentei dissipar essas trevas ela chegou a sofrer tanto que meu coração nunca estará sarado enquanto eu me lembrar daquele tempo terrível. É como se me tivessem traspassado o coração para sempre. Ela fugiu de mim, sabe por quê? Unicamente para demonstrar apenas a mim mesmo que é vil. No entanto, o mais terrível aí é que ela mesma talvez não soubesse naquela ocasião que apenas a mim estava querendo provar isso, e fugiu porque queria à fina força fazer uma coisa interiormente vergonhosa para, no mesmo instante, dizer a si mesma: "Veja, você cometeu uma nova desonra, logo, é uma besta vil!". Oh, talvez você não compreenda isso, Aglaia! Você sabe que nessa consciência constante da desonra talvez exista para ela algum prazer terrível, antinatural, como se fosse uma vingança contra alguém? Às vezes eu a levava a um ponto que ela parecia tornar a ver uma luz a seu redor; todavia logo tornava a indignar-se, e chegava a tal ponto que já me acusava amargamente por eu me colocar muito alto acima dela (quando isso nem me passava pela cabeça), e por fim me acusou francamente de ter feito a proposta de casamento, que ela não exige que ninguém tenha compaixão presunçosa dela, nem que a ajude, nem que a "promova à altura de si mesmo". Ontem você a viu; porventura você pensa que ela está feliz com aquele séquito, que aquela é a sua turma? Você não sabe o quanto ela é evoluída e o quanto é capaz de compreender! Às vezes chegava até a me surpreender!

— Você também lhe fazia esses mesmos... sermões?

— Oh, não — continuou pensativo o príncipe, sem notar o tom da pergunta —, eu estava quase sempre calado. Frequentemente queria falar mas, palavra, não sabia o que dizer. Sabe, em alguns casos é melhor não dizer nada. Oh, eu a amava; oh, a amava muito... mas depois... depois... depois ela adivinhou tudo.

— Adivinhou o quê?

— Que eu apenas tinha compaixão dela, que eu... já não a amava.

— Como é que você sabe, como pode saber que ela realmente se apaixonou por aquele... latifundiário com quem fugiu.

— Não, eu sei tudo; ela apenas zombava dele.

— E de você, ela nunca zombou?

— N-não. Ela ria de raiva; oh, naquele período ela me censurava horrivelmente, por fúria — e ela mesma sofria! Porém... depois... Oh, não me lembre, não me lembre isso!

Cobriu o rosto com as mãos.

— Você sabe que ela me escreve cartas quase todo santo dia?

— Quer dizer então que isso é verdade!? — bradou o príncipe tomado de inquietação. — Eu ouvi dizer, mas ainda não queria acreditar.

— Ouviu de quem? — Aglaia estremeceu de susto.

— Ontem Rogójin me disse, só que não ficou muito claro.

— Ontem? Na manhã de ontem? Ontem quando? Antes ou depois da música?

— Depois; à noite, depois das onze.

— Ah, então se Rogójin... mas sabe sobre o que ela me escreve nessas cartas?

— Eu não me admiro de nada; ela é louca.

— Veja essas cartas (Aglaia tirou do bolso três cartas em três envelopes e as lançou diante do príncipe). Veja, já faz uma semana inteira que ela vem me implorando, me inclinando, me seduzindo a me casar com você. Ela... pois bem, ela é inteligente, mesmo que seja louca, e você diz a verdade quando afirma que ela é bem mais inteligente do que eu... ela me escreve dizendo que está apaixonada por mim, que cada dia procura uma oportunidade para me ver ainda que seja de longe. Ela diz que você me ama, que ela sabe disso, que já o notou há muito tempo, e que você falou com ela a meu respeito. Ela quer vê-lo feliz, está segura de que só eu faço a sua felicidade... Ela escreve de uma forma tão louca... estranha... não mostrei as cartas a ninguém, estava à sua espera: você sabe o que isto significa? Não adivinha nada?

— Isso é uma loucura; a prova da loucura dela — proferiu o príncipe e seus lábios tremeram.

— Você não estará chorando?

— Não, Aglaia, não, eu não estou chorando — o príncipe olhou para ela.

— O que eu devo fazer com isso? O que é que você me aconselha? Eu não posso receber essas cartas!

— Oh, deixe-a, eu lhe imploro! — bradou o príncipe. — O que você vai fazer com essa escuridão!? Vou fazer todos os esforços para que ela não lhe escreva mais.

— Sendo assim, você é um homem sem coração! — exclamou Aglaia. — Será que você não percebe que não é por mim que ela está apaixonada mas por você, que é só a você que ela ama? Será que você conseguiu observar tudo nela e só isso não observou? Você sabe o que é isso, o que significam essas cartas? É ciúme; é mais que ciúme! Ela... Você acha que ela realmente vai se casar com Rogójin, como escreve nessas cartas? Ela se matará no dia seguinte, imediatamente ao nosso casamento!

O príncipe estremeceu, seu coração parou. Mas ele olhava surpreso para Aglaia: era estranho ele reconhecer que há tempos essa criança já era uma mulher.

— Deus está vendo, Aglaia, que para devolver a ela a tranquilidade e fazê-la feliz, eu daria toda a minha vida, porém... eu já não posso amá-la, e ela sabe disso!

— Então se sacrifique, isto tem tanto a ver com você! Você é um benfeitor tão grande. E não me diga "Aglaia"... Há pouco você me disse simplesmente "Aglaia"... Você deve, você tem a obrigação de fazê-la ressuscitar, você deve partir com ela mais uma vez para apaziguar e acalmar o coração dela. Porque, convenhamos, você também a ama!

— Eu não posso me sacrificar dessa maneira, embora o tenha querido uma vez e... é possível que agora também o queira. Mas eu sei *ao certo* que comigo ela estará arruinada e é por isso que eu a estou deixando. Eu deveria me encontrar com ela hoje às sete horas; agora possivelmente não vou mais. Em seu orgulho ela nunca me perdoará pelo meu amor — e ambos nos destruiremos! Isso é antinatural, mas tudo aí é antinatural. Você diz que ela me ama, mas por acaso isso é amor? Será que pode haver um amor assim depois do que eu já suportei!? Não, aí há outra coisa, não amor!

— Como você ficou pálido! — assustou-se repentinamente Aglaia.

— Não foi nada; dormi mal; estou fraco, eu... nós realmente falávamos de você naquele tempo, Aglaia...

— Então é verdade? Você realmente conseguia falar *de mim com ela* e... como você podia me amar quando tinha me visto só uma vez?

— Eu não sei como. Nas trevas em que eu andava naqueles dias eu tinha sonhos... eu entrevia talvez uma nova aurora. Eu não sei como pensei em você como sendo a primeira. Naquela carta eu lhe escrevi a verdade dizendo que não sabia. Tudo aquilo era apenas um sonho, motivado pelo horror de então... Depois eu passei a me ocupar; eu passaria três anos sem vir aqui...

— Então veio por ela?

E algo tremeu na voz de Aglaia.

— Sim, por ela.

Passaram-se uns dois minutos de um silêncio sombrio de ambas as partes. Aglaia se levantou.

— Se você diz — começou ela sem firmeza na voz —, se você mesmo acredita que aquela... que a sua mulher... é louca... então eu nada tenho a ver com as loucas fantasias dela... Eu lhe peço, Liev Nikoláievitch, que pegue essas três cartas e as lance para ela em meu nome... E se ela — gritou de repente Aglaia —, se ela ainda se atrever a me enviar uma linha, diga-lhe que vou me queixar ao meu pai e que ela será levada para um manicômio...

O príncipe se levantou de um salto e olhou assustado para a repentina fúria de Aglaia; súbito foi como se uma névoa caísse diante dele...

— Você não pode sentir isso... não é verdade! — balbuciou ele.

— É verdade! Verdade! — bradou Aglaia quase fora de si.

— O que é a verdade? Que verdade? — ouviu-se ao lado deles uma voz assustada.

Diante deles estava Lisavieta Prokófievna.

— A verdade de que eu vou me casar com Gavrila Ardaliónovitch! Que eu amo Gavrila Ardaliónovitch e vou fugir de casa amanhã mesmo com ele! — investiu contra ela Aglaia. — A senhora ouviu? Sua curiosidade está satisfeita? Está satisfeita com isso?

E ela correu para casa.

— Não, meu caro, agora você não vai me fugir — Lisavieta Prokófievna deteve o príncipe —, faça o favor, tenha a bondade de se explicar comigo... Que tormentos são esses, eu já havia passado a noite inteira sem dormir...

O príncipe a seguiu.

IX

Ao entrar em sua casa Lisavieta Prokófievna parou ainda no primeiro cômodo; não conseguiu ir adiante e arriou em uma espreguiçadeira, totalmente sem forças, esquecendo-se até de convidar o príncipe a sentar-se. Era uma sala bastante grande, com uma mesa redonda ao centro, uma lareira, uma infinidade de flores em estantes ao pé das janelas e com outra porta de vidro dando para o jardim, na parede posterior. No mesmo instante entraram Adelaida e Alieksandra, olhando interrogativas e perplexas para o príncipe e a mãe.

Na *datcha*, as moças costumavam levantar-se por volta das nove horas; só Aglaia, nos últimos dois ou três dias, dera para levantar-se um pouco antes e saía a passear no jardim, mas mesmo assim às oito horas ou até mais tarde e não às sete. Lisavieta Prokófievna, que realmente passara a noite sem dormir por causa de várias das suas inquietações, levantou-se por volta das oito, de propósito para encontrar Aglaia no jardim, supondo que esta já tivesse se levantado; todavia não a encontrou nem no jardim nem no quarto. Aí ficou definitivamente alarmada e acordou as filhas. Soube da criada que Aglaia Ivánovna tinha saído para o parque ainda às oito horas. As moças riram da nova fantasia da sua irmã fantasista e observaram para a mãe que Aglaia talvez ainda se zangasse se ela fosse procurá-la no parque e que, a essa altura, certamente estaria sentada no banco verde com um livro na mão, do qual falara ainda três dias antes e pelo qual por pouco não brigou com o príncipe Sch., porque este não achara nada de especial na localização daquele banco. Ao surpreender o encontro e ouvir as estranhas palavras da filha, Lisavieta Prokófievna ficou assustadíssima por muitos motivos; contudo, ao trazer agora o príncipe consigo teve medo de haver começado o assunto: "Por que Aglaia não poderia encontrar-se e travar conversação com o príncipe no parque, inclusive se, enfim, esse encontro tivesse sido combinado de antemão pelos dois?".

— Não penses, meu caro príncipe — inseriu finalmente —, que eu o trouxe para cá a fim de interrogá-lo... Meu caro, depois da noite de ontem talvez eu desejasse passar muito tempo sem me encontrar contigo...

Ela havia serenado um pouco.

— Mas mesmo assim a senhora gostaria muito de saber como eu e

Aglaia nos encontramos hoje no parque? — concluiu o príncipe com muita tranquilidade.

— Pois não, e queria mesmo! — inflamou-se de imediato Lisavieta Prokófievna. — Também não temo as palavras diretas. Porque nunca ofendo e nunca desejaria ofender ninguém...

— Perdão, mesmo sem ofensa, é natural que se queira saber; a senhora é mãe. Eu e Aglaia Ivánovna nos encontramos hoje no banco verde exatamente às sete horas da manhã em função de um convite que ela me fez ontem. Ontem à noite ela me fez saber, através de um bilhete, que precisava me ver e conversar comigo sobre um assunto importante. Nós nos encontramos e conversamos uma hora inteira sobre assuntos que dizem respeito propriamente apenas a Aglaia Ivánovna; eis tudo.

— É claro que é tudo, meu caro, sem qualquer dúvida, é tudo — pronunciou Lisavieta Prokófievna com dignidade.

— Magnífico, príncipe! — disse Aglaia entrando de repente na sala. — Eu lhe agradeço de todo coração por também me considerar incapaz de me humilhar aqui a ponto de mentir. Para a senhora já chega, *maman*, ou tem a intenção de interrogar?

— Tu sabes que até hoje ainda não tive de corar por nada diante de ti... embora talvez ficasses contente com isso — respondeu Lisavieta Prokófievna em tom edificante. — Adeus, príncipe, desculpe-me também por tê-lo incomodado. E espero que fique seguro da minha estima imutável por você.[62]

No mesmo instante o príncipe fez reverência para ambos os lados e saiu em silêncio. Alieksandra e Adelaida deram um risinho e cochicharam entre si sobre alguma coisa. Lisavieta Prokófievna olhou para elas com severidade.

— *Maman* — riu Adelaida —, foi só porque o príncipe fez uma mesura tão magnífica — outras vezes ele é um verdadeiro saco, mas agora, de repente fez igual... igual a Ievguiêni Pávlitch.

— A delicadeza e a dignidade é o próprio coração que ensina e não um mestre de dança — concluiu sentenciosa Lisavieta Prokófievna e subiu para o seu quarto, inclusive sem olhar para Aglaia.

Quando o príncipe voltou para casa, já por volta das nove, encontrou no terraço Vera Lukiánovna e uma camareira. As duas estavam arrumando e varrendo depois da desordem da véspera.

— Graças a Deus conseguimos terminar antes da sua volta! — disse Vera com alegria.

---

[62] Lisavieta mistura os pronomes de tratamento no diálogo com Míchkin. (N. do T.)

— Bom dia; estou com um pouco de tontura; dormi mal; eu gostaria de dormir.

— Aqui no terraço como ontem? Está bem. Vou dizer a todos para que não o acordem. Meu pai foi a algum lugar.

A camareira saiu; Vera ia saindo atrás dela mas voltou e chegou-se preocupada ao príncipe.

— Príncipe, tenha dó desse... infeliz; não o ponha para fora hoje.

— Por nada eu o porei para fora; será como ele quiser.

— Agora ele não vai fazer nada, e... não seja severo com ele.

— Oh, não, para quê?

— E... não ria dele; isso é o mais importante.

— Oh, de maneira nenhuma!

— Eu sou uma tola falando disso com um homem como o senhor — Vera ficou toda vermelha. — Embora o senhor esteja cansado — riu, dando meia-volta para sair —, neste momento o senhor está com os olhos tão bonitos... felizes.

— Será mesmo que estão felizes? — perguntou vivamente o príncipe e disparou uma alegre risada.

Mas Vera, cândida e cerimoniosa como uma criança, de repente ficou um tanto envergonhada, corou ainda mais e, ainda rindo, saiu apressado do cômodo.

"Que... magnífica..." — pensou o príncipe e a esqueceu no mesmo instante. Ele foi a um canto do terraço, onde havia uma duquesa e uma mesinha diante dela, sentou-se, cobriu o rosto com as mãos e passou uns dez minutos sentado; súbito enfiou apressada e inquietamente a mão no bolso lateral e tirou de lá três cartas.

Porém a porta tornou a abrir-se e entrou Kólia. O príncipe ficou como que contente por ter de devolver as cartas ao bolso e afastar o instante.

— Mas que incidente! — disse Kólia sentando-se na duquesa e indo direto ao assunto como todos semelhantes a ele. — Como o senhor vê Hippolit agora? Sem estima?

— Por que... Ora, Kólia, eu estou cansado... Além do mais, retomar essa questão neste momento é triste demais... Entretanto, como está ele?

— Dormindo, e ainda vai dormir duas horas. Eu compreendo; o senhor não dormiu em casa, ficou andando no parque... É claro, a agitação... também pudera!

— Como você sabe que eu fiquei andando no parque e não dormi em casa?

— Vera acabou de me dizer. Me persuadiu para não entrar; não me contive, entrei por um minuto. Passei essas duas horas de plantão na cama; agora coloquei Kóstia Liébediev na vez. Burdovski foi embora. Portanto, príncipe, vá se deitar; boa... bem, bom dia! Mas fique sabendo que eu estou atônito!

— É claro... tudo isso...

— Não, príncipe, não; estou atônito com a confissão. Principalmente com uma passagem em que ele fala da providência e da vida futura. Lá existe um pensamento gi-gan-tes-co!

O príncipe olhou afetuosamente para Kólia, que havia entrado, é claro, com a finalidade de falar o quanto antes desse pensamento gigantesco.

— Entretanto, o principal, o principal não está apenas no pensamento e sim em todo o clima! Se isso tivesse sido escrito por Voltaire, Rousseau, Proudhon, eu leria, faria observações, e no entanto não pasmaria. Mas uma pessoa que sabe ao certo que lhe restam dez minutos de vida e fala daquele jeito — ora, isso é altivez! Ora, isso é a suprema independência da própria dignidade, ora isso significa bravatear francamente... Não, é uma força gigantesca do espírito! E depois disso afirmar que ele não colocou as cápsulas de propósito já é vil, antinatural! Sabe, ontem ele me enganou, me passou a perna: eu nunca havia arrumado mochila com ele e não tinha visto nenhuma pistola; ele mesmo arrumou tudo, de sorte que me deixou subitamente desnorteado. Vera disse que o senhor vai deixar que ele fique aqui; juro que isso não vai ser perigoso, ainda mais porque não arredamos pé de junto dele.

— E quem de vocês passou a noite com ele?

— Eu, Kóstia Liébediev, Burdovski; Keller ficou um pouco, mas depois foi dormir na casa de Liébediev porque não tínhamos onde nos deitar. Fierdischenko também dormiu em casa de Liébediev, às sete horas foi embora. O general está sempre em casa de Liébediev, agora também saiu... É possível que Liébediev venha agora para cá; ele estava à sua procura, não sei para quê, perguntou duas vezes. Eu o deixo entrar ou não, já que o senhor vai dormir? Eu também vou dormir. Ah sim, eu queria lhe dizer uma coisa; há pouco o general me surpreendeu: Burdovski me acordou depois das seis para o plantão, eram quase seis horas; saí por um minuto, súbito encontro o general, e ainda tão embriagado que não me reconheceu: ficou em pé à minha frente como um poste. Foi só voltar a si, investiu contra mim: "Como, pergunta, está o doente? Eu ia me informar como vai o doente...". Eu lhe informei, mas qual. "Tudo isso está bem, diz ele, mas, o principal, eu estava indo lá, me levantei com esse fim, para te prevenir: tenho fundamentos para supor que não se pode dizer tudo na presença do senhor Fierdischenko e... é preciso conter-se". Está me entendendo, príncipe?

— Será possível? Aliás... para nós dá no mesmo.

— Sim, não há dúvida, dá no mesmo, nós não somos maçons![63] De maneira que até me admirou que o general fosse me acordar propositadamente à noite por isso.

— Você disse que Fierdischenko foi embora?

— Às sete horas; deu uma chegadinha rápida onde eu estava: eu estava de guarda. Disse que ia acabar de pernoitar em casa de Vílkin — existe um beberrão com esse nome Vílkin. Bem, vou indo! Mas eis também Lukian Timofiêitch... O príncipe está querendo dormir, Lukian Timofiêitch; pode voltar!

— Só por um minuto, estimadíssimo príncipe, para tratar de um assunto que a meu ver é importante — pronunciou Liébediev ao entrar, a meia-voz, em um tom arrastado e penetrante, e fez uma reverência imponente. Ele acabara de voltar e não tivera tempo nem de ir à própria casa, de maneira que até o chapéu ainda segurava na mão. Trazia a preocupação estampada no rosto e um matiz particular e incomum de dignidade própria. O príncipe o convidou a sentar-se.

— O senhor procurou por mim duas vezes? Talvez ainda esteja preocupado a respeito de ontem...

— É a respeito daquele rapazinho de ontem que o senhor supõe, príncipe? Oh, não; ontem os meus pensamentos estavam em desordem... mas hoje eu não suponho *contrecarirovat*[64] nem o mínimo as suas suposições.

— *Contrecar*... foi isto que o senhor disse?

— Eu disse: *contrecarirovat*; palavra francesa que, como uma infinidade de outras, passaram a integrar a língua russa; mas eu não faço questão particular dela.

— O que se passa com o senhor hoje, Liébediev, está tão imponente e oficioso, e falando como se arrumasse as palavras — riu o príncipe.

— Nikolai Ardaliónovitch! — dirigiu-se Liébediev a Kólia com uma voz quase enternecida. — Tenho de informar o príncipe sobre um assunto que se refere propriamente...

— Pois é, é claro, é claro, não é assunto meu! Até logo, príncipe! — Kólia saiu depressa.

---

[63] A maçonaria foi abolida na Rússia em 1822 por decreto de Alexandre I. Em sua réplica, Kólia Ívolguin provavelmente insinua que nas lojas maçônicas sempre se deu importância incomum ao "sigilo" e à conspiração. (N. da E.)

[64] "Contrariar", em francês. Liébediev russifica o verbo francês *contrecarrer*, transformando-o em *contrecarirovat*. (N. do T.)

— Eu gosto da criança pela compreensão — pronunciou Liébediev olhando-o pelas costas —, é um menino esperto, embora importuno. Eu experimentei uma desgraça extraordinária, príncipe, ontem à noite ou hoje de madrugada... ainda vacilo em determinar a hora precisa.

— O que foi?

— O sumiço de quatrocentos rublos do bolso lateral, estimadíssimo príncipe; afanaram! — acrescentou Liébediev com um risinho azedo.

— O senhor perdeu quatrocentos rublos? É uma lástima.

— E principalmente um homem pobre, que vive dignamente do seu trabalho.

— É claro, é claro; como foi isso?

— Foi consequência do vinho. Eu vim procurá-lo como se procura a providência, estimadíssimo príncipe. Eu recebi ontem às cinco horas da tarde a quantia de quatrocentos rublos de prata de um devedor, e voltei do trem para cá. Estava com a carteira no bolso. Ao trocar o uniforme[65] pela sobrecasaca, transferi o dinheiro para a sobrecasaca tendo em vista mantê-lo comigo, contando com emprestá-lo à noite para atender a um pedido... ao esperar o encarregado.

— Aliás, Lukian Timofiêietch, é verdade que o senhor andou publicando em jornais que empresta dinheiro contra garantia de objetos de ouro e prata?

— Através do encarregado; meu nome próprio não estava indicado abaixo do endereço. Tendo um capital insignificante e em forma de acréscimo à família, convenha o senhor mesmo que um juro honesto...

— Ah, sim, ah, sim; eu perguntei apenas para me informar; desculpe por ter interrompido.

— O encarregado não apareceu. Entrementes trouxeram o infeliz; eu já estava num estado acelerado depois de haver almoçado; entraram aqueles visitantes, tomaram... chá e... para a minha ruína, eu fiquei alegre. Quando, já tarde, entrou aquele Keller e anunciou o seu dia solene e a ordem relacionada ao champanhe, então eu, caro e estimadíssimo príncipe, sendo um homem de coração (o que o senhor provavelmente já notou, pois eu mereço), tendo coração, não digo sensível, mas nobre, do que eu me orgulho — eu, para maior solenidade do encontro preparado e na expectativa de parabenizar pessoalmente o senhor, resolvi trocar o meu trapo velho pelo uniforme que eu tirara ao retornar, o que fiz, como provavelmente o senhor príncipe notou ao me ver de uniforme a noite toda. Ao trocar de roupa, esqueci a car-

---

[65] Os funcionários públicos na Rússia usavam uniformes. (N. do T.)

teira na sobrecasaca... Em verdade, quando Deus deseja castigar, a primeira coisa que faz é encantar a razão.[66] E só hoje, ao acordar já às sete e meia, eu me levantei de um salto, como meio louco, a primeira coisa que fiz foi agarrar a sobrecasaca — só bolso vazio! A carteira não deixou nem vestígio.

— Ah, isso é desagradável!

— Precisamente desagradável; e o senhor, com o tino verdadeiro, acabou de encontrar a expressão adequada — acrescentou Liébediev não sem astúcia.

— Mas de que jeito... — inquietou-se o príncipe, refletindo — porque isso é sério!

— Sério mesmo — mais uma palavra descoberta pelo senhor, príncipe, para definir...

— Ora, basta, Lukian Timofiêietch, o que descobrir aí? A importância não está nas palavras... O senhor não supõe que bêbado como estava pôde tê-la deixado cair do bolso?

— Pude. Tudo é possível em estado de embriaguez, como o senhor se exprimiu sinceramente, estimadíssimo príncipe! Mas peço que julgue: se eu sacudi a carteira do bolso ao trocar a sobrecasaca, então o objeto caído deveria estar em algum canto no chão. Onde está esse objeto?

— O senhor não o terá colocado em alguma gaveta da mesa?

— Escarafunchei tudo, removi tudo, ainda mais porque não a escondi em lugar nenhum e não abri gaveta nenhuma, coisa de que me lembro nitidamente.

— Olhou no armarinho?

— Foi a primeira coisa que fiz, e até várias vezes hoje... Além do mais, como eu iria colocá-la no armarinho, verdadeiramente estimado príncipe?

— Confesso, Liébediev, que estou alarmado. Quer dizer que alguém a achou no chão?

— Ou raptou do bolso! Duas alternativas.

— Isso me inquieta muito, porque quem precisamente... eis a questão!

— Sem qualquer dúvida é nisso que está a questão principal; o senhor encontra as palavras e os pensamentos com uma precisão admirável e define a situação, suma alteza.

— Ah, Lukian Timofiêietch, deixe as caçoadas de lado, neste caso...

---

[66] Compare-se essa passagem com as palavras do governador da cidade em *O inspetor geral*, de Gógol, ato V: "Em verdade, se Deus quer castigar, tira primeiro a razão", e com o provérbio russo já registrado nos anais de Ipatiev em 1178: "Mal Deus deseja castigar o homem, tira-lhe a razão". (N. da E.)

— Caçoadas! — bradou Liébediev erguendo os braços.

— Ora, ora, ora, está bem, eu não estou zangado; aqui se trata de coisa bem diferente... Eu temo pelas pessoas. De quem o senhor suspeita?

— É uma questão dificílima e... altamente complexa! Da empregada não posso desconfiar: ela permaneceu na cozinha. Dos meus filhos, também não.

— Também pudera!

— Então, é algum dos visitantes.

— Mas isso é possível?

— É absoluta e sumamente impossível, e é assim que sem dúvida deve ser. Não obstante, concordo com admitir, e estou até convencido de que se houve roubo isso não aconteceu à noitinha, quando estavam todos reunidos, mas já alta noite ou até ao amanhecer, e foi algum dos que pernoitaram.

— Ah, meu Deus!

— Burdovski e Nikolai Ardaliónovitch eu naturalmente excluo; eles nem entraram em minha casa.

— Pudera, mesmo que tivessem entrado! Quem pernoitou em sua casa?

— Contando comigo, pernoitamos quatro pessoas, em dois quartos contíguos: eu, o general, Keller e o senhor Fierdischenko. Portanto, foi um de nós quatro!

— Ou seja, dos três; mas quem?

— Eu incluo também a mim por uma questão de justiça e ordem; mas o senhor há de convir, príncipe, que eu mesmo não poderia me roubar, embora casos semelhantes tenham acontecido no mundo.

— Ah, Liébediev, como isso é chato! — bradou o príncipe com impaciência. — Vamos ao que interessa, por que essa delonga?...

— Então, restam três, e em primeiro lugar o senhor Keller, homem inconstante, beberrão e liberal em alguns sentidos, isto é, no que diz respeito ao bolso; no restante tem inclinações, por assim dizer, mais cavalheirescas antigas que liberais. Ele pernoitou primeiro aqui, no quarto do doente, e já quando era alta noite se transferiu para nossa casa a pretexto de que era difícil dormir no chão duro.

— O senhor suspeita dele?

— Suspeitei. Quando depois das sete da manhã eu me levantei de um salto e levei as mãos à testa feito meio louco, no mesmo instante acordei o general, que dormia o sono dos inocentes. Levando em consideração o estranho sumiço de Fierdischenko, o que em si já despertava a nossa suspeita, nós dois resolvemos no mesmo instante revistar Keller, que estava deitado como... como... quase como um prego. Nós o revistamos por completo: nos bolsos não havia um *centime*,[67] e inclusive não encontramos nem um bolso que não estivesse furado. Tinha um lenço xadrez, de pano, em estado indecente. Depois um bilhete qualquer de amor, de alguma governanta, que exigia dinheiro e fazia ameaças, e fragmentos do folhetim que o senhor já conhece. O general decidiu que ele é inocente. Para ficarmos totalmente certos nós o acordamos, o sacudimos com força; mal compreendeu de que se tratava; escancarou a boca, com aspecto de bêbado, uma expressão absurda e inocente e até tola no rosto — não foi ele!

— Ah, como eu estou contente! — suspirou alegremente o príncipe. — Eu temia tanto por ele!

— Temia? Quer dizer que o senhor já tinha fundamentos para isso? — apertou os olhos Liébediev.

— Oh, não, falei por falar — interrompeu-se o príncipe —, foi uma expressão tolíssima eu dizer que temia. Faça-me um favor, Liébediev, não transmita isso a ninguém...

— Príncipe, príncipe! Suas palavras estão em meu coração... no fundo do meu coração! Isso aqui é um túmulo!... — disse solenemente Liébediev, apertando o chapéu contra o coração.

— Está bem, está bem!... Então Fierdischenko? Ou seja, estou querendo dizer, o senhor suspeita de Fierdischenko?

— E de quem mais? — pronunciou baixinho Liébediev, olhando fixo para o príncipe.

— Pois é, natural... de quem mais... Ou seja, mais uma vez que provas o senhor tem?

— Provas há. Em primeiro lugar, o sumiço às sete horas ou até depois das sete da manhã.

— Sei, Kólia me disse que ele tinha ido ao seu quarto e dito que ia passar o resto da noite com... Esqueceu com quem, o seu amigo.

— Vílkin. Então, quer dizer, Nikolai Ardaliónovitch já lhe disse?

— Ele não me falou nada do roubo.

— Aliás ele nem sabe, pois eu ainda estou mantendo a coisa em segredo. Pois bem, foi para a casa de Vílkin; não pareceria estranho que um beberrão fosse a outro beberrão igual a ele, ainda que o dia mal tivesse amanhecido e sem qualquer motivo? Ora, é aí que a pista se revela: ao sair ele deixou o endereço... Agora observe, príncipe, a pergunta: por que ele deixou o endereço?... Por que ele foi de propósito ao quarto de Nikolai Ardalióno-

---

[67] A centésima parte de um franco. (N. do T.)

vitch, fazendo rodeios e dizendo "estou indo, disse, acabar de pernoitar em casa de Vílkin". E quem irá interessar-se de saber que ele saiu e até precisamente para a casa de Vílkin! Por que anunciar? Não, aqui há uma sutileza, uma sutileza de ladrão! Isso quer dizer: "Veja, eu não escondo de propósito as minhas pistas, que ladrão poderei ser depois disso? Por acaso um ladrão iria anunciar para onde vai?". É uma preocupação excessiva de desviar as suspeitas e, por assim dizer, apagar as suas pistas na areia... o senhor me entendeu, estimadíssimo príncipe?

— Compreendi, compreendi muito bem, mas, vamos, isso não será pouco?

— A segunda prova: a pista se revela falsa e o tal endereço impreciso. Uma hora depois, ou seja, às oito horas, eu já batia à porta de Vílkin; ele mora ali na Quinta Rua e é até conhecido. Não apareceu Fierdischenko nenhum. Embora eu tenha conseguido saber da empregada, totalmente surda, que uma hora atrás alguém havia de fato batido e até com bastante força, de tal maneira que arrancou a sineta. Mas a empregada não abriu, não desejava acordar Vílkin, e talvez ela mesma não quisesse se levantar. Isso acontece.

— Aí estão todas as suas provas? Isso é pouco.

— Príncipe, mas julgue o senhor, de quem é que eu vou desconfiar? — concluiu Liébediev em tom enternecedor e em seu riso transpareceu um quê de astúcia.

— O senhor devia dar mais uma olhada nos quartos e nas gavetas! — disse preocupado o príncipe, depois de meditar um pouco.

— Olhei! — suspirou Liébediev de modo ainda mais enternecedor.

— Hum!... Por que, por que o senhor achou de mudar aquela sobrecasaca!? — exclamou o príncipe, batendo com tédio na testa.

— Essa pergunta é de uma comédia antiga. Mas seja, benevolentíssimo príncipe! O senhor já toma demais a peito a minha infelicidade! Eu não mereço isso. Ou seja, sozinho eu não mereço isso; mas o senhor sofre também pelo criminoso... pelo insignificante senhor Fierdischenko?

— Pois é, é, o senhor realmente me deixou preocupado — interrompeu o príncipe com ar distraído e descontente. — Pois bem, o que o senhor tenciona fazer... se está tão certo de que foi Fierdischenko?

— Príncipe, estimadíssimo príncipe, quem mais? — desculpava-se Liébediev com crescente enternecimento. — Ora, a falta de outro de quem suspeitar e, por assim dizer, a absoluta impossibilidade de suspeitar de quem quer que seja, a não ser do senhor Fierdischenko, por assim dizer, são mais uma prova contra o senhor Fierdischenko, já é a terceira prova! Por que, repito, de quem mais? Porque não é do senhor Burdovski que eu vou desconfiar, é, hein, eh-eh-eh?

— Pois veja que absurdo!

— Afinal, não seria do general, eh-eh-eh?

— Que horror é esse? — proferiu o príncipe quase zangado, mexendo-se com impaciência no seu lugar.

— Pudera não ser um horror! Eh-eh-eh! O homem me fez rir, isto é, o general! Há pouco nós dois seguimos as pistas quentes rumo à casa de Vílkin... mas preciso lhe observar que o general estava ainda mais estupefato do que eu, quando eu, depois do roubo, a primeira coisa que fiz foi acordá-lo, de tal maneira que mudou a expressão do rosto dele, ele corou, empalideceu e por fim caiu numa indignação tão encarniçada e nobre que eu nem esperava que chegasse a tanto. É um homem digníssimo! Mente sem parar, por fraqueza, mas é um homem de qualidades elevadíssimas, é um homem mal compreendido, que infunde a mais plena confiança com a sua inocência. Eu já lhe disse, estimadíssimo príncipe, que tenho por ele não só um fraco, mas até amor. Súbito ele para no meio da rua, escancara a sobrecasaca, descobre o peito: "Revista-me, diz ele, tu revistaste Keller, por que não me revistas? A justiça, diz ele, exige isto!". Ele mesmo está com as mãos e as pernas tremendo, inclusive totalmente pálido, ameaçador. Eu ri e disse: "Escute, general, se uma outra pessoa me dissesse isso a teu respeito, incontinenti eu arrancaria a minha cabeça com minhas próprias mãos, a colocaria em um prato grande e eu mesmo a levaria nesse prato para todos os que tivessem dúvida: 'Eis, diria, estão vendo esta cabeça, pois bem, eu respondo por ele com minha própria cabeça, e não só com a cabeça, mas até me jogo no fogo'. É assim, digo eu, que estou disposto a responder por ti!". Nisso ele se precipitou para me abraçar, tudo no meio da rua, ficou em prantos, tremendo, me apertou tão forte contra o peito que cheguei até a tossir de leve: "Tu, diz ele, és o único amigo que me restou nos meus infortúnios!". É um homem sensível! Bem, aí, é claro, no caminho contou uma história a propósito, segundo a qual certa vez, na juventude, também teriam suspeitado dele pelo roubo de quinhentos mil rublos, mas que, no dia seguinte, ele se atirou nas chamas de uma casa que ardia e tirou do fogo o conde que havia suspeitado dele e Nina Aliekvsándrovna, que ainda era donzela. O conde o abraçou e assim se deu o casamento dele com Nina Aliekvsándrovna, e no dia seguinte encontraram no meio das ruínas do incêndio o cofre com o dinheiro que havia sumido; o cofre era de ferro, de construção inglesa, com cadeado secreto, que de certo modo havia sumido debaixo do chão, de tal modo que ninguém notou e só através desse incêndio ele foi encontrado. Mentira absoluta. Mas quando começou a falar de Nina Alieksándrovna chegou até a choramingar. Nina Alieksándrovna é uma pessoa decentíssima, embora esteja zangada comigo.

— Vocês não se conhecem?

— Quase que não, mas eu gostaria de conhecê-la de todo o coração, ainda que fosse apenas para me justificar diante dela. Nina Alieksándrovna anda se queixando de que eu estaria pervertendo seu marido com bebedeira. Todavia eu não só não o estou pervertendo, mas antes refreando; talvez eu o esteja afastando da mais nociva companhia. Além disso ele é meu amigo, e eu lhe confesso que agora já não o deixarei mais, isto é, nem do jeito que está: para onde for ele irei eu, porque só com sensibilidade se consegue chegar ao objetivo com ele. Atualmente ele nem tem visitado mais a sua capitã, embora em segredo morra de vontade de vê-la, e às vezes até gema por ela, sobretudo pelas manhãs quando se levanta e calça as botas, o que não sei é por que precisamente nesse momento. Dinheiro ele não tem e esse é o mal, e de maneira nenhuma pode aparecer diante dela sem dinheiro. Ele não lhe pediu dinheiro, estimadíssimo príncipe?

— Não, não pediu.

— Sentiu vergonha. Ele pediria e gostaria: até me confessou que deseja incomodá-lo, mas que está acanhado, uma vez que o senhor já lhe emprestou recentemente, e ainda por cima supõe que o senhor não lhe emprestaria. Ele o desabafou comigo como amigo.

— E o senhor não lhe empresta dinheiro?

— Príncipe! Estimadíssimo príncipe! Não só dinheiro, mas, por assim dizer, por esse homem eu dou até a vida... Não, aliás, eu não quero exagerar — não a vida, mas, por assim dizer, se ele estiver com febre, com algum abscesso ou até tosse —, então juro que estarei disposto a suportar, desde que seja por uma grande necessidade; porque eu o considero um homem grande porém aniquilado![68] Pois bem; não só dinheiro!

— Então empresta dinheiro?

— N-não; dinheiro eu não emprestei, e o senhor mesmo sabe que não vou emprestar, mas unicamente com o fito de fazê-lo abster-se e endireitá-lo. Agora grudou, querendo ir comigo a Petersburgo; ora, eu vou a Petersburgo para descobrir o senhor Fierdischenko pelas pistas mais quentes, porque sei com certeza que ele já está lá. O meu general está literalmente em ebulição; mas desconfio de que em Petersburgo ele vai me escapar e visitar a ca-

---

[68] As insistentes menções elogiosas de Liébediev a Ívolguin parodiam, em certa medida, os *Trechos escolhidos da correspondência com amigos*, de Gógol. (N. da E.)

pitã. Confesso que deixarei até de propósito que ele vá, pois já combinamos que, chegando lá, cada um tomará seu rumo para que seja mais cômodo pegar o senhor Fierdischenko. De sorte que eu vou deixá-lo ir e depois, como neve caindo na cabeça, eu o surpreendo de chofre na casa da capitã — propriamente para envergonhá-lo como um homem de família e como homem em geral.

— Só que não faça barulho, Liébediev, pelo amor de Deus não faça barulho — disse o príncipe a meia-voz, com forte inquietação.

— Oh, não, no fundo é só para envergonhá-lo e ver que cara ele faz — porque muito se pode concluir pela cara, estimadíssimo príncipe, principalmente num homem como ele! Ah, príncipe! Embora seja grande a minha própria desgraça, nem agora posso deixar de pensar nele e de corrigi-lo moralmente. Eu tenho um pedido excepcional para lhe fazer, estimadíssimo príncipe, até confesso que, no fundo, foi por isso que vim para cá: o senhor já conhece a casa deles e até morou por lá; ou seja, se o senhor, nobilíssimo príncipe, se decidisse a colaborar comigo nisso, no fundo só pelo general e para a sua felicidade...

Liébediev ficou até de mãos postas como se rezasse.

— O quê? Colaborar como? Esteja certo de que eu desejo muito compreendê-lo plenamente, Liébediev.

— Foi só por estar seguro disso que vim procurá-lo! Através de Nina Alieksándrovna seria possível influenciá-lo; observando e, por assim dizer, sempre acompanhando sua excelência no seio da própria família dele. Eu, infelizmente, não a conheço... e ainda por cima Nikolai Ardaliónovitch, que adora o senhor, por assim dizer, com todas as entranhas da sua alma juvenil, talvez possa ajudar...

— N-não... Nina Alieksándrovna neste caso... Deus te livre! E ainda Kólia... Aliás, Liébediev, possivelmente eu ainda não o estou entendendo.

— Mas aqui não precisa compreender nada! — Liébediev chegou até a dar um salto da cadeira. — Só, só sensibilidade e ternura — eis todo o remédio do vosso doente. Príncipe, o senhor me permite considerar o general um doente?

— Isso até mostra a sua delicadeza e inteligência.

— Para efeito de clareza, eu vou lhe explicar com um exemplo tirado da prática. Veja que homem ele é: hoje em dia ele só tem um fraco por essa capitã, perante a qual não pode aparecer sem dinheiro e em cuja casa tenho hoje a intenção de surpreendê-lo para a própria felicidade dele; mas suponhamos que não se trate apenas da capitã, que ele cometa até um verdadeiro crime, bem, algum ato desonestíssimo (embora ele seja totalmente incapaz disso), então até nesse caso, digo eu, só com ternura, por assim dizer nobre, se chegará inteiramente a ele, porque é um homem sensibilíssimo! Pode acreditar que não resistiria cinco dias, ele mesmo confessaria, choraria e confessaria tudo — sobretudo se agíssemos com astúcia e nobreza, através da vigilância da família e da do senhor sobre todos, por assim dizer, os traços e passos... Oh, benevolentíssimo príncipe! — Liébediev deu um salto, até com certo entusiasmo. — Veja, eu não afirmo que com certeza ele... eu, por assim dizer, estou disposto a derramar todo o meu sangue por ele até mesmo agora, embora, convenha o senhor, que a abstinência, a bebedeira, a capitã e tudo isso junto possa levar a tudo.

— Para um objetivo como esse eu, é claro, sempre estou disposto a contribuir — disse o príncipe, levantando-se —, só que eu lhe confesso, Liébediev, que estou muitíssimo intranquilo; diga-me, o senhor ainda continua... numa palavra, o senhor mesmo diz que suspeita do senhor Fierdischenko.

— E de quem mais? De quem mais, sinceríssimo príncipe? — e outra vez Liébediev cruzou os braços enternecido, sorrindo enternecido.

O príncipe franziu o cenho e levantou-se.

— Veja, Lukian Timofiêitch, o equívoco neste caso traz uma coisa terrível. Esse Fierdischenko... eu não gostaria de falar mal dele... mas esse Fierdischenko... ou seja, quem sabe, talvez, seja mesmo ele!... Estou querendo dizer que é possível que ele seja realmente mais capaz disso do que... do que outro.

Liébediev aguçou olhos e ouvidos.

— Veja — o príncipe se atrapalhava e franzia cada vez mais e mais o cenho, andando de um canto a outro do quarto e procurando não olhar para Liébediev —, o senhor fez saber... me disse sobre o senhor Fierdischenko que, além de tudo, ele era um homem em cuja presença a gente precisa conter-se e não dizer nada... demais — está entendendo? Estou dizendo isto porque talvez ele seja realmente mais capaz do que outro... para não me enganar — eis o principal, está entendendo?

— E quem lhe deu essa informação a respeito do senhor Fierdischenko? — investiu Liébediev a valer.

— Cochicharam-me, a esmo; a bem dizer, eu mesmo não acredito nisso... Para mim é por demais deplorável ser forçado a comunicar isso, asseguro-lhe, eu mesmo não acredito nisso... isso é algum absurdo... Arre, que tolice eu fiz!

— Veja, príncipe — Liébediev até tremeu todo —, isso é importante, isso é importante demais agora, ou seja, não no que tange ao senhor Fierdischenko, mas pela maneira como essa notícia chegou ao senhor. (Ao dizer isso, Liébediev corria atrás do príncipe para diante e para trás, procurando pisar junto com ele.) Veja, príncipe, o que vou lhe comunicar agora: há pouco, quando eu e o general íamos para a casa desse Vílkin, depois que ele tinha me contado a história do incêndio e, é claro, fervendo de ira o general de repente começou a me insinuar a mesma coisa a respeito do senhor Fierdischenko, só que em forma mal-articulada e desajeitada, que me levou a lhe fazer a contragosto algumas perguntas e como consequência fiquei plenamente convencido de que toda essa notícia era apenas um arroubo de sua excelência... No fundo, por assim dizer, movido por mera afabilidade. Pois ele mente apenas porque não consegue conter o enternecimento.[69] Agora procure ver: se ele mentiu, e disso eu estou seguro, então de que modo o senhor também poderia ouvir falar disso? Compreenda, príncipe, porque isso nele foi entusiasmo de um minuto — então, quem lhe deu tal informação? Isso é importante, isso... é muito importante e... por assim dizer...

— Kólia acabou de me contar isso, e pouco antes lhe contara o pai, que ele encontrou às seis horas, depois das seis horas no paiol de feno, quando saía para tratar de alguma coisa.

E o príncipe contou tudo detalhadamente.

— Pois bem, é isso que se chama pista — ria surdamente Liébediev, esfregando as mãos —, era o que eu estava achando! Isto quer dizer que sua excelência interrompeu propositadamente o seu sono inocente, depois das cinco, a fim de acordar o filho amado e lhe informar sobre o perigo extraordinário de ter o senhor Fierdischenko como vizinho! Depois disso, que homem perigoso é o senhor Fierdischenko e que preocupação paterna é a de sua excelência, eh-eh-eh!...

— Escute, Liébediev — atrapalhou-se definitivamente o príncipe —, escute, aja devagar! Não faça barulho! Eu lhe peço, Liébediev, eu lhe imploro... Neste caso, juro, eu irei contribuir, mas para que ninguém fique sabendo; para que ninguém fique sabendo!

— Fique certo, benevolentíssimo, sinceríssimo e nobilíssimo príncipe — bradou Liébediev com decidido entusiasmo —, fique certo de que tudo isso

---

[69] Em "Algo sobre a mentira", capítulo XV de *Diário de um escritor* (1873), Fiódor Dostoiévski aponta, entre os motivos da mentira, traços semelhantes aos de Ívolguin: "Dá vontade de produzir impressão estética no ouvinte, suscitar prazer, pegam e mentem (...) para intensificar a impressão de alegria no ouvinte (...) nós, russos (...) consideramos constantemente a verdade uma coisa demasiado enfadonha e prosaica, insuficientemente poética, habitual demais (...) A segunda coisa a que alude a nossa universal mentira russa é ao fato de que nos envergonhamos de nós mesmos". Em *O adolescente*, o romancista retoma o tipo de narrador que mente "com o fito de fazer seu próximo feliz". (N. da E.)

morrerá no meu nobilíssimo coração! A passos lentos, juntos! A passos lentos, juntos! Todo o meu sangue, eu... Suma Alteza, príncipe, eu sou vil de alma e espírito, mas pode perguntar a qualquer um, até a um canalha, não só a um homem vil: com quem é melhor ele lidar, com pessoas como ele, canalha ou com um homem nobilíssimo como o senhor, sinceríssimo príncipe? Ele responderá que é com um homem nobilíssimo, e nisso está o triunfo da virtude! Até logo, estimadíssimo príncipe! Em pistas silenciosas... em pistas silenciosas e... juntos.

X

Enfim o príncipe compreendeu a razão por que gelava sempre que tocava naquelas três cartas e por que vinha adiando desde a véspera o momento de sua leitura. Quando ele, ainda na manhã da véspera, caiu no sono pesado em seu leito, ainda sem ter resolvido abrir algum daqueles três *couverts*,[70] mais uma vez teve um sonho pesado e mais uma vez lhe apareceu a mesma "criminosa". E tornava a olhar para ele com os olhos chamejantes sob os cílios longos, tornava a convidá-lo a segui-la, e ele tornava a despertar como há pouco, relembrando atormentado aquele rosto. Quis ir logo *à casa dela*, mas não conseguiu; por fim, quase em desespero, abriu as cartas e começou a ler.

As cartas também pareciam um sonho. Às vezes a gente tem sonhos terríveis, impossíveis e antinaturais; ao despertar, você os recorda com clareza e se surpreende com um fato estranho: lembra-se sobretudo de que a razão não o abandonou ao longo de todo esse sonho; lembra-se inclusive de que agiu com extrema astúcia e lógica durante todo esse tempo longo, longo em que esteve cercado por assassinos, em que eles mesmos usaram de astúcias, encobriram sua intenção, trataram-no de forma amistosa, ao passo que já estavam com a arma pronta e esperavam apenas algum sinal; você se lembra de como acabou por ludibriá-los com astúcia, de como se escondeu deles; depois você adivinhou que eles sabiam de cor de todo o seu ludíbrio e apenas não lhe deixavam transparecer que sabiam onde você estava escondido; mas você usou de astúcia e tornou a enganá-los, e de tudo isso você se lembra com clareza. Mas por que ao mesmo tempo sua razão pôde conciliar com absurdos e impossibilidades tão evidentes que, não obstante, preencheram inteiramente o seu sonho? Diante dos seus próprios olhos um dos seus matadores transformou-se em mulher, e de mulher em um anão minúsculo, astuto e nojento — e ainda assim você admitiu tudo isso incontinenti como fato consumado, quase sem a mínima perplexidade, e justo no mesmo instante em que, por outro lado, sua razão estava na mais forte tensão, exibindo uma força extraordinária, astúcia, hipótese, lógica? Por que, ao despertar

---

[70] "Envelopes", em francês no original. (N. do T.)

desse sonho e já entrando inteiramente na realidade, você também sente quase sempre, e às vezes com a intensidade inusitada da impressão, que com o sonho você deixa algo que não conseguiu decifrar? Você sorri do absurdo do seu sonho e ao mesmo tempo sente que no encadeamento desses absurdos encerra-se um pensamento qualquer, mas um pensamento já real, algo pertencente à sua vida verdadeira, algo que existe e sempre existiu no seu coração; é como se o seu sonho tivesse lhe dito algo novo, profético, esperado por você; sua impressão é intensa, cheia de alegria ou tormento, mas no que ela consiste e o que lhe foi dito — nada disso você consegue compreender nem recordar.

Aconteceu quase a mesma coisa depois das cartas. Contudo, ainda antes de abri-las, o príncipe sentiu que o próprio fato de elas existirem e serem possíveis já parecia um pesadelo. Como ousara *a outra* escrever *a ela*, perguntava ele, perambulando sozinho à noite (às vezes sem entender ele mesmo para onde ia). Como podia ela escrever *sobre aquilo*, e como um sonho tão louco podia medrar da cabeça dela? Mas esse sonho já estava realizado e o mais surpreendente para ele era que, enquanto ele lia essas cartas, ele mesmo quase acreditava na possibilidade e inclusive na justificação desse sonho. Sim, claro, era um sonho, um pesadelo e uma loucura; mas aí consistia alguma coisa que era aflitivamente real e sofridamente justa, que justificava o sonho, e o pesadelo, e a loucura. Horas a fio era como se ele delirasse por ter lido, por ter relembrado a cada instante aquelas passagens, detinha-se nelas, refletia sobre elas. Às vezes até queria dizer para si mesmo que pressentira e adivinhara tudo isso antes; até lhe parecia que era como se ele mesmo já tivesse lido isso tudo, outrora, há muito e muito tempo, e tudo aquilo por que desde então ele sentia angústia, por que ele se torturava e temia — tudo isso estava naquelas cartas lidas há muito tempo.

"Quando a senhora abrir esta carta (*assim começava a primeira missiva*), olhe antes de tudo para a letra. A letra lhe dirá e lhe esclarecerá tudo, de maneira que nada terei para me justificar nem de lhe esclarecer. Fosse eu igual à senhora sequer minimamente, a senhora ainda poderia zangar-se com semelhante acinte; mas quem sou eu e quem é a senhora? Nós somos tamanhos opostos, e eu diante da senhora sou tão descartável que, de maneira nenhuma, poderia ofendê-la ainda que o quisesse."

Em outra passagem ela escrevia:

"Não tome minhas palavras como um grande arroubo de uma mente doente, mas para mim a senhora é a perfeição! Eu a conheci, eu a vejo todos os dias. Eu não a julgo; cheguei a concluir pela razão que a senhora é a perfeição; eu simplesmente acreditava. Entretanto, eu tenho também um pecado diante da senhora: eu a amo. Ora, absolutamente não posso amar; para a perfeição pode-se apenas olhar como se olha para a perfeição, não é assim? Não obstante, eu me apaixonei pela senhora. Ainda que o amor iguale as pessoas, não se preocupe, eu não a igualei a mim, nem no meu pensamento mais recôndito. Eu lhe escrevi 'não se preocupe'; por acaso a senhora pode se preocupar?... Se isso fosse possível, eu beijaria as suas pegadas. Oh, eu não me igualo à senhora... Olhe para a letra, olhe antes para a letra!"

"Eu, entretanto, observo (*escrevia ela em outra carta*) que a estou unindo a ele, e ainda não me perguntei nenhuma vez se a senhora o ama? Ele a amou vendo-a apenas uma vez. Ele a recordava como um 'brilho'; são palavras dele, eu as ouvi dele. Mas mesmo sem essas palavras eu compreendi que a senhora é o brilho para ele. Vivi um mês inteiro ao lado dele e então compreendi que a senhora também o ama; a senhora e ele são a mesma coisa para mim."

"O que foi aquilo (*tornou ela a escrever*), ontem eu passei ao seu lado e a senhora pareceu corar? Não pode ser, foi impressão minha. Se a levarem até mesmo ao mais imundo covil e lhe mostrarem o vício nu a senhora não deve corar; de jeito nenhum a senhora pode indignar-se por causa de uma ofensa. A senhora pode odiar todos os indivíduos infames e vis, mas não por sua causa e sim pelos outros, por aqueles a quem tais coisas ofendem. Ninguém pode acusá-la. Sabe, acho que a senhora deve até gostar de mim. Para mim a senhora é a mesma coisa que para ele: um espírito de luz; um anjo não pode odiar, não pode deixar de amar. Pode-se amar todos, todas as pessoas, todos os seus semelhantes? — eu me faço constantemente essa pergunta. É claro que não, é até antinatural. No amor abstrato pela humanidade você quase sempre ama apenas a si mesmo. Mas para nós isso é impossível, no entanto a senhora é outro assunto: como poderia a senhora não amar nem que fosse alguém, quando a senhora não pode se comparar a ninguém, quando a senhora está acima de qualquer ofensa, acima de qualquer indignação pessoal? Só a senhora pode amar sem egoísmo, só a senhora pode amar não para si mesma, mas para aquele que a senhora vê e ama. Oh, como me foi amargo saber que a senhora sente vergonha ou ira por minha causa! Nisso está a sua destruição: a senhora se compara de vez a mim...

Ontem, depois de encontrá-la, voltei para casa e fiquei imaginando um quadro. Os pintores pintam Cristo sempre com base nas lendas do Evangelho; eu o pintaria de modo diferente: eu o pintaria sozinho — às vezes seus discípulos certamente o deixavam só. Eu deixaria com ele apenas uma criancinha pequena. A criancinha brincaria ao lado dele; talvez lhe contasse alguma coisa em sua linguagem de criança, Cristo a escutaria, mas agora caía em meditação; sua mão permaneceria esquecida, involuntariamente na cabeça luminosa da criança. Ele olharia ao longe, para o horizonte; um pensamento, grande como o mundo todo, repousaria em seu olhar; o rosto seria triste. A criança estaria calada, com os cotovelos apoiados nos joelhos dele e a face apoiada sobre a mãozinha, a cabeça erguida e ar pensativo, como as crianças às vezes ficam pensativas, e olhando fixo para ele. O sol estaria se pondo... Eis o meu quadro! A senhora é inocente, e em sua inocência está toda a sua perfeição, oh, procure só se lembrar disto! O que a senhora tem mesmo a ver com minha paixão pela senhora? Agora a senhora já é minha, estarei toda a minha vida a seu lado... Dentro em breve eu morrerei."

Por fim, na última carta, estava escrito:

"Pelo amor de Deus não pense nada a meu respeito; não pense também que estou me humilhando por lhe escrever, que eu pertenço àquele tipo de seres cujo prazer é humilhar-se, ainda que seja por orgulho. Não, eu tenho os meus consolos; mas para mim é difícil lhe explicar isso. Para mim seria até difícil dizer isso a mim mesma com clareza, ainda que eu me atormente com isso. Porém eu sei que não posso me humilhar nem mesmo movida por um ataque de orgulho. E eu não sou capaz de me auto-humilhar de puro coração. Logo, não estou absolutamente me humilhando.

Por que eu quero uni-los: por vocês ou por mim? Por mim, é claro, estão aí todas as minhas decisões, eu já me disse isso há muito tempo... Ouvi dizer que sua irmã Adelaida disse, a respeito do meu retrato, que com uma beleza como essa pode-se virar o mundo de ponta-cabeça. Mas eu renunciei ao mundo; a senhora achará engraçado ouvir isso de mim ao me ver metida em rendas e brilhantes, acompanhada de beberrões e patifes? Não leve isso em conta, eu quase já não existo, e o sei; Deus sabe que em vez de mim ele vive em mim. Eu leio isto todos os dias em dois olhos terríveis, que olham permanentemente para mim, até mesmo quando não estão à minha frente. Neste momento esses olhos *estão calados* (estão sempre calados), mas eu conheço o seu segredo. Ele tem uma casa escura, cheia de tédio, e nela está o segredo. Estou segura de que ele tem uma navalha escondida numa gaveta, envolvida em seda, como a daquele assassino moscovita; o mesmo morava com a mãe em uma casa e também envolvia a navalha com seda com a finalidade de cortar uma garganta. Durante todo o tempo em que eu estive na casa deles sempre me pareceu que em algum lugar, nos aposentos, havia um morto escondido ainda pelo pai dele e coberto por um encerado, como aquele de Moscou, e também cercado de vidros com o líquido de Jdánov, eu lhe mostraria o canto. Ele está sempre calado; no entanto, eu sei que me ama a tal ponto que já não pode deixar de me odiar. Seu casamento e o meu casamento juntos: foi assim que eu e ele marcamos. Eu não escondo nada dele. Eu o mataria por medo... Mas ele vai me matar antes... Ele riu neste instante e diz que estou delirando; ele sabe que estou lhe escrevendo."

E havia muito, muito delírio como esse naquelas cartas. Uma delas, a segunda, fora escrita em duas folhas de papel de carta de formato grande, em letra miúda.

Por fim o príncipe saiu do parque escuro por onde perambulara demoradamente como na véspera. A noite clara, transparente, ainda lhe parecia mais clara do que de costume; "será que ainda é tão cedo?" — pensou ele. (Esquecera o relógio em casa.) Pareceu-lhe ouvir de algum lugar uma música distante; "deve ser na estação — tornou a pensar —, claro, hoje elas não foram para lá". Ao dar-se conta disso, percebeu que estava bem em frente à *datcha* delas; sabia mesmo que deveria forçosamente acabar aparecendo ali, e, com o coração na mão, entrou no terraço. Ninguém o recebeu, o terraço estava deserto. Aguardou um pouco e abriu a porta da sala. "Eles nunca fecham essa porta" — passou-lhe pela cabeça, mas a sala também estava deserta; quase inteiramente escura. Ele se encontrava no centro do cômodo tomado de perplexidade. De repente a porta se abriu e Alieksandra Ivánovna entrou com uma vela na mão. Ao ver o príncipe ficou surpresa e parou diante dele como se fizesse alguma pergunta. Pelo visto ela estava apenas passando de um cômodo ao outro, de uma porta à outra, sem pensar mesmo encontrar alguém.

— Como o senhor veio parar aqui? — perguntou enfim.

— Eu... entrei...

— *Maman* não está inteiramente bem, Aglaia também. Adelaida está indo dormir, eu também. Hoje ficamos a noite toda em casa, sozinhas. Papai e o príncipe estão em Petersburgo.

— Eu vim... eu vim vê-las... agora...

— O senhor sabe que horas são?

— N-não...

— Meia-noite e meia. Nós sempre nos deitamos a uma.

— Ah, eu pensava que... que eram nove e meia.

— Não tem importância! — riu ela. — Por que o senhor não veio antes? Talvez estivessem à sua espera.

— Eu... pensava... — balbuciou ele, saindo.

— Até logo! Amanhã vou fazer todos rirem.

Tomou o caminho que contornava o parque rumo à sua *datcha*. O coração batia, as ideias se confundiam, e tudo ao redor parecia um sonho. E de repente, como um pouco antes, quando ele havia despertado duas vezes no mesmo sofá, a mesma visão apareceu a ele. A mesma mulher saiu do parque e colocou-se diante dele, como se o aguardasse ali. Ele estremeceu e parou; ela lhe segurou a mão e a apertou com força. "Não, isso não é uma visão!"

E eis que finalmente ela estava diante dele, cara a cara, pela primeira vez desde que se haviam separado; ela lhe dizia alguma coisa, mas ele a olhava calado; seu coração transbordou e gemeu de dor. Oh, nunca depois ele pôde esquecer esse encontro com ela e sempre o relembrava com a mesma dor. Ela se ajoelhou diante dele, ali mesmo na rua, feito louca; ele recuou assustado, ela pegou a mão dele para beijar e, tal qual no sonho recente, as lágrimas rolaram nos longos cílios dela.

— Levanta-te, levanta-te! — disse ele com um murmúrio assustado, tentando erguê-la. — Levanta-te logo!

— Tu és feliz? Feliz? — perguntava ela. — Me diz apenas uma palavra, estás feliz agora? Hoje, neste momento? Com ela? O que ela disse?

Ela não se levantava, ela não o escutava; ela perguntava com pressa e com pressa falava, como se estivesse acossada.

— Eu vou amanhã como me ordenaste. Eu não vou... É a última vez que eu estou te vendo, a última! Agora já é mesmo a última vez!

— Acalma-te, levanta! — proferiu ele em desespero.

Ela olhava fixo e avidamente para ele, agarrando-lhe as mãos.

— Adeus! — disse ela por fim, levantou-se e rápido afastou-se dele, quase correndo. O príncipe viu que de repente Rogójin apareceu ao lado dela, agarrou-a pelo braço e a levou.

— Espere, príncipe — gritou Rogójin —, em cinco minutos eu volto por um momento.

Cinco minutos depois ele realmente voltou; o príncipe o aguardava no mesmo lugar.

— Eu a coloquei na carruagem — disse ele —, ali no canto uma caleche aguardava desde as dez horas. Ela sabia que tu ias passar a tarde toda com a outra. Eu transmiti exatamente o que tu me escreveste há pouco. Ela não vai mais escrever para a outra; prometeu; e daqui ela partirá amanhã conforme a tua vontade. Ela quis te ver pela última vez, ainda que tu recusasses; foi ali naquele lugar que esperamos que tu voltasses, ali, naquele banco.

— Ela mesma te trouxe consigo?

— Qual é o problema? — rangeu Rogójin. — Tu viste o que sabias. E as cartas, tu as leste, posso saber?

— E tu as leste de verdade? — perguntou o príncipe estupefato com essa ideia.

— Pudera; ela mesma me mostrou cada carta. Estás lembrado da navalha, eh-eh!?

— É uma louca! — gritou o príncipe, torcendo os braços.

— Quem sabe, talvez não — proferiu baixinho Rogójin, como se falasse de si para si.

O príncipe não respondeu.

— Bem, adeus — disse Rogójin —, amanhã estou partindo; não guardes rancor! Então, meu irmão — acrescentou ele, voltando-se rapidamente —, por que não respondeste nada a ela? "Tu és feliz ou não?"

— Não, não, não! — exclamou o príncipe com um sofrimento infinito.

— Ainda poderia ter dito "sim!" — riu maldosamente Rogójin, e se foi sem olhar para trás.

QUARTA PARTE

I

Transcorreu cerca de uma semana após o encontro das duas pessoas da nossa história no banco verde. Em uma clara manhã, por volta das dez e meia, Varvara Ardaliónovna Ptítzina, que saíra para visitar alguns dos seus conhecidos, voltou para casa meditando muito e aflita.

Há pessoas de quem é difícil dizer alguma coisa que as represente de uma vez e integralmente, no seu aspecto mais típico e característico; são aquelas habitualmente chamadas de pessoas "comuns", "maioria" e que, de fato, constituem a imensa maioria de qualquer sociedade. Em seus romances e novelas, a maioria dos escritores procura pegar os tipos da sociedade e representá-los em imagens e forma artística — tipos que se encontram integralmente com extraordinária raridade na sociedade e ainda assim são quase mais reais que a própria realidade. Podkolióssin,[1] em seu aspecto físico, é talvez até um exagero, mas nunca uma invencionice. Que infinidade de pessoas inteligentes, que conheceram Podkolióssin através de Gógol, logo passaram a achar que dezenas e centenas dos seus bons conhecidos e amigos se pareciam demais com Podkolióssin. Mesmo antes de Gógol elas já sabiam que seus amigos eram como Podkolióssin, só ainda não sabiam é que era assim mesmo que elas se chamavam. Em realidade, os noivos pulam as janelas antes do casamento com enorme raridade porque isso é incômodo, já sem falar de outras coisas; ainda assim, quantos noivos, até gente digna e inteligente, perante o casamento não estariam dispostos a se considerar Podkolióssins do fundo da consciência! Nem todos os homens gritam a cada passo: "*Tu l'as voulu, George Dandin!*".[2] Mas, Deus, quantos milhões e bilhões de vezes homens do mundo inteiro repetiram esse grito do coração depois da lua de mel e, quem sabe, até mesmo no dia seguinte ao casamento!

Pois bem, sem descer a explicações mais sérias, diremos apenas que, no real, a tipicidade das pessoas parece dissolver-se em água e todos esses Geor-

---

[1] Personagem da comédia *O casamento*, de Gógol. (N. da E.)

[2] "Tu o quiseste, George Dandin!" Essa frase remonta à comédia *George Dandin* (1668) de Molière (1622-1673), onde a expressão completa é: "*Vous l'avez voulu, George Dandin*", ato I. (N. da E.)

ges Dandins e Podkolióssins existem de fato, vivem num vaivém e azafamados às nossas vistas diariamente, mas como se estivessem um tanto diluídos. Ressalvamos, por último, para a plenitude da verdade, que todo o George Dandin, como o criou Molière, também pode ser encontrado na realidade, ainda que raramente, com isso terminamos o nosso juízo, que começa a parecer crítica de revista. Contudo, ainda assim resta diante de nós uma pergunta: o que o romancista tem a fazer com pessoas ordinárias, totalmente "comuns", e como colocá-las diante do leitor para torná-las minimamente interessantes? Evitá-las por completo na narração é de todo impossível, porque as pessoas ordinárias são, a todo instante e em sua maioria, um elo indispensável na conexão dos acontecimentos cotidianos; portanto, evitá-las seria violar a verossimilhança. Preencher romances só com tipos ou até simplesmente com pessoas estranhas e irreais, para efeito de interesse, seria inverossímil, e talvez até desinteressante. A nosso ver, o escritor deve empenhar-se em descobrir os matizes interessantes e ilustrativos até mesmo entre as ordinariedades. Quando, por exemplo, a própria essência de algumas pessoas ordinárias consiste justamente em sua ordinariedade constante e imutável, ou, o que é ainda melhor, quando, a despeito de todos os esforços extraordinários dessas pessoas para saírem a qualquer custo dos trilhos da ordinariedade e da rotina, ainda assim terminam por continuar a ser a mesma rotina imutável e eterna, então essas pessoas ganham inclusive alguma espécie de tipicidade — como a ordinariedade, que de maneira nenhuma quer permanecer sendo o que é e procura a qualquer custo tornar-se original e independente sem recursos mínimos para chegar à independência.

A essa categoria de pessoas "comuns" ou "ordinárias" pertencem também algumas pessoas da nossa história, até agora (confesso isso) pouco explicadas para o leitor. Assim são precisamente Varvara Ardaliónovna Ptítzina, seu esposo, senhor Ptítzin, e Gavrila Ardaliónovitch, irmão dela.

De fato, não existe nada mais deplorável do que, por exemplo, ser rico, de boa família, de boa aparência, de instrução regular, não tolo, até bom, e ao mesmo tempo não ter nenhum talento, nenhuma peculiaridade, inclusive nenhuma esquisitice, nenhuma ideia própria, ser terminantemente "como todo mundo". Tem riqueza, mas não do tipo Rothschild; a família é honesta, mas nunca se distinguiu por nada; aparência boa, mas muito pouco expressiva; boa instrução, mas não sabe em que empregá-la; tem inteligência, mas sem *ideias próprias*; tem coração, mas sem magnanimidade etc. etc. em todos os sentidos. No mundo existe uma infinidade extraordinária de pessoas assim e até bem mais do que parece; como todas as pessoas, elas se dividem em duas categorias principais: umas limitadas, outras "bem mais inteligentes". As primeiras são mais felizes. Para um homem "comum" limitado, por exemplo, não há nada mais fácil do que se imaginar um homem incomum e original e deliciar-se com isso sem quaisquer vacilações. Bastaria a algumas das nossas senhorinhas cortar os cabelos, pôr óculos azuis e chamar-se de niilistas para logo se convencerem de que, de óculos, elas passariam imediatamente a ter as suas próprias "convicções". A um bastaria apenas sentir no coração um pinguinho de algo derivado de alguma sensação humana e boa para logo se convencer de que ninguém sente como ele, de que ele é avançado em seu desenvolvimento. A outro bastaria adotar em palavra algum pensamento ou ler uma paginazinha de alguma coisa sem princípio nem fim para logo acreditar que esses "são seus próprios pensamentos" e brotaram do seu próprio cérebro. O descaramento da ingenuidade, se é que se pode falar assim, chega ao surpreendente nesses casos; tudo isso é inverossímil, mas se encontra a cada instante. Esse descaramento da ingenuidade, essa indubitabilidade do homem tolo em relação a si mesmo e ao seu talento foi exposta magnificamente por Gógol no admirável tipo do tenente Pirogóv.[3] Pirogóv não duvida nem de que é gênio, de que está até acima de qualquer gênio; e a tal ponto não duvida que jamais se interroga a seu próprio respeito; aliás, interrogação para ele não existe. O grande escritor foi finalmente forçado a açoitá-lo para a satisfação do sentimento moral ofendido do seu leitor, mas, ao ver que o grande homem apenas se animara e, para revigorar-se depois do suplício, ainda comeu um pastel folheado, ficou sem saber o que dizer de admirado e assim deixou os seus leitores. Sempre me afligiu que Gógol tivesse tomado o grande Pirogóv de uma patente tão baixa, porque Pirogóv é tão satisfeito consigo mesmo que, na medida em que as dragonas engrossam e aparecem nele com o passar dos anos e "em linha", para ele não há nada mais fácil do que imaginar-se, por exemplo, um chefe militar excepcional; e inclusive não imaginar, mas simplesmente não duvidar disso: se o promoveram a general, então como não é o chefe militar? E quantos desses indivíduos sofrem depois terríveis fiascos no campo de batalha? E quantos Pirogóv houve entre os nossos literatos, cientistas, propagandistas? Eu digo "houve", mas, é claro, existem até hoje...

---

[3] As ideias sobre Pirogóv, herói de *Avenida Niévski*, de Gógol, que Dostoiévski considerava a mais grandiosa criação do autor de *Almas mortas*, foram repetidas e desenvolvidas pelo romancista no *Diário de um escritor* ("Algo sobre a mentira"), de 1873, capítulo XV: "O tenente Pirogóv, que há quarenta anos foi açoitado pelo serralheiro Schiller, foi uma profecia terrível, uma profecia de um gênio, que adivinhou de modo tão terrível o futuro, porque apareceu uma infinidade de Pirogóvs, tamanha infinidade que não dá nem para contar". (N. da E.)

Uma personagem da nossa história, Gavrila Ardaliónovitch Ívolguin, pertencia a outra categoria; pertencia à categoria de pessoas "bem mais inteligentes", embora estivesse todo contagiado, da cabeça aos pés, pelo desejo de originalidade. Mas essa categoria, como já observamos, é bem mais infeliz do que a primeira. O problema é que o homem "comum" *inteligente*, ainda que de passagem (e talvez até durante toda a sua vida) tenha se imaginado um homem genial e originalíssimo, mesmo assim conserva em seu coração o vermezinho da dúvida, que chega a tal ponto que o homem inteligente às vezes termina em absoluto desespero; se fica resignado, já o faz totalmente envenenado pela vaidade interiorizada. Pensando bem, quando mais não seja tomamos um extremo: na imensa maioria dessa categoria *inteligente* de pessoas, a coisa não se dá de maneira tão trágica; ao término dos anos estraga-se mais ou menos o fígado, e é só. Mas, não obstante, antes de aplacar-se e resignar-se, essas pessoas às vezes levam tempo demais fazendo das suas, começando pela mocidade e indo até a idade da resignação, e tudo pelo desejo de originalidade. Verificam-se inclusive casos estranhos: devido ao desejo de originalidade, um homem honesto se dispõe até a cometer um ato vil; acontece até que um desses infelizes, não só honestos mas até bons, providência de sua família, sustenta e alimenta com seu trabalho não só seus familiares mas até estranhos, e o que acontece? Passa a vida inteira sem encontrar a paz! Para ele não é nem um pouco tranquilizadora nem consoladora a ideia de que ele cumpriu tão bem com suas obrigações humanas; ocorre inclusive o contrário, ela até o irrita: "Eis, vejam só, por que eu desperdicei toda a minha vida, eis o que me atou de pés e mãos, eis o que me impediu de descobrir a pólvora! Não fosse isso, é possível que eu na certa tivesse descoberto ou a pólvora, ou a América — ainda não sei com certeza o quê, só sei que forçosamente teria descoberto!". O mais sintomático nesses senhores é que, ao longo de toda a vida, de maneira nenhuma efetivamente conseguem saber ao certo o que de fato precisam tanto descobrir e o que exatamente passam a vida inteira já prontos para descobrir: a pólvora ou a América? Mas os sofrimentos, as angústias do objeto do descobrimento, palavra, estariam à altura de um Colombo ou Galileu.

Gavrila Ardaliónovitch começava precisamente dessa maneira; todavia ainda estava só começando. Ainda tinha muito tempo para fazer das suas. A sensação profunda e constante de sua falta de talento e ao mesmo tempo o desejo insuperável de convencer-se de que ele era um homem independentíssimo feriram intensamente o seu coração, quase que desde a idade adolescente. Era um jovem com desejos impetuosos e invejosos e, parece, até nascido com os nervos irritados. Interpretava como força a impetuosidade dos seus desejos. No seu desejo ardente de distinguir-se, às vezes estava pronto para o salto mais irracional; no entanto, mal a coisa se aproximava do salto irracional, nosso herói sempre se revelava inteligente demais para se atrever a dá-lo. Isso o deixava aniquilado. Tivesse oportunidade, é possível que se decidisse até por uma coisa vil, contanto que conseguisse algo daquilo com que sonhava; porém, como se fosse de propósito, tão logo chegava ao limite sempre se revelava honesto demais para o ato extremamente vil. (Aliás, estava sempre disposto a aceitar uma pequena vileza.) Via com nojo e ódio a pobreza e a decadência da sua família. Até à própria mãe ele se dirigia com arrogância e desdém, apesar de ele mesmo compreender muito bem que até aquele momento o principal ponto de apoio de sua carreira eram a reputação e o caráter da mãe. Ao começar a trabalhar para o general Iepántchin, disse imediatamente para si: "Se é para usar de vilania, então é usar de vilania até o fim, contanto que saia ganhando" — e nunca deixou de usar de vilania até o fim. Pensando bem, por que ele imaginou que precisaria forçosamente apelar para a vilania? Na ocasião ele simplesmente teve medo de Aglaia, mas não desistiu do assunto com ela e ficou a arrastá-lo, para qualquer eventualidade, embora nunca tivesse acreditado a sério que ela viesse a rebaixar-se até ele. Depois, durante a história com Nastácia Filíppovna, de repente ele imaginou que a conquista *de tudo* estava no dinheiro. "Se é para usar de vilania, então que usemos de vilania" — repetia consigo cada dia com jactância mas também com algum medo; "já que é para usar de vilania, então é para chegar à cúpula — animava-se a cada instante —, nestes casos a rotina mete medo e nós nos intimidamos!". Depois de perder Aglaia e estar esmagado pelas circunstâncias, ele caiu em completo desânimo e de fato levou ao príncipe o dinheiro que na ocasião aquela louca lhe havia deixado, o qual fora dado a ela por um homem também louco. Mais tarde ele também se arrependeu mil vezes por essa devolução do dinheiro, embora não parasse de vangloriar-se disso. Ele realmente chorou durante os três dias em que o príncipe permaneceu em Petersburgo, mas nesses três dias ele conseguiu também odiar o príncipe pelo fato de que este o havia olhado de um jeito excessivamente compadecido, apesar de ser um fato que ele devolvera tanto dinheiro, "não era qualquer um que ousaria fazê-lo". No entanto, a nobre autoconfissão de que toda a sua angústia era apenas o orgulho a ser continuamente esmagado martirizava-o de um modo terrível. Só já muito tempo depois ele se deu conta e se convenceu do quão sério poderia ter sido o seu caso com um ser tão inocente e estranho como Aglaia. A confissão o deixava atormentado; ele largou o serviço e mergulhou na angústia e no desespero. Morava com Ptítzin e era sustentado por ele, com o pai e com a mãe, e desprezava abertamente Ptítzin, embora ao mesmo tempo ouvisse os seus conselhos e fosse tão sensato que quase sempre lhos pedia. Gavrila Ardaliónovitch se zangava, por exemplo, também com o fato de que Ptítzin não sonhava ser um Rothschild e não se propunha esse objetivo. "Já que és um agiota, então vai até o fim, espreme as pessoas, cunha dinheiro delas, sê um caráter, sê um rei judeu!" Ptítzin era modesto e sereno; limitava-se a sorrir, mas uma vez achou até necessário explicar-se a sério com Gánia e o fez inclusive com certa dignidade. Demonstrou a Gánia que não fazia nada de desonesto e era inútil ele o chamar de *jid*;[4] que se o dinheiro estava a um preço tão alto a culpa não era dele; que ele agia de modo sincero e honesto e, em verdade, era apenas agente "desses" negócios, e, por fim, que graças ao seu esmero nos negócios ele já era conhecido de um ponto de vista muito bom por pessoas excelentíssimas, e seus negócios estavam se ampliando. "Um Rothschild eu não serei, e aliás nem é para isso — acrescentou sorrindo —, mas um prédio na Litiêinaia eu vou ter, pode ser até que dois, e nisso eu encerro." "Quem sabe, talvez até três!" — pensava ele consigo, mas nunca o dizia em voz alta e escondia o sonho. A natureza ama e afaga pessoas assim: ela irá recompensar Ptítzin não com três, mas com quatro prédios na certa, e precisamente porque desde a infância ele já sabia que nunca seria um Rothschild. Por outro lado, porém, de maneira nenhuma a natureza irá permitir além de quatro prédios, e nisso terminará o assunto Ptítzin.

Pessoa bem diferente era a irmãzinha de Gavrila Ardaliónovitch. Ela também tinha desejos fortes, porém mais obstinados que impetuosos. Nela havia muita prudência quando o caso se aproximava do limite derradeiro, mas ela não a deixava nem quando chegava ao limite. É verdade que ela também pertencia ao rol das pessoas "comuns", que sonhavam com a originalidade, mas, não obstante, logo conseguiu conscientizar-se de que não tinha um pingo de uma originalidade especial, e não se afligiu muito por isso — quem sabe, talvez, um gênero especial de orgulho. Ela deu seu primeiro passo prático com uma firmeza extraordinária ao se casar com o senhor Ptítzin; ao casar-se, porém, ela em absoluto não disse para si: "Se é para usar de vilania, então é usar de vilania, contanto que atinja o objetivo" — como não perderia Gavrila Ardaliónovitch a oportunidade de dizer em caso semelhante (por pouco ele não se exprimiu assim até diante dela mesma quando, como irmão mais velho, lhe aprovou a decisão de casar-se). Foi bem o contrário: Varvara Ardaliónovna casou-se depois de estar solidamente segura de

---

[4] Expressão depreciativa para designar judeu. (N. do T.)

que seu futuro marido era um homem modesto, agradável, quase instruído, e que por nada cometeria jamais uma grande vilania. Varvara Ardaliónovna não perguntou das pequenas vilanias como se pergunta de insignificâncias; aliás, onde é que não há tais insignificâncias? Não é que se vá procurar um ideal! Além do mais, ela sabia que ao se casar estaria dando um canto à mãe, ao pai e aos irmãos. Vendo o irmão na desgraça ela quis ajudá-lo, apesar de todas as antigas dúvidas da família. Às vezes Ptítzin enxotava Gánia para o trabalho, é claro que de forma amistosa. "Tu desprezas os generais e o generalato — dizia-lhe às vezes em tom de brincadeira —, mas olha que todos 'eles' terminam por sua vez generais; é viver para ver." "Ora, de onde é que tiraram que eu desprezo os generais e o generalato!?" — pensava Gánia sarcasticamente consigo mesmo. Para ajudar o irmão, Varvara Ardaliónovna resolveu ampliar o círculo de suas ações: intrometeu-se entre os Iepántchin, para o que muito o ajudaram as lembranças da infância; ela e o irmão ainda crianças brincaram com as Iepántchin. Observemos aqui que se Varvara Ardaliónovna acalentava algum sonho singular ao visitar as Iepántchin, talvez assim saísse logo da categoria de pessoas em que ela mesma se incluía; mas ela não perseguia um sonho; de sua parte havia aí até um cálculo bastante fundamentado: ela se baseava no caráter dessa família. Estudara incansavelmente o caráter de Aglaia. Propôs-se o objetivo de tornar a fazer os dois, o irmão e Aglaia, voltarem-se um para o outro. Talvez tivesse realmente conseguido alguma coisa; talvez tivesse também cometido erros, por exemplo, ao contar demais com o irmão e esperar dele aquilo que de maneira alguma ele jamais poderia dar. Em todo caso, ela agiu entre as Iepántchin com bastante habilidade: ficava semanas inteiras sem mencionar o irmão, era sempre extremamente franca e sincera, comportava-se com simplicidade, mas com dignidade. Quanto às profundezas da sua consciência, ela não temia olhar para dentro delas e não se censurava por nada de nada. Era isso que lhe dava força. Só uma coisa notava vez por outra em si; que talvez também ficasse furiosa, que nela também havia muito amor-próprio e também uma vaidade quase esmagada; isto ela percebia sobretudo em alguns instantes, quase sempre que saía da casa das Iepántchin.

E ei-la agora retornando da casa delas e, como já dissemos, tomada de uma reflexão triste. Nessa tristeza transparecia algo amargamente risível. Ptítzin morava em Pávlovsk em uma casa de madeira sem graça porém ampla, situada em uma rua poeirenta, e que dentro em breve deveria lhe passar às mãos como propriedade plena, de modo que ele, por sua vez, já tinha em mente alguém a quem vendê-la. Ao subir para o terraço, Varvara Ardaliónovna ouviu um barulho extraordinário no alto da casa e distinguiu os gritos do seu irmão e do pai. Ao entrar na sala e ver Gánia correndo de um canto a outro, pálido de fúria e quase arrancando os cabelos, ela fez uma careta e arriou com ar cansado em um sofá sem tirar o chapéu. Compreendendo muito bem que se ainda permanecesse um minuto calada e não perguntasse ao irmão o porquê daquela correria, o outro forçosamente se zangaria, Vária enfim se apressou em pronunciar em forma de pergunta:

— Sempre a mesma coisa?

— Que mesma coisa! — exclamou Gánia. — Mesma coisa! Não, agora só o diabo sabe o que está acontecendo, e não é a mesma coisa! O velho está ficando louco... A mamãe está arrasada. Juro, Vária, seja lá como quiseres, mas eu vou botá-lo para fora de casa ou... ou eu mesmo vou embora daqui — acrescentou ele, lembrando-se provavelmente de que não podia expulsar pessoas da casa alheia.

— É preciso ter condescendência — murmurou Vária.

— Condescendência com quê? Com ele? — explodiu Gánia. — Com as baixezas dele? Não, seja como quiseres, mas assim não dá! Não dá, não dá, não dá! E que maneira: ele mesmo tem culpa e ainda vem com fanfarrice. "Não quero sair pelo portão, retire o cercado!..." Por que continuas sentada dessa maneira? Estás com a cara lívida.

— Cara é cara — respondeu Vária insatisfeita.

Gánia lançou-lhe um olhar mais perscrutador.

— Estiveste lá? — perguntou de repente.

— Estive.

— Espere, estão gritando de novo! Tamanha vergonha, e ainda numa época como essa.

— Qual época qual nada! Não há nenhuma época especial.

Gánia a olhou ainda mais perscrutador

— Soubeste de alguma coisa? — perguntou ele.

— Nada de inesperado, pelo menos. Soube que tudo aquilo é verdade. Meu marido estava com mais razão do que nós dois; saiu como ele profetizou desde o início. Onde está ele?

— Não está em casa. O que aconteceu lá?

— O príncipe é noivo formal, é caso resolvido. As mais velhas me contaram. Aglaia está de acordo; deixaram até de esconder. (Porque até agora lá era tudo um grande mistério.) O casamento de Adelaida foi mais uma vez adiado para que os dois casamentos sejam celebrados juntos, no mesmo dia — que poesia! Parece um poema. É melhor que faças um verso sobre o casamento do que ficares correndo à toa pela sala. Hoje à noite Bielokónskaia vai estar na casa deles. Veio a propósito; haverá visitas. Vão apresentá-lo a

Bielokónskaia, embora ele e ela já se conheçam; parece que vão anunciar em voz alta. Temem apenas que ele deixe cair ou quebre alguma coisa quando entrar na sala na presença das visitas ou que ele mesmo leve um tombo; dele se pode esperar.

Gánia ouviu com muita atenção, mas, para surpresa da irmã, essa notícia surpreendente pareceu não produzir sobre ele um efeito tão impressionante.

— Bem, isto estava claro — disse ele, depois de pensar —, quer dizer que é o fim! — acrescentou com um risinho estranho, olhando maliciosamente para o rosto da irmã e ainda andando de um canto a outro da sala, só que já bem mais devagar.

— Ainda bem que tu o aceitas como filósofo; palavra que estou contente — disse Vária.

— É uma preocupação a menos; pelo menos para ti.

— Eu acho que te servi sinceramente, sem pensar e nem chatear; eu não te perguntava que tipo de felicidade tu querias encontrar em Aglaia.

— E por acaso eu... procurava felicidade em Aglaia?

— Bem, por favor, não me venhas com filosofia! É claro que era isso. Terminou, e basta para nós: fomos feitos de bobos. Eu te confesso, nunca pude ver esse caso com seriedade; eu só o assumi "por via das dúvidas", contando com o caráter ridículo dela, e sobretudo para te satisfazer; houve noventa chances e acabou dando em nada. Até hoje nem eu mesma sei o que tu estavas querendo.

— Agora você e o seu marido vão me forçar a trabalhar; vão dar lições sobre persistência e força de vontade: não desprezar coisas pequenas e assim por diante, sei isso de cor — caiu na risada Gánia.

"Ele tem alguma coisa nova em mente!" — pensou Vária.

— Então, como vão as coisas por lá, os pais estão contentes? — perguntou de súbito Gánia.

— N-não, parece. Aliás tu mesmo podes concluir; Ivan Fiódorovitch está contente; a mãe com medo; já antes ela olhava com ojeriza para ele como noivo; isso é coisa sabida.

— Não é disso que eu estou falando; o noivo é impossível e inconcebível, isso é claro. Eu pergunto pelo agora, como andam as coisas por lá agora. Ela deu o sim formal?

— Até agora ela não disse "não" — eis tudo, mas da parte dela não pode ser diferente. Tu sabes que ela tem sido tímida e acanhada até hoje a ponto de chegar à insensatez: em criança ela subia no armário e ficava lá por duas horas, por três, unicamente para não aparecer diante das visitas; a varapau cresceu, mas até agora continua na mesma. Saibas que é por isso que eu acho que lá realmente há algo sério, inclusive da parte dela. Do príncipe, segundo dizem, ela ri com todas as forças, da manhã à noite, para não dar na vista que é capaz de lhe falar sempre alguma coisa em voz baixa, porque ele parece andar nas nuvens, está radiante... Dizem que é ridículo demais. Foi delas mesmas que eu ouvi isso. Tive a impressão de que elas também riram de mim na minha cara, as mais velhas.

Por fim Gánia ficou carrancudo; talvez Vária se aprofundasse de propósito nesse tema a fim de penetrar nos verdadeiros pensamentos dele. Porém mais uma vez ouviu-se um grito lá de cima.

— Eu vou botá-lo porta afora! — rugiu Gánia, como se estivesse contente por descarregar o despeito.

— E então ele sairá por aí mais uma vez nos difamando como ontem.

— Como — como ontem? O que quer dizer como ontem? Será que... — súbito Gánia ficou assustadíssimo.

— Ah, meu Deus, porventura tu não sabes? — apercebeu-se Vária.

— Como... será que é verdade que ontem ele esteve lá? — exclamou Gánia, inflamando-se de vergonha e fúria. — Meu Deus, mas é de lá que tu estás chegando! Ouviste dizer alguma coisa? O velho esteve lá? Esteve ou não?

E Gánia correu para a porta; Vária precipitou-se atrás dele e o segurou com as duas mãos.

— O que é isso? Ora, onde estás querendo chegar? — dizia ela. — Se tu deixares que ele vá agora para a rua ele vai fazer ainda pior, vai sair de casa em casa!...

— O que ele aprontou por lá? O que disse?

— Elas mesmas não souberam contar e nem entenderam; ele apenas assustou todo mundo. Foi procurar Ivan Fiódorovitch, este não estava; exigiu Lisavieta Prokófievna. Primeiro lhe pediu um emprego, queria servir, depois começou a se queixar de nós, de mim, do meu marido, particularmente de ti... falou um monte de coisas.

— Tu não conseguiste descobrir? — tremia Gánia como em um ataque histérico.

— De que jeito? É pouco provável que ele mesmo entendesse o que dizia, e talvez não me tenham contado tudo.

Gánia pôs as mãos na cabeça e correu para a janela; Vária sentou-se ao pé da outra janela.

— Aglaia é ridícula — súbito observou ela —, para-me e diz: "Transmita de minha parte minha estima pessoal e particular aos seus pais; um dia desses eu certamente acharei um pretexto para ver o seu pai". E disse isso com muita seriedade. Muitíssimo estranho...

— Não terá sido para zombar? Não terá sido para zombar?

— O problema é que não; e é isso que é estranho.

— Será que ela sabe ou não sobre o velho, o que tu achas?

— De que na casa delas não sabem disso eu não tenho a menor dúvida; mas tu me deste uma ideia: talvez Aglaia saiba. Só ela sabe, porque as irmãs também ficaram surpresas quando ela mandou tão seriamente uma delas fazer reverência ao papai. E a troco de que precisamente a ele? Se ela sabe, então foi o príncipe quem lhe contou!

— Não é difícil saber quem contou! Ladrão! Era só o que faltava. Ladrão na nossa família, e o "chefe de família"!

— Ora, isso é um absurdo! — gritou Vária totalmente zangada. — É uma história de bêbado e nada mais. E quem inventou isso? Liébediev, o príncipe... eles mesmos são dos bons; um poço de sabedoria. Isso eu aprecio um pouquinho.

— O velho é ladrão e beberrão — continuou amargamente Gánia —, eu sou miserável, o marido da minha irmã é agiota — havia com que deixar Aglaia radiante! Sem comentário, bonito!

— Esse marido da irmã e agiota te...

— Dá de comer, não é isso? Não faças cerimônia, por favor!

— Por que estás furioso? — apercebeu-se Vária. — Não entendes nada, pareces um colegial. Tu achas que tudo isso vai te prejudicar aos olhos de Aglaia? Não conheces a índole dela; ela rejeitará o primeiríssimo dos noivos e irá para a companhia de um estudante qualquer morrer de fome, morar em sótão, fugiria com prazer — eis o sonho dela! Tu nunca conseguiste nem entender como tu te tornarias interessante aos olhos dela se fosses capaz de suportar a nossa situação com firmeza e altivez. O príncipe a pescou porque, em primeiro lugar, de maneira nenhuma tentou apanhá-la e, em segundo, ele é um idiota aos olhos de todos. Agora só o simples fato de deixar a família alvoroçada por causa dele já dá gosto a ela. Eh-eh, tu não entendes nada.

— Bem, ainda veremos se entendemos ou não — murmurou enigmaticamente Gánia —, só que eu não gostaria que ela soubesse a respeito do velho. Eu pensava que o príncipe seguraria a língua e não contaria. Ele se absteve de contar a Liébediev; nem a mim ele quis dizer tudo quando eu o importunei...

— Então tu mesmo estás vendo que em torno dele tudo já é sabido. Demais, o que te resta agora? O que tu esperas? E se ainda restasse alguma esperança isto só te daria um ar sofredor aos olhos dela.

— Ora, era só armar um escândalo e ela se acovardaria apesar de todo o romantismo. Tudo até um certo limite, e todos até um certo limite; nós todos somos assim.

— Aglaia se acovardaria? — inflamou-se Vária, olhando com desdém para o irmão. — Tu tens mesmo uma alminha vil! Vocês todos não valem nada. Ela até pode ser ridícula e esquisitona, mas em compensação é mil vezes mais nobre do que todos nós.

— Vamos, não é nada, não é nada, não te zangues — murmurou novamente Gánia todo satisfeito.

— Só tenho pena de minha mãe — continuou Vária —, temo que essa história com o papai chegue até ela, ah como temo!

— E com certeza chegou — observou Gánia.

Vária fez menção de levantar-se a fim de subir para ter com Nina Alieksándrovna, mas parou e olhou atentamente para o irmão.

— Quem poderia ter contado a ela?

— Hippolit deve ter contado. Acho que o primeiro prazer que ele teve foi informar minha mãe tão logo se mudou para cá.

— Mas como é que ele iria saber, faz o favor de me dizer? O príncipe e Liébediev resolveram não contar a ninguém, nem Kólia sabe de nada.

— Hippolit? Ele mesmo ficou sabendo. Tu não podes imaginar o quanto essa besta é astuta; que bisbilhoteiro, que nariz para farejar tudo que é ruim, tudo que é escandaloso. Bem, acredites ou não, estou convencido de que ele conseguiu ter Aglaia na mão! E se não conseguiu vai conseguir. Rogójin também anda metido com ele. Como o príncipe não nota isso! E como ele anda querendo me pregar uma peça! Me considera inimigo pessoal, isso eu já percebi há muito tempo, e a troco de quê ele faz tudo isso se vai morrer — não consigo entender! Mas eu vou engazopá-lo; verás que não é ele que me pregará uma peça, mas eu a ele.

— Por que então tu o atraíste se o odeias? E vale a pena pregar uma peça a ele?

— Tu mesma sugeriste que o atraíssemos para cá.

— Eu achava que ele fosse útil; e agora tu sabes que ele mesmo se apaixonou por Aglaia e escreveu a ela? Me interrogaram... e por pouco ele também não escreveu a Lisavieta Prokófievna.

— Nesse sentido ele não é perigoso! — disse Gánia, rindo maliciosamente. — Pensando bem, é certo que aí tem alguma coisa diferente. Que ele esteja apaixonado é muito possível, porque é um menino! Entretanto... ele não vai ficar escrevendo cartas anônimas para a velha. Isso é uma mediocridade maldosa, insignificante e presunçosa!... Estou certo, eu sei com certeza que ele fez de mim um intrigante perante ela, e daí começou. Confesso que fui um idiota dando com a língua nos dentes com ele no início; eu achava que só por vingança contra o príncipe ele entraria em meus interesses; ele é um canalha muito astuto! Oh, agora eu o decifrei completamente. Quanto a esse roubo, ele ouviu de sua própria mãe, da capitã. Se o velho se decidiu por isso, então foi pela capitã. De repente, sem quê nem para quê, ele me informa que o "general" prometeu quatrocentos rublos à sua mãe, e absolutamente sem quê nem para quê, sem quaisquer cerimônias. Aí eu compreendi tudo. E fica me olhando nos olhos, com algum prazer; na certa também contou à nossa mãe, unicamente pelo prazer de arrebentar com o coração dela. Podes fazer o favor de me dizer por que ele não morre? Porque ele prometeu morrer dentro de três semanas, mas aqui até engordou! Parou de tossir; ontem à noite ele mesmo disse que havia passado mais um dia sem escarrar sangue.

— Expulsa-o daqui!

— Eu não o odeio, mas desprezo — disse orgulhosamente Gánia. — Pois bem, vamos que eu o odeie, vamos! — bradou ele de súbito com uma fúria incomum. — Eu lhe direi isso na cara até quando ele estiver morrendo, no seu travesseiro! Se tu lesses a confissão dele — meu Deus, que ingenuidade de descaramento! É o tenente Pirogóv, é Nósdriev[5] na tragédia, mas principalmente um menino! Oh, com que prazer eu o fustiguei naquele momento, justo para deixá-lo surpreso. Agora ele se vinga de tudo pelo que não conseguiu naquele momento... mas o que é isso? Outra vez barulho lá em cima! Ora, afinal o que é isso? Enfim não vou suportar isso. Ptítzin! — gritou ele para Ptítzin, que entrava na sala. — O que é isso, enfim, a que ponto a coisa vai chegar aqui? Isso... isso...

Mas o barulho se aproximava rapidamente, a porta se escancarou de chofre e o velho Ívolguin, tomado de fúria, rubro, abalado, fora de si, também investiu contra Ptítzin. Atrás dele vinham Nina Alieksándrovna, Kólia e Hippolit atrás de todos.

---

[5] Personagem de *Almas mortas*, de Gógol. (N. do T.)

II

Já fazia cinco dias que Hippolit se mudara para a casa de Ptítzin. Isso aconteceu com certa naturalidade, sem mais palavras nem qualquer desavença entre ele e o príncipe; além de não brigarem, os dois ainda aparentaram separar-se como amigos. Gavrila Ardaliónovitch, tão hostil a Hippolit naquela noite, apareceu em pessoa para visitá-lo já dois dias depois, aliás um dia após o incidente, provavelmente movido por algum pensamento repentino. Sabe-se lá por quê, até Rogójin passou a visitar o doente. No primeiro momento o príncipe achou que seria até melhor para o "pobre menino" se ele se mudasse de sua casa. Mas também durante a mudança Hippolit já declarou que se mudava para a casa de Ptítzin, "que é tão bom que lhe dá um canto", e nenhuma vez, como que de propósito, disse que se mudava para a casa de Gánia, embora fosse Gánia que insistisse para que ele fosse aceito na casa. Gánia notou isso no mesmo instante e o guardou melindrosamente no coração.

Ele estava certo ao dizer à irmã que o doente havia se recuperado. De fato, Hippolit estava um pouco melhor do que antes, o que se notava à primeira vista. Entrou no cômodo sem pressa, atrás de todos, com um sorriso zombeteiro e maldoso. Nina Alieksándrovna entrou muito assustada. (Ela mudara muito nesse meio ano, emagrecera; depois de casar a filha e passar a morar com ela, quase deixou de interferir de maneira visível nos assuntos dos filhos.) Kólia andava preocupado e com um quê de perplexidade; não compreendia muita coisa na "loucura do general", como se exprimia, evidentemente sem conhecer as causas principais dessa nova barafunda em casa. Mas para ele estava claro que o pai já estava cometendo tantos absurdos, a todo instante e em todas as partes, e de uma hora para outra mudara tanto que já não parecia ser a mesma pessoa de antes. Também o preocupava o fato de que o velho até deixara inteiramente de beber nos últimos três dias. Sabia que ele se separara e até se desentendera com Liébediev e o príncipe. Kólia acabava de voltar para casa com meio litro de vodka, que comprara com o próprio dinheiro.

— Palavra, mamãe, — assegurava ele a Nina Alieksándrovna ainda lá em cima —, palavra, é melhor até que beba. Já faz três dias que não toca em

bebida; logo, anda melancólico. Palavra, é melhor; eu já o acompanhei até a delegacia de dívidas...

O general escancarou a porta em um voo e postou-se no limiar como que tremendo de indignação.

— Meu caro senhor! — trovejou ele para Ptítzin. — Se o senhor realmente se dispôs a sacrificar a um fedelho e ateu um velho respeitável, o seu pai, isto é, pelo menos o pai da sua esposa, que goza de merecimentos junto ao seu soberano, então a partir deste instante meus pés deixarão de pisar a sua casa. Escolha, senhor, escolha imediatamente: ou eu ou esse... parafuso! Sim, parafuso! Eu disse sem querer, mas ele é um parafuso! Porque ele está furando minha alma como um parafuso, e sem qualquer respeito... um parafuso!

— Não estaria querendo um saca-rolhas? — inseriu Hippolit.

— Não, não é um saca-rolhas, porque perante ti eu sou um general e não uma garrafa. Eu tenho distintivos, símbolos de distinção... enquanto tu não tens patavina. Ou ele ou eu! Decida, senhor, decida agora mesmo! — tornou a gritar para Ptízin tomado de fúria. Nesse instante Kólia lhe ofereceu uma cadeira e ele arriou sobre ela quase exausto.

— Palavra que para o senhor seria melhor... dormir — murmurou o atônito Ptítzin.

— E ele ainda ameaça! — pronunciou Gánia a meia-voz para a irmã.

— Dormir! — gritou o general. — Eu não estou bêbado, meu caro senhor, e o senhor está me ofendendo. Estou vendo — continuou ele, tornando a levantar-se —, estou vendo que aqui tudo está contra mim, tudo e todos. Basta! Vou embora... Mas fique sabendo, meu caro senhor, fique sabendo...

Não deixaram que ele concluísse e tornaram a sentá-lo; passaram a implorar que ele se acalmasse. Gánia se afastou para um canto tomado de fúria. Nina Aliekssándrovna tremia e chorava.

— Mas o que foi que eu fiz a ele? De que ele está se queixando!? — gritava Hippolit arreganhando os dentes.

— E será que não fez? — observou de repente Nina Aliekssándrovna. — Para o senhor é sobretudo vergonhoso e... desumano atormentar um velho... e ainda mais no lugar que o senhor está.

— Em primeiro lugar, que lugar é esse em que estou, senhora! Eu tenho muita estima pela senhora, justo pela senhora, pessoalmente, no entanto...

— É um parafuso! — gritava o general. — Está perfurando a minha alma e o meu coração. Ele quer que eu acredite no ateísmo! Fique sabendo, fedelho, que tu ainda não tinhas nascido e eu já andava coberto de honrarias; e tu és apenas um verme invejoso, partido em dois, com tosse... e morrendo de raiva e descrença... E por que Gavrila o trouxe para cá? Todos contra mim, dos estranhos ao meu próprio filho!

— Ora, chega, está montando uma tragédia! — gritou Gánia. — Melhor seria que não andasses nos difamando pela cidade inteira!

— Como, eu te difamo, fedelho! A ti? Eu só posso ser uma honra para ti e não desonrá-lo.

Ele se levantou de um salto e já não conseguiram contê-lo; mas, pelo visto, Gavrila Ardaliónovitch também estourara.

— É em outro lugar que terás que falar de honra! — gritou ele furioso.

— O que foi que disseste? — trovejou o general, empalidecendo e caminhando em direção a ele.

— Que basta eu abrir a boca para... — berrou de repente Gánia e não concluiu. Os dois estavam frente a frente mais do que abalados, principalmente Gánia.

— Gánia, o que é isso? — gritou Nina Alieksándrovna, precipitando-se a fim de deter o filho.

— Vejam só que absurdo de todas as partes! — interrompeu Vária indignada. — Basta, mamãe — e a agarrou.

— É só por mamãe que o poupo — declarou Gánia com ar trágico.

— Fala! — berrou o general com toda a fúria. — Fala, com pavor da maldição paterna... fala!

— Pois sim, estou mesmo com medo da sua maldição! E de quem é a culpa de o senhor já andar no oitavo dia feito louco? Oitavo dia, veja, sei pela contagem dos dias... Olhe lá, não me faça chegar ao limite; direi tudo... por que o senhor foi se meter ontem na casa dos Iepántchin? E ainda se diz um velho, de cabelos brancos, um pai de família! É dos bons!

— Cala a boca, Ganka! — gritou Kólia. — Cala a boca, imbecil!

— De que jeito eu, de que jeito eu o ofendi? — insistia Hippolit, mas era ainda como se falasse com o mesmo tom zombeteiro. — Por que ele me chama de parafuso, ouviram? Ele mesmo me importunou; acabou de aparecer e se pôs a falar de um certo capitão Ieropiégov. De maneira nenhuma eu desejo a sua companhia, general; já antes eu a evitava, o senhor mesmo sabe. O que é que eu tenho a ver com o capitão Ieropiégov, convenha o senhor mesmo? Não foi pelo capitão Ieropiégov que me mudei para cá, eu apenas lhe exprimi em voz alta a minha opinião de que esse capitão Ieropiégov possivelmente nunca existiu mesmo. Foi ele que levantou a fumaça da discórdia.

— Não há dúvida de que não existiu! — cortou Gánia.

Mas o general parecia atarantado e limitava-se a olhar absurdamente ao redor. As palavras do filho o deixaram estupefato por sua extraordinária franqueza. Nos primeiros instantes ele não conseguiu sequer articular palavra. E por fim, só quando Hippolit deu uma gargalhada a uma resposta de Gánia e gritou: "Pois é, o senhor ouviu, o seu próprio filho também disse que não existiu nenhum capitão Ieropiégov" — o velho falou demais, perdeu totalmente o prumo:

— Capiton Ieropiégov e não capitão... Capiton... Tenente-coronel da reserva, Ieropiégov... Capiton.

— E esse Capiton também não existiu! — Gánia já estava totalmente enfurecido.

— Por... por que não existiu? — murmurou o general, e o rubor lhe tingiu o rosto.

— Ora, basta! — intervieram Ptítzin e Vária.

— Cala a boca, Ganka! — tornou a gritar Kólia.

Mas a interferência como que ativava a memória também do general.

— Como não existiu? Por que não existiu? — investiu ele ameaçadoramente contra o filho.

— Porque não existiu. Não existiu e só. E é tudo, e não pode ter existido! Veja o senhor. Pare, estou lhe dizendo.

— E isso, meu filho... meu próprio filho que eu... oh, meu Deus! Ieropiégov, Ieroschka Ieropiégov não existiu!

— Vejam só, ora é Ieroschka, ora Capitochka! — inseriu Hippolit.

— Capitoschka, senhor, Capitoschka e não Ieroschka! Capiton, Capitão Aliekseievitch, isto é, Capiton... Tenente-coronel... da reserva... casou-se com Mária... com Mária Pietrovna Su... Su... amiga e companheira... Sutúgova... inclusive desde os tempos de cadete. Por ele eu derramei... protegi... fui morto. Capitoschka Ieropiégov não existiu! Não existia!

O general gritava com arroubos, mas de tal maneira que se poderia pensar que se tratava de uma coisa porém se gritava a respeito de outra. É verdade que em outra época ele, é claro, suportaria alguma coisa e até bem mais ofensiva do que a notícia da inexistência absoluta de Capiton Ieropiégov, gritaria, inventaria uma história, perderia o controle, mas no fim das contas se afastaria e iria dormir em seu quarto lá em cima. Agora, porém, por uma excepcional estranheza do coração humano, acontecia que era precisamente uma ofensa como a dúvida a respeito de Ieropiégov que devia fazer transbordar o copo. O velho corou, ergueu o braço e gritou:

— Basta! Minha maldição... para fora desta casa! Nikolai, leve minha mochila, estou indo... embora!

Ele saiu apressado e cheio de uma fúria extraordinária. Atrás dele se precipitaram Nina Alieksándrovna, Kólia e Ptítzin.

— Vê o que fizeste agora! — disse Vária ao irmão. — Ele vai se meter lá outra vez. Uma vergonha, uma vergonha!

— Mas não roubar! — gritou Gánia, quase sufocado de raiva; de repente seu olhar se cruzou com o de Hippolit; Gánia quase tremeu. — Já o senhor, meu caro — gritou ele —, devia se lembrar de que, apesar de tudo, está na casa dos outros... usufruindo da hospitalidade, e não devia irritar o velho que está notoriamente louco...

Hippolit também pareceu estremecer, mas por um instante se deteve.

— Eu não concordo inteiramente com o senhor que seu pai enlouqueceu — respondeu ele com tranquilidade —, acho até o contrário, que a razão dele até aumentou nos últimos dias, juro; o senhor não acredita? Ele anda tão cauteloso, cheio de cisma, destaca tudo, pondera cada palavra... Passou a falar desse Capitoschka comigo com algum objetivo; imagine que ele queria me infundir a...

— Ora, que diabos eu tenho a ver com o que ele lhe quis infundir! Peço que não tente me embrulhar e nem tergiversar comigo, senhor! — ganiu Gánia. — Se o senhor também conhece o verdadeiro motivo que levou o velho a esse estado (e o senhor não fez senão me espionar nesses cinco dias e certamente está sabendo), então o senhor não deveria mesmo irritar... um infeliz e atormentar minha mãe exagerando o caso, porque tudo isso é um absurdo, apenas uma história de bêbado, nada mais, que não foi provada por coisa nenhuma, e eu não dou um tostão furado por ela... Mas o senhor tem que envenenar e espionar, porque o senhor... o senhor...

— É um parafuso — riu Hippolit.

— Porque o senhor é um lixo, passou meia hora atormentando as pessoas, pensando em assustá-las, dizendo que ia se matar com seu revólver descarregado com o qual o senhor se acovardou de forma tão vergonhosa, seu suicida de fancaria, bílis derramada... bicho bípede. Eu lhe dei hospitalidade, o senhor engordou, deixou de tossir, e é assim que paga...

— Apenas duas palavras, permita-me; eu estou em casa de Varvara Ardaliónovna e não na sua; o senhor não me deu nenhuma hospitalidade, e acho até que o senhor usufrui da hospitalidade do senhor Ptítzin. Quatro dias atrás pedi à minha mãe que procurasse em Pávlovsk uma casa para mim e que ela mesma se mudasse para cá, porque eu realmente me sinto melhor aqui, embora não tenha engordado coisa nenhuma e ainda tussa. Ontem à noite minha mãe me fez saber que a casa está pronta, e eu me apresso em lhe comunicar de minha parte que, depois de agradecer à sua mãe e à sua irmã, hoje mesmo estou me mudando para a minha casa, o que resolvi ainda ontem à noite. Desculpe, eu o interrompi; parece que o senhor ainda queria dizer muita coisa.

— Oh, sendo assim... — tremeu Gánia.

— E sendo assim, permita-me sentar-me — acrescentou Hippolit, sentando-se com a maior tranquilidade na cadeira em que estivera sentado o general —, porque seja como for eu estou doente; bem, agora eu estou pronto a ouvi-lo, ainda mais porque esta é a nossa última conversa e, talvez, o último encontro.

De repente Gánia ficou envergonhado.

— Acredite que não me humilho ajustando contas com o senhor — disse ele —, e se o senhor...

— É à toa que o senhor fala por cima dos ombros — interrompeu Hippolit —, de minha parte, desde o primeiro dia da minha mudança para cá, dei a mim mesmo a palavra de não me furtar ao prazer de lhe retrucar escandindo tudo, e da forma mais franca, quando estivéssemos nos despedindo. Estou a fim de cumprir isso agora mesmo, depois do senhor, é claro.

— Peço que deixe este cômodo.

— É melhor falar, senão vai se arrepender de não ter falado.

— Pare, Hippolit; tudo isso é horrivelmente vergonhoso; faça o favor de parar! — disse Vária.

— Unicamente por uma senhora — riu Hippolit, levantando-se. — Com licença, Varvara Ardaliónovna, para a senhora estou disposto a resumir, mas apenas resumir, porque uma certa explicação entre mim e o seu irmão se tornou absolutamente indispensável, e por nada eu me atrevo a ir embora deixando mal-entendidos.

— O senhor é pura e simplesmente um fofoqueiro — gritou Gánia —, e por isso não ousa partir sem uma fofoca.

— Estão vendo — observou Hippolit com sangue frio —, o senhor não se conteve mesmo. Palavra, vai se arrepender de não ter falado. Mais uma vez eu lhe cedo a palavra. Eu aguardo.

Gavrila Ardaliónovitch calava e olhava com desdém.

— Não deseja. Está disposto a manter o caráter — o senhor é quem sabe. De minha parte, serei sucinto na medida do possível. Hoje eu ouvi umas duas ou três reprimendas pela minha hospitalidade; isso é injusto. Ao me convidar para cá, o senhor mesmo me apanhou na sua rede; o senhor calculava que eu quisesse me vingar do príncipe. Além do mais, o senhor ouviu que Aglaia Ivánovna externou sua simpatia para comigo e leu a minha confissão. Calculando, sabe-se lá por quê, que eu viesse a me pôr inteiramente a serviço dos seus interesses, o senhor esperava que talvez encontrasse um apoio em mim. Eu não estou me explicando da forma mais detalhada! Da vossa parte eu também não exijo nem confissão, nem confirmação; basta que eu o deixe com a sua consciência e que agora compreendamos otimamente um ao outro.

— Mas sabe Deus o que o senhor faz da coisa mais corriqueira! — gritou Vária.

— Eu te disse: fofoqueiro e meninote — pronunciou Gánia.

— Permita que eu continue, Varvara Ardaliónovna. Do príncipe, é claro, eu não posso gostar nem respeitar; mas ele é um homem positivamente bom, embora também... ridículo. No entanto, eu não teria nenhum motivo para odiá-lo; não fiz parecer isso ao seu irmão quando ele mesmo me instigou contra o príncipe; eu contava justamente com rir no desenlace. Eu sabia que o seu irmão iria dar com a língua nos dentes comigo e equivocar-se ao extremo. E foi o que aconteceu... Agora estou disposto a poupá-lo, mas unicamente por respeito à senhora, Varvara Ardaliónovna. Entretanto, depois de lhe explicar que não é tão fácil me fazer morder a isca, explico-lhe ainda por que eu queria tanto fazer seu irmão passar por bobo diante dos meus olhos. Fique sabendo que eu fiz isto por ódio, confesso francamente. Ao morrer (porque mesmo assim eu vou morrer, embora tenha engordado, como a senhora assegura), ao morrer eu senti que iria para o paraíso de modo incomparavelmente mais tranquilo se conseguisse fazer passar por bobo ao menos um representante da inumerável espécie de gente que me perseguiu durante toda a minha vida, que odiei durante toda a minha vida e da qual seu respeitabilíssimo irmão serve como imagem expressiva. Eu o odeio, Gavrila Ardaliónovitch, unicamente porque — talvez o senhor ache isso surpreendente —, *unicamente porque* o senhor é o tipo e a personificação, a encarnação e o cúmulo da ordinariedade mais descarada, mais presunçosa, mais banal e abjeta! O senhor é a ordinariedade pomposa, a ordinariedade sem dúvidas e olimpicamente tranquila; o senhor é a rotina das rotinas! A mais ínfima ideia própria está fadada a não se concretizar jamais nem em sua mente nem em seu coração. Mas o senhor é infinitamente invejoso; está firmemente convicto de que é o maior dos gênios, mas às vezes a dúvida o habita, apesar de tudo, nos instantes negros, e o senhor se enfurece e se corrói de inveja. Oh, o senhor ainda tem uns pontos negros no horizonte; eles passarão quando o senhor ficar definitivamente tolo, o que não está longe; mas ainda assim o senhor tem pela frente um caminho longo e diverso, não digo alegre, e com isto fico contente. Em segundo lugar, eu lhe antecipo que o senhor não conseguirá uma determinada pessoa...

— Mas isso é insuportável! — bradou Vária. — Vai ou não concluir, abespinhado detestável?

Gánia empalideceu, tremia e calava. Hippolit parou, olhou fixamente e satisfeito para ele, transferiu os olhos para Vária, deu um riso, fez uma reverência e saiu sem acrescentar nem uma palavra.

Gavrila Ardaliónovitch podia com justiça queixar-se do destino e do azar. Durante certo tempo Vária não ousou falar com ele, nem sequer lhe dirigiu um olhar quando ele andava ao seu lado a passos largos; por fim ele se afastou até a janela e ficou de costas para ela. Vária pensava na expressão: faca de dois gumes. Em cima tornou-se a ouvir barulho.

— Já estás indo? — Gánia se voltou de repente para ela, ao ouvir que ela se levantava. — Espera; olha isto aqui.

Ele se aproximou e lançou na mesa diante dela um papelote dobrado em forma de um pequeno bilhete.

— Meu Deus! — bradou Vária e ergueu os braços.

No bilhete havia exatas sete linhas:

"Gavrila Ardaliónovitch! Convencida das suas boas intenções para comigo, ouso pedir uma sugestão sua em um assunto importante para mim. Desejo encontrá-lo amanhã, exatamente às sete da manhã, no banco verde. Ele fica perto da nossa *datcha*. Varvara Ardaliónovna, que deve acompanhá-lo *sem falta*, conhece muito bem esse lugar.

A. Ie."

— Agora vá você contar com ela depois disso! — ergueu os braços Varvara Ardaliónovna.

Por menos que Gánia desejasse fanfarrear nesse instante, ele não podia deixar de mostrar o seu triunfo, ainda mais depois daquelas previsões humilhantes de Hippolit. Um sorriso de autossatisfação irradiou-se abertamente em seu rosto, e a própria Vária iluminou-se de alegria.

— E isso no mesmo dia em que na casa deles anunciam os esponsais! Agora vá você contar com ela depois disso!

— O que achas que ela pretende conversar amanhã? — perguntou Gánia.

— Isso não importa, o principal é que desejou te ver pela primeira vez em seis meses. Ouve-me, Gánia: o que quer que haja por lá, em que quer que isso venha a dar, fica sabendo que isso é *importante*! É importante demais! Não tornes a fanfarrear, não me venhas a sofrer outro revés, mas também não te acovardes, vê lá! Poderia ela não perceber por que eu passei meio ano me intrometendo lá? Imagina: hoje não me disse uma palavra, não deixou transparecer. Eu entrei lá às escondidas, a velha não soube que eu estava lá, senão teria me mostrado a porta da rua. Fui correndo risco por ti, para me inteirar a qualquer custo...

Mais uma vez um grito e um barulho se fizeram ouvir lá de cima; várias pessoas desciam escada abaixo.

— Agora não vamos permitir isto de maneira nenhuma! — gritou Vária precipitadamente e assustada. — Para que não haja nem sombra de escândalo! Vai, pede desculpa!

No entanto o pai da família já estava na rua. Kólia levava a mochila atrás dele. Nina Alieksándrovna estava no terraço e chorava; queria sair correndo atrás dele, mas Ptítzin a conteve.

— A senhora só o instiga ainda mais agindo assim — disse-lhe —, ele não tem para onde ir, daqui a meia hora tornarão a trazê-lo e eu já falei com Kólia; deixe que faça as suas bobagens.

— O que é isso, para onde vai!? — gritou Gánia da janela. — E o senhor não tem para onde ir!

— Volta, papai! — gritava Vária. — Os vizinhos vão ouvir.

O general parou, voltou-se, enxugou a mão e exclamou:

— Lanço minha maldição a esta casa!

— E não podia faltar o tom dramático! — murmurou Gánia, batendo a janela.

Os vizinhos realmente ouviram. Vária correu do cômodo.

Quando Vária saiu, Gánia pegou o bilhete da mesa, beijou-o, estalou a língua e fez um *antrachá*.[6]

---

[6] Russificação do francês *entrechat*. No balé, pequeno salto durante o qual os pés do bailarino se cruzam rapidamente no ar, um à frente do outro, várias vezes e alternadamente. (N. do T.)

III

Em qualquer outro momento o rebuliço com o general não daria em nada. Já antes lhe haviam ocorrido casos de extravagância inesperada desse mesmo gênero, ainda que bastante raros porque, em linhas gerais, era um homem muito cordato e de inclinações quase bondosas. Talvez houvesse lutado cem vezes com a desordem que se apoderara dele nos últimos anos. Lembrava-se de uma hora para outra que era "pai de família", fazia as pazes com a esposa, chorava sinceramente. Estimava Nina Alieksándrovna a ponto de adorá-la, porque ela lhe perdoava tanta coisa calada e o amava até mesmo no seu aspecto histriônico e humilhante. Entretanto, a luta magnânima contra a desordem costumava durar pouco; o general era também um homem excessivamente "impetuoso", ainda que a seu modo; não costumava suportar a vida contrita e ociosa em sua família e terminava se rebelando; tomava-se de arroubos, dos quais ele mesmo talvez se censurasse no ato, todavia não conseguia se conter: altercava, começava a falar com pompa e eloquência, exigia para consigo uma consideração desmedida e impossível e terminava sumindo de casa, às vezes por muito tempo. Nos últimos dois anos se inteirava dos assuntos de sua família apenas em linhas gerais ou por ouvir falar; deixara de entrar em detalhes dos mesmos, por não sentir para tanto a mínima vocação.

Desta feita, porém, no "rebuliço com o general" manifestou-se algo incomum: era como se todo mundo soubesse de alguma coisa e como que temesse dizer alguma coisa. O general aparecera "formalmente" para a família, ou seja, para Nina Alieksándrovna, apenas três dias antes, mas, de certo modo, sem aquela resignação nem o arrependimento que sempre demonstrava nas "aparições" anteriores, mas, ao contrário, com uma irritabilidade fora do comum. Estava falante, intranquilo, entabulava conversa com todos os que o encontravam com fervor, e parecia até que estava investindo contra a pessoa, mas falando sempre de assuntos a tal ponto diversos e inesperados que não havia como descobrir o que, no fundo, tanto o preocupava no momento. Por instantes era alegre, porém mais amiúde caía em meditação, sem que ele mesmo soubesse, aliás, sobre o quê; súbito começava a contar alguma coisa — sobre os Iepántchin, sobre o príncipe e Liébediev; e súbito parava e deixava inteiramente de conversar, e respondia a novas perguntas apenas com um sorriso obtuso, sem que, por outro lado, se desse conta do que estavam lhe perguntando, mas sorria. Passara a última noite entre ais e gemendo e deixou extenuada Nina Alieksándrovna, que levou a noite inteira preparando compressas sabe-se lá para quê; ao amanhecer adormeceu subitamente, dormiu quatro horas e acordou com o mais forte e desordenado acesso de hipocondria, que terminou numa altercação com Hippolit e com a "maldição desta casa". Observou-se ainda que durante esses três dias ele foi, reiteradas vezes, tomado de uma fortíssima ambição e, como consequência, de um melindre fora do comum. Kólia, por sua vez, assegurava à mãe que tudo isso era saudade da bebedeira e talvez de Liébediev, com quem nos últimos tempos o general fizera uma amizade extraordinária. Entretanto, três dias antes brigara de chofre com Liébediev e dele se separara em terrível fúria; até com o príncipe houve alguma cena. Kólia pediu explicações ao príncipe e enfim começou a desconfiar de que até este estava lhe escondendo alguma coisa. Se, como Gánia supunha com absoluta probabilidade, tivesse havido alguma conversa especial entre Hippolit e Nina Alieksándrovna, era estranho que esse malévolo senhor, que Gánia chamara de fofoqueiro na cara, não encontrasse prazer de persuadir igualmente Kólia. Era muito possível que já não fosse um "meninote" tão malévolo como Gánia às vezes o pintava em conversa com a irmã, mas malévolo de alguma outra espécie; aliás era pouco provável que até a Nina Alieksándrovna ele tivesse comunicado alguma observação sua unicamente com o fim de lhe "arrebentar o coração". Não esqueçamos que as causas das ações humanas costumam ser inumeravelmente mais complexas e diversas do que depois sempre as explicamos, e raramente se delineiam de maneira definida. Às vezes o melhor é o narrador limitar-se à simples exposição dos acontecimentos. Assim faremos nós no esclarecimento subsequente da atual catástrofe com o general; pois, por mais que nos batamos, assim mesmo fomos colocados na necessidade decisiva de conceder a essa personagem secundária da nossa história um pouco mais de atenção e espaço do que até agora supúnhamos.

Esses acontecimentos se sucederam na seguinte ordem:

Quando Liébediev, depois de viajar a Petersburgo à procura de Fierdischenko, regressou no mesmo dia junto com o general, nada de especial comunicou ao príncipe. Se nesse período o príncipe não andasse excessivamente distraído e ocupado por outras impressões que lhe eram importantes, logo poderia ter notado que nos dois dias seguintes Liébediev não só deixara de lhe dar quaisquer esclarecimentos como, ao contrário, por algum motivo parecia até evitar o príncipe. Enfim, prestando atenção nesse fato, o príncipe admirou-se de que nesses dois dias, nos encontros fortuitos com Liébediev, ele não se lembrava dele senão como no mais radiante estado de espírito, e quase sempre junto com o general. Os dois amigos já não se separavam por um minuto sequer. Vez por outra o príncipe ouvia conversas rápidas em voz alta que lhe chegavam lá de cima, uma discussão alegre, às gargalhadas; certa vez, muito tarde da noite, até lhe chegaram aos ouvidos os sons de uma canção militar báquica que se fizeram ouvir súbito e inesperadamente, e no mesmo instante reconheceu o baixo roufenho do general. Entretanto, a canção que ressoara não foi em frente e num átimo silenciou. Depois ainda continuou por cerca de meia hora a conversa muitíssimo animada, que tudo indicava ser de bêbados. Dava para adivinhar que os amigos que se divertiam lá em cima se abraçavam, e por fim um deles começou a chorar. Em seguida, houve de súbito uma forte altercação, que também foi rápida e breve. Durante todo esse tempo Kólia esteve particularmente preocupado. O príncipe passava a maior parte desse tempo fora de casa e retornava às vezes muito tarde; sempre lhe informavam que Kólia passara o dia inteiro a procurá-lo e perguntar por ele. Contudo, ao encontrá-lo, Kólia não conseguia dizer nada de especial, a não ser que estava terminantemente "insatisfeito" com o general e com o seu comportamento atual: "Andam batendo perna por aí, enchendo a cara aqui perto numa taberna, abraçam-se e xingam-se na rua, instigam um ao outro, mas não conseguem se separar". Quando o príncipe lhe observou que antes a mesma coisa vinha acontecendo quase todos os dias, Kólia ficou terminantemente sem saber o que responder e como explicar em que mesmo consistia a sua preocupação atual.

Na manhã seguinte, depois da canção báquica e da altercação, quando o príncipe saía de casa por volta das onze horas, o general apareceu de chofre diante dele, inquietíssimo com alguma coisa, quase abalado.

— Há muito procurava a honra e a oportunidade de vê-lo, prezado Liev Nikoláievitch, há muito, há muito tempo — murmurou ele, apertando a mão do príncipe com uma força extraordinária, quase fazendo-a doer —, há muito, muito tempo.

O príncipe pediu que se sentasse.

— Não, não vou me sentar, e ademais eu o retenho, fica para outra vez. Parece que posso aproveitar o ensejo e parabenizá-lo pela... realização... dos desejos do coração.

— Que desejos do coração?

O príncipe ficou confuso. Como muitos em sua situação, ele achava que ninguém notava nada, nem adivinhava e nem entendia.

— Fique tranquilo! Não vou melindrar sentimentos delicadíssimos. Eu mesmo experimentei e eu mesmo sei quando um estranho... por assim dizer, o nariz... segundo o provérbio... mete-se onde não é chamado. Isso eu experimento todas as manhãs. Eu vim falar de outro assunto, muito importante. De um assunto muito importante, príncipe.

O príncipe tornou a pedir que ele se sentasse e sentou-se também.

— Apenas por um segundo... Vim pedir um conselho. Eu, é claro, vivo sem objetivos práticos, no entanto, respeitando a mim mesmo e... a praticidade em que o homem russo tanto falha, em linhas gerais... desejo pôr a mim mesmo, e a minha mulher, e os meus filhos em uma situação... numa palavra, príncipe, estou procurando um conselho.

O príncipe elogiou com fervor a intenção dele.

— Ora, isso tudo é absurdo — interrompeu rapidamente o general —, eu, em essência, não é disso mas de outra coisa, importante, que estou falando. E resolvi esclarecer precisamente ao senhor, Liev Nikoláievitch, como pessoa de cuja sinceridade de procedimento e de cuja decência de sentimentos estou seguro como... como... O senhor não se surpreende com as minhas palavras, príncipe?

Se não era com uma admiração especial era com uma atenção excepcional e com curiosidade que o príncipe ouvia o seu visitante. O velho estava um tanto pálido, vez por outra os lábios estremeciam de leve, as mãos era como se não conseguissem encontrar um lugar tranquilo. Ele estava ali sentado a apenas alguns minutos e umas duas vezes já conseguira levantar-se de supetão sabe-se lá para quê e tornar a sentar-se de chofre, pelo visto sem dar a menor atenção às suas maneiras. Havia livros sobre a mesa; ele pegou um, continuou a falar, olhou para uma página em que estava aberto, no mesmo instante tornou a fechá-lo e o pôs na mesa, pegou outro livro, que já não abriu mas manteve todo o tempo restante na mão direita, agitando-o incessantemente no ar.

— Basta — bradou de súbito. — Vejo que o incomodei muito.

— Nem um pouco, nem um pouco, por favor, tenha a bondade, ao contrário, estou a ouvi-lo e desejo adivinhar...

— Príncipe! Eu desejo me colocar numa posição respeitável... eu desejo respeitar a mim mesmo e... os meus direitos.

— O homem com semelhante desejo já é por si digno de todo e qualquer respeito.

O príncipe proferiu sua frase tirada de sentenças na firme convicção de que ela produziria um efeito magnífico. Adivinhou de um modo um tanto instintivo que, com essa conversa mole, porém agradável, proferida a propósito, poderia cativar num átimo e abrandar a alma desse homem, e particularmente na situação em que estava o general. Quando nada, era preciso deixar que a visita saísse com o coração aliviado, e nisso consistia o objetivo.

A frase lisonjeou, emocionou e agradou muito: súbito o general se comoveu, num instante mudou de tom e deixou-se levar por explicações entusiasticamente longas. Entretanto, por mais que o príncipe se esforçasse, por mais que ouvisse, nada conseguia compreender. O general falou uns dez minutos com ardor, rápido, como se não conseguisse concluir seus pensamentos que se amontoavam; por fim, até lágrimas lhe brilharam nos olhos, mas, apesar de tudo, proferiu apenas frases sem princípio nem fim, palavras inesperadas e pensamentos inesperados, que irrompiam rápida e inesperadamente e saltavam uns por cima dos outros.

— Basta! O senhor me compreendeu e eu estou tranquilo — concluiu de repente ele, levantando-se —, um coração como o vosso não pode deixar de compreender quem sofre. Príncipe, o senhor é nobre como um ideal! O que são os outros diante do senhor? Mas o senhor é jovem e eu o bendigo. Afinal eu vim lhe pedir que marcasse uma hora para uma conversa importante e eis onde está a minha esperança mais importante. Eu procuro apenas amizade e um coração, príncipe; eu nunca consegui conciliar as exigências do meu coração.

— Mas por que não agora? Estou disposto a ouvir...

— Não, príncipe, não! — interrompeu fervorosamente o general. — Não agora! Agora existe um sonho! Isso é demasiado, demasiado importante, demasiado importante! Este momento da conversa será o momento do destino final. Este será o *meu* momento, e eu não gostaria de que fôssemos interrompidos em um instante tão sagrado pelo primeiro que entrasse, pelo primeiro descarado, e não raro esse descarado — inclinou-se de repente para o príncipe com um murmúrio estranho, misterioso e quase assustado —, esse descarado que não merece o salto do sapato... dos seus pés, apaixonado príncipe! Oh, eu não digo: dos meus pés! Observe particularmente para si que eu não mencionei o meu pé; porque me respeito demais para proferir isto sem rodeios; mas o senhor é o único capaz de compreender que, rejeitando neste caso até o salto do meu sapato, eu externo, talvez, uma extraordinária altivez da dignidade. Além do senhor nenhuma outra pessoa irá compreender, e *ele* está à frente de todos os outros. *Ele* não compreende nada, príncipe; é absolutamente, absolutamente incapaz de compreender! É preciso ter coração para compreender!

Por fim o príncipe já estava quase assustado e marcou com o general um encontro para o dia seguinte no mesmo horário. O outro saiu cheio de ânimo, consoladíssimo e quase tranquilizado. À noite, depois das seis, o príncipe mandou chamar Liébediev um instante à sua casa.

Liébediev apareceu com uma pressa excepcional, "considerando uma honra", como ele mesmo logo começou a dizer ao entrar; era como se não houvesse nem sombra daquilo que há três dias o fazia literalmente esconder-se e evitar de forma visível um encontro com o príncipe. Sentou-se na ponta de uma cadeira, fazendo trejeitos, aos sorrisos, com os olhos sorridentes e observadores, esfregando as mãos e com o ar da mais ingênua expectativa de ouvir algo como uma informação capital que ele há muito aguardava e que todos adivinhavam. O príncipe mais uma vez sentiu-se intimidado; para ele ficava claro que de uma hora para outra todos passaram a esperar alguma coisa dele, que todos olhavam para ele como se desejassem parabenizá-lo por algo, com alusões, sorrisos e piscares de olhos. Keller já dera umas três chegadas por um minuto, e também com visível desejo de parabenizar: começava sempre com entusiasmo e de maneira vaga, sem nada concluir e sumindo rápido. (Nos últimos três dias ele andara bebendo muito, trovejando em alguma sala de bilhar.) Até Kólia, apesar da sua tristeza, também começara umas duas vezes a tocar em algum assunto vago com o príncipe.

O príncipe perguntou direto e com ar um tanto irritado a Liébediev; o que ele pensava sobre a atual situação do general, por que o outro andava tão desassossegado? Contou-lhe em algumas palavras a cena recente.

— Cada um tem o seu desassossego, príncipe, e... em particular na nossa estranha e desassossegada época; é isso — respondeu Liébediev com certa secura e calou-se com ar ofendido, com ar de um homem fortemente traído por suas expectativas.

— Que filosofia! — riu o príncipe.

— A filosofia é necessária, seria muito necessária em nossa época, na aplicação prática, mas a desprezam, eis a questão. De minha parte, estimadíssimo príncipe, embora eu me sentisse honrado com a sua confiança em mim em algum ponto que é do seu conhecimento, ela era apenas até certo ponto e nem um pouco além das circunstâncias relativas especificamente a um certo ponto... Isso eu compreendo e eu não me queixo nem um pouco.

— Liébediev, parece que o senhor está zangado com alguma coisa?

— Nem um pouco, nem um pouco, nem um mínimo, estimadíssimo e esplendorosíssimo príncipe, nem um pouco! — bradou em êxtase Liébediev com a mão no coração. — Ao contrário, foi precisamente neste instante que captei que nem pela posição no mundo, nem pelo desenvolvimento da mente e do coração, nem pelo acúmulo de riquezas, nem por meu comportamento anterior, inferior aos meus conhecimentos — eu por nada mereço a sua confiança honrada e altamente à frente das minhas esperanças; e se eu posso lhe servir ainda que seja como escravo e serviçal, e não de outro modo... eu não me zango, mas fico triste.

— Lukian Timofiêitch, faça-me o favor.

— Sem dúvida! Tanto neste momento quanto no presente caso! Ao encontrá-lo e segui-lo de coração e pensamento, eu dizia para mim mesmo: não mereço informações amistosas, mas na qualidade de dono da casa eu talvez possa receber no devido momento, no prazo esperado, por assim dizer, uma ordem, ou, o que é muito, um aviso, em face de certas mudanças iminentes e aguardadas...

Ao dizer isso, Liébediev fixou seus olhinhos penetrantes no príncipe, que olhava para ele surpreso; ele ainda esperava satisfazer sua curiosidade.

— Não compreendo decididamente nada — bradou o príncipe quase tomado de cólera — e... o senhor é o mais terrível intrigante! — riu de repente o príncipe com seu riso mais sincero.

Por instantes o próprio Liébediev também riu, e seu olhar radiante traduzia justamente que as suas esperanças haviam se elucidado e até redobrado.

— Sabe o que eu vou lhe dizer, Lukian Timofiêitch? Só peço que não se zangue comigo, mas eu me admiro da sua ingenuidade, aliás, não só da sua. O senhor espera alguma coisa de mim com tamanha ingenuidade, precisamente agora, neste instante, que eu até me sinto envergonhado e acanhado diante do senhor por não ter nada com que satisfazê-lo; mas eu lhe juro que não há terminantemente nada, o senhor pode julgar!

O príncipe tornou a rir.

Liébediev tomou ares de valente. Era verdade que às vezes chegava a ser excessivamente ingênuo e importuno em sua curiosidade; mas ao mesmo tempo era um homem bastante ladino e sinuoso, e em alguns casos até traiçoeiramente calado demais; com seus rechaços incessantes, o príncipe quase fez dele o seu inimigo. Todavia o príncipe não o rechaçava porque o desprezasse, mas porque o tema da curiosidade dele era delicado. Ainda alguns dias antes o príncipe via alguns de seus sonhos como um crime, ao passo que Lukian Timofiêitch interpretava as suas recusas só como uma repulsa pessoal e desconfiança em relação a ele, saía com o coração melindrado e tinha ciúmes não só de Kólia e Keller com o príncipe mas até da sua própria filha Vera Lukiánovna. Talvez até nesse mesmo instante ele pudesse e quisesse comunicar sinceramente ao príncipe uma notícia interessantíssima para o príncipe, mas calou com ar sombrio e não comunicou.

— Em que mesmo posso servi-lo, estimadíssimo príncipe, uma vez que, apesar de tudo, o senhor acabou de... me chamar — enfim proferiu ele depois de alguma pausa.

— Ah, sim, eu queria falar mesmo era sobre o general — agitou-se o príncipe, que também ficara um minuto pensativo — e... a respeito daquele roubo que o senhor me comunicou...

— A respeito de que mesmo?

— Ora veja só, é como se agora o senhor não me compreendesse! Ah, meu Deus, Lukian Timofiêitch, o senhor está sempre representando! Dinheiro, dinheiro, aqueles quatrocentos rublos que o senhor tinha perdido, na carteira, e sobre os quais veio para cá me contar, pela manhã, quando estava indo a Petersburgo — compreendeu finalmente?

— Ah, então o senhor está falando daqueles quatrocentos rublos? — arrastou Liébediev, como se só agora tivesse adivinhado. — Obrigado, príncipe, por seu sincero interesse; para mim ele é lisonjeiro demais, no entanto... eu os achei, e já faz tempo.

— Achou! Ah, graças a Deus!

— A exclamação de vossa parte é nobilíssima, porque quatrocentos rublos são um assunto importante demais para um homem pobre que vive do trabalho duro, com uma numerosa família de órfãos...

— Sim, mas não é disso que eu estou falando — é claro que estou contente por isso, pelo senhor os ter achado — corrigiu-se depressa o príncipe —, mas... de que jeito o senhor achou?

— Extremamente simples, achei debaixo de uma cadeira em que estava a sobrecasaca, de sorte que tudo indica que a carteira escorregou do bolso para o chão.

— Como debaixo da cadeira? Não é possível, porque o senhor mesmo me disse que havia vasculhado em todos os cantos; como o senhor deixou de examinar esse lugar principal?

— O problema é que examinei! Lembro-me, lembro-me bem demais de que examinei! Eu rastejei, sondei naquele lugar com as mãos, afastei a cadeira sem acreditar nos meus próprios olhos; vi que não havia nada, o lugar estava vazio e liso como essa palma da minha mão, mas ainda assim continuei a sondar. Essa pusilanimidade sempre se repete com o homem quando ele está com muita vontade de achar... quando há sumiços consideráveis e tristes: e vê que não há nada, que o lugar está vazio, mas mesmo assim olha para ele umas quinze vezes.

— Sim, suponhamos; só que, não obstante, como?... Eu continuo sem entender — balbuciou o príncipe, desnorteado —, antes o senhor dizia que ali não estava, que havia procurado naquele lugar, e de repente a coisa apareceu?

— E de repente apareceu.

O príncipe olhou de jeito estranho para Liébediev.

— E o general? — perguntou de chofre.

— Isto é, o general o quê? — tornou a não entender Liébediev.

— Ah, meu Deus! Estou perguntando o que o general disse quando o senhor procurou a carteira debaixo da cadeira? Porque antes vocês dois procuraram juntos.

— Antes procuramos juntos. Mas desta vez, confesso, fiquei calado e preferi não avisar a ele que eu já havia encontrado a carteira, sozinho.

— Por... por que então? E o dinheiro está inteiro?

— Abri a carteira; estava todo lá, até o último rublo.

— Podia pelo menos ter vindo me dizer — observou meditativo o príncipe.

— Temi incomodar pessoalmente, príncipe, por considerá-lo um homem impressionável, por assim dizer excepcionalmente; além disso, eu mesmo fiz de conta que não tinha achado nada. Abri a carteira, examinei, tornei a fechá-la e a repus debaixo da cadeira.

— Para que isso?

— Por nada; por mais uma curiosidade — Liébediev deu um risinho esfregando as mãos.

— Quer dizer que ela continua lá, desde anteontem?

— Oh, não; ficou só um dia. Veja, em parte eu queria que o general também a achasse. Porque se eu enfim a achei, então por que o general não iria notar um objeto que, por assim dizer, se lançava à vista, apontando debaixo da cadeira!? Várias vezes levantei essa cadeira e a mudei de lugar de maneira que a carteira já aparecesse inteiramente à vista, mas não havia jeito de que o general a notasse, e assim continuou um dia e uma noite. Pelo visto ele anda muito distraído, não dá nem para entender; fala, conta coisas, ri, dá gargalhadas, e de súbito fica terrivelmente zangado comigo, não sei por quê. Por fim começamos a sair do quarto, eu deixo a porta aberta de propósito; ainda assim ele vacilou, quis dizer alguma coisa, provavelmente temeu pela carteira com aquele dinheiro, mas súbito ficou zangadíssimo e não disse nada; não demos nem dois passos pela rua, e ele me largou e tomou outra direção. Só nos encontramos à noite na taberna.

— Afinal, o senhor acabou apanhando a carteira debaixo da cadeira?

— Não, na mesma noite ela desapareceu de lá.

— Então, onde ela está agora?

— Está aqui — riu de repente Liébediev, levantando-se de corpo inteiro da cadeira e olhando de maneira agradável para o príncipe —, apareceu subitamente aqui na aba da minha própria sobrecasaca. Aqui está, queira ver o senhor mesmo, apalpe-a.

De fato, na aba esquerda da sobrecasaca, bem na frente, no lugar mais visível, formava-se um grande volume, e às apalpadelas poder-se-ia perceber de imediato que ali havia uma carteira de couro, que caíra de um bolso rasgado.

— Tirei e examinei, tudo intacto. Tornei a colocá-la onde estava, e assim venho andando desde ontem pela manhã, levando-a na aba, ela chega até a bater nas minhas pernas.

— E o senhor nem sequer repara?

— Eu nem sequer reparo, eh-eh! Imagine, estimadíssimo príncipe, embora o assunto não mereça uma atenção tão especial do senhor — meus bolsos estão sempre inteirinhos, e de repente me aparece semelhante buraco em uma noite! Passei a examinar com mais curiosidade — foi como se alguém o tivesse cortado com um canivete; não é quase incrível?

— Mas... e o general?

— Passou o dia inteiro zangado, tanto ontem quanto hoje; um horror de descontente; ora alegre e báquico até a ponto de ser lisonjeiro, ora sensível até as lágrimas, ora de repente zangado, e de tal maneira que até me dava medo, juro; príncipe, seja como for, eu não sou homem de guerra. Ontem estávamos sentados na taberna, e como que sem querer a aba da minha sobrecasaca se expôs da forma mais visível, um verdadeiro monte; ele olha de esguelha, zangado. Agora já não me olha direto nos olhos, só quando está muito bêbado ou piegas; mas ontem me olhou umas duas vezes de um jeito que simplesmente fez correr-me um frio pela espinha. Pensando bem, estou com a intenção de achar a carteira amanhã, mas até amanhã ainda vou brincar uma noitinha com ele.

— A troco de quê o senhor o atormenta assim? — bradou o príncipe.

— Não atormento, príncipe, não atormento — replicou Liébediev com fervor —, eu gosto sinceramente dele e... o estimo; mas agora, acredite ou não, ele ainda se tornou mais caro para mim; passei a apreciá-lo ainda mais!

Liébediev pronunciou tudo isso com tanta seriedade e sinceridade que o príncipe ficou até indignado.

— Gosta e o atormenta desse jeito! Perdão, mas com o simples fato de que ele pôs o perdido tão à vista do senhor, debaixo da mesa e na sobrecasaca, com isso ele já está lhe mostrando francamente que não quer artimanha com o senhor e lhe pede desculpa de forma simplória. Escute: está pedindo desculpa! Logo, conta com a delicadeza dos seus sentimentos; logo, acredita na sua amizade por ele. Mas o senhor está levando a uma grande humilhação um homem... honestíssimo!

— Honestíssimo, príncipe, honestíssimo! — replicou Liébediev com os olhos brilhando. — E só mesmo o senhor, nobilíssimo príncipe, está em condição de dizer uma palavra tão justa! Por isso eu lhe sou dedicado a ponto de adorá-lo, ainda que diversos vícios me tenham feito apodrecer! Está decidido! Vou achar a carteira agorinha mesmo, neste instante, e não amanhã: veja, eu a estou tirando às vistas do senhor; aqui está; aqui está também o dinheiro todo à vista; veja, tome, nobilíssimo príncipe, tome-o e guarde-o até amanhã. Amanhã ou depois de amanhã eu o pego; sabe, príncipe, é evidente que o perdido passou a primeira noite em algum canto do meu jardinzinho, debaixo de uma pedrinha; o que é que o senhor acha disso?

— Veja lá, não vá dizer a ele, tão diretamente na cara, que achou a carteira. Deixe que ele veja pura e simplesmente que não há mais nada na aba, e ele compreenderá.

— Será? Não seria melhor dizer que eu achei e fazer de conta que até agora não havia adivinhado?

— N-não — meditou o príncipe —, n-não, agora já é tarde; é mais perigoso; palavra, melhor não dizer! Mas seja carinhoso com ele... não deixe aparentar demais, e... e... o senhor sabe...

— Sei, príncipe, sei, ou seja, sei que talvez não cumpra; porque neste caso é preciso ter um coração como o seu. Além do mais, ele mesmo anda irritadiço e susceptível, nos últimos dias às vezes tem me tratado excessivamente por cima dos ombros; ora choraminga e me abraça, ora começa a me humilhar e zombar de mim com desdém; bem, aí vou pegar e deixar a aba às vistas propositadamente, eh-eh! Até logo, príncipe, porque pelo visto eu o estou retendo e atrapalhando, por assim dizer, os sentimentos mais interessantes...

— Mas, por Deus, o segredo anterior!

— Devagar, devagar!

Embora o caso estivesse encerrado, mesmo assim o príncipe ficou quase mais preocupado do que antes. Ficou aguardando com impaciência o encontro do dia seguinte com o general.

IV

Haviam marcado às doze horas, mas o príncipe se atrasou de modo inteiramente inesperado. Ao voltar para casa encontrou o general à sua espera. Ao primeiro olhar ele notou que o outro estava insatisfeito, e é possível que precisamente porque teve de esperar. Depois de desculpar-se, o príncipe se apressou em sentar-se, mas o fez com uma timidez um tanto estranha, como se a visita fosse de porcelana e a todo instante ele temesse quebrá-la. Antes jamais fora tímido com o general, e ademais nem lhe passava pela cabeça a timidez. O príncipe logo notou que ali estava um homem bem diferente do de ontem: em vez da perturbação e do alheamento, aparecia um comedimento um tanto inusual; poder-se-ia concluir que esse homem tomara alguma decisão definitiva. A tranquilidade, porém, era mais aparente do que real. Em todo caso, o visitante estava distintamente desembaraçado, ainda que com uma altivez contida; inclusive começou a tratar o príncipe com ar de certa condescendência — exatamente como às vezes agem pessoas distintamente desembaraçadas porém ofendidas de forma injusta. Falava de maneira carinhosa, mas não sem algum lamento na pronúncia.

— Aí está o seu livro que eu peguei nesses dias com o senhor — acenou significativamente com a cabeça para o livro que trouxera e estava sobre a mesa —, grato.

— Ah, sim; o senhor leu esse artigo,[7] general? Não é curioso? — alegrou-se o príncipe com a possibilidade de começar mais depressa uma conversa sobre outro assunto.

— É curioso, talvez, mas grosseiro e, claro, absurdo. É possível que haja uma mentira a cada passo.

O general falava com empáfia e até arrastava um pouco as palavras.

— Ah, é uma história muito simples; a história de um velho soldado, testemunha ocular da estada dos franceses em Moscou; algumas histórias

---

[7] Esse artigo foi publicado pela revista *Rússkii Arkhiv* (Arquivo Russo). Provavelmente Dostoiévski tem em mente o artigo "O mosteiro moscovita de Novodêivitch em 1812", relato da testemunha ocular e funcionário civil Semeon Klímitch. (N. da E.)

são uma maravilha. Além do mais, qualquer anotação de uma testemunha ocular é uma joia, mesmo independentemente de quem seja a testemunha. Não é verdade?

— No lugar do editor eu não teria publicado; quanto às notas de testemunhas oculares em geral, acreditam antes em um mentiroso grosseiro porém engraçado que em um homem digno e merecedor. Eu conheço algumas notas sobre 1812 que... príncipe, tomei uma decisão, estou deixando esta casa — a casa do senhor Liébediev.

O general olhou significativamente para o príncipe.

— O senhor tem a sua casa, em Pávlovsk, da... da sua filha... — proferiu o príncipe sem saber o que dizer. Ele se lembrou de que o general tinha vindo pedir um conselho sobre um assunto extraordinário, do qual dependia o seu destino.

— Da minha mulher; por outras palavras, em minha casa e na casa de minha filha.

— Desculpe, eu...

— Estou deixando a casa de Liébediev porque, amável príncipe, porque eu rompi com esse homem; rompi ontem à noite, arrependido de não o ter feito antes. Eu exijo respeito, príncipe, e desejo que me venha até das pessoas a quem eu dou, por assim dizer, o meu coração. Príncipe, eu dou frequentemente o meu coração e quase sempre sou enganado. Esse homem foi indigno do meu presente.

— Há muita desordem nele — observou contidamente o príncipe — e alguns traços... Entretanto, em meio a tudo isso se observa um coração, uma mente ladina mas às vezes também espirituosa.

A finura, as expressões e o tom reverente deixaram o general visivelmente lisonjeado, embora de raro em raro ele continuasse a olhar com uma inesperada desconfiança. Mas o tom do príncipe era tão natural e sincero que se tornava impossível duvidar dele.

— Quanto a haver nele boas qualidades — replicou o general —, eu fui o primeiro a declarar isto, quase chegando a presentear esse indivíduo com a minha amizade. Não preciso da casa e da hospitalidade dele tendo minha própria família. Não justifico os meus vícios; sou imoderado; bebi vinho com ele e agora talvez esteja pagando por isso. Todavia, não foi apenas pela bebedeira (príncipe, desculpe a grosseria da franqueza de um homem irritado), não foi apenas pela bebedeira que eu me liguei a ele. A mim me cativaram justamente as qualidades, como diz o senhor. Mas tudo até certo ponto, inclusive as qualidades; e se de repente ele tem o atrevimento de asseverar na cara que em 1812, ainda menino, criança, perdeu a perna esquerda e a sepultou no cemitério de Vagánkovo, em Moscou,[8] isso já passa da conta, revela desrespeito, mostra descaramento...

— Pode ser que isso tenha sido apenas uma brincadeira com o fito de provocar um riso alegre.

— Compreendo. Uma mentira inocente para um riso alegre, ainda que grosseira, não ofende o coração humano. Outros mentem, como queira, unicamente por amizade, com o intuito de dar prazer ao interlocutor; no entanto, se transparece falta de respeito, se, pode acontecer, justamente com semelhante desrespeito querem mostrar que estão incomodados com um vínculo, então a um homem nobre só resta dar as costas e romper com esse vínculo, mostrando ao ofensor o seu verdadeiro lugar.

O general até corou ao falar.

— É, Liébediev não poderia mesmo estar em 1812 em Moscou; é jovem demais para isso; é ridículo.

— Isso em primeiro lugar; entretanto, suponhamos que naquela época ele já tivesse nascido; todavia, como asseverar na cara que o *chasseur*[9] francês apontou o canhão para ele e lhe arrancou a perna por arrancar, para se divertir; que ele apanhou essa perna e a levou para casa, e depois a sepultou no cemitério de Vagánkovo, e diz que erigiu sobre ela um monumento com a seguinte inscrição de um lado: "Aqui está sepultada a perna do assessor de colégio Liébediev", e do outro: "Ficai em paz, cinzas queridas, até a manhã radiante", e que, por fim, manda rezar todo ano uma missa de réquiem por ela (o que já é um sacrilégio) e para tanto vai todo ano a Moscou. Como prova convida a Moscou para mostrar o túmulo, e inclusive o tal canhão francês no Kremlin, que caiu prisioneiro; assegura que o canhão é o décimo primeiro depois do portão, é um *falconet*[10] francês de modelo antigo.

— Além do mais, as duas pernas dele estão inteiras, às vistas! — riu o príncipe. — Eu lhe asseguro que se trata de uma brincadeira inocente; não se zangue.

---

[8] Segundo o registro de Anna Grigórievna Dostoiévskaia em seu "Diário" de 11 de maio de 1867 sobre o monumento erigido em Dresden ao general Kamienski, "de quem foram arrancadas ambas as pernas aqui": "Foram essas pernas famosas que sepultaram aqui, no outeiro, enquanto o corpo propriamente dito foi levado para Petersburgo. Estranho destino o desse homem — ser sepultado em diferentes lugares". (N. da E.)

[9] Soldado caçador, soldado de unidades especiais da infantaria ou da cavalaria ligeira (em francês). (N. da E.)

[10] Do italiano *falconetto*, antigo canhão de pequeno calibre. (N. da E.)

— Mas permita que eu também compreenda; quanto às pernas à vista — isso, suponhamos, ainda não é inteiramente provável; ele assegura que a perna é de Tchornosvítov.[11]

— Ah, sim, dizem que dá para dançar com a perna de Tchornosvítov.

— Sei perfeitamente; Tchornosvítov, ao inventar a sua perna, a primeira coisa que fez foi correr à minha casa para me mostrar. Mas a perna de Tchornosvítov foi inventada muito mais tarde... e além do mais ele assegura que até a falecida mulher dele, durante todo o tempo em que estiveram casados, não sabia que ele, o marido, tinha uma perna de madeira. "Se tu — disse ele quando lhe observei o absurdo que ele estava cometendo —, se tu em 1812 foste pajem de câmara[12] de Napoleão, então me permita que eu também enterre minha perna no Vagánkovo".

— E porventura o senhor... — esboçou o príncipe e se confundiu.

O general olhou para o príncipe categoricamente por cima dos ombros e quase com um risinho.

— Conclua, príncipe — arrastou ele com voz particularmente suave —, conclua. Eu sou condescendente, diga tudo: reconheça que lhe é até ridícula a ideia de ver à sua frente um homem em sua verdadeira humilhação e... inutilidade e ao mesmo tempo ouvir dizer que esse homem foi uma testemunha ocular... de grandes acontecimentos. *Ele ainda* não conseguiu lhe... contar umas fofocas?

— Não; eu não ouvi nada de Liébediev — se o senhor está falando de Liébediev...

— Hum, eu supunha o contrário. A propósito, a nossa conversa de ontem à noite começou toda a respeito desse... estranho artigo do *Arquivo*. Eu observei o absurdo que há nele, e uma vez que eu mesmo fui testemunha ocular... o senhor está rindo, príncipe, o senhor está olhando para o meu rosto?

— N-não, eu...

---

[11] Rafail Alieksándrovitch Tchornosvítov, membro do círculo de Pietrachevski, foi confinado em 1849 na fortaleza de Keksogolm. Em 1854 enviou ao Comitê dos Inválidos um manuscrito sobre o mecanismo da perna artificial que havia inventado. Em 1855 saiu em Petersburgo o seu livro *Instruções para o mecanismo da perna artificial*. Alguns traços da personalidade de Tchornosvítov aparecem refletidos com maiores detalhes em personagens do romance *Os demônios*. (N. da E.)

[12] A expressão "pajem de câmara" a que se refere o general deve ser oriunda do Corpo de Pajens (*Pájeskii Korpus*), escola militar média privilegiada para nobres na Rússia tsarista. (N. do T.)

— Eu aparento menos idade do que tenho — arrastou as palavras o general —, no entanto eu tenho um pouco mais idade do que em realidade aparento. Em 1812 eu tinha uns dez ou onze anos. Nem eu mesmo sei bem quantos anos tenho. Na folha de serviço a idade é menor; eu mesmo tinha um fraco por diminuir a minha idade durante a vida.

— Eu lhe asseguro, general, que não acho nada estranho que em 1812 o senhor estivesse em Moscou, e... é claro, o senhor pode informar... assim como todos os que lá estiveram. Um dos nossos autobiógrafos[13] começa o seu livro precisamente contando que em 1812, ele ainda criança de colo, os soldados franceses o alimentaram de pão em Moscou.

— Como o senhor está vendo — aprovou condescendente o general —, o meu caso é dos comuns, claro, e não contém nada de extraordinário. Muito amiúde a verdade parece impossível. Pajem de câmara! É estranho ouvir, é claro. Entretanto, o incidente com uma criança de dez anos talvez se explique justamente por sua idade. Com uma de quinze anos tal coisa já não aconteceria, e sem dúvida é isso mesmo, porque aos quinze anos eu não fugiria de nossa casa de madeira na Stáraia Básmannaia, no dia da entrada de Napoleão em Moscou, não fugiria de minha mãe, que saíra atrasada de Moscou e tremia de medo. Aos quinze anos eu também me acovardaria, mas aos dez não tive medo de nada e abri caminho entre a multidão até a própria ala do palácio em que Napoleão descia do cavalo.

— Não há dúvida, o senhor observou perfeitamente que um menino de dez anos não iria mesmo assustar-se... — fez coro o príncipe, tímido e angustiado com a ideia de que agora mesmo iria corar.

— Não há dúvida de que tudo aconteceu de forma muito simples e natural como só pode acontecer na realidade; pegue um romancista esse assunto e ele irá tecer inverdades e improbabilidades.

— Oh, é isso mesmo! — bradou o príncipe. — Até a mim esse pensamento deixou perplexo, e até faz pouco tempo. Eu soube de um assassinato de verdade horas depois, ele já está nos jornais.[14] Deixemos que esse escritor invente — os peritos da vida popular e os críticos no mesmo instante gritariam que isso é improvável; mas quando lemos nos jornais como fato, a gente percebe que é justamente a partir de tais fatos que se aprende a reali-

---

[13] Refere-se a A. I. Herzen, que escreveu a esse respeito em *Bíloe i dumi* (Tempos idos e reflexões). (N. da E.)

[14] Alusão a um assassinato publicado pelo jornal moscovita *Gólos* (A Voz) de 30 de outubro de 1867. O camponês Balabánov degolou Súslov, empregado de um obstetra, para apoderar-se de um relógio de prata. (N. da E.)

dade russa. O senhor observou magnificamente isso, general! — concluiu o príncipe com ardor, contentíssimo de ter podido evitar o rubor notório no rosto.

— Não é verdade? Não é verdade? — bradou o general, com os olhos até brilhando de satisfação. — O menino, uma criança que não compreende o perigo, abre caminho entre a multidão para ver o brilho, os uniformes, a comitiva e, por fim, o grande homem de quem lhe haviam feito tanto alarde. Porque naquela época todos se limitaram a alardear sobre ele anos a fio. O mundo estava repleto desse nome; eu, por assim dizer, o assimilei com o leite materno. Napoleão, passando a dois passos, nota por acaso o meu olhar; eu estava vestido como um menino de família nobre, vestiam-me bem. Eu era o único assim vestido no meio daquela multidão, convenha o senhor.

— Não há dúvida de que isso deveria impressioná-lo e provar-lhe que nem todos haviam saído e até nobres haviam permanecido com seus filhos.

— Isso mesmo, isso mesmo! Ele queria atrair os boiardos! Quando lançou sobre mim o seu olhar de águia, meus olhos devem ter resplandecido em reciprocidade: "*Voilà un garçon bien éveillé! Qui est ton père?*".[15] Eu lhe respondi no ato, quase sufocado de emoção: "Um general que morreu nos campos de batalha da sua pátria". "*Le fils d'un boyard et d'un brave par--dessus le marché! J'aime les boyards. M'aimes-tu, petit?*"[16] Respondi a essa pergunta rápida com a mesma rapidez: "Até no próprio inimigo da sua pátria o coração russo pode distinguir um grande homem!". Ou seja, aliás eu não me lembro se foi literalmente assim que eu falei... Eu era uma criança... Mas o sentido certamente foi esse! Napoleão ficou perplexo. Pensou e disse à sua comitiva: "Eu gosto da altivez deste menino! Mas se todos os russos pensam como essa criança, então..." — ele não concluiu e entrou no palácio. No mesmo instante me meti no meio da comitiva e corri atrás dele. Na comitiva já abriam passagem para mim e me olhavam como um favorito. Mas tudo isso apenas se esboçou... só me lembro de que, ao entrar na primeira sala, o imperador parou de chofre diante do retrato da imperatriz Catarina, olhou demoradamente para ele com ar pensativo e enfim pronunciou: "Esta foi uma grande mulher!" — e seguiu em frente. Dois dias depois todos já me conheciam no palácio e no Kremlin e me chamavam de "*le petit boyard*". Eu ia para casa só pernoitar. Em casa por pouco não perderam a cabeça. Dois dias depois morre o pajem de câmara de Napoleão, o barão de

---

[15] "Que menino esperto! Quem é o teu pai?", em francês no original. (N. da E.)

[16] "Filho de um boiardo e ainda por cima bravo. Eu gosto dos boiardos. Você gosta de mim, menino?" (N. da E.)

Bazancourt,[17] que não suportou a campanha. Napoleão lembrou-se de mim; pegaram-me, levaram-me sem explicar o caso, experimentaram em mim um uniforme do falecido, em mim, um garoto de uns doze anos, e quando me levaram já de uniforme à presença do imperador e ele me fez um aceno de cabeça, me anunciaram que eu havia caído nas graças do imperador e sido promovido a pajem de câmara de sua majestade. Fiquei contente. Há muito tempo eu realmente já alimentava por ele uma terna simpatia... Bem, e além disso, convenha o senhor, um uniforme magnífico, o que já é muita coisa para uma criança. Eu andava de fraque verde-escuro, de abas longas e estreitas; botões dourados, debruns vermelhos nas mangas costuradas com linhas douradas, uma gola alta, em pé, aberta, com as abas costuradas em linha dourada; as pantalonas brancas de couro de alce, justas, um colete de seda branco, meias de seda, sapatos afivelados... mas naquele tempo o passeio do imperador era a cavalo, e se eu participava da comitiva usava botas de montar de cano longo. Embora a situação não fosse magnífica e já se pressentissem enormes desgraças, observava-se a etiqueta na medida do possível e inclusive com tanto mais pontualidade quanto mais se pressentiam aquelas desgraças.

— Sim, é claro... — murmurou o príncipe com ar quase consternado —, as suas memórias seriam interessantíssimas.

O general, é claro, já contava o que na véspera contara a Liébediev, e o fazia, por conseguinte, de forma suave. Mas aí tornou a olhar com ar desconfiado para o príncipe.

— As minhas memórias — pronunciou com altivez redobrada —, escrever as minhas memórias? Isso não me tem seduzido, príncipe! Se quiser, as minhas memórias já foram escritas, entretanto... estão em minha escrivaninha. Quando me jogarem a terra sobre os olhos, então que apareçam, sem dúvida serão traduzidas para outras línguas, não por seu mérito literário, não, mas pela importância dos grandiosíssimos fatos dos quais fui testemunha ocular, embora criança; porém mais por isso: como criança, eu penetrei no mais íntimo, por assim dizer, dormitório do "grande homem"! À noite eu ouvia os gemidos desse "gigante na desgraça",[18] ele não podia ter vergonha de chorar diante de uma criança, embora eu já compreendesse que a causa dos seus sofrimentos era o silêncio do imperador Alexandre.

---

[17] J. B. de Bazancourt, barão (1767-1830), general francês, participante das campanhas de Napoleão I. O general Ívolguin insere esse nome em seu relato fantástico a fim de lhe dar autenticidade histórica. (N. da E.)

[18] Não foi possível estabelecer a fonte dessa citação. (N. da E.)

— Sim, mas ele escrevia cartas... com propostas de paz... — fez um coro tímido o príncipe.

— No fundo nós desconhecemos que propostas precisamente ele escrevia, mas escrevia todos os dias, toda hora, e uma carta atrás da outra! Andava terrivelmente inquieto. Uma vez, à noite, a sós, eu me lancei para ele às lágrimas (oh, eu o amava!): "Peça, peça perdão ao imperador Alexandre!" — gritei-lhe. Ou seja, eu deveria ter me expressado assim: "Faça as pazes com o imperador Alexandre", mas, como criança, eu externei ingenuamente todo o meu pensamento. "Oh, minha criança!" — respondeu ele, e andava de um canto a outro do quarto. — "Oh, minha criança!" — Na ocasião era como se ele não percebesse que eu tinha dez anos, e até gostava de conversar comigo. — "Oh, minha criança, eu estou disposto a beijar os pés do imperador Alexandre, mas em compensação ao rei da Prússia, mas em compensação ao imperador da Áustria, óbvio, a esses o meu eterno ódio e... enfim... tu não entendes nada de política!". Era como se de repente lhe houvesse ocorrido com quem falava e calou-se, mas durante muito tempo seus olhos ainda lançaram centelhas. Bem, vá eu descrever todos esses fatos — fui testemunha de fatos grandiosos —, vá eu publicá-los agora, e todos esses críticos, todas essas vaidades literárias, todas essas invejas, partidos e... não, isso é que não!

— Quanto aos partidos, o senhor, é claro, foi justo ao observar, e eu concordo com o senhor — respondeu baixinho o príncipe, depois de um pingo de pausa —, eu também li bem recentemente um livro de Charras[19] sobre a campanha de Waterloo. Pelo visto é um livro sério, e os especialistas asseguram que foi escrito com um extraordinário conhecimento do assunto. Mas em cada página transparece a alegria com a humilhação de Napoleão e, se fosse possível contestar em Napoleão até qualquer indício de talento também em outras campanhas, parece que Charras ficaria extremamente alegre com isso; isso já não fica bem em uma obra tão séria, porque já é espírito de partido. O senhor esteve muito ocupado com o seu serviço junto ao... imperador?

O general estava em êxtase. Por sua seriedade e simplicidade, a observação do príncipe dissolveu os últimos vestígios de desconfiança do general.

— Charras! Oh, eu mesmo fiquei indignado! No mesmo instante eu escrevi a ele, todavia... propriamente falando, não me lembro agora... O senhor me pergunta se eu estive ocupado com meu serviço. Oh, não! Chama-

---

[19] Jean-Baptiste Adolphe Charras (1810-1865). Seu livro antibonapartista, *Histoire de la campagne de 1815: Waterloo*, foi lido por Dostoiévski em 1867. (N. da E.)

vam-me pajem de câmara, mas já então eu não levava isso a sério. De mais a mais, o próprio Napoleão logo perdeu toda e qualquer esperança de trazer os russos para perto de si e, é claro, teria se esquecido também de mim, a quem aproximara de si com fito político, se... não gostasse pessoalmente de mim, eu me atrevo a dizer isso hoje. Foi o coração que me prendeu a ele. Não se perguntava pelo serviço: vez por outra era preciso aparecer em palácio e... acompanhar o general aos passeios a cavalo, eis tudo. Eu cavalgava bem. Ele saía na hora do almoço, da comitiva costumavam participar Davout, eu, o mameluco Roustand...[20]

— Constant[21] — deixou escapar de repente o príncipe sabe-se lá por quê.

— N-não, Constant ainda não andava por lá; ele viajava com uma carta... para a imperatriz Josefina; mas no lugar dele havia dois ordenanças, vários ulanos poloneses... Bem, eis toda a comitiva, além dos generais, é claro, e dos marechais que Napoleão levava consigo para com eles examinar o local, a disposição das tropas, e trocar ideias... Quem mais estava ao lado dele era Davout, como me lembro agora. Homem enorme, gordo, sangue frio e de óculos, com um olhar estranho. Era com ele que o imperador trocava ideias com mais frequência. Apreciava as ideias dele. Lembro-me de que já estavam reunidos há vários dias; Davout aparecia de manhã, à tarde, e inclusive discutiam constantemente; por fim Napoleão como que passou a concordar. Estavam os dois a sós no gabinete, eu era o terceiro, quase não notado por eles. De repente o olhar de Napoleão cai por acaso em mim, uma estranha ideia lhe passa pelos olhos. "Criança!" — diz ele de repente para mim. — "O que tu achas: se eu me converter à religião ortodoxa e libertar os vossos escravos, será que os russos me seguirão ou não?" — "Nunca!" — gritei eu indignado. Napoleão ficou perplexo. "Nos olhos desta criança, que brilham de patriotismo — disse ele — eu li a opinião de todo o povo russo. Basta, Davout! Tudo isso é fantasia! Exponha o seu outro projeto".

— Mas aquele projeto também era uma ideia forte! — disse o príncipe, visivelmente interessado. — Então o senhor atribui aquele projeto a Davout?

— Pelo menos eles se reuniam em conjunto. É claro que a ideia era de Napoleão, ideia de águia, mas no outro projeto também havia uma ideia...

---

[20] Louis Nicolas Davout, duque d'Auerstedt, marechal de França e ministro militar de Napoleão; Roustand (1780-1845), favorito e guarda-costas de Davout. (N. da E.)

[21] Trata-se do camareiro predileto de Napoleão, citado com bastante frequência na literatura de ficção e na memorialística. (N. da E.)

Era o próprio e famoso "conseil du lion",[22] como o próprio Napoleão chamou esse conselho de Davout. Ele consistia em fechar-se no Kremlin com toda a tropa, levantar barracas, entrincheirar-se com fortificações, dispor os canhões, matar, na medida do possível, mais cavalos e salgar a carne; saquear, na medida do possível, mais pão, estocá-lo e hibernar até a primavera; na primavera abrir caminho entre os russos. Esse projeto envolveu intensamente Napoleão. Todo dia nós cavalgávamos em volta das muralhas do Kremlin, ele mostrava onde quebrar, onde construir, onde erguer *lunette*, onde dispor *ravelin*, onde fazer séries de *blockhaus*[23] — o olhar, a rapidez, o ataque! Tudo ficou finalmente resolvido; Davout insistia na decisão definitiva. Mais uma vez estavam a sós, e eu era o terceiro. Mais uma vez Napoleão andava pelo quarto, com os braços cruzados. Eu não conseguia despregar os olhos do rosto dele, meu coração batia. "Eu vou indo" — disse Davout. "Para onde?" — perguntou Napoleão. "Salgar os cavalos" — disse Davout. Napoleão estremeceu, o destino estava sendo decidido. "Criança!" — disse-me de repente. — "O que tu achas da nossa intenção?" — É claro que ele me perguntou do jeito como vez por outra um homem de inteligência grandiosíssima pergunta no último instante a uma águia ou a uma parede. Em vez de Napoleão eu me dirijo a Davout e falo como se estivesse inspirado: "Fuja às pressas, general, volte para casa!". O projeto foi destruído. Davout deu de ombros e, ao sair, disse com um murmúrio: "*Bah! Il devient superstitieux!*".[24] No dia seguinte, foi anunciado o ataque.

— Tudo isso é sumamente interessante — pronunciou o príncipe em voz baixíssima — se é que isso acabou mesmo acontecendo... ou seja, eu quero dizer... — esboçou corrigir-se.

— Oh, príncipe! — bradou o general, a tal ponto embevecido com a sua história que possivelmente já não podia se deter nem diante da mais extrema imprudência. — O senhor diz: "Tudo isso aconteceu!". Porém houve mais, eu lhe asseguro que houve bem mais! Tudo isso são apenas fatos míseros, políticos. Mas eu lhe repito, eu fui testemunha das lágrimas noturnas e dos gemidos desse grande homem; agora, ninguém viu isso exceto eu! Por

---

[22] "Conselho do leão", em francês no original. (N. do T.)

[23] *Lunette* (do francês), fortificação de campo aberta a partir da retaguarda, constituída de aterros com um fosso à frente; *ravelin* (do francês), construção fortificada auxiliar em forma de triângulo com o topo voltado para o inimigo e situada diante do muro principal do forte; *blockhaus* (do alemão), construção fortificada dotada de seteiras, adaptada para defesa independente de um pequeno contingente de tropas. (N. da E.)

[24] "Bah! Ele está ficando supersticioso!", em francês no original. (N. do T.)

fim, palavra, ele já não chorava, não havia lágrimas, limitava-se a gemer aqui e ali; no entanto o seu rosto se comprimia cada vez mais como que movido pela escuridão. Era como se a eternidade já o envolvesse com a sua asa sombria. Vez por outra, à noite, nós passávamos horas a fio sozinhos, em silêncio — o mameluco Roustand roncando no quarto contíguo; aquele homem tinha um sono pesadíssimo. "Em compensação, ele é fiel a mim e à dinastia" — disse sobre ele Napoleão. Uma vez eu estava com uma dor terrível e súbito ele notou lágrimas nos meus olhos; olhou para mim enternecido: "Estás com pena de mim!" — exclamou. — "És uma criança, mas ainda é possível que outra criança, meu filho, *le roi de Rome*,[25] também se compadeça de mim; todos os outros, todos eles me odeiam, e meus irmãos serão os primeiros a me vender na desgraça!". Caí em prantos e me lancei para ele; aí ele não se conteve; nós nos abraçamos e nossas lágrimas se misturaram. "Escreva, escreva uma carta à imperatriz Josefina!" — disse-lhe aos prantos. Napoleão estremeceu, pensou e me disse: "Tu me lembraste de um terceiro coração que me ama; eu te agradeço, meu amigo!". No mesmo instante sentou-se e escreveu a carta a Josefina com a qual Constant foi enviado no dia seguinte.

— O senhor agiu maravilhosamente — disse o príncipe —, entre pensamentos perversos o senhor lhe infundiu um sentimento bondoso.

— Isso mesmo, príncipe, e como o senhor explica maravilhosamente isso, em consonância com o seu próprio coração! — bradou em êxtase o general e, estranhamente, lágrimas verdadeiras lhe rolaram dos olhos. — É, príncipe, é, aquilo foi um grande espetáculo! Sabe, por pouco eu não fui atrás dele a Paris e, é claro, teria dividido com ele a "ilha canicular da reclusão",[26] mas infelizmente nossos destinos se dividiram! Nós nos separamos: ele foi para a ilha canicular onde, ao menos uma vez, em um instante de terrível tristeza, talvez tenha recordado as lágrimas de um pobre menino, que o abraçou e lhe deu adeus em Moscou; já eu fui enviado ao corpo de cadetes, onde encontrei só disciplina, grosseria dos camaradas e... Infelizmente! Tudo deu em nada! "Não quero tirá-lo de tua mãe e não te levo comigo!" — disse-me ele no dia da retirada. — "Mas eu gostaria de fazer alguma coisa por ti". Já estava montado no cavalo. "Escreva alguma coisa de lembrança para mim no álbum de minha irmã" — pronunciei timidamente, porque ele estava muito perturbado e lúgubre. Ele voltou, pediu uma pena, pegou o álbum.

---

[25] "O rei de Roma", em francês no original. Napoleão deu este título ao filho François Charles Joseph (1811-1832). (N. da E.)

[26] Citado do poema de Púchkin, "Napoleão" (1826). (N. da E.)

"Quantos anos tem a tua irmã?" — perguntou-me já com a pena na mão. "Três anos" — respondi. "*Petite fille alors*."[27] E cunhou no álbum:

> "*Ne mentez jamais!
> Napoléon, votre ami sincère*"[28]

— Um conselho desses numa hora daquelas, convenha, príncipe!
— É, isso é notável.
— Aquela folha, em moldura dourada, debaixo de um vidro, passou a vida inteira pendurada na sala de jantar de minha irmã, no lugar mais visível, até a morte dela — ela morreu de parto; por onde anda a folha não sei... entretanto... ah, meu Deus, já são duas horas! Como eu o retive, príncipe! Isso é imperdoável.

O general levantou-se da cadeira.

— Oh, ao contrário! — balbuciou o príncipe. — O senhor me ocupou tanto e... enfim... isso é muito interessante; estou tão agradecido ao senhor!
— Príncipe! — disse o general, mais uma vez lhe apertando a mão a ponto de doer e olhando fixamente para ele com os olhos brilhando, como se súbito ele mesmo voltasse a si e estivesse aturdido com algum pensamento repentino. — Príncipe! O senhor é tão bom, tão simples que às vezes eu até tenho pena do senhor. Olho para o senhor enternecido; oh, Deus o abençoe! Oxalá sua vida comece e floresça... no amor. Já a minha está terminada! Oh, desculpe, desculpe.

Ele saiu rapidamente, cobrindo os olhos com as mãos. O príncipe não podia duvidar da sinceridade da emoção dele. Compreendia também que o velho saiu embevecido com o seu êxito; ainda assim, porém, pressentia que o velho era de uma daquelas categorias de mentirosos que, mesmo que mintam a ponto de chegar à voluptuosidade e até ao desligamento da realidade, não obstante, no ponto supremo do seu embevecimento acabam, apesar de tudo, suspeitando de si para si de que, vejam só, não acreditam nele e além do mais nem podem acreditar. Na situação em que ora se achava, o velho poderia voltar a si, envergonhar-se além da medida, desconfiar de que o príncipe tinha uma compaixão desmedida por ele e ofender-se. "Não terei feito pior levando-o a semelhante entusiasmo?" — inquietava-se o príncipe, que súbito não se conteve e caiu numa tremenda gargalhada de uns dez minutos.

---

[27] "Ainda é uma menininha", em francês no original. (N. do T.)

[28] "Nunca mintas! Napoleão, vosso amigo sincero". (N. do T.)

Quis recriminar-se por esse riso; mas compreendeu no mesmo instante que não tinha nenhuma razão para recriminar-se porque sentia uma pena infinita do general.

Seus pressentimentos se realizaram. Na mesma noite ele recebeu um estranho bilhete, lacônico porém decidido. O general fazia saber que se despedia também dele para todo o sempre, que o estimava e lhe era grato, mas que nem dele aceitava "os sinais de compaixão, que ofendiam a dignidade de um homem já em si infeliz". Quando o príncipe ouviu dizer que o velho se confinara na casa de Nina Alieksándrovna, ficou quase tranquilo por ele. Entretanto, nós já vimos que o general havia aprontado algumas maldades também com Lisavieta Prokófievna. Aqui também não podemos informar detalhes, mas observemos brevemente que a essência do encontro consistia em que o general assustara Lisavieta Prokófievna, e com suas amargas alusões a Gánia deixara-a indignada. Ele foi posto porta afora com desonra. Eis por que passara a noite e a manhã daquele jeito, perdera de vez o juízo e correra para a rua quase louco.

Kólia continuava sem entender inteiramente o caso e até esperava recorrer à severidade.

— Então, general, aonde vamos nos meter agora, o que o senhor acha? — disse ele. — Para a casa do príncipe o senhor não quer, com Liébediev o senhor brigou, dinheiro o senhor não tem, eu nunca o tenho: agora estamos nós dois lisos no meio da rua.

— É mais agradável ficar com os zeros que ficar a zero — murmurou o general —, com esse... trocadilho eu despertei o entusiasmo... na sociedade dos oficiais... quarenta e quatro... mil... oitocentos... e quarenta e quatro, verdade!... Eu não me lembro... Oh, não lembre, não lembre! "Cadê a minha mocidade, cadê o meu frescor!" Como exclamou... quem exclamou isso, Kólia?

— Isso está em Gógol, em *Almas mortas*,[29] papai — respondeu Kólia e olhou receoso de esguelha para o pai.

— Almas mortas! Ah, sim, mortas! Quando tu me enterrares escreve no túmulo: "Aqui jaz uma alma morta!". A vergonha me persegue![30] Quem disse isso, Kólia?

— Não sei, papai.

— Ieropiégov não existiu! Ierochka Ieropiégov! — bradou ele com fú-

---

[29] Citação incorreta de *Almas mortas*, de Gógol, onde se lê: "Oh, minha mocidade, oh meu frescor!". (N. da E.)

[30] Não foi possível estabelecer a fonte da citação. (N. da E.)

ria, parando na rua. — E isso dito por meu filho, meu próprio filho! Ieropiégov é o homem que durante doze meses me fez as vezes de irmão, por quem eu, em um duelo... o príncipe Vigorietski, nosso capitão, disse a ele ao pé de uma garrafa: "Gricha, onde tu recebeste a tua Anna,[31] podes me dizer?" — "Nos campos de batalha da minha pátria, eis onde recebi!". Eu brado: "Bravo, Gricha!". Bem, foi aí que saiu o duelo, e depois ele casou com Mária Pietrovna Su... Sutúguina e foi morto nos campos... A bala ricocheteou no meu crucifixo que estava no peito e foi direto na testa dele. "Nunca hei de esquecer!" — bradou e caiu no lugar. Eu... eu servi honestamente, Kólia; eu servi decentemente, mas a vergonha — "a vergonha me persegue!". Tu e Nina virão à minha sepultura... "Pobre Nina!" Era assim que eu a chamava antes, Kólia, há muito tempo, ainda nos primeiros tempos, e ela gostava tanto... Nina, Nina! O que foi que eu fiz do teu destino?! Por que tu podes me amar, alma paciente! Tua mãe tem alma angelical, Kólia, estás ouvindo, angelical!

— Isso eu sei, papai. Papai, meu caro, voltemos para casa para junto da mamãe! Ela correu atrás da gente! O que foi que lhe deu? É como se não compreendesse... Vamos, por que está chorando?

O próprio Kólia chorava e beijava as mãos do pai.

— Tu estás beijando as minhas mãos, as minhas!

— Sim, as suas, as suas. O que há de surpreendente? Vamos, por que está chorando em pleno meio da rua, e ainda se diz general, um militar, ora, vamos!

— Deus te abençoe, meu querido menino, porque foste respeitoso com um velhote infame — sim! Por um velhote infame, teu pai... é, tu também irás ter um menino assim como tu... *le roi de Rome*... Oh, "maldição, maldição a essa casa!".

— Ora, o que é que está realmente acontecendo aqui! — bradou de súbito Kólia. — O que houve de mal? Por que agora o senhor não quer voltar para casa, o que foi, o senhor enlouqueceu?

— Eu te explico, eu te explico... vou te dizer tudo; não grita, estás ouvindo, *le roi de Rome*... Oh, estou enjoado, estou triste!

Aia, onde está o teu túmulo?[32]

Quem exclamou isso, Kólia?

---

[31] Gricha, diminutivo de Grigori; Anna, leia-se medalha de Sant'Anna. (N. do T.)

[32] "Aia, onde estará teu túmulo/ Na muralha de um mosteiro?". Citação da terceira

— Não sei, não sei quem exclamou! Vamos para casa agora, agora! Eu arrebento o Gánia se for preciso... sim, mas para onde o senhor está indo de novo?

Mas o general o arrastava para o alpendre de um prédio próximo.

— Aonde o senhor vai? Esse alpendre é estranho! — O general sentou-se no alpendre e sempre puxando Kólia para si com a mão.

— Abaixa-te, abaixa-te! — balbuciou ele. — Eu vou te contar tudo... uma vergonha... Abaixa-te... o ouvido, o ouvido; vou contar ao pé do ouvido...

— Ora, o que é que o senhor tem!? — Kólia assustou-se terrivelmente, encostando, porém, o ouvido.

— *Le roi de Rome*... — murmurou o general, também como que todo trêmulo.

— O quê?... Que *le roi de Rome* é esse que o senhor arranjou?... O quê?

— Eu... eu... — tornou a chiar o general, agarrando-se cada vez com mais e mais força ao ombro do "seu menino" — eu... quero... eu te... tudo, Mária, Mária... Pietrovna Su-su-su...

Kólia desvencilhou-se, agarrou o general pelos ombros e ficou a olhá-lo como um louco. O velho enrubesceu, seus lábios ficaram roxos, pequenas convulsões ainda lhe correram pelo rosto. Súbito ele se inclinou e começou a arriar lentamente num braço de Kólia.

— Um ataque! — bradou para toda a rua, percebendo finalmente de que se tratava.

---

parte do poema "Humor", de N. P. Ogariov (1813-1877), publicado no almanaque *Polyárnaia Zviezdá* (Estrela Polar) em novembro de 1868. O capítulo IV da última parte de *O idiota* saiu originalmente em dezembro de 1869 na revista *Rússkii Viéstnik*. (N. da E.)

V

Para falar a verdade, em sua conversa com o irmão Varvara Ardaliónovna havia exagerado um pouco a precisão das suas notícias sobre o noivado do príncipe com Aglaia Iepántchina. Como mulher perspicaz, é possível que ela tivesse previsto o que deveria acontecer em breve; talvez amargurada por causa do sonho que se desfizera como fumaça (no qual, para falar a verdade, ela mesma não acreditava), como ser humano ela não podia se furtar ao prazer de aumentar a desgraça derramando ainda mais veneno no coração do irmão, que ela, aliás, amava com sinceridade e compaixão. Em todo caso, porém, não conseguira receber de suas amigas, as Iepántchin, notícias muito precisas; houve apenas insinuações, palavras reticentes, silêncios, enigmas. É possível que as irmãs de Aglaia tenham deixado escapar intencionalmente alguma coisa a fim de, elas mesmas, arrancarem algo de Varvara Ardaliónovna; por fim, pode ter acontecido, ainda, que elas não quisessem negar a si mesmas o prazer feminino de provocar um pouco a amiga, mesmo sendo de infância: tampouco podiam deixar de notar, ao menos uma pontinha das intenções da outra durante tanto tempo.

Por outro lado, até o príncipe, ainda que tivesse absoluta razão ao assegurar a Liébediev que nada podia lhe informar e que a ele mesmo nada havia acontecido de especial, também ele é possível que estivesse equivocado. De fato, aconteceu com todos alguma coisa como que muito estranha: nada havia acontecido e ao mesmo tempo era como se muita coisa tivesse acontecido. Foi isto que Varvara Ardaliónovna adivinhou com seu fiel instinto feminino.

Entretanto, como aconteceu que todas as Iepántchin juntas de repente se deixaram levar pelo pensamento único e concorde de que algo capital acontecera com Aglaia e que seu destino estava sendo decidido — é coisa muito difícil de expor pela ordem. Todavia, mal esse pensamento passou simultaneamente pela cabeça de todas, no mesmo instante e todas simultaneamente acharam que há muito tempo haviam percebido tudo e previsto tudo isso com clareza; que tudo estava claro desde o "cavaleiro pobre" e até antes, só que naquele momento ainda não queriam acreditar em tamanho absurdo. Assim afirmavam as irmãs; é claro que antes de todas Lisavieta

Prokófievna previra e se inteirara de tudo, e há muito tempo andava com "o coração doendo", mas — teria sido há muito tempo, ou não? — agora pensar no príncipe se lhe tornara desagradável demais, no fundo porque isso a desnorteava. Aí tinha pela frente uma questão que precisava resolver imediatamente; mas não só era impossível resolvê-la, como a pobre Lisavieta Prokófievna não podia nem se colocar a questão com plena clareza, por mais que se debatesse. O caso era difícil: "O príncipe é bom ou não é bom? Tudo isso é bom ou não é bom? Se não é bom (o que não deixa dúvida), então por que mesmo não é bom? E se, talvez, for bom (o que também é possível), então, mais uma vez, bom por quê?". O próprio pai da família, Ivan Fiódorovitch, ficou, é claro, antes de tudo surpreso, mas depois confessou de chofre que, "palavra, ele também pareceu entrever algo dessa natureza durante todo esse tempo, e eis que de repente era como se tivesse entrevisto!". Calou-se no mesmo instante sob o olhar ameaçador da esposa, mas se calou de manhã, porque à tarde, a sós com ela e novamente forçado a falar, súbito e como que com uma animação especial exprimiu algumas ideias inesperadas: "Ora, no fundo, o que está acontecendo?". (Silêncio.) "É claro que tudo isso é muito estranho, se for mesmo verdade, e que ele não discute, porém..." (Mais uma vez silêncio.) "Mas, por outro lado, se olhar direto para as coisas, o príncipe, palavra, é um rapaz magnificentíssimo, e... e, e — bem, enfim, o nome, o nosso nome de família, tudo isso vai ter a aparência, por assim dizer, de apoio do nome familiar que está humilhado aos olhos da sociedade, ou seja, vendo a coisa desse ponto de vista, ou seja, porque... é claro, a sociedade; sociedade é sociedade; mas apesar de tudo o príncipe também não é um homem sem posses, ainda que sejam apenas algumas. Ele tem... e... e... e..." (Um silêncio prolongado e lapso decisivo.) Depois de ouvir o marido, Lisavieta Prokófievna saiu de todos limites.

Segundo ela, todo o ocorrido era "um absurdo imperdoável e até criminoso, um quadro fantástico, tolo e absurdo!". Em primeiro lugar "esse principezinho é um idiota doente, em segundo, um imbecil, não conhece nem a sociedade, não tem nem um lugar na sociedade: a quem você vai mostrá-lo, aonde vai enfiá-lo? Um democrata qualquer inadmissível, não tem nem um titulozinho, e... e... que dirá Bielokónskaia? Demais, era um marido assim que nós imaginávamos e destinávamos para Aglaia?". O último argumento, é claro, era o principal. O coração da mãe tremia com esse pensamento, sangrava e banhava-se de lágrimas, embora ao mesmo tempo algo se mexesse dentro desse coração e de repente lhe dissesse: "E em que o príncipe não é aquele que você mesma queria?". Pois bem, essas objeções do próprio coração eram as mais preocupantes para Lisavieta Prokófievna.

Por algum motivo, as irmãs de Aglaia gostaram da ideia a respeito do príncipe; ela até parecia não muito estranha; numa palavra, até podiam ver-se num instante inteiramente do lado dele. Mas as duas resolveram calar-se. Na família já se observara de uma vez por todas que, às vezes, quanto mais obstinada e insistentemente cresciam as reações e objeções de Lisavieta Prokófievna em algum ponto comum e discutível na família, mais isso podia servir para que todos vissem aí um indício de que ela já concordava com esse ponto. Mas, por outro lado, era impossível calar por completo Alieksandra Ivánovna. Tendo feito dela sua conselheira há muito tempo, agora a mãe a chamava a todo instante e exigia que externasse as suas opiniões, e sobretudo suas lembranças, ou seja: "Como tudo isso aconteceu? Por que ninguém viu isso? Por que não falaram na ocasião? O que então significava aquele detestável 'cavaleiro pobre'? Por que só ela, Lisavieta Prokófievna, estava condenada a se preocupar por todos, a observar e adivinhar tudo, enquanto todos os outros ficavam pensando na morte da bezerra?" etc. etc. A princípio Alieksandra Ivánovna foi cautelosa e apenas observou que lhe parecia bastante correta a ideia do pai segundo a qual, aos olhos da sociedade, poderia parecer muito satisfatória a escolha do príncipe Míchkin para marido de uma das Iepántchin. Acalorada, pouco a pouco ela foi acrescentando inclusive que o príncipe não tinha nada de "bobinho" e nunca o havia sido, e quanto à importância — bem, só Deus sabe em que vai apoiar-se a importância de um homem decente aqui na Rússia daqui a alguns anos: nos antigos sucessos obrigatórios no serviço ou em alguma outra coisa? A tudo isso a mãe logo ressaltava que Alieksandra "era livre pensadora e que tudo vinha da maldita questão feminina". Em seguida, meia hora depois, foi à cidade, e de lá à Ilha das Pedras[33] a fim de encontrar Bielokónskaia, que, como de propósito, estava nesse momento em Petersburgo mas, por outro lado, logo iria partir. Bielokónskaia era madrinha de Aglaia.

A "velha" Bielokónskaia ouviu todas as confissões febris e desesperadas de Lisavieta Prokófievna e não se comoveu o mínimo com as lágrimas da desnorteada mãe de família, até olhou para ela com ar zombeteiro. Era uma déspota terrível; na amizade, inclusive na mais antiga, não podia admitir igualdade, e para Lisavieta Prokófievna olhava terminantemente como para a sua *protégée*, como trinta e cinco anos antes, e de maneira nenhuma podia se conformar com a severidade e a independência de caráter dela. Observou, entre outras coisas, que "parece que todos eles, por seu hábito anti-

---

[33] Lugar de repouso da aristocracia destacada, mencionado por Dostoiévski também em *Noites brancas*. (N. da E.)

go, se anteciparam demais e fizeram do argueiro um cavaleiro; que, por mais que ela desse ouvidos, não estava convencida de que entre eles houvesse acontecido algo realmente sério; que talvez fosse melhor esperar até que alguma coisa acontecesse: que o príncipe, segundo sua opinião, era um jovem decente, ainda que doente, estranho e demasiado insignificante. O pior de tudo é que ele sustentava abertamente uma amante". Lisavieta Prokófievna compreendeu muito bem que Bielokónskaia estava um pouco zangada com o insucesso de Ievguiêni Pávlovitch, recomendado por ela. Voltou para sua casa em Pávlovsk ainda mais irritada do que quando partira, e no mesmo instante sobrou para todo mundo, principalmente pelo fato de que "haviam enlouquecido", de que em casa de ninguém a coisa era levada daquela maneira, só na casa deles era assim; "por que se precipitaram? Em que deu? Por mais que eu olhe ao redor, não posso concluir de maneira nenhuma que algo tenha realmente acontecido! Esperem até que aconteça! Pouco importava o que passava pela cabeça de Ivan Fiódorovitch, não iam fazer de um argueiro um cavaleiro, iriam?" etc. etc.

Verificava-se, por conseguinte, que se precisava de tranquilidade, considerar as coisas com sangue frio e esperar. Infelizmente, porém, a tranquilidade não se sustentou nem dez minutos. O primeiro golpe contra o sangue frio foi desferido pelas notícias do que acontecera enquanto a mamãe estava na Ilha das Pedras. (A viagem de Lisavieta Prokófievna deu-se logo na manhã seguinte ao dia em que o príncipe aparecera após a meia-noite em vez das dez.) Às indagações impacientes da mãe, as irmãs responderam com muitos detalhes e, em primeiro lugar, que "na ausência dela parecia não ter acontecido absolutamente nada", que o príncipe tinha aparecido, que Aglaia demorara muito a sair para ele, em torno de meia hora, depois apareceu, e tão logo apareceu propôs ao príncipe jogar xadrez; que o príncipe não sabia nem começar o xadrez e Aglaia o venceu logo de saída; que ela estava muito alegre e deixara o príncipe acanhadíssimo pela incapacidade dele, rira muitíssimo dele, de tal forma que dava até pena olhar para o príncipe. Depois ela sugeriu jogar baralho, jogar o burro. Mas aí a coisa se inverteu completamente: o príncipe se revelou tão forte no burro como... como um professor; jogou com maestria; aí Aglaia trapaceou, trocou as cartas, e aos olhos dele roubou vazas, mas ainda assim ele a deixou todas as vezes com cara de tola; umas cinco vezes seguidas. Aglaia ficou furiosíssima, até completamente descontrolada; soltou tamanhas farpas e disse tais insolências ao príncipe que ele deixou de rir e ficou totalmente pálido quando ela, por fim, lhe disse que "não poria o pé naquela sala enquanto ele estivesse ali, e que era até uma falta de vergonha da parte dele visitá-las e ademais à noite, depois da meia-noite, *depois de tudo o que havia acontecido*". Em seguida bateu a porta e saiu. O príncipe foi embora como se saísse de um enterro, apesar de todos os consolos da parte delas. Súbito, quinze minutos depois da saída do príncipe, Aglaia subiu correndo para o terraço, e com tal pressa que nem enxugou os olhos, e estava com os olhos chorosos; correu para lá porque Kólia apareceu trazendo um ouriço. Todos ficaram a olhar para o ouriço; às perguntas dela Kólia respondeu que o ouriço não era dele, e que estava indo com outro colega, também colegial, Kóstia[34] Liébediev, que ficara na rua e tivera vergonha de entrar porque estava com um machado; que haviam acabado de comprar o ouriço e o machado de um mujique com quem cruzaram. O mujique vendera o ouriço por quinze copeques, já o machado tiveram de convencê-lo a vender porque vinha a calhar, e ademais era um machado muito bom. Nesse ponto Aglaia começou de súbito a importunar terrivelmente Kólia, dizendo que ele lhe vendesse no mesmo instante o ouriço, saiu de si, chegou até a chamar Kólia de "querido". Kólia não concordava, mas por fim não se conteve e chamou Kóstia Liébediev, que de fato entrou com um machado na mão e ficou muito atrapalhado. Mas nisso se verificou que o ouriço não era deles, mas de algum terceiro menino, Pietrov, que dera dinheiro aos dois para que lhe comprassem a *História* de Schlosser[35] de um quarto menino que, precisando de dinheiro, estava querendo fazer um bom negócio; que eles tinham ido comprar a *História* de Schlosser mas não se contiveram e compraram o ouriço, de maneira que, por conseguinte, tanto o ouriço quanto o machado pertenciam ao terceiro menino, para o qual o estavam levando agora no lugar do Schlosser. Mas Aglaia importunou tanto que os dois acabaram resolvendo lhe vender o ouriço. Mal Aglaia recebeu o ouriço, ela o pôs no mesmo instante em um cesto trançado com a ajuda de Kólia, cobriu-o com um guardanapo e começou a pedir que Kólia levasse imediatamente o ouriço para o príncipe, em nome dela, sem ir a outro lugar, com o pedido de que o recebesse "como sinal da mais profunda estima". Kólia concordou com alegria e deu a palavra de levá-lo, mas logo começou a importunar: "O que significa o ouriço e esse presente?". Aglaia lhe respondeu que não era da conta dele. Ele respondeu que estava convencido de que ali havia uma alegoria. Aglaia zangou-se e lhe retrucou que ele era um menino e nada mais. Kólia lhe objetou no ato que se não respeitasse nela uma mulher e ainda por cima as suas convicções, imediatamente lhe demonstraria

---

[34] Diminutivo e/ou tratamento íntimo do nome Konstantin. (N. do T.)

[35] Friedrich Cristoph Schlosser (1776-1861), historiador alemão, cuja *História universal* Dostoiévski leu e tinha em sua biblioteca. (N. da E.)

que sabia responder a semelhante ofensa. Aliás, a coisa terminou com Kólia, apesar de tudo, indo levar o ouriço em êxtase, e atrás dele também Kóstia Liébediev; Aglaia não se conteve e, vendo que Kólia agitava demais a cesta, gritou-lhe do terraço à saída dele: "Kólia, por favor, não deixe cair, meu caro!" — como se não tivesse acabado de altercar com ele; Kólia parou e também, como se não tivesse altercado, gritou com a maior disposição: "Não, não vou deixar cair, Aglaia Ivánovna. Fique absolutamente tranquila!" — e saiu outra vez em carreira desabalada. Em seguida Aglaia deu uma imensa gargalhada e correu para o quarto satisfeita ao extremo, e depois passou o dia todo muito contente.

Essa notícia deixou Lisavieta Prokófievna completamente atônita. O que estaria parecendo? Vai ver que era esse o estado de ânimo dela. Sua inquietação chegara ao cúmulo da excitação e, o principal — o ouriço; o que significa o ouriço? O que estará convencionado aí? O que isso subentende? Que sinal é esse? Que telegrama é esse? Ainda por cima, o coitado do Ivan Fiódorovitch, que ali mesmo estivera durante o interrogatório, estragou tudo com a resposta. Segundo ele, não houve nenhum telegrama, e quanto ao ouriço — "é um simples ouriço e só — significa ainda, além disso, amizade, esquecimento das ofensas e reconciliação, em suma, tudo isso é travessura, em todo caso inocente e perdoável".

Observemos, entre parênteses, que ele acertou em cheio. O príncipe, depois de voltar para casa após conversar com Aglaia, ser ridicularizado e escorraçado por ela, já estava cerca de meia hora no mais sombrio desespero quando de repente apareceu Kólia com o ouriço. Num abrir e fechar de olhos o céu clareou; o príncipe pareceu ressuscitar dos mortos; interrogou Kólia, pendurou-se em cada palavra dele, repetiu as perguntas dezenas de vezes, ria como uma criança e a todo instante apertava as mãos dos meninos que sorriam e olhavam vivamente para ele. Verificava-se, por conseguinte, que Aglaia perdoava, e o príncipe podia tornar a visitá-la hoje mesmo à noite, e para ele isso não era apenas o principal, era inclusive tudo.

— Como nós ainda somos crianças, Kólia! E... e... como é bom que somos crianças! — exclamou enfim, embevecido.

— Ela está pura e simplesmente apaixonada pelo senhor, príncipe, e mais nada! — respondeu Kólia com autoridade e ar imponente.

O príncipe corou, mas desta vez não disse uma palavra, enquanto Kólia se limitava a gargalhar e a bater com as mãos; um minuto depois até o príncipe riu, e depois até o anoitecer ficou a olhar a cada cinco minutos para o relógio, querendo ver se havia passado muito tempo e se ainda faltava muito tempo para o entardecer.

Mas o estado de espírito preponderou: por fim Lisavieta Prokófievna não se conteve e se deixou levar por um instante de histeria. Apesar de todas as objeções do marido e das filhas, ela mandou chamar imediatamente Aglaia com a finalidade de lhe fazer a última pergunta e receber dela a resposta mais clara e última. "Para acabar de vez com isso e tirar o fardo dos ombros, e também para esquecer!" "Senão — anunciou ela — não vou viver até o anoitecer!" Só então todos se deram conta da inépcia a que haviam levado a questão. Além da surpresa fingida, da indignação, da gargalhada e das zombarias com o príncipe e com todos os que a interrogavam, nada conseguiram de Aglaia. Lisavieta Prokófievna deitou-se na cama e só saiu de lá para o chá no momento em que esperavam pelo príncipe. O príncipe ela aguardava com tremor, e quando ele apareceu ela ficou à beira de um ataque histérico.

O próprio príncipe entrou timidamente, quase às apalpadelas, sorrindo de maneira estranha, olhando todos nos olhos e como que querendo saber de todos por que mais uma vez Aglaia não estava no recinto, o que incontinenti o deixou assustado. Nessa noite não havia ninguém estranho, só os membros da família. O príncipe Sch. ainda estava em Petersburgo motivado pelo caso do tio de Ievguiêni Pávlovitch. "Pelo menos se ele conseguisse dizer alguma coisa" — afligia-se com ele Lisavieta Prokófievna. Ivan Fiódorovitch estava sentado, com uma expressão preocupadíssima; as irmãs estavam sérias e, como se fosse de propósito, calavam; Lisavieta Prokófievna não sabia por onde começar a conversa. Por fim desqualificou energicamente a estrada de ferro e olhou para ele com um desafio decidido.

Infelizmente! Aglaia não saía do quarto e o príncipe estava perdido. Mal conseguindo balbuciar e desconcertado, ele fez menção de externar a opinião de que era de suma utilidade consertar a estrada, mas súbito Adelaida começou a rir e o príncipe mais uma vez sentiu-se aniquilado. Foi nesse mesmo instante que entrou Aglaia tranquila e com ar imponente, fez uma reverência cerimoniosa ao príncipe e ocupou triunfalmente o lugar mais visível na mesa redonda. Olhou interrogativa para o príncipe. Todos compreenderam que chegara a hora da solução de todas as dúvidas.

— Você recebeu o meu ouriço? — perguntou ela com firmeza e quase zangada.

— Recebi — respondeu o príncipe, corando e gelando.

— Explique imediatamente, o que você acha disso? Isso é indispensável para a tranquilidade de mamãe e de toda a nossa família.

— Escute, Aglaia... — súbito preocupou-se o general.

— Está ultrapassando todos os limites! — assustou-se de chofre Lisavieta Prokófievna com alguma coisa.

— Aqui não há nada de todos os limites, *maman* — respondeu de pronto a filha, com severidade. — Hoje eu mandei um ouriço para o príncipe e quero saber a opinião dele. Então, príncipe?

— Isto é, que opinião, Aglaia Ivánovna?

— Sobre o ouriço.

— Isto é... eu acho, Aglaia Ivánovna, que você está querendo saber como eu recebi... o ouriço... ou melhor, como eu vi... esse envio... do ouriço, ou seja... neste caso eu suponho que... numa palavra...

Ele ficou sufocado e calou-se.

— Bem, não disse muita coisa — retomou Aglaia uns cinco segundos depois. — Está bem, concordo em deixar para lá o ouriço; mas eu estou contente por enfim poder acabar com todas as dúvidas. Permita-me por último saber de você mesmo e pessoalmente: está pretendendo me pedir em casamento ou não?

— Ah, meu Deus! — deixou escapar Lisavieta Prokófievna.

O príncipe estremeceu e recuou; Ivan Fiódorovitch pasmou; as irmãs carregaram o cenho.

— Não minta, príncipe, diga a verdade. Por sua causa estão me perseguindo com perguntas estranhas; essas perguntas têm algum fundamento? Vamos!

— Eu não estava pretendendo pedi-la em casamento, Aglaia Ivánovna — pronunciou o príncipe, animando-se de repente —, mas... você mesma sabe como eu a amo e acredito em você... inclusive neste momento...

— Eu lhe perguntei: está pedindo minha mão ou não?

— Estou — respondeu o príncipe, gelando.

Seguiu-se um movimento geral e forte.

— Essa coisa toda não é assim, querido amigo — proferiu Ivan Fiódorovitch fortemente comovido — isso... isso é quase impossível, se esse é o caso, Anun... Desculpe, príncipe, desculpe, meu querido!... Lisavieta Prokófievna! — dirigiu-se à mulher pedindo ajuda. — Seria o caso de... examinar...

— Eu me nego, eu me nego! — agitou os braços Lisavieta Prokófievna.

— Permita, *maman*, que eu também fale; porque nesse assunto eu também significo alguma coisa: está sendo resolvido um momento extraordinário do meu destino (foi exatamente assim que Aglaia se expressou) e eu mesma quero saber, e além do mais, estou contente que seja na presença de todos... permita que lhe pergunte, príncipe, se você "nutre tais intenções", então como supõe precisamente fazer a minha felicidade?

— Palavra que não sei como lhe responder, Aglaia Ivánovna; neste caso... o que responder? Ademais... seria preciso?

— Parece que você está atrapalhado e sufocado; descanse um pouco e junte novas forças; beba um copo d'água; aliás agora mesmo vão lhe servir chá.

— Eu a amo, Aglaia Ivánovna, eu a amo muito; só a você eu amo e... não brinque, por favor, eu a amo muito.

— Mas, não obstante, este é um assunto importante; nós não somos crianças e é preciso ver a coisa positivamente... Faça o esforço de explicar, em que consistem as suas posses?

— Ora, ora, ora, Aglaia. O que estás fazendo!? Não é assim, não é assim... — balbuciou assustado Ivan Fiódorovitch.

— É uma vergonha! — murmurou alto Lisavieta Prokófievna.

— Posses... ou seja, dinheiro? — admirou-se o príncipe.

— Isso mesmo.

— Eu tenho... atualmente eu tenho cento e trinta e cinco mil — murmurou o príncipe corando.

— Só? — admirou-se Aglaia em voz alta e franca, sem corar o mínimo. — Pensando bem, nada mal; principalmente se fizer economia... tem intenção de entrar para o serviço público?

— Eu gostaria de fazer uma prova para mestre...

— Viria a calhar; é claro que isto aumentaria os seus recursos. Admite ser *kamer-junker*?[36]

— *Kamer-junker*. Eu não tinha absolutamente isso em vista, no entanto...

Nesse ponto as duas irmãs não se contiveram e desataram a rir. Adelaida vinha notando há muito tempo, nos traços contraídos do rosto de Aglaia, indícios de um riso rápido e incontido, que por enquanto ela sustinha por todos os meios. Aglaia fez menção de olhar ameaçadoramente para as irmãs que riam, mas em segundos ela mesma não se conteve e foi tomada da gargalhada mais louca, quase histérica; por fim levantou-se de um salto e saiu correndo da sala.

— Eu bem que sabia que era apenas riso e nada mais! — bradou Adelaida. — Desde o início, desde o ouriço.

— Não, isso eu já não permito, não permito! — ferveu de ira Lisavieta Prokófievna e precipitou-se atrás de Aglaia. Atrás dela correram no mesmo instante as irmãs. Na sala ficaram o príncipe e o pai da família.

— Isso, isso... tu poderias imaginar algo semelhante, Liev Nikoláie-

---

[36] Do alemão *Kammerjunker*, título cortesão inferior na Rússia tsarista e em algumas monarquias. (N. do T.)

vitch!? — bradou rispidamente o general, pelo visto sem entender o que queria dizer. — Não, falando sério, sério!

— Estou vendo que Aglaia Ivánovna estava rindo de mim — respondeu triste o príncipe.

— Espera, meu irmão; eu vou lá, mas tu ficas aqui esperando... porque... pelo menos tu, Liev Nikoláievitch, pelo menos tu me expliques: como foi acontecer tudo isso e o que tudo isso significa, em todo, por assim dizer, o seu conjunto? Convém tu mesmo, irmão — seja como for eu sou o pai, por isso não estou entendendo nada; pelo menos tu me expliques!

— Eu amo Aglaia Ivánovna; ela sabe disso e... faz muito tempo, parece que sabe.

O general deu de ombros.

— Estranho, estranho... e amas muito?

— Amo muito.

— Estranho, tudo isso é estranho para mim. Ou seja, uma surpresa como essa e um golpe que... Vê, meu querido, não estou me referindo às posses (embora esperasse que tivesses mais), entretanto... para mim a felicidade da minha filha... enfim... serias capaz, por assim dizer, de fazer essa... felicidade? E... e... o que é isso: uma brincadeira ou verdade da parte dela? Ou seja, não da tua parte, mas da dela?

Do outro lado da porta ouviu-se a voz de Alieksandra Ivánovna: chamavam o pai.

— Espera, meu irmão, espera! Espera e reflete, enquanto isso, agora eu... — pronunciou ele às pressas e correu quase assustado ao chamado de Alieksandra.

Encontrou a esposa e a filha abraçadas uma à outra e banhadas as duas em lágrimas. Eram lágrimas de felicidade, de enternecimento e reconciliação. Aglaia beijava as mãos da mãe, a face, os lábios; as duas se estreitavam calorosamente uma à outra.

— Pois bem, Ivan Fiódorovitch, olhe para ela, aí está ela inteira! — disse Lisavieta Prokófievna.

Aglaia afastou do peito da mãe seu rostinho feliz e choroso, olhou para o pai, deu uma risada alta, pulou para ele, abraçou-o e o beijou várias vezes. Em seguida, lançou-se para a mãe e já escondeu inteiramente o rosto no peito dela para que ninguém visse e incontinenti tornou a chorar. Lisavieta Prokófievna cobriu-a com a ponta do xale.

— Então, o que estás fazendo conosco, depois de uma coisa dessas, és uma menina cruel, é isso! — pronunciou ela, mas já em tom alegre, como se de repente começasse a respirar melhor.

— Cruel! Sim, cruel! — replicou súbito Aglaia. — Um traste! Mimada! Diga isso a papai. Ah, ele está aqui. Papai, tu estás aqui? Escuta! — começou a rir entre lágrimas.

— Minha querida amiga, meu ídolo! — o general lhe beijava as mãos todo radiante de felicidade. (Aglaia não tirava as mãos.) — Quer dizer que tu, por conseguinte, amas esse... jovem?...

— De jeito nenhum! Não consigo suportar... o seu jovem, não consigo suportar! — explodiu de repente Aglaia e levantou a cabeça. — E se o senhor, papai, mais uma vez se atrever... estou lhe falando sério; está ouvindo: estou falando sério! — e ela realmente falava sério: até ficou toda vermelha e com os olhos brilhando. O pai parou e assustou-se, mas Lisavieta Prokófievna lhe fez um sinal por trás de Aglaia, no qual ele compreendeu: "Não interrogues...".

— Se é assim, meu anjo, porque vê, como queiras, à tua vontade, ele está lá esperando; não seria o caso de insinuar para ele, delicadamente, para ele ir embora?

Por sua vez, o general piscou para Lisavieta Prokófievna.

— Não, não, isso já é dispensável; sobretudo se for "delicadamente"; vá o senhor mesmo ter com ele; eu vou depois, num instante. A esse jovem eu quero... pedir desculpas porque eu o ofendi.

— E ofendeu muito — respaldou a sério Ivan Fiódorovitch.

— Bem, sendo assim... melhor que vocês todos fiquem aqui que eu vou primeiro sozinha, vocês vão logo depois de mim, venham no mesmo instante; assim é melhor.

Ela já chegara à porta, mas de repente voltou.

— Eu vou desatar a rir! Vou morrer de rir! — informou com ar triste.

Mas no mesmo instante deu meia-volta e correu para onde estava o príncipe.

— Bem, o que isso significa? O que é que tu achas? — falou apressadamente Ivan Fiódorovitch.

— Tenho até medo de dizer — respondeu Lisavieta Prokófievna também às pressas —, mas a meu ver está claro.

— E para mim está claro, claro como o dia. Ela ama.

— Além de amar ainda está apaixonada! — respondeu Aliksandra Ivánovna. — Só que, veja, por quem?

— Deus a abençoe se esse é o destino dela! — benzeu-se com devoção Lisavieta Prokófievna.

— Então é o destino — respaldou o general — e ao destino ninguém foge!

E todos foram para a sala de visitas, mas lá os esperava mais uma surpresa.

Aglaia, além de não disparar a rir ao se aproximar do príncipe, como o temia, ainda lhe disse quase com alegria:

— Desculpe uma menina tola, má, mimada (ela segurou as mãos dele), e esteja certo de que todos nós o estimamos desmedidamente. E se me atrevi a transformar em galhofa a sua maravilhosa... e bondosa simplicidade, então me desculpe como uma criança pela travessura; desculpe por eu ter insistido nesse absurdo que, é claro, não pode ter as mínimas consequências...

As últimas palavras Aglaia proferiu com uma entonação especial.

O pai, a mãe e as irmãs todas chegaram na sala de visitas a tempo de ver tudo isso e ouvir, e todos ficaram estupefatos com o "absurdo" que não podia ter "as mínimas consequências", e mais ainda com o estado sério com que Aglaia se referiu a esse absurdo. Todos se entreolharam interrogativos: mas o príncipe parece que não entendeu essas palavras e estava no auge da felicidade.

— Por que você fala assim — balbuciava ele —, por que você... pede... desculpa...

Ele quis até dizer que não merecia que lhe pedissem perdão. Quem sabe, pode ser que ele tenha percebido o significado das palavras a respeito do "absurdo" que não podia ter "as mínimas consequências", mas, como um homem estranho, talvez tenha ficado até contente com essa palavra. É indiscutível, para ele já era o supremo deleite o simples fato de que mais uma vez ele podia visitar Aglaia sem obstáculo, que lhe permitiriam conversar com ela, sentar-se ao lado dela, passear com ela e, quem sabe, só com isso ele ficasse contente pelo resto da vida! (Pois era essa satisfação, parece, que Lisavieta Prokófievna temia com seus botões; ela o adivinhara; muita coisa ela temia consigo, e era isso que não conseguia desabafar.)

É difícil imaginar o quanto o príncipe ficou animado e estimulado nessa noite. Estava tão alegre que só de olhar para ele já dava alegria — como depois se exprimiram as irmãs de Aglaia. Ele ficou falante, e isso ainda não se repetira com ele desde aquela manhã em que, meio ano antes, houve o primeiro contato dele com os Iepántchin; ao voltar, porém, para Petersburgo, ele estava visível e deliberadamente calado, e fazia muito pouco que, na presença de todos, confessara ao príncipe Sch. que precisava conter-se e calar-se porque não tinha o direito de humilhar o pensamento ao expô-lo. Foi quase o único a falar durante toda essa noite, contou muita coisa; respondeu às perguntas com clareza, alegria e minúcias. Entretanto, em sua conversa não transparecia nada parecido a uma conversa amável. Tudo eram pensamentos sérios, às vezes intrincados. O príncipe expôs inclusive algumas de suas concepções, de suas próprias observações secretas, de modo que tudo isso seria até engraçado se não fosse tão "bem exposto", como depois concordaram todos os que o ouviram. O general, mesmo que gostasse de conversas sobre temas sérios, até ele e Lisavieta Prokófievna acharam com seus botões que ali havia até erudição demais, de maneira que ao término da noite estavam até tristes. Aliás, o príncipe acabou chegando a tal ponto que contou algumas piadas engraçadíssimas, das quais ele mesmo era o primeiro a rir, de maneira que os outros já riam mais do seu riso alegre do que das próprias piadas. Quanto a Aglaia, passou quase a noite toda sem falar; por outro lado, ouvia Liev Nikoláievitch sem se desligar, e inclusive não o ouvia tanto quanto olhava para ele.

— Olha de tal jeito que não desvia o olhar; e agarra-se a cada palavra dele; bebendo, bebendo cada uma! — dizia depois Lisavieta Prokófievna ao marido. — Vá você e lhe diga que ela está amando, e ela bota o céu abaixo.

— O que fazer, é o destino! — dava de ombros o general, e durante muito tempo ainda repetia essa expressãozinha que lhe caíra no gosto. Acrescentemos que, como homem de negócios, muito o desagradava o atual estado de todas essas coisas, e principalmente a falta de clareza do caso; mas por enquanto ele também resolveu calar e ficar olhando... para os olhos de Lisavieta Prokófievna.

O estado alegre da família durou pouco. Já no dia seguinte Aglaia tornou a brigar com o príncipe, e assim continuou ininterruptamente todos os dias seguintes. Horas inteiras ela fazia o príncipe rir e por pouco não o transformava em histrião. É verdade que os dois passavam às vezes uma e até duas horas em seu jardinzinho doméstico, no caramanchão, mas notaram que durante esse tempo o príncipe quase sempre lia jornais ou algum livro para Aglaia.

— Sabe de uma coisa — disse-lhe uma vez Aglaia, interrompendo o jornal —, eu notei que você é pouquíssimo ilustrado; você não sabe direito nada do que a gente lhe pergunta; nem de quem precisamente se fala, nem do ano, nem do tratado em que se baseia? Você dá muita pena.

— Eu lhe disse que sou de poucos saberes — respondeu o príncipe.

— O que resta em você depois disso? Como posso respeitá-lo depois disso? Continue lendo; aliás não precisa, pare de ler.

E mais uma vez, na mesma tarde, esboçou-se para todos algo muito enigmático da parte dela. O príncipe Sch. regressara. Aglaia estava muito carinhosa com ele, interrogou muito sobre Ievguiêni Pávlovitch. (O príncipe Liev Nikoláievitch ainda não havia chegado.) Súbito o príncipe Sch. se permitiu fazer alguma insinuação a uma "próxima e nova reviravolta na família" — em algumas palavras que escaparam a Lisavieta Prokófievna — dizendo que talvez tivessem de adiar mais uma vez o casamento de Adelaida para que os dois casamentos se fizessem juntos. Seria mesmo impossível imaginar como Aglaia explodiu diante "de todas essas suposições tolas"; e, entre outras coisas, deixou escapar que "ainda não tinha a intenção de substituir amantes de ninguém".

Essas palavras deixaram todos boquiabertos, mas sobretudo os pais. Lisavieta Prokófievna insistiu em um conselho secreto com o marido para que se explicassem em definitivo com o príncipe a respeito de Nastácia Filíppovna.

Ivan Fiódorovitch jurava que tudo isto era apenas "extravagância" e decorria do "pudor" de Aglaia; que, se o príncipe Sch. não tivesse tocado no assunto casamento, não teria havido a extravagância, porque Aglaia mesma sabia, sabia suficientemente, que tudo isso não passava de calúnia de pessoas más, e que Nastácia Filíppovna estava se casando com Rogójin; que o príncipe estava fora de tudo isso, e não só das relações; e que inclusive nunca estivera nelas, se era para falar a verdade verdadeira.

Enquanto isso, o príncipe não ouvira falar de nada e continuava a deleitar-se. Oh, é claro, vez por outra ele também notava qualquer coisa de sombrio e impaciente nos olhares de Aglaia; todavia acreditava mais em outra coisa, e as trevas desapareciam por si mesmas. Uma vez seguro, já não podia vacilar com nada. É possível que ele já estivesse tranquilo demais; pelo menos pareceu a Hippolit, que uma vez o encontrou por acaso no parque.

— Então, daquela vez eu não lhe disse a verdade, que o senhor está apaixonado? — começou ele, aproximando-se do príncipe e detendo-o. Este lhe estendeu a mão e lhe deu os parabéns pelo "bom aspecto". O próprio doente parecia animado, o que é tão próprio dos tísicos.

Ele se aproximara do príncipe com o fito de lhe dizer alguma coisa mordaz a respeito de seu aspecto feliz, mas logo se atrapalhou e começou a falar de si. Começou a queixar-se, queixou-se muito e demoradamente, e de modo bastante desconexo.

— O senhor não acredita — concluiu ele — até que ponto eles lá são irritantes, mesquinhos, egoístas, vaidosos, ordinários; acredita que eles não me levaram para lá senão com a condição de que eu morresse o quanto antes, e eis que estão todos tomados de fúria porque eu não morro e, ao contrário, estou até melhor. Uma comédia! Aposto que o senhor não acredita em mim, não é?

O príncipe não quis objetar.

— Às vezes eu até penso em tornar a me mudar para a sua casa — acrescentou Hippolit com displicência. — Então o senhor todavia não acha que eles são capazes de aceitar uma pessoa contanto que ela morra forçosamente e o mais rápido possível?

— Eu achava que eles o haviam convidado sob alguns outros aspectos.

— Eh-eh! É, o senhor não é tão simples quanto o imaginam! Agora não é o momento, senão eu lhe revelaria algo sobre esse Gánietchka e as esperanças dele. Estão lhe preparando uma rasteira, príncipe! Preparando impiedosamente uma rasteira. E... é uma pena que o senhor esteja tão tranquilo. Mas infelizmente com o senhor não pode ser diferente!

— Veja só o que o senhor lamenta! — riu o príncipe. — Quer dizer então que a seu ver eu estaria mais feliz se estivesse preocupado?

— É melhor ser infeliz, porém estar inteirado, do que feliz e viver... sendo feito de bobo. Parece que o senhor não acredita nem um pouco que tem um rival e... em outro bairro?

— Suas palavras sobre a rivalidade são um tanto cínicas, Hippolit; lamento não ter o direito de lhe responder. Quanto a Gavrila Ardaliónovitch, convenha o senhor mesmo, pode ele permanecer tranquilo depois de tudo o que perdeu, se o senhor conhece o caso dele ainda que em parte? Acho que é melhor olhar a coisa desse ponto de vista. Ele ainda terá tempo para mudar; tem muita vida pela frente, e a vida é rica... mas pensando bem... pensando bem... — súbito o príncipe se desconcertou — quanto às rasteiras... eu inclusive nem compreendo de que o senhor está falando; é melhor deixarmos essa conversa, Hippolit.

— Deixemo-la por enquanto; além do mais, sem nobreza da sua parte seria impossível. É, príncipe, o senhor precisa apalpar a si mesmo para que não volte a acreditar, eh-eh. Então, o senhor me despreza muito agora?

— Por quê? Porque o senhor sofreu e continua sofrendo mais do que nós?

— Não, porque não sou digno do meu sofrimento.

— Quem pôde sofrer mais, logo é digno de sofrer mais. Aglaia Ivánovna, quando leu a sua confissão, quis vê-lo, porém...

— Está adiando... ela não pode, eu compreendo, compreendo... — interrompeu Hippolit, como se procurasse desviar depressa a conversa. — Aliás, dizem que o senhor mesmo leu todo aquele galimatias em voz alta para ela; foi escrito todo em delírio e... feito. E não sei até que ponto se deve ser — não digo cruel (para mim isto é humilhante), mas infantilmente vaidoso e vingativo para me censurar por essa confissão e empregá-la contra mim como arma! Não se preocupe, eu não estou me referindo ao senhor...

— Mas eu lamento que o senhor rejeite esse caderno. Hippolit, ele é sincero, e saiba que os seus aspectos mais engraçados, e eles são muitos (Hippolit ficou fortemente carrancudo), foram redimidos pelo sofrimento porque confessá-los também foi um sofrimento e... talvez uma grande coragem. A ideia que o moveu tinha sem dúvida um fundamento nobre, a despeito do que pareça. Quanto mais o tempo passa mais claro isto fica para mim, eu lhe juro. Eu não o julgo, falo para me manifestar e lamento ter me calado naquela ocasião...

Hippolit ficou em brasas. Passou-lhe de relance pela cabeça que o príncipe estava fingindo e queria pegá-lo; entretanto, olhando para seu rosto ele não podia descrer da sua sinceridade; o rosto dele estava radiante.

— E mesmo assim ter de morrer! — proferiu ele por pouco não acrescentando "um homem como eu!". — Imagine como o seu Gánietchka está me azucrinando; como objeção, ele inventou que talvez uns três ou quatro daqueles que naquela ocasião ouviram o meu caderno irão morrer até antes de mim! Qual! Ele pensa que isso é um consolo, quá-quá! Em primeiro lugar, ainda não morreram; e mesmo que essas pessoas tivessem morrido, que consolo poderia haver nisso, convenha o senhor mesmo! Ele julga por si mesmo; aliás, ele ainda foi mais longe, agora simplesmente anda insultando, dizendo que nesse caso um homem decente morre calado e que, em tudo isso, só houve egoísmo de minha parte! Qual! Não, que egoísmo da parte dele! Que sutileza, ou melhor, que grosseria ao mesmo tempo estúpida do egoísmo deles, que apesar de tudo não conseguem notar em si mesmos!... O senhor, príncipe, leu sobre uma morte, a de um tal Stiepan Gliebov[37] no século XVIII? Por acaso eu li ontem a respeito.

— Que Stiepan Gliebov?

— Foi empalado no reinado de Pedro.

---

[37] Stiepan Bogdánovitch Gliebov (*c.* 1672-1718), amante de Ievdóquia Lopukhina, primeira mulher de Pedro, o Grande. Foi condenado a uma "pena de morte cruel" sob acusação de complô contra Pedro e pela relação com Lopukhina, que tomara o hábito de monja. Dostoiévski tomou conhecimento do caso Gliebov lendo o tomo VI da *História do reinado de Pedro, o Grande*, escrita por N. G. Ustriálov (São Petersburgo, 1859), no qual o historiador informa: "o major Stiepan Gliebov, terrivelmente torturado com chicote, ferro incandescente, brasas, passou três dias preso a uma estaca sobre uma tábua com cravos de madeira e, apesar disso, não confessou nada, no dia 25 de março foi empalado por volta das três horas da tarde e morreu no dia seguinte, de manhã cedo... passou quinze horas empalado" e "morreu com uma extraordinária magnanimidade". Dostoiévski teve em vista a "declaração" de Markel, hieromonge ou espécie de hierofante com título de sacerdote, que assistiu à execução de Gliebov. Segundo Markel, Gliebov não confessou "nenhum arrependimento" aos sacerdotes. (N. da E.)

— Ah, meu Deus, sei! Passou quinze horas empalado, no frio, de casaco de pele, e morreu com uma extraordinária magnanimidade; como não, eu li... e daí?

— Deus dá esse tipo de morte a certas pessoas, mas a nós não! Será que o senhor pensa que eu não sou capaz de morrer como Gliebov?

— Oh, de jeito nenhum — atrapalhou-se o príncipe —, eu quis apenas dizer que o senhor... ou seja, não é que o senhor não se pareça com Gliebov, mas... que o senhor... naquele período o senhor seria antes...

— Estou percebendo: um Osterman e não um Gliebov — é isso que o senhor está querendo dizer?

— Que Osterman? — admirou-se o príncipe.

— Osterman, o diplomata Osterman, o Osterman de Pedro — murmurou Hippolit, de repente e meio desnorteado. Seguiu-se uma certa perplexidade.

— Oh, n-n-não! Não foi isso que eu quis dizer — arrastou de súbito o príncipe depois de alguma pausa —, o senhor, me parece... que nunca seria um Osterman...

Hippolit fechou a cara.

— Aliás, estou afirmando isso — replicou de súbito o príncipe, pelo jeito desejando corrigir-se — porque a gente daquela época (juro que isso sempre me deixou perplexo) não parecia exatamente ser gente como nós hoje, não era propriamente uma tribo, como hoje,[38] no nosso século, palavra, é como se fosse de outra espécie... Naquela época as pessoas viviam como que em torno de uma ideia, mas hoje são mais nervosas, mais evoluídas, mais sensitivas, vivem de certo modo em torno de duas, de três ideias ao mesmo tempo... o homem de hoje é mais amplo — e juro que isso é o que lhe impede de ser o homem homogêneo como naqueles séculos... eu... eu disse isso unicamente com esse sentido e não...

— Entendo; pela ingenuidade com que o senhor não concorda comigo, agora o senhor se mete a me consolar, quá-quá! O senhor é uma criança completa, príncipe. Não obstante, eu noto que o senhor está sempre me tratando por cima dos ombros como... como uma xícara de porcelana... não é nada, não é nada, eu não me zango. Em todo caso, a nossa conversa saiu muito engraçada; às vezes o senhor é uma criança completa, príncipe. Saiba, aliás, que talvez eu quisesse ser algo mais que Osterman; para Osterman não custava ressuscitar dos mortos... Aliás, eu vejo que preciso morrer o mais

---

[38] Ecos de versos do poema de Liérmontov, "Borodinó" (1837), onde se lê: "Sim, eram gentes de nossa era/ Não como a tribo de hoje". (N. da E.)

rápido possível senão eu mesmo... Deixe-me. Até logo! Vamos, está bem, vamos, diga-me o senhor mesmo, vamos, o que o senhor acha: qual é o melhor jeito de eu morrer?... Para que a coisa saia o máximo possível de... virtuosa, não? Vamos, diga!

— Passe ao largo da gente e nos perdoe pela nossa felicidade! — pronunciou o príncipe em voz baixa.

— Quá-quá-quá! Era isso o que eu achava! Esperava sem dúvida alguma coisa desse naipe! Todavia o senhor... todavia o senhor... Ora, vejam! Gente eloquente! Até logo, até logo!

VI

Quanto à reunião da noite na *datcha* dos Iepántchin, para a qual Bielokónskaia estava sendo aguardada, Varvara Ardaliónovna informou o irmão também de forma absolutamente correta; era mesmo para essa reunião que os convidados estavam sendo esperados; contudo, mais uma vez ela se referiu a isso de modo um tanto mais abrupto do que devia. É verdade que a coisa se arranjara com excessiva pressa e inclusive com certo nervosismo, talvez demasiadamente desnecessário, e por isso mesmo essa família "fazia tudo diferente de todo mundo". Tudo se atribuía à impaciência de Lisavieta Prokófievna, "que não queria mais ficar em dúvida", e aos cálidos estremecimentos dos corações de ambos os pais com a felicidade da filha amada. Além do mais, a própria Bielokónskaia logo estaria de fato viajando; e uma vez que a proteção dela efetivamente significava muito na sociedade, e como esperavam que ela fosse benevolente com o príncipe, era por isso que os pais contavam com que a "sociedade" aceitasse o noivo de Aglaia direto das mãos da poderosa "velha", pois, se nisso houvesse algo de estranho, sob tal proteção pareceria bem menos estranho. Toda a questão consistia justamente em que os próprios pais não tinham a menor condição de resolvê-la: "Existe de fato nesse caso algo de estranho, e até que ponto? Ou não há nada de estranho?". A opinião amigável e franca das pessoas de autoridade e competência era necessária justo nesse momento em que, graças a Aglaia, ainda não havia sido resolvido nada em definitivo. Quanto mais não fosse, mais dia, menos dia, teriam de introduzir o príncipe na sociedade, da qual ele não fazia a mínima ideia. Para encurtar a história, tinham a intenção de "mostrá-lo". Entretanto, a reunião havia sido projetada de igual para igual: só "amigos da casa" eram esperados, e no menor número. Além de Bielokónskaia, esperavam uma senhora, mulher de um senhor importante e alto funcionário. Entre os jovens contavam na prática só com a presença de Ievguiêni Pávlovitch; e ele deveria comparecer acompanhando Bielokónskaia.

Da presença de Bielokónskaia o príncipe ouviu falar ainda quase três dias antes da reunião; da reunião solene soube apenas na véspera. Ele, é claro, notou ainda o ar inquieto dos membros da família e, por algumas conversas insinuantes e preocupadas entabuladas com ele, apercebeu-se de que temiam pela impressão que ele pudesse causar. Entretanto, entre os Iepántchin, como entre todos sem exceção, havia a compreensão de que o príncipe, por sua simplicidade, não tinha a menor condição de perceber que estavam preocupados com ele. Por essa razão, quando olhavam para ele todos sentiam uma tristeza interior. Aliás, ele não dava mesmo quase nenhuma importância ao iminente acontecimento; estava todo ocupado com outra coisa: a cada hora que passava Aglaia ficava cada vez mais caprichosa e sombria — isso o deixava aniquilado. Quando ele soube que esperavam também por Ievguiêni Pávlovitch ficou muito contente e disse que há muito desejava vê-lo. Sabe-se lá por quê, ninguém gostou dessas palavras; Aglaia saiu agastada do quarto e só tarde da noite, por volta das doze, quando o príncipe já estava de saída, ela aproveitou a ocasião para lhe dizer algumas palavras a sós, quando o acompanhava até a porta.

— Eu gostaria que durante todo o dia de amanhã você não aparecesse por aqui e viesse apenas à noite, quando estivessem reunidos esses... convidados. Você sabe que haverá convidados?

Ela começou a falar com impaciência e intensa severidade; era a primeira vez que tocava no assunto dessa "reunião". Para ela, a ideia dos convidados também era quase insuportável; todos notaram isso. Talvez ela estivesse com uma imensa vontade de brigar com os pais por isso, mas o orgulho e o acanhamento a impediram de falar. O príncipe compreendeu no mesmo instante que ela também temia por ele (e não queria confessar), e súbito ele mesmo ficou assustado.

— Sim, mas eu sou convidado — respondeu ele.

Pelo visto ela sentiu dificuldade de continuar.

— Pode-se falar de alguma coisa séria com você? Pelo menos uma vez na vida? — súbito ficou muitíssimo zangada, sem saber por que e sem forças para se conter.

— Pode, e eu a estou ouvindo; estou muito contente — balbuciou o príncipe.

Aglaia tornou a calar por volta de um minuto e começou com uma visível aversão.

— Eu não quis discutir sobre isso com eles; em outros casos não haveria como persuadi-los. Sempre me foram repugnantes as normas que às vezes imperavam em casa de *maman*. Não falo de meu pai, não vale nem a pena lhe perguntar nada. *Maman*, é claro, é uma mulher decente; atreva-se a lhe propor alguma coisa baixa e verá. Mas ela baixa a cabeça diante desse... lixo! Não estou falando só de Bielokónskaia: a velhota é um lixo e um lixo pelo caráter, mas é inteligente e sabe manter todos em suas mãos — pelo menos por isso é boa. Oh, baixeza! E é também ridículo: nós sempre fomos gente do círculo médio, do mais médio que se pode ser; por que nos meter nesse círculo da alta sociedade? É para lá que minhas irmãs estão indo; foi o príncipe Sch. que virou a cabeça de todos. Por que você se alegra com a presença de Ievguiêni Pávlovitch?

— Ouça, Aglaia — disse o príncipe —, parece-me que você está temendo muito por mim, temendo que amanhã eu me dê mal... nessa sociedade?

— Por você? Eu, temendo? — Aglaia ficou toda em brasa. — Por que eu iria temer por você, mesmo que você... mesmo que você desse um vexame total? O que eu tenho a ver com isso? E como você pode usar tais palavras? O que significa "se dar mal?" É uma expressão reles, banal.

— É... uma expressão do tempo da escola.

— Pois sim, expressão do tempo da escola! É uma expressão reles! Parece que você pretende falar amanhã com essas palavras de sempre. Procure em casa mais palavras como essas no seu léxico: vai produzir o maior efeito! É uma pena que você aparentemente só sabe começar bem; onde você aprendeu isso? Você vai saber segurar e beber direito uma xícara de chá quando todos estiverem olhando de propósito para você?

— Acho que poderei.

— É uma pena; senão eu iria rir. Quebre pelo menos um vaso chinês na sala de visitas! Ele custa caro; por favor, quebre; foi um presente, mamãe vai ficar louca e vai chorar na presença de todos — tanto ela o aprecia. Faça algum gesto como você sempre faz, esbarre e quebre. Sente-se de propósito ao lado.

— Ao contrário, vou procurar me sentar o mais longe possível — obrigado por me prevenir.

— Logo, teme de antemão que vai fazer grandes gestos. Eu aposto que você vai começar a falar de algum "tema", de alguma coisa séria, sábia, sublime? Como isso vai cair... bem!

— Acho que seria uma bobagem... se fosse de propósito.

— Ouça de uma vez por todas — finalmente não se conteve Aglaia —, se você começar a falar de alguma coisa como pena de morte ou da situação econômica da Rússia, ou de que "a beleza salvará o mundo", eu... é claro, vou ficar contente e vou rir muito, mas eu o previno de antemão: não me apareça depois diante dos meus olhos! Está ouvindo: eu estou falando sério! Dessa vez eu estou falando sério mesmo!

Ela realmente pronunciou *a sério* a sua ameaça, de modo que até alguma coisa de inusual se fez ouvir em suas palavras e transpareceu em seu olhar, o que antes o príncipe nunca havia notado e que, é claro, não tinha nenhuma aparência de brincadeira.

— Bem, você fez com que agora eu "comece a falar" forçosamente e até... talvez... até quebre um vaso. Há pouco eu não temia nada, mas agora temo tudo. Forçosamente vou me dar mal.

— Então fique calado. Sentado e calado.

— Não será possível; estou certo de que começarei a falar de medo e de medo quebrarei um vaso. Talvez eu caia no piso liso ou alguma coisa semelhante aconteça, porque isso tem acontecido comigo; vou sonhar com isso toda a noite de hoje; por que você foi tocar nesse assunto!?

Aglaia olhou para ele com ar sombrio.

— Sabe de uma coisa: o melhor é eu não dar as caras amanhã! Dou parte de doente e assunto encerrado! — enfim resolveu ele.

Aglaia bateu com o pé e até empalideceu de raiva.

— Deus! Onde já se viu isso? Ele não vai aparecer, quando propositadamente para ele mesmo e... oh, Deus! Que prazer estar metida com uma pessoa assim... tão inepta quanto você!

— Bem, então eu venho, eu venho! — interrompeu logo o príncipe. — E lhe dou palavra de honra de que vou passar a noite toda sem dizer uma palavra. É isso mesmo que eu vou fazer.

— E fará muito bem. Você acabou de dizer "dou parte de doente"; de onde você realmente tira essas expressões? O que lhe dá na telha usando essas palavras comigo? Estará me provocando?

— Desculpe; também é uma expressão do tempo da escola; não vou usá-la. Eu compreendo muito bem que você... teme por mim... (e não precisa ficar zangada!) e fico muitíssimo contente por isso. Você não acredita como estou temeroso neste momento e como suas palavras me alegram. Mas todo esse medo, eu lhe juro, tudo isso é uma insignificância e um absurdo. Juro, Aglaia! Mas a alegria permanece. Eu gosto imensamente de que você seja essa criança, essa criança tão boa, tão bondosa! Ah, como você consegue ser maravilhosa, Aglaia!

Aglaia, é claro, iria zangar-se e já estava querendo, mas súbito um sentimento qualquer, inesperado para ela mesma, tomou conta de toda a sua alma por um instante.

— E um dia você não vai me censurar pelas palavras grosseiras que acabei de dizer... mais tarde? — perguntou ela de chofre.

— O que você, o que você está dizendo! E por que está de novo inflamada? Veja, outra vez você está com um ar sombrio! Às vezes você tem um ar sombrio demais, Aglaia, como nunca teve antes. Sei que isso...

— Fique calado, calado!

— Não, é melhor falar, há muito eu estava querendo falar; eu já disse, mas... isso é pouco, porque você não acreditou em mim. Seja como for, entre nós existe um ser...

— Calado, calado, calado, calado! — súbito interrompeu Aglaia, segurando-o com força pelo braço e olhando para ele quase com horror. Nesse instante gritaram por ela; como se estivesse contente, ela o largou e saiu correndo.

O príncipe passou a noite inteira febricitante. Estranho, ele andava com febre há várias noites seguidas. Desta vez, em um semidelírio, teve uma ideia: e se amanhã, na presença de todos, ele tivesse um ataque? Ora, ele não tivera ataques na realidade? Gelou só com essa ideia; durante toda a noite ele se imaginou em alguma sociedade maravilhosa e inaudita, entre umas pessoas estranhas. E o mais importante é que ele tinha "começado a falar"; sabia que não devia falar, mas falava sem parar, persuadia as pessoas de alguma coisa. Ievguiêni Pávlovitch e Hippolit também estavam entre os presentes e pareciam estar numa amizade extraordinária.

Acordou depois das oito com dor de cabeça, com os pensamentos em desordem, com impressões estranhas. Sabe lá por quê, teve uma terrível vontade de ver Rogójin; de vê-lo e conversar muito com ele — sobre o quê, nem ele mesmo sabia; depois já fez inteiramente menção de procurar Hippolit por algum motivo. Em seu coração havia qualquer coisa de vago, a tal ponto que os incidentes que viveria naquela manhã deixariam sobre ele uma impressão que, mesmo sendo extraordinariamente forte, ainda assim era incompleta. Um desses incidentes foi a visita de Liébediev.

Liébediev apareceu bastante cedo, logo depois das oito, e quase totalmente embriagado. Mesmo que nesses últimos tempos o príncipe não viesse sendo observador, ainda assim lhe saltou à vista que desde o momento em que o general Ívolguin se mudara da casa dele, já fazia três dias, Liébediev se comportava de maneira muito má. Súbito ficou excessivamente engordurado e sujo, sua gravata escorregava para um lado, e a gola da sobrecasaca andava rasgada. Em casa chegava até à fúria, e isso se ouvia através do pátio; Vera aparecera uma vez às lágrimas e contara alguma coisa. Imagine agora como ele falava de maneira estranha, batendo no peito e culpando-se por algo...

— Recebi o castigo pela traição e por minha canalhice... recebi uma bofetada na cara! — concluiu enfim em tom trágico.

— Uma bofetada na cara? De quem?... E assim tão cedo?

— Cedo? — Liébediev deu um sorriso sarcástico. — Neste caso o tempo nada significa... Nem mesmo para um castigo físico... mas eu recebi uma bofetada moral... moral e não física!

Sentou-se num átimo sem cerimônia e começou a contar. Sua narração era muito desconexa; o príncipe quis fechar a cara e sair, mas súbito algumas palavras o deixaram perplexo. Pasmou de surpresa... Liébediev contava coisas estranhas.

A princípio a coisa se referiu a uma carta qualquer; foi pronunciado o nome de Aglaia Ivánovna. Depois Liébediev começou de chofre a acusar amargurado o próprio príncipe; dava para entender que estava ofendido com o príncipe. De início, o príncipe quase o honrara com a sua confiança nos assuntos referentes a uma certa "personagem" (a Nastácia Filíppovna); mas depois rompeu inteiramente com ele e o pôs porta afora com desonra e até com tal grau de ofensa que da última vez teria rejeitado com grosseria "uma pergunta ingênua sobre as mudanças iminentes em casa". Liébediev confessou com lágrimas de bêbado que "depois disso já não conseguiu suportar, ainda mais porque sabia muito... muito mesmo... e tanto através de Rogójin quanto de Nastácia Filíppovna, e da amiga de Nastácia Filíppovna, e de Varvara Ardaliónovna... da própria... e da... e até da própria Aglaia Ivánovna, pode o senhor imaginar isto, através de Vera, através da minha amada filha, a única... sim... Aliás não a única, porque eu ainda tenho três. E quem levou ao conhecimento de Lisavieta Prokófievna, através de cartas, inclusive no mais profundo segredo, eh-eh-eh! Quem escreveu a ela sobre todas as relações e... sobre os movimentos da personagem Nastácia Filíppovna, eh-eh-eh! Quem, quem é esse anônimo, permite-me perguntar?".

— Não me diga que foi o senhor? — bradou o príncipe.

— Precisamente — respondeu o bêbado com dignidade —, e hoje mesmo, às oito e meia, há apenas meia hora... não, há quarenta e cinco minutos, levei ao conhecimento da decentíssima mãe que tenho a oportunidade de lhe transmitir um incidente... significativo. Avisei por bilhete, através da menina, pelo terraço dos fundos, ela recebeu.

— O senhor viu Lisavieta Prokófievna agora? — perguntou o príncipe, mal acreditando nos seus ouvidos.

— Acabei de ver e recebi na cara uma bofetada... moral. Devolveu a carta, inclusive a atirou, sem a abrir... e me mandou porta afora para os quintos... Aliás só moralmente, não fisicamente... mas, pensando bem, foi quase fisicamente, faltou pouco!

— Que carta ela lhe atirou de volta sem abrir?

— E porventura... eh-eh-eh! Ah, sim, eu ainda não lhe contei! Mas eu pensava que já tivesse lhe contado... Eu recebi uma cartinha dessas, para entregá-la...

— De quem? A quem?

Entretanto, era dificílimo destrinchar algumas "explicações" de Liébediev e nelas entender o pouco que fosse. O príncipe, não obstante, compreendeu, até onde pôde, que a carta havia sido entregue de manhã cedo, através da empregada, a Vera Liébedieva, para ser entregue em tal endereço... "da mesma forma que antes... da mesma forma que antes a uma certa personagem e da mesma pessoa... (porque uma delas eu designo pelo nome de 'pessoa' e a outra apenas de 'personagem', com o fito de humilhar e distinguir; porque existe uma grande diferença entre uma moça casta e de alta nobreza, filha de general e... uma camélia), pois bem, a carta era de 'uma pessoa' que começa pela letra A...".

— Como é que pode? Para Nastácia Filíppovna? Um absurdo! — bradava o príncipe.

— Houve, houve, e não foi para ela, mas para Rogójin, tanto faz se foi para Rogójin... e houve até para o senhor Tierêntiev, para ser entregue, uma vez, da pessoa com letra A — Liébediev piscou e sorriu.

Uma vez que amiúde se desnorteava ao passar de um assunto a outro e esquecia o que havia começado, o príncipe calou-se para permitir que ele falasse. Mas ainda assim era extremamente vago: teria sido através dele mesmo ou de Vera que as cartas haviam sido enviadas? Se ele mesmo assegurava que "tanto faz se para Rogójin ou Nastácia Filíppovna", então o mais certo é que as cartas não tivessem sido enviadas através dele, se é que houve as cartas. Pois o modo pelo qual essas cartas chegaram às mãos dele acabou sem nenhuma explicação; o mais certo era supor que ele tivesse dado um jeito de roubá-las de Vera..., que as tivesse roubado e levado com alguma intenção para Lisavieta Prokófievna. Foi assim que o príncipe destrinchou e por fim compreendeu.

— O senhor está louco! — gritou ele com extraordinária perturbação.

— Não inteiramente, estimadíssimo príncipe — respondeu Liébediev com uma pitada de raiva —, é verdade que eu quis lhe entregar, ao senhor, nas suas próprias mãos, para servir... mas julguei que seria melhor servir lá e informar de tudo à nobilíssima mãe... uma vez que antes eu já havia lhe dado uma informação por carta, anônima; e quando há pouco escrevi no papel, previamente, pedindo para ser recebido às oito horas e vinte minutos, também subscrevi: "Seu correspondente secreto"; no mesmo instante me deram entrada, imediatamente, até com uma pressa forçada, pela porta dos fundos... para ter com a nobilíssima mãe.

— E então?...

— Bem, aí já se sabe, por pouco não me bateu; isto é, um pouquinho, de tal forma que se pode considerar que ela quase me bateu. Mas a carta me atirou. É verdade que quis mantê-la consigo — eu vi, eu notei —, mas mudou de ideia e me atirou: "Já que a um tipo como tu confiaram entregar, então entrega...". Até se ofendeu. Já que na minha presença não se acanhou em dizer, significa que se ofendeu. É uma índole explosiva!

— E agora onde está a carta?

— Está tudo comigo, veja.

E ele entregou ao príncipe a carta de Aglaia para Gavrila Ardaliónovitch, que este mostrara à irmã com ar triunfal naquela mesma manhã, duas horas antes.

— Essa carta não pode permanecer com o senhor.

— É para o senhor, para o senhor! Foi para o senhor que eu trouxe — replicou Liébediev com ardor —, agora sou seu servo outra vez, todo seu, da cabeça ao coração, depois de uma instantânea traição! Execute o coração, poupe a barba, como disse Thomas Morus[39] na Inglaterra e na Grã-Bretanha. *Mea culpa, mea culpa*, como dizia a papa de Roma... ou seja, o papa de Roma, sou eu que o chamo de "a papa de Roma".

— Essa carta deve ser reenviada agora mesmo — azafamou-se o príncipe. — Eu a entrego.

— Mas não seria melhor, não seria melhor, educadíssimo príncipe, mas não seria melhor... isso!

Liébediev fez um trejeito estranho, humilde; mexia-se terrivelmente no lugar, como se o tivessem picado de repente com uma agulha e, com ar ladino, piscando os olhos, fazia e mostrava alguma coisa com as mãos.

— O que está havendo? — perguntou o príncipe com ar ameaçador.

— Seria o caso de abri-la previamente! — murmurou de um jeito apaziguador e como que confidencial.

O príncipe levantou-se de um salto com tamanha fúria que Liébediev fez menção de correr; contudo, depois de correr até a porta, parou, esperando se não haveria clemência...

---

[39] Thomas Morus (1478-1535), humanista inglês e um dos fundadores do socialismo utópico, foi acusado de alta traição e executado por Henrique VIII como inimigo da Reforma. É provável que Dostoiévski ainda jovem tenha gravado na memória o ensaio "Thomas Morus e sua *Utopia*", publicado anonimamente na *Biblioteca para Leitura*, revista que os irmãos Mikhail e Fiódor Dostoiévski liam sempre, e onde se lê o seguinte sobre a execução de Morus: "Às nove horas ele foi entregue ao xerife e caminhou para o patíbulo. Tinha a barba longa, o rosto pálido e magro... Ao subir ao patíbulo, ajoelhou-se e recitou um salmo. O carrasco lhe pediu perdão. Morus o abraçou, e disse: 'Tu me prestas um grandioso serviço, que eu só poderia receber de um ser humano. Ao cumprir tua obrigação, deixa de fora apenas a minha barba, porque ela é pura e imaculada; ela nunca traiu'". (N. da E.)

— Eh, Liébediev! Pode-se, pode-se chegar a uma desordem tão vil como essa a que o senhor chegou? — gritou o príncipe amargurado. Os traços de Liébediev se iluminaram.

— Vil, sou vil! — aproximou-se no mesmo instante, batendo no peito debulhado em lágrimas.

— Porque isso é uma baixeza!

— Uma baixeza mesmo. Essa é a palavra verdadeira!

— E o que o levou a... agir de forma tão estranha? Porque o senhor... é simplesmente um espião! Por que o senhor escreveu como anônimo e ficou perturbando... uma mulher decentíssima e boníssima? Enfim, por que Aglaia Ivánovna não tem o direito de escrever a quem quiser? O que o senhor foi fazer hoje lá, queixar-se? O que esperava receber? O que o motivou a denunciar?

— Unicamente por uma curiosidade agradável e... por cortesia a uma alma nobre, sim! — balbuciou Liébediev. — Agora sou todo seu, todo seu outra vez! Pode até me enforcar!

— O senhor, do jeito que está agora, apareceu diante de Lisavieta Prokófievna? — o príncipe aguçava a curiosidade com asco.

— Não... mais fresco... e até mais direito; isso aqui já foi depois que recebi a humilhação... desse jeito.

— Está bem, deixe-me.

Aliás, teve de repetir esse pedido várias vezes até que a visita enfim resolvesse ir embora. Já depois de haver fechado por completo a porta, ele tornou a voltar, foi até o meio do cômodo na ponta dos pés e voltou a fazer sinais com as mãos, mostrando como se abre uma carta; entretanto não se atreveu a proferir em palavras o seu conselho; depois saiu com um sorriso baixo e afetuoso.

Foi extremamente difícil ouvir tudo isso. Tudo expunha um fato essencial e extraordinário: que Aglaia estava com grande inquietação, com grande indecisão, com grande angústia por algum motivo ("é ciúme" — murmurou o príncipe de si para si). Acontecia que a ela, é claro, também pessoas más deixavam embaraçada e que já era muito estranho que ela confiasse tanto nelas. É claro que naquela cabecinha inexperiente mas quente e orgulhosa amadureciam alguns planos especiais, pode ser até que nocivos e... que já eram o cúmulo. O príncipe estava assustadíssimo e em sua perturbação não sabia que decisão tomar. Era preciso prevenir sem falta alguma coisa, isso ele o percebia. Tornou a olhar para o endereço da carta lacrada: oh, para ele aí não havia dúvidas nem inquietação porque ele confiava; outra coisa o deixava intranquilo nessa carta: ele não confiava em Gavrila Ardaliónovitch. E, não obstante, já decidira lhe entregar pessoalmente a carta e para tanto já saíra de casa, mas a caminho mudou de ideia. Como de propósito, quase bem diante da casa de Ptítzin apareceu Kólia, e ele lhe confiou entregar a carta nas mãos do irmão, como se fosse diretamente da própria Aglaia Ivánovna. Kólia não fez maiores perguntas e a entregou, de tal forma que Gánia nem imaginou que a carta houvesse passado por tantas instâncias. Retornando à casa, o príncipe pediu que Vera Lukiánovna viesse até ele, contou-lhe o que devia e tranquilizou-a, porque até então ela passara o tempo todo procurando a carta e chorando. Ela ficou horrorizada quando soube que o pai havia levado a carta. (Já depois o príncipe soube que mais de uma vez ela servira em segredo a Rogójin e Aglaia Ivánovna; nem lhe passava pela cabeça que aí pudesse haver alguma coisa prejudicial ao príncipe...)

O príncipe acabou de tal forma distraído que, quando duas horas depois, um enviado de Kólia correu para ele com a notícia da doença do pai, no primeiro instante ele quase não conseguiu compreender do que se tratava. Entretanto, esse mesmo incidente também o fez restabelecer-se porque o distraiu intensamente. Passou em casa de Nina Alieksándrovna (para onde, é claro, o doente fora levado) quase até o cair da noite. Não trouxe quase nenhum proveito, mas há pessoas que, por alguma razão, é agradável ver a nosso lado em algum momento difícil. Kólia estava atônito ao extremo, chorava histericamente, mas, não obstante, andava o tempo todo às correrias: corria para chamar um médico e achava três, corria para a farmácia, corria para a barbearia. Animaram o general, mas não o fizeram voltar a si; os doutores disseram que "em todo caso o paciente corre perigo". Vária e Nina Alieksándrovna não se afastavam do doente; Gánia estava perturbado e abalado, mas não queria subir e tinha até medo de ver o doente; estava aflito, e numa conversa desconexa com o príncipe conseguiu exprimir-se dizendo "que desgraça e, como que de propósito, num momento como esse!". O príncipe achou que entendia de que momento mesmo ele falava. O príncipe já não encontrou Hippolit em casa de Ptítzin. Ao cair da noite apareceu Liébediev, que depois da "explicação" daquela manhã dormira direto até então. Agora ele estava quase sóbrio e chorava diante do doente com lágrimas verdadeiras, como quem chora por um irmão de pai e mãe. Culpava-se em voz alta sem, entretanto, explicar por que e importunava Nina Alieksándrovna, assegurando-lhe a cada instante que "era ele, ele mesmo a causa daquilo, e ninguém senão ele... e unicamente por uma curiosidade agradável... e que 'o morto' (sabe-se lá por que assim chamou obstinadamente o ainda vivo general) era até um homem ultragenial!". Insistia com uma seriedade particular na genialidade, como se isso pudesse trazer nesse instante algum proveito fora do comum. Vendo as lágrimas sinceras dele, Nina Alieksándrovna enfim lhe disse, sem qualquer censura e quase que até com carinho: "Vamos, Deus proteja o senhor, vamos, não chore, vamos, Deus o perdoará!". Liébediev ficou tão tocado por essas palavras e seu tom que durante toda aquela noite já não teve vontade de afastar-se de Nina Alieksándrovna (e em todos os dias subsequentes, até à morte do general, passou quase que da manhã à noite em casa deles). Na sequência do dia veio duas vezes à casa de Nina Alieksándrovna, enviado por Lisavieta Prokófievna, pedir notícias do estado de saúde do doente. Quando à noite, às nove horas, o príncipe apareceu na sala de visitas dos Iepántchin, já cheia de convidados, Lisavieta Prokófievna começou a interrogá-lo no mesmo instante a respeito do doente, com simpatia e detalhadamente, e respondeu com imponência a uma pergunta de Bielokónskaia: "Quem é o doente e quem é Nina Alieksándrovna?". O príncipe gostou muito disso. Ele mesmo, ao dar explicações a Lisavieta Prokófievna, falou "maravilhosamente", como depois se exprimiram as irmãs de Aglaia: "De forma modesta, em silêncio, sem mais palavras, sem gestos, com altivez; entrou de um modo maravilhoso; vestia-se magnificamente" e além de "não cair no piso liso", como temera na véspera, via-se que deixava em todos uma impressão até agradável.

Por sua vez, depois de sentar-se e olhar ao redor, logo observou que toda aquela reunião nada tinha de parecido com os fantasmas da véspera com que Aglaia o assustara, ou com os pesadelos que tivera durante a noite. Pela primeira vez na vida ele via um cantinho daquilo que se chama pelo terrível nome de "alta sociedade". Em função de algumas de suas intenções particulares, considerações e inclinações, tinha sede de penetrar nesse círculo secreto de pessoas e por isso estava fortemente interessado na primeira impressão. Essa sua primeira impressão foi até encantadora. Como que de imediato, de súbito pareceu-lhe que sem dúvida aquelas pessoas teriam nascido para estarem juntas; que na casa dos Iepántchin não havia nessa noite nenhuma "reunião" nem quaisquer convidados, que tudo aquilo era "gente da gente" e que ele mesmo era como se há muito tempo já fosse para elas um amigo fiel e um correligionário que acabava de voltar para a sua companhia depois de uma recente separação. O encanto das maneiras elegantes, da simplicidade e da aparente sinceridade era quase mágico. Não podia nem passar pela cabeça dele que toda essa sinceridade e essa nobreza, o senso de humor e a alta dignidade pessoal fossem, talvez, apenas um magnífico arranjo artístico. Apesar da aparência imponente, a maioria dos convidados era constituída inclusive de pessoas bastante simples que, aliás, em sua presunção nem sabiam elas próprias que tinham muita coisa de bom — mero arranjo do qual, ademais, elas não tinham culpa porque o haviam recebido de forma inconsciente e por herança. O príncipe não quis sequer desconfiar disso, encantado que estava com o fascínio da sua primeira impressão. Notava, por exemplo, que aquele velho, aquele importante alto dignitário, que pela idade poderia ser seu avô, chegava até a interromper sua conversa para ouvi-lo, ouvir uma pessoa tão jovem e inexperiente, e não só ouvi-lo como apreciar visivelmente a opinião dele, tão carinhoso com ele, tão sinceramente bondoso, mas, por outro lado, eram estranhos e viam-se apenas pela primeira vez. É possível que o refinamento dessa amabilidade tenha influenciado mais a calorosa susceptibilidade do príncipe. É possível que antes ele já estivesse predisposto em excesso e inclusive cativado pela feliz impressão.

Entretanto, todas aquelas pessoas — embora, é claro, fossem "amigos da casa" e entre si — não obstante havia entre elas algumas que não eram nem lá tão amigas da casa, nem entre si, como o príncipe as interpretou logo que foi apresentado e as conheceu. Ali havia pessoas que nunca e por nada reconheceriam os Iepántchin como minimamente iguais a elas. Ali havia pessoas que inclusive odiavam de forma absoluta umas às outras; a velha Bielokónskaia, durante toda a sua vida, "desprezara" a mulher do "velhote dignitário" e esta, por sua vez, nem de longe gostava de Lisavieta Prokófievna. Esse "dignitário", marido dela, sabe-se lá por quê protetor dos Iepántchin desde que estes eram jovens, e que presidia a reunião, era uma pessoa tão grandiosa aos olhos de Ivan Fiódorovitch que este não podia sentir nada na presença dele a não ser veneração e pavor, e até se desprezaria sinceramente se ao menos um minuto se considerasse igual a ele e não o visse como um Júpiter Olímpico. Ali havia pessoas que não se viam há vários anos e não sentiam umas pelas outras senão indiferença, senão ojeriza; contudo, ao se encontrarem agora, era como se ainda ontem houvessem se encontrado na companhia mais amigável e agradável. Aliás, na reunião não havia muita gente. Além de Bielokónskaia e do "velhote dignitário", pessoa realmente importante, além da mulher dele, estavam ali, em primeiro lugar, um general militar[40] muito sério, barão ou conde com nome alemão — homem caladíssimo, com reputação de ter um conhecimento admirável dos assuntos governamentais e quase chegando à reputação de sábio — um daqueles administradores olímpicos que conhecem tudo "exceto talvez a própria Rússia", homem que há cinco anos vinha usando em suas falas uma máxima

---

[40] Como já dissemos em uma nota de rodapé, os cargos do serviço burocrático russo eram equiparados a patentes militares. O termo "general militar", aqui usado pelo narrador visa a mostrar que se trata de militar mesmo. (N. do T.)

"notável pela profundidade" mas, por outro lado, daquele tipo de pessoa que se torna fatalmente proverbial e que se conhece até nos círculos mais extraordinários; um daqueles burocratas de chefia que, depois de um serviço extraordinariamente prolongado (chegando até a ser estranho), morre com grandes patentes, ocupando postos maravilhosos e com altos salários, ainda que sem grandes feitos e até com certa animosidade a eles. Esse general era o chefe imediato de serviço de Ivan Fiódorovitch, que, pela impetuosidade do seu coração nobre e até por um peculiar amor-próprio, também o considerava seu benfeitor, mas o qual, de maneira nenhuma, se considerava benfeitor de Ivan Fiódorovitch, tratava-o com absoluta tranquilidade, ainda que usasse prazerosamente dos seus variadíssimos préstimos e agora mesmo pudesse substituí-lo por outro funcionário se lho exigisse alguma razão até mesmo insignificante. Havia ainda um senhor importante, idoso, parece que também parente de Lisavieta Prokófievna, embora isso fosse de todo incerto; homem de boa patente e título, homem rico e de linhagem, corpulento e de saúde muito boa, grande falastrão e até com reputação de descontente (embora, pensando bem, no sentido mais admissível desta palavra), homem até bilioso (mas nele até isso era agradável) com hábitos de aristocratas ingleses e gosto inglês (no que diz respeito, por exemplo, ao rosbife mal-passado, aos arreios de cavalos, aos criados etc.). Era um grande amigo do "dignitário", distraía-o e, além disso, por algum motivo Lisavieta Prokófievna acalentava a estranha ideia de que esse senhor idoso (homem um tanto leviano e em parte apreciador do sexo feminino) subitamente pudesse fazer Alieksandra feliz com sua proposta de casamento. A essa camada, a mais alta e grave da reunião, seguia-se a camada dos convidados mais jovens porém brilhantes também pelas qualidades muito elegantes. Além do príncipe Sch. e de Ievguiêni Pávlovitch, também fazia parte dessa camada o famoso e encantador príncipe N., ex-sedutor e vencedor de corações femininos em toda a Europa, homem de uns quarenta e cinco anos, de aparência ainda bela, dotado de uma admirável capacidade de contar histórias, homem de posses, se bem que um tanto desolado e que, pelo hábito, passava a maior parte do tempo no estrangeiro. Por fim, ali havia pessoas que até pareciam constituir uma terceira camada à parte e por si mesmas não pertenciam ao "círculo secreto" da sociedade, mas que, como Ievguiêni Pávlovitch, por algum motivo podiam ser encontradas nesse círculo "secreto". Por um certo tato, que adotavam como regra, nas reuniões de gala, raras em sua casa, os Iepántchin gostavam de mesclar a alta sociedade com pessoas de camada inferior, com representantes escolhidos no "gênero médio das pessoas". Os Iepántchin até recebiam elogios por isso e deles se dizia que compreendiam o seu lugar e eram pessoas de tato, mas os Iepántchin se orgulhavam dessa opinião corrente a seu respeito. Um dos representantes desse gênero médio de pessoas naquela noite era um técnico, coronel, homem sério, amigo muito íntimo do príncipe Sch. e por este mesmo introduzido na casa dos Iepántchin, homem, aliás, calado em sociedade, que usava no indicador da mão direita um anel grande e visível, com todo o jeito de presente. Havia, por último, até um literato-poeta, alemão porém poeta russo, e além do mais bastante bem-apessoado, de modo que podia ser introduzido sem nenhum temor em uma boa sociedade. Era um homem de aparência feliz, ainda que, por alguma razão, um tanto repugnante, de uns trinta e oito anos, vestido impecavelmente, pertencente a uma família alemã burguesa ao extremo e também respeitável ao extremo; sabia aproveitar todas as oportunidades, abrir caminho para a proteção de pessoas de posição elevada e manter-se sob as suas graças. Outrora traduzira do alemão alguma obra importante de algum poeta alemão importante, tinha a habilidade de autografar em versos a sua tradução, de vangloriar-se da amizade com um poeta russo famoso, porém morto (existe toda uma camada de escritores que gostam demais de atribuir-se por escrito amizade com escritores grandes, porém já mortos), e fora introduzido muito recentemente na casa dos Iepántchin pela mulher do "velhote dignitário". Essa senhora passava por protetora dos literatos e dos cientistas, e até conseguira arranjar para um ou dois escritores uma pensão através de pessoas de posição elevada, entre as quais tinha importância. Mas a seu modo tinha importância. Era uma mulher de uns quarenta e cinco anos (logo, uma esposa bastante jovem para um velhote tão velho como o seu marido), ex-beldade, que até agora, pela mania própria de muitas senhoras quarentonas, gostava de vestir-se com pompa até excessiva; era de pouca inteligência e de um conhecimento de literatura bastante duvidoso. Mas a proteção aos literatos era nela uma mania da mesma espécie que a de vestir-se pomposamente. A ela dedicavam muitas obras e traduções; uns dois ou três escritores, com permissão dela, publicaram as cartas que lhe haviam escrito a respeito de assuntos de extrema importância... Pois bem, foi essa sociedade que o príncipe tomou pela moeda mais genuína, pelo ouro mais puro, sem liga.[41] Por outro lado, como que de propósito, todas essas pessoas estavam no mais feliz estado de ânimo nessa noite e muito satisfeitas consigo. Todas elas, sem exce-

---

[41] Traduzimos a expressão russa "*za tchístuiu moniétu*" (que significa literalmente "como verdade") por "pela moeda mais genuína" para manter a associação entre moeda e ouro, muito significativa na frase irônica em questão. Dostoiévski usa a palavra latina *ligatura*, que traduzimos por "liga". (N. do T.)

ção, sabiam que estavam fazendo uma grande honra aos Iepántchin com sua visita. Mas, infelizmente, o príncipe não desconfiou dessas sutilezas. Não desconfiou, por exemplo, de que os Iepántchin, na suposição de um passo tão importante como a solução do destino de sua filha, não se atreveriam a deixar de mostrar o príncipe Liev Nikoláievitch, ele, ao velhote dignitário, protetor reconhecido de sua família. Já o velhote dignitário, por sua vez, embora suportasse com absoluta tranquilidade até uma notícia sobre a mais terrível desgraça com os Iepántchin, ficaria sem dúvida ofendido se os Iepántchin promovessem os esponsais de sua filha sem o seu conselho e, por assim dizer, sem consultá-lo. O príncipe N., esse homem adorável, esse homem indiscutivelmente espirituoso e dotado de tão alta sinceridade, estava por demais convencido de que era uma espécie de sol que entrara na sala de visitas dos Iepántchin nessa noite. Ele os considerava infinitamente inferiores a si mesmo, e foi justo esse pensamento simples e nobre que gerou nele a sua descontração admiravelmente encantadora e a sua benevolência para esses mesmos Iepántchin. Sabia muito bem que nessa noite devia contar sem falta alguma coisa, para encantar a sociedade, e se preparara para isso até com certa inspiração. O príncipe Liev Nikoláievitch, depois de ouvir essa história, ficou ciente de que jamais ouvira nada semelhante a esse humor tão brilhante, a essa alegria tão admirável e a essa ingenuidade, quase comovente nos lábios de um Dom Juan como esse príncipe N. Entretanto, ah se ele se desse conta do quanto essa mesma história era velha, surrada, de como a sabiam de cor e salteado e de como já estava gasta e saturava todos os salões e só na casa dos ingênuos Iepántchin tornava a aparecer como novidade, como lembrança súbita, sincera e brilhante de um homem brilhante e belo! Por último, até o alemãozinho-poeta, mesmo se comportando de modo inusitadamente gentil e modesto, pois bem, até este por pouco não se achou fazendo uma honra a esta casa com a sua visita. Mas o príncipe não percebia o reverso da moeda, não notava nenhum avesso. Aglaia nem chegou a prever essa desgraça. Ela mesma estava admiravelmente bonita nessa noite. Todas as três senhoritas, ainda que vestidas sem muita pompa, estavam até com penteados especiais. Aglaia estava sentada com Ievguiêni Pávlovitch, conversava e brincava com ele de um modo inusualmente amistoso, Ievguiêni Pávlovitch se comportava de um modo como que mais grave que em outros tempos, também talvez por respeito aos dignitários. Aliás, há muito tempo já era conhecido da sociedade; ali já era gente de casa, ainda que fosse jovem. Nessa noite apareceu em casa dos Iepántchin com um crepe no chapéu, e Bielokónskaia o elogiou por esse crepe: em circunstâncias semelhantes, outro sobrinho mundano talvez não usasse o crepe por aquele tio. Lisavieta

Prokófievna também estava contente com isso, mas, em linhas gerais, parecia preocupadíssima. O príncipe notou que Aglaia olhara para ele atentamente umas duas vezes e, parece, ficara contente com ele. Pouco a pouco ele foi ficando sumamente feliz. Agora, sob lembranças inesperadas porém frequentes, os pensamentos "fantásticos" e os tremores de um pouco antes (depois de sua conversa com Liébediev) pareciam-lhe um sonho quimérico, impossível e até ridículo! (E há pouco e durante todo o dia o seu primeiro desejo e sua inclinação, ainda que inconscientes, já eram de conseguir não acreditar nesse sonho!) Falava pouco e só respondendo a perguntas, e por fim calou-se de vez, sentou-se e ficou só ouvindo, mas pelo visto afogado de prazer. Pouco a pouco foi-se preparando nele mesmo algo semelhante a uma inspiração, pronta a eclodir na primeira oportunidade... Já falava por acaso, também respondendo a alguma pergunta e, parecia, sem quaisquer intenções especiais...

VII

Enquanto ele olhava embevecido para Aglaia, conversando alegremente com o príncipe N. e com Ievguiêni Pávlovitch, súbito um senhor anglófilo idoso, que ocupava o "dignitário" em outro canto e lhe contava alguma coisa com entusiasmo, pronunciou o nome de Nikolai Andrêievitch Pávlischev. O príncipe virou-se rápido para eles e ficou a escutar.

Falavam dos costumes atuais e de algumas desordens nas fazendas dos senhores de terra da província -nskaia. As histórias do anglófilo deviam conter alguma coisa de alegre, porque o velhote enfim começou a rir da fogosidade biliosa do narrador. Ele narrava com suavidade e arrastando as palavras com certa rabugice, com leves acentos nas vogais, porque havia sido forçado, e justo pelos costumes atuais, a vender pela metade do preço a sua magnífica fazenda na província -nskaia, e até mesmo sem estar muito necessitado de dinheiro, e ao mesmo tempo a manter uma propriedade arruinada, que dava prejuízo e estava em litígio, tendo inclusive de pagar a mais por ela. "Ainda para evitar o processo até com o lote de Pávlischev, eu fugi delas. Mais uma ou duas heranças como essa e eu estou falido. Aliás, lá me couberam três mil deciátinas[42] de uma terra magnífica!"

— Aí está... Ivan Pietróvich, um parente do falecido Nikolai Andrêievitch Pávlischev... você parece que procurava parentes — disse a meia-voz ao príncipe Ivan Fiódorovitch que súbito aparecera ao lado e notara a excepcional atenção do príncipe com a conversa. Até então ele ocupara o seu general-chefe, mas há muito tempo vinha observando o excepcional isolamento de Liev Nikoláievitch e começou a preocupar-se; queria introduzi-lo até certo ponto na conversa e assim mostrá-lo e recomendá-lo pela segunda vez às "pessoas de cima".

— Liev Nikoláievitch foi pupilo de Nikolai Andrêievitch Pávlischev depois da morte dos seus pais — inseriu ele, ao dar com o olhar de Ivan Pietróvitch.

— Mui-to pra-azer — observou o outro — e inclusive me lembro muito. Há pouco, quando Ivan Fiódorovitch nos apresentou, eu o reconheci ime-

---

[42] Antiga medida agrária russa equivalente a 1,09 hectare. (N. do T.)

diatamente, inclusive pelo rosto. É verdade que o senhor mudou muito de aparência, embora eu o tenha visto apenas criança, aos dez ou onze anos. O senhor lembra alguma coisa nos traços.

— O senhor me viu criança? — perguntou o príncipe com uma surpresa incomum.

— Oh, já faz muito tempo — continuou Ivan Pietróvitch —, em Zlatovierkhovo, onde o senhor então morava com as minhas primas. Antes eu ia com bastante frequência a Zlatovierkhovo, o senhor não se lembra de mim? É muito possível que não se lembre... Na época o senhor... na época andava com alguma doença, de modo que uma vez eu até fiquei admirado com o senhor...

— Não me lembro de nada! — confirmou o príncipe com fervor.

Mais algumas palavras de explicação, tranquilíssimas da parte de Ivan Pietróvitch e surpreendentemente nervosas da parte do príncipe, e verificou-se que as duas senhoras, moças velhas, parentas do falecido Pávlischev, às quais fora confiada a educação do príncipe, moravam em sua fazenda em Zlatovierkhovo e eram, por sua vez, primas de Ivan Pietróvitch. Como todos os demais, Ivan Pietróvitch quase nada pôde explicar dentre as causas pelas quais Pávlischev tanto se preocupara com o pequeno príncipe, seu protegido. "Sim, naquela época eu me esqueci de me interessar por isso", mas mesmo assim verificou-se que ele tinha uma memória prodigiosa, porque se lembrou inclusive de como a prima mais velha, Marfa Nikítichna, era rigorosa com o pequeno pupilo "de modo que uma vez eu até alterquei com ela tomando partido do senhor por causa do sistema de educação, porque era só castigo e mais castigo de vara em cima de uma criança doente — porque isso... convenha o senhor mesmo..." e de como, ao contrário, a prima mais nova, Natália Nikítichna, era carinhosa com o pobre menino... "Agora, as duas..." — explicou ele em seguida — "já moram na aldeia -nskaia (só que não sei se ainda estão vivas), onde Pávlischev deixou para elas uma pequena propriedade muito, muito boa. Marfa Nikítichna, ao que parece, queria ir para um mosteiro; aliás não afirmo; talvez esteja falando de outra pessoa de quem ouvi falar... Sim, isso eu ouvi falar nesses dias sobre a doutora..."

O príncipe ouvia isso com os olhos brilhantes de êxtase e enternecimento. Por sua vez, informou com um entusiasmo incomum que nunca iria se perdoar por, durante esses seis meses de viagem pelo interior da província, não ter aproveitado a ocasião para procurar e visitar as suas ex-educadoras. "Todo dia ele queria viajar para lá, mas as circunstâncias sempre o distraíam... só que agora se dava a si mesmo a palavra... sem falta... mesmo que fosse para a província -nskaia... Quer dizer que o senhor conhece Natália

Nikítichna? Que alma maravilhosa, que alma santa! Mas Marfa Nikítichna... o senhor que me desculpe, mas eu acho que o senhor está enganado a respeito de Marfa Nikítichna! Ela era rigorosa, porém... ora, era impossível não perder a paciência... com um idiota como eu era naquela época (ih-ih!). Porque naquela época eu era um idiota completo, o senhor não acredita (quá-quá!). Se bem que... se bem que o senhor me viu na época... Como é que eu não me lembro do senhor, pode me dizer? Quer dizer que o senhor... ah, meu Deus, será que o senhor é mesmo parente de Nikolai Andrêievitch Pávlischev?"

— Eu lhe as-se-gu-ro — sorriu Ivan Pietróvitch, examinando o príncipe.

— Oh, eu não disse isso porque estivesse... duvidando... enfim, acaso pode-se duvidar disso (eh-eh!)... por pouco que seja? Isto é, nem sequer um pouco! (Eh-eh!) Mas eu estou querendo dizer que o falecido Nikolai Andrêitch[43] Pávlischev era um homem magnífico! Um homem generosíssimo, palavra, eu lhe asseguro!

Não é que o príncipe estivesse sufocado, mas, por assim dizer, "exultava por causa de seu maravilhoso coração", como Adelaida se exprimiu a respeito na manhã seguinte em conversa com seu noivo, o príncipe Sch.

— Ah, meu Deus! — desatou a rir Ivan Pietróvitch. — Por que eu não posso ser parente nem mesmo de um homem ge-ne-ro-so?

— Ah, meu Deus — bradou o príncipe, atrapalhado, cada vez mais apressado e mais entusiasmado — eu... eu tornei a dizer uma bobagem, porém... era o que devia acontecer porque eu... eu... eu, aliás mais uma vez, estou falando de outra coisa! Bem, agora me diga, por favor, o que eu tenho dentro de mim, diante de semelhantes interesses... diante de interesses tão grandes!? E em comparação com um homem generosíssimo — porque, juro, ele era um homem generosíssimo, não é verdade?

O príncipe chegava até a tremer todo. Por que de repente ele ficou tão inquieto, por que caiu em um êxtase tão enternecido com o assunto da conversa, sem quê nem para quê e, parece, um tanto fora da medida — seria difícil decidir. Era esse o seu estado de ânimo, e nesse momento estava a ponto de sentir por alguém e por algo a gratidão mais afetuosa e sensível — talvez até por Ivan Pietróvitch e por quase todos os convidados. Estava "no auge da felicidade". Por fim, Ivan Pietróvitch ficou a observá-lo de modo bem mais atento; o "dignitário" também o observava com muita atenção. Bielokónskaia fixou no príncipe um olhar de fúria e comprimiu os lábios. O

---

[43] Variação íntima do patronímico Andrêievitch. (N. do T.)

príncipe N., Ievguiêni Pávlovitch, o príncipe Sch., as moças — todos interromperam suas conversas e passaram a ouvir. Aglaia parecia assustada, Lisavieta Prokófievna, apenas acovardada. Elas também, as filhas e a mãe, estavam estranhas: elas é que haviam suposto e decidido que era melhor o príncipe passar a noite sentado e calado; no entanto, mal o viram sentado no canto, na mais completa solidão e absolutamente satisfeito com a sua sorte, logo ficaram alarmadas. Alieksandra já estava querendo ir até ele e, atravessando com cautela toda a sala, juntar-se à companhia deles, ou seja, à companhia do príncipe N., ao lado de Bielokónskaia. Pois foi só o príncipe começar a falar que elas ficaram ainda mais alarmadas.

— Quanto ao fato de ser ele um homem magnificentíssimo o senhor está certo — pronunciou Ivan Pietróvitch de modo imponente e já sem sorrir —, sim, sim... era um homem maravilhoso! Maravilhoso e digno — acrescentou ele e calou-se. — Digno inclusive, pode-se dizer, de qualquer respeito — acrescentou com mais imponência ainda depois da terceira pausa — e... é até muito agradável ver isso da sua parte...

— Não foi com esse Pávlischev que houve aquela história... estranha... com o abade... com o abade... esqueci com que abade, só sei que naquela ocasião não se contava outra coisa — pronunciou o "dignitário" como que relembrando.

— Com o abade Gurot, um jesuíta — lembrou Ivan Pietróvitch —, é, gente nossa magnificentíssima e digníssima! Porque, apesar de tudo, esse homem era pessoa de linhagem, dono de bens, ajudante de ordem e se... tivesse continuado no serviço público... e eis que de repente abandona o serviço e tudo o mais para aderir ao Catolicismo e tornar-se um jesuíta, e ademais de modo quase público, com um certo arroubo. Aliás, verdade que morreu... é; na época todos diziam...

O príncipe estava fora de si.

— Pávlischev... Pávlischev aderiu ao Catolicismo? Isso é impossível, impossível! — bradou horrorizado.

— Bem, "é impossível"! — resmungou com gravidade Ivan Pietróvitch. — Isso se pode mesmo dizer e, convenha, meu querido príncipe... Aliás, o senhor tem tanto apreço pelo falecido... era realmente um homem boníssimo, a que eu atribuo em linhas gerais o sucesso desse velhaco Gurot. Mas o senhor me pergunte, a mim, quantos problemas e preocupações eu tive depois com esse caso... e precisamente com esse tal de Gurot! Imagine — dirigiu-se de repente ao velhote — que eles quiseram até apresentar pretensões em relação ao inventário, e na ocasião tive até de recorrer a medidas que se podem chamar as mais enérgicas... para persuadi-los... porque eles são mestres no assunto! Sur-pre-en-dentes! Mas graças a Deus isso aconteceu em Moscou, procurei imediatamente o conde e nós os... persuadimos...

— O senhor não acredita como me deixou amargurado e estupefato! — tornou a bradar o príncipe.

— Lamento; mas, no fundo, falando com propriedade, tudo isso são ninharias e como ninharias teria terminado, como sempre; estou certo. No verão passado — tornou a dirigir-se ao velhote — a condessa K. também, como dizem, foi para algum convento católico no exterior; de certa forma, nossa gente não suporta quando se cede a esses... espertalhões... sobretudo no exterior.

— Isso tudo, acho eu, é por causa do nosso... cansaço — balbuciou o velhote com autoridade —, bem, a maneira como eles pregam... elegante, própria... e sabem meter medo. A mim também me meteram medo, em 1832, em Viena, eu lhe asseguro; só que eu não cedi e fugi deles, quá-quá!

— Ouvi dizer, meu caro, que na ocasião tu fugiste com a bela princesa Lievítskaia, e não de um jesuíta, de Viena para Paris, abandonou o posto — inseriu de repente Bielokónskaia.

— Ah, sim, foi mesmo de um jesuíta, acontece que, apesar de tudo, foi de um jesuíta! — secundou o velhote, desatando a rir diante da lembrança agradável. — O senhor parece que é muito religioso, o que se encontra muito raramente hoje em dia em um jovem — dirigiu-se afetuosamente ao príncipe Liev Nikoláievitch, que ouvia boquiaberto e ainda estupefato; pelo visto o velhote queria conhecer o príncipe mais de perto; por alguns motivos ele passou a interessar-se muito por ele.

— Pávlischev era uma mente iluminada e um cristão, um cristão de verdade — pronunciou o príncipe —, de que jeito ele poderia sujeitar-se a uma fé... não cristã?... O Catolicismo é o mesmo que uma fé não cristã! — acrescentou com os olhos brilhando, olhando à sua frente e ao mesmo tempo correndo de certo modo a vista por todos.

— Ora, isso é demais — proferiu o velhote e olhou surpreso para Ivan Fiódorovitch.

— Então, como é que o Catolicismo é uma fé não cristã? — virou-se na cadeira Ivan Pietróvitch. — Então, que fé é?

— Uma fé não cristã, em primeiro lugar![44] — tornou a falar o príncipe com uma inquietação extraordinária e com uma nitidez fora da medida. —

---

[44] Juízos semelhantes a estes, expressos por Míchkin, estão em cartas escritas por Dostoiévski a A. N. Máikov em 31 de dezembro de 1867, 18 de fevereiro de 1868, 15 de maio de 1869 e 9 de outubro de 1870. Aí Dostoiévski traça o conjunto básico de suas ideias his-

Isso em primeiro lugar; em segundo, o Catolicismo romano é até pior do que o próprio ateísmo, é essa a minha opinião! Sim! É essa a minha opinião! O ateísmo também prega o nada, mas o Catolicismo vai além: prega um Cristo deformado, que ele mesmo denegriu e profanou, um Cristo oposto! Ele prega o anticristo, eu lhe juro, lhe asseguro! Esta é uma convicção minha e antiga, e ela mesma me atormentou... O Catolicismo romano acredita que sem um poder estatal mundial a Igreja não se sustenta na Terra e grita: "*Non possumus!*".[45] A meu ver, o Catolicismo romano não é nem uma fé mas, terminantemente, uma continuação do Império Romano do Ocidente, e nele tudo está subordinado a esse pensamento, a começar pela fé. O papa apoderou-se da Terra, do trono terrestre e pegou a espada; desde então não tem feito outra coisa, só que à espada acrescentou a mentira, a espertezа, o embuste, o fanatismo, a superstição, o crime, brincou com os próprios santos, com os sentimentos verdadeiros, simples e fervorosos do povo, trocou tudo, tudo por dinheiro, pelo vil poder terrestre. Isso não é uma doutrina anticristã?! Como o ateísmo não iria descender deles? O ateísmo derivou deles, do próprio Catolicismo romano! Antes de mais nada o ateísmo partiu deles mesmo; poderiam eles crer em si mesmos? Ele se fortaleceu a partir da repulsa a eles; ele é produto da mentira e da impotência espiritual! Ateísmo! Em nosso país, como Ievguiêni Pávlovitch se exprimiu magnificamente por esses dias, só quem não acredita são ainda as castas exclusivas que perderam as raízes; mas lá, na Europa, já existem massas terríveis do próprio povo que não creem — antes era sobretudo pelo obscurantismo e pela mentira, e agora já é por fanatismo, por ódio à Igreja e ao Cristianismo!

 O príncipe parou para tomar fôlego. Havia falado com imensa rapidez. Estava pálido e sufocado. Todos se entreolharam; mas, por fim, o velhote desatou francamente a rir. O príncipe N. tirou o lornhão e ficou a olhar o príncipe sem desviar as vistas. O alemãozinho-poeta se arrastou do canto e se chegou mais perto da mesa, sorrindo com um sorriso funesto.

---

tórico-filosóficas, que mais tarde foram desenvolvidas no *Diário de um escritor*. Por outro lado, o discurso de Míchkin antecipa as reflexões tardias de Chátov (personagem de *Os demônios*), de cunho eslavófilo e baseadas na *potchviennítchestvo*, concepção filosófica — derivada da palavra *potchva*, isto é, solo — que via no solo nacional o fundamento e a forma do desenvolvimento social e intelectual da Rússia e se opunha ao feudalismo russo, ao "passado terrível" e ao regime da democracia burguesa (a "peste burguesa"). (N. do T.)

 [45] "Não podemos!". Usada pelos papas para rejeitar as reivindicações do poder secular, a expressão ganhou fama quando Pio IX proibiu Napoleão III de ceder a região romana ao rei Victor Emmanuel e excomungou o rei por ter ele incorporado a região à Itália. (N. da E.)

— O senhor e-xa-gera muito — arrastou Ivan Pietróvitch com um certo tédio e até como que meio envergonhado por algo — na Igreja de lá também há representantes dignos de qualquer respeito e be-ne-méritos...

— Eu nunca falei de representantes isolados da Igreja. Estou falando do Catolicismo romano em sua essência, estou falando de Roma. Por acaso a Igreja pode desaparecer totalmente? Eu nunca disse isso!

— Concordo, mas tudo isso é sabido e inclusive — desnecessário e... pertence à teologia.

— Oh, não, oh, não! Não só à teologia, eu lhe asseguro, lhe asseguro que não! Isto nos afeta muito mais de perto do que o senhor imagina. Todo o nosso equívoco está aí, em ainda não conseguirmos perceber que essa questão não é só e exclusivamente teológica! Porque até o socialismo é criação do Catolicismo e da essência católica! Ele, como seu irmão o ateísmo, também foi gerado pelo desespero, em contraposição ao Catolicismo no sentido moral, para substituir o poder moral perdido da religião, para saciar a sede espiritual da humanidade sequiosa e salvá-la não por intermédio de Cristo, mas igualmente da violência! Isso também é liberdade por meio da violência, isso também é unificação por meio da espada e de sangue! "Não ouses acreditar em Deus, não ouses ter propriedade, não ouses ter personalidade, *fraternité ou la mort*,[46] dois milhões de cabeças!"[47] É pelos atos deles que os conhecereis — está escrito![48] E não pensem que isso tudo seja para nós

---

[46] "Fraternidade ou a morte." Dostoiévski emprega essa expressão pela primeira vez em *Notas de inverno sobre impressões de verão* (em *O crocodilo*, São Paulo, Editora 34, 2000, tradução de Boris Schnaiderman): "E eis que, entregue ao derradeiro desespero, o socialista proclama finalmente: *Liberté, égalité, fraternité ou la mort*". Depois ele retoma a expressão nos manuscritos de *Os demônios*, em cartas e no *Diário de um escritor*. Esse lema da Revolução Francesa não raro foi reformulado ironicamente pelos escritores russos. (N. do T.)

[47] Essas palavras remontam a *Tempos idos e reflexões*, de Herzen (parte V), onde o autor reflete sobre o publicista republicano alemão K. P. Heinzen (1809-1880): "de forma sanguínea, desajeitada, ele olhava de esguelha, zangado... e mais tarde escreveu que *bastava exterminar dois milhões de pessoas* no globo terrestre e a causa da revolução correria às mil maravilhas". Essas linhas fixaram a atenção de Dostoiévski ainda mais porque Herzen, coincidindo com o ponto de vista dele, qualificava o "programa filantrópico" de Heinzen de "absurdo nocivo" e apontava sua origem nos princípios dos homens da Grande Revolução Francesa: "que Marat é esse, transferido para os costumes alemães, e ademais, como exigir dois milhões de cabeças?". (N. da E.)

[48] Cf. Ezequiel, 14, 23: "Eles os consolarão quando virdes o seu caminho e os seus feitos"; e Mateus, 7, 15-26: "Acautelai-vos dos falsos profetas que se vos apresentam dis-

coisa tão inocente e corajosa; oh, precisamos de uma reação, e logo, e logo! É preciso que o nosso Cristo resplandeça na reação ao Ocidente, nosso Cristo que nós conservamos e que eles nem sequer conheceram! Sem morder servilmente a isca dos jesuítas, mas levando para eles a nossa civilização russa, agora devemos nos colocar diante deles, e que não venham dizer entre nós que o sermão deles é elegante, como alguém acabou de dizer...

— Mas com licença, com licença — Ivan Pietróvitch ficara terrivelmente preocupado, olhava ao redor e inclusive começava a acovardar-se —, todos os seus pensamentos, é claro, são lisonjeiros e cheios de patriotismo, mas tudo isso é extremamente exagerado e... é até melhor deixar isso pra lá...

— Não, não está exagerado, mas antes diminuído; isso mesmo, diminuído, porque não estou em condição de me exprimir, no entanto...

— Com li-cen-ça, ora!

O príncipe calou-se. Estava sentado, aprumado na cadeira, imóvel, olhando para Ivan Pietróvitch com olhar de fogo.

— Parece-me que o senhor foi excessivamente afetado pelo exemplo com o seu benfeitor — observou o velhote em tom carinhoso e sem perder a calma —, o senhor inflamou-se... talvez pelo isolamento. Se o senhor vivesse mais na companhia das pessoas, e na sociedade eu espero que fiquem contentes com o senhor como um jovem magnífico, e, é claro, o senhor aplacará o seu ânimo e verá que tudo isso é bem mais simples... e além disso casos tão raros... acontecem, a meu ver, por causa da nossa saciedade, em parte por... tédio...

— Precisamente, é precisamente assim — bradou o príncipe —, é uma ideia excelente! É precisamente "por tédio, por nosso tédio", não pela saciedade, mas, ao contrário, pela sede... não pela saciedade, nisso o senhor está equivocado! Não só pela sede, mas até por uma inflamação, por uma sede febril! E... e não pense que isso acontece em proporções tão pequenas que se possa apenas rir; desculpe-me, é preciso saber pressentir! Os nossos, tão logo cheguem à margem, tão logo acreditem que isso é uma margem, já ficarão tão contentes com ela que chegarão imediatamente aos últimos pilares; por quê? Veja só, o senhor se surpreende com Pávlischev, o senhor atribui tudo à loucura ou à bondade dele, mas a coisa não é assim! E não é só a nós, porém a toda a Europa que nesses casos surpreende a nossa paixão russa: entre nós, se alguém adere ao Catolicismo, forçosamente se torna um jesuí-

---

farçados em ovelhas, mas por dentro são lobos roubadores... Pelos seus frutos os conhecereis. Colheram-se, porventura, uvas dos espinheiros ou figos dos abrolhos?". (N. da E.)

ta, e ademais dos mais subterrâneos; se se torna ateu, forçosamente começa a exigir a erradicação da fé em Deus pela violência, isto é, portanto, também pela espada! Por que isso, por que tamanho furor imediato? Porventura o senhor não sabe? É porque ele encontrou a pátria que aqui deixou passar e ficou contente; encontrou a margem, achou a terra e precipitou-se a beijá-la! Acontece que não é só da simples vaidade, não é só de meros e detestáveis sentimentos de vaidade que descendem os ateus russos e os jesuítas russos, mas de uma dor do espírito, de uma sede do espírito, de uma nostalgia por uma causa elevada, por uma margem forte, pela pátria em que deixaram de acreditar porque nunca a conheceram! O homem russo se torna ateu com mais facilidade do que todos os outros homens em todo o mundo! E os nossos não só se tornam ateus como *passam a crer* forçosamente no ateísmo como se fosse numa nova fé, sem se darem nenhuma conta de que passaram a acreditar no nada. É essa a nossa sede! "Quem não tem o solo debaixo dos pés não tem Deus." Esta expressão não é minha. Esta expressão é de um comerciante adepto dos velhos ritos, que eu encontrei quando viajava. É verdade que ele não se exprimiu assim, ele disse: "Quem renunciou à terra pátria, renunciou ao seu Deus". E pensar só que entre nós as pessoas mais instruídas apelaram para a *khlistóvschina*...[49] Aliás, neste caso a *khlistóvschina* é pior do que o niilismo, o jesuitismo, o ateísmo? Talvez até seja mais profunda! Mas eis a que levou a melancolia!... Descubram para os inflamados e sequiosos companheiros de Colombo a costa do Novo Mundo, descubram para o homem russo o Mundo russo, deixem que ele encontre esse ouro, esse tesouro escondido dele na Terra! Mostrem-lhe no futuro a renovação de toda a humanidade e a sua ressurreição, talvez só pelo pensamento russo, o Deus russo e o Cristo russo, e vereis que soberano portentoso e verdadeiro, sábio e resignado se projetará diante de um mundo maravilhado, maravilhado e assustado, porque eles esperam de nós apenas a espada, a espada e a violência, porque, julgando por si mesmos, não podem nos conceber sem barbárie. E isso tem sido até agora, e será tanto mais quanto mais se seguir adiante! E...

Eis que se deu um acontecimento e o discurso do orador foi interrompido do modo mais inesperado.

Toda essa tirada febril, todo esse afluxo de palavras apaixonadas e intranquilas e pensamentos entusiásticos, que pareciam mover-se aos encontrões num vaivém e saltar uns por cima dos outros, tudo isso prenunciava

---

[49] Seita religiosa. (N. do T.)

algo perigoso, algo especial no estado de ânimo do jovem, que se exaltara tão de repente, pelo visto sem quê nem para quê. De todos os presentes no salão, os que conheciam o príncipe estavam timidamente surpresos (uns até envergonhados) com a extravagância dele, tão em desacordo com o seu eterno e até tímido comedimento, com o seu tato raro e especial em outros casos e com a sua sensibilidade instintiva do supremo decoro. Não conseguiam entender de onde isso havia partido: a notícia sobre Pávlischev não podia ser a causa. No canto feminino olhavam para ele como para um louco, e Bielokónskaia confessou depois que "mais um minuto, e já iria procurar salvar-se". Os "velhotes" estavam quase perdidos desde a primeira surpresa; o general chefe olhava com ar descontente e severo de sua cadeira. O coronel-técnico estava absolutamente imóvel em seu assento. O alemãozinho chegou até a empalidecer, mas ainda assim continuava rindo com seu sorriso falso, olhando para os outros: como os outros iriam reagir? De resto, tudo isso e "todo o escândalo" poderiam ser resolvidos do modo mais usual e natural, talvez até em um minuto; Ivan Fiódorovitch, que estava extraordinariamente surpreso, mas se apercebera antes dos outros, várias vezes já havia tentado deter o príncipe; não tendo conseguido êxito, agora se chegava a ele com objetivos firmes e categóricos. Mais um minuto e, se tal fosse necessário, talvez ele se decidisse a retirar amigavelmente o príncipe, pretextando a doença deste, o que talvez fosse realmente verdade e no que Ivan Fiódorovitch acreditava muito lá com seus botões... mas a coisa tomou outro rumo.

Ainda no início, quando o príncipe mal entrara na sala de visitas, sentou-se o mais distante que pôde do vaso chinês com o qual Aglaia tanto o assustara. Daria para acreditar que depois das palavras ditas ontem por Aglaia apoderara-se dele uma convicção indelével, um espantoso e surpreendente pressentimento de que lhe seria inevitável quebrar esse vaso no dia seguinte, por mais que se distanciasse dele, por mais que evitasse a desgraça? Mas foi o que aconteceu. Durante a reunião, outras impressões fortes porém radiosas começaram a inundar-lhe a alma; já falamos disso. Ele esqueceu o pressentimento. Quando ouviu falar de Pávlischev e Ivan Fiódorovitch o conduziu e tornou a mostrá-lo a Ivan Pietróvitch, ele mudou de lugar, sentando-se mais perto da mesa, numa poltrona bem ao lado do imenso e belo vaso chinês, que estava em um pedestal, quase junto do cotovelo dele, um pouquinho para trás.

Ao dizer as últimas palavras, ele se levantou de súbito, agitou imprudentemente um braço, fez um movimento de ombro e... ouviu-se um grito geral! O vaso balançou, primeiro como que vacilando: talvez fosse o caso de cair na cabeça de algum dos velhotes, mas de repente inclinou-se para o lado oposto, na direção do alemãozinho, que mal se levantara de um salto tomado de horror, e desabou no chão. Um estouro, um grito, cacos preciosos espalhados pelo tapete, susto, estupefação — oh, como ficou o príncipe, é difícil e quase até desnecessário representar! No entanto, não podemos deixar de lembrar uma estranha sensação que o atingiu justo nesse mesmo instante e súbito se lhe elucidou de dentro do amontoado de todas as outras sensações vagas e estranhas: não foram a vergonha, nem o escândalo, nem o medo, nem a surpresa que mais o fizeram pasmar e sim a profecia que se concretizara. O que havia nesse pensamento de tão abrangente ele não conseguiria esclarecer para si mesmo; apenas sentia que a estupefação lhe afetara até o coração e estava ali postado, tomado de um susto quase que místico. Mais um instante, e era como se tudo diante dele se ampliasse, em vez do horror — luz e alegria, êxtase; ficou com a respiração cortada e... mas o instante passou. Graças a Deus não era o que ele esperava! Tomou fôlego e olhou ao redor.

Durante muito tempo foi como se compreendesse o rebuliço que fervia a seu redor, ou seja, compreendia inteiramente e via tudo, mas estava ali postado como se fosse uma pessoa à parte, que não participara de nada e que, como um homem invisível de um conto de fadas, achegava-se sorrateiramente à sala e observava as pessoas que lhe eram estranhas mas o interessavam. Viu que apanhavam os cacos, ouviu as conversas rápidas, viu Aglaia pálida e olhando estranhamente para ele, muito estranhamente: nos olhos dela não havia um pingo de ódio, não havia um pingo de raiva; ela olhava para ele com um olhar assustado, mas muito simpático, e para os outros com um olhar muito radiante... súbito o coração dele começou a gemer docemente. Por fim, viu com estranha surpresa que todos se haviam sentado e até riam, como se nada tivesse acontecido! Mais um minuto, e o riso aumentou: já riam olhando para ele, para o seu entorpecimento petrificado, mas riam de um jeito amistoso, alegre; muitos deles começaram a falar e falavam de maneira muito carinhosa, com Lisavieta Prokófievna à frente de todos: ela falava rindo, e com alguma coisa de muito, muito bondosa. Súbito sentiu que Ivan Fiódorovitch lhe batia amigavelmente no ombro; Ivan Pietróvitch também ria; no entanto, o melhor ainda, o mais encantador e simpático era o velhote; segurou o príncipe pela mão e, dando-lhe uma palmadinha com a outra, procurava persuadi-lo a recobrar os sentidos, como se fosse uma criancinha assustada, o que agradou muitíssimo o príncipe, e enfim o fez sentar-se a seu lado. O príncipe olhava embevecido para o rosto dele e por algum motivo ainda não estava em condição de começar a falar, estava com a respiração cortada; o rosto do velhote lhe agradava muito.

— Como? — enfim murmurou. — O senhor me desculpa de fato? E... a senhora, Lisavieta Prokófievna?

O riso intensificou-se, lágrimas brotaram dos olhos do príncipe; ele não acreditava no que via e estava encantado.

— É claro que o vaso era maravilhoso. Eu me lembro dele aqui já faz uns quinze anos, sim... quinze... — esboçou dizer Ivan Pietróvitch.

— Pois veja que azar! Até o homem chega ao fim, mas aqui se trata de um vaso de barro! — disse em voz alta Lisavieta Prokófievna. — Será possível que tu te assustaste tanto, Liev Nikoláievitch? — acrescentou ela até com temor. — Basta, meu caro, basta; tu realmente me assustas.

— E me desculpa por *tudo*? Por *tudo* além do vaso? — o príncipe fez menção de levantar-se de novo, mas o velhote logo voltou a puxá-lo pela mão. Não queria soltá-lo.

— *C'est très curieux et c'est très sérieux!*[50] — murmurou ele por cima da mesa para Ivan Pietróvitch, aliás, em voz bastante alta; é possível que o príncipe tenha escutado.

— Quer dizer que eu não ofendi a nenhum dos senhores? Não acreditam como estou feliz por essa ideia; mas era assim que devia ser! Porventura eu poderia ofender alguém aqui? Eu tornaria a ofendê-lo se assim pensasse.

— Acalme-se, meu amigo, isso é um exagero. E o senhor não tem nada por que agradecer tanto; esse sentimento é maravilhoso, porém exagerado.

— Eu não estou lhe agradecendo, mas apenas... me deliciando com o senhor, estou feliz em olhar para o senhor; talvez eu esteja dizendo bobagem, mas preciso falar, preciso explicar... ainda que seja por respeito a mim mesmo.

Tudo nele era impetuoso, confuso e febril; era até muito possível que as palavras que pronunciava não fossem frequentemente aquelas que ele queria dizer. Era como se ele perguntasse com o olhar: poderia falar? Seu olhar caiu sobre Bielokónskaia.

— Não é nada, meu caro, continua, continua, só não fiques esbaforido — observou ela —, há pouco começaste sem tomar fôlego e vê em que deu; mas fala sem medo: estes senhores viram coisas mais esquisitas do que tu, não vais surpreendê-los, e quanto a ti, não importa se és complicado, só que quebraste um vaso e deste um susto.

Sorrindo, o príncipe não terminou de ouvir.

— Não foi o senhor — dirigiu-se de repente ao velhote —, não foi o se-

---

[50] "Isso é muito curioso e muito sério!", em francês no original. (N. do T.)

nhor que há três meses salvou do degredo o estudante Podkúmov e o funcionário público Schvábrin?[51]

O velhote até corou e murmurou um pouco que era preciso acalmar-se.

— Sim, não foi a seu respeito que eu ouvi falar — dirigiu-se imediatamente a Ivan Pietróvitch —, que na província -skaia o senhor deu madeira de graça aos seus mujiques alforriados, que perderam as casas em um incêndio, mas que lhe haviam causado problemas, para que reconstruíssem suas casas?

— Ora, isso é um e-xa-gero — murmurou Ivan Pietróvitch, que, aliás, tomara ares agradáveis; mas desta vez estava absolutamente certo de que isso era um "exagero": era apenas um boato inverídico que chegara ao príncipe.

— E a senhora, princesa — dirigiu-se subitamente a Bielokónskaia com um sorriso radiante —, porventura não foi a senhora que há meio ano me recebeu em Moscou como seu próprio filho, atendendo a uma carta de Lisavieta Prokófievna, e efetivamente como a um próprio filho me deu um conselho que nunca vou esquecer? Está lembrada?

— Para que não subisses pelas paredes? — pronunciou com enfado Bielokónskaia. — Tu és um homem bom, porém ridículo: te dão dois centavos e tu já agradeces como se tivessem te salvado a vida. Tu achas que isto é lisonjeiro, mas é repugnante.

Ela já estava quase zangada, mas de repente desatou a rir, e desta vez com um riso bondoso, iluminou-se também o rosto de Lisavieta Prokófievna; Ivan Fiódorovitch também ficou radiante.

— Eu disse que Liev Nikoláievitch é uma pessoa... uma pessoa... em suma, só que não devia ficar esbaforido como observou a princesa... — murmurou o general num embevecimento alegre, repetindo as palavras de Bielokónskaia que o haviam impressionado.

Só Aglaia estava com um quê de tristeza; no entanto seu rosto ainda continuava em fogo, talvez até de indignação.

— Palavra, ele é muito amável — tornou a murmurar o velhote para Ivan Pietróvitch.

— Entrei aqui com o coração atormentado — continuou o príncipe com uma ansiedade cada vez mais crescente, falando mais e mais rápido, de modo mais e mais esquisito e inspirado — eu... eu estava com medo dos senhores, com medo até de mim mesmo. Mais de mim mesmo. Ao voltar para cá, para Petersburgo, dei a mim mesmo a palavra de primeiro procurar sem fal-

---

[51] Dostoiévski empresta este sobrenome da novela de Púchkin, *A filha do capitão*, na qual o oficial Schvábrin é preso por haver participado de um duelo. (N. da E.)

ta a nossa gente mais velha, antiga, à qual eu mesmo pertenço, entre a qual eu mesmo sou um dos primeiros pela linhagem. Pois não é que agora eu estou ao lado desses príncipes, como eu mesmo sou, não é verdade? Eu queria conhecê-los, e precisava disso; muito, precisava muito!... Eu sempre ouvi a seu respeito um excesso de coisas ruins, mais do que boas, sobre a pequenez e a exclusividade dos seus interesses, o atraso, a pouca ilustração, os costumes ridículos — oh, é muito o que escrevem e dizem a seu respeito! Hoje eu vim para cá com uma curiosidade, com ansiedade: eu precisava ver com meus próprios olhos e me convencer pessoalmente: será que essa camada superior de russos realmente já não servia mais para nada, já estava superada pelo seu tempo, exaurira a vivacidade antiga e só era capaz de morrer, mas ainda assim continuava numa luta miúda, invejosa com as pessoas... do futuro, atrapalhando-as, sem perceber que elas mesmas estavam morrendo? Antes eu já não acreditava inteiramente nessa opinião, porque entre nós casta superior nunca houve, a não ser a casta de cortesãos, e de farda, ou... por circunstância, mas agora ela desapareceu completamente, pois não é assim, não é?

— Bem, não é nada disso — riu causticamente Ivan Pietróvitch.

— Anda, voltou à mesma tecla! — não se conteve Bielokónskaia.

— *Laissez le dire*,[52] ele está até todo trêmulo — preveniu mais uma vez o velhote a meia-voz.

O príncipe estava terminantemente fora de si.

— E o que vi? Conheci pessoas elegantes, simples, inteligentes; conheci um velho que trata com carinho e escuta uma criança como eu; vejo[53] pessoas capazes de compreender e perdoar, gente russa e bondosa, quase tão bondosas e afetuosas quanto aquelas que encontrei lá, quase não piores. Julguem os senhores como fiquei alegremente surpreso! Oh, permitam-me externar isso! Ouvi muito e eu mesmo acreditava muito que na alta sociedade tudo são maneiras, tudo é uma forma caduca, e a essência se exauriu; mas acontece que agora mesmo eu vejo que isso não pode acontecer entre nós; pode acontecer em qualquer lugar, mas não entre nós. Porventura todos os senhores são agora jesuítas e enganadores? Há pouco ouvi o príncipe N. contando história: porventura isso não é um humor cândido, não é um humor inspirado, por acaso isso não é a verdadeira bondade? Porventura tais palavras podem sair dos lábios de um homem... morto, de coração e talento mir-

---

[52] "Deixe que fale", em francês no original. (N. do T.)

[53] Míchkin muda o tempo verbal de passado para presente do indicativo. (N. do T.)

rados? Porventura os mortos poderiam tratar comigo como os senhores trataram? Porventura isso não é um material para o futuro, para as esperanças? Porventura pessoas assim podem não compreender e ser atrasadas?

— Mais uma vez eu lhe peço, meu querido, acalme-se, noutra ocasião falaremos de tudo isso e com prazer... — riu o "dignitário".

Ivan Pietróvitch grasnou e virou-se em sua poltrona; Ivan Fiódorovitch mexeu-se; o general-chefe conversava com a esposa do mandatário, sem dar a mínima atenção ao príncipe; mas a mulher do mandatário aguçava frequentemente o ouvido e olhava.

— Não, sabe, é melhor que eu fale! — continuou o príncipe com um novo ímpeto febril, dirigindo-se ao velhote em um tom como que sobremaneira crédulo e até confidencial. — Ontem Aglaia Ivánovna me proibiu falar e indicou até os temas sobre os quais eu não devia falar; ela sabe que neles eu sou ridículo! Estou na casa dos vinte e sete anos, mas acontece que sei como sou uma criança. Não tenho o direito de exprimir o meu pensamento, isso eu disse há muito tempo; só falei francamente em Moscou, com Rogójin... Nós dois lemos Púchkin juntos, e o lemos todo; ele não sabia de nada, nem o nome de Púchkin... Eu sempre temo comprometer com meu aspecto ridículo o pensamento e a *ideia principal*. Não tenho gesto. Eu tenho um gesto sempre oposto, e isso provoca o riso e humilha a ideia. Tampouco tenho senso de medida, e isso é grave; é até o mais grave... Sei que para mim é melhor ficar sentado e calado. Quando teimo e calo, pareço até muito sensato, e ademais pondero. Mas agora é melhor que eu fale. Comecei a falar porque o senhor olha maravilhosamente para mim; o senhor tem um belo rosto! Ontem dei a Aglaia Ivánovna a palavra de que ficaria toda a noite calado.

— *Vraiment?*[54] — riu o velhote.

— Mas em alguns instantes eu acho que não estou certo ao pensar assim: a sinceridade merece um gesto, não é verdade?

— Às vezes!

— Eu quero explicar tudo, tudo, tudo, tudo! Oh, sim! Os senhores acham que eu sou utópico? Ideólogo? Oh, não, eu, juro, só tenho ideias muito simples... Não acreditam? Estão rindo? Sabem, às vezes eu sou um patife porque perco a fé; há pouco eu vinha para cá e pensava: "Bem, como é que eu vou começar a falar com eles? Por que palavra devo começar para que compreendam ao menos alguma coisa?". Como eu temia, no entanto temia

---

[54] "Não me diga!", em francês no original. (N. do T.)

mais pelos senhores, é um horror, um horror! Mas, por outro lado, poderia eu temer, não seria uma vergonha temer? Qual é o problema se para um homem avançado existe um sem-fim de homens atrasados e maus? A minha alegria consiste justamente em que agora estou convencido de que não há nada desse sem-fim, mas um material todo vivo! Nada de ficar perturbado também com o fato de que somos ridículos, não é verdade? Porque é realmente assim, nós somos ridículos, levianos, cheios de maus hábitos, sentimos tédio, não sabemos olhar, não sabemos compreender, ora, todos nós somos assim, nós todos, e tanto os senhores quanto eu, quanto eles! Porque os senhores não vão ficar ofendidos pelo fato de eu estar lhes dizendo isso na cara, dizendo que somos ridículos! E sendo assim, por acaso os senhores não são material? Sabem, a meu ver, ser ridículo é às vezes até bom, até melhor: é mais fácil perdoar uns aos outros, é mais fácil fazer as pazes; não se vai compreender tudo de uma vez, não se vai começar diretamente pela perfeição! Para atingir a perfeição é preciso primeiro não compreender muita coisa! E se compreendermos muito depressa, então vai ver que não compreendemos bem. Isso eu estou dizendo aos senhores, que já conseguiram compreender muita coisa e... e não compreender. Neste momento não temo pelos senhores; os senhores não estão zangados porque um menino como eu lhes diz semelhantes palavras, não é? O senhor está rindo, Ivan Pietróvitch. O senhor acha que eu temi *por aqueles*, o advogado *deles* sendo um democrata, um orador da igualdade? — pôs-se a rir histericamente (a todo instante ria um riso breve e extasiado). — Eu temo pelo senhor, por todos os senhores e por todos nós juntos. Porque eu mesmo sou um príncipe dos quatro costados e estou ao lado de príncipes. É para salvar todos nós que digo que a casta não desapareça à toa, nas trevas, sem ter chegado a um acordo sobre nada, praguejando por tudo e perdendo tudo no jogo. Por que desaparecer e ceder lugar aos outros quando podemos permanecer avançados e superiores? Sejamos avançados, e então seremos superiores. Tornemo-nos servos para nos tornarmos superiores.[55]

Ele quis se levantar de um ímpeto de seu lugar, mas o velhote o retinha sempre, olhando, porém, com crescente inquietação para ele.

— Escutem! Eu sei que não é bom falar: o melhor é simplesmente dar um exemplo, o melhor é simplesmente começar... eu já comecei... e — será que realmente se pode ser infeliz? Oh, o que são a minha mágoa e a minha desgraça se eu estou em condição de ser feliz? Sabem, eu não compreendo

---

[55] Essas palavras remontam a um ensinamento de Cristo: "Se alguém quer ser o primeiro, será o último e servo de todos" (Marcos, 9, 35). (N. da E.)

como se pode passar ao lado de uma árvore e não ficar feliz por vê-la! Conversar com uma pessoa e não se sentir feliz por amá-la! Oh, eu apenas não sei exprimir... mas, a cada passo, quantas coisas maravilhosas existem, que até o mais desconcertado dos homens as acha belas? Olhem para uma criança, olhem para a alvorada de Deus, olhem para a relva do jeito que cresce, olhem para os olhos que os olham e os amam...

Fazia muito tempo que falava, em pé. O velhote já olhava assustado para ele. Lisavieta Prokófievna bradou: "Ah, meu Deus!", apercebendo-se antes dos demais e erguendo os braços. Aglaia correu rapidamente para ele, conseguiu segurá-lo em seus braços e com horror, com o rosto deformado pela aflição, ficou a ouvir o grito feroz do "espírito do infeliz, trêmulo e subjugado".[56] O doente estava estirado no tapete. Alguém conseguiu lhe colocar depressa um travesseiro debaixo da cabeça.

Por isso ninguém esperava. Um quarto de hora depois, o príncipe N., Ievguiêni Pávlovitch e o velhote tentaram reanimar a festa, mas ao cabo de meia hora todos já haviam ido embora. Foram externadas muitas palavras de sentimento, muitos queixumes, algumas opiniões. Entre outras coisas, Ivan Pietróvitch disse que "o jovem é um es-la-vófilo ou coisa desse gênero, mas que, pensando bem, isso não era perigoso". O velhote não disse nada. É verdade que já depois, no outro dia e no seguinte, todos ficaram um tanto zangados; Ivan Pietróvitch ficou até ofendido, mas pouco. O general-chefe passou algum tempo frio com Ivan Fiódorovitch. O "Protetor" da família, o dignitário, também balbuciou alguma coisa de sua parte para o pai da família em tom edificante, e ademais exprimiu-se de modo lisonjeiro que estava muito, muito interessado pelo destino de Aglaia. Ele era realmente um homem um tanto bom; mas, entre as causas de sua curiosidade relativamente ao príncipe, durante a reunião houve também a antiga história do príncipe com Nastácia Filíppovna; ele ouvira falar alguma coisa sobre essa história e até se interessara por ela, teve até vontade de interrogar.

Bielokónskaia, ao deixar a reunião, disse a Lisavieta Prokófievna:

— Bem, é bom e parvo; e se queres saber a minha opinião, é mais parvo. Tu mesma estás vendo que homem é ele, um homem doente!

---

[56] Dostoiévski usa a fraseologia do Evangelho do episódio da cura de um possesso (veja-se Marcos, 9, 17-27, e Lucas, 9, 42). Anna Grigórievna, mulher de Dostoiévski, narra um ataque "público" que o marido teve logo após o casamento em um sarau na casa de sua irmã. Como Aglaia Ivánovna, ela foi a primeira a ouvir "esse grito 'inumano' que costuma acontecer com o epiléptico no início do ataque", e vivenciou com igual aflição o ocorrido. (N. da E.)

Lisavieta Prokófievna decidiu de si para si e definitivamente que o noivo era "inviável", e pela filha deu a palavra de que "enquanto estivesse viva o príncipe não seria marido de Aglaia". Foi com isto que se levantou na manhã seguinte. Mas na primeira hora da manhã, durante o desjejum, ela caiu numa surpreendente contradição consigo mesma.

A uma exigência, aliás extremamente cautelosa das irmãs, Aglaia de repente respondeu com frieza mas com arrogância, como se cortasse a conversa:

— Eu nunca dei nenhuma palavra a ele, nunca na vida o considerei meu noivo, para mim ele é tão estranho quanto qualquer outro.

Lisavieta Prokófievna explodiu de chofre.

— Isso eu não esperava de ti — pronunciou com amargura —, ele é um noivo inviável, eu sei, e graças a Deus que deu nisso; mas de tua parte eu não esperava semelhantes palavras! Esperava outra coisa de ti. Eu tocaria para fora todos os convidados de ontem, mas o deixaria aqui, eis aí a pessoa que ele é!...

Nesse ponto ela parou, ela mesma assustada com o que acabara de dizer. Mas se ela soubesse o quanto fora injusta com a filha nesse instante! Na cabeça de Aglaia tudo já estava resolvido; ela também esperava a sua hora, que deveria resolver tudo, e qualquer insinuação, qualquer alusão descuidada lhe dilaceravam o coração como uma ferida profunda.

VIII

Para o príncipe, essa manhã também começou sob a influência de pressentimentos graves; estes poderiam ser atribuídos ao seu estado doentio, mas ele sentia uma tristeza excessivamente indefinida, e isto era o que mais o afligia. É verdade que diante dele havia fatos vivos, graves e mordazes, mas a sua tristeza ia além de tudo que ele relembrava e compreendia; compreendia que não conseguiria se acalmar sozinho. Pouco a pouco foi-se radicando nele a expectativa de que hoje mesmo iria lhe acontecer algo especial e definitivo. O ataque que tivera na véspera fora leve; além da hipocondria, de certo peso na cabeça e da dor nos membros, não sentia nenhuma outra perturbação. A cabeça funcionava com bastante nitidez, ainda que a alma estivesse doente. Levantou-se bastante tarde e incontinenti lembrou-se com nitidez da noite anterior; ainda que sem precisão total, mesmo assim lembrou-se de que meia hora depois do ataque levaram-no para casa. Soube que já estivera em sua casa um emissário dos Iepántchin querendo notícias do seu estado de saúde. Às onze e meia apareceu outro; isso já era agradável. Vera Liébedieva fora uma das primeiras a visitá-lo e servi-lo. No primeiro instante em que o viu, ela começou a chorar, mas quando o príncipe a tranquilizou ela desatou a rir. Ele ficou um tanto comovido com a forte compaixão dessa menina por ele; ele pegou uma das mãos dela e a beijou. Vera corou.

— Ah, o que o senhor está fazendo, o que está fazendo!? — exclamou assustada, puxando rapidamente a mão.

Ela saiu logo, tomada de um embaraço um tanto estranho. Entretanto, teve tempo de contar que hoje, mal o dia clareou, o pai correu para ver o "finado", como chamou o general, querendo saber se não teria morrido durante a noite, e pelo que ouviu estavam dizendo que na certa iria morrer logo. Depois das onze o próprio Liébediev apareceu em casa e em visita ao príncipe, mas a bem dizer "por um instante, para saber da preciosa saúde" etc., além disso, para informar-se sobre o "armarinho". Não disse nada mais, limitou-se a ais e ois, e o príncipe logo o despachou, mas apesar de tudo o outro tentou interrogar sobre o ataque da véspera, embora fosse visível que ele já sabia disso em detalhes. Depois dele apareceu Kólia, também por um minuto; este realmente estava apressado e tomado de uma inquietação forte e sombria. Começou por uma insistência direta para que o príncipe lhe esclarecesse tudo o que estavam escondendo dele, omitindo que já na véspera soubera de quase tudo. Estava forte e profundamente abalado.

Com toda a simpatia de que era capaz, o príncipe contou todo o caso, restabelecendo os fatos na sua plena exatidão, e atingiu o pobre menino como um raio. Este não conseguiu articular uma palavra e chorou em silêncio. O príncipe sentiu que essa era uma daquelas impressões que ficam de uma vez por todas e constituem a ruptura na vida de um jovem para todo o sempre. Apressou-se em lhe transmitir o seu ponto de vista sobre o caso, acrescentando que, segundo sua opinião, era possível que a morte do velho ocorresse principalmente em função do horror que lhe ficara no coração após a falta cometida, e que poucos eram capazes disto. Os olhos de Kólia brilharam quando ele ouvia o príncipe.

— Ganka, Vária e Ptítzin são uns imprestáveis! Não vou brigar com eles, mas a partir deste instante os nossos caminhos serão outros! Ah, príncipe, de ontem para cá percebi muita coisa nova; esta é a minha lição! Agora eu considero que minha mãe também está diretamente em minhas mãos; embora ela esteja garantida em casa de Vária, mas isso não é a mesma coisa...

Ele se levantou de um salto, lembrando-se de que estavam à sua espera, perguntou às pressas sobre o estado de saúde do príncipe e, depois de ouvir a resposta, acrescentou de chofre e apressado:

— Não haverá alguma outra coisa? Ontem eu ouvi... (pensando bem, eu não tenho o direito), mas se um dia e para alguma coisa o senhor precisar de um criado fiel, ele está diante do senhor. Parece que nós dois não somos inteiramente felizes, não é? Mas... eu não interrogo, não interrogo...

Ele se foi, e o príncipe ficou ainda mais pensativo: todos estão profetizando infortúnios, todos já tiraram conclusões, todos olham como se soubessem de alguma coisa, e de uma coisa que ele não sabe; Liébediev interroga, Kólia faz insinuações indiretas, e Vera chora. Por fim largou de mão, irritado: "Maldita cisma da doença" — pensou. Seu rosto iluminou-se quando depois de uma hora ele viu os Iepántchin entrando para visitá-lo, "por um minuto". Estes realmente vieram por um minuto. Ao levantar-se do desjejum, Lisavieta Prokófievna anunciou que agora todos sairiam para passear, e todos juntos. O anúncio foi feito em forma de ordem, com voz entrecortada, seca, sem explicações. Todos saíram, isto é, a mãe, as moças, o príncipe Sch. Lisavieta Prokófievna tomou imediatamente a direção contrária àquela que tomava todos os dias. Todos compreenderam de que se tratava e todos permaneceram calados, temendo irritar a mãe, e esta, como quem se esconde da censura e das objeções, seguiu à frente de todos sem olhar para trás.

Por fim, Adelaida observou que num passeio não havia por que correr daquele jeito e que ninguém alcançaria a mãe.

— Vejam só — voltou-se de repente Lisavieta Prokófievna —, estamos passando ao lado da casa dele. Não importa o que pense Aglaia e seja lá o que tenha acontecido depois, mesmo assim ele não é um estranho para nós, e ademais está em desgraça e doente; eu pelo menos vou fazer uma visitinha. Quem quiser ir comigo que vá, quem não quiser que siga em frente; o caminho não está bloqueado.

Todos entraram, é claro. O príncipe, como é de praxe, apressou-se em pedir desculpas mais uma vez pelo vaso da véspera e... pelo escândalo.

— Ora, isso não é nada — respondeu Lisavieta Prokófievna —, pelo vaso não lamento, lamento por ti. Então agora tu mesmo imaginas que houve um escândalo: vejam o que significa "na manhã seguinte...", mas isso também não é nada, porque agora qualquer um está vendo que não há nada a cobrar de ti. Bem, até logo, não obstante; se estiveres em condição, vai passear um pouco e torna a dormir — é o meu conselho. E se te der na telha, aparece como sempre; podes estar certo, de uma vez por todas, de que, seja lá o que tenha acontecido, seja lá em que isso tenha dado, a despeito de tudo continuas amigo da nossa casa: meu pelo menos. Pelo menos por mim eu posso responder.

Todos responderam ao convite e respaldaram os sentimentos da mãe. Todos se foram, mas dizer alguma coisa carinhosa e estimulante nessa pressa ingênua implicaria muita crueldade, coisa de que Lisavieta Prokófievna nem se deu conta. No convite de aparecer "como antes" e nas palavras "meu pelo menos" mais uma vez ressoou qualquer coisa de profético. O príncipe ficou a recordar Aglaia; é verdade que ela lhe sorriu admiravelmente, tanto na chegada quanto na despedida, mas não disse uma palavra, nem mesmo quando todos fizeram suas declarações de amizade, embora umas duas vezes tivesse olhado fixamente para ele. Estava com o rosto mais pálido do que o habitual, como se tivesse dormido mal à noite. O príncipe resolveu visitá-los à noite "como antes" e olhou febricitante para o relógio. Vera entrou exatamente três minutos após a saída das Iepántchin.

— Liev Nikoláievitch, Aglaia Ivánovna acabou de transmitir umas palavrinhas para o senhor por meu intermédio.

O príncipe começou a tremer.

— Um bilhete?

— Não, em palavras; e ainda assim mal conseguiu. Pede muito que durante todo o dia de hoje o senhor não se afaste de casa, até as sete da noite ou até as nove, aqui eu não escutei direito.

— É... para que será isso? O que isto significa?

— Não sei nada disso; só mandou que eu dissesse "com firmeza".

— Foi assim que disse, "com firmeza"?

— Não, não disse diretamente: mal teve tempo, disse de costas, já que eu mesma corri para ela. Mas pelo rosto já se via como ordenava: com firmeza ou não. Olhou para mim de tal jeito que o meu coração gelou...

Mais algumas indagações e o príncipe, mesmo sem conseguir inteirar-se de mais nada, não obstante ficou ainda mais preocupado. Uma vez sozinho, deitou-se no sofá e voltou a pensar. "Pode ser que alguém vá visitá-los até as nove horas e mais uma vez ela está temendo por mim, que eu faça das minhas na presença das visitas" — pensou enfim, e outra vez passou a aguardar com impaciência o anoitecer e a olhar para o relógio. Entretanto, a decifração veio bem antes do anoitecer e também em forma de uma nova visita, uma decifração em forma de um enigma novo e angustiante: exatamente meia hora depois da saída dos Iepántchin apareceu Hippolit, a tal ponto cansado e extenuado que, entrando sem dizer uma palavra, como se estivesse desmemoriado, caiu literalmente numa poltrona e mergulhou por um instante numa tosse insuportável. Tossiu até deitar sangue. Seus olhos brilhavam, as manchas purpurearam nas faces. O príncipe lhe murmurou alguma coisa, mas o outro não respondeu e por muito tempo ainda, sem responder, limitou-se a um aceno só de mão para que por enquanto não o incomodassem. Por fim voltou a si.

— Eu vou indo! — pronunciou num esforço e com a voz rouca.

— Se quiser eu o levo em casa — disse o príncipe, levantando-se e pondo-se de pé, lembrando-se da recente proibição de sair de casa.

Hippolit desatou a rir.

— Não é do senhor que eu estou indo — continuou ele numa dispneia ininterrupta e de passagem —, ao contrário, achei necessário vir visitá-lo e por um assunto... sem o qual não estaria a incomodá-lo. Estou indo *para lá*, e desta vez parece que é sério. *Caput!*[57] Não estou falando por compaixão, acredite... Hoje eu estive deitado desde as dez horas com a finalidade de não me levantar de maneira nenhuma até que chegasse aquela *hora*, mas mudei de ideia e me levantei mais uma vez para vir vê-lo... logo, era preciso.

— Dá pena olhar para o senhor; era melhor ter me chamado em vez de ter se dado ao trabalho de vir pessoalmente.

— Bem, mas basta. Lamentou, então basta para a solicitude mundana... Ah, ia me esquecendo: como vai de saúde?

---

[57] Do alemão *kaputt*, morto. (N. do T.)

— Estou bem. Ontem eu estava... não muito...

— Ouvi dizer, ouvi. O vaso chinês foi quem pagou o pato; foi uma pena eu não estar lá! Vim para tratar de um assunto. Em primeiro lugar, hoje tive a satisfação de ver Gavrila Ardaliónovitch em um encontro com Aglaia Ivánovna no banco verde. Fiquei surpreso ao ver a que ponto um homem pode ter uma aparência tola. Eu observei isto à própria Aglaia Ivánovna após a saída de Gavrila Ardaliónovitch... O senhor, príncipe, parece que não se admira de nada — acrescentou ele, olhando desconfiado para o rosto tranquilo do príncipe —, não se admirar de nada,[58] segundo dizem, é sinal de grande inteligência; a meu ver, poderia ser igualmente um sinal de grande tolice... Aliás, não é ao senhor que estou aludindo, desculpe... Hoje eu estou muito infeliz nas minhas expressões.

— Ainda ontem fiquei sabendo que Gavrila Ardaliónovitch... — interrompeu-se o príncipe, pelo visto embaraçado, embora Hippolit se irritasse com o fato de ele não se admirar.

— Ficou sabendo! Isso sim é novidade! Pensando bem, é possível, não conte... Mas não houve testemunha do encontro de hoje?

— O senhor viu que eu não estava lá, se é que o senhor mesmo esteve.

— Todavia é possível que estivesse escondido em algum lugar atrás dos arbustos. Por outro lado, em todo caso estou contente, pelo senhor, é claro, senão eu iria achar que a preferência seria por Gavrila Ardaliónovitch!

— Peço que não fale desse assunto comigo, Hippolit, e com semelhantes expressões.

— Ainda mais porque já está sabendo de tudo.

— O senhor está enganado. Não sei de quase nada, e Aglaia Ivánovna certamente sabe que não sei de nada. Inclusive eu não sabia nada de nada sobre o tal encontro... o senhor afirma que houve um encontro, pois bem, deixemos isso...

— No entanto que história é essa, ora sabia, ora não sabia? O senhor diz: está bem, deixemos para lá? Mas não, não seja tão crédulo! Sobretudo se não sabe de nada. O senhor é crédulo porque não sabe. E sabe o senhor qual é o cálculo dessas duas pessoas, do irmão e da irmãzinha? É possível que desconfie disso?... Está bem, está bem, eu deixo para lá... — acrescentou ele, ao notar o gesto impaciente do príncipe — mas vim aqui em causa própria e sobre isso quero... explicar-me. Aos diabos, não quero morrer de

---

[58] Provavelmente, Dostoiévski tinha em vista a expressão proverbial *Nihil admirari*, de Horácio (*Epístolas*, I, 6, 1). (N. da E.)

maneira nenhuma sem explicações; é um horror como eu me explico tanto. Quer ouvir?

— Fale, eu estou ouvindo.

— Não obstante, mudo de opinião mais uma vez: mesmo assim começo por Gánietchka. Pode imaginar que também marcaram para que eu viesse hoje ao banco verde. Aliás, não quero mentir: eu mesmo insisti no encontro, cansei de pedir, prometi revelar um segredo. Não sei se cheguei cedo demais (parece que realmente cheguei cedo), mas foi só eu ocupar meu lugar ao lado de Aglaia Ivánovna que vi aparecerem Gavrila Ardaliónovitch e Varvara Ardaliónovna, de mãos dadas, como se estivessem passeando. Parece que ambos ficaram muito perplexos ao me encontrar, não esperavam por isso, até se desconcertaram. Aglaia Ivánovna inflamou-se e, acredite ou não, ficou até um tanto perturbada, não sei se por minha presença ali ou simplesmente ao ver Gavrila Ardaliónovitch, porque é mesmo um tipo, só que ela ficou toda inflamada e a coisa terminou em um segundo, de maneira muito engraçada: levantou-se, respondeu ao cumprimento de Gavrila Ardaliónovitch, ao sorriso bajulador de Varvara Ardaliónovna e de repente cortou: "Vim aqui unicamente para lhes expressar a minha satisfação pessoal pelos seus sentimentos sinceros e amigáveis, e se eu vier a precisar deles, acreditem...". Nisso ela fez uma reverência e os dois se foram — não sei se com cara de bobos ou de triunfo; Gánietchka, é claro, foi feito de bobo; não compreendeu nada e ficou vermelho como um camarão (às vezes é surpreendente a expressão do rosto dele), mas parece que Varvara Ardaliónovna compreendeu que era preciso sumir dali o mais rápido possível e que isso já era mais que bastante da parte de Aglaia Ivánovna, e arrastou o irmão. Ela é mais inteligente do que ele e estou certo de que agora está triunfante. Eu vim conversar com Aglaia Ivánovna para combinarmos um encontro com Nastácia Filíppovna.

— Com Nastácia Filíppovna — bradou o príncipe.

— Sim! Parece que o senhor está perdendo o sangue frio e começando a surpreender-se? Fico muito contente que o senhor esteja querendo parecer um ser humano. Por isso eu o parabenizo. Eis o que significa prestar um serviço a moças jovens e de alma elevada: hoje recebi dela um tapa na cara!

— Mo-moral? — perguntou o príncipe um tanto involuntariamente.

— Sim, não físico. Acho que nenhum braço se levanta contra uma pessoa como eu, agora nem uma mulher me bateria; nem Gánietchka! Embora ontem eu pensasse por algum instante que ele fosse voar em cima de mim... Aposto que sei em que o senhor está pensando agora. Está pensando: "Suponhamos que não seja necessário bater nele, em compensação pode-se sufocá-lo com um travesseiro ou um pano molhado enquanto estiver dormindo — e até se deve...". Na sua cara está escrito que o senhor está pensando nisso neste exato momento.

— Nunca pensei nisso! — pronunciou o príncipe com repugnância.

— Não sei, hoje à noite sonhei que me haviam asfixiado com um pano molhado... uma pessoa... bem, eu lhe digo quem: imagine — Rogójin! O senhor acha que se pode sufocar uma pessoa com um pano molhado?

— Não sei.

— Ouvi dizer que se pode. Bem, deixemos isso pra lá. Por que é que eu sou bisbilhoteiro? Por que hoje ela me xingou de bisbilhoteiro? E observe que isto foi quando ela já havia escutado até a última palavra e até tornara a perguntar... Mas assim são as mulheres! Para ela eu me liguei a Rogójin, a um homem interessante; para o próprio interesse dela eu arranjei seu encontro pessoal com Nastácia Filíppovna. Não teria sido por que eu feri o amor-próprio dela ao insinuar que ela ficou contente com os "sobejos" de Nastácia Filíppovna? Ora, foi pelos próprios interesses dela que expliquei o tempo todo, não nego, escrevi duas cartas desse gênero para ela, e eis que hoje se deu o terceiro encontro... Há pouco comecei a conversa com ela falando justamente que isso é humilhante por parte dela... Além do mais, a palavra sobre os "sobejos" não é propriamente minha, mas de outrem; pelo menos todos disseram isso em casa de Gánietchka; aliás, ela mesma confirmou. Então, por que eu sou bisbilhoteiro para ela? Vejo, vejo: neste momento, o senhor está o cúmulo do ridículo olhando para mim e aposto que me aplica esses versos tolos:

E talvez no meu ocaso triste
Brilhe o amor em um sorriso de despedida[59]

— Quá-quá-quá! — eis que ele foi tomado de um riso histérico e desatou a tossir. — Observe para si — roncou ele em meio à tosse — como é Gánietchka: fala de "sobejos", mas neste momento ele mesmo quer se aproveitar!

O príncipe fez uma longa pausa; estava horrorizado.

— Você falou de um encontro com Nastácia Filíppovna? — murmurou por fim.

— É, mas será que o senhor não está mesmo sabendo que hoje haverá

---

[59] Citado da "Elegia" (1830), de Púchkin ("A alegria é mais terrível que os anos de loucura..."). (N. da E.)

o encontro de Aglaia Ivánovna com Nastácia Filíppovna, para o que Nastácia Filíppovna foi trazida de Petersburgo deliberadamente, através de Rogójin, atendendo ao convite de Aglaia Ivánovna e aos meus empenhos, e neste momento está com Rogójin bem perto do senhor, na antiga casa da senhora Dária Aliekseievna... senhora muito ambígua, amiga dela, e hoje mesmo Aglaia Ivánovna foi para essa mesma casa ambígua para ter uma conversa amiga com Nastácia Filíppovna e resolver vários problemas. Estão querendo estudar aritmética. O senhor não estava sabendo? Palavra de honra?

— Isso é incrível!

— Então está bem, se é que é incrível; aliás, como é que o senhor sabe? Se bem que aqui basta que uma mosca passe voando e já se fica sabendo: que lugarzinho! Mas eu o preveni e o senhor pode me ser grato. Bem, até logo — neste mundo, provavelmente. No entanto há mais uma coisa: mesmo que eu tenha sido um patife perante o senhor, porque... a troco de que eu vou ter de perder meu tempo, faz o favor de me dizer? A favor do senhor, seria? Veja que eu dediquei a ela minha confissão (o senhor não sabia?). De que modo ela ainda a aceitou? Eh-eh! Só que diante dela eu não fui um patife, diante dela não tenho culpa de coisa nenhuma; ela é que me ultrajou e me traiu... Por outro lado, também não tenho culpa de nada perante o senhor; se lá mencionei esses tais "sobejos" e todas coisas afins, em compensação agora dou ao senhor o dia, a hora e o endereço do encontro e revelo todo esse jogo... por despeito, é claro, e não por magnanimidade. Adeus, sou tagarela como um gago ou como um tísico; veja lá, tome suas medidas e aja rápido se é que o senhor merece uma denominação humana. O encontro é hoje ao cair da tarde, isto é certo.

Hippolit tomou a direção da porta, mas o príncipe lhe gritou e ele parou à saída.

— Quer dizer que, pelo que o senhor me contou, a própria Aglaia Ivánovna irá hoje à casa de Nastácia Filíppovna? — perguntou o príncipe. Manchas vermelhas apareceram em suas faces e nos lábios.

— Não sei com exatidão, mas é provavelmente o que vai acontecer — respondeu Hippolit, olhando meio ao redor —, e aliás não pode ser outra coisa. Não é Nastácia Filíppovna que vai à casa dela, não é? E também não vai ser em casa de Gánietchka; ele mesmo tem quase um defunto em casa. E o estado do general?

— Já por esse motivo isso é impossível! — retrucou o príncipe. — De que jeito ela iria sair, mesmo que quisesse? O senhor não conhece os costumes daquela casa: ela não pode ausentar-se sozinha para a casa de Nastácia Filíppovna; é um absurdo!

— Pois o senhor vai ver, príncipe: ninguém pula de uma janela, mas basta acontecer um incêndio e o primeiro dos *gentlemen* e a primeira das damas pula da janela. Caso haja necessidade não haverá outra coisa a fazer e nossa grã-senhorinha irá à casa de Nastácia Filíppovna. E por acaso elas, as suas senhorinhas, não têm permissão para sair de lá?

— Não, não é disso que eu estou falando...

— Se não é disso, então a ela só resta descer do terraço e ir direto para lá, ainda que não volte para casa. Há casos em que se pode até queimar navios e até não voltar para casa: a vida não é feita só de cafés da manhã, de almoços nem de príncipes Sch. Parece-me que o senhor toma Aglaia Ivánovna como uma senhorinha ou saída de algum internato para moças nobres; eu já falei disso com ela: parece que ela concordou. Espere aí pelas sete ou oito horas... No seu lugar eu mandaria alguém montar guarda lá para aproveitar com precisão o momento em que ela sairá do terraço. Bem, mande pelo menos Kólia; ele espionará com prazer, pode estar certo, para o senhor... porque tudo isso é mesmo relativo. Quá-quá!

Hippolit saiu. O príncipe não tinha por que mandar alguém espionar, se até ele mesmo era capaz de fazê-lo. Agora quase se explicava a ordem que Aglaia lhe dera para permanecer em casa: talvez ela quisesse ir lá por ele. Verdade, talvez ela não quisesse justamente que ele fosse lá e por isso mandara que ele permanecesse em casa... Também podia ser isso. A cabeça dele girava; o quarto todo girava. Ele se deitou no sofá e fechou os olhos.

Seja como for, a questão seria decisiva, definitiva. Não, o príncipe não considerava Aglaia como uma senhorinha ou egressa de internato para moças nobres; agora ele percebia o que há muito vinha temendo, e justamente alguma coisa dessa natureza; mas para que ela queria aquele encontro? Um calafrio lhe percorreu todo o corpo; mais uma vez ele estava febricitante.

Não, ele não a considerava uma criança! Horrorizavam-no nos últimos dias um outro ponto de vista dela, outras palavras. Vez por outra lhe parecia que ela como que fazia pé firme demais, se continha demais, e ele recordava que isso o assustava. É verdade que em todos esses dias ele procurava não pensar nisso, afastava os pensamentos graves, mas alguma coisa se escondia naquela alma. Essa questão o atormentava há muito tempo, embora ele acreditasse naquela alma. E eis que tudo isso deveria resolver-se e revelar-se hoje mesmo. A ideia era terrível! E mais uma vez "essa mulher"! Por que ele sempre achara que essa mulher iria aparecer precisamente no último momento e destruir todo o seu destino como uma linha podre? Que isso sempre lhe parecera agora ele estava disposto a jurar, embora estivesse quase em um semidelírio. Se ultimamente procurava esquecê-*la*, era unicamente porque a temia. Então: amava ou odiava essa mulher? Hoje não se fizera uma só vez essa pergunta; nisso seu coração estava limpo: ele sabia quem amava... Ele não temia tanto o encontro das duas, a estranheza, a causa desse encontro, que ele desconhecia, nem a sua permissão por quem quer que fosse — temia a própria Nastácia Filíppovna. Já depois, alguns dias passados, ele se lembrou de que nessas horas febris quase sempre lhe parecia ver os olhos dela, o olhar dela, ouvir as palavras dela — umas palavras terríveis, embora depois pouca coisa lhe tivesse ficado na lembrança dessas horas febris e melancólicas. Mal se lembrou, por exemplo, de como Vera lhe trouxe o almoço e ele almoçou, não se lembrava se havia dormido ou não depois do almoço. Sabia apenas que começara a distinguir tudo com absoluta clareza nessa noite só a partir do instante em que Aglaia de repente entrou em seu terraço e ele se levantou do sofá de um salto e saiu para o cômodo central ao encontro dela: eram sete horas e quinze minutos. Aglaia estava sozinha, vestida com simplicidade e como que às pressas, metida em um *burnus*[60] leve. Tinha o rosto pálido como da última vez, os olhos irradiavam um brilho límpido e seco; ele nunca vira semelhante expressão no rosto dela. Ela o examinou atentamente.

— Você está prontíssimo — observou ela baixinho e como que calmamente —, vestido e de chapéu na mão; quer dizer que foi prevenido por alguém: por Hippolit?

— Sim, ele me disse... — murmurou o príncipe quase meio morto.

— Vamos indo: você sabe que deve me acompanhar sem falta. Acho que está em suficiente condição de sair, não é?

— Estou em condição, porém... isso lá é possível?

Por um instante ele se interrompeu e não conseguiu pronunciar mais nada. Essa foi a sua única tentativa de deter a louca, e logo saiu ele mesmo a acompanhá-la como um prisioneiro. Por mais turvos que estivessem os seus pensamentos, ainda assim ele compreendia que até sem ele ela iria *para lá*, logo, ao menos ele devia acompanhá-la. Adivinhava o quanto havia de força na firmeza dela; não era ele que ia deter esse ímpeto feroz. Os dois caminhavam em silêncio, quase não trocaram uma única palavra em todo o caminho. Ele notou apenas que ela conhecia o caminho muito bem, e quando ele quis contornar por um beco adiante, porque por ali o caminho era mais deserto e lhe sugeriu isso, ela o ouviu como se intensificasse a atenção e respondeu com voz entrecortada: "Tanto faz!". Quando os dois já estavam che-

---

[60] Espécie de casaco feminino em forma de capa, assim denominado por associação com os casacos usados pelos beduínos. (N. do T.)

gando à casa de Dária Alieksêievna (uma casa de madeira grande e velha), saiu do terraço uma senhorinha elegante e com ela uma moça jovem; as duas, rindo e conversando alto, tomaram uma caleche magnífica que as aguardava junto ao terraço e não olharam sequer uma vez para os que se aproximavam, como se não os tivessem observado. Mal a caleche deu a partida, a porta se abriu mais uma vez e Rogójin, que estava aguardando, deu passagem ao príncipe e a Aglaia e fechou em seguida a porta.

— Em toda a casa não há mais ninguém neste momento a não ser nós quatro — observou ele secamente e olhou para o príncipe de um jeito estranho.

No primeiro cômodo Nastácia Filíppovna já estava esperando, também vestida com bastante simplicidade e toda de preto; levantou-se ao encontro dos dois, mas não sorriu e nem sequer deu a mão ao príncipe.

Seu olhar fixo e intranquilo dirigiu-se impacientemente para Aglaia. As duas se sentaram distantes uma da outra: Aglaia em um sofá num canto do cômodo, Nastácia Filíppovna ao pé da janela. O príncipe e Rogójin não se sentaram, e aliás não foram convidados a sentar-se. O príncipe tornou a olhar para Rogójin com perplexidade e como que aflito, mas este continuava a sorrir com o sorriso de antes. O silêncio durou ainda alguns instantes.

Por fim uma sensação funesta passou pelo rosto de Nastácia Filíppovna; seu olhar se tornou tenaz, firme e quase odioso, em nenhum instante desviou-se da visita. Aglaia estava visivelmente perturbada, mas não intimidada. Ao entrar, mal olhou para sua rival e por enquanto permanecia sentada olhando para o chão, como se refletisse. Umas duas vezes, como que de forma involuntária, correu o olhar pelo cômodo; um visível nojo se desenhou em seu rosto, como se ela temesse sujar-se ali. Ajeitou maquinalmente a roupa e uma vez trocou até com intranquilidade de lugar, chegou-se para o canto do sofá. É pouco provável que ela mesma tivesse consciência dos seus movimentos; mas o inconsciente ainda intensificava a ofensa dos outros. Por fim, olhou direto nos olhos de Nastácia Filíppovna, e no mesmo instante leu com clareza tudo o que brilhava no olhar enfurecido da rival. A mulher compreendeu a mulher; Aglaia estremeceu.

— A senhora, é claro, sabe por que eu a convidei — enfim pronunciou ela, porém com voz muito baixa e inclusive detendo-se umas duas vezes nessa frase curtinha.

— Não, não sei de nada — respondeu Nastácia Filíppovna com secura e ímpeto.

Aglaia corou. É possível que súbito lhe tenha parecido terrivelmente estranho e improvável que ela estivesse ali sentada com "aquela mulher", na casa "daquela mulher" e precisasse de uma resposta dela. Aos primeiros sons da voz de Nastácia Filíppovna foi como se um estremecimento lhe percorresse todo o corpo. Tudo isso, é claro, foi muito bem percebido por "aquela mulher".

— A senhora compreende tudo... mas finge propositadamente que não compreende — quase murmurou Aglaia, olhando sombriamente para o chão.

— Por que isso? — riu levemente Nastácia Filíppovna.

— A senhora está querendo se aproveitar da minha situação... de que eu estou em sua casa — continuou Aglaia de forma engraçada e desajeitada.

— A culpa por essa situação é da senhora e não minha! — inflamou-se de repente Nastácia Filíppovna. — Não fui eu que a convidei, mas a senhora que me convidou, e até agora não sei para quê.

Aglaia levantou presunçosamente a cabeça.

— Contenha a sua língua; não foi com essa sua arma que vim para cá combater com a senhora...

— Ah! Quer dizer então que a senhora veio mesmo "combater"? Imagine, apesar de tudo eu pensava que a senhora fosse mais... espirituosa...

As duas se entreolhavam já sem esconder a raiva. Uma dessas mulheres era aquela que ainda há pouco tempo escrevia à outra aquelas cartas, mas eis que tudo se dissolvia ao primeiro encontro e às primeiras palavras. E agora? Nesse instante, parecia que nenhum dos quatro que estavam naquele cômodo achava isso estranho. O príncipe, que ainda na véspera não acreditaria na possibilidade de ver tal coisa nem mesmo em sonho, agora estava ali postado, vendo e ouvindo como se já tivesse previsto tudo isso há muito tempo. Num átimo o sonho mais fantástico convertia-se na realidade mais nítida e bruscamente desenhada. Nesse instante, uma dessas mulheres já desprezava a tal ponto a outra e desejava tanto lhe externar isso (talvez tivesse mesmo vindo ali unicamente para isso, como se exprimiu Rogójin no dia seguinte) que, por mais fantasista que fosse essa outra, com sua inteligência perturbada e sua alma doente, parecia que nenhuma ideia preconcebida resistiria diante do desprezo venenoso, genuinamente feminil da sua rival. O príncipe estava certo de que Nastácia Filíppovna não tocaria no assunto das cartas; pelos olhos brilhantes dela ele adivinhou o que lhe podiam valer agora essas cartas; mas ele daria metade da vida para que Aglaia não tocasse nesse assunto.

Mas de repente foi como se Aglaia se contivesse e se controlasse de uma vez.

— A senhora não entendeu direito — disse ela —, eu não vim aqui... brigar com a senhora, embora não goste da senhora. Eu... eu vim para cá...

falando linguagem de gente. Ao chamá-la, eu já havia resolvido sobre o que falar com a senhora e não vou recuar dessa decisão, embora a senhora não tenha me entendido inteiramente. Assim será pior para a senhora e não para mim. Eu queria lhe responder ao que a senhora me escreveu e responder pessoalmente, porque isso me pareceu mais apropriado. Escute, então, a minha resposta a todas as suas cartas: eu tive pena do príncipe Liev Nikoláievitch naquele primeiro dia em que nos conhecemos e quando depois vim a saber de tudo o que aconteceu na festa da senhora. Eu senti pena por ele ser um homem tão cândido, e por sua simplicidade ele acreditou que poderia ser feliz... com uma mulher... de semelhante caráter. O que eu temia foi o que aconteceu: a senhora não foi capaz de amá-lo, atormentou-o e o largou. A senhora não conseguiu amá-lo porque é orgulhosa demais... não, não é orgulhosa, eu me enganei, mas porque a senhora é vaidosa... e inclusive não é isso: a senhora éególatra até... à loucura, prova do quê são as suas cartas para mim. A senhora não conseguiu amá-lo assim tão simples, não conseguiu amá-lo, e pode ser até que consigo mesma o desprezasse e risse dele, foi capaz de amar apenas a própria desonra e a ideia constante de que foi desonrada e ofendida. Houvesse menos desonra ou não houvesse de maneira nenhuma e a senhora seria mais infeliz... (Aglaia pronunciou com prazer essas palavras que já brotavam com excessiva precipitação e há muito haviam sido pensadas e preparadas, pensadas ainda antes, quando nem em sonho imaginava esse encontro de agora; com o olhar venenoso ela observava o efeito dessas palavras no rosto de Nastácia Filíppovna, deformado por tanta agitação.) A senhora se lembra — continuou ela — de que naquela época ele me escreveu uma carta; ali ele diz que a senhora está a par dessa carta e até a leu, sim? Por essa carta eu compreendi tudo, e compreendi corretamente; há pouco ele me confirmou tudo isso, ou seja, tudo o que estou lhe dizendo agora, inclusive palavra por palavra. Depois da carta fiquei esperando. Adivinhei que a senhora deveria vir para cá porque a senhora não pode passar sem Petersburgo: a senhora ainda é jovem e bonita demais para uma província... Aliás, essas palavras também não são minhas — acrescentou ela depois de corar terrivelmente, e desse instante até o final da fala o vermelho já não lhe saiu do rosto. — Quando tornei a ver o príncipe, eu me senti aflita demais e até ofendida por ele. Não ria; se a senhora rir, então não é digna de compreender isso...

— A senhora está vendo que eu não estou rindo — pronunciou Nastácia Filíppovna com ar triste e severo.

— Aliás, para mim tanto faz que a senhora ria, seja como quiser. Quando eu mesma passei a lhe perguntar, ele me disse que há muito não a amava, que até a lembrança da senhora o atormentava, mas que tinha pena da senhora e que quando se lembrava da senhora era como se seu coração "estivesse traspassado para todo o sempre". Eu lhe devo dizer ainda que nunca encontrei uma pessoa na vida semelhante a ele pela simplicidade nobre e pela credulidade infinita. Depois das palavras dele eu adivinhei que quem quiser poderá enganá-lo, e quem quer que o engane ele depois perdoará, a todo e qualquer um, e foi por isso que eu o amei...

Aglaia parou por um instante como se estivesse atônita, como se não acreditasse que ela mesma pronunciara tal palavra; ao mesmo tempo, porém, a altivez quase ilimitada brilhou no seu olhar; parecia que agora tudo já lhe era indiferente, embora até "aquela mulher" risse da confissão que ela acabara deixando escapar.

— Eu lhe disse tudo, agora evidentemente a senhora compreendeu o que eu estou querendo da senhora, sim?

— Talvez tenha mesmo compreendido; mas diga a senhora mesma — respondeu baixinho Nastácia Filíppovna.

A fúria acendeu-se no rosto de Aglaia.

— Eu queria saber da senhora — pronunciou ela com firmeza e escandindo as palavras — com que direito se imiscui nos sentimentos dele por mim, com que direito a senhora se atreveu a me escrever aquelas cartas? Com que direito declara a todo instante, a ele e a mim, que o ama depois que o largou e dele... fugiu de forma tão ofensiva e... vergonhosa?

— Eu não declarei nem à senhora nem a ele que o amo — pronunciou com esforço Nastácia Filíppovna — e... a senhora tem razão, eu fugi dele... — acrescentou ela num tom que mal se ouviu.

— Como não declarou "nem a ele, nem a mim"? — bradou Aglaia. — E as suas cartas? Quem lhe pediu para nos arranjar casamento e me persuadir a me casar com ele? Porventura isso não é declaração? Por que a senhora roga ser recebida lá em casa? A princípio eu quis pensar que a senhora, ao contrário, misturando-se conosco quisesse semear em mim a repulsa por ele, e que eu o largasse, e só depois percebi de que se tratava: a senhora simplesmente imaginou que estivesse cometendo um feito elevado com todos esses dengos... Ora, a senhora poderia amá-lo se ama tanto a sua vaidade? Por que não foi embora daqui em vez de ficar me escrevendo aquelas cartas ridículas? Por que não se casa agora com um homem decente que tanto a ama e lhe fez a honra de propor-lhe sua mão? Está claro demais por quê: casando com Rogójin, que ofensa então restará? Vai receber honras até demais! Referindo-se à senhora, Ievguiêni Pávlovitch disse que a senhora leu um número exagerado de poemas e "é instruída demais para a sua... condição";

que a senhora é uma mulher livresca e boa-vida; acrescente-se a sua vaidade e eis todos os seus motivos...

— E a senhora não é boa-vida?

A questão chegou depressa demais, de modo até excessivamente escancarado a um ponto muito inesperado, inesperado porque Nastácia Filíppovna, ao ir a Pávlovsk, ainda sonhava com algo, embora o supusesse, é claro, antes ruim que bom; já Aglaia estava terminantemente arrebatada pelo ímpeto do momento, como se tivesse despencado de uma montanha, e não conseguia conter-se diante do terrível prazer da vingança. Para Nastácia Filíppovna era até estranho ver Aglaia assim; olhava para ela e era como se não acreditasse em seus próprios olhos, e no primeiro instante ficou decididamente perdida. Era ela uma mulher que havia lido muitos poemas, como supunha Ievguiêni Pávlovitch, ou simplesmente era uma louca, do que o príncipe estava certo, mas em todo caso era uma mulher — que às vezes lançava mão de procedimentos muito cínicos e acintosos — de fato bem mais acanhada, afetuosa e crédula do que se podia concluir sobre ela. É verdade que nela havia muito de livresco, de sonhador, de ensimesmado e fantástico, mas em compensação tudo forte e profundo... O príncipe compreendia isso; o sofrimento se estampava em seu rosto. Aglaia o percebeu e tremeu de ódio.

— Como a senhora se atreve a me tratar assim? — disse ela com uma insuportável arrogância, respondendo à observação de Nastácia Filíppovna.

— A senhora provavelmente ouviu mal — admirou-se Nastácia Filíppovna. — Como eu a tratei?

— Se a senhora queria ser uma mulher honesta, então por que não abandonou na ocasião o seu sedutor Totski, simplesmente... sem gestos teatrais — disse de repente Aglaia sem quê nem para quê.

— O que a senhora sabe da minha situação para se atrever a me julgar? — estremeceu Nastácia Filíppovna, empalidecendo terrivelmente.

— Sei que a senhora não foi trabalhar, mas fugiu com o ricaço Rogójin para se fazer passar por um anjo decaído. Não me admira que Totski tenha tentado o suicídio por causa do anjo decaído!

— Pare! — disse Nastácia Filíppovna com nojo e como que aflita. — A senhora me compreendeu tanto quanto... a camareira de Dária Aliekseievna, que nesses dias, junto com o noivo, foi questionada em juízo por um juiz de paz. Ela teria entendido melhor do que a senhora...

— Provavelmente uma moça honesta vive do seu trabalho. Por que a senhora trata uma camareira com tanto desprezo?

— Não é o trabalho que eu trato com desprezo, mas a senhora quando fala de trabalho.

— Quisesse ser honesta e teria ido trabalhar de lavadeira.

As duas haviam se levantado e olhavam pálidas uma para a outra.

— Aglaia, pare! Isso é injusto — bradou o príncipe como um desnorteado. Rogójin já não sorria, mas escutava apertando os lábios e com os braços cruzados.

— Vejam, olhem para ela — dizia Nastácia Filíppovna tremendo de fúria —, para essa grã-senhorinha! E eu a considerava um anjo! A senhora veio à minha casa sem a governanta, Aglaia Ivánovna!... Quer... quer que eu lhe diga agora mesmo, com franqueza, sem exageros, por que a senhora veio até aqui? Teve medo e por isso veio.

— Medo da senhora? — perguntou Aglaia fora de si, movida por uma surpresa ingênua e ousada porque a outra se atrevia a falar desse jeito com ela.

— Claro que de mim! Se resolveu vir aqui foi por medo de mim. Não se despreza quem se teme. E pensar que eu a estimava até este instante. E sabe por que a senhora me teme e qual é o seu objetivo principal neste momento? A senhora queria certificar-se pessoalmente se ele ama mais a mim ou à senhora, porque a senhora está com um ciúme terrível...

— Ele já me disse que a odeia... — mal conseguiu balbuciar Aglaia.

— É possível; é possível, eu não o mereço, só... só que a senhora está mentindo, eu acho! Ele não poderia me odiar e dizer isso assim! Aliás, estou disposta a desculpá-la... em atenção à sua situação... só que, apesar de tudo, eu fazia uma ideia melhor da senhora; pensava que a senhora fosse mais inteligente e até mais bonita, juro!... Bem, pegue o seu tesouro... veja, está olhando para a senhora, não consegue atinar, fique com ele, mas com uma condição: saia imediatamente daqui! Neste instante.

Ela caiu na poltrona e ficou banhada em lágrimas. Mas de súbito algo novo lhe brilhou nos olhos; olhou fixamente e à queima-roupa para Aglaia, e levantou-se:

— Mas queres,[61] agora mesmo... eu or-de-no, estás ouvindo? Basta que eu lhe or-de-ne e ele imediatamente a deixa e fica comigo para sempre, e se casa comigo, e tu vais correndo sozinha para casa. Queres, queres? — gritou feito louca, talvez nem ela mesma acreditasse que pudesse pronunciar tais palavras.

Assustada, Aglaia correu para a porta, mas parou à porta como se estivesse plantada, e ouviu.

---

[61] Aqui Nastácia Filíppovna troca o tratamento "senhora" por "tu". (N. do T.)

— Queres que eu toque Rogójin para fora? Tu pensavas que eu já havia me casado com Rogójin para tua satisfação? Ouve, vou gritar agora na tua presença: "Vai embora, Rogójin!", e digo para o príncipe: "Estás lembrado do que prometeste?". Meu Deus! Para que eu me humilhei tanto diante deles? Sim, mas não foste tu, príncipe, que me asseguraste que te casarias comigo independentemente do que viesse a me acontecer e nunca me deixarias? Que tu me amas e perdoas tudo em mim, e me res... respei... Sim, tu disseste isso! E eu, para te deixar livre, fugi de ti, mas agora não quero! Por que ela me tratou como uma depravada? Se eu sou uma depravada, pergunta a Rogójin, ele te dirá. Agora, depois que ela me denegriu, e ainda diante dos teus olhos, até tu me dás as costas e vais levá-la contigo de mãos dadas? Maldito sejas depois por eu ter acreditado somente em ti. Vai, Rogójin, tu és desnecessário! — gritou ela quase sem sentidos, deixando escapar num esforço as palavras do peito, com o rosto deformado e os lábios crestados, pelo visto sem acreditar ela mesma numa gota de sua fanfarronice, mas ao mesmo tempo ainda querendo apenas prolongar o instante por um segundo e enganar-se. O ímpeto foi tão forte que ela talvez viesse a morrer, ao menos foi o que pareceu ao príncipe. — Aí está ele, olha! — gritou enfim para Aglaia, apontando para o príncipe. — Se neste instante ele não vier até aqui, não me tomar e não te largar, então podes ficar com ele para ti, eu cedo, não preciso dele!...

E ela e Aglaia ficaram paradas como quem espera, e como loucas olhavam para o príncipe. Mas é possível que ele não compreendesse toda a força desse desafio, até com certeza, pode-se dizer. Ele viu apenas diante de si o desespero, o rosto de louca que, como disse uma vez a Aglaia, "traspassou-lhe para sempre o coração". Ele não pôde mais suportar e dirigiu-se a Aglaia com uma súplica e uma censura, apontando para Nastácia Filíppovna:

— Porventura isso é possível!? Ora, ela é... muito infeliz!

Mas foi só o que conseguiu proferir, emudecido que estava sob o olhar apavorante de Aglaia. Nesse olhar se exprimia ao mesmo tempo tanto sofrimento e ódio infinito que ele agitou os braços, gritou e precipitou-se para ela, mas já era tarde! Ela não suportou sequer um instante da vacilação dele, cobriu o rosto com as mãos, exclamou "ah, meu Deus!" e precipitou-se para fora do quarto. Atrás dela saiu Rogójin a fim de soltar o ferrolho da porta que dava para a rua.

O príncipe também correu, mas no limiar duas mãos o agarraram. O rosto morto e deformado de Nastácia Filíppovna olhava para ele à queima-roupa e os lábios lívidos se mexiam, perguntando:

— Atrás dela? Atrás dela?...

Ela desmaiou nos braços dele. Ele a levantou, levou-a para o quarto, colocou-a na poltrona e ficou a olhá-la de cima numa expectativa estúpida. Em uma mesinha havia um copo com água; Rogójin, que retornava, pegou-o e borrifou-lhe o rosto com água; ela abriu os olhos e por cerca de um minuto nada compreendeu; de repente olhou ao redor, estremeceu, deu um grito e precipitou-se para o príncipe.

— É meu! É meu! — bradou ela. — A grã-senhorinha orgulhosa foi embora? Quá-quá-quá! — ria num ataque de histeria. — Quá-quá-quá! Eu o havia dado àquela senhorinha! E para quê? Para quê? Louca! Louca!... Vai embora, Rogójin, quá-quá-quá!

Rogójin olhou atentamente para os dois, não disse uma palavra, pegou o chapéu e saiu. Dez minutos depois o príncipe estava sentado ao lado de Nastácia Filíppovna, olhando para ela sem desviar o olhar e afagando-lhe o cabelo e o rosto com ambas as mãos como a uma criancinha pequena. Gargalhava com as gargalhadas dela, e estava disposto a chorar diante das lágrimas dela. Não dizia nada, mas escutava com atenção o balbucio impetuoso, extasiado e desconexo dela, dificilmente compreendia alguma coisa, mas sorria baixinho, e mal lhe parecia que ela recomeçava a sentir tristeza ou chorar, a censurar ou queixar-se, logo recomeçava a afagar-lhe a cabeça e a passar-lhe carinhosamente as mãos pelas faces, consolando-a e persuadindo-a como a uma criança.

IX

Passaram-se duas semanas depois do acontecimento narrado no último capítulo, e a situação das personagens da nossa história mudou a tal ponto que nos seria dificílimo continuá-la sem algumas explicações particulares. Não obstante, sentimos que devemos nos limitar a uma simples exposição dos fatos, na medida do possível sem maiores explicações e por um motivo muito simples: porque em muitos casos nós mesmos temos dificuldade de explicar o ocorrido. Esse aviso de nossa parte deve parecer muito estranho e vago ao leitor: como narrar aquilo de que você não tem uma noção nítida nem opinião pessoal? Para não nos colocarmos em uma situação ainda mais falsa, o melhor é tentarmos nos explicar exemplificando, e talvez o leitor bem-intencionado compreenda a nossa dificuldade, ainda mais porque esse exemplo não será uma digressão, mas, ao contrário, uma continuação direta e imediata da história.

Duas semanas depois, isto é, no início de julho, e durante essas duas semanas, a história do nosso herói, e particularmente a última peripécia dessa história, converte-se numa anedota estranha e muito divertida, quase inverossímil e ao mesmo tempo quase evidente, que pouco a pouco foi se espalhando por todas as ruas vizinhas às *datchas* de Liébediev, Ptítzin, Dária Alieksêievna, dos Iepántchin, para ser breve, por quase toda a cidade e até por suas redondezas. Quase toda a sociedade — estrangeiros, veranistas, os que vinham para ouvir música —, todos passaram a contar uma mesma história, em mil diferentes variações, sobre como um príncipe, depois de provocar um escândalo em uma casa honrada e conhecida e ter desistido de uma moça dessa casa, já sua noiva, envolveu-se com uma famosa mulher de vida fácil, rompeu todos os antigos laços e, apesar de todos os pesares, apesar de todas as ameaças, apesar da indignação geral do público, tem a intenção de casar-se nesses dias com uma mulher difamada aqui mesmo em Pávlovsk, abertamente, publicamente, de cabeça erguida e olhando todos direto nos olhos. A anedota foi sendo tão enfeitada pelos escândalos, havia tantas pessoas famosas e importantes implicadas nela, tantos foram os matizes vários, fantásticos e enigmáticos que lhe deram e, por outro lado, ela aparecia em fatos tão irrefutáveis e notórios que a curiosidade geral e as bisbilhotices eram, evidentemente, muito desculpáveis. A interpretação mais sutil, astuta e ao mesmo tempo verossímil ficava por conta de alguns bisbilhoteiros sérios, daquela camada de pessoas sensatas, que sempre, em toda sociedade, conseguem elucidar um acontecimento antes para outros, no que encontram sua vocação e não raro consolo. Segundo sua interpretação, o jovem, de boa família, príncipe, quase rico, meio tolo, mas democrata e que ficou louco pelo niilismo atual que o Turguêniev[62] descobriu, que quase não sabe falar russo, apaixonou-se pela filha do general Iepántchin e chegou ao ponto de ser recebido na casa como noivo. Mas, à semelhança daquele seminarista francês sobre quem acabara de ser publicada uma anedota e que decidira iniciar-se de propósito no sacerdócio, pediu ele mesmo e deliberadamente essa iniciação, cumpriu os seus rituais, todos os cultos, todos os ritos do beijo, os juramentos etc. para em pleno dia seguinte anunciar em público e por carta ao seu bispo que ele, sem acreditar em Deus, achava desonesto enganar o povo e ser por ele alimentado de graça, e por isso renunciava ao título da véspera, mas publicou sua carta nos jornais liberais — à semelhança desse ateu, o príncipe teria montado uma farsa similar. Contavam que ele teria aguardado deliberadamente uma reunião solene para convidados na casa dos pais da noiva, na qual ele foi apresentado a muitas pessoas importantes, para, em voz alta e na presença de todas elas, expor o seu modo de pensar, destratar honrados dignitários, renunciar à sua noiva, em público e de modo ultrajante e, resistindo aos criados que o punham para fora, quebrar um belo vaso chinês. A isso se acrescentou, em forma de caracterização atual dos costumes, que o inepto jovem amava de fato a sua noiva, a filha do general, mas desistiu dela unicamente por niilismo e em função de um escândalo iminente, para não se negar o prazer de casar-se diante de toda a sociedade com uma mulher decaída e assim demonstrar que, em suas convicções, não havia nem mulheres perdidas nem beneméritas, havia apenas uma única mulher livre; que ele não acreditava na divisão da mulher em antiga e mundana, mas acreditava unicamente na "questão feminina". Que, por fim, a seus olhos, a mulher perdida é até ainda um tanto superior à não perdida. Essa explicação pareceu muito provável e foi aceita pela maioria dos veranistas, ainda mais porque os fatos diários a confirmaram. É verdade que uma infinidade

---

[62] Tem-se em vista o romance de Ivan Turguêniev, *Pais e filhos* (1862), a cujo surgimento os contemporâneos associavam a palavra "niilismo" para caracterizar o estado de espírito dos intelectuais jovens não pertencentes à nobreza e democráticos de então. Na polêmica que se desencadeou em torno da obra, cada posição se definia pela atitude do polemista em relação ao niilismo de Bazárov, personagem central desse romance. (N. da E.)

de coisas ficou por ser esclarecida: contava-se que a pobre moça amava a tal ponto o seu noivo — "sedutor", segundo alguns —, que correu para ele no dia seguinte ao que ele a havia abandonado e ainda quando ele estava em casa da amante; outros asseguravam, ao contrário, que ela havia sido atraída deliberadamente para a casa da amante, apenas por niilismo, ou seja, com o fito de difamar e ofender. Seja como for, o interesse no acontecimento cresce a cada dia, ainda mais porque não restou a mínima dúvida de que o escandaloso casamento realmente irá realizar-se.

Pois bem, se nos pedissem um esclarecimento — não a respeito dos matizes niilistas do acontecimento, mas única e tão somente a respeito do grau em que o casamento marcado satisfaz aos reais desejos do príncipe; em que, neste exato momento, consistem mesmo tais desejos; como definir mesmo o estado de espírito do nosso herói no presente momento etc. etc., e coisas afins — confessamos que nos seria muito difícil responder. Sabemos apenas que o casamento foi realmente marcado e que o próprio príncipe deu poderes a Liébediev, Keller, e um conhecido de Liébediev, que este apresentou ao príncipe para essa eventualidade, de assumir todas as diligências em torno dessa questão, tanto religiosas quanto administrativas; que foi dada a ordem de não poupar dinheiro, que Nastácia Filíppovna apressa e insiste no casamento; que Keller, a pedido próprio e fervoroso, foi designado padrinho[63] do príncipe, e, de Nastácia Filíppovna, Burdovski — que aceitou essa designação com entusiasmo; que o dia do casamento foi marcado para o início de julho. Todavia, além dessas circunstâncias muito precisas, são ainda do nosso conhecimento alguns fatos que terminantemente nos desnorteiam justo porque contrariam os anteriores. Desconfiamos fortemente de que, por exemplo, depois de delegar a Liébediev e a outros todas as diligências, no mesmo dia o príncipe por pouco não se esqueceu de que tinha um chefe de cerimônia, e um padrinho, e um casamento; e se havia determinado que apressassem as coisas, delegando aos outros as diligências, ele o fizera unicamente para ele mesmo não pensar nisso e talvez até esquecê-lo o mais depressa possível. O que ele mesmo pensava neste caso, o que queria lembrar e a que aspirava? Também estava fora de dúvida de que aí não havia contra ele nenhuma violência (de parte, por exemplo, de Nastácia Filíppovna), que Nastácia Filíppovna realmente desejara à fina força o casamento e depressa, e que ela e nunca o príncipe havia inventado o casamento; mas o príncipe concordou facilmente; até de modo um tanto distraído, até como se lhe houvessem pedido alguma coisa bastante comum. Fatos assim estranhos há muitos diante

---

[63] Dostoiévski emprega a palavra alemã *Schaffer* russificada. (N. do T.)

de nós, mas eles não só não esclarecem como, a nosso ver, até turvam a interpretação do assunto, por mais que os citemos; mas, não obstante, vejamos mais um exemplo.

Pois bem, é do nosso absoluto conhecimento que durante essas duas semanas o príncipe passou dias e noites inteiros na companhia de Nastácia Filíppovna; que ela o levava consigo para passear, para ouvir música; que ele passeava com ela de caleche todos os dias; que ele começava a preocupar-se com ela se ficasse apenas uma hora sem vê-la (portanto, por todos os indícios ele a amava sinceramente); que a ouvia com um sorriso tranquilo e resignado, horas a fio, sem dizer ele mesmo quase nada, independentemente do que ela lhe falasse. Mas também sabemos que nesses mesmos dias várias vezes, e até muitas, ele ia de súbito à casa dos Iepántchin sem escondê-lo de Nastácia Filíppovna, o que por pouco não a levava ao desespero. Sabemos que os Iepántchin, enquanto permaneciam em Pávlovsk, não o recebiam, negavam-lhe constantemente encontro com Aglaia Ivánovna; que ele saía sem dizer palavra, e que no dia seguinte tornava a voltar à casa deles, como se tivesse esquecido inteiramente a negativa da véspera e, é claro, recebia nova negativa. É ainda do nosso conhecimento que uma hora depois — e talvez até menos — que Aglaia Ivánovna fugira correndo da casa de Nastácia Filíppovna o príncipe já estava em casa dos Iepántchin, é claro, na certeza de encontrar Aglaia, e que o seu aparecimento na casa dos Iepántchin produziu na ocasião uma extraordinária perturbação e medo, porque Aglaia ainda não havia voltado para casa e pela primeira vez ficaram sabendo, e só dele, que ela havia ido com ele à casa de Nastácia Filíppovna. Contava-se que Lisavieta Prokófievna, as filhas e até o príncipe Sch. trataram o príncipe na ocasião com excessiva rigidez, com hostilidade, e que na mesma ocasião lhe negaram, com expressões veementes, o conhecimento e a amizade, sobretudo quando Varvara Ardaliónovna apareceu de repente em casa de Lisavieta Prokófievna e anunciou que já fazia coisa de uma hora que Aglaia Ivánovna estava em sua casa, numa situação horrível, e parecia não querer voltar para casa. Essa última notícia foi o que mais deixou estupefata Lisavieta Prokófievna, e isso era justíssimo: ao sair da casa de Nastácia Filíppovna, Aglaia aceitaria antes morrer que aparecer agora aos olhos dos seus familiares, e depois correu para a casa de Nina Alieksándrovna. Já Varvara Ardaliónovna, por sua vez, achou necessário pôr Lisavieta Prokófievna a par de tudo sem qualquer demora. Tanto a mãe quanto as filhas se precipitaram todas imediatamente para a casa de Nina Alieksándrovna, e atrás delas o próprio pai da família, Ivan Fiódorovitch, que acabara de chegar em casa; atrás dele arrastou-se também o príncipe Liev Nikoláievitch, apesar da expulsão e das palavras rígidas; entretanto, por ordem de Varvara Ardaliónovna, lá também não lhe deram acesso a Aglaia. A coisa terminou, aliás, de um modo que, quando Aglaia Ivánovna viu a mãe e as irmãs chorando por ela e sem lhe fazerem a mínima censura, lançou-se nos braços delas e no mesmo instante voltou com elas para casa. Contava-se, embora os boatos não fossem inteiramente precisos, que Gavrila Ardaliónovitch até aí teve um tremendo azar; que, aproveitando o momento em que Varvara Ardaliónovna corria para a casa de Lisavieta Prokófievna, a sós com Aglaia lhe deu na telha falar do seu amor com ela, e que Aglaia, ao ouvi-lo, apesar de toda a sua melancolia e das lágrimas, de repente disparou uma gargalhada e lhe fez uma súbita e estranha pergunta: se ele, como prova de amor por ela, queimaria o dedo ali mesmo numa vela? Gavrila Ardaliónovitch, dizia-se, ficou atônito com a proposta e tão perdido, e exprimiu uma perplexidade tão extraordinária em seu rosto que Aglaia Ivánovna disparou uma risada em cima dele como se estivesse numa crise de histeria e fugiu dele para a parte superior da casa onde estava Nina Alieksándrovna e onde seus pais já a encontraram. Essa anedota chegou ao príncipe no dia seguinte, através de Hippolit. Já sem se levantar da cama, Hippolit mandou chamar deliberadamente o príncipe para lhe transmitir essa notícia. Como esse boato chegou a Hippolit nós não sabemos, mas quando o príncipe também ouviu falar da vela e do dedo, desatou a rir de tal forma que até surpreendeu Hippolit; depois começou a tremer de chofre e ficou banhado em lágrimas... No geral, nesses dias ele andava numa grande intranquilidade e numa extraordinária perturbação, vaga e aflitiva. Hippolit afirmava francamente que ele não estava regulando bem; mas ainda não havia como dizer isso de maneira afirmativa.

    Ao apresentar todos esses fatos e recusar explicá-los, não temos qualquer desejo de absolver o nosso herói aos olhos dos nossos leitores. Além do mais, estamos plenamente dispostos a partilhar até a própria indignação que ele despertou inclusive nos seus amigos. Até Vera Liébedieva passou algum tempo indignada com ele; até Kólia estava indignado; inclusive Keller estava indignado até ser escolhido padrinho, já sem falar do próprio Liébediev, que começou até a fazer intrigas contra o príncipe, e também por indignação, e de modo até muito sincero. Mas sobre isso falaremos depois. Em linhas gerais, compartilhamos ao máximo e plenamente de algumas palavras de Ievguiêni Pávlovitch, muito fortes e até profundas em sua psicologia, ditas com franqueza e sem cerimônia ao príncipe em uma conversa amistosa, no sexto ou sétimo dia após o ocorrido em casa de Nastácia Filíppovna. Observemos, a propósito, que tanto os próprios Iepántchin como todos os que pertenciam direta ou indiretamente à casa dos Iepántchin acharam por bem romper inteiramente quaisquer relações com o príncipe. O príncipe Sch., por exemplo, até deu as costas ao encontrar o príncipe e não lhe fez reverência. Mas Ievguiêni Pávlovitch não temeu comprometer-se por ter visitado o príncipe, apesar de haver tornado a visitar os Iepántchin a cada dia e ter sido recebido com uma visível intensificação da hospitalidade. Ele visitou o príncipe exatamente no dia seguinte ao da partida dos Iepántchin de Pávlovsk. Ao entrar, ele já sabia de todos os boatos espalhados entre o público, e é até possível que ele mesmo contribuísse em parte para eles. O príncipe ficou muitíssimo satisfeito e no mesmo instante começou a falar dos Iepántchin; esse início tão cândido e direto deixou Ievguiêni Pávlovitch absolutamente à vontade, de sorte que ele foi direto ao assunto.

O príncipe ainda não sabia que os Iepántchin haviam partido; pasmou, empalideceu; mas um minuto depois balançou a cabeça, perturbado e pensativo, e confessou que "era isso o que deveria acontecer"; em seguida perguntou rapidamente "para onde foram?".

Enquanto isso, Ievguiêni Pávlovitch o observava com olhar fixo, e tudo isso, ou seja, a rapidez das perguntas, sua candidez, a perturbação e ao mesmo tempo uma certa franqueza estranha, a intranquilidade e a excitação — tudo isso o deixou bastante surpreso. Aliás, ele informou de maneira amável e minuciosa sobre tudo ao príncipe: este ainda não sabia de muita coisa e o outro era o primeiro mensageiro da casa. Ele confirmou que Aglaia realmente havia adoecido e passara três dias e três noites inteiras quase seguidas sem dormir, com febre; que agora ela estava melhor e fora de qualquer perigo, mas continuava no mesmo estado nervoso, histérico... "Ainda bem que na casa reina a mais completa paz! Procuram não aludir ao ocorrido nem entre si, não só na presença da Aglaia. Os pais já combinaram entre si sobre uma viagem ao exterior, no outono, logo depois do casamento de Adelaida; Aglaia ouviu calada a primeira conversa sobre isso." Ele, Ievguiêni Pávlovitch, possivelmente também irá ao exterior. Até o príncipe Sch., talvez, irá passar uns dois meses com Adelaida, se os negócios o permitirem. O próprio general permanecerá. Agora todos se mudaram para Kólmino, a fazenda deles, a umas vinte verstas de Petersburgo, onde está a casa senhorial. Bielokónskaia ainda não foi para Moscou e, parece, ficou de propósito. Lisavieta Prokófievna insistiu intensamente em que não há possibilidade de permanecer em Pávlovsk depois do ocorrido; ele, Ievguiêni Pávlovitch, levava diariamente ao conhecimento dela os boatos que corriam pela cidade. Também não acharam possível mudar-se para a *datcha* de Ielóguino.

— Pois é — acrescentou Ievguiêni Pávlovitch —, convenha o senhor se é possível suportar... Particularmente sabendo tudo o que acontece a cada hora com o senhor, em sua casa, príncipe, e depois das suas idas diárias *lá*, apesar da recusa...

— Sim, sim, sim, o senhor tem razão, eu gostaria de ver Aglaia Ivánovna... — o príncipe tornou a balançar a cabeça.

— Ah, meu amável príncipe — exclamou de súbito Ievguiêni Pávlovitch com ânimo e tristeza —, como o senhor pôde admitir naquela ocasião... tudo o que aconteceu? É claro, é claro, tudo isso foi muito inesperado para o senhor... Concordo que o senhor devia estar desnorteado e... não conseguiu deter uma moça louca, isso estava acima das suas forças! Mas acontece que o senhor devia ter compreendido o grau de seriedade e intensidade com que aquela moça... se relacionava com o senhor. Ela não quis dividi-lo com outra, e o senhor... e o senhor podia abandonar e quebrar semelhante tesouro!?

— Sim, sim, o senhor tem razão; sim, eu sou culpado — tornou a falar o príncipe com profunda tristeza —, e fique sabendo: só ela, só Aglaia considerava Nastácia Filíppovna daquela maneira... ninguém entre os demais a considerava assim.

— O que é revoltante em tudo isso é que aí nem houve nada de sério! — bradou Ievguiêni Pávlovitch, deixando-se arrebatar terminantemente. — Desculpe-me, príncipe, porém... eu... eu pensei nisso, príncipe; eu reconsiderei muito; sei tudo o que aconteceu antes, sei tudo o que houve meio ano atrás, tudo e — nada disso foi sério! Tudo isso foi apenas um arroubo mental, um quadro, uma fantasia, fumaça, e só o ciúme assustado de uma moça sem nenhuma experiência podia interpretar isso como algo sério.

A essa altura Ievguiêni Pávlovitch, já sem qualquer cerimônia, deu asas a toda a sua indignação. De forma racional e clara e, repetimos, até com uma extraordinária psicologia, ele desdobrou diante do príncipe o quadro de todas as passadas relações do próprio príncipe com Nastácia Filíppovna. Ievguiêni Pávlovitch sempre tivera o dom da palavra; agora chegava até à eloquência. "Desde o início — proclamou —, o assunto começou no senhor como um engano; o que começou com engano só com engano deveria terminar; isto é uma lei da natureza. Eu discordo e fico até indignado quando o chamam — bem, quando alguém o chama — de idiota; o senhor é inteligente demais para receber tal denominação; mas o senhor também é estranho o suficiente para não ser como todas as pessoas, convenha o senhor mesmo. Eu concluí que o fundamento de tudo o que aconteceu decorreu, em primeiro lugar, da sua inexperiência, por assim dizer, congênita (observe, príncipe, essa palavra: 'congênita'), depois, da sua inusitada candidez, inclusive da ausência fenomenal de senso de medida (coisa que o senhor mesmo já confessou várias vezes) e, por último, da massa imensa de convicções da sua cabeça, que o senhor, com toda a sua inusitada honradez, até hoje confunde com convicções verdadeiras, naturais e imediatas! Convenha o senhor mesmo, príncipe, que nas suas relações com Nastácia Filíppovna houve desde o início algo *convencional-democrático* (uso essa expressão para ser lacônico), por assim dizer, um fascínio com a 'questão feminina' (para me exprimir de modo ainda mais lacônico). É que eu sei com precisão de toda aquela estranha cena de escândalo que se deu em casa de Nastácia Filíppovna na ocasião em que Rogójin trouxe o dinheiro. Se quiser eu o explico ao senhor mesmo na ponta dos dedos, eu o mostro ao senhor mesmo como se estivesse no espelho, tanta é a precisão com que sei o que aconteceu e por que deu no que deu! O senhor, jovem, na Suíça, estava sequioso da pátria, precipitou-se para a Rússia como para um país desconhecido, mas da promissão; leu muitos livros sobre a Rússia, livros talvez magníficos, porém nocivos para o senhor; apareceu aqui com o primeiro ardor da sede de atividade, por assim dizer, lançou-se à atividade! E eis que logo no mesmo dia lhe contam uma história triste, dessas que elevam o coração, sobre uma mulher ofendida, contam-na ao senhor, isto é, ao cavalheiro, ao mancebo virgem — e sobre essa mulher! E nesse mesmo dia o senhor vê essa mulher; fica enfeitiçado com a beleza dela, beleza fantástica, demoníaca (concordo mesmo que ela é uma beldade). Acrescentem-se os nervos, acrescente-se a sua epilepsia, acrescente-se o nosso degelo de Petersburgo, que abala os nervos; acrescente-se todo esse dia numa cidade desconhecida e quase fantástica para o senhor, dia de encontros e cenas, dia de conhecimentos inesperados, dia da mais inesperada realidade, dia das três beldades dos Iepántchin e entre elas Aglaia; acrescentem-se o cansaço, a vertigem; acrescente-se o salão de Nastácia Filíppovna e o tom desse salão e... o que o senhor poderia esperar de si mesmo naquele momento, o que o senhor acha?"

— Sim, sim, sim — meneava a cabeça o príncipe, começando a corar —, sim, é quase isso mesmo; e sabe, eu realmente passara quase toda a noite da véspera sem dormir, no trem, e toda a noite da antevéspera, e estava muito perturbado...

— Pois é, claro, para onde eu estou conduzindo o assunto? — continuou exaltado Ievguiêni Pávlovitch. — É claro que o senhor, por assim dizer, no fascínio do êxtase, lançou-se ao ensejo de declarar publicamente um pensamento magnânimo, dizendo que o senhor, príncipe de linhagem e homem puro, não considera desonrada uma mulher infamada não por culpa própria, mas por culpa de um detestável depravado da alta sociedade. Oh, Deus, todavia isso é compreensível! No entanto a questão não está aí, amável príncipe, mas em saber se havia verdade, se havia verdade verdadeira no seu sentimento, se havia natureza ou simples arroubo mental? O que o senhor acha? No templo foi perdoada uma mulher igual, só que não lhe foi dito que ela estava agindo bem, que era digna de toda sorte de honrarias e respeito! Porventura o bom senso não lhe sugeriu três meses depois em que consistia a questão? Admitamos que neste momento ela seja inocente — não insisto porque não quero —, mas será que todas essas peripécias podem justificar o orgulho dela, tão insuportável e demoníaco, um egoísmo tão descarado e tão interesseiro? Desculpe, príncipe, eu me deixei arrebatar, porém...

— Sim, tudo isso é possível; é possível e o senhor está certo... — tornou a murmurar o príncipe — ela é realmente muito irascível e o senhor tem razão, é claro, no entanto...

— É digna de compaixão? É isso que o senhor quer dizer, meu bom príncipe? Entretanto, por compaixão e para a satisfação dela, porventura seria possível difamar outra moça elevada e pura, humilhá-la perante *aqueles* olhos presunçosos, aqueles olhos odiosos? Sim, depois disso, em que pode dar a compaixão? Porque isso é um incrível exagero! Acaso se pode, amando uma moça, humilhá-la daquela forma diante da sua própria rival, deixá-la pela outra aos olhos da própria outra depois que o senhor mesmo já lhe havia feito a honrosa proposta... porque o senhor lhe fez uma proposta, o senhor lhe disse isso na presença dos pais e das irmãs! Depois disso é o senhor um homem honrado, príncipe, permite que eu lhe pergunte? E... e por acaso o senhor não enganou uma moça divina, assegurando-lhe que a amava?

— Sim, sim, o senhor tem razão. Ah, sinto que sou culpado! — pronunciou o príncipe numa tristeza inexprimível.

— Sim, mas por acaso isso basta? — bradou Ievguiêni Pávlovitch indignado. — Porventura basta apenas gritar: "Ah, eu sou culpado!". É culpado, mas o senhor mesmo teima! E onde estava o seu coração naquele momento, o seu coração cristão!? Porque o senhor viu o rosto dela naquele instante: será que ela sofreu menos que a *outra*, que a *sua* outra, destruidora de uniões? Como o senhor viu e permitiu? Como?

— Sim... mas eu nem permiti... — murmurou o infeliz príncipe.

— Como não permitiu?

— Juro, não permiti nada. Até hoje não compreendo como aquilo se deu... eu — eu corri atrás de Aglaia, mas Nastácia Filíppovna desmaiou; e depois até hoje me vetam o acesso a Aglaia Ivánovna.

— Não importa! Na ocasião o senhor devia ter corrido atrás de Aglaia, mesmo que a outra estivesse desmaiada!

— Sim... sim, eu deveria... mas ela morreria! Ela se mataria, o senhor não a conhece e... de qualquer maneira eu contaria depois a Aglaia Ivánovna e... Veja, Ievguiêni Pávlovitch, eu noto que o senhor parece que não sabe de tudo. Diga-me, por que não me deu acesso a Aglaia Ivánovna? Eu teria lhe explicado tudo. Veja: na ocasião as duas falaram sobre outro assunto, porque foi assim que acabou saindo... Não tenho como lhe explicar isso; mas eu possivelmente teria explicado a Aglaia... Ah, meu Deus, meu Deus! O senhor fala do rosto dela no momento em que ela fugiu... Oh, meu Deus, eu me lembro!... Vamos, vamos! — súbito puxou Ievguiêni Pávlovitch pela manga do casaco, saltando apressadamente do lugar.

— Para onde?

— Vamos procurar Aglaia Ivánovna, vamos agora mesmo!...

— Só que ela não está em Pávlovsk, eu lhe disse, então para quê ir?

— Ela compreenderá, ela compreenderá! — balbuciava o príncipe, com as mãos postas em súplica. — Ela compreenderá que *não é disso que se trata*, é coisa absolutamente diferente!

— Como absolutamente diferente? Ora, apesar de tudo o senhor não vai se casar? Quer dizer que insiste... vai se casar ou não?

— Sim... vou me casar; sim, vou me casar!

— Então como não tem nada a ver?

— Oh, não, não é isso, não é isso! Não faz diferença, o fato de eu estar me casando não é nada!

— Como não faz diferença e não é nada? Ora, isso não é uma bobagem! O senhor está se casando com a mulher amada, para fazer a felicidade dela, e Aglaia Ivánovna está vendo isso e sabendo, então como não faz diferença?

— Felicidade? Oh, não! Eu estou me casando simplesmente à toa; é ela que quer; e qual é o problema de eu estar me casando? Eu... ora, isso não faz diferença. Só que ela morreria fatalmente. Agora eu vejo que aquele casamento com Rogójin era uma loucura! Agora eu compreendi tudo o que antes não compreendia e veja: quando as duas estavam frente a frente, naquele momento eu não pude suportar o rosto de Nastácia Filíppovna... o senhor não sabe, Ievguiêni Pávlovitch (baixou a voz misteriosamente), eu não disse isso a ninguém, nunca, nem a Aglaia, mas eu não consigo suportar o rosto de Nastácia Filíppovna... Há pouco o senhor falou a verdade a respeito daquela festa em casa de Nastácia Filíppovna; mas ali ainda havia uma coisa que o senhor omitiu porque não sabe: eu olhava para *o rosto dela*! Ainda pela manhã, olhando para o retrato dela, não pude suportá-lo... Veja Vera Liébedieva, seus olhos são inteiramente outros; eu... eu tenho medo do rosto dela — acrescentou ele com um medo extraordinário.

— Tem medo?

— Sim; ela é louca! — murmurou ele empalidecendo.

— O senhor está certo disso? — perguntou Ievguiêni Pávlovitch com uma extraordinária curiosidade.

— Sim, com certeza; agora já com certeza; agora, nesses dias, eu o soube já com absoluta certeza!

— O que o senhor está fazendo consigo? — bradou assustado Ievguiêni Pávlovitch. — Quer dizer que o senhor está se casando movido por algum pavor? Aqui não dá para entender nada... Possivelmente até sem amar?

— Oh, não, eu a amo do fundo do coração! Porque isso... é uma criança; agora ela é uma criança, totalmente uma criança. Oh, o senhor não sabe de nada.

— E ao mesmo tempo o senhor assegurava o seu amor por Aglaia Ivánovna?

— Oh, sim, sim!

— Perdão, príncipe, mas o que o senhor está dizendo, pense bem!

— Eu sem Aglaia... preciso vê-la sem falta! Eu... eu, brevemente vou morrer dormindo;[64] eu acho que na noite de hoje eu vou morrer dormindo. Ah, se Aglaia soubesse, soubesse de tudo... isto é, forçosamente de tudo. Porque neste caso é preciso saber de tudo, isso é o primeiro! Por que nunca podemos saber *tudo* sobre o outro quando isso é preciso, quando esse outro tem culpa!?... Pensando bem, eu não sei o que estou dizendo, estou confuso; o senhor me fez pasmar terrivelmente... Será que até agora ela está com aquele rosto que tinha quando fugiu de lá? Oh, sim, a culpa é minha! O mais provável é que eu seja culpado por tudo! Eu ainda não sei exatamente de quê, mas eu sou culpado... Nisso existe qualquer coisa que eu não posso lhe explicar, Ievguiêni Pávlovitch, e até me faltam palavras, no entanto... Aglaia Ivánovna vai compreender! Oh, eu sempre acreditei que ela compreenderia.

— Não, príncipe, ela não vai compreender! Aglaia Ivánovna amava como mulher, como pessoa humana e não como... um espírito abstrato. Sabe de uma coisa, meu pobre príncipe, o mais provável é que o senhor nunca tenha amado nem uma nem outra!

— Eu não sei... é possível, é possível; o senhor está certo em muita coisa, Ievguiêni Pávlovitch, o senhor é um homem extremamente inteligente, Ievguiêni Pávlovitch; ah, minha cabeça começa a doer outra vez, vamos à casa dela! Por Deus, por Deus!

— Ora, eu estou lhe dizendo que ela não está em Pávlovsk, está em Kólmino.

---

[64] No seu diário, a mulher de Dostoiévski registra que os ataques de epilepsia do marido sempre eram acompanhados do medo de morrer. (N. da E.)

— Vamos a Kólmino, vamos agora!
— Isto é im-pos-sí-vel! — arrastou Ievguiêni Pávlovitch levantando-se.
— Ouça, vou escrever uma carta; leve a carta!
— Não, príncipe, não! Livre-me desse tipo de missão, não posso!

Os dois se despediram. Ievguiêni Pávlovitch saiu com umas convicções estranhas: segundo ele, verificava-se que o príncipe não estava batendo muito bem. E que significava essa *pessoa* que ele temia e amava tanto!? E, ao mesmo tempo, era realmente possível que ele morresse sem Aglaia, de modo que Aglaia talvez nunca viesse a saber que ele a amava a esse ponto! Quá--quá! E como é isso de amar as duas? Com dois diferentes amores? Isso é interessante... pobre idiota! O que vai ser dele agora?

X

Não obstante, o príncipe não morreu antes do seu casamento, nem em realidade, nem "dormindo" como previra a Ievguiêni Pávlovitch. É possível que ele realmente viesse dormindo mal e tendo sonhos ruins; mas de dia, na companhia das pessoas, parecia bondoso e até satisfeito, às vezes só muito pensativo, no entanto isto acontecia apenas quando ele estava sozinho. Apressaram o casamento; este se fez aproximadamente uma semana após a visita de Ievguiêni Pávlovitch. Com uma pressa como essa até os melhores amigos do príncipe, se é que ele os tinha, deviam sentir-se frustrados em seus esforços de "salvar" o infeliz extravagante. Corriam boatos de que em parte o general Ivan Fiódorovitch e sua esposa Lisavieta Prokófievna seriam culpados pela visita de Ievguiêni Pávlovitch. Mas se esses dois, movidos pela desmedida bondade do seu coração, quisessem mesmo salvar o triste louco do abismo, deveriam limitar-se apenas a essa fraca tentativa; nem a posição deles, e talvez nem mesmo a disposição afetiva (o que é natural) podiam contribuir para esforços mais sérios. Nós lembramos que até as pessoas que rodeavam o príncipe rebelavam-se em parte contra ele. Vera Liébedieva, aliás, limitou-se a meras lágrimas a sós, e ainda a permanecer mais em casa e aparecer menos do que antes na presença do príncipe. Nesse entrementes Kólia enterrou o pai; o velho morreu depois do segundo ataque, uns dias depois do primeiro. O príncipe teve grande participação na dor da família e nos primeiros dias passou horas a fio em casa de Nina Alieksándrovna; esteve nos funerais e na igreja. Muitos observaram que o público presente na igreja recebeu e despediu o príncipe com um involuntário murmúrio; o mesmo acontecia nas ruas e no jardim; quando ele passava a pé ou transportado ouvia-se um murmúrio, mencionavam-no, apontavam para ele, ouvia-se o nome de Nastácia Filíppovna. Procuraram-na até nos funerais, mas nos funerais ela não estava. Nos funerais tampouco esteve a capitã, que Liébediev conseguiu deter e despedir a tempo. A missa de corpo presente deixou no príncipe uma impressão forte e doentia; ainda na igreja ele murmurou para Liébediev, respondendo a alguma pergunta, que era a primeira vez que assistia a uma missa ortodoxa de corpo presente e só se lembrava de outra missa similar que assistira quando criança em alguma igreja de uma aldeia.

— É, o homem que está deitado ali no caixão é como se não fosse o mesmo que bem recentemente nós colocamos como presidente em sua casa, está lembrado? — cochichou Liébediev para o príncipe. — Quem está procurando?

— Não foi nada, tive a impressão...

— Não será Rogójin?

— Por acaso ele está aqui?

— Está na igreja.

— Pois é, tive a impressão de ter visto os olhos dele — murmurou o príncipe perturbado —, mas por que... por que ele? Foi convidado?

— Nem pensaram nisso. Porque nem sequer o conhecem. Porém aqui vem gente de toda espécie, é o público. Mas por que é que o senhor está tão surpreso? Ultimamente eu o tenho encontrado com frequência; na última semana já o encontrei umas quatro vezes por aqui, em Pávlovsk.

— Eu ainda não o vi nenhuma vez... desde então — murmurou o príncipe.

Visto que Nastácia Filíppovna também não lhe comunicara nenhuma vez que "desde então" encontrara Rogójin, agora o príncipe concluía que por algum motivo Rogójin não aparecia de propósito diante da sua vista. Ele passou todo esse dia numa intensa meditação; já Nastácia Filíppovna esteve inusualmente alegre todo esse dia e à noite.

Kólia, que fizera as pazes com o príncipe ainda antes da morte do pai, sugeriu-lhe que convidasse Keller e Burdovski para padrinho (uma vez que o caso era urgente e inadiável). Ele respondia por Keller, dizendo que este iria comportar-se com decência e talvez fosse até "necessário", e quanto a Burdovski não havia o que dizer, era um homem tranquilo e modesto. Nina Alieksándrovna e Liébediev observaram ao príncipe que, se o casamento estava mesmo resolvido, então por que logo em Pávlovsk, e ainda mais na temporada de veraneio, da moda, por que tão publicamente? Não seria melhor em Petersburgo ou até em casa? Para o príncipe estava claro demais para onde tendiam todos esses temores; mas ele respondeu de forma simples e sucinta que essa era a vontade imperiosa de Nastácia Filíppovna.

No dia seguinte Keller também apareceu na casa do príncipe, informado de que seria o padrinho. Antes de entrar parou à porta e, tão logo avistou o príncipe, levantou a mão direita com o indicador em riste e gritou em forma de juramento:

— Não bebo!

Em seguida foi até o príncipe, apertou-lhe e sacudiu com força ambas as mãos, anunciando que, é claro, tão logo ficara sabendo, fora inimigo da ideia, o que proclamou em uma partida de bilhar, não porque ela se destinasse a outro, mas porque previa alguém para o príncipe, todos os dias, com a ansiedade de um amigo, e esperava vê-lo casado com ninguém menos que a princesa de Rogan;[65] mas que agora ele mesmo estava vendo que o príncipe tinha um pensamento pelo menos doze vezes mais nobre que todos eles "juntos"! Porque ele não precisava de brilho, nem de riqueza e nem mesmo de honras, mas tão somente da verdade! As simpatias das altas personalidades são conhecidas demais, e o príncipe, por sua formação, é elevado demais para não ser uma alta personalidade, falando em linhas gerais! "Mas a canalha e tudo quanto é traste julgam o contrário; na cidade, nas casas, nas reuniões, nas *datchas*, na música, nos botecos, nas salas de bilhar só se fala, só se brada sobre o iminente casamento. Ouvira dizer que estavam até preparando um charivari[66] debaixo das janelas e isso, por assim dizer, na primeira noite! Se o senhor, príncipe, precisar da pistola de um homem honrado, então estou disposto a trocar meia dúzia de nobres tiros ainda antes que o senhor se levante na manhã seguinte do leito de mel." Temendo um grande afluxo de sequiosos à saída da igreja, sugeriu ainda que se deixasse preparada no pátio uma mangueira de incêndio; mas Liébediev foi contra: "A casa, diz ele, vai voar em estilhaços pelos ares caso se use mangueira de incêndio".

— Esse Liébediev anda fazendo intrigas contra o senhor, eu juro, príncipe! Eles estão querendo colocá-lo sob tutela pública, imagine o senhor com tudo, com o livre arbítrio e o dinheiro, ou seja, com os dois objetos que distinguem cada um de nós de um quadrúpede! Ouvi, ouvi de fonte autêntica! É a verdade verdadeira!

O príncipe lembrou que era como se ele já tivesse ouvido falar qualquer coisa nesse gênero, mas, é claro, não dera atenção. Agora mesmo limitou-se a rir e no mesmo instante esqueceu. Liébediev realmente andou algum tempo quebrando lança; os cálculos desse homem sempre germinavam como que por inspiração e se complexificavam movidos por excesso de ardor, ramificavam-se e se distanciavam do ponto inicial em todas as direções; por isso é que conseguiu pouco em sua vida. Quando apareceu depois diante do príncipe, quase no dia do casamento, para confessar (tinha o hábito infalível de sempre aparecer para confessar diante daqueles contra quem movia intrigas, e particularmente se não o conseguia), declarou-lhe que havia nascido um

---

[65] Rogan e Chabot são famosas famílias principescas da França. (N. da E.)

[66] Dostoiévski usa a palavra francesa *charivari* (barulheira, tumulto) transcrita para o russo. (N. do T.)

Talleyrand[67] e não se sabia de que maneira permanecera apenas Liébediev. Depois revelou perante ele todo o jogo, e ademais deixou o príncipe interessadíssimo. Segundo palavras suas, começara por procurar proteção de altas personalidades nas quais pudesse se apoiar em caso de necessidade, e procurou o general Ivan Fiódorovitch. O general Ivan Fiódorovitch estava perplexo, desejava muito o bem do "jovem", mas anunciou que "com toda a vontade de salvá-lo, agir neste caso seria indecente para ele". Lisavieta Prokófievna não quisera ouvi-lo nem vê-lo; Ievguiêni Pávlovitch e o príncipe Sch. limitaram-se a esquivar-se. Mas ele, Liébediev, não desanimou e se aconselhou com um jurista ladino, um velhote respeitável, grande amigo seu e quase benfeitor; este concluiu que o caso era absolutamente possível, bastando apenas que houvesse testemunhas competentes da perturbação mental e da loucura absoluta, e neste caso, o principal: proteção de altas personalidades. Nem aí Liébediev desanimou, e certa vez chegou até a trazer um médico à casa do príncipe, também um velhote respeitável, veranista, com uma medalha de Sant'Ana no pescoço, unicamente para examinar, por assim dizer, a própria localidade, conhecer o príncipe e comunicar a ele, em forma por enquanto não oficial, mas, por assim dizer, amistosa, a sua conclusão. O príncipe se lembrava dessa visita que lhe fizera o médico; lembrava-se de que ainda na véspera Liébediev o andara importunando, dizendo que ele não estava bem de saúde, e quando o príncipe recusou terminantemente a medicina, de repente ele apareceu com um médico sob o pretexto de que os dois estavam vindo do senhor Tieriêntiev, que andava muito mal, e que o médico tinha algo a comunicar ao príncipe sobre o doente. O príncipe elogiou Liébediev e recebeu o médico com extraordinária cordialidade. Passaram no mesmo instante a falar sobre o doente Hippolit; o médico pediu que ele lhe contasse em maiores detalhes a cena daquele suicídio, e o príncipe o envolveu completamente com a sua narração e a explicação do acontecimento. Falaram do clima de Petersburgo, da doença do próprio príncipe, da Suíça, de Schneider. A exposição do sistema de tratamento de Schneider e as histórias do príncipe interessaram tanto o médico que este acabou passando duas horas ali; enquanto isso, fumou os magníficos charutos do príncipe, e da parte de Liébediev apareceu um deliciosíssimo licor de frutas, trazido por Vera, sendo que o médico, como homem casado e pai de família, fez uns cumprimentos especiais a Vera, o que acabou provocando nela uma profunda indignação. Despediram-se amigos. Ao sair da casa do príncipe, o médico co-

---

[67] Charles-Maurice de Talleyrand (1754-1838), diplomata e chanceler francês, cujo nome tornou-se designativo de homem astucioso e cínico. (N. da E.)

municou a Liébediev que se fossem colocar pessoas como aquela sob tutela, então a quem iriam fazer de tutores? À exposição trágica de Liébediev sobre o acontecimento que brevemente se daria, o médico começou a balançar a cabeça com malícia e astúcia e por fim observou que, já sem dizer "que importa quem case com quem", "uma criatura sedutora, como ele pelo menos ouviu falar, além da excessiva beleza, que sozinha já era capaz de envolver muito um homem de recursos, tinha também capital, oriundo de Totski e Rogójin, pérolas e brilhantes, xales e móveis, e por isso a iminente escolha não só não expressava da parte do querido príncipe, por assim dizer, uma tolice especial que saltasse à vista como ainda era uma prova de astúcia da ladina inteligência mundana e de cálculo, logo, contribuía para a conclusão oposta e absolutamente agradável para o príncipe...". Esse pensamento fez o próprio Liébediev pasmar; ele ficou nisso, e agora, acrescentou ao príncipe, agora, além de fidelidade e derramamento de sangue, nada verá de minha parte; foi para isto que vim aqui.

Nesses últimos dias até Hippolit distraía o príncipe; mandava chamá-lo com excessiva frequência. Moravam perto, numa casinha; as crianças pequenas, o irmão e a irmã de Hippolit, estavam contentes com a *datcha* ao menos porque se livravam do irmão indo para o jardim; já a coitada da capitã ficava inteiramente sob a vontade e vítima completa dele; o príncipe tinha de separá-los e conciliá-los diariamente, e o doente continuava a chamá-lo de sua "aia", e ao mesmo tempo era como se não se atrevesse a desprezá-lo por esse papel de apaziguador. Ele reclamava ao extremo de Kólia porque este quase não ia à casa dele, permanecendo primeiro com o pai moribundo e depois com a mãe que enviuvara. Por fim colocou como seu objetivo zombar do casamento iminente do príncipe com Nastácia Filíppovna, e acabou ofendendo o príncipe e fazendo-o por fim perder o controle: este deixou de visitá-lo. Dois dias depois a capitã apareceu pela manhã na casa dele, banhada em lágrimas, pedindo que o príncipe aparecesse na sua casa senão o *outro* a devoraria. Ela acrescentou que ele queria revelar um grande segredo. O príncipe foi. Hippolit queria fazer as pazes, chorou e depois das lágrimas, é claro, ficou ainda mais furioso, só que temeu mostrar a raiva. Estava muito mal e tudo indicava que agora já morreria em breve. Não havia nenhum segredo além de uns pedidos extraordinários de "precaver-se contra Rogójin", por assim dizer sufocados de inquietação (talvez curtida). "Esse é um homem que não abre mão do que é seu; não é par para nós dois, príncipe: se ele quiser não vai tremer..." etc. etc. O príncipe começou a interrogar em maiores detalhes, procurando obter algumas provas; mas não havia quaisquer provas além das sensações e impressões pessoais de Hippolit. Para sua satisfação excepcional, Hippolit terminou assustando em excesso o príncipe. De início o príncipe não quis responder a algumas de suas perguntas especiais e apenas sorria diante dos conselhos para "fugir ainda que seja para o exterior; sacerdotes russos há em toda parte, e lá também se pode casar". Mas por último Hippolit concluiu com o seguinte pensamento: "Eu só temo por Aglaia Ivánovna: Rogójin sabe o quanto o senhor a ama; amor por amor. O senhor tirou dele Nastácia Filíppovna e ele vai matar Aglaia Ivánovna; embora neste momento ela não seja sua, mesmo assim será penoso para o senhor, não é verdade?". Ele conseguiu seu objetivo: o príncipe foi embora fora de si.

Essas advertências contra Rogójin foram feitas já na véspera do casamento. Na mesma noite, a última antes do casamento, o príncipe esteve com Nastácia Filíppovna; todavia Nastácia Filíppovna não estava em condições de acalmá-lo, mas, ao contrário, nos últimos dias só fazia aumentar cada vez mais a sua perturbação. Antes, isto é, alguns dias antes, durante os encontros com ele, ela fez todos os esforços para alegrá-lo, com um medo horrível do seu aspecto triste: tentou até cantar para ele; contava-lhe com maior frequência tudo o que pudesse lembrar algo engraçado. O príncipe sempre chegava quase a fazer de conta que estava rindo muito e às vezes realmente ria da inteligência brilhante e do sentimento radiante com que vez por outra ela contava histórias, quando se entusiasmava, e ela se entusiasmava com frequência. Ao ver o riso do príncipe, ao ver a impressão produzida sobre ele, ela entrava em êxtase e começava a orgulhar-se de si. Agora, porém, seu ar meditativo e sua tristeza cresciam quase a cada hora. As opiniões dele sobre Nastácia Filíppovna estavam estabelecidas, senão, é claro, tudo nela lhe pareceria agora enigmático e incompreensível. No entanto ele acreditava sinceramente que ela ainda podia ressuscitar. Ele dissera com absoluta justeza a Ievguiêni Pávlovitch que a amava de forma sincera e plena, e em seu amor por ela havia de fato uma espécie de envolvimento com uma criança digna de lástima e doente, que é difícil e até impossível deixar à mercê da própria vontade. Não explicava a ninguém os seus sentimentos por ela e não gostava nem de tocar nesse assunto caso fosse impossível evitar a conversa; com a própria Nastácia Filíppovna nunca conversavam "sobre o sentimento" quando estavam juntos, como se ambos tivessem dado a si mesmos essa palavra. Qualquer um poderia participar da conversa habitual, alegre e animada dos dois. Dária Aliekseievna contava depois que durante todo esse tempo apenas se deliciava e se alegrava olhando para eles.

No entanto, essa sua visão do estado de espírito e mental de Nastácia Filíppovna o livrava em parte de muitas outras perplexidades. Agora ela era uma mulher em tudo diferente daquela que ele conhecera uns três meses antes. Agora ele já não se perguntaria, por exemplo, por que antes ela fugira do casamento com ele, banhada em lágrimas, com maldições e censuras, e agora ela mesma insistia em apressar o casamento. "Quer dizer que já não teme, como naquele momento, que seu casamento com ele faça a infelicidade dele" — pensava o príncipe. Essa confiança em si mesma, que surgira tão rapidamente, na visão dele não podia ser natural nela. Mais uma vez essa certeza não podia decorrer do simples ódio a Aglaia: Nastácia Filíppovna era capaz de sentir com mais profundidade. Não será por medo diante do destino com Rogójin? Numa palavra, aí poderiam estar presentes todas essas causas juntamente com o restante; todavia, o mais claro para ele era que aí estava precisamente aquilo de que ele vinha desconfiando há muito tempo e que a pobre alma doente não suportara. Tudo isso, ainda que o livrasse a seu modo das perplexidades, não poderia lhe dar nem tranquilidade nem paz durante todo esse tempo. Às vezes era como se ele procurasse não pensar em nada; o casamento, ele parecia ver realmente como alguma formalidade sem importância; tinha um apreço baixo demais por seu próprio destino. Quanto às objeções, às conversas, como a que mantivera com Ievguiêni Pávlovitch, aí ele não conseguia dar nenhuma resposta e se sentia de todo incompetente, razão por que se afastava de qualquer conversa dessa natureza.

Por outro lado, ele notou que Nastácia Filíppovna sabia bem demais e compreendia o que significava Aglaia para ele. Ela apenas não falava, mas ele via o "rosto" dela no momento em que, ainda no começo, vez por outra ela o encontrava se preparando para ir à casa dos Iepántchin. Quando os Iepántchin partiram, foi como se ela se iluminasse. Por menos que ele percebesse e adivinhasse, ia começar a inquietá-lo a ideia de que Nastácia Filíppovna resolvesse fazer algum escândalo para forçar Aglaia a sair de Pávlovsk. O rumor e a explosão que causou em todas as *datchas* a notícia do casamento foram evidentemente apoiados em parte por Nastácia Filíppovna com o fim de irritar a rival. Uma vez que era difícil encontrar os Iepántchin, então Nastácia Filíppovna, ao colocar o príncipe certa vez em sua caleche, deu ordens ao cocheiro para passar com ele bem diante das janelas da *datcha* deles. Para o príncipe isto foi uma terrível surpresa; ele só se deu conta, segundo o seu hábito, quando já não era mais possível corrigir as coisas e a caleche já passava diante das próprias janelas. Ele não disse nada, mas depois disso passou dois dias seguidos doente; Nastácia Filíppovna já não repetiu mais a experiência. Nos últimos dias antes do casamento, ela ficou intensamente meditativa; terminava sempre vencendo sua tristeza e voltando a ser alegre, mas de modo um tanto silencioso, não mais barulhento, sem aquela alegria tão feliz de antes, de bem recentemente. O príncipe duplicava a atenção. Para ele era curioso que ela nunca falasse com ele sobre Rogójin. Só uma vez, uns cinco dias antes do casamento, de repente mandaram Dária Alieksêievna procurá-lo para que ele fosse imediatamente até lá, porque Nastácia Filíppovna estava muito mal. Ele a encontrou em um estado parecido com a completa loucura: ela bradava, tremia, gritava que Rogójin estava escondido no jardim, na própria casa deles, que ela acabara de vê-lo, que ele iria matá-la à noite... iria degolá-la! Passou o dia inteiro sem conseguir acalmar-se. Mas na mesma noite, quando o príncipe foi por um instante visitar Hippolit, a capitã, que acabara de voltar da cidade aonde fora tratar de algumas coisinhas, contou que Rogójin tinha ido no mesmo dia ao seu apartamento em Petersburgo e fizera perguntas sobre Pávlovsk. À pergunta do príncipe sobre quando precisamente Rogójin havia aparecido, a capitã mencionou quase o mesmo horário no qual Nastácia Filíppovna o teria visto no seu jardim. Atribuiu-se o caso a uma simples miragem; a própria Nastácia Filíppovna procurou a capitã querendo saber maiores detalhes e ficou sumamente consolada.

Na véspera do casamento o príncipe deixou Nastácia Filíppovna em grande animação: chegaram da modista de Petersburgo os trajes do dia seguinte, o vestido do casamento, o adorno da cabeça etc. etc. O príncipe nem esperava que ela viesse a ficar tão excitada com os trajes; ele mesmo elogiou tudo e o elogio dele a deixou ainda mais feliz. Mas ela deixou escapar: já ouvira dizer que na cidade havia indignação e que alguns estroinas estavam de fato preparando um charivari, com música e versos deliberadamente compostos e que tudo isso estava sendo praticamente aprovado pelo resto da sociedade. E justo agora ela queria mais que nunca levantar diante deles a cabeça, eclipsar a todos com o gosto e a riqueza do seu vestido — "Que gritem, que assobiem, que riam!", só esse pensamento lhe fazia brilharem os olhos. Tinha ela mais um sonho secreto, porém não o disse em voz alta: o sonho era que Aglaia ou ao menos alguém enviado por ela também estivesse no meio da multidão, incógnito, na igreja, que olhasse e visse, pois de si para si ela estava preparada. Despediu-se do príncipe aí pelas onze da noite ocupada por esses pensamentos; no entanto, nem ainda havia batido meia-noite quando correram à casa dele a mando de Dária Alieksêievna pedindo para que "ele fosse o mais breve porque a coisa estava muito má". O príncipe encontrou a noiva trancada no quarto, banhada em lágrimas, desesperada, histérica; durante muito tempo ela não ouviu nada do que lhe diziam através da porta fechada, por fim a abriu, deixou entrar só o príncipe, fechou a porta atrás dele e caiu diante dele de joelhos. (Era pelo menos o que depois contava Dária Aliekseievna, que conseguira ver alguma coisa.)

— O que eu estou fazendo! O que eu estou fazendo! O que eu estou fazendo contigo! — exclamava ela, abraçando convulsivamente as pernas dele.

O príncipe passou uma hora inteira com ela; não sabemos do que falaram. Dária Aliekseievna contara que uma hora depois os dois se separaram reconciliados e felizes. Nessa noite o príncipe ainda mandara alguém lá para pedir informações, mas Nastácia Filíppovna já estava dormindo. Na manhã seguinte, ainda antes que ela acordasse, apareceram mais dois mensageiros do príncipe para Dária Aliekseievna, e já um terceiro mensageiro recebeu a incumbência de transmitir que "em volta de Nastácia Filíppovna existe nesse momento um verdadeiro enxame de modistas e cabeleireiros vindos de Petersburgo, que não há nem vestígio da véspera, que ela está ocupada como uma beldade pode estar ocupada com o seu vestido antes do casamento e que agora, exatamente neste instante, está sendo realizado um congresso extraordinário sobre o exato tipo dos brilhantes a usar e como usar?". O príncipe ficou tranquilíssimo.

Toda a história subsequente sobre esse casamento foi contada por pessoas que a conheciam da seguinte maneira e, parece, de modo verdadeiro:

O casamento foi marcado para as oito horas da manhã; Nastácia Filíppovna estava pronta desde as sete. Às seis horas já começavam a juntar-se pouco a pouco grupos de basbaques ao lado da *datcha* de Liébediev, mas particularmente da casa de Dária Aliekseievna; a partir das sete a igreja também começou a encher-se. Vera Liébedieva e Kólia estavam com um medo terrível por causa do príncipe; eles, porém, tinham muitos afazeres em casa: deram ordens para a organização dos comes e bebes e da recepção nos cômodos do príncipe. Aliás, quase não se supunha nenhuma reunião para depois do casamento; além das pessoas indispensáveis que estariam presentes na cerimônia do casamento, haviam sido convidados Liébediev, os Ptítzin, Gánia, o médico com a medalha de Sant'Ana no pescoço, Dária Aliekseievna. Quando o príncipe teve a curiosidade de perguntar a Liébediev para que ele resolvera chamar o doutor, "quase totalmente desconhecido", Liébediev respondeu todo satisfeito: "Com medalha no pescoço é um homem respeitado, por uma questão de aparência" — e divertiu o príncipe. Keller e Burdovski, de fraques e luvas, tinham um aspecto muito digno; só Keller ainda perturbava um pouco o príncipe e seus confidentes por algumas inclinações francas para a batalha e olhava para os basbaques diante da casa de modo muito hostil. Por fim, às sete e meia, o príncipe foi para a igreja numa carruagem. Observemos oportunamente que ele mesmo não queria perder de propósito nenhum dos hábitos e costumes adotados; tudo era feito de forma transparente, evidente, aberta "e como manda o figurino". Na igreja, depois de passar de alguma maneira por entre a multidão, em meio aos cochichos incessantes e às exclamações do público e guiado por Keller, que distribuía para a direita e para a esquerda olhares ameaçadores, o príncipe se escondeu por um tempo no altar, enquanto Keller saía para buscar a noiva e encontrou no terraço da casa de Dária Aliekseîevna uma multidão não só duas ou três vezes mais densa do que em casa do príncipe como talvez três vezes mais desembaraçada. Ao subir ao terraço ele ouviu tais exclamações que não pôde suportar e já ia mesmo se dirigindo ao público com a intenção de pronunciar o devido discurso, mas por sorte foi detido por Burdovski e pela própria Dária Aliekseîevna, que desceram correndo do terraço; eles o agarraram e o levaram à força para dentro. Keller estava irritado e com pressa. Nastácia Filíppovna levantou-se, tornou a olhar-se no espelho, observou com um sorriso "torcido", como depois contou Keller, que estava "pálida como uma morta", fez uma genuflexão contrita diante da imagem e saiu para o terraço. Nisso um rumor de vozes saldou a sua aparição. É verdade que no primeiro instante ouviram-se risos, aplausos, quase assobios; um instante depois, porém, ouviram-se outras vozes:

— Mas que beldade! — gritaram na multidão.

— Ela não é a primeira, nem será a última!

— O casamento cobre tudo, idiotas!

— Não, encontrem-me uma beleza tão grande, hurra! — gritaram os mais próximos.

— Uma princesa! Por uma princesa como essa eu venderia a alma! — gritou algum funcionário de secretaria. — "Minha vida por uma noite minha!..."[68]

Nastácia Filíppovna pareceu realmente pálida como um lenço; mas os olhos graúdos e negros brilharam sobre a multidão como brasas; foi esse olhar que a multidão não aguentou; a indignação se transformou em gritos de êxtase. Já se haviam aberto as portinholas da carruagem, Keller já dera a mão à noiva, quando de repente ela gritou e precipitou-se do terraço contra o povo. Todos os que a acompanhavam ficaram petrificados de surpresa, a multidão se afastou diante dela e a cinco ou seis passos do terraço apareceu subitamente Rogójin. Foi o olhar dele na multidão que Nastácia Filíppovna captou. Ela correu até ele feito louca e lhe segurou as duas mãos:

---

[68] Citação do poema de Púchkin, "Noites egípcias", sobre Cleópatra: "Resplandeciam os aposentos, soava o coro...". (N. da E.)

— Salva-me! Leva-me daqui! Para onde quiseres, neste instante!

Rogójin a agarrou quase nos braços e praticamente a levou até a carruagem. Em seguida, num abrir e fechar de olhos, tirou de um porta-moedas uma nota de cem rublos e a estendeu ao cocheiro.

— Leve-nos para a estrada de ferro e se chegares a tempo para o trem receberás mais cem!

Ele mesmo pulou para dentro da carruagem atrás de Nastácia Filíppovna e fechou as portinholas. O cocheiro não vacilou um só instante e açoitou os cavalos. Depois Keller culpava o descuido: "Mais um segundo e eu teria dado um jeito, não teria permitido!" — explicava ele, contando a aventura. Ele quis pegar com Burdovski outra carruagem que ali aparecera por acaso e sair correndo em perseguição, mas já a caminho mudou de ideia, achando que "em todo caso já é tarde! Não a farás voltar à força!".

— Aliás, nem o príncipe iria querer! — decidiu o estupefato Burdovski.

Enquanto isso, Rogójin e Nastácia Filíppovna chegavam a tempo na estação. Ao sair da carruagem e quase tomando o trem, Rogójin ainda teve tempo de parar uma moça que passava metida numa mantilha escura velhinha mas bastante boa, e com um lenço de *voile* na cabeça.

— Tome cinquenta rublos pela sua mantilha! — estendeu de repente o dinheiro à moça. Enquanto esta ficava maravilhada, enquanto ainda tentava compreender, ele já lhe metia na mão uma nota de cinquenta rublos, tirando a mantilha com o lenço e jogando-os nos ombros e na cabeça de Nastácia Filíppovna. O vestido dela, magnífico a mais não poder, saltava à vista, reteria a atenção no vagão, e só depois a moça compreendeu por que lhe haviam comprado um trapo sem nenhum valor com tamanha vantagem para ela.

O rumor da aventura chegou à igreja com uma rapidez fora do comum. Quando Keller passava na direção do príncipe, uma infinidade de pessoas que lhe eram totalmente desconhecidas precipitou-se a interrogá-lo. Havia um falatório estridente, meneios de cabeça, até riso; ninguém saía da igreja, todos esperavam como o noivo receberia a notícia. Ele ficou pálido, mas recebeu a notícia tranquilo, pronunciando com voz que mal se ouviu: "Eu temia; mas mesmo assim não pensava que viesse a ser assim..." — e depois, após alguma pausa, acrescentou: "Pensando bem... no estado dela... isso está perfeitamente na ordem das coisas". Já depois, Keller qualificava essa resposta como "uma filosofia sem paralelos". O príncipe saiu da igreja pelo visto tranquilo e animado; pelo menos foi assim que muitos notaram e depois contaram. Parecia que estava com muita vontade de chegar em casa e ficar a sós o mais rápido possível; mas isso não lhe permitiam. Atrás dele entraram na casa alguns dos convidados, entre eles Ptítzin, Gavrila Ardaliónovitch e com estes o doutor, que também não se dispunha a ir embora. Além disso, toda a casa estava literalmente sitiada pelo público festivo. Ainda do terraço o príncipe ouviu Keller e Liébediev entrando numa discussão cruel com algumas pessoas totalmente desconhecidas, embora com aparência de funcionários públicos, que queriam a qualquer custo entrar no terraço. O príncipe foi até os questionadores, informou-se do que se tratava e, depois de afastar Liébediev e Keller de forma cortês, dirigiu-se delicadamente a um senhor já grisalho e corpulento que estava nos degraus do terraço, à frente de alguns que desejavam entrar, e o convidou a dar a honra da sua visita. O senhor ficou confuso, mas, não obstante, foi; atrás dele entrou o segundo, o terceiro. De toda a multidão entraram uns sete ou oito visitantes, que procuraram fazê-lo da maneira mais descontraída possível. No entanto não apareceram mais pretendentes e na multidão logo começaram a censurar os penetras. Deram assento aos recém-chegados, começou a conversa, serviram o chá — tudo isso com muitíssimo bom-tom e modéstia, para uma certa surpresa dos que entraram. Houve, é claro, algumas tentativas de animar a conversa e levá-la para o "devido" tema; foram feitas algumas perguntas indiscretas, algumas observações "audazes". O príncipe respondia a todos com tanta simplicidade e cordialidade e ao mesmo tempo com tanta dignidade, com tanta credulidade com a decência das suas visitas que as perguntas indiscretas calaram por si mesmas. Pouco a pouco a conversa foi se tornando quase séria. Um senhor, que agarrara a palavra, súbito jurou, com extraordinária indignação, que não venderia a fazenda independentemente do que acontecesse; que, por exemplo, iria esperar e aguardaria e que "as empresas são melhores do que o dinheiro"; "eis, meu caro senhor, em que consiste meu sistema econômico, pode ficar sabendo". Uma vez que ele se dirigia ao príncipe, o príncipe o elogiou com muito ardor, apesar de Liébediev lhe ter cochichado ao pé de ouvido que o tal senhor não tinha eiras nem beiras e jamais possuíra qualquer fazenda. Passou-se quase uma hora, tomaram o chá, e depois do chá as visitas enfim começaram a sentir vergonha de permanecer mais. O doutor e um senhor grisalho se despediram do príncipe com ardor; aliás, todos se despediram com ardor e ruído. Pronunciaram-se votos e opiniões como essa de que "não vale a pena afligir-se e que talvez isso seja até para melhor" etc. Houve, é verdade, tentativa de pedir champanhe, contudo os hóspedes mais velhos detiveram os mais jovens. Quando todos foram embora, Keller foi até Liébediev e lhe comunicou: "Nós dois teríamos armado uma gritaria, brigado, nos desmoralizado, atraído a polícia; mas veja, ele arranjou novos amigos, e ainda quais; eu os conheço!". Liébediev, que estava bastante "preparado", suspirou e disse: "Ocultou dos sábios e dos sensatos e revelou aos recém-nascidos,[69] isso eu já disse antes sobre ele, mas agora acrescento que Deus salvou a própria criança, salvou do abismo, a ele e a tudo que lhe é sagrado".

Por fim, por volta das dez e meia deixaram o príncipe a sós, com dor de cabeça; o último a sair foi Kólia, que ajudou o príncipe a trocar a roupa do casamento por roupa doméstica. Os dois se despediram calorosamente. Kólia não tocou nos acontecimentos, mas prometeu vir no dia seguinte mais cedo. Ele mesmo testemunhou depois que o príncipe não o prevenira de nada na última despedida, logo, até dele escondera as suas intenções. Logo não restou nenhuma das visitas: Burdovski foi para a casa de Hippolit, Keller e Liébediev foram para algum lugar. Só Vera Liébedieva ainda ficou algum tempo pelos cômodos, tirando-os do ar festivo para o ar comum. Ao sair foi até o príncipe. Ele estava sentado à mesa com o rosto apoiado sobre os cotovelos e de olhos fechados. Ela foi devagarinho até ele e lhe tocou o ombro; o príncipe olhou para ela perplexo e em quase um minuto foi como se tivesse se lembrado de tudo; mas ao lembrar-se e compreender tudo ficou de repente em extrema inquietação. Aliás, tudo se resolveu com um pedido extraordinário e caloroso a Vera para que, na manhã seguinte, com o primeiro trem, às sete horas batessem à porta do seu quarto. Vera prometeu; o príncipe pediu com ardor que ela não comunicasse isso a ninguém; ela prometeu também isto e, por fim, quando já estava fechando inteiramente a porta para sair, o príncipe a reteve pela terceira vez, tomou-lhe as mãos, beijou-as, em seguida beijou-a na testa e lhe disse com um ar um tanto "incomum": "Até amanhã!". Ao menos foi isso que Vera contou depois. Ela o deixou temendo muito por ele. Pela manhã ficou um tanto animada quando depois das sete, segundo o combinado, bateu à porta dele e lhe comunicou que em quinze minutos o trem estaria saindo para Petersburgo; pareceu-lhe que o príncipe lhe abrira a porta totalmente animado e até sorrindo. Ele quase não trocara de roupa para a noite mas, não obstante, dormira. Segundo ele, voltaria hoje mesmo. Verificava-se que nesse instante só a ela ele achou possível e necessário comunicar que estava indo para a cidade.

---

[69] Citação imprecisa dos Evangelhos (palavras de Cristo): "Graças te dou, ó Pai do céu e da terra, porque ocultaste estas coisas dos sábios e entendidos, e as revelaste aos pequeninos" (Mateus, 10, 25); "Graças te dou, ó Pai, Senhor do céu e da terra, porque ocultaste estas cousas aos sábios e entendidos e as revelaste aos pequeninos" (Lucas, 10, 21). (N. da E.)

XI

Ao cabo de uma hora ele já estava em Petersburgo e depois das nove tocou a sineta de Rogójin. Entrou pela entrada principal, e durante muito tempo não lhe abriram a porta. Por último abriu-se a porta do quarto da velha Rogójina e apareceu a criada velhinha e de boa aparência.

— Parfen Semeónovitch não está em casa — comunicou da porta —, quem o senhor deseja?

— Parfen Semeónovitch.

— Não está em casa.

A criada examinava o príncipe com uma curiosidade selvagem.

— Diga-me pelo menos, pernoitou em casa? E... retornou sozinho ontem?

A criada continuava a olhar para ele, mas não respondeu.

— Ontem à noite, aqui... não estava com ele... Nastácia Filíppovna?

— Permita-me perguntar quem mesmo o senhor se digna ser?

— O príncipe Liev Nikoláievitch Míchkin, nós nos conhecemos muito bem.

— Eles não estão em casa.

A criada baixou a vista.

— E Nastácia Filíppovna?

— Não sei de nada.

— Espere, espere! Quando vai voltar?

— Disso eu não sei.

A porta se fechou.

O príncipe resolveu voltar dentro de uma hora. Ao dar uma olhada para o pátio, encontrou o porteiro.

— Parfen Semeónovitch está em casa?

— Está.

— Então como me disseram que não está?

— Ele disse?

— Não, a criada, da mãe dele, mas eu toquei a sineta do apartamento de Parfen Semeónovitch e ninguém abriu.

— Talvez tenha saído — resolveu o porteiro —, é que ele não se manifesta. Vez por outra leva a chave consigo, os cômodos ficam três dias fechados.

— Tu sabes na certa se ontem ele estava em casa, sim?

— Estava. Às vezes entra pela porta principal, nem dá para ver.

— E Nastácia Filíppovna não estava com ele ontem?

— Isso não sabemos. Não aparece com frequência; creio que se tivesse aparecido a gente sabia...

O príncipe saiu e passou algum tempo andando reflexivo pela calçada. As janelas dos cômodos ocupados por Rogójin estavam todas fechadas; as janelas da metade ocupada pela mãe dele, quase todas abertas; era um dia claro, quente; o príncipe atravessou a rua para a calçada oposta e parou a fim de olhar mais uma vez para as janelas: além de estarem todas fechadas, quase todas tinham as cortinas descidas.

Ele parou cerca de um minuto e — estranho — teve a súbita impressão de que se havia reerguido a ponta de uma cortina e aparecido de relance o rosto de Rogójin, aparecido e desaparecido no mesmo instante. Ele esperou mais um pouco e resolveu ir até lá e tornar a tocar a sineta, mas mudou de ideia e adiou por uma hora: "Quem sabe se não foi só impressão...".

O importante é que agora ele se apressava em direção ao regimento de Ismáilovski para o apartamento que até recentemente fora de Nastácia Filíppovna. Ele sabia que três semanas antes de se mudar de Pávlovsk a pedido dele ela se instalara na casa de uma antiga e boa conhecida sua no regimento de Ismáilovski, uma preceptora viúva, de família e senhora respeitada, que alugava o seu bom quarto mobiliado, quase seu único meio de subsistência. O mais provável é que Nastácia Filíppovna, ao tornar a mudar-se para Pávlovsk, tivesse mantido o quarto alugado; pelo menos era muito provável que tivesse pernoitado nesse quarto, para onde, é claro, Rogójin a havia levado na véspera. O príncipe tomou uma carruagem. A caminho teve a ideia de que era dali que deveria começar, porque era improvável que ela tivesse se mudado à noite direto para a casa de Rogójin. Nisso lhe vieram à mente as palavras do porteiro, segundo as quais Nastácia Filíppovna não aparecia com frequência. Se, além de tudo, não era frequente, então por que razão estaria agora hospedada em casa de Rogójin? Animando-se com esse consolo, o príncipe finalmente chegou ao regimento de Ismáilovski mais morto que vivo.

Para sua estupefação, a preceptora não ouvira falar em Nastácia Filíppovna não só ontem, mas hoje também, e saiu a fim de olhar para o príncipe como quem olha para uma maravilha. Toda a numerosa família da preceptora — tudo meninas e adolescentes, dos sete aos quinze anos — espa-

lhara-se atrás da mãe e o rodeara, olhando boquiabertos para ele. Atrás delas apareceu uma tia magra, amarela, de vestido preto e, por fim, apareceu a avó da família, uma velha bem velhinha, de óculos. A preceptora pediu muito que ele entrasse e se sentasse, pedido que o príncipe satisfez. No mesmo instante ele adivinhou que elas sabiam com certeza quem era ele, e sabiam perfeitamente que ontem deveria ter-se realizado o casamento dos dois, e morriam de vontade de indagar sobre o casamento e sobre a maravilha de ele estar perguntando a elas por aquela que não poderia deixar de estar com ele neste momento em Pávlovsk, mas não o faziam por delicadeza. Em breves traços ele satisfez a curiosidade delas quanto ao casamento. Começaram as surpresas, os ais e as exclamações, de sorte que ele foi forçado a contar quase todo o restante, os pontos principais, é claro. Por último o conselho das damas sábias e inquietas decidiu que era preciso, sem falta e antes de mais nada, bater à porta de Rogójin e informar-se de tudo positivamente com ele. Se ele não estivesse em casa (o que certamente seria informado) ou se não quisesse dizer, seria o caso de ir ao regimento Semeónovski[70] procurar uma senhora alemã, conhecida de Nastácia Filíppovna, que morava com a mãe: talvez a própria Nastácia Filíppovna, inquieta e procurando esconder-se, tivesse pernoitado na casa delas. O príncipe levantou-se totalmente aniquilado; depois elas contaram que ele "empalideceu ao extremo"; de fato, suas pernas quase fraquejaram. Por fim, em meio ao terrível matraquear de vozes, ele percebeu que elas estavam combinando agir em comum com ele e lhe pediam o endereço da cidade. Endereço ele não tinha; aconselharam-no a se hospedar em algum hotel. O príncipe pensou e deu o endereço do seu antigo hotel, daquele mesmo em que cinco semanas antes ele tivera o ataque. Depois tornou a ir à casa de Rogójin.

Desta vez não só não abriram em casa de Rogójin como não se abriu nem mesmo a porta que dava para o quarto da velha. O príncipe procurou o porteiro e a muito custo o encontrou no pátio; o porteiro estava ocupado com alguma coisa e mal respondeu, inclusive mal olhou, mas mesmo assim anunciou positivamente que Parfen Semeónovitch "saiu desde manhã muito cedo, foi a Pávlovsk e hoje não voltará para casa".

— Vou esperar, quem sabe até ao anoitecer ele não chega?
— Pode ser que fique até uma semana sem aparecer, quem sabe dele?
— Quer dizer que, apesar de tudo, pernoitou hoje em casa?

---

[70] Região de Petersburgo, assim denominado porque ali ficava o regimento da guarda imperial Semeónovski.

— Pernoitar, pernoitou.

Tudo era suspeito e sujo. Enquanto isso, era muito possível que o porteiro tivesse conseguido receber novas instruções: ainda há pouco estava até falastrão, mas agora simplesmente dava as costas. No entanto o príncipe resolveu reaparecer umas duas horas depois e até ficar espreitando diante da casa, caso fosse necessário, mas agora ainda restava a esperança na alemã, e ele correu para o regimento Semeónovski.

Contudo, na casa das alemãs nem sequer compreenderam o que ele queria. Por algumas palavrinhas que deixaram escapar, ele até poderia ter adivinhado que a beldade alemã brigara com Nastácia Filíppovna umas duas semanas antes, de modo que durante todos esses dias nada ouvira falar sobre ela e agora procurava mostrar com todos os esforços que não estava interessada nem em ouvir falar, "mesmo que ela se casasse com todos os príncipes do mundo". O príncipe se apressou em sair. Entre outras coisas, ocorreu-lhe a ideia de que ela possivelmente houvesse partido para Moscou como em outros tempos e Rogójin, é claro, teria ido atrás dela e talvez até estivesse com ela. "Pelo menos procurar descobrir algumas pistas!" Lembrou-se, não obstante, de que precisava hospedar-se numa estalagem e correu para a Litiêinaia; lá lhe deram imediatamente um quarto. Um funcionário do corredor quis saber se ele não queria lanchar; distraído, respondeu que queria e, ao se dar conta, ficou furiosíssimo consigo mesmo porque os salgados iriam detê-lo mais meia hora e só depois se deu conta de que nada o proibia de deixar os salgados servidos e não comê-los. Uma estranha sensação se apoderou dele nesse corredor baço e abafado, sensação que, para sua angústia, se precipitava a concretizar-se em algum pensamento; mas não havia como conseguir adivinhar em que consistia esse novo pensamento que se insinuava. Por fim, saiu da estalagem feito alma penada; a cabeça girando; mas — não obstante, para onde ir? Tornou a correr à casa de Rogójin.

Rogójin não havia voltado; não responderam ao toque da sineta; ele tocou a sineta do quarto da velha Rogójina; abriram e também anunciaram que Parfen Semeónovitch não estava e talvez ficasse uns dois ou três dias fora. O que perturbava o príncipe era que continuavam a examiná-lo com a mesma curiosidade selvagem. Desta feita não conseguiu encontrar o porteiro. Como da outra vez, saiu para a calçada oposta, olhou de lá para as janelas e ficou andando cerca de meia hora, talvez até mais, num calor de rachar e torturante; desta vez nada se mexeu; as janelas não se abriram, as cortinas brancas estavam imóveis. Veio-lhe definitivamente à cabeça que, na certa, da outra vez apenas tivera a impressão, porque até as janelas, por tudo o que se via, estavam tão opacas e há tanto tempo sem ser lavadas que era difícil distinguir até se alguém realmente espiara através das vidraças. Contente com essa ideia, voltou à casa da preceptora no regimento Ismáilovski.

Lá já estavam à sua espera. A preceptora já fora a três, a quatro lugares, e até à casa de Rogójin: nenhum sinal de vida. O príncipe ouviu em silêncio, entrou no cômodo, sentou-se no sofá e ficou a olhar para todas como se não compreendesse o que elas falavam. Estranho: ora era ele extraordinariamente observador, ora de súbito se tornava irreconhecível de tão distraído. Depois toda a família declarou que naquele dia ele estava "surpreendentemente" estranho, de sorte que "é possível que na ocasião tudo já estivesse definido". Por fim ele se levantou e pediu que lhe mostrassem os cômodos de Nastácia Filíppovna. Eram dois quartos grandes, claros, altos, muito bem mobiliados e arrumados com coisas caras. Depois todas essas senhoras contaram que o príncipe examinou nos quartos cada objeto, viu numa mesinha um livro aberto da *Biblioteca para Leitura*,[71] o romance francês *Madame Bovary*,[72] observou, dobrou a página em que o livro estava aberto, pediu permissão para levá-lo consigo e, no mesmo instante, sem ouvir objeções de que o livro era de uma biblioteca, colocou-o no bolso. Sentou-se ao pé de uma janela aberta e ao ver uma mesinha de jogo, escrita a giz, perguntou: quem estava jogando? Disseram-lhe que era Nastácia Filíppovna que toda noite jogava com Rogójin o burro, *préférence*,[73] o *miélniki*,[74] *whist*[75] e seus dados — que jogavam todos esses jogos, e que as cartas só haviam sido adquiridas bem recentemente, depois que ela voltara de Pávlovsk para Petersburgo, porque Nastácia Filíppovna estava sempre se queixando de tédio e Rogójin ficava ali sentado a tarde inteira, calado, e não sabia falar de nada, e ela frequentemente chorava; de repente, na tarde seguinte, Rogójin tirou as cartas do bolso; aí Nastácia Filíppovna desatou a rir e começou a jogar. O príncipe perguntou: onde está o baralho com que eles jogavam? Mas o baralho não apareceu; o próprio Rogójin sempre o trazia no bolso, um baralho novo a cada dia, e depois o levou consigo.

---

[71] Famosa revista mensal de literatura, ciências, novidades e moda, publicada entre os anos de 1834 e 1865 em Petersburgo. (N. do T.)

[72] Dostoiévski leu o romance de Flaubert em 1867 por recomendação de Turguêniev, que a ele se referiu como a melhor obra "de todo o mundo literário nos últimos dez anos". (N. da E.)

[73] Do francês *préférence*, jogo de cartas. (N. do T.)

[74] Literalmente "moleiros", no caso em questão um jogo de cartas. (N. do T.)

[75] Termo inglês, outra variedade de jogo de cartas. (N. do T.)

Essas senhoras sugeriram que fossem mais uma vez à casa de Rogójin e mais uma vez batessem com mais força, porém já à noite: "Pode ser que se esteja". Enquanto isso, a mesma preceptora chamou para irem antes do anoitecer a Pávlovsk, à casa de Dária Alieksêievna: lá não estariam sabendo de alguma coisa? Ao príncipe pediram que, em todo caso, aparecesse aí pelas dez da noite para combinarem o dia seguinte. Apesar de todo o consolo e da esperança, um desespero absoluto apossou-se da alma do príncipe. Tomado de uma tristeza inexprimível, ele foi a pé até a sua estalagem. A Petersburgo do verão, poeirenta e abafada, sufocava-o como se um torno o apertasse; ele andava aos encontrões no meio de uma gente severa e bêbada, olhava a esmo para os rostos, talvez tivesse andado bem mais do que devesse; já era quase noite quando entrou em seu quarto. Resolveu descansar um pouco e depois retornar à casa de Rogójin, como lhe haviam sugerido, sentou-se no sofá, apoiou ambos os cotovelos na mesa e deixou-se levar pelos pensamentos.

Sabe Deus o que ele pensou e sabe Deus por quanto tempo. Tinha muito medo e sentia de forma dolorosa e angustiante que estava com um medo terrível. Veio-lhe à mente Vera Liébedieva; depois lhe passou pela ideia que Liébediev soubesse alguma coisa a respeito e, se não soubesse, poderia assuntar até mais rápido e melhor do que ele. Depois lhe veio à lembrança Hippolit, e que Rogójin fora à casa de Hippolit. Lembrou-se do próprio Rogójin: recentemente na missa, depois no parque, depois de súbito ali no corredor, quando ele se escondera e o esperara com a faca. Lembravam-lhe agora os olhos, aqueles olhos que na ocasião fitavam do escuro. Ele estremeceu: o pensamento que há pouco se insinuava de repente lhe entrou na cabeça.

Em parte, esse pensamento consistia em que, se Rogójin estivesse em Petersburgo, ainda que se escondendo temporariamente, mesmo assim acabaria por procurar a ele, o príncipe, com boa ou má intenção, talvez até como daquela vez. Pelo menos se Rogójin precisasse aparecer por algum motivo, não teria mais aonde ir a não ser vir para cá, a esse corredor. O endereço ele não sabia; logo, poderia muito bem pensar que o príncipe tivesse se hospedado na antiga estalagem; pelo menos tentaria procurá-lo aqui... se de fato precisasse muito. E quem sabe se ele talvez não estivesse precisando muito?

Era assim que ele pensava, e por algum motivo esse pensamento lhe parecia absolutamente possível. Ele não tinha como entender por mais que aprofundasse o seu pensamento: "Por que, por exemplo, ele precisaria tão de repente de Rogójin e por que não era nem possível que os dois não se encontrassem?". Mas o pensamento era penoso: "Se ele estiver bem não virá

— continuou a pensar o príncipe —, virá mais provavelmente se estiver mal; e ele na certa está mal...".

É claro que com semelhante convicção deveria esperar Rogójin em casa, no quarto; mas era como se ele não conseguisse suportar seu novo pensamento, levantou-se de um salto, agarrou o chapéu e saiu correndo. O corredor já estava quase completamente escuro: "E então, se de repente ele sair daquele mesmo canto e me parar ao pé da escada?" — passou-lhe de relance pela cabeça quando se aproximava do lugar conhecido. Mas ninguém saiu. Ele desceu passando pelo portão, saiu para a calçada, surpreendeu-se com o denso povaréu que se espalhava pela rua com o pôr do sol (como sempre acontece em Petersburgo no período canicular) e tomou a direção da rua Gorókhovaia. A cinquenta metros da estalagem, no primeiro cruzamento, alguém lhe tocou de repente o cotovelo no meio da multidão e pronunciou a meia-voz bem ao pé do ouvido:

— Liev Nikoláievitch, vem comigo, meu irmão, por um instante.

Era Rogójin.

Estranho, súbito o príncipe começou a lhe contar, com alegria, balbuciando e quase sem concluir as palavras, como acabara de esperá-lo no corredor, na estalagem.

— Eu estive lá — respondeu inesperadamente Rogójin —, vamos.

O príncipe se admirou da resposta, mas já se admirou pelo menos dois minutos depois de compreendê-la. Tendo compreendido a resposta, assustou-se e passou a observar Rogójin. O outro já ia quase meio passo adiante, olhando para frente e sem lançar olhares a nenhum dos transeuntes com que cruzava, abrindo caminho com uma cautela maquinal.

— Por que não me procuraste no quarto... se estiveste na estalagem? — perguntou de chofre o príncipe.

Rogójin parou, olhou para ele, pensou e, como se absolutamente não entendesse a pergunta, disse:

— Vê, Liev Nikoláievitch, vai agora direto, até lá em casa, sabes? Eu vou pelo outro lado. E observa para que nós dois juntos...

Dito isso, ele atravessou a rua, subiu a calçada oposta, olhou para ver se o príncipe caminhava e, vendo que ele estava parado e olhando para ele de olhos arregalados, fez-lhe um sinal com a mão no sentido da Gorókhovaia e foi em frente, a cada instante voltando-se para o príncipe e convidando-o a segui-lo. Estava visivelmente animado ao ver que o príncipe o havia compreendido e não iria atravessar para a outra calçada onde ele estava. Ocorreu ao príncipe que Rogójin precisava vigiar alguém e não perdê-lo de vista enquanto caminhava e por isso havia atravessado para a calçada do lado oposto. "Contudo, por que ele não disse quem precisava vigiar?" Assim os dois caminharam uns quinhentos passos, e sabe-se lá por quê o príncipe começou de chofre a tremer; Rogójin não parara de olhar ao redor, embora o fizesse mais raramente; o príncipe não suportou e o chamou com um sinal de mão. No mesmo instante, o outro atravessou a rua para o lado dele.

— Por acaso Nastácia Filíppovna não está em tua casa?
— Em minha casa.
— E foste tu que há pouco me espiaste por trás da cortina?
— Fui eu...
— Então como tu...

Contudo o príncipe não sabia o que ainda perguntar e como terminar a pergunta; além do mais, seu coração batia tanto que lhe era difícil falar. Rogójin também calava e continuava olhando para ele, isto é, como se meditasse.

— Bem, eu vou indo — disse de chofre, preparando-se mais uma vez para atravessar a rua — e tu segues teu caminho. É bom que nós dois continuemos separados na rua... assim é melhor para nós... por lados diferentes... verás.

Quando enfim os dois guinaram das duas diferentes calçadas no sentido da Gorókhovaia e começaram a se aproximar da casa de Rogójin, as pernas do príncipe voltaram a fraquejar, de modo que já era difícil caminhar. Eram quase dez horas da noite. Como há pouco, as janelas do lado da velha estavam abertas, do lado de Rogójin, fechadas, e no lusco-fusco era como se as cortinas baixadas sobre elas se distinguissem ainda mais. O príncipe se aproximou do prédio pela calçada oposta; já Rogójin chegou de sua calçada ao terraço e fez para ele um aceno de mão. O príncipe atravessou e foi para o terraço onde ele estava.

— O porteiro não sabe que eu voltei para casa. Eu lhe disse há pouco que eu ia a Pávlovsk, e disse também à minha mãe — cochichou com um sorriso ladino e quase satisfeito —, nós vamos entrar e ninguém vai ouvir.

Ele já estava com a chave na mão. Ao subir a escada, olhou para trás e ameaçou o príncipe para que este pisasse mais macio, abriu em silêncio a porta dos seus cômodos, fez o príncipe entrar, entrou cuidadosamente atrás dele, fechou a porta atrás de si e pôs a chave no bolso.

— Vamos indo — disse com um murmúrio.

Desde a calçada da Litiêinaia ele vinha cochichando. Apesar de toda a sua aparente tranquilidade, estava com uma profunda inquietação interior. Quando entraram na sala, diante do próprio gabinete ele foi até a janela e chamou o príncipe com ar misterioso:

— Pois bem, há pouco tempo tu me tocaste a sineta, no mesmo instante eu adivinhei que eras tu mesmo; cheguei-me à porta na ponta dos pés e fiquei a ouvir que tu conversavas com Pafnútievna, mas ela já estava proibida por mim assim que o dia havia clareado: para não abrir o bico de forma nenhuma se tu, ou alguém de tua parte, ou fosse lá quem fosse começasse a querer entrar aqui; principalmente se tu mesmo viesses perguntar por mim e lhe anunciasses teu nome. Depois, assim que tu saíste, me ocorreu: então, e se agora ele estiver ali parado e observando ou vigiando da rua? Cheguei-me a esta mesma janela, afastei a ponta da cortina; olho e eis tu lá em pé, olhando direto para mim... eis como isso aconteceu.

— Onde está... Nastácia Filíppovna? — pronunciou o príncipe sufocado.

— Ela... está aqui — pronunciou lentamente Rogójin, como se esperasse um tiquinho para responder.

— Então onde?

Rogójin levantou a vista para o príncipe e fixou o olhar nele:

— Vamos.

Ele falava sempre cochichando e sem pressa, vagaroso, e continuava estranhamente pensativo. Até quando falava da cortina era como se sua narração quisesse dizer alguma outra coisa, apesar de toda a expansividade da fala.

Entrara no gabinete. Nesse cômodo, desde que o príncipe ali estivera, ocorrera uma certa mudança: ao longo de todo o cômodo havia sido estendida uma cortina verde de *shtoff*,[76] de seda, com duas entradas em ambas as pontas, e separava do gabinete o nicho em que estava instalada a cama de Rogójin. A grossa cortina estava baixada e as entradas fechadas. Mas o quarto estava muito escuro; as noites "brancas" do verão de Petersburgo começavam a escurecer e, se não fosse a lua cheia, nos quartos escuros de Rogójin, de cortinas baixadas, seria difícil distinguir alguma coisa. É verdade que ainda dava para distinguir os rostos, se bem que de modo muito impreciso. O rosto de Rogójin estava pálido como de costume; os olhos se fixavam no príncipe com um brilho forte, mas um tanto imóveis.

— Tu poderias acender uma vela? — disse o príncipe.

— Não, não é preciso — respondeu Rogójin e, segurando o príncipe pelo braço, inclinou-o para uma cadeira; ele mesmo se sentou de frente, aproximou a cadeira de tal modo que ficava quase roçando o joelho no do prín-

---

[76] Russificado do alemão *Stoff*, pano pesado de seda ou lã, de uma só cor, com um grande desenho de tecido, empregado em decoração. (N. do T.)

cipe. Entre eles, um pouco ao lado, havia uma pequena mesa redonda. — Senta-te, fiquemos sentados por enquanto! — disse ele como se o persuadisse a sentar-se. Fizeram uma pausa de cerca de um minuto. — Eu sabia mesmo que tu irias te hospedar naquela mesma estalagem — começou ele a falar, como às vezes, antes de passar à conversa principal, começa-se por detalhes distantes que não dizem diretamente respeito ao assunto —, foi só entrar no corredor que eu pensei: veja, será que ele está ali sentado, e também me esperando agora, como eu a ele neste mesmo instante? Estiveste na casa da preceptora?

— Estive — mal conseguiu proferir o príncipe, tão fortes eram as batidas do coração.

— Eu também pensei nisso. Ainda vão conversar, pensei eu... E depois pensei ainda: vou trazê-lo para pernoitar aqui, de modo que vamos passar esta noite juntos.

— Rogójin! Onde está Nastácia Filíppovna? — murmurou de súbito o príncipe e levantou-se com todos os membros trêmulos. Rogójin também se levantou.

— Ali — cochichou ele, fazendo um sinal de cabeça para a cortina.

— Está dormindo? — cochichou o príncipe.

Rogójin tornou a olhar fixo para ele, como há pouco.

— Ora, vamos!... Só que tu... essa agora, vamos!

Ele levantou o reposteiro, parou e tornou a voltar-se para o príncipe.

— Entra! — fez sinal para o reposteiro, convidando-o a passar adiante. O príncipe passou.

— Aqui está escuro — disse ele.

— Dá para ver! — murmurou Rogójin.

— Estou vendo um pouquinho... a cama.

— Vamos mais perto — propôs baixinho Rogójin.

O príncipe chegou-se ainda mais perto, um passo, outro, e parou. Estava em pé e escrutou com o olhar um ou dois minutos; durante todo o tempo, ao pé da cama, os dois não disseram uma palavra; o coração do príncipe batia tanto que parecia que o ouviam no quarto, no silêncio mortal do quarto. Mas ele já se acostumara, de modo que podia distinguir toda a cama. Nela alguém dormia um sono absolutamente imóvel; não se ouvia nem o mínimo farfalhar, nem o mínimo respiro. O adormecido estava coberto desde a cabeça por um lençol branco, mas os seus membros pareciam dispostos de maneira estranha; pela altura só se via que havia uma pessoa estendida. Ao redor reinava a desordem, na cama, nos pés, nas poltronas ao pé da cama, até no chão estava espalhada a roupa tirada, um rico vestido de seda branco, flores, fitas. Na mesinha, à cabeceira, reluziam os brilhantes tirados e espalhados. Nos pés estavam amassadas num bolo umas rendas e sobre as rendas brancas a ponta de um pé nu apontava por baixo do lençol; ele parecia como que esculpido de mármore e estava terrivelmente imóvel. O príncipe olhava e sentia que quanto mais olhava mais morto e silencioso ficava o quarto. Súbito zuniu uma mosca que acordava, passou voando sobre a cama e calou-se à cabeceira. O príncipe estremeceu.

— Vamos sair! — tocou-lhe o braço de Rogójin.

Os dois saíram, tornaram a sentar-se nas cadeiras, mais uma vez um contra o outro. O príncipe tremia de modo cada vez mais e mais intenso e não tirava do rosto de Rogójin seu olhar interrogativo.

— Pelo que vejo, estás tremendo, Liev Nikoláievitch — enfim pronunciou Rogójin —, quase do jeito como quando estás perturbado; aconteceu em Moscou, estás lembrado? Ou foi precisamente antes de um ataque. Não faço ideia do que vou fazer contigo agora...

O príncipe ouvia atentamente, fazia todos os esforços para compreender e perguntando tudo com o olhar.

— Foste tu? — pronunciou enfim, fazendo um sinal de cabeça para o reposteiro.

— Fui... eu... — murmurou Rogójin e baixou a vista.

Fizeram uns cinco minutos de pausa.

— Porque — continuou súbito Rogójin como se nem tivesse interrompido a fala —, porque se fosse na tua doença, e com ataque, e com grito, agora, então talvez da rua ou do pátio alguém acabasse ouvindo, e iriam descobrir que há gente pernoitando no apartamento; iriam bater, iriam entrar... porque todos acham que eu não estou em casa. Não acendi vela para que da rua ou do pátio não adivinhassem, porque quando eu não estou em casa, e levo a chave, na minha ausência ninguém entra aqui durante três ou quatro dias para arrumar, é assim o meu jeito de administrar. De modo que, para que não saibam que vamos pernoitar...

— Espera — disse o príncipe —, há pouco eu perguntei ao porteiro e à velha: Nastácia Filíppovna não pernoitou aqui? Quer dizer que eles já sabem.

— Eu sei que tu perguntaste. Eu disse a Pafnútievna que ontem Nastácia Filíppovna esteve aqui e ontem mesmo foi para Pávlovsk, que passou dez minutos aqui. E eles não sabem que ela pernoitou — ninguém. Ontem nós entramos totalmente em silêncio, como nós dois hoje. Ainda quando estava vindo para cá pensei que ela não quisesse entrar em silêncio — mas qual! Sussurrou, passou na ponta dos pés, ajuntou o vestido à sua volta para não fazer ruído, levou na mão, me fez ameaça com o dedo na escada — ela esta-

va o tempo todo com medo de ti. No trem estava como doida varrida, tudo por medo, e ela mesma desejou pernoitar aqui comigo; pensei inicialmente levá-la para o apartamento da preceptora — qual! "Lá ele vai me achar tão logo o dia amanheça, tu me escondes, e amanhã assim que o dia clarear me levas para Moscou", e depois para Oriol, para onde eu queria ir. E deitou-se, dizendo o tempo todo que nós iríamos para Oriol.

— Espera; o que tu vais fazer agora, Parfen, como é que queres?

— Eu duvido de ti, não paras de tremer. Nós dois vamos pernoitar juntos aqui. Além daquela cama não há outra aqui, e eu pensei em tirarmos dos dois sofás os almofadões e fazermos uma cama aqui ao lado da cortina, para ti e para mim, para que fiquemos juntos. Porque se entrarem passarão a examinar ou procurar, irão vê-la imediatamente e levá-la. Passarão a me interrogar, eu direi que fui eu e me levarão imediatamente. Então que fique ela ali deitada, a nosso lado, a teu lado e ao meu.

— É, é! — respaldou o príncipe com fervor.

— Então é não confessar e nem deixar que levem.

— De je-jeito nenhum! — resolveu o príncipe. — De jeito nenhum, nenhum.

— Foi assim, rapaz, que eu decidi, para não a entregar a ninguém, de maneira nenhuma! Vamos pernoitar em silêncio. Hoje eu só saí de casa por uma hora, pela manhã, mas estive sempre ao lado dela. Depois, ao cair da noite fui te procurar. Temo ainda que, estando abafado, o cheiro se espalhe. Estás sentindo o cheiro ou não?

— Talvez esteja, não sei. Até o dia amanhecer, certamente, irá se espalhar.

— Eu a cobri com uma lona, boa, uma lona americana, e por cima da lona ainda botei o lençol e quatro vidros abertos de líquido de Jdánov,[77] que estão lá até agora.

— Lá, como aconteceu... em Moscou?

— Porque, meu irmão, tem o cheiro. E ela está deitada de um jeito... De manhã, assim que clarear, tu olhas. O que é isso, não consegues nem te levantar? — perguntou Rogójin com uma surpresa temerosa, vendo que o príncipe tremia tanto que não conseguia levantar-se.

— As pernas não se movem — pronunciou o príncipe —, é do medo, eu sei disso... O medo passa e eu me ponho em pé...

---

[77] Produto desinfetante, assim denominado em função de seu inventor, N. I. Jdánov. (N. do T.)

— Então espera, enquanto isso vou arrumar a cama para nós dois, e que tu te deites... e eu contigo... e vamos ficar escutando... porque eu, rapaz, ainda não sei... eu, rapaz, agora ainda não sei de tudo, de modo que a ti também eu digo de antemão para que fiques a par disso de antemão...

Balbuciando essas palavras confusas, Rogójin passou a fazer as camas. Via-se que talvez ainda pela manhã houvesse pensado consigo nessas camas. Ele mesmo passara a noite anterior num sofá. Mas no sofá não dava para os dois se deitarem lado a lado, e agora ele queria porque queria fazer as camas lado a lado, e por isso estava arrastando com grandes esforços os almofadões de diferentes tamanhos dos dois sofás ao longo de todo o quarto, na direção da própria entrada atrás da cortina. De algum jeito a cama foi arrumada; ele se chegou ao príncipe, pegou-o pela mão com carinho e entusiasmo, ergueu-o e o conduziu para as camas;[78] mas se viu que o próprio príncipe podia andar; então "o medo havia passado"; não obstante, ainda assim ele continuava tremendo.

— Porque, meu irmão — começou repentinamente Rogójin, depois de pôr o príncipe no almofadão da esquerda e estendendo-se ele mesmo à direita sem se despir e com ambas as mãos na cabeça —, agora está quente e, sabe-se, o cheiro... Tenho medo de abrir as janelas; mas minha mãe tem vasos com flores, muitas flores, e exalam um cheiro maravilhoso; pensei em transferi-los, mas Pafnútievna vai adivinhar porque é curiosa.

— Ela é curiosa — fez coro o príncipe.

— Não seria o caso de comprar molhos de flores e cobri-la toda? Mas acho, meu amigo, que vai dar pena, coberta de flores!

— Escuta — perguntou o príncipe como quem se mete numa entaladela, como se procurasse o que precisava mesmo perguntar e como que o esquecendo incontinenti —, escuta, dize-me, com que tu a...? Com faca. Com aquela mesma?

— Com a mesma.

— Espera mais! Eu, Parfen, ainda quero te perguntar... vou te perguntar muito, a respeito de tudo... mas é melhor que me digas antes, de início, para que eu fique sabendo: tu querias matá-la perante meu casamento, perante as bodas, no adro, à faca?

— Não sei se queria ou não... — respondeu secamente Rogójin, como se estivesse até um tanto surpreso com a pergunta e sem a entender.

— Nunca levaste a faca consigo a Pávlovsk?

---

[78] Nesse parágrafo o narrador usa o substantivo cama ora no singular, ora no plural. (N. do T.)

— Nunca levei. Sobre essa faca, eis apenas o que posso te dizer, Liev Nikoláievitch — acrescentou depois de uma pausa —, eu a tirei de uma gaveta fechada esta madrugada, porque tudo aconteceu de madrugada, depois das três. Ela estava sempre metida num livro... E... e eis o que ainda é um milagre para mim: a faca penetrou apenas uns sete centímetros... ou até dez... bem debaixo do seio esquerdo... no entanto escorreu apenas meia colher de sopa na camisola; mais não houve.

— Isso, isso, isso — soergueu-se o príncipe agitadíssimo —, isso eu conheço, isso eu li... isso se chama hemorragia interna... Acontece de não sair nem uma gota. Isso se o golpe for direto no coração...

— Para, estás ouvindo? — súbito interrompeu Rogójin e rápido sentou-se assustado na esteira. — Estás ouvindo?

— Não! — pronunciou o príncipe de modo igualmente assustado e rápido, olhando para Rogójin.

— Tem gente andando! Estás ouvindo? Na sala...

Ambos se puseram a escutar.

— Estou ouvindo — cochichou o príncipe com firmeza.

— Tem gente andando?

— Tem.

— Fechar ou não a porta?

— Fechar...

Fecharam a porta, e ambos tornaram a deitar-se. Fizeram longa pausa.

— Ah, sim! — tornou a cochichar de repente o príncipe com o cochicho inquieto e apressado de antes, como que reatando o pensamento e temerosíssimo de voltar a perdê-lo, até se erguendo em sobressalto na cama. — Sim, eu queria mesmo... aquele baralho! O baralho... Dizem que jogaste baralho com ela, não foi?

— Joguei — disse Rogójin depois de certa pausa.

— E onde está... o baralho?

— Aqui está o baralho... — disse Rogójin fazendo uma pausa ainda maior — ei-lo...

Tirou do bolso o baralho usado e embrulhado num papel e o estendeu ao príncipe. Este o pegou, mas como que atônito. Um sentimento novo, triste e desolador lhe apertou o coração; súbito compreendeu que nesse instante, e há muito tempo, já falava o que não devia falar, e fazia tudo diferente do que devia fazer, e que esse baralho que segurava nas mãos e que o deixara tão contente agora não ia ajudar em nada, em nada. Levantou-se e ergueu os braços. Rogójin continuava deitado, imóvel, e era como se não escutasse e nem visse os movimentos dele; mas seus olhos emitiam um brilho vivo em meio à escuridão e estavam totalmente abertos e imóveis. O príncipe sentou-se numa cadeira e ficou a olhar apavorado para ele. Transcorreu cerca de meia hora; súbito Rogójin deu um grito alto e entrecortado e uma gargalhada, como se esquecesse que precisava falar aos murmúrios:

— Aquele oficial, aquele oficial... estás lembrado da chibatada que ela deu naquele oficial, no concerto, estás lembrado, qua-qua-qua! Ainda cadete... cadete... o cadete deu um salto...

O príncipe deu um salto da cadeira com um novo susto. Quando Rogójin silenciou (e de pronto silenciou), o príncipe se inclinou na direção dele, sentou-se a seu lado, e com o coração batendo forte, respirando com dificuldade, ficou a examiná-lo. Rogójin não virou a cabeça para o lado dele, e era como se até o tivesse esquecido. O príncipe ficou olhando e esperando; o tempo passava, começava a clarear. De raro em raro, de quando em quando Rogójin começava de repente a balbuciar, alto, em tom ríspido e desconexo; punha-se a gritar e a rir; então o príncipe lhe estendia a mão trêmula e lhe tocava suavemente a cabeça, o cabelo, afagava-o e afagava-lhe as faces... nada mais conseguia fazer! Ele mesmo começava a tremer outra vez, e outra vez era como se de súbito as pernas voltassem a fraquejar. Uma sensação inteiramente nova lhe afligia o coração com uma tristeza infinda. Enquanto isso, havia clareado por completo; por fim ele se deitou no almofadão, como que já sem força nenhuma e em desespero, encostou seu rosto ao rosto pálido e imóvel de Rogójin, todavia a essa altura talvez não sentisse mais as suas próprias lágrimas e já nada soubesse a respeito delas...

Quando, já depois de muitas horas, abriu-se a porta e pessoas entraram, estas encontraram o assassino completamente sem sentidos e febril. O príncipe estava sentado ao lado dele na esteira, imóvel e calado, e sempre que o doente gritava ou delirava, ele se apressava em lhe passar a mão trêmula pelos cabelos e faces, como se o afagasse e acalmasse. No entanto já não compreendia nada do que lhe perguntavam e não reconhecia as pessoas que entravam e o rodeavam. Se o próprio Schneider chegasse agora da Suíça e olhasse para o seu ex-discípulo e paciente, ele, relembrando o estado em que o príncipe às vezes ficava no primeiro ano de tratamento na Suíça, agora desistiria e diria como naqueles tempos: "Idiota!".

XII
CONCLUSÃO

A preceptora, que correra a Pávlovsk, foi direto à presença de Dária Alieksêievna, desolada desde o dia anterior, e depois de lhe contar tudo o que sabia, deixou-a em definitivo assustada. As duas senhoras resolveram entrar logo em contato com Liébediev, que também andava preocupado na condição de amigo do seu inquilino e de dono da casa. Por sugestão de Liébediev, resolveram viajar todos os três a Petersburgo para prevenir urgentemente o que "era muito possível acontecer". Assim sucedeu que já na manhã seguinte, por volta das onze horas, o apartamento de Rogójin foi aberto com a presença da polícia, de Liébediev, das senhoras e do irmão de Rogójin, Semeon Semeónovitch Rogójin, que morava numa ala. O que mais contribuiu para o êxito do caso foi o depoimento do porteiro, que disse ter visto na noite da véspera Parfen Semeónovitch entrando pelo terraço com um hóspede e como que às escondidas. Depois desse depoimento já não tiveram dúvida de arrombar a porta, que não havia sido aberta em atendimento ao chamado da sineta.

Rogójin suportou dois meses de encefalite, e quando sarou — as investigações e o julgamento. Em tudo ele prestou depoimentos precisos e inteiramente satisfatórios, resultando daí que o príncipe foi dispensado do julgamento desde o início. Rogójin esteve calado durante o processo. Não contrariou seu hábil e eloquente advogado, que provou, de forma clara e lógica, que o crime cometido fora consequência de uma encefalite, iniciada ainda muito antes do crime e causada pelos desgostos do réu. Todavia nada acrescentou de sua parte a título de confirmação dessa opinião e, como antes, recordou e confirmou todas as mínimas circunstâncias do ocorrido. Rogójin foi condenado, com admissão de circunstâncias atenuantes, a quinze anos de Sibéria, a trabalhos forçados, e ouviu sua sentença com ar severo, calado e "pensativo". Toda a sua imensa fortuna, salvo uma fração, em termos relativos muito pequena e gasta na farra inicial, passou ao irmão Semeon Semeónovitch Rogójin, para a grande satisfação deste. A velha Rogójina continua a viver neste mundo e parece que vez por outra se lembra do amado filho Parfen, mas de forma vaga: Deus lhe salvou a mente e o coração da consciência do horror que frequentou a sua triste casa.

Liébediev, Keller, Gánia, Ptítzin e muitos outros personagens da nossa história continuam vivos, pouco mudaram, e quase nada temos a transmitir sobre eles. Hippolit morreu numa terrível agitação e um pouco antes do que se esperava, umas duas semanas após a morte de Nastácia Filíppovna. Kólia ficou profundamente abalado com o ocorrido; ligou-se definitivamente à sua mãe. Nina Alieksándrovna teme por ele, por ele ser meditativo acima da idade: é possível que ele saia um homem bom. Entre outras coisas, foi em parte por seu empenho que se arranjou o destino subsequente do príncipe: entre todas as pessoas que conhecera ultimamente, há muito havia distinguido Ievguiêni Pávlovitch Rodomski; ele foi o primeiro a procurá-lo e transmitir-lhe todos os detalhes que conhecia do ocorrido e a verdadeira situação do príncipe. Não se enganou: Ievguiêni Pávlovitch teve a mais calorosa participação no destino do infeliz "idiota" e, em consequência dos seus esforços e cuidados, o príncipe retornou ao estrangeiro, ao estabelecimento de Schneider na Suíça. O próprio Ievguiêni Pávlovitch, que foi para o exterior com a intenção de morar muito tempo na Europa e se denomina francamente "homem absolutamente supérfluo"[79] na Rússia", tem visitado seu amigo doente no estabelecimento de Schneider com bastante frequência, ao menos uma vez durante vários meses; contudo Schneider tem carregado cada vez mais o cenho e balançado a cabeça; alude à deterioração completa dos órgãos mentais; ele ainda não fala afirmativamente da incurabilidade, mas se permite alusões tristes. Ievguiêni Pávlovitch toma isso muito a peito, e ele tem coração, o que já provou pelo fato de que recebe cartas de Kólia e às vezes até as responde. Mas, além disso, tornou-se conhecido mais um traço singular do seu caráter; e como esse traço é bom, nós nos apressamos em indicá-lo: depois de cada visita ao estabelecimento de Schneider, Ievguiêni Pávlovitch, além de Kólia, envia mais uma carta a uma pessoa em Petersburgo, com a exposição mais minuciosa e simpática do estado da doença do príncipe no presente momento. Além do mais respeitoso protesto de lealdade, nessas cartas vez por outra começam a aparecer (e cada vez com mais e mais frequência) algumas exposições francas de pontos de vista, conceitos, sentimentos — numa palavra, começa a manifestar-se algo parecido a sentimentos amigáveis e íntimos. Essa pessoa, que está se correspondendo (ainda que

---

[79] Homem supérfluo (*lichnii tcheloviek*) é um termo muito em voga na Rússia dos anos 30 e 40 do século XIX, e que encontrou em Turguêniev sua representação mais acabada. O homem supérfluo era aquele dotado de elevados ideais éticos, grandes aspirações do espírito, mas era impotente diante da força de circunstâncias hostis. Era um inadaptado, e essa inadaptação provinha de uma concepção meio abstrata da vida. (N. do T.)

seja com bastante raridade) com Ievguiêni Pávlovitch e merece tanta atenção e estima dele é Vera Liébedieva. Não houve como nos inteirarmos com precisão de que modo foi possível entabular semelhantes relações; começaram, é claro, a respeito da mesma história do príncipe, quando Vera Liébedieva estava tão afetada pela tristeza que até adoeceu; mas dos pormenores com que se deram o conhecimento e a amizade não sabemos. Mencionamos essas cartas mais pelo fato de que em uma delas havia notícias da família Iepántchin, e principalmente de Aglaia Ivánovna Iepántchin. Ievguiêni Pávlovitch deu notícia dela em uma carta bastante desajeitada, escrita de Paris, dizendo que ela, depois de uma afeição breve e incomum por um emigrante, um conde polonês, casara-se subitamente com ele, contra a vontade dos seus pais, que, se acabaram dando o de acordo, foi porque o caso ameaçava com algum escândalo fora do comum. Mais tarde, depois de um silêncio de quase meio ano, Ievguiêni Pávlovitch levou ao conhecimento de sua correspondente, outra vez em uma carta longa e minuciosa, que ele, durante sua última visita ao professor Schneider, na Suíça, encontrara-se no seu estabelecimento com todos os Iepántchin (exceto, é claro, Ivan Fiódorovitch, que por questão de negócios permanecera em Petersburgo) e o príncipe Sch. O encontro foi estranho; todos eles receberam Ievguiêni Pávlovitch com um certo êxtase; sabe-se lá por quê, Adelaida e Alieksandra se acharam até agradecidas a ele por "seu cuidado angelical com o infeliz príncipe". Lisavieta Prokófievna, ao ver o príncipe em seu estado de doente e humilhado, chorou de todo coração. Pelo visto já lhe haviam perdoado tudo. Além disso, o príncipe Sch. disse algumas verdades felizes e inteligentes. Pareceu a Ievguiêni Pávlovitch que ele e Adelaida ainda não se haviam entendido direito; mas no futuro parecia absolutamente inevitável a submissão voluntária e afetiva da impetuosa Adelaida à inteligência e à experiência do príncipe Sch. Além do mais, as lições suportadas pela família produziram sobre ela um efeito terrível, e sobretudo o último incidente de Aglaia com o conde emigrante. Tudo o que fizera a família estremecer ao ceder Aglaia ao conde já havia acontecido no curso de meio ano, com o acréscimo de surpresas tais que eles nem sequer poderiam imaginar. Verificou-se que o tal conde nem era conde, e se era de fato emigrante tinha por trás uma história obscura e ambígua. Ele cativou Aglaia com a nobreza extraordinária de sua alma dilacerada de sofrimentos pela pátria, e a cativou de tal modo que ela, ainda antes do casamento, tornou-se membro de algum comitê de restauração da Polônia instalado no exterior e, além disso, foi parar no confessionário de um famoso padre católico, que lhe dominou a mente a ponto de levá-la ao delírio. A fortuna colossal do conde, da qual ele apresentou a Lisavieta Prokófievna e ao príncipe Sch. provas quase irrefutáveis, verificou-se absolutamente fictícia. Além disso, em apenas meio ano de casados o conde e seu amigo, o famoso confessor, conseguiram fazer Aglaia brigar completamente com a família, de sorte que já não a viam há vários meses... Em suma, haveria muito o que contar, mas Lisavieta Prokófievna, suas filhas e até o príncipe Sch. já estavam tão atônitos com todo esse "terror" que temiam inclusive mencionar outras coisas na conversa com Ievguiêni Pávlovitch, ainda que soubessem que ele já estava mesmo bem a par da história das últimas paixões de Aglaia Ivánovna. A coitada da Lisavieta Prokófievna gostaria de voltar para a Rússia e, segundo testemunhou Ievguiêni Pávlovitch, criticou para ele de forma biliosa e parcial todo o estrangeiro: "Em nenhum lugar sabem assar direito o pão, congela-se no inverno como ratos no porão[80] — dizia ela —, ao menos do jeito russo aqui chorei por esse coitado" — acrescentou agitada, apontando para o príncipe, que absolutamente não a reconhecia. "Chega de arrebatamento, é hora de servir também à razão. E todo esse, e todo esse estrangeiro, e toda essa sua Europa, tudo isso é apenas uma fantasia, e todos nós, no exterior, somos apenas uma fantasia... há de ver, o senhor mesmo verá!" — concluiu quase irada, despedindo-se de Ievguiêni Pávlovitch.

---

[80] A queixa de Lisavieta Prokófievna coincide quase textualmente com as palavras de Dostoiévski numa carta dirigida a S. A. Ivánova, no dia 25 de janeiro de 1869: "nas duas semanas fez frio, pouco, mas graças à organização infame, abjeta dos quartos daqui, nessas duas semanas nos congelamos como ratos no porão". (N. da E.)

LISTA DAS PRINCIPAIS PERSONAGENS

LIEV NIKOLÁIEVITCH MÍCHKIN (príncipe Míchkin) — o protagonista da história, que tem início com seu retorno, aos 26 anos de idade, de um sanatório na Suíça, onde fora tratar sua epilepsia

NASTÁCIA FILÍPPOVNA BARACHKOVA — jovem de 25 anos, de origem humilde, conhecida por sua grande beleza e disputada por vários homens; após perder os pais, ainda criança, foi educada sob as ordens de Totski e mais tarde tornou-se sua amante

AFANASSI IVÁNOVITCH TOTSKI — aristocrata rico e libertino, sócio do general Iepántchin; procura se livrar de sua amante, Nastácia Filíppovna, para poder se casar com uma mulher da nobreza

IVAN FIÓDOROVITCH IEPÁNTCHIN — velho e respeitado general; é pai de Alieksandra, Adelaida e Aglaia

IELISAVIETA PROKÓFIEVNA IEPÁNTCHINA (Lisavieta) — esposa do general e parente distante de Míchkin

ALIEKSANDRA IVÁNOVNA IEPÁNTCHINA — filha mais velha do general

ADELAIDA IVÁNOVNA IEPÁNTCHINA — filha do meio dos Iepántchin e noiva do príncipe Sch.

AGLAIA IVÁNOVNA IEPÁNTCHINA — a mais jovem e bonita das irmãs, disputada por vários homens; é idealista, romântica e se interessa pelo príncipe Míchkin

PRÍNCIPE SCH. — jovem rico; é noivo de Adelaida Ivánovna, com quem vem a se casar

IEVGUIÊNI PÁVLOVITCH RADOMSKI — jovem ex-militar; é pretendente de Aglaia Ivánovna

HIPPOLIT TIERÊNTIEV — adolescente com aspirações intelectuais que sofre de tuberculose e se considera marginalizado pela sociedade; sua mãe é amante do general Ívolguin

PARFEN SEMEÓNOVITCH ROGÓJIN — herdeiro de uma família de comerciantes abastados; é obcecado por Nastácia Filíppovna

LUKIAN TIMOFIÊIEVITCH LIÉBEDIEV — bêbado ardiloso e astucioso que integra o grupo de amigos de Rogójin

FIERDISCHENKO — inquilino dos Ívolguin; é amigo de Nastácia Filíppovna

ARDALION ALIEKSÁNDROVITCH ÍVOLGUIN — general que perdeu sua posição na alta sociedade devido à bebida; é pai de Vária, Gánia e Kólia

NINA ALIEKSÁNDROVNA ÍVOLGUINA — esposa do general

VARVARA ARDALIÓNOVNA ÍVOLGUINA (Vária) — irmã mais velha de Gánia; torna-se esposa de Ptítzin

GAVRILA ARDALIÓNOVITCH ÍVOLGUIN (Gánia) — jovem bem-apessoado, ambicioso e pouco brilhante; é apaixonado por Aglaia mas almeja o dote oferecido por Totski para casar-se com Nastácia Filíppovna

NIKOLAI ARDALIÓNOVITCH ÍVOLGUIN (Kólia) — irmão adolescente de Gánia e Vária; admira Míchkin e Hippolit

IVAN PIETRÓVITCH PTÍTZIN — rico usurário pretendente de Varvara Ardaliónovna, com quem virá a casar-se

ANTIP BURDOVSKI — jovem que acredita ser filho de Pávlischev, o benfeitor do príncipe Míchkin

KELLER — tenente da reserva, boxeador e integrante da turma de Rogójin

A VIDA COMO *LEITMOTIV*

Paulo Bezerra

O *idiota* é o quinto volume integrante das obras completas de Fiódor Dostoiévski que a Editora 34 oferece ao público brasileiro em tradução direta do original russo. Iniciada com *Memórias do subsolo*, seguida de *O crocodilo* e *Notas de inverno sobre impressões de verão* (ambos de 2000), traduzidos por Boris Schnaiderman, depois *Crime e castigo* (2001), traduzido por mim, e mais recentemente *Niétotchka Niezvânova* (2002), em tradução de Boris, a série ganha agora este romance desconcertante que tem a vida como *leitmotiv*.

A tradução

Cada nova tradução é uma tradução diferente, mesmo que as obras pertençam ao mesmo autor. *O idiota* é um romance em que a participação do narrador é maior do que, por exemplo, em *Crime e castigo*, mas isso não quer dizer que a tradução seja mais fácil: é igualmente complexa, e essa complexidade se deve à índole do próprio enredo e de suas linguagens, às peculiaridades de cada personagem e sua feição psicológica, à tensão entre os discursos e no interior de cada discurso, enfim, à tessitura das vozes que povoam o universo do romance e dão vida ao seu enredo. Em Dostoiévski, seja qual for o romance, cada personagem é um ser peculiar, dotado de individualidade própria e inconfundível, fato que se traduz na perfeita homologia entre as formas do ser e sua expressão. Essa homologia é de tal forma consistente que cada alteração, por mínima que seja, no estado da personagem e na sua relação com o seu mundo reflete-se imediatamente na forma de expressão, isto é, na fala da personagem: quando essa relação é de entendimento mútuo, a linguagem é mais fluente, quando é complexa e conflituosa, a linguagem é proporcionalmente mais complexa. Nesse contexto, as variações do estado psicológico da personagem refletem-se imediatamente na sua maneira de expressar-se, na sua linguagem. Daí as constantes evasivas no discurso, as expressões reticentes, as orações formadas apenas por partículas sem participação de verbo ou substantivo, os abundantes "certo", "pelo visto", "em parte", "um tanto", "súbito", "como que", "de certa forma", "vai ver que", "quem sabe", "quer dizer", "diz-se", que parecem ter função de restringir a significação do discurso ou exprimir dúvida quanto à justeza do que foi dito, embora caiba ressaltar que tais expressões são um desafio consciente que o autor faz ao leitor a fim de que este atente para a significação daquelas palavras que as referidas expressões parecem restringir. Todos esses elementos estilísticos são índices caracterológicos e parte inalienável do perfil de cada personagem, e requerem do tradutor um tratamento especial, porque sua omissão representaria uma lacuna na imagem de cada personagem, desfigurando-a e dificultando uma visão de conjunto da mesma. Trata-se de uma estratégia consciente do autor, que, fazendo a personagem usar sua própria linguagem, faz dela uma representante bem caracterizada do seu universo social, levando-a também a refletir pela fala o seu estado psicológico. Isso abrange todas as personagens do romance *O idiota*, particularmente a personagem central, o príncipe Míchkin.

O idiota é um romance marcado por uma forte oralidade. Isso diz respeito à postura do próprio narrador, que a cada instante parece narrar de um só ímpeto, com sofreguidão, sem tomar fôlego, como quem está certo de que a história tem de ser contada hoje, agora, neste momento. Diz respeito igualmente às falas das personagens, principalmente à do príncipe Míchkin, cujo discurso funde uma dupla sofreguidão: a primeira, causada por uma momentânea hiperatividade verbal proveniente da epilepsia, a segunda, pelo seu aguçado sentimento humanista da vida, que se traduz na díade amor-compaixão e o faz sentir a urgência, a necessidade premente de pronunciar-se aqui e agora a respeito de todo e qualquer problema que, de uma forma ou de outra, possa ofender e humilhar o ser humano e interferir no seu destino no plano pessoal ou histórico. É essa sofreguidão de Míchkin que dá a seu discurso — com mirada precisa para os ouvintes — o tom de uma oralidade intensa, como se o autor o deixasse correr solto, sem qualquer necessidade de estilizá-lo, de colocá-lo sob a sua batuta. Daí a sinuosidade, os encontrões de umas palavras nas outras, os aparentes vai-não-vai, as justaposições de conceitos, o cruzamento e a interseção de mais de uma consciência na consciência do falante, de mais de um ponto de vista em seu ponto de vista, a interferência velada de outras vozes em sua própria voz. Tudo isso, não obstante, resume a tentativa quase desesperada de se fazer ouvir, de fazer seu ponto de vista ser entendido e aceito, e provoca certa descontinuidade no fluxo verbal, certo atabalhoamento na fala de Míchkin, o que leva alguns interlocutores a pedirem constantemente que ele tenha calma, que deixe para falar depois, mais tarde. Essa oralidade intensa nós procuramos preservar na tradução, o que faz o texto parecer ora atabalhoado, ora brusco, ora tosco, como se por trás dele não houvesse uma instância criadora preocupada em lhe dar organicidade. Acontece, porém, que a organicidade da personagem Míchkin, epiléptico e humanista em conflito com o manicômio social chamado Petersburgo, está precisamente nesses elementos atabalhadores do seu discurso, que atestam a riqueza de sua personalidade. Daí a nossa preocupação de preservá-los na medida do possível em virtude do nosso comprometimento ético com a palavra do outro, que nos impõe a busca do máximo de fidelidade possível ao original em todas as suas nuances, a despeito da opinião de quem porventura considere que Dostoiévski escrevia mal.

Um pouco da história

Em 1867, depois de receber da revista *Rússkii Viéstnik* (O Mensageiro Russo) uma grande quantia como adiantamento pelo futuro romance *O idiota*, Dostoiévski parte com a segunda mulher, Anna Grigórievna, para uma temporada de quatro anos (1867-1871) no exterior entre a Alemanha (em Baden-Baden, ele concebe a ideia do romance), a Áustria, a Suíça e a Itália. Em 28 de agosto de 1867, escreve a A. N. Máikov, seu editor: "Acabo de chegar a Genebra com as ideias na cabeça. O romance já existe e, se Deus quiser, será uma coisa grande e talvez nada má. Eu gosto terrivelmente dele e vou escrevê-lo com deleite e inquietação".[1] Além do adiantamento já recebido em dinheiro, escreve a conhecidos e desconhecidos pedindo que lhe enviem dinheiro da Rússia, e quando o recebe corre imediatamente para a roleta, onde costuma perdê-lo. Aí está o Dostoiévski real, sempre escrevendo sob pressão de dívidas contraídas por conta de um livro cuja ideia só vai conceber depois de receber o adiantamento, e prometendo escrever "com deleite e inquietação", duas sensações contraditórias. Mas sem esse "sufoco" financeiro e sem essa contradição ele não seria Dostoiévski.

A personagem central e seus protótipos

Antes de conceber *O idiota*, Dostoiévski já vinha nutrindo a ideia de criar uma personagem que encarnasse uma perfeição ideal capaz de fascinar

---

[1] As citações das cartas baseiam-se na edição das *Obras completas* de Dostoiévski em trinta tomos.

tanto os contemporâneos quanto as gerações futuras. Sabia da dificuldade do empreendimento e o expressou em carta de 13 de janeiro de 1868 a sua sobrinha Sófia Aleksándrovna Ivánova: "A ideia do romance é uma ideia antiga e muito cara a mim, mas tão difícil que durante muito tempo não me atrevi a colocá-la em prática... A ideia central do romance é representar um homem *positivamente* belo. No mundo não há nada mais difícil do que isso, sobretudo hoje. Todos os escritores, tanto nossos quanto europeus, que se propuseram representar o *positivamente* belo, sempre acabaram se dando por vencidos. Porque esse problema é imenso. O belo é um ideal, e o ideal — seja o nosso, seja o da Europa civilizada — ainda está longe de ser criado". Dostoiévski, em seguida, diz que para ele só Cristo é uma "personagem positivamente bela"; faz um apanhado dos melhores protótipos da literatura universal que lhe servem de ponto norteador na construção da imagem de Míchkin; ressalta que pretende dar outra solução ao problema e vê apenas Dom Quixote como a personagem mais bem-acabada da "literatura cristã". Mas o belo no Quixote reside também no fato de que ele é simultaneamente cômico. O Pickwick de Dickens também é cômico e só por isso ele o considera. É bem conhecida a paixão de Dostoiévski pela imagem de Dom Quixote, que ele via como a consumação das melhores qualidades da pessoa humana — o apego à justiça e à bondade. Além do Cristo em que Dostoiévski se baseia — o Cristo homem, capaz de imensa ternura e também de grande indignação —, a esses protótipos ele ainda acrescenta em Míchkin outros traços, como o do *iuródiv* russo, que tanto pode ser um indivíduo atoleimado e esquisito, juridicamente irresponsável, como um mendigo louco e com dons proféticos. Adiante voltarei a esta peculiaridade.

Dostoiévski estava ciente de que o sucesso do romance como um todo dependia da sua capacidade de construir bem a personagem central, esse homem positivamente belo, uma tarefa que ele achava tão difícil que a considerava quase fora do alcance do artista. Prova disso é que fez oito projetos para o livro, pensando-o inicialmente como constituído de oito partes, e reconstruiu várias vezes a história e a imagem de Míchkin e das outras personagens; substituiu ou modificou os protótipos para a história de Míchkin, de Rogójin, dos Iepántchin e da própria Nastácia Filíppovna, primeira personagem de quem teve uma ideia mais ou menos estável desde o começo da escrita do romance; ao término da redação a obra estava reduzida a quatro partes. Às dificuldades próprias do processo de construção do enredo juntavam-se outras piores: as crises de epilepsia, com perturbações dos nervos seguidas de momentos de total embotamento, nos quais chegou a passar mais de vinte dias sem nada conseguir escrever. Uma coisa, porém, esteve muito clara em sua mente desde os primeiros esboços: a personagem de Míchkin tinha de atingir o grau supremo da evolução do indivíduo, quando ele é capaz de sacrificar-se em benefício de todos. Para isso deveria estar isento de individualismo e de egoísmo, ser capaz de abdicar do "eu para mim" em prol do "eu para os outros", para a coletividade, isto é, de realizar o supremo ideal ético do próprio Dostoiévski, que só o considerava possível em Cristo, e que pode ser resumido da seguinte maneira: "o mais alto emprego que o homem pode fazer de sua personalidade, da plenitude do desenvolvimento do seu *eu*, é como que eliminar esse *eu*, consagrá-lo inteiramente a todos e a cada um, sem reservas e com abnegação". Daí o Míchkin com sua utopia do amor-compaixão por todos, por Marie e pelas crianças, por Hippolit, Keller, Liébediev, predominantemente por Nastácia Filíppovna, personagem complexa e mais uma integrante da galeria de humilhados e ofendidos tão cara ao romancista. Na construção da imagem do príncipe predomina o tema da superação do egoísmo burguês. Para Dostoiévski, essa é uma questão filosófica de importância transcendental, pois sem a superação do egoísmo burguês pode-se inviabilizar a vida do homem na face da Terra. Que ideia de surpreendente atualidade!

Entre filoeslavismo e ocidentalismo

No estrangeiro, a exemplo do que fizera na primeira viagem, quando transformou suas observações do Ocidente na novela *Notas de inverno sobre impressões de verão* (1863), Dostoiévski observa a civilização ocidental e faz de Míchkin um defensor, uma espécie de porta-voz de uma Rússia genuína e original, onde até o Cristianismo é diferente do Ocidental. No salão dos Iepántchin, perante a alta sociedade petersburguense, ele defende ideias políticas e culturais muito semelhantes às do filoeslavismo. Essa corrente político-filosófica defendia, entre outras coisas, uma via própria de desenvolvimento para a Rússia, desvinculada da experiência da Europa Ocidental, uma concepção da exclusividade da história russa baseada em um modo de vida comunitário, na ausência de conquistas e de luta social no início de sua história, na obediência do povo aos poderes e na Igreja Ortodoxa como integridade viva, que o filoeslavismo contrapunha ao catolicismo "racional", absolutizando as diferenças entre as religiões ortodoxa e católica, e chegando até a obnubilar a origem comum das duas. Segundo seus adeptos, só os povos eslavos, predominantemente o russo, traziam implícitos os verdadeiros princípios da vida social, ao passo que os outros povos se desenvolviam à base de princípios falsos e só poderiam encontrar a salvação na religião ortodoxa. Rejeitavam ainda os vícios da civilização europeia, entre eles o progresso das relações engendradas pela industrialização (lembre-se a crítica de Liébediev às estradas de ferro). Portanto, o pensamento de Míchkin se aproxima muito dessas concepções. Entretanto, Dostoiévski endossava apenas alguns aspectos do filoeslavismo, e mantinha a mesma atitude em relação aos ocidentalistas, isto é, àqueles que propunham para a Rússia uma via mais ou menos semelhante à que seguiram os países ocidentais. A crítica de Míchkin aos liberais russos visa em parte aos ocidentalistas.

O tema da vida humana como valor supremo atravessa o romance do começo ao fim e se manifesta predominantemente no horror de Míchkin à violência e à morte, e esse horror o faz contar e recontar um episódio de execução de um condenado à morte que certa vez assistira. Depois de afirmar que a morte por sentença é "uma profanação da alma", ele diz: "E todavia a dor principal, a mais forte, pode não estar nos ferimentos e sim, veja, em você saber, com certeza, que dentro de uma hora, depois dentro de dez minutos, depois dentro de meio minuto, depois agora, neste instante — a alma irá voar do corpo, que você não vai mais ser uma pessoa, e que isso já é certeza; e o principal é essa *certeza*". E arremata: "A morte por sentença é desproporcionalmente mais terrível que a morte cometida por bandidos. Aquele que os bandidos matam, que é esfaqueado à noite, em um bosque, ou de um jeito qualquer, ainda espera que se salvará sem falta, até o último instante... essa última esperança, com a qual é dez vezes mais fácil morrer, é abolida *com certeza*; aqui existe a sentença, e no fato de que com certeza não se vai fugir a ela reside todo o terrível suplício, e mais forte que esse suplício não existe nada no mundo". Todo esse horror insuportável de Míchkin à morte se consuma na cena final no quarto de Rogójin. Muitas dessas ideias estão presentes em *Escritos da casa morta*, publicado entre 1860 e 1862.

O tema da vida em contraposição à morte é tão intenso ao longo do romance que são muito frequentes as citações e referências a *O último dia de um condenado à morte*, de Victor Hugo, de 1829. As observações de Míchkin têm um tom autobiográfico, pois são muito semelhantes à experiência vivida pelo próprio Dostoiévski quando da sua condenação à morte por "conspiração política" e da encenação da sua execução no final de 1849. Vejamos o que ele escreve ao irmão Mikhail:

"Hoje, 22 de dezembro, fomos levados à praça de armas do regimento Semeónovski. Ali foi lida para todos nós a sentença de morte, deram-nos a cruz para beijar... e prepararam nossos trajes para a morte (camisões brancos). Em seguida prenderam três aos postes para a execução da sentença. Chamavam de três em três, portanto eu estava na segunda fila e não me restava mais de um minuto de vida. Eu me lembrei de ti, meu irmão, de todos nós três; no último minuto tu, só tu estavas em minha mente, e só então fiquei sabendo como te amo, meu irmão querido! Tive tempo de abraçar também Pleschêiev, Dúrov, que estavam ao lado, e despedir-me deles. Por fim bateu o sinal, fizeram voltar os que estavam presos aos postes, e leram para nós que sua majestade imperial nos dava a vida. Depois as verdadeiras sentenças tiveram prosseguimento...

Irmão! Não me abati e nem caí em desânimo. A vida é vida em qualquer lugar, a vida está em nós mesmos e não fora. Ao meu lado haverá pessoas, e ser *homem* entre elas e assim permanecer para sempre, quaisquer que sejam os infortúnios, sem perder a coragem nem cair em desânimo — eis em que consiste a vida, em que consiste o seu objetivo. Eu estava consciente disso. Essa ideia arraigou-se em mim. Sim! É verdade! Aquela cabeça que criava, que vivia a vida suprema da arte, que era consciente e habituara-se às demandas superiores do espírito, aquela cabeça já havia sido cortada do meu pescoço. Restaram a memória e as imagens criadas e ainda não concretizadas por mim. Elas haverão de me ulcerar, é verdade! Mas em mim restaram o coração e aqueles sangue e carne que podem amar, e sofrer, e compadecer-se, e lembrar-se, e isso é vida apesar de tudo. *On voit le soleil.*[2] Bem, irmão, adeus! Não te aflijas por mim!... Nunca na vida reservas tão abundantes e sadias de vida espiritual haviam fervido em mim como neste momento. Mas se o corpo vai aguentar eu não sei...

Meu Deus! Quantas imagens, sobreviventes, criadas por mim irão morrer, irão apagar-se em minha cabeça ou derramar-se em meu sangue como veneno! É, se não puder escrever eu vou morrer... Em minha alma não há fel nem raiva, gostaria de amar muito e abraçar ao menos alguma das pessoas de antes neste momento. Isso é um deleite, eu o experimentei hoje ao me despedir dos meus entes queridos perante a morte... Quando olho para o passado e compreendo quanto tempo perdi em vão, quanto perdi com equívocos, com erros, na ociosidade, na inabilidade para viver, co-

---

[2] "Vê-se o sol", em francês no original.

mo deixei de apreciá-lo, quantas vezes pequei contra meu coração e minha alma, meu coração se põe a sangrar. A vida é uma dádiva, a vida é uma felicidade, cada minuto poderia ser uma eternidade de felicidade."[3]

Muitas das considerações aí expostas se assemelham à análise que Míchkin faz do episódio da execução.

O dinheiro na obra de Dostoiévski

O motivo do dinheiro é um tema recorrente em toda a obra de Fiódor Dostoiévski. Para o romancista, o dinheiro é um fator de reformulação, desintegração e destruição do psiquismo humano. Arkadi Dolgorúki, personagem de *O adolescente*, afirma: "O dinheiro, evidentemente, é um poderio despótico, mas ao mesmo tempo é a suprema igualdade e nisto reside sua força principal. O dinheiro nivela todas as desigualdades!". Em *O idiota*, Gánia Ívolguin fica irritado porque o príncipe Míchkin diz que ele não tem originalidade, e retruca: "Isso, meu caro, há muito vem me deixando louco, e eu quero o dinheiro. Uma vez com dinheiro, saiba que serei um homem original no supremo grau da palavra. O dinheiro é mais abjeto e odioso porque ele dá até talento". O mais impressionante em Gánia é que ele não consegue sentir paixão por nenhuma das duas belíssimas mulheres com quem se envolve; sua paixão é unicamente pelo dinheiro: "Estou indo por paixão, por envolvimento, porque eu tenho um objetivo capital". Mikhail Bakhtin afirma que: "Quanto mais coisificada a personagem, tanto mais acentuadamente se manifesta a fisionomia da sua linguagem".[4] Gánia é essa personagem coisificada que, como Lújin de *Crime e castigo*, tem uma linguagem economicamente cifrada e um objetivo "capital". Assim, Gánia é símbolo de uma das contradições da sociedade burguesa: esta nivela o indivíduo e, através do dinheiro, sobrepõe o impessoal ao pessoal. Gánia sabe que não tem talento nem originalidade, mas sonha consegui-los através do dinheiro. E é também pelo dinheiro que experimenta a suprema desfeita por parte de Nastácia Filíppovna. Esta, consciente da sua condição de humilhada e ofendida

---

[3] *Apud* Boris Búrsov, *Lítchnost Dostoievskovo* (A personalidade de Dostoiévski), Moscou, Soviétskii Pissátiel, 1974, pp. 157-8.

[4] Mikhail Bakhtin, *Problemas da poética de Dostoiévski*, tradução de Paulo Bezerra, Rio de Janeiro, Forense Universitária, 2ª ed., 1997, p. 182.

pela sociedade, zomba do dinheiro e de todos aqueles que fazem dele o objetivo maior de suas vidas. Se a atração que o dinheiro exerce sobre os outros indivíduos leva-os à escala mais baixa da sua dignidade, em Nastácia Filíppovna ele é objeto de repulsa por ser também o motivo da sua desgraça e do seu desencontro com o mundo. O episódio da compra de Nastácia Filíppovna e do lançamento do dinheiro ao fogo por ela constitui uma das páginas mais notáveis da literatura universal.

Publicado entre 1868 e 1869, O idiota foi um imenso sucesso editorial. A crítica em geral o recebeu muito bem, alguns comentadores até efusivamente, mas, como todos os romances anteriores de Dostoiévski, este também esbarrou em vozes discordantes e em avaliações de tendência desqualificadora. Parte desses comentários considerou Míchkin uma personagem irreal. A esse tipo de crítica Dostoiévski responde assim:

> "Eu tenho uma visão própria, singular do real (em arte), e o que a maioria considera quase fantástico e excepcional, para mim é às vezes a própria essência do real. A meu ver, a rotina dos fenômenos e a visão estereotipada dos mesmos ainda não são realismo, mas até o oposto... Porventura meu fantástico *Idiota* não é realidade, e ainda a mais rotineira!? Ora, é precisamente neste momento que deve haver semelhantes caracteres em nossos segmentos sociais desvinculados da sua terra, segmentos esses que, na realidade, se tornam fantásticos."

Dostoiévski defende o seu romance e o faz com a elevação teórica do gênio que tem respostas profundas para questões aparentemente simples, e desenvolve uma teoria do real que irá permanecer ao lado de sua grande obra literária.

Um dueto na tessitura narrativa: Míchkin e Nastácia Filíppovna

Como vimos, em seu projeto de escrita do romance, Dostoiévski se propôs construir um herói positivamente belo, capaz de fascinar tanto os contemporâneos quanto as gerações futuras. Aproximando-se do lema de Tolstói, "fala de tua aldeia que estarás falando do universo", ele lança mão de três imagens da cultura universal que sedimentam a personagem de Míchkin: 1) a imagem do Cristo homem, capaz das mais infinitas bondades e de uma incomensurável capacidade de perdoar, mas também de indignar-se; 2) a imagem de Dom Quixote e sua utopia do homem imbuído de um ideal de solidariedade irrestrita por todas as pessoas, fiel a esse ideal e capaz de dar tudo, inclusive a vida, por ele, solidariedade essa que em Míchkin se plasma na ideia de compaixão; 3) a imagem do *iuródiv* russo, um mentecapto que circulava às portas das igrejas, recebia esmolas, predizia o futuro das pessoas e sempre se saía com tiradas filosóficas.

A fusão dessas três imagens composicionais numa única pessoa, Míchkin, reveste a personagem do príncipe de uma raríssima (em termos de imagem literária) *transumanidade*, traduzida em sua excepcional capacidade de decifrar as pessoas pelo olhar, revolver o seu íntimo nos diálogos e antever acontecimentos futuros em suas vidas. Ele sente com muita acuidade a beleza da alma humana, mas, ao mesmo tempo, sente com igual acuidade todas as deformidades e crueldades que essa alma pode conter. Assim, ao se despedir de Rogójin no primeiro encontro dos dois no trem, Míchkin diz que ele tem um rosto lúgubre, isto é, envolto em sombras, em trevas, com tons funestos, para logo em seguida descobrir na expressão desse rosto "uma paixão doentia". Ao ver em casa dos Iepántchin um retrato de Nastácia Filíppovna, Míchkin fica embevecido com a sua beleza e impressionado com o enorme sofrimento que ela irradia. E comenta: "E estou certo de que seu destino não é dos comuns. O rosto é alegre, e não obstante ela sofreu terrivelmente, não? É o que dizem os olhos, veja esses dois ossinhos, esses dois pontos sob os olhos no começo das faces. É um rosto altivo, terrivelmente altivo, só que eu não sei se ela é bondosa ou não. Ah, mas se fosse! Tudo estaria salvo". Logo em seguida, indagado por Gánia Ívolguin se Rogójin se casaria com ela, Míchkin responde: "Ora se casaria, acho que amanhã mesmo; casaria, e uma semana depois possivelmente a degolaria".

Tudo isso demonstra a extraordinária capacidade de Míchkin para compreender intuitivamente as emoções que determinam o comportamento de Rogójin, e ver nessas emoções a força irracional e irresistível da paixão, força essa capaz de se traduzir e se materializar numa possessividade patológica de consequências funestas.

Assim, já nas primeiras páginas do romance Míchkin prevê a morte de Nastácia pelas mãos de Rogójin. Observe-se que ele acabara de conhecer Rogójin no trem, conversara amenidades com ele, ouvira as conversas dele com o passageiro Liébediev sobre Nastácia Filíppovna, e por esses poucos dados já antecipa o final trágico dessa personagem. Aliás, a própria Nastácia prevê que Rogójin a matará, o que imprime à sua figura um caráter trágico. A característica essencial do gênero da tragédia é a existência de uma consciência trágica: o herói sabe que se desafiar o seu destino será destruído, e mesmo assim ele o desafia. Nastácia antevê, sabe que o relacionamento com Rogójin a matará, e mesmo assim foge do casamento com Míchkin para ficar com o outro. Cumpre-se assim o seu fado: ela adentra o romance pela fala de Rogójin e perde a vida pelas mãos dele. E a transumanidade de Míchkin o levou a prever esse desfecho.

Noutra passagem, ainda na casa dos Iepántchin, o príncipe torna a examinar o retrato de Nastácia Filíppovna e, desta feita, suas sensações são descritas pelo narrador (algo comum em Dostoiévski), que acrescenta características que bem definem o perfil psicológico da personagem: "Era como se nesse rosto houvesse uma altivez sem fim e um desprezo, quase ódio, e ao mesmo tempo algo crédulo, algo surpreendentemente simplório; esses dois contrastes pareciam excitar até uma certa compaixão quando se olhava para aqueles traços. Aquela beleza estonteante era até mesmo insuportável, era a beleza de um rosto pálido, de faces levemente caídas e olhos de fogo; estranha beleza!".

Esses dados caracterológicos nos fornecem a chave para decifrar o comportamento de Míchkin e Nastácia ao longo do romance. Primeiro: o par antinômico "altivez sem fim e um desprezo, quase ódio" e "algo surpreendentemente simplório" define o comportamento liminar de alguém que a custo se equilibra entre dois opostos e revela um temperamento vulcânico, isto é, que ora explode em erupção, ora se acalma e esfria, como nas cenas de fuga dos casamentos com Rogójin ou com Míchkin. Segundo: a "compaixão" e a "beleza insuportável" definem o comportamento de Míchkin com relação a Nastácia: de um lado, a compaixão por ela, de outro, o encantamento com a sua beleza. E, num movimento pendular entre os dois, o pavor que esse belo rosto causa nele, pois um rosto que pode provocar paixão também "infunde sofrimento, se apossa da alma inteira". No diálogo com Radomski no capítulo X da quarta parte do romance, Míchkin diz que não pode "suportar o rosto" de Nastácia, e que tem "medo do rosto dela". Como ele mesmo define a beleza como um enigma, Nastácia parece ser o enigma que ele tenta decifrar. É movido, talvez, por esse sentimento que o príncipe se precipita para a festa de aniversário de Nastácia sem ser convidado e lhe faz uma proposta de casamento, na tentativa de salvá-la do oportunista Gánia Ívolguin e do paranoico Rogójin. Cria-se assim uma experiência ímpar na literatura: o amor-compaixão de Míchkin, que ao longo do romance transborda numa verdadeira *apologia da compaixão*.

Nastácia Filíppovna encarna em nova formulação estética a imagem do humilhado e ofendido, criada na literatura russa pelo poeta, prosador e dramaturgo Aleksandr Púchkin no conto "O chefe da estação", retomada por Nikolai Gógol em *O capote*, e reformulada por Dostoiévski desde a sua estreia com *Gente pobre*, sendo projetada a novas dimensões em toda a sua obra posterior.

Nastácia é filha de um pequeno proprietário rural arruinado, que perde a propriedade e a mulher em um incêndio e morre um mês depois, deixando suas filhas órfãs. O riquíssimo proprietário rural e apreciador de beldades Afanassi Ivánovitch Totski adquire como saldo de dívidas o que sobrou das ruínas da propriedade, assume a tutela de Nastácia e da irmã caçula, com sete e seis anos respectivamente, deixando as duas aos cuidados de seu administrador alemão. Ao voltar a essa propriedade cinco anos depois, "de repente notou em sua casa, na família do seu alemão, uma criança fascinante, menina de uns doze anos, viva, amável, inteligente, que prometia uma beleza incomum; nisso Afanassi Ivánovitch era um perito infalível". Passa poucos dias na fazenda, mas toma as providências para transformar a menina em sua futura concubina. A educação da menina sofre uma mudança considerável, e seu destino também. Como aristocrata refinado que pretende uma amante igualmente refinada, Totski contrata uma preceptora com experiência em educação superior de donzelas, suíça, instruída, que leciona francês e diferentes ciências. Ela se instala com Nastácia numa casa da aldeia e a educação da menina ganha dimensões extraordinárias. Quatro anos depois essa educação está concluída, e a preceptora é dispensada. Nastácia, então com dezesseis anos, é levada por uma grã-senhora, com plenos poderes recebidos de Totski, para outra fazenda dele e instalada numa casinha de madeira montada com particular elegância, que, sintomaticamente, chamava-se Aldeola das Delícias. Nastácia ganha criadas e na casa aparecem instrumentos musicais, uma graciosa biblioteca para mocinhas, quadros, estampas, lápis, pincéis, tintas, e, para completar a formação da concubina sofisticada, um cãozinho galgo. Totski passava todo o verão lá, permanecendo no local por dois ou três meses, e assim se passaram cerca de quatro anos, com o aristocrata tranquilo e feliz.

Mas eis que o nobre senhor, que está entrando na casa dos cinquenta, resolve incluir-se no rol dos homens casados. E, claro, com uma mulher bela e ademais da alta nobreza, por uma questão de igualdade social. E sonda seu amigo, o general Iepántchin, sobre a possibilidade de casar-se com uma de suas filhas, o que deixa o amigo maravilhado. Enfim, é um assunto do coração, mas no meio aristocrático é também negócio que pode envolver um grande volume de dinheiro. Mas aí acontece um probleminha: a notícia chega a Nastácia Filíppovna. Eis que a antiga concubina, que adoçava os lúdicos momentos de Totski em sua Aldeola das Delícias, revela-se surpreendentemente uma mulher madura, firme e obstinada. Nastácia muda-se de repente para a casa de Totski em Petersburgo e o enfrenta, mostrando uma compreensão profunda da hipocrisia da sociedade russa:

> "Não: ali, diante dele, gargalhava e espicaçava-o com o mais venenoso sarcasmo um ser incomum e surpreendente, que lhe declarava na cara que em seu coração nunca nutrira por ele nada além do mais profundo desprezo, desprezo que chegava à náusea, que começara logo após a primeira surpresa [*leia-se seu defloramento por Totski*]. Essa nova mulher declarava que lhe seria indiferente, no pleno sentido da palavra, se ele se casasse imediatamente com quem quer que fosse, mas que tinha vindo para impedir-lhe esse casamento, e impedir não por raiva, unicamente porque assim ela queria e, por conseguinte, assim deveria ser — 'bem, ainda que seja só para eu rir de ti à vontade, porque agora até eu finalmente estou querendo rir'."

Para tirá-la do caminho, Totski e o general Iepántchin planejam casar Nastácia Filíppovna com o oportunista Gánia que, consultado, concorda, almejando os 75 mil rublos de dote que Totski destinara a ela. Tratava-se de fato de uma operação comercial, na qual Nastácia entraria como moeda de troca, Totski juntaria seu capital ao de Iepántchin ao se casar com uma de suas filhas, e Nastácia estaria compensada com o dote e um marido.

Sabe-se que Dostoiévski via o capitalismo como o apocalipse, e o dinheiro como fator de destruição do psiquismo humano e de decomposição moral de amplas camadas da população. A princípio Nastácia parece aceitar e chega até a visitar a família de Gánia Ívolguin, mas rápido decifra o pretendente e o associa a essa mesma decomposição moral:

> "Não, agora eu acredito que um tipo assim mata por dinheiro! Porque tamanha sede apoderou-se deles todos, estão se despedaçando de tal forma por dinheiro que parecem tontos. Ele mesmo é uma criança, mas já está fazendo das tripas coração para chegar a agiota! Ou então enrola seda no cabo da navalha, reforça-a, chega sorrateiramente pelas costas e degola um amigo como se degola um carneiro. Vamos, tu és um desavergonhado! Eu sou uma desavergonhada, mas tu és pior ainda."

Nastácia não tem nenhum apego ao dinheiro; ao contrário, despreza-o até com asco, como mostra a cena dos 100 mil rublos atirados na lareira. Dentre as personagens femininas de Dostoiévski, ela encarna talvez a forma mais complexa de representação do ultraje do indivíduo. Já havíamos visto a suprema humilhação com seu lado patético em Catierina Ivánovna, personagem de *Crime e castigo*, mas Nastácia Filíppovna combina uma sensibilidade da alma que chega ao paroxismo, com uma sensação aguda, dorida e permanente de sua desonra, sensação que ela não consegue superar e é em parte responsável pelo desfecho trágico de sua vida. Examinando mais a fundo essa questão, Nikolai Tchirkóv, grande estudioso da obra de Dostoiévski, escreve:

"Estamos diante do ultraje da pessoa sobre o pano de fundo de um sentimento desvairado de vergonha feminina. Todo o destino de Nastácia Filíppovna no romance se traduz numa sede frenética de revanche moral por esse ultraje, numa desvairada autoafirmação. Assim é a heroína em seu primeiro aparecimento na sala de visitas dos Ívolguin. Assim é ela na festa de seu aniversário, quando pune impiedosamente Gánia, Totski e sobretudo a si mesma por todas as suas torturantes humilhações. Assim é ela em suas relações com Rogójin. Assim é ela em sua última luta e sua vitória sobre Aglaia."[5]

Tchirkóv está certo, mas cabe acrescentar que na cena da queima dos 100 mil rublos ela não pune só essas três personagens: pune toda uma simbologia sociocultural fundada no dinheiro; uma sociedade cujos valores morais se alicerçam nele, cujas patentes e títulos ostentam o seu poder; o dinheiro que compra corações e mentes, corpos e almas, e que faz indivíduos medíocres sonharem com prestígio intelectual. Em sua festa, Nastácia Filíppovna é uma espécie de anjo exterminador, que em sua "sede frenética de revanche moral" desmascara o general Iepántchin, ao devolver-lhe os pingentes, e reduz a pó a fama de *gentleman* de Totski, ao dizer, apontando para ele: "E então aparecia aquele ali: passava uns dois meses por ano, me desonrava, me magoava, me excitava, me depravava, e ia embora — mil vezes eu quis me atirar na represa, mas me faltou ânimo". Aliás, depois desse des-

---

[5] Nikolai K. Tchirkóv, *O stile Dostoievskovo* (O estilo de Dostoiévski), Moscou, Naúka, 1967.

mascaramento, Totski quase desaparece do romance, ressurgindo apenas no diálogo de Aglaia Ivánovna com Nastácia, quando Aglaia informa que ele havia tentado o suicídio. A pedofilia, crime de Totski, é representada na obra de Dostoiévski como uma enorme desgraça.

Tchirkóv observa ainda que o destino de Nastácia Filíppovna é "uma prova clara e evidente de autodestruição", e cita vários exemplos para respaldar sua tese, como o de que depois que Nastácia recusa a proposta do príncipe e parte com Rogójin, Ptítzin compara seu comportamento ao de um japonês que comete haraquiri. Mas a natureza do comportamento de Nastácia, como vimos, é liminar e vulcânica, por sua dificuldade de manter-se firme entre dois polos. Mesmo autodestrutiva, ela teve seus sonhos. Em conversa com Míchkin, diz: "Porventura eu mesma não sonhei contigo? Tu tens razão, sonhava há muito tempo, ainda na aldeia dele, morei cinco anos na total solidão; acontecia de pensar, pensar, sonhar, sonhar — e era sempre um como tu que eu imaginava, bondoso, honesto, bom e tão tolinho que de repente chegaria e diria: 'A senhora não tem culpa, Nastácia Filíppovna, e eu a adoro!'".

Depois de revelar uma extraordinária altivez ao desmascarar a sociedade dos títulos e do dinheiro, Nastácia cai no outro extremo. Em seu desespero quase patético de mulher desonrada e ofendida, diz que o melhor a fazer é ir morar na rua, ou cair na farra com Rogójin. Movida por laivos de consciência trágica, ela mesma reconhece como fatal sua relação com Rogójin, e afirma: "Sou uma desavergonhada, fui concubina de Totski". Logo, Nastácia acha que não merece Míchkin, e apesar do seu amor desvairado por ele, foge do casamento para evitar prejudicá-lo, por imaginar que o príncipe seria mais feliz com Aglaia.

Uma ode à vida

O idiota se alicerça num sistema humanista de valores, no qual a vida deve estar acima de tudo. Para Míchkin, matar um ser humano é algo absolutamente inaceitável, impossível; ele prega o amor e a compaixão — compaixão que considera "a lei mais importante e talvez a única da existência de toda a humanidade". Mas isso traz um grande impasse, que assume conotações trágicas, pois na sociedade em que o príncipe prega seus ideais, o assassinato não é só possível como até frequente. Daí sua constante crítica à pena capital, à morte por sentença, que impinge ao condenado o pior dos tormentos: a *certeza* de seu fim iminente. E se pergunta: "Quem disse que a natureza humana é capaz de suportar isso sem enlouquecer? Para que esse ultraje hediondo, desnecessário e inútil?".

As reflexões de Míchkin sobre o medo da morte e sobre a vida como o maior dos valores atravessam todo o romance, de sua conversa com as Iepántchin, no capítulo II da primeira parte, até a cena macabra em que descobre a morte de Nastácia, no capítulo XI da quarta parte. Aliás, o início desta cena, com o percurso que Míchkin e Rogójin fazem até a casa e os primeiros passos até o quarto, antecipa a tétrica revelação final. Os dois estão em um quarto escuro, com todas as cortinas fechadas. Míchkin ainda não sabe do assassinato, seus olhos se acostumam à escuridão e ele distingue uma cama, na qual uma pessoa dorme, absolutamente imóvel. "O adormecido estava coberto desde a cabeça por um lençol branco, mas os seus membros pareciam dispostos de maneira estranha; pela altura só se via que havia uma pessoa estendida. Ao redor reinava a desordem, na cama, nos pés, nas poltronas ao pé da cama, até no chão estava espalhada a roupa tirada, um rico vestido de seda branco, flores, fitas. Na mesinha, à cabeceira, reluziam os brilhantes tirados e espalhados. Nos pés estavam amassadas num bolo umas rendas e sobre as rendas brancas a ponta de um pé nu apontava por baixo do lençol; ele parecia como que esculpido de mármore e estava terrivelmente imóvel. O príncipe olhava e sentia que quanto mais olhava mais morto e silencioso ficava o quarto. Súbito zuniu uma mosca que acordava, passou voando sobre a cama e calou-se à cabeceira. O príncipe estremeceu".

O contraste entre a vida e a morte, evocado pela cena da mosca zunindo, voando e pousando à cabeceira silenciosa de Nastácia Filíppovna, provoca horror e comoção na alma do príncipe. Míchkin não resiste ao abalo e enlouquece. Como ele mesmo previra, sua natureza sucumbiu ao horror.

SOBRE O AUTOR

Fiódor Mikháilovitch Dostoiévski nasceu em Moscou a 30 de outubro de 1821, num hospital para indigentes onde seu pai trabalhava como médico. Em 1838, um ano depois da morte da mãe por tuberculose, ingressa na Escola de Engenharia Militar de São Petersburgo. Ali aprofunda seu conhecimento das literaturas russa, francesa e outras. No ano seguinte, o pai é assassinado pelos servos de sua pequena propriedade rural.

Só e sem recursos, em 1844 Dostoiévski decide dar livre curso à sua vocação de escritor: abandona a carreira militar e escreve seu primeiro romance, *Gente pobre*, publicado dois anos mais tarde, com calorosa recepção da crítica. Passa a frequentar círculos revolucionários de Petersburgo e em 1849 é preso e condenado à morte. No derradeiro minuto, tem a pena comutada para quatro anos de trabalhos forçados, seguidos por prestação de serviços como soldado na Sibéria — experiência que será retratada em *Escritos da casa morta*, livro que começou a ser publicado em 1860, um ano antes de *Humilhados e ofendidos*.

Em 1857 casa-se com Maria Dmitrievna e, três anos depois, volta a Petersburgo, onde funda, com o irmão Mikhail, a revista literária *O Tempo*, fechada pela censura em 1863. Em 1864 lança outra revista, *A Época*, onde imprime a primeira parte de *Memórias do subsolo*. Nesse ano, perde a mulher e o irmão. Em 1866, publica *Crime e castigo* e conhece Anna Grigórievna, estenógrafa que o ajuda a terminar o livro *Um jogador*, e será sua companheira até o fim da vida. Em 1867, o casal, acossado por dívidas, embarca para a Europa, fugindo dos credores. Nesse período, ele escreve *O idiota* (1869) e *O eterno marido* (1870). De volta a Petersburgo, publica *Os demônios* (1872), *O adolescente* (1875) e inicia a edição do *Diário de um escritor* (1873-1881).

Em 1878, após a morte do filho Aleksiêi, de três anos, começa a escrever *Os irmãos Karamázov*, que será publicado em fins de 1880. Reconhecido pela crítica e por milhares de leitores como um dos maiores autores russos de todos os tempos, Dostoiévski morre em 28 de janeiro de 1881, deixando vários projetos inconclusos, entre eles a continuação de *Os irmãos Karamázov*, talvez sua obra mais ambiciosa.

SOBRE O TRADUTOR

Paulo Bezerra estudou língua e literatura russa na Universidade Lomonóssov, em Moscou, especializando-se em tradução de obras técnico-científicas e literárias. Após retornar ao Brasil em 1971, fez graduação em Letras na Universidade Gama Filho, no Rio de Janeiro; mestrado (com a dissertação "Carnavalização e história em *Incidente em Antares*") e doutorado (com a tese "A gênese do romance na teoria de Mikhail Bakhtin", sob orientação de Afonso Romano de Sant'Anna) na PUC-RJ; e defendeu tese de livre-docência na FFLCH-USP, "*Bobók*: polêmica e dialogismo", para a qual traduziu e analisou esse conto e sua interação temática com várias obras do universo dostoievskiano. Foi professor de teoria da literatura na Universidade do Estado do Rio de Janeiro, de língua e literatura russa na USP e, posteriormente, de literatura brasileira na Universidade Federal Fluminense, pela qual se aposentou. Recontratado pela UFF, é hoje professor de teoria literária nessa instituição. Exerce também atividade de crítica, tendo publicado diversos artigos em coletâneas, jornais e revistas, sobre literatura e cultura russas, literatura brasileira e ciências sociais.

Na atividade de tradutor, já verteu do russo mais de quarenta obras nos campos da filosofia, da psicologia, da teoria literária e da ficção, destacando-se: *Fundamentos lógicos da ciência* e *A dialética como lógica e teoria do conhecimento*, de P. V. Kopnin; *A filosofia americana no século XX*, de A. S. Bogomólov; *Curso de psicologia geral* (4 volumes), de R. Luria; *Problemas da poética de Dostoiévski, O freudismo, Estética da criação verbal, Teoria do romance I, II e III, Os gêneros do discurso, Notas sobre literatura, cultura e ciências humanas* e *O autor e a personagem na atividade estética*, de M. Bakhtin; *A poética do mito*, de E. Melietinski; *As raízes históricas do conto maravilhoso*, de V. Propp; *Psicologia da arte, A tragédia de Hamlet, príncipe da Dinamarca* e *A construção do pensamento e da linguagem*, de L. S. Vigotski; *Memórias*, de A. Sákharov; e *O estilo de Dostoiévski*, de N. Tchirkóv; enquanto que no campo da ficção traduziu *Agosto de 1914*, de A. Soljenítsin; cinco contos de N. Gógol reunidos no livro *O capote e outras histórias; O herói do nosso tempo*, de M. Liérmontov; *O navio branco*, de T. Aitmátov; *Os filhos da rua Arbat*, de A. Ribakov; *A casa de Púchkin*, de A. Bítov; *O rumor do tempo*, de Ó. Mandelstam; *Em ritmo de concerto*, de N. Dejniov; *Lady Macbeth do distrito de Mtzensk*, de N. Leskov; além de *O duplo, O sonho do titio* e *Sonhos de Petersburgo em verso e prosa* (reunidos no volume *Dois sonhos*), *Escritos da casa morta, Bobók, Crime e castigo, O idiota, Os demônios, O adolescente* e *Os irmãos Karamázov*, de F. Dostoiévski.

Em 2012 recebeu do governo da Rússia a Medalha Púchkin, por sua contribuição à divulgação da cultura russa no exterior.

SOBRE O ARTISTA

Oswaldo Goeldi nasceu em 31 de outubro de 1895, no Rio de Janeiro. No ano seguinte, a família transferiu-se para Belém, onde seu pai — o naturalista suíço Emílio Augusto Goeldi — fora encarregado de reestruturar o Museu Paraense (atual Museu Paraense Emílio Goeldi).

Em 1901, a família se muda para a Suíça. No ano em que eclode a Primeira Guerra Mundial, Goeldi ingressa na Escola Politécnica de Zurique. Nessa mesma época, começa a desenhar, de acordo com suas palavras, movido por "uma grande vontade interior". Em 1917, após a morte do pai, abandona a Escola Politécnica e matricula-se na École des Arts et Métiers, de Genebra, a qual trocará, seis meses depois, pelo ateliê dos artistas Serge Pahnke e Henri van Muyden. Também aí permanece pouco tempo, pois o que ensinavam "não correspondia ao que vinha da minha imaginação".

Em 1919, sua família retorna ao Brasil, fixando-se no Rio de Janeiro. Goeldi, que já conhecia as vanguardas europeias, sente-se deslocado no meio cultural ainda pré-moderno. É esse deslocamento que o artista expressaria em seus desenhos: "o que me interessava eram os aspectos estranhos do Rio suburbano, do Caju, com postes de luz enterrados até a metade na areia, urubu na rua, móveis na calçada, enfim, coisas que deixariam besta qualquer europeu recém-chegado".

Nesse mesmo ano começa a fazer ilustrações para revistas e jornais, o que seria uma de suas fontes de renda mais estáveis até o fim da vida. Em 1924, Goeldi começa a gravar na madeira "para impor uma disciplina às divagações" a que o desenho o levava. Nos anos 1940, realiza para a José Olympio Editora bicos de pena e xilogravuras para ilustrar as seguintes obras de Dostoiévski: *Humilhados e ofendidos* (1944), *Memórias do subsolo* (1944), *Recordações da casa dos mortos* (1945) e *O idiota* (1949).

Em 1960, Goeldi recebe o grande Prêmio Internacional de Gravura da Bienal do México. A 15 de fevereiro de 1961, é encontrado morto em sua casa-ateliê no Leblon, onde criara, ao longo dos anos, uma obra intensa, concentrada, e que se tornaria rapidamente um ponto de referência para as novas gerações.

Este livro foi composto em Sabon pela Bracher & Malta, com CTP e impressão da Edições Loyola em papel Pólen Natural 70 g/m² da Cia. Suzano de Papel e Celulose para a Editora 34, em maio de 2025.